W0327950

BASTEI
LÜBBE

E.E.›Doc‹ Smith
mit Stephen Goldin

WELTRAUM-ZIRKUS D'ALEMBERT

Die Geheim-Agenten des Imperiums

5 Romane

Ins Deutsche übertragen
von Ingrid Rothmann

BASTEI
LÜBBE

BASTEI-LÜBBE-TASCHENBUCH
Band 23 182

Erste Auflage
Oktober 1996

© Copyright 1976–1978
Vera Smith Trestrail
All rights reserved
Deutsche Lizenzausgabe 1996
Bastei-Verlag Gustav H. Lübbe
GmbH & Co., Bergisch Gladbach
Originaltitel:
1) Imperial Stars
2) Strangler's Moon
3) The Clockwork Traitor
4) Getaway World
5) Appointment at Bloodstar
Lektorat: Stefan Bauer
Titelbild: Jim Burns
Umschlaggestaltung:
Quadro Grafik, Bensberg
Satz: KCS GmbH,
Buchholz/Hamburg
Druck und Verarbeitung:
Cox & Wyman
Printed in Great Britain

ISBN 3-404-23182-1

Der Preis dieses Bandes
versteht sich einschließlich der
gesetzlichen Mehrwertsteuer

Inhalt

Die stählerne Festung

1. KAPITEL
Drei Männer

Bis zum Jahre 2447 hätte das Gefüge des Erdimperiums auf einen außenstehenden Beobachter einen bemerkenswert gesunden Eindruck machen können. In den knapp zwei Jahrhunderten seit seiner Gründung hatte es die Zahl der von ihm unterworfenen Planeten fast verdoppelt, während sich die Handelsbeziehungen zwischen den bewohnten Welten klaglos und rasch entwickelten. Hunger und Not waren – wenn nicht überhaupt in Vergessenheit geraten – in kleine Elends-Schlupfwinkel verbannt. Dennoch kann das robusteste politische Gebilde einen Krebsherd in sich bergen, der, wenn er nicht schleunigst entfernt wird, zur Auszehrung seines Innersten führt und als Beweis seines Vorhandenseins eine wertlose Hülle hinterläßt. Ein solcher Krebsschaden war es, der in jenem Jahr das Imperium in den Grundfesten seiner Existenz bedrohte.

(M'benge, Das Imperium – Gestern und Heute, Nummer 437.)

Der erste der Männer war von Kopf bis Fuß in Schwarz gekleidet. Die einzige Abweichung von diesem Farbschema war die große Schutzbrille vor den Augen – aber auch die war rauchgrau. Das dunkle Material der schwarzen Kleidung war glatt und anschmiegsam und verursachte nicht das leiseste Rascheln, wenn er sich bewegte.

Der Gürtel des Mannes war in eine Anzahl von Fächern unterteilt, von denen jedes Fach ein nützliches, in mehreren Fällen sogar tödliches Gerät enthielt. Die Kleidung war nach außen gegen elektrische Schocks voll isoliert. Zwischen dem schwarzen Stoff und der Körperhaut des Mannes lag eine weitere Isolationsschicht, die so beschaffen war, daß sie die Körperwärme speicherte, damit diese nicht von einem Infrarot-Detektor registriert werden konnte. Diese Isolation bewirkte eine höllische Hitze in dem Anzug, aber der Träger murrte trotzdem nicht darüber. Lieber heiß als tot – so lautete seine Devise.

Die Nacht, die ihn umgab, war kühl und dunkel. Der Planet Durward besaß drei kleine Monde, aber nur einer – der kleinste – leuchtete heute. Sein Licht war kaum stärker als ein Blitzlicht auf tausend Schritt Entfernung und bedeutete für den Mann keine Bedrohung, die ihn verraten konnte.

Da war das Haus vor ihm schon etwas ganz anderes. Völlig

frei dastehend, kilometerweit entfernt vom nächsten Nachbarn, schien es in seinen geübten Augen einer riesigen Falle verdammt ähnlich zu sein. Ein falscher Schritt, eine unbedachte Bewegung konnte den Tod und noch Ärgeres bedeuten. Das Schicksal des Imperiums hing vielleicht von seiner Geschicklichkeit ab, doch ließ ihn dieser Gedanke nicht zögern. Es gab Risiken, die man einfach auf sich nehmen mußte.

Die Mauer um das Haus war nicht bewacht, und diese Tatsache beunruhigte ihn mehr als ein ganzes Regiment von Wachtposten. Keine Wachen – das bedeutete, daß die Mauer selbst ein Risiko darstellte und die Leute dahinter von der Voraussetzung ausgingen, daß nur wenige Überlebende den Innenhof erreichen würden.

Der Mann in Schwarz suchte in seinem Gürtel nach einem hochempfindlichen Energiedetektor und unterzog die Mauer einer kurzen Überprüfung. Es erstaunte ihn gar nicht, daß die Barriere nur aus einer dünnen Steinschicht bestand, in der eine Fülle von elektronischen Einrichtungen angebracht war. Die Sensoren im Inneren der Mauer konnten Wärme, elektromagnetische Strömungen und Druck aufspüren und jeden Versuch, die Funktionen der Stromkreise zu ändern, feststellen. Die herumliegenden toten Vögel, Insekten und Kleintiere am Fuße der Barriere legten ein stummes Zeugnis vom Schicksal jener ab, die mit der Mauer in Berührung kamen.

Der Mann war für diese Eventualität gerüstet. Neben ihm auf dem Boden lag ein langer Fiberglasstab. Er ergriff ihn, trat etwa zwanzig Schritte zurück und nahm dann einen kräftigen Anlauf. Gut trainierte Muskeln unterstützten seinen Absprung, als er den Stab in den Boden stieß und im Hochsprung die Barriere überwand.

Die Mauer war vier Meter hoch, dennoch flog er mit einem Abstand von gut zwanzig Zentimetern darüber hinweg.

Jenseits der Mauer kam er in einer Kniebeuge zu Boden, überschlug sich und rollte sich, das Schwungmoment ausnützend, über den zwischen Mauer und Haus freiliegenden Hof. Die Strecke war gefährlich, weil es hier außer der Dunkelheit keinen Schutz gab.

Geräuschlos überquerte er so die fünfzig Meter und blieb dann keuchend vor dem Haus stehen. Soweit er es beurteilen konnte, war er unentdeckt geblieben. In seinem Isolieranzug schwitzte er gewaltig, ließ aber keinen Gedanken an dieses Unbehagen aufkommen. Seine Aufmerksamkeit wurde von Wichtigerem in Anspruch genommen.

Langsam umschlich er das Haus und begutachtete die Fenster. Keines stand offen – das hatte er auch nicht erwartet –, aber die an ihnen angebrachte Alarmanlage gehörte zum gängigen Typ. Wieder langte er in seinen Gürtel und förderte zwei Drähte zutage, die er an den Kanten der Fensterrahmen festmachte, womit er den Stromkreis der Alarmanlage außer Betrieb setzte. Danach war das Öffnen des Fensters und das Einsteigen ins Haus eine reine Routinesache.

Er befand sich nun in einem unbekannten, mit Möbelstücken vollgestellten Raum. Er durfte nirgends anstoßen und Lärm machen. Licht zu machen wäre natürlich die reinste Torheit gewesen. Er drückte einen kleinen Knopf an seinem Gürtel und schaltete damit ein tragbares Radargerät ein, einen Typ, den man eigentlich für Blinde entwickelt hatte. Sofort zeichneten die zurückgeworfenen Radio-Echowellen ein Bild von der Anlage des Raumes. Die gewünschte Tür war drei Meter entfernt. Er mußte sich bloß an ein paar Stühlen vorbeimanövrieren.

Und doch verharrte er reglos. Er faßte abermals in ein Gürtelfach und zog einen Sensor heraus, den er bereits an der Mauer angewendet hatte. Jetzt untersuchte er damit den Boden. Nein – hier gab es keinerlei elektronische Mätzchen, und so setzte sich der Mann leise auf die Tür zu in Bewegung.

Die Tür stand ebenfalls mit einer Alarmanlage in Verbindung. Er umging diese auf die gleiche Weise wie jene des Fensters, öffnete die Tür und spähte in den Gang hinaus. Auch hier Finsternis und Stille. Sein Radar meldete, daß im Gang keine Hindernisse lauerten, aber der Scanner zeigte an, daß gewisse Bretter des Holzbodens druckempfindlich waren und ihn, falls er darauftrat, verraten würden. Mit größtmöglicher Vorsicht trat er auf den Gang hinaus und bewegte sich mit peinigender Langsamkeit Schritt für Schritt zur Treppe. Er ertappte sich dabei, daß er unwillkürlich den Atem anhielt, aus Angst, daß auch nur die leiseste Bewegung des Brustkorbs eine der Alarmanlagen auslösen könnte, mit denen dieses Haus geradezu gespickt war.

An der Treppe machte er halt. Nach Aussage seines Informanten – eines vollkommen verläßlichen, dem man durch Anwendung eines Nitrobarbiturats das Lügen unmöglich gemacht hatte– lag der gesuchte Raum im ersten Stock. Eine Untersuchung der Treppe ergab, daß ein Großteil der Stufen unter Strom stand und die elektrische Spannung im Geländer ausreichte, eine Kleinstadt mit Licht zu versorgen. Der Mann in Schwarz machte sich entschlossen an den Aufstieg. Er nahm drei, ja vier Stufen auf einmal, um nur keinen Alarm auszulösen.

»Dritte Tür rechts neben der Treppe«, hatte ihm sein unfreiwilliger Informant verraten. Vorsichtig die im Boden verborgenen Sensoren übergehend, erreichte er die ersehnte Tür. Seine Instrumente meldeten, daß die Klinke eine Bombe war, die bei Berührung explodieren und ihn in Stücke reißen würde. Aber es mußte einen Weg hinein geben, und er würde ihn finden. Der Mann prüfte die Wand und entdeckte, daß sie elektrisch geladen war. Er überflog das Schaltschema und fand, daß ein unauffälliger Nagelkopf neben dem Türrahmen jener Knopf war, der ihm die Tür öffnen würde.

Dennoch ließ er sich Zeit mit dem Eindringen. Bis jetzt hatte er Glück gehabt, daß er keinem Lebewesen begegnet war. Im Inneren des Raumes würde das gewiß anders sein. Menschliche Wachen würden den Safe Tag und Nacht hüten und dem unschätzbaren Inhalt Schutz gewähren. Der Mann in Schwarz konnte im voraus nicht wissen, wie viele Posten da drinnen warteten. Von nun an hieß es, sich auf Glück und Reaktionsvermögen zu verlassen.

Mit gezogener und auf Stufe zehn eingestellter Waffe – der höchstmöglichen Einstellung – rüstete er sich für das Eindringen.

Die Tür öffnete sich blitzschnell, als er den Nagelkopf drückte. Eins zu null für ihn. Ein langsames Öffnen hätte die Männer drinnen vorzeitig alarmiert und ihnen Zeit gelassen, sich auf sein Kommen vorzubereiten.

So wie die Dinge lagen, war es doch noch fast zu langsam gewesen. Fünf Wachen und zwei scharfe Hunde befanden sich in dem Raum. Drei der Männer standen direkt in seiner Schußlinie und fielen unter den tödlichen Strahlen sofort zu Boden. Die Hunde sprangen ihn aus zwei verschiedenen Richtungen an. Er tötete den von rechts kommenden, doch die Wucht des Sprunges ließ den schon toten Hund gegen ihn krachen. Als trainierter

Sportler machte er sich das zunutze und ließ sich, den Tierleichnam über sich, rücklings fallen. Sein plötzlicher Sturz hatte zur Folge, daß der Ansprung des zweiten Hundes zu hoch ausfiel und über ihn hinwegging und daß ihn jener der zwei überlebenden Wachtposten, der seine Waffe mittlerweile in Anschlag gebracht hatte, ebenfalls verfehlte. Der Mann in Schwarz hatte ein besseres Ziel. Noch im Fallen traf er den Posten mit dem tödlichen Strahl.

Der fünfte stand schußbereit da. Er konnte jedoch nicht genau zielen, da sein Opfer vom Körper des Hundes verdeckt war. Der sengende Strahl traf ganz überflüssigerweise den Leib des bereits toten Tieres, und der Eindringling begann jetzt rasch zu reagieren. Nach dem Aufprall auf den Boden bewegte er sich, ununterbrochen am Boden dahinrollend, zu den Füßen des Wachtpostens hin und ließ dabei seine Waffe Strahlen spucken. Der fünfte Posten fiel um, der zweite Hund ebenso. Der Mann in Schwarz befand sich nun allein im Raum mit dem Safe und dem kostbaren Stück Pergament, das er enthielt.

Jetzt kam es auf Schnelligkeit an. Obgleich er fast sicher war, daß keiner der Posten die Alarmglocke hatte betätigen können, durfte er sich darauf nicht verlassen. Er stürzte zum Safe, untersuchte ihn kurz und entdeckte, daß es ein Kombinationsmodell war, das vor Alarmanlagen nur so strotzte. Er machte sich daran, sie außer Gefecht zu setzen. Als das erledigt war, machte er mit Hilfe von Magnetscannern die Kombination ausfindig.

Als der letzte Zahn mit einem Klicken einrastete, faßte er entschlossen nach dem Safegriff. Mit dem Öffnen des Safes würde wahrscheinlich ein Alarm ausgelöst werden – gleichgültig, wie viele er bereits entschärft hatte. Aber das war dann unwichtig – sobald er das Dokument hatte, würden die zwei Raketenröhren hinten am Rücken ihn durch das Fenster hinaustragen, weit weg von hier, ehe man seine Verfolgung aufnehmen konnte. Mit einem Seufzer der Erleichterung zog er an dem Griff und ließ die Magnetstahltür aufschwingen.

Es blieb ihm nur ein Augenblick des Staunens, als der Strahl aus der Decke, ausgelöst durch das Öffnen der Tür, seinen Körper zu Staub verbrannte. Die verkohlten Reste des Meisteragenten blieben in einem Häufchen vor dem gähnend leeren Safe liegen.

Der zweite Mann steckte in Gewändern aus scharlachrotem Satin. Die langen, wallenden Ärmel waren drei Zentimeter breit mit Nohar-Pelz besetzt – dem edelsten und kostbarsten Fell der Galaxis. Der Satin war weich um seine hochgewachsene Gestalt drapiert und verlieh ihm ein majestätisches – wenn auch ein wenig satanisches – Aussehen. Das rote Satinkäppchen, goldbestickt, saß knapp auf seiner dichten, schwarzgrauen Haarmähne.

Er wandte lässig den Kopf, als ihm der Bote die entschlüsselte Nachricht brachte. Einen Augenblick lang hielt er das gefaltete Blatt Papier in der Hand, ohne ihm Beachtung zu schenken. Die langen, spitz zulaufenden Finger – fast unsichtbar unter der Fülle von Rubin- und Diamantringen – liebkosten die Glätte des Papiers. Er entließ den Boten und entfaltete schließlich das Blatt. Die darin enthaltene Nachricht zauberte ein Lächeln auf seine scharfen Züge – ein Lächeln, bei dem der Herzschlag eines jeden Beobachters ausgesetzt hätte. Der Mann strich sich nachdenklich über den schwarzen Spitzbart, als dächte er: Wieder einer mehr, Zander. Wie du sicher weißt, bleiben dir nicht mehr viele. Die Partie gewinne ich.

Er legte die Nachricht auf einen mit üppigem Schnitzwerk verzierten Tisch aus Solenta-Holz neben seinem Sessel und nahm ein großes Stück Pergament zur Hand, das darauf gelegen hatte. Auf dem Pergament prangte in einer Ecke ein farbenprächtiges Wappen: drei goldene Drachen auf purpurnem Feld, ein Schrägbalken und dreizehn Punkte auf einem Blutfeld. Langsam ließ er den Blick über den Wortlaut der Proklamation unter dem Wappen schweifen:

»Allen Bewohnern des Imperiums sei kundgetan ... Banion ist mein leiblicher Sohn ... Prinz von Durward und von allen Dominions ... rechtmäßiger Erbe und Thronfolger ...«

Er brauchte die Proklamation gar nicht in allen Einzelheiten nachzulesen – schon längst hatte er die kurze, aber wichtige Verlautbarung seinem Gedächtnis einverleibt – ja, es war gefährlich und ein Luxus, das Dekret dem Spezialgewölbe entnommen zu haben, das wußte er. Aber es in der Hand zu halten, verlieh ihm ein Machtgefühl, das auch die kälteste Nacht zu erwärmen vermochte. Doch heute war keine Rede von einer kalten Nacht. Gleichgültig, welche Temperatur draußen herrschte, die Nachricht vom Tod des SOTE-Agenten bedeutete wärmende Glut errungenen Triumphes. Der Mann in Rot stand ungeduldig auf und übergab das Dekret seinem vertrauensvollsten Vasallen, der es an seinen Aufbewahrungsort bringen sollte.

Zeit – ja, Zeit, dachte er. Ich habe nun schon so lange gewartet und bin so behutsam zu Werke gegangen. So jung wie einst bin ich nicht mehr. Kann ich es überhaupt erwarten, bis der Plan ausgeführt ist? Werde ich den glorreichen Tag erleben, den Mutter mir prophezeite?

Dieser Raum – obwohl mit Brokatgardinen und Seidenteppichen üppig ausgestattet – war zu wenig geeignet, ihm über die Enttäuschungen, hervorgerufen durch die sich immer wieder verzögernde Erfüllung seiner Wunschträume, hinwegzuhelfen. Mit weit ausgreifenden, katzenartigen Schritten verließ er den Raum. Er drückte mit der Hand gegen ein geheimes Paneel – dessen Code mit seinen Fingerabdrücken identisch war –, ein Teil der Wand glitt beiseite und gab den Blick auf einen geheimen Liftschacht frei. Als er ihn betrat, verdichtete sich ein Luftpolster unter seinen Füßen, das ihn sicher und schnell in eine Tiefe von mehr als fünfzehn Metern unter das Erdniveau hinabgleiten ließ. Er verließ den Liftschacht und wurde nun von der unheimlichen Dunkelheit des Planungsraumes umfangen.

Wände, Decke und Boden des Raumes waren von einem totalen Schwarz, einem Schwarz, das alles Licht gierig wie ein Raubtier verschlang. Eine Schwärze, die in den Augen schmerzte. Der Raum selbst war nicht völlig dunkel, denn in der Mitte – zwischen Boden und Decke – hing eine Kugel von sieben Metern Durchmesser. Im Kugelinneren glühten viele Tausende von Stecknadellichtern, scheinbar wahllos verstreut – eine dreidimensionale maßstabgerechte Darstellung des von Menschen bewohnten Weltraums. Der Globus hing zu Häupten des Mannes als ein riesengroßes Symbol seines grenzenlosen Ehrgeizes.

Blau war die Farbe des Imperiums – ein reines, ungetrübtes Blau. Rot bezeichnete das Gebiet, über das er sein eigenes Netz gespannt hatte. Weiß zeigte unerforschtes Gebiet an, hauptsächlich an den Rändern. Schlüsselstellungen, die er kontrollierte, leuchteten grün auf. Dann zwei gelbe Punkte – Durward oben rechts und die Erde genau im Mittelpunkt.

Etwas Blau befand sich noch an der Peripherie, doch das tat er mit einer im Geiste ausgeführten geringschätzigen Handbewegung ab. Säuberungsaktionen, dachte er bei sich. Lästig, aber kein Hindernis. Auch das zentrale Kernstück war blau und erstreckte sich von den Planeten Newhope und DesPlaines auf der einen bis zu dem unmöglichen Planeten Purity auf der anderen Seite. Eine Zone von verhältnismäßig geringer Ausdehnung, die rasch zusammenschrumpfte. Mindestens einmal in der Woche kam er hierher, um die Erfolge seiner Tätigkeit zu kontrollieren – und die Resultate waren höchst erfreulich. Ein Zeitraffer-Film hätte das hellodernde, das Imperium verschlingende Feuer zeigen können, dessen Flammenzungen schon an den wenigen verbliebenen Festungen leckten. Bald, dachte der Mann. Sehr bald. Geduld wird schließlich den Sieg davontragen. Und jetzt bist du dran, Zander.

Der dritte war grau gekleidet. Er trug einen konservativen und so unauffälligen Anzug, daß kein Mensch zweimal hingesehen hätte – was ganz in seinem Sinne war, denn sein Job verlangte ein Höchstmaß an Anonymität. Er war keineswegs alt, obwohl der kahle Kopf und die Linien und Fältchen in seinem Gesicht das Gegenteil zu beweisen schienen. Das auffallendste Merkmal an ihm waren die Augen. Keine äußerliche Tarnung konnte die Intelligenz dahinter verbergen.

Er saß in der Mitte seines aufwendig ausgestatteten Office, während um ihn herum ein ganzes Gebäude vor Aktivität summte. Computer surrten, Programmierer fütterten sie mit Inputs, und Analytiker stritten über die Ergebnisse. Angestellte verschoben Ordner von einem Tisch zum anderen und leisteten ihren Anteil daran, die Papierflut pflichtgemäß stromaufwärts zu leiten, bis sie jemanden erreichen würde, der die für die Entscheidung nötige Autorität besaß.

Schließlich würde die Papierflut in der einen oder anderen Form den großen Schreibtisch des Mannes in Grau erreichen, und er würde die Verantwortung für sämtliche Entscheidungen übernehmen. Doch im Augenblick galt seine Aufmerksamkeit einer Nachricht, die ihm ein junges, dunkelhaariges Mädchen überbracht hatte.

Er las sie dreimal, weil er nicht glauben wollte, was sie besagte.

Schließlich blickte er zu dem Mädchen auf. »Bist du sicher, Helena?« fragte er.

»Er hat den Kontaktzeitpunkt um volle dreißig Stunden überschritten. Natürlich haben wir keine festen Beweise, aber wir können nur annehmen, daß ein Agent seines Formats Mittel und Wege finden würde, in diesem Zeitraum Kontakt aufzunehmen – falls er noch am Leben ist.«

»Verdammt!« Der Mann in Grau zerknüllte das Papier zu einer Kugel und schleuderte es gegen die nächste Wand. Sein Blick trübte sich. »Wieviel sind es insgesamt?«

»Neunundachtzig«, sagte das Mädchen verbittert.

Der Mann stützte sich mit den Ellbogen auf den Schreibtisch und begrub den Kopf in den Händen. Neunundachtzig Männer und Frauen, die er und seine Vorgänger in den Tod schickten – nur wegen eines Stückchens Papier. Ein alberner Fetzen Papier, mit dem man eben drauf und dran war, das Schicksal des Imperiums zu bestimmen.

»Es ist nicht dein Fehler«, tröstete ihn das Mädchen. Sie legte ihm die schlanken Hände auf die Schultern. »Ich kenne zwar nicht alle Einzelheiten des Falles, aber es handelt sich offensichtlich um eine viel härtere Nuß, als man ursprünglich annahm.«

»Ich muß dauernd daran denken, daß ich irgend etwas hätte tun können, daß ich vielleicht irgendwelche Schritte hätte unternehmen sollen und es unterlassen habe.«

Das Mädchen sah ihn voll Mitgefühl an. Im Dienste des Imperiums zu stehen war keine Kleinigkeit. Es veränderte einen Menschen und erhob ihn über die gewöhnlichen Sterblichen. Die Anforderungen des Dienstes waren weitaus härter, als es die Wünsche eines nörgelnden Eheweibes je sein konnten. Der Dienst nahm einem alles und ließ einen dann fallen, strafte Fehler mit Schuldgefühlen und belohnte Erfolge mit wenig mehr als einem anerkennenden Nicken. Und doch waren Tradition und Ruhm nicht ohne Anziehungskraft …

»Du hättest nicht viel tun können«, sagte sie behutsam. »Du hast unsere besten Agenten eingesetzt.«

Der Mann sah auf. Seine Miene ließ erkennen, daß er in Gedanken weit weg war.

»Nein, habe ich nicht. Die besten habe ich zurückbehalten, in der Hoffnung, ich müßte sie gar nicht einsetzen. Vielleicht wollte ich mir nicht eingestehen, daß die Gefahr so groß war.«

Er stand auf und schritt den Raum ab, ehe er vor dem großen Aussichtsfenster stehenblieb. Aus dieser Höhe war der Blick überwältigend. Die Wellen des Atlantiks schlugen sanft an den Strand von Miami Beach, während die näher kommende Nacht den Himmel im Osten verdunkelte. Das sah so friedvoll aus, daß er an die vielen Verschwörungen gegen das Imperium fast nicht glauben konnte. Fast nicht.

»Jetzt gestehe ich es ein«, sagte er. »Ich habe mich geirrt. Ich hoffe nur, daß es nicht zu spät ist, meinen Irrtum zu korrigieren.« Er drehte sich zu dem Mädchen um. »Es wird Zeit, daß der Zirkus in die Stadt kommt.«

2. KAPITEL
Jules und Yvette

DesPlaines (Planet) 15, siehe Kat. 4-1076-9525. Heeresstärke PX-3M-RKQ. Bevölkerung (2440) 7,500.000. Kolonie 2018 Fr (qv) & NrAm (qv) phys. cult. Allg. Standard Gruppe 229. Hauptbeitrag für Galaxis: Zirkus Galaxis o/t, Schwermetalle, Edelsteine.

(Enzyklopädia Galactica, Band 9, Nummer 2937.)

In der einen oder anderen Form stellte der Zirkus eine der ältesten Arten ehrbaren Vergnügens für die Menschheit dar. Sportereignisse, Theater, Filme, Radio, Fernsehen und Sensibilatoren – sie alle hatten versucht, ihm den Rang an Beliebtheit abzulaufen, aber nur mit geringem und nicht anhaltendem Erfolg. Das Staunen über die menschliche Beweglichkeit, die offenen Münder bei todesverachtenden Nummern, die Spannung des Publikums, wenn menschliches Leben allein von Geschicklichkeit abhing – das alles hatte sich nicht geändert.

Genau das war der galaktische Zirkus – *der* Zirkus. Wo immer er spielte, stahl er allem anderen die Schau und bildete eine Attraktion, deren Namen allein schon gleichbedeutend mit Spannung war.

Für den Erfolg des Zirkus gab es gute Gründe, nicht zuletzt die Tatsache, daß der Direktor – zufällig handelte es sich um Etienne d'Alembert, Herzog von DesPlaines – für alle seine Nummern höchste Perfektion verlangte. Der Fortbestand des Zirkus war hauptsächlich den Bemühungen der d'Alemberts zu verdanken – ganze 98% des Personals waren Mitglieder dieser Familie –, und die d'Alemberts waren eine Sippe mit beachtlichem Talent. In einem Alter, in dem andere Kinder eben laufen lernten, waren die d'Alemberts bereits Meister im Luftsprung. Mit fünf teilte man sie, ihren speziellen Neigungen nach, den verschiedenen Sparten des Zirkus zu, der Leben und Tradition dieser Familie darstellte. Trotz ihrer edlen Abkunft nahmen die d'Alemberts wenig Anteil an Angelegenheiten des Adels. Sie waren Schausteller – aber mehr als bloß dies.

Wie gewöhnlich waren an jenem Abend Budenstraße und Zelt überfüllt, denn es war die erste Vorstellung des Zirkus auf der

Erde nach mehr als zwanzig Jahren. Sein Ruhm war ihm vorausgeeilt, und das Publikum drängte sich in Scharen, um mitzuerleben, was vielleicht ein im Leben einmaliges Erlebnis darstellte. Die Tatsache, daß der Zirkus eine Fernseh- oder Sensibilatoren-Übertragung der Vorstellung nicht gestattete, beflügelte die Scharen um so mehr.

In der Budenstraße trieben keine gewöhnlichen Possenreißer ihren Schabernack. Der Herzog sah dergleichen als entwürdigend an, als Karnevalszubehör, des galaktischen Zirkus unwürdig. Das hieß aber nicht, daß es keine Unterhaltung gab. Da waren Imbißstände, wo Neugierige die Leckerbissen von tausend verschiedenen Planeten kosten konnten, Geschicklichkeitsspiele, Reitgelegenheiten, und über all dieser Aktivität dröhnte die Stimme Henri d'Alemberts, des herzoglichen Großneffen.

»Meine Damen und Herren, Edle und Bürger! Wir präsentieren zu Ihrer Unterhaltung und Spannung ein abwechslungsreiches Panorama. Da drüben in der roten Bude mit dem gelben Sonnendach befindet sich unser exotischer Imbißstand. Wählen Sie aus einem Angebot von über fünfzig köstlichen Appetithappen, zweihundert Vorspeisen, hundert Hauptgerichten!

All diese köstlichen, verlockenden Dinge erwarten Ihren Gaumen. Sie kommen aus den fernsten Winkeln der Galaxis. Für die Kostverächter zeigen wir Ringkämpfe im Seitenzelt. Sehen Sie sich die riesigen Ringer an, die im Kampf bis an die Grenzen ihrer Kraft und Geschicklichkeit gehen. Nehmen Sie Platz auf unserer herzbeschleunigenden Berg- und Talbahn, und erleben Sie eine Erregung wie nie zuvor im Leben. Nehmen Sie das Herz in beide Hände, und besichtigen Sie unser Gespensterhaus, wo man außer Geistern und Kobolden nichts zu fürchten hat!«

Seit über zehn Jahren war Henri Ausrufer. Er war imstande – und lieferte den Beweis dafür –, daß er seine Litanei stundenlang hinausschreien konnte, ohne sich ein einziges Mal zu wiederholen.

Ein Besucher, der die Hauptstraße des Zirkusplatzes vom Haupteingang zum großen Zelt entlangging, kam unweigerlich an einer grauen Bude vorbei mit der Aufschrift »Madame Arabella – Schicksalsvoraussage, Blick in die Zukunft«. Im Inneren spann sodann die schöne, dunkelhäutige Arabella das Schicksal des Kunden unter Zuhilfenahme traditioneller Methoden – angefangen von Tarockkarten über Teeblätter, Handflächen und Kristallkugeln – kräftig aus. Ob sie tatsächlich psychologische Fähigkeiten besaß, sei dahingestellt, doch die Tatsache blieb bestehen, daß ihre Klienten nur selten ihr Geld zurückverlangten.

Ein paar Meter weiter am Hauptweg standen Käfige, in denen die wildesten Bestien der Galaxis hausten, wenn sie nicht eben in der Arena auftraten. Die am wenigsten exotischen Tiere waren Löwen und Tiger, welche den Erdbewohnern wohlbekannt waren. Schon ungewöhnlicher waren Gattungen wie das Braknel, mit zwei Metern Schulterhöhe, lautem Gebrüll und scharfen Klauen. Die Zwillingsgorjas, ein Jagdgespann mit fünfzehn Zentimeter langen Giftzähnen, die ihre Opfer mit dem tödlichsten der dem Menschen bekannten Gifte töteten. Der Liltheran, dessen Augen das Opfer mittels Hypnose lähmten. Der Renner, ein Tier, das Geschwindigkeiten von über 170 Stundenkilometern erreichen konnte und das einen ausgewachsenen Riesenochsen mit einem Hieb der muskelbepackten Pranken töten konnte. Dann gab es andere Tiere mit weniger eindrucksvollem Aussehen, aber nicht minder tödlichen Eigenschaften. Und doch wurde diese Kollektion tierischer Wildheit von einer halben Portion Mädchen gebändigt, einer Bewohnerin des Planeten DesPlaines mit Namen Jeanne d'Alembert, die, obwohl erst im zarten Alter von sechzehn Jahren, als größte Dompteuse der Galaxis galt.

Näher zum Hauptzelt lag der Pavillon Marcel d'Alemberts, des Illusionisten und Zauberkünstlers. Als eine der größten Attraktionen des ganzen Zirkus zog seine Nummer immer Scharen von Neugierigen an.

»Sie müssen einem Magier immer gut auf die Finger sehen«, mahnte er seine zahlreichen Zuschauer. Indem er eine kräftige Hand in die Höhe hielt, sagte er: »Sehen Sie diese Hand? Nun – Sie hätten die andere im Auge behalten sollen …«, und aus der anderen sproß ein großer Blumenstrauß, den er einem hübschen Mädchen in der ersten Reihe zuwarf.

»Ablenkung ist alles. Ich sage, Sie sollen eine Hand beobachten, und aus der anderen springt etwas heraus. Wie wär's, wenn Sie beide im Auge behielten?«

Er hielt die Hände in die Höhe und zeigte sie ausgiebig seinem

Publikum. Während die Augen aller an seinen Händen hingen, sprang ihm eine Orange aus dem Mund. So kam eine halbe Stunde lang ein Gag nach dem anderen. Und wenn er den Leuten genau sagte, was er als nächstes tun würde, konnte doch niemand sehen, wie er es machte. Aber das war natürlich zu erwarten – Marcel d'Alembert gehörte zu den Besten seiner Zunft.

Den ganzen Hauptweg entlang produzierten sich unentwegt Clowns. Dumme Auguste, beiderlei Geschlechts, in exotischer Gewandung und mit übertrieben dick aufgetragener Schminke rollten herum, vollführten Kunststücke, schnitten Grimassen und brachten es fertig, allgegenwärtig zu sein und alles falsch zu machen. Die Kinder belachten ihre übertriebenen Späße, und sogar den Erwachsenen fiel es schwer, Haltung zu bewahren und nicht mit den Kleinen mitzulachen.

So farbenfroh und erregend diese Attraktionen auch waren, sie boten nur einen Vorgeschmack auf das erregende Drama, das sich nun in dem riesigen gepfropft vollen Hauptzelt abspielte.

Ganze achtundzwanzig Minuten lang hatten die Fliegenden d'Alemberts – die größte Trapezkünstlertruppe des gesamten Erdimperiums in den vergangenen zwei Jahrhunderten – das Publikum zum Verstummen gebracht. Verzaubert. In Trance versetzt. Achtundzwanzig Minuten, während denen beide Seitenmanegen leer und dunkel geblieben waren. Hoch oben in der Luft der Hauptarena – von dem festgetretenen, mit einer Sägespäne-Imitation bedeckten Boden bis zur Plastikkuppel waren es 45 Meter – schwirrte es von weißgekleideten Gestalten, Einzelnen, Paaren und Gruppen, die auf Trapezen und Stangen freihändig Handstand machten oder doppelte Trapezschwünge, auf Seilen balancierten, Saltos und andere Kunststücke vollführten. Alles atemberaubend und – alles ohne Sicherheitsnetz.

Plötzlich schwangen achtzehn der zwanzig Fliegenden d'Alemberts im perfekten Gleichmaß zu ihren Plattformen, befestigten ihre Geräte und blieben reglos stehen. Sie alle wiesen mit einem Arm nach oben, zum obersten Teil der großen Zirkuskupel. Als diese Arme auf sie wiesen, bewegte sich Yvette d'Alembert rasch und anmutig zur Mitte ihres Hochseils – hoch in der Tat, nämlich einundvierzig Meter über dem Boden. Nicht einmal einen Fächer trug sie, um das Gleichgewicht zu halten. Sie bewahrte es durch fast kaum wahrnehmbare Bewegungen von Händen und Füßen, ja des ganzen Körpers. In der Mitte angekommen, blieb sie stehen und erstarrte in ihrer Haltung. In den Augen des Publikums stand sie reglos, gleich einer Statue.

Wie alle anderen d'Alemberts steckte sie in einem silberverzierten Trikot, das die anmutigen Kurven ihres Körpers bis zu den Zehenspitzen wie eine zweite Haut umhüllte. Yvettes Körper war etwas zu kurz geraten – sie war nur 163 Zentimeter groß, außerdem zu breit und füllig und brachte kräftige 70 Kilo mit. Nach irdischen Maßstäben keine Mannequinfigur. Dennoch boten die üppigen Linien ihrer herausfordernd weiblichen Figur ein eindrucksvolles und attraktives Bild – von weitem jedenfalls. Aus der Nähe änderte sich der Eindruck.

Ihr Gesicht war zwar so hübsch, daß es jeden Porträtmaler gereizt hätte, aber ihre Fesseln waren viel stärker als bei einer Erdenbewohnerin. Die Gelenke waren die eines zwei Meter großen und 110 Kilo schweren Holzfällers. Ihre Muskulatur hätte jeden Film- und Sensibilatoren-Star vor Neid grün werden lassen. Trotz ihres Gewichtes schleppte sie nicht ein einziges Gramm Fett mit sich. Sie glich dem uralten griechischen Ideal solider Weiblichkeit aufs Haar.

Nach einigen Sekunden des Verharrens – sie wußte genau, wie lange sie das aushalten konnte – wandte sie den Kopf und sah zu ihrem Bruder hinunter. Jules d'Alembert, gekleidet wie alle übrigen, war nur zehn Zentimeter größer als seine Schwester, jedoch dreißig Kilo schwerer. Das knappe Kostüm betonte die Wölbungen seiner mächtigen Muskeln eher, als es sie verbarg. Im Vergleich dazu hätte eine Steinmauer weich gewirkt, und doch war sein Antlitz so hübsch, daß das Herz der standhaftesten Frau dahingeschmolzen wäre.

Jules stand auf einer Plattform, neunzehn Meter unter seiner Schwester, aber unmögliche zwanzig Meter seitlich von ihr. Die blitzenden Augen der beiden suchten einander. Das Publikum wußte, daß ihre Nummer äußerste Konzentration verlangte. Als die zwei d'Alemberts sich mit gespannter Aufmerksamkeit aufeinander konzentrierten, breitete sich tödliche Stille im Publikum aus.

Mit gebeugten Knien begann Yvette ihre ausgestreckten Arme horizontal schwingen zu lassen. Während die Arme in immer größer werdenden Bögen schwangen, vergrößerte sie damit die Spannung des straffgezogenen Seiles unter ihren Füßen.

Inzwischen streckte Jules seine Linke fast lässig aus und erfaßte einen pendelnden Ring, wobei er keine Sekunde lang seinen Blick von seiner hoch über ihm stehenden Schwester abwandte. Nun beugte auch er seine Knie und bewegte seinen Körper perfekt synchron mit den Schwingungen des Mädchens und des Seils über sich.

Die Zuschauer waren vor gespannter Erwartung wie erstarrt. Yvette wippte auf dem Seil, ihren phantastischen Sprung vorbereitend, und sammelte immer mehr Schwung. Schließlich ging Yvette beim letzten Schwung, bei dem sie sich noch am Seil halten konnte, tief in die Kniebeuge und schwang mit kräftigen Beinen abwärts, nach ihrer rechten Seite zu. Aber in diesem letzten Moment ertönte ein Schnappen. Ein harter, metallischer Knall, laut wie ein Pistolenschuß, wirkte wie ein physischer Schlag auf die Nerven des Publikums, das so ängstlich stillgehalten hatte.

Jetzt passierten mehrere Dinge gleichzeitig:

Das Seil, auf dem Yvette gestanden hatte, war nun auf einer Seite ohne Verankerung und hatte sofort alle Spannung verloren. Wie eine wütende Schlange zischte es durch die Luft und schnellte zu Boden, wo es sich mit lautem, metallischen Pfeifen und Quietschen surrend zusammenrollte.

Yvette d'Alembert, die beste Trapezkünstlerin der Galaxis, verlor ihre Absprungstelle genau in jenem Augenblick, als sie diese am dringendsten gebraucht hätte. Als sie praktisch den Boden unter den Füßen verlor, streckte sie hilflos alle viere von sich und begann den langen Fall zu Boden.

Die achtzehn d'Alemberts, die den Trick nur beobachteten, erwachten auf ihren Standorten sofort zum Leben. Mit den Reflexen geübter Akrobaten wurden sie aller in Reichweite befindlichen Seile, Ringe und Trapeze habhaft und warfen sie dem fallenden Mädchen in der vergeblichen Hoffnung zu, daß wenigstens eines dieser Hilfsmittel in ihre Reichweite gelangen und ihren Todessturz aufhalten könnte.

Yvette schlug im Fallen um sich. Es gelang ihr, eine Stange mit den Fingerspitzen zu berühren – die Zuschauer hielten die Luft an und unklammerten die Armlehnen. Aber das Trapez war doch zu weit weg gewesen, und die anderen Dinge kamen nicht einmal in ihre Nähe. Yvettes Fall ging weiter.

Jules d'Alembert befand sich an der untersten Stelle und hatte daher eine längere Reaktionszeit als die anderen. Aber auch er durfte keine Millisekunde verlieren. Schon ehe das Seil wegschnappte, hatte er sich voll und ganz auf seine Schwester konzentriert und war auf das Kommende vorbereitet. Im Augenblick des Seilrisses stieß er sich ab und pendelte mit dem an der Kuppel befestigten Ring, dessen Pendelradius dreißig Meter betrug. Als er wie ein weißer Farbfleck durch die Luft schoß, wurde es, sofort klar, daß er richtig getimed und seine Kräfte präzise eingesetzt hatte.

Yvette fiel mit dem Gesicht nach unten, flach und horizontal, und setzte so den Aufwinden die größtmögliche Fläche entgegen, um ihren Fall, wenn auch nur um einen weiteren Sekundenbruchteil, zu verlangsamen. Als sie sich dem Kreuzungspunkt mit Jules' Bogen näherte, war ihre Fallgeschwindigkeit größer als einundzwanzig Sekundenmeter. Jules, der seinen Körper starr vertikal hielt, bewegte sich etwa halb so schnell, als sein Ring den Nadir, den entferntesten Punkt des riesigen Bogens, erreichte.

In dem Augenblick, bevor es zu einer Kollision im rechten Winkel kam – einen Zusammenstoß, der im Normalfall zwei Athleten in formlose Fleischhaufen verwandelt hätte –, trafen die zwei rechten Hände der Luftakrobaten in einem praktisch unlösbaren Hand- über Gelenkgriff zusammen. Gleichzeitig kam Yvette ihrem Bruder bei seinem riskanten Rettungsmanöver zu Hilfe. Sich drehend und windend wie eine Katze – nur viel schneller –, drückte sie beide Füße gegen seinen harten, flachen Bauch. Ihre gelenkigen Knie und kräftigen Beinmuskeln federten den Anprall von Masse und Geschwindigkeit ab und dämpften den Anprall seines untersetzten Körpers.

Im letztmöglichen Augenblick schlang sie die Beine um seine Mitte und verkreuzte sie auf seinem Rücken. Damit hatte er seine Rechte wieder frei, mit der er sofort den Ring umklammerte, der das einzige Hindernis zwischen ihnen und dem sicheren Tod darstellte.

Damit war die horizontale Komponente des Schwungaktes im Zwei-Personen-System geschafft, aber die vertikale war ärger. Viel ärger, beinahe doppelt so schwer. Sie zerrte an den verschlungenen Leibern, riß sie nach unten und drängte sie in einen kleinen, aber gefährlichen Bogen ab. Dieses schmerzhafte Zerren war so stark, daß es im Sekundenbruchteil einem gewöhnlichen Sterblichen das Kreuz gebrochen hätte. Aber Jules d'Alembert, obwohl nur 173 Zentimeter groß, setzte seine gesamte Hundertkilomasse zum Widerstand gegen diesen enormen Zug ein. Die unter seinem Trikot kaum verborgenen Muskeln waren superhart und verfügten über Super-Reaktion. Sein Knochengerüst bestand aus kompakten, starren, übergroßen Knochen, von widerstandsfähigen und elastischen Knorpeln zusammengehalten. Seine Arme waren so dick wie die Beine eines gewöhnlichen Erdenmenschen, jedoch viel kräftiger.

Die zwei Körper waren nun im Verhältnis zueinander ohne Druck, doch war die Gefahr längst nicht gebannt. Von einem Punkt aus, der in einem Winkel von dreißig Grad von der Vertikale abwich, begann der Abwärtsschwung der beiden, dem Rand der Manege entgegengerichtet, wo sich die reservierten Plätze und Sperrsitze befanden. Die Menschen in jenem Teil des Zeltes duckten sich instinktiv und machten sich auf einen sie bedrohenden Absturz gefaßt.

Die Aufmerksamkeit aller konzentrierte sich nun auf den schwächsten Punkt des ganzen Systems – auf Jules' Griff, mit dem er den lederumhüllten Stahlring hielt. Konnte er ihn halten? Reglos starrten alle nach oben. Alle hielten den Atem an. Hände verkrampften sich unwillkürlich und versuchten mittels irgendeiner unerklärbaren psychischen Verbindung Jules' Kräfte zu vermehren.

Der Mann da oben konnte den Ring nur noch weniger als eine halbe Sekunde lang halten. Er hatte ihn gehalten, während sich das zwei Zentimeter dicke, superstarke Carlon-Kabel mehr als zwei Meter dehnte. Er hatte ihn gehalten, während das Stützsystem unter der ungewöhnlichen Belastung ächzte und stöhnte. Und dann – knapp vor dem günstigsten Moment, der den fürchterlichen Absturz gemildert und die beiden gerettet hätte, ließen Jules' Hände den Ring los.

Männer schnappten nach Luft. Frauen – einige zumindest – kreischten. Aber niemand fiel in Ohnmacht. Es war eine makabre Situation, welche die Aufmerksamkeit aller auf die zwei d'Alemberts lenkte, als sie die letzten zwölf Meter zu fallen begannen.

Eine auf höchster Geschwindigkeit laufende Kamera aber hätte die Tatsache enthüllt, daß der Fall weder riskant noch unkontrolliert erfolgt war. Sie trennten sich und krümmten sich zusammen – Knie ans Kinn hochgezogen, die Körper zum Aufprall gerüstet. Die Landung glückte perfekt. Gelenkige Knie fingen den Aufprall ab, gelenkige Ellbogen taten das übrige. Die Köpfe waren eingezogen, das Kinn an die Brust gedrückt. Mächtige Beinmuskeln ermöglichten federnde Aufsprünge, breite, kräftige Schulter- und Rückenmuskeln trafen in einer perfekten Rolle auf dem Boden auf. In einer einzigen fließenden, scheinbar mühelosen Bewegung waren Bruder und Schwester auf dem Boden gelandet und kamen mit einem Salto leichtfüßig auf die Beine.

Hand in Hand blieben sie einen Augenblick lang reglos stehen und rangen nach Atem. Dann verbeugten sie sich gleichzeitig, drehten sich um und liefen leichtfüßig dem Ausgang zu – legten die hundert Meter unter acht Sekunden zurück, mit weitausgreifenden, geschmeidigen Schritten.

Die Zuschauer rasten.

Sie hatten mit angesehen, wie ein Mädchen in den sicheren Tod stürzte. Sie hatten momentan Erleichterung verspürt – oder war es Enttäuschung –, als es aussah, als käme rechtzeitig Hilfe. Dann hatten sie zwei herrlich lebendige junge Menschen im Sturz beobachtet, die, wenn schon nicht in den sicheren Tod, so doch einem Dasein als Krüppel entgegenfielen. Und dann brachte ein Sekundenbruchteil den Höhepunkt, als die schreckliche Tragödie sich als großes Finale der Nummer entpuppte.

Denn daß es das große Finale war – der Höhepunkt eines Höhepunktes –, daran bestand kein Zweifel. Die Gefühle des Publikums waren bis aufs äußerste beansprucht worden. Die einzige Frage war nur, welches Gefühl sich in dieser kreischenden, schreienden, klatschenden, jubelnden, hochrufenden und johlenden Schar von Erdenmenschen Ausdruck verschaffte – Erleichterung, Beifall oder gar Enttäuschung?

Gleichgültig, was immer es war – sie alle hatten das Ereignis ihres Lebens hinter sich – und wenn überhaupt, dann waren es nur wenige, die begriffen, wie alles vor sich gegangen war.

Denn von den wimmelnden Trillionen Menschen, welche die 1342 anderen Planeten des Erdimperiums bewohnten, hatte kaum ein Prozent je etwas vom Planeten DesPlaines gehört. Und von denjenigen, die von ihm gehört hatten, wußten verhältnismäßig wenige, daß seine Oberflächenschwerkraft annähernd 3000 Zentimeter pro Sekunde im Quadrat betrug – mehr als dreimal soviel wie auf der kleinen, grünen Erde. Und die meisten, denen diese Tatsache bekannt war, wußten nicht – und es kümmerte sie auch nicht –, daß der harte, abweisende und feindliche Planet DesPlaines die Heimatwelt des Zirkus der Galaxis und der Familie d'Alembert war.

3. KAPITEL

Tumult in den ›Dunedin Arms‹

Das Service of the Empire (im weiteren die SOTE genannt) wurde im Jahre 2239 von Kaiserin Stanley II. gegründet, der ersten der ›Großen Stanleys‹, die der SOTE während der siebenunddreißigjährigen Regierungszeit (2237–2274) jenen Geist der Loyalität und Ergebenheit einpflanzte, welche die SOTE seither auszeichnete. Dieser Geist geriet nur einmal ins Wanken, nämlich unter der schwachen und lasterhaften Kaiserin Stanley V., der ›Irren Stephanie‹, deren Regierung – während einer glücklicherweise kurzen Periode von 2293–2299 – in jeder Hinsicht von Übel war. Die SOTE erlangte ihre volle Macht jedoch unter Kaiser Stan'ey X. (ab dem Jahr 2403), dem dritten und größten der ›Großen Stanleys‹, unter dem sie zur besten Organisation ihrer Art heranreifte.

(Baird, Eine Studie über das Sicherheitswesen,
Ed. 2447, Nummer 291)

Die Stadt Tampeta in Florida hatte eine Bevölkerung von über fünfzehn Millionen – eine eher kleine Anzahl, verglichen mit anderen volkreichen Städten. Sie umschloß nicht nur das einstige Tampa, St. Petersburg und Clearwater, sondern all die anderen Städte verschiedener Größenordnung zwischen Sarasota im Süden und Port Richey im Norden. Außerhalb der Stadtgrenze, in Richtung Lakeland, lagen die Pinellas Fair Grounds, wo der Zirkus der Galaxis über eine Woche lang vor ausverkauftem Haus gespielt und jeden Abend eine andere Show – mit einem völlig anderen Höhepunkt – geboten hatte.

Jules und Yvette hatten nicht einmal Zeit, sich ihrer Kostüme zu entledigen, als sie auch schon vor ihren Vater, den Direktor des Zirkus, zitiert wurden. Sie wußten, daß sich etwas zusammenbraute – wußten es bereits seit einem Monat –, seitdem man den Zirkus hierher auf die Erde umdirigiert hatte und als Folge davon mehr als ein Dutzend Engagements gebrochen hatte. Aber laut hatte man darüber nicht gesprochen. Vielleicht würden sie jetzt den Grund erfahren.

Als sie das Büro betraten, nahmen sie augenblicklich an Gewicht zu. Denn Herzog Etienne hielt in seinem Spezialraum den Ultragraph immer auf – für DesPlainsianer – angenehme zweieinhalb Einheiten eingestellt. Sein Büro wirkte mit den weichen türkisfarbenen Teppichen und den reichverzierten Wandvertäfelungen aus Solenta-Holz sehr behaglich. Drei Wände wurden von Bücherregalen eingenommen, die mit Büchern vollgepfercht waren, lauter Antiquitäten, da der Buchdruck als vergessene Kunst anzusehen war. Es war viel schneller und billiger und vor allem raum- und materialsparender, wenn man Informationen auf elektromagnetischen Bändern speicherte. Viele der Folianten des Herzogs waren fünf Jahrhunderte alt oder noch älter.

Der Herzog saß an seinem stahlgrauen Schreibtisch und sah bei ihrem Eintreten auf. Er war nicht groß, kleiner sogar als seine Kinder, und neigte zur Fülle. Er ging auf Fünfzig zu, das Haar lichtete sich über der Stirn und wurde an den Schläfen grau. Aber die Zeit hatte dem lebensfrohen und gutgelauten Schimmer in seinen Augen auch in den ernstesten Momenten nichts anhaben können.

Er bedeutete ihnen mit einer Bewegung seiner künstlichen Hand einzutreten. Ein gutes Dutzend Jahre war vergangen, seitdem er seine Rechte verloren hatte. Der Zufallstreffer einer Strahlenwaffe hatte sie ihm mehrere Zentimeter über dem Handgelenk abgetrennt. Aber auch dieser tragische Verlust hatte seinen unbezähmbaren Willen nicht brechen können. Er ging sogar so weit zu behaupten, daß seine neue Hand die alte an Qualität überträfe. Bei flüchtigem Hinsehen war sie von einer normalen Hand nicht zu unterscheiden, doch waren die Finger eigentlich spezielle Geräte, die man an den Knöcheln abschrauben und auswechseln konnte. Herzog Etienne verbarg die Ansatzstellen mit Ringen, und nur seine engste Umgebung wußte um die wahre Natur seiner künstlichen Hand.

Ohne Umschweife eröffnete er den beiden Trapezkünstlern in Franko-Englischem ›Patois‹ – dem auf DesPlaines gebräuchlichen Idiom: »Das also ist es.«

Beide wußten sofort, was gemeint war. Der Augenblick, für den sie jahrelang ausgebildet worden waren, war gekommen. Nach einem Moment der Sprachlosigkeit platzte Yvette heraus: »Und wie lautet der Auftrag?«

»Weiß ich nicht.« Der Herzog zog in einer Geste der Ungewißheit die Schultern hoch. »Das konnte man mir nicht sagen. Vielleicht traut man mir altem Mann nicht mehr über den Weg.« Das

Funkeln in seinen Augen milderte den Eindruck dieser Worte. »Ich weiß nur von einem Ort und einem Kodesignal. Ach ja, und das soll ich euch geben.« Er holte aus seinem Schreibtisch ein Mikrofilmkärtchen aus Plastik hervor.

»Was ist das?« fragte Jules, der das Kärtchen von seinem Vater entgegennahm.

»Das Netzhaut-Schema des Chefs«, sagte Herzog Etienne unverblümt. »Du wirst es vielleicht zur Identifizierung benötigen und wirst gut daran tun, das Ding nicht zu verlieren.«

Die Geschwister starrten einander entgeistert an. Das Netzhautmuster des Hauptes der Organisation! Die kleine Plastikkarte wäre für die Feinde der Krone ein Vermögen wert gewesen. Und die Tatsache, daß man ihnen die Karte gab, bedeutete, daß sie mit dieser illustren Persönlichkeit zusammentreffen würden – und das bedeutete wiederum, daß der Auftrag wichtiger war als angenommen.

Der Herzog weihte sie in den Erkennungskode ein und sagte ihnen, wo der Kontakt stattfinden sollte. »Ihr müßt euch verkleiden«, fügte er hinzu. »Wir von DesPlaines sind für irdische Verhältnisse zu muskulös und fallen auf der Erde zu stark auf.«

Nach kurzer Überlegung meinte Yvette: »Am besten, wir verkleiden uns als Delfianer! Die stecken doch immer in ihren schweren Gewändern und legen sie in der Öffentlichkeit nie ab. Wir fallen in dieser Maskerade zwar auch auf, aber auf andere Art.« Der Herzog nickte beifällig. »Ausgezeichnet! Ablenkung – wie Marcel zu sagen pflegt. Ich rufe gleich den Kostümfundus an und lasse die Sachen für euch vorbereiten.« Sein Ton ließ erkennen, daß er die Unterredung für beendet hielt. Als die beiden jüngeren d'Alemberts aufstanden und gehen wollten, sah er ihnen gerade in die Augen. »Gebt besonders gut acht auf euch, ihr beiden. Viel Glück. Ach, ihr müßt natürlich den guten Wagen nehmen.« Sie wußten, welcher gemeint war.

Beide liefen nun zum Kostümfundus, wo Mimi – eine ihrer Großtanten – sie perfekt ausstattete. Yvette mit einem hellblauen delfianischen Gewand samt Kapuze, Jules ganz in Silber. Die Aussicht auf das Bevorstehende machte sie ganz stumm.

So kam es, daß zwei kleine, gedrungene Delfianer, bis zu den Augen vermummt in ein formloses, wallendes Kapuzengewand – das Erkennungszeichen ihres Planeten –, sich unter die

Menge mischten, die aus dem Hauptzelt strömte. Noch immer war der unglaubliche Vorfall, dessen Zeugen die Leute geworden waren, in aller Munde. Die Menschenmenge brauchte eine halbe Stunde, bis sie durch die Ausgänge auf den Riesenparkplatz gelangt war, aber die geheimnisvollen, schweigenden Delfianer schienen massenhaft Zeit zu haben. Nun weiß man ja, daß Delfianer von Eile nicht viel halten.

Der Wagen stand am anderen Ende des Parkplatzes. Auf den ersten Blick sah er aus wie das Standard-Sportmodell eines Frascati, ein niedriges, schlankes, silbergraues Geschoß, das auf den Autobahnen dahinraste. Nur ein geübtes Auge hätte entdeckt, daß der Wagen eine Spur zu lang, zu breit, ein wenig zu gerundet und viel zu schwer für ein Sportmodell war – und das nicht ohne Grund.

Als das Chaos, hervorgerufen durch die Autos der Besucher, vorüber war, steuerte Jules sein sportliches Fahrzeug in die zweite Etage der »Interstate Vier«, Richtung Westen. Wie alle Wagen auf den zivilisierten Planeten, so war auch dieser mit der Möglichkeit einer computergelenkten Steuerung durch eine in der Straße eingebaute elektronische Leiteinrichtung ausgerüstet, aber Jules zog seine eigenen Fahrkünste vor – und seine Reflexe waren fast so schnell wie die des Verkehrscomputers.

Im Handumdrehen war der Bezirk Dunedin erreicht, und sie fuhren auf den Parkplatz des Restaurants ›Dunedin Arms‹. Es war eines der exotischsten Nachtlokale entlang des renommierten Golf-Strips. Jules drückte dem Parkwächter eine Zwanzig-Credits-Note in die Hand. Man hätte den Wagen auch automatisch einparken können, aber die Erde mußte für ihre Milliarden Bewohner Beschäftigungen schaffen. Mit einer weiteren Banknote bedachte er den prächtig uniformierten Portier, und eine dritte erfreute den Empfangschef, der die beiden mit viel Getue und einladenden Armbewegungen zum Fahrstuhlschacht geleitete und sie hinauf in den Speisesaal in der vierten Etage brachte.

Daß die zwei Delfianer sich von ihrer Vermummung nicht trennen wollten, galt als normal, denn dies gehörte zu den Eigenheiten der geheimnistuerischen Rasse. Jules jedoch gab dem Garderobenmädchen trotzdem ein Trinkgeld, nur weil es – wie Yvette später erklärte – mit ein paar Ziermünzen und einem Armreifen bekleidet war.

Die zwei Delfianer hatten sich keinen Tisch reservieren lassen, aber ein dem Saalchef in die Hand gedrückter Creditschein ließ hoffen, daß in Kürze für sie Platz geschaffen würde. »Ich danke Ihnen, Gospodin und Gosposa«, sagte der Maître. »Leider müssen Sie etwa fünf Minuten warten, aber mit Sicherheit nicht länger. Vielleicht möchten Sie inzwischen an der Bar einen Cocktail nehmen?«

Der Ober hatte sie in ›Empirese‹ angesprochen, in jener russisch-englischen Mischsprache, die als offizielle Sprache des Imperiums galt, und Jules antwortete im gleichen Idiom. »Ja, danke, das wäre wunderbar.« Diese Verzögerung war Bestandteil seiner Pläne.

Genau vor ihnen war der Eingang zur Bar. Jules und Yvette blieben an der Schwelle stehen und sahen sich in dem riesigen Raum um. Die Ausstattung war dunkel, von gedämpfter Eleganz. Rechts nahm die Bar die gesamte Raumlänge von zweihundert Metern ein, eine Bar aus wertvollem Mahagoni, mit reichem Schnitzwerk verziert, dahinter ein goldgerahmter Spiegel. Die Wand am anderen Ende war aus wertvollem schokofarbenem Holz, mit schweren, dunkelroten Samtvorhängen drapiert. In den kleinen Nischen, die in Abständen von einigen Metern in die Wand eingelassen waren, prangten Rüstungen und marmorne Heiligenstatuen aus alten Zeiten. Schmiedeeiserne Halter hielten Myriaden von Kerzen. Ihr Licht vermischte sich mit dem der Kerzen aus den drei riesigen schmiedeeisernen Lüstern und tauchten den Raum in ein angenehmes, gedämpftes Licht.

Zur Linken übersah man aus drei großen Fenstern den Strand und den offenen Golf aus einer Höhe von vier Stockwerken. Auf einer Bühne am anderen Ende des Raumes zeigte ein von einem exotischen Planeten stammendes Paar – vielleicht von Binhalla, nach ihren langen, schlanken Gestalten zu schließen – einen geschmeidigen, sinnlichen Tanz, der ein Paarungsritual darstellte und der Phantasie wenig Spielraum ließ. Die Zuschauer an den niedrigen Solenta-Holztischen sahen meist den Tänzern zu, nur einige waren in eine private Unterhaltung vertieft. Der Raum war voller gutgelaunter, farbenfroher und festlicher Menschen, die sich in vollen Zügen amüsierten. An der unglaublich langen Bar waren nur wenige Plätze frei.

»Ja, wirklich«, wiederholte Jules und nahm den Arm seiner Schwester. »Ein oder zwei Cocktails wären köstlich.«

An der Bar legte Jules fünfzig Credits auf die Theke und sagte: »Zwei Vodnaks mit Eis, bitte. Gemixt mit Estvan aus einer frischen Flasche – womöglich versiegelt.«

»Wir haben alles, Gospodin.« Der Barkeeper war leicht gekränkt, weil man seine Ehrlichkeit in Zweifel gezogen hatte, und stellte die schwere, massivgeformte grüne Glasflasche mit dem hundertzwanzigprozentigen Gesöff vor sie hin, welches das Lieblingsgetränk der Randwelt Delf darstellte. »Wir haben fast alles. Die Dunedin Arms kommen jedem Geschmack entgegen.«

Jules war glücklich, sein Gesicht verhüllt zu haben, weil der Barkeeper seine angeekelte Miene nicht sehen konnte, als er die Flasche mit dem Markenzeichen vor ihn hinstellte. Die dichte Atmosphäre auf DesPlaines hatte im Laufe der Jahrhunderte die chemischen Vorgänge des Körperhaushaltes seiner Bewohner verändert und sie gegen alkoholische Getränke jeder Art allergisch gemacht. Obwohl er und Yvette imstande waren, Cocktails zu trinken – in Ausübung ihrer Pflicht würden sie es auch tun –, so würde die Reaktion darauf unangenehm sein, und deswegen freute er sich keineswegs darauf.

Der Barkeeper brach das Flaschensiegel und füllte die Gläser zu drei Vierteln mit Vodnak. Dann fügte er ein paar Spritzer des Jumberry Fizz hinzu, was den Vodnak auf Eis so beliebt machte. Als er Jules Wechselgeld herausgeben wollte, winkte dieser ungeduldig ab.

Sein Glas gegen das Licht haltend, sagte er: »Ich bin der Überzeugung, daß dies der einzige zivilisierte Drink der ganzen Galaxis ist.« Das sagte er so laut, daß man es noch mehrere Tische weiter hörte.

»Des ganzen Universums«, bestätigte Yvette ebenso laut.

Keiner der beiden hatte Gelegenheit, die Getränke zu kosten, denn ein großer, schlanker Erdenmensch war an die Bar gekommen und hatte sich neben Yvette gesetzt. Er würdigte die beiden Ersatz-Delfianer keines Blickes, sondern zog mit einem Hochheben des Fingers die Aufmerksamkeit des Barkeepers auf sich. Als dieser diensteifrig herbeieilte, begann der Neuankömmling:

»Ich nehme ein Schlückchen ...«

Weiter kam er nicht. Yvette, die den Spiegel vor ihr nicht aus den Augen gelassen hatte, bemerkte eine rasche Bewegung am nahen Ende der Bar. So schnell die Bewegung war – Yvettes Reaktion war noch schneller. Die Reflexe auf einem Planeten wie DesPlaines, wo bei einem einfachen Stolpern Knochen brechen konnten, mußten blitzschnell erfolgen.

Der alte Zirkusruf ›Hela Hopp‹ hatte sich bis in diese Tage erhalten – zum Teil jedenfalls –, so daß ihr Ausruf sie selbst und ihren Bruder in Aktion versetzte. Sie packte die schwere Flasche am Hals und schleuderte sie im Stürzen. Ein gräßlicher Strahl durchzuckte die Luft und verbrannte den schlanken Erdenmann, wobei der Strahl jene Stelle durchfuhr, die eben ihre Brust eingenommen hatte. Noch im Fallen – sie fiel fast flach hin – stemmte sie einen Fuß gegen die Bar und stieß sich so kräftig ab, wie es ihre Schenkelmuskeln erlaubten. Die Stoßwirkung beförderte sie kopfüber unter den nächsten Tisch. Mit einem Krümmen des Rückens hob sie den Tisch.

Aber der tödliche Strahl war bereits erloschen – gleichzeitig mit dem, der ihn abfeuerte. Die schwere, halb gefüllte Glasflasche war mit der Kraft eines DesPlainianers und dem sicheren Zielen eines Akrobaten geschleudert worden. Sie war, mit dem Boden voraus, genau im Gesicht des Revolverhelden gelandet.

Aber auch Jules war während dieses Zwischenfalles nicht müßig gewesen. Auch er hatte sich auf den Warnruf seiner Schwester hin fallen gelassen und noch im Fallen den Raum gemustert. Wie eine Feder traf er auf dem Boden auf, die Beine hochgezogen. Es ergab eigentlich einen Widerspruch, daß er hinfiel und gleich wieder aufsprang. Sein Sprung reichte hoch und weit, bis zu einem drei Meter entfernten Tisch für sechs Personen, an dem aber nur zwei Paare saßen. Einer der Männer am Tisch, halb verborgen hinter einer großen, stattlichen Blondine, war aufgestanden und langte nach einem Gegenstand in seinem Überkleid, der nahe der linken Achselhöhle eine leichte Auswölbung verursachte.

Jules landete flach auf dem Tisch und glitt dessen ganze Länge entlang. Sein Schwung trug ihn, begleitet von einer ganzen Ladung zerbrechender und fliegender Teller, Gläser, Silbergeräte, Speisen und Getränken, direkt auf den Mann zu, der verzweifelt versuchte, seine Waffe zu ziehen. Jetzt streckte Jules einen Arm aus und schob die Blondine beiseite, ohne viel Kraft anzuwenden. Es war ein sanfter Schubs mit einer Hand, wie um sich den Weg zu bahnen. Sie fiel samt dem Stuhl rücklings um und machte einen unfreiwilligen Purzelbaum, bei dem ihr Rock hochrutschte und an der Innenseite des Schenkels eine Betäubungspistole sichtbar wurde. Die Maid landete auf dem Kopf und blieb bewußtlos liegen.

Beim Weitergleiten benutzte Jules seinen linken Ellbogen und rammte ihn dem Mann in den Leib. Als dieser sich zusammenkrümmte und einen Schmerzensschrei ausstieß, sprang Jules vom Tisch und schlug im Stehen mit seinen harten, kallusverhärteten Handkanten zu.

Als der Mann zu Boden glitt, packte Jules mit einem einzigen schnellen Griff die halbgezogene Waffe des Mannes. Mit einem Blick stellte er fest, daß es eher eine Betäubungs- als eine Strahlenwaffe war, aber die Waffe war immerhin auf die zehnte Stufe eingestellt. Also ganz offen – und sofort tödlich. Das sollte sie nicht mehr sein, entschied Jules und stellte auf Stufe drei ein – eine halbstündige Betäubung. Dann ließ er den nervbetäubenden Strahl kurz über das zweite Paar an dem Tisch tanzen – die beiden hatten sich während der ganzen Aktion zu unbeteiligt gebärdet, um unbeteiligt zu sein – und drehte sich blitzschnell um, um festzustellen, wie sich seine Schwester machte.

Yvette machte sich prächtig. Der Tisch, unter dem sie verschwunden war, war in die Luft geschleudert worden, hatte sich umgedreht – wobei die Gläser in alle Richtungen geschleudert wurden – und krachte dann ans Ende der Bar, wo der erste Schütze und drei andere Halunken Aufstellung genommen hatten. Yvette kam gleich hinterher – eine Wilde auf Rädern sozusagen. Das lose, fließende Gewand war, wenn sie sich bewegte, nur eine geringe Behinderung, aber eine Tatsache, die sie in Betracht ziehen mußte. Ein rasches Bücken genügte, um der hinuntergefallenen Waffe habhaft zu werden, die sie sodann am Kopf des zweiten Mannes landen ließ.

Der dritte hatte nun Zeit, seine eigene Waffe zu ziehen. Er hatte keinerlei Hemmungen, sie in einem so überfüllten Raum anzuwenden. Wenn er seine zwei Zielobjekte erledigte, dann zählten andere Opfer nicht. Und ehe Yvette einschreiten konnte, hatte der Strahl bereits drei Leute an der Bar verbrannt. Sie duckte sich, wie es nur jemand mit geübten Reflexen zustande bringt, packte den dritten an den Knöcheln, warf ihn um und trat ihm die Waffe aus der Hand, ehe sie noch mehr Schaden anrichten konnte. Als sie mit einer Rolle wieder auf die Beine kam, hob sie den Halunken hoch über ihren Kopf, um ihn als Dreschflegel gegen den vierten zu benutzen, bis dieser Unglückliche unter dem Strahl der Betäubungswaffe ihres Bruders schlaff wie ein Sack zu Boden sank.

Aber Yvette hatte zu einer Bewegung angesetzt. In Fortsetzung ihrer schwungvollen Tätigkeit schleuderte sie den Mann hammergleich über einige Tischreihen hinweg mitten durch eines der drei Riesenfenster hinaus ins Freie.

Wer je gehört hat, wie einundvierzig Quadratmeter Glas von einem Zentimeter Dicke auf einmal zerspringen, der weiß, was Krach heißt.

Ein Krach, der alle anderen Geräusche sofort verstummen läßt.

Und in dieser angespannt dichten Stille sprach Jules mit seiner Schwester. Beide waren sichtlich ruhig und atmeten kaum schwerer als normal. Nur die Augen – bei ihm eiskalte graue, bei ihr zornigblaue – ließen erkennen, wie wütend und aufgebracht beide waren.

»Sind da noch welche?« fragte er.

»Niemand zu sehen.« Yvette schüttelte den Kopf. »Außerdem haben wir keine Zeit, uns zu vergewissern.«

»Richtig. Du nimmst diesen da, ich den anderen. Schnell!« Die d'Alemberts liefen mit den zwei Bewußtlosen, leichtfüßig, aber mit unglaublicher Geschwindigkeit die Treppen hinunter und hinaus auf den Parkplatz. Der Parkplatzwächter war entsetzt, als die zwei reichen Delfianer, die eben erst gekommen waren, mit zwei sehr angeschlagen aussehenden menschlichen Leibern in den Armen, das Gebäude so rasch schon verließen. Er versuchte gleichzeitig zu laufen und zu schreien, schaffte aber keines von beiden – dafür sorgte ein Betäubungsschuß von Jules, der eine halbe Stunde wirken würde.

In Sekundenschnelle hatten sie ihren Wagen erreicht. Die unfreiwilligen Gäste wurden im Heck verstaut. Dann stiegen sie ein und knallten die Türen zu. Gepeinigte Reifen quietschten und rauchten, als der schwere Wagen aus dem Parkplatz kurvte und auf die Autobahn einbog. Zum Glück war der Verkehr um halb drei Uhr morgens so gering, daß Jules nicht weit zu fahren brauchte, bis der Augenblick kam, da kein anderer Wagen in Sichtweite war.

Es gab einen Grund, warum der fahrbare Untersatz der d'Alemberts eine Spur länger, breiter und runder war – und viel schwerer als ein Standardmodell. Sobald Jules auf der Straße allein war, betätigte er drei harmlos aussehende Tasten auf dem Amaturenbrett, und es passierte jetzt dreierlei: Erstens: Die Scheinwerfer gingen aus. Zweitens: Zwei Hälften einer luftdichten, strahlenundurchlässigen und durchsichtigen Tragfläche schossen aus den gerundeten Seitenteilen und rasteten mit einem Schnappen ein. Drittens. Das Fahrzeug erhob sich geradewegs in die Luft, mit einer Beschleunigung, die vier irdischen Schwerkrafteinheiten entsprach – mit den zwei Erdenmenschen an Bord wagten sie keine höhere Geschwindigkeit –, und erreichte eine Höhe von sechzig Kilometern, ehe es anhielt.

Ihre Kostüme waren durch die Aktion ziemlich ramponiert. Jules und Yvette entledigten sich der traurigen Reste und starrten einander wortlos an. Dann brach Yvette das Schweigen.

»Das war also unser Kontakt – unser einziger Kontakt. Und wir kennen niemanden von der SOTE auf der Erde.«

»Wir könnten uns an Vater wenden«, schlug Jules vor. »Wenn er dieses Zusammentreffen hier arrangieren konnte, dann muß er auch andere zustande bringen können.«

Yvette schüttelte den Kopf. »Aber dieses Treffen ist geplatzt! Irgendwo gibt es eine undichte Stelle. Es muß ein Leck geben, Jules!«

»Leider hast du recht. Und es ist kein gewöhnliches Leck. Nein, es muß sich direkt im Büro des Chefs befinden ...« Jules brach ab.

Yvette schauderte. »Jeder Treff, den Vater arrangiert, könnte ebenso platzen – und nächstes Mal haben wir vielleicht nicht mehr so viel unverschämtes Glück und können entkommen. Hast du eine brauchbare Idee?«

»Nur eine. Wir müssen den KOPF selbst finden.«

»Wir haben schließlich sein Netzhautschema«, meinte Yvette. »Aber abgesehen davon, haben wir nicht den leisesten Schimmer, wer oder wo er ist. Vielleicht befindet er sich nicht einmal auf der Erde.«

»Aber es muß jemand hier in der Zweigstelle in Tampeta sein, und dort wird man aufpassen. Unsere Auseinandersetzung hat sicher Aufsehen gemacht. Man wird den Kanal ständig überwachen und erwarten, daß wir den ersten Schritt tun.«

»Aber die Freunde unserer Freunde da unten werden alle Kanäle dauernd überwachen und kennen womöglich die Kodes, da sie ja auch von unserem Rendezvous wußten.«

Jules dachte nach. Dann lächelte er. »Dann muß ich also zu einem ebenso alten wie einfachen Trick Zuflucht nehmen, den sie kaum kennen dürften, der allerdings nur dann glückt, wenn hinter dem Monitor der Unsrigen nicht auch Idioten sitzen.«

»Ich kann mir nicht vorstellen, daß man um diese Zeit Schwachsinnige an die Abhörapparate der SOTE setzt«, bemerkte seine Schwester.

»Hast recht. Alors. Los geht's.«

Er drückte einen blauen Schalter und erhob seine mächtige und nicht besonders unmusikalische tiefe Baßstimme zu einem Lied: »Singe o teure Erwählte, singe o Susanna ein Lied …«

»Hier Susanna!« Eine schmelzendweiche Altstimme kam aus dem Lautsprecher. Dann ein Augenblick der Stille, und die Stimme sagte: »Aus!« Jules betätigte erneut seinen Schalter. Befriedigt schloß die Stimme: »Wir lotsen euch rein.«

»Das nenne ich aufmerksam«, meinte Yvette. Sie lachte und fuhr erleichtert fort: »Sie ist schnell von Begriff – diese ›Susanna‹. War das wirklich nur so ein Einfall von dir?«

»Hm, ja. Mehr Zeit vorausgesetzt, hätte ich den Text ebensogut hingekriegt wie die Melodie.«

Yvette schnaubte verächtlich. »Haha! Bescheidenheit, dein Name ist Jules! Du hättest dein Glück bei der Oper und nicht bei den Akrobaten suchen sollen. Wenigstens in einem Punkt hatten wir recht: Ein Schwachsinniger hätte sich aus den sieben Anfangsbuchstaben deiner Bänkelsängerei nicht so rasch den verschlüsselten Ruf: SOTE – SOS zusammenreimen können. Meiner Schätzung nach werden sie uns nicht auf gewöhnliche Weise mit Leitstrahl herunterlotsen.«

»Alles andere als das. Ich tippe auf einen Laser. Die haben uns schon lang im Visier und werden uns sicher die richtige Landung in die Antenne pusten – deswegen stelle ich die Antenne wohl lieber auf Empfang ein.«

Er tat es, und in weniger als einer Minute kam der bleistiftdünne Strahl, durch die Rotation der Wagenantenne in gleichmäßige Blitze geschnitten. Natürlich wurde weder Stimme noch ein Signal hörbar.

Während Jules mit Hilfe seines Peilgerätes die exakte Richtung des Strahles feststellte, sagte er: »Mach lieber die Abschußvorrichtung bereit, und lade ein paar Bomben nach – für den Fall, daß sich unterwegs jemand mit uns anlegen will. Das andere übernehme ich.«

»Gute Idee … !« Sie brach ab und sagte in verändertem Tonfall: »Aber angenommen – der Strahl kommt von den anderen!«

»Kann schon sein. Um so mehr müssen wir bei der Landung auf alles gefaßt sein. Das werden die schon verstehen. Wenn bis dahin alles glatt verläuft, werden die ihrerseits bei unserer Landung auf der Hut sein – genauso wie wir. Sie wissen ja, wer wir sind – hoffentlich jedenfalls.«

Seine Worte klangen optimistisch, aber sein Ton war grimmig. Heute abend war einiges sehr danebengegangen. Sie hatten bei dem Treff das richtige Signal gegeben – aber reagiert hatten die anderen. Und jetzt mußten sie herausbekommen, warum!

4. KAPITEL
Das Oberhaupt

Demokratie, wie sie im zwanzigsten Jahrhundert praktiziert wurde, war zum Scheitern verurteilt, weil sie es mit der von Dynamik geprägten Tyrannei des Kommunismus nicht aufnehmen konnte. Am Ende des dritten Jahrzehntes dieses Jahrhunderts wurden die Wurzeln zu diesem Versagen gelegt, und obwohl in den sechziger und siebziger Jahren eine vielversprechende Entspannung eintrat, brachte die sich im Hinblick auf Bevölkerungsexplosion und Ökologie verschlechternde Weltlage das endgültige Scheitern. Auch die Gründung der Nordamerikanischen Liga (NAL) – welche Kanada, die Vereinigten Staaten von Amerika und Mexiko umfaßte – gegen Ende des zwanzigsten Jahrhunderts konnte den endgültigen Niedergang der Demokratie nicht aufhalten. Der Kongreß der NAL debattierte und vertagte und konnte sich auf keine wirksame Aktion einigen, die den Gegner in die Schranken gewiesen hätte – einen Gegner, der die sogenannte Dritte Welt der Entwicklungsstaaten gierig verschlang. Der russisch-chinesische Krieg, der zunächst den demokratischen Mächten gelegen kam, diente in Wirklichkeit nur zur Stärkung der Sowjetunion. Er verfeinerte ihre Methoden, vermehrte ihren Appetit auf größeres Wild. Da kein Rivale ihm seine ideologische Vorherrschaft mehr streitig machte, konnte der russische Premier endlich handeln. Wer sich seinem Willen widersetzte, wurde unweigerlich erschossen.

(van Mees, Geschichte der Zivilisation, Band 21, Nummer 1077.)

Der Laserstrahl, der sie auf ihr Ziel hinlenken sollte, war schwach und zeigte an, daß er aus beträchtlicher Entfernung kam. Während Yvette wegen eventueller Überraschungsangriffe auf der Lauer lag, betätigte sich Jules am Armaturenbrett, um den ›Wagen‹ in einen atomgetriebenen Jet zu verwandeln, der Geschwindigkeiten bis zu tausend Stundenkilometern erreichen konnte. Während sie in südöstlicher Richtung durch die Atmosphäre zischten, behielt der männliche d'Alembert seinen hochempfindlichen Radarschirm im Auge, um anderen Fluggeräten auszuweichen.

»Möchte wissen, wohin wir fliegen«, sagte Yvette nach einigen Flugminuten.

»Das Ziel kann nicht weiter als vierhundertfünfzig Kilometer entfernt sein, sonst könnten sie uns nicht mit einem geradlinigen Laserstrahl erreichen. Unsere Ortung zeigt Miami an – dahinter liegt in dieser Richtung nur mehr der Ozean.«

»Das Hauptquartier könnte ebensogut auf einer im Meer verankerten Plattform oder in einer Unterwasserstation untergebracht sein«, überlegte Yvette. »Oder es könnte an einer einsamen Stelle zwischen hier und Miami liegen.«

»Möglich. Nur noch ein paar Minuten – dann werden wir es wissen.«

Und als die Minuten vergangen waren, wurde es ihnen immer klarer, daß Miami tatsächlich ihr Ziel war. Zwanzig Minuten glitten sie, immer an Höhe verlierend, den Strahl entlang. Die halbstündige Betäubung, die Jules den zwei Passagieren verpaßt hatte, würde bald vorüber sein, und er überlegte eben, ob er ihnen noch eine Ladung geben sollte, als ihr Ziel in Sicht kam. Die d'Alemberts verminderten ihre Geschwindigkeit, um ihre Manövrierfähigkeit wiederzuerlangen, und besahen sich die Situation.

Das Gebäude unter ihnen war riesig, mindestens neunzig Stock hoch. Es überragte den nächstgelegenen Rivalen um mindestens vierzig Etagen. Helle Flutlichter an der Basis tauchten die untere Gebäudehälfte in taghelles Licht, und trotz der späten Nachtstunde war mehr als die Hälfte der Fenster erleuchtet. Die Silhouetten der dort Beschäftigten waren durch die Fenster zu sehen.

»Sehr eindrucksvoll«, bemerkte Yvette. »Mach dich mit dem Scanner drüber, bevor wir landen. Ich möchte doch wissen, wohin wir gelotst werden.«

Er machte einen Kilometer vor dem Gebäude halt, und sie schwebten nun sekundenlang unbeweglich, während Yvette ihre Kontrolle vornahm.

Unter Zuhilfenahme ihrer Spezial-Abtastvorrichtungen untersuchte sie das Gebäude von oben bis unten. »Das Gebäude starrt vor Waffen wie eine Festung. Großkalibrige Kanonen, die gegebenenfalls einen ganzen Kreuzer außer Gefecht setzen könnten, aber gut verborgen. Alle sind ›warm‹, aber keine voll abschußbereit.«

Jules überlegte. »Das sagt uns nicht mehr als das, was wir uns selbst zusammenreimen konnten. Sicherlich ist jedes Hauptquartier so ausgerüstet, deswegen aber könnte es immer noch das feindliche sein. Wie steht es mit der Sicht? Was für ein Gebäude ist das?«

Yvette schaltete ein vergrößertes Fernsehbild ein und las: »Staatsgebäude, Sektor vier. Das kann einen Sinn ergeben. Vier war immer der loyalste Sektor, und die Bezeichnung ›Staat‹ ist immer die beste Tarnung für ›Sicherheitsdienst‹.«

»Nimm den Test vor. Woher kommt unser Strahl?«

»Vom Dach. Innerhalb eines kleinen Lichtkreises ist dort ein kleiner Sender installiert. Ich sehe eine menschliche Gestalt in dem Lichtkreis. Das Infrarotbild zeigt mir eine zweite Gestalt, die außerhalb des Lichtkreises im Dunkeln steht.«

»Was hältst du davon?«

»Ich würde es riskieren«, sagte Yvette ohne zu zögern.

»Wir haben auch keine andere Wahl.« Jules strich sich übers Kinn. »Außerdem haben wir keine anderen Hinweise und könnten also nur nach Hause zurück. Alors. Los geht es! Für alle Fälle aber halte die Finger an der Abschußvorrichtung.«

Jules näherte sich vorsichtig und hielt auf den Lichtfleck auf dem Dach zu. Als sie näher kamen, wurde die im Licht stehende Gestalt deutlicher. Es war ein junges, schlankes Mädchen – für eine Erdenbewohnerin gar nicht so übel, dachte Jules bei sich. Das lange, schwarze Haar fiel ihr über den Rücken. Sie trug einen Pullover in Beige und braune Hosen. Um den Hals trug sie ein Kehlkopf-Mikrofon, in den Händen hielt sie zwei schwere Neunundzwanziger-Dienstpistolen.

Nachdem Jules auf zweihundert Meter heruntergegangen war, machte er halt und blieb im Schwebezustand über dem Mädchen reglos stehen. Er erwartete, daß sie den nächsten Zug tat. Als sie merkte, daß er nicht näher kommen wollte, drang ihre überdeutliche, kehlige Altstimme aus dem Lautsprecher: »Wir können jetzt miteinander reden, wenn wir nicht zuviel sagen. Sind Sie bewaffnet?«

»Ja.« Jules hielt sich an ihren Vorschlag und sagte nicht mehr als nötig.

»Gut. Aber das ist nicht nötig.« Das Mädchen trat jetzt genau in die Mitte, legte die furchterregenden Waffen auf den Boden und nahm dann wieder ihre frühere Position ein. Kurz gesagt, sie entwaffnete sich und überlieferte sich so der Gnade der beiden – eine sehr schätzenswerte Geste, wäre da nicht noch die Person auf dem Dach gewesen, die, den Sensoren nach zu schließen, noch immer im Schatten stand.

»Sie erkennen natürlich meine Stimme«, fuhr das Mädchen fort.

»Ja.« Jules begnügte sich mit dem Mindestmaß an Konversation. Yvette ließ kein Wort laut werden. Bis jetzt hatte man über Funk nur Jules' Stimme gehört. Es war vielleicht von Vorteil, wenn man eventuelle Feinde bei der Meinung beließ, er wäre die einzige Person im Flug-Fahrzeug.

»Ich nehme an, Sie haben ein Retinaskop bei sich – eine Netzhautaufnahme«, fuhr das Mädchen fort.

»Ja. Warten Sie.« Er unterbrach die Sprechverbindung und wandte sich an seine Schwester. »Was hältst du davon?«

»Sie wollen, daß wir jemanden anhand des Netzhaut-Schemas identifizieren. Aber die einzige Person, von der wir eine Aufnahme haben, ist das ›Haupt‹ selbst. Wenn sie von der richtigen Sorte sind, werden sie das wissen.«

»Das heißt, daß das Mädchen oder ihr Freund im Dunkeln der Kopf ist – was wiederum heißt, daß wir unseren Boß etwas rauher anfassen müssen, ehe wir seine Identität festgestellt haben.«

Yvette biß sich auf die Unterlippe. »Nun ja – schließlich müssen sie uns auf die eine oder andere Art von ihrer Person überzeugen – und das wäre der einfachste Weg. Was bleibt uns außerdem schon übrig?«

»Nichts«, gab Jules ihr recht und drückte wieder auf die blaue Taste. »Weiter! Was schlagen Sie vor?«

»Landen Sie, wo Sie wollen. Eine Person wird an Bord kommen. Unbewaffnet.«

»Karascho – das geht.« Jules ging außerhalb des Lichtkreises nieder, stellte die Betäubungswaffe schußbereit ein und öffnete den Einstieg auf der Seite seiner Schwester.

Die Person, die bis jetzt im Schatten gestanden hatte, kam heran. Als sie mit leeren ausgestreckten Händen näher kam, konnte man nur feststellen, daß es ein Mann war – von mittlerer Größe und durchschnittlichem Körperbau, fast völlig kahl. Beim Einsteigen streckte er seine Hände vor, und Yvette half ihm hinein. Der vordere Teil des Fahrzeugs war nun total überfüllt, und deswegen machten sich die d'Alemberts auch keine Gedanken wegen einer Gewaltanwendung von seiten des sanft aussehenden Mannes. Trotzdem hielt Yvette seine Arme hinter dem

Rücken fest, während Jules das Retinaskop an das rechte Auge des Erdenmenschen hielt.

Jules nahm sich sehr viel Zeit, um das echte Netzhautmuster mit dem fotografierten, das sein Vater ihm gegeben hatte, zu vergleichen. Aber ein Irrtum war auszuschließen – sie waren identisch.

Fast ehrfürchtig flüsterte er: »Das Haupt selbst! Verzeihen Sie, Sir …«

Als Jules die Identität des Mannes bestätigte, ließ Yvette ihn auf der Stelle los und äußerte eine ähnliche Entschuldigung. Der Chef dehnte und streckte die Arme, so gut es in der Beengtheit des Fahrzeuges möglich war. Dann lachte er tief und sagte: »Machen Sie sich nichts draus. Hätten Sie sich anders verhalten, so wären Sie für diesen Job nicht die richtigen. Jules – ich bin glücklich, Sie endlich kennenzulernen.« Die zwei Männer tauschten einen festen Händedruck – wobei Jules darauf achtete, seinem Boß nicht die Hand zu zerquetschen.

»Und auch Sie, Yvette«, fuhr der Chef fort. Er nahm ihre Hand und drückte einen Kuß darauf, als wäre das winzige Abteil der kaiserliche Ballsaal. »Und jetzt – natürlich handelt es sich um eine reine Formsache – die Augen! Yvette als erste.« Er übergab ihr das Retinaskop.

Sie war ein wenig erstaunt, als sie das Ding an ihr Auge hielt. »Aber Sie haben ja keine Vergleichsaufnahme eingeschoben«, sagte sie. »Sie werden doch nicht …«

»Aber sicher.« Er warf einen kurzen Blick auf ihr Schema, stellte das Gerät dann auf ihren Bruder ein und studierte dessen Netzhaut.

»Natürlich kenne ich nicht viele Muster auswendig. Aber die von Jules und Yvette d'Alembert gewiß. Sie sind zu bescheiden, meine Liebe.«

»Aber – warum sollten Sie sich unsere Netzhautmuster auswendig merken?« fragte Yvette verwundert. »Wir haben bis jetzt für Sie nichts geleistet, bis auf ein paar kleinere Aufträge.«

»Wie bei der Schauspielerei, so gibt es auch hier keine kleinen Rollen, sondern nur kleine Schauspieler. Und Jules ist natürlich der einzige lebende Mensch, der einen Volltreffer bei dem Tausend-Punkte-Test gelandet hat – und, liebe Yvette, Ihre neunhundertneunundneunzig waren auch, sagen wir, außergewöhnlich.«

Den erwähnten Test mußten alle SOTE-Agenten während ihrer Ausbildung absolvieren. Mit seiner Hilfe wurden die Fähigkeit logischen Denkens, physische Agilität, Reflexe, Intuition und eine Vielzahl anderer subtiler Eigenschaften, über die ein guter Agent verfügen mußte, geprüft.

Der Chef fuhr fort: »Es stimmt, daß ich Ihnen bis jetzt keine größeren Aufgaben zugeteilt habe – weil man nicht mit Kanonen auf Spatzen schießt.« Seine Miene verdüsterte sich. »Vielleicht habe ich zu lange gewartet, Sie in diesen Fall einzubeziehen, weil ich immer hoffte, er wäre mit geringerem Einsatz zu lösen.« Nun kehrte seine gute Stimmung wieder. »Aber Sie beide sind jetzt hier und werden sich vielleicht bald wünschen, sie wären beim Zirkus geblieben.«

Er betätigte die Sprechtaste. »Noch alles ruhig, Helena?« fragte er das Mädchen, das sich aus dem Lichtkreis nicht fortbewegt hatte.

»Noch immer, Vater«, meldete das Mädchen über Funk und kam auf das Fahrzeug zu. »Nichts Verdächtiges innerhalb von fünfhundert Kilometer Entfernung, sagt mir das Warnsystem.«

»Fein«, sagte Jules und half den anderen beim Aussteigen. »Ich hoffte ja, wir würden schnell genug sein, um ungeschoren davonzukommen – aber sicher kann man ja nie sein. Und jetzt, Sir, zu unseren unfreiwilligen Gästen.« Er wies mit dem Daumen auf das Heckabteil, wo die Gefangenen noch immer die Nachwirkungen von Jules' Betäubungsschuß ausschliefen.

»Ach ja. Ich war schon neugierig. Die Berichte waren etwas wirr und widersprechend.«

»Das wundert mich nicht. Alles kam so schnell. Der da«, zeigte Jules, »ist wahrscheinlich ein kleiner Fisch, der nichts weiß. Bei dem anderen weiß ich nicht recht – der könnte viel, aber auch gar nichts wissen.« Er berichtete mit wenigen Worten von den zwei viel zu ›unbeteiligten‹ Beobachtern des Kampfes und schloß: »Unser geheimes Treffen war nicht geheim.«

Der Chef machte ein grimmiges Gesicht. »Verstehe.« Er hob das linke Handgelenk an die Lippen, und die Alemberts sahen, daß er eine winzig kleine Sprechanlage am Handgelenk befestigt trug. »Oberst Grandon?«

»Ja, Sir«, kam die sofortige Antwort.

»Kommen Sie in genau zwei Minuten aufs Dach. Hier finden

Sie zwei Männer vor, die vor etwa fünfundzwanzig Minuten einen Betäubungsstrahl, Stärke drei, abbekommen haben. Sie liegen im Heck eines Spezialwagens Typ einundvierzig, nahe Abschnitt J zwölf. Sie sollen die zwei auf die Beine bringen und herausfinden, was sie wissen. Danach erstatten Sie Meldung.«

»Zu Befehl, Sir.«

Der Chef ging zu einem Liftschacht voraus. »Kommen Sie«, sagte er. »Ich möchte nicht, daß außer mir und Helena jemand Sie zu Gesicht bekommt. Ihre Identität ist hoffentlich noch geheim, und ich möchte es dabei belassen.« Jules und Yvette folgten ihm zum Lift, das Mädchen bildete den Schluß.

Luftpolster verdichteten sich unter ihren Füßen und senkten sich auf die Höhe des 31. Stockwerkes, wo sich eine Tür vor ihnen öffnete und sie einen Raum betraten, der wie das Privatbüro eines enorm wichtigen Mannes aussah.

Der Raum war ziemlich groß. Die Einrichtung zeugte von dezenter Eleganz. Die gesamte Ostwand bestand aus einem großen Aussichtsfenster, aus dem man auf das schlafende Miami hinuntersah und darüber hinaus auf einen dunklen Fleck, den Atlantischen Ozean. Der braune Teppich war dick und luxuriös, während die Balkendecke aus wunderschön gemasertem, braunem Solenta-Holz bestand und die Wandtäfelung aus demselben, fast metallharten Holz. Echte Ölgemälde der berühmtesten Maler schmückten die Wände bis auf die Stelle hinter dem großen Schreibtisch. An dieser Stelle war das gekrönte Schild des Imperiums angebracht, der doppelköpfige Adler, der im gedämpften, indirekten Licht schimmerte.

Der Chef ging an seinen Schreibtisch und drehte eine Scheibe. Goldene Vorhänge schwangen geräuschlos zu und verdeckten das Aussichtsfenster. Jules und Yvette nahmen an – und hatten recht –, daß der Kopf des Service nicht das Risiko eingehen wollte, daß seine zwei Top-Agenten mittels eines Telefotos identifiziert würden.

»Jetzt können wir reden«, sagte das Mädchen hinter ihnen. Indem sie Jules die Hand reichte, fuhr sie fort: »Ich bin Herzogin – ach, entschuldigen Sie!« Die Röte stieg ihr ins Gesicht, als Jules nach Hofsitte niederkniete und ihr die Hand küßte. Mit hochrotem Kopf ließ sie diese Ehrenbezeugung über sich ergehen und schüttelte sodann Jules und Yvette herzlich die Hand.

»Sie ist zu Recht errötet«, sagte der Chef mit mildem Tadel. »Aber sie arbeitet erst sehr kurz für das Service.« Und zu dem Mädchen gewandt fuhr er fort: »Titel bedeuten hier sehr wenig. Du bist hier mein Mädchen für alles – und sonst nichts. Unsere Gäste gehören der hauchdünnen Elite des gesamten Service an – und stehen weit über irgendeiner Herzogin. Jetzt aber setzen wir uns, und Helena spielt den Mundschenk. Sie kennt meinen Geschmack – wie steht es mit Ihrem?« fragte er seine Agenten mit hochgezogener Braue.

»Orangensaft, bitte«, sagte Yvette, und Jules ließ verlauten: »Zitronensaft – wenn Sie haben.«

Helena warf ihnen einen fragenden Blick zu, was der Chef mit einem Lächeln zur Kenntnis nahm. »Unsere Gäste stammen von DesPlaines«, sagte er. »Sie vertragen Alkohol nur sehr schlecht.«

Helena schürzte erstaunt die Lippen und mixte die gewünschten Getränke. Für sich goß sie eine Art cremefarbigen Likör ein. Als sie ihre Gläser in den Händen hielten, lehnten sich die vier gemütlich zurück und diskutierten ihr dringendstes Problem.

»Der Angriff gegen Sie beide kam völlig überraschend«, sagte der Chef leise. »Es gab da keinerlei Verdacht auf eine undichte Stelle, keinerlei Unregelmäßigkeiten, bis dann der Mann, der Sie herbringen sollte, getötet wurde. Der Zusammenhang zwischen dieser Aufgabe und der Angelegenheit, die Sie auf die Erde führte, ist klar. In diesem Zusammenhang ist es ein höchst erfreulicher Gedanke, daß der Gegner nichts von Ihnen und dem Zirkus weiß. Sie geben mir doch recht?«

»Vollkommen, Sir«, sagte Jules, und Yvette nickte zustimmend.

Helena aber war erstaunt. »Wie kommt es, daß die Gegner nichts wissen?«

»Die d'Alemberts sind für dich neu, mein Kind, weil eine Verbindung zwischen ihnen und uns nirgends festgelegt ist. Seit der Gründung des Sicherheitsdienstes war der Zirkus eine seiner Hauptwaffen, aber diese Tatsache wurde niemals schriftlich fixiert. Hätte es da nicht diesen Überraschungsangriff gegeben, würdest du auch jetzt nicht davon erfahren haben. Einzelheiten werde ich dir noch erläutern, wenn unsere Gäste uns verlassen haben werden. Im Augenblick möchte ich nur die Tatsache festhalten, daß niemand, der über Jules und Yvette Bescheid weiß, bloß schäbige acht Personen auf sie angesetzt hätte. Oder es hätten zumindest alle acht gleichzeitig auf den ersten Blick auf sie losgefeuert, statt zuerst den Kontaktmann umzulegen. Das zeigt, daß die Leute unseren Sicherheitsdienst mehr fürchteten als die angeblichen delfianischen Agenten – ein fataler Irrtum ihrerseits.«

»Ach so – ich verstehe. Entschuldige die Unterbrechung.«

»Schon gut. Das gehört zu deiner Schulung, mein Mädchen für alles.«

»Aber wenn sie von uns auch nichts Genaueres wußten«, meinte Yvette »so wußten sie doch, daß ein Unternehmen im Gange war. Es existiert eine undichte Stelle, und wir müssen sie stopfen – schleunigst.«

»Richtig«, pflichtete Jules bei. »Wer wußte denn von dem Treffen?«

Der Chef zählte an den Fingern auf. »Da wäre ich – diese Möglichkeit schließe ich aus. Dann Sie beide. Nicht sehr wahrscheinlich, daß Sie sich selbst töten lassen wollten. Dann Ihr Vater, der Herzog. Wenn er Sie hätte töten wollen, hätte er es im Zirkus arrangieren und als Unfall tarnen können, ohne sich die Hände beflecken zu müssen. Dann Sarbatte, Ihr Kontaktmann. Da sehe ich eine Möglichkeit, obwohl er getötet wurde. Er hat die Zusammenkunft vielleicht verraten, in der Meinung, man würde nur Sie töten, und dann mußte auch er daran glauben, damit es besser aussieht. Unwahrscheinlich, aber immerhin möglich.«

»Und was ist mit ihr?« Jules wies mit dem Glas in der Hand auf Helena.

Das Mädchen errötete und schüttelte den Kopf. Ihr Vater nahm die Frage auf. »Unmöglich. Sie wußte zwar, daß der Zirkus irgendwie beteiligt war, aber ich sagte ihr kein Wort von Ihnen. Ich zog sie erst hinzu, als wir von dem Mini-Aufruhr in den ›Dunedin Arms‹ hörten, weil ich wußte, daß ich ihr vertrauen kann.«

»Sonst noch jemand?« fragte Yvette.

Der Chef runzelte die Stirn. »Sarbattes Vorgesetzter, Oberst Grandon. Er ist der Chef unserer gesamten Inneren Sicherheitsabteilung. Ich wollte das gesamte Gebäude in Bereitschaft halten für den Fall, daß die Gegenseite etwas plante.«

»Ist es derjenige, den Sie aufs Dach schickten, damit er die zwei Gefangenen holt?« fragte Jules.

Die gesamte Szene erstarrte, als den vier Menschen klar wurde, was sich jetzt zutragen konnte. Entschlossen drückte der Chef einen Schaltknopf des TV-Monitors, der eine Infrarot-Ansicht des Daches auf den Schirm brachte.

Es standen jetzt zwei Fahrzeuge da. Ein Mann – es konnte nur Grandon sein – zerrte eben einen bewußtlosen Körper aus dem Fahrzeug der d'Alemberts und schleppte ihn zu dem anderen.

»Grandon!« rief der Chef ins Mikro. »Legen Sie den Mann hin, und melden Sie sich sofort in meinem Büro!«

Grandon machte einen Luftsprung, als die Stimme des Chefs aus dem Dachlautsprecher ertönte. Er sah sich verzweifelt um und merkte dann, daß er allein war, aber beobachtet wurde. Und da geriet er in Panik. Er reagierte rasch und schleuderte den bewußtlosen Mörder über den Dachrand hinaus in die Luft. Ohne abzuwarten, wie der Mann 93 Stock tief in den Tod stürzte, lief Grandon zu seinem Fahrzeug und floh mit Höchstgeschwindigkeit.

5. KAPITEL
Die Jagd

Noch ehe Oliver Fenton Amold den Sub-Äther-Antrieb erfand, der die Erforschung der Galaxis ermöglichte, geriet die ganze Erde, mit Ausnahme der NAL unter den Einfluß des Kommunismus – und Nordamerika selbst wurde infiltriert und unterminiert. Der richtige explosionsartige Exodus der Menschheit in den Weltraum begann jedoch nicht vor 2013, als John Copeland den uranreichen Planeten Urania IV entdeckte und damit der Menschheit billige und praktisch unerschöpfliche Energie verschaffte. 2016 verließen die amerikanischen Antikommunisten, angewidert und beunruhigt von den Folgeerscheinungen, verursacht durch die ›Tue-nichts‹- und ›Tue-Gutes‹-Schreier, die alle erfolgversprechenden Aktionen abwürgten, die Erde in Scharen und wanderten nach dem sehr passend bezeichneten Planeten Newhope aus. Daraufhin fiel dem Kommunismus die ganze Erde zu, ohne daß ein Schuß abgegeben oder eine Rakete abgeschossen werden mußte.

(von Mees, Geschichte der Zivilisation, Band 21, Nummer 1281.)

Die d'Alemberts warteten Oberst Grandons Reaktion auf seine Entdeckung gar nicht ab. Schon während der Chef den Knopf für die Dachlautsprecher betätigte, hatten ihre blitzschnellen Reflexe sie aus den Sesseln in sofortige Aktion katapultiert. Der gemeinsame Gedanke war, so rasch wie möglich das Dach zu erreichen und den Verräter aufzuhalten, ehe er noch mehr Schaden anrichten konnte. Beide liefen auf den Liftschacht zu und erreichten ihn gleichzeitig.

Wie erwartet, verfestigte sich das Luftpolster, aber die Fahrt nach oben schien unendlich. Eineinhalb Minuten vergingen, ehe sie ankamen – eine Zeitspanne, die viel zu lang war für Menschen, die ihre Bewegungen nach Millisekunden bemaßen.

Als Jules und Yvette aus dem Lifteingang stürzten, war Oberst Grandon bereits mit seinem eigenen Fahrzeug in voller Fahrt. Sie liefen über das Dach zu ihrem Fahrzeug und hörten ein bezeichnendes Surren über ihren Köpfen. »Auseinander!« rief Yvette, und das taten sie auch – genau in dem Augenblick, als ein Strahl aus dem Luftlandefahrzeug sich an jener Stelle in den Boden bohrte, wo sie eben gestanden hatten.

Der sengende Strahl verbrannte Jules' Gewand am Rande, während dieser nach vorne hechtete, sich überschlug und wieder auf die Beine kam – alles, ohne seinen Lauf auch nur für einen Augenblick zu unterbrechen.

Oberst Grandon – in seiner Position über ihnen – zögerte und fragte sich wohl, ob er noch einen Schuß riskieren sollte, um seine Verfolger zu töten oder zumindest zu behindern. Aber ihm wurde klar, daß für ihn jede Sekunde zählte. Jeder Augenblick, den er hier mit Zielen vergeudete, gab der SOTE Gelegenheit, ihre Kräfte zu mobilisieren – und Oberst Grandon wußte nur zu gut, wie groß diese Kräfte waren. Er würde jede Nano-Sekunde für seine Flucht benötigen.

Während er sich in der Dunkelheit entfernte, taumelten Jules und Yvette quer über das dunkle Dach zu ihrem Fahrzeug. Sie brauchten dazu volle fünfzehn Sekunden, weitere fünf zum Einsteigen und Türenschließen, fünf Sekunden, um die Maschine zu starten und fünf, um das Fahrzeug auf Flug umzustellen. Insgesamt dreißig Sekunden. Weitere dreißig Sekunden waren dazuzurechnen, weil Grandon fliegend gestartet war. Der Verräter war ihnen also jetzt um eine volle Minute voraus.

Unter Jules' Steuerung schoß das Fahrzeug der d'Alemberts vom Dach und beschleunigte immer mehr. Yvette beobachtete die Sensoren und versuchte den Flüchtigen zu orten. »Ich habe ihn!« rief sie schließlich. »Sechsundzwanzig Grad Nordwest. Er flitzt wie ein Renner, dem der Schwanz brennt. Wir müssen uns mächtig beeilen, wenn wir ihn kriegen wollen.«

Jules brummte und ging in die höheren Schichten der Atmosphäre über, um den hinderlichen Luftwiderstand zu vermindern. Es gab kein schnelleres Planetar-Fahrzeug, als es der ›Spezial-Service-Wagen 41‹ war – aber Oberst Grandon hatte denselben. So wie es aussah, würden die zwei Fahrzeuge ihren Abstand von zwanzig Kilometern beibehalten, bis einem von beiden der Treibstoff ausging.

»Warum schießt das Hauptquartier nicht auf ihn?« fragte Yvette. »Die haben genügend Feuerkraft für ein ganzes Schlachtschiff.«

»Aus demselben Grund, aus dem auch wir nicht schießen«, antwortete Jules. »Wir wollen Grandon lebendig. Wenn wir ihn töten, wird es die Leute, für die er arbeitet, an ihrer weiteren Tätigkeit nicht hindern. Wir müssen annehmen, daß er ihnen alles gesagt hat, was er weiß. Andererseits möchten wir einige seiner Geheimnisse kennenlernen, wie zum Beispiel seine Auftraggeber. Wenn wir ihn töten, entgeht uns wertvolles Informationsmaterial.«

»Dann haben wir also bei dieser Hetzjagd einen Vorteil«, sagte Yvette. »Von seiner Seite wird ihm niemand gegen uns helfen. Ich hatte schon die Befürchtung, sie würden ihm zu Hilfe kommen.«

Aber die d'Alemberts waren nicht die einzigen, die diese Überlegungen anstellten. Offenbar wußte auch Oberst Grandon, daß er von seiten seiner Auftraggeber nichts zu erwarten hatte und allein auf sich gestellt war. Er mußte unbedingt den Abstand zu seinen Verfolgern aufrechterhalten, denn wenn es danach aussah, als würden sie ihn erreichen, würden ihn seine Auftraggeber mit ziemlicher Sicherheit abschießen, um zu verhindern, daß er sein geringes Wissen an die SOTE weitergab.

Wenn also die SOTE-Agenten hinter ihm nicht feuerten, tat er das Gegenteil. Nachdem er sein Fahrzeug auf automatische Lenkung geschaltet hatte, stellte er sich auf einen bestimmten Kurs ein und konnte seine Aufmerksamkeit seinen Verfolgern widmen. Sie blieben ihm hartnäckig auf den Fersen, obwohl sie wissen mußten, daß sie ihn nicht einholen konnten. Er mußte also etwas unternehmen, sie abzuschrecken.

Der eine Mann, den er aus dem anderen Fahrzeug gerettet hatte, kam langsam zu sich, aber Grandon wußte, daß der Kerl während der ganzen nächsten Stunde noch viel zu benommen sein würde, um ihm beim Kampf helfen zu können. Er schnitt eine Grimasse, als ihm klar wurde, wie allein er eigentlich war.

Grandon zielte auf das ihn verfolgende Fahrzeug und feuerte die Multi-Geschosse ab, die zum todbringenden Teil seiner Ausrüstung gehörten. Wie erwartet, hatten diese Waffen nur eine geringe Wirkung auf seine Verfolger, deren Strahlenschutzschilde ebenso wirksam waren wie seine eigenen. Er hatte gehofft, seine Verfolger würden Ausweichmanöver vornehmen und damit Zeit verlieren – aber sie kannten offensichtlich die Ausstattung ihres Fahrzeuges sehr gut und blieben ihm unbeirrt, ohne die geringste Abweichung, auf den Fersen.

Na schön, dachte Grandon mit grimmiger Miene, dann eben auf die rauhe Tour! Das Betätigen eines Hebels brachte eine Abschußvorrichtung in Funktion, ein weiterer Knopfdruck lud sie mit Bomben.

Im Verfolgerfahrzeug starrte Yvette offenen Mundes auf ihre Scanner. Diese zeigten an, daß eine Bombe aus dem Heck des Fluchtfahrzeuges geglitten war. Grandon hatte nicht genau zielen können, und außerdem bestand keine Chance, daß das Geschoß die Distanz von zwanzig Kilometern überwinden würde. Statt dessen würde es auf das dichtbesiedelte Land hinunterfallen und Tausende – vielleicht Millionen – Unschuldiger töten.

Sofort erwachten ihre trainierten Reflexe. Sie brachte ihre eigene Abschußvorrichtung in Stellung und feuerte auf das fallende Projektil. Als die vernichtenden Strahlen einen Volltreffer erzielten, explodierte die Bombe mitten in der Luft und ließ einen Schauer kleiner, relativ harmloser Splitter auf die Erde hinunterfallen. Inzwischen hielt Jules ihr Fahr-Fluggerät auf Kurs, so daß sie keine Zeit verloren.

Jetzt aber machte der Flüchtling die Sache für sie schwieriger. Er feuerte zwei Bomben nach unten ab, in weitem Abstand voneinander. Mit einem leisen Fluch ließ Jules das Fahrzeug ein wenig hinabsinken, um seine Schwester in eine günstigere Schußposition zu bringen. Sie erledigte die beiden Geschosse mit gleicher Genauigkeit, aber bis Jules das Fahrzeug wieder auf Kurs bringen konnte, hatten sie zwei weitere kostbare Sekunden verloren.

Wieder schoß der Verräter Bomben ab und gefährdete damit unschuldiges Leben, wieder schützten die d'Alemberts mit ihrem raschen Reaktionsvermögen das Leben von Erdenmenschen. Diesmal waren es vier Bomben, die so schnell fielen, daß es zehn volle Sekunden dauerte, bis sie zerstäubt waren und das Verfolgerfahrzeug wieder auf Kurs gehen konnte. »So schaffen wir es nie«, rief Yvette.

»Ach, ich denke, der Boß hat noch ein paar Tricks auf Lager«, erwiderte Jules. »Sieh mal.«

Er wies auf den Scanner, und Yvette sah in die angegebene Richtung. Am äußersten linken Rand des Schirmes bewegte sich ein Schwarm kleiner, heller Objekte westwärts. Sie mußten dem Verräter unweigerlich die Flugbahn abschneiden. »Die Abteilung aus Tampeta«, vermutete Yvette.

»Richtig. Die versuchen, ihm den Weg zu sperren und ihn zum Umdrehen zu zwingen. Sollte er an ihnen vorbeikommen, dann wird er von anderen Verbänden abgefangen. Der Chef hat im Augenblick wahrscheinlich jedes Fluggerät von ganz Nordamerika in der Luft. Die warten ab, wie sich die Sache entwickelt. Niemand, nicht mal Grandon, kann diesen Kordon durchbrechen.«

Obgleich ihre Chancen sehr schlecht standen, den flüchtigen Oberst selbst zu fangen, verfolgten die d'Alemberts die auf den Bildschirmen sichtbare Entwicklung. Grandon hatte die Flotte aus Tampeta sofort gesichtet und unternahm nun ein Ausweichmanöver. Sein eigenes Fahrzeug war kleiner und beweglicher als die meisten SOTE-Fahrzeuge dieser Abteilung, und er machte sich diesen Umstand meisterhaft zunutze. Er tauchte nach unten weg und durchschnitt die Atmosphäre in einem nicht berechenbaren Abtrudeln im Zickzack, was seine Verfolger über sein Vorhaben im ungewissen ließ. Sein Fluchtkurs wich nun stark vom früheren Nordwestkurs ab und wies genau nach Norden. Dadurch erwies sich der Abfangkurs der Flotte als unwirksam, und sie mußte auf neuen Kurs gehen. Er rechnete mit der Manövrierfähigkeit seiner Maschine, die es ihm ermöglichte, der näher kommenden Flotte auszuweichen und sie abzuhängen.

Fast hätte es geklappt.

Genau über Jacksonville begegnete Grandon einem anderen Flieger – einem Verkehrsflugzeug auf fahrplanmäßigem Flug nach Miami. Der Oberst war eben tief in die Atmosphäre hineingetaucht, als aus dem Nichts das Flugzeug auftauchte und ihm fast genau entgegenkam. Er reagierte rasch und konnte ausweichen, aber seine Reflexhandlung kam ihn teuer zu stehen. Bei dieser Geschwindigkeit und dem geringen Luftwiderstand in dieser Höhe verlor er die Herrschaft über das Gefährt. Hilflos von den Luftströmungen hin und her geschleudert, rüttelte und bebte es, verlor an Höhe und je tiefer es ging, desto schwerer lenkbar wurde es.

Jetzt konnten die d'Alemberts aufholen. Grandons Flugzeug war noch zu weit entfernt, um in der frühmorgendlichen Dunkelheit ausgemacht zu werden, aber sie verfolgten alles auf ihren Bildschirmen. Der Absturz würde tödlich enden – das konnte man erkennen.

Er würde das Fluggerät nicht mehr in seine Gewalt bekommen, und sie selbst waren für ein Rettungsmanöver zu weit entfernt. Jules und Yvette mußten hilflos mitansehen, wie die endgültige Katastrophe eintrat.

Mit augen- und ohrenbetäubendem Krachen stürzte Grandons Flugzeug mit dem Vorderteil voraus in einen Park am Stadtrand.

Nur einem glücklichen Zufall war es zu verdanken, daß es ein Wohnviertel knapp verfehlte und niemand ums Leben kam. Aber der Anblick des Fahrzeuges allein war schon furchterregend gewesen. Da man verhindern wollte, daß die Fahrzeuge des Special-Service je von der Öffentlichkeit in Augenschein genommen werden konnten, waren sie mit Selbstvernichtungseinrichtungen ausgestattet. Als das Fahrzeug auf dem Boden aufprallte, verwandelte es sich in einen riesigen Feuerball, der die Umgebung kilometerweit mit seinem Lichtschein erhellte. Heller als von einem Dutzend Sonnen. Die Detonation der gewaltigen Explosion zertrümmerte Fenster in einem Umkreis von zehn Wohnblocks. Die Druckwelle war noch in der halben Stadt zu spüren. Von dem Fahrzeug und seinem Inhalt blieb nichts übrig als feiner Staub, der noch sechs Stunden später auf die Stadt Jacksonville niederging.

Oberst Grandon war nicht zum Chef der Inneren Sicherheitsabteilung der SOTE avanciert, weil er dumm war. Als das Fahrzeug nach dem knapp verhinderten Zusammenstoß mit dem anderen Flugzeug nicht mehr zu steuern war, erkannte er sofort, daß seine Lage hoffnungslos war. Als Mensch mit raschen Reflexen tat er das einzig mögliche, um seine Überlebenschancen zu wahren.

Und so schwebte er im Augenblick der Zertrümmerung seines Gefährtes bereits an einem Fallschirm in der Luft, einen Kilometer über dem Boden. Er konnte sicher sein, daß er ungesehen blieb. In der Nacht bot er kein sichtbares Ziel – und um ihn mit einem Infrarot-Scanner ausfindig zu machen, mußte ein Beobachter seinen genauen Standort kennen. Das aber war unwahrscheinlich. Während er gemächlich zur Erde schwebte, hatte er Zeit, über seinen nächsten Schritt nachzudenken.

Sein Fahrzeug war weg und mit ihm der Mann, den er vor

dem Verhör durch die SOTE hatte retten wollen – einem Verhör unter Anwendung von Nitrobarbituraten. Er bedauerte seine Aktion keineswegs – hätte der Mann nämlich sein Wissen preisgegeben, so hätte es ausgereicht, Grandon zu überführen. Mit der Zerstörung des Fahrzeuges hatte er vielleicht sogar seine Verfolger abgehängt.

Es war unmöglich, daß jemand den Absturz überlebte. Und wenn man – in der Annahme, daß er der Katastrophe doch lebend entkommen war – die Verfolgung aufnahm, mußten sich die Nachforschungen auf routinemäßige Maßnahmen beschränken. Und einer solchen Suchaktion konnte man bei einer Erdbevölkerung von neun Milliarden leicht entgehen.

Er landete in einem Wohngebiet. Sein Fallschirm bestand aus einem Spezialmaterial, das sich bei der bloßen Berührung mit einem Streichholz in Luft auflöste und keinerlei Spuren hinterließ. Er ging zu Fuß ein paar Block weiter bis zu einer U-Bahn-Station und nahm den erstbesten Zug. Er stieg dreimal aufs Geratewohl um, ehe er schließlich sein Ziel erreichte – die Monoliner-Station. Am Schalter kaufte er einen Fahrschein nach Angeles-Diego, machte sich aber die Umsteigmöglichkeit zunutze und fuhr Richtung Boswash Complex.

An der Atlantikküste, von Massachusetts bis Virginia, drängte sich eine Bevölkerung von über hundert Millionen. Im Schutz dieser brodelnden Menschenmassen, des beengenden Nebeneinanders und ungeordneten Menschengewühls konnte ein gutgeschulter Profi wie Grandon allen nach ihm ausgeworfenen Netzen leicht ausweichen. Vierundzwanzig Stunden nach seiner Ankunft in Boswash hatte der Flüchtige den ersten einer Reihe von Airlinern bestiegen, die ihn an sein wahres Ziel bringen sollten – nach Moskau.

Zwölf Stunden später leitete er durch verschiedene Kanäle seine Meldung an den Mann weiter, der ihn für den Verrat an SOTE bezahlte. Ein Anruf bei der betreffenden Nummer löste die Weiterleitung an mehrere Kommandostellen aus, und nach einer Wartezeit von nur einer Stunde – was auf eine tüchtige Organisation schließen ließ – bekam er eine neue Anweisung, er sollte sich an eine bestimmte Adresse begeben und dort – wen immer er anträfe – Meldung erstatten.

Das Haus war alt. Ein halbverfallenes Gebäude gegen den

Stadtrand zu. Die Fenster waren holzverschalt, die Ziegel von jahrzehntelanger Luftverschmutzung verfärbt. Auf den Straßen schien es keine anständigen Menschen mehr zu geben – nur das, was der Oberst als ›kriminelle Elemente‹ eingestuft hätte –, obwohl ihn hinter geschlossenen Fensterläden viele Augen beobachteten. Das Geländer der Außentreppe war von monatealtem Staub bedeckt. Das Haus schien nur selten Besucher zu empfangen.

Drinnen war es nicht viel besser. Der Geruch von alten Spinnweben drang an seine Nase, an den Wänden verblichene Tapeten, der Boden kahl, ein paar herumliegende Bretter. Grandon tastete nach dem Lichtschalter, aber nichts tat sich. Das einzige Licht drang durch die mit Brettern vernagelten Fenster.

»Hallo«, rief er.

»Hierher, Gospodin Jones«, kam eine gedämpfte Stimme hinter der Wand hervor und nannte ihn bei seinem Kode-Namen.

Grandon machte einen Schritt auf die Stimme zu. »Euer Majestät, ich …«

»Kommen Sie ja nicht näher!« Die Stimme, die aus einem anderen Raum kam, war noch immer gedämpft, aber mit Schärfe. »Sie bleiben dort stehen, wo ich Sie sehen kann und Sie mich nicht sehen können. Eine notwendige Maßnahme. Und Sie dürfen mich nicht mit diesem Titel ansprechen – noch nicht. Ich beanspruche nicht, was ich noch nicht errungen habe. Es wird kommen, wenn die Zeit reif dafür ist. Inzwischen nennen Sie mich Gospodin Iwanow. Das ist zwar nicht mein Name, aber es reicht.«

»Wie Sie wünschen, Gospodin. Ich bin gekommen, um Ihnen aus erster Hand von den Aktionen der SOTE gegen Sie zu berichten.«

»Allein die Tatsache, daß Sie hier sind – erste Hand oder nicht –, ist ein Beweis dafür, daß Sie versagt haben. Ich bezahle Sie dafür, daß Sie innerhalb der SOTE arbeiten.«

»Das läßt sich nicht ändern. Ihre beiden anderen Agenten haben den Job vermasselt. Ich habe die beiden ausreichend mit Informationen versorgt, damit ein Hinterhalt gelegt werden kann. Die beiden haben versagt. Die Tatsache, daß die zwei gefangen wurden, hat mich kompromittiert. Sie kannten mich zwar nicht vom Sehen, wußten auch meinen Namen nicht, aber über die Quelle ihrer Informationen hätte kein Zweifel bestanden. Da ich wußte, ich würde für Sie als Toter – oder noch ärger, als unter Einwirkung von Nitrobarb-Verhörter – nutzlos sein, flüchtete ich. Der Chef hat im Moment keine Ahnung, wo ich bin – und auch kaum einen Verdacht, daß ich noch am Leben bin.«

»Was wissen Sie von seinen unmittelbar bevorstehenden Plänen? Im besonderen: Wer ist der Geheimagent, den er zugezogen hat?«

»Das kann ich nicht sagen, aber es sieht mir ganz nach einem Zweierteam aus. Sarbatte, der sich mit ihnen in den ›Dunedin Arms‹ treffen sollte, wurde gesagt, daß es sich um zwei Personen handle. Und bei meiner Flucht aus dem Dienstgebäude sah ich, daß ich von zwei Gestalten verfolgt wurde. Ich schoß auf sie und traf nicht. Ich war sehr in Eile. Es war sehr dunkel, und ich konnte außer zwei undeutlichen Gestalten nichts sehen, deswegen kann ich keine weiteren Angaben machen.«

»Gospodin Jones – Sie haben kläglich versagt«, wiederholte die Stimme. »Diese angeblichen Superagenten sind noch am Leben und ihre Identität unbekannt.«

»Aber ich kann das wiedergutmachen«, sagte Grandon verzweifelt. »Ich kenne die Arbeit der SOTE in- und auswendig. Dieses Wissen ist wertvoll.«

»Ja, ich habe Ihre Berichte gelesen. Sie waren sehr gründlich. SOTE bildet seine Leute gut aus. Ich wünschte, meine eigenen Leute könnten so knappe und präzise Berichte verfassen.«

Grandon lächelte.

»Tatsächlich«, fuhr die Stimme fort, »waren Ihre Berichte so umfassend, daß ich Sie persönlich gar nicht mehr brauche. Ich habe von Ihnen alles Wissenswerte erfahren.«

Der Oberst wurde blaß. »Aber ...«

»Wenn ich Sie am Leben lasse, besteht immer die Möglichkeit, daß man Sie entdeckt und die Spur zu mir weiterverfolgt. Dieses Risiko kann ich nicht eingehen, nicht in diesem letzten Stadium. Ich tue, was ich tun muß. Sie sehen hoffentlich ein, daß mir keine andere Wahl bleibt.«

Grandon wollte fliehen, aber ein Strahl schoß aus der Tür hervor und verwandelte ihn im Bruchteil einer Sekunde zu Asche.

Aus dem Nebenraum trat ein großer, hagerer, makellos gekleideter Mann, der sich über den Spitzbart strich.

Zwei Agenten, dachte er bei sich. Ach was, was können zwei Menschen schon ausrichten?

6. KAPITEL

Banion, der Bastard

Die Wirtschaftsphilosophie des Kommunismus konnte auf den neuen, noch unverbildeten Planeten nicht Fuß fassen, weil seine Methode darauf ausgerichtet war, den Klassenkampf zu schüren. In den neuen Welten fingen alle als gleiche an und mußten zunächst einen Kampf um das nackte Überleben führen. Es gab also keine geknechteten Bauern, die man gegen ihre Unterdrücker zum Aufruhr aufstacheln konnte. Auf einen einzigen Planeten beschränkt, geriet der Kommunismus selbst in einen Kampf ums Überleben. Aber ohne Konkurrenzkampf, ohne das ständige Gespenst des Kapitalismus als Gegner, war sein Kampf zum Scheitern verurteilt. Nach sieben Jahren interner Fehden – einer Zeitspanne, in der schätzungsweise eine halbe Milliarde Menschen verschiedenen Säuberungsaktionen zum Opfer fielen – wurde die Weltstruktur durch Premier Boris Antonowitsch aufrechterhalten, einem mächtigen und fähigen Politiker, der sich im Jahre 2020 zum König der Erde als Boris der Erste ausrief. Nach einer letzten Säuberungsaktion, durch die er sich seiner Gegner entledigte, errichtete er eine absolute Monarchie, streng, aber gerecht und auf dem Grundsatz des Gewinnstrebens beruhend, womit er den Grundstein zu dem gegenwärtig bestehenden System legte.

(Stanhope, Elemente des Imperiums, Rolle 1, Nummer 376.)

Auch wenn ihnen Oberst Grandons Schicksal bekannt gewesen wäre, hätte dies an der niedergeschlagenen Stimmung von Jules und Yvette auf der Rückfahrt nach Miami nichts geändert. Es war ihr erstes dienstliches Zusammentreffen mit dem Chef gewesen, der erste wichtige Auftrag der Organisation, für die sie ausgebildet worden waren – und es war ihnen nicht geglückt, ihre Beute lebend zu fangen! Dabei spielte es keine Rolle, daß niemand Grandon nach seinem fulminanten Start hätte einholen können. Das änderte nichts an ihren Schuldgefühlen. Sie hatten den Chef im Stich gelassen.

Der Chef sah ihre Niedergeschlagenheit, als sie nach Verlassen des Lifts sein Büro betraten. Der Flottenkommandant hatte ihn bereits mündlich vom Schicksal Grandons unterrichtet, und er hatte den erforderlichen Fahndungsapparat in Bewegung gesetzt, für den Fall, daß der Oberst den Absturz überlebt hätte. Mehr konnte man nicht tun, und er war entschlossen, das Thema nicht weiter zu ventilieren.

»Mir war klar, daß wir es mit einer undichten Stelle zu tun hatten«, sagte er langsam, »aber daß sie bei einem so hohen Rang zu suchen war, konnte ich nicht ahnen. Jetzt muß ich die ganze Arbeit einstellen, bis alle auf ihre Verläßlichkeit hin überprüft und umgruppiert sind. Doch in der Zwischenzeit machen wir mit dem Auftrag weiter, den ich für Sie geplant habe. Die Tatsache, daß sich das Leck an so hoher Stelle befand, beweist, wie wichtig es war, daß wir nach dem Zirkus schickten – und besonders nach Ihnen beiden.«

»Ja, sagen Sie uns, worum es geht«, sagte Yvette seufzend und versuchte ihre Mißstimmung zu verbergen. »Man hat uns überfallen und beschossen, und wir haben einen Verräter über die ganze Halbinsel gejagt. Es würde uns weiterhelfen, wenn wir wüßten, worum es dabei eigentlich geht.«

Während seine Schwester sprach, fühlte Jules, daß ihn ein Augenpaar beobachtete. Er sah sich um und bemerkte, daß Helena mit verträumtem Blick in seine Richtung sah. Als sich ihre Blicke begegneten, lächelte sie ihn innig an. Hastig drehte sich Jules um und hörte zu, was der Chef zu sagen hatte.

Der Chef hatte zu Yvettes Worten zustimmend genickt. »Wie Sie sehen, haben wir Schwierigkeiten. Und diese konzentrieren sich unserer Meinung nach um den Planeten Durward. Es existieren an die vierzig Berichtsbänder über unsere Untersuchungen, die ich Ihnen geben werde, bevor Sie gehen. Aber da gibt es noch eine Anzahl von Dingen, die nicht aufgezeichnet sind und es auch nie sein werden. Deshalb wollte ich die Sache persönlich mit Ihnen besprechen. Die Untersuchung wird ganz in Ihren Händen liegen, und Sie werden sie nach Gutdünken führen können. Vielleicht werden Sie an irgendwelche Auskunftspersonen ein paar Fragen stellen wollen, um sich ein Bild zu machen, vielleicht werden Sie noch auf der Erde oder sonstwo Nachforschungen anstellen, bevor Sie sich in der Nähe von Durward niederlassen.«

Das Haupt der Organisation stand gegen seine Gewohnheit auf und trat an das Fenster, vor dem die Vorhänge zugezogen waren. Er kehrte seiner Tochter und den d'Alemberts den Rücken zu. Diese zwei Abkömmlinge des Planeten DesPlaines waren seine wertvollsten Agenten, und der Umstand, daß sie hier waren, war ein Maßstab für die Bedeutung, die er der Situation beimaß. Er hatte fest damit gerechnet, daß es für die beiden auf ihrem Weg zwischen dem Zirkus und seiner Dienststelle einige Schwierigkeiten geben würde, hatte aber ebenso fest darauf vertraut, daß die beiden damit fertig werden würden.

Und doch mußte er sich eingestehen, daß sie ihre Probe noch nicht bestanden hatten. Gewiß, sie entstammten fähigstem Geblüt und gehörten einer Familie an, die dem Imperium seit der Gründung der SOTE selbst diente. Gewiß hatte man sie praktisch seit ihrer Geburt für diese Tätigkeit vorbereitet, und wie die Tests zeigten, waren sie für diese Tätigkeit viel geeigneter als alle anderen in dem von Menschen bewohnten Weltraum.

Und doch blieb die Frage: Hatte er mit ihrem Einsatz zu lange gewartet? Hatte er sich von seinem Stolz auf seine Fähigkeiten, die Lage selbst zu meistern, zu dieser Verzögerung verleiten lassen? Waren die d'Alemberts imstande, der Katastrophe, die das Imperium bedrohte, Herr zu werden?

Unvermittelt drehte er sich zu den anderen um. »Jetzt zu ein paar aufschlußreichen Tatsachen zur Aufhellung der Hintergründe. Da ist zum Beispiel die Frage der Loyalität. Der Sicherheitsdienst ist der Krone, als dem Symbol des Imperiums, treu ergeben. Der Träger der Krone – wer immer er oder sie sein mögen – ist der Brennpunkt des Imperiums – habe ich recht?«

»Natürlich, Sir«, sagte Jules, und das Mädchen nickte bloß.

»Sehr gut. Im Jahre zweitausenddreihundertachtundsiebzig, als Kronprinz Ansel die Ermordung aller Mitglieder der königlichen Familie plante, hätten wir vom Service – ich spreche in der ersten Person, obwohl das lange vorher war, ehe wir alle hier geboren wurden – ihn niedermachen müssen, obwohl er der Kronprinz war, weil er eine Bedrohung der Krone darstellte.«

»Warum aber – angenommen – ja, doch, Sir«, sagte Jules.

»Ich habe darüber noch nie nachgedacht, Sir«, meinte Yvette. »Aber so hätte es wohl sein müssen.«

»Natürlich. Ansel selbst bekannte sich zu diesem Prinzip, indem er nach erfolgreichem Staatsstreich das Haupt des Sicherheitsdienstes hinrichten ließ, da sich dieser als unfähig erwiesen hatte, den Staatsstreich zu verhindern. Immerhin – diese elf Morde fanden statt, und Ansel wurde Kaiser Stanley IX., als einzig Überlebender des Hauses Stanley. Gab es danach noch das Verlangen, ihn wegen seiner Taten zur Rechenschaft zu ziehen? Nein! Wir gingen sofort in sein Lager über und waren ihm so ergeben wie seinem Vater, Stanley dem Achten, und jetzt seinem Sohn, Stanley dem Zehnten. Wir sind der Service des Imperiums und nicht eines einzelnen Herrschers. Wer immer den Thron innehat, repräsentiert das Imperium.«

»Natürlich, Sir. Aber was …«

»Jetzt kommt etwas von unserem geheimdienstlichen Material. Haben Sie jemals etwas von Banion, dem Bastard, gehört?«

Jules überlegte. »Ich glaube nicht.« Auch Yvette schüttelte den Kopf.

Aber Helena nickte kurz und sagte: »Ach – mir geht ein Licht auf.«

Ohne seiner Tochter Beachtung zu schenken, fuhr der Chef fort:

»Klar, daß Sie beide nichts wissen. Die ganze Affäre liegt viele Jahre zurück und wurde seither geheimgehalten. Unter den jetzt Lebenden gibt es sicher nicht viele, denen der Name etwas sagt. Aber tatsächlich ist dieser Name die Crux unseres gesamten Problems.«

Er ging an den Schreibtisch und setzte sich. Bei einem Schluck von seinem Drink sammelte er seine Gedanken und überlegte, wie er diese Geschichtslektion am besten hinter sich brächte. »Die Schwäche Stanleys des Neunten waren Frauen, besonders junge Frauen. Auch schon vor seiner so plötzlichen Thronbesteigung war sein Liebesleben in den Skandalblättern eifrig abgehandelt worden – und wäre er nicht der nächste in der Thronfolge gewesen, so wären noch viel saftigere Geschichten aufgetaucht, die man nicht hätte vertuschen können. Ende zweitausenddreihundertachtundsiebzig, wenige Monate nachdem er die Krone an sich gebracht hatte, heiratete er ein wunderschönes, intelligentes Mädchen. Was half's – sie konnte ihn ebensowenig an sich fesseln, als es unzählige andere Frauen vorher und nachher schafften. Schon Mitte zweitausenddreihundertneunundsiebzig war Kaiserin Odina in Stanleys Leben so unwichtig geworden wie die Vorhänge im kaiserlichen Ballsaal. Er stattete ihr zwar gelegentliche Besuche ab in der Hoffnung, einen legitimen Erben mit ihr zu zeugen, aber ansonsten hätte sie ebensogut ein Gespenst im kaiserlichen Schloß sein können.«

»Die Ärmste«, seufzte Yvette leise.

»Ja, ganz recht. Da der Kaiser nun wieder als ungebunden

anzusehen war, sahen andere ihre Chance, aus seiner Schwäche Gewinn zu ziehen. Da gab es im besonderen einen Henry Blount, Herzog von Durward. Er war damals dreißig – vier Jahre älter als der Kaiser –, Junggeselle und machthungrig. In Stanleys Schürzenjägertum sah er eine Möglichkeit der Einflußnahme auf den Thron selbst. Gelänge es ihm, die richtige Frau im Bett des Kaiser unterzubringen, so hätte er Stanleys Ohr gewonnen und konnte seine Politik formen. Aber dazu bedurfte es keines gewöhnlichen Mädchens. Die Frau, die das Zeug zur kaiserlichen Kurtisane hatte, mußte aus besonderem Holz geschnitzt sein.

Herzog Henry durchforstete seinen gesamten Planeten und fand natürlich die perfekt geeignete Frau für seine Pläne. Sie hieß Aimée Amorat ...«

»Die Bestie von Durward«, warf Helena ein und bedachte besonders Jules mit einem Blick. »Sicher haben Sie schon von ihr gehört.«

Weder Jules noch Yvette kannten den Namen.

»Meine Liebe«, sagte ihr Vater milde, »bedenke, daß Hofskandale auf der Erde viel länger weiterleben als auf den entfernteren Planeten. Das ist eine Frage der Schauplatznähe. Mit dem Anwachsen der Größe des Imperiums wird die innere Kommunikation immer schwieriger und – aber das soll ja keine Lektion imperialer Logistik sein. Also – fahren wir in unserer Geschichte fort:

Amorat war genau die Frau, die Herzog Henry gesucht hatte. Sie war jung – zweiundzwanzig glaube ich –, und ihre Schönheit hätte für drei Frauen ausgereicht, wenn man den Legenden glauben darf. Sie war überaus intelligent und dazu eine begabte Schauspielerin, so daß sie, während sie mit ihrer erotischen Erfahrung die Sinne des Kaisers aufstachelte, auch Zurückhaltung mimen konnte, um seinen Phantasien entgegenzukommen. Und was das wichtigste war – sie hatte keinerlei Skrupel. Sie war so kaltblütig, schlecht und hart wie Herzog Henry selbst. Ihren Beinamen hat sie sich redlich verdient.

Sie und Henry wurden bald handelseinig und setzten ihre Pläne in die Tat um. Er brachte sie auf die Erde und finanzierte ein glänzendes gesellschaftliches Debüt bei Hofe. Natürlich war sie bislang unbekannt gewesen, was für den jungen Kaiser eine weitere Verlockung darstellte. Sobald sie ihre Reize auf ihn ansetzte, blieb ihm keine Chance – und als sie ihn in ihren Krallen hatte, sollte er lange in ihrer Gewalt bleiben.

Mit Herzog Henrys Unterstützung und dank ihrer eigenen beträchtlichen Verführungskünste konnte sie Stanley den Neunten länger an der Leine halten als je eine andere Frau. Ihre Romanze bildete fünf Monate lang den Gesprächsstoff für den Hof, ehe dieses Thema von einem noch wichtigeren abgelöst wurde – die Bestie erwartete ein Kind vom Kaiser.

Stanley der Neunte hatte schon vorher illegitime Kinder. Mit seinen außerehelichen Nachkommen hätte man einen Planeten bevölkern können. Für gewöhnlich wurden die Mütter mit einer Summe abgefunden und ihrem Schicksal überlassen – aber die Amorat war keine, die sich so einfach abwimmeln ließ. Sie hatte dem Kaiser so den Kopf verdreht, daß am Hofe gerüchteweise von Scheidung gemunkelt wurde. Ein Glück, daß – wie schon erwähnt – Kaiserin Odina selbst eine hübsche, kluge Frau war. Die große Mehrheit des Hofes stand auf ihrer Seite – sie alle haßten den Usurpator von Durward –, und Odina versicherte sich der Hilfe ihrer Anhänger und überredete Stanley den Neunten, von der Scheidung Abstand zu nehmen. Aber auch nach diesem Fehlschlag waren Herzog Henry und die Bestie noch nicht matt gesetzt.

Im siebenten Schwangerschaftsmonat heiratete sie der Herzog mit Stanleys vollem Einverständnis. Daher wurde ihr Sohn Banion ehelich, als erstes Kind und direkter Erbe des Herzogs und der Herzogin von Durward geboren – den Intriganten aber genügte das nicht.

Stanley war der außerordentlich talentierten Bestie noch immer verfallen und erließ ein königliches Dekret, in dem er seine Vaterschaft eingestand und dem Kleinen den außerordentlichen Titel ›Prinz von Durward‹ verlieh. Dieses Dekret gestand ihm auch ein Wappen zu, das folgendermaßen aussieht: Purpur, im oberen Feld drei Drachen, im linken Hauptfeld ein Balken, im rechten …«

»Warte, Vater«, unterbrach ihn Helena. »Ich bekomme das nicht mehr mit und unsere Gäste sicher auch nicht.«

Der Chef lachte. »Entschuldigt – manchmal vergesse ich, daß Heraldik nicht jedermanns Sache ist. Das wichtigste jedenfalls sind die goldenen Drachen auf purpurnem Feld. Der linksgeneigte Balken, der nicht immer unbedingt ein Zeichen unehelicher Geburt ist, bedeutet es in diesem Fall mit Sicherheit. Das Dekret widmet dem Wappen einige hundert Wörter, von denen nur wenige von Bedeutung sind. ›Roter Rand, dreizehn Goldstücke auf dunklem Grund‹! Armselige Wappenkunde – Farbe auf Farbe, dazu eine Unglückszahl von Punkten auf blutfarbenem Untergrund –, aber das und die Tatsache, daß das Dekret mit Freitag, dreizehnter Juni zweitausenddreihundertachtzig datiert ist, stimmt perfekt mit dem Sinn des Herzogs für schwarzen Humor überein.

So gingen die Dinge drei weitere Monate dahin, bis schließlich die Pläne des Herzogs unerwartet zusammenbrachen. Kaiserin Odina wurde schwanger – ein legitimer Erbe stand ins Haus.

Plötzlich kam Stanley der Neunte zur Besinnung. Ein Mann, der seine gesamte Familie ausgerottet hatte, um den Thron zu gewinnen, war so kurzsichtig gewesen, der Krone einen zweiten Anwärter zu schaffen, der einen gültigen Anspruch erheben konnte. Ein bitterer Vorgeschmack auf das Kommende. Er konnte natürlich nicht zulassen, daß die Urkunde erhalten blieb. Er befahl also dem Service, den Herzog und Banion zu töten und das Dekret zu vernichten. Viel zu spät. Herzog Henry war von einem seiner Spione bei Hof von der Schwangerschaft der Kaiserin informiert worden, und ihm und der Herzogin war sofort klar, was das bedeutete. Als der Geheimdienst einschreiten wollte, waren sie verschwunden – samt dem Dokument.

Das Dekret war natürlich das wichtigste. Es war handgeschrieben und von Kaiser Stanley dem Neunten persönlich signiert, auf kaiserlichem Pergament, die Unterschrift durch das Großsiegel des Erdimperiums beglaubigt. Das Dekret wurde aus allen Registern gestrichen, die Beteiligten waren geächtet – aber das genügte nicht. Das tatsächliche Dokument mußte gefunden und vernichtet werden – es wurde aber nicht gefunden. Banion, der Bastard, mußte gefunden und getötet werden – er wurde nicht gefunden und daher auch nicht getötet.

Das sind traurige Tatsachen, obwohl wir seither ein paar Fortschritte zu verzeichnen hatten. Nachdem der Erfolg ihnen untreu geworden war, kam es zwischen Herzog und Herzogin zu Zwistigkeiten. Es sieht aus, als hätte sie einen Aufruhr gegen ihn inszenieren wollen. Sie hoffte wohl, ihn zu töten, das Dekret zu widerrufen und sich beim Kaiser wieder in Gunst setzen zu können. Aber ihr Schachzug schlug fehl, und sie kam knapp mit drei wichtigen Dingen davon: ihrem Leben, ihrem Sohn und dem Dekret. Seither sind alle drei spurlos verschwunden.

Übrigens – Herzog Henry wurde zweitausenddreihundertdreiundachtzig gefangen und über den Aufbewahrungsort des Dokuments und den Aufenthalt des Kindes peinlich verhört. Er wußte nichts darüber, und Stanley der Neunte mußte ihn wegen Hochverrats hinrichten lassen.«

Der Chef hielt inne und holte tief Luft. »Die vor siebenundsechzig Jahren begonnene Sache dauert an. Sie begann zweitausenddreihundertachtzig, zwanzig Jahre vor meiner Geburt. Die Berichte nehmen mehr als vierzig Spulen ein. Die Ergebnisse aber sind gleich Null, bis auf drei sehr gute Fälschungen, und dennoch hat dieses Nichts an Ergebnissen den Sicherheitsdienst neunundachtzig Menschenleben gekostet.« Er machte eine bedeutsame Pause. »Neunundachtzig! Eine schreckliche Verschwendung – und die Anzahl hat sich in letzter Zeit gesteigert. Vor zwei Jahren kamen mehrere Spuren ans Licht, die alle nach Durward wiesen. Wir schickten ein paar gute Leute hin. Vor drei Monaten hörten die Berichte aller dieser Agenten auf. Dann schickte ich drei weitere, von weit höheren Qualitäten und gab den Auftrag, alle vorhergehenden Kontakte zu meiden. Sie verschwanden spurlos. Vor drei Wochen schickte ich noch einen – einen der allerbesten. Verschwunden – als hätte er nie existiert.«

Verbittert schlug er mit der Faust auf den Schreibtisch. »Verdammt, da draußen verschlingt etwas meine Agenten, und das gefällt mir ganz und gar nicht! Wir müssen herausbekommen, was es ist, und es unschädlich machen, bevor es außer Rand und Band gerät. Deswegen habe ich den Zirkus herangezogen und besonders Sie beide. Sie stellen die schwerste Artillerie des Service dar. Stanley der Zehnte und seine Familie sind schwer bedroht. Wie schwer, wage ich mir kaum vorzustellen seit den Ereignissen heute abend mit dem Attentat in der Bar und der Entdeckung von Oberst Grandons Verrat.«

Der Chef erhob sich und trat vor Jules und Yvette. »Die wichtigsten Personen dieser Geschichte sind tot. Stanley der Neunte und Herzog Henry sind sicher tot – dafür haben wir ausreichende Beweise. Aimée Amorat müßte neunzig sein, wenn sie noch lebt, deswegen können wir sie als gegnerische Kraft ausschließen. Aber der Bastard könnte mit siebenundsechzig noch zu allem fähig sein – und über seine möglichen Kinder und Enkel, von denen wir nichts wissen, will ich erst keine Spekulationen anstellen.«

Er legte jedem der d'Alemberts eine Hand auf die Schulter. »Vielleicht übertreibe ich die aufgezeigten Tatsachen, aber ich kann einfach die Bedeutung dieser Mission für die Thronfolge nicht genug betonen. Stanley der Zehnte war und ist der einzige legitime Erbe Stanleys des Neunten, und er seinerseits hat nur eine Erbin, seine Tochter. Falls ihnen etwas zustößt, wird die Galaxis in ein Chaos gestürzt. Der Bastard oder sein Erbe würden zweifellos mit dem Dekret an die Öffentlichkeit treten und ihre Ansprüche geltend machen – was unter den gegebenen Umständen noch nicht das schlimmste wäre. Hinzu käme, daß man mit dem Dekret Schindluder mit der Loyalität des regimetreuen Sicherheitsdienstes treiben würde – und nach der Affäre Grandon zu schließen, tut man dies auch bereits. Die Leute würden in der Frage, wem nun Gefolgschaft zu leisten sei, verunsichert werden. Ganz zu schweigen davon, daß eine ganze Reihe von bis jetzt treu ergebenen Großherzögen und Herzögen sich entschließen könnte, eigene Ansprüche aufs Tapet zu bringen, falls sich ihnen dazu nur halbwegs eine Chance bietet.

Das Ergebnis wäre ein Bürgerkrieg, der Jahrhunderte dauern könnte und ungezählte Milliarden Menschenleben kosten würde.

Unsere gesamte Zivilisation könnte unter dieser Last zusammenbrechen. Es widerstrebt mir, solche Gedanken weiter zu verfolgen, aber ich muß es, weil ich und Sie die Verantwortung dafür tragen, daß dies alles verhindert wird.«

Der Chef nahm wieder eine aufrechte Haltung ein und stützte seine Hände in die Hüften. »Die erste Pflicht des Service ist natürlich der Schutz des Kaisers und in zweiter Linie der des Nachfolgers. Bis heute abend war ich der Meinung, daß wir wenigstens dieser Aufgabe voll gerecht werden, aber jetzt weiß ich nicht, wie weit unsere Organisation von Verrätern durchsetzt ist. Wer immer im Besitz des Dekrets ist – er hat Geduld geübt und seinen Feldzug gegen uns mit peinlicher Sorgfalt aufgebaut, bis er einen Weg mitten in die lebenswichtigen Zentren unserer Organisation aufspürte. Wir können nicht damit rechnen, daß er mit dem endgültigen Griff nach der Macht länger wartet.«

»Unsere Mission besteht also darin«, sagte Yvette, »das Dekret und seinen jetzigen Besitzer zu vernichten.«

»Nicht ganz«, meinte der Chef. »Es ist etwas heikler. Sie müssen das echte Dokument finden. Sie müssen es aber auch unversehrt herschaffen, so daß Stanley der Zehnte es eigenhändig vernichten kann. Nur dann ist der Thron gesichert. Sie müssen auch Banion, den Bastard, finden und, wenn möglich, lebend gefangennehmen. Er hat eine Organisation aufgebaut, die das Imperium bedroht, und wir benötigen genaueste Kenntnis, wie sie funktioniert, wenn wir sie zerstören wollen.«

Helena sah Jules noch immer mit zärtlichem, verwirrendem Blick an. Er beachtete sie nicht, sondern stand auf und sah den Chef an. »Sir, ich versichere Ihnen, daß wir uns mit allen Kräften dafür einsetzen.«

Der Alte lächelte. »Dann bin ich befriedigt. Ich habe in Sie beide volles Vertrauen.« Er überreichte ihnen eine Box, welche die Berichte enthielt, und führte sie dann zum Lift. Helena gab Jules unerwartet einen Abschiedskuß. Er errötete und betrat mit seiner Schwester den Lift.

»Leben Sie wohl und viel Glück«, rief der Chef ihnen nach – und fügte leise hinzu: »Das haben wir alle bitter nötig.«

7. KAPITEL
Bürger der Erde

Nach zwei Jahrhunderten betrug die Anzahl der kolonisierten Planeten siebenhundert, und viele davon waren dicht bevölkert. Als mit dem Subäther-Antrieb weitere Fortschritte erzielt wurden, wuchsen die Handels- und sonstigen Beziehungen im gleichen Verhältnis. Und wie gewöhnlich folgte einem solchen Trend ein Ansteigen des interstellaren Verbrechertums. Die Kolonien bewahrten sich eine sentimentale Anhänglichkeit an ihren Mutterplaneten. Tatsächlich hatte die Erde jahrelang als offiziell nicht anerkannter Mittelpunkt des Imperiums geherrscht. Nachdem die Koslows und die kurzlebige Dynastie der Gomez' ausgestorben waren, bestiegen die Stanleys den Thron und schenkten der Erde starke und fähige Könige. Schließlich beschloß König der Erde Stanley VI. im Jahre 2225, seinen Titel den Tatsachen anzupassen, und krönte sich selbst zum Kaiser Stanley I. des Imperiums der Erde.

(Stanhope, Elemente des Imperiums, Rolle 2, Nummer 39.)

Da keine Eile geboten war, fuhren die d'Alemberts in ihrem Wagen auf Autobahnen nach Tampeta zurück und leisteten sich dabei die gemütliche Geschwindigkeit von 110 Stundenkilometern.

Lange Zeit fiel kein Wort zwischen ihnen. Die Bedeutung dessen, was der Chef ihnen gesagt hatte, wirkte ernüchternd, und es bedrückte sie die auf ihren Schultern lastende Verantwortung. Es erschreckte sie, daß bei ihrem ersten größeren Auftrag das Schicksal der Galaxis auf dem Spiel stand.

Schließlich sagte Jules, um das Schweigen zu brechen: »Ich wußte ja, daß der Boß eine hochgestellte Persönlichkeit sein muß, aber so hoch … Wenn seine unverheiratete Tochter Herzogin ist, kann er nicht weniger als Großherzog sein. Vielleicht habe ich sogar sein Bild irgendwo gesehen oder ihn selbst bei einer Parade in …«

»Du Schlafmütze!« fauchte Yvette. »Ich nenne dich bewußt so. Du hast doch die tausend Testpunkte erreicht – wie kommt es dann, daß du Großherzog Zander von Wilmenhorst nicht auf den ersten Blick erkennst? Aber so viel ist der gar nicht – nur ein halber Stanley und der fünfte in der Thronfolge, mehr nicht. Du solltest dir lieber einmal den Adels-Almanach vornehmen und ihn studieren.«

Jules schlug sich mit der flachen Hand gegen die Stirn. »Heute bin ich schwer von Begriff! Aber was für eine Tarnung für den Chef des Service! Ihm gehört Sektor vier!«

»Und wenn du deine Trümpfe richtig ausspielst, gehört er demnächst dir!« Yvettes Stimme troff vor Sarkasmus. »Glaubst du, ich habe nicht bemerkt, wie Helena dich mit ihren Augen verschlang? Du brauchst sie nur zu heiraten und wirst selbst Großherzog.«

Jules wurde verlegen. »Ich habe sie keineswegs ermutigt. Und außerdem bin ich bereits verliebt.«

»Ich weiß das, und du weißt es, aber man hat vergessen, es Helena mitzuteilen.«

Jules ließ das Thema fallen und fuhr schweigend weiter.

Kurz nach Sonnenaufgang waren sie wieder beim Zirkus angelangt. Sogar um diese Zeit herrschte Aktivität – ein großer Betrieb wie der Zirkus der Galaxis schläft nie –, aber sie wußten, daß ihr Vater erst spät aufstand. Und außerdem waren sie selbst erschöpft. In den vergangenen zwölf Stunden hatten sie mehr Abenteuer erlebt, als selbst ein übermenschlicher Körper aushalten konnte. Statt sofort Bericht zu erstatten, nahmen sie in der Kantine einen kleinen Imbiß zu sich, begaben sich in ihre Quartiere und schliefen zehn Stunden ununterbrochen. Erfrischt und ausgeruht machten sie sodann ihrem Vater einen Besuch.

Der Herzog saß mit unbewegter Miene da, während sie ihm von ihrem abenteuerlichen Kampf in den ›Dunedin Arms‹ und von ihrer ersten Begegnung mit dem Chef berichteten. Er runzelte die Stirn, als er von dem Verräter hörte, dem es gelungen war, sich in die höchsten Ränge des Service einzuschleichen. Nachdem sie ihm von ihrer Verfolgungsjagd berichtet hatten, folgte Schweigen. »Und nun – wie lautet euer Auftrag?« fragte der Herzog sodann.

Die zwei jungen Leute sahen einander verlegen an. Das meiste hatte ihnen der Chef vertraulich mitgeteilt und hatte sicher angenommen, daß sie darüber Schweigen bewahren würden, obgleich er nicht ausdrücklich von einer Geheimhaltung gesprochen hatte.

Und obwohl ihr Vater Herzog und selbst ein Spitzenagent der SOTE war, bestand keine direkte Notwendigkeit, ihn einzuweihen. Je weniger Menschen von ihrer Mission wußten, desto besser war es.

Der Herzog bemerkte ihr Zaudern und lachte. »Nicht mal eurem armen Vater dürft ihr es sagen? Ihr braucht gar nicht so verlegen zu tun. Ich habe in meinem Leben so viele Geheimnisse erfahren, daß es mir auf eines mehr oder weniger nicht ankommt. Heute bin ich sehr stolz auf euch! Ein so wichtiger Auftrag bedeutet, daß ihr endgültig daran seid, einen euch gebührenden Platz im Universum einzunehmen – einen Platz, der euch seit eurer Geburt erwartet. Manchmal werde ich mir vielleicht wegen eurer Sicherheit Sorgen machen – aber doch nicht allzuviel. Denn ihr wißt ja selbst, was ihr tut – das hat der gestrige Abend bewiesen. Ich habe euch alles gelehrt, was ich weiß – nun ist es an euch, euer Wissen zu nutzen. Das bedeutet aber«, fuhr er traurig fort, »daß ihr den Zirkus – euer Heim seit fast dreißig Jahren – verlassen müßt.«

»Ich weiß«, sagte Yvette. »Und das fürchte ich am meisten.«

»Es ist schon eine Sache, Gefahren ins Auge zu blicken – aber noch ganz anders ist es, eine so treffliche Familie und viele Freunde zu verlassen«, meinte Jules.

»Es ist aber notwendig«, sagte der Vater achselzuckend. »Jede Entwicklung erfordert Änderungen und Opfer, nehme ich an. Zum Glück muß die Trennung nicht total oder dauernd sein. Ihr werdet stets geschätzt und nicht vergessen sein.« Er hielt inne und sah zu beiden auf. »Alors – worauf wartet ihr noch? Raus aus meinem Büro, bevor ich losheule und mir den ganzen Tag verderbe!«

Yvette gab ihm einen Kuß auf die Wange und flüsterte ihm ins Ohr. »Mon bon papa!« Dann verließen ihn die beiden Top-Agenten der Galaxis.

Den Zirkus verließen sie jedoch noch nicht. Es herrschte ein unausgesprochenes Einverständnis zwischen ihnen, bis zur Abendvorstellung zu warten. Sie mischten sich unter die Erdenmenschen, die sich in das Zelt drängten. Mit fachkundigem Blick beobachteten sie genau, wie Jules und Yvette d'Alembert eine erregende Variante der Nummer vom letzten Abend darboten. Nach der Vorstellung gingen sie in die Kantine, um ihren beiden jüngeren ›Ich‹ zu gratulieren.

Das neue Paar »Jules und Yvette«, noch in ihren glitzernden

Kostümen steckend, setzte sich gutgelaunt mit den Älteren an den Tisch. Die Männer – ebenso wie die Frauen – sahen einander sehr ähnlich. Kein Wunder, denn man hatte sie unter anderem auch wegen ihres Aussehens ausgewählt. Die ›jüngere Ausgabe‹ waren ihre Vettern – Zwillingskinder von Marcel d'Alembert, dem jüngeren Bruder des Herzogs. Sie waren zehn Jahre jünger, aber nur ein Bewohner von DesPlaines hätte den Unterschied bemerkt. Und was die geringen Unterschiede der Gesichtszüge betraf, so hätten nur wenige außerhalb des Zirkus Bescheid gewußt. Jules und Yvette waren niemals aus der Nähe fotografiert worden oder in Drei-Sendungen oder Sensibilatoren-Ausstrahlungen gezeigt worden. Das Publikum sah nie mehr von ihnen als durch die Luft wirbelnde Gestalten, die scheinbar unmögliche Kunststücke vollführten. Und jetzt würden diese fliegenden Gestalten unmerklich anders aussehen.

Diese Aufeinanderfolge von Top-Stars war unter dem Personal des Galaxis-Zirkus eine Routineangelegenheit. In seiner zweihundertjährigen Geschichte hatte es mehr als ein halbes Dutzend Paare ›Jules und Yvette‹ gegeben, und solange die Sippe der d'Alemberts und der Zirkus existierte, würde es auch in Zukunft alle zehn Jahre ein neues Paar geben. Das Paar, das sich jetzt vom Zirkus zurückzog, hatte vor zwölf Jahren begonnen, als ihre Vorgänger bei einer Mission der SOTE starben. Sie hatten ihre Karriere daher vorzeitig begonnen. Der jetzige Wechsel würde ruhig und unauffällig vonstatten gehen.

»Na, wie waren wir, Opa?« fragte Jules der jüngere. Es war sein erstes Auftreten in einer Starrolle gewesen, und der Applaus dröhnte ihm noch in seinen Ohren. »Wie ist es, wenn man einmal eine gute Vorführung seiner eigenen Nummer zu sehen bekommt?«

»Halt bloß die Klappe, Jules«, mahnte ihn seine Partnerin.

»Ach, du nennst mich also schon Jules?«

»Sicher«, sagte die jüngere Yvette. »Du bist Jules, während er als namenloser Schatten dem Imperium dient. Aber ich wollte damit eigentlich sagen, daß Leute, die sich zuviel auf die Schulter klopfen, sich den Arm brechen.«

»Karascho. Und ich wollte bloß sagen, daß ich froh bin, daß der Chef euch dem Zirkus entzieht. Denn so, wie eure Gelenke jetzt schon krachen, hättet ihr euch bald im Ring in tausend

Stücke aufgelöst. Na, was sagst du dazu, Jules?« grinste Jules II Jules I an.

»Das ist wahr und sehr traurig, Jules«, gab Jules I ihm recht, während gerade eine Frau zum Tisch kam, um ihre Bestellungen entgegenzunehmen. »Yvette und ich haben diesen reizvollen Auftrag rechtzeitig bekommen. Unsere morschen und steifen Knochen sind schon reif für die Knochenmühle. Der alte Pfiff ist weg ...«

»Lieber Jules, mein Herz wird gleich brechen«, sagte die Bedienung mit sarkastischem Unterton. Auch diese Frau war eine d'Alembert und hatte vor fünfundzwanzig Jahren eine kleine Rolle bei den Akrobaten gespielt, als Herzog Etienne selbst noch auftrat. Auch wenn jemand von den Familienmitgliedern nicht mehr auftreten konnte, wurde er nicht fallengelassen. Die Bedienung fuhr fort: »Hör auf zu jammern, bevor ich in deine Suppe heule. König und Königin sind tot – und so weiter. Na und? Ihr fangt halt jetzt mit eurem richtigen Beruf an. Soll ich das Übliche bringen?«

»Nicht ganz«, sagte Yvette. »Bring mir frischen Orangensaft – ich möchte mich darin ertränken. Einen halben Liter bitte, liebe Felice – und dazu das Übliche.«

»Sich in Orangensaft ertränken ist eine feine Sache«, sagte die jüngere Yvette düster. »Aber ich muß auf meine Figur achten. Ich trinke ein Glas Zitrone ungesüßt und genehmige mir ein Lammkotelett.«

»Ja, das steckt hinter all den glänzenden Auftritten«, sagte Jules der Ältere. »Aussehen ist alles. Nachdem wir uns jetzt zurückgezogen haben, können Yvette und ich nach Herzenslust essen.« Er strafte sich dennoch selbst Lügen, da er sich ein sehr frugales Essen bestellte. Alle d'Alemberts legten größten Wert auf gesunde Ernährung.

Nach dem Essen verabschiedeten sich Yvette und Jules, die Älteren, von ihrer Familie und verließen den Zirkus, ohne daß die Außenwelt etwas davon ahnte.

Nach einer mehrstündigen Fahrt ostwärts über nachtdunkle Autobahnen kam das Paar im Raumhafen Cape Canaveral an, dem interstellaren Terminal des Südostens des nordamerikanischen Kontinents. Die Fahrt verlief ereignislos, und schließlich kamen sie am Flugfeld an. Sie verstauten ihr Fahrzeug in der Rumpfkoje ihres eigenen überschnellen Zwei-Personen-Raumschiffes mit dem Namen ›La Comète Cuivré‹ – der Kupferkomet. Dieses Fahrzeug, ein schlanker Pfeil, betont auf Geschwindigkeit und Antriebsstärke konstruiert, hatten sie vor zwei Jahren von ihrem Vater erhalten als Vorausgabe für den Tag, an dem sie ausgebildete Agenten sein würden und eine eigene Transportmaschine brauchten. Der Anblick dieser aufsehenerregenden Konstruktion unter der hellen Morgensonne Floridas war eine Sehenswürdigkeit.

Die folgenden zwei Tage verbrachten sie am Flughafen an Bord ihres Schiffes.

Sie studierten, analysierten und überprüften siebenundvierzig Bänder top-geheimer Daten und schickten sie dann – auf einer sehr komplizierten Route – an den Chef zurück. Sie zeichneten anhand der gewonnenen Informationen Karten, machten statistische Analysen, versuchten in den verwirrenden und einander widersprechenden Tatsachen ein Schema herauszufinden, das sie in die richtige Richtung weisen könnte.

Als sie damit fertig und zu ein paar wackligen Thesen gelangt waren, konsultierten sie erneut den Chef. Er, seinerseits, machte beim Unschädlichmachen eventuellen »Unkrauts«, das in seiner Organisation wucherte, nur langsame Fortschritte. Er durfte niemanden merken lassen, daß er überwacht wurde. Ein Spion, den man kennt, kann ein As sein, solange seine Seite nicht weiß, daß er entdeckt wurde. Bis jetzt waren drei mögliche Verräter – aus Tausenden der für die SOTE Arbeitenden – entdeckt und beobachtet worden. Aber es gab andere Anzeichen dafür, daß es im Imperium nicht zum besten stand.

Auf dem Mutterplaneten blühte das Verbrechen. Sicher – auf einem Planeten mit einer Bevölkerung von neun Milliarden mußte man mit einem gewissen Umfang von Kriminalität rechnen, aber die Lage war ernster, als die Statistiken auswiesen. Die Verbrecher waren viel besser organisiert, und ihr Rückhalt in der Bevölkerung war so weitgehend, daß ihre Bekämpfung schwer war. Obwohl der Service mit den gewöhnlichen Verbrechen eigentlich nicht befaßt war, legte er doch Akten über solche Vorgänge an, und die Berichte, die dem Chef vorlagen, waren absichtlich vage und irreführend gehalten. Es sah aus, als wolle jemand an irgendeiner Stelle das wahre Ausmaß des Problems verschleiern. Schadensschätzungen waren meist zu gering angesetzt, als wolle man die oberste Leitung in einem falschen Sicherheitsgefühl wiegen. Und bis jetzt hatte diese Taktik gut funktioniert.

In Jules' und Yvettes Augen schrie die Situation geradezu nach einem Eingreifen, nach einer sofortigen, wirkungsvollen Aktion. Bekam der Service bloß einen Schnupfen, dann wurden Hunderte ferner Planeten von einer doppelseitigen Lungenentzündung bedroht! Denn der Service war das zentrale Nervensystem der Stanleys selbst – er empfing Informationen von den Außensystemen und gab sie an das Gehirn weiter, er half bei der Gestaltung der offiziellen Politik und setzte dann die Muskeln in Bewegung, die sich mit jedem speziellen Problem befaßten. Wenn das Nervensystem irritiert wurde, zitterte und bebte jeder Stern, jede Raumstraße, jeder Planet, jede kosmische Wolke.

Als sich die Beweise für die Korruption im Inneren häuften, wurde klar, daß zwei Vorgangsweisen möglich waren. Man konnte geduldig und mühsam die Ursachen erforschen, sich durch Berge von Daten durcharbeiten, die Ergebnisse studieren und auf Änderung hoffen – oder man konnte sich in den Brennpunkt des Geschehens stürzen, sich als Köder präsentieren, Leib und Leben aufs Spiel setzen und sich auf Verstand und Muskeln verlassen. Sie hatten die Wahl …

Aber eigentlich hatten sie keine Wahl – weil sie d'Alemberts waren.

»Durward ist eine harte Nuß, die sich nicht so leicht knacken läßt«, sagte Jules, als die beiden an Bord der La Comète ihre Strategie besprachen. »Dort sind schon zu viele Agenten ums Leben gekommen, und der Erfolg ist gleich Null.«

»Das stimmt«, meinte Yvette. »Dort gehen seltsame Dinge vor, und ich meine, wir sollten zunächst an der Aufklärung der Hintergründe arbeiten. Wir können immer noch nach Durward, wenn nötig, zuerst aber müssen wir ein paar Tatsachen in Händen haben.«

»Außerhalb von Durward sehe ich nur drei lohnende Angriffspunkte: Algonia, Nevander und Aston. Drei gefälschte königliche Dekrete im Abstand weniger Jahre. Drei Planeten, die – wohl kaum zufällig – einen schlechten Ruf in bezug auf Verbrechen und Korruption haben.«

»Und«, erinnerte Yvette betont, »einundfünfzig Agenten sind allein auf diesen Planeten in Verfolgung dieser Affäre umgekommen.«

Jules benetzte die Lippen und sagte leise: »Ja, ich weiß. Die meisten waren vermutlich so klug und geübt wie wir – und doch haben sie trotz der Unterstützung der ansässigen SOTE mit dem Leben bezahlen müssen ...« Er machte eine Pause.

»Vielleicht wegen der Hilfe der SOTE ...«

»Je höher der Rang in der SOTE, desto größer die Sicherheit. Wenigstens theoretisch. Aber der Verrat im Büro des Chefs – also, wenn du mich fragst.«

Yvette rümpfte die Nase. »Ich wünschte, wir hätten ihn lebend gefaßt. Ein saftiger Schuß Nitrobarb hätte uns viele interessante Fragen beantwortet.«

»Jetzt müssen wir die Antworten auf eigene Faust finden. Ich glaube, wir sollten uns im Moment von allen Kontakten mit SOTE fernhalten bis auf die jeweiligen obersten Ränge. Es erhebt sich nun die Frage: Wie sieht unsere beste Tarnung aus?«

»Man wird uns aufmerksam beobachten, das steht fest«, überlegte Yvette, »wir müssen uns daher etwas aussuchen, das zu unseren hervorstechenden Körperformen paßt ...« Sie sah an ihren soliden Formen hinab. »Erdenmenschen können wir nicht abgeben, da halten wir keiner Inspektion stand. Auch keine Delfianer – leider. Ich habe Umhänge und Geheimnistuerei so gern.«

»Man sieht uns an, daß wir von einem Planeten mit hoher Schwerkraft stammen«, sagte Jules. »Und davon gibt es nicht viele.«

»Da wäre Purity drüben in – wo nur? Ich glaube Sektor dreiunddreißig.«

Jules runzelte nachdenklich die Stirn. »Ja, das ist eine Idee. Diese Splittergruppe von Knallköpfen auf Purity! Wir können als Purityaner gehen.«

»Aber wird das auch klappen?« Yvette nagte nervös an ihrer Unterlippe. »Die wollen doch mit niemandem zu tun haben, außer, wenn es unbedingt nötig ist. Die übrige Menschheit ist ihnen zu mündig. Die erwarten doch jeden Augenblick, daß alle anderen, besonders der Mutterplanet DesPlaines, vom Zorn Gottes pulverisiert werden. Aber es gibt auch eine Anzahl von abtrünnigen Purityanern – Sünder, die das ›rechtmäßige Leben‹ nicht aushielten.«

»Genau das meinte ich. Wir tun so, als hätte man uns rausgeworfen, weil wir zu sündig waren. Wir tanzten, spielten Karten, tranken Sekt – gar nicht davon zu reden, daß wir nach Gold, Platin, Diamanten und Smaragden schürften und damit einen schwunghaften Schmuggel mit der Erde betrieben, womit wir unser Leben in der Welt des Fleisches finanzierten. Und auf diese Weise sind wir auch zu Geld gekommen – ja?«

Yvette lachte. »Verstehe! Aber ich muß damals wohl in die andere Richtung geguckt haben – aber du kannst mich ja mit Einzelheiten versorgen. Tatsächlich hat man viele aus diesen Gründen aus Purity rausgeworfen – und wegen viel kleinerer Vergehen. Los – das klingt immer besser.«

Jules lief in der Vorderkabine auf und ab. »Wie wär's damit? Wir verschaffen uns Papiere, die uns als Ex-Purityaner und jetzige Bürger der Erde ausweisen – das kriegt der Chef schon hin. Du weißt doch, wie die ›Irdischen‹ sich aufführen, wenn sie die Kolonien besuchen: Nase hoch und ganz den Snob herausgekehrt!«

»Und wir übertreiben das noch gehörig«, lachte Yvette. »Das gefällt mir.«

»Tarnung durch Verdächtigmachen«, nickte der Bruder. »Aber wie wir wissen, ist nur wenigen bekannt, daß Purity große Schwerkraft hat. Wir müssen uns verkleiden – besonders du. Es gibt zwar viele kleine, untersetzte Menschen, aber du siehst in einer Welt mit geringer Schwerkraft doch irgendwie fehl am Platz aus.«

»Dann machen wir es mit größter Auffälligkeit«, sagte Yvette. »Wir paradieren wie zwei Pfaue, und wehe, sie machen Bemerkungen.«

»Genau so.« Jules betrachtete sich und versuchte sich eine Verkleidung vorzustellen. »Bloße Arme und Beine – sollen die doch die Muskeln sehen. Was hältst du von schulterlangem Haar, aufgedonnert und gewellt, daß es ärger gar nicht mehr geht? Und ein Schnurrbart, propellergroß, gewichst und gezwirbelt? Kleidung aus ärmellosen goldenen Jersey, mit Ausschnitt bis zum Gürtel. Knappe Shorts – in Blau?«

Yvette schüttelte den Kopf. »Zu gewöhnlich. Purpur ist besser.«

»Ja, Purpur, die Farbe der Könige. Das nehmen wir als Leitmotiv – Purpur und Gold. Goldene Stiefel bis zum halben Schenkel, dazu, über den ganzen Körper verteilt, Gold- und Amethystschmuck im Wert von einer Million Credits. Wenn ich einen Raum betrete, werden alle geblendet die Augen schließen.«

»Das tun sie ohnehin.«

»Sei still, ich muß nachdenken. Ich brauche noch etwas, das ich in der Hand halten und den Leuten ins Gesicht schwenken kann – einen Stock, einen großen, schweren, mit einer Schußwaffe an einem und einem Betäuber am anderen Ende. Was hältst du davon?«

Yvette überdachte die Zusammenstellung. »Dein Kopf ist noch unbedeckt.«

»Stimmt. Ich brauche einen Hut – einen großen, flattrigen, purpurnen mit breiter Krempe und Goldfedern von einem halben Meter Länge. Voilà – das komplette Ensemble für den gutangezogenen Geheimagenten.«

»In dieser Aufmachung wird niemand einen SOTE-Agenten in dir vermuten, das muß ich sagen. Du wirst es schwer haben, dich als normales menschliches Wesen durchzuschlagen. Neben dir könnte ich mit einer Tasche des Service einhertrotten, und keinem würde es auffallen.«

»Na – das würde ich dir gerade nicht raten ...«

Yvette lachte. »Ich habe nicht die Absicht, glaube mir. Aber wenn du glaubst, ich trete neben dir prächtigem Gockel als kleines, braunes Hühnchen auf, dann stimmt es bei dir im Kleinhirn nicht mehr. Ich werde ein Kostüm für mich entwerfen, eine ganze Garderobe, weil die Sache sicher länger dauert – bei deren Anblick allen die Augen übergehen werden. Was ich mir um den Leib wickle, würde keine Bewohnerin von DesPlaines auch nur in ihren kühnsten Träumen anziehen.«

»Das sieht meiner lieben Schwester ähnlich.«

»Es wird richtig komisch werden. Aber bis dein Haar auf Schulterlänge wächst, vergehen Monate oder ein Jahr. Perücke?«

»Hm – nein«, meinte Jules mit einem Kopfschütteln. »Zu

gefährlich. Perücken fallen auf und machen neugierig. Ich dachte an künstlichen Haarwuchs. Das dauert zwar zwei Monate, aber wir haben Zeit. SOTE arbeitet jahrzehntelang an diesem Fall, und Banion – oder wer immer hinter der Sache steckt – scheint keine Eile zu haben. Warum auch – er weiß über uns alles, und wir wissen von ihm nichts. Ich glaube nicht, daß zwei Monate über Erfolg und Mißerfolg entscheiden. Und außerdem werden wir in der Zwischenzeit nicht in der Nase bohren.«

»Richtig. Wir können die Unterlagen noch einige Male durchgehen, unsere Annäherung planen, das ganze Vorgehen genau ausarbeiten – und ich muß meine ganze Garderobe entwerfen. Alors! An die Arbeit!«

So kam es, daß sieben Wochen später die Amtsräume des Herzogs von Algonia von einem Paar in Aufregung versetzt wurden, dessen Äußeres so ungewöhnlich war, daß man Ähnliches auf dem Planeten Algonia noch nie gesehen hatte – auf anderen Planeten übrigens auch nicht. Sie kamen entsprechend stilvoll im exklusivsten Space-Liner der ›Empress Stanley III‹ an. Yvette und Jules waren enttäuscht, daß sie auf ihrer Mission nicht ihre eigene La Comète verwenden konnten, mußten aber einsehen, daß ein öffentliches Verkehrsmittel besser zu ihrer Verkleidung paßte. Jules' Kostüm war so verrückt, wie er es geplant hatte, und er hatte sich den dazu passenden Persönlichkeitsstil zugelegt. Jede Bewegung war eine Übertreibung. Er konnte nicht stillstehen und führte die kleinste Bewegung mit wildem Gestikulieren aus. Seine Stimme war laut und aufdringlich und ging allen auf die Nerven. Das ganze Gehabe war der Inbegriff eines Snobs. Obwohl körperlich klein, war er sichtlich ein Mensch, der nichts im kleinen tat.

Yvette war, wenn möglich, noch prächtiger. Sie hatte sich entschlossen, sein Farbschema umzukehren. Ihre hohen Stiefel waren juwelenbesetzt und von königlichem Purpur. Bei jedem Schritt blitzte und funkelte es. Ihre knappen Shorts – sehr eng und sehr kurz – waren aus Goldlamé. Die Körpermitte blieb frei, und die Brüste wurden von einem sündhaft dünnen und durchsichtigen Purpurschal gebändigt, den sie um den Hals geschlungen hatte. Ihr Gürtel war breit – Gold auf Carlon und edelsteinbesetzt. Ein ebenfalls edelsteingeschmückter Halbschleier aus feinem Goldnetz brachte ihr Gesicht mehr zur Geltung, als daß er es verbarg. Und als Krönung wurde ihr Haar – von ebenso dunklem Purpur wie Stiefel und Brustschal – von einem Diadem gekrönt, das die Kaiserin selbst geblendet hätte. So überladen war es mit Goldfiligranarbeiten, Diamanten und Amethysten. Das Diadem allein war bescheiden auf 1 390 000 Credits geschätzt und versichert worden. Aber Yvette trug es so lässig wie ein Sommerhütchen.

Die Blicke der in einer langen Reihe Wartenden und die der Beamten mißachtend, drängte sich das auffallende Paar bis zum ersten Schreibtisch vor. »Wir sind Bürger der Erde«, verkündete Jules der erschrockenen Empfangsdame, nachdem er sich höflich, aber bestimmt, zwischen eine dicke Frau und den Schreibtisch gedrängt hatte. Die Beamtin war von den Erscheinungen wie betäubt, und Jules machte sich ihre Unentschlossenheit zunutze, beugte sich vor und drückte ihr eine Banknote in die Hand.

»Wir sind Carmen und Carlos Velasquez, Bürger der Erde«, wiederholte er noch lauter und warf zwei Erkennungskarten auf den Tisch. »Ihr Planet ist wirklich zauberhaft, Gnädigste. Natürlich haben wir bis jetzt nicht viel sehen können, aber ich bilde mir eine Meinung sehr rasch. Ich weiß, was mir gefällt – und Algonia gefällt mir. Ihr Herzog denkt wohl nicht etwa an einen Verkauf?«

Der Ärmsten blieb der Mund offenstehen.

»Natürlich nicht«, lachte Jules augenzwinkernd. »Herzöge laufen nicht herum und verscheuern ihre Planeten. Ich wollte nur Spaß machen. Trotzdem – ein nettes Örtchen. Meine Frau und ich möchten eine ganze Weile bleiben.«

Yvette, die bis jetzt wortlos und hochnäsig hinter ihrem Bruder gestanden hatte, ließ sich nun zum Sprechen herbei. »Hier ist doch das Amt, bei dem Neuankömmlinge um ein Sechzig-Tage-Visum ansuchen müssen?«

Die Miene der Beamtin erhellte sich, als sich die Unterhaltung einem Thema zuwandte, bei dem sie mithalten konnte. »Nein, meine Herrschaften. Dafür ist Gospodin Rixtons Büro zuständig, einen Stock tiefer – die SOTE, Sir – Madam.« Sie schien erleichtert, daß sie das Duo aus ihrem Machtbereich scheuchen konnte.

»Gibt es Ärger?« Ein großer Blonder mit pfeildünnem

Schnurrbart nahm neben ihnen Aufstellung. »Probleme, Gosposa Chen?«

Das Mädchen wandte sich ihm mit einem »Danke« zu. »Gospodin Rixton – diese beiden Herrschaften ...«

»Bürger der Erde«, unterbrach Jules sie. »Sie möchten um ein Sechzig-Tage-Visum ansuchen.«

»Dann übernehme ich die Sache.« Er legte überfreundlich einen Arm um Jules Schulter und dirigierte ihn hinaus. »Ich heiße Alf Rixton und bin Erster Assistent der SOTE hier auf Algonia ...«

»Freut mich, Sie kennenzulernen«, sagte Jules laut und schüttelte überschwenglich seine Hand. »Wir sind Carlos und Carmen Velasquez. Bürger der Erde. Wir möchten ein paar Monate auf Ihrem wundervollen Planeten verbringen.« Er holte eine weitere hohe Banknote aus seiner Tasche. »Sicher können Sie das für uns arrangieren. Wir steigen im Hotel Splendid ab.« Er drückte das Geld dem SOTE-Mann dreist in die Hand und verließ mit Yvette den Raum.

Mit innerem Unbehagen mußten sie feststellen, daß Rixton keinen Versuch machte, das Bestechungsgeld zurückzugeben.

8. KAPITEL
Hinterhalt im Park

Die Stanley-Doktrin. Als eine der wichtigsten Reformen legte Kaiserin Stanley III. als Gesellschaftsordnung jene formale, hierarchische Struktur fest, die noch heute besteht. Von der Tatsache ausgehend, daß Schichtenbildungen in jedem System unvermeidlich seien, entschied sie sich für jene Ordnung, die der Menschheit am längsten gedient hatte – für den erblichen Adel. Ihr logischer Verstand erfaßte, daß es sich eigentlich um ein willkürliches System handelte, und sie reorganisierte, vereinfachte und standardisierte es. Der gesamte bewohnte Raum wurde in 36 Sektoren unterteilt, wobei die Erde als Mittelpunkt der Sphäre vorgesehen war. Jeder Sektor wird von einem Großherzog beherrscht, wobei manche Sektoren Hunderte von Planeten umfassen. Einzelne Planeten werden von Herzögen beherrscht, Markgrafen regieren Kontinente oder deren Äquivalent, Earls herrschen über das, was man ehedem als Staaten oder kleine Nationen bezeichnet hatte. Grafen stehen Grafschaften vor. Barone – der niedrigste Adelstitel – haben Städte oder Distrikte unter sich.

(Stanhope, Elemente des Imperiums, Rolle 2, Nummer 408.)

Das Hotel Splendid war die nobelste und exklusivste Karawanserei auf Algonia. Die Zimmerpreise fingen bei zweihundert Credits pro Nacht an und waren nach oben hin unbegrenzt. Der Chef war im ganzen Sektor drei berühmt, und es war auch nicht ungewöhnlich, daß Mahlzeiten im hervorragenden Restaurant auf siebzig bis achtzig Credits pro Person kamen. Das Hotelgelände erstreckte sich über mehr als vierzig Hektar und bot die Möglichkeit zu jeder nur denkbaren Art erlaubter oder unerlaubter Freizeitgestaltung.

Es gab sogar ein kleines Privatwäldchen für Gäste, die ›mit der Natur eins sein‹ wollten, ohne sich von der Zivilisation zu weit zu entfernen.

Es war also ganz natürlich, daß ein solches Hotel von Carlos und Carmen Velasquez, jenem auffallenden und prächtigen Paar Erdenbürger, als Absteige gewählt wurde. Schon ihre Ankunft verursachte einen kleinen Wirbelsturm der Aktivität, und sie etablierten sich rasch als bevorzugte Gäste bei Management und Personal. Nicht nur, weil sie die Penthouse-Suite bezogen – pro Nacht tausend Credits – und von einem langen Aufenthalt sprachen, nicht nur, weil sie großzügig, gesellig und lustig waren, sondern auch, weil ihnen nicht klar zu sein schien, daß es Geld auch in kleineren Werten als fünfzig Credits gab.

Obwohl sie es sich nach außen nicht anmerken ließen, jagte ihnen ihr Lebensstil einen gelinden Schrecken ein. »Wir könnten hier unsere halbe Familie beherbergen«, sagte Yvette, als sie das erste Mal allein in ihrer Suite waren, »und hätten da drüben in der Ecke noch massenhaft Platz für Springmatten.«

»Es geschieht um einer guten Sache willen«, antwortete Jules und streckte sich auf einem der vier riesigen Vibro-Betten der Suite aus.

»Ich weiß ja, es ist nicht einfach, aber wir müssen uns für eine Zeit damit abfinden, mit dem Luxus zu leben.«

»Ich fürchte nur, daß ich mich daran gewöhnen könnte – das ist es.«

Die zwei Gäste fanden sich schnell in einen gleichmäßigen Rhythmus scheinbar entspannter Aktivität hinein. Sie standen nie vor elf Uhr auf und spielten sodann nach einem leichten Brunch Tennis und Rondola allein oder mit anderen Gästen. Dann folgte ein flottes Schwimmen im Innen-Pool, gefolgt von einem Nachmittagsimbiß. Bis zum Dinner zogen sie sich auf ihre Suite zurück, nach dem Dinner spazierten sie mindestens eine Stunde über die relativ einsamen Pfade des künstlich angelegten Hotelwäldchens. Unverdächtige Aktivitäten für zwei Urlauber, die sich erholen wollen.

Aber die Spaziergänge am späten Abend spielten in ihren Plänen eine wichtige Rolle. Bis jetzt hatten alle SOTE-Agenten, die kriminelle Aktivitäten auf Algonia untersuchten, krampfhaft danach Ausschau gehalten. Natürlich hatten sie sie gefunden, aber Yvettes Theorie lautete dahingehend, daß sie vielleicht nur fanden, was man sie finden ließ. Vielleicht war den d'Alemberts mehr Erfolg beschieden, wenn sie sich von der kriminellen Aktivität finden ließen.

An den ersten Abenden dienten ihre Wanderungen mehr der Erkundung. Aber nach einiger Zeit stießen sie auf einen Weg, der ihnen besonders zusagte, und den benutzten sie von jetzt an unentwegt.

Jeden Abend pflegten sie ihren Mietwagen zu nehmen und an den Waldrand zu fahren. Sie parkten und begannen ihre sechs Kilometer lange Wanderung entlang eines dunklen, dicht mit

Bäumen bewachsenen, hügeligen und felsigen Geländes. Es war eine Route, auf der sie niemandem begegneten, eine Route, die fünf für einen Hinterhalt geeignete Stellen enthielt, eine Route, die bekanntzumachen sie sich alle Mühe gaben.

Sechs Abende lang trotteten sie mit acht Kilometer Geschwindigkeit den bewußten Weg in völliger Stille.

Völlige Stille? Ja. Ihre auffallenden, aber robusten Stiefel verursachten auf dem weichen Boden nicht das leiseste Geräusch. Keines ihrer zahlreichen Schmuckstücke klimperte oder klirrte oder raschelte – alles war eigens so entworfen worden. Sie konnten hören, blieben selbst aber ungehört. Falls ihnen jemand auflauerte, mußte er sie zu sehen bekommen, ehe er zur Tat schritt – und die d'Alemberts selbst hatten das scharfe Gehör und die guten Augen von Akrobaten.

Als sie eine Lichtung erreichten, auf der eine Gefahr nicht wahrscheinlich war, fragte Yvette: »Glaubst du nicht, Jules, daß wir uns selbst zu Narren machen?«

»Glaube ich nicht. Ich habe gelernt, mich auf meine Intuition zu verlassen. Ich glaube, die anderen brauchen Zeit für die Planung ihrer Operationen. Überleg mal: Señor und Señora Velasquez können sich nicht einfach in Luft auflösen – das würde zu viele Fragen aufwerfen. Jeder weiß auch, daß wir neben dem Schmuck noch so viel Kapital im Hotelsafe haben, daß wir damit eine Bank eröffnen könnten. Das werden sie sich nicht entgehen lassen wollen. Ich glaube, die wollen Doppelgänger für uns heranschaffen, nachdem sie uns aus dem Weg geräumt haben – und dazu bedarf es gründlicher Planung. Wir haben zwar unsere halbnackte Aufmachung nicht entworfen, um unsere Nachbildung zu erschweren, aber sie ist dann wohl so geraten. Es gibt nicht allzu viele, die sich in diesem Aufzug sehen lassen könnten.«

»Richtig. Die müßten dann aus dem Splendid ausziehen, vor den Augen des gesamten Personals, das uns wegen unserer Trinkgelder gut kennt, und das aus dem Safe geraubte Geld fortbringen. Aber sie könnten unsere Erscheinung nur nachahmen, wenn sich dazu zwei andere DesPlainianer oder Ex-Purityaner finden oder eben Menschen von irgendeiner anderen Welt mit großer Schwerkraft.«

Jules nickte. »Und die müssen sie erst mal heranschaffen.

Schwere Gravitätstypen wie wir reisen nicht so ohne weiteres zu Planeten mit geringer Schwerkraft. Das ist, wie wir beide wissen, nicht sehr angenehm. Tatsächlich werden wir nach einem Monat ohne Training bei hoher Schwerkraft schwammig sein wie zwei Töpfe gekochter Nudeln.«

»Hoffen wir, daß es keinen ganzen Monat dauert. Aber ein paar Tage müssen wir ihnen noch Zeit lassen. Wenn jemand glaubt, er könnte uns überfallen, dann müssen wir ihm die Chance eines Versuches geben.«

Fünf weitere Ausflüge erwiesen sich als ergebnislos, und die beiden ließen beinahe den Mut sinken. Aber am sechsten Abend nach dieser Unterhaltung kamen sie an eine Stelle, an welcher der Weg zwischen einer dichten Baumgruppe und undurchdringlichem Unterholz verlief. Ihre angestrengt lauschenden Ohren vernahmen ein Rascheln. Sie bemerkten auch die Andeutung einer Bewegung.

»Achtung«, flüsterte Yvette ihrem Bruder zu, und Jules nickte. Beide waren gewappnet.

Die Stelle, welche die Angreifer gewählt hatten, war ideal – von der Art, wie es sich die d'Alemberts vorgestellt hatten. Um zum Angriff zu schreiten, mußten sich die Gauner nun einmal bewegen – und da sie einer relativ niederen Stufe der Verbrecherhierarchie angehörten, waren sie nicht imstande, geeignete Vorkehrungen gegen ihre Entdeckung zu treffen. Sie wußten auch nicht, wie flink ihre Beute in Wirklichkeit war.

Nach dem ersten Anzeichen von Aktivität verwandelten sich Yvette und Jules zu leibhaftigen Blitzen. Jules' Hut und Spazierstock fielen fast gleichzeitig zu Boden, und Yvettes Diadem lag sofort daneben. Ihre muskulösen Beine gestatteten ihnen einen elastischen Absprung nach beiden Seiten des Weges hin.

Jules, der das Gebüsch durchbrach, fand sich plötzlich inmitten einer Gruppe von fünf Männern. Vier standen eng beieinander, der fünfte in einiger Entfernung. Als nun Jules' kräftiger Körper plötzlich in ihre Mitte platzte, brachte das die Wegelagerer total aus dem Konzept. Bei der Landung schlug Jules dem Nächststehenden auf den Kopf – leicht, um ihm nicht das Genick zu brechen. Seinen Schwung ausnützend, packte er ihn am

Hemd und zerrte ihn mit. Er hob sein Opfer hoch und schleuderte es dem nächsten, drei Meter entfernten Mann entgegen. Dieser, von der Neunzig-Kilo-Last seines Spießgesellen getroffen, taumelte rücklings und fiel um.

Jules war natürlich nicht stehengeblieben, um die Wirkung seines Wurfes zu beobachten. Wichtig für ihn war es, in Bewegung zu bleiben, in möglichst kurzer Zeit möglichst viel Schaden anzurichten und ein möglichst kleines Ziel abzugeben. Er schnellte vor und sprang den dritten Mann an, der sich im Reflex krümmte. Jules' mächtige Faust schnellte vor und traf den Möchtegern-Angreifer in den Solarplexus. Der Mann stieß pfeifend Luft aus und sank leblos zu Boden. Noch mit diesem Schwung wirbelte Jules wie ein Balettänzer auf einem Fuß herum, während er mit dem anderen den vierten ins Gesicht traf – nicht mit den Zehen, sondern mit der flachen Sohle seines Stiefels. Die Wucht ließ den Mann bewußtlos zurücksinken.

Das ergab vier Erledigte, einen Übriggebliebenen. Aber dieser eine war sicher schwieriger, das merkte Jules, als er durch die Finsternis zu seinem letzten Gegner hinüberspähte. Dieser war ein DesPlainianer, nach dem Aussehen zu schließen – jener Mann offenbar, der dazu ausersehen war, ›Carlos Velasquez'‹ Stelle einzunehmen. Er hatte sich wohlweislich von der Kampfszene ferngehalten. Und die fünf Sekunden, die Jules gebraucht hatte, um die anderen außer Gefecht zu setzen, hatten diesem da Zeit gelassen, seine Fassung wiederzuerlangen. Er hatte eine Waffe in Anschlag, ob eine Betäubungs- oder Strahlenwaffe konnte Jules in der Dunkelheit nicht erkennen.

Jules warf sich zu Boden und benutzte die Dunkelheit als Deckung. Sein bewaffneter Gegner machte mit seinen Bewegungen nach Jules' Feingefühl einen schrecklichen Lärm, obwohl der Gauner das selbst kaum merkte. Als Folge davon konnte Jules seinen Gegner genau ausmachen und blieb geduckt am Boden. Er machte vorsichtig einen Bogen und tauchte hinter dem Mann auf, packte ihn an der Schulter und drehte ihn um. Der Mann konnte kaum ein erstauntes Gesicht machen, als auch schon Jules' geballte Rechte unter seinem Kinn landete. Da er wußte, daß er es mit einem Des-Plainianer zu tun hatte, milderte Jules den Hieb nicht ab und schlug mit voller Kraft zu.

Der andere sank um und ließ die Waffe fallen. Jules fing sie noch im Fallen auf. Ein Betäuber, auf Stufe acht gestellt. Eine sehr ungemütliche Einstellung, weil der davon Betroffene tagelang hilflos liegenblieb und das Nervensystem dauernde Lähmungen davontragen konnte.

Eine Bewegung dort, wo keine hätte sein sollen, fesselte seine Aufmerksamkeit, und Jules fuhr herum. Der zweite Mann, auf den er den ersten geworfen hatte, kam, mit einer Waffe in der Hand, hoch. Jules blieb keine Zeit, die Einstellung auf dem Betäuber zu ändern. Er feuerte los, und der Mann ging wieder zu Boden. Diesmal blieb er regungslos liegen.

Auch Yvette hatte alle Hände voll zu tun. Ihr Sprung hatte sie zwischen zwei Bäume und mitten in eine kleine Menschenschar getragen. Mit ausgebreiteten Armen packte sie zwei Köpfe und ließ sie aufeinanderprallen. Ihren eigenen Aufprall auf dem Boden hatte sie, sich überschlagend, gemildert, war wieder auf die Beine gekommen und sah sich um. Ein Schatten bewegte sich, und sie ging zum Angriff über. Mit angezogenem Knie entrang sie ihm einen Schmerzensschrei, als sie ihn traf. Er klappte zusammen, sie packte ihn bei den Schultern, schwang ihn hoch und warf ihn der vierten schattenhaften Gestalt entgegen, die sich ihr im Dunklen näherte. Ein dumpfes Geräusch war zu vernehmen, als die beiden Leiber aufeinanderprallten und auf dem Boden zusammensackten.

Plötzlich traf sie ein Schlag ins Genick. Ein kräftiger Schlag, der einem weniger Trainierten bleibenden Schaden an der Wirbelsäule verursacht hätte. In Yvettes Fall waren jedoch die Nackenmuskeln so dick und hart, daß der Hieb sie nur momentan betäubte. Sie taumelte vorwärts, fing sich wieder und verwandelte den Sturz in einen Überschlag. Nach einem zweiten Purzelbaum sprang sie auf beide Beine, drehte sich um und sah sich ihrem Angreifer gegenüber.

Im schwachen Licht der Sterne konnte sie nur seine Silhouette ausnehmen – aber die reichte, um sie über ein paar wichtige Tatsachen zu informieren. Erstens waren die Umrisse eindeutig weiblich – ein Mann hätte in diese Kurven nicht hineingepaßt. Zweitens gehörte die kleine, gedrungene Gestalt zu einer DesPlainianerin oder zumindest zu jemandem aus einer Welt mit hoher Schwerkraft. Yvette reimte sich zwei und zwei zusammen und kam zu dem Schluß, daß die ihr gegenüberstehende Frau sie verkörpern und das Vermögen entwenden sollte. Nur das ergab einen Sinn. Wenn das echte Ehepaar Velasquez überfallen wurde, war das Ersatzpaar sofort bereit, dessen Stelle einzunehmen.

Diese Schlußfolgerung mußte sie jetzt in den Hintergrund ihres Bewußtseins verdrängen. Im Augenblick stand sie dem Problem gegenüber, wie sie selbst am Leben bleiben und gleichzeitig die Gegnerin außer Gefecht setzen sollte. Dieses Problem wurde noch durch die Tatsache kompliziert, daß die andere höchstwahrscheinlich eine Waffe hatte und sie sofort anwenden würde.

Yvette sprang zurück in die Richtung, aus der sie gekommen war, auf ihre Gegnerin zu. Im Sprung drehte sie sich in der Luft, so daß sie auf deren Seite horizontal landete. Jetzt verwandelte sie den Sprung in eine rollende Bewegung und traf mit ihrem Körper direkt die Beine der Frau. Wie die Kugel eines Kegelspiels warf Yvettes Körper die Frau um. Die zwei weiblichen Wesen lagen nun auf dem Boden und rangen miteinander.

Die andere kam nach oben zu liegen und versuchte, ihren Ellbogen in Yvettes Luftröhre zu pressen. Die SOTE-Agentin fing den Hieb mit dem Unterarm auf, zog gleichzeitig ihr Knie an und stieß es in das Rückgrat der anderen. Die Angreiferin schrie auf und fiel nach vorne. Yvette streifte die Fallende noch rasch am Kinn, und die bewußtlose Angreiferin sank zu Boden.

Yvette hielt inne. Sie mußte zu Atem kommen. Als sie sich auf die Knie aufrichtete, lauschte sie angestrengt nach eventuellen weiteren Angreifern. Stille. Auch die normalen Nachtgeräusche waren verstummt, als hätten die Tiere des Waldes vor dem Kampf Reißaus genommen.

Dann hörte sie das Flüstern ihres Bruders von der anderen Wegseite her. »Eve?« fragte er vorsichtig. »Hier sind fünf.«

»Hier auch«, erwiderte sie und sprang auf. »Alles bestens. Ist bei dir drüben noch Platz?«

»Ja – schlepp sie rüber.«

Yvette packte zwei ihrer Opfer und schleppte sie auf die andere Seite. Jules transportierte die anderen drei hinüber, während sie wieder ihr Diadem aufsetzte. In wenigen Minuten lagen die zehn bewußtlosen oder toten Gauner – Jules fürchtete nämlich, daß der Betäuber auf Stufe 8 des Guten zuviel getan hatte – fein säuberlich nebeneinander aufgereiht auf dem Rücken da.

Yvette zog aus dem Stiefel eine Mini-Taschenlampe und beleuchtete damit die Gesichter jener zwei, die sie hätten darstellen sollen. »Herrje – sehen wir etwa so aus? Kein Wunder, daß uns alle so anstarren. Ich werde nie wieder einem Spiegel Glauben schenken.«

»Man sagt doch, Nachahmung sei die ehrlichste Form der Schmeichelei«, bemerkte ihr Bruder.

»Man sagt so viel, was keinen Pfifferling wert ist. Machen wir uns lieber an die Arbeit.«

»Dann los!« Jules gab ihr den Betäuber, den er auf Stufe drei eingestellt hatte. »Während du diese Halunken in die Kur nimmst, versuche ich mal, den Wagen hierher zu manövrieren. Schade, daß wir nicht unseren eigenen hier haben – hierherzufliegen wäre viel leichter.«

»Das wäre der Situation nicht angepaßt«, erinnerte ihn Yvette. »Die Velasquez' mußten die größte, imposanteste Limousine mieten. Man muß sich selbst treu bleiben.«

Leise Verwünschungen über diese idiotischen Velasquez' ausstoßend, machte sich Jules auf den Weg zu dem Wagen. Etwa zehn Minuten später kam das Fahrzeug den Pfad entlanggeschwankt, wobei Jules sich bemühte, daß das Fahrzeug keine Kratzer durch Zweige und Gestein abbekam. Als er anhielt, hatte Yvette eben die Behandlung ihrer Gefangenen mit Nitrobarb beendet, das sie einem kleinen Behälter in ihren Stiefeln entnommen hatte. »In zwanzig Minuten werden sie für ein Verhör bereit sein.«

Sie schichtete die Gefangenen mit Hilfe ihres Bruders wie Holzlatten ins Heck der Limousine und wies ihn ein, als er mit dem Wagen wendete. Auf der offenen Straße angelangt, schlugen die d'Alemberts jedoch nicht die Richtung zum Hotel ein. Selbst so schillernde und exzentrische Typen wie Carlos und Carmen hätten sich umfangreiche Erklärungen einfallen lassen müssen, hätten sie zehn bewußtlose Leiber durch die Hotelhalle geschleift.

Statt dessen fuhr Jules zur Stadt. Kurz nach ihrer Ankunft auf Algonia hatten sie sich telefonisch bei einem Makler ein Landhaus gemietet – die meisten hätten es allerdings als Herrensitz bezeichnet. Dieses Haus war so abgelegen, daß sie auf dem dazugehörigen Areal einen unerlaubten Raumflughafen hätten einrichten können, ohne daß es die Nachbarn gemerkt hätten.

Sie schleppten ihre Fracht in das leere Wohnzimmer und machten sich ernsthaft an die Arbeit. Der Mann, den Jules mit dem auf acht eingestellten Betäuber erledigt hatte, war für ihre Zwecke unbrauchbar, aber die anderen neun erwachten eben aus dem von Nitrobarb erzeugten Koma und waren bereit zu sprechen. Unter der eingehenden Befragung der Meisteragenten – und unter dem Einfluß von Nitrobarb unfähig zu lügen oder mit ihrem Wissen zurückzuhalten – enthüllten sie alle Einzelheiten ihres Planes: wie sie den Velasquez auflauern, sie töten und durch eigene Leute ersetzen wollten. Diese Leute sollten sich im Hotel abmelden und Geld und Schmuck mitgehen lassen. Die Operation wäre perfekt gelaufen, wären Carlos und Carmen wirklich das gewesen, wofür man sie angesehen hatte – ein Pech, daß die d'Alemberts keine aufgeblasenen Narren waren.

Yvette und Jules intensivierten ihre Befragung. Ohne große Mühe erfuhren sie den Namen des unmittelbaren Vorgesetzten dieser Leute – eines angeblich angesehenen Börsenmaklers in einer über tausend Kilometer entfernten Stadt. Aber sie wollten noch mehr erfahren – den Namen des obersten Verbrecherkönigs auf dem gesamten Planeten.

Nachdem sie die Hierarchie, Schicht um Schicht entblätternd, durchgegangen waren, erhielten die SOTE-Agenten die gewünschten Auskünfte – und sie waren nicht wenig erschrocken.

Das Haupt der Verbrecher auf diesem Planeten war kein Geringerer als der Baron der Stadt Osberg, der zweitgrößten Stadt auf Algonia.

9. KAPITEL

Die Erstürmung der Burg

Im Vergleich mit der Verleihung von Titeln entwickelte sich gleichzeitig ein System höfischer Etikette und Reglementierung, wie es das Kennzeichen der oberen Klassen ist. Erbfolgegesetze waren das wichtigste. In dem Bestreben, Streitigkeiten soweit als möglich zu unterdrücken, erließ Kaiserin Stanley III. ein Dekret, demzufolge bei der Erbfolge unbedingt das Recht der Erstgeburt zu gelten hatte – und als Frau bestand sie darauf, daß es ohne Rücksicht auf das Geschlecht des Erstgeborenen anzuwenden war. Der Erbe eines Titels mußte nach den Regeln der Höflichkeit mit dem nächst niedrigeren Titel angesprochen werden – das älteste Kind eines Earls zum Beispiel war als Graf oder Gräfin zu titulieren, bis es den vollen Titel erbte. Jüngere Kinder der Adelsfamilien trugen die Ehrentitel ›Lord‹ oder ›Lady‹ ohne weitere Bezeichnung und wurden mit großer Ehrerbietung behandelt. Auch die Ehegesetze waren nicht so streng wie unter den vorhergehenden oligarchischen Systemen. Adelige durften Bürgerliche oder Adelige höheren oder geringeren Ranges heiraten, und die geringer Geborenen des Paares wurden automatisch in den Rang des Ehegatten erhoben.

(Stanhope, Elemente des Imperiums, Rolle 2. Nummer 409.)

Die d'Alemberts ließen ihre unfreiwilligen Gäste gefesselt und hilflos in ihrem Landhaus zurück und machten sich auf den Weg nach Osberg, im besonderen zur Burg ›Kräftig‹, etwa hundertfünfzig Kilometer weit entfernt. Während der Fahrt schüttelte Jules den Kopf, wenn er die Ergebnisse überdachte. »Ich wußte ja, unsere Freunde – wer immer sie waren – würde diese Unmenge Geld reizen. Aber daß ein Adeliger darin verwickelt ist …! Wer hätte gedacht, daß Baren Osberg dahintersteckt!«

»Du vielleicht, teurer Bruder«, meinte Yvette. »Und vielleicht auch ich. Wir wußten doch zumindest, daß der Hauptverräter eine einflußreiche Position innehaben mußte. Und wir müssen uns wohl daran gewöhnen, daß wir es weiterhin mit dem Adel zu tun haben werden. Ich wette, daß der Urheber dieser Verschwörung innerhalb des Adels einen hohen Rang einnimmt. Banion wird – falls wir ihn finden – sicherlich als Adeliger auftreten oder den Schutz und das Wohlwollen eines Edlen genießen. Jedenfalls müssen wir Vorsicht walten lassen.«

Die Burg des Barons lag drei Kilometer vor der Stadt. Jules parkte den Wagen gut einen Kilometer vorher am Straßenrand.

Den Rest des Weges legten sie zu Fuß zurück. Beide waren mit Betäubern bewaffnet, die von ihren Opfern stammten. Außerdem hatte Yvette noch so viel Nitrobarb in einem Behälter, um ein ganzes Regiment zu verhören.

Sie näherten sich vorsichtig der Festung und achteten darauf, von niemandem gesehen oder gehört zu werden. Wie zwei Phantome der Nacht kamen sie an die Außenseiten der Burgmauern. Burg ›Kräftig‹ war ein imponierender Bau, vier Stock hoch, auf einem Steilhang gelegen. Das dazugehörige Gelände von fünf Hektar wurde von einer viereinhalb Meter hohen Betonmauer umgeben, die noch von einem Zaun aus geladenen Drähten überragt wurde.

Jules und Yvette umwanderten die Mauer und schätzten sie ab. Es gab zwei Tore, vorne und hinten. Jedes bestand aus fünf Zentimeter dicken Stahlstangen, von Stacheldraht gekrönt. Sie ließen sich nur von innen elektronisch öffnen.

»Kein gastfreundliches Haus, schätze ich«, flüsterte Yvette ihrem Bruder zu.

»Ich habe ganz den Eindruck, daß dem Baron an ungebetenen Gästen nicht viel liegt. Eh bien, wenn es keine offene Tür gibt, müssen wir uns anders Eintritt verschaffen. Von oben?«

»Von oben«, gab Yvette ihm recht.

Mit einem Lächeln des Einverständnisses trennten sie sich. Indem sie sich den Schutz der hohen Hecken entlang der Straße zum hinteren Tor zunutze machten, liefen sie den etwa zwanzig Meter betragenden Weg zurück und blieben dabei in Deckung. Yvette benutzte die linke, Jules die rechte Seite des Weges. Sie konnten einander in der Dunkelheit kaum sehen, waren aber so gut aufeinander eingespielt, daß ihre Reflexe wie bei einem zweisitzigen Tandem funktionierten. Auf ein fast unhörbares »Jetzt« von Yvette nahmen beide in Höchstgeschwindigkeit auf die Mauer Anlauf.

Zwei Meter vor der Mauer gingen zwei Beinpaare wie stramm gespannte Federn in die Hocke, Muskeln schleuderten die zwei Luftakrobaten hoch hinauf, und die beiden übersprangen den obersten Draht mit einem Meter Abstand. Die Betäubungsgeräte hielten sie dabei in Anschlag und feuerten, anschließend an den lautlosen Sprung, aus den Geräten, die auf Stufe sechs – Betäubungsdauer zwölf Stunden – eingestellt waren. Ihr Ziel bildeten die Posten, welche die Mauer von innen bewacht hatten ... Sie schossen mit ihren Geräten schnell und genau und erledigten jeden Posten, den sie sahen, wobei der Umstand, daß das Innere des Hofes hell erleuchtet war, ihre Treffsicherheit ungemein erhöhte.

Zu ihrer Linken sahen sie ein kleineres Gebäude, das wahrscheinlich als Garage und Personalhaus diente. Mit einem unmerklichen Kopfnicken gab Yvette zu verstehen, daß sie diesen Trakt übernehmen wolle. Jules nahm dies zur Kenntnis und lief auf das Hauptgebäude zu.

Im Erdgeschoß gab es viele Fenster, und er hätte sie einschlagen können, aber er wollte sauberer vorgehen. Es kostete ihn nur eine Sekunde, bis er eine schmale Tür ausfindig gemacht hatte, die in einen Wirtschaftsraum führte. Die Tür war versperrt, aber das hielt ihn höchstens ein paar Sekunden auf. Er zog einen Schneidbrenner aus der Tasche, so groß wie ein Handteller. Nur sieben Sekunden vergingen, während der starke Laserstrahl den Mechanismus durchgebrannt hatte und die Tür auf einen Druck aufging.

Jules befand sich jetzt in einem kleinen Vorratsraum. Der Raum war eisgekühlt, und er hatte nicht die Absicht, hier länger zu verweilen. Entlang eines Regals schleichend, erreichte er eine Tür, die in die Küche führte, die unverschlossen war. Er betrat das Reich der Kochkunst. Zu so später Stunde war nur eine Handvoll Bediensteter noch mit Aufräumungsarbeiten beschäftigt. Sie alle sackten weich zu Boden, als Jules' Betäubungsstrahl sie traf, und sie merkten es nicht einmal, daß ihnen etwas zustieß.

Jules huschte wie ein purpurner Blitz durch die Küche und nahm den Lift in den oberen Stock. Er durchschritt das Speisezimmer, ohne jemandem zu begegnen, und lief einen kleinen, für das Personal bestimmten Gang entlang, bis ihm ein Samtvorhang Einhalt gebot. Er äugte durch einen Spalt des Vorhanges und beobachtete das Treiben im angrenzenden Raum.

Die Haupthalle der Burg war riesengroß. Balkendecke und Täfelung waren aus poliertem, gelbem Holz, das Licht aus Hunderten elektrischer Kerzen in den drei schmiedeeisernen Lüstern, spiegelte sich in den Wänden und ließ den ganzen Raum strahlend hell erscheinen. Der Boden war mit braunen Marmorsteinen in runden undefinierbaren Mustern ausgelegt. Lange, mit fahlbraunem Samt gepolsterte Sofas schmückten in angemessenen Abständen den Raum. Am anderen Ende des Saales war ein Kamin, dessen geräumige Wölbung einem Doppelbett Platz geboten hätte. Darin gloste ein zwei Meter langes Scheit, das sein Bestes tat, den kalten Raum zu erwärmen. Die Wände waren geschmackvoll mit modernen Malereien geschmückt, und über dem Kamin hing das Geweih eines Tieres, das Jules unbekannt war.

In der Halle hielten sich elf Männer auf. Einige saßen, andere standen herum. Die Luft war vom Rauch verschiedener Zigarettensorten zum Schneiden dick, und die teilweise geleerten Gläser kündeten vom Ausmaß des Alkoholkonsums. Die Männer unterhielten sich einsilbig, sahen des öfteren auf die Uhr und schienen jemanden zu erwarten.

Falls die Herren auf eine Nachricht wegen des Überfalls auf die Velasquez warten sollten – so sagte sich Jules grimmig –, dann sollen sie es auf sehr unerwartete Weise erfahren! Und er legte an, zielte und schoß sie der Reihe nach an. Elf Körper sanken zu Boden oder im Sessel zusammen.

Jules lief jetzt zur kleinen Außentür zurück und traf dort mit seiner Schwester zusammen. »Draußen alles bestens«, berichtete sie. »Die meisten erwischte ich im Bett. Und jetzt auf die große Suche!«

Rasch, aber ohne nachlässige Hast, machten sie sich daran, die ganze Burg – von den Kellergewölben bis zu den Speichern – zu durchsuchen. Sie bewegten sich mit schußbereiten Betäubern vorwärts, und wenn sie einen Bereich hinter sich ließen, dann in dem ruhigen Bewußtsein, daß alle darin Befindlichen bewußtlos waren.

Nach einer Stunde waren alle – außer ihnen selbst – erledigt: Wachen, Personal, Gäste und Familie. Dann – erst dann – ging Jules an den Kommunikator an der Wand der Haupthalle, stellte den Sichtschirm ab und drückte eine Geheimnummer.

»Hier ist der Service des Imperiums«, meldete sich eine geschulte, schön modulierte weibliche Stimme aus dem Lautsprecher. »Bitte, stellen Sie den Sichtschirm ein, und sagen Sie mir, was ich für Sie tun kann.«

Statt dem Ersuchen nach Einschalten des Sichtschirmes nachzukommen, sagte Jules knapp: »SOTE sechs. Abakus – Zymase – Goldstück. Das Haupt braucht den Bauch zum Überleben.«

»A-a – aber Sir ...« Die Veränderung in der Stimme des Mädchens zeigte, wie erschrocken sie war. Noch nie hatte sie diese Kode-Worte zu hören bekommen und hätte nie gedacht, sie jemals zu hören. Die Worte ›Haupt‹ und ›Überleben‹ – in Kombination mit den ersten Kode-Worten – hatten ihr den Rest gegeben. Trotzdem erholte sie sich rasch. »Er ist zu Hause und schläft, Sir, aber ich werde ihn sofort wecken. Einen Augenblick, bitte«, und Jules hörte ein eindringliches Piepsen.

»Ruhe bitte«, protestierte eine verschlafene Stimme. »Laßt mich in Ruhe – das verdammte Piepsen soll aufhören, oder ...«

»Gospodin Borton! Aufwachen!« Das Mädchen schrie es fast heraus. »Bitte aufwachen! Ein SOTE sechs!« Und sie wiederholte die Kode-Worte.

Das reichte. »Ach – so! Danke, Phyllis!«

»Meine Herren, Sie sind verbunden«, meldete das Mädchen, »und ich schalte mich aus. Grünes Signal bitte, wenn Sie fertig sind.«

Jules lächelte verkrampft. Ihrer Stimme war anzuhören, daß sie lieber Prügel auf sich nehmen als das Gespräch belauschen würde, auch wenn sie es hätte tun können.

»Praxis«, sagte Borton, womit er als Erkennungszeichen eine ihrer dienstlichen Parolen oder Signalements anforderte.

»Wombat und Immergrün!« Es waren Jules' und Yvettes Erkennungssymbole.

»Heiliger ...«, setzte Borton an. Diese Kode-Namen waren beinahe schon legendär geworden, und er hätte nie gedacht, ihnen im Dienst je zu begegnen. Es war die oberste Spitze des gesamten Service.

»Dachsparren, Winkel, Engel. Gewinkelt, Leiden.« Jules schnurrte den Kode herunter.

Am anderen Ende der Leitung herrschte sekundenlang Stille. Dann hörte er Borton schlucken, bevor dieser sagte: »Verzeihen Sie, daß ich so langsam reagiere. Aber es braucht eben seine Zeit, weil es so phantastisch ist. Aber Sie haben nicht gesagt, wo Sie selbst sind.«

»Wir konnten unsere Koordinaten noch nicht genau bestimmen, und Eigennamen lassen sich schwer in einen Kode fassen.

Aber lassen Sie mich mal überlegen.« In improvisierter Kode-Sprache gab Jules ihm bekannt, daß sie sich auf Burg ›Kräftig‹ befänden. »Kommen Sie durch den Haupteingang, und geben Sie mit den Scheinwerfern ein Lichtsignal – Kode 0 –, damit wir Sie erkennen. Ende!«

»In Ordnung«, sagte Borton – und nun ging die Sache auch tatsächlich in Ordnung. Denn wenn die Agenten Wombat und Immergrün einem Planetenchef der SOTE zu verstehen gaben, er solle ins Wasser springen, so würde er es tun – und dazu auch noch schnell. »Phyllis – da haben Sie das grüne Zeichen. Danke!«

Borton brauchte drei Viertelstunden, um sich anzuziehen, eine Abteilung um sich zu scharen und zur Burg hinauszukommen. Die d'Alemberts machten sich die Wartezeit zunutze. Noch während ihr Bruder mit Borton redete, hatte Yvette sich an die Arbeit gemacht und jedem der elf Top-Gefangenen eine Dosis Nitrobarb verpaßt. Nach zwanzig Minuten waren sie bereit, alles zu sagen, was sie wußten. Ein Jammer, daß – mit Ausnahme des Barons – alle sehr wenig wußten. Denn diese Verbrecherorganisation beruhte auf einem Zellensystem, bei dem die Leute der einen Gruppe von der anderen nur die ihnen direkt übergeordnete Person kannten.

Sogar der Baron selbst, der die Spitze der gesamten Unterwelt dieses Planeten bildete, kannte nur einen einzigen außerplanetarischen Kontakt – aber das war immerhin besser als gar nichts. Unter dem Einfluß der Droge erzählte ihnen der Baron von einer gewissen Bar in der Nähe des Raumflughafens auf dem Planeten Aston und verriet ihnen auch die Kode-Phrase, die nötig war, um über einen gewissen Punkt hinauszukommen.

Schließlich tauchte Borton mit seinen Leuten am Haupteingang auf. Der Chef ließ die Scheinwerfer seiner Fahrzeuge dreimal kurz aufblinken wie besprochen, und die Tore öffneten sich vor ihm. Mit seinen Leuten betrat Borton das Gelände und näherte sich dem Burgeingang.

Jules und Yvette erlaubten nur ihm, sie zu sehen, als sie ihn ins Vestibül einließen. Die anderen mußten draußen warten. Borton erkannte sie sofort. »Sie!« rief er aus und sah von einem zum anderen. »Sie beide haben meine Leute fast um den Verstand gebracht. Ich muß gestehen, daß Ihre Idee nicht schlecht war. Sie sind mit Pauken und Trompeten auf der Szene aufgekreuzt!«

»Absolut. Wir dachten uns, daß die andere Seite eher nach Leuten Ausschau halten würde, die sich in dunklen Winkeln herumdrücken.«

»Möglich … Ich nehme an, es gibt einen guten Grund dafür, daß man mich nicht von Anfang an zugezogen hat?«

»Einen sehr guten. Folgen Sie uns bitte, und Sie werden sehen«, sagte Jules.

Sie führten Borton in die Haupthalle. Die elf Körper lagen auf dem Boden. Borton erfaßte die Lage mit einem kurzen Blick. »Sie haben Nitrobarb eingesetzt«, sagte er sachlich, obwohl viele den Namen der Droge nur mit Abscheu oder Entsetzen aussprachen. »Auch bei Baron Osberg. Infolge der hohen Sterblichkeitsrate bei Nitrobarb wird die Hälfte sterben. Jetzt verstehe ich, warum Sie nicht erst um meine Einwilligung eingekommen sind.«

»Alle werden sterben«, sagte Jules grimmig. »Besonders der Baron. Die Strafe für Verrat ist der Tod. Wer von ihnen die Droge überlebt, wird vielleicht ein paar Tage länger leben. Mehr nicht. Aber Sie haben noch nicht alles gesehen. Sehen Sie sich nur gründlich um!«

Borton sah sich die starr Daliegenden genauer an. Sein Blick blieb an der großen Gestalt eines Mannes mit bleistiftdünnem Schnurrbart hängen. Bortons Gesicht wurde grau. Der Schock der Entdeckung traf ihn so hart, daß er nicht einmal ans Fluchen dachte.

»Das ist Alf Rixton«, stieß er schließlich hervor. »Mein erster Assistent! Seit über zehn Jahren ist er mein Mitarbeiter! Und jedes Jahr wurde er mit Lügendetektor und Befragung unter Hypnose überprüft. Er hat ausgezeichnete Arbeit geleistet.«

»Ja – für die andere Seite«, sagte Yvette kalt. »Die einzigen Ganoven und Verräter, die er fing, waren solche, die man von der anderen Seite loswerden wollte. Borton – jetzt geht die ganze Sache an Sie über. Wir müssen zwar noch eine Weile hier auf dem Planeten bleiben – ein paar höhere Tiere könnten Verdacht schöpfen, wenn die Velasquez nach Zerschlagen dieses Ringes Algonia allzu hastig verlassen –, aber wir möchten in die Sache nicht hineingezogen werden. Nicht mal gerüchteweise. Hier in der Burg hat uns niemand gesehen – wir waren zu schnell dazu –, und auch Ihre Leute haben uns nicht gesehen. Aber da wären noch ein paar andere, die Sie eine Zeitlang ausschalten müßten, wenn auch nicht für immer.«

Sie berichtete ihm von den Wegelagerern, die auf dem Landgut versteckt und verschnürt lagen.

Borton nickte. »Keine Sorge, wir nehmen uns ihrer an. Aber wie soll ich das hier erklären? Ich muß Berichte verfassen, und die Presse wird lästige Fragen stellen. Die gehen immer scharf ran, wenn Adelige in einen Skandal verwickelt sind. Was soll ich sagen? Die werden mir nicht glauben, daß die ganze Aktion auf mein Konto geht.«

»Natürlich nicht«, sagte Jules lächelnd. »Gospodin Rixton da drüben hat die Sache entdeckt und ist Ihnen dabei an die Hand gegangen. Und im Verlaufe des Kampfes wurde er eben leider getötet. Zu schade, daß ihm nur posthum Ehren zuteil werden – immerhin starb er im Sinne der glorreichen Tradition des Service.«

Wieder nickte Borton – bedächtiger diesmal. »Danke. Er war einer der Besten – er starb den Heldentod, nachdem er sich tapfer verteidigt hatte – und so fort –, es ist zum Heulen … ! Ja, das reicht. Aber ich soll die Operation auf meine Kappe nehmen, während Sie es waren, die die ganze Arbeit geleistet haben …«

»Es wäre nicht klug, wenn die Leute erführen, daß wir hier waren«, sagte Yvette leise.

»Na gut«, meinte Borton mit verhaltenem Lächeln. »Geheimagenten sollen geheim bleiben.«

»So ist es«, stimmte Jules zu. Dann sah er seine Schwester an, und gemeinsam rezitierten sie den Trinkspruch des Service: »Auf ein Morgen, Kameraden und Freunde! Auf daß wir alle es erleben!«

Und damit gingen sie hinaus, verließen ungesehen die Burg – und verschwanden für immer aus Bortons Leben. Ein Nest war ausgehoben – höchste Zeit, daß sie weiterzogen, um das nächste aufzudecken.

Borton blieb reglos stehen und starrte die geschlossene Tür an. Er wußte, was sie waren – die Agenten Wombat und Immergrün – aber das war alles, was er wußte und je wissen würde. Doch jetzt durfte er keine Zeit mit Grübeleien verlieren. Er mußte die Gefangenen verhören, mehr über ihre Organisation in Erfahrung bringen, damit er Fußvolk und Führer dingfest machen konnte. Dazu mußte er eine Story für die Presse zusammenbrauen.

Er ließ seine Leute ins Haus ein und gab Befehle. Mit einem Achselzucken begann er die überlebenden Gauner zu verhören.

Die Nachricht von den Festnahmen drang am nächsten Morgen in die Öffentlichkeit. Da ein wohlhabender und einflußreicher Baron beteiligt war, stürzten sich alle Nachrichtenagenturen darauf. Informationen flitzten mit vielfacher Lichtgeschwindigkeit durch den Subäther, und bald wurde die Nachricht als Riesenskandal auf jedem bewohnten Planeten des Imperiums verbreitet.

Im besonderen erreichten die Nachrichten auch einen großen, imposanten Mann, für den dies mehr war als eine bloße Sensationsmeldung. Er verlor keine Zeit und fuhr sofort in die Gewölbe hinunter, wo sein Privatglobus glühte. Er stand da und betrachtete die Riesenkugel. Er konzentrierte sich auf die Nadelstichlichter, welche die Planeten darstellten. Zunächst konnte er den grünen Punkt, der Algonia – einen seiner Hauptstützpunkte – darstellte, gar nicht finden, aber dann hatte er begriffen. Seine Computer hatten inzwischen die aus allen Teilen seiner Einflußsphäre einlangenden Daten bereits verarbeitet und die Situation den neuen Gegebenheiten angepaßt. Der Punkt Algonia glühte nicht mehr im Grün seiner Schlüsselplaneten, nicht einmal in dem Rot, das anzeigte, daß er ihn beherrschte und in seinem Gewaltbereich hatte. Der Punkt war jetzt ein klares, kräftiges Blau – das Blau des Imperiums.

Ein Rückschlag – dachte der Mann, während er sich über den Spitzbart strich. Ein entscheidender Rückschlag. Aber kaum ein endgültiger. Der Anblick seines dreidimensionalen Globus tröstete ihn. Es gab noch mehr als zwei Dutzend grüner Lichter und an die tausend rote. Und die rote Flut nahm immer noch an Umfang zu und drehte die spärlichen blauen Punkte zu verschlingen. Der Verlust eines einzigen grünen Lichtes konnte den unaufhaltsamen Fortschritt nicht stoppen!

Und doch blieb eine Frage bestehen und brannte im Hintergrund seines Bewußtseins: War der Verlust Algonias ein Zufall –

oder bildete es den Teil einer Gegenoffensive? Aus einem vereinzelten Zwischenfall konnte man nur schwer Schlüsse ziehen. Er mußte seine Computer noch befragen.

Aus einem unerklärlichen Grund kam ihm jetzt der verblichene Oberst Grandon in den Sinn. Der Verräter hatte etwas von einem speziellen Agentenpaar verlauten lassen. Steckten am Ende die zwei dahinter? Er mußte der Sache nachgehen.

Aber er machte sich keine übertriebenen Sorgen. Auch wenn es zwei auf eigene Faust handelnden Agenten geglückt sein sollte, eine ganze planetarische Organisation zu zerschlagen, so berührten sie damit nicht die Struktur des gesamten Aufbaues. Außerdem, frohlockte er, lauern unterwegs noch viele Fallen.

10. KAPITEL
Die Wende

Eine der umstrittensten Regelungen der Stanley-Doktrin betraf die Ehen. Adelige hatten freie Hand bei der Gattenwahl, ob der Partner nun von Adel oder bürgerlich war. Mitglieder der königlichen Familie waren hierbei nicht frei in ihren Entscheidungen. (Es ist die einzige der königlichen Familie auferlegte Einschränkung.) Mitglieder der königlichen Familie mußten Bürgerliche heiraten. Außerdem mußte der Name Stanley beibehalten werden, auch wenn eine Prinzessin eine Ehe einging. Es war dies der einzige Fall, in dem ein Mann seinen Familiennamen änderte. Diese Vorsichtsmaßnahme wirkte zunächst schockierend, aber die Beweggründe dafür waren durchaus vernünftig. Kaiserin Stanley III. wollte damit jene Inzucht vermeiden, die den europäischen Monarchien im zwanzigsten Jahrhundert zum Verhängnis geworden war. Indem sie eine Ehe zwischen Verwandten bis zum zweiunddreißigsten Grad untersagte, sicherte sie den gesunden Bestand des Geschlechtes der Stanley.

(Stanhope, Elemente des Imperiums, Rolle 2, Nummer 411.)

Die Rückkehr der Velasquez ins Hotel Splendid blieb unbemerkt, aber das war nicht weiter ungewöhnlich. Sie waren schon öfters durch die Garage hereingekommen und mittels ihres Privataufzuges sofort nach oben gefahren. Auch war es nicht ungewöhnlich, daß sie erst spät, nämlich um elf, zum Frühstück erschienen. Der Unterschied lag allein darin, daß sie diesmal tatsächlich bis elf geschlafen hatten – sie hatten es sich redlich verdient.

Natürlich hatten Carmen und Carlos keine Ahnung von den Verhaftungen der vergangenen Nacht, als ein eifriger Kellner ihnen das Frühstück brachte. Daß etwas besonders Wichtiges passiert war, konnten sie aus der Tatsache ersehen, daß der Kellner von seinem Vorgesetzten begleitet war, der die beiden Lokalzeitungsrollen in der Hand trug.

»Guten Morgen«, sagte er ehrerbietig. »Vielleicht haben Sie die Nachrichten noch nicht gehört?«

»Hm, ja.« Jules verdeckte mit der Hand diskret ein Gähnen. »Wir sind kaum wach.« Er steckte in Kniehosen aus Goldsatin und trug dazu eine knappe, purpurne Weste. Yvette trug den sagenhaften Kopfschmuck und einen gold-purpurnen Morgenrock, der bis auf ein paar kleine, undurchsichtige Stellen praktisch völlig transparent war.

»Betrifft es etwa uns?« fragte Yvette schläfrig.

»Sogar sicher. Denn es erschüttert das Vertrauen eines jeden ehrlichen Bürgers. Der größte und sensationellste Skandal, den das Imperium seit zwanzig Jahren erlebt hat – und passiert ist alles hier – auf Algonia!« Er legte die Rollen neben Yvette, während er dem Kellner beim Decken des Frühstückstisches half. »Aber vielleicht störe ich Sie. Sie können es ja später selbst lesen. Natürlich wollen Sie Ihr Frühstück genießen, solange es heiß ist. Entschuldigen Sie die Störung.« Die zwei Hotelbediensteten nahmen das großzügige Trinkgeld des Paares in Empfang und ließen es in Ruhe.

Nach dem Essen zogen sich Jules und Yvette in ihre Suite zurück und lasen die Story mit größtem Interesse – und mit gelegentlichem Kommentar. Die offizielle Version war ihnen natürlich neu, aber sie mußten zugeben, daß Borton gute Arbeit geleistet hatte. Die SOTE hatte also unter der meisterhaften Leitung ihres planetarischen Chefs diese Verräterbande seit über einem Jahr genauestens beobachtet. Man hatte gewartet, bis man sicher sein konnte, alle Beteiligten gefunden zu haben, und hatte dann an allen Stellen gleichzeitig zugeschlagen. Die Säuberung war gründlich ausgefallen.

Mit den Beweisen ihrer Schuld konfrontiert, hatten alle Verräter ein volles Geständnis abgelegt. Der Service, als Vollzugsorgan kaiserlicher Rechtsprechung, hatte die Strafe für den Verrat sofort vollzogen – die Todesstrafe. Dieses Urteil traf auch Baron Osberg, den Anführer der Gruppe. Im Normalfall hätte dieser das Recht gehabt, sich als Adeliger an ein Höchstgericht zu wenden, aber die Beweise waren so eindeutig, daß er zusammenbrach und seine Verbrechen eingestand, weshalb man ihm den ›ehrenhaften‹ Weg freistellte.

Der Bericht beeilte sich hervorzuheben, daß der Baron als einziger seiner Familie in den Hochverrat verwickelt war und seine Baronie daher nicht der Krone anheimfiel. Seine Frau Carlotta wurde Baronin-Witwe und seine Tochter Ilse – erst neunzehn – die neue Baroneß. Ilse war als freundliches, großzügiges Wesen bekannt, aktive Sportlerin und in zahlreichen philanthropischen Organisationen tätig, und Osberg würde – so hieß es in den

Berichten – unter ihrer dynamischen Führung einer neuen Blüte entgegensehen – und dergleichen mehr.

Der planetarische Chef Borton hätte sich nur auf die Hilfe seines tüchtigen Assistenten Alf Rixton stützen können – von der Erde sei niemand gekommen. Von Nitrobarb stand kein Wort darin – und das aus gutem Grund. Allein der Besitz dieser Droge war nämlich vor fünfzehn Jahren zum Kapitalverbrechen erklärt worden.

»Hübsch«, sagte Yvette. »Die Story ist so plausibel, daß ich sie fast selbst glaube.«

»Hm«, seufzte Jules, der auf seinem Bett lümmelte. »Und jetzt kommt das Ärgste – das Warten. Am liebsten würde ich gleich nach Aston und die Spur verfolgen, die uns der Baron gewiesen hat – sie könnte kalt werden, bevor wir uns rühren. Aber eine Weile müssen wir hierbleiben, weil wir keine Aufmerksamkeit erregen dürfen. Wenn Carlos und Carmen so kurz nach dem Vorfall verschwinden, könnte sich jemand zwei und zwei zusammenreimen und auf zweiundzwanzig kommen.«

Yvette überlegte. »Ja, das habe ich Borton gestern auch gesagt, aber jetzt bin ich nicht mehr so sicher. Die Tatsache, daß wir hier in Algonia sind – in Verbindung mit der Tatsache, daß die zwei ›Delfianer‹ in den ›Dunedin Arms‹ ebenfalls ein Paar waren, das nur von einem Planeten mit hoher Schwerkraft stammen konnte –, könnte auch Leuten, die nicht halb so klug sind wie unsere Gegner, genügende Hinweise geben. Der Feind wird bald auf die Idee kommen, die Velasquez mit den Delfianern in einen Topf zu werfen. Ob wir nun noch einen Monat hierbleiben oder schon heute abreisen, ist gleichgültig – außer, wir wollen uns noch im alten Versteckspiel ein wenig üben.«

»Tu as raison – wie immer. Aber dieses alte Versteckspiel kann sehr wichtig werden, und ich glaube, wir sollten uns Zeit nehmen und einige Taschenspielertricks versuchen. Rufen wir daheim an, vielleicht läßt sich etwas arrangieren.«

Es war acht Tage später, daß Carlos und Carmen im Hotel Splendid tränenreich Abschied nahmen. Tränen flossen auch auf der anderen Seite, weil das Personal wußte, daß es so großzügigen Trinkgeldgebern nie mehr begegnen würde. Ihrer Art entsprechend, gab sich das verrückte Paar von Ex-Purityanern zum Abschied sehr großzügig und verteilte, angefangen vom Penthouse bis zur Limousine und zum Raumflughafen, üppige Trinkgelder.

Dort bestiegen sie einen Luxus-Liner, der über Aston nach Lateesta ging. Da der vorhergehende planmäßige Landungshafen auf DesPlaines gewesen war und dort Passagiere an Bord genommen worden waren, hatte man gewisse Abteile des Schiffes künstlich auf höhere Schwerkraft eingestellt. Das Gefühl, sich unter der einzig für sie richtigen Schwerkraft bewegen zu können, erweckte in Yvette und Jules richtiges Heimweh. Es verging sofort, als sie die Suite der drei Passagiere aus DesPlaines betraten.

Als sie die Tür geöffnet hatten, stand ein kleines, kräftig gebautes Mädchen mit braunem Haar, mandelförmigen Augen und außergewöhnlich hübschem Gesicht vor ihnen. Als das Mädchen sie erkannte, strahlte es über das ganze Gesicht.

»Jules!« rief es aus und warf sich ihm so stürmisch in die Arme, daß er trotz seiner Körperkraft einen Schritt zurücktreten mußte, um das Gleichgewicht zu halten.

»Vonnie! Liebling!« Seine Arme umschlossen ihren festen, aber unverkennbar weiblichen Körper, und ihre Lippen trafen sich im leidenschaftlichen Kuß. Eine halbe Minute lang blieb die Zeit für sie stehen, als die zwei jungen Leute nach viermonatiger Trennung ihre Liebe erneuerten.

Dann rückte Yvonne Rournenier von ihm ab und betrachtete Jules kritisch. »In dieser Aufmachung muß ich ein Bild von dir haben. Von euch beiden«, fügte sie hinzu und schien Yvette erst jetzt zu bemerken. Die Mädchen gaben einander einen Kuß auf die Wange. »Kommt herein«, sagte Yvonne und öffnete die Tür weiter. Es war eine Kabine erster Klasse, aber keine Luxuskabine, wie es die Velasquez gewohnt waren. Die soliden Möbel mußten der dreifach erhöhten künstlichen Schwerkraft standhalten.

»Ich wußte zwar, daß ihr Verkleidung tragt«, fuhr Yvonne fort, »aber das muß man gesehen haben, um es glauben zu können. Gabby, Jacques – kommt her, und seht euch das Pfauenpaar an!«

Als die beiden Gerufenen eintraten, hafteten Yvonnes Blicke noch immer an Jules. »Du warst schon immer einigermaßen passabel – doch jetzt bist du hinreißend!« Sie küßte ihn stürmisch ab. »Aber auf den Bart kann ich verzichten – der kitzelt.«

»Daran gewöhnt man sich«, lächelte Jules seiner Verlobten zu. »Ich habe mich jedenfalls gewöhnt.«

Auch die zwei anderen waren von DesPlaines. Die Frau war Gabrielle d'Alembert, die Schwägerin von Jules und Yvette. Ihr Mann war deren älterer Bruder Robert, Erbe des Herzogtitels, jener Mann, der auf DesPlaines herrschte, während der Herzog sich dem Zirkus widmete. Gabrielles Nase war aristokratisch gebogen, und ihre stahlgrauen Augen wirkten meist reserviert, wenn sie auch im Moment freundlich dreinblickten. Sie war etwas älter als Yvette, jedoch ihre Haut war so glatt, daß man sie für leibliche Schwestern halten konnte.

Der Mann neben ihr war Jacques Roumenier, Yvonnes jüngerer Bruder. Die Roumeniers waren die Kinder eines der besten Freunde von Herzog Etienne, des Barons Ebert Roumenier von Nouveau Calais. Sie waren alte Freunde von Jules und Yvette und waren zusammen aufgewachsen. Auch sie waren gute SOTE-Agenten.

Jacques mit seinem Pferdegesicht wirkte gemütlich und nett. Sein Gesicht wurde vom gleichen Schnurrbarttyp geziert wie Jules'. »Hallo, Yvette«, sagte er und sah verlegen zu Boden. Er hatte eine Schwäche für sie, während ihre Gefühle über Freundschaft nicht hinausgingen – und er wußte das. Weil sie ihn nicht verletzen wollte, zeigte sie immer besondere Wärme und Mitgefühl für ihn.

»Hallo, Jacques«, strahlte sie ihn an. »Irgend etwas an deinem Schnurrbart kommt mir bekannt vor.«

»Natürlich«, sagte Yvonne und sprang in die Bresche. »Er wird der neue Carlos, und Gabby wird dich ersetzen. Ich bat den Herzog um die Rolle der Carmen – bat ihn auf den Knien darum –, aber der Alte wollte nicht hören. Er richtete sich wie immer nach dem Tausend-Punkte-Test, und Gabby mit ihren neunhundertunddreiundneunzig hat mich aus dem Feld geschlagen.«

Jules grinste. »Glaubst du, er geht bei einer so wichtigen Aktion ein Risiko ein?«

»Er hätte mir eigentlich den Auftrag geben müssen, weil ich schließlich neunhundertundneunundachtzig Punkte habe und mit dem einzigen lebenden Tausendpunktler verlobt bin.«

»Ich bin trotzdem stolz auf dich, Liebes«, turtelte er und legte den Arm um ihre schmale Mitte. »Du wirfst mich immer noch vom Sockel.«

Dann sah er auf und lächelte den zwei Neuhinzugekommenen zu.

»Ach, Gabby und Jacques«, begrüßte er sie verspätet.

»Gabby ist gut«, sagte Gabrielle und richtete sich zu ihrer vollen aristokratischen Größe von 164 Zentimetern auf. »Für Sie immer noch Markgräfin Gabrielle! Ich lasse mich nur herab, mit dem gemeinen Volk zu sprechen, wenn es auf den Knien rutscht und mit der Stirn den Boden berührt.« Wort und Ton waren hochmütig, aber das lustige Funkeln ihrer Augen zeigte an, daß sie das im Spaß gemeint hatte.

»Hört, hört«, sagte Yvonne, und Yvette meinte: »Jetzt hast du es ihm gegeben, Gabby.« Und nachdenklicher fuhr sie fort: »Weißt du, eigentlich hatte ich dieses Diadem und den Schmuck sehr gern getragen. Es hat mir nicht schlecht gestanden.«

»Ja«, bemerkte Jules. »Sie waren alle von diesen Dingen so geblendet, daß keiner dich näher ansehen mußte. Wo sind übrigens die anderen?«

»Es gab keinen Grund, sie mit einem Luxusschiff loszuschicken. Rick sagte, er und seine Jungs wollten direkt auf Aston zu euch stoßen«, erklärte Vonnie.

Jules und Yvette machten das Ersatzpaar mit den persönlichen Gewohnheiten und närrischen Eigenheiten von Carlos und Carmen bekannt.

»Könnt ihr uns nicht sagen, worum es bei dieser Sache geht?« fragte Gabrielle.

»Nein, nicht einmal innerhalb der Familie darf etwas bekanntwerden darüber. Wenn alles vorbei ist, werdet ihr es erfahren. In der Zwischenzeit müßt ihr euch mit eurer Rolle als Lockvögel begnügen.«

Jules und Yvette führten ihre Stellvertreter heimlich in ihre Kabine, wo sie Kleider und Lebensstil mit ihnen tauschten. Sie hatten sich das Haar auf das ursprüngliche Braun zurückfärben und anders frisieren lassen. Auch der Schnurrbart von Jules war anders, nicht mehr so gewichst und aufgezwirbelt. Und als sie ihre unförmigen braunen Hosen und Jacken aus grobem, handgewebtem Material angezogen hatten, war keine Spur mehr von

Carmen und Carlos übrig. Statt dessen sahen sie wie zwei zwar unorthodoxe, aber praktizierende Purityaner aus.

Eventuelle gegnerische Spione auf dem Flugplatz von Aston würden nichts Verdächtiges wahrnehmen können. Die zwei Velasquez blieben die ganze Zeit über in der Kabine, ihr Ziel war Lateesta. Ein Mann und eine Frau von irgendeinem Planeten mit hoher Schwerkraft stiegen aus – sie konnten schwerlich als jenes Paar angesehen werden, als das sie eingestiegen waren.

Inzwischen fuhren die neuen Velasquez durchs halbe Imperium weiter nach Lateesta, wo sie ihre Gewohnheit fortsetzten, mit großen Banknoten wie mit Konfetti um sich zu werfen – und nichts Verdächtiges zu unternehmen.

Jules und Yvette bezogen nebeneinanderliegende Zimmer in einem kleinen Hotel und erwarteten dort die Ankunft ihres Vetters Richard d'Alembert und seines Ringerteams. Sie sollten morgen kommen. Mittlerweile aber taten Jules und Yvette keinen einzigen Schritt zu jener Bar hin, die ihr nächstes Ziel bildete.

Jules hatte die wenigen beweglichen Möbelstücke des kleinen Zimmers weggeschoben, so daß er mehr Platz zum Aufundablaufen hatte. Denken und Planen fielen ihm leichter, wenn er in Bewegung war. Die geballten Hände in den Taschen, die Augen auf den Boden gerichtet – so ging er auf dem billigen Teppich hin und her. Yvette hatte sich auf die Bettkante gesetzt und dachte ebenfalls angestrengt nach. Ihr jetziges Quartier war ein gewaltiger Abstieg – aber das fiel keinem von beiden auf.

»Ich werde das Gefühl nicht los, als kämpften wir gegen Nebel«, sagte Jules laut. »Wir haben eine ganze planetarische Organisation nach zwei Wochen unschädlich gemacht – und was haben wir davon? Den Kontakt mit dem Haupt der Organisation auf einem anderen Planeten. Es gibt vierzehnhundert Planeten im Imperium. Wenn wir in diesem Tempo weitermachen, sind wir erst in fünfundsechzig Jahren durch – und müssen dann wieder von vorn anfangen, weil wir nicht erwarten können, daß Banion stillhält, während wir seine Organisationen auslöschen. Er wird wiederaufbauen, was wir zerstört haben.«

»Er ist nicht mehr der Jüngste. Er könnte bald sterben.«

»In diesem Fall führt er seinen Streich gegen den Thron vor

dem Tod aus – und wenn wir weiterhin nur an den Rand der Sache kommen, können wir ihn gar nicht aufhalten. Wir müssen uns etwas anderes einfallen lassen.«

Yvette sah ihn nachdenklich an. »Weißt du – ich träumte vergangene Nacht von Onkel Marcel.«

Jules blieb stehen und sah sie fragend an: Was hatte der Zauberer mit ihrem Problem zu tun?

»Du kennst doch das Wichtigste an seiner Nummer – das Wort, das er immer wieder sagt?«

»Und ob! Ich habe mich als Kind immer um sein Zelt herumgetrieben«, lächelte Jules. Mit hoher, nasaler Stimme äffte er seinen Onkel nach: »Ablenkung ist des Rätsels Lösung. Ich sage Ihnen, Sie sollen eine Hand im Auge behalten – und aus der anderen springt etwas heraus. Ja, ich weiß, was du meinst.«

Er machte ein finsteres Gesicht und nahm das Marschieren wieder auf. »Etwas ist sonnenklar. Nach siebenundsechzig Jahren der Nachforschungen – und zwar sehr intensiver Nachforschungen – deutete jeder kleinste Hinweis immer wieder auf den Planeten Durward als den Ausgangspunkt aller Probleme. Immer, wenn ein Spitzenagent nach Durward ging und der Sache nahe kam, verschwand er spurlos. Damit ist offensichtlich bewiesen, daß es auf Durward etwas gibt, das so streng bewacht wird, daß keiner von uns herankommen kann.«

»Wie zum Beispiel das Dekret.«

»Aber ist es denn überhaupt dort? Gehen wir ein paar andere Punkte durch. Aimée Amorat verschwand mit ihrem Sohn Banion nach dem mißglückten Anschlag auf ihren Gatten, Herzog Henry von Durward. In den nächsten siebenundsechzig Jahren entsteht eine weltweite Verbrecherorganisation …«

»Und dazu braucht man Geld!« unterbrach ihn Yvette aufgeregt. »Auch wenn wir davon ausgehen, daß die Bestie ihrem Mann viel Geld abgeknöpft hat – und wie ich mich erinnere, wurde von verschwundenen öffentlichen Geldern gemunkelt –, hätte sie trotzdem Milliarden gebraucht – nein Trilliarden, um etwas so Großes aufzubauen.«

»Allerdings könnte im Laufe der Zeit so manches im Wege von Spekulationen angehäuft worden sein.«

»Trotzdem hätten sie und ihr Sohn Hilfe gebraucht. Entweder sie hatten von Anbeginn an Unterstützung – und mit ihren Verbindungen zum Hof wäre das nicht ganz unwahrscheinlich –, oder aber sie konnten sich jemanden rasch gefügig machen.«

»Eine hochgestellte Persönlichkeit«, sagte Jules nachdenklich.

»Sie benötigten eine Machtposition als Basis, von der aus sie operieren konnten. Sie brauchten jemanden, der die Macht besaß, Tatsachen zu vertuschen und Schnüffler irrezuleiten, jemanden, der bereits eine ausgebaute Organisation hatte und der sich frei und ungehindert bewegen konnte.«

»Wir sprechen also« – Yvette sprach es jetzt klar aus – »von einem Großherzog.«

»Das dachte ich mir auch.« Er unterbrach sein ruheloses Umherwandern und lehnte sich an einen Schrank. »Nur einem Großherzog stünde die ausgedehnte Organisation zur Verfügung, die Banion als Basis dienen konnte. Nur einem Großherzog stünde das Anfangskapital zur Verfügung, um im Laufe eines Menschenlebens so Großes aufzubauen.«

»Wenn das stimmt, dann wird die Sache noch schwieriger. Schließlich können wir Großherzöge nicht so ohne weiteres mit Nitrobarb vollaufen lassen. Es gibt sechsunddreißig von dieser Sorte, und das Verschwinden des einen oder anderen würde auffallen.«

»Das ist wahr, aber es gibt einen anderen Weg, der Sache näher auf den Grund zu kommen. Wenn Banion tatsächlich hinter all diesen Machinationen steckt – und es deutet alles darauf hin –, dann muß er sich auf die Machtergreifung des Imperiums vorbereiten.

Er wird immer älter und wird an Macht und Ruhm noch Anteil haben wollen, bevor er stirbt. Ungeachtet dessen, ob das Dekret nun eine durchschlagende Wirkung haben sollte oder nicht – er wird mehr als nur ein Dekret als Rückhalt benötigen, um die Nachfolge antreten zu können. Er wird Leute brauchen, Waffen und Schiffe.«

»Und so etwas kann man tarnen. Er kann ganze Armeen als Betriebsmannschaften in Fabriken halten, Waffen kann man vergraben. Schlachtschiffe als Frachter tarnen ...«

Jules nickte. »Aber etwas kann man vor einem Experten nicht verschleiern: die Finanzgebaren. Wenn ein solcher Coup ausgebrütet wird, zeigt sich das auf verschiedene Weise in finanzieller Hinsicht – da und dort wird ein bißchen zuviel Geld ausgegeben, ein Gebiet wird auf unbegründete Weise reicher als ein anderes, Fonds werden errichtet und reich dotiert ...«

»Wir sollen sie also im Wege der Rechnungsprüfungen schlagen?«

»Warum nicht? Eine zeitgemäße, sehr beliebte Methode.«

»Brüderchen, du bist ein Genie!«

»Bis jetzt handelt es sich nur um wilde Spekulationen«, dämpfte er ihren Enthusiasmus. »Von Wissen kann keine Rede sein.«

»Es kommt mir aber immer richtiger vor. Die SOTE hat mehr als ein halbes Jahrhundert eine falsche Spur verfolgt, und sämtliche siebenundvierzig Datenrollen sind Mumpitz. Ich glaube, wir sollten den Chef benachrichtigen und ihm sagen, daß es jetzt richtig losgeht.«

»Zunächst sollten wir lieber ein System ausarbeiten. Sieh mal – Durward liegt im Sektor zehn, Algonia in drei, Aston in sechs, Nevander in dreizehn, und Gastonia ist eine Randwelt von Sektor zwanzig.«

Yvette sah ihn erstaunt an. »Warte – Durward, Algonia und Nevander sind im Verlauf der bisherigen Nachforschungen schon aufgetaucht – aber mit Gastonia hast du mich überrundet. Wie kommst du auf Gastonia?«

»Aufgrund eigener etwas komplizierterer Überlegungen. Kaiserin Stanley die Vierte hat dort im späten zweiundzwanzigsten Jahrhundert begonnen, Aufständische niederzuschlagen, und diese Praxis wurde mehr oder weniger bis jetzt beibehalten. Und eineinhalb Jahrhunderte alter Rebellengeist ist ein guter Nährboden für Verrat. Banion könnte nirgends bessere Rekrutierungsmöglichkeiten finden.«

»Gut, dann wissen wir also, wie es weitergeht. Wir werden heute noch den Chef bitten, alle Wachstumsbewegungen und Finanzberichte jedes Planeten und Sektors in den letzten siebzig Jahren durchzusehen. Ich weiß, dazu braucht man eine Menge Leute – aber er hat sie, und dieser Fall hat Vorrang. Seine Computer werden Überstunden machen. Dann nimmt er die sechs oder sieben hervorstechendsten und gibt sie seinen besten Finanzanalytikern zur genauen Durchsicht.«

»Und in der Zwischenzeit«, verfolgte Jules ihren Gedanken weiter, »führen wir durch, was wir uns ursprünglich für morgen vorgenommen haben, bis wir wissen, was der Chef von seinen lieben Rechnungsprüfern in Erfahrung gebracht hat. Danach werden wir unsere weiteren Pläne einrichten.«

»Und wenn es sich morgen zeigt, daß weitere Tatsachen wieder auf Durward hinweisen?«

»Dann«, sagte Jules langsam, »würde ich das als ein Zeichen ansehen, daß man uns nach Durward locken will und daß dieser ganze Planet eine einzige Falle für uns ist. Wir werden daher überall, nur nicht dorthin gehen.«

Ein Gedanke, den sie aber nicht laut werden ließen, bewegte die beiden. Wenn Jules' Theorie stimmte und hinter der ganzen Affäre ein Großherzog oder eine Großherzogin steckte, dann würde die Spur unweigerlich direkt zurück zur Mutter Erde führen.

11. KAPITEL

Blendender Blitz und betäubender Knall

Der gesamte erforschte Raum war in sechsunddreißig keilförmige Sektoren unterteilt, deren gemeinsame Linie durch den Mittelpunkt der Sonne und senkrecht zur Ebene der Erdumlaufbahn verlief. Jeder Sektor gehörte einem Großherzog und wurde nach Belieben des Thrones verliehen. Die Planeten des Sonnensystems – und im besonderen die Erde, der wichtigste Planet des Imperiums – waren Privatbesitz des Thrones. Jeder Großherzog hatte auf der Erde einen Palast, mehrere Residenzen und ein Staatsgebäude. Da die Verwaltung hauptsächlich vom Mutterplaneten aus getätigt wurde, war es nicht ungewöhnlich, daß die Großherzöge die Erde nur selten verließen, um jene Sektoren des Weltraums zu besuchen, die ihnen als Dominions unterstanden. Obwohl dieses System den Absentismus förderte, hielt es zum Glück auch Unfähige davon ab, Schaden anzurichten.

(Singh, Die historischen Grundlagen des Feudalismus, Rolle 2, Nummer 48.)

Am Nachmittag des nächsten Tages kam ein Anruf ihres Vetters Richard. Er war mit Leuten seiner Ringertruppe eben eingetroffen und erwartete weitere Instruktionen. Jules gab ihnen den Treffpunkt bekannt, ebenso informierte er sie, daß die Bar erst am Spätnachmittag geöffnet werde.

Richard grinste ihn vom Bildschirm aus an und meinte, daß er und seine Jungs sich in der Zwischenzeit gründlich vorbereiten wollten.

Die Stunden schleppten sich für die d'Alemberts träge dahin, bis endlich die Zeit zum Handeln gekommen war. Jules wollte unauffällig bleiben und trug zu einem beigefarbenen Hemd braune Kniehosen, während Yvette sich für eine lose, knallgelbe Bluse und eine grün-gelb karierte Hose entschieden hatte. Diesmal hatten sie bei ihrer Garderobe Zurückhaltung walten lassen, ihre Kleidung hatten sie nur nach dem Gesichtspunkt ausgesucht, ob man darin genügend Bewegungsfreiheit hatte. Um auf alles vorbereitet zu sein, steckten sie Schußwaffen, in Halftern verborgen, zu sich und machten sich auf den Weg.

Das ›Cobweb Corner‹ war eine Bar nahe dem Flughafen von Rollon, der Hauptstadt von Aston. Das Lokal stellte einen Übergang zwischen der rüden Vulgarität der Docks und dem gehobenen Geschmack der Mittelklasse dar. Die Folge davon war, daß es eigentlich niemandem gefiel, obwohl es über eine treue Stammkundschaft verfügte. Die Kunden aus der Nachbarschaft wußten offenbar nicht recht, ob sie derb oder ehrbar tun sollten.

Da eben erst geöffnet wurde, war die Bar noch leer. Ein paar junge Offiziere von den im Hafen liegenden Schiffen waren auf einen kurzen Drink eingekehrt, bevor sie weiter in die Stadt gingen. Einer von ihnen hatte eine belanglose Plauderei mit einer ›Djevka‹ – einem von der Handvoll Mädchen, die hier ihrem ureigenen Gewerbe nachgingen – angefangen. Sechs Schlägertypen saßen im Raum verteilt und behielten die Vorgänge unauffällig im Auge. Aber es war ein ungewöhnlicher Zufall, daß alle sechs DesPlainianer waren. Da der Planet Aston für die Stärke und Beweglichkeit seiner Bewohner bekannt ist, hätte ein scharfer Beobachter sich gewiß gefragt, weshalb es denn so wachsamer Vorsorge bedurfte.

Rick und seine Mannen traten ein und machten ganz den Eindruck einer Raumschiffbesatzung auf Urlaub. Einige begannen Gespräche mit den Mädchen, die von der Aussicht auf einen frühen Kunden – ehe der richtige Rummel einsetzte – sehr angetan waren. Ein paar andere bestellten alkoholfreie Getränke und verteilten sich an den Tischen.

Ein paar Minuten später trafen Jules und Yvette ein, die wie jedes andere Paar der bürgerlichen Mittelklasse aussahen, das auf einen raschen Drink vorbeischaut, bevor es sich zum Essen oder ins Theater begab. Wie hätten die Späher hier Verdacht schöpfen können ? Oder die geistigen Anführer, da die d'Alemberts sie so schön genasführt hatten? Es gab keinerlei Hinweise, daß die Velasquez mit den Vorfällen in Algonia etwas zu tun hatten – und selbst wenn, so waren sie weit weg. Ihr Schiff war bereits nach Lateesta gestartet, einem für die Verbrechergilde ganz unwichtigen Planeten.

Beim Eintreten flüsterte Yvette etwas in Jules' Ohr und hielt auf die Nebenräumlichkeiten der Bar zu. Inzwischen schlenderte Jules lässig an die Theke. Um diese Zeit stand nur ein Mann dahinter, und dieser fragte eilfertig nach Jules' Wünschen. Leise, aber deutlich sagte Jules: »Man hat mir geraten, nach dem Blendenden Blitz zu fragen und zu sagen, daß der Betäubende Knall mich schickt.«

Im Bruchteil einer Sekunde kam es explosionsartig zur Aktivität im Raum. Diese Worte aus dem Munde eines Mannes, der nicht befugt war, sie auszusprechen – oder von ihnen auch nur wissen sollte – bedeutete eine Gefährdung der Sicherheit, etwas, das sofort bereinigt werden mußte. Die sechs Schläger wurden sofort lebendig, aber die Ringer waren noch schneller. Ehe einer der Burschen auch nur halb seine Knarre ziehen konnte, wurde er von mehr als hundertfünfzig Kilogramm eines Körpers mit den härtesten Muskeln getroffen, die er je zu spüren bekommen hatte.

Gleichzeitig langte der Barmann unter die Theke nach seinem eigenen Schießeisen – da er aber kein DesPlainianer war, fielen seine Bewegungen katastrophal langsam aus. Jules war bereits über die Theke gehechtet und hatte den Mann zu Boden gezwungen. Er nahm seinen Hals in die Armbeuge und drückte zu. Der Unglückliche gurgelte erstickt, Jules ließ ihm immer so viel Luft, daß er bei Bewußtsein blieb. Inzwischen hatte er seine eigene Schußwaffe gezogen und schwenkte sie unheilbringend in die Richtung der Zuschauer – der Mädchen und Schiffsoffiziere, die diese gefährliche Wendung zu Tode erschreckte. Sie reagierten auf Jules' Geste mit äußerster Friedfertigkeit und Nachgiebigkeit, so daß von ihrer Seite nichts zu befürchten war.

Aber auch Yvette war während des allgemeinen Tumultes nicht untätig geblieben. Ihr angeblicher Rückzug auf die Toilette hatte nur dazu gedient, sie in die Nähe des Büros zu bringen, als die Aktion anfing. Als sie hörte, daß Jules den Kode-Satz aussprach, handelte sie. Ohne abzuwarten, wie ihr Bruder sich behauptete, warf sie sich gegen die Bürotür. Diese zersplitterte und gab unter der Wucht ihres kräftigen Körpers nach. Sie flog infolge des Schwunges in den kleinen Raum hinein, in welchem, wie ihr Informant ihnen gesagt hatte, sich ein Mann befand. Er hockte gerade faul vor einem PBX-Schaltbrett. Ihr Eindringen hörte er mehr, als er es sah und fuhr erschrocken auf. Er wollte nach einem speziellen Schalter oben am Schaltbrett greifen, aber seine Bewegung fiel zu langsam aus. Yvette hatte bereits auf ihn angelegt und drückte ab.

Der Mann hatte nicht einmal einen Kopfhörer getragen – ein sehr lascher Agent. Yvette nahm die Kopfhörer vom Brett und setzte sie auf. Dann schubste sie den Bewußtlosen vom Stuhl und setzte sich vor die Anlage, um die weitere Entwicklung abzuwarten.

In der Bar wogte der Kampf. Es war eine kurze, aber heiße Auseinandersetzung. In weniger als einer halben Minute war das Lokal verwüstet, da die Kämpfenden weder auf Möbel noch Geschirr Rücksicht nahmen. Wenn eine Masse von dreihundert Kilo – nämlich das Gesamtgewicht zweier Freistilringer von DesPlaines – gegen ein Möbelstück kracht, dann geht das Möbel in Trümmer und nicht die Ringer. Im ganzen Raum blieben nur zwei Tische und ein halbes Dutzend Stühle intakt. Ein wild kämpfendes Paar hatte sogar die schwere hölzerne Bar durchbrechen.

Jules stand hinter der Bar und beobachtete belustigt die Szene. Er hielt noch immer den linken Arm um den Hals des Barmannes. Seine Schußwaffe in der Rechten haltend, behielt er das Getümmel im Auge. Er betrachtete das alles mit den aufmerksamen Augen des Experten, der keinen Zweifel am Ausgang des Geschehens hegt. Die Schläger waren gute, harte DesPlainianer, aber sie waren keine d'Alemberts, und diese sechs d'Alemberts waren die Spitze der besten Freistilringertruppe der Welt. Das Ergebnis stand daher von vornherein fest.

Nach dreieinhalb Minuten war das Lokal reif für den Sperrmüll. Tische und Stühle waren zerbrochen und über den Boden zerstreut, bei jedem Schritt knirschte zerbrochenes Glas. Kleine Lachen machten jeden Schritt zu einem Wagnis. Doch der Kampf war vorüber, und die sechs Mann lagen bewußtlos auf dem Boden. Die Gewinner der Schlacht hatten ein paar blaue Augen davongetragen, dazu Prellungen, Abschürfungen und verschiedene Riß- und Platzwunden, Bisse und Kratzwunden, die mehr oder weniger stark bluteten, aber überhaupt keine ernsteren Verletzungen.

»Gute Arbeit, Kameraden! Vielen Dank!« sagte Jules, als schließlich der letzte Ringer wieder auf den Beinen war. Ihnen allen ging ein guter Kampf über alles. »Bedient euch auf Kosten des Hauses, wenn ihr noch etwas finden könnt. Vielleicht gibt es noch ein paar Dosen Bier.« Als er die zu Tode erschrockenen Besitzer der Bar, in einer Ecke versteckt, bemerkte, sagte er: »Entschuldigt die Störung, Leute. Aber wie ihr wißt, entgleiten einem diese kleinen Auseinandersetzungen so leicht. Rick, sieh zu, daß diese guten Menschen eine Runde Champagner bekommen – auf Kosten des Hauses natürlich.«

Den vor Schreck starren Barkeeper an der Hemdbrust hochhebend, fuhr er leise fort: »Und was dich betrifft, Kamerad, so werden wir uns noch näher unterhalten müssen. Komm nur mit!« Der arme Wicht hatte keine andere Wahl, da Jules ihn kurzerhand ins Hinterzimmer schleppte, wo Yvette ihn erwartete.

Die d'Alemberts warteten noch einige Sekunden, während der Barkeeper starren Blickes die jämmerliche Gestalt des PBX-Mannes auf dem Boden beäugte. Als sie sicher sein konnten, daß er seine Lektion begriffen hatte, legte Jules seine großen Hände unbehaglich eng um den Hals des Mannes.

»Und jetzt möchte ich ein paar Informationen – nämlich, welche Schutzmaßnahmen in Form technischer Mätzchen zwischen diesem Raum und dem Chefbüro im oberen Stock bestehen. Du hast die Wahl – entweder du redest freiwillig, oder ich drehe dir wie einem Huhn den Hals um.« Jules' Stimme war ruhig und leise, ließ aber keinen Zweifel offen, daß er seine Drohung sehr wohl wahrmachen würde.

»Ich rede!« beeilte sich der Mann zu quäken. »Bitte, lassen Sie meinen Hals. Das hier ist für mich doch nur ein Job. Ich habe in Wirklichkeit nichts damit zu tun. Ehrlich – das müssen Sie mir glauben.«

»Sollen wir ihm glauben?« fragte Jules seine Schwester.

»Ich denke, ja«, sagte sie kühl. »Einen solchen Feigling hätte man mit ernsthaften Aufgaben nie betraut.«

»Gut, wir glauben dir«, sagte Jules zu dem Kerl. »Aber du hast noch nicht verlauten lassen, was wir wissen wollten.« Sein Griff um den Hals des anderen festigte sich wieder.

»Von diesem Schaltbrett hier wird alles betrieben, wirklich. Alles!«

»Vielleicht sagt er die Wahrheit«, meinte Yvette. »Ich sehe hier eine ganze Reihe roter Signallichter, die zu keinem normalen Schaltbrett gehören. Es sieht aus, als riefe der Boß hier an, und die Fallen werden von diesem Schaltbrett aus gestellt.«

»Ja, ja«, sprudelte der Barmann heraus, in der Hoffnung, bei seinen Bedrohern mit Hilfsbereitschaft Eindruck zu schinden. »In den Gängen oben sind unsichtbare Strahlen und Druckplatten, die Todes- oder Betäubungsschüsse auslösen. Der Boß ruft von oben an, und der Mann am Schaltbrett stellt das Gewünschte ein, oder ich kann von der Bar aus ein Zeichen geben, und alles wird automatisch eingeschaltet. Sie haben mir gar keine Zeit für ein Signal gelassen, so daß Hans hier keine Zeit zum Einschalten hatte.«

Jules lockerte seinen Griff ein wenig, und der Mann reckte seinen steifen Hals. »Und wie sieht die Tür beim Boß aus?« fragte Jules. »Holz oder Stahl? Verschlossen? Und bewacht?«

»Holz. Unversperrt. Keine Wachen – wir konnten eventuellen Ärger bis jetzt immer im Keim ersticken. Die Fallen in den Gängen wirkten immer. Hans hätte sie heute natürlich auch ...« Seine Stimme versagte, als er erneut auf die noch glosenden Reste seines Freundes niedersah.

»Ich glaube dir, mein Freund«, sagte Jules und ließ ihn ganz los. »Und um dir zu zeigen, wie sehr wir dir vertrauen, sollst du auf dem Weg zum Büro des Chefs vorausgehen. Sollten uns unterwegs kleine Überraschungen erwarten, so bist du der erste, der davon etwas merkt. Bist du sicher, daß du uns alles gesagt hast?«

»Alles, was ich weiß«, beeilte sich der Mann zu versichern.

»Dann geh voraus!«

Die zwei d'Alemberts folgten dem Barmann mit entsicherter Waffe im Anschlag die Treppe hinauf. Der Mann zitterte vor Nervosität und konnte nur langsam gehen – aber auf Jules' Drängen beeilte er sich. Sie merkten sofort, daß das Obergeschoß schallsicher war. Um so besser. So hatte der Boß wenigstens nichts von dem Wirbel unten mitbekommen.

Nichts geschah, bis der Barmann vor einer Tür stehenblieb. Auf Jules' Drängen hin klopfte er an – keinen Kode, sondern nur ein paar scharfe Pochlaute. Von innen rief eine Stimme: »Herein!« – welcher Aufforderung sie auch nachkamen – rasch und mit gezogener und entsicherter Waffe.

Der Raum war nicht groß, aber sehr gemütlich und luxuriös ausgestattet. Ein großer Schreibtisch beherrschte den Raum. Der Mann hinter dem Schreibtisch – von mittlerer Größe, mit gelichtetem Haar und einer Neigung zur Fülle – war allein im Raum. Erstaunt schnappte er nach Luft, als sein Allerheiligstes entweiht wurde. Er griff nach einer Knopfreihe auf der Schreibtischplatte, doch hielt er in der Bewegung auf halbem Wege inne, als Jules'

Waffe nur wenige Zentimeter von seiner Hand entfernt ein Loch durch die Schreibtischplatte brannte.

»Los – drücken Sie schon«, reizte Jules ihn, doch der Boß blieb reglos und wie versteinert sitzen. Nur seine Muskeln zitterten vor Angst.

Jules richtete nun seine Waffe auf den Barmann, während Yvette an den Schreibtisch trat. Sie hielt ihre Waffe mit einer Hand auf den Boß gerichtet, während sie mit der anderen in ihre Tasche langte und eine kleine Injektionsspritze herauszog. Die zu injizierende Flüssigkeit war bereits aufgezogen, und sie drückte eine Spur Flüssigkeit heraus, um die Luftblasen herauszudrücken.

Der Mann riß vor Schreck die Augen auf, als Yvette sich ihm näherte. »Nicht – das nicht – bitte kein Nitrobarb!« bat er verzweifelt.

»Ich bin allergisch gegen das Zeug – es wird mich töten.«

»Woher wollen Sie wissen, daß es Nitrobarb ist«, fragte Yvette unschuldig. »Nitrobarb ist doch verboten. Das hier könnte einfaches, destilliertes Wasser sein.«

Aus irgendeinem Grunde glaubte ihr der Mann nicht. »Bitte, keine Spritze! Ich weiß, was Sie wissen wollen … Sie brauchen mir nichts zu spritzen! Ich erzähle auch so alles, was ich weiß – ehrlich!«

»Bemerkenswert, wie hilfsbereit die Menschen hier auf Aston sind – nicht?« bemerkte Jules zu seiner Schwester.

Wie versprochen, plauderte der Gangsterboß alles aus, was er über die ganze Organisation auf Aston und anderswo wußte. Jules nahm jedes Wort auf dem mitgebrachten Minirecorder auf, um eventuell alles an die hiesige Abteilung des Service weiterzuleiten.

Die Organisation war ähnlich wie in Algonia aufgebaut, nur war hier der Boß kein Edelmann. Aber die Angaben des Mannes boten zusätzlich etwas Wichtiges – Schmuggel gestohlener Waffen. Tausende geschmuggelter Pistolen und Strahlkanonen wurden durch den Raum verschifft. Die Vermutungen der d'Alemberts erwiesen sich als stichhaltig – und das hieß, daß Banion – oder wer immer hinter der Verschwörung steckte – bald handeln wollte.

Als der Mann sich sogar entschloß, den eigenen Boß zu verraten, führte die Spur – wie Jules erwartete – klar und unmißverständlich zu einem zurückgezogen lebenden Mann in einem großen einsamen Landhaus außerhalb der Hauptstadt des Planeten Durward.

»Sehen Sie«, sagte Jules, nachdem der Verbrecherboß geendet hatte, »läuft nicht alles viel angenehmer, wenn Sie mit uns zusammenarbeiten? Weil Sie so hilfsbereit waren, werden wir Sie am Leben lassen. Schließlich stellt ein Verräter, der einem bekannt ist, keine echte Bedrohung mehr dar. Man wird Sie beobachten und vielleicht festnehmen, wenn der hiesige Chef sich dafür entscheidet – aber Sie werden vermutlich am Leben bleiben.« Zu seiner Schwester gewandt, sagte er: »Ich nehme an, wir gehen jetzt nach Durward!«

»Es sieht aus, als wäre dort der Ort der Handlung«, erwiderte sie. »Aber wir bewaffnen uns bis an die Zähne – das Haus wird sich nicht so leicht knacken lassen. Ein Glück, daß wir in unserer Ausrüstung Dinge haben, von denen die noch nie gehört haben.«

Sie fesselten ihre zwei Gefangenen und liefen hinunter. »Glaubst du, wir haben vor denen dick genug aufgetragen?« fragte Jules.

»Zweifellos. Sobald sie sich befreit haben – und wir haben die Schnüre ziemlich schlampig gebunden –, werden sie dem Kontaktmann auf Durward alles weitermelden.«

Nachdem sie alle sechs Anverwandten um sich geschart hatten, fuhren die d'Alemberts zum Flughafen, wo Jules und Yvette eine angenehme Überraschung erwartete. Rick und sein Team waren in einem der großen Transportschiffe gekommen, die der Zirkus für seine Umzüge brauchte. Und eines der Dinge, das im Laderaum Platz gehabt hatte, war Jules' und Yvettes Zwei-Personen-Subspacer La Comète Cuivré! Sie freuten sich über das Fahrzeug, weil sie es zum erstenmal dienstlich verwenden konnten – und weil sie damit schneller zur Erde kamen als mit dem großen, behäbigen Frachter, mit dem die anderen gekommen waren.

Sie verabschiedeten sich von ihren Angehörigen und verbrachten Abend und Nacht im Kontrollraum ihres Raumschiffes– dem sichersten Ort, den sie auf diesem Planeten finden konnten. Sie gaben eine verschlüsselte Nachricht an ihren Chef durch, meldeten die erzielten Ergebnisse und teilten ihm auch mit, daß sie direkt zur Erde wollten. Über ihren Verdacht, daß ein Großherzog hinter der Sache steckte, ließen sie nichts verlauten.

Es war besser, mit Vermutungen zurückzuhalten, bis man weitere Tatsachen zur Hand hatte.

Als das erledigt war, stand Jules auf. Er streckte und reckte sich und trat dann vor die galaktische Karte. Er stellte sie auf Maximalgröße ein und betätigte die Schaltung. Als die große, strähnige Sternwolke auf den galaktischen Linsen Form annahm und jeder Stern mit äußerster Genauigkeit hervortrat, gab er die Indexzahlen für Durward ein – für jenen Planeten, auf den alle ihre schwer gewonnenen Informationen mit Sicherheit hinwiesen – und dann die Werte für die Erde. Rasch drehten sich die Datenspulen und spien Kurs und Entfernung mit größter Präzision aus. »Jede einzelne Spur«, sagte er langsam, »zeigt direkt und unwiderruflich auf Durward als den Ort, wo die ganze Aktion ...«

»Ich weiß, Jules«, antwortete seine Schwester und unterdrückte mühsam ein Gähnen. »Und deswegen gehen wir natürlich zur Erde – worauf warten wir noch?«

Wieder ein grüner Punkt, der blau geworden war, dachte der große, hagere Mann, als er wütend den Bericht zerknüllte, in dem er eben von dem Fiasko auf Aston erfahren hatte. Wieder einen Planeten verloren! Es gehörten ihm immer noch viele, deswegen war der Verlust nicht kritisch, aber trotzdem – trotzdem war diese heimtückische kleine Einbuße ärgerlich.

Der folgende Bericht deutete an, daß die ganze Bande auf Aston von der dortigen Abteilung der SOTE ausgehoben worden war und höchstwahrscheinlich mit Gefängnisstrafen zu rechnen hatte. Geschieht ihnen recht für ihre Unfähigkeit, dachte er und wandte seine Aufmerksamkeit dem Spezial-Agententeam der SOTE zu.

Bei den ersten zwei Aktionen hatten sie sich als äußerst listenreich erwiesen, aber jetzt würden sie natürlich scheitern. Der ganze Planet Durward strotzte vor Fallen, die hinter allen Agenten zuschnappten, die dort nach ihm suchten. Nein – jetzt fuhren sie nach Durward, und er konnte sie endlich aus dem Gedächtnis streichen und sich auf sein tatsächliches Problem stürzen: die Flottenstrategie für seinen bevorstehenden Aufstand gegen die Krone. Aber auch das mußte im Moment noch warten, da seine

Uhr ihn daran erinnerte, daß er jetzt einen Termin bei seinem persönlichen Fitneß-Berater hatte.

Hätte er geahnt, daß die zwei Agenten in Richtung Erde sausten und nicht zum Planeten Durward, hätte er ein paar weitere Minuten des Nachdenkens über ihre Identität und ihr Schicksal aufgewendet. Aber im Vertrauen auf seine raffinierten Fallen hielt er seinen Termin ein, ohne an jene zwei höchst entschlossen Agierenden einen zusätzlichen Gedanken zu verschwenden.

12. KAPITEL

Der Fitneß-Salon

Der Planet Erde wurde mit Fug und Recht der Sitz der kaiserlichen Regierung. In Moskau stand der wichtigste Kaiser-Palast. Neben-Paläste gab es außerdem in New York, London, Tokio, Buenos Aires und Los Angeles. Der Hof residierte abwechselnd an all diesen Orten. Fast ein Drittel der Erdbevölkerung war direkt oder indirekt in der Verwaltung des Imperiums tätig. Wegen der zentralen Position der Erde innerhalb des Imperiums war die Macht des Adels auf der Erde viel größer, als es ihre Titel besagten. Die Grafen von Moskau und Los Angeles etwa hatten mehr Macht als die meisten Earls und Markgrafen, sogar mehr Macht als viele Herzöge.

(Manley, Auf den Spuren des Königtums, Nummer 176.)

Auf der Erde angelangt, wurden Jules und Yvette bereits von einer Nachricht erwartet. Dazu kam eine Unmenge von Rollen aus dem Terminal des Computers. Die Finanzexperten des Service hatten ihre Aufstellungen über die finanziellen Trends in der Galaxis fertiggestellt, und die Resultate warteten auf Auswertung. Das Paar krempelte sich also, bildlich gesprochen, die Ärmel auf und machte sich an die gewaltige Aufgabe.

Drei Tage später wurden bereits gewisse Trends deutlich sichtbar. Mit Augen, die zu viele Ziffern angestarrt hatten und schon todmüde und trübe waren, betrachteten die d'Alemberts die Kurven der Diagramme, die sie gezeichnet hatten, und zogen gewisse Schlüsse daraus.

»Es ist ziemlich sicher«, sagte Jules ermattet, »daß es unverbuchtes Schwarzgeld gibt, und zwar in Sektor zwei, dreizehn, zwanzig, zweiundzwanzig und fünfunddreißig. Kaum aufgetaucht, verschwindet es sofort wieder in einem Loch.«

»Oder in einer Geheimarmee«, meinte Yvette.

»Das ist die logische Folgerung. Besonders dreizehn und zwanzig sind die großen Gewinner dabei. Interessant finde ich, daß Durward in Sektor zehn keinerlei derart ungewöhnliche Geldbewegungen aufweist.«

»Damit wird deine Vermutung gestützt, daß Durward nur zur Ablenkung dient.«

Jules zuckte die Achseln. »Vielleicht. Jedenfalls haben wir ein paar neue Fakten, mit denen wir etwas anfangen können. Sehen wir mal, was man damit anfangen kann.«

Sie verlangten – und erhielten – die gesamten Dossiers über die Regierenden der verdächtigen Sektoren und ihre Familien. Ein weiterer Tag verging mit dem Studium dieser Unterlagen, dann hielten sie wieder eine kleine Konferenz ab.

»Sie alle kommen nicht in Betracht«, bedauerte Yvette niedergeschlagen. »Nicht ein einziger Skandal seit mindestens hundert Jahren. Falls Banion sich mit einer dieser Familien einließ, dann hat er es sehr geschickt angestellt.«

»Das hat er auch. Er hat sicher alles in seiner Macht Stehende getan, um einer Entdeckung zu entgehen, bis er den endgültigen Schritt tun kann. Sogar ein schlichtes Reiseticket hätte die Aufmerksamkeit der SOTE-Computer erregen können. Aber ich bin überzeugter denn je, daß die gesuchte Person sich innerhalb dieser Gruppe verbirgt.«

»Großartig – aber wie können wir das Feld einengen? Wie schon gesagt, wir können nicht alle Großherzöge mit Nitrobarb vollpumpen, bis wir endlich den richtigen haben.«

Jules überdachte das Problem.

»Wir müssen uns eine Vertrauensstellung schaffen, von der aus wir handeln können.«

»Wir sind aber nur zwei und können uns daher nicht bei allen Verdächtigen als Hauspersonal anbieten.«

»Gut – dann werden wir eben einen Dienstleistungssektor finden müssen, auf dem wir für alle tätig sein können. Was ist in diesen Kreisen momentan eigentlich ›in‹?«

»Wenn man den Zeitungen trauen darf, ist körperliche Ertüchtigung der letzte Schrei. Wer etwas auf sich hält, hat einen Gymnastikraum samt Lehrer. Die oberen Zehntausend sind geradezu besessen von körperlicher Ertüchtigung. Natürlich müßten wir tun, als arbeiteten wir schon lange in dieser Branche.«

»Genau richtig für uns. Damit kommen wir in ihre Nähe, ohne daß sie etwas von unseren Absichten merken.«

»Aber wie bringen wir sie dazu, zu uns zu kommen?«

»Dazu bringen?« lächelte Jules. »Die werden sich glücklich schätzen, wenn sie überhaupt kommen dürfen.«

Einen Monat später unterhielt sich der Chef in den vier Wänden seines Privatbüros mit einem hochgewachsenen, hageren Mann mit ergrauendem Haar, der, obwohl an Jahren fortgeschritten, keineswegs greisenhaft wirkte.

Herzogin Helena saß mit übergeschlagenen Beinen da und nippte lässig an ihrem Drink, während sich ihr Vater mit seinem Freund unterhielt.

»Ich fürchte, man hat sogar schon mich total durcheinandergebracht, Zan«, sagte der Ältere. »Was soll denn das alles bedeuten? Es heißt jetzt, daß der Zirkus unter keinen Umständen nach Durward reisen soll, er soll hierbleiben und sein Gastspiel verlängern. Das ließe sich ja leicht machen, denn er stellt ja eine beliebte Attraktion dar. Carlos und Carmen Velasquez sollen sich nicht melden, und es sei unwichtig, was immer die beiden unternähmen – und sei es noch so abenteuerlich. Nun schön! Aber was soll denn dieser Schönheitssalon auf der Erde? Das scheint mir sinnlos zu sein.«

»Kein Schönheitssalon, Bill«, sagte der Chef beruhigend. »Ein Luxus-Massagesalon, oder vielmehr ein ›Haus der Körper- und Herzenskraft‹.«

»Macht doch keinen Unterschied. Weißt du wenigstens, was die beiden da treiben?«

»Sehr wenig. Ich möchte es eigentlich gar nicht so genau wissen. Sie sind meine besten Leute ...«

»Aber nur möglicherweise«, betonte der andere. »Denk daran, daß der Tausend-Punkte-Test nur die Möglichkeit einer Eignung bemißt. Praktische Erfahrungen für einen so großen Fall wie diesen konnten die beiden noch nicht sammeln.«

»Nun – wenn es die beiden nicht schaffen, dann können wir es gleich aufgeben. Im Augenblick habe ich niemanden, der so qualifiziert wäre wie diese beiden d'Alemberts.«

»Ich glaube, Jules d'Alembert schafft einfach alles«, sagte Helena versonnen und leise, aber ihre Bemerkung ging ungehört unter.

»Meiner Meinung nach habe ich mich in diese Sache vorher zu stark eingemischt«, fuhr der Chef fort. »Wenn der Boß dauernd über die Schulter schielt, wird ein Agent abgelenkt und verliert jede Eigeninitiative. Ich habe ihnen nun einmal den Auftrag erteilt, und ihr Vater hat ihnen die Ausbildung mitgegeben – alles übrige ist ihre Sache. Außerdem«, ergänzte er bedeutsam, »darf ich mich nicht in Sicherheit wiegen, daß ich sämtliche Verräter in meinem Verein hier ausgemerzt habe. Zuviel Kontakt mit Jules und Yvette könnten deren Tarnung schaden.«

»Ein vernünftiger Standpunkt«, nickte jetzt der Ältere.

»Ich wage sogar die Vermutung, daß Jules und Yvette schon einige von jenen, die sich für das Body-Building interessieren, als Verdächtige ins Auge gefaßt haben. Das heißt wiederum, daß sie ein Stadium erreicht haben, in dem sie ihre Aufmerksamkeit auf einzelne Personen einschränken können – ich weiß nicht, wen sie im Visier haben, aber ich halte dies alles für ein hoffnungsvolles Zeichen.«

»Aber in dieser Entfernung von Durward ...«

»Ist vielleicht das beste. Wir haben dort so viele gute Agenten eingebüßt, daß es den Anschein hat, als wäre dieser Planet eine einzige riesige Falle. Solange jedenfalls die d'Alemberts den Fall bearbeiten, bekommen sie von mir, was sie wollen – ohne weitere Fragen.«

»Das ist sicher richtig, noch dazu, da sie so wenig von uns verlangen. Unglaublich, daß sie von uns keinen Spesenersatz fordern. Ich weiß zwar, daß diesem Zirkus die Steuern erlassen worden sind, aber sicher verbrauchen sie mehr als das bei ihrer Tätigkeit für das Imperium.«

»Ich glaube nicht. Sicher, die Velasquez sind eine teure Tarnung, aber für gewöhnlich schaffen sie es mit billigeren Verkleidungen. Und der Zirkus hat so viel Erfolg, daß der Steuernachlaß auch riesig hoch ist. Der Herzog wollte mir natürlich nicht sagen, wie hoch – er ist in dieser Hinsicht etwas eigen. Als ich ihn einmal fragte, ob unser Verein ihm nicht Geld schulde, sagte er: wenn ich Credits zählen wolle, dann sollte ich mir einen Job in einem Kramladen suchen.«

Der alte Mann lachte. »Typisch für ihn. Aber DesPlaines ist ein reicher Planet, und Etienne d'Alembert ist ein sehr fähiger Mensch – und einer meiner besten Freunde. Aber jetzt halte ich dich nicht länger von der Arbeit ab. Ich unterhalte mich so gern mit dir, lieber Zan, wenn ich niedergeschlagen bin. Du richtest mich wieder auf.« Erhob sein halbleeres Glas zum Trinkspruch des Service: »Auf ein Morgen, Kameraden und Freunde! Auf daß wir alle es erleben.«

Nachdem sie einander zugeprostet hatten, erhob sich Seine Kaiserliche Majestät William Stanley, Zehnter Herrscher des Erd-Imperiums und aller menschlichen Domänen, und schritt majestätisch hinaus.

Helena lächelte ihrem Vater zu. »Ich weiß, du hast eigentlich nicht gelogen. Aber wenn er so viel wüßte wie wir, würde er sich nicht so aufgerichtet fühlen.«

»Er hat genug eigene Sorgen und soll sich nicht auch noch über unsere den Kopf zerbrechen – oder über die Loyalität seiner eigenen Großherzöge. Außerdem wissen wir ja noch nicht, wer der große Unbekannte ist. Es könnte ebensogut jemand außerhalb des Kreises der fünf Verdächtigen sein.«

»Glaubst du das wirklich?«

Der Chef wandte sich ab. »Ich weiß nicht. Ich kenne sie schon jahrelang. Das ist auch einer der Gründe, warum ich den d'Alemberts nicht im Wege stehen möchte. Ich möchte nicht, daß der Fall von meinen persönlichen Gefühlen beeinflußt wird.«

Das Mädchen stand auf und streichelte ihren Vater am Nacken. »Hätten wir einen genügend Verdächtigen, könnten wir ihm einen Schuß Nitrobarb verpassen«, sagte sie. »Aber so haben wir nur verdächtige Geldbewegungen, dorthin, wo sie nicht stattfinden sollten. Damit aber kommen wir vor einem Gericht keinen Schritt weiter, nicht einmal, um einen Landstreicher zu überführen, geschweige denn einen Großherzog vor dem Obersten Gerichtshof. Aber wie – um des Himmels willen – kann denn dieses glorreiche Körperkultur-Institut helfen, das Rätsel zu lösen?«

»Ich habe nicht die leiseste Ahnung, meine Liebe – und unter uns gesagt, bin ich ebenso gespannt auf den Ausgang wie du.«

Ein zehnstöckiges schwerkraftgesteuertes Gebäude in einem der sich immer weiter ausbreitenden Moskauer Stadtbezirke war total umgebaut und renoviert worden. Alle Arbeiten wurden von an die hohe Schwerkraft gewohnten Arbeitern ausgeführt, die auch jetzt das Gebäude bevölkerten. Die Fassade war bis zur dritten Etage mit Atlasstatuen geschmückt, die als Pfeiler des Riesenportals dienten, und wurde von einer riesigen Leuchtschrift gekrönt, die ihr rotes Licht verstrahlte:

GEFAHR – DREIFACHSCHWERKRAFT – GEFAHR

Auf jeder Seite des Monsterportals war auf einer kleinen bestechend schlichten Tafel – Obsidianlettern auf Silbergrund – zu lesen:

du Clos.

Die vorangegangene Werbung für das Gesundheitscenter war unaufdringlich, dennoch erfolgreich verlaufen. Schon wochenlang vor der Eröffnung hatte es in den obersten Kreisen der Hofgesellschaft gerüchteweise geheißen, daß dieses ›Haus der Kraft‹ nur für die Creme der Creme zur Verfügung stünde – und genauso kam es.

Adelige Bewerber wurden zu Dutzenden abgewiesen. Die ersten – und wochenlang einzigen – Klienten waren der überaus einflußreiche Graf von Moskau, seine Gräfin und zwei alberne Töchter im Teenageralter. Da solcher Snobismus den Hochadel zu noch höherem, zum Ultra-Snobismus reizte, schraubte das ›du Clos‹ auf diese Weise den Snobismus zu bis dahin in der Geschichte unbekannten Höhen.

Nach der ersten Woche wurde so starker Druck auf das Unternehmen ausgeübt, daß das Haus seinen Standard um eine Stufe ›herunterschrauben‹ mußte und zwei Großherzöge samt Anhang aufnahm – von denen übrigens keiner in der Sache Banion verdächtig schien. Die Honorare waren astronomisch, doch niemand beklagte sich darüber. Sie bekamen den Gegenwert für ihr Geld, obwohl niemand ahnte, daß der Mann, der ihre Körper ertüchtigte, tatsächlich der beste männliche Athlet der Welt war.

Die d'Alemberts waren übereingekommen, daß Yvette sich diesmal hübsch im Hintergrund halten solle. Die Gegner würden nämlich nach einem Paar von DesPlaines Ausschau halten, und wenn Jules allein auf der Szene erschien, würde das einen etwaigen Verdacht erst gar nicht aufkommen lassen. So mußte der heimlich agierende Teil des Paares wieder zu einer Verkleidung greifen – zu einer der schwierigsten. Denn für eine junge, hübsche Person wie Yvette war es nicht einfach, sich mit Absicht häßlich zu machen.

Und doch war es gerade das, was sie tat. Sie malte sich Runzeln ins Gesicht und polsterte die Wangen aus, wodurch sie um zwanzig Jahre älter aussah. Ihre Kleidung war – wenn auch schick – so doch sehr matronenhaft im Schnitt und ließ sie sehr gesetzt erscheinen. Die Haare faßte sie zu einem unvorteilhaften Dutt zusammen. Yvette nannte sich Gosposa Henrietta Bergère und gab sich als Sekretärin – mittleren Alters – und Empfangsdame des Unternehmens aus.

Eines Tages, es war in der dritten Woche ihrer Tätigkeit, trat Jules an den Schreibtisch seiner Schwester, nachdem die übrigen Angestellten bereits fort waren. »Na, wie geht's, Schwesterherz?«

»Ich langweile mich zu Tode«, seufzte sie. »Kein Vergleich mit den lebensgefährlichen Situationen, die ich bis jetzt mitgemacht habe – Langeweile ist das Allerletzte. Lieber eine Armee von Gangstern mit rauchenden Schießeisen – jederzeit. Die Schreibtischarbeit bringt mich noch ins Grab. Na – kommst du voran mit dem Fall?«

»Ein paar Brocken da und dort – aber nichts Greifbares, je mehr ich darüber nachdenke, desto wahrscheinlicher erscheint mir Sektor zwanzig.«

»In diesem Fall gebe ich dir einen Tip, der mir schon tagelang im Kopf herumgeht. Ich wollte nicht davon reden, ehe ich nichts Festeres hatte, aber da du das Thema anschneidest – also, wie macht sich folgendes: Du kennst doch die Herzogin von Swingleton, die hochnäsige kleine Göre, die angeblich die Tochter der Großherzogin Olga von Sektor zwanzig ist?«

Jules zog die Brauen hoch. »Angeblich?«

»Nun – sie ist es wirklich«, lachte Yvette. »Ich hätte das nicht so zweifelnd ausdrücken sollen, aber in den letzten Wochen habe ich es mir angewöhnt, den Adel von oben herab zu behandeln, so daß es mir schon ganz natürlich vorkommt – aber immer auf meine unnachahmliche damenhafte Art natürlich.«

»Ich würde dir diese Art sicher abgewöhnen, wenn du mir so kämst.«

»Auch Herzogin Tanja möchte das gern, aber sie wagte es nicht. Ich habe sie so eingeschüchtert, daß sie wie eine Fackel lodert. Ihre Mutter trägt das gelassener, aber die kleine Tanja tut so, als handle es sich um Majestätsbeleidigung.«

»Wir beide kennen ja viele verwöhnte kleine adelige Frauen, die sich so benehmen, wenn nicht alles nach ihrer Pfeife tanzt.«

»Vielleicht. Aber ich werde den Gedanken nicht los, das kleine Mädchen ist sich bewußt, daß sie – wenn der Wind aus der richtigen Richtung bläst – vielleicht viel mehr zu erben hat als nur Sektor zwanzig.«

Jules wurde hellhörig. »Willst du damit andeuten, daß sie vielleicht die Tochter des Bastards sein könnte?«

»Ich will andeuten, daß wir sie überprüfen sollten, weil sie ein schwaches Glied in der Kette sein könnte.«

»Na gut, laß mal ihr Dossier hören.«

»Einziges Kind von Großherzog Nicholas Otamar und Großherzogin Olga von Sektor zwanzig – also steht ihr ein großes Erbe ins Haus. Sie ist eine große Schönheit, heiratete mit neunzehn Herzog Titos Boros von Swingleton, der damals neunundachtzig war. Überflüssig zu sagen, daß zwei Jahre später Herzog Titos starb und den Planeten Swingleton seiner Tochter aus einer früheren Ehe hinterließ – und Tanja Boros, geborene Otamar, den Titel Herzoginwitwe vererbte – im Alter von einundzwanzig Jahren. Das war vor vier Jahren, und sie machte in der Zwischenzeit keinen Versuch, ihren Status zu ändern.«

»Und du meinst, sie nimmt deine kleinen Nadelstiche für eine Herzoginwitwe zu ernst? Vielleicht. Aber wenn sie erst fünfundzwanzig ist, ist sie dann für die Tochter des Bastards nicht zu jung?«

»Vielleicht wirst du einmal vorzeitig senil, aber bei den meisten Männern ist das anders. Sieh dir mal unseren Kaiser an. Er ist nur ein Jahr jünger als der Bastard und hat eine dreiundzwanzigjährige Tochter.«

»Dieser Punkt geht an dich«, mußte Jules zugeben.

»Ich will damit nur sagen«, führte Yvette weiter aus, »daß sie – falls sie Banions Tochter ist – das beste Angriffsziel bietet. Sie hat so viele schwache Punkte, daß sie sich dazu geradezu anbietet.«

»Ja, ein Angriff auf ihren wunden Punkt müßte höchst interessant sein.«

»Das Grinsen kannst du dir ersparen, du lüsternes Ungeheuer, oder ich erstatte Bericht an Vonnie. Herzogin Tanja ist schön, sportlich, reich, begabt, edel und verdorben bis ins Mark. Außerdem ist sie emotionell zurückgeblieben. Sie verfügt im besten Fall über die Reife einer Fünfzehnjährigen. Ihr Hobby – oder besser gesagt ihre Berufung – sind Männer, und sie leistet diesbezüglich Schwerarbeit. Sie ist so wählerisch wie eine streunende Katze, anders kann ich es nicht ausdrücken. Meine Überlegung ist nun folgende: Wenn wir ihr weismachen könnten, daß Gospodin du Clos die treibende Kraft im ›Haus der Kraft‹ ist, wird sie sicher ihre Bemühungen verdoppeln, damit du selbst sie in die Kur nimmst – persönlich. Du gibst natürlich nur zögernd nach und, statt wie die anderen Männer vor ihr auf dem Boden zu kriechen und sie anzubeten, benimmst du dich so – und sagst es ihr auch ausdrücklich –, als ob du mit ihr nichts zu tun haben, geschweige denn ins Bett gehen möchtest. Ich schätze, daß sie darauf in die Luft geht und eine Äußerung tut, die sie lieber unterlassen sollte.«

»Na schön«, meinte Jules lächelnd und zog die Schultern hoch. »Hoffentlich weiß Vonnie die Opfer zu schätzen, die ich ihr bringe.«

Drei Tage später begleitete Jules seine Schwester Yvette zu dem dreistöckigen Herrschaftshaus, das der Herzoginwitwe von Swingleton als Heim diente. Das Palais war mit einem Dutzend Dienstboten bemannt – mit Ausnahme von zwei Personen lauter kräftige, junge Männer – und mit verschwenderischer Dekadenz ausgestattet. Brokatdraperien in satten Rosentönen schmückten die Wände, während dicke rosa Teppiche jeden Schritt zu einem weichen Vergnügen werden ließen. Die Sitzmöbel waren mit weinrotem Samt überzogen und dick gepolstert.

Herzogin Tanja ruhte auf einem Diwan. Sie war groß – mindestens zehn Zentimeter größer als Jules – und so schön wie eine zum Leben erweckte griechische Statue. Ihr verführerisches Silberlamé-Kleid betonte jede Linie ihres Körpers. Die Flut platinblonden Haares war auf dem stolzen Kopf hoch aufgetürmt. Ihre Miene trug Selbstzufriedenheit zur Schau, aber es lauerte doch ein Schimmer von Intelligenz im Hintergrund der blauen Augen, als sie Jules entgegensah. Ein raubtierhaftes Lächeln umspielte ihre Mundwinkel.

Nachdem Yvette ihn förmlich vorgestellt hatte, umschritt Jules langsam den Diwan und studierte die Gestalt der Herzogin aus jedem möglichen Winkel. Schließlich verzog er das Gesicht und sagte:

»Vielleicht könnte ich damit etwas anfangen, aber es scheint mir kein gutes Material zu sein. Schäl dich aus, Mädchen, dann werden wir sehen.«

»Schälen?« Das Mädchen hob die Nase noch höher. Ihre Augen funkelten vor kaltem Zorn. »Sprechen Sie etwa mit mir?«

»Ich spreche mit einer Fettmasse und ein wenig schwammigem Fleisch, das Muskel sein sollte, es aber nicht ist«, erwiderte er sarkastisch. »Glauben Sie denn, ein Bildhauer kann aus einem Tonhaufen etwas machen, ohne ihn anzufassen? Wenn Sie sich mit größter Bescheidenheit wappnen, könnten Sie allenfalls einen Bikini oder knappe Hosen tragen, obwohl mir schleierhaft ist, wie Sie sich einbilden können, daß ich – ein du Clos – mich wegen eines so schlappen Fleischhaufens, wie Sie es sind, erregen könnte.«

»Raus!« Wutentbrannt wies sie zur Tür. »Verlassen Sie augenblicklich mein Haus!«

Er bedachte sie mit seinem wirkungsvollsten Von-oben-herab-Blick. »Madame, nichts würde mich mehr erfreuen. In diesem gräßlich schwachen Schwerefeld mache ich nur ungern Hausbesuche – ich ließ mich in diesem Fall von meiner Sekretärin dazu überreden. Sie versicherte mir, Sie würden eine ideale Klientin abgeben.« Er starrte Yvette wütend an. »Ich glaube, wir beide haben nachher noch ein Wörtchen miteinander zu reden.« Damit machte er auf dem Absatz kehrt und ging eiskalt zur Tür.

»Warten Sie! Umdrehen!«

Jules blieb stehen und drehte sich ganz langsam um, wobei er bedacht war, seine verächtliche Miene beizubehalten. »Ja?«

»Ich möchte Sie daran erinnern, daß ich die Herzoginwitwe von Swingleton bin, eines der reichsten Planeten in Sektor zwanzig!«

»Und darf ich Ihnen ins Gedächtnis rufen, Gnädigste, daß ich du Clos bin. Es gibt Hunderte Herzoginnen und Witwen, aber nur einen du Clos! Ich bin einmalig.«

Jules sah dem Mädchen an, daß sie nach Fassung rang. Nach einigen Sekunden hatte sie sich wieder in der Gewalt. »Warten Sie«, sagte sie. »Ich ziehe einen Schwimmanzug an. Schließlich möchte ich herausfinden, ob Sie wirklich etwas taugen oder nicht.«

Sie ging für fünf Minuten hinaus, und als sie wiederkam –

bekleidet mit zwanzig Zentimetern Stoff –, war du Clos noch weniger von ihr beeindruckt als vorhin. »Talg«, murmelte er, während seine begabten Finger objektiv jeden Zentimeter ihres Körpers durchkneteten. »Schlappes Fett. Sicher, dies stellt für mich eine echte Herausforderung dar. Ein du Clos ist jeder Aufgabe gewachsen. Ich habe gehört, daß Sie einen eigenen Gymnastikraum im Haus haben. Führen Sie mich hin.«

»Warum nicht in Ihrem Haus?«

Er sah sie amüsiert und mit herablassender Verwunderung an.

»Sind Sie dumm! Sie würden flach hinfallen und kaum wieder auf die Beine kommen, weil Sie das Gewicht zweier weiterer Herzoginwitwen herumschleppen müßten. Allein die Titel waren schon zu schwer für Sie. Wir müssen mindestens einen Monat lang arbeiten, bis Sie das ›Haus der Kraft‹ betreten dürfen. Also los, in den Gymnastikraum. Vite, vite!«

Widerstrebend führte die Herzogin Jules und Yvette in den Gymnastikraum, der so ausgestattet war, wie man es eben bei einem Amateur erwarten durfte.

»Als erstes«, sagte Jules und zog sich bis auf seine Shorts aus, »werde ich Ihnen zeigen, was ein an dreifache Erdschwerkraft Gewöhnter hier auf der Erde alles schafft!«

Er absolvierte ein so kraftvolles Programm, daß die Apparate ächzten und stöhnten und der Fußboden bebte. Trotz ihrer Wut klatschte die Herzogin begeistert Beifall.

Jules nahm ihren Applaus gnädig zur Kenntnis. »Jetzt zeige ich Ihnen, was ein durchschnittlicher irdischer Turner – den ich vielleicht aus Ihnen machen könnte – schafft!« Und das führte er ihr auch vor. Herzogin Tanja, die sich in guter körperlicher Verfassung glaubte, war ehrlich erstaunt.

»Und jetzt möchte ich sehen, was Sie zustande bringen – wenn überhaupt etwas«, sagte Jules. »Zeigen Sie mir gleich jetzt fünfzig schnelle Liegestütze.«

Die Herzogin bemühte sich verzweifelt, brachte es aber nur auf siebenundzwanzig, ehe ihre Arme nachgaben und sie auf der Matte zusammenbrach. Jules machte ein unfreundliches Gesicht, ein Anblick, der ihr Angst einjagte und gleichzeitig ihren Zorn erregte. Sie schwor sich, ihm nie wieder Gelegenheit zu geben, die Nase über sie zu rümpfen.

Jules bearbeitete sie sodann unbarmherzig eine halbe Stunde

lang, mehr konnte sie nicht aushalten. Zu ihrer Ehre mußte er zugeben, daß sie – egal, wie grob er sie anpackte – nicht eine einzige Klage laut werden ließ. »Das reicht für heute, armes Ding!« sagte Jules und zu Yvette gewandt: »Verpassen Sie ihr eine ordentliche Dampfmassage, und gehen Sie dabei ganz tief. Nachher das Übliche.«

»Nein«, sagte das Mädchen zwischen zwei keuchenden Atemzügen, nachdem sie sich kaum gefaßt hatte. »Sie selbst sollen das machen. Sie sollen der Beste sein, und ich will nur das Beste.«

Jules tat, als überlegte er. »Vielleicht ist es wirklich das beste«, meinte er dann. »Auf diese Weise werde ich besser feststellen können, wie gut Sie sich entwickeln. Alors! Auf in den Dampfraum!«

Die Herzogin achtete peinlich darauf, daß ihre Zofe als Anstandsdame im Dampfraum zugegen war. Diese Vorsichtsmaßnahme hätte sie sich ersparen können. Obwohl die Zofe schockiert war – oder zumindest so tat, weil ein zu drei Vierteln nackter Mann den Körper ihrer splitternackten Herrin mit den Händen bearbeitete –, war Jules der einzige Anwesende, der sich von dem Vorgang unbeeindruckt zeigte. Er war nicht mehr als ein erfahrener Masseur, der seine Tätigkeit ausübte.

Diese Prozedur wurde eine Woche lang täglich absolviert. Jules ließ jetzt Yvette in ihrem Büro, weil er, wie er sagte, mit der Herzogin besser zurechtkäme, wenn sie durch Yvettes Anwesenheit nicht gehemmt würde.

»Na – ich möchte wetten ...«, zwinkerte Yvette ihm zu, obgleich sie wußte, daß Jules die schöne Herzogin als Pflichtübung – und nicht mehr – ansah.

Da die Herzogin in der Tat ein starkes, gesundes und sportliches Mädchen war, herrlich gebaut und sowohl physisch als auch geistig beweglich, machte sie – trotz du Clos' spöttischem Gehabe – schnelle Fortschritte und lernte viel. Aber zum erstenmal in ihrem Leben war sie bei einem Mann auf Desinteresse gestoßen, Desinteresse an ihrem Titel und an ihrem unübersehbar physischen Charme. Für sie eine unerträgliche Situation – und eine Situation, die sich auch nicht besserte, als die Zeit fortschritt und die Beziehungen sich intensivierten.

Auch nach mehr als zwei Wochen blieb er kühl und unpersönlich und reichlich verächtlich. Er war und blieb ein Meister, der seine Talente an unwürdiges Material verschwendete. Den kleinen Flirtversuchen, die sie in seine Richtung startete, schenkte er keinerlei Beachtung.

Eines Tages aber, als sie schon recht gute sportliche Fortschritte gemacht hatte und sehr stolz auf sich war, verschwand die Zofe vor der Massage. »Ich glaube, wir brauchen sie nicht mehr«, sagte sie leise. Das durchsichtige Gewand nur lose über der Brust drapiert, legte sie sich auf den Massagetisch und warf ihm einen verführerischen Blick zu, der ausgereicht hätte, eine Statue zur Leidenschaft zu erwecken. »Wollen wir?«

Es war Jules' edleren Instinkten zu verdanken – und seiner Liebe zu Vonnie –, daß er den niedrigen, tierischen Trieben widerstand, die in diesem Augenblick in seinem Blut erwachten.

»Nicht mit mir, das steht fest«, sagte er in seinem üblichen verächtlichen Ton. Dieser Ausdruck hatte sie in den vergangenen Wochen fast zum Wahnsinn getrieben. Am liebsten hätte sie ihm die Verachtung mit einem Vorschlaghammer aus seinem Gesicht geschlagen. »Mit Ihren Verführungskünsten vergeuden Sie bloß Zeit. Sie sind ein Klumpen ungeformter Masse, die ich zu etwas halbwegs Anständigem formen möchte. Ansonsten bedeuten Sie mir gar nichts. Ein intimes Verhältnis mit Ihnen ziehe ich ebensowenig in Betracht wie mit einer warmen Masse minderwertigen Lehms – oder Katzenfleisch für zehn Credits, wenn Sie wollen!«

Das wirkte Wunder. Der Herzoginwitwe ging endlich das Temperament durch. Das Feuer in ihren Augen hätte Stahl schmelzen können.

»Lümmel!« rief sie. »Gemeiner Kerl! Ungehobelter Flegel! Rauswerfen hätte ich Sie sollen, wegen Hochverrats züchtigen lassen sollte man Sie. Ich könnte ...« Sie hörte urplötzlich mit dem Gezeter auf und riß die Augen auf. Der Ausdruck ihrer Augen war rätselhaft.

»Ruhig, du Biest!« fuhr er sie an. Sein Ton zeigte an, daß er das eben Gehörte nicht registriert hatte. »Meine soziale Stellung spielt in diesem Zusammenhang keine Rolle. Ich bin du Clos! Ich versuche Sie zu dem zu machen, was unser Schöpfer eigentlich beabsichtigte: zu seinem Instrument, um richtige Männer hervorzubringen und nicht die Schlappschwänze, von denen es auf diesem sündigen Planeten wimmelt!«

»Was? Wollen Sie damit sagen, daß Sie Purityaner sind?« rief sie aus, hocherfreut, daß sie das Thema wechseln konnte. »Hätte ich mir eigentlich denken können, bei Ihrer Haarpracht!«

»Ein Ex-Purityaner«, berichtigte er sie. »Ich unterscheide mich von meinen ehemaligen Landsleuten durch die Ansicht, daß ich nicht alle Annehmlichkeiten des Lebens für Sünde halte. Aber Vernachlässigung des göttlichen Instruments, genannt menschlicher Körper, ist ganz gewiß Sünde. Legen Sie sich zurück, damit ich Sie weiter massieren kann. Ihren Temperamentausbruch will ich in Anbetracht der heute gemachten Fortschritte als ungeschehen betrachten.«

Die Arbeit ging weiter, als wenn nichts passiert wäre. Vier Tage später hatte sich die Herzogin für das ›Haus der Kraft‹ selbst qualifiziert und machte sich dort so gut, wie man es von dem Bewohner eines Planeten mit geringer Schwerkraft eben erwarten konnte.

Und es glückte ihr, sich einzureden, daß sie nichts von jenem Geheimnis verraten hatte, das man seit siebenundsechzig Jahren hütete.

13. KAPITEL

Englewood, die stählerne Festung

Ein Beispiel für die traditionelle Loyalität der Marine: Als Kaiserin Stanley V., ihr Gemahl und vier ihrer fünf Kinder im Jahre 2299 ermordet wurden, entging der jüngste Sohn Prinz Edward, damals Leutnant zur See, nur deswegen dem Tod, weil bezüglich seiner Person derartige Schutzmaßnahmen getroffen worden waren, wie bei niemandem jemals zuvor. Flottenadmiral Simms, der – Ironie des Schicksals – Edwards Mutter den gleichen Schutz schon durch neun Jahre hindurch hatte angedeihen lassen, rief das Standrecht aus und ließ in der blutigsten Säuberungsaktion der überlieferten Geschichte nicht nur alle für schuldig Befundenen – inklusive Bruder und Schwägerin der verblichenen Kaiserin – hinrichten, sondern als Vorsichtsmaßnahme auch noch deren gesamte Familien. Er schwang sich zum Regenten auf und regierte sechs Jahre lang mit eiserner Faust. Zur großen Verwunderung aller, und zur Erleichterung vieler, legte er jedoch an dem Tag, als Prinz Edward volljährig wurde, die Regentschaft nieder. Er selbst krönte den jungen Prinzen zum Kaiser Stanley VI.

(Farnham, Das Imperium, Rolle 2, Nummer 784.)

»Bist du ganz sicher, daß sie ›Hochverrat‹ sagte?« fragte Yvette. Sie konnten sich in diesem Stadium keinen Fehler leisten.

»Du glaubst doch nicht, daß ich ein solches Wort überhört hätte!«

Beide wußten, was es bedeutete, wenn die Herzogin ein solches Wort verwendete. Hochverrat war ein gegen das Imperium oder den Kaiser gerichtetes Verbrechen. Verbrechen gegen andere Adelige galten als Zivilvergehen und wurden nur als solche geahndet. Wenn Herzogin Tanja du Clos Hochverrat vorwarf, bedeutete dies, daß sie sich kaiserlichen Rang beimaß. Und da in ihren Adern kein kaiserliches Blut floß, gab es nur einen, von dem sie eine derartige Abstammung herleiten konnte – von Banion, dem Bastard.

»Nur wegen des einen Wortes können wir ihr nichts anhaben, wie du weißt.«

»Das nicht«, meinte Jules. »Aber es liefert uns den nötigen Anhaltspunkt. Wir wissen jetzt, wo wir die Augen offenhalten sollen – und wenn wir scharf aufpassen, werden wir finden, was wir brauchen. Niemand kann seine Spur so vollkommen verwischen.«

Er machte eine Pause. »Verdammt – und mir fing das Mädchen an zu gefallen – sie hatte beinahe schon gutes Benehmen erlernt.«

»Spar dir deine Sympathien«, sagte Yvette kühl. »Wenn sie nicht wegen Hochverrats sofort hingerichtet wird, dann wird sie mit Sicherheit nach Gastonia verbannt.«

»Ich weiß, ich weiß. Reich mir mal die Unterlagen über ihren Vater, ja?« Er nahm die Spule, die Yvette ihm gab, und ließ sie durch den Bildapparat laufen. »Großherzog Nicholas Otamar. Geboren als Bürgerlicher im Jahre zweitausenddreihundertzweiundachtzig, wenn man den Unterlagen glauben darf. Damit wäre er zwei Jahre jünger als Banion.«

»Geburtsurkunden kann man fälschen«, sagte Yvette abwesend. Sie war mit ihren Gedanken woanders.

»Und etwas so lange Zurückliegendes kann man kaum mehr feststellen«, meinte Jules. »Er hat den üblichen Bildungsweg absolviert. Seinen jetzigen Titel gewann er durch die Heirat mit Großherzogin Olga Ferensky im Jahre zweitausendvierhundertzehn. Ein wenig ungewöhnlich, daß eine Großherzogin einen Bürgerlichen heiratet. Aber nicht unmöglich. Sicher hat es ihm bei seiner Bewerbung um sie geholfen, daß er ihr das königliche Dekret vorweisen konnte, das seine Mutter für ihn aufbewahrte ...«

»Das ist es!« rief Yvette plötzlich aus und schlug auf den Tisch. Jules sprang unwillkürlich auf.

»Was ist was?« fragte er.

»Das letzte Stück in dem Puzzlespiel! Wir haben es uns angewöhnt, einen Adeligen mit seinem Titel, dem Vornamen und seinem Hoheitsgebiet zu nennen. Der Familienname wird für gewöhnlich gar nicht genannt. Papa, zum Beispiel, wird Herzog Etienne von DesPlaines genannt – d'Alembert wird als selbstverständlich vorausgesetzt. Wir nennen diesen Kerl Großherzog Nicholas und vernachlässigen dabei völlig seinen Familiennamen!«

»Otamar?«

»Siehst du denn nicht, daß Otamar ein Anagramm von ›Amorat‹ ist? Aimé Amorat – die Mutter des Bastards!«

Jetzt war Jules es, der seine Faust niedersausen ließ. »Yvette, du hast ihn festgenagelt. Er muß der Gesuchte sein.« Er drehte am Projektor und sah sich ein Bild von Großherzog Nicholas an. »Jetzt fällt mir sogar die Familienähnlichkeit mit den Stanleys auf. Langes, eckiges Gesicht – das harte Kinn hinter dem Spitzbart versteckt, buschige Augenbrauen …«

»Aber wir wissen es noch nicht sicher«, mahnte ihn Yvette. »Wir haben nur ein unbedacht ausgesprochenes Wort seiner Tochter und einen Namen, der ein Anagramm sein könnte. Wenn unser Chef den Fall dem Kaiser vorlegen möchte, wird er handfestere Beweise benötigen – er wird das Dekret selbst brauchen.«

»Und wir werden es ihm beschaffen«, sagte Jules entschlossen. »Wir wissen jetzt, wer es hat. Es ist also nur eine Frage der Zeit.«

Du Clos ließ sich herbei, sechs Großherzöge und -herzoginnen als persönliche Klienten anzunehmen – darunter Nicholas und Olga von Sektor zwanzig – aber mehr nicht. Er versuchte seine Vertrauensstellung auszubauen und tiefer in die Privatangelegenheiten der zwei einzudringen – ohne Erfolg. Die Fassade der beiden hielt jeder Inspektion stand.

Yvette wurde von einem anderen Gesichtspunkt aus aktiv. Da Nicholas und Olga drei Besitzungen auf der Erde unterhielten, jede davon mit zahlreichem Personal bemannt, war der Wechsel unter den Dienstboten sehr stark. Bei jeder Gelegenheit schmuggelte Yvette einen ihrer zahlreichen Angehörigen in diese Haushalte ein – in Küchen, Garagen oder sonstwohin –, in dem Bemühen, irgendeine noch so geringe Spur einer Information zu gewinnen. Kleine Bruchstücke fügten sich allmählich zu einem Ganzen – seltsame Geheimnachrichten kamen zu ungewöhnlichen Zeiten an, ungewöhnliche Besucher kamen und so weiter – aber alles zusammen kein Beweis, daß Nicholas tatsächlich Banion war, daß er einen Aufstand plante und das so überaus wichtige Dekret besaß.

»Wir müssen die Sache dem Chef vortragen«, sagte Jules schließlich zu Yvette, nachdem mehrere Wochen ergebnisloser Bemühungen verstrichen waren. »Zwar rufe ich sehr ungern um Hilfe, noch dazu bei unserem ersten wichtigen Auftrag – aber Nicholas ist als Beute für uns um eine Nummer zu groß.

Wenn uns der kleinste Fehler unterläuft, dann rollt der Kopf des Chefs statt Nicholas' Kopf. Wir können das Risiko nicht allein tragen.«

Yvette nickte. »Du hast ganz recht. Der Kaiser selbst führt den Vorsitz bei einem Prozeß gegen einen Großherzog, und er würde auch in einem solchen Fall ein gerechter Richter sein. Und wenn wir nicht schlüssig beweisen, daß Nicholas Hochverrat beging, wird der Kaiser ihn laufenlassen.«

Am nächsten Tag trafen sie sich mit dem Chef und legten ihm die ganze Sache so klar und bündig vor wie nur möglich. Sie merkten, daß er während des Gesprächs um zehn Jahre alterte. Er saß schweigend und reglos da und dachte volle zehn Minuten angestrengt nach. Auch die d'Alemberts sagten kein Wort weiter. In dieser lautlosen Atmosphäre konnten sie fast hören, wie das Gehirn des meisterlichen Strategen arbeitete.

»Nicholas«, flüsterte er schließlich. »Eigentlich kann ich nicht behaupten, daß ich schockiert bin. Trotzdem – ich kenne den Mann seit Jahren. Wir waren nicht sehr eng befreundet, aber er war mir ein angenehmer Tischgefährte bei ein paar schrecklich faden Staatsbanketten.«

Er legte die Hände flach auf den Schreibtisch und sah zu seinen beiden Top-Agenten auf. »Natürlich haben Sie recht – ohne das Dekret können wir gegen ihn nichts unternehmen.«

Jules machte ein finsteres Gesicht. »Ich dachte mir, daß Sie das sagen würden. Und ich gehe davon aus, daß sich das Dekret im sichersten Safe-Gewölbe der Erde befindet.«

»Darum geht es nicht«, sagte der Chef tonlos. »Denn der Kaiser kann ohne Angabe von Gründen jeden beliebigen Banksafe öffnen lassen. Nicholas weiß das auch. Außerdem wird er nicht wollen, daß das Dekret zu weit außer seiner Reichweite aufbewahrt wird. Wahrscheinlich liegt es in den tiefsten Gewölben von Schloß Englewood – da würde ich meinen Kopf verwetten. Und –«, fuhr er ironisch lächelnd fort, »ich bin ja auch gerade dabei. Nun könnte der Kaiser theoretisch auch die persönlichen Gewölbe eines Großherzogs öffnen lassen. Das Knirschen der Gesetzesmaschinerie, wenn sie einmal in Bewegung gesetzt wird, könnte uns aber vorzeitig verraten und den Bastard wahrscheinlich zu einer Vorverlegung der Revolte verleiten. Nicholas' Armee und Flotte sind von unbekannter Stärke. Wer weiß, wie so ein Kampf ausgehen würde? Zumindest würden wir uns einem blutigen Bürgerkrieg gegenübersehen, der Milliarden Menschenleben in Hunderten von Welten kostet. An diesen Wunden würden wir noch viele Generationen lang zu leiden haben.

Nein, meine Herrschaften, wir alle setzen in dieser Sache unseren Kopf aufs Spiel. Egal, wie vorsichtig wir vorgehen, es besteht immer die Gefahr, daß wir eine Explosion auslösen. Da könnten wir alle lieber gleich den Hut nehmen und in Würde abtreten.«

»Und nun«, fuhr er fort, »zu den Mitteln und Wegen unseres Vorgehens: Beim leisesten Anzeichen von Schwierigkeiten würde Nicholas versuchen, den Kaiser zu töten und seinen Anspruch auf den Thron durchzusetzen. So müssen wir Bill in Sicherheit bringen. Seine Tochter Edna ist nicht sonderlich gefährdet, da es wenig Sinn hätte, die Kronprinzessin zu töten, solange ihr Vater noch lebt. Was haltet ihr davon?« Und sie diskutierten nun zwei Stunden die Einzelheiten des Vorhabens.

Drei Tage später meldeten die verschiedenen Nachrichtenmedien, daß Kaiser Stanley X. einen Herzanfall erlitten hätte.

Man beeilte sich zu versichern, daß die Lage durchaus nicht ernst sei, doch wären sich eine Reihe von Fachärzten dahingehend einig, daß er mindestens zwei Monate ausspannen sollte – am besten auf seinem Sommersitz Big Piney in den Rocky Mountains. Hierauf wurde Prinzessin Edna der Titel ›Kaiserin auf Zeit‹ verliehen, und ihre Eltern reisten ohne weitere Formalitäten ab. Sie begaben sich aber keineswegs nach Big Piney, sondern auf eine besonders ausgewählte Insel im Pazifik, die mit allen Schutz- und Sicherheitseinrichtungen ausgestattet war, die der Kriegswissenschaft in jener Zeit bekannt waren. Ganz zufällig kreiste eine kleine, aber sehr schlagkräftige Flotte von Kampfflugzeugen in synchronem Orbit über der Insel, um sie vor einem konzentrischen Angriff aus dem All zu schützen.

Inzwischen veranstaltete Edna – Kaiserin auf Zeit – zur Beruhigung der Gemüter einen Nobelball – eine Vorstellungsparty – die, mit einem glanzvollen Empfang bei Hofe beginnend, drei Tage lang dauern sollte. Alle sechsunddreißig Großherzöge und

-herzoginnen, samt Familien, waren geladen, ebenso der Adel des Planeten Erde vom Grafen aufwärts und alle auf Besuch weilenden Edelleute aus dem Weltraum. Natürlich war es ausgeschlossen, daß jemand die Einladung zu einem Ereignis ausschlug, das gesellschaftlicher Höhepunkt des Jahrzehnts zu werden versprach.

Kaum war die Katze aus dem Haus, machten sich die Mäuse ernsthaft an die Arbeit. Burg Englewood machte einen verlassenen Eindruck. Bis auf das Personal war niemand da. Jules und Yvette starteten eine Invasion in das Schloß mit einer kleinen Armee von Verwandten und technischen Experten. Das Hauspersonal wurde ohne viel Federlesens ausgeschaltet. Fünfzig behende, bewährte Ringer des d'Alembert-Clans genügten, um die um ein Vielfaches zu zahlreiche Schloßwache zu überwältigen. Sobald dies erledigt war, hatten die Leute vom Service die Burg für sich – theoretisch.

Architekten und Ingenieure hatten die Detailpläne der Burg zur Hand, wie sie bei der Kaiserlichen Baukommission auflagen. Wie erwartet, waren diese Unterlagen wertlos. Die wirklich wichtigen Einzelheiten waren darauf nicht eingezeichnet. Also mußten die tüchtigsten technischen Zauberkünstler des Service mit ihren hochempfindlichen Sensoren ans Werk. Sie untersuchten Wände, Böden und Decken und verfolgten den Verlauf etlicher Kabel und Drähte. Langsam kamen sie dem zugrundeliegenden System auf die Spur und legten es lahm. Trakt für Trakt wurde der Strom ausgeschaltet, die Experten arbeiteten sich durch und setzten die Fallen und Verteidigungsanlagen außer Betrieb.

Nach mehr als dreistündiger mühsamer Detailarbeit entdeckten sie den Privat-Fahrstuhl des Großherzogs und damit auch das maßstabgerechte Modell des Imperiums mit seinen verschiedenen mehrfarbigen Lichtern. Der Anblick war erschreckend und bildete ein weiteres Glied in der Beweiskette. Das reichte aber noch nicht. Das Dekret mußte unbedingt gefunden werden.

Es war von Anfang an klar, daß Englewood keine gewöhnliche großherzogliche Residenz darstellte. Die SOTE-Agenten mußten entdecken, daß sie es eigentlich mit einer richtigen Festung zu tun hatten. Eine Festung aus Stahl, die uneinnehmbar gewesen wäre, wenn es nicht die brillante Täuschungsstrategie des Chefs – und die Fähigkeit der d'Alemberts, sie durchzuführen – gegeben hätte. Und dennoch wäre die Attacke fast danebengegangen!

Man hatte das Schloß von oben bis unten durchsucht und jedes mögliche Versteck aufgespürt. Aber von dem wichtigen Dokument fehlte jede Spur. Nachdem sie alle unterirdischen Gänge und Computeranlagen entdeckt hatten, kehrten Jules und sein Team nach ihrem Suchgang schließlich zurück und befanden sich nun vor einer grimmig dicken Stahlwand, die das Ende des Ganges bildete, durch den sie gekommen waren. »Was ist das, Major?« fragte Jules.

Der mit den militärischen Belangen dieser Aktion betraute Offizier untersuchte die Wand genauestens. »Sie wird von irgendwoher irgendwie geöffnet«, sagte er und deutete auf eine fast unsichtbare Fuge, wo sich Stahl auf Stahl nahtlos zusammenfügte. »Da ist viel Mühe aufgewendet worden, um das unsichtbar zu machen. Wir werden wahrscheinlich eine Woche brauchen, um herauszubekommen, wo und wie die Tür sich öffnet. Ich glaube zwar, daß wir alle inneren Leitungen gekappt haben, aber jede Wette, daß dieser Bereich hier seinen eigenen Anschluß hat.«

»Ja, davon müssen wir wohl ausgehen«, erwiderte Jules. »Wir müssen mit automatisch sich auslösenden Betäubungsschüssen – oder noch ärger – mit Strahlenbeschuß rechnen. Vielleicht auch mit Giftgas oder selbstzündenden Bomben. Aber der Chef hat sein Leben schon für bedeutend weniger aufs Spiel gesetzt als für das, was wir jetzt wissen. Schafft die Abschirmeinrichtungen und die Hochfrequenzapparate her, und brennt das verdammte Ding durch.«

Ein Glück, daß der Gang, der zu dieser kahlen Wand führte, sehr breit war – etwa fünfzehn Meter. Schwere, gepanzerte Schilde wurden herangeschafft, um die Eindringlinge vor automatischem Strahlenbeschuß zu schützen. Jules und Yvette und das ganze Gewichtheber- und Ringerteam der d'Alembert – wieder unter der Führung Ricks – zogen Raumanzüge über, um sich vor eventuellem Giftgas zu schützen. Dann traten die schweren Spezial-Strahlengeräte auf den Plan, welche sich durch die Wand fressen sollten.

Langsam, Zentimeter um Zentimeter, fraßen sich auch die unglaublichen starken Strahlen durch die zwanzig Zentimeter starke Platte. Als der Strahl endlich die Dicke bewältigt hatte, fiel die schwere Metallplatte nach innen auf den Stahlboden, und es gab dabei einen so fürchterlichen Krach, daß die Zähne der SOTE-Agenten wackelten und der Felsgrund, auf dem die Fundamente der Festung ruhten, erschüttert wurde.

Der Zusammenbruch der Wand gab nun den Blick in einen hellerleuchteten Raum frei, in dem um einen kleinen Tisch herum ein Trupp von zehn Schwergewichtsathleten – alles DesPlainianer – saß. Großherzog Nicholas' letzte Verteidigungsbastion.

Den Angreifern blieb kaum Zeit für einen einzigen Blick, denn in dem Moment, da die Wand einstürzte, wurden alle im Gang Anwesenden – Wachen und SOTE-Agenten – mit einer Gewalt zu Boden gedrückt, wie sie niemand von ihnen je erlebt hatte.

»Ultragravitation!« stieß Jules hervor, während ihm die Luft aus den Lungen gepreßt wurde und er auf den glatten Boden knallte. Und das war es auch tatsächlich. Das Umstürzen der Wand hatte die letzte Schutzeinrichtung ausgelöst, eine völlig unerwartete. Der ganze Korridor wurde nun in ein künstliches Schwerefeld von einigen fünfundzwanzig Schwerkrafteinheiten verwandelt. Jules und Yvette, die sich bei drei Einheiten sehr wohl fühlten und auch noch sechs bis sieben gut vertrugen, wurden hilflos wie Babys an den Boden genagelt und waren kaum fähig, einen Finger zu heben.

Eine unmittelbare Gefahr drohte jetzt vor allem. Der Schutzschild, der sie vor Strahlenbeschuß hätte schützen sollen, brachte sie jetzt in Todesgefahr. Diesen extremen Bedingungen war er nicht gewachsen und geriet auch schon deutlich ins Wanken. Fiel er nach hinten um, so würde er die Menschen, die durch den Schild eigentlich hatten geschützt werden sollen, zu einer dünnen Schleimschicht zerquetschen. »Der Schild!« stieß Jules warnend hervor.

Auch Rick hatte die Gefahr erkannt. Anders als Jules und Yvette war er ein ausgebildeter Ringer. Seine Muskeln waren weit über das Normale hinaus gestählt. Obwohl ihn das Ultra-Schwerefeld natürlich auch stark behinderte, war er doch wenigstens imstande, sich zu bewegen. Mit einem schwachen Stoß drückte er gegen den Schild – und mehr bedurfte es in einem so starken Gravitationsfeld nicht. Die Panzerplatte kippte mit markerschütterndem Aufprall nach vorn um.

»Sehr schön«, beglückwünschte ihn Yvette mit zusammengebissenen Zähnen. »Kannst du die Lumpen da nicht erledigen, bevor sie es mit uns tun?«

»Wir sind schon dabei«, sagte Rick heiser – und das war auch der Fall.

Wäre es dabei nicht um Tod und Leben gegangen, so hätte man der Situation komische Seiten abgewinnen können, als die schwergewichtigen Ringer, jeder mindestens hundertfünfzig Kilo und muskelbepackt, daß ein Atlas sich hätte verstecken müssen, jedes Quentchen ihrer gewaltigen Kraft auf recht kärgliche Resultate verwendeten: Auf die Knie zu kommen und eine Waffe in Anschlag zu bringen. Leider schaffte es einer der Leute des Großherzogs – ein wahrer Riese – als erster. Sein Strahl ging durch den Mann links von Jules, der bereits auf die Knie gekommen war. Der Mann schrie auf und sank zusammen.

Der nächste Strahl traf Jules, der noch immer flach am Boden lag, unter dem linken Knie. Er schrie vor Schmerz auf, als ihm ein faustgroßes Stück Fleisch aus dem Bein gebrannt wurde, und verlor das Bewußtsein. Das Blut, von übergroßem Druck aus der Wunde gepreßt, floß in Strömen.

Yvette sah dies mit Entsetzen und reagierte so schnell, wie es die gegebenen Umstände zuließen. In einem Feld von fünfundzwanzig Schwerkrafteinheiten würde das gesamte Blut auch aus einer winzigen Wunde rasch entweichen, wenn nicht schleunigst Hilfe kam. Jules konnte in Sekundenschnelle buchstäblich verbluten. Mit ungeahnter Kraft drehte sie sich um und sah sein Bein an.

Sie wußte von zwei Methoden des Blutstillens – direkten Druck auf die Wunde und Hochlagern der Wunde, damit das Blut nicht mehr ausströmen konnte. Die erste Methode versagte, denn sie konnte ihren Arm nicht so hoch heben, um ihn auf sein Bein drücken zu können. Es glückte ihr aber, ihren Arm am Boden unter Jules' Bein zu schieben und dieses ein wenig vom Boden abzuheben. Das genügte, denn die fünfundzwanzig Schwerkrafteinheiten des Gravitationsfeldes wirkten nun zu ihren Gunsten. Sie bewirkten, daß das Blut nach unten gezogen wurde und daß der Blutstrom auf ein Tröpfeln reduziert wurde.

Da Jules bewußtlos und Yvette mit ihm beschäftigt war, sah keiner von ihnen, was in den nächsten Minuten passierte. Sie hätten jedenfalls stolz auf ihre Sippe sein können. Es war nur diesem einen Posten des Großherzogs geglückt, einen der d'Alemberts außer Gefecht zu setzen. Rick d'Alembert hatte keine Zeit verschwendet, auf die Beine zu kommen – er schoß im Liegen. Bald zischten die Strahlenschüsse nur so durch die Luft. Und in dem darauffolgenden Kampf, der sich grotesk, wie im Zeitlupentempo, abspielte, kamen achtzehn Mann ums Leben, darunter jene zehn Garden, die das letzte Aufgebot des Großherzogs gebildet hatten. Als die Gegner erledigt waren, hatten die d'Alemberts nur mehr gegen die Schwerkraft anzukämpfen. Schritt für Schritt schleppte sich Rick bleiern an der Wand entlang in den Raum, wo die Wachen gesessen hatten. Sein Gehirn war noch umnebelt, er konnte nicht klar sehen, aber er schaffte es doch, die Ultragrav-Steuerung zu finden. Im nächsten Augenblick herrschte wieder Erd-Schwerkraft – für ihn zu wenig, aber er dachte an Jules und die beiden weiteren Verwundeten.

Yvette machte ein paar Atemzüge und riß sodann einem Toten das Hemd vom Leib. Sie benutzte es als Kompresse für ihren Bruder, bis das Blut so weit gestillt war, daß sie einen Verband anlegen konnte. Die Wunde sah gräßlich aus, aber Yvette war sicher, Jules würde die Verletzung überleben.

Rick hatte nach der gewaltigen Anstrengung, welche das Ausschalten der Ultragrav-Anlage erforderte, das Bewußtsein verloren. Ein Glück, daß seine Super-Stärke jetzt nicht mehr gebraucht wurde. Von nun an konnten die regulären Armee- und Service-Agenten die Sache übernehmen. In einer Wand entdeckten sie einen großen Stahlsafe. Zu einem langwierigen Öffnen nahm man sich nicht mehr die Zeit. Bei diesem Stand der Dinge brauchte man nicht mehr heikel zu sein. Sprengexperten schafften Sandsäcke herbei und leisteten ganze Arbeit. Die Vorderseite des Safes wurde in Stücke gerissen, die Trümmer entfernt und das Innere durchsucht. Und im obersten Fach fand sich eine Pergamentrolle!

Mit klopfendem Herzen und angehaltenem Atem betrachteten die Leute, welche darum so hart gekämpft hatten, das Dokument, während nun die Handschriften- und Urkundenexperten die Hauptrolle übernahmen. Sie untersuchten das Pergament eingehend und unterzogen es jedem Test, den sie mit ihrer tragbaren Ausrüstung vornehmen konnten.

»Es ist das echte Dekret«, rief schließlich der Chef-Experte aus. Und bei dem fröhlichen Lärm, der sich erhob, wurden sogar die Toten vergessen.

Alles übrige verlief unglaublich glatt. Auf ein einziges Kodewort des mit der Invasion auf Englewood betrauten Majors riegelte das kaiserliche Wachregiment den kaiserlichen Palast hermetisch ab. Die Luftwaffe ließ zwei Dutzend Flugzeuge ausschwärmen, die in Formation über Moskau dahinflogen und einen undurchdringlichen Schirm bildeten. Spezielle Sonderkuriere wurden mit dem berüchtigten Dekret von Englewood aus zum kaiserlichen Palast entsandt. Als es sicher in die Hände der stellvertretenden Kaiserin gelangt war, führte Flottenadmiral Armstrong eine Abteilung von Soldaten der Weltraumflotte in den Großen Ballsaal und beendete die Festlichkeit, indem er Großherzog Nicholas und sein gesamtes Gefolge wegen Hochverrats verhaftete.

Der Großherzog wurde unverzüglich auf die Pazifik-Insel gebracht und dem Kaiser vorgeführt. Vor den Augen Stanleys X. verabreichte sein eigener Leibarzt dem so lange unerkannt gebliebenen Halbbruder eine Dosis Nitrobarb. Dann trat Zander von Wilmenhorst in Aktion und unterzog den Verräter einer eingehenden Befragung. Langsam, aber sicher trat die ganze Geschichte zutage.

Im Alter von zwei Jahren war Banion von seiner Mutter in ein Waisenhaus gebracht worden, und im weiteren Verlauf kam er zu Pflegeeltern, die von seiner königlichen Herkunft keine Ahnung hatten. Aimé hielt das Dekret gut versteckt und ließ auch ihren heranwachsenden Sohn nicht aus den Augen. Mit sechzehn erfuhr er von ihr die wahre Geschichte seiner Geburt. Zuerst glaubte er ihr nicht, aber sie hatte sämtliche Beweise, um ihn zu überzeugen – nicht zuletzt das Dekret, den überzeugendsten Beweis. Sie überzeugte ihn, daß Thron und Reich ihm zufallen würden, wenn er nur mit allen Mitteln danach strebte. Geschicklichkeit und List würden ihm zu seinem Erbe verhelfen können.

Sie überließ ihm das Dekret und verschwand. Obgleich er in den folgenden fünfzig Jahren das gesamte Imperium nach ihr absuchte, blieb sie spurlos verschwunden. Es war, als wäre die Bestie von Durward vom Universum aufgesogen worden.

Doch der Traum, den sie ihm eingepflanzt hatte, verzehrte seine Seele. Mit zwanzig faßte er bereits die ersten Pläne zur Beherrschung der Galaxis. Mit dreißig hatte er eine kleine, aber treu ergebene Organisation aufgebaut und war bereits so wohlhabend, daß er sich der Großherzogin Olga von Sektor zwanzig zu nähern wagte. Sie war eine gerissene Person, die sofort erkannte, wie vorteilhaft es für sie wäre, diesem Thronanwärter Unterstützung angedeihen zu lassen. Ihre Heirat gab dem Anwachsen seiner subversiven Organisation immensen Auftrieb, so daß er bis heute, siebenunddreißig Jahre später, das gesamte Imperium unterminieren und aushöhlen konnte.

Banion enthüllte im Laufe des Verhörs alle Einzelheiten seiner Verräter-Organisation. Mit diesen Details konnte man weiterarbeiten, und der Kaiser erteilte Befehle, die Admiral Armstrong ausführte. Da es bei diesen Dingen immer einfacher ist, von oben nach unten als umgekehrt zu arbeiten, hatte man die vollständigen Informationen – auch die Namen von achtundneunzig Prozent der an der Organisation beteiligten Personen – in weniger als einer Woche beisammen, und man begann mit den Festnahmen der Unglücklichen.

Nicholas und Olga Otamar wurden vom Höchstgericht, bei dem der Kaiser selbst den Vorsitz führte, abgeurteilt. Sie wurden einstimmig für schuldig befunden und hingerichtet. Herzoginwitwe Tanja wurde ebenfalls wegen Mithilfe zum Hochverrat zum Tode verurteilt, aber das Urteil wurde in lebenslängliche Haft auf Gastonia umgewandelt, verbunden mit dem Verlust aller Titel und der Ablegung eines erneuten Treueschwures der Krone gegenüber. Die Bestrafung der anderen Verschwörer erfolgte je nach dem Grad ihrer Beteiligung.

Diese Säuberungsaktion hinterließ viele leere Stellen in den verschiedenen Ämtern und löste einen Schock aus – aber die Bedrohung, die wie eine Gewitterwolke siebenundsechzig Jahre lang über dem Imperium gehangen hatte, war gebannt. Und das Wichtigste dabei war – wenigstens für Jules und Yvette d'Alembert –, daß der Service des Imperiums endlich bis auf den Grund von Verrätern gesäubert war.

14. KAPITEL
Stars des Imperiums

Wegen ihrer hohen Intelligenz, ihrer geschmeidigen, katzenartigen Beweglichkeit, ihres blitzschnellen Reaktionsvermögens und der enormen Körperkraft bestand immer große Nachfrage nach DesPlainianern als Kämpfer, Leibwachen und Spione. Sie waren die besten Geheimagenten, die hintereinander beim Zentralen Geheimdienst der Erde, dem Galaktischen Geheimdienst und dem Service of the Empire (SOTE) tätig waren. Und von all diesen erwiesen sich im Laufe der Jahre die d'Alemberts als die besten. Die Tatsache, daß der Galaxis-Zirkus die rechte Hand des SOTE war, sickerte auch von der Erde aus nicht durch, weil nur der Monarch, der Chef des Geheimdienstes und ganz wenige ihrer engsten Vertrauten davon wußten. Das Zirkusvolk war nie geschwätzig, und der unbeugsame Kodex der d'Alemberts gebot, daß die d'Alemberts nur innerhalb der Familie oder gegenüber ihrem Chef darüber sprachen.

(Unveröffentlichte Daten.)

Wieder war es spät abends. Wieder ging das Spezialgefährt der d'Alemberts im Schrägflug auf dem Dach des Staatsgebäudes von Sektor vier nieder. Diesmal aber wurde es nicht von einem Leitstrahl eingewiesen, und auf dem Dach brannte kein Licht. Bis auf den Schein des beinahe vollen Mondes war es dunkel, es herrschte absolute Stille.

Diesmal saß Yvette am Steuer. Sie war nun wieder ganz die alte Yvette, bar jeder Verkleidung und Künstlichkeit. Sie trug eines ihrer schmeichelndsten Hosenkostüme. Der wieder kurzhaarige und glattrasierte Jules sah auch aus wie früher. Nur die Krücke neben ihm deutete darauf hin, daß er bei dem Fall etwas abbekommen hatte. Yvette landete samtweich nahe dem Privatlift. Sie öffnete und stieg aus. Dann half sie ihrem Bruder, der steif und unbeholfen herauskletterte. Herzogin Helena kam ganz unherzoglich auf sie zugelaufen.

»Ach, Yvette. Ich bin ja so stolz auf Sie. Sie waren absolut wunderbar!« Sie legte Yvette beide Arme um den Hals und küßte sie dreimal. »Ich bin so froh, daß Vater mich geschickt hat, um euch zu empfangen. Immer schon versuchte ich ihn zu überzeugen, daß wir mehr weibliche Agenten brauchten. Vielleicht läßt er sich jetzt erweichen.«

Dann wandte sie sich an Jules, der dastand und lächelte. Vorsichtig schlang sie die Arme um seine Taille. »Und Sie – Jules! Ich kann gar nicht sagen – aber sicher können Sie ein Mädchen enger anfassen, ja? Sogar mit angeschossenem Bein?«

Jules, der ihren Kuß erwiderte, drückte sie ein wenig an sich. Dann hob er sie, unter den Achseln fassend, mühelos hoch und ließ sie etwa fünfundzwanzig Zentimeter über dem Boden baumeln. »Sicher kann ich das«, sagte er in ernstem Ton, aber lustig funkelnden Augen. »Nur habe ich noch nie eine Irdische umarmt und fürchte, daß ich Sie dabei entzweibreche. Es würde sich wohl nicht schicken, wenn ich einer Herzogin die Rippen breche, oder?«

»Ach, da sehe ich keine Gefahr. Ich bin immer noch stärker als ...« Sie brach ab, und ihre Augen weiteten sich vor Staunen, als sie plötzlich seine Muskeln spürte.

»Ach, ich verstehe«, sagte sie leise. »Ich habe mir nicht richtig klargemacht, wie muskelbepackt Sie sind.«

Jules stellte sie wieder sanft auf den Boden, und sie gingen zum Lift. Sie sagte ihnen nicht, warum der Chef sie herbestellt hatte, und sie fragten nicht danach. Helena machte ein nachdenkliches Gesicht und sagte während der Abwärtsfahrt schüchtern zu Jules: »Ich muß Ihnen ein Geständnis machen. Ich war nahe daran, mich in Sie zu verlieben und Sie in mich verliebt zu machen. Ich weiß, daß ich einigermaßen hübsch bin und – nun ja, als ich eben Ihre Muskeln spürte – Arme wie bei einer Bronzestatue – nun ...« Verlegen brach sie ab.

Jules lächelte ihr zu, um ihre Verlegenheit zu mildern. »Der Unterschied ist zu groß. Drei Schwerkrafteinheiten mehr, das ist zuviel, und wir von DesPlaines heiraten nur Partner, die daran gewöhnt sind. Ich könnte Sie tatsächlich mit einer leidenschaftlichen Umarmung unabsichtlich töten.«

»Und außerdem«, meinte Yvette mit leichtem Sarkasmus, »ist er schon vergeben. Vonnie würde Sie in Stücke reißen, wenn Sie ihr die Ansprüche streitig machen.«

»Aber Liebe gibt es in allen Größen, Formen und Farben«, fuhr Jules fort. »Wir freuen uns über Ihre Zuneigung – wenn wir sie physisch auch nicht erwidern können.«

»Ach«, Helena bekam feuchte Augen, »... Liebe, Freundschaft Bewunderung, Wertschätzung ...« Und da öffnete sich auch schon die Lifttür.

Sie trat beiseite und ließ die beiden vorausgehen. Kaum hatten sie einen Schritt in das Büro des Chefs getan, als sie erstarrt stehenblieben und Augen und Mund aufrissen. Denn direkt vor ihnen saß der hochgewachsene, distinguierte, grauhaarige Mann, der niemand anderer sein konnte als Kaiser Stanley X. Neben ihm, ebenso königlich, Kaiserin Irene, eine statuenhafte brünette Dame. An der Bar mixte die zierliche, aber energisch wirkende Kronprinzessin Edna Getränke. Der Chef saß lässig abseits da – er hatte seinen Sitz hinter dem Schreibtisch momentan dem Kaiser überlassen.

Stanley stand auf und hob die Hand zum Gruß. »Sie brauchen nicht zu knien«, setzte er an – aber natürlich hatte ihr rasches Reaktionsvermögen bewirkt, daß Yvette schon auf den Knien war und Jules trotz seiner Beinverletzung sich auf ein Knie stützte. Beide neigten den Kopf und starrten den Teppich an.

Der Kaiser stand auf und half den Agenten auf. Er begrüßte Yvette mit einem Handkuß, Jules mit einem Händedruck. »Förmlichkeit ist gut und schön«, sagte er, »aber doch nicht unter Freunden. Während dieses Besuches und auch weiterhin, wenn wir unter uns sind, möchte ich, daß Sie beide mich Bill nennen.«

»Aber – nein – Sire – unmöglich«, stammelte Yvette.

»Und wenn ich es befehle?«

»Man müßte sich daran gewöhnen«, sagte Jules. »Genügt es, wenn wir uns momentan für ›Sir‹ entscheiden?«

Stanley lächelte – ein Lächeln, das von einem Schatten der Bürde seines Amtes mitgeprägt war. »Ich glaube, Sie zu verstehen. Unter der jüngeren Generation gibt es nicht viele, die so gut erzogen sind. Nun – ich hoffe, mit der Zeit werden Sie die Förmlichkeit ablegen. Jetzt ist es mir ein Vergnügen, Sie meiner Gattin Irene und unserer Tochter Edna vorzustellen.«

Nachdem sie bekannt gemacht worden waren, ging Edna mit einem Tablett herum und bediente Jules als letzten. Ihre Augen, die gewöhnlich auf Distanz achteten, waren weich und warm. »Eine Schande ist es«, sagte sie, »daß wir euch beiden – die ihr uns das Leben gerettet habt – nicht einen Palast mit direkter Verbindung zu allen Planeten schenken können. Und die Krönung von allem ist die Tatsache, daß wir diesem ausgestopften Stockfisch Armstrong öffentlich mit Ehren überhäufen müssen. Dieser Trottel könnte eine Verschwörung nicht einmal riechen, wenn sie auf seiner Nase säße. Aber er bekommt die Medaille, die Sie beide verdienen.«

»Nun ja ...«, begann Jules, aber die Prinzessin ließ sich nicht unterbrechen.

»Ja, ich weiß, es muß so sein. Und ich kann mir auch eure Gedanken gut vorstellen – Der Service des Empire – die große Tradition der tapfersten Männer und Frauen, die es je gab – und so fort. Aber das alles macht mir die Sache nicht leichter und schmackhafter. Es bleibt also nur übrig, uns zu bedanken, daß Sie unser Leben gerettet haben – und auch das müssen wir heimlich tun, oder es kostet Ihr Leben.«

Von ihrer Begeisterung überwältigt, schlang sie die Arme um Jules' Nacken und küßte ihn. Obwohl er sich nicht überwinden konnte, die Kronprinzessin wie irgendeine andere Frau zu küssen, fiel seine Reaktion doch einigermaßen herzlich aus.

Edna Stanleys Augen schimmerten, als sie den Kopf zurückbog und in Jules' Augen sah. »Wir drei werden uns daran erinnern, solange wir leben. Und ihr beide werdet in meinem Herzen immer einen ganz besonderen Platz einnehmen – immer.«

Und dann – ohne Jules die Gelegenheit zu einer Erwiderung zu geben, was ganz gut war, da er kein Wort herausbrachte – machte sie sich frei und umarmte Yvette. »Welche Belohnung möchten Sie, meine Liebe? Sie können alles haben, soweit es in unserer Macht liegt. Und reden Sie mich bloß nicht mit diesen dummen Titeln an. Ich bin ein paar Jahre jünger als Sie, und da klingt das noch alberner. Lassen wir es bei Edna!«

»Gern, Edna. Ehrlich gesagt, erwarteten wir uns von unserem Chef ein paar Streicheleinheiten für unsere Psyche – und dann gleich einen anderen beinharten Auftrag.«

Aus seinem bequemen Sessel ließ der Chef ein leises Lachen vernehmen. »Meine Liebe – Sie bekommen beides, das lassen Sie sich gesagt sein! Ich habe nicht die Absicht, weitere Fälle so weit kommen zu lassen, ehe ich Sie hinzuziehe. Die ganze Affäre wäre leichter zu bewältigen gewesen – und mit weniger Rückwirkungen –, wenn ich Sie schon vor mehreren Jahren gerufen hätte.« Und zum Kaiser gewandt: »Sie verstehen, was ich meine, Bill?«

»Sehr gut sogar. Es sind echte d'Alemberts. Gehärtetes, bearbeitetes und geschmiedetes Edelmetall.« Er wandte sich an Jules und Yvette: »Ihr zwei jungen Leute wißt gar nicht, daß euer Leben für das Imperium wichtiger ist als meines.«

»Das kann ich mir nicht vorstellen«, sagte Jules verdutzt. »Sie sind der Größte der Stanleys, und wir sind nur zwei von über tausend d'Alemberts.«

»Das bedarf der Berichtigung, bitte. Von nun an seid ihr – und wahrscheinlich während des ganzen nächsten Jahrzehnts, bis eure Nachfolger heranreifen – die fähigsten lebenden Menschen.« Der Kaiser füllte sein Glas nach und brachte Yvette einen kleinen Krug mit frischem Orangensaft, während Edna die anderen weiter bediente. »Und was ihr beide nicht schafft, das schaffen die verschiedenartigen Talente eurer Familie. Aber sehen wir uns die Sache mit dem Großen Stanley einmal näher an! Ich habe unsere Familiengeschichte gründlich studiert – und dabei eine neue Theorie entwickelt. Haben Sie sich je die Frage gestellt, warum die drei sogenannten ›Großen Stanleys‹ jene mit der längsten Regierungszeit waren? Kaiserin Stanley die Dritte siebenunddreißig Jahre. Kaiser Stanley der Sechste sechsunddreißig und nun ich, der schon länger als die beiden regiert, und wahrscheinlich – dank Ihrer Bemühungen – weitere drei Jahre regieren werde, ehe ich mit siebzig zugunsten von Edna abdanke. Und wissen Sie, wieso das alles kommt?«

»Nein – nein, Sir. Ich habe darüber nicht nachgedacht.«

»Es ist das auf einen sehr gewichtigen Umstand zurückzuführen. Sie müssen wissen, daß ich der sicheren Meinung bin, daß nur einer meiner Vorgänger es fertigbrachte, eines natürlichen Todes zu sterben.«

»Ja«, meldete sich Yvette. »Kaiserin Stanley die Dritte.«

Stanley der Zehnte nickte. »Und das nur, weil sie zugunsten ihres Sohnes abdankte. Mein Vater starb bei einem Raumfahrt-Unfall, von dem mir alle Experten versichern, daß es wirklich ein Unfall war. Die anderen sieben wurden getötet – meist von ihren eigenen Kindern oder Geschwistern.«

»Ja, das wissen wir«, sagte Jules.

»Ihr Problem war ein Verwandtschaftsproblem. Was mich betrifft, so hatte ich nur einen Verwandten aus meiner eigenen Generation – meinen Halbbruder Banion, den Sie beide so meisterhaft ausgeschaltet haben. Alle meine Vorgänger litten unter dem Problem, daß sie zu viele Kinder hatten – und vor allem zu früh. Um diesen Fehler zu vermeiden, entschieden ich und Irene uns für ein Einzelkind. Und damit warteten wir, bis ich fünfundvierzig war. Meine Ratgeber waren zwar verzweifelt und behaupteten, ich setze die Thronfolge aufs Spiel. Und wäre ich frühzeitig gestorben, so hätten sie auch recht behalten – aber wie die Dinge jetzt liegen, habe ich die Thronfolge sogar sicherer gemacht. Sobald Edna imstande ist, die Bürde allein zu tragen, werden wir sie ihr auf einem Silbertablett überreichen und machen ihr Platz, damit sie uns nicht umbringen muß.«

»Papa!« rief die Prinzessin. »Du weißt sehr gut, daß ich nie daran gedacht hätte!«

»William!« protestierte auch die Kaiserin. »Sag nicht so garstige Dinge!«

»Sicher hast du nicht daran gedacht«, sagte der Kaiser liebevoll. »Aber nur, weil du nicht mußtest. Ich machte dir von allem Anfang an klar, daß du den Titel bekommst, wenn du dafür bereit bist. Wenn ich mich an meine Stellung klammerte, würdest du vielleicht Machtgelüste entwickeln. Ein Wunsch zieht den anderen nach sich. Du hast es auch nicht mit Intriganten-Geschwistern zu tun gehabt, gegen die du dich zur Wehr setzen mußtest, und hast in aller Ruhe aufwachsen können, und das alles war auch für mich eine große Hilfe.

Und im großen und ganzen, liebe Irene, ist unser Plan doch auch geglückt, meinst du nicht? Alle Anwesenden kennen doch sicher die alte Weisheit, daß Macht korrumpiert. Und absolute Macht absolut korrumpiert.«

Sie nickten zustimmend.

»Meine Theorie aber besagt, daß nur der erste Teil des Sprichwortes zutrifft. Denn kein menschliches Wesen hatte jemals absolute Macht, bis König Stanley der Sechste sich zum Kaiser krönte und die Macht übernahm. Er regierte die gesamte Galaxis. Jeder andere Despot vor ihm im Laufe der Geschichte *strebte* nur nach absoluter Macht, so daß das alte Sprichwort in seiner ganzen Aussage nicht unter wirklichen Bedingungen erprobt werden konnte.

Und vieles in der Geschichte vor Errichtung des Imperiums spricht auch gegen seine Richtigkeit. Die ärgsten Verbrecher und gierigsten Kapitalisten der Erde wurden im Alter, wenn sie genug Reichtum und Macht hatten, meist sehr menschenfreundlich und entsagten der Habgier und den Ausbeutungsgelüsten. Und die gesamte Geschichte des Hauses Stanley zeigt dies auch.«

Nun trat Stille ein. Dann sagte die Kaiserin nachdenklich: »Ja, das klingt ganz vernünftig. Aber was hat das alles mit diesem Fall zu tun?«

»Eine ganze Menge«, sagte Stanley der Zehnte todernst. »Wir ersehen daraus, warum im besonderen diese zwei d'Alemberts – perfekt ausgebildet, talentiert und dem Imperium treu ergeben – für das Reich viel wichtiger sind als ich. Zwar sind sie nicht unersetzlich – das ist niemand. Aber sie sind im Moment nicht zu ersetzen, aber ich bin es. Jeder Stanley, der genügend lange lebt, wird schon allein durch diesen Umstand zu einem ›Großen Stanley‹ – und Edna wird es vom Tage der Krönung an sein.«

Der Kaiser sah Jules und Yvette an. »Meine jungen Freunde, trotz alldem ist mein Leben für mich sehr wichtig. Wichtig auch für Irene und Edna. Wir drei sind wieder für ein paar gute Freunde wichtig – wie für Zander oder Ihren Vater. Und Sie werden sich wundern und werden enttäuscht sein, daß Freunde eigentlich sehr rar sind. Das Leben eines Herrscherindividuums ist für das Imperium selbst von geringer Bedeutung, da die Herrscher nur ein Symbol darstellen. Es gehört zu den komischsten Paradoxon der Macht, daß man – je mehr man davon hat – desto weniger davon Gebrauch machen kann. In nachdenklichen Augenblicken glaube ich manchmal, daß das Imperium auch ohne Herrscher ganz gut funktionieren könnte. Aber dann schaltet sich meine Eitelkeit ein und sagt mir, daß ich unentbehrlich bin.

Ich weiß jedoch, daß der Fortbestand des Imperiums nur gesichert ist, wenn Menschen wie Sie ihm treu dienen. Ohne diese Treue ist das Imperium nur ein abstraktes Konzept, das augenblicklich zerfallen würde. An Stelle von Wohlstand und Frieden träten ausgedehnte und schreckliche Vernichtungskriege zwischen den Planeten. Und ohne ein starkes Symbol der Einheit würde unsere gegenwärtige Zivilisation in Barbarei und Primitivität umschlagen.

Wie Edna schon sagte, ist es eine Schande, daß wir drei uns nur bedanken können. Es handelt sich dabei aber nicht nur um den Dank dreier Menschen, sondern auch um den Dank des gesamten Imperiums.« Er nahm die Rechte der d'Alemberts, jede in eine Hand, und schüttelte sie herzlich. Jules und Yvette ließen es sprachlos und mit feuchten Augen geschehen.

»Ich möchte auf das Wohl der zwei Besten in diesem Raum trinken«, schloß der Herrscher. Er hob das Glas auf die zwei Meisteragenten.

»Auf ein Morgen, Kameraden und Freunde! Auf daß wir alle es erleben!«

ENDE DES ERSTEN BUCHES

Der Killer-Mond

1. KAPITEL
Räuber und Beute

Das Golden Crater Casino gehörte ohne Zweifel zu den größten und schicksten Spielhöllen der Galaxis. Schon nach einem kurzen Rundgang durch die bevölkerten Wandelgänge und die noch dichter bevölkerten Spielsäle konnte man feststellen, daß es seinem Ruf als exotisches, Nervenkitzel bietendes Etablissement voll gerecht wurde. Die Menschen drängten sich hautnah um die Spieleinrichtungen, in dem fanatischen Eifer, unbedingt ihr Geld an das Unternehmen zu verlieren. Weibliche Wesen in knappster Kostümierung flanierten durch die Räume, nach außenhin als Fotografinnen, Bedienungspersonal und dergleichen tätig – obwohl es allgemein bekannt war, daß man sie mit einer Fünfzig-Credit-Note zu ganz anderen Dienstleistungen bewegen konnte.

Die Großen und Beinahe-Großen vermengten sich an den Tischen und gingen in den Scharen jener auf, die nur reich waren, sich aber noch den Hoffnungen auf Größe hingaben. Hier streifte ein Star der Showwelt eine Gräfin, dort stieß der Präsident einer Mammutfirma mit einem bekannten Nachrichtenkommentator zusammen.

Gesellschaftlicher Rang und Ansehen spielten hier im Kasino keine große Rolle. Die einzig interessante Frage lautete: Ist das ein geschickter Spieler, hatte er heute das Glück auf seiner Seite gehabt?

Doch so gutbesucht und elegant das Golden Crater auch war, es stellte im Vergleich mit anderen ›Etablissements‹ nur Durchschnitt dar, denn der Mond Vesa, auf dem sich das Kasino befand, hatte sich die Bezeichnung ›Spielplatz der Galaxis‹ zugelegt – und Zyniker hatten dafür noch eine Vielzahl anderer Bezeichnungen zur Hand.

Nils Bjenden, ein Bankier vom Planeten Lindstrom, stand seitlich von einem Eingang und blickte angewidert in den überfüllten Raum. Hier war es so voll, daß er kaum die andere Seite sehen konnte. Die Decke wölbte sich hoch über ihm, angestrahlt von einer darauf projizierten, kaleidoskopartigen Licht-Show, die im Zusammenspiel mit dem jeweils sich verändernden Lärmpegel im Raum ständig die Farbe wechselte. Aber er war schließlich nicht gekommen, um die Decke anzustarren, er wollte spielen, doch die Menschen drängten sich hier so dicht, daß er keinen einzigen Spieltisch sehen konnte.

»Ich sagte ja, wir hätten viel früher hier sein müssen«, sagte er zu seiner Frau Karen, die neben ihm stand und sich so verwirrt umschaute, wie er sich fühlte. Nils mußte schreien, um sich mit seiner Frau verständigen zu können, obwohl sie dicht neben ihm stand. »Aber du wolltest ja unbedingt zuerst essen geben. Wir hätten früher aufbrechen müssen.«

»Ich wußte doch nicht, daß es hier so voll sein würde«, sagte sie beschwichtigend.

Ein Fremder, der hinter ihnen stand, kam der Frau zu Hilfe. »Ihre Frau trifft keine Schuld, Gospodin. Das Golden Crater ist rund um die Uhr gesteckt voll. Sie kennen ja den Slogan: ›Vesa ist der Mond, der nie zur Ruhe geht.‹ Die Kasinos sind der beste Beweis dafür.«

Nils brummte etwas vor sich hin und wollte weggehen, doch Karen stürzte sich in ein Gespräch mit dem Mann, der sie vor einem Ehekrach bewahrt hatte. »Sie scheinen sich hier auszukennen? Leben Sie auf Vesa?«

Der Fremde lachte. Er war groß und dünn, sein Blick war nachdenklich, die Haut dunkel. Gekleidet war er fast so konservativ wie Nils: leichte braune Jacke, weite Hosen, steifer weißer Kragen und um die Hüften eine goldene Schärpe.

»Nein, Gospoza, darauf lege ich keinen Wert. Mir ist es hier viel zu hektisch und betriebsam. Nach vierzehn Tagen würde ich glatt überschnappen. Ich bin viel unterwegs und komme ziemlich oft hierher, mindestens alle zwei Monate.«

»Wir sind zum ersten Mal da«, schwärmte Karen. »Ich hatte es mir seit Jahren schon gewünscht – nicht, daß wir es uns nicht leisten könnten. Aber Nils, mein Mann, ist Bankier und steckt bis oben in Geschäften. Man möchte meinen, der ganze Planet würde in Stücke fallen, wenn er nicht auf dem Posten ist. Schließlich mußte ich ihm ordentlich zusetzen. Ich sagte ihm, entweder wir fahren zur Vesa oder du wirst mich kennenlernen!«

»Hm, ja«, brummte ihr Gatte, während er sich den Hals verrenkte, um die Schar der Spieler zu überblicken. »Einen komischen Urlaub nenne ich das. Seit wir da sind, keinen Augenblick Ruhe. Immer nur Menschen, Menschen und wieder Menschen. Wie war doch gleich Ihr Name?«

»Lessin«, gab der Fremde zurück. »Aber wenn Sie das hier schon als übervölkert ansehen, dann müßten Sie erst mal sehen, wie es auf Chandakha zugeht.«

Karen brauchte einen Augenblick, bis sie begriff, was er meinte.

Der Mond Vesa war so berühmt, daß man meist den Planeten vergaß, den er umkreiste. »Ach ja, ich erinnere mich. Auf der Fahrt hierher las ich darüber. Die haben dort Probleme mit dem Bevölkerungszuwachs.«

»Milde ausgedrückt.« Lessin schloß die Augen und imitierte ein Schaudern, als hätte ihn ganz persönlich ein Alptraum überfallen. »Dort steht es so schlecht, daß die Menschen beinahe wie Tiere leben.«

Der Ton seiner Stimme hatte zur Folge, daß auch Karen ein Schaudern überfiel. »Nun, da bin ich aber froh, daß ich hier bin, inmitten zivilisierter Menschen.«

»Ich nicht«, brummte Nils. »Ich hätte nicht von Lindstrom weggehen sollen, noch dazu, da wir kurz vor einem großen Geschäft stehen. Mir gefällt es gar nicht, daß ich mich durch all die Menschen durcharbeiten muß, nur um an einen Tisch ranzukommen und ein Spielchen zu machen.«

»Da gebe ich Ihnen recht«, sagte Lessin liebenswürdig. »Ich selbst ziehe die Privatklubs vor. Wenn ich hier nicht eine Verabredung mit einem Bekannten hätte, wäre ich jetzt anderswo, glauben Sie mir.«

»Ich wußte gar nicht, daß es hier private Klubs gibt«, sagte Karen.

»Nun ja, sie machen nicht viel Aufhebens von sich. Auf diese Weise gelingt es ihnen, privat zu bleiben. Solche Menschenansammlungen wie hier wollen sie tunlichst vermeiden.«

»Und wie sehen diese Privatklubs aus?« wollte Nils wissen.

»Viel kleiner und intimer. Ein paar Dutzend Menschen, nicht mehr. Die Atmosphäre ist natürlich viel entspannter. Die Einsätze sind verschieden hoch – es hängt natürlich davon ab, wohin man geht.«

»Glauben Sie, daß wir eine Chance hätten, in einen Privatklub hineinzukommen?« fragte Nils. »Hier kommen wir mit Sicherheit nicht zum Zug.«

Der Fremde zögerte. »Wissen Sie, eigentlich sind diese Klubs nur für Mitglieder zugänglich ...«

»Sie sind doch sicher irgendwo Mitglied, oder?«

»Nils! Du kannst dem Herrn doch nicht zumuten ...«, mahnte Karen.

»Ach, keine Spur. Ich wollte eben sagen, daß die Klubs für Mitglieder und deren Gäste zugänglich sind. Ich wollte ohnehin meinen Bekannten dorthin mitnehmen, aber«, er warf einen Blick auf seine Ring-Uhr, »er hat sich bereits um eine halbe Stunde verspätet. Wie ich ihn kenne, hat er sich eines der Tanzmädchen aufgegabelt und mich völlig vergessen. Und ich gehe so ungern allein aus. Ehrlich gesagt, wollte ich Sie beide eben einladen, mit mir zu kommen.«

»Ja, das ist schon mehr nach meinem Sinn«, sagte Nils und rieb sich freudig erregt die Hände. Es war nicht zu übersehen, daß er einen ruhigen, gediegenen Abend mit einem gepflegten Spielchen der zügellosen Atmosphäre im Golden Crater vorzog.

»Klingt ja wundervoll«, beeilte sich Karen hinzuzufügen.

»Na fein, dann wäre ja alles geregelt. Ich hole rasch meinen Umhang und dann geht's los.« Lessin lächelte ihnen zu und durchquerte den Raum.

»Ein Glück, daß wir ihn kennengelernt haben«, flüsterte Karen ihrem Mann zu. Er konnte sie kaum hören, so laut ging es wieder zu. »Er scheint sich hier auszukennen.«

»Netter Kerl«, meinte Nils darauf.

Nach drei Minuten war ihr neuer Bekannter wieder zur Stelle. Das bodenlange Cape trug er elegant über seine große, schöne Gestalt drapiert. »Gehen wir?« fragte er.

Als sie hinaustraten und die Tür sich hinter ihnen schloß, bedeutete das plötzliche Absinken des Lärmpegels eine immense Erleichterung. Sie standen jetzt an einer der breiten Verkehrsadern, auf denen sich das öffentliche Verkehrsgeschehen von Vesa abspielte. Da es sich bei Vesa um einen Satelliten ohne Atmosphäre handelte, spielte sich das gesamte Leben auf Vesa unterirdisch, in den riesigen, ausgehöhlten Kammern und Tunnels ab, die den Mond durchzogen. Dieser Tunnel hier gehörte zu den ›Hauptarterien‹, und mit jeder Minute sausten Dutzende von Elektrofahrzeugen an ihnen vorbei.

»Gott sei Dank«, sagte Karen, als sie in dem verhältnismäßig ruhigen Tunnel standen. »Ich dachte schon, mir platzt das Trommelfell.«

»Die Fahrt zum Klub dauert nicht lange«, sagte Lessin. »Ich sehe mal, ob ich einen Jit kriegen kann.« Er stellte sich an den Rand des Gehsteiges und winkte einem der Fahrzeuge zu.

Endlich kam eines auf sie zugeholpert. Es war ein Bus oder ›Jit‹ – auf Vesa das beliebteste Fortbewegungsmittel. ›Jits‹ waren Privatfahrzeuge, die eine Kombination von Taxi und Bus darstellten. Jits konnten Fahrgäste nach Belieben aufnehmen und überall auf Vesa absetzen, ohne Rücksicht auf Fahrpläne. Kleine eingebaute Computer berechneten das Fahrgeld von der Abfahrtstelle bis zum Ziel.

Dieser Jit vor ihnen war offenbar ein altes Exemplar, denn die Farbe blätterte überall an seinen sechs Metern Länge ab. Das Glas der vier Fensterscheiben wies lange Sprünge auf. Als das Fahrzeug vor ihnen schließlich anhielt, sah die kleine Gruppe am Gehsteig die Insassen – ein halbes Dutzend schäbiger Typen in schmutzigen Lumpen. Die meisten unrasiert. Sie grinsten das gutgekleidete Trio schadenfroh an.

Lessin winkte dem Jit ab. »Da Sie das erste Mal hier sind, ist es besser, man schenkt Ihnen reinen Wein über das Problem ein«, erklärte er. »Privatautos sind hier sehr rar. Fast alle benutzen die Jits, weil man dadurch flexibler ist. Aber gewisse kriminelle Elemente machen sich dies zunutze und haben es besonders auf Neuankömmlinge wie Sie abgesehen. Jemanden niederzuschlagen und auszurauben, ist für sie eine Kleinigkeit. Kaum eine Woche vergeht, ohne daß man in den Nachrichtenrollen liest, wie Touristen in einem Privat-Jit ausgeraubt wurden.«

»Ach du liebe Güte«, meinte Karen. »Davon habe ich gehört«, sagte Nils gedehnt. »Aus diesem Grund habe ich immer einen kleinen Stunner in der Tasche.«

»Eine weise Vorsichtsmaßnahme«, meinte Lessin mit einem Nicken. »Trotzdem muß man bei der Wahl eines Verkehrsmittels ein wenig Vorsicht walten lassen, dann erübrigt sich das Tragen einer Waffe. Ach, da kommt etwas Besseres, das sieht schon passabler aus.« Er winkte einem Jit, der eben die Straße entlangkam.

Ja, dieser war akzeptabel. Er war nicht nur neu und sauber, die sechs Insassen waren auch anständig aussehende Menschen, die den neu hinzukommenden Fahrgästen keinerlei Beachtung schenkten. Lessin bestand darauf, für alle drei den Fahrpreis zu bezahlen, als er dem Fahrer die Adresse angab. »Es dauert nur wenige Minuten«, sagte er zu den Bjendens. »Sie können sich ein wenig ausruhen.«

Das Paar von Lindstrom folgte seinem Rat. In diesen Tunnels gab es wenig zu sehen, aber das Fahrzeug selbst war für sie interessant. Da es sich nicht schneller als mit dreißig Stundenkilometern fortbewegte, und da die klimatischen Verhältnisse in diesen Korridoren perfekt gelöst waren, war der Jit ein offenes Fahrzeug ohne Dach. Der leichte Fahrtwind machte sich angenehm erfrischend bemerkbar.

Nach zwei Minuten fuhr der Jit in einen Seitentunnel ein, ein wenig dunkler als in den Hauptverkehrsadern. Lessin warf einen Blick nach oben, und ein Ausdruck des Entsetzens huschte über sein Gesicht. »Nein!« rief er aus.

»Was ist denn?« fragte Nils.

»Die Decke stürzt ein! Da oben ist ein Riß. Sehen Sie?« Nils und Karen verrenkten sich den Hals, um zu sehen, was der Fremde ihnen zeigte.

Genau in diesem Augenblick erwachten die anderen sechs im Jit blitzartig und wurden aktiv. Zwei packten die Füße der Bjendens und hielten sie fest, so daß sie nicht davonlaufen konnten. Zwei andere packten die Arme, so daß sie sich nicht wehren konnten. Die restlichen zwei zogen sich ihre gelben Halstücher in einer einzigen, blitzartigen Bewegung vom Hals und schlangen sie dem Ehepaar um die Kehle. Die nach oben gereckten Hälse boten sich ihnen ideal dar – ein leicht zu erreichendes Ziel.

Die zwei Touristen waren so überrascht, daß sie gar keinen Befreiungsversuch unternommen hätten, auch wenn ihnen die Männer, die sie festhielten, dazu Gelegenheit geboten hätten. Als die Halstücher immer würgender wurden, quollen ihnen die Augen aus dem Kopf, die Kehlen wurden zugedrückt, die Luftzufuhr abgeschnitten. Ein leises Gurgeln war das einzige Geräusch, als Nils und Karen um Atem rangen.

Als letzten Anblick sahen sie Lessins ungerührtes Gesicht, das sie mitleidlos und ohne Bedauern anstarrte.

Als beide endlich tot waren, war es an Lessin, dem Anführer der Würger, die Leichen zu durchsuchen. Das erledigte er gründlich und hatte nach einer Minute beide Tote um alles Wertvolle erleichtert – Brieftaschen, Schmuck und Hotelschlüssel, die Zutritt zu weiteren Wertsachen ermöglichten.

Der Zeitplan des Fahrers war perfekt – kaum war der Anführer mit der Durchsuchung zu Ende, fuhr der Jit vor einem großen weißen Gebäude vor. Während er in eine private Zufahrt einbog, ließ der Fahrer zweimal scharf die Hupe ertönen, und eine weiße Seitentür glitt auf. Vier Männer in weißen Coveralls kamen aus dem Haus und stiegen zu. Sie sahen die zwei Toten, hoben sie kommentarlos auf und trugen sie hinaus. Lessin bedachte sie mit einem kurzen Nicken, als sie mit der Last im Haus verschwanden. Die Tür glitt wieder zu.

Der Jit reihte sich wieder in den Hauptverkehrsstrom ein, und der Anführer der Würgerbande setzte sich in einen Sitz hinter dem Fahrer. Lässig ließ er die Schlüssel der Bjendens in seiner Hand klimpern. Nach einer gründlichen Durchsuchung ihrer Zimmer würde man die Bjendens im Hotel ›abmelden‹, und sie würden vom Angesicht des Universums verschwinden, wie viele Tausende vor ihnen. Höchst einfach und routinemäßig.

Lessin konnte ein Gähnen nicht unterdrücken. Der Bankier und dessen Frau hatten sein Tagespensum auf sechs erhöht. Er entschloß sich, einen Versuch zu wagen und die Zahl auf acht zu steigern. Dann wollte er für heute Schluß machen. Er unterdrückte ein weiteres Gähnen und wies den Fahrer an, wieder das Golden Crater anzusteuern. Dort boten sich heute besonders gute Möglichkeiten.

Der als Garst bekannte Mann schäumte insgeheim, während er den Marmorboden der Eingangshalle überquerte. Er machte keinen Versuch, das laute Klicken seiner Stiefel, welches jeden seiner ungeduldigen Schritte begleitete, zu dämpfen. Er war wütend und wollte, daß man ihm die Wut anmerkte.

Ihre Zeiteinteilung ist richtig lausig, wütete er insgeheim. Gerade jetzt, fluchte er, als sich mir endlich die Chance bot, mit dem Abgesandten der Gräfin von Sternberg ins Gespräch zu kommen! Das wäre eine Gelegenheit gewesen, aus der Abhängigkeit von diesem kleinen Mond auszubrechen – eine Chance, endlich nach Höherem streben zu können!

Aber vielleicht war gerade das der Grund, warum sie ihn hatte rufen lassen. Vielleicht wollte sie verhindern, daß er sich ihrem Zugriff entzog. Denn diese Markgräfin Gindri war eine überaus besitzergreifende Person. Und der Gedanke, daß ihr Leiblakai nach etwas Höherem als nach ihrer Person streben könnte, würde ihr unerträglich sein. Und dabei habe ich, dachte er bei sich, alles darangesetzt, diese Zusammenkunft geheimzuhalten!

Er hielt vor der Riesentür an, die den Eingang zu ihrem Boudoir bildete. Die Türflügel waren an die drei Meter hoch, kunstvoll aus schwerem, hellem Holz geschnitzt und mit Zierat reich geschmückt. Die Türknäufe aus massivem Gold hatten die Form von Miniaturvögeln, die mit ausgebreiteten Schwingen flogen. Die Tür sollte Besucher gebührend beeindrucken, aber Garst war schon zu oft hier gewesen und so erschien sie ihm als nichts anderes als eine gewöhnliche Tür.

Er hielt kurz an, um Atem zu holen und sein Temperament zu zügeln. Vielleicht war es nur ein Zufall gewesen, daß sie ihn hatte rufen lassen. Schon oft hatte sie ihn zu den unmöglichsten Zeiten herbeizitiert, und vielleicht war es heute nur Zufall.

Schließlich war sie nicht übermäßig mit Klugheit gesegnet, und er würde nur gut daran tun, seinem schlechten Gewissen – oder was immer er anstelle eines Gewissens besaß – nicht zu gestatten, ihr einen Verstand zuzuschreiben, den sie gar nicht besaß. Wahrscheinlich litt das Weibsstück bloß an ihrem üblichen Einsamkeitskoller und bedurfte dringend seiner Dienste.

Garst überlief ein Schaudern. Das war vermutlich der widerwärtigste Aspekt der Aktion – daß er mit diesem fetten, verfressenen Fleischberg der Liebe frönen mußte. Er litt unter der Angst, daß seine Empfindlichkeit einmal über den logischen Verstand den Sieg davontragen und ihn zu einem Liebesakt unfähig machen könnte.

Er seufzte. Die Wahrheit war doch, daß er sie brauchte, um die Würgeaktionen durchführen zu können. Die Markgräfin hatte den gesamten Mond, wenigstens nominell, unter Kontrolle. Sie erteilte der Polizei Befehle, den Hotelbesitzern, Angestellten und den Kasinos. Sicher, er war derjenige, der ihr sagte, was sie zu befehlen habe – aber ohne ihre Autorität und ihren Titel als Hintergrund wäre er verloren.

Wieder ging ihm der herrliche Gedanke durch den Kopf, er könne sie ermorden. So oft schon hatte er sich ausgemalt, wie er die Hände ausstreckte, sie um den dicken Hals mit dem Vielfachkinn legte und ihr die Seele aus dem Leibe drückte. Aber trotz der enormen persönlichen Befriedigung, die ihm diese Tat verschaffen würde, wären die Folgen katastrophal. Gindri hatte keine direkten Titelerben. Nach ihrem Tod würde Vesa wieder dem Thron anheimfallen, und der Kaiser konnte jeden Beliebigen zum Markgrafen machen. Und da er Stanley den Zehnten als Unbestechlichen kannte, würde der Erwählte mit Sicherheit jemand sein, den Garst nie in seine Gewalt bekäme.

Wieder stieß er einen Seufzer aus. Sein Erfolg war darin begründet, daß er Gindri am Leben ließ und sie hin und wieder beglückte, so daß sie sich nicht in das profitbringende Geschäft mischte, das er aufgebaut hatte. Garst war, wenn schon sonst nichts, ein Realist.

Garst hatte sich gefaßt und öffnete die große Doppeltür. Im Nu überflutete der betäubende Duft des Parfüms der Markgräfin seine Geruchsnerven, und er mußte gegen Übelkeit ankämpfen ... Dessenungeachtet betrat er mit seinem liebenswürdigsten Lächeln den Raum und eilte geschmeidigen Schrittes an ihr Lager.

Markgräfin Gindri Lohlatt von Vesa sah aus wie ein gestrandeter Wal in einem weißen Satinnachthemd. Sie brachte mit Leichtigkeit 150 Kilo auf die Waage. Wieviel sie eigentlich wog, hatte Garst nie gefragt, mehr aus Angst vor daraus resultierender Abscheu als aus Höflichkeit. Ihr fettes Gesicht war ständig gerötet und schwammig. Das vielfach gegliederte Kinn lappte mit seinen Speckfalten über den Hals und machte ihn praktisch unsichtbar. Ihr Leib war weich und blaß wie der einer Schnecke. In einer Welt mit normaler Schwerkraft hätte sie sich gar nicht fortbewegen können, dachte Garst bei sich. Nur die Tatsache, daß die Gravitation auf Vesa nur ein Viertel des Erdstandards betrug, gestattete ihr ein Leben ohne Herzattacken.

»Exzellenz haben mich rufen lassen?« fragte er so zuvorkommend wie möglich.

»Ja«, sagte sie. Ihre Stimme war ein Krächzen, das aus den Tiefen ihrer Kehle drang. Sie streckte ihm einen gewichtigen Arm mit einer ballonrunden Hand entgegen. Garst führte die Hand an seine Lippen und drückte einen Kuß darauf.

Er wollte ihre Hand loslassen, doch die Markgräfin ließ nicht locker und zog ihn dichter an sich heran. Mit jedem Zentimeter, den er näherkam, verzehnfachte sich die Stärke ihres Parfüms.

Es herrschte längeres Schweigen, bis Garst endlich seiner Ungeduld Luft machte. »Darf ich fragen, Exzellenz, warum Ihr um diese ungewöhnliche Stunde nach mir geschickt habt? Obgleich natürlich die Dringlichkeit von Staatsgeschäften neben meinem Verlangen, Euch zu erfreuen, verblaßt, so gibt es doch einige wichtige Angelegenheiten, die zu bestimmten Zeiten erledigt werden müssen.«

Markgräfin Gindri sah mit großen Triefaugen zu ihm auf. »Du hast mich seit drei Tagen nicht mehr besucht.« Das brachte sie mit zitternder Stimme vor, als stünde sie knapp vor einem Tränenausbruch. »Ich muß wissen, ob du mich noch liebst.«

Obwohl ihm äußerlich nichts anzumerken war, fing Garst wieder innerlich zu schäumen an, jetzt bereits hochgradig erbost. Deswegen also, schimpfte er innerlich, hat mich diese dumme Kuh den ganzen Weg machen lassen? Ach, es wird eine Wohltat sein, wenn ich diesem Mond den Rücken kehre und endlich mein eigenes Geschäft aufziehe.

»Natürlich liebe ich dich«, sagte er und ließ sich auf dem spärlichen Platz nieder, den der massige Leib der Frau freiließ. »Was gäbe es an dir, das ich nicht lieben könnte? Du bist schön, intelligent, eine Persönlichkeit, reich und mächtig – Eigenschaften, die ich an einer Frau am meisten bewundere.« Und ergänzte innerlich: Wenn du das glaubst, gebührt mir der Galaxispreis für Schauspielkunst.

Aber die Markgräfin sah in seinen Worten und Blicken keine Lüge und ließ sich von reinen fortgesetzten Zuneigungsbeteuerungen täuschen.

Sie breitete die Arme aus, um ihn an ihren Busen zu drücken. »Komm zu mir, mein Lämmchen, und beweise deine große Liebe.«

Mit Gedanken, die schwärzer waren als die Schwärze des

Weltalls, kroch Garst in ihre Arme. Nun, tröstete er sich innerlich, ewig werde ich nicht an diesem weinerlichen Fleischberg kleben müssen – und wenn der Tag gekommen ist, sorge ich dafür, daß du kriegst, was dir gebührt. Nur abwarten!

2. KAPITEL
Das große Problem auf Vesa

Während die ›La Comète Cuivré‹ zielbewußt durch die Leere des interplanetarischen Raumes auf den Treffpunkt zusteuerte, waren die zwei Insassen aufs äußerste gespannt vor Ungeduld und Aufregung. Yvette und Jules d'Alembert waren drei Monate lang ›beurlaubt‹ gewesen – viel länger, als ihnen lieb war –, und sie lechzten geradezu nach Aktivität.

»Möchte wissen, was uns diesmal bevorsteht«, dachte Yvette laut. »Ob es noch weitere Großherzöge gibt, die Komplotte gegen den Thron schmieden?«

»Wahrscheinlich nichts so Dramatisches«, sagte ihr Bruder lächelnd. Er benutzte dabei ihre Muttersprache, ein englisch-französisches Patois. »Schließlich bedarf es keiner direkten Bedrohung des Kaisers, damit der Friede bedroht wird. Der Kampf gegen den Unfrieden auf der Welt ist ein immerwährender, allgegenwärtiger.«

Sie verstummten, als ihr Radarskop anzeigte, daß sie sich dem Ziel näherten. Jules berechnete hastig die Annäherungsdaten und gab sie dem Schiffscomputer ein. Augenblicke später erfolgte ein Aufblitzen am Kontrollpaneel vor ihnen und fünf Sekunden darauf ein kurzer Schub der Retroraketen. Die Comète würde nach den auf Jules' Sichtschirm aufblitzenden Zahlen zu schließen in vier Minuten, siebenunddreißig Sekunden das Andockmanöver mit dem anderen Schiff beginnen.

»Sehen wir mal, wie das Ding aussieht«, sagte Yvette und griff nach einem anderen Schalter. Beide wandten die Köpfe zu einem rechts von ihnen befindlichen Paneel hin, wo ein Sichtschirm, der bis jetzt dunkel war, zum Leben erwachte. Obwohl sie verstandesmäßig wußten, was sie zu erwarten hatten, konnten sie doch Ausrufe des Staunens nicht unterdrücken, als sie das Schiff erblickten, dem sie sich näherten.

Die ›Anna Liebling‹ war sicher das größte private Raumschiff, das sie je gesehen hatten. Die d'Alemberts waren inmitten von Zirkusschiffen aufgewachsen, die das gesamte Personal und die Ausrüstung der größten Galaxis-Show zu befördern hatten, monströse dickleibige Frachter, die bis zu hundert Metern maßen. Das wurde als Maximalgröße für jedes Schiff angesehen, das sich durch eine Atmosphäre manövrieren und auf der Oberfläche eines Planeten landen mußte, und sie hätten nie gedacht, jemals etwas Größeres zu sehen zu bekommen, Schlachtschiffe inklusive. Aber jetzt war es soweit.

Das Schiff vor ihnen sah aus wie eine riesige rechteckige Box, 125 m lang und etwa 50 m breit und hoch. Die Außenhülle war unansehnlich und von ungezählten Milliarden Begegnungen mit Mikrometeoriten durchlöchert. Es war ein Schiff, das man nur im Raum selbst bauen konnte und das nicht imstande war, zu landen. Die wie ein pfeilförmiger Splitter wirkende zehn Meter lange Comète nahm sich neben dem Raumungeheuer winzig und unbedeutend aus.

»Wumm«, flüsterte Yvette. »Hoher Rang bringt eben seine Privilegien mit sich.«

Während sie sich dem enormen Schiff immer mehr näherten, glitt ein Teil des Rumpfes auf, und wie zwei moderne Nachfahren des biblischen Jonas wurden die zwei d'Alemberts samt ihrem Schiff von dem Raum-Wal gänzlich verschluckt.

Hinter ihnen schloß sich der Rumpf, und ihr Schiff befand sich nun im Inneren eines Riesenhangars neben anderen kleineren Fähren, welche die Passagiere der ›Anna Liebling‹ zum Schiff oder fortbrachten. Von einer Hangarwand schlängelte sich eine lange Metallröhre von drei Metern Durchmesser auf das Schiff der d'Alemberts zu und machte an der Luftschleusenluke fest. Der Hangar selbst war nämlich zu groß, um als Luftschleuse benutzt zu werden. Zeit- und Energievergeudung wären zu groß gewesen, wenn man jedesmal Luft hinein- und wieder herausgepumpt hätte. Daher blieb der Hangar luftleer, und diese Transitröhren erlaubten den Passagieren, die kleinen Fähren zu verlassen, ohne daß sie Raumanzüge anziehen mußten.

»Na gut«, sagte Jules, als die Röhre sich mit einem Zischen luftdicht an ihre Schleuse ansaugte. »Hören wir uns mal an, was der Chef für uns auf Lager hat.«

In ihren grauen Coveralls, der üblichen Raumfahrerkluft, die ihnen lose am Leib hing, sahen weder Jules noch Yvette d'Alembert aus wie die zwei fähigsten, am besten ausgebildeten Geheimagenten der Galaxis – und doch waren sie es. Beide waren eine Spur zu klein geraten, wenn man irdische Durchschnittsmaßstäbe anlegte – Jules maß hundertdreiundsiebzig Zentimeter, während seine Schwester zehn Zentimeter kleiner war –, doch dies rührte daher, daß sie nicht von der Erde stammten. Beide waren Eingeborene des Planeten DesPlaines, jener harten Bergbauwelt, deren Oberflächenschwerkraft das Dreifache der irdischen betrug. Im Verlauf der vierzehn Generationen, die ihre Familie auf diesem Planeten verlebt hatten, hatten sie sich dem Leben unter extremen Bedingungen gut angepaßt.

Unter den losen Anzügen waren ihre Körper mit massiver Muskulatur bepackt, die der starken, kraftverzehrenden Zugkraft der Gravitation ihrer Welt Widerstand zu leisten hatten.

Ihre Reflexe waren blitzschnell, nicht von ungefähr, denn auf einem Planeten, auf dem Gegenstände mit gesteigerter Geschwindigkeit hinunterfielen, konnte schon ein leichtes Stolpern verhängnisvoll sein. Die Knochen der d'Alemberts waren schwerer und härter als die eines Erdenbewohners, ihre Sehnen widerstandsfähiger, die Muskeln stärker.

Aber ihr Erbe beinhaltete mehr als bloß leistungsfähige Körper: Die Familie d'Alembert leitete seit zweihundert Jahren den Zirkus der Galaxis und trat darin selbst auf. Dieser Zirkus stellte die größte Attraktion in dem von Menschen bewohnten Raum dar. Jules und Yvette waren über zwölf Jahre lang die Top-Akrobaten des Zirkus gewesen, und dabei waren ihre bereits vollkommenen Körper durch intensives Training und die unglaublichen Anforderungen ihrer Kunst zu klinischer Präzision gestählt worden.

Vor einigen Monaten hatten Jules und Yvette jedoch dem Zirkus den Rücken gekehrt. Nach außen hin war ihr Ausscheiden nicht zu bemerken, denn ihre jüngeren Vettern waren für sie eingesprungen und traten jetzt als ›Jules und Yvette‹ auf, während ihre Vorgänger – dem Beispiel ihrer eigenen Vorgänger folgend – sich ihrem wahren Beruf widmeten. Sie wurden zu Geheimagenten des ›Service of the Empire‹, kurz ›SOTE‹ genannt.

Von Anbeginn an hatte der Zirkus die SOTE mit Spitzenkräften versorgt. Die besondere Geschicklichkeit der Artisten stellte für die Erfordernisse des Service den Idealfall dar. Dazu kam die Tatsache, daß die Familie d'Alembert, die unter der Führung Herzog Etiennes d'Alembert stand, immer außergewöhnlich intelligent und dem Thron zweifelsfrei ergeben war. Überdies konnte der Zirkus die ganze Galaxis befahren, ohne Verdacht zu erregen. Der Zirkus stellte die Geheimwaffe der SOTE im Kampf mit allen gegen die Ordnung gerichteten Kräfte dar, mit Betonung auf dem Wort geheim. Nur eine Handvoll Menschen wußte Bescheid – und da diese Handvoll nur die kaiserliche Familie, ferner das Haupt des Service und seine Erste Assistentin umfaßte, war das Geheimnis in der Tat ein gut gehütetes.

Als Jules und Yvette der Transit-Röhre entstiegen, wurden sie bereits von der Ersten Assistentin erwartet. Herzogin Helena von Wilmenhorst war unübersehbar irdischer Herkunft – groß, schlank und schön. Das lange schwarze Haar hatte sie in Flechten hinten zusammengesteckt, so daß es ihr auf dem Schiff nicht im Weg war. Offenbar standen nicht alle Teile der ›Anna Liebling‹ unter Ultragravitation wie dieser besondere Teil.

Helena kam eilig auf sie zu. Jules bemerkte mit einem Lächeln, daß der braun-gelbe Hosenanzug ihre Figur äußerst vorteilhaft zur Geltung brachte. Sie ging direkt auf ihn zu, legte ihm den schlanken Arm um die Hüften und gab ihm einen herzlichen Begrüßungskuß. »Wie schön, Sie wiederzusehen«, sagte sie in einer Mischung aus Russisch und Englisch, der offiziellen Sprache der Galaxis. »Wie geht es Ihrem Bein?«

Jules faßte nach seiner linken Wade. »So gut wie neu. Die Ärzte verfügen heutzutage über unglaubliche Regenerationsmittel. Angeblich werde ich in ein oder zwei Monaten überhaupt nicht mehr spüren, daß ich je eine Strahlenverbrennung hatte.« Er und seine Schwester sprachen die Sprache des Empire so fließend wie ihre eigene.

»Das freut mich. Sie kämpften viel zu tapfer, als daß Sie ein für dauernd geschädigtes Bein verdient hätten.« Jetzt wandte sich Helena Yvette zu, umarmte sie ebenfalls. »Und wie geht es dir, meine liebe Evie?«

»Körperlich tadellos, aber ich stecke voller Ungeduld. Ferien sind eine Zeitlang ganz schön, doch wenn es zwischendurch keine Arbeit gibt, wird es rasch langweilig. Momentan giere ich nach Aktivität.«

»Die bekommst du«, versprach Helena. »Keiner von uns leidet an Arbeitsmangel. Vater wollte nur sichergehen, daß ihr euch vom letzten Abenteuer gut erholt habt, ehe er euch wieder losschickt. Und jetzt kommt mit – er wartet bereits.«

Helena ging ihnen durch das Labyrinth von Gängen voraus, die das Schiff durchzogen. Jules und Yvette staunten, wie luxuriös ein Raumschiff dieser Größe sein konnte. In kleinen Gangnischen hingen Gemälde der berühmtesten Künstler der Galaxis. Eine lange Wand, die über fünfzehn Meter reichte, zeigte als Wandmalerei eine atemberaubende Darstellung eines Sonnenunterganges über einer Ebene auf einer fremden Welt. Holobiles, dreidimensionale Farb-Laser-Bilder, hingen von der Decke und ließen ihre abstrakten Formen in einem Phantasiewind rotieren. Die Luft duftete nach Jasmin, obgleich die Duftnote eine kleine Abweichung aufwies.

Aber das erstaunlichste war, daß ihnen auf ihrem Weg kein Mensch begegnete. Man hatte den Eindruck, daß die Gänge stark begangen waren, doch nirgends war eine Menschenseele zu sehen. Die Schritte der drei wurden hohl von den Metallwänden der Gänge zurückgeworfen.

Als Jules eine diesbezügliche Bemerkung machte, nickte die Führerin und faßte die Lage in einem einzigen Wort zusammen. »Geheimhaltung. Die ›Anna‹ hat eine Besatzung von über dreihundert Mann, aber wir ließen die Gänge heute eigens absperren. Ihr müßt wissen, ihr seid unsere Geheimwaffen. Obwohl alle an Bord Befindlichen völlig vertrauenswürdig sind, möchten wir nicht, daß man eure Gesichter mit der SOTE in Verbindung bringt, wenn es sich vermeiden läßt. Je weniger von der Verbindung wissen, desto sicherer seid ihr. Da sind wir schon«, fuhr sie fort und führte die d'Alemberts vor eine schlichte Metalltür mit der Aufschrift ›Raum 10‹. »Hier läuft alles zusammen. Vater dachte, hier drin könnten wir uns ganz vertraulich unterhalten.«

Als die Tür beiseite glitt, sahen die Agenten vor sich einen Raum, der sie durch seine Größe und funktionelle Schönheit zutiefst beeindruckte. Zylindrisch geformt, hatte der Raum einen Durchmesser von 15 Metern und war zehn Meter hoch. Eine spiralenförmige Rampe führte vom Boden bis zur Decke. Computerbänke und Sichtschirme verschiedener Art reihten sich auf dieser Rampe aneinander. Türen auf verschiedenen Stufen führten in die anderen Teile dieses gewaltigen Raumschiffes, denn hier befand sich ganz eindeutig die Verknüpfung, der Nexus, sämtlicher Aktivitäten an Bord.

An einem kleinen Pult in der Raummitte, von der leeren Größe dieses Nervenzentrums zu einem Zwerg gemacht, saß Großherzog Zander von Wilmenhorst, das Oberhaupt des *Service of the Empire*. Die konservative marineblaue Tunika ließ ihn in diesem überwältigenden Raum voller aufblitzender Lichter und ungehemmter, nicht zu überbietender Technik noch anachronistischer erscheinen. Die seinem Wesen zugrundeliegende Menschlichkeit war inmitten dieser Maschinerie fehl am Platz.

Seine physische Erscheinung kam über das Mittelmaß nicht hinaus. Er war mittelgroß und von durchschnittlichem Körperbau, sein fast völlig kahler Schädel glänzte unter den hellen Lichtern. Am auffallendsten waren die Augen, denn auch dem oberflächlichsten Beobachter konnte nicht entgehen, welch hohe Intelligenz dieser Schädel beherbergte. Zander von Wilmenhorst war der oberste Taktiker der Galaxis – und aus diesem Grund stand er der erstklassigsten Agentengruppe des Kaisers vor.

Doch in diesem Augenblick war das Oberhaupt weder Großherzog noch Chef. Er begrüßte Jules und Yvette als Neffen und Nichte. »Wie schön, euch wiederzusehen! Gut seht ihr aus«, sagte er, nachdem er Yvette mit einem galanten Handkuß und Jule mit einem festen Händedruck bedacht hatte. »Ich muß mich für die aufwendige Umgebung entschuldigen. Ansonsten arbeite ich ja lieber in meinem Büro, aber dies hier ist der sicherste Ort an Bord des Schiffes, und für euch beide ist das Beste gerade gut genug. Manchmal muß ich eben hier den Admiral mimen.«

Yvette sah sich um und konnte sich sehr gut vorstellen, wie es hier während einer Krisensituation zuging: Hunderte von Männern und Frauen, die an ihre Plätze eilten, hin und her liefen, dazu das leise Summen der interkontinentalen Gespräche, Schrittegeklapper auf dem Metallboden, das leise Chaos eines Nachrichtenzentrums. Und in der Mitte, jedes einzelne Detail überblickend, das Oberhaupt mit blitzenden Augen, eilig Anordnungen treffend.

Sie blinzelte und die Szene verschwand. Nur sie vier waren anwesend – vier Freunde in gemütlichem Gespräch. Der Chef führte sie zu einer Sitzgruppe. Yvette und Jules setzten sich an einen Tisch, Helena zur Linken ihres Vaters.

»Ich glaube, ihr wißt, daß ich euch nicht zu einer Gesellschaftsvisite eingeladen habe«, begann der Chef. »So lieb mir eure Gesellschaft ist, die Galaxis zwingt uns an die Arbeit. Schon was von Vesa gehört?«

»Wer nicht?« erwiderte Jules. »Einer der schicksten Orte der Galaxis, Spielplatz der Superreichen. Wie ich hörte, geht es dort ziemlich wild zu. Offen nach allen Seiten. Dort kann man sich alles erlauben, wenn man genügend Geld oder Einfluß hat.«

»Aber der Zirkus ist dort nie aufgetreten«, meinte Yvette. »Zumindest nicht zu unseren Lebzeiten. Sobald sich Vesa seinen Ruf als Vergnügungszentrum erworben hatte, beschloß man, dort ohne so ›einfache‹ Vergnügungen auszukommen, wie wir sie bieten. Wir sind für die zu simpel, deswegen laden sie uns gar nicht ein.«

Der Chef nickte. »Ja, und das kompliziert die Geschichte ein wenig. Normalerweise würde ich den Zirkus hinschicken, damit eure ganze Familie sich daranmacht herauszufinden, wo das Problem liegt. Aber wie die Dinge liegen, müßt ihr zwei allein es schaffen. Fühlt ihr euch der Aufgabe gewachsen?«

»Muß man Sterne zum Funkeln bringen?« sagte Yvette. »Uns plagt schon seit Wochen die Ungeduld. Ich könnte zehn Banions mit einer Hand erledigen.«

»Das wird hoffentlich nicht nötig sein. Banion der Bastard brauchte Jahre, um das Verschwörernetz aufzubauen, das ihr vernichtet habt.* Und es erstreckte sich über die gesamte Galaxis. Hier aber handelt es sich um ein lokales Problem, und ich möchte verhindern, daß es sich ausweitet und außer Kontrolle gerät.«

Der Chef trommelte mit den Fingern auf den Tisch und überlegte, wie er am besten beginnen sollte. »Wie ihr wißt, ist unser Service kein Polizeiapparat. Unser Hauptanliegen ist die Sicherheit des Imperiums und des Kaisers, nicht das Durchsetzen lokaler Gesetze. Die Stanley-Doktrin, die von Stanley III. ganz klar – und meiner Ansicht nach sehr klug – festgelegt wurde, überträgt die Verantwortung für die Durchführung der Gesetze dem ansässigen Adel als den Vertretern des Kaisers. Wir können das Imperium nur zusammenhalten, indem wir uns in lokale Affären nicht verwickeln lassen. ›Der beliebteste Herrscher ist derjenige, der sich nicht in die Angelegenheiten seines Volkes mischt‹, um mit Milney zu sprechen.

* Siehe Science Fiction Taschenbuch 23182: ›Die stählerne Festung‹

Andererseits können wir unsere Augen nicht vor allem verschließen. Das Imperium stützt sich auf interstellaren Handel. Wenn die Beziehungen zwischen den Welten betroffen sind, dann geht es den Kaiser sehr wohl etwas an – und als Folge davon auch den Service. Und das ist der Punkt, an dem Vesa hereinspielt.«

Der Chef stand auf und begann seinen Schreibtisch zu umwandern. »Der Planet Lindstrom hat vor kurzem mit Appeny ein großes landwirtschaftliches Geschäft abgeschlossen, eines, das beiden Seiten Trillionen Credits einbringen würde. Ich möchte euch nicht mit Einzelheiten langweilen, sie sind umfangreich und für uns unwichtig. Die Angelegenheit wurde größtenteils unter der Leitung eines einzigen Mannes durchgeführt – Nils Bjenden, des einflußreichsten Bankmannes von Lindstrom. Seine Bank wollte für die finanzielle Seite geradestehen. Mehr noch, seine persönliche Integrität war es, die beide Seiten bei der Stange hielt.

Vor drei Wochen verschwand dieser Nils Bjenden samt Frau. Das Abkommen zwischen den zwei Planeten verlief im Sande und brachte für beide Welten große wirtschaftliche Härten mit sich. Ich muß betonen, daß keine Seite durch das Verschwinden der beiden etwas zu gewinnen hatte, die Katastrophe kam alle teuer zu stehen. Und das ist der Punkt, an dem der Service Interessen hat. Schließlich bringt ein Fiasko dieser Größenordnung wirtschaftliche Erschütterungen für die ganze Galaxis mit sich, und das gefällt uns nicht. Der Chef des Service auf Lindstrom begann mit Nachforschungen. Er wollte herausbekommen, warum das Abkommen scheiterte und was aus den Bjendens geworden ist.«

Der Chef beendete seinen Rundgang und nahm vor dem Tisch Aufstellung. Er lehnte sich an den Tisch und sah die d'Alemberts direkt an. »Es stellte sich heraus, daß die Bjendens kurz vor Abschluß des Vertrages einen Kurzurlaub planten. Sie waren reich und konnten sich einen Raumflug leisten und entschlossen sich für einen Urlaub auf Vesa, wo sie noch nie gewesen waren. Bis dahin hinterließen sie eine deutliche Spur. Auf dem Raumschiff nach Vesa wurden sie von jeder Menge Menschen gesehen, dann liegt noch ein Bericht darüber vor, daß sie in einem Hotel abstiegen. Aber von da an wird alles unklar. Plötzlich sieht man sie weder im Hotel noch anderswo. Ihre Rückfahrttickets wurden storniert und vergütet, neue buchten sie nicht. Sie wurden von Vesa spurlos verschluckt. Mehr konnte unser Mann auf Lindstrom von sich aus nicht herausbekommen, deswegen gab er den Fall – mit Dringlichkeitsstufe IV – an die SOTE-Abteilung auf Chandakha.«

»Chandakha?« warf Jules ein. »Wo ist denn das? Ich dachte schon, ich kenne die meisten Planeten, aber der klingt mir unbekannt.«

»Interessant, wie sich die Dinge entwickeln können«, sagte der Chef und lächelte über Jules' Verwirrung. »Alle Welt weiß, daß Vesa ein Mond ist, aber er ist so berühmt geworden, daß er im wahrsten Sinne des Wortes den Planeten verdunkelt, den er umkreist. Chandakha ist ein Planet, wenig größer als die Erde selbst. Er wurde vor etwa dreihundert Jahren von Menschen asiatischer Herkunft besiedelt – insbesondere von Menschen des indischen Subkontinentes. Chandakha war immer schon ein relativ armer Planet. Die Menschen können sich zwar recht und schlecht selbst ernähren, aber mit der übrigen Galaxis wird wenig Handel getrieben. Die große Trumpfkarte ist Vesa, und auf ihn konzentriert sich die allgemeine Aufmerksamkeit.

Na, jedenfalls erhielt unsere SOTE-Chefin auf Chandakha namens Marask Kantana den Bericht von Lindstrom und machte sich unverzüglich an die Arbeit, da es sich um eine hohe Dringlichkeitsstufe handelt. Auf Chandakha war es immer sehr ruhig, deshalb ist ihre Abteilung nicht sehr groß, aber sie recherchierte nach besten Kräften. Sämtliche gängigen Orte wurden abgesucht.

Und die Antwort war die gleiche wie auf Lindstrom – nämlich, daß die Bjendens einfach verschwunden waren. Die Polizei auf Vesa beschränkte sich auf Achselzucken und behauptete, an ihr läge es nicht – es kämen andauernd so viele Durchreisende, daß sie unmöglich jeden einzelnen im Auge behalten können. Sie waren sehr höflich, aber ihr Mangel an Hilfsbereitschaft brachte Kantana auf die Palme, und als kluge Frau beschloß sie, den Dingen auf den Grund zu gehen.

Und was sie entdeckte, war eine Riesenüberraschung. Sie überprüfte die Angaben genau, prüfte nochmals nach und verwob sich praktisch in ein Netz von Ergebnissen. Als sie sicher sein konnte, daß die Fakten unanfechtbar waren, schickte sie uns diese auf die Erde – diesmal Dringlichkeit VIII.«

Jules und Yvette wechselten einen überraschten Blick. Dringlichkeit VIII war von einer planetenweiten Katastrophe nicht weit entfernt. Plötzlich hatte der Fall unheimlichere Formen angenommen als das bloße Verschwinden eines Bankiers mit Frau.

Der Chef nahm drei Buchrollen vom Schreibtisch. »Das sind ihre Entdeckungen«, sagte er. »Sie kamen direkt zu Helena, und sie legte sie mir sofort vor. Ich werde sie euch mitgeben. Wahrscheinlich werden sie euch den gleichen Schock versetzen wie mir. Es gibt außerdem noch zusätzliche Berichte, da wir einige Daten selbst verglichen. Das Gesamtbild ist erschreckend.«

Er ging zurück und setzte sich an den Tisch, wobei er die d'Alemberts nicht aus den Augen ließ. »Das Verschwinden der Bjendens war beileibe kein Einzelfall. In den vergangenen zwanzig Jahren verschwanden mehr als 250 000 Menschen auf Vesa spurlos!«

Jules setzte sich kerzengerade auf, und Yvette machte große Augen. »Was?« rief sie aus. »Das ist doch unmöglich.«

»Ich glaube es nicht«, sagte Jules und wiederholte die Gedanken seiner Schwester. »So viele Menschen können doch nicht einfach verschwinden.«

»Kein Mensch sagt, daß es einfach wäre!« ließ Helena hinter ihrem Vater hervor verlauten. »Wir haben den Verdacht, daß es sich um eine außergewöhnlich komplizierte Sache handelt – eine Verschwörung mit allen Schikanen.«

»Eine andere Erklärung gibt es nicht«, sagte der Chef. »Das alles ist so unerwartet, weil man sich niemals zuvor um diese Dinge gekümmert hat. Aber eine einfache Überprüfung der Raumschiff-Reservierungen förderte bereits einen Teil der Geschichte zutage. In den letzten zwei Jahrzehnten kam eine bestimmte Anzahl von Touristen nach Vesa und eine bestimmte Anzahl fuhr wieder weg. Die erste Zahl übersteigt die zweite bei weitem.«

»Vielleicht blieben sie auf Vesa hängen«, meinte Yvette.

»Leider ist die Antwort nicht so simpel«, sagte der Meistertaktiker kopfschüttelnd. »Wir haben die Bevölkerungszahl des Planeten zur Hand. Wir haben Unterlagen über Geburten, Sterbefälle, Ein- und Auswanderungen während dieser gesamten Zeitspanne, und sie reichen zur Erklärung der Bevölkerungszahl völlig aus.«

»Und warum ist das niemandem früher aufgefallen?« fragte Jules.

»Dachten sich denn die Raumfahrtgesellschaften nichts dabei, als so viele Rückfahrten storniert wurden?«

»Offenbar nicht. Der Kunde hat immer recht, und es wäre unhöflich, sich nach den Gründen für eine Stornierung zu erkundigen. Vielleicht möchte er noch bleiben, vielleicht mit einer anderen Gesellschaft zurückfliegen. Schließlich kam das alles allmählich ins Rollen, und die Wirkung verteilte sich auf alle zweiundsechzig Gesellschaften, die Vesa anlaufen. Die haben nie die Passagierzahlen miteinander verglichen. Erst als wir alle Zahlen verglichen, fiel uns diese Diskrepanz auf.«

Yvette schüttelte den Kopf. »Aber wie kann eine so große Zahl verschwinden, ohne daß jemand Krach schlägt? Es müssen doch Familien und Freunde zurückgeblieben sein. Warum wurde die Polizei nicht verständigt?«

»Doch, das wurde sie. Unsere Zentral-Computer-Einrichtung speichert die Berichte der Polizeistationen jedes Planeten, und wir gingen die Vermißtenlisten durch. Da wimmelt es von Menschen, die Vera besuchten und niemals zurückkehrten.«

»Aber wenn das so ist …«, fing Jules an.

»Ich weiß schon. Es sieht aus, als wäre jemand unfähig gewesen, die Zusammenhänge schon längst zu erkennen. Aber ehrlich, welchen Grund hätte es zu vergleichenden Querkontrollen gegeben? Ihr müßt es so sehen: Das Imperium umfaßt derzeit 1343 Planeten. Wenn wir großzügig annehmen, daß von jedem Planeten die gleiche Anzahl auf Vesa verschwand, sind es im Durchschnitt zweihundert Menschen pro Planet. Diese Zahl über zwanzig Jahre verteilt, und man kommt auf die Zahl von zehn Personen, die jährlich pro Planeten verschwinden. Keine außergewöhnlich große Zahl. Die gewöhnliche Planetenpolizei hat es mit Tausenden Vermißten pro Jahr zu tun. Wenn jemand auf Vesa verschwindet, dann wird die dortige Polizei routinemäßig verständigt. Die Vesa-Polizei schüttelt die Anfragen ebenso höflich nichtssagend ab wie bei Kantana. Die interplanetarische Polizei hat weder Zeit noch Mittel zur weiteren Verfolgung des Falles und legt ihn als ungelöst ab. Zehn ungelöste Fälle pro Jahr sind nur ein Tropfen im Eimer, verglichen mit dem Umfang, mit dem sie es zu tun haben.«

Yvette und Jules saßen wie betäubt da und überdachten, was der Chef ihnen enthüllt hatte. Eine Viertelmillion Menschen hatte den Planeten Vesa besucht und war verschwunden. Ja, noch mehr, sie verschwanden mit einer Rate von 12000 pro Jahr oder fünfunddreißig pro Tag. Was mit ihnen wohl geschehen war?

»Sie wollen damit andeuten«, sagte Jules bedächtig, »daß die Polizei auf Vesa bei einer möglichen Verschwörung die Hände im Spiel hat?«

Der Chef legte die gefalteten Hände auf den Tisch. »Für diese Behauptung sind unsere Informationen zu spärlich. Es ist überaus wahrscheinlich, daß die Behörden etwas wissen. Egal, wie viele Touristen dort ankommen – ich gebe zu, daß die Zahl erschreckend hoch sein mag –, aber man kann sich kaum vorstellen, daß der Polizei etwas in dieser Größenordnung entgehen konnte. Da ist es schon viel wahrscheinlicher, daß man es absichtlich übersieht.«

»Und wenn ja«, überlegte Yvette laut, »dann müssen sie von irgendwo ihre Weisungen erhalten. Verdächtig ist vor allem der Höchstverantwortliche. Hm, Vesa ist ein Mond, also müßte es ein Markgraf sein – habe ich recht?«

»In diesem Fall eine Markgräfin«, sagte der Chef, »Markgräfin Gindri Lohlatt. Im besten Fall ein Wesen ohne Rückgrat. Unser Persönlichkeitspsychogramm zeigt an, daß sie zu einer Verschwörung dieser Art nicht fähig ist. Ihr Wille ist zu schwach entwickelt. Vielleicht ist sie das Werkzeug eines anderen, aber ich bezweifle, ob sogar dafür bei ihr genügend Grips vorhanden ist.«

»Dann ein Herzog«, sagte Yvette beharrlich. »Vielleicht der Herzog von Chandakha?«

»Der ist dreizehn Jahre alt«, belehrte sie der Chef. »Seine Mutter ist Regentin, seit er vor zwei Jahren den Titel erbte. Der frühere Herzog wurde von einem unzufriedenen Bauern getötet, nachdem er vierunddreißig Regierungsjahre unauffällig hinter sich gebracht hatte.«

»Mit anderen Worten«, sagte Jules, »da diese Aktivität auf Vesa seit zwanzig Jahren unvermindert anhält, dürfte sie mit den Herzogen von Chandakha nicht in Verbindung stehen.«

Der Chef nickte. »Den zwei Regentschaften fehlt es zwar an grundlegender Kontinuität, doch die Berichte zeigen an, daß die Vermißtenmeldungen um den Zeitpunkt des Todes des Herzogs nicht abnahmen.«

»Dann liegt die Antwort mit Sicherheit auf Vesa.« Yvettes Worte waren einer Feststellung ähnlicher als einer Frage.

»Ja, da die Urlaubszentren auf Vesa gut über neunzig Prozent des Einkommens von Chandakha ausmachen, waren die Herzöge von Chandakha der Markgrafschaft Vesa immer sehr geneigt. Die brauchen die Steuereinnahmen nämlich dringend zum Überleben.«

»Auch auf die Gefahr hin, Bekanntes zu wiederholen«, sagte Yvette, »nehme ich an, daß es unsere Aufgabe ist, herauszufinden, was diesen Vermißten zustieß. Außerdem sollen wir diesen Machenschaften ein Ende bereiten.«

»Genau.« Der Chef ließ die Kiefermuskeln spielen. In seinen Augen flammte es auf. »Der Gedanke, daß sich eine so große Verschwörung so lange vor unseren Nasen halten konnte, ist mir unerträglich. Bei Banion wußten wir wenigstens, daß er existierte, auch wenn wir seine Spur nicht finden konnten. Aber hier …« Er breitete die Hände aus. »Es ist, als würden sie uns die Augen verbinden und mit uns Blindekuh spielen. Ich mag nicht, wenn man mir die Sicht nimmt und mich zum Narren hält.« Der Chef stand auf. Seine Miene war in jedem Zug von Entschlossenheit geprägt.

»Deswegen sollt ihr, meine zwei besten Agenten, den Fall übernehmen. Ich möchte, daß diese Bedrohung ausgelöscht wird, und zwar rasch!«

An Bord ihres eigenen Schiffes, frei in einer Umlaufbahn um Mutter Erde umschwebend, studierten die zwei d'Alemberts die Bänder, die ihnen der Chef mitgegeben hatte. Ein Dokument nach dem anderen wiederholte, was sie bereits gehört hatten – daß nämlich Tausende Menschen irgendwie zu existieren aufgehört hatten.

Die Geschwister hatten nämlich schon längst entdeckt, daß sich ihre Gedanken immer dann klärten, wenn sie einen Fall mündlich besprachen.

»Sehen wir uns einen typischen Fall an«, sagte Jules. »Sagen wir Iwan und Tatjana Gregorow besuchen Vesa. Sie mieten sich in einem Hotel ein, verbringen ein paar Tage beim Glücksspiel und besuchen ein paar Shows. Kurz vor Ende des Urlaubs ziehen sie aus dem Hotel aus und nehmen sämtliche Habseligkeiten mit. Sie stornieren die Rückfahrt und lassen sich das Geld rückerstatten. Und von diesem Zeitpunkt an bleiben sie verschwunden.«

»Wohin verschwinden sie?« überlegte Yvette. »Es muß ihnen etwas zustoßen. Auf Vesa können sie nicht bleiben, es sei denn, es gäbe eine geheime unterirdische Stadt, die wir nicht kennen. Vielleicht werden sie als Sklaven in den tiefen dunklen Schächten eines Schatzbergwerkes gehalten.«

»Vesa hat Minen in Form von Spieltischen«, meinte ihr Bruder darauf. »Dort geht mehr Geld von Hand zu Hand als an der galaktischen Börse. Manchmal geht die Phantasie mit dir durch, Schwesterherz.«

»Aber wenn die Menschen nicht auf Vesa bleiben, müssen sie wieder weg – und die Logbücher der von dort ausgehenden Schiffe zeigen nichts dergleichen an.«

»Und damit befinden wir uns in einer unmöglichen Lage. Die Menschen sind nicht da und sie sind nicht weg. Sie sind einfach verschwunden.«

»Sie könnten ja auch tot sein.«

»Ja, schließlich läßt sich ein Toter einfacher verstecken als ein Lebender. Aber wo bringt man eine Viertelmillion Tote unter, ohne daß es auffällt?«

»Da steckt sicher ein System dahinter. Vesa ist ein Mond ohne Atmosphäre. Vielleicht vergräbt man sie in einem Krater an der Oberfläche, wo niemand hinkommt. Vielleicht katapultieren sie die Leichen direkt in ihre Sonne.«

»Jetzt treibt deine Phantasie wieder wilde Blüten.«

»Entschuldige! Aber in meinem Kopf jagen sich meine Gehirnzellen, und das macht mich verwirrt.«

»Wir sprechen von 35 Leichen täglich«, sagte Jules. »Sie auf diese Weise loszuwerden, hätte eine ganze Industrie zur Folge und wäre eine schreckliche Energieverschwendung. Es muß also eine einfachere, wirksamere Methode geben. Verdammt, wenn mir nur etwas einfiele!«

»Legen wir das Problem kurz beiseite, bevor unser Hirn sich

in Wackelpudding verwandelt. Wir wissen nur eines: Hinter der ganzen Aktion steckt System. Ein Geschäft mit so raschem Umsatz muß systematisch vorgehen. Und wenn es ein System gibt, gibt es auch einen Weg, es zu knacken. Das hat Papa uns oft genug gesagt. Wir müssen uns nach Verbindungsgliedern umsehen. Hatten die Vermißten etwas gemeinsames?«

»Nichts«, sagte Jules kopfschüttelnd. »Die Opfer sind wahllos ausgesucht. Sie kommen aus allen Winkeln der Galaxis. Männer, Frauen, alte, junge, berühmte, unbekannte, sämtliche Rassen und Religionen. Keine Spur von Gemeinsamkeit.«

»Nur eines«, sagte Yvette nachdenklich. »Sie alle kamen von irgendwoher nach Vesa.« Der mitten in der Kabine schwebende Jules starrte seine Schwester mit offenem Mund an. »Evie, du hast die seltene Gabe, das ohnehin klar Sichtbare zu sehen. Natürlich mußten alle reich sein! Nur die Wohlhabendsten können sich einen Aufenthalt auf Vesa leisten. Und das bedeutet ...«

»Daß Geld dabei eine Rolle spielt«, sagte Yvette und führte den Gedanken ihres Bruders zu Ende. »Diese Menschen wurden getötet und sämtlicher Habseligkeiten beraubt, ehe man sie verschwinden ließ.«

»Ja!« rief Jules aus. Dann änderte sich seine Miene. »Nein, warte. Das ergibt keinen Sinn. Vesa hat es nicht nötig, Leute töten und berauben zu lassen. Die Kasinos scheffeln so viel Geld, daß sie kaum wissen, wohin damit – ganz zu schweigen von den Hotels, Bars, Theatern und Bordellen, die ebenfalls kräftig absahnen. Was gewinnt man damit, wenn man Menschen umbringt, die einem ohnehin freiwillig und legal ihr Geld geben wollen?«

»Wie viele Kasinos, Hotels, Bars, Theater und Bordelle gibt es auf Vesa, *mon frère*? Zweihundert? Dreihundert? Mehr? Vielleicht sogar tausend. Und wie groß ist die Bevölkerung? Etwas über fünfzigtausend, wie ich aus den Unterlagen ersehen kann. Diese legitimen Aktivitäten sichern einer Minderheit von Besitzern den Gewinn, eventuell noch einer größeren Zahl von Leuten, die für sie arbeiten. Bleibt immer noch ein Großteil, der gern ein Stück von dem Kuchen abbekommen möchte. Und der Kuchen ist so üppig, daß keines der großen Tiere sich geschädigt fühlt, wenn jemand sich noch einen kleinen Anteil rausholt. Schließlich kommen auf Vesa siebenhundert Touristen täglich an. Wer fragt dann nach einem so kleinen Bruchteil?«

»*Tu as raison*, wie immer. Der Prozentsatz der Ermordeten ist nicht annähernd hoch genug, um den Gewinn der Kasinos zu schmälern, also lassen sie keine Klagen laut werden. Die Polizei wird offensichtlich dafür bezahlt, daß sie nichts hört und sieht. Und die Mörder heimsen reiche Beute ein. Alle gewinnen, niemand verliert – bis auf die armen Opfer natürlich, die in die Falle tappen.«

Yvette lächelt matt. »Jetzt fühle ich mich nicht mehr so wirr im Kopf. Es tut gut zu wissen, daß man die ganze Sache logisch überlegen kann.«

»Aber von dem Wissen um die Vorgänge ist noch ein langer Weg, sie zu verhindern«, sagte Jedes. »Wir müssen wissen, wie und wer.«

»Ein doppeltes Problem«, nickte Yvette. »Wie geschaffen für einen Angriff von zwei Seiten. Das ›Wie‹ paßt zu mir. Ich könnte stilvoll nach Vesa fahren, mich als Opfer etablieren und sehen, was ich mit mir als Köder an Land ziehe.«

»Damit bleibt mir das ›Wer‹ überlassen. Es müssen die Vesa-Bewohner dahinterstecken, soviel steht fest. Ich muß mir dort Arbeit suchen, von unten anfangen und zusehen, was ich erfahre. Aber welcher Job wäre da am besten?«

»Na, wie steht es mit deinen Qualitäten? Du bist kräftig, sportlich, agil, nicht zu intelligent ...«

»Na, hör mal!«

»... und an manuelle Arbeit gewöhnt«, schloß Yvette mit einem Lächeln. »Nicht sehr gebildet, aber scharf aufs Geld, ohne sich kaputtzumachen. Genau die Type, die sich als Dieb und Mörder eignet.«

»Eine Schwester wie du«, murmelte Jules gutmütig, »ersetzt einem alle Feinde.«

3. KAPITEL

Schlägerei im Umkleideraum

Raumflughäfen auf atmosphärefreien Welten sind einander ziemlich ähnlich. Diese Welten sind mit den unvermeidlichen, von Meteoriteneinschlägen stammenden Kratern übersät. Durch Erweiterung und Vertiefung eines solchen Kraters schafft man Raum und Landungsmöglichkeiten für Raumschiffe. Lange, luftdichte Ausstiegsrohre – ähnlich dem Rohr im Hangar der ›Anna Liebling‹ – ermöglichen es den Passagieren, über eine geneigte Rampe auszusteigen und ins Innere des Raumhafens zu gelangen, ohne sich der Unbequemlichkeit unterziehen zu müssen, die lästigen Raumanzüge anzulegen.

Das Ein- und Ausladen der Fracht ist jedoch schwieriger, da die Fracht nicht von selbst über die Rampe rutscht. Daher wird die Fracht in luftdichte, verschieden große Container verpackt, die gewöhnlich im unteren Teil des Schiffes untergebracht sind. Bei der Landung gleitet ein großes Segment des Schiffsrumpfes beiseite und setzt die freigelegte Fracht dem Vakuum auf der Planetenoberfläche aus. Aus den Kraterwänden kommen nun Spezial-Frachttraktoren hervor – enorme Tieflader, ausgestattet mit eigens konstruierten Kränen, Winden und anderen Vorrichtungen. Vor dem Schiff angekommen, spucken die Traktoren Dutzende Gestalten in Raumanzügen aus, welche die Frachteinheiten vom Schiff auf die Fahrzeuge umladen, die sodann in ihre Hangars zurückfahren und die Fracht in Luftschleusenkammern umladen. Von dort weg kann dann die weitere Verteilung der Ladung normal weitergehen. Beim Abflug eines Raumschiffes vollzieht sich der Vorgang in umgekehrter Reihenfolge.

Die Männer, die an den Raumdocks arbeiten, sind ein besonderer Menschenschlag. Kräftig, hart – eben Schwerarbeiter, dabei aber schnell und beweglich. Das müssen sie sein, denn die Arbeit in einem Raumanzug ist im besten Fall unangenehm, im schlimmsten Fall gefährlich. Meist ist es eine eng zusammengeschweißte Gruppe, die durch den Drang zum Überleben zusammengehalten wird. Die Arbeit in einem Vakuum macht den Menschen sehr abhängig von den Arbeitskollegen. Denn die alltäglichsten Unfälle können in luftleerer Umgebung tödlich ausgehen.

Als Jules d'Alembert – der nun unter dem Namen Georges duChamps auftrat – auf Vesa eingetroffen war, war eine der ersten Stellen, bei der er Arbeit suchte, der Raumhafen von Vesa.

Seine Zeugnisse – durchwegs gefälscht, versteht sich – waren makellos und beeindruckten den Personalleiter gebührend. Zwei Tage darauf wurde Georges duChamps in seinem billigen Hotelzimmer angerufen. Man teilte ihm mit, er möge sich am nächsten Tag um 17 Uhr 30 zur Arbeit melden.

Die üblichen Formulare mußten noch ausgefüllt werden, und dann nahm man bei Jules Maß für einen Raumanzug. Zum Glück hatte vor einigen Jahren hier ein anderer DesPlainianer gearbeitet. Es war also ein Anzug vorhanden, der den geringfügigen, aber wichtigen Eigenheiten der DesPlainianischen Körperform Rechnung trug. Als diese banalen Notwendigkeiten erledigt waren, führte die Personalsekretärin Jules einen Gang entlang zu seinem neuen Boß.

Der Vorarbeiter der Gruppe war ein Riese namens Laz Fizcono. Über zwei Meter groß, hundertzehn Kilo schwer, mit einem Körper, der im Leben an keinem Arbeitstag ausgesetzt hatte. Die rote Löwenmähne umgab ein rundes Mondgesicht mit buschigen, roten Brauen und einem schütteten Bart. Mit lebhaften, glitzernden Augen schätzte er Jules ab.

»Na, was haben wir denn da?« dröhnte er, als Jules zu ihm hereingeführt wurde. »Einen Zwerg?« Er streckte seinem neuen Helfer eine fleischige Hand entgegen.

Jules blieb gelassen stehen, als der große Mann näher kam. Er faßte die Beleidigung als gutmütige Herausforderung auf, die dazu dienen sollte, sich über seine Persönlichkeit klarzuwerden. Als Partieführer wollte Fizcono offenbar möglichst rasch herausfinden, welche Sorte Mensch dieser neue Kollege war – ob er etwa jähzornig war, unter einer Belastung vielleicht in die Luft ging und ähnliches. Als Vorgesetzter mußte er ja die Eigenschaften seiner Untergebenen kennen.

Statt auf die Bemerkung zu reagieren, beschränkte sich Jules auf ein Lächeln und erklärte: »DesPlaines ist ein Planet mit einer gewaltigen, unzugänglichen Bergwelt«, sagte er mit Gelassenheit. »Trotzdem betreiben wir dort Bergbau. Es bedarf daher schon mehr als nur eines Riesen, um mich klein zu nennen.«

Er faßte herzhaft nach der entgegengestreckten Hand des Vormannes. Fizcono drückte sie mit aller Kraft, die seine Bärenpranke aufbringen konnte. Jules ließ dies ohne Wimpernzucken über sich ergehen, und als der Vorarbeiter sein Pulver verschossen hatte, drückte Jules nun seinerseits zurück. Fizcono zog erstaunt die Brauen hoch, als er merkte, daß die Körperkraft des kleinen Mannes die seine sogar übertraf. Jules fuhr fort, zu dem um dreißig Zentimeter größeren Mann hinaufzustarren und lächelte unbefangen.

Und dann tat Fizcono etwas Unerwartetes – er brach in Lachen aus, in ein gewaltiges Bellen, das die Wände des kleinen Büros erbeben ließ. »Sie gefallen mir, Kleiner«, brüllte er. »Sie geben wohl keinen Millimeter nach, wie? Ja, er wird sich gut machen«, sagte er zu der Sekretärin, die nun Jules verließ und mit einem Lächeln in ihr Büro zurückkehrte.

Jules entdeckte bei sich Sympathien für Fizcono. Der Große besaß eine ungezwungene Freundlichkeit, die einen guten und kameradschaftlichen Kollegen erwarten ließ. Als Vorgesetzter war er sicher hart, im Grunde seines Wesens aber keinesfalls bösartig.

»Komm«, sagte jetzt der Vormann und führte Jules hinaus. »Die Schicht beginnt gleich. Sicher möchtest du deine Kumpels kennenlernen.«

Sie stiegen durch ein Gewirr von Gängen hinunter, und Fizcono versicherte Jules, daß er sich nach kurzer Zeit zurechtfinden werde. Schließlich waren sie im Umkleideraum angelangt. Zehn Mann waren bereits da, und in den nächsten Minuten kamen weitere zwölf dazu. Die Männer waren ausnahmslos größer als Jules, und er mußte sich manchen gutmütigen Spott gefallen lassen, als Fizcono ihn als ›tüchtigen Knirps‹ vorstellte. Aber dabei schimmerte Fizconos Achtung vor ihm durch, und die Männer zogen daraus ihre Schlüsse. Wenn er die Achtung des Bosses besaß, dann mußte er gut sein.

Die Leute stammten aus allen Winkeln der Galaxis – das war nicht weiter verwunderlich, da Vesa ein kosmopolitisches Zentrum war. Ein Magnet, der Menschen von überallher anzog. Doch Jules bemerkte bald, daß eine Gruppe von sieben Mann besonders zusammenhielt. Sie waren dunkelhäutiger als die anderen, auch die Augen dunkler und finsterer. Gegenüber den anderen Kameraden verhielten sie sich mißtrauisch und zurückhaltend, standen ihnen vielleicht sogar ablehnend gegenüber. Was diese Leute bewegte, konnte Jules nur schwer deuten, es war aber klar, daß etwas in der Luft lag.

Einer der anderen Männer, ein glattrasierter Mann namens Rask, bemerkte, daß Jules die sich abseits haltende Gruppe beäugte.

»Hast du noch nie Chandies gesehen?« fragte er.

»Was sind Chandies?« Jules gefiel der höhnische, überlegene Ton des Mannes gar nicht. Er ließ darauf schließen, daß innerhalb dieser Mannschaft nicht alles glattging.

Ein dritter gesellte sich zu ihnen. Seine Vertraulichkeit ließ erkennen, daß er mit Rask eng befreundet war. Jules kramte in seinem Gedächtnis und kam darauf, daß der Mann Brownsend hieß.

»Chandakhari«, erklärte der Neuhinzugekommene. »Die kommen von dem Hinterwäldlerplaneten, den wir umkreisen. Bauern, Landarbeiter. Die halten zusammen wie Pech und Schwefel, weil sie sich vor richtigen Männern fürchten.«

Die Gruppe der Chandakhari, die bis auf die Helme bereits fertig angezogen waren, ging wortlos an ihnen vorbei, obwohl Brownsends Stimme sicher bis zu ihnen gedrungen war. Jules wußte nicht recht, wie er auf diesen sturen Fanatismus reagieren sollte, doch Fizcono, der herbeigekommen war, als er hörte, was sich anzubahnen schien, rettete ihn aus der Verlegenheit. »Jetzt ist es genug«, sagte Fizcono und sah Brownsend und Rask dabei an. »Ihr werdet zusammenarbeiten, oder mit der Arbeit ist es überhaupt aus! So einfach ist das. Außerdem habe ich euch das bereits einmal klargemacht.« Zu Jules gewandt fügte er hinzu: »Hoffentlich wirst du von den beiden keine schlechten Angewohnheiten annehmen. Sie sind gute Arbeiter, haben aber böse Vorurteile.«

»Ich bin sehr wohl imstande, mir mein eigenes Urteil zu bilden«, erwiderte Jules. »Dazu brauche ich keine fremden Meinungen.«

Fizcono stieß ein befriedigtes Bärenknurren aus und schob ab.

Obwohl Jules in hervorragender körperlicher Verfassung war,

mußte er entdecken, daß die Arbeit am ersten Tag, draußen auf der sonnengedörrten Oberfläche von Vesa, grausam war. Ladearbeiten waren ihm durchaus vertraut. Schließlich war sein Zirkus dauernd auf Tournee und besuchte im Durchschnitt alle drei Wochen eine neue Welt. Beim Entladen und Verladen der Einrichtungen des Zirkus mußten alle zupacken – sogar der Star der Luftakrobaten.

Doch Jules litt noch unter den Folgen einer ernsten Verletzung, die von einer Strahlenwaffe herrührte. Aus seinem linken Unterschenkel war ein großes Stück herausgebrannt. Gewebsverpflanzungen und Regenerationsmittel hatten die Stelle gut verheilen lassen, so daß man die ehemalige Wunde nur wahrnahm, wenn man ganz genau hinsah. Aber mit der Kraft und der Beweglichkeit war es anders. Jules hatte monatelang die Muskeln wieder in Form zu bringen versucht und hatte hierbei alle ihm zur Verfügung stehenden physikalischen Therapien angewendet, um seine frühere Beweglichkeit wiederzuerlangen. Und dies auch mit Erfolg, aber gelegentlich – unter außergewöhnlicher Beanspruchung beispielsweise – spürte er doch ein leises Ziehen.

Die Arbeit wurde durch die Tatsache erleichtert, daß die Oberflächenschwerkraft auf Vesa nur 25 Prozent der Erdenschwerkraft betrug – weniger als zehn Prozent dessen, was er aus seiner Heimatwelt gewöhnt war. Seine Bewegungen in dem losen Raumanzug waren auch so flüssig und geschmeidig, daß es eine Freude war, ihm zuzusehen. Der Raumanzug hätte ihm angeboren sein können – so viel natürliche Agilität zeigte Jules darin. Einige Male drohte zwar das kranke Bein unter ihm nachzugeben, doch konnte Jules rechtzeitig das Gewicht auf das andere Bein verlagern, so daß nichts passierte. Ihm war aufgefallen, daß Fizcono sein Verhalten besonders sorgsam beobachtete, doch falls dieser seine kleinen Pannen bemerkt haben sollte, äußerte er diesbezüglich nichts.

Der richtige Verdruß begann erst mit Arbeitsschluß. Rask und Brownsend hatten sich die meiste Zeit um Jules herumgetrieben, trotz dessen wachsender Abneigung gegen die beiden. Jedesmal, wenn einem der Chandakhari ein Fehler unterlief oder einer stolperte, stießen sie einander oder Jules in die Rippen und warfen sich durch die Helme bezeichnende Blicke zu, als wollten sie sagen: »Seht mal, wie ungeschickt diese Chandies doch eigentlich sind!«

Kaum waren sie im Umkleideraum und hatten sich der Helme entledigt, setzten Rask und Brownsend ihre Sticheleien fort. Fizcono warf ihnen noch einen warnenden Blick zu, als er wegging, um seine schriftlichen Arbeiten zu erledigen, aber sie nahmen dies nicht zur Kenntnis.

»Diese Chandies haben Glück, daß Fizcono sie in Schutz nimmt«, spottete Rask. »Die finden doch sonst nirgendwo einen Job.«

»Außer als Heizer bei der Müllverwertung in der Recyclinganlage«, warf Brownsend ein. »Da wären sie auf ihrer angestammten Stufe. Aber wirkliche, geschulte Tätigkeit kann man von einer Handvoll Bauern und Landtölpeln nicht erwarten.«

Jules behielt die Chandakhari sorgsam im Auge. Sie waren aufgebracht, dabei aber redlich bemüht, die Sticheleien zu überhören – offensichtlich hatten sie sich daran gewöhnt. Aber einem unter ihnen schien es näherzugehen. Er war noch jung, keine zwanzig Erdenjahre. Das lange, glatte Haar hing ihm fast in die Augen. Ein schütterer Schnurrbart kämpfte als dünner schwarzer Strich ums Überleben. Jules konnte sich um nichts in der Welt an den Namen des Jungen erinnern – aber das war auch nicht wichtig. Weit wichtiger war die Tatsache, daß der Junge knapp daran war, vor Wut über die beiden Quälgeister zu explodieren.

In der Hoffnung, eine unliebsame Szene verhindern zu können, trat Jules vor Rask und Brownsend. »Die Arbeit auf dem Land erfordert mehr Geschick, als man allgemein glaubt«, sagte er beschwichtigend. »Ich versuchte es einmal, als ich jünger war, und mußte es aufgeben. Glaubt mir, es ist viel einfacher, mit Kisten zu jonglieren, als eine Landwirtschaft zu führen.«

Brownsend sah Jules von oben bis unten an und war im Zweifel, wie er sich in dieser geänderten Situation verhalten solle. Schließlich rang er sich zu der Auffassung durch, daß er dem Neuankömmling jedenfalls an Größe überlegen wäre und er es sich daher leisten könne, ihn in seine Litanei des Spottes einzubeziehen. »Wundert mich gar nicht, daß es dir schwerfiel. Dem Kleinsten des Wurfes bleibt es also überlassen, die Ehre dieser strohdummen Landtölpel zu verteidigen.«

Jules rang mit aller Kraft um Fassung und bemerkte gar nicht, daß der junge Chandakhar einen Satz durch den Raum machte und Brownsend mit mordlustigem Blick ansprang. Die langsameren Bewegungsabläufe bei den geringeren Schwerkraftverhältnissen im Raum ließen Jules jedoch noch Zeit, sich darüber klarzuwerden, was hier vor sich ging und sich auf ein Eingreifen vorzubereiten, während der Junge noch in der Luft war. Nach Jules' Auffassung schwebte der Körper des jungen Mannes mit geradezu quälender Langsamkeit. Als geschulter SOTE-Agent behielt er dabei die anderen Anwesenden im Auge und richtete sich auf den bevorstehenden Kampf ein.

Brownsend, dessen Reflexe nicht so rasch waren wie die Jules', wurde von dem unerwarteten Angriff überrascht. Ihm blieb kaum Zeit, die Arme abwehrend hochzuheben, als der fünfundsiebzig Kilo schwere Körper geradewegs gegen ihn prallte und ihn rücklings zu Boden warf. Er schlug mit dumpfen Anprall auf und mußte hinnehmen, daß der Chandakhar ihn mit festem Würgegriff an der Kehle gefaßt hielt und ihm für immer die Luft abschneiden wollte.

Die anderen Chandakhari waren von dieser plötzlichen Attacke ebenso überrascht wie Brownsend und leisteten sich den Bruchteil einer Sekunde des Zögerns. Nicht aber Rask, der so aussah, als hätte er auf den Kampf nur gewartet. In seinem Gürtel steckte ein Schraubenschlüssel, eines der vielen Werkzeuge, die er bei der Arbeit brauchte. Er hatte ihn sofort zur Hand und hob den Arm zum Schlag, der dem jungen Mann den Schädel zerschmettert hätte.

An diesem Punkt entschloß sich Jules zum Eingreifen. Als Rasks Arm hochfuhr, packte Jules dessen Gelenk mit unüberwindlichem Griff und riß den Arm des Mannes mit aller Kraft nach hinten. Rask, der auf einen Angriff aus der anderen Richtung nicht gefaßt war, wurde nach rückwärts geschleudert. Er wirbelte so langsam durch die Luft, daß Jules ausreichend Zeit blieb, sein Knie hochzubringen und dem Mann genau unter die Rippen einen kräftigen Stoß zu versetzen. Rask war bewußtlos, noch ehe er auf dem Boden landete.

Ohne innezuhalten, um das Ergebnis seiner Aktion zu begutachten, wandte Jules seine Aufmerksamkeit den zwei auf dem Boden ringenden Körpern zu. Brownsend drehte und wand sich, um den jungen Mann abzuschütteln, der sich an seine Kehle klammerte. Jules wandte sich den Ringenden zu und ließ den rechten Arm in einer weitausholenden, lockeren Bewegung niedersausen. Obgleich seine Bewegung ganz lässig ausgesehen hatte, gab es ein lautes Krachen, als seine Faust den Kopf des Chandakhari seitlich traf. Der Junge wurde beiseite geschleudert und ließ dabei Brownsends Kehle los. Der Ältere lag reglos auf dem Boden und sog keuchend Luft in die unter Sauerstoffmangel leidenden Lungen ein, während der Jüngere jetzt benommen am Boden kniete und den Kopf nach dem betäubenden Schlag schüttelte, um wieder zu sich zu kommen.

An dieser Stelle hätte der Kampf eigentlich enden müssen, da die drei Heißsporne außer Gefecht gesetzt waren. Aber aus dem Augenwinkel erhaschte Jules blitzartig eine Bewegung, und er fuhr herum, um sich dem bevorstehenden Angriff der sechs übrigen Chandakhari zu stellen. Diese hatten gesehen, wie er ihren jungen Freund angegriffen hatte, ohne daß ihnen dabei klar wurde, daß er damit verhinderte, daß dem Jungen mit Rasks Schraubenschlüssel der Schädel eingeschlagen wurde. Sie fühlten sich verpflichtet, ihren Landsmann vor seinem Angriff zu schützen.

Jules hatte schon des öfteren sechs Gegnern gegenübergestanden, unter Umständen sogar einer noch größeren Zahl. Während er beobachtete, wie das halbe Dutzend sich ihm näherte, registrierte sein Hirn besonders den Umstand, daß sich die Leute mit größter Präzision als geschlossene Einheit auf ihn zu bewegten. Normalerweise hätten sechs Männer in einer Situation wie der vorliegenden, sich wie ein ungeordneter Mob verhalten müssen, planlos drauflos schlagend und sich Blößen gebend. Nichts dergleichen trat ein.

Diese Chandakhari verhielten sich vielmehr wie ein militärisch gedrilltes Team beim Exerzieren. Zwei packten Jules' Knöchel, drückten sie zusammen und hielten ihn fest. Zwei weitere packten seine Handgelenke und hielten seine Arme vom Körper weggestreckt.

Ein Fünfter packte Jules um die Hüften und hob den DesPlainianer mit Hilfe der anderen vier vom Boden hoch. Der Sechste stemmte den Ellbogen in Jules' Nacken, riß dessen Kopf jäh zurück und legte die Kehle frei.

An all diesen Körperstellen festgehalten, war Jules völlig

machtlos, sich zu wehren. Wäre er nicht so kräftig gewesen, wäre er womöglich auf der Stelle getötet worden. In seiner Lage mußte er jedes Quentchen seiner abnormen Kräfte mobilisieren, um seine Rechte freizubekommen. Dieses Losreißen brachte die Angreifer aus dem Gleichgewicht, und er fiel mit dem Oberkörper zu Boden.

In blitzschneller Reaktion, wie sie nur den d'Alemberts eigen war, langte Jules mit seiner befreiten Rechten nach den Beinen des Mannes, der seine Hüften umfaßt hielt. Ein kräftiges Anziehen war nötig, um den Mann seiner Standfestigkeit zu berauben. Der ganze Aufbau krachte jetzt zusammen. Jules trat mit Armen und Beinen um sich, als er sich in einem Leibergewirr am Boden befand.

»Was geht hier vor?« tönte Laz Fizconos Stimme durch den Raum.

Sämtliche Aktionen erstarrten, als diese Worte in die Köpfe der Anwesenden eindrangen. Wut, aufgestauter Mißmut, Erregung – all das, was sich so explosionsartig Luft gemacht hatte, wurde nun ebenso rasch wieder unterdrückt. Alle in diesem Raum wurden sich plötzlich bewußt, daß der Job auf dem Spiel stand und jetzt Vorsicht geboten war.

Als er keine Antwort auf seine – ohnehin nur rhetorisch gestellte Frage – bekam, stützte Fizcono die Hände in die Hüften und sah reihum alle durchdringend an. »Sieht mir nach einer Rauferei aus«, fuhr er fort, »und ich kann Raufereien zwischen Männern, die in gefahrvollen Situationen zusammenarbeiten müssen, nun einmal nicht leiden! Ich möchte, daß ihr euch meine Auffassung aneignet. Und um sicherzugehen, daß sich dieses euch auch einprägt, streiche ich allen Beteiligten einen Wochenlohn.«

»Aber, ich wollte nicht …«, stieß Brownsend hervor. »Du hast mitgemacht«, sagte Fizcono mit Bestimmtheit, »und allein warst du auch nicht. Die anderen übrigens auch nicht. Wir müssen mit diesen Streitereien Schluß machen, ehe es Tote gibt.« Er hielt inne und sah Jules bedeutungsvoll an. »Ein schlechter Anfang, duChamps. Ich hätte Besseres von dir erwartet. Ehrlich, ich bin enttäuscht.«

Als der Partieführer wieder draußen war, senkte sich verlegenes Schweigen über den Raum. Die Männer vermieden es schuldbewußt, einander anzusehen. Was Jules betraf, blieb er einen Augenblick auf dem Boden sitzen und sann nachdenklich darüber nach, wie methodisch und gekonnt die Chandakhari bei ihrem Angriff auf ihn zu Werke gegangen waren.

4. KAPITEL

Die Wiederkehr der Carmen Velasquez

Die beiden d'Alemberts waren übereingekommen, daß Jules die Gesellschaftsschichten auf Vesa von unten nach oben, Yvette von oben nach unten durchleuchten sollten. Sich selbst als Beuteobjekt anzubieten, bedeutete zwar für Yvette, Gefahren auf sich zu nehmen, doch mochte das Leben, das sie dabei führen würde, so manche Entschädigung bieten. Während ihr Bruder die schnellste Flugmöglichkeit nach Vesa genützt hatte, brachte Yvette noch einige Zeit damit zu, sich eine gute Verkleidung zuzulegen und alle Vorbereitungen für ein höchst luxuriöses Auftreten im elegantesten Starliner, der sie an ihren Bestimmungsort bringen sollte, zu treffen.

»Glaubst du nicht auch, daß Carmen Velasquez sich wieder hervorragend für diesen Zweck eignen würde?« hatte sie ihren Bruder gefragt, als sie besprachen, welcher Methoden sie sich bei ihrer Aktion bedienen sollten.

»Ich glaube eher, das gute Leben ist dir zu Kopf gestiegen«, erwiderte Jules. »Eine solche Carmen wäre genau eine Person, deren Verschwinden sicher Aufsehen erregen würde – als mögliches Opfer also höchst ungeeignet.«

Yvette überdachte die Worte ihres Bruders. Bei ihrem letzten Auftrag waren sie beide als Carlos und Carmen Velasquez, zwei neureiche Ex-Purityaner, aufgetreten. Damals war es darum gegangen, das die ganze Galaxis umspannende Verschwörernetz des nach dem Thron strebenden Bastards Banion aufzuspüren und zu vernichten.* Die Velasquez' hatten dabei in parodistischer Manier Reichtum zur Schau gestellt, prächtige, exotische Kleider getragen und mit Hundert-Credit-Noten um sich geworfen. Inmitten des gedämpften Reichtums des Planeten Algonia hatten sie gewirkt wie eine Supernova in der Badewanne.

Damals war dieses übertriebene Spiel am Platz gewesen. Banions Streitmacht stand kurz vor dem Losschlagen, und man mußte den Schurken ein verlockendes Ziel präsentieren. Da sie damals keinerlei Anhaltspunkte hatten, mußten die d'Alemberts

* Siehe Buch 1: Die stählerne Festung)

sichergehen, daß sie gebührend auffielen. Das gelang ihnen auch, und der verhältnismäßig geringe Fang, den sie mit diesem Netz an Land zogen, hatte ihnen schließlich doch ermöglicht, die gesamte Organisation aufzuspüren.

Aber Jules hatte recht – die alte Carmen war gewiß nicht von jener Art, die sich die vesanischen Mörder als Opfer auserkoren. Eine so extravagante und kitschige Carmen würde sogar auf dem ebenso extravaganten und kitschigen Mond Furore machen. Ihr plötzliches Verschwinden würde daher auffallen – etwas, was die Gauner sicherlich vermeiden würden. »Ja«, sagte Yvette laut. »Ich muß ein paar Änderungen vornehmen.«

Und das tat sie denn auch. Die alte Carmen war ein tolles Weib, die neue war eine ruhige, vernünftige Witwe. Die alte Carmen hatte sich gekleidet, daß so viel Haut sichtbar blieb, wie behördlich eben noch gestattet war. Die neue kleidete sich elegant und dezent, weder auffällig noch matronenhaft. Sie legte sich Kleider zu, die geschmackvoll erkennen ließen, daß eine schöne Frau in ihnen steckte. Die alte Carmen hatte von Kopf bis Fuß geglitzert wie ein Weihnachtsbaum. Die neue trug ein oder zwei ausgesuchte Schmuckstücke, die ihre Aufmachung geschmackvoll unterstrichen und harmonisch ergänzten.

Die ›Kaiserin Irene‹ war einer der neuesten und luxuriösesten Starliner, welche die Raumfahrtstraßen befuhren – das ideale Transportmittel für eine Person wie Carmen Velasquez auf einer Überfahrt nach Vesa. Ihre Suite war riesig, ausgestattet mit dicken Teppichen und Draperien, Bett und Badewanne von königlichen Ausmaßen. Um ihr besonders entgegenzukommen, hatte man die Räume eigens für sie unter Ultragrav gesetzt. Während das gesamte Schiff, mit Ausnahme gewisser Sporteinrichtungen, unter einer Gravitation Stufe eins stand, war sie auf ihren Wunsch in ihrer Suite um drei Einheiten angehoben worden. Da man Carmen ansah, daß sie vom Planeten Purity stammte – einer Welt mit hoher Schwerkraft, zum Teil von religiösen Fanatikern besiedelt, die von DesPlaines ausgewandert waren –, war ihr Wunsch nicht weiter erstaunlich.

Die Reise von der Erde auf die Vesa sollte zehn Tage dauern. Yvette hatte sich schon vom ersten Tag an als einer der maßgeblichen Passagiere an Bord etabliert. Als reiche und schöne Frau war sie ständiger Gast am Kapitänstisch, und als es ruchbar wurde, daß sie auch noch alleinstehend war, standen die Männer vor ihrer Tür Schlange, um sie zum Tanzen auszuführen oder sich als Partner für die vielen sportlichen oder gesellschaftlichen Betätigungen anzubieten. Yvette sonnte sich in den Aufmerksamkeiten. Schließlich war es nicht verboten, sich auch bei einem gefährlichen Auftrag zu amüsieren.

Am fünften Tag lernte Yvette einen überaus charmanten Mann vom Planeten Largo kennen. Er hieß Dak Lehman, ein Industrieller auf Urlaubsreise, und stellte das dar, was die meisten Mädchen unter einem Traum von einem Mann verstehen. Er war Anfang Dreißig, die ideale Mischung aus reifer Erfahrung und jungenhaftem Überschwang. Dak hatte alle gesellschaftlichen Tugenden und war ein witziger und intelligenter Gesprächspartner. Was aber noch wichtiger war, er kannte den Wert des Zuhörenkönnens. War er mit einer Frau zusammen, dann spürte sie, daß ihr seine ungeteilte Aufmerksamkeit galt. Eine sehr schmeichelhafte Eigenschaft, die ihn zum Schwarm aller weiblichen Wesen an Bord avancieren ließ.

So war es nur natürlich, daß sich die zwei attraktivsten Menschen an Bord des Linienschiffes kennenlernten und sofort aneinander Gefallen fanden. Dak führte Yvette nach dem Dinner allabendlich zum Tanz, und die schöne SOTE-Agenten wußte, daß ihr zauberhafte Stunden bevorstanden. Dak überließ ihr während des Essens die Unterhaltung, was Yvette nichts ausmachte – es gab ihr Gelegenheit, ihre erfundene Geschichte zu üben und sie für Vesa aufzupolieren. Sie gab zu verstehen, daß sie mit neunundzwanzig Witwe geworden war. Ihr Mann hätte ihr ein Riesenvermögen hinterlassen. Die Bergbauunternehmen, die sie gemeinsam aufgebaut hatten, lägen nun in den Händen tüchtiger und vertrauenswürdiger Geschäftsführer, und die arme Carmen habe nichts weiter zu tun, als auf Reisen zu gehen und sich zu amüsieren. Es war eine sorgfältig erdachte Geschichte, von einer Art, daß eventuelle Mörder sofort wußten, daß Carmens Verschwinden im Strom des Lebens kaum ein leises Wellengekräusel hinterlassen würde.

Dak hörte sich das alles voll Mitgefühl an. »Sie wirken aber viel zu jung für eine Witwe«, sagte er, als sie mit ihrer Geschichte fertig war.

»Dafür gibt es keine Altersgrenze. Der arme Carlos wurde in

einer unserer Minen verschüttet. Man hat ihn nie gefunden.« Yvette gestattete sich einen traurigen Seufzer.

»Trotzdem kann ich nicht glauben, daß eine so weltoffene und gebildete Frau von Purity kommen kann. Ich hörte immer nur, daß man dort, nun ja ...«

»Versuchen Sie es mit ›steif‹, ›provinziell‹ oder ›langweilig‹. Die meisten Fanatiker sind es auch wirklich. Ich wurde selbst so erzogen und bin immer wieder überrascht, wenn ich entsprechende Anzeichen an mir entdecke. Ein Glück, daß das Geld einem rasch eine ganze Menge beibringt – oder zumindest die geeigneten Lehrer verschafft. Carlos und ich mußten erkennen, daß wir viel zu lebenslustig waren, um uns in einem purityanischen Leben zu vergraben, deswegen sind wir schon vor sieben Jahren auf die Erde gezogen.« Sie seufzte. »Armer Carlos. So jung sterben zu müssen und so viel Schönes nicht kennengelernt zu haben.«

Da setzte das Orchester ein. Dak forderte sie zum Tanzen auf, und Yvette nahm nur zu gern an. Es zeigte sich, daß beide hervorragende Tänzer waren. Ihre Körper verschmolzen zu einer geschmeidigen, im Rhythmus der Musik gleitenden Bewegung. Yvettes Körper prickelte, als sie sich an Dak schmiegte. Ein charmanter Mann, in den sich eine Frau nur zu leicht verlieben konnte.

Nach dem Tanz führte Dak Yvette hinaus in den angrenzenden Raum, der als Cosmos Room bekannt war. Es war ein weitläufiger Raum, zwanzig Meter lang, mit einer kuppelartigen Decke, die sich zehn Meter hoch über den Köpfen der darin Befindlichen wölbte. Der Raum wurde ständig im Dunkeln gehalten, während ein Kaleidoskop stecknadelgroßer Lichter über die Kuppel glitt und ihr das Aussehen eines psychedelischen Planetariums verlieh. Hin und wieder erschien das vergrößerte Bild einer Nebula oder einer fremden Galaxis und stürzte sich falkengleich auf den Beschauer. Der Cosmos Room war offensichtlich für Meditationen über die Größe des Universums gedacht.

Tatsächlich aber diente er der Anknüpfung von Reisebekanntschaften und hatte Anteil an der legendären Anziehungskraft des Starliners für Romantiker beiderlei Geschlechts.

Dak führte Yvette an ein entlang der Wand verlaufendes Geländer, und sie beobachteten gemeinsam die Lichtshow an der

Kuppel. Yvette brach das Schweigen. »Den ganzen Abend habe ich nur von mir geredet. Wie wäre es, wenn Sie ein wenig von sich selbst erzählten? Wer ist dieser faszinierende Mensch namens Dak Lehman?«

Ihr Partner verharrte noch eine Weile in Schweigen, was Yvette sehr uncharakteristisch empfand. Dak war im Gespräch niemals um eine Antwort verlegen. Sie wollte sein Zögern schon scherzhaft kommentieren, als sie ein seltsam prickelndes Gefühl im Nacken spürte. Sie wurde beobachtet. Ihr alter Agenteninstinkt war seiner Sache sicher. Sie drehte sich unauffällig um, so daß sie in die Richtung des Beobachters blicken konnte, ohne daß es auffiel. Als ihre Augen endlich die Dunkelheit des Raumes durchdrangen, konnte sie die Umrisse zweier Männer erkennen. Einer war von normaler Größe, ein wenig untersetzt, der andere groß und hager. Mehr konnte sie bei dieser Beleuchtung nicht sehen, aber sie wußte, daß sie beobachtet wurde. Im Augenblick schienen die Dunkelmänner nur am Beobachten interessiert zu sein, deswegen legte Yvette diese Information im Geiste zurück, um sie einmal später auszuwerten, und wandte ihre Aufmerksamkeit wieder Dak zu. Alle paar Minuten kontrollierte sie aber ihre Beobachter, um sicherzugehen, daß sie nichts weiter im Schilde führten.

Schließlich hatte sich Dak zu einer Antwort auf ihre Frage entschlossen. Yvette legte ihm leicht die Hand auf den Arm, während er erzählte:

»Ach, ich bin nichts Besonderes. Mein Vater hatte auf Largo eine kleine Tonbandfabrik. Als ich das Unternehmen erbte, vergrößerte ich den Betrieb, bis wir die größte Büromaschinenfabrik in diesem Teil des Weltalls wurden. Dann weiteten wir uns auf Computer aus, und auch auf diesem Gebiet läuft alles tadellos.

Ich entschloß mich, für eine Weile auszuspannen, bevor mich der Erfolg erschlägt. Es steigt einem zu Kopf, und die gesellschaftliche Atmosphäre erstickt einen beinahe. Hoffentlich ändert sich das auf Vesa. Wie ich höre, gelingt es den wenigsten, dort etwas im Spiel zu gewinnen. Das wird eine erfrischende Abwechslung.«

»Und Frauen in Ihrem Leben?«

Wieder eine kleine Pause. »Nein, im Augenblick nicht. Ich war immer zu sehr eingespannt, als daß sich etwas Ernstes hätte entwickeln können. Man könnte sagen, daß ich mit meiner Arbeit verheiratet bin.«

Yvette hielt jetzt sein Handgelenk aus einem ganz bestimmten Grund umfangen. Sie hatte ein feines Empfindungsvermögen, gleich einem Lügendetektor und nahm die kleinen Veränderungen des Pulsschlages wahr, die winzigen Muskelanspannungen, die auftraten, wenn einem Menschen bei dem, was er sagt, nicht wohl zumute ist. Es war ein Trick, den sie vor Jahren von ihrem Onkel Marcel, dem Zauberer des Zirkus, gelernt hatte. Für ihn war es ein wichtiger Teil seiner Gedankenlesekünste.

Was sie nun von Daks Handgelenk ›ablas‹, ärgerte sie. Er log zwar nicht direkt, aber gleichzeitig suchte er sich sehr vorsichtig einen Weg zwischen den Säulen der Wahrheit. Nicht ein einziger Punkt war völlig unwahr. Das beruhigte sie, denn sie hatte entdecken müssen, daß er ihr ein wenig gefiel.

Aus dem Tanzsaal hörte man das Orchester. Yvette wollte plötzlich weg. »Kommen Sie, ich möchte tanzen!« sagte sie und führte Dak zurück in den Tanzsaal zur Tanzfläche. Er leistete nicht den geringsten Widerstand.

Die zwei Beobachter verschwanden in der Finsternis, als sie sich in den Tanzsaal begaben, und das beunruhigte sie noch mehr. Warum schnüffeln die hinter mir her? fragte sie sich. Haben sie mit diesem Fall zu tun? Aber so rasch können die meine Tarnung doch nicht durchschaut haben?

Den ganzen Abend durchschwirrten diese Gedanken ihren Kopf und ließen nicht zu, daß sie sich ganz einfach amüsierte.

Die nächsten fünf Tage vergingen wie im Flug. Meist waren sie erholsam, da Yvette sich größtenteils in Daks Gesellschaft befand. Sie unterhielten sich über alltägliche Dinge, tauschten Kindheitserinnerungen aus und tratschten über die Eigenheiten ihrer Mitpassagiere. Sie versuchten sich in etlichen an Bord möglichen Sportarten, wobei Yvette höchste Vorsicht walten lassen mußte, ihre physischen Talente nicht zu auffällig werden zu lassen. Ihr Lieblingszeitvertreib war das ›Freischwimmen‹ in einem Raum mit Nulldruck, ein Sport, der dem Schwimmen im Wasser aus mehreren Gründen überlegen war. Man konnte ihn dreidimensional betreiben, ohne den Widerstand des Wassers überwinden zu müssen, man brauchte sich nachher nicht abzutrocknen, brauchte keine eigene Bekleidung – das Freischwimmen wurde meist nackt betrieben – und es drohte nicht die Gefahr des Ertrinkens.

Yvette war den freien Fall gewohnt, da sie seit frühesten Kindheitstagen mit dem Zirkus unterwegs war, doch hatte sie kaum je das Vergnügen gehabt, es in einem großen Raum zu tun, in dem sie sich frei bewegen und nach Herzenslust akrobatische Kunststücke vollführen konnte. Beim Freischwimmen wurde sie richtig lebendig, und ihr Überschwang steckte ihre Umgebung an. Sie drehte und wirbelte, machte Purzelbäume in der Luft und wurde von ihren Mitpassagieren bejubelt – die keine Ahnung hatten, daß sie der größten Akrobatin der Galaxis zusahen.

»Das können Sie ja fabelhaft«, bemerkte Dak, während sein Blick bewundernd über Yvettes herrlich gerundete Gestalt glitt.

Yvette schenkte ihm ihr wärmstes Lächeln. »Körperliche Ertüchtigung war schon immer meine große Leidenschaft. Mein Körper ist meine Wohnung – und ich habe nur einen Körper. Deswegen lasse ich ihm die bestmögliche Pflege angedeihen.«

Den Rest des Tages verbrachte sie damit, Dak in die Grundlagen ihrer Kunst einzuführen. Er war ein begabter Schüler, und nach wenigen Stunden ›schwammen‹ sie miteinander ganz annehmbar, wenn auch nicht vollendet.

Die glückliche Vollkommenheit des Tages wurde nur von der ständigen Gegenwart der zwei schattenhaften Beobachter getrübt. Zunächst bemerkte Yvette sie nur, wenn sie sich in Daks Gesellschaft befand. Diese zwei unauffälligen Gestalten beobachteten sie heimlich aus dem Hinterhalt, ohne selbst gesehen werden zu können. Später, als sich ihre Beziehungen zu Dak vertieften, war es nur mehr einer von den beiden, der ständig hinter ihr her war.

Aus praktischen Gründen nannte sie den Großen Gaspard und den Dicken Murgatroyd und versuchte jeden ihr bekannten Trick, um die beiden dazu zu bringen, Farbe zu bekennen – vergeblich. Sie duckte sich hinter Ecken und machte überraschend kehrt – aber die Kerls kannten diesen Trick und ließen sich nicht hereinlegen. Sie tauchte in größeren Menschenansammlungen und offenen Räumen unter, aber sie drängten sich ebenfalls in die Menge und ließen sie nicht aus den Augen. Es gelang ihr zwar mehrmals, sie abzuschütteln, aber an Bord eines Schiffes war der Raum doch zu beschränkt, und die beiden hatten nach wenigen Stunden wieder ihre Fährte aufgenommen.

»Wer sind die zwei?« fragte sie sich immer häufiger. »Die sind verdammt gut. Gehören sie etwa zu der Verschwörung, die ich aufdecken soll? Nichts spricht dafür, daß die Bande auch Späher auf den einlaufenden Schiffen unterhält – aber möglich wäre es immerhin. Wer immer sie sein mögen – die beiden machen mir schwer zu schaffen.«

Der letzte Abend der Reise war gekommen. Am nächsten Tag würde die ›Kaiserin Irene‹ auf Vesa festmachen, und Yvettes richtige Arbeit würde beginnen. Aber heute abend wollte sie sich in aller Ruhe amüsieren. Sie speiste mit Dak, und ihre Unterhaltung war freizügiger als zuvor. Ein paarmal fiel Yvette auf, daß ihr Begleiter offenbar von einem bedrückenden Gedanken verfolgt wurde und nahe daran zu sein schien, sie ins Vertrauen zu ziehen. Aber irgend etwas mußte ihn davor zurückhalten, und er änderte dann unvermittelt das Thema. Yvette, die fühlte, daß sie ihn nicht drängen durfte, sagte dazu gar nichts.

Nach dem Dinner gingen sie gemächlich und eng umschlungen an Bord spazieren und sprachen nicht viel. Beim Lift angekommen, wo sie sich gewöhnlich trennten, lud Dak sie ein, heute nacht zu ihm zu kommen. Yvette zögerte und lehnte dann höflich ab, indem sie ihre erst kurze Zeit währende Witwenschaft vorschob. »Wie ich schon sagte, kommt manchmal mein purityanisches Erbe durch und setzt sogar mich in Erstaunen. Dein Angebot ist verlockend, aber Carlos' Tod liegt noch nicht lange zurück …« Sie brach nachdenklich ab.

»Verstehe«, sagte Dak leise. Er sah sie an und nahm sie in seine Arme. Eine endlose, sinnliche Minute lang preßten sich ihre Körper aneinander, dann sagte er: »Ich bin ein Redner, der, wenn ihn ein echtes Gefühl überkommt, nichts herausbringt und daran erstickt. Und eben jetzt geht es mir so. Ich weiß, daß Schiffsromanzen eine geheimnisvolle Mystik innewohnt, und ich kämpfe dauernd dagegen an. Aber ich habe den Kampf verloren, Carmen, ich glaube, ich bin verliebt in dich. Möchtest du mich heiraten?«

Yvette mußte feststellen, daß sie Tränen in den Augen hatte. »Deine Sprachlosigkeit muß ansteckend sein«, stammelte sie.

»Mir fällt nur das alte Klischee ein, daß alles so plötzlich kommt und dergleichen. Ich weiß nicht, was ich davon halten soll. Ja, ich weiß, du verdienst eine bessere Antwort – aber mehr kann ich im Augenblick nicht dazu sagen.«

Dak zuckte die Achseln. »Ich erwarte heute keine Antwort. Vielleicht werden wir im kalten Licht des Morgens auf Vesa darüber lachen, wie albern wir waren, Begehren mit Liebe zu verwechseln. Aber ich möchte, daß wir die Sache eine Weile in Betracht ziehen, ja?«

»Ich kann mir kein angenehmeres Thema für Überlegungen vorstellen«, erwiderte Yvette.

Die zwei standen lange eng aneinandergeschmiegt beisammen und genossen das Gefühl der gegenseitigen Zuneigung. Dak beugte sich über sie und ihre Lippen trafen sich in einem leidenschaftlichen Kuß.

Yvettes ganzer Körper prickelte noch von dem Kuß, als sie mit dem Lift hinauffuhr und den langen Gang zu ihrer Suite entlangging. Ihr Kopf war angenehm umnebelt von der Verwirrung, die der Konflikt zwischen Gefühl und Verstand mit sich gebracht hatte. Ihre Gefühle sagten ihr, daß hier wenigstens ein Mann wäre, den sie lieben konnte. Sie war neunundzwanzig und noch immer allein. Im fruchtbaren Clan der d'Alemberts galt dies als ungewöhnlich. Sie hatte natürlich ihren Anteil an romantischen Verwicklungen abbekommen, aber noch nie hatte der magische Funke so hell gebrannt wie jetzt. Dak Lehman sah gut aus, war intelligent, charmant, liebenswürdig, reich, noch zu haben und in sie verliebt. Die Kombination hätte nicht besser sein können. Dabei spielte es keine Rolle, daß ihr Vater nicht nur Direktor des Zirkus, sondern Herzog des Planeten DesPlaines und sie selbst eine Dame des Reiches war. Einer Ehe mit einem Bürgerlichen haftete kein Makel an. In gewissen Kreisen wurden solche Ehen sogar aktiv gefördert.

Eine Tatsache allerdings konnte sie nicht unbeachtet lassen. Dak Lehman stammte nicht von DesPlaines. Das war nicht Chauvinismus, was diesen Punkt so wichtig machte, sondern praktische Überlegung. Daks Heimatplanet Largo besaß eine Oberflächenschwerkraft, die annähernd jener der Erde entsprach, während Yvette aus einer Welt mit dreimal so hoher Schwerkraft stammte. Er würde in ihrer Heimat nicht leben und sich wohl fühlen können. Sogar bei seiner jetzigen, hervorragenden körperlichen Verfassung würde er stark behindert sein. Und in zehn, zwanzig, dreißig Jahren würde aus ihm ein hoffnungsloser Krüppel geworden sein.

Yvette ihrerseits hätte die geringe Schwerkraft anderer Welten viel besser vertragen, aber Komplikationen hätte es dennoch gegeben. Menschen aus Hochschwerkraftwelten neigten zu Knochenerkrankungen, wenn sie sich ständig bei geringerer Schwerkraft bewegten. Sie könnte als arthritischer Krüppel enden – ein Schicksal, das ihr wahrlich nicht erstrebenswert schien. Dazu kam, daß sie sich in ein selbstgewähltes Exil würde begeben müssen, getrennt von allen Freunden und Familienangehörigen, die ihr alle so nahestanden.

Dann war da noch die Frage der relativen Kraftverhältnisse. Bis jetzt hatte sie in dieser Beziehung sehr vorsichtig sein müssen. Mitten in einer leidenschaftlichen Umarmung hatte sie darauf achten müssen, daß sie Dak dabei nicht ein paar Rippen brach. In einer Ehe mit ihm würde sie ständig mit solcher Furcht leben müssen und würde sich nie gehenlassen dürfen, weil die Gefahr bestand, ihn zu verletzen oder sogar zu töten. All diese Gedanken zügelten ihre Leidenschaft, während sie in ihrer Tasche nach dem Schlüssel suchte.

Aber ich liebe ihn dennoch, dachte sie bei sich.

Als sie den Magnetschlüssel in der Hand hatte und damit über das Türschloß streichen wollte, bemerkte sie, daß unter dem Türrahmen Licht schimmerte. Sie konnte sich deutlich erinnern, daß sie das Licht ausgeschaltet hatte, als sie vor Stunden das Zimmer verlassen hatte … und ihre Zimmerbeleuchtung war nicht darauf eingestellt, von selbst zu verlöschen.

Plötzlich waren alle Gedanken an Dak Lehman aus ihrem Bewußtsein verbannt, und sie war wieder Yvette d'Alembert, Spitzenagentin des *Service of the Empire*. Jetzt ging es um ihre Mission. Eine oder mehrere Personen waren also in ihr Zimmer eingedrungen, hatten Licht gemacht und es nicht wieder ausgeschaltet. Vielleicht handelte es sich um einen simplen Einbruch und der Dieb war schon seit Stunden wieder weg, aber dieses Risiko durfte sie nicht eingehen. Während sie angestrengt nachdachte, wurde ihr plötzlich bewußt, wieso der Abend so zwanglos und nett verlaufen war – die zwei bedrohlichen Schatten hatten sie nicht verfolgt. Zunächst war sie darüber überrascht gewesen, dann hatte sie es im Verlauf des herrlichen Abends vergessen. Jetzt war alles plötzlich klar. Sie hatten sie nicht verfolgt, weil sie ihr in ihrem eigenen Zimmer auflauerten.

Yvette war froh, daß sie auf Daks Vorschlag nicht eingegangen war. Diese zwei Gesichtslosen bereiteten ihr ziemliches Unbehagen, aber von sich aus hatte sie nicht aktiv werden können. Und jetzt ergriff plötzlich die Gegenseite die Initiative, und Yvette beschloß, die Sache rasch zu einem Ende zu bringen.

Ihr analytischer Verstand arbeitete in rasender Geschwindigkeit. Sie überlegte, welche Strategie sie anwenden sollte. Der Gang war ruhig wie immer, und sie hatte ihre Schritte nicht gedämpft. Gaspard und Murgatroyd wußten also, daß sie vor der Tür stand. Auf ein Risiko würden sich die nicht einlassen – sicher standen sie mit schußbereiten Waffen da und ballerten los, sobald sie die Tür öffnete. Schuß- oder Betäubungswaffen – das war dann einerlei. Sie würden jedenfalls versuchen, sie irgendwie außer Gefecht zu setzen.

Sie würden jedoch ihre Waffen auf ein durch die Tür hereinkommendes Ziel richten, da man ja normalerweise auf diese Weise einen Raum betrat. Und wahrscheinlich würden sie sehr tief zielen – auf ihre Mitte oder tiefer –, um mit Sicherheit zu treffen. Doch da gab es vielleicht noch eine andere Möglichkeit, in das Zimmer zu gelangen ...

Yvette blickte sich hastig um und erspähte, was sie brauchte. Alle Starliner waren mit einer Reihe von Griffleisten, ausgestattet, falls ein Notfall eintrat und die künstliche Schwerkraft aussetzte. Diese Griffleisten waren so gestaltet, daß sie mit dem übrigen Dekor übereinstimmten, aber sie waren vorhanden und waren ausreichend stabil für ihr Vorhaben. Sie konzentrierte sich auf die Leiste über der Tür und bereitete sich auf das Kommende vor.

Zunächst fuhr sie mit dem Magnetschlüssel über das Schloß, wartete jedoch das Öffnen der Tür nicht ab, sondern sprang, sich an der Griffleiste über der Tür festhaltend, hoch. Als nun die Tür lautlos beiseiteglitt, hörte sie das leise Summen der sich entladenden Waffen, die unter ihr auf jene Stelle gerichtet waren, an der sie nach Annahme der Täter hätte stehen sollen. Die Schüsse pfiffen also harmlos durch die Luft und trafen die gegenüberliegende Seite des Ganges.

Fester zupackend, benutzte Yvette nunmehr die Griffleiste als Drehpunkt für einen Schwung. Sie sprang, die Beine vorschwingend und in seitlicher Richtung abschwingend, durch die obere Hälfte des Türeinganges. So landete sie außerhalb der Schußlinie neben einem Stuhl. Noch während des Niedergehens merkte sie, daß die Eindringlinge die Schwerkraft in ihrem Zimmer auf Eins heruntergeschaltet hatten – offenbar sich selbst zuliebe. Was sie dabei nicht bedacht hatten, war der Umstand, daß die geringere Schwerkraft es Yvette erleichterte, gegen sie zu kämpfen.

Die zwei Männer hatten drei Meter entfernt von der entgegengesetzten Wand Aufstellung genommen und auf die Tür gezielt, um sie ins Kreuzfeuer zu nehmen. Yvette erfaßte die Situation im Bruchteil einer Sekunde und richtete sich sofort darauf ein. Ohne beim Landen am Boden die geringste Pause einzulegen, schnellte sie aus federnder Kniebeuge und die Wucht des Aufsprunges noch nützend zu einem weiteren Sprung hoch. So sprang sie durch den Raum auf den Mann zu, den sie Murgatroyd nannte, und drehte sich katzenartig während des Sprunges in der Luft. Gleichzeitig ließ sie ihre Rechte seitlich vorschnellen und versetzte dem Mann seitlich am Hals einen Handkantenschlag. Hätte sie nicht mit Vorbedacht die allerletzte Sekunde dazu gewählt, so hätte sie ihm den Hals gebrochen. So aber machte Murgatroyd eine Drehung und fiel bewußtlos um, während Yvette in zügiger Fortsetzung, sich um die eigene Achse drehend, den anderen Revolverhelden ansprang.

Es war Gaspard, wie sie ihn nannte. Seine Reflexe waren nicht von schlechten Eltern. Yvettes Angriff auf seinen Kollegen hatte ihm den nötigen Sekundenbruchteil an Zeit gelassen, sich von Yvettes überraschendem Eindringen zu erholen und sich in ihre Richtung zu wenden. Aber auch so waren seine Reflexe denen eines DesPlainianers mit Superkondition nicht gewachsen.

Eben als er sich ihr zuwandte und seine Waffe anlegte, war Yvette auch schon über ihm – siebzig Kilo einer wuterfüllten Masse. Die Wucht ihres Körpers beim Ansprung hatte beide zu Boden geworfen, und ein kurzes Zudrücken ihrer steifen Finger genau unter seinen Rippen trieb ihm Luft und Kampfgeist völlig aus.

Als der zweite Mann schlapp wurde, erhob sich Yvette mit

einem Seufzer der Erleichterung. Eine plötzliche Bewegung, knapp an der Grenze ihres Blickfeldes, bannte ihr Auge, aber noch ehe sie sich umdrehen und etwas gehen konnte, hörte sie das Summen einer Betäubungswaffe. Sie spürte, wie sie von einer Lähmung übermannt wurde und fiel mit schlaffen Gliedern, mit dem Gesicht voran, auf den Teppichboden.

Der versteckte Angreifer mußte seinen Stunner auf die erste Stufe eingestellt haben, auf die geringste Stufe, weil Yvette nicht das Bewußtsein verlor. Ihre bewußt steuerbaren Muskeln widersetzten sich jedoch ihrem Willen, und sie lag hilflos auf dem Boden. Die Tatsache, daß der Angreifer die geringste Stufe der Waffe eingesetzt hatte, war zwar ermutigend – er hätte sie ja ebensogut töten können –, aber in diesem Augenblick bot ihr das wenig Trost.

Yvette hätte sich ohrfeigen können, weil sie so dumm gewesen war. Weil sie nur zwei Verfolger gesichtet hatte, war ihr der Gedanke an einen weiteren gar nicht gekommen. In blindem Selbstvertrauen hatte sie sich zu einer falschen Annahme verleiten lassen. Sie hätte in ihrer Wachsamkeit nicht nachlassen dürfen, ehe sie nicht den Raum gründlich durchsucht und sich vergewissert hatte, daß sich niemand anderer darin versteckt hielt.

In dem Spionagespiel konnte sich jeder der Spieler nur einen Fehler erlauben, denn dieser eine war gewöhnlich tödlich. Yvette betete darum, es möge diesmal nicht der Fall sein und schwor sich, nie wieder einen solchen Unsinn zu machen.

Während sie so dalag, hörte sie die Schritte jener Person, die auf sie geschossen hatte. Sie konnte den Kopf nicht wenden und ihn sehen, aber ein Paar Männerschuhe kam in ihren Gesichtskreis. »Meinen Glückwunsch, Gospoza Velasquez! Sie wehrten sich tapferer, als man es hätte erwarten dürfen. Wir unterschätzten Sie, und das gefällt mir gar nicht. Seien Sie versichert, daß es nicht wieder vorkommen wird.

Vermutlich sollte ich Ihnen als erstes sagen, daß wir Ihnen persönlich nichts tun wollen. Das klingt in Anbetracht der Falle, in die wir Sie lockten, etwas lächerlich – ich weiß. Aber unsere Stunner waren nur auf Eins gestellt – wir möchten uns nur mit ihnen ungestört unterhalten können. Wir sind vernünftige Menschen.«

Die Stimme machte eine Pause, während der Unbekannte einen Schritt zurück tat und sich auf die Bettkante ihres Bettes setzte.

»In den letzten Tagen fiel uns auf, daß Sie an Gospodin Lehman ungewöhnliches Interesse zeigten. Nun ergibt es sich aber, daß auch wir an ihm interessiert sind, und wir sind – wie soll ich sagen? – eifersüchtig, wenn andere auf der Bildfläche auftauchen. Wir würden es begrüßen, Gospoza Velasquez, wenn Sie von einem Wiedersehen mit Lehman Abstand nähmen. Sicher – diese Bordromanzen können schon mal vorkommen – wie gesagt, wir sind ja vernünftige Menschen, und wenn Sie Lehman nie mehr wiedersehen, werden auch Sie uns nicht mehr wiedersehen.

Sie stehen vor einem Urlaub auf Vesa, einem der größten Vergnügungszentren der Galaxis. Es wird also mehr als genug Gelegenheit geben, Gospodin Lehman zu vergessen. Sie sind eine sehr attraktive Frau, Gospoza Velasquez, und ich zweifle nicht, daß sich Ihnen Scharen von Männern zu Füßen legen und den Verlust des einen reichlich wettmachen werden. Sie sind dazu noch eine intelligente Frau, und aus diesem Grund verbreite ich mich auch nicht näher über den Punkt, wie aufgebracht meine Freunde und ich wären, wenn Sie auf unseren Vorschlag nicht eingingen.«

Der Mann stand wieder auf und trat zu Gaspard hin. Der Große war von Yvettes Treffer nicht ganz außer Gefecht gesetzt worden – sie hatte nämlich die Absicht gehabt, ihn auszufragen, warum er sie verfolgt hatte. Gaspard hatte, während sein Freund zu Yvette gesprochen hatte, gegen Übelkeit angekämpft und rappelte sich nun, von seinem Freund unterstützt, langsam auf. Gemeinsam untersuchten sie Murgatroyd, der noch immer reglos dalag.

Sie hoben ihren Kameraden auf und gingen zur Tür. Auf der Schwelle blieben sie stehen und der eine, der bis jetzt das große Wort geführt hatte, sagte: »Wir müssen uns für die Störung entschuldigen. Hoffentlich verbringen Sie einen schönen Urlaub auf Vesa!«

Bis sich die Wirkung des Stunners nach etwa zehn Minuten verflüchtigt hatte, schien es Yvette zwecklos, die Verfolgung aufzunehmen. Sie mußte sich damit abfinden, daß sie nun die ganze Nacht wach in ihrem Bett lag, gegen die dunkle Decke starrte und genau vorausplante, was sie mit dem Trio bei der nächsten Begegnung machen würde.

5. KAPITEL

Zufälle und Unfälle

Jules' zweiter Arbeitstag auf Vesa verlief viel ruhiger als der erste, doch die Stimmung war gedrückt. Sogar die Männer, die am Tumult des Vortages nicht beteiligt gewesen waren, gingen auf Zehenspitzen, aus Befürchtung, den Zündstoff zur Explosion zu bringen, der, wie sie wußten, im Inneren der Beteiligten noch immer vorhanden war.

Vergrößert wurde das Problem noch durch die Tatsache, daß die Mannschaft heute mit weniger Personen auskommen mußte. Brownsend war nicht zur Arbeit erschienen, und ein von Fizcono getätigter Anruf in dessen Quartier brachte kein Ergebnis. »Vielleicht leckt er seine Wunden«, sagte der große Mann. »Gestern bei Arbeitsschluß sah er gar nicht gut aus. Aber morgen muß er da sein, sonst wird er gefeuert. Drückeberger dulde ich hier nicht.«

Rask lief mit düsterer Miene umher, ließ aber während des Umkleidens nur ein paar böse Worte laut werden. Es war offenbar, daß er sich ungerecht bestraft fühlte – schließlich hatten die Chandakhari als erste angegriffen. Er hatte nur seinen Freund schützen wollen, und dafür hatte man ihm einen Wochenlohn gestrichen! Diese Ungerechtigkeit lastete schwer auf seinem Gemüt.

Die Chandakhari wiederum waren noch abweisender, noch verschlossener und sonderten sich noch mehr von den anderen Arbeitern ab. Der junge Mann, der eigentlich den Streit begonnen hatte – er hieß Radapur, wie Jules inzwischen eingefallen war –, hielt sich abseits und warf Rask hohnvolle und haßerfüllte Blicke zu.

Jules war am schlimmsten dran, weil niemand so recht wußte, auf wessen Seite er in dieser Angelegenheit stand. Während des Kampfes war er beiden Seiten zu Hilfe gekommen und hatte sich damit von beiden Feindseligkeit eingehandelt. Niemand traute dem Neuankömmling, und so blieb er für den ganzen Tag ein Verfemter.

Was ihn betraf, so berührte es ihn nicht, denn er hatte viel zu überlegen. Gestern war er nach Arbeitsschluß noch ausgegangen und hatte einige Barlokale in den mehr obskuren Vierteln der unterirdischen Stadt besucht. An dem einen Abend hatte er natürlich nicht alle abklappern können. Die ›Vesa‹ genannte Niederlassung bestand aus vielen tausend Quadratkilometern Kavernen und Gängen, und mit wachsendem Wohlstand kamen immer mehr dazu. Obwohl er also nur einen kleinen Teil des Lebens hier kennengelernt hatte, formte sich allmählich ein Bild, das ihn sehr überraschte.

Vesas skandalträchtiger Ruf war in der gesamten Galaxis verbreitet. Der Mond galt als Glückshafen der Spieler, als Welt der Unausgeglichenheit und Gegensätze, in der für Geld einfach alles zu haben war. Demzufolge hatte Jules erwartet, daß auch das Privatleben auf Vesa lasziv und ungezügelt sein würde. Er mußte jedoch das Gegenteil feststellen. Die ständigen Einwohner Vesas waren im großen und ganzen sehr solide Bürger. Die Handvoll Bars, die er besucht hatte, waren ordentlich und ruhig, mit wenig Radau und grundlosen Streitereien. Es gab zwar die üblichen Betrunkenen und Dyevkas, wie man die Dirnen nannte – aber deren Leben schien sich abseits der übrigen Bevölkerung abzuspielen.

Jules fand wenig Anzeichen von ungezügelter Gier nach raschem Gelderwerb oder gröberen Formen der Korruption, ganz zu schweigen von einer Verschwörung so großen Umfangs, wie es die organisierte Ermordung von Touristen sein mußte. Wie konnte man einem so ruhigen und zivilisiertem Volk an diesen Verbrechen, die nach all den vorliegenden Beweisen tatsächlich verübt worden waren, die Schuld geben?

Andererseits gab es da den faszinierenden Kampfstil, zu dem sich die gestrige Schlägerei entwickelt hatte. Diese Chandakhari hatten wie eine gut aufeinander eingespielte Kampfeinheit agiert. Als der Wirbel anfing, hatte jeder genau gewußt, an welcher Stelle er zu stehen und was er zu tun hatte. Das war von einer Schar von Bauern oder Dockarbeitern, die sich vielleicht in irgendwelchen Bars auf Schlägereien einließen, nicht zu erwarten. Die militärische Präzision, mit der sie bei ihrer Aktion vorgegangen waren, war furchteinflößend. Jules zog daraus den Schluß, daß diese Chandakhari einer näheren Betrachtung wert waren.

Der erste Teil des Arbeitstages verging ereignislos, obgleich die Spannung innerhalb der Arbeitsgruppe zum Schneiden dick war. Kurz nach der Mittagspause kam es jedoch zu einer kleinen Entladung. Der Kranführer, ein Chandakhar, war eben dabei, mit dem Kran eine Last aus dem Schiff auf den Tieflader zu heben. Rasks Aufgabe war es nun, den Raum für die Ladung freizumachen und diese an die richtige Stelle zu dirigieren, während andere mithalfen, den Behälter ruhig zu halten. Aber irgendwie wurde von den einen oder anderen ein Zeichen übersehen, und der Behälter trudelte vom Kran herunter. Er landete mit einem lautlosen Aufprall, dessen Erschütterung alle unter den Sohlen verspürten, und zwar nicht auf dem Laster, sondern auf dem Kraterboden. Der Container war dem Aufprall nicht gewachsen, er zerbarst, und sein Inhalt wurde über die luftlose Krateroberfläche verstreut.

Rask explodierte wie eine Supernova. »Du dreckiger kleiner Kulyak!« rief er über die Sprechanlage, daß es alle hören konnten. »Du hast mein Signal absichtlich übersehen!«

Der Kranführer, ein Mann namens Forakhi, nahm den Vergleich mit einem der unappetitlichsten Tiere der Galaxis nicht ohne weiteres hin und schrie etwas in seiner Muttersprache zurück. Seine Ausdrücke waren auch nicht von schlechten Eltern, denn die anderen Chandakhari zuckten sichtlich zusammen, als sie das hörten. Dann fuhr der Kranführer fort: »Ich habe kein Zeichen übersehen – du hast mir absichtlich ein falsches gegeben, damit ich die Kiste fallen lasse.«

»Du nennst mich einen Lügner?« brüllte Rask.

Plötzlich tauchte Laz Fizcono zwischen den Streitenden auf. »Ich möchte nichts mehr von absichtlich und dergleichen hören«, kläffte der große Mann und übertönte damit die Streitenden. »Ich habe genau zugesehen – es war einfach ein Zufall. Unsere Nerven sind heute zum Zerreißen angespannt, wir müssen uns zusammennehmen, damit solche Fehler vermieden werden.«

Er drehte sich um und begutachtete die über den Kraterboden verstreute Ladung. Der Container hatte Salat enthalten, zehntausend Köpfe, die nun um den Laster herumlagen. Da Salat größtenteils aus Wasser besteht, wirkte das starke Sonnenlicht auf Vesa und der Sog des Vakuums zusammen, um den Salatköpfen alle Flüssigkeit zu entziehen und sie fast augenblicklich in eklige, braungrüne Schleimklumpen zu verwandeln.

Fizcono fuhr fort: »Wir müssen das Zeug sofort entfernen, damit wir weitermachen können.« Er wandte sich an Jules. »Ich möchte, daß du, duChamps, mit Hastings, Ktobu und Hassahman das Gelände säuberst. Seht zu, daß das Zeug wegkommt, bevor es den Boden total verklebt. Ich muß jetzt die Anträge an die Versicherung ausfertigen. Wenn ich daran denke, wird mir schon übel. Alle anderen sollen ihre Arbeit weitermachen. Ein Unfall ist keine Entschuldigung für Drückebergerei.«

Jules und seine hierfür abgestellten Kollegen machten sich sofort an die ihnen übertragene Aufgabe. Sie liefen in den Hangar, in welchem sich Geräte und Maschinen befanden, suchten nach dem Spezialgerät dafür und fuhren es an die Unfallstelle. Es handelte sich um eine Maschine, die ›Schaufler‹ genannt wurde – ein Traktor mit einem scharfkantigen, flachen Vorbau, der wie ein riesiges Fegeblech fungierte. Im Vorwärtsfahren wurden die schmorenden Salatköpfe vom Boden abgehoben, und wenn genug beisammen war, wurden sie über die Köpfe der Bedienungsmannschaft hinweg in einen riesigen Abfallbehälter geworfen. Jules und Ktobu gingen vor der Maschine und halfen nach, den Abfall aufzusammeln, während Hassahman am Steuer saß und Hastings den Abfallbehälter nach jeder Füllung feststampfte.

»Was geschieht mit dem Zeug, wenn es eingesammelt ist?« fragte Jules neugierig. »Wird es verbrannt oder was?«

Ktobu schüttelte den Kopf. »Eine solche Verschwendung ist verboten. Das Recycling-Zentrum holt die Behälter ab.«

Ktobu schien das für etwas ganz Selbstverständliches zu halten, und Jules ging ein Licht auf – Vesa war als luftleerer Mond ein ziemlich abgesondertes Gemeinwesen. Es gab wahrscheinlich ein paar kleine hydroponische Plantagen, die aber nur einen kleinen Prozentsatz der konsumierten Lebensmittel hervorbrachten, aber der Großteil mußte von Chandakha und anderswo importiert werden. Alles Organische wurde als potentiell eßbar erachtet, eine Verschwendung konnte man sich nicht leisten. Um die Importe möglichst gering zu halten, mußte man Wiederaufbereitungsanlagen haben, die den organischen Abfall sortierten und soviel wie möglich für künftigen Gebrauch herausholten. Dieses System wurde auf allen luftleeren Welten angewandt, aber Jules hatte noch nicht viele dieser Art kennengelernt und dem Problem bis jetzt keine Beachtung geschenkt. Es dauerte bis zum Arbeitsschluß und noch eine halbe Stunde länger, bis alles wieder sauber war. Fizcono, tüchtig wie immer, hatte vom Recycling-Zentrum, wie man die Wiederaufbereitungsanlage auch nannte, bereits einen Laster bestellt, und dieser traf eben ein, als Jules und seine Mannschaft den ›Schaufler‹ mitsamt dem überquellenden Sammelgefäß zurück in den Hangar brachten. Die Männer des Recycling-Zentrums, in weißen Anzügen, machten sich schweigend an die Arbeit und verluden den Abfall auf ihren Laster. Sie fuhren ab, fast ohne ein Wort gesprochen zu haben. »Sind die immer so einsilbig?« fragte Jules Fizcono.

Der große Mann nickte. »Daran ist das Kastenwesen schuld«, erklärte er. »Das System der Kasten wurde zwar offiziell schon lange vor der Besiedlung Chandakhas abgeschafft, aber gesellschaftliche Tabus haben oft ein sehr langes Leben, besonders unter einem so traditionsverbundenen Volk. Weil die Arbeiter in den Recycling-Anlagen mit Abfällen und totem Material zu tun haben, gelten sie als rituell unrein und werden von den anderen gemieden.« Er zuckte die Achseln. »Kann man eigentlich niemandem verübeln. Eine ziemlich dreckige Arbeit, wenn man es genau nimmt.«

Sobald Jules seine Arbeitszeit auf der Kontrolluhr gestochen hatte, ging er auf sein billiges Hotelzimmer, zog sich um und brach zu einer weiteren Tour durch die Nachtlokale auf. Die Situation war wie am Abend zuvor – viel zu ruhig. Er konnte zwar aus ein paar Gesprächsfetzen, die er auffing, entnehmen, daß es kriminelle Aktivitäten auf dem Mond gab, aber dabei handelte es sich bloß um Routineangelegenheiten: Drogen, Eigentumsdelikte, Prostitution und dergleichen. Damit müßte die hiesige Polizei fertig werden – oder sollte es zumindest. Jules hielt ja nach größeren Wild Ausschau – konnte es nirgends entdecken.

Ich muß es in einer anderen Richtung versuchen, sagte er sich, als er erschöpft nach Hause kam und ins Bett kroch. Irgendwie muß es doch einen Aufhänger in dieser Sache geben, sagte er sich. Es verschwinden durchschnittlich fünfunddreißig Menschen pro Tag. Es muß eine Organisation geben, die das betreibt, und wenn ja, dann muß sie irgendwo an der Oberfläche in Erscheinung treten.

Jules schlief ein, fand aber wenig Ruhe in der Nacht. Träume von Mördern, unbestimmbar und unerkennbar, ließen ihn sich im Bett unruhig hin und her wälzen.

Am nächsten Morgen mußte er sich sehr zusammennehmen, als er sich zur Arbeit schleppte. Es bedrückte ihn, daß seine Suche nach Spuren der Organisation ein Fehlschlag war, und der Gedanke daran, weitere acht Stunden eingepfercht zwischen zwei streitenden Parteien zubringen zu müssen, vergrößerte nur das Malheur. Er spielte sogar mit dem Gedanken, den Job sausen zu lassen und seine gesamte Zeit mit Nachforschungen zu verbringen. Das Geld hatte er nicht nötig, und die am Dock verbrachten Stunden zehrten von seiner Kraft und seiner Zeit, beides notwendig für seine eigentliche Aufgabe. Doch so bestechend diese Idee auch war, er legte sie mit einem bedauernden Seufzer ad acta. Das Leben eines Geheimagenten bestand eben zu neunundneunzig Prozent aus mühsamer Kleinarbeit. Er brauchte einen soliden Hintergrund für die Rolle, die er spielte, für den Fall, daß er in Schwierigkeiten geriet, und durfte nicht zulassen, daß ihm seine früheren Erfolge zu Kopf stiegen und ihn überheblich machten. Daß er hier eine niedrige, hirntötende Arbeit verrichten mußte, hing eben mit der Besonderheit des Falles zusammen. Er kam fünf Minuten zu spät. Fast alle waren schon umgekleidet. Während er sich eilig in seinen eigenen Raumanzug zwängte, sah er sich um und bemerkte, daß heute zwei fehlten. Nicht nur Brownsend fehlte noch immer, sondern auch Rask. »Wo sind die beiden?« fragte er.

»Von Brownsend haben wir nichts gehört«, knurrte Fizcono. Es ging ihm natürlich gegen den Strich, mit verminderter Mannschaft arbeiten zu müssen. »Ich werde ihn suspendieren und um eine Arbeitskraft aus einem anderen Team bitten, bis er entweder zurückkommt oder wir ihn für immer ersetzen.« Sein Ton ließ erkennen, daß er letztere Möglichkeit bei weitem vorzog.

»Und was Rask betrifft«, fuhr der Vorarbeiter fort, »so weiß ich nicht genau, wo er ist. Sein Raumanzug ist nicht im Schrank, was bedeuten kann, daß er schon früher weggegangen ist. Das sieht ihm aber gar nicht ähnlich. Er ist zwar recht fähig, aber so viel Initiative hat er nicht. Ich ließ ihn schon per Funk rufen, aber er gibt keine Antwort. Ich weiß also ebensowenig wie du, wo er steckt.« Der große Mann schüttelte den Kopf. »DuChamps – wenn dir jetzt auch noch das Temperament durchgeht, dann kriege ich einen Nervenzusammenbruch.«

Der neue Mann, den Fizcono angefordert hatte, konnte erst später kommen, die Mannschaft ging also zunächst um zwei vermindert an die Arbeit. Wie gewöhnlich standen die Chandakhari in einer Gruppe beisammen, unterhielten sich nur wenig und waren sehr in sich gekehrt. Sie gingen an den fahrbaren Kran, der ihre Spezialität war, und fuhren über den offenen Krater zu dem zu entladenden Schiff. Jules, Fizcono und die übrigen folgten ihnen mit dem Ladefahrzeug, auf das die Fracht zunächst geladen werden sollte.

Jules hatte während der Fahrt seine Gedanken ziellos schweifen lassen, weil dies eine gute Entspannung darstellte, doch plötzlich wurde er durch eine Bewegung zu seiner Rechten wieder aus seinen Gedanken aufgeweckt. Hinter zwei in der Nähe stehenden Schiffen schoß plötzlich der ›Schaufler‹ mit voller Geschwindigkeit hervor und fuhr auf den fahrbaren Kran zu. Er fuhr nur mit etwa zwanzig Kilometern Stundengeschwindigkeit, also mit keiner halsbrecherischen Geschwindigkeit – aber auch so war er leichter und beweglicher als das Fahrzeug, dem er sich näherte.

Fizcono hatte das Fahrzeug fast gleichzeitig mit Jules wahrgenommen. »Was geht denn da vor?« rief er aus.

Jules' scharfe Augen hatten auch den Fahrer erkannt. »Es ist Rask«, sagte er knapp. »Er will den Kran rammen.«

Die Worte, die jetzt über Fizconos Lippen sprudelten, waren ein für Raumfahrer und Dockarbeiter typischer Slang und brachten Fizconos Mißfallen in besonders plastischen Bemerkungen zum Ausdruck. Jules war mit diesen Flüchen durchaus vertraut, sie hätten ihn auch nicht gestört, wenn er zugehört hätte, was aber nicht der Fall war. Er war ein Mann, der niemals stillsitzen und zusehen konnte, wenn Dinge vor ihm in Fluß gerieten. Er hatte sich daher schon in Bewegung gesetzt, als Fizcono erst die Frage stellte, was Rask denn vorhabe.

Der Kran war etwa zehn Meter von dem Laster entfernt, mit dem der SOTE-Agent mit den anderen unterwegs war. Einen kurzen Anlauf nehmend, sprang Jules vom Rand seines Fahrzeuges auf den Kran zu. Er berechnete seinen Sprung derart, daß er sich hierbei die herrschende geringe Schwerkraft nach Möglichkeit zunutze machen konnte. Er sprang daher in einem flachen Bogen, weil er wußte, daß er bei einem höher angesetzten Sprung mehr Zeit für den freien Fall benötigen würde und der Kran sich während dieser Zeit weiter entfernt hätte. Aber auch so schien es für seinen Begriff von Schnelligkeit eine Ewigkeit zu dauern, bis er den Kran erreichte. Auf Vesa ging der freie Fall eben viel langsamer vor sich.

Noch während des Sprunges rief er über Funk: »Alles herunter vom Kran! Rask macht Ernst!« Gleichzeitig vollführte er in einem blitzschnellen, akrobatischen Manöver eine Drehung, so daß er mit den Füßen voraus auf dem Kran landete. Während er sich auf sein Landungsmanöver konzentrierte, fand er dennoch Zeit, mit ein paar raschen Blicken zu erfassen, was das Schaufelgerät inzwischen unternahm.

Rask fuhr das kleine Fahrzeug äußerst ungleichmäßig. Obwohl es außer Frage stand, was sein Ziel war, verlief sein Kurs über den Kraterboden so, als hätte er das Gefährt nicht unter Kontrolle. Auch das Tempo des Fahrzeuges war unregelmäßig.

Statt gleichmäßig dahinzufahren, beschleunigte er es so plötzlich, daß es zu einer Reihe von ruckartigen Vorwärtssprüngen kam.

Das änderte aber nichts an der Sache. Der Schaufler würde letztlich mit großer Wucht gegen den Kran prallen und bei dem Vakuum, das auf der Oberfläche von Vesa bestand, konnte jeder Unfall tödlich enden.

Der Kran hielt an, kurz bevor Jules ihn erreichte. Die Chandakhari an Bord hatten gemerkt, was im Gange war. Nach einem Augenblick der Überraschung reagierten sie so, wie Jules es gewollt hatte, und kletterten so rasch wie möglich herunter. Da sie in Raumanzügen steckten, war es ein schwieriges und gefährliches Unterfangen, denn das Herumklettern auf einer Maschine konnte zu einem Riß im Material ihrer Umhüllung führen und dies wiederum zu sofortigem Tod. Jules war ordentlich erleichtert, als er sah, wie rasch sie sich bewegten.

Jules landete in elastischer Kniebeuge, um den Aufprall zu mildern, und hielt sich an den Verstrebungen fest, bis er sein Gleichgewicht wiedererlangt hatte. Dann lief er in das Fahrerhaus des Kranes und ergriff die Steuerung.

Rask kam jetzt mit Höchstgeschwindigkeit längsseits des Kranes heran. Ein Zusammenstoß war unvermeidlich, denn der Kran war für ein Ausweichmanöver zu langsam. Jules wollte den großen Kran wenigstens so weit wie möglich um seine Achse drehen, denn wenn der Aufprallwinkel weniger als neunzig Grad betrug, würde die Wucht des Zusammenstoßes mit dem Schaufler gemildert werden.

Obwohl es auf der luftlosen Oberfläche von Vesa keine Geräusche gab, glaubte Jules in seiner Phantasie das Knirschen der Raupen zu hören, während er mit aller Kraft an den Hebeln riß.

Rasks Fahrzeug kam rasend schnell näher, war nur mehr ein, zwei Dutzend Meter entfernt. Die Raupenkette des Krans verursachte ein Beben, als Jules sie bei der Drehung des Krans bis zu den Grenzen der Belastbarkeit beanspruchte. Der Kran drehte sich – fünf, zehn Grad – und dann war es zu spät. Der Schaufler traf seitlich am Kran auf, mit der vollen Wucht seiner Masse von zwanzig metrischen Tonnen.

Jules verließ seinen Posten knapp vor dem Zusammenstoß – er wollte nicht in der Kabine herumgeschleudert werden und sich dabei womöglich den Raumanzug aufreißen. Er war durch die offene Tür der Kabine hinausgeeilt und befand sich im Moment des Zusammenstoßes an der Außenseite des Kranes. Die Gewalt des Aufpralls übertrug sich von den Füßen aufwärts durch den ganzen Körper. Sein Kopf wurde derart erschüttert, daß es ihm fast die Zähne ausbrach und er das Gefühl hatte, daß sie wie Würfel auf einem Spieltisch in seinem Kopf herumkollerten. Ein jäher Schmerz durchfuhr sein linkes Bein unter dem Knie, das ihm infolge der seinerzeitigen Verletzung immer noch zu schaffen machte. Jules zuckte zusammen, als das Bein nachgab und er nach einem Halt suchen mußte.

Rask hatte für den Zusammenstoß die Schaufel seines Fahrzeuges mittels des Hebemechanismus hoch- und vorgereckt, in der Hoffnung, den größeren Kran auf diese Weise umkippen zu können. Der Kran schwankte und bebte auch, und Jules fürchtete schon, Rask könnte sein Ziel erreichen. Aber der Kran war einfach doch zu massiv, und nach einiger Zeit ließ Rask davon ab, jedoch nur, um sich eine neue Schurkerei einfallen zu lassen.

Radapur, der vor zwei Tagen damals den Streit begonnen hatte, war mit seinen Kollegen vom Kran gesprungen und stand nun allein da, etwa fünfzehn Meter entfernt von Rasks Fahrzeug. Rask bemerkte ihn, lenkte vom Kran weg und steuerte nun sein Fahrzeug auf den einsam dastehenden Chandakhari zu.

Jules erkannte, daß keiner der anderen Männer Radapur vor Rask erreichen konnte. Er mußte also auf eigene Faust handeln, wenn er den Jungen retten wollte. Er versuchte, ihm eine Warnung zuzurufen, doch über die Kopfhörer kam so viel Geschrei und Stimmengewirr, daß man einzelne Stimmen nicht verstehen konnte. Jules unterzog sein linkes Bein einem Test, fühlte, daß es wieder einsatzfähig war, und machte sich zu einem Sprung bereit.

Über ihm baumelte, etwa fünfundzwanzig Meter über dem Boden, der große Kranhaken. Jules nahm einen Anlauf und sprang mit Beinen, die ihn wie zwei stramm angezogene, stählerne Federn hochschnellen liegen, in die Höhe. Selbst in Anbetracht der geringen Schwerkraft auf Vesa wäre es für jemandem von einer erdähnlichen Welt ein unmögliches Unterfangen gewesen – aber Jules war ein DesPlainianer und darin geübt, seine körperlichen Fähigkeiten optimal einzusetzen. Jahrhundertelange, genetische Anpassung und lebenslanges, körperliches Konditionstraining zeigten sich in der Kraft seines Sprunges. Er schaffte ihn und sparte dabei sogar noch Energie.

Er faßte nach dem Haken wie nach einem Trapez. Sein Vorwärtsschwung versetzte den Haken in leichtes Pendeln. Indem er seinen Körper in die von ihm beabsichtigte Richtung schwang, vergrößerte er die Pendelbewegungen, obwohl der Haken sehr massiv war – weit massiver als jedes Trapez, mit dem er bisher gearbeitet hatte. Langsam, ganz langsam wurden die Pendelschwünge größer und größer, und er sammelte Schwung für den bevorstehenden Absprung.

Unten am Boden hatte sich Rasks Fahrzeug dem jungen Radapur unaufhaltsam genähert. So langsam es war, so konnte es einen Menschen immer noch überholen. Radapur wandte eine Hinhaltetaktik an, indem er hohe Luftsprünge vollführte, um so der Maschine auszuweichen, aber der Erfolg dieser Taktik war gering, denn seine Rückkehr auf den Boden dauerte so lange, daß Rask Zeit hatte, sich auf den jeweiligen Landepunkt einzustellen. Es würde also nur mehr eine Sache von Sekunden sein, bis der offenbar irre gewordene Fahrer seine Beute zerquetscht hatte.

Der Haken, an dem Jules hing, schwang jetzt so, wie er sollte.

Genau im richtigen Augenblick des Abwärtsschwunges des Pendels ließ Jules los und sauste über den leeren Krater hinweg auf das Fahrzeug zu. Er mußte sein Ziel ganz genau anpeilen, da er sich nicht in einer Atmosphäre bewegte, die ihm gestatten würde, kleine Kurskorrekturen durch Änderung der Körperhaltung und Ausnutzung des Luftwiderstandes vorzunehmen.

Rask hatte inzwischen die Jagd auf Radapur satt. Er hatte angehalten, hatte sich erhoben und eine Schußwaffe aus dem Gürtel gezogen. Er gab ein paar Schüsse auf Radapur ab, die aber weit danebengingen. Die Art, wie Rask herumballerte und sein vorheriges wildes Herumkutschieren erweckten in Jules die Überzeugung, daß der Mann entweder betrunken oder wahnsinnig war.

Da Rask sein Fahrzeug zum Stehen gebracht hatte, wurden Jules' Berechnungen ein wenig über den Haufen geworfen, und er landete eine Spur zu weit vorne. Während er Rasks Kopf überflog, gelang es dem SOTE-Agenten, ihm mit dem rechten Bein einen Tritt zu versetzen und dem Mann damit die Waffe aus der Hand zu schlagen. Die Waffe trudelte durch die luftleere Atmosphäre und landete harmlos am Boden, etwa fünfzehn Meter entfernt.

Jules kam zwei Meter vor dem Schaufelgerät zu Boden und rollte sich ab, wobei er darauf bedacht war, den Aufprall mit den widerstandsfähigsten Teilen seines Anzuges aufzufangen – mit Handschuhen und Stiefeln. Er sprang auf, machte eine leichte Drehung und stand nun seinem Gegner gegenüber.

Das Geschrei ringsum war jetzt verstummt, und Jules konnte Rasks Worte hören. Der Mann brüllte, was die Lungen hergaben: »... allesamt Mörder! Du bist auch einer! Ihr alle habt Brownsend getötet!« Dann warf er sich Jules entgegen.

Der Zirkusartist trat beiseite und packte den vorbeifliegenden Körper. Indem er ihn mit einer Hand wie eine Stoffpuppe schüttelte, holte er mit der anderen aus und landete einen Faustschlag unter Rasks Brustkorb. Dem Mann unter dem Helm quollen die Augen aus dem Kopf, die Luft pfiff aus seinen Lungen, und sein Körper erschlaffte. Sein Kampfgeist war wie weggeblasen.

Jules ließ Rask behutsam zu Boden gleiten und hockte sich rittlings über ihn. »Was ist in dich gefahren?« fragte er wütend. »Ich möchte eine Erklärung – aber rasch!«

Der Besiegte schnappte mehrmals wie ein an Land gezogener Fisch, ehe er sprechen konnte. Schließlich hatte er wieder genug Luft, um hervorzustoßen: »Die haben ihn umgelegt! Diese verdammten Chandies haben ihn auf dem Gewissen!«.

»Wen denn?«

»Brownsend! Ich wollte ihn gestern in seinem Quartier aufsuchen. Keine Spur von ihm und seinen Sachen. Der Hausherr sagte, er hätte Nachricht hinterlassen, daß er weg wolle. Aber ich weiß es besser. Diese gottverdammten Chandies haben ihn ermordet und seine Sachen verschwinden lassen. Die konnten ihn nie ausstehen. Und ich werde sie alle töten – jeden einzelnen!« Rask wollte sich hochkämpfen, aber Jules preßte dem Mann die Hände an den Seiten zusammen. Angestrengt überdachte er Rasks Worte.

Rasks Verdacht brachte eine erstaunliche Note in die Angelegenheit. Das, was er da eben beschrieben hatte, war der Modus operandi jener Bande, die Jules ausheben sollte. War es denn möglich, daß er aus reinem Zufall auf die Gauner gestoßen war?

Während er dies überdachte, mußte er sich sagen, daß zu einem Gesamtbild noch manches fehlte. Diese sieben Chandakhari arbeiteten hier in einer Acht-Stunden-Schicht. Angenommen, sie verbrachten weitere acht Stunden mit solchen Notwendigkeiten, wie Essen und Schlafen, so blieben ihnen nur acht Stunden, um Menschen – durchschnittlich fünfunddreißig pro Tag – um die Ecke zu bringen. Eine so auffällige Anzahl solcher Fälle konnte nicht einmal von den Touristen selbst, geschweige denn von der Polizei unbemerkt bleiben. Nein, die sieben hier beschäftigten Chandakhari konnten nicht die gesamte gesuchte Gruppe darstellen.

Andererseits verflüchtigten sich alle Zweifel, die er bezüglich ihrer Beteiligung an den Verbrechen gehegt hatte, sehr rasch. Er dachte an den Kampf, der vor zwei Tagen stattgefunden hatte, bei dem ihn ihr präzises Zusammenspiel so sehr beeindruckt hatte. Daß es sich um eine hervorragend gedrillte Truppe handelte, bezweifelte er nicht mehr. Trotz seiner Geschicklichkeit hätten sie ihn beinahe getötet. Dies waren keine harmlosen Bauern und Dockarbeiter – ganz und gar nicht.

Jules war so in seine Gedanken vertieft, daß Rask ihn überraschend überwältigen konnte. Mit einem Kraftaufwand, den nur ein Irrer aufbringen konnte, versetzte er Jules einen gewaltigen Stoß, der ihn aus dem Gleichgewicht brachte. Rask rappelte sich auf und lief auf seine Schußwaffe zu. Der SOTE-Agent hatte rasch sein Gleichgewicht erlangt und lief ihm nach – jedoch zu spät, um die Tragödie zu verhindern, die sich zusammenbraute.

Die Chandakhari hatten nämlich inzwischen eine Formation gebildet, die sich zwischen Rask und dessen Waffe postiert hatte. Rask kam wie ein Irrer auf sie zu und schwenkte die Arme wie Dreschflegel. Sie ließen den Angreifer auf sich zukommen, packten ihn an den vier Gliedmaßen und beraubten ihn jeglicher Bewegungsmöglichkeit, indem sie ihm Arme und Beine an den Leib preßten. Dann hoben sie den sich verzweifelt Wehrenden hoch und liefen mit ihm zum Schaufelgerät. Mit kalter Brutalität rammten sie ihn gewaltsam in die Maschine.

Rask heulte auf. Es war ein Schrei, der geschmolzenes Blei zum Erstarren gebracht hätte, als aus seinem Raumanzug ein großes Stück herausgerissen wurde. Jules hielt sich unwillkürlich die Ohren, obwohl sein Kopf fest im Helm steckte. Der Schrei des Sterbenden bohrte sich wie ein Pfeil in Jules' Hirn. Rasks Schrei verstummte und machte einem Geräusch Platz – ein saugendes Geräusch, als die Luft aus Rasks Anzug pfiff.

Dann nichts als Schweigen.

Als Jules zu der Gruppe kam, ließen die Chandakhari Rasks leblosen Körper langsam zu Boden. Jules sah reihum in die Gesichter hinter den Helmscheiben – bei keinem einzigen konnte er auch nur die Andeutung eines Bedauerns erkennen.

6. KAPITEL
Das Laster auf Vesa

Beim Anlegen der ›Kaiserin Irene‹ auf Vesa war Yvette mit Packen und der Überwachung ihres Gepäcks beim Ausladen viel zu beschäftigt, um nach Dak Lehman Ausschau zu halten. In jener Nacht hatte sie nicht viel Schlaf gefunden, da ihre Gedanken zu intensiv mit dem Überfall in ihrer Suite beschäftigt waren. Sie hatte absolut zu keiner Lösung des Geheimnisses um die drei Männer kommen können, die ihr auf gelauert hatten. Es bestand immerhin die Möglichkeit, daß es sich bei ihnen um einen Spähtrupp der Mörderbande handelte, die aufzuspüren Yvette beauftragt war. Vielleicht sollten sie die Opfer schon aussuchen, noch ehe diese einen Fuß auf Vesa setzten. Falls dies zutraf, dann war diese Organisation noch umfassender, als man zunächst angenommen hatte, und verfügte über galaxienweite Verbindungen. Solche Späher würden vielleicht versuchen, alle zu verscheuchen, die sich mit dem Opfer einließen, da jede zusätzliche Person eine Komplikation der Pläne darstellte – wie jeder, der vielleicht Krach schlagen und die Polizei rufen würde, falls das Opfer dann schließlich verschwand.

Diese Lösung war zwar weit hergeholt, aber möglich. Trotzdem fragte sich Yvette, ob dies alles logisch wäre. Schließlich brachte das Ausschicken von Spähtrupps enorme Unkosten mit sich und lohnte sich kaum. Es kamen ohnedies so viele Reiche auf Vesa an, daß es vernünftiger schien, sich die potentiellen Opfer auszusuchen, wenn sie bereits den Mond betreten hatten.

Wahrscheinlicher erschien es Yvette, daß sie zufällig mitten in eine Situation gestolpert war, die vom Problem Vesa unabhängig war. Diese drei Dunkelmänner hatten sich für sie persönlich überhaupt nicht interessiert, sondern nur für die Tatsache, daß sie mit Dak Lehman in Verbindung stand. Die Verfolgung hatte erst begonnen, als sie sich regelmäßig mit Dak verabredet hatte, und auch da waren die drei erst aktiv geworden, als die Verbindung Ergebnisse zu zeitigen begann. Und in Anbetracht all dessen war die ausgesprochene Warnung ausnehmend milde ausgefallen. Yvette wußte, daß man sie ebensogut hätte aus dem Weg schaffen können. Und das hatte man ihr auch zu verstehen gegeben.

Einen guten Teil der Nacht verbrachte sie mit der Überlegung, wie sie auf diese Warnung reagieren sollte. Ihr Stolz als d'Alembert war verletzt worden, und diese Sippe war als besonders halsstarrig bekannt. Ihr gefiel es nicht, wenn man ihr mit Drohungen kam, und es sollte keinesfalls den Anschein haben, als wolle sie klein beigeben. Yvette verachtete von Herzen Frauen mit schwach ausgeprägtem Willen, die so taten, als hingen sie von der Gnade großer, starker Männer ab. Sie lebte den Beweis für die Gleichheit der Geschlechter vor und haßte jegliche Unterordnung.

Dak steckte offensichtlich in irgendwelchen Schwierigkeiten. Ansonsten wäre er nicht von drei ausgebildeten Spähern beschattet worden. Dak selbst schien etwas zu wissen. Yvette entsann sich, wie er wiederholte Male etwas hatte sagen wollen und wie ihn im letzten Moment der Mut verließ. Was wohl der schwache Punkt an diesem scheinbar idealen Mann war? Er gefiel ihr sehr gut, mit jedem Tag sogar besser. Daher konnte sie nicht einfach zusehen, wie er in Gefahr schwebte, ohne etwas zu seiner Rettung zu unternehmen.

Doch hatte sie schließlich einen Auftrag auszuführen. Daks Problem war höchstwahrscheinlich von dem ihren unabhängig – und wenn dies zutraf, wäre es von ihr höchst unklug, sich hinein verwickeln zu lassen. Ein Zweifrontenkrieg war, wenn möglich, zu vermeiden.

Schließlich entschloß sie sich zum Abwarten. Sie wollte sich Dak und seinen Problemen nicht aufdrängen, aber wenn er von selbst damit zu ihr käme, wollte sie nicht ausweichen. Die Familie d'Alembert scheute niemals vor Verantwortung zurück.

Nach den üblichen hektischen Prozeduren des Von-Bord-Gehens und einer kurzen Wartezeit beim Zoll ließ Yvette ihr Gepäck ins Hotel Regulus schicken, wo sie im voraus ihre Zimmer gebucht hatte. Das Regulus war eines von Hunderten eleganter Hotels auf Vesa, die sich auf reiche Touristen spezialisierten, die dieses Spielerparadies besuchten. Und in diesen Hotels wußte man sehr wohl, wie man Gäste gut behandelte – besonders so reiche wie Carmen Velasquez. Nachdem sie etliche Hände mit Zehn-Credits-Scheinen verwöhnt hatte, wurde sie in ihre Suite im zwölften Stock befördert. Als sie sich in ihrer Zimmerflucht umsah – Wohnraum, Schlafzimmer mit übergroßem Bett und ein geräumiges Bad –, spürte sie den Anflug von Enttäuschung. Die Reise auf einem Luxusliner wie der ›Kaiserin Irene‹ hat mich richtig verdorben, schalt sie sich.

Sie war ja hier, um zu arbeiten und nicht, um im Luxus zu schwelgen, und es war höchste Zeit, daß sie sich an die Arbeit machte. Die Fahrt hatte schon mehr als genug Zeit verschlungen. Womöglich hatte ihr Bruder den Fall inzwischen bereits gelöst.

Als erstes rief sie in der Rezeption an und ließ sich eine Zeitungsrolle bringen. Das Gewünschte wurde ihr gebracht, während sie noch beim Auspacken war. Sie setzte sich hin und las die Zeitung durch. Begierig überflog sie die Anzeigenspalten, aber sie fand nichts. Wenn Jules mit ihr Kontakt hätte aufnehmen wollen, hätte er ein mit »Frenchie« unterzeichnetes Inserat einrücken lassen. Da sie ein solches nicht entdecken konnte, bedeutete es, daß er noch keine nennenswerten Fortschritte gemacht hatte oder nicht in der Lage war, Anzeigen aufzugeben. Diesen Gedanken schob sie sofort beiseite. Jules konnte sehr wohl auf sich selbst achtgeben.

Sobald sie mit dem Auspacken fertig war, entschloß sich Yvette, bei einem Spaziergang ein wenig an den Vergnügungen zu schnuppern, die Vesa zu bieten hatte. Aus einem Stapel Prospekte, die sie mitgebracht hatte, entnahm sie die Namen der nobleren Kasinos in der Nähe ihres Hotels. Sie wählte drei davon aus. Dann zog sie sich für ihr Debüt in der vesanischen Gesellschaft um.

Grundbestandteil ihrer Aufmachung war ein Hosenanzug aus gemustertem Brokat in Tiefrosa und Gold. Die Beine steckten in Goldstiefeln. Um ihre Mitte schlang sich ein Gürtel aus perlenbesetzten goldenen Vierecken, an dem ein rotes Samttäschchen hing. Der hohe Kragen ihres Anzuges war ebenfalls mit Perlen reich verziert. Das dunkelbraune Haar trug sie hochgekämmt und von einem perlenbesetzten roten Samtband gekrönt.

Über dem Hosenanzug wallte ein rubinroter Samtmantel mit geschlitzten Ärmeln, deren Enden bis zum Boden reichten, und mit einem hohen Stehkragen, der die Ohren berührte. Dieser Mantel wurde am Hals mit einer riesigen Goldspange festgehalten, in deren Mitte ein faustgroßer Rubin schimmerte. Eine Goldkette mit passenden Perlen in Walnußgröße schlang sich lose um den Hals.

Yvette betrachtete sich im Spiegel sehr kritisch. Die Aufmachung schreit den Reichtum geradezu heraus, sagte sie sich. Reich, aber geschmackvoll. Schließlich war sie fertig und verließ ihre Suite, um sich den Widrigkeiten Vesas zu stellen.

Sie brauchte nicht lange, um festzustellen, daß Vesa ein höchst merkwürdiger Ort war. Natürlich hatte sie gewußt, daß alles Leben auf diesem Mond sich in unterirdischen, aus dem blanken Fels gehauenen Kavernen abspielte. Aber diese Tatsache zu wissen, oder sie tatsächlich am eigenen Leibe zu erfahren, waren zwei verschiedene Dinge. Die Tatsache des unterirdischen Lebens konnte man verwinden, solange man im Inneren eines Gebäudes war, denn die Menschen sind nun einmal gewöhnt, über sich eine Decke zu haben.

Ungewöhnlicher war es schon, ein Dach über dem Kopf zu haben, wenn man ›im Freien‹ war. Die breiten Korridore mit ihrem dichten Verkehr glichen den Straßen jeder zivilisierten Welt der Galaxis, bis auf die Tatsache, daß sie von einer soliden Steindecke überdacht waren. An den wichtigen Kreuzungen, an denen die Decke sich zu einer Kuppel von fünfzehn oder zwanzig Meter Höhe über dem Boden erhob, war es nicht so schlimm, aber in den Tunnels, welche die Hauptkavernen miteinander verbanden, senkte sich die Decke stellenweise auf weniger als einen Meter über die Fahrzeuge, welche die Straßen befuhren. Diese Situation war dazu angetan, selbst beim Beherztesten Klaustrophobie zu erzeugen, und Yvette mußte die Erfahrung machen, daß sie in den ersten Tagen stark gegen die Angst ankämpfen mußte, die Decke könne ihr jeden Moment auf den Kopf fallen.

Dazu kam die Tatsache, daß Vesa ein Labyrinth darstellte, das selbst die vorzüglichsten analytischen Köpfe hinters Licht führen konnte. Ein Labyrinth von Tunnels, von denen einige kilometerweit verliefen, verband eine Reihe von großen und kleinen Kavernen, die scheinbar aufs Geratewohl nach einem Schema angelegt waren, das nur von den lange Ansässigen durchschaut wurde. Yvette verlor die Orientierung in dem Augenblick, als sie in einem der allgegenwärtigen Jits, die als Massentransportmittel dienten, von ihrem Hotel wegfuhr. Der Fahrer hatte von dem Kasino, das sie besuchen wollte, noch nie etwas gehört, deswegen setzte er sie vor einem anderen ab. »Die sind ohnehin alle ähnlich«, lautete sein philosophischer Kommentar. »Sie können

Ihr Geld in dem einen ebensoschnell loswerden wie im anderen.« Das ursprünglich gesuchte Etablissement sollte sie niemals finden.

Nach zwei Tagen des Umherstreifens kam sie zu dem Schluß, daß der Fahrer Unrecht hatte. Gewiß, für den oberflächlichen Beobachter sahen alle Kasinos gleich aus – grelle Räume voll greller Menschen, helle Lichter aus allen Richtungen, laute Musik, die durch die Atmosphäre gepumpt wurde, vermischt mit dem aufdringlichen Rufen von Ausrufern, welche die Spieler in diese oder jene weniger belebte Ecke locken wollten. Der Geruch von Räucherkerzen, Drogen, Zigaretten und tausenderlei individueller Parfums attackierte die Geruchsnerven. Mehrere Male wurde Yvette von Heimweh übermannt, denn der Duft glich jenem der Hauptstraße auf dem Rummelplatz ihres geliebten Zirkus, obwohl diese Budenstraße viel weniger hektisch und viel harmloser war.

Der aufmerksamere Beobachter jedoch konnte geringfügige Unterschiede zwischen den verschiedenen Spieletablissements feststellen. Einige waren billiger und sprachen vor allem Touristen mit kleinerem Budget an, während andere superschick waren und ihre Exklusivität geradezu hinausschrien. Es gab Kasinos, die eher das Reservat älterer Ehepaare waren, während andere sich entschieden als Vergnügungsstätten junger Leute auswiesen, die allein kamen und sich amüsieren wollten. Einige Kasinos waren ordinär und aufdringlich, während andere – für Vesa – fast reserviert und gesetzt wirkten. Jedes Kasino hatte eine eigene typische Atmosphäre und einen eigenen Besuchertyp. Doch gleichgültig, wohin sie ging, von den elegantesten Clubs bis zu den miesesten Höhlen, es war überall gedrängt voll.

Hunderte, ja Tausende Menschen drängten sich an Orten, die schon mit der Hälfte überfüllt gewesen wären. Das Spielfieber war eine geradezu greifbare Erscheinung, ein Wahn, der hier jeden ansteckte. Es schien, als wollten die Menschen, die viel Geld aufgewendet hatten, um hierherzukommen, jetzt auch noch schleunigst den Rest loswerden. Manche der fanatischsten Spieler konnten es einen Tag oder sogar mehr ohne Essen und Schlafen aushalten.

Die Größe ihres Problems kam Yvette allmählich zu Bewußtsein. In dieser gesichtslosen Masse menschlicher Leiber konnten fünfunddreißig Menschen pro Tag leicht verschwinden, ohne daß jemand Notiz davon nahm. Sie wurden, so rasch sie verschwanden, von ebenso gesichtslosen Leibern ersetzt, die das gleiche Schicksal erwartete. Yvette hatte einige Zeit auf der Erde verbracht – einem der am dichtesten bevölkerten Planeten des Imperiums – und war der Meinung, sie wüßte, was Gedrängtsein heißt, aber gegenüber dem hier sah der Mutterplanet der Menschheit weit und leer aus. Die Wirkung dieser wogenden Massen bestand in einer Entmenschlichung aller Beteiligten – ein Ergebnis, das bei Yvette tiefe Depressionen hervorrief, trotz des augenfälligen Glanzes dieses Planeten.

Nach zwei Tagen Lokalaugenschein konnte sie ein Schema ausarbeiten. Indem sie sich an der Persönlichkeit der Carmen Velasquez orientierte, engte sie ihr Revier auf eine Handvoll Kasinos ein, die von den Reichen jüngerer Jahrgänge bevorzugt wurden. Hier lag das Durchschnittsalter der Spieler unter vierzig. Die Kleidung war schick und im Einklang mit der neuesten Mode aus allen Sektoren des Imperiums. Drogenstengel waren hier häufiger als Zigaretten oder Alkohol, galten aber nicht als Muß. Die Unterhaltung war ein wenig lauter, die Gespräche intensiver, das Gelächter spontaner und natürlicher.

An diesen Orten trafen immer wieder dieselben Leute zusammen, und nach einigen Tagen regelmäßigen Besuches kannte Yvette die Stammkunden vom Sehen, einige sogar beim Namen. Sie begann beiläufig Gespräche und sorgte dafür, daß ihre Geschichte die Runde machte. Unmöglich festzustellen, wer hier ein Agent der Verschwörung sein konnte, deswegen unterhielt sich Yvette bereitwillig mit jedem, der auch nur das leiseste Interesse an ihr verriet.

Ihre Spielgewohnheiten waren unkompliziert – sie hielt sich an Kartenspiele. Ihr Vater und ihr Onkel waren wahre Meister dieses Fachs, und sie hatte manche Partie zu später Stunde nach der letzten Vorstellung miterlebt und sich deren Geschicklichkeit samt allen ihren Tricks angeeignet. Sie kannte natürlich alle Finessen des Falschspiels, ließ sich aber nicht dazu hinreißen. Die Spieler waren zu gewitzt und Carmen Velasquez schließlich keine Berufsspielerin. Aber sie schaffte es dennoch, gewisse Vorteile auszunutzen und gewann unter ihren neuen Freunden rasch den Ruf eines Kartenteufels.

»Wo haben Sie so phantastisch spielen gelernt?« fragte einer der Partner, nachdem sie zwei Wochen später eines Nachmittags seine Taschen geleert hatte.

»Sicher nicht auf Purity«, sagte ein anderer, dem es geglückt war, wenigstens ein paar Spielmarken zu behalten.

Yvette gestattete sich ein schüchternes Erröten. »Nachdem mein seliger Mann und ich zu Vermögen gekommen und aus Purity ausgewiesen worden waren, weil wir uns zuviel mit vergänglichen statt mit geistigen Dingen befaßten, beschlossen wir, uns den angenehmeren Lastern hinzugeben. Das Spiel war Carlos' spezielle Leidenschaft, und er bestand darauf, daß ich mit ihm Karten spielte. Leider war ich immer besser als er, und er war wütend, wenn ich gewann. Einmal schwor er dem Kartenspiel für drei Wochen ab, so wütend war er. Mir war es einerlei, was ihn noch mehr aufbrachte. Ich glaube …«

»Carmen!« Der Ruf einer vertrauten Stimme klang durch den Raum, und Yvette sah mit gemischten Gefühlen auf. Kartenpartien fanden meist in Seitenzimmern der großen Spielhalle statt. Diese Räume waren kleiner und weniger bevölkert, da die meisten Touristen ihr Geld lieber rasch und unpersönlich an den Automaten und Spieltischen verloren. Karten waren ein verhältnismäßig langsames und mehr Überlegung forderndes Spiel und sprachen nur eine Minderheit der Menschenscharen an. Obwohl man die rauchgeschwängerte Luft schneiden konnte, sah sie, wie Dak Lehman sich durch die Leibermassen einen Weg zu ihr bahnte. Er muß mich vom Eingang her gesehen haben, überlegte sie. Seine Miene war ein Gemisch aus Freude und Besorgnis.

»Ich dachte schon, ich würde dich nie wiederfinden«, sagte er, als er endlich neben ihr stand. »Überall suchte ich dich und gab schon die Hoffnung auf. Es war, als hätte dich Vesa glatt verschluckt.«

Yvette warf ihm einen überraschten Blick zu. Weiß er etwas vom Verschwinden von Urlaubsgästen auf Vesa? fragte sie sich und studierte seine Miene heimlich. Aber nein, sie konnte nichts Bedrohliches oder Geheimnisvolles darin lesen. Offenbar war es eine zufällige Bemerkung, die in ihren Ohren bedeutungsvoller klang als in seinen. Sie faßte sich und sagte beiläufig: »Hier auf diesem unglaublichen Planeten verliert man sich so leicht. Es tut mir leid, daß ich dir Mühe gemacht habe.«

»Ach was. Hauptsache, ich habe dich endlich gefunden«, erwiderte Dak ernst. Mit einem Blick auf die an Yvettes Tisch versammelte Runde sagte er leiser: »Können wir uns irgendwo ungestört unterhalten?«

»Ich glaube, auf diesem ganzen Mond gibt es kein ruhiges Plätzchen«, sagte Yvette. Sie stand auf und strich mit einer einzigen selbstbewußten Bewegung ihren gesamten Gewinn ein. »Hier ist es überall so voll, daß ich mir fast selbstsüchtig vorkomme, wenn ich allein dusche. Aber wenn wir hier im Kasino ein paar Runden machen, wird keiner mithören, was wir reden.«

Dak nahm ihren Arm und geleitete sie hinaus in die Haupträumlichkeiten. Der Lärm war hier so groß, daß sie einander praktisch in die Ohren schreien mußten, um sich verständlich zu machen, aber Yvette behielt recht – am ungestörtesten war man inmitten einer lärmenden, gleichgültigen Menschenmenge.

»Letztes Mal hast du mich mit einer unbeantworteten Frage zurückgelassen«, sagte er. »Du wolltest dir die Sache überlegen – das liegt jetzt mehrere Wochen zurück. Bist du zu einem Ergebnis gekommen?«

Yvette wich seinem Blick aus und stieß einen Seufzer aus. »Ich möchte nicht, daß du glaubst, ich hätte dich in dieser Zeit gemieden, denn das trifft nicht zu. Ich hatte nur keine Zeit, mich aktiv auf die Suche nach dir zu machen.«

»Das sind Ausflüchte, keine Antwort.«

»Ich weiß. Leider kann ich dir die Antwort nicht geben, die du möchtest. Dak, ich halte dich für einen sehr anziehenden Mann, und es gab ungezählte Momente, da mußte ich mich aus meinen Tagträumen wachrütteln, in denen ich mir vorstellte, wie es wohl an deiner Seite wäre. Aber ich konnte mich nicht dazu durchringen, daß es gutgehen würde. Wenn man sämtliche romantischen Klischeevorstellungen darüber, daß Liebe alles überwindet, beiseite schiebt, bleiben doch zu viele Hindernisse übrig.«

Sie erklärte ihm die physischen Probleme, die in ihrer verschiedenen Herkunft begründet waren, Probleme, die dazu führen würden, daß entweder er zum Krüppel oder sie zur Ausgestoßenen werden würde. Natürlich konnte sie ihm nicht reinen Wein über ihre Familie und ihren Beruf einschenken. Statt dessen redete sie sich auf ihre Liebe zu dem verstorbenen Carlos heraus. Sie bringe es nicht über sich, ihn so kurz nach seinem Tod zu ›betrügen‹.

Daks Miene verfinsterte sich, während er sie anhörte, doch er unterbrach sie nicht ein einziges Mal. Sie versuchte ihm die Sache zu versüßen. »Ich liebe dich, ehrlich. Der Abschiedskuß am letzten Abend bewirkte, daß ich wie auf Wolken ging, sogar bei nur einer Schwerkrafteinheit. Das sage ich nicht nur, damit du dich besser fühlst, ich meine es ehrlich. Aber aus all den genannten Gründen, plus ein paar zusätzlichen persönlichen, glaube ich nicht, daß unserer Verbindung Dauer beschieden wäre. Es ist besser, wir brechen unsere Beziehung jetzt ab, ehe wir die Herrschaft über unsere Gefühle total verlieren.«

Dak grollte, sein Blick ließ erkennen, wie ihm zumute war. Er war es sichtlich nicht gewohnt, sich mit Ablehnungen zufriedenzugeben, wenn er etwas haben wollte. »Carmen, ich liebe dich noch immer«, sagte er ruhig. »Die Trennung in den letzten Wochen hat meine Sehnsucht nur vergrößert. Du sagst, daß auch du mich liebst. Deine Einwände gegen eine Ehe sind nicht stichhaltig. Wir können alle Probleme überwinden, wenn wir nur wollen. Wir sind beide reich, wir können zwischen den Welten mit ihren verschiedenen Gravitationsstärken pendeln. Ich kann mir Apparate verschaffen, die mir helfen, deiner stärkeren Schwerkraft Widerstand zu leisten. Ich ...«

Mit jedem Satz hatte sich seine Lautstärke gesteigert, bis er in einen fast hysterischen Ton verfallen war. Sie hob die Hand, um ihn zum Schweigen zu bringen. »Dak, bitte, das führt doch zu nichts.«

Er hielt inne, hielt den Atem an und fuhr sodann in gemäßigterem Ton fort. »Sieh mal, ich bin heute zu einer wirklich tollen Party eingeladen. Gastgeber ist ein hohes Tier hier auf Vesa, ein gewisser Garst. Warum kommst du nicht mit, damit wir uns noch weiter darüber unterhalten können? Ich würde mich über deine Begleitung sehr freuen und ...«

»Ich glaube, du verstehst mich nicht. Es würde mit uns nicht klappen, da nützt alles Reden nichts. Nein, ich komme heute nicht mit. Es hätte keinen Sinn.«

Plötzlich war sein Zorn wie weggeblasen, und er sah aus wie ein verängstigter kleiner Junge. »Bitte, es darf nicht für immer

Schluß sein«, bettelte er. Seine Augen schimmerten feucht. »Carmen, das halte ich nicht aus. Du bedeutest mir zuviel. Bitte – wenn du schon heute nicht mit auf die Party willst, dann könnten wir uns zumindest morgen treffen und zusammen ein paar Kasinos abklappern.«

Das klang so verzweifelt, daß Yvette nachgeben mußte. Sie liebte ihn, und es traf sie im Innersten, daß er so litt. »Gut«, sagte sie leise, »wir treffen uns morgen – aber nur kurz. Ich habe einiges zu erledigen, wie du weißt. Wo und wann sollen wir uns treffen?«

»Hier, sagen wir um elf Uhr.« Daks Miene hatte sich bei ihrer plötzlichen Kapitulation sichtlich erhellt. »Schön«, nickte Yvette. »Aber jetzt muß ich weg. Erledigungen!« Sie stellte sich auf die Zehenspitzen, um ihm einen leichten Abschiedskuß zu geben. Doch plötzlich schlang er die Arme um sie und der Kuß wurde leidenschaftlicher, als sie geplant hatte.

Als sie sich schließlich trennten, war sie ein wenig unsicher auf den Beinen. »Also, bis morgen«, sagte sie und wandte sich zum Gehen.

»Komm ja nicht zu spät«, rief er ihr nach. Und dann fügte er noch hinzu: »Falls du mich anrufen willst – ich wohne im Soyuz-Hotel.«

Yvette hörte das kaum mehr, da ihre wachen Sinne im Augenblick anderweitig beschäftigt waren. Sie hatte wieder eine Fährte aufgenommen – Murgatroyd. Offensichtlich hatte sogar dieses zufällige Zusammentreffen mit Dak die Neugier des Trios geweckt, das sich so besorgt um Gospodin Lehmans Wohlergehen zeigte.

Yvette ging nicht, wie ursprünglich beabsichtigt, direkt ins Hotel zurück. Sie hatte keine Ahnung, ob das Trio, das ihr aufgelauert hatte, wußte, daß sie auf Vesa war – und wenn sie es nicht wußten, dann wollte sie sie nicht unnötig darauf aufmerksam machen. Sie gab sich große Mühe, ihre Spur zu verwischen und durchwanderte die Spielsäle der drei bevölkertsten Kasinos, die sie kannte, wechselte etliche Male die Jits auf ihrer Fahrt durchs Vergnügungsviertel und versteckte sich über eine Stunde lang in einer Damentoilette, ehe sie, den Mantel über dem Arm, was ihr ein ganz verändertes Aussehen verlieh – wieder auftauchte. Keine Spur von Murgatroyd, also brauchte sie nicht die ganze

Nacht auf dem Mond herumzuirren. Sie nahm das Risiko auf sich und ging in ihr Hotel.

Auf ihrem Zimmer angekommen, verriegelte sie die Tür und setzte sich in einen Stuhl der Tür gegenüber, für den Fall, daß die drei Schatten wieder einen Angriff unternehmen wollten. So hielt sie sich bis in den frühen Morgen wach.

7. KAPITEL

Versammlung im Lagerhaus

Während er die Männer von Chandakha anstarrte, wurde Jules klar, daß er die einzige Person in der Mannschaft war, die Zeuge ihres vorsätzlichen Mordes an Rask war. Alle anderen kamen von der anderen Seite des Raumflughafens her, und die Schaufelmaschine hatte zwischen ihnen und den Chandakhari gestanden. Wenn die Gruppe, angeführt von Fizcono, auf der Szene auftauchte, würden sie nur den Leichnam ihres ehemaligen Kollegen zu Füßen der Chandakhari sehen.

Jules überlegte schnell. Er war also der einzige, der wußte, daß die Chandakhari Rask mit Vorbedacht getötet hatten. Aber falls denen dämmerte, daß er es wußte, würde er vielleicht ihr nächstes Opfer werden. Alles in allem entschloß er sich, den Unwissenden zu mimen. Sie mußten zwar wissen, daß er es gesehen hatte, und indem er vorgab, keine Ahnung zu haben, regten sich in ihnen vielleicht Zweifel.

Daher sagte er im Augenblick, als Fizcono mit den anderen um die Ecke bog: »Was ist mit ihm passiert?«

Forakhi, der inoffizielle Anführer der Chandakhari, sah Jules starr an, als versuche er, die Gedanken des SOTE-Agenten zu lesen. »Wir wollten ihn festhalten, aber er war wie ein Wahnsinniger«, sagte er langsam. »Wir stellten ihn mit dem Rücken zur Schaufelmaschine, aber er wollte los und zerriß sich den Anzug am Gerät.« Er forderte Jules zum Widerspruch heraus, aber dieser sagte kein Wort.

Fizcono kniete neben Rask nieder und vergewisserte sich, daß der Mann tot war. »Wieder Formulare ausfüllen!« knurrte er wütend. Er stand auf und sah die Chandakhari an. »Ich nehme an, ihr habt das unter den Umständen Bestmögliche getan. Natürlich werdet ihr schriftlich eine Darstellung des Vorfalls abgeben müssen. Die Versicherungsgesellschaften sind da meist recht pingelig.«

Sodann wandte er sich ausdrücklich an Jules. »Gut gemacht, duChamps. Kann mich nicht erinnern, daß ich jemals einen Menschen sah, der sich so schnell und gezielt bewegen konnte. Wo haben Sie das gelernt?«

»Ich war schon auf der Schule in der Turnmannschaft«, log Jules aalglatt. »Seither hielt ich mich immer in Form.«

Fizcono akzeptierte diese Version mit einem Brummen und ordnete an, Rasks Leiche solle auf die Krankenstation gebracht werden. Alle anderen sollten wieder an die Arbeit gehen, obwohl nicht einmal er glaubte, daß heute noch viel geschafft würde – nicht, nachdem der Arbeitstag nun einmal so unglücklich begonnen hatte. Aber sie wurden für ihren Job bezahlt, und er hatte die Verantwortung, daß sie ihre Arbeit machten. Er fand sich damit ab, daß seine Kolonne mit der Arbeit noch mehr in Rückstand geriet, als sie es bereits war, und folgte Rasks Leichnam, um sich den Fragen zu stellen, die die Firmenleitung an ihn richten würde.

Es wunderte niemanden, daß die Arbeit an diesem Tag sehr nachlässig erledigt wurde. Es wurde weniger als die Hälfte dessen verladen, was sie in ein startendes Frachtschiff hätten hineinschaffen müssen, sehr zum Mißfallen des Kapitäns, der sie über Funk ankläffte, daß sie bummelten und er an seinen Fahrplan gebunden wäre. Die Leute ignorierten seine Beschimpfungen und machten weiter, noch immer wie betäubt von dem Vorgefallenen.

Jedesmal, wenn Jules zufällig von der Arbeit aufsah, bemerkte er, daß einer der Chandakhari – meist Radapur oder Forakhi – ihn anstarrten, als wollten sie dahinterkommen, welches Spiel er spielte. Jules tat so, als hätte er nichts bemerkt und machte mit seiner Arbeit weiter.

Als die Schicht schließlich vorüber war und alle sich umkleideten, war Jules höchst erstaunt, als Radapur, der junge Chandakhari, tatsächlich zu ihm kam und ihn ansprach. »Du hast mir da draußen das Leben gerettet«, sagte der Junge. »Rask wollte mich töten und du hast als einziger schnell reagiert und konntest ihn aufhalten.«

»Jemand mußte es tun«, sagte Jules mit einem Achselzucken. Offen zur Schau getragene Dankbarkeit machte ihn verlegen. Hoffentlich kam Radapur bald zu einem Ende.

»Trotzdem – du hast es geschafft.« Der Junge streckte die Hand aus, und Jules drückte sie kräftig. »Das werde ich nie vergessen«, sagte der Junge. »Vielleicht ergibt sich eines Tages die Möglichkeit zu einer Revanche.«

Jules wollte schon antworten, daß dies nicht nötig wäre und daß er seine Hilfe als selbstverständlich ansähe, aber diese Chance hatte er nicht mehr. Forakhi rief Radapur mit einem Pfiff und einem scharfen Blick zurück zur Gruppe. Er flüsterte dem Jungen ein paar geharnischte Worte ins Ohr. Wahrscheinlich eine Ermahnung, sich mit niemandem außerhalb der Clique in Gespräche einzulassen. Der Junge warf Jules einen letzten Blick zu und reihte sich wieder unter die Seinen ein.

Alle an dem Vorfall Beteiligten mußten länger dableiben, damit man ihre Versionen der Geschichte auf Tonband aufnehmen und an das Personalbüro weiterleiten konnte. Forakhi und seine Gruppe nahmen diese Verzögerung sehr ungeduldig auf, als hielte man sie von einer dringenden Verabredung ab. Schließlich war aber alles erledigt und sie konnten gehen. Doch statt in sein Quartier zu gehen, entschloß sich Jules, den Chandakhari heimlich zu folgen.

Sie verließen das Gebäude geschlossen als Gruppe und winkten eines der herumrasenden Jits heran. Jules verwünschte das dem Zufall unterworfene Verkehrssystem auf Vesa. Er wollte sich nicht so leicht sein Jagdobjekt entwischen lassen. Zum Glück erwischte er ein Jit gleich hinter dem ihren, und indem er die Ausrede benutzte, er und seine Freunde wären getrennt worden und er wüßte die Adresse ihres Zieles nicht, konnte er den Fahrer dazu bringen, dem anderen Jit zu folgen. Das beachtliche Trinkgeld, das er ihm gab, schadete natürlich auch nicht.

Sie fuhren durch ein Wirrwarr von Tunnels und wechselten die Richtung so häufig, daß Jules es mit der Angst zu tun bekam, die anderen hätten gemerkt, daß sie verfolgt wurden. Doch machten sie keinen Versuch, ihn bei scharfen Kehren abzuschütteln oder davonzufahren, deswegen beruhigte er sich wieder und sagte sich, daß sie eben bei ihrer Route zu ihrem Ziel besondere Vorsicht walten ließen.

Schließlich hielt der andere Jit an, und die Chandakhari stiegen aus. Jules' Fahrer hatte sich so dicht hinter ihnen gehalten, daß er fast gleichzeitig ankam und Jules sich beim Aussteigen unauffällig Zeit lassen mußte, damit ihn die von ihm Verfolgten nicht erspähten.

Tatsächlich lag das Ziel trotz der langen und komplizierten Route an einem Ort, der von ihrem Ausgangspunkt nicht weit entfernt war. Sie befanden sich in dem Lagerhaus-Viertel, in dem die aus den einlaufenden Schiffen ausgeladenen Güter gelagert wurden, ehe sie an ihre Bestimmungsorte verschickt wurden. Jules stieg aus seinem Jit, als die Gruppe, der er auf den Fersen war, den Haupteingang zu einer der Lagerhallen betrat.

Jules sah sich hurtig nach einem anderen Eingang um. Er durfte nicht den gleichen benutzen wie die Chandakhari, oder sie würden ihn sofort bemerken. Seine scharfen Augen entdeckten bald das Gesuchte – einen Frachtenaufzug neben dem Gebäude. Die Bauten auf Vesa waren mehr in die Tiefe als in die Höhe gebaut, der größeren Stabilität im Felsenuntergrund wegen. Jules wollte den Lift selbst nicht in Gang setzen, denn die Geräusche hätten die Gruppe aufmerksam machen können. Doch war der Schacht mit einer Reihe von Haltegriffen entlang der ganzen Länge versehen, damit die Wartungsmannschaften darin auch hochklettern konnten. Jules stieg diese Leiter hoch, bis er eine kleine Tür in einer Wand erreichte. Die Tür war versperrt, und er mußte zwei Minuten auf einem schmalen Sims stehend, mit den verschiedenen Schlüsseln herumexperimentieren, die er immer bei sich trug. Endlich ließ sich die Tür öffnen.

Er befand sich im dritten Stock des Lagerhauses. Der große Raum war spärlich erleuchtet. Hier standen Reihe an Reihe die großen luftdichten Container, die er mittlerweile sehr gut kannte. Offenbar wurden hier Waren gelagert, die noch nicht ausgepackt waren.

Jules spitzte die Ohren, konnte aber keine Geräusche ausmachen. Indem er sich mit einer Geräuschlosigkeit fortbewegte, die eine Katze vor Neid hätte erblassen lassen, betrat er die Lagerhalle und benutzte die großen Container als Deckung, während er die Gänge in seinem Stockwerk absuchte. Hier war niemand.

Jetzt mußte er sich entscheiden. Sollte er in den zwei oberen Stockwerken weitersuchen, oder sollte er hinuntergehen? Er entschloß sich für unten. Eine Verschwörergruppe würde sich so weit wie möglich vom Eingang entfernt treffen, damit sie von zufällig Vorbeigehenden nicht belauscht werden konnte.

Sanft abfallende Rampen führten von Stockwerk zu Stockwerk, breite Gänge für Lift-Laster und flache Schubwägelchen. Diese Rampen boten keine Deckung, doch da er nicht wieder den Liftschacht benutzen wollte, stellten sie die einzige Möglichkeit dar, von einem Stockwerk ins nächste zu gelangen. Verstohlen schlich er hinunter in die vierte Etage und mußte feststellen, daß auch hier niemand war. Erst auf der fünften Etage wurde er schließlich fündig. Bereits auf halbem Weg hörte er leises Gemurmel, und er verlangsamte seine Schritte sofort. Er drückte sich eng an die Wand, ließ sich bis auf den Boden heruntergleiten und suchte hinter einigen halbgeöffneten Kisten Deckung. Von hier aus konnte er sich weiterschleichen, bis er die ganze Szene überblickte.

Hier war die Beleuchtung ebenso dürftig wie überall im Lagerhaus, doch inzwischen hatten sich Jules' Augen daran gewöhnt. Mitten im Raum hatte man eine freie Fläche geschaffen, auf der in einem Halbkreis eine Gruppe von etwa dreißig Mann hockte. Als erstes fiel Jules auf, daß es durchwegs Chandakhari waren: Alle hatten die dunkle Gesichtsfarbe und das glatte schwarze Haar, das ihr Rassenmerkmal war, obgleich manche so alt waren, daß ihr Haar ergraut war. Jules war entsetzt, als er Männer in den Fünfzigern, ja sogar Sechzigern darunter sah, obgleich die Mehrzahl Ende Dreißig bis Anfang Vierzig waren. Radapur, der Junge aus Jules Schicht, war der jüngste Anwesende.

Vor dieser Gruppe präsidierte wie ein Lehrer vor einer Schulklasse ein hochgewachsener dünner, gutgekleideter Mann mit schmalem Gesicht und hartem Blick. Er saß lässig mit baumelnden Beinen auf zwei Packkisten, die man zusammengeschoben hatte. Auf dem Schoß lag eine Tafel, von der er langsam ablas: »... Gruppe drei, wöchentliche Einnahme 5762 Credits, das bedeutet, daß das Gebiet der Gruppe zwei im Moment der ertragsreichste Sektor ist. Ich glaube, wir lassen Gruppe drei in ihrem jetzigen Gebiet und stellen Gruppe eins zur Unterstützung von zwei ab. Gruppe vier, eure Zahlen fehlen. Wo sind sie?«

Ein Mann seitlich im Halbkreis meldete sich. »Pakahan wurde im letzten Moment aufgehalten. Er wird gleich kommen.«

Der Mann verzog das Gesicht. »Diese Woche war reich an Hindernissen und Verzögerungen. Die anderen Sektoren werden uns womöglich überholen.« Er starrte direkt die Gruppe von Jules' Arbeitskollegen an. »Eure kleinen inoffiziellen Zwistigkeiten sind aufgefallen und werden euch als Minuspunkte angerechnet. Man hat euch wiederholt gesagt, daß ihr für Geld und nicht aus

Rache arbeitet. Wir dürfen nicht zulassen, daß uns bei unserem Beruf persönliche Gefühle in die Quere kommen. Jedes Gefühl, aus Rache, führt schließlich zu einer Schwächung des Willens und einer Abweichung vom Ziel. Wenn wir Erfolg haben wollen, müssen wir Geist und Seele rein halten.

Nun wieder zum Geschäft. Ich kann für die Woche keine Einteilung treffen, solange ich nicht weiß, wie Gruppe vier sich gehalten hat, aber da ich von der Annahme ausgehe, sie hätten ihren Durchschnitt erreicht, so kann ich sie für das bis jetzt von eins bearbeitete Gebiet abstellen. Gruppe eins wird in der Nähe von zwei arbeiten, sagen wir in der Nähe des Lucky-Streak-Kasinos. Zwei und drei bleiben an ihrem bisherigen Arbeitsplatz ...«

Jules hörte hinter sich auf der Rampe Schritte. Wahrscheinlich Zuspätkommende von Gruppe vier – wenn ja, dann war Jules entdeckt. Er sah sich hastig nach einer Stelle um, die weder von hinten noch von vorne eingesehen werden konnte, und als er sie entdeckt hatte, machte er einen Satz in diese Richtung, Aber sein Sprung kam zu spät. Der zu spät kommende Mörder befand sich an jener Stelle der Rampe, von der aus er genau die fünfte Etage einsehen konnte, und Jules' hastige Bewegung zog seine Aufmerksamkeit auf sich. Sekundenlang erstarrte er. Dann sah er, daß seine Kameraden nicht bemerkt hatten, daß sie belauscht wurden. »He, da ist wer!« rief er aus.

Auf seinen Warnruf hin sprangen die anderen Chandakhari auf. Eventuelle Eindringlinge stellten ohnehin einen Alptraum für sie dar, und diese Warnung erregte ihre ärgsten Befürchtungen. Einige trugen edelsteinbesetzte Dolche an der Seite und faßten ganz automatisch nach der Waffe. Alle sahen sich nach dem Eindringling um, aber Jules' Versteck bot für den Augenblick maximale Deckung.

Der Neuankömmling, der gesehen hatte, wohin Jules verschwand, bemerkte die Verwirrung seiner Freunde. »Da unten!« rief er. »Hinter den Kisten!«

Jetzt nützte das Verstecken nichts mehr, das wußte Jules. Er stand mehr als dreißig Mann gegenüber, die genau wußten, wo er steckte. Geschwindigkeit, Kraft und Beweglichkeit waren die Mittel, die er einsetzen mußte, wollte er die nächsten paar Minuten überleben. Er stemmte den Rücken gegen eine Reihe schwerer Kisten, hob die Beine und versetzte einem Kistenstapel vor sich einen Tritt. Zwei Stapel begannen bedrohlich zu schwanken, und als er ihnen einen zweiten Tritt versetzte, fielen sie mitten in die Schar der Verfolger.

Die Wirkung der Schwerkraft auf Vesa zog das Spektakel ins Lächerliche, als die Kisten wie im Zeitlupentempo herunterpolterten und die Männer den fallenden Gegenständen auswichen. Schließlich prallten sie nach einer Ewigkeit auf den Boden auf, zerbarsten und verstreuten ihren Inhalt – kleine Maschinenteilchen aus Metall – über den ganzen Boden, so daß man keinen sicheren Schritt mehr tun konnte.

Doch Jules war nicht stehengeblieben, um das Ergebnis seiner Aktion abzuwarten. Das Überleben hing jetzt von Beweglichkeit ab, und Jules bewegte sich wie der Blitz. Die geringe Schwerkraft half ihm und hinderte ihn gleichzeitig. Sie hinderte ihn, weil die Gegenstände so langsam zu Boden fielen, und sie half ihm, weil seine an zwölfmal stärkeren Gravitationsdruck gewöhnten Reflexe, verglichen mit denen seiner Gegner, blitzartig schnell waren. Tatsächlich mußte er seine Kräfte eher zügeln, oder er wäre weit über jedes Ziel hinausgeschossen.

Ein Messer zischte an seinem Kopf vorbei, aber nicht zu nahe. Es kam sogar so langsam, daß er es hätte auffangen und seinem Eigentümer zurückwerfen können, wenn es ihm beliebt hätte.

Statt dessen ließ er es weiterfliegen und sich zentimetertief in eine Holzkiste bohren. Diese Messer machten ihm kein Kopfzerbrechen. Er hatte sie sich genau angesehen und wußte, daß es keine richtig ausbalancierten Messer waren. Jules' Vetter, Jean d'Alembert, war ein Meister im Messerwerfen, und Jules hatte sich beim Zusehen die grundlegenden Kniffe dieser Kunst angeeignet. Die Klingen seiner Gegner hier waren zum Zustechen geeignet. Falls er einen der Gegner nahe herankommen ließe, wäre das Spiel ohnehin aus – das wußte er.

Jules schlich geduckt hinter eine Kistenreihe weiter in der Hoffnung, Zugang zur Rampe und damit zur Freiheit zu gewinnen. Ein halbes Dutzend dieser Galgenvögel schnitt ihm jedoch den Weg ab und kam mit mordlustigen Blicken auf ihn zu. Nachdem er die Entfernung abgeschätzt hatte, entschied sich Jules, keinen Sprung über ihre Köpfe hinweg zu machen. Im Augenblick war ein strategischer Rückzug eher am Platze. Mit einer raschen Drehung floh er in die Richtung, aus der er gekommen war.

Zwei der Schurken sprangen von einer Kiste herab. Einer packte sein Handgelenk, während der andere Jules um die Mitte faßte. Mit größter Kraftanstrengung riß Jules seine rechte Hand hoch, an der der Angreifer hing und ließ den Kopf des Mannes gegen einen Metallcontainer krachen. Mit einem dumpfen Stöhnen ließ der Mann Jules los und fiel bewußtlos zu Boden.

Mit der Verachtung des Athleten für vergeudete Bewegung fuhr Jules in seiner Verteidigung fort. Sein Körper drehte sich entgegen dem Uhrzeigersinn, und der Gauner, der nach seiner Mitte gefaßt hatte, mußte loslassen und begann zu Boden zu gleiten. Jules ließ nicht zu, daß der Fall so zwanglos vonstatten ging. Im Drehen stieß er mit dem rechten Fuß nach hinten und traf den Mörder mit der Ferse unter dem Kinn. Der Mann war besinnungslos, noch ehe er auf dem Boden auftraf.

Mit einem Sprung über die gefallenen Gegner setzte Jules seinen Weg fort, obwohl ihn jeder Schritt von der Rampe mehr entfernte. Zu seiner Linken näherte sich ihm eine Vierergruppe, um ihm den Weg abzuschneiden. Mit Höchstgeschwindigkeit anlaufend, rammte Jules seinen Leib gegen einen Kistenstapel, der langsam, aber voll wirksam mitten in diese Gruppe stürzte. Die Männer waren zu schnell gelaufen und konnten nun nicht stehenbleiben und ausweichen. Die meisten konnten die herabstürzenden Kisten mit den Armen abwehren, doch die scharfen Kanten eines Containers trafen den einen mitten auf den Kopf und hinterließen eine klaffende Wunde. Der Mann brach unter dem Gewicht der Kiste zusammen, das Blut strömte aus der Platzwunde.

Der von Jules beabsichtigte Stoß gegen den Kistenstapel hatte aber auch ihn aus dem Gleichgewicht gebracht. Er geriet ins Taumeln und hatte kaum seine Standfestigkeit wieder, als er auf einem der Metallteilchen aus der ersten umgestürzten Kiste ausrutschte. Verzweifelt um Gleichgewicht kämpfend, taumelte er in einen weiteren Stapel. Er mußte stehenbleiben und sich eine Sekunde lang von dem Aufprall erholen.

Während er dastand, kamen drei der Gauner näher. Einem konnte er ausweichen, so daß der Mann eben in jene Kiste sauste, die Jules vorhin getroffen hatte. Der zweite wurde mit einem

Karateschlag abgewehrt. Jules kämpfte jetzt um sein Leben und hatte keine Zeit mehr, seine Hiebe genau zu bemessen. Wenn er zuschlug, dann mit der vollen Gewalt eines wütenden DesPlainianers.

Der dritte Mann traf zufällig Jules' kaum verheiltes linkes Bein, und dieser spürte es wie einen schmerzhaften Dolchstoß im ganzen Körper. Die beiden Kämpfenden fielen zu Boden, doch Jules hatte sich von dem Schock rasch erholt. Er brachte das rechte Knie hoch, stieß es dem Angreifer unters Kinn, und der Mann fiel rücklings hin. Jules kam mit einer Rolle rasch auf die Beine und war wieder voll einsatzbereit.

Obwohl er seine Gegnerzahl beträchtlich vermindert hatte, war die Gegenseite noch bei weitem überlegen. Jetzt war der Überraschungseffekt seiner Anwesenheit vorüber, und die Chandakhari besannen sich auf ihren Einsatz als Gruppe. Jules hatte bereits einmal mit angesehen, wie exakt sie zuschlagen konnten. Er hatte kein Verlangen nach einer weiteren Demonstration. Sie bewegten sich nun in Gruppen, umkreisten ihn immer enger in der Hoffnung, ihre spezielle Kampftechnik bei ihm anwenden zu können. Er mußte sich so weit entfernt wie möglich halten, denn mit jeder Sekunde, die sie näher kamen, sanken seine Chancen. Zwanzig entschlossenen Würgern würde er niemals entkommen, wenn sie gleichzeitig Hand an ihn legten.

Die Mörder kreisten ihn nun von drei Seiten ein – von der Rampe her, aus der Gegenrichtung und von vorne, wo die Gruppe am Boden gehockt hatte. Blieb ihm also nur die Rückwand zum Rückzug – eine Bewegung, welche die Gegner offenbar erwarteten. Damit rechnend, lief Jules zwischen den Kistenreihen zur Hinterwand, drehte sich dann um und sah seinen Angreifern entgegen.

Sie kamen jetzt im Vertrauen auf den endgültigen Ausgang etwas langsamer näher. Sie wollten sich durch überstürzte Hast nichts verderben. Sie hatten ihr Wild gestellt und konnten sich jetzt für das letzte Kapitel Zeit lassen.

Jules sah weiter nach rechts hin, weg von der Rampe, und schien diesem Drittel seiner Angreifer den Hauptteil der Aufmerksamkeit zuzuwenden. Aus dem Augenwinkel jedoch beobachtete er die Annäherung der Gruppe vor ihm und zur Linken. Und plötzlich, als die Positionen genau richtig waren, legte er los.

Aus dem Stehen lief er geradewegs der von links kommenden Gruppe entgegen. Dieser direkte Angriff überraschte sie zwar, doch hielten sie die Linie und waren auf den Anprall gefaßt. Jules steigerte die Geschwindigkeit, so gut er konnte, und als er bis auf fünf Meter herangekommen war, beugte er die Knie und sprang in einem flachen Bogen über die Köpfe der erschrockenen Gruppe hinweg. Einer der Mörder, mit rascherer Auffassung begabt als die übrigen, versuchte hochzuspringen, während Jules über ihm flog, und wollte nach seinen Kleidern haschen, um ihn zumindest zu bremsen. Er erntete dafür einen Tritt ins Gesicht, als Jules seine Akrobatenkünste zu einer Drehung mitten im Sprung benutzte. Der Springer fiel mitten in die Gruppe seiner Genossen und stiftete eine heillose Verwirrung.

Jules' kräftige Beinmuskulatur funktionierte bei der Landung wie eine Feder und milderte den Aufprall. Er rollte sich ab, sprang auf und lief auf die Rampe zu. Jetzt stand ihm keiner im Weg. Jules konnte sich allein auf das Tempo konzentrieren.

Und Tempo hatte er. Auf DesPlaines hatte es Jules in seiner Höchstform zu einem guten Läufer, wenn auch zu keinem Rekordhalter gebracht. Die kürzlich erlittene Verletzung machte ihn noch langsamer. Aber auf Welten mit geringerer Schwerkraft war er unvergleichlich. Jules war bei weitem der beste Läufer, den diese Halunken je gesehen hatten oder sehen würden, ein Blitz in menschlicher Gestalt. Er hatte die Rampe bereits erreicht, ehe einer der Chandakhari auch nur daran dachte, die Verfolgung in dieser Richtung aufzunehmen.

Natürlich gaben sie nicht auf. Wie ein Mann liefen sie auf die Rampe zu und hinauf bis zur nächsten Stufe. Aber Jules war viel schneller, obwohl ihn der Kampf ermüdet hatte. Als die ersten den vierten Stock erreicht hatten, waren die einzige Spur von Jules d'Alembert seine verklingenden Schritte, als er hinauf und aus dem Lagerhaus hinaus rannte.

Garst hörte das gar nicht gern. Lessin, der Mann, der kurz vor der unliebsamen Unterbrechung die Anweisungen im Lagerhaus erteilt hatte, war direkt zum Chef gegangen, um ihm die Neuigkeit von dem Eindringling zu berichten. Jetzt war er nicht mehr sicher, daß dies sehr klug gehandelt war.

»Bespitzelt zu werden ist eines. Den Spitzel entdeckt und ihn laufengelassen zu haben, deutet auf haarsträubende Unfähigkeit hin!« Der kleine untersetzte Garst bebte vor Wut. Lessin kannte diese Zornausbrüche – er hatte mit angesehen, wie sie sich gegen andere richteten. Dies Ergebnis war in keinem Fall angenehm, und er wappnete sich insgeheim gegen die Strafe, die kommen würde.

»Wir alle haben es versucht«, entschuldigte er sich. »Noch nie habe ich einen Menschen gesehen, der sich so schnell bewegte. Wie ein wildes Tier …«

»Und ihr wart ihm nur mit dreiunddreißig Mann überlegen«, höhnte Garst. »Man hat Panna-Katzen mit weniger Aufwand gefangen. Deine Leute sind trainiert und machen ihre Arbeit gut. Die meisten sind jahrelang bei uns, und doch konntet ihr eine einzelne Person nicht fangen.« Er schlug mit der Faust wütend in die flache Hand.

Lessin wartete ab, bis Garsts Wut verraucht war. Was immer er jetzt sagte, würde nur Öl ins Feuer gießen.

Mit der Zeit beruhigte sich Garst ein wenig. Er drehte Lessin den Rücken zu und lief hinter seinem großen Schreibtisch auf und ab. »Die Frage lautet nun: Wer war der Mann? Welche Bedrohung stellt er dar? Handelt er auf eigene Faust, oder lauern im Hintergrund noch andere?«

»Die Männer meiner Gruppe Zwei kennen ihn. Er begann vor einigen Tagen als Dockarbeiter. Er nennt sich Georges duChamps und stammt von DesPlaines. Als sie mit anderen Arbeitern ihrer Gruppe Ärger hatten, schritt dieser duChamps ein – sowohl zu ihren Gunsten als auch gegen sie. Die können aus ihm nicht klug werden.«

»Ein DesPlainianer?« Garst setzte sich und trommelte auf die Schreibtischplatte. »Na, damit wäre euer Versagen teilweise erklärt. Von diesen Leuten habe ich schon allerhand gehört. Trotzdem – dreiunddreißig gegen einen …« Er warf Lessin einen bedeutungsschweren Blick zu.

Der Untergebene stürzte sich in die Gesprächslücke, ehe Garst sich weiter über das Mißgeschick verbreiten konnte. »Ich glaube, er arbeitet im Alleingang. Er hatte ein paar Zusammenstöße mit meinen Leuten und war eben neugierig. Schließlich kann er nicht von der Polizei sein – die würden sich niemals mit uns anlegen …«

»Aber sicher können wir nicht sein!« Garst schlug mit der

Faust hart auf die Holzplatte. »Lessin, in unserem Geschäft dürfen wir kein Risiko eingehen. Nichts für sicher ansehen. Wir sind nicht der einzige Polizeibezirk. Bis jetzt hat sich kein Mensch eingemischt, weil wir nicht zuviel Gier an den Tag legten. Ein paar Tropfen aus einem breiten Strom fallen nicht auf. Aber es besteht immer die Möglichkeit, daß wir einen Fehler begehen und auf uns aufmerksam machten. Wir müssen unter allen Umständen die Wahrheit herausfinden, und, falls notwendig, einen eventuellen Fehler so rasch wie möglich korrigieren.«

Garst stand wieder auf und nahm vor seinem Handlanger Aufstellung. »Wir müssen diesen duChamps fassen – lebendig. Wir müssen ihn verhören und herausbekommen, wieviel man über uns weiß, damit wir die Gefahr abschätzen können. Arbeitet er auf eigene Faust, gut und schön. Man kann ihn gefahrlos ausschalten. Aber wenn er Teil eines größeren Ganzen ist, werden wir drastischere Maßnahmen ergreifen müssen. Ich hasse zwar dergleichen Überlegungen, aber ich kann nicht anders.«

Er sah Lessin unverwandt an. »Da du die Sache verbockt hast, sollst du sie auch wieder ausbügeln. Du leitest die Suchaktion. Jeder einzelne unserer Organisation soll eine Beschreibung dieses duChamps bekommen. Ich möchte, daß jedes mögliche Versteck abgesucht wird, angefangen natürlich von seinem Hotelzimmer, obwohl ich bezweifle, daß er so dumm ist und dorthin zurückkehrt. Wir suchen jeden Zentimeter auf Vesa ab, wenn es sein muß, aber ich möchte, daß duChamps gefaßt und mir lebendig vorgeführt wird. Verstanden?«

Ja, es wurde verstanden. Lessin war eigentlich froh, daß Garst ihm die Leitung der Suchaktion übertragen hatte. Es war duChamps' Schuld, daß er zu Garst hatte gehen müssen, und er wollte nun diese Ehrenschuld begleichen. Er würde den DesPlainianer finden, jawohl, und wenn es soweit war, dann würde der Spitzel sich sehnlichst wünschen, Garst hätte erlaubt, ihn sofort zu töten.

8. KAPITEL

Verschwunden!

Nach ihrem zufälligen Zusammentreffen mit Dak Lehman konnte Yvette nur drei Stunden lang schlafen, und auch diese Zeit verbrachte sie unruhig in einem Stuhl zu, beobachtete die Tür und fuhr beim leisesten Geräusch im Gang auf, weil sie das Auftauchen jener drei Männer fürchtete, die ihr auf dem Starliner aufgelauert hatten. Einmal hatten die Gauner sie überraschen können – aber das sollte nie wieder vorkommen. Diesmal jedoch war es ein falscher Alarm, es ereignete sich nichts von Bedeutung.

Um 9 Uhr 30 raffte sie sich aus dem Stuhl auf und machte sich für die Verabredung mit Dak zurecht. Sie hatte am Vorabend versäumt, sich ihr Make-up zu entfernen. Die Schminke auf ihrem Gesicht fühlte sich bröselig an, dazu kamen die dunklen Ringe unter den Augen und das wirre Haar – alles Folgen der im Stuhl verbrachten Nacht. Und nach einem langen, prüfenden Blick in den Spiegel sagte sie sich: Dak muß verrückt sein. Kein Mensch, der seine fünf Sinne beisammen hat, würde eine Frau heiraten wollen, die so aussieht wie ich.

Sie überlegte ernsthaft, ob sie ihn nicht in seinem Hotel anrufen und die Verabredung absagen sollte oder ob sie ihn ohne weitere Erklärung einfach versetzen sollte. Da sie ihm ihr Hotel nicht angegeben hatte, würde er sie vielleicht nicht finden können, und damit wären die beiderseitigen Probleme ein für allemal gelöst. Aufseufzend kam sie zu der Erkenntnis, daß sie das niemals zuwege bringen würde. Sie hatte versprochen, sich mit ihm zu treffen, und ein Versprechen galt unter den d'Alemberts als heilig. Ihr Familienstolz ließ es nicht zu, daß sie dieses eine Versprechen brach.

Sie verwendete besondere Mühe auf ihr Gesicht, und als sie fertig war, war auch ihre Niedergeschlagenheit verschwunden. Das Gesicht, das ihr jetzt aus dem Spiegel entgegensah, wirkte nicht mehr müde und abgespannt, und sie war mit dem Ergebnis ihrer Bemühungen höchst zufrieden. Eine weniger bescheidene Person hätte sich sogar zu der Behauptung verstiegen, daß sie hinreißend schön sei. Ein rascher Blick auf die Uhr neben ihrem Bett sagte ihr, daß sie viel zuviel Zeit auf ihr Make-up verwendet hatte – es war bereits 10 Uhr 30 vorbei. Sie zog sich eilends an, lief zum Aufzug, fuhr hinauf zur Rezeptionsetage und winkte ein Jit herbei. Auf ein Frühstück mußte sie heute verzichten, aber sie konnte ja später mit Dak zu Mittag essen.

Mit fünf Minuten Verspätung kam sie an der vereinbarten Stelle an. Innerlich fluchend über ihre eigene Bummelei und das komplizierte Verkehrssystem auf Vesa. Yvette haßte Verspätungen. Es erweckte in ihr das Gefühl, irgendwie unfähig zu sein. Sie stürzte aus dem Jit, betrat das überfüllte Kasino und begann sofort mit der Suche nach Dak.

Sie konnte ihn nicht sofort entdecken und betete darum, daß auch er zu spät käme, um ihre Unpünktlichkeit nicht zu merken. Sogar um diese Zeit war das Kasino schon ziemlich voll. Da sich das Leben auf Vesa unterirdisch abspielte, war man hier nicht vom willkürlichen Tag-und-Nacht-Rhythmus abhängig und konnte hier rund um die Uhr aktiv bleiben. Vielleicht war Dak schon gekommen, hatte gesehen, daß sie nicht da war und hatte sich bis zu ihrem Auftauchen unter die Leute gemischt.

Yvette wartete. Die eine Minute wurde zu fünf Minuten, dann zu zehn. Noch immer keine Spur von Dak. Ungeduld begann an ihren Nerven zu zerren und nahm abwechselnd die Form von Zorn und Besorgnis an.

Wie kann er es nur wagen, mich warten zu lassen? Er war es ja gewesen, der sich hatte unbedingt treffen wollen. Und wenn ihm etwas passiert ist? Wenn er in seiner Badewanne ausgerutscht ist und sich eine Gehirnerschütterung zugezogen hat?

Plötzlich überkam sie das Gefühl, daß es sehr auffällig wirken müßte, daß sie ganz allein im Eingang stand, während die Menschen um sie herum zu den Spieltischen drängten. Endlich beschloß sie, etwas von sich aus zu unternehmen. Sie ging an ein öffentliches Telefon, warf eine Münze ein und rief das Soyuz-Hotel an, in dem, wie sie wußte, Dak abgestiegen war. »Verbinden Sie mich mit Gospodin Lehmans Zimmer, bitte«, ersuchte sie, als sich die Telefonzentrale meldete.

Schweigen am anderen Ende, dann sagte die Stimme: »Tut mir leid, der Herr ist nicht mehr da.«

Yvette stieß einen Seufzer der Erleichterung aus. »Sie meinen wohl, er ist auf dem Weg zu einer Verabredung?«

»Das kann ich nicht wissen, Gospoza.«

»Karascho. Danke.« Sie legte auf und nahm im Kasino das Warten wieder auf.

Sie wartete eine weitere halbe Stunde und wurde von Minute zu Minute unruhiger. Er dürfte nicht mehr als fünfzehn Minuten von seinem Hotel hierher brauchen, das wußte sie. Was hatte ihn aufgehalten?

Hatte sich etwas so Dringendes ergeben, daß er sie versetzen mußte, ohne sie zu benachrichtigen? Sie war von sich nicht so eingenommen, um nicht einzuräumen, daß es für ihn eine Menge anderer, wichtigerer Dinge gäbe, als sie es war. Sie entsann sich aber auch des bittenden, verzweifelten Tones, mit dem er sie gestern um diese Verabredung gebeten hatte. Das hatte er aufrichtig gemeint, und es war schwer vorstellbar, daß etwas dazwischenkam, das ihn von der Verabredung hätte abhalten können, die er so sehr herbeigesehnt hatte.

Aber er war nicht da und sein Hotel gab die Auskunft, daß er fort wäre. Sie sah hinaus und spähte die Verkehrstunnels entlang, so weit sie konnte. Der Verkehr schien ungehindert zu fließen, und die Fahrzeuge näherten sich zügig der großen, kuppelüberdachten Kreuzung vor dem Kasino. Ein Verkehrsunfall war also auszuschließen. Was war der Grund für sein Nichterscheinen? Wo war er? Er konnte doch nicht plötzlich verschwunden sein …

Plötzlich erstarrte Yvette vor Schreck.

»Mon Dieu!« stieß sie leise hervor. »Das kann nicht sein! Das darf doch nicht sein!«

Aber ihr logischer Verstand sagte ihr, daß es sehr wohl sein konnte. Was hatte man in der Telefonzentrale gemeint mit der Auskunft, er wäre nicht mehr da? Plötzlich gab es für Yvette nichts Wichtigeres auf der Welt, als die Antwort darauf zu finden. Sie rannte hinaus und winkte ein Jit herbei. »Soyuz-Hotel«, sagte sie atemlos zur Fahrerin. Die Frau nickte und berechnete den Fahrpreis. Yvette stopfte ihr ein Banknotenbündel in die Hand und setzte sich hinten hin.

Im Augenblick fiel ihr das Denken schwer. Ihr ansonsten klarer, wacher Verstand trieb hilflos in einem Meer der Verwirrung und umkreiste das Problem, ohne sich darauf konzentrieren zu können. Sie wollte sich dem Problem nicht stellen, obwohl sie wußte, daß sie es in allernächster Zukunft tun mußte. Ihr ganzer

Körper war gefühllos vor Angst, normalerweise ein ihr unbekanntes Gefühl. Angst um sich selbst war ihr fremd – aber die Angst um jemanden, den sie liebte, jagte ihr Schauder über den Rücken.

Nach sieben Ewigkeiten blieb der Jit vor dem Hotel stehen. Yvette mußte ihren erstarrten Körper zu aktivem Handeln zwingen. Sie stieg aus, lief in die Empfangshalle und fragte den diensthabenden Empfangschef: »Wohnt hier ein Gospodin Lehman?«

Der Mann sah in seinen Unterlagen nach. »Er hat hier gewohnt. Gestern abend ist er ausgezogen.«

»Dak Lehman?«

»Richtig.«

»Um welche Zeit?«

Der Mann zog wieder seine Unterlagen zu Rate. »Um 1 Uhr 30.«

»Ist das nicht ein seltsamer Zeitpunkt, um ein Zimmer aufzugeben?«

»Nicht auf Vesa«, sagte der Mann mit einem Achselzucken. »Hier ist die Zeit ohne Bedeutung.«

»Hat er eine Adresse hinterlassen, unter der er zu erreichen ist?« fragte Yvette und faßte verzweifelt nach diesem letzten Strohhalm.

»Tut mir leid – nein.«

Als ihr klar wurde, was da geschehen war, traf es sie wie ein Schlag in die Magengrube. Hier handelte es sich nicht mehr um eine nüchterne Statistik aus verstaubten Polizeiakten, hier ging es um einen Menschen aus Fleisch und Blut, den sie zufällig auch noch sehr liebte! Das konnte nicht wahr sein!

Verzweifelt lief sie zu einer öffentlichen Telefonzelle und investierte ein kleines Vermögen an Münzen. Von der Raumfahrtgesellschaft, der die ›Kaiserin Irene‹ angehörte, erfuhr sie, daß Dak Lehman sich den Betrag für die bezahlte Rückfahrt hatte rückerstatten lassen. Nein, eine Umbuchung auf einen anderen Termin habe er nicht vornehmen lassen. Andere Anrufe bei anderen Gesellschaften erbrachten negative Ergebnisse – Dak Lehman hatte sich nirgends einen Platz reservieren lassen.

So wie viele Tausende vor ihm, war Dak Lehman von der Oberfläche von Vesa verschwunden!

Als die Schlußfolgerung unumstößlich war, setzte sich Yvette in der Zelle auf den Sitz, drehte das Gesicht zur Wand und weinte. Verdammt noch mal, ich hätte eigentlich das Opfer sein sollen, Dak, nicht du! Ich war der Köder. Ich hätte mich wehren können. Warum haben sie dich genommen und nicht mich?

Ihr Kopf wollte zerspringen, und die Wand, die sie anstarrte, hatte für sie keine Antwort. Haltlos schluchzte sie vor sich hin, übermannt von ihren Gefühlen. Als sie ihrem Kummer Luft gemacht hatte, hob sie den Kopf und der Tränenfluß versiegte. Jetzt war sie wieder die kalte, berechnende Geheimagentin der Superklasse, der SOTE treu ergeben. Und das verborgen lodernde Feuer des Zornes in ihren Augen bedeutete ein warnendes Signal für alle, daß mit dieser Frau nicht zu spaßen war.

Sie verließ eben die Telefonzelle, als etwas in der Hotelhalle ihre Aufmerksamkeit erregte. Sie huschte in die Zelle zurück, duckte sich und lugte durch den Türspalt der Zelle hinaus. Sie sah jenen großen Mann, dem sie den Namen Gaspard gegeben hatte an die Rezeption treten und ein Gespräch mit dem Empfangschef beginnen. An der Art, wie der Empfangschef den Kopf schüttelte, glaubte sie zu erkennen, daß Gaspard dieselben Fragen gestellt hatte wie sie – und dieselbe Antwort erhielt. Yvette hoffte, der Empfangschef würde es nicht erwähnen, daß eine Frau vor wenigen Minuten dieselben Fragen gestellt hatte.

Offenbar sagte er auch nichts davon. Von ihrem eigenen Gespräch her wußte Yvette, daß der Mann von sich aus keine Informationen ausspuckte, wenn es sich vermeiden ließ. Jedenfalls verzog Gaspard auch das Gesicht und wandte sich vom Tresen ab, wodurch er außer Yvettes Blickfeld geriet. Sie ließ ihm fünfzehn Sekunden Vorsprung, dann öffnete sie die Tür und trat aus der Telefonzelle.

Gaspard war nirgends zu sehen, sie nahm an, er wäre durch den Haupteingang weggegangen. Ohne einen Augenblick zu zögern, ging sie ihm nach. Er und seine Freunde waren nunmehr die einzige Spur. Sie wußten mehr über Dak, als sie es hatten verlauten lassen. Vielleicht war ihre Vermutung richtig, daß diese Leute den Voraustrupp der Bande bildeten. Warum aber war dann der Große so außer sich, daß Dak nicht mehr im Hotel war?

Jedenfalls konnte sie sich an keine anderen Spuren halten. Auch wenn diese drei Dunkelmänner nicht persönlich verantwortlich für Daks Schicksal waren (auch jetzt noch brachte Yvette es nicht über sich, an das Wort ›Tod‹ zu denken), so waren sie ihm doch auf den Fersen gewesen und wußten mehr als sie. Die Leute mußten um etwas Bescheid wissen, das ihr bei der weiteren Nachforschung weiterhelfen konnte.

Außerdem mußte sie eine Schuld heimzahlen ... und die Schulden eines d'Alembert wurden immer beglichen.

Gaspard stieg in ein Jit und fuhr durch den Tunnel in östlicher Richtung davon. Yvette konnte ein anderes Jit herbeiwinken, dessen Fahrer nur zu gern ihr reichliches Trinkgeld in Empfang nahm und dafür das andere Fahrzeug verfolgte. Yvette setzte sich hinter den Fahrer und beobachtete mit scharfem Blick, ob das Wild etwa merkte, daß es verfolgt wurde, doch dazu war der Mann offensichtlich zu tief in seine eigenen Gedanken versunken.

Die Fahrt war kurz und ohne Umwege – nur einen halben Kilometer bis zur nächsten kuppelüberdachten Kreuzung. Dort stieg Gaspard aus und betrat ein kleines Straßencafé. Kurz darauf kam er mit einer dampfenden Tasse und einem kleinen Tablett mit Speisen heraus, suchte einen Tisch, ließ sich nieder und begann gemächlich seinen Lunch zu verzehren. Dabei ließ er sich ausgiebig Zeit. Yvette war ebenfalls ausgestiegen und beobachtete ihn von der anderen Straßenseite aus durch den Spiegel ihrer Puderdose, wobei sie so tat, als mache sie sich zurecht. Sie gelangte zu der Ansicht, daß er auf jemanden wartete, wahrscheinlich auf einen oder beide seiner Partner.

Ihre Vermutung wurde wenige Minuten darauf bestätigt, als sich Murgatroyd zu ihm gesellte. Nunmehr hatte Yvette ihre Puderdose wieder verstaut und beobachtete die Vorgänge, indem sie in eine Schaufensterscheibe guckte. Die zwei Männer sprachen zunächst nicht, dann aber unterhielten sie sich leise. Während Gaspard seine Informationen weitergab, wurde Murgatroyd immer unruhiger. Als endlich der dritte – ein unauffälliger Bursche mit graubraunem Haar und bleistiftdünnem Schnurrbart – dazukam, waren beide ziemlich außer sich.

Der Neuhinzugekommene machte ein finsteres Gesicht, als er das ihm Mitgeteilte hörte. Abrupt standen die drei auf und verließen das Café. Zu Yvettes großer Erleichterung nahmen sie keinen Jit – es war so verdammt umständlich, diese vertrackten Dinger zu verfolgen –, sondern gingen zu Fuß die Straße entlang bis zum Eingang eines kleinen, billigen Hotels mit Namen Vesa Arms.

Yvette folgte ihnen und überquerte die Straße, als die Männer im Hotel verschwunden waren. Sie wartete noch zehn Sekunden vor dem Eingang, dann ging sie hinein.

Sie konnte eben noch sehen, wie die drei in einem Aufzug nach unten fuhren, wahrscheinlich wollten sie sich zur Ruhe begeben. Sie hatte keine Ahnung, auf welchem Stockwerk sie wohnten und welche Zimmernummer sie hatten, aber sie kannte Mittel und Wege, um dahinterzukommen.

Jetzt laß dir was einfallen, Mädchen, sagte sie sich. Nachdem sie ihren Hosenanzug oben fast bis zur Mitte freizügig geöffnet hatte und den Mantel verwegen um die Schultern drapiert hatte, ging sie mit eindrucksvollem Hüftschwung an das Empfangspult. Für eine gewöhnliche Dirne, eine Dyevka, war sie vielleicht zu elegant gekleidet, doch bezweifelte sie, ob der Portier für derartige Details jetzt noch Augen haben würde.

»Hast du die drei Knaben gesehen, die da eben durchkamen?« fragte sie in so ordinärem Slang wie möglich.

»Ja, hab' ich«, gab der Portier zurück. »Was soll mit denen sein?«

»Dann rück ihre Zimmernummer raus.«

»Warum?« Der Mann kniff mißtrauisch die Augen zusammen.

»Geschäfte.«

»Was für Geschäfte hast du mit denen?«

»Sehr persönliche«, verriet Yvette mit einem Augenzwinkern. »Falls du weißt, was ich meine.«

Er wußte haargenau, was sie meinte. »Wenn die dich unten haben wollen – warum nahmen sie dich nicht selbst mit?«

Wieder ein Blinzeln Yvettes. »Hm, ja, die wollten wohl mit mir nicht gesehen werden.« Jetzt verfiel sie in einen Jammerton. »Hör mal, Towarisch, du mußt mir da helfen. Gospodin Iwanow und seine Freunde …«

»Er heißt nicht Iwanow«, erwiderte der Portier knapp.

»Bei mir heißen die alle Iwanow. Na jedenfalls – er und seine zwei Freunde sagten, ich solle mit ihnen runter aufs Zimmer. Bloß vergaßen sie die Nummer zu geben. Richtig dämlich – ich weiß –, aber manche Kunden sind eben so. Wenn ich nicht bald runterkomme, werden sie furchtbar wütend, und wenn sie dann noch erfahren, daß du mir nicht die Nummer geben wolltest …«

Ihr Ton deutete düstere Aussichten an.

»Zwanzig Credits!« sagte der Portier.

»Du bist wohl nicht bei Trost!« rief Yvette aus. »Dabei springt für mich nicht mehr als hundert heraus. Ich werde einem lausigen Portier doch keine dreckigen zwanzig Credits Provision zahlen! Zehn Scheine, mehr nicht, das ist mein letztes Wort!« Natürlich hätte Yvette den Pappenstiel von zwanzig Credits bezahlen können, aber sie durfte nicht aus der Rolle fallen.

Der Mann nickte nach kurzem Überlegen. »Na schön, also zehn – im voraus!«

Seine Handfläche kam auf sie zugeschnellt. Während sie etwas von ›dreckiger Erpresser‹ murmelte, angelte Yvette tief in ihre Tasche und zog einen Schein hervor. Der Portier nahm die Banknote mit einem öligen Grinsen in Empfang und sagte: »Zimmer 4–12. Und viel Spaß.«

»Spar dir das«, gab Yvette schnippisch zurück und ging hüftenschwenkend zum Aufzug. Während sie in die vierte Etage hinunterglitt, erlaubte sie sich ein kleines Lächeln wegen ihrer schauspielerischen Leistung.

Der Professional in ihr war stolz auf sich, während die Frau in ihr weniger Grund dazu hatte.

Der Gang im vierten Stock war schmal und leer. Die trübe Deckenbeleuchtung trug auch wenig dazu bei, den verblaßten, roten Teppich oder den in großen Stücken abblätternden Wandanstrich zu beleuchten. Der abgestandene Geruch verbrauchter Drogenstengel hing über dem Raum. Yvette rümpfte angewidert die Nase. Die Umgebung paßte haarscharf zu den drei Typen, hinter denen sie her war.

Zimmer 4–12 lag links vom Lift aus gesehen. Sie schlich sich leise an und legte das Ohr an die Tür. Drei männliche Stimmen waren zu unterscheiden, aber die einzelnen Worte konnte sie nicht verstehen. Jedenfalls war aber ein Streit im Gange, soviel war ihr klar.

Nachdem sie ihren Mantel auf dem Boden abgelegt und so viel Abstand von der Tür genommen hatte, wie bei dem kleinen Gang möglich, nahm Yvette einen Anlauf in Höchstgeschwindigkeit.

Mit der vollen Wucht ihrer siebzig Kilo trat sie auf die Tür auf, die nur aus einem dünnen, billigen Holz bestand und sofort nachgab. Yvette d'Alembert fegte wie ein Wirbelwind durch den Raum.

Die drei Männer hatten überhaupt keine Chance. Gaspard und Murgatroyd saßen auf dem Bett, während der dritte – offenbar ihr Boß – ihnen gegenüber auf einem Stuhl saß. Sie waren von Yvettes Eindringen so überrascht, daß sie keine Bewegung machten. Murgatroyd wurde mit einem harten Schlag auf den Halsansatz außer Gefecht gesetzt. Gaspard wandte ihr eben den Kopf zu, als er schon ihr Knie mitten ins Gesicht bekam. Er brach vor Schmerz zusammen, Yvette packte ihn hinten am Hemdkragen und schleuderte ihn gegen die Wand, wo er bewußtlos zu Boden glitt.

Dem Dritten blieb ein Augenblick Zeit, um sich zu erheben und in die Jacke nach seiner Waffe zu greifen. Wie der Blitz war Yvette über ihm, packte sein Handgelenk und ließ es hart gegen ihr Knie knallen. Der Mann schrie vor Schmerz auf, aber Yvette hatte ihren Vorrat an Mitgefühl aufgebraucht. Sie packte ihren Gegner an den Jackenaufschlägen, schleppte ihn in das winzige Bad und schloß die Tür hinter sich.

»Heute sieht die Sache ein wenig anders aus als bei unserer letzten Begegnung«, sagte sie grimmig und zog ihm die Betäubungswaffe aus der Tasche. »Diesmal kann ich auch ein paar Worte äußern, und da Sie sich so gern reden hören, glaube ich gut daran zu tun, Sie recht viel plaudern zu lassen!«

Sie zog den linken Schuh aus, schraubte den Absatz herunter und entnahm einem Geheimfach eine kleine Dose Hypospray. »Ich werde Ihnen nun ein paar Fragen stellen«, fuhr Yvette eiskalt fort, »und bin heute nicht in der Stimmung für komische Antworten. Ich nehme an, Sie wissen, was ich in dieser Dose habe?«

Der Mann geriet ins Zittern, als er die klare Flüssigkeit sah. »N-nitrobarb«, riet er. Das mußte es sein. Nitrobarb war das wirksamste den Menschen bekannte Wahrheitsserum. Unter seinem Einfluß war niemand imstande zu lügen. Leider wies das Präparat in seinen Folgen eine Todesrate von fünf Prozent auf und stand aus diesem Grund auf der Verbotsliste. Allein der Besitz der Droge galt als Kapitalverbrechen.

Yvette sah ihn mit erstarrtem Lächeln an. »Ich bin froh, daß

Sie das sagen. Ich lasse mich nämlich nicht gern auf Verbotenes ein. Also, wie steht es – soll ich Ihnen die Ladung verpassen, oder reden Sie freiwillig? Es liegt bei Ihnen. Wie entscheiden Sie sich?«

»Stecken Sie das Ding weg. Ich rede«, sagte der Mann und faßte vorsichtig nach der verletzten Hand. »Ehrlich, ich war nicht auf Schwierigkeiten aus, ich möchte nur meinen Job ausführen.«

»Es gehört also zu Ihrem Job, harmlosen Frauen aufzulauern?« höhnte Yvette. »Los jetzt – ich will alles wissen. Wer sind Sie und worin besteht Ihre Verbindung zu Dak Lehman?«

»Ich heiße Myerson. Meine Partner und ich arbeiten für die Firma Cosmos, Ermittlungen.«

»Detektive?« Diese unerwartete Neuigkeit bewirkte, daß Yvette die Brauen überrascht zusammenzog. »Können Sie das beweisen?«

»Mein Ausweis steckt in der Jackentasche.« Er wollte mit der Linken hinlangen, doch Yvette schwenkte die Waffe vor seiner Nase so, daß er mitten in der Bewegung erstarrte.

»Ich hole mir das Ding selbst«, sagte sie und langte nach seiner Brieftasche. Sie fand den Ausweis zusammen mit Foto und Netzhautmuster. Daraus entnahm sie, daß Rolf Myerson eine Detektivlizenz des Planeten Largo besaß. Das war eine Entwicklung, die ihr gar nicht behagte.

»Ich verstehe noch immer nicht, woher Sie sich das Recht nahmen, mein Zimmer aufzubrechen und einzudringen.«

»Hatten Sie das Recht dazu?« Myerson sah sie forschend an.

»Ich habe die Waffe«, sagte Yvette kühl, »was mir im Moment das Recht dazu gibt. Aber ich bin nicht da, um mit Ihnen über ethische Begriffe zu streiten. Ich möchte wissen, warum Sie hinter Dak Lehman her waren.«

»Seine Frau engagierte uns. Wir sollten ihn beschatten. Sie ...«

»Seine Frau? Von einer Ehefrau sagte er mir nichts.«

»Es gibt Ehemänner, die diese Einzelheiten gern vergessen. Außerdem wollten sich die beiden ohnehin scheiden lassen. Sie hatten an einer Computerfirma zu gleichen Teilen Anteil, obwohl er nach außen hin als Firmenchef auftrat. Gospoza Lehman hörte gerüchteweise, daß ihr Mann auf Vesa sich heimlich mit jemandem treffen und Betriebsgeheimnisse verkaufen wolle.

Damit wäre ihr Anteil an der Firma wertlos geworden. Deswegen engagierte sie uns. Wir sollten ihn beobachten und dafür sorgen, daß es zu keinen derartigen Geschäftsabschlüssen käme.«

»Aber hätte er sich damit nicht ins eigene Fleisch geschnitten? Wenn die Firmenanteile wertlos wurden, hätte er sich doch selbst geschädigt?«

»Er hatte unter mehreren Namen bereits die verschiedensten Beteiligungen aufgekauft. Wir hatten jedenfalls den Eindruck, daß er glaubte, sich ein derartiges Vorgehen auch leisten zu können.«

»Haßt er denn seine Frau so sehr?«

»Bei den ersten Scheidungsterminen hat er sie der mehrfachen ehelichen Untreue bezichtigt. Sie hat keine einzige Anschuldigung bestritten, soviel ich weiß.« Myerson hatte dies alles auf völlig unbeteiligte Art und Weise ausgeplaudert: Gospoza Lehman hatte seine Zeit und seine Dienste gekauft, nicht aber seine Loyalität.

Yvette überdachte diese letzte Entwicklung der Dinge. Sosehr dies alles für sie unerwartet kam, so ergab es doch einen Sinn. Myersons Leute waren also in erster Linie hinter Dak her gewesen. Sie hatten Yvette weiter keine Beachtung geschenkt, bis sie sich mit dem Mann zu verabreden begann, den sie beschatteten. Auch dann gingen sie sehr behutsam vor und versuchten ihr erst Angst zu machen, als sie fürchteten, ihre Beziehung zu Dak könnte zu eng werden. Sie wußte, daß die drei sie in ihrer Suite damals hätten kaltblütig ermorden können, wenn sie gewollt hätten.

Und sie entsann sich all der kleinen Ungereimtheiten in Daks Verhalten. Als sie ihn nach Frauen in seinem Leben gefragt hatte, war er der Frage geschickt ausgewichen – und sie hatte gleich gewußt, daß er da etwas zu verbergen hatte. Und dann die kleinen, schlecht verhüllten Anläufe, die er unternahm, sein Zögern inmitten der Unterhaltung, als wolle er ihr ein Geheimnis anvertrauen, fürchte sich aber davor. Eine Ehefrau – eine gemeine, rachsüchtige, ungetreue Frau daheim auf Largo –, das war also die Last gewesen, die ihn bedrückte, während er einer hübschen Witwe an Bord der ›Kaiserin Irene‹ den Hof machte!

Je länger sie darüber nachdachte, desto klarer wurde ihr, daß Myersons Geschichte höchstwahrscheinlich auf Wahrheit beruhte. Verdammt, dachte sie, hatte sie doch so sehr gehofft, er würde sich als einer der Mörder entpuppen. Nur zu gern hätte ich ihm eine Abreibung verpaßt.

»Und was ist mit Lehman jetzt?« fragte sie so gleichgültig wie möglich. »Warum ist er aus seinem Hotel ausgezogen?«

»Da wissen Sie ebensoviel wie ich. Als letztes sah Lansky ihn in Gesellschaft eines Bekannten, den er in einem Kasino kennenlernte, einen Jit besteigen. Lansky hörte etwas von einer Privatparty, wußte aber nicht wo. Er versuchte auf der Spur zu bleiben, aber diese verdammten Jits sind so schnell, daß er sie aus den Augen verlor. Und heute morgen entdeckten wir, daß er verschwunden ist und alle seine Habe mit sich nahm – was bedeutet, daß ich in diesem Fall mein Honorar einbüße. Gospoza Lehman wird nicht zahlen wollen, weil wir ihn aus den Augen verloren haben.«

Er sah Yvette direkt an. »Wenn Sie mich fragen, so wurden wir beide hereingelegt. Ich glaube, er traf seinen Kontaktmann und verschwand im wahrsten Sinne des Wortes bei Nacht und Nebel, und wir stehen mit leeren Händen da.«

»Meinen Sie?« sagte Yvette zynisch. »Ich jedenfalls glaube, Sie und Ihre zwei Freunde täten gut daran, Vesa schleunigst zu verlassen, egal mit welchem Ziel! Ich habe Ihren Stunner und weiß damit umzugehen. Das nächste Mal, wenn ich eure häßlichen Visagen sehe, mache ich davon Gebrauch, verlassen Sie sich darauf!« Sie verstaute den Hypospray wieder in ihrem Absatz, drehte sich um und verließ das Zimmer. In Sekundenschnelle stand sie im Lift und ließ sich in den siebenten Stock bringen. Falls Myerson sie suchte, würde er sie eher in der Empfangshalle vermuten.

Der Gang im siebenten Stock war das genaue Ebenbild seines Gegenstückes im vierten Stock. Sie steckte den Stunner des Detektivs in die Tasche und begann den Gang entlang auf und ab zu laufen, wie sie es bei ihrem Bruder so oft gesehen hatte. Jules hatte immer behauptet, er könne, mit den Beinen in Bewegung, besser nachdenken. Nachdem Yvette es eine Weile versucht hatte, ihm gleichzutun, kam sie zu dem Schluß, daß dabei ihre Füße nur ermüdeten, ohne daß das Gehirn hieraus Vorteil gezogen hätte. Schließlich setzte sie sich mit gekreuzten Beinen auf den Boden und lehnte sich an die Wand.

Myersons Theorie wäre an sich logisch gewesen, wenn die

Situation nur so beschaffen gewesen wäre, wie er sie sah. Aber Yvette wußte mehr. Daks Verschwinden paßte nur allzugut in das Schema, das sich im Verlauf der vergangenen zwanzig Jahre entwickelt hatte. Ein Tourist trifft auf Vesa ein und verschwindet, ohne abgefahren zu sein. Sämtliche Habseligkeiten verschwinden mit ihm. Natürlich war es immerhin möglich, daß Dak Lehman unter falschem Namen einen Platz gebucht hatte, weil er merkte, daß er beschattet wurde ... aber sein Verschwinden paßte nur zu gut zu den anderen Fällen. Darauf kam sie immer wieder zurück. Schließlich konnten nicht alle anderen Vermißten Betriebsgeheimnisse verkauft haben!

Yvette seufzte. Zu sehr hatte sie gehofft, in Myerson und dessen Konsorten die Mörder gefunden zu haben. Es hätte so viele Probleme gelöst und sie auf neue Fährten gebracht. Sie wollte dem Chef über Myerson berichten. Man würde ihm seine Lizenz wegen unehrenhaften Verhaltens entziehen. Aber im Moment stand sie wieder am Ausgangspunkt. Dak war verschwunden, sie selbst hatte man nicht angetastet, und sie besaß nicht den geringsten Hinweis, wer für das Geschehene verantwortlich war.

Nicht den kleinsten Hinweis!

9. KAPITEL

Eine Flucht, die keine war

Jules kehrte nach seinem knappen Entkommen aus dem Lagerhaus gar nicht mehr in sein Hotelzimmer zurück. Es wäre glatter Selbstmord gewesen, das wußte er. Diejenigen der Chandakhari, die seine Arbeitskollegen waren, hatten ihn bei dem Handgemenge sicher erkannt. Sie konnten nun mit Leichtigkeit in seinen Personaldokumenten am Arbeitsplatz nachsehen und seine Adresse feststellen. Im Geiste schrieb er das Zimmer als einen Verlustposten ab. Zum Glück hatte er dort nichts Wichtiges zurückgelassen, und man würde keine Anhaltspunkte über seine wahre Identität finden. Die tatsächlich wichtigen Sachen steckten in einem Schließfach des Raumflughafens.

Kaum war er aus dem Lagerhaus ins Freie getreten, konnte er ein Jit aufhalten und war schon in einem der Verkehrstunnels verschwunden, ehe auch nur einer seiner Verfolger das Gebäude verlassen hatte. Für den Augenblick war er sicher, konnte es aber nur bleiben, solange er seinen Gegnern ein paar Nasenlängen voraus war. Er lehnte sich im Jit zurück und ließ sich durchschaukeln, was seinen noch immer von Wogen Adrenalins durchpulsten, erregten Körper beruhigte. Als er den physischen Teil seines Ichs endlich beruhigt hatte, wandte er sich dem geistigen zu.

Keine Frage, Georges duChamps mußte verschwinden. Zwar ließ er Laz Fizcono nur sehr ungern im Stich, da der Vorarbeiter ohnehin knapp an Leuten war, aber seine Pflichten dem Empire gegenüber hatten Vorrang. Er durfte sich jetzt nicht mehr auf dem Arbeitsplatz zeigen, wenn er nicht einen ›Unfall‹, wie ihn Rask erlitten hatte, heraufbeschwören wollte.

Es stand ebenfalls fest, daß er Vesa verlassen mußte. Die Mörder unterhielten eine ausgedehnte, den ganzen Mond umfassende Organisation und würden es nicht dulden, daß man sie bespitzelte. Bei der Suche nach ihm würde man auf Vesa das Unterste zuoberst kehren, und da sein desplainianischer Körperbau sehr auffällig war, gab es eigentlich keine Verkleidung, die ihm Anonymität gesichert hätte.

Er spielte mit dem Gedanken, sich wieder mit Yvette zusammenzutun, jetzt, da seine getarnte Existenz in der unteren Schicht der vesanischen Gesellschaft aufgedeckt worden war. Er wußte, wo sie wohnte und hätte leicht mit ihr in Verbindung treten können. Der Gedanke daran, wieder mit ihr zusammenarbeiten zu können, erwärmte ihn: Sie hatten einander immer sehr nahegestanden und waren als Team absolute Spitze, wenn sie einander ihre Ideen wie Bälle zuspielten. Und da die Mörder jetzt so scharf hinter ihm her waren, konnten sie ihnen vielleicht gemeinsam eine Falle stellen und wenigstens einen der Schurken festnehmen, der sie – nach einem Schuß Nitrobarb – zu den anderen Bandenmitgliedern hinführen würde.

Doch nach kurzer Überlegung entschied er sich dagegen. Yvette steckte mitten in ihren eigenen Nachforschungen. Sie verfolgte eigene Ziele und hatte sich eine eigene Rolle zugelegt. Es wäre nicht fair, wenn er sich jetzt in ihre Arbeit einmengte und sie störte, nur weil er seinen eigenen Auftrag vermasselt hatte. Sie waren ja zu dem Entschluß gekommen, das Problem von zwei Seiten anzugehen, in der Hoffnung, es auf diese Weise schneller lösen zu können. Diese Strategie war noch immer vernünftig, wenn er sich von nun an richtig verhielt.

Überdies hatte er bei seinem Aufenthalt in der Lagerhalle eine wichtige Erkenntnis gewonnen. Jeder einzelne der dort versammelten Mörder war ein Mann von Chandakha. Offenbar gab es eine bestimmte Art und Weise, diese Leute für die Bande anzuwerben, und ebenso offensichtlich geschah diese Anwerbung auf Chandakha. Die Säuberungsaktion gegen die Mörder auf Vesa würde zu nichts führen, solange man die Brutstätte unberührt ließ. Chandakha hieß also sein nächstes Ziel.

Er ging zum Flughafen, holte seine Sachen aus dem Schließfach und mietete sich in einem Hotel in der Nähe ein. Sobald er allein und ungestört war, ging er an das Videophon seines Zimmers und meldete ein interstellares Gespräch mit einer höchst geheimen Nummer auf Chandakha an.

Nach einer Minute war die Verbindung da und auf dem Bildschirm erschien das Gesicht einer sehr attraktiven Dame. Auch sie schien eine Eingeborene von Chandakha zu sein. Die dunkle Hautfarbe, die braunen Augen und das lange, schwarze, leicht mit Grau durchsetzte Haar deuteten darauf hin. Feine Linien in ihrem Antlitz zeugten von großer Belastung und Verantwortung, unterstrichen jedoch ihre Schönheit eher, als sie zu beeinträchtigen. Ihr Alter mochte irgendwo zwischen fünfunddreißig und sechzig liegen, eine genauere Schätzung war unmöglich. Das mußte Marask Kantana sein, die Chefin des Geheimdienstes für die Bereiche Chandakha und Vesa.

»Wer spricht?« fragte sie und sah auf ihren Sichtschirm, denn Jules hatte den Videoteil seines Apparates nicht eingeschaltet. »Was wollen Sie?«

Jules sagte nur ein Wort: »Wombat.«

Die Wirkung dieses Wortes auf Kantana war höchst eindrucksvoll. Man hatte sie darauf vorbereitet, daß die Agenten Wombat und Periwinkle in ihrem Bereich Ermittlungen durchführten und daß sie ihnen jede erdenkliche Unterstützung gewähren sollte. Aber selbst wenn man sie darüber nicht informiert hätte, wäre die Wirkung um nichts geringer gewesen:

Diese zwei Kodenamen waren innerhalb des Service legendär und verlangten es, daß man mit sofortigem Gehorsam reagierte. Kantanas Miene, eben noch die einer stolzen, befehlsgewohnten Dame, verwandelte sich nun in den Ausdruck absoluter Ergebenheit. »Was kann ich für Sie tun?« fragte sie.

»Ich befinde mich momentan auf Vesa und muß unbeobachtet nach Chandakha gelangen. Der Raumhafen wird überwacht. Was schlagen Sie vor?«

»Mein Privatschiff«, sagte Kantana ohne Zögern. »Ich könnte für einen Tag nach Vesa fliegen, und Sie könnten in meinem Koffer zurückkommen – zumindest, bis wir Sie sicher an Bord gebracht haben.«

»Sehr schön.« Jules fand diese Frau auf den ersten Anhieb sehr sympathisch. Sie besaß rasche Auffassungsgabe und traf ohne jede Umständlichkeit die richtige Entscheidung, wie es bei einem Amt wie dem ihrigen nottat. Kein Wunder, sagte sich Jules, daß der Chef von ihr eine so hohe Meinung hat.

Sie besprachen noch die Einzelheiten der Abholaktion in verschlüsselten Sätzen, obwohl Jules stark bezweifelte, daß die Mörderbande die Möglichkeit hatte, dieses Gespräch abzuhören und zu verstehen. Diese Leute hatten bis jetzt keine Neigung gezeigt, auf höherer, politischer Ebene mitzumischen, hatten es vielmehr vorgezogen, ihre Untaten so viel wie möglich im stillen und geschäftsmäßig abzuwickeln. Nach Beendigung des Gespräches lehnte Jules sich auf sein Bett zurück, um auszuruhen und weiter zu überlegen.

Sechs Stunden später machte Gospoza Kantanas Privatschiff auf Vesa fest. Sie schaffte ihr Gepäck, einen kleinen Reisekoffer und einen riesigen Schrankkoffer, in ihr Hotelzimmer, das ständig für ihre regelmäßigen Besuche auf dem Mond reserviert war. Sie ließ die Sachen in ihrem Zimmer und begann eine mehrstündige Tour durch die Kasinos. Als sie zurückkam, wurde sie bereits von Jules erwartet. Sie bedachte ihn mit einem höflichen Kopfnicken und setzte sich in einen Sessel in der Zimmerecke. Es lag jetzt an Jules, das Gespräch zu eröffnen.

»Ich habe inzwischen das hier durchgearbeitet«, begann er und hob einen Stapel Tonbänder hoch. Er hatte gebeten, daß sie sämtliche Unterlagen des Service, die über seine Arbeitskollegen von Chandakhar vorhanden waren, mitbrächte. »Ich glaube, ich konnte bei diesen Leuten gewisse Gemeinsamkeiten entdecken und möchte Ihren Rat in dieser Frage.«

»Meine Dienststelle steht Ihnen, wie Sie wissen, voll und ganz zur Verfügung.«

»Nun – jeder dieser Männer hatte eine Menge von Vorstrafen, bevor er nach Vesa kam. Jeder kommt aus einer großen Familie, deren alleiniger oder wichtigster Ernährer er war – sogar Radapur, der erst zwanzig ist.«

»Aber keine dieser Tatsachen ist auf Chandakha ungewöhnlich«, sagte sie sachlich. »Unser Planet stellt keinen angenehmen Aufenthaltsort dar. Es ist eine tropische Welt, von deren fünf Kontinenten nur einer von Menschen bewohnt wird. Alle übrigen sind wahre Höllen – Brutstätten von Insekten, Seuchen. Und auch dieser eine bewohnte Kontinent wird in regelmäßigen Abständen von Unwettern, Stürmen, Überschwemmungen und Insektenschwärmen verwüstet.

Der Bürokrat, der auf die Idee kam, Chandakha zu besiedeln, hatte auch gleich ein Patentrezept zur Hand, nämlich, daß die Besiedlung am besten durch solche Menschen zu erfolgen habe, die an solche Probleme bereits gewöhnt waren. Als Folge davon rekrutierte sich der Großteil der Kolonisten – auch meine Vorfahren gehören dazu – aus dem indischen Subkontinent der Erde und wurde hierher verpflanzt. Dabei wurden manche unserer Sitten und Gebräuche übernommen, andere wurden fallengelassen und neue geschaffen. Das Kastensystem, das in Indien auch nach seiner offiziellen Abschaffung weiterbestand, existiert bei uns kaum noch, obgleich man da und dort noch manchmal auf seine Spuren stoßen kann. Aber eines der Probleme, das hier sofort wieder Wurzeln schlug, war das gewaltige Bevölkerungswachstum, das wir im zweiundzwanzigsten Jahrhundert fast gestoppt hatten. Und jetzt haben wir es ärger als zuvor.

Es ist nicht ungewöhnlich, daß ein Ehepaar bei uns zwanzig oder fünfundzwanzig Kinder hat. Und dank der Fortschritte der modernen Medizin überleben die meisten. Zunächst gab es noch genügend Land und man konnte sich ausbreiten, aber inzwischen sind drei Jahrhunderte vergangen. Der Landbesitz der einzelnen Familien wurde immer mehr zerstückelt, und jetzt kann die Durchschnittsfamilie sich kaum noch davon ernähren.

Viele Menschen, des Daseins als Bauern überdrüssig, ziehen in die Städte. Aber dort ist es noch ärger. Wir haben kaum eine Industrie, da alle Rohstoffe des einen Kontinents unmittelbar zu unserer Ernährung herangezogen werden und die anderen Kontinente nicht erschlossen werden können. Es herrscht Arbeitslosigkeit, das Volk muß aber trotzdem leben. Es bleibt ihnen oft nur die Verbrecherlaufbahn. Man schätzt, daß mindestens einer unter zehn auf Chandakha seinen Unterhalt auf ungesetzliche Weise verdient. In den Städten liegt die Quote sogar bei vier von zehn.«

Jules war über die dargelegten Verhältnisse fassungslos. »Aber wen bestehlen sie denn?«

»Die Anständigen. Sie bestehlen einander, jeder bestiehlt jeden.« Kantana hatte das ohne Anzeichen innerer Bewegung gesagt, ihre wahren Gefühle konnte man aber an ihren Blicken ablesen. Dies hier war eine Frau, die sich Mitgefühl bewahrt und lange unter der Last der Probleme ihres Volkes gelitten hatte, obwohl sie – in ihrer hervorragenden Stellung als Chefin der örtlichen SOTE – daran hätte vorbeigehen können.

Jules schüttelte den Kopf. »Kaum zu glauben, daß heutzutage im Imperium noch derartige Bedingungen herrschen sollen! Der Kaiser kann diese Dinge doch nicht einfach laufenlassen.« Er entsann sich seiner Begegnung mit Seiner Kaiserlichen Majestät,

Stanley X. – einem schon alten Mann, der aber klaren Sinnes über das Wohl des Volkes wachte.

Kantana sagte ohne Bitterkeit: »Der Kaiser ist ein vielbeschäftigter Mann und ist zudem weit weg. Chandakha ist ein politisch friedlicher Planet und stellt für ihn oder das Imperium keinerlei Bedrohung dar. Wenn ein Mensch mehr als 1300 Planeten regiert, muß er sein Augenmerk den jeweiligen Krisenpunkten widmen. Dabei werden die stiller schlummernden Probleme übersehen. Außerdem ist das Problem erst in den letzten fünfzig Jahren entstanden. Wir wurden von einer Reihe unfähiger Herzöge regiert, die herumexperimentierten, ohne nennenswerte Ergebnisse zu erzielen. Der gegenwärtige Herzog ist erst dreizehn ...« Sie hielt unvermittelt inne. »Ach – es tut mir leid, Sie sind ja nicht gekommen, um sich meine oder Chandakhas Probleme anzuhören. Sie müssen – wir müssen – einen Fall lösen, und je eher wir uns daranmachen, desto besser.«

Jules verdrängte den Schock, den ihm die Schilderung der Lebensbedingungen auf Chandakha beschert hatte. Kantana hatte recht. Sie hatten jetzt anderes zu tun. »Ich bin der festen Meinung«, sagte er, »daß die Anwerbung dieser Männer nach einem ganz bestimmten Programm abläuft. Diese Verschwörung sucht sich Leute aus, die bereits kriminelle Neigungen zeigten und große Familien erhalten müssen – Männer, deren Lage so verzweifelt ist, daß sie für Geld alles tun. Man kann sie so weit bringen, zu solcher Gefühllosigkeit gegenüber allem und jedem heranbilden, daß sie sich zu allem bereit finden, auch zu Mord in großem Stil, wenn nur entsprechender Lohn winkt.«

»In dieser Hinsicht stellt Chandakha wirklich ein Paradies für solche Anwerber dar«, gab ihm Kantana recht. »Die Schwierigkeit für den Anwerber besteht nur darin, unter der fast unbegrenzten Zahl von Kandidaten die richtige Wahl zu treffen.«

Jules dachte angestrengt nach. »Dann müssen wir eben dafür sorgen, daß aus mir ein hundertprozentiger Kandidat wird.«

Vor seiner Abreise ließ Jules per Telefon eine Anzeige in die wichtigste Tageszeitung einrücken:

Chandakha lockt mit Sirenengesang
Die Eingeborenen voll Tätigkeitsdrang.
Frenchie.

Yvette würde daraus entnehmen, daß ihr Bruder sich auf Chandakha befand und daß Chandakhari in die Angelegenheit verwickelt sind. Ihm lag diese Art von Geheimnistuerei zwar gar nicht, aber Yvette hatte ihren eigenen Nachforschungen, unabhängig von ihm, nachzugehen und er wollte sie dabei nicht stören. Jetzt würde sie wenigstens wissen, daß er wohlauf war, und sollte sie weitere Fragen haben, konnte sie sich an Kantana wenden, wie auch er es getan hatte.

Der Transport zu Kantanas Raumschiff verlief ohne Schwierigkeiten. Jules wurde in den großen Schrankkoffer gesteckt und über die Fahrgastrampe an Bord geschafft. Er bekam dabei zwar ein paar unsanfte Stöße ab, aber er blieb von eventuellen Spitzeln unentdeckt. Während des kurzen Fluges nach Chandakha, bei dem Kantana selbst das Schiff steuerte, besprachen sie die Einzelheiten seiner bevorstehenden Verwandlung in einen der führenden Gesetzesbrecher des Planeten.

Dabei waren die physischen Probleme die schwierigsten. Jules' hellbraunes Haar, die helle Haut und die grauen Augen waren zu auffällig, aber Kantana versicherte ihm, daß ihre Make-up-Experten Haut und Haare so färben könnten, daß die Wirkung mehrere Wochen lang anhielt. Augenspezialisten des Service konnten außerdem seine Augen vorübergehend auf ein passenderes Braun eintönen. Und was seinen Körperbau betraf, so beruhigte ihn Kantana, daß die Standardkleidung auf Chandakha aus einem losen, kaftanähnlich geschnittenen Gewand bestünde und seine desplainianischen Proportionen darin verhüllt würden. Durch Einnahme bestimmter wasserspeichernder Pillen konnte Jules erreichen, daß seine Muskeln wie schwammiges Fleisch aussahen. Im Schlaf abgehörte Tonbänder vermittelten ihm den einheimischen Dialekt innerhalb von sechs Nächten.

Kantana, mit der kulturellen Struktur des Planeten sehr vertraut, erfand einen für Jules' Herkunft passenden Hintergrund. Er würde als Har Koosman auftreten, Alter achtundzwanzig, Familienvater mit Frau und neun Kindern. Sein bisheriges

Leben hatte er in Calpuna, der zweitgrößten Stadt des Planeten, verbracht und war seit seinem sechzehnten Lebensjahr regelmäßiger Gast in den Gefängnissen. Kantana konnte die betreffenden Unterlagen fälschen, die Polizei würde bei der Sache mitmachen. Vor zwei Monaten war er ernsthaft in Schwierigkeiten geraten, als er einen Einbruch auf dem Besitz des Barons von Calpuna wagte und Juwelen raubte. Er wurde entdeckt und gefaßt – aber erst, nachdem er bei seinem Fluchtversuch zwei Wachposten des Barons getötet hatte. Er mußte eine Weile in Einzelhaft in Calpuna verbringen, dann glückte ihm ein Ausbruch. Man hatte ihn abermals gefaßt und das Service, das auf Verlangen des Barons eingeschaltet wurde, kam der örtlichen Polizei zu Hilfe. Koosman wurde sodann in das kaiserliche Gefängnis in Bhangora, der größten Stadt, überstellt, in dem die Sicherheitsvorkehrungen strenger waren. »Und«, wie Kantana hervorhob, »wo kein Mensch einen Verbrecher aus Calpuna kennen würde.«

Har Koosman lief ungeduldig in der Zelle auf und ab. Man hatte ihn mit einem Mann namens Passar zusammengelegt, einem kleinwüchsigen Kerl Anfang Vierzig, mit einem Wieselgesicht und mit Augen, die im Laufe eines Verbrecherlebens hart geworden waren. »Passar hat Verbindungen zur ganzen Unterwelt«, hatte Kantana zu Jules gesagt. »Wenn der nicht weiß, wie man Sie den Anwerbern zuspielt, dann weiß es niemand.«

»Ich muß hier raus«, murmelte Jules, ohne bei seinem Aufundabwandern in der Zelle innezuhalten. Jetzt drehte er sich um und sah Passar an. »Du kennst dich hier in der Gegend besser aus als ich. Du mußt wissen, wie man hier rauskommt.«

Der Ältere stieß ein verbittertes Lachen aus. »Wäre ich noch da, wenn ich es wüßte?«

»Es muß einen Weg geben. Kein Gefängnis ist ausbruchsicher.«

»Stimmt, Towarisch. Manchen ist der Ausbruch von hier geglückt. Aber die haben monatelang den Plan dazu ausgebrütet. Du bist erst heute morgen eingeliefert worden, was willst du da erwarten?«

Jules schüttelte den Kopf. »Ich habe eine Frau und neun Kinder, zwei betagte Eltern und einen Schwager – und sie alle werden von mir ernährt. Ich bin allein in einer fremden Stadt, in der mich niemand kennt und stehe unter Mordanklage. Was soll ich bloß tun?« Jules hockte sich auf den Rand der primitiven Pritsche und begrub das Gesicht in den Händen.

»Ich sage dir, was du nicht tun wirst«, sagte Passar, den die Sache langweilte. »Du wirst mich gefälligst nicht mehr wie eine Jammerliese mit deinen Problemen anöden. Seit dreißig Jahren sehe ich die Gitter abwechselnd von innen und außen. An meiner Schulter haben sich so viele ausgeweint, daß sie ständig feucht ist. In jeder einzelnen Zelle in diesem Bau hockt einer, der seiner Ansicht nach zu Unrecht hier festgehalten wird und eine traurige Geschichte zu erzählen hat. Diese Zelle hier ist drei Meter breit und vier lang. Wenn du hier in Frieden mit mir hausen willst, halt gefälligst die Klappe und verschon mich mit deinem Selbstmitleid.«

»Du widerlicher, kleiner Bastard!« Jules tat sich keinen Zwang an. »Du wagst es, so mit mir zu reden! Ich werde dich umbringen!«

Seine kräftigen Hände umschlossen die Kehle des Kleinen. Passar kam es vor, als ließe der Neue seine ganze Kraft in einem Zornesausbruch verströmen, obwohl Jules in Wirklichkeit nur ein Zehntel dessen einsetzte, was in seiner Macht lag. Er wollte Passar keinesfalls töten – der andere sollte es bloß glauben.

Passar blieb noch genügend Luft, um nach Hilfe zu rufen. Er versuchte sich zu wehren, aber Hiebe und Stöße waren viel zu schwach und prallten wirkungslos an seinem Angreifer ab. Jules änderte die Stellung – es sah aus, als wolle er sein Opfer noch besser in den Griff bekommen, er wollte aber damit Passar nur die Möglichkeit verschaffen, mehr Luft in die Lungen zu kriegen. Der wieselhafte, kleine Gauner brüllte jetzt mit zufriedenstellendem Volumen.

»Was geht hier vor?« kam von außen eine Stimme. Ein großer, bulliger Aufseher stand draußen und zielte mit dem Stunner auf die zwei Kampfhähne. Er wollte Jules klar ins Ziel bekommen, aber dann kam ihm die Idee, daß es einfacher wäre, beide kampfunfähig zu machen. Nachher konnte er die beiden in Ruhe trennen.

Aber noch ehe er abdrücken konnte, hatte Jules Passar überraschend losgelassen und zwischen den Stäben hindurch nach dem Aufseher gegriffen. Er packte die Rechte des Mannes und zerrte ihn mit einer einzigen Handbewegung zu sich. Der Mann knallte mit dem Kopf gegen die Metallstäbe und verlor das Bewußtsein. Er wäre schlaff auf dem Boden zusammengesunken, hätte Jules ihn nicht aufrecht gehalten. Der Stunner fiel ihm aus der Hand, doch Jules interessierte sich viel lebhafter für die andere Waffe, mit welcher der Wärter ausgerüstet war – eine Schußwaffe schweren Kalibers. Er faßte mit der anderen Hand zwischen den Stäben hindurch und zog dem Wärter die schwere Waffe aus dem Halfter. Dann erst ließ er den Mann zu Boden plumpsen.

Ohne Zeit zu verlieren, richtete Jules den zischenden Strahl der Waffe auf den Sperrmechanismus der Zelle. Drei Sekunden – und das Schloß war weggeschmolzen. Der DesPlainianer trat gegen die Tür, eignete sich zusätzlich den Stunner an und wandte sich dann an den entsetzten Passar, der auf seiner Pritsche kauernd das Geschehen verfolgt hatte. »Danke«, sagte Jules. »Ich brauchte unbedingt einen Vorwand, um die Aufmerksamkeit des Aufsehers auf uns zu lenken – und echt sollte es auch noch wirken.« Er trat aus der Zelle. »Auf Wiedersehen!«

»Und ich?« rief Passar ihm nach.

Jules zuckte die Achseln. »Die Tür ist offen. Wenn du willst, versuch es.«

Passars Wieselgehirn machte Überstunden. »Allein kommst du hier niemals raus – und ich auch nicht. Du kennst die Anlage nicht und ich wiederum bin unbewaffnet. Gemeinsam haben wir vielleicht eine Chance.«

Obwohl Jules so tat, als überlege er noch, war es genau die Reaktion, die er erwartet hatte. Die ganze Ausbruchsszene war Passars wegen inszeniert worden, und der Aufseher hatte mitgemacht. Normalerweise wäre der Aufseher niemals auf Armeslänge an einen Häftling herangekommen und er hätte zuerst mit dem Stunner geschossen und dann Fragen gestellt. Aber der Ausbruchsversuch mußte echt aussehen, damit Passar nicht gleich Lunte roch. Jules brauchte Passar, das stimmte soweit. Aber nicht als Helfer bei der Flucht, wie der andere glaubte, denn Jules hätte ungehindert das Gefängnis verlassen können, dessen Grundriß er auswendig kannte. Er brauchte ihn vielmehr als Legitimation gegenüber den Anwerbern der Mörderbande.

»Karascho – aber, beeil dich«, schnarrte er. »Inzwischen muß ja längst der Alarm losgegangen sein.«

»Natürlich – schon im Augenblick, als die Zellentür geöffnet wurde«, sagte Passar und stürzte aus der Zelle. »Da – diese Richtung!«

»Aber der Haupteingang ist doch dort!« protestierte Jules und wies in die entgegengesetzte Richtung. »Ich kann mich erinnern, daß man mich dort hereingebracht hat.«

»Klar – aber das ist genau die Richtung, in der man uns suchen wird. Hier entlang geht es zum Wäscheschacht, dort wird man uns nicht so rasch suchen.« Er zerrte an Jules' Ärmel. »Los jetzt.«

Jules folgte dem Wiesel den Zellenkorridor entlang. Sie kamen an unzähligen Häftlingen vorüber, die ihre Flucht in aller Ruhe mit ansahen. Einige wünschten Jules mit emporgereckten Daumen alles Gute und viel Erfolg. Kein einziger schlug Krach und gefährdete ihre Fluchtchancen. So festgefügt war die Kameradschaft im Gefängnis.

Aus dem vor ihnen liegenden Korridor erklangen Laufschritte. Passar entdeckte eine kleine Nebentür, und sie schlüpften hindurch, eben, als eine Gruppe von Aufsehern am anderen Ende des Ganges auftauchte. Während Jules und sein Gefährte kaum zu atmen wagten, lief der Trupp an ihrem Versteck vorüber und in den Gang, den sie eben verlassen hatten. Passar wartete als, bis sie sicher sein konnten, daß alle weg wären. Dann stürzten sie aus ihrem Versteck und setzten den Weg fort. Jules blieb ihm dicht auf den Fersen und schwenkte bedrohlich seine Waffen.

Und dann standen sie vor der Wäscherutsche. Passar öffnete die Klappe und ließ sich ohne Zögern hinuntergleiten. Wieder folgte ihm Jules dichtauf. Gemeinsam rutschten die beiden die metallene Rutschbahn hinunter und landeten mit einem leisen Aufprall inmitten eines Haufens stinkender, alter Uniformen der Gefängnisaufseher. Sie kletterten hastig aus dem Auffangbehälter und sahen sich um. Passar war es, der entdeckte, was sie brauchten – einige weniger schmutzige Aufseheruniformen, die hier nur einer Schnellreinigung unterzogen werden sollten. Jules fand eine, die ihm paßte und wollte sie gerade überziehen, als ein Posten – zweifellos auch eingeweiht – um eine Ecke bog. Ehe er viel mehr tun konnte, als Überraschung zu äußern, hatte Jules ihm eine leicht dosierte Betäubungsladung verpaßt. Der Mann fiel um, und Jules konnte sich fertig ankleiden.

In Passars Größe gab es keine Uniform, und sie mußten in aller Eile einen neuen Plan entwickeln. »Ich spiele einen Aufseher, der dich in einen anderen Zellenblock überstellt«, sagte Jules.

»Wenn wir es richtig anstellen, wird uns keiner eines zweiten Blickes würdigen. Welche Richtung jetzt?«

»Da geht's raus.« Passar deutete auf eine kleine, versperrte Tür, die seitlich aus der Wäscherei herausführte. Ein kurzer Strahlenbeschuß aus Jules' Waffe, und die Tür bildete kein Hindernis mehr. Die zwei betraten den Hof. Passar ein paar Schritte voraus und hinterher Jules, der den Stunner auf ihn gerichtet hielt.

Auf dem Hof herrschte großes Durcheinander. Wärter liefen hin und her und versuchten zu tun, als wüßten sie nicht genau, was sich hier abspielte. In Wahrheit war Jules' und Passars Unternehmen genau abgesprochen und alle Aufsichtsorgane dahingehend informiert worden, daß der Ausbruch beabsichtigt war. Die Hauptsorge der Aufseher war darauf gerichtet, daß sich nicht andere Häftlinge die Lage zunutze machten und ebenfalls einen Ausbruch inszenierten.

Eine Anzahl von Dienstfahrzeugen war auf dem Hof abgestellt. Jules und Passar wählten das ihnen am schnellsten erscheinende.

»Die Tore schaffen wir nie«, murmelte Passar. »Die schließen sich automatisch bei jedem Fluchtversuch und können nur von einer Wachstation aus geöffnet werden.«

»Hör auf zu unken«, fuhr Jules ihn an. »Jetzt bin ich selbst ein Aufseher, und ich habe zwei Waffen.«

Als sie sich dem Tor näherten, sagte er: »Leg dich flach hin, damit dich niemand sieht. Ich habe eine Idee.« Passar tat, wie ihm geheißen und Jules hielt vor den geschlossenen, stählernen Toren an. Ein Posten kam auf ihn zu und erkannte ihn sofort als denjenigen, den er entkommen lassen sollte. Trotzdem mußte die Form gewahrt werden.

»Wohin willst du?« fragte der Posten.

»Der Wachkommandant will, daß ich das Gelände umfahre«, sagte Jules. »Er glaubt, die zwei wären schon außerhalb der Mauern. Ich soll eine Runde drehen und mal nachschauen.« Dabei zwinkerte er dem Mann zu, aber das konnte der am Boden liegende Passar nicht sehen.

Der Posten sagte mit einem unmerklichen Nicken: »Karascho – fahr los!« Er bedeutete seinem Kollegen im Wächterhäuschen, die Tore zu öffnen. Während die riesigen Stahltore aufschwangen, winkte Jules ihm zu und fuhr rasch an. Er fuhr die Mauer entlang, bis er aus dem Blickfeld des Postens war, dann raste er in Richtung auf Bhangora zu, über das offene Land.

Passar rappelte sich auf und setzte sich neben Jules. »Hätte nicht gedacht, daß das klappt«, sagte er. »Ich glaubte immer, man braucht besondere Ausweise, um rauszukommen.«

»Ach was, wir haben die so aus dem Konzept gebracht, daß sie momentan nicht wissen, was sie tun sollen«, log Jules.

»Auf jeden Fall haben wir nicht mehr als ein paar Minuten, dann merken die, daß wir weg sind«, sagte Passar. »Am besten, du legst noch einen Zahn zu. Hier geht's nach Bhangora.« Er zeigte Jules die Richtung und dieser richtete sich gehorsam nach seinen Anweisungen. Von nun an mußte er Passar die Führung überlassen, wenn er an das gewünschte Ziel kommen wollte.

Nach einigen Minuten sagte Passar, der aus dem Heckfenster geschaut hatte: »Wir haben sie im Genick.«

Und so war es. Mindestens ein Dutzend Polizeiwagen hatte die Verfolgung aufgenommen und taten so, als wollten sie die Flüchtlinge wieder einfangen. Jules trat aufs Gas, und ihr Fluchtwagen erreichte bald Höchstgeschwindigkeit. Jules' Reflexe waren hervorragend, und er fuhr den Wagen, als wäre er Teil seiner selbst. Er wußte, daß Passar neben ihm mit verkrampften Händen dasaß und Blut schwitzte. So wie es sich auch gehört, dachte Jules und lächelte verstohlen.

Bei einem echten Ausbruch hätte es natürlich Straßensperren gegeben, dazu Helikopter und andere Flugzeuge, welche die Verfolgung aus der Luft aufgenommen und vielleicht sogar kleine Gasbomben abgeworfen hätten. Aber dieser Ausbruch war auf Erfolg vorprogrammiert und durfte nicht zu schwierig gestaltet werden. Gleichzeitig mußten die Verfolgerfahrzeuge so eingesetzt werden, daß es dem mißtrauischen Passar nicht zu einfach vorkäme. Es kam darauf an, daß alles so schnell wie möglich ablief und ihm zum Überlegen keine Zeit blieb. Er würde dann die Ereignisse als echt hinnehmen, wie sie sich eben darboten.

Fünf Minuten lang rasten sie die Landstraße entlang und über weitgestreckte Felder, auf denen Bauernfamilien ihre Felder bestellten. Dann aber hatten sie die Außenbezirke der Stadt erreicht. Die Häuser wurden größer und rückten enger zusammen. Andere Bauten – Fabriken, Läden, Markthallen – tauchten auf.

Die Menschen wurden zahlreicher, sie gingen die Straßenränder entlang, schleppten Pakete, betrieben Handel. Trotz der Eile mußte Jules sein Tempo drosseln, um keinen Fußgänger niederzufahren.

»Wir müssen den Wagen schleunigst loswerden«, sagte Passar. »Sonst haben die uns in kürzester Zeit aufgespürt. Aber wir kommen jetzt in eine Gegend, die ich kenne. Da könnten wir unterkriechen, bis der erste Wirbel verraucht.« Er gab Jules Anweisungen, wie er zu fahren hatte.

Nun befanden sie sich mitten in der Stadt, und Jules kroch nur mehr mit seinem Fahrzeug dahin. Die Häuser zu beiden Seiten waren schmutzig und verwahrlost. Zerbrochene Fensterscheiben überwogen die Zahl der intakten. Kinder spielten nackt auf der Straße, und ihr Geschrei und Gezeter hallte in den Häuserschluchten wider. Wäsche hing an Leinen, die über die Straße gespannt waren – oft nur einen oder zwei Meter über den dahinfahrenden Fahrzeugen. Auf diese Weise wurden die Sachen natürlich nie richtig sauber, aber das schien niemanden zu stören.

Die Menschen, die in den Häusern wohnten, waren die Glücklichen. Die Gehsteige waren manchmal zwei oder drei Reihen tief mit Menschen und ihren Habseligkeiten vollgestopft. Zerlumpte alte Decken auf dem Boden dienten manchen als Matratzen. Andere hatten sich einfach auf den hartgetretenen Schmutz oder Lehm gelagert. Am Straßenrand brannten kleine Feuer, über denen in Kesseln ständig irgendeine Brühe brodelte. Überall der Eindruck von Hunger und Apathie. Jules schauderte bei dem Gedanken daran, doch ließ er sich die Abscheu nicht anmerken. Als Har Koosman mußten ihm diese Bilder so wohlvertraut sein wie sein eigenes Spiegelbild.

Schließlich kamen sie an eine Stelle, an der die Straße praktisch unpassierbar wurde. Das Menschengewühl war hier so dicht, daß die Gehsteige überquollen. Die Menschen drängten auf die Fahrbahn und ließen kein Fahrzeug mehr durch. Jules sah Passar ratsuchend an, aber dieser reagierte mit einem Achselzucken. »Von hier an hätten wir ohnehin zu Fuß laufen müssen«, sagte der Ältere.

Jules streifte die Aufseheruniform von seinem Kaftan. Die zwei entsprungenen Häftlinge schwangen sich vom Wagen herunter und ließen ihn mitten auf der Straße stehen, als Beute für jeden Beliebigen. Passar drängte sich als erster durch die Menge, er schlüpfte zwischen den Menschen, die ihm den Weg verstellten, hindurch, als hätte er keine Knochen. Es war offenbar eine besondere Kunstfertigkeit, sich so durchzudrängen, damit aber eine Kunst, die Jules nicht erlernt hatte. Obwohl er es versuchte, trat er doch immer wieder jemandem auf die Füße, in dem Bemühen, mit seinem Gefährten Schritt zu halten. Alle paar Meter mußte er den Körper eines auf dem Gehsteig Schlafenden oder sogar den eines Toten überspringen. Wie es ihm glückte, dabei Passar im Auge zu behalten, war ihm nachträglich immer unklar geblieben. Aber irgendwie gelang es ihm, denn die Verzweiflung verlieh ihm zusätzlichen Ansporn.

Passar sah sich kein einziges Mal um, ob Jules ihm folgte oder nicht. Vermutlich nahm er an, daß Jules sich im Straßengedränge ebensogut zurechtfand wie er. Er bemerkte daher nicht, wie ungeschickt sich sein Begleiter eigentlich dabei anstellte. Andernfalls wäre Jules' Tarnung womöglich schon hier aufgedeckt worden. Passars Aufmerksamkeit war auf zweierlei gerichtet: Erstens wollte er sich in der Menge so gründlich wie möglich verlieren, damit die Polizei ihn nicht finden konnte, und zweitens wollte er endlich zu seinem Versteck.

Schließlich bog Passar von der Hauptstraße weg in eine zwischen zwei Häuserreihen verlaufende Seitengasse ein. Er lief etwa ein Drittel der Länge des Gäßchens entlang, dann stieg er eine kurze Treppe zu einem Kellergeschoß und zu einer dort befindlichen Tür hinunter. Jules hatte sich inzwischen aus der wogenden Menge gelöst und hatte den Älteren mit zusätzlichem Energieaufwand eingeholt, so daß dieser glaubte, er wäre ihm die ganze Zeit knapp auf den Fersen geblieben.

Passar klopfte zweimal kurz, wartete, pochte abermals, wartete und pochte wieder. Die Tür ging nach innen auf, und Passar und Jules schlüpften in einen verdunkelten Raum. Zunächst konnte Jules überhaupt nichts sehen, da seine Augen an das grelle Sonnenlicht draußen gewohnt waren, doch mit der Zeit gewöhnte er sich an die Dämmerung, und er sah, daß er sich in einem Vorratskeller befand. Der Raum wurde in Längsrichtung von Flaschengestellen eingenommen, zwischen den Reihen standen große Kistenstapel.

»Wo sind wir?« fragte Jules.

»In Sicherheit«, sagte Passar zweideutig. »Mehr brauchst du nicht zu wissen.«

Jules verstand die Andeutung und hielt den Mund. Er vermutete, daß er sich unter einer Bar oder einer Kneipe befand, nach den Flaschenregalen zu schließen. Es mußte sich außerdem um ein Versteck handeln, denn die Tür hatte sich auf Passars Klopfen sofort geöffnet. Somit stand fest, daß das Versteck ständig bemannt war. Auf einem Planeten, auf dem das Verbrechen blühte, hatten die Gauner sicher ein ganzes System von Unterschlüpfen aufgebaut. Es war außerdem anzunehmen, daß sie für diese Schlupfwinkel auch einen Preis zu entrichten hatten.

»Ach, du bist es, Passar«, sagte der Mann, der ihnen geöffnet hatte – ein großer, stämmiger Kerl, dessen Gesicht mindestens tausend Kneipenprügeleien hinter sich hatte. »Komisch. Ich dachte, wir würden dich nicht so bald wiedersehen. Wir hörten, daß du in einer sicheren Bleibe gelandet bist, hm?« Er lachte über seinen kleinen Scherz.

Passar lachte mit. »Sieht so aus, als hätte ihnen meine Nase nicht gefallen, deswegen ließen sie mich früher laufen – mich und meinen Freund.« Nach kurzem Zögern sagte er: »Hm, ja, unser Aufbruch war so hastig, daß wir unsere Brieftaschen vergaßen.«

»Ein Jammer«, pflichtete ihm der Türsteher bei. »Gospodin Tuhlman muß davon natürlich in Kenntnis gesetzt werden.«

»Natürlich«, sagte Passar, während der andere den Knopf einer Haussprechanlage drückte. Zu Jules gewandt, sagte Passar:

»Keine Bange. Ich kenne Tuhlman gut. Der wird uns nicht

rauswerfen. Es gibt immer Gelegenheitsarbeiten, die auf Erledigung warten. Wir können uns den Unterhalt durch unsere Dienstleistungen verdienen. Du wirst sehen, daß es klappt.« Er zwinkerte Jules verheißungsvoll zu.

10. KAPITEL

Frage-und-Antwort-Spiele

Nach ihrer Unterredung mit Myerson verbrachte Yvette den größten Teil des Tages damit, auf Vesa umherzustreifen und Ordnung in ihre Gedanken zu bringen. Denk nach, Mädchen, ermahnte sie sich. Du benimmst dich wie ein Schulmädchen! Gib nur acht, daß du deinen klaren Kopf behältst! Denk nach!

Es gab ein schwaches Glied in der Kette der Mordserien, eine Stelle, an der die Mörder an der Oberfläche auftauchen mußten – das Hotel des Opfers. Die Raumschifftickets konnte man telefonisch zu Geld machen und auf ein anonymes Konto überweisen lassen, aber jemand mußte ins Hotel und das Gepäck des Opfers persönlich abholen. Die Mörder mußten sich dazu der Mitwisserschaft einer oder mehrerer Angehöriger des Hotelpersonals versichern, um ein Zimmer so gründlich und rasch ausräumen zu können. Und sie brauchten weitere Helfer, um die Abmeldungen klaglos durchzuführen. Das bedeutete weitverbreitete Korruption innerhalb des Personals aller Touristenhotels auf dem Mond.

Um 1 Uhr 30 in jener Nacht betrat sie seelenruhig die Halle des Soyuz-Hotels, in dem Dak gewohnt hatte. Sogar um diese Zeit war die Halle bevölkert. Der Nachtportier tat hinter seinem Tresen Dienst und sortierte die eingegangene Post.

Yvette ging selbstbewußt an den Empfang und ließ bei jedem Schritt den Mantelumhang schwingen. »Hatten Sie gestern abend Dienst?« fragte sie.

»Ja«, sagte der Mann ohne seine Tätigkeit zu unterbrechen.

»Ich habe erfahren, daß ein Mann namens Dak Lehman genau vor vierundzwanzig Stunden das Hotel verlassen hat.«

»Möglich.«

»Mich interessieren die Einzelheiten seiner Abreise.«

»Gospoza, hier kommen und gehen so viele Menschen …« Er unterbrach sich abrupt und sah jetzt von seiner Arbeit auf. Yvette hielt den Stunner in der Hand, den sie Myerson abgenommen hatte. Die Mündung war knapp zehn Zentimeter vom Gesicht des Portiers entfernt. Yvettes Körper verstellte den übrigen Anwesenden die Sicht auf die Waffe.

»Was soll das heißen? Überfall?«

»Nein, ich brauche, wie gesagt, einige Informationen, und ich glaube, daß Sie mir diese geben können. Gibt es hier ein ungestörtes Plätzchen?«

»J-ja, da ... hinten, das Büro«, brachte der Mann hervor, ohne den Blick von der Waffe abzuwenden.

»Gut. Ich schlage vor, wir ziehen uns sofort dorthin zurück. Außerdem schlage ich vor, daß Sie sich sämtlicher plötzlicher Bewegungen enthalten. Ich bin von Natur aus sehr nervös, und dieser Stunner ist auf Stufe acht eingestellt. Sie würden tagelang gelähmt sein, vielleicht sogar dauernd ein Krüppel. Sicher wollen Sie das nicht – oder?«

»Nein, nein, natürlich nicht«, versicherte der Mann. »Folgen Sie mir bitte.«

Er führte sie in ein kleines, aber gut eingerichtetes Büro hinter dem Empfang. Sie schloß die Tür und bedeutete ihm, sich zu setzen. Während er dieser Aufforderung nachkam, zog sie ein Stück Schnur aus der Tasche und machte sich daran, ihn sorgfältig festzubinden.

»Jetzt haben wir das Vorspiel hinter uns, und ich kann Ihnen die Spielregeln erklären«, sagte Yvette kühl. »Ich stelle die Fragen, und Sie liefern mir die Antworten. Sie haben drei Alternativen – Sie können lügen, nichts sagen oder die Wahrheit sagen. Ich habe ebenfalls drei Möglichkeiten – ich kann glauben, was Sie sagen, Sie dorthin treten, wo es am schmerzhaftesten ist oder meine Waffe benutzen. Sehr einfache Regeln, stimmt's?«

Der Mann schwitzte aus allen Poren und konnte nur mit einem Kopfnicken antworten.

Yvette hatte noch eine vierte Alternative parat, nämlich die in ihrem Schuh versteckte Nitrobarbdosis. Aber die Anwendung bei einem solch kleinen Rädchen innerhalb der Mordmaschinerie schien unzweckmäßig. Man benutzt keine Strahlwaffe, um auf Mücken zu schießen.

»Schön – dann können wir beginnen. Hat Dak Lehman sich gestern tatsächlich abgemeldet?«

Der Mann benetzte die Lippen mit der Zunge. »Ich kann Ihnen das Register zeigen, das ...«

»Das habe ich gestern nachmittag gesehen. Damit wird nichts bewiesen. Aber Sie waren da, Gospodin. Meldete sich Dak Lehman persönlich aus dem Hotel ab?«

Der Mann war festgenagelt und wußte es. Diese wildgewordene junge Dame fackelte nicht lange. »Nein, persönlich nicht. Ein Freund erledigte das für ihn.«

»Ach – ein Freund? Ist dieser Freund auch aufs Zimmer gegangen und holte Gospodin Lehmans Gepäck?«

»Ja, außerdem bezahlte er die Rechnung. Sehen Sie – er hatte einen Schlüssel, und ich dachte mir, es geht in Ordnung.«

»Ja, kann ich mir denken. Dieser Freund – hatten Sie ihn schon einmal gesehen?«

»Wie meinen Sie das?«

»Ich bin es, die hier Fragen stellt. Ich hätte gedacht, es wäre vollkommen klar, was ich gemeint habe.«

Sie hob einen Fuß ganz allmählich, als bereite sie sich auf einen Tritt gegen eine höchst empfindliche Stelle vor. Der Mann beobachtete sie voll Nervosität.

»Hm, ja, ich hatte ihn schon mal gesehen.«

Yvette legte den Kopf schief. »Die Unterhaltung mit Ihnen ist ziemlich mühsam. Ich glaube, wir führen eine neue Spielregel ein. Sie heißt ›Vollständigkeit der Antwort‹ und funktioniert so, daß Sie sich bemühen, jede Frage vollständig zu beantworten, damit ich nicht ein Dutzend Fragen stellen muß, um die ganze Geschichte herauszubekommen. Jedesmal, wenn die Antwort nicht so umfassend ist, wie ich es möchte, habe ich für Sie eine unangenehme Überraschung parat. Also – möchten Sie meine letzte Frage etwas eingehender beantworten?«

Der Ärmste schwitzte Blut. »Ja, ich kannte ihn. Er kommt ziemlich regelmäßig – zwei-, drei-, manchmal viermal pro Woche. Aber ich weiß nicht, wie er heißt, ehrlich.«

»Und jedesmal meldet er Leute ab?«

»Immer«, nickte der Mann. »Als erstes kommt er immer mit dem ganzen Gepäck zum Empfang. Er gibt den Schlüssel zurück und bezahlt die Rechnung in bar. Solange die Rechnung stimmt, kümmert es das Hotel nicht, wer die Gäste abmeldet.«

»Kann ich mir denken. Aber das muß schon ein bemerkenswert netter Bursche sein, weil so viele Menschen ihm ihr Gepäck anvertrauen, finden Sie nicht auch? Nein – das müssen Sie nicht beantworten –, das war, wie man sagt, eine rein rhetorische Frage. Aber sagen Sie eines: Finden Sie es nicht auch merkwürdig, daß er das so häufig tut?«

»Ja, finde ich. Aber ich finde auch, das geht mich gar nichts an.«

»Und wieviel zahlt der Mann Ihnen, damit Sie finden, es ginge Sie nichts an?«

»Jedesmal fünfzig Credits. Aber hören Sie, ich muß eine Familie ernähren, ich brauche ...«

»Die Antwort wird zu ausführlich, danke. Ihre persönlichen Probleme gehen mich nichts an, obwohl mich Ihre Moral interessiert.« Sie sah dem Mann unverwandt in die Augen. »Sie wissen doch sicher, was mit all diesen Gästen passiert – nicht? Mit denen, die sich nie persönlich abmelden?«

Der Portier holte ausgiebig Luft. Es hatte keinen Sinn, etwas zu verschweigen – diese Frau wußte ohnehin fast alles. Sie spielte mit ihm Katze und Maus und schien jede kleine Drehung der psychologischen Klinge zu genießen, die sie in ihn hineingejagt hatte. »Ja«, sagte er seufzend. »Sie werden ermordet. Das gehört hier auf Vesa zu den Tatsachen des Lebens, und die meisten nehmen es hin. Schließlich geht es nur den Touristen an den Kragen, niemals uns Einheimischen. Wir nehmen es hin.«

»Hinnehmen ist eines – aber Sie helfen ja direkt mit. Welche Gefühle haben Sie diesbezüglich? Wie können Sie nach Hause zu Frau und Kindern gehen, die Sie gewiß lieben, und dabei wissen, daß Sie bei der Ermordung Unschuldiger die Hand im Spiel haben? Wie können Sie Ihrer Familie in die Augen sehen?«

Der Mann versuchte trotz der Fesselung ein Achselzucken. »Wenn ich es nicht mache, macht es ein anderer. Warum soll ausgerechnet ich mir das Geld entgehen lassen?«

Yvette seufzte niedergeschlagen. Diese Überlegung existierte, seitdem es moralische Feiglinge gab. Vermutlich gab es in jedem Hotel auf Vesa mindestens einen bestechlichen Portier. Es hatte keinen Sinn, diesen Punkt weiterzuverfolgen. Seinem begrenzten moralischen Horizont nach hatte der Mann nichts Unrechtes getan. Sie entschloß sich, das Thema zu wechseln. »Hat Ihnen die Polizei wegen dieser verschwundenen Gäste nie Fragen gestellt?«

»Nein, warum auch? Die hat Anweisung, sich nicht einzumischen.«

Anweisung? Das brachte Yvette an den Punkt zurück, der schon zu Beginn der Nachforschungsaktion im Büro des Chefs seinerzeit aufs Tapet gebracht worden war. »Es gibt aber nur eine Person, die der Polizei solche Anweisungen geben könnte. Die Markgräfin.«

»Soviel ich weiß, ja. Hören Sie, ich bin an der Sache eigentlich nicht richtig beteiligt. Ich werde nur dafür bezahlt, daß ich mal wegsehe. Ich bin kein Mörder. Ich weiß nichts über die anderen. Ich weiß nur, was man sich so herumerzählt. Gerüchteweise verlautet, die Markgräfin hätte Befehl gegeben, nicht dagegen einzuschreiten. Ehrlich – mehr weiß ich nicht.«

Yvette war geneigt, ihm zu glauben. Dieser Mann spielte eine nur untergeordnete Rolle innerhalb der gesamten Organisation. Er hatte gewiß keinen Zugang zu den internen Machenschaften der Verschwörer. Immerhin hatte er ihr einige Hinweise gegeben und etliche ihrer Vermutungen bestätigt. Es hatte keinen Zweck, ihn weiter auszuquetschen.

»Na schön«, sagte sie. »Ich sage Ihnen jetzt, was ich mit Ihnen machen werde. Weil Sie so brav mitgespielt haben, wird es nicht weh tun.« Der Mann atmete hörbar auf. »Leider muß ich Sie für eine Weile ausschalten, damit Sie niemandem von meinem Besuch erzählen können. Ich stelle diesen Stunner auf Stufe sieben ein. Sie werden etwa sechsunddreißig Stunden außer Gefecht gesetzt und nachher etwas benommen sein, aber bleibende Schäden tragen Sie nicht davon. Trotzdem würde ich vorschlagen, Sie suchen sich einen anderen Planeten und einen anderen Job aus, und zwar rasch, falls Ihnen Ihr Wohl am Herzen liegt – womöglich einen ehrlichen Job.«

Der Mann wollte widersprechen – vergebens. Yvette drückte bereits ab. Der Portier sank reglos in seinem Stuhl zusammen, Yvette stand auf, verstaute den Stunner und schritt unbefangen aus dem Büro.

Sieht aus, als müßte ich direkt an die Spitze, dachte sie. Sie winkte ein Jit herbei und fuhr ins Hotel zurück. Sie wollte ausschlafen, bevor sie am nächsten Tag bei Markgräfin Gindri einen Besuch machte.

Anderswo hätte es der Terminkalender einer so hochgestellten Persönlichkeit, wie es die Markgräfin war, bestenfalls gestattet, Yvette nach zwei oder drei Tagen zu einer Unterredung zu empfangen. In der Adelshierarchie rangierten Markgrafen unter den

Herzögen, welche individuelle Planeten regierten. Ein Markgraf war nur Herrscher über einen Kontinent, oder, im Falle Vesa, eines Mondes und mußte ein riesiges Territorium überblicken. Die Verantwortung war enorm und der für Privataudienzen reservierte Zeitaufwand entsprechend gering.

Yvette kannte die Last eines solchen Adelstitels sehr gut. Ihr Vater Etienne d'Alembert war Herzog von DesPlaines. Weil er aber meist mit der Leitung des Zirkus – und dessen verborgenen Aktivitäten für den Kaiser – beschäftigt war, wurde der Planet gewöhnlich von Yvettes älterem Bruder Robert regiert, der als Titelerbe von DesPlaines den nächstniedrigeren Rang innehatte, also Markgraf war. Robert stellte innerhalb der d'Alemberts eine Ausnahme dar – er war ein Mensch, der die stille Last des Herrschens über eine Welt dem aufregenden Wanderleben mit dem Zirkus vorzog, und der Herzog war froh, diese Verantwortung auf die Schultern seines Erben abwälzen zu können. Yvette wußte, wie anstrengend die Regierung eines Planeten war, weil sie ihren Bruder oft bei seiner Regierungstätigkeit hatte beobachten können. Sie war daher darauf gefaßt, in der Markgräfin eine ähnlich vielbeschäftigte Frau anzutreffen.

Statt dessen mußte sie feststellen, daß sie – mit Hilfe einer kleinen Bestechung – den Sekretär der Herrscherin dazu bringen konnte, sie für den folgenden Nachmittag vorzumerken. Sie war darüber ein wenig erstaunt, aber gleichzeitig über die rasche Erledigung erfreut. Dem Sekretär hatte sie gesagt, sie wäre daran interessiert, einen Teil ihres beträchtlichen Vermögens auf Vesa zu investieren, und er hatte ihr mitgeteilt, daß die Markgräfin begierig wäre, Näheres über ihre Pläne zu erfahren.

Yvette fuhr vor und fand den Palast der Markgräfin geschmacklos und aufdringlich, aber sie hatte Derartiges erwartet. Ganz Vesa hatte ein solches Gepräge – warum sollte die Herrscherin eine Ausnahme machen? Edelmetalle, kostbare Hölzer und ausgesuchte Marmorarten bildeten den Rahmen, während die alltäglichsten Gegenstände mit Edelsteinen verziert waren. Diese Zurschaustellung von Reichtum und schlechtem Geschmack beleidigte die SOTE-Agentin, doch ließ sie sich von ihren Gefühlen nichts anmerken. Es ist eben nicht jeder in einem Zirkuszelt aufgewachsen, überlegte sie, und Geschmäcker sind eben verschieden.

Als sie schließlich die Gemächer der Markgräfin betreten durfte, fiel es ihr schon schwerer, ihre Gefühle im Zaum zu halten. Die Audienz fand im Salon statt, dem prunkvollsten Raum, den Yvette je gesehen hatte. Der Boden war mit Fliesen in abstraktem Muster ausgelegt, die Wände waren aus braunem Marmor, und die hochgewölbte Decke zeigte ein fast surrealistisches Gemälde von einer Raumschiffschlacht, die nie stattgefunden hatte. Die Bogentüren des Einganges wurden von vier Meter hohen Säulen getragen. Der Raum war vollgepfropft mit Möbeln, alle mit silberbesticktem, rosa Satin bezogen und viel zu weich und üppig gepolstert.

In der Mitte thronte, reich mit Perlen behängt, Markgräfin Gindri, ganze 150 Kilo schwer. Bei der leisesten Bewegung wabbelte die teigige Haut wie eine Schüssel Gelee. Die tiefliegenden Augen erinnerten an Schweinsäuglein, die große Nase war abgeflacht. Sie schien nicht fähig, den Mund völlig geschlossen zu halten.

Neben und ein winziges Stück hinter dem Sessel der Markgräfin stand ein Mann, dessen Gesicht auf Yvette sofort Eindruck machte. Sein Mund wurde von einem braunen Vollbart und einem Schnurrbart betont, den stechenden Augen schien keine Einzelheit zu entgehen. In seinem Blick lauerte raubtierhafte Intelligenz, das spürte Yvette. Der Mann trug eine weiße Tunikajacke und Hosen, ein faustgroßer Smaragd hing an einer goldenen Halskette. In anderer Gesellschaft hätte Yvette ihn für übergewichtig angesehen, doch neben der Markgräfin wirkte er geradezu abgezehrt.

Kein Wunder, daß ihr Terminkalender so leer ist, dachte Yvette. Wer möchte denn wohl mit der etwas zu tun haben wollen?

Sie verbarg ihre Gefühle hinter einer höflichen Maske, knickste und näherte sich auf zwei Meter. Als Tochter eines Herzogs und Schwester eines Markgrafen hatte sie die höfische Etikette im kleinen Finger.

Aber Carmen Velasquez sollte ja eine Bürgerliche sein, die trotz ihres Riesenvermögens im Umgang mit der Aristokratie unerfahren war. Deswegen ließ sie ihren Knicks absichtlich linkisch ausfallen und täuschte, wie von der Gegenwart einer Markgräfin beeindruckt, eine Nervosität vor, die ihr in Wirklichkeit vollkommen fernlag. »Euer Hoheit ...« fing sie stotternd an.

Der neben der Markgräfin stehende Mann berichtigte sie. »Euer Exzellenz«, warf er ein.

»Ach, entschuldigen Sie, Euer Exzellenz. Ich hatte noch nie mit so hohen Würdenträgern zu tun. Ich heiße Carmen Velasquez und ersuchte um die Audienz, weil ich Geld auf Vesa anlegen und mit Euch meine Pläne diskutieren möchte.«

»Gefällt Ihnen Vesa?« fragte die Markgräfin. Ihre Stimme klang wie ein Reibeisen und schien dem großen Mund und dem vielfachen Kinn unkontrolliert zu entströmen, statt artikuliert zu werden.

»Ach, sehr gut, Euer Exzellenz. Ich bin seit vierzehn Tagen da und finde es faszinierend! Mein Mann starb vor kurzem und hinterließ mir ein ansehnliches Vermögen. Euer Mond scheint mir eine richtige Goldgrube zu sein. Mit etwas Geschick kann man sich hier zu Tode verdienen.«

Sie beobachtete die Mienen vor sich genau, aber keiner reagierte auf das Wort ›Tod‹. Das hatte sie auch nicht erwartet, aber es war eines Versuchs wert.

»In der Tat – hier wurden schon viele große Vermögen gemacht«, sagte der Mann, »und kleine wurden vergrößert. Wir haben hier immer Anlagemöglichkeiten für Kapitalinvestitionen. Wieviel wollen Sie anlegen?«

»Verzeihung, Gospodin, aber ich kann mich nicht erinnern, Ihren Namen gehört zu haben«, entschuldigte sich Yvette. »Ich möchte nicht unhöflich erscheinen – aber mein Mann predigte mir immer, man müsse sich vergewissern, mit wem man Geschäfte macht.«

»Natürlich, meine Dame. Ich bin es, der sich entschuldigen muß, daß ich mich nicht eher vorstellte. Mein Name ist Garst, und ich bin Erster Rat Ihrer Exzellenz.«

Ihre Miene bewahrte Ruhe, doch ihr Verstand drehte sich wie ein Kreisel, während sie versuchte, den Namen unterzubringen. Garst. Ich kenne den Namen von irgendwoher. Aber woher? »Danke, Gospodin Garst. Nun, ich wollte mit einer bescheidenen Summe beginnen – sagen wir sieben oder acht Millionen?«

Am Aufleuchten seiner Augen erkannte sie, daß er die Summe

alles andere als bescheiden erachtete. Jetzt faßte er sie eingehender ins Auge und versuchte, hinter ihre Maske zu blicken, um über diese geheimnisvolle, reiche Witwe Klarheit zu gewinnen. Fast konnte sie hören, wie die Schaltungen in seinem Kopf klickten. Doch während sein Blick über ihre Gestalt glitt, verdüsterte sich seine Miene für den Bruchteil einer Sekunde. »Ein sehr attraktives Angebot einer attraktiven DesPlainianerin«, sagte er. Hatte sie nicht einen leisen Nachdruck auf dem letzten Wort herausgehört?

»Ich bin keine DesPlainianerin, obwohl Sie nicht weit danebentippten«, beeilte sie sich zu versichern. »Ich stamme eigentlich von Purity, erkannte aber die irrige Lebensauffassung der Bewohner und wanderte noch früh genug aus, um durch und durch Purityanerin zu werden. Die Schwerkraftverhältnisse sind auf beiden Planeten ähnlich und führten zu Ähnlichkeiten im Körperbau – deswegen Ihre Verwechslung.«

»Ein Irrtum meinerseits, Gospoza! Vergeben Sie mir diesen Irrtum!« Seine Stimme war jetzt ganz neutral und ließ keinen Schluß auf seine Gedanken zu.

Ganz plötzlich fiel Yvette ein, wo sie Garsts Namen schon gehört hatte. Dak hatte ihn genannt! Er hatte gesagt, er wolle auf eine Privatparty im Hause eines Garst, eines der hiesigen VIP, also eines Prominenten. Das war Daks letzter Programmpunkt auf seinem Terminkalender gewesen, an jenem Tag, als er verschwand. Myerson hatte bestätigt, daß Dak sich auf den Weg zu Garsts Party gemacht hatte, und das war der letzte Moment gewesen, da man ihn gesehen hatte. Dieser Garst nahm in Yvettes Augen nun ganz andere Dimensionen an.

Er weicht der Markgräfin nicht von der Seite, notierte sie im Geiste. Es sah aus, als hinge die Herrscherin Vesas nicht nur im Hinblick auf seine Ratgeberschaft von ihm ab. »Es freut mich, daß Sie mein Angebot attraktiv finden«, sagte sie lässig. »Sie haben hier zwar eine ganze Menge von Hotels und Kasinos, aber gleichzeitig so viele Touristen, daß ich mir dachte, für das eine oder andere wäre immer noch Platz genug. Ich denke da allerdings an etwas Originelles, das eine Abwechslung bieten würde: Ich möchte mich an der Errichtung eines auf der Mondoberfläche gelegenen durchsichtigen Kuppelbaues beteiligen, der natürlich durch Tunnels mit dem unterirdischen Vesa in Verbindung steht.

Das wäre hier etwas Einzigartiges und würde sicher viele Touristen anziehen.«

»Der Plan eines solchen Kuppelbaues auf der Oberfläche von Vesa war schon da«, sagte Garst. »Es gibt da aber natürlich eine Reihe von Problemen, die dem entgegenstehen, beispielsweise die Gefahr von Meteoriteneinschlägen. Bis jetzt hat noch niemand genügend Kapital und Initiative zur Durchführung eines solchen Projektes aufgebracht. Vielleicht sind Sie die erste.«

Das Gespräch zog sich noch fünfzehn Minuten hin und wurde zu einem Wortgeplänkel zwischen Yvette und dem Ersten Rat, bei dem sie sich gegenseitig die Bälle zuwarfen. Die Markgräfin saß träge da und hörte zu, wie sich die beiden Widersacher gegenseitig abtasteten, aus Worten, Redewendungen und Tonfall des anderen nach Hintergedanken und schwachen Stellen des Partners suchten. Ein ernsthaftes, verbales Katz-und-Maus-Spiel, bei dem keine der beiden Seiten einen Punkt an die andere verlieren wollte. Yvette ließ sich weiter über ihre ›Pläne‹ betreffend die Kuppelhalle aus, und Garst versprach die Unterstützung der Markgräfin für das Projekt. Den wahren Kern des Gespräches bildete jedoch ein mißtrauisches Sich-Umkreisen.

Als sie sich verabschiedete, hatten sich bei Yvette einige ihrer Vermutungen bestätigt. Markgräfin Gindri war nicht der Kopf der Mörderverschwörung, soviel stand fest. Yvette sah in ihr eine törichte – und sehr traurige – Figur. Vielleicht wußte sie um die Vorgänge – das war eine fast unumstößliche Tatsache, da sie ja der Polizei Anweisungen gegeben hatte, die Hände aus dem Spiel zu lassen. Die Behörde würde derartige Anordnungen von niemandem sonst, nicht einmal vom Ersten Rat entgegennehmen, schon aus Furcht, daß die Sache aufkäme. Aber Gindri verfügte weder über den Verstand, eine solche Organisation aufzubauen, noch über die Fähigkeit, sie in Gang zu halten. Dazu bedurfte es einer viel gerisseneren Persönlichkeit, die mehr Härte und weniger Skrupel besaß.

Bei Garst trafen diese Voraussetzungen in vollem Maße zu. Er besaß jene Art angeborener Gerissenheit, der man die Planung eines derartigen Unternehmens zutrauen konnte. Dazu eine Kälte, die alle moralischen Bedenken beiseite schob, und die hohe Stellung, die es ihm gestattete, praktisch unkontrolliert zu arbeiten. Sie mußte über diesen Gospodin mehr herausbekommen – und zwar rasch!

Kaum hatte Carmen Velasquez den Palast verlassen, entschuldigte sich Garst bei der Markgräfin und empfahl sich. Er bestellte seinen Leutnant Lessin zu sich. »Weiß man schon etwas über duChamps?« fragte er ihn.

»Noch nichts«, berichtete Lessin, »aber es kann nicht mehr lange dauern. Ich ließ ein Fahndungsbild herstellen und ließ es allen unseren Leuten zeigen. Sogar an die Schule wurde eine Kopie geschickt, falls er dort unerwartet aufkreuzen sollte.«

»Gut. Da wäre noch jemand, den wir überprüfen müssen – eine Frau namens Carmen Velasquez. Sie sieht wie eine DesPlainianerin aus, und das hat meinen Verdacht erweckt. Sie kam mit einem zu verlockenden Angebot. Ich habe das Gefühl, daß sie etwas auskundschaften will. Sie behauptet, eine Ex-Purityanerin zu sein, aber von der Sorte kenne ich einige, und die sehen ganz anders aus. Wer immer sie sein mag – sie ist jedenfalls äußerst raffiniert – zu raffiniert, um nur das zu sein, was sie vorgibt.«

»Möchten Sie, daß die Dame ausgeschaltet wird?«

Garst schüttelte den Kopf. »Nein, noch nicht. Es besteht ja immerhin die Möglichkeit, daß sie echt ist. Ihre geschäftlichen Pläne können sehr profitabel sein, wenn alles klappt. Aber ich möchte, daß sie beobachtet wird. Sie wohnt im Regulus. Sie soll ständig überwacht werden. Ich möchte wissen, wohin sie geht, was sie treibt und mit wem sie spricht. Und insbesonders, ob sie Kontakte mit einem DesPlainianer hat, der sich Georges duChamps nennt. Sie könnte der Hebel sein, mit dem wir das Geheimnis knacken.«

11. KAPITEL
Die Würgerschule

Wie Passar gesagt hatte, war alles in Ordnung – in allerbester Ordnung sogar. Jules hatte nicht zu hoffen gewagt, daß er so rasch Erfolg haben würde.

Passar führte Jules hinauf und stellte ihn Tuhlman vor, einem kleinen, öligen Mann mit dem Körperbau einer Tonne, der wie ein Umkleideraum für Turner roch. Tuhlman stellte gezielte Fragen über ihre Flucht, die er als schieres Wunder ansah. Jules überließ Passar das Reden. Tuhlman würde der Geschichte mehr Glauben schenken, wenn er sie von jemandem hörte, den er kannte, und außerdem schmückte Passar das Abenteuer so geschickt aus, daß Jules es kaum wiedererkannte. Eventuelle Fehler, die ihm bei dem Unternehmen vielleicht unterlaufen waren, wurden durch Passars Übertreibungen ausgebügelt.

Dann kam die Frage der Bezahlung für ihr Versteck. Passar stellte da kein Problem dar – er verfügte über eine Unzahl von Kontakten und konnte in kürzester Zeit jede Menge Arbeit haben. Bei Jules war es etwas anderes. Tuhlman fragte ihn eingehend über seine Vergangenheit aus, und Jules gab vorsichtige Antworten, entsprechend der von Kantana für ihn präparierten Lebensgeschichte. Das daraus resultierende Bild zeigte einen Mann, der wie ein wildes Tier gejagt wurde, wenn er auf Chandakha blieb, der eine große Familie hatte, die er durchbringen mußte und der alles tun würde – Mord eingeschlossen –, um zu Geld zu kommen. Jules hoffte, das Porträt eines idealen Rekruten für die vesanischen Verschwörer abzugeben.

Tuhlman schluckte den Köder. Er bat Passar, den Raum kurz zu verlassen, und erzählte Jules unter vier Augen von einer Organisation, die ihm vielleicht den Weg auf einen anderen Planeten ebnen und gleichzeitig für seine Familie sorgen würde. Die verlangte Arbeit wäre leicht und ungefährlich, obwohl Tuhlman es sorgsam vermied, sich über weitere Einzelheiten auszulassen. Er schilderte alles in so leuchtenden Farben, daß Jules zur Überzeugung gelangte, daß der Mann eine Provision für jeden Angeworbenen erhalten müsse. Es war ein Angebot, dem man nicht widerstehen konnte – und Jules wollte gar nicht. Er erklärte, er würde nur zu gern unterschreiben, und die beiden wechselten zur Bekräftigung des Handels einen Händedruck. Tuhlman ließ die beiden in eine kleine Kammer führen, wo sie eine gute, warme Mahlzeit bekamen und die Nacht verbrachten.

Am frühen Morgen des nächsten Tages kamen zwei Männer, die Jules unsanft weckten, ihn zum Aufstehen aufforderten und ihn hießen, sich rasch anzuziehen. Nach einer hastigen Tasse lauen Tees wurde er eilends zu einem wartenden Helikopter geführt, der sofort abhob, nachdem die drei eingestiegen waren. Die Männer verbanden ihm die Augen und kreisten eine Weile über der Stadt, bis sie sicher sein konnten, daß er endgültig die Orientierung verloren hatte. Dann flogen sie auf ihr Ziel los.

Jules fragte, wohin der Flug denn ginge, und bekam die rüde Antwort, er solle den Mund halten, es ginge ihm nichts an. Der Rest des Fluges wurde in Schweigen absolviert.

Die Stille kam Jules sehr gelegen. Da er keine Uhr oder eine andere Zeitmeßmethode zur Hand hatte, machte sich Jules die Gesprächspause zunutze und zählte seine eigenen Herzschläge. Er mußte herausfinden, wie weit entfernt das Trainingslager von Bhangora war, und dieser biologische Rhythmus war seine einzige Orientierung.

Nach seiner Schätzung verging etwa eineinhalb Stunden, bevor der Helikopter wieder landete. Die Augenbinde wurde ihm abgenommen, und Jules sah sich blinzelnd um, geblendet vom grellen Tageslicht.

Der Helikopter stand in der Mitte eines großen, freien Hofes, der ungepflastert war. Um sie herum wurden Männer in Gruppen von sechs oder sieben Mann verschiedenen Exerzierübungen unterworfen. Der Hof wurde von drei Seiten von einer sechs Meter hohen Mauer umgeben, während die vierte Seite von einer Reihe barackenähnlicher Bauten eingenommen wurde. Ein richtiges Militärlager, dachte Jules, gebührend beeindruckt. Organisation steckte da dahinter, das muß man ihnen lassen!

Jules' Bewacher führten ihn zum nächstgelegenen Gebäude, das um eine Spur ›offizieller‹ wirkte als die anderen. Drinnen wurde er in ein kleines Wartezimmer geführt, nach zwei Minuten wurde er in ein Büro eingelassen.

Der Raum war spartanisch einfach. Ein zerschrammter, alter Schreibtisch, zwei Stühle mit hohen Lehnen und eine Wandtafel waren die einzigen Einrichtungsgegenstände. Die Glasscheiben hatte man absichtlich undurchsichtig gemacht, damit niemand hereinsehen konnte, und Jules, der sich eben erst an Helligkeit gewöhnt hatte, mußte sich wieder auf gedämpftere Lichtverhältnisse einstellen.

Der Mann hinter dem Schreibtisch trug ein eindrucksvolles, militärisches Gehabe zur Schau. Er gehörte zu den größten Chandakhari, die Jules je gesehen hatte – er maß mit Leichtigkeit zwei Meter. Seine Haltung war beeindruckend aufrecht, und das Gesicht trug Spuren unzähliger Straßenkämpfe – und Unruhen.

Bekleidet war er mit einem schlichten, braunen Kaftan, der bis zum Boden reichte.

»Willkommen, Gospodin Koosman – willkommen in unserer kleinen Schule!« Der Mann reichte ihm nicht die Hand, sondern deutete auf einen Stuhl. Jules querte den Raum und setzte sich.

Der andere ebenfalls. »Ich bin Jakherdi, und wir werden einander in den nächsten paar Wochen sehr gut kennenlernen.«

»Das wird mich freuen, Sir«, sagte Jules wohlerzogen.

Der andere verzog höhnisch das Gesicht. »Das möchte ich sehr bezweifeln. Wie ich hörte, haben Sie in der Vergangenheit bereits Menschen getötet. Stimmt das?«

»Gewiß, das läßt sich in den Straßen kaum vermeiden.«

»Wie viele?«

»Gezählt habe ich nie. Ein Dutzend etwa, genau weiß ich es nicht. Im Palast des Barons von Calpuna waren es zwei Wachen, das weiß ich noch.«

Jakherdi stieß ein Schnauben aus. »Wenn du für uns arbeitest, mußt du dich an die dreifache Menge pro Woche gewöhnen. Außerdem wirst du sie nicht auf zufällige Art, wie ein Straßenräuber, töten. Deine Morde werden säuberlich, exakt und fachgerecht vonstatten gehen. Wir werden so lange üben, bis es Routine wird, und du wirst mit anderen zusammenarbeiten, die ebensogut ausgebildet wurden. Sie töten ohne Gefühlsregung, nur aus einem Grund – des Profites wegen. Töten aus Leidenschaft schwächt die Seele, und schwache Seelen können wir bei uns nicht brauchen. Ist das klar?«

»Ja, sehr sogar. Aber ich werde von der Polizei gesucht ...«

»Nicht auf Vesa. Dorthin wirst du nach der Ausbildung, gebracht werden. Hier wird man dich übrigens auch nicht suchen, da kein Mensch von der Existenz dieses Lagers weiß. Und jetzt zum Risiko, Koosman! Deine einzige Sorge soll sein, zu lernen und das Erlernte anzuwenden. Wenn du das tust, dann wirst du reich belohnt – so reich, daß du dir das gar nicht vorstellen kannst. Mehr habe ich im Moment nicht zu sagen. Man wird dich zu deinem Quartier führen und mit allem Notwendigen versorgen. Dann mach sofort bei einer Anfängergruppe mit. Viel Glück!«

»Danke, Sir.«

Jules wurde zu einem Gebäude im rückwärtigen Teil des Lagers geführt und bekam eine eigene Schlafstelle zugewiesen. Da er ohne seine persönliche Habe aus dem Gefängnis geflohen war, brauchte er nicht auszupacken. Er wurde mit annähernd passenden Sachen ausgestattet und zog sich um. Dann wurde er hinausgeführt und den anderen jungen Rekruten vorgestellt.

Der Tag verging größtenteils mit theoretischem Unterricht. Jules erhielt grundlegende Belehrungen, wie die Gruppe aufgebaut war, über ihre Motivationen und wie sie arbeitete. Er erfuhr, daß die Opfer wahllos von einem Späher des Teams ausgesucht wurden, der sich auf diese Art Kontaktnahme spezialisiert hatte. Dieser Kontaktmann näherte sich dem oder den Opfern, fing eine harmlose Unterhaltung an und entschied, ob sich der Mord lohne. Wenn ja, erschlich er sich rasch das Vertrauen des Opfers und mußte einen Weg finden, es von allen zu isolieren. Getötet wurden sie durch Erwürgen, eine Teamarbeit, die das hilflose Opfer auf höchst wirksame Art tötete. Dann wurde der Tote durchsucht und weggeschafft, während ein oder zwei Teamleute das Hotelzimmer durchsuchten und ausräumten, ohne dabei eine Spur zu hinterlassen. Rückfahrttickets wurden kassiert – und die Person hörte auf zu existieren.

»Hinter uns darf es keine offenen Türen geben«, betonte der Lehrer. »Diese Vorgangsweise hat zwanzig Jahre überdauert, weil wir sorgfältig jede Spur vermieden, die zu uns hätte führen können. Wir sind nicht zu fassen. Wir sind wie der Wind, fegen alles vor uns her und verschwinden spurlos.«

»Entschuldigung, Sir«, sagte Jules und hob die Hand. »Darf ich eine Frage stellen?«

»Du bist hier, um zu lernen, und Fragen verhelfen dazu.«

»Sie sprachen davon, daß man die Leichen verschwinden läßt.

Wenn sie aber so zahlreich sind, wie Sie sagen, wie kann man sie unauffällig loswerden?« Das war das große Rätsel, das er und Yvette nicht hatten lösen können. Er hoffte, jetzt eine Antwort zu bekommen.

»Sehr klug! Nun, wir machen uns die Natur von Vesa zunutze. Es handelt sich um einen geschlossenen, luftlosen Mond, der seine Abfälle so gut wie möglich wiederaufbereiten und umwandeln muß. Vesa verfügt über eine beneidenswert funktionierende Recycling-Anlage. Wir schicken einfach die Leichen hin, und sie helfen mit, das Gleichgewicht des Lebens auf Vesa zu erhalten.«

Die Einfachheit dieser Erklärung überrollte Jules wie eine Meereswoge den Strand. Das war die Antwort! Auf diese Weise blieben keine Spuren zurück, außer ein paar Zentiliter metallischer Rückstände am Boden des Recycling-Gefäßes. Wer immer diesen Plan ausgeheckt hatte – er bewies Gründlichkeit und Brillanz bei der Durchführung.

Nach dem Unterricht aßen sie zu Mittag. Der Nachmittag wurde im Freien mit Übungen und Gruppenexerzieren verbracht. Sie lernten als Gruppe auf gewisse Situationen richtig zu reagieren und vor allem die Zusammenarbeit zur Erreichung des Zieles. Das alles fiel Jules als ausgebildetem Zirkusartisten nicht schwer, für seine Kameraden war es jedoch überaus ermüdend, und deswegen mimte er beim Abendessen den total Ausgepumpten. Am Abend gab es Unterricht in Philosophie und Meditation. Die Teilnehmer sollten einen Zustand inneren Friedens erlangen, damit ihnen die Idee an den Massenmord nicht mehr so gräßlich erschien. Um 22 Uhr lechzte alles nach Bett und Schlaf.

Jules wartete, bis alle in seiner Baracke schliefen, dann schlich er sich heimlich hinaus auf den Hof. Er mußte unbedingt den Standort des Lagers feststellen, damit der Service diese Organisation an den Wurzeln ausrotten konnte. Während des Exerzierens hatte er bei einer leichten Brise Seegeruch verspürt. Man hörte jedoch kein Brandungsgeräusch, und er schloß daraus, daß man sich ein ziemliches Stück landeinwärts befand. Die Vögel, die auf der Mauer hockten, waren ihm unbekannt, doch hatten sie keine Schwimmhäute an den Füßen. Daraus konnte man jedoch keine Schlüsse ziehen.

Es war eine klare Nacht – ein wahres Glück, weil er wenigstens die Sterne sehen konnte. Er hatte weder Instrumente noch eine Uhr zur Hand und konnte daher den Längengrad nicht annähernd abschätzen, doch den Breitengrad konnte er ungefähr feststellen. Er kannte zwar die hiesigen Sternenbilder nicht, doch konnte er die dem nördlichen und südlichen Horizont nächstgelegenen Sternbilder im Gedächtnis behalten. Wenn er später Gelegenheit hatte, auf einer Himmelskarte nachzusehen, würde er den annähernden Breitengrad finden können – und diese Information, zusammen mit der Flugdauer des Helikopters von Bhangora hierher und dem Umstand, daß eine Küste in der Nähe war, würde es dem SOTE ermöglichen, den Standort dieser ›Schule‹ festzustellen. Es bedurfte hierzu gewiß mancher Anstrengungen, aber dem Service standen, wenn es sein mußte, eine Menge Hilfsmittel zur Verfügung.

Nach diesen Beobachtungen ging Jules zu seiner Baracke zurück. Er hörte ein Geräusch und drückte sich in den Schatten. Ein Wachtposten ging vorüber. Der Mann ging weiter, und Jules konnte endlich zu seiner Schlafstelle. Offenbar war niemandem etwas aufgefallen, und seine Abwesenheit war nicht bemerkt worden. Jules schlüpfte unter die Decke und schlief sofort ein.

Der nächste Tag verlief auf die genau gleiche Weise wie der erste. Nach einem gemeinsamen Frühstück wurden Jules und seine Schicksalsgenossen in einen Unterrichtsraum geführt und wieder in der Philosophie des Tötens und in Würgetechnik unterwiesen. Filme wurden vorgeführt, in denen echte Morde dargestellt waren. Dabei hob der Lehrer hervor, was die Mörder bei ihrer Aktion gut und was sie schlecht gemacht hatten. Die bloße Vorstellung, sich solch einen Film anzusehen, war für Jules abscheulich, dennoch saß er mit steinernem Gesicht gemeinsam mit den anderen da und sah sich die Filmvorführung an.

In der Hälfte der Vorführung gab es eine Unterbrechung, als ein Bote hereinkam und meldete, Jules solle sofort vor Jakherdi erscheinen. Verwundert, was dies wohl zu bedeuten habe, begleitete Jules den Boten zurück in den Verwaltungstrakt.

Die Sekretärin, die gestern im Vorraum gesessen hatte, war heute nicht da. Der Raum wirkte seltsam verlassen. Jules war plötzlich auf der Hut. Der Bote sagte Jules, er solle sofort ins Büro gehen, er würde erwartet. Vielleicht habe ich zuviel zu erwarten, dachte Jules und griff nach der Klinke.

Er öffnete die Tür, trat aber nicht sofort ein, sondern spähte zunächst in den Raum. Direkt ihm gegenüber, als Silhouette vor dem Fenster, stand Jakherdi und wirkte so eindrucksvoll militärisch wie gestern. Auf dem Schreibtisch vor Jakherdi lag ein Blatt Papier mit der Skizze eines Gesichtes. Jules brauchte nicht viel Phantasie, um sich vorzustellen, wen diese Skizze darstellte.

Auf Vesa schaltet man schnell, dachte er insgeheim seufzend. Schneller, als ich hoffte.

»Kommen Sie rein, Koosman«, sagte Jakherdi forsch.

Es gab nur zwei Möglichkeiten – vor oder zurück. Noch während er diese Überlegung anstellte, spürte Jules, daß der Hintereingang geschlossen wurde. Ein sechster Sinn verriet ihm die Anwesenheit mehrerer Personen im Gang draußen vor dem Vorzimmer. Jeder Versuch, in diese Richtung zu entkommen, würde ihm Schüsse eintragen, ehe er die Tür erreichte. Ihm blieb daher keine andere Alternative, als ins Büro einzutreten, und auch dabei mußte er zweifellos in eine Falle tappen. Jules war überzeugt, daß der Lagerkommandant mindestens je einen Bewaffneten zu beiden Seiten der Tür – für ihn unsichtbar – postiert hatte. Und die warteten nur auf sein Eintreten. Er wußte nicht, ob sie Befehl hatten, ihn zu betäuben oder zu töten, aber das machte wenig Unterschied. Auch wenn sie ihn jetzt nur festnehmen wollten, würde man ihn später gewiß töten – wahrscheinlich nach einem Schuß Nitrobarb.

Ein Zögern konnte er sich nicht leisten. Damit hätte er verraten, daß er Lunte roch, in welchem Fall die Posten einfach vortreten und ihn sofort erschießen würden. Es blieb ihm nichts anderes übrig, als einzutreten. Die Methode seines Eintritts jedoch blieb ihm überlassen.

»Ja, Sir«, sagte er laut und tat den ersten Schritt hinein. »Darf ich fragen, um was es geht?«

Und bevor jemand noch etwas sagen konnte, wurde Jules aktiv. Während er den linken Fuß bei diesem ersten Schritt aufsetzte, ging er damit in Kniebeuge und sprang vorwärts. Es gelang ihm weder so kräftig noch so ausbalanciert, wie er es wünschte. Dennoch erwies es sich als ausreichend wirksam, da es für die Männer im Büroraum völlig überraschend gekommen war.

Jules landete knapp vor dem Schreibtisch auf seinem rechten Bein, noch immer außer Gleichgewicht. Diesen Umstand münzte er in einen Vorteil um, indem auf dem rechten Fuß eine dem Uhrzeiger entgegengesetzte Drehung vollführte und im rechten Teil des Raumes landete. Noch im Drehen bemerkte er, daß sich tatsächlich noch zwei Mann im Raum befanden – je einer an jeder Türseite. Sein dramatischer Auftritt hatte beide überrascht. Ehe sie auch nur die Waffen auf ihn richten konnten, war Jules mit beiden Füßen am Boden, ging abermals in die Kniebeuge und benutzte seine federnden, kräftigen Beinmuskeln, um den dastehenden Jakherdi direkt anzuspringen.

Der Lagerkommandant duckte sich, worauf Jules nur gewartet hatte. Sich zu einer Kugel zusammenrollend, zog Jules den Kopf ein und wappnete sich für das Kommende. Sein Körper durchbrach im Sprung die Glasscheibe des Fensters wie eine Kanonenkugel von hundert Kilo. Das klirrende Geräusch schien das gesamte Universum zu erfüllen, während Jules zwischen den Scherben hindurch auf den Hof segelte.

Er spürte die kleinen Stiche der Schnittwunden, doch waren die meisten an den Händen, oben am Kopf und hinten im Genick – keine lebensgefährlichen Stellen. Gesicht und Augen hatte er durch das Einziehen des Kopfes geschützt. Bei seinem Sprung durch die Luft drehte er sich – das Drehen eines geübten Artisten. Als er auf dem Boden auftraf, kugelte er nach vorn und sprang auf, um zu flüchten. Ein kurzer Blick in die Runde allerdings war alles andere als ermutigend.

Der ganze Hof steckte voller Leute, alle mit Stunnern bewaffnet. Sie waren überrascht, als er krachend durch das Fenster geflogen kam, doch als Jules wieder auf den Beinen stand, hatten sie das Überraschungsmoment überwunden und starrten ihn ohne Gefühlsregung und entschlossen an.

Obgleich er wußte, daß er gegen eine derartige Übermacht keine Chance hatte, ließ sich Jules nicht unterkriegen. Ich werde ihnen beweisen, daß ein d'Alembert kämpfend unterzugehen versteht, dachte er grimmig und hielt auf die nächste Gruppe zu.

Fünf Betäubungsstrahlen zischten auf ihn zu, in schwarzer Bewußtlosigkeit sank er zu Boden.

Jakherdi hatte die Szene von der Öffnung des zerbrochenen Fensters aus beobachtet. Er lächelte dünn, als er sah, daß Jules bewußtlos dalag. »Lebt er?« rief er den Männern zu.

»Ja, Sir. Aber für Stunden außer Gefecht.«

»Gut! Fesselt ihn gewissenhaft. Denkt daran, daß er ein DesPlainianer ist und sich normaler Fesseln leicht entledigen kann. Es darf ihm kaum Luft zum Atmen bleiben. Dann schafft ihn hier herein. Wir müssen ihn lebend auf Vesa schaffen, damit man ihn dort verhören kann.«

Du tust mir leid, Koosman oder duChamps oder wer du auch immer sein magst, fügte der Kommandant im stillen hinzu. Ich kenne Garst und seine Methoden. Wenn er mit dir fertig ist, wirst du ihn um den Tod anflehen – nur wird es dann viel zu spät sein.

12. KAPITEL
Ein Einbruch

Als sie nach ihrer Unterredung bei der Markgräfin ins Hotel zurückkam, wußte Yvette bereits, daß sie von mehreren Augenpaaren beobachtet wurde. Sie ignorierte die Späherblicke, durchschnitt lässig die Halle und nahm den Lift zu ihrem Zimmer. Garst war offenbar entschlossen, sie nicht aus den Augen zu lassen, ein Vorgehen, das sie erwartet hatte – an seiner Stelle hätte sie ebenso gehandelt.

Sie blieb eine halbe Stunde auf ihrem Zimmer, erneuerte ihr Make-up und erledigte Telefonanrufe.

Dann ging sie aus und verbrachte den Rest des Nachmittags mit belanglosen Tätigkeiten, wie Kartenspiel und dem Besuch einer Show, die über Sensibilatoren gesendet wurde. Sie bemühte sich dabei, ein möglichst unbefangenes Benehmen an den Tag zu legen – sie wollte ihre Beschatter nicht verlieren. Noch nicht.

Am frühen Abend kam sie ins Hotel zurück, aß geruhsam im Speisesaal zu Abend und gab sich nicht die Mühe, ein gewaltiges Gähnen zu unterdrücken, als sie wieder in ihr Zimmer hinunterfuhr. Es sollte in jedem eventuellen Beobachter der Eindruck entstehen, daß sie erschöpft sei und sich für die Nacht zur Ruhe begeben wolle. Natürlich entsprach dies keineswegs ihren wahren Absichten.

In ihrer Suite angekommen, war jede Müdigkeit wie weggeblasen, und sie traf entschlossen Vorbereitungen für ihr Vorhaben. Eine Dreiviertelstunde vor dem Spiegel – und ihr Aussehen war mit Hilfe ihres Schminkköfferchens völlig verändert. Jetzt war keine Spur der dezenten Witwe an ihr zu entdecken. Eine langhaarige, blonde Perücke von absichtlich genialisch-unordentlicher Frisur trug das Ihre dazu bei. Ein hautenger Hosenanzug aus Leder – im strengen Gegensatz zur dezenten Garderobe der Carmen Velasquez – vervollständigte ihre Verkleidung. Nur der abgebrühteste Beobachter hätte sie als jene Frau wiedererkannt, die den Tag mit so müßiggängerischem Tun verbracht hatte.

Nach kurzer Kontrolle, ob sie alles Nötige bei sich hatte, öffnete sie die Tür und ging hinaus. Einer der Männer, die Garst zu ihrer Verfolgung bestimmt hatte, saß auf einer Bank neben dem Aufzug am Ende des Ganges. Er sah auf, als sich ihre Tür öffnete und wollte seinen Augen nicht trauen. Dann aber siegten seine geübten Instinkte, und er widmete sich wieder der Zeitungsrolle und tat, als sähe er nichts.

Yvette schlenderte lässig auf ihn zu und vergewisserte sich dabei unauffällig, daß sich sonst niemand im Gang befand. Das vereinfachte die Sache. Während sie in die Tasche griff, sagte sie »Guten Abend«, zog Myersons Stunner heraus und schoß den Mann aus sicherem Abstand an, ehe er noch reagieren konnte. Die Stufe vier der Betäubungswaffe würde ihn für mindestens zwei Stunden handlungsunfähig machen – ausreichend Zeit, daß sie sich aus dem Staub machen konnte, ohne daß jemand davon etwas mitbekam.

Sie fuhr hinauf in die Halle und schlenderte gemächlich hindurch. Jedes anwesende männliche Auge ruhte auf ihr, während sie ihre Hüften aufreizend kreisen ließ. Sie wußte, daß manchmal Unverschämtheit die beste Tarnung war. Auch ihre Beschatter bestaunten sie, sahen in ihr jedoch ein Sexobjekt und nicht ihr Beschattungsziel. Sie verspürte den boshaften Impuls, auf einen der Burschen zuzugehen und ihn dreist anzublinzeln, widerstand aber diesem Drang. Es hatte keinen Zweck, das Schicksal herauszufordern.

Garsts Leute machten keinen Versuch, ihr zu folgen, als sie aus der Halle ging und draußen auf der Straße ein Jit heranwinkte. Natürlich wären sie gern ihren Spuren gefolgt, aber aus ganz anderen Gründen als zuvor.

Sie hatte sich schon vorher Garsts Adresse verschafft. Ein paar diskrete Telefonanrufe von ihrem Zimmer aus, ehe sie ins Kasino ging, hatten ihr diese Information verschafft. Yvette hatte sich den Ort auf einer Karte angesehen und einen Operationsplan zurechtgelegt. Jetzt ließ sie sich zu der mit einer Kuppel überdachten Kreuzung bringen, wo der Zugang zu Garsts Haus lag.

Je länger sie darüber nachdachte, desto überzeugter war sie, daß Garst jener Mann sein mußte, der hinter der ganzen Verschwörung steckte. Bei der Audienz hatte sie gemerkt, daß er die Markgräfin um den kleinen Finger wickeln konnte und sie nach seiner Pfeife tanzen ließ. Er verfügte über die Intelligenz, Gerissenheit und Kälte, um eine solche Organisation aufzubauen und sie zwei Jahrzehnte lang zu leiten, ohne daß man ihm auf die Schliche kam. Als einer Spitzenagentin des Service stand es in ihrer Macht, ihn schon aufgrund der vorhandenen Beweise zum Verräter zu erklären und ihn auf der Stelle zu liquidieren. Ohne ihn würde das von ihm aufgebaute Unternehmen dahinvegetieren und schließlich in Cliquen zerfallen, die von den hiesigen Behörden leichter bekämpft werden konnten. Ihr Auftrag wäre damit erledigt, und niemand, nicht einmal der Chef selbst, könnte an ihrer Vorgangsweise etwas aussetzen.

Eine solche Vorgangsweise verwarf jedoch Yvette d'Alembert. Sie war sich zu sehr der Verantwortung bewußt, die mit ihrer Autorität über Leben und Tod verbunden war. Sie brauchte den unwiderlegbaren Beweis, daß Garst schuldig war, ehe sie einschritt, und um sich diesen Beweis zu verschaffen, suchte sie jetzt sein Haus auf. Außerdem hoffte sie, ausreichende Informationen zu gewinnen, um die ganze Bande auffliegen zu lassen – und zwar sofort. Nicht erst, bis sie nach Garsts Tod von selbst zerfiel.

Das Jit kam am Ziel an. Yvette stieg aus und betrachtete das Gelände. Ihr Vorhaben würde sich schwieriger gestalten, als sie gedacht hatte, denn Einbrechen und Eindringen war auf Vesa ein riskanteres Unterfangen als anderswo im Imperium. Fast alle Häuser lagen unterirdisch, unter dem Straßenniveau, und das bedeutete, daß es keine Fenster oder Obergeschosse gab, durch die man eindringen konnte. Überdies brannte rund um die Uhr das Licht, so daß man sich nicht im Dunkeln anpirschen konnte.

Man mußte das Problem direkt anpacken, entschied Yvette. Die Stunde, die sie für den Einbruch gewählt hatte, lag in der Nacht, obwohl das auf der Vesa keine Rolle spielte. Die Menschen konnten zu jeder Zeit wach sein und waren es auch. Sie konnte nur hoffen, daß Garst nicht da sein würde. Sie ging kühn auf die Tür zu und drückte die Klinke nieder. Sie ließ sich nicht bewegen, ein Zeichen dafür, daß die Tür versperrt war. Dies wiederum bedeutete, daß niemand zu Hause war, oder daß die Bewohner schliefen – und das war ermutigend.

Yvette langte in ihre Tasche und zog ein kleines Einbrecherinstrumentarium heraus. Das Türschloß war ein Standardtyp und konnte durch richtige Kombination elektronischer Impulse geöffnet werden. Ihre diesbezügliche Ausrüstung war kompliziert und kostspielig. Es war ein superkleiner Computer, der in Sekundenschnelle Milliarden möglicher Kombinationen durchspielte und damit ein als sicher geltendes Schloß öffnen konnte.

In weniger als einer Minute hörte Yvette das Klicken, das ihr sagte, daß der Sperrmechanismus unwirksam war und die Tür geöffnet werden konnte.

Sie verstaute das Gerät wieder in die Tasche und nahm einen Stromdetektor heraus. Das allgemein am weitesten verbreitete Alarmsystem bestand darin, daß, wenn ein Stromkreis unterbrochen wurde – beispielsweise durch das Öffnen einer Tür – dadurch der Alarm ausgelöst wurde. Um sicherzugehen, nahm sie mit dem Spürgerät eine Überprüfung vor und entdeckte, daß Garsts Tür ein solches Alarmsystem hatte. Der Detektor ermöglichte es Yvette, den Verlauf des Stromkreises um den Türrahmen herum zu verfolgen. Mit einem äußerst präzisen Laserbohrer durchbohrte sie den Holzrahmen an bestimmten Stellen und konnte das System mit ein paar mitgebrachten Kabeln überlisten. Nach einer weiteren Kontrolle, ob keine weiteren Alarmsysteme angeschlossen wären, öffnete sie die Tür und schlüpfte hinein.

Im Inneren war es dunkel, doch Yvette hatte sich für diesen Fall vorbereitet. Sie setzte eigens präparierte Brillen auf und zog eine kleine, infrarote Handleuchte aus der Tasche, die nur einen Hauch von Licht ergab, doch genügte es Yvette, um etwas zu sehen, ohne von jemand anderem bemerkt werden zu können. So ausgerüstet, machte sie sich daran, Garsts Haus zu durchsuchen.

In der langen Eingangsdiele gab es nur einige Sessel, ein Tischchen und eine Wanduhr. Dann ein Schrank – nicht mehr und nicht weniger als eben ein Schrank, ein Aufbewahrungsort für Mäntel und Hüte. Sie klopfte Wände, Boden und Decke ab, konnte aber keine Hohlräume entdecken.

Sie betrat den ersten Raum, ein Wohnzimmer. Yvette fiel auf, daß Garst erstklassig eingerichtet war, weitaus besser als die Markgräfin, wenn auch weniger auffallend. Offenbar ein Mann mit Geschmack. Es gab hier für sie allerhand zu durchsuchen, besonders zwei Reihen von Bücherregalen an der Wand gegenüber. Mit ihrer Berufsroutine brachte sie es bald hinter sich. Der nächste Raum, ein Speisezimmer, war sparsamer möbliert, und auch er erwies sich als ›sauber‹.

Eine Tür führte vermutlich in die Küche, eine andere, kleinere war versperrt und bildete ein Hindernis. Eine rasche Untersuchung ergab, daß der Raum mechanisch und nicht elektrisch gesichert war. Die Tür war an kein Alarmsystem angeschlossen.

Sie wandte ihren Laserbohrer nun auf andere Art an, brannte das Schloß einfach heraus und trat ein.

Es schien eine Art Arbeitszimmer zu sein, sehr behaglich eingerichtet: Gleichzeitig aber haftete ihm etwas Bedrohliches an. In einer Ecke stand ein Schreibtisch, übersät mit Papieren, Rollen und buchartig gehefteten Bändern. Der Abfallkorb war voller Zigarettenstummel und Drogenstengel und roch auch danach.

Yvette trat an den Schreibtisch und überflog einige der Papiere. Sie konnte die Zeichen im infraroten Licht schwer erkennen, es handelte sich aber offenbar um Zahlenkolonnen. Es war nur natürlich, daß der Erste Rat der Markgräfin sich mit mancherlei Papierkram zu befassen hatte, dennoch fragte sich Yvette, ob sich diese Zahlenkolonnen nicht ebensogut auf einen völlig anderen Interessenkomplex beziehen könnten. Sie nahm ihre Minikamera zur Hand und lichtete die beiden Seiten ab, um sie später in aller Ruhe durchsehen zu können.

Als sie mit den offen daliegenden Papieren fertig war, rüttelte sie an den Schubladen, um dort hineinzusehen. Sie waren versperrt, ließen sich jedoch mit einem so einfachen Werkzeug, wie es ihr Taschenmesser war, öffnen. Es gab da das übliche Büromaterial und Papier, aber auf dem Boden einer Lade entdeckte sie ein Geheimfach mit einer Anzahl buchartig zusammengefaßter Spulen. Möchte nur wissen, warum er sie wohl versteckt, dachte Yvette. Ob sie die Statistiken seiner kriminellen Organisation enthielten?

Ihre scharfen Ohren vernahmen ein leises Geräusch hinter sich. Blitzschnell drehte sie sich um und langte gleichzeitig nach dem Stunner in ihrer Tasche. Aber da flammten schon die Lichter auf und blendeten sie hinter ihren Brillen derart, daß sie nicht erkennen konnte, wer sie überrascht hatte.

»Ruhig, Gospoza«, sagte eine kühle Stimme. »In diesem Moment sind vier Schußwaffen auf Sie gerichtet. Ich schlage vor, Sie nehmen die Hände ganz langsam aus der Tasche.«

Da sich nun ihre Augen rasch an das Licht gewöhnten, konnte sie erkennen, daß der Sprecher nicht Garst, sondern ein kleiner, rundlicher Mann war. Und er hatte die Wahrheit gesagt, denn hinter ihm standen drei andere, alle mit Stunnern bewaffnet.

Yvette tat, wie ihr befohlen, und wartete den präzisen Augenblick ab, bis die Bewaffneten mit ihrer Aufmerksamkeit nachließen und sie etwas unternehmen konnte. Ihr einziger Vorteil lag darin, daß die Männer wahrscheinlich nicht darauf gefaßt waren, daß eine Frau so schnell und handfest reagieren konnte wie sie.

Als der Kleine sah, daß sie keine Waffe in der Hand hielt, beruhigte er sich. »Schon viel besser. Und jetzt werfen Sie die Handtasche dort hinüber.« Wieder gehorchte Yvette. »Garst hat etwas Ähnliches erwartet«, fuhr der Mann fort. »Als wir entdeckten, daß Sie unserem Spürhund im Hotel entwischt waren, kamen wir direkt hierher.« Er trat bis auf einen Meter an sie heran und ließ die Mündung seiner Waffe unmerklich sinken.

»Würden Sie so gut sein und mir die Buchspulen überreichen?«

Mit einer lässigen Handbewegung hob Yvette die linke Hand und strich sich eine blonde Haarsträhne aus den Augen. Die Perücke war auf ihrem Kopf mit einem besonderen Klebemittel befestigt, der sich bei starkem Anziehen lösen würde, ohne ihr echtes Haar mitzureißen. »Da Sie so höflich darum bitten ...«, sagte sie ruhig, nahm die Spulen mit der Rechten vom Schreibtisch und reichte sie dem Mann.

Als er die Hand danach ausstreckte, handelte Yvette. Sie riß mit der Linken die Perücke vom Kopf und schleuderte sie dem Mann mitten ins Gesicht. Instinktiv hob er beide Arme, um seine Augen zu schützen, und Yvette nützte die Blöße, die er sich damit gab, aus. Vorwärts springend, rammte sie ihre kräftige rechte Faust – die noch immer die Spule umschlungen hielt – in seinen Solarplexus. Der Mann stieß ein jämmerliches Ächzen aus und fiel schmerzgekrümmt zu Boden. Er würde ihr mehrere Minuten lang nicht mehr in die Quere kommen.

Blieben noch die anderen drei. Doch Yvette war noch im Schwung, während die anderen sich erst zu rühren begannen. Alle drei hatten mit dem Rücken zur Wand hinter ihrem Anführer gestanden, und das ließ ihnen wenig Bewegungsfreiheit. Yvette brachte sich durch Drehung in eine solche Position, daß sie seitlich von den dreien zu stehen kam, so daß nur der ihr

Zunächststehende die Möglichkeit hatte, auf sie anzulegen, während sein Körper die Schüsse der anderen zwei blockierte.

Blitzartig schlug sie dem Mann die Waffe aus der Hand, der Stunner krachte gegen die Wand und fiel zu Boden. Noch ehe er sanft auf den Boden prallte – dies eine Folge der geringen Schwerkraftverhältnisse auf Vesa –, hatte Yvette bereits den rechten Fuß in der Höhe und trat zu. Der Mann taumelte rücklings gegen seine zwei Gefährten, und das Trio verlor gemeinsam das Gleichgewicht.

Yvette hatte ihre Balance nach dem schwungvollen Tritt bereits wiedergewonnen und sprang auf die drei zu. Sie riß jeden der Männer hintereinander an den Haaren und ließ deren Köpfe kräftig gegen den Boden knallen. Alle drei waren jetzt im Land der Träume, und der Kampf war fünfzehn Sekunden nach ihrem ersten Schachzug mit der Perücke beendet.

Sie trat vor den untersetzten Mann, der das große Wort geführt hatte, nahm dessen Stunner und setzte sich anmutig auf den Schreibtischrand, die Mündung der Waffe direkt auf ihn gerichtet. Er hustete und keuchte zunächst, und als sie das Gefühl hatte, er wäre wieder sprechbereit, stieß sie ihn mit der Schuhspitze an. »Wo ist Garst?«

Der Mann schüttelte den Kopf. »Weiß nicht.«

»Er ist doch das Oberhaupt eurer Mördergilde – stimmt's?«

»Ja ... aber ... er ist weg.«

Yvette verzog das Gesicht. Sie hatte jetzt zwar den Beweis, den sie brauchte, aber nicht den Mann. »Wo ist sein Terminkalender?«

»Oberste Lade.«

Yvette fand rasch das Gesuchte und sah unter dem entsprechenden Datum nach. Der Eintragung nach befand sich Garst jetzt im Palast der Markgräfin Gindri. »Danke für Ihre Mithilfe«, sagte sie und drückte den Abzughebel des Stunners. Der Mann brach unter dem Schuß von der Stärke vier zusammen, und Yvette konnte sicher sein, daß er mindestens zwei Stunden lang bewußtlos sein würde.

Sie trat an den Schreibtisch und stellte eine telefonische Verbindung mit der Privatnummer von Marask Kantana her. Als die SOTE-Chefin antwortete, gab sich Yvette zu erkennen und bat, man möge unverzüglich alle verfügbaren Agenten auf Vesa abstellen. Einer sollte sich in Garsts Haus der vier Bewußtlosen annehmen, die anderen sollten sich mit Yvette im Palast der Markgräfin treffen.

Kantana stimmte zu. Wenn die Agenten Periwinkle einen Befehl gab, mußte jeder SOTE-Chef, der seinen Beruf ernst nahm, ohne weitere Fragen gehorchen. Sie teilte Yvette mit, daß es zwei Stunden dauern würde, von Chandakha auf die Vesa zu kommen, aber nicht eine Sekunde länger. Yvette war damit einverstanden und legte auf. Sie hatte inzwischen noch einiges zu erledigen.

Zunächst sorgte sie dafür, daß alle vier Gauner in einen Betäubungszustand versetzt wurden, der sie bis zur Ankunft des nächsten SOTE-Agenten aktionsunfähig machte. Dann holte Yvette ihre Handtasche aus der Ecke und lief ohne Rücksicht auf Vorsichtsmaßnahmen aus dem Haus, winkte ein Jit herbei und gab als Ziel den Palast der Markgräfin an. Der Fahrer war von Yvettes Erscheinung einigermaßen überrascht – schließlich stattete man der Herzogin normalerweise nicht um diese Zeit in einer solchen Aufmachung und zerraufter Frisur einen Besuch ab. Er enthielt sich jedoch jeglichen Kommentars, als Yvette ihm eine Banknote in die Hand drückte, um ihn zu größerer Eile zu bewegen.

Die Zeit der Heimlichtuerei war nun vorbei, eine Tatsache, die Yvette sehr erleichterte. Die Adrenalinwellen in ihrem Körper wurden nun von Rachegelüsten ergänzt, wenn sie Daks hübsches Gesicht im Geiste vor sich sah. Dak – jetzt kann ich es ihnen endlich heimzahlen, dachte sie bewegt, während der Jit durch die Tunnels von Vesa rollten. Erregt verkrampfte sie ihre Hände.

Als das Gefährt vor dem Palast anhielt, sprang sie heraus und eilte zu den massiven Eingangstoren. Zu beiden Seiten waren Torwachen postiert. Yvette hatte jetzt keine Zeit, um zu ergründen, ob es sich um rechtschaffene Bedienstete oder etwa um Kreaturen Garsts handelte. Und um jedes Risiko auszuschalten, verpaßte sie ihnen einen Schuß von der Stärke vier aus ihrem Stunner. Vor dem Verlassen des Hotelzimmers hatte sie sich vergewissert, daß Myersons Waffe voll geladen war. Das bedeutete, daß sie noch fünfzig Schuß zur Verfügung hatte. Und so viele Bedienstete würden wohl nicht vorhanden sein. Also konnte sie jeden, der ihr in den Weg trat, mit einer Ladung bedenken. Es beruhigte sie dabei, daß der Stunner eine so humane Waffe war –

sie konnte ihn bedenkenlos anwenden, ohne in aller Eile über Schuld oder Nichtschuld entscheiden zu müssen. Es gab ja keine dauernden Folgeschäden, falls sie sich einmal geirrt haben sollte.

Ohne sich aufzuhalten, passierte sie die Tore und betrat nun den Palast selbst. Während sie die langen, kalten Gänge entlanglief, schoß sie jeden, der ihr begegnete, mit präziser Treffsicherheit an, eine Reihe bewußtloser Körper in ihrem Kielwasser hinter sich lassend.

Die rechtmäßige Herrscherin über Vesa lag in ihrem enormen üppigen Bett und vertilgte eine Mahlzeit, die für sie wahrscheinlich einen kleinen Imbiß darstellte – einen kleinen Kapaun, eine Gemüseplatte und einen Pokal Weißwein. Yvette war so rasch und leise durch den Palast geeilt, daß die Markgräfin von ihrem Kommen völlig überrascht wurde. Sie sah erschrocken auf und erkannte mit einiger Verzögerung in Yvette jene Frau, mit der sie kurz vorher konferiert hatte. »Sie da!« rief sie aus. »Was wollen Sie hier? Wie können Sie sich erdreisten ...?«

Yvette beachtete die Dicke zunächst nicht weiter. Dies hier war der letzte Raum des Palastes, und bis jetzt hatte sie noch keine Spur von Garst entdecken können – und hier war er auch nicht. Sie wandte sich mit schußbereiter Waffe an Markgräfin Gindri und unterbrach deren Tirade. »Wo ist Garst?« fragte sie.

Die Markgräfin war aufs höchste verwirrt, als sie eine Waffe auf sich gerichtet sah. Das war ihr noch nie im Leben passiert.

»Warum sollte ich Ihnen das sagen?«

»Wenn Sie es nicht sagen, kriegen Sie einen Schuß Nitrobarb ab, der Sie töten kann – und sagen werden Sie es mir sowieso. Es hat keinen Zweck, um Hilfe zu rufen, ich habe alle im Palast ausgeschaltet. Wir sind die einzigen hier.« Sie fuchtelte bedrohlich mit dem Stunner. »Und jetzt los – reden Sie!«

»Er ... er war bis vor kurzem da«, stammelte Gindri nervös. »Dann kam ein Anruf, und er mußte fort.«

»Und was für ein Anruf war das?«

»Ich ... ich weiß es nicht genau. Irgendwas wegen eines Spions von DesPlaines, den man gefaßt hat. Garst mußte weg – zu seinem Verhör.«

Yvettes Herzschlag setzte einen Moment aus. Spion von DesPlaines? Das konnte nur Jules sein. Vor einer Woche hatte sie in der Zeitung seine Nachricht gefunden, daß er nach Chandakha fahre. Wann war er zurückgekehrt, und wie wurde er gefangen? Das mußte sie in Erfahrung bringen. Sie packte die fette, häßliche Frau an den Schultern und grub die Finger tief in das weiche Fleisch: »Wo wollte er hin?«

»Ich weiß nicht ... warten Sie ... ich glaube, er sagte etwas von der Recycling-Anlage. Auf diese Weise könnten sie sich nachher ganz leicht des Toten entledigen, sagte er.«

»Wann war das?«

»Vor fünfzehn, vielleicht auch zwanzig Minuten.«

Vielleicht ist es noch Zeit, dachte Yvette. Sie sah auf die Uhr – noch mehr als eine Stunde, bis Kantana mit ihren Leuten eintraf. So lange kann ich nicht warten, entschied sie. Das Leben von Jules steht auf dem Spiel.

»Danke für Ihre Mithilfe«, sagte Yvette, »auch wenn sie unfreiwillig geleistet wurde!« Sie betäubte die Markgräfin mit einer Ladung Stärke vier, wie sie es auch bei allen anderen getan hatte.

Sie entnahm ihrer Tasche Stift und Papier und schrieb hastig eine verschlüsselte Nachricht nieder, welche die Situation erläuterte und angab, wo sie anzutreffen sei. Dann hinterlegte sie diese Nachricht so, daß sie von Kantana beim Eindringen in den Palast nicht übersehen werden konnte.

Hoffentlich komme ich nicht zu spät, dachte sie verzweifelt, während sie ungeduldig auf ein Jit wartete, das sie zur Recycling-Anlage bringen sollte.

13. KAPITEL

Der Kampf in der Recycling-Anlage

Jules erlangte nur langsam das Bewußtsein wieder. Als erstes wurde ihm ein Druck auf der Brust bewußt, das Atmen bereitete ihm Schwierigkeiten. Er begann zu keuchen, war aber durch irgend etwas daran gehindert, seinen Brustkorb so weit auszudehnen, um sich wirklich Erleichterung verschaffen zu können. Sein Mund war trocken, als hätte er ihn mit Wüstensand ausgespült. Die Kehle war wund, er konnte kaum schlucken. Schmerzhaft verzog er sein Gesicht, als er versuchte, eine kleine Speichelmenge zu schlucken, die seine Drüsen mühsam produziert hatten.

Er war vollkommen benommen, in seinem Kopf dröhnte es. Er fühlte sich körperlich schwerelos, als schwebe er auf den Wogen eines gallertigen Meeres dahin. Das Bewußtsein kam und schwand abwechselnd, allmählich nahm er wahr, daß er sich entweder draußen im Weltraum oder wieder auf Vesa befinden mußte, wo die Schwerkraft viel geringer war als auf Chandakha. Aber im Moment waren die Fragen rein akademischer Natur. Sein Denken war noch zu ungeordnet, um sich über diese Dinge Gedanken zu machen.

Er versuchte die Augen zu öffnen, aber seine Lider schienen verklebt zu sein. Um ihn herum war Licht – das erkannte er an dem rötlichen Schein, der durch die Lider drang. Um ihn herum waren Stimmen, die aus einem Geräuschnebel zu ihm drangen und wieder verschwanden, einzelne Worte vermochte sein Gehirn nicht zu erfassen. In diesem Zustand der Apathie trieb er unendlich lange, gleichgültig gegenüber allem, was mit ihm geschah.

Aus diesem Traumzustand wurde er erst herausgerissen, als ihn eine Hand kräftig auf die rechte Wange schlug. Dieser Schock bewirkte, daß er die Augen öffnete und die Denkprozesse in seinem Gehirn in Bewegung gesetzt wurden. Er sah jetzt – aber nur verschwommen, verdoppelt. Es bedurfte aller Kraft seines noch immer tauben Bewußtseins, um sich auf seine Umgebung konzentrieren und etwas wahrnehmen zu können.

Vor ihm stand ein hagerer Mann, den er erst nach geraumer

Weile als jenen erkannte, der damals im Lagerraum den Vorsitz geführt hatte. Hinter ihm zwei Dutzend anderer, ebenso furchteinflößender Gestalten. Das Gesicht des Mannes war zu einem rachsüchtigen Grinsen verzerrt, als er auf Jules hinunterstarrte, der nun feststellen mußte, daß er mit gefesselten Händen und Füßen auf einem Sessel saß. »Na«, dröhnte die Stimme des Mannes in Jules' Ohren. »Sind Sie endlich aufgewacht?«

Jules war einer Antwort unfähig. Seine Zunge lag wie ein Bleiklumpen im Mund und wollte ihm nicht gehorchen. Langsam lichtete sich der Nebel um ihn herum, und nun verspürte er einen ekelerregenden, faulen Geruch in der Luft. Es schien eine Mischung sämtlicher dem Menschen bekannter übler Gerüche zu sein, angefangen vom Fäkaliengestank bis zum Gestank faulenden Fleisches. Jules suchte seine Nase dagegen zu verschließen – ein aussichtsloses Unterfangen. Er mußte sich schließlich damit begnügen, so viel wie möglich durch den Mund zu atmen.

Der Mann baute sich vor Jules auf und schlug ihn abermals – diesmal mit der anderen Hand. Er schlug so kräftig zu, daß Jules' Zähne buchstäblich zu klappern begannen. Jules geriet in Wut und hatte alle Mühe, an sich zu halten. Nicht umsonst hatte ihn einst sein Vater gelehrt, daß die Redewendung ›den Kopf verlieren‹, mit ›Fassung verlieren‹ Hand in Hand geht. Ein von Zorn geblendeter Mensch konnte leicht eine Gelegenheit verpassen, die einem Besonneneren nicht entging. Ich sollte dankbar sein, daß er mich schlägt, dachte Jules. Damit bringe ich die Betäubung rascher hinter mich – ein Vorteil zu meinen Gunsten.

Er bemühte sich, den starren Ausdruck seines Blickes beizubehalten, während er sich im Raum umsah. Es war ein großer Raum, sicher einer der größten, die er je gesehen hatte. An der Decke verliefen Rohre verschiedener Durchmesser, von denen einige durch die Wand in andere Räume geleitet wurden, andere wiederum mit riesigen Kesseln in Verbindung standen, die wie riesige Schildwachen am Boden standen. Das kleinste dieser Gefäße war mindestens fünf Meter hoch und hatte einen Durchmesser von acht Metern, von anderen, viel größeren jedoch noch weit überragt. Metalleitern führten zu diesen Gefäßen hinauf, an deren oberem Rand Laufstege vorhanden waren. Und allgegenwärtig ekelhafter Gestank nach Tod und Verderbnis.

»Sie werden etliche Antworten geben müssen«, sagte der

Mann vor Jules und zwang den DesPlainianer, seine Aufmerksamkeit näherliegenden Problemen zuzuwenden. »Auf die Suche nach Ihnen mußten wir viel Zeit und Energie aufwenden, Dinge, die uns ganz und gar nicht behagen.«

Jules' Zunge fühlte sich nun weniger pelzig an, und er konnte wieder sprechen. »Hätte ich das geahnt«, brachte er undeutlich hervor, »so hätte ich meine Visitenkarte hinterlassen.«

Der Frager schlug ihm erneut ins Gesicht, aber diesmal war Jules darauf gefaßt und drehte den Kopf so, daß der Schlag gemildert wurde. »Frechheit wird bei uns nicht geduldet«, sagte der Mann barsch. »Eines muß man Ihnen lassen: Sie haben sich wacker gehalten. Außerdem ist es noch niemandem zuvor geglückt, sich in unser Ausbildungslager einzuschmuggeln. Sie müssen es mit Unterstützung geschafft haben – mit sehr hochgestellter Unterstützung.«

Jules mußte seinen Befrager von dieser Gedankenkette abbringen. Wenn der Kerl nämlich die Idee weiterverfolgte, mußte er zu dem logischen Schluß kommen, daß Jules für den SOTE tätig war. Denn nur der Service war imstande, falsche Vorstrafen zu bescheinigen, ihn ins Gefängnis zu schmuggeln und ihn auf so überzeugende Art wieder herauszubringen. Und wenn diese Gauner auch nur den entferntesten Verdacht schöpften, daß der SOTE hinter ihnen her wäre, würden sie das Weite suchen und der Service müßte sich wieder durch die Finger schauen. Ganz zu schweigen davon, daß Jules augenblicklich ein toter Mann wäre.

Um den Mann von solchen unerwünschten Schlußfolgerungen abzubringen, sagte Jules: »Ach was – das war doch kein Problem. Ihr würdet auch einen schielenden Nangabat aufnehmen, wenn er herbeigeflogen käme und um Aufnahme bäte.«

Der Mann wollte wieder zuschlagen, hielt jedoch mitten in der Bewegung inne. »Nein, das reicht für den Moment. Wir werden uns ein anderes Vergnügen für dich ausdenken müssen ...«

Da ertönte ein Pochen an einer der Türen. »Laßt ihn rein!« rief der Mann einem anderen zu. Dann überlegte er und sagte: »Nein – ich werde selbst öffnen. Es könnte Garst sein.«

Während er sich entfernte, folgten ihm die Blicke der anderen. Alle Blicke, bis auf die eines jungen Mannes, der sich leise von einer Gruppe absonderte, sich zwischen den Bottichen durchzwängte und sich Jules näherte. Dieser erkannte den Jungen als

Radapur, den er vor Rasks irrem Angriff auf dem Raumflughafen gerettet hatte.

Keiner bemerkte, daß Radapur sich Jules genähert hatte. Der Junge hielt ein scharfes Messer umklammert. Sein Gesichtsausdruck war undeutbar, denn in dem jungen Mann kämpften einander widersprechende Gefühle. Und Jules fragte sich – kommt er, um mich zu töten oder zu befreien?

Jetzt stand Radapur hinter ihm und zerschnitt mit ein paar hastigen Schnitten Jules' Fesseln. »Die Schuld ist beglichen«, flüsterte der Junge in großer Erregung. »Mehr kann ich nicht tun.«

Und er bewegte sich wieder so schnell weg, daß Jules es gar nicht geglaubt hätte, wären da nicht die zerschnittenen Fesseln gewesen.

Im Moment bot sich ihm leider keine Chance für einen Ausbruchsversuch, denn die Tür wurde rasch geöffnet und geschlossen, und die Aufmerksamkeit wandte sich wieder ihm zu.

Die Fesseln hingen jetzt loser an ihm, und Jules hoffte inständig, daß dies niemandem auffiel, bis er einen Ausbruch wagen konnte.

»Scheußlich«, sagte der Neuankömmling. »Ich hatte den Gestank hier schon völlig vergessen. Bin froh, daß ich hier nicht mehr so oft zu tun habe. Wo ist der Spitzel?«

»Da drüben.« Der große Mann führte den Neuen vor Jules hin. Nach der ehrerbietigen Haltung des Großen gegenüber dem Neuen zu schließen, mußte es sich bei letzterem um einen wichtigen Mann innerhalb der Organisation handeln – vielleicht um den Big Boß persönlich. Jules starrte das Gesicht an. Nein, er hatte diesen Kerl noch nie gesehen. Dieses Gesicht voll Kälte und Skrupellosigkeit. Während Jules das Gesicht studierte, studierte der Boß – man nannte ihn Garst – seinerseits Jules. »Ein DesPlainianer, tatsächlich«, überlegte er laut. »Die Haut natürlich gefärbt, aber trotzdem ... die Ähnlichkeit mit dem Mädchen ist unverkennbar.«

Yvette! Hatte sie mit dem Burschen schon zu tun gehabt? Wenn ja – was war passiert? Warum lief der Kerl noch frei herum? Was war aus seiner Schwester geworden? Diese und tausend andere Fragen jagten durch Jules' Kopf. Nur mit größter Willensanstrengung schob er sie beiseite und konzentrierte sich auf seine gegenwärtige Lage. Später konnte er sich wegen Yvette Sorgen machen, wenn er selbst weniger gefährdet wäre.

Garst gab ihm keine weiteren Fingerzeige in dieser Richtung. Statt dessen wandte er sich an seinen Stellvertreter und fragte: »Na, Lessin – was haben Sie bis jetzt von ihm erfahren?«

»Noch gar nichts. Er ist eben erst aufgewacht. Ich wollte warten, bis Sie kommen, ehe ich ihm das Zeug verpasse. Sie wissen besser, was Sie ihn fragen wollen.«

Garst nickte. »Gut, macht weiter.«

Lessin griff in einen Lederbeutel an seinem Gürtel und holte einen mit einer klaren Flüssigkeit gefüllten Hypospray hervor. Das ›Zeug‹, wie er es genannt hatte, konnte nur Nitrobarb sein, welches sein Opfer für zwanzig Minuten in ein Koma versenken würde. Und nachher würde Jules alle an ihn gestellten Fragen beantworten. Für Jules bedeutete dies das Todesurteil. Auch wenn die Droge ihn selbst nicht tötete, würden Garst und seine Leute ihm den Rest geben, sobald sie erfahren hätten, was sie wissen wollten. Sein Leben stand auf dem Spiel – er mußte sofort handeln.

Während Lessin sich ihm mit der Sprühdose näherte, hob Jules plötzlich einen Fuß und trat dem Würger mitten in den Leib. Der Mann stieß ein schmerzliches und überraschtes Grunzen aus und fiel rücklings zu Boden. Die Sprühdose fiel ihm aus der Hand, rollte durch den ganzen Raum, zerbarst sodann und verschüttete den tödlichen Inhalt in völliger Harmlosigkeit auf den Boden.

Aber ehe dies geschah, waren alle im Raum aktiv geworden. Garst, dessen Reaktionsvermögen besser war, als Jules gedacht hatte, wich in dem Augenblick vor ihm zurück, als er gegen Lessin trat, und langte in die Tasche nach seiner Waffe. Alle übrigen – zwei Dutzend Bewaffneter – hatten Jules bereits in Aktion erlebt und waren daher auf allerhand gefaßt. Sogar Radapur faßte nach seiner Waffe. Offenbar hatte der Junge das Gefühl, er hätte mit dem Zerschneiden der Fesseln seine Schuld beglichen und es würde nunmehr keine Rücksichten mehr geben. Jules akzeptierte dies als eine weitere, lebensgefährliche Tatsache und verhielt sich dementsprechend.

Eigentlich hatte er gehofft, er könnte Garst fassen und ihn als Geisel vor sich haltend, aus dem Raum gelangen – aber der Mann stand jetzt außer Reichweite. Außerdem bestand bei einer Gruppe wie dieser hier die Möglichkeit, daß einer der untergeordneten Handlanger die Situation ausnützte und den Boß bei dieser Gelegenheit umlegte, um selbst die Führung zu übernehmen. Gewiß würde das, auf lange Sicht gesehen, zur Auflösung der Gruppe führen, zu inneren Rivalitäten. Aber dies alles nützte Jules im Moment gar nichts.

Der SOTE-Agent erfaßte die Lage sofort. Sämtliche Gegner waren bewaffnet. Einige nur mit Stunnern, die meisten mit schweren Schießeisen – Strahlwaffen schwersten Kalibers. Das Spiel hier wurde um den letzten Einsatz gespielt, bei dem sich Jules keinen einzigen Fehler erlauben konnte. Ein Ausrutscher – und er war geliefert.

Er sprang auf und schnellte in die von Garst entgegengesetzte Richtung. Der weite und hohe Sprung brachte ihn zwar momentan in eine verwundbare Position, da er infolge der geringen Schwerkraft mehrere Sekunden brauchte, bis er wieder landete. Aber sein Akrobatentraining kam ihm wieder einmal zugute, da er, zu einer Kugel zusammengerollt, durch die Luft flog und so seinen mordgierigen Gegnern nur ein kleines Ziel bot. Er verspürte sengende Hitze, als mehrere Strahlenschüsse knapp an ihm vorbeizischten, aber zum Glück waren diese Mörder zwar geübte Würger, im Umgang mit Waffen jedoch keine Meister.

Jules hatte seinen Sprung so bemessen, daß er hinter einem großen Kessel landete. Er richtete sich auf und nahm wahr, daß die Schüsse jetzt nicht mehr in seine unmittelbare Nähe gingen. Er befand sich außerhalb der direkten Schußlinie und daher in Sicherheit – im Augenblick wenigstens.

»Gebt beim Schießen acht!« rief Garst. »Wir dürfen hier nichts kaputtmachen, sonst werden wir überschwemmt! Nur Stunner einsetzen, es sei denn, einer hat ein freies Schußfeld. Keine unnötige Hast – denkt daran, es gibt nur den Ausgang, den wir bewachen. Er sitzt in der Falle, und wir sind ihm zahlenmäßig überlegen. Nur eine Frage der Zeit, das alles.«

Garst hat recht, sagte sich Jules, eine Grimasse schneidend. Solange er unbewaffnet war und Bewaffnete an der Tür standen, waren seine Fluchtchancen gleich null. Er konnte stundenlang hier herumhüpfen und seine Kräfte verschleißen, während die anderen ihn in aller Ruhe belauerten. Sich eine Waffe anzueignen, wäre zwar sehr nützlich gewesen, aber in der Zwischenzeit mußte er eben in Bewegung bleiben und vermeiden, daß der Feind ihn richtig ins Visier bekam.

Er sprang auf eine Leiter, die an dem ihm nächststehenden Kessel hinaufführte. Er nahm jeweils fünf Sprossen auf einmal und hatte rasch die oberste erreicht. Laufschritte verrieten ihm, daß die Verfolger sich seinem vorherigen Standort näherten.

Er drehte sich um, stemmte sich gegen die Leiter und machte einen Sprung zum nächsten, etwa fünf Meter entfernten Kessel. Der Sprung dünkte ihm furchtbar langsam, weil die geringe Schwerkraft größere Schnelligkeit verhinderte. Einer der Männer unten erspähte ihn mitten im Sprung und feuerte einen Schuß ab, der harmlos an ihm vorbeipfiff, während Jules nach seinem Sprung endlich auf der Laufplanke am oberen Rand des Kessels gelandet war.

Dabei hätte ihn der Vorwärtsschwung beinahe kopfüber in den Kessel befördert, doch konnte er im letzten Moment das Geländer erfassen und dies verhindern. Als er sich dabei über den Rand des Kessels beugen mußte, bekam er eine ordentliche Nase voll von dessen Inhalt – Hunderttausende Liter menschlicher Abfallprodukte. Obwohl man alle Anstrengungen gemacht hatte, den Geruch zu neutralisieren, war noch kein hundertprozentiger Erfolg erzielt worden. Die Gerüche waren so überwältigend, daß Jules keuchend und würgend in die Knie ging.

Das muß die Recycling-Anlage sein, sagte er sich, während er hilflos dakniete. Und wenn ich nicht selbst drin landen und aufbereitet werden möchte, muß ich zusehen, daß ich mich weiterbewege.

Noch immer vom Brechreiz gewürgt, erhob er sich und lief den Rand des Kessels entlang. Schüsse wurden auf ihn abgefeuert, gingen aber daneben. Ein Schuß traf eines der über ihm verlaufenden Rohre und brannte ein Loch hinein. Der umliegende Bereich wurde mit einer dampfenden, salzigen Flüssigkeit besprüht. Mit gebeugtem Kopf lief Jules weiter, um zu vermeiden, daß die Flüssigkeit in seine Augen drang. Unter ihm beschimpfte Garst seine Leute und ermahnte sie, sorgfältiger zu zielen.

Von seinem Hochstand aus konnte Jules einen Mann sehen, der etwas seitlich stand, abgesondert von seinen Kameraden und deren Blicken entzogen. Nach einem Anlauf stieß sich Jules ab und sprang nach unten und fiel diesmal schneller als sonst, weil er sich genau in die richtige Richtung abgestoßen hatte. Mitten in der Luft drehte er sich katzengeschmeidig, um mit den Füßen nach unten anzukommen. Bei Erdschwerkraft hätte ein Fall aus solcher Höhe für einen Ungeübten tödlich enden können, konnte auch selbst auf Vesa ernste Folgen haben, aber Jules wußte genau, was er wollte.

Seine Füße trafen den abseits stehenden Gangster genau unter dem Kinn und auf der Brust. Der Mann brach auf dem Boden zusammen, sein Körper fing Jules' Fall auf und milderte so dessen Anprall. Jules machte eine Rolle, er ergriff die Waffe des Mannes – leider nur ein Stunner –, und begann zu laufen. Er erreichte den nächsten Kessel, erklomm erneut eine Leiter und schaffte es auch bis zur Hälfte, als er wieder gesichtet wurde. Der Mann, der ihn erspäht hatte, stieß einen Schrei aus. Jules schickte ihn mit einem präzisen Schuß schlafen.

Er schaffte es weiter bis an den Rand des Kessels und hielt von dort wieder Ausschau. Der Kessel beinhaltete wieder Abfall jeglicher Art, und der Geruch war keineswegs angenehmer als vorhin. Von seinem Standpunkt aus konnte Jules jetzt die Tür gut einsehen, ebenso die zwei Männer, die sie bewachten. Da sie nicht unmittelbar an der Jagd auf ihn beteiligt waren, hatten sie keine Ahnung, wo er sich jetzt befand. Sie behielten den Raum nervös im Blick und erwarteten seinen Ausbruch in ihre Richtung, bereit ihn niederzumachen.

Zwei rasche Schüsse, mehr brauchte Jules nicht, um sie zu erledigen. Eigentlich hatte er gehofft, es würde in der allgemeinen Aufregung niemand bemerken, daß er sie ausgeschaltet hatte und daß er unbemerkt durch die Tür würde entkommen können.

Aber Garsts scharfen Augen entging nicht, daß die beiden schwer getroffen waren. In rüdem Ton beorderte er zwei weitere Mann zur Bewachung der Tür und befahl ihnen, sich dabei in Deckung zu begeben – hinter zwei Kesseln –, dabei die Tür ins Visier zu nehmen und jeden, der zu entkommen versuchte, ins Kreuzfeuer zu nehmen.

Ein Strahl traf das Geländer, nur Zentimeter von Jules' Hand entfernt, so daß das Geländer an jener Stelle zu schmelzen begann. Jetzt konnte sich Jules nicht mehr daran festhalten. Er feuerte auf den Mann, der auf ihn geschossen hatte, doch der andere war zu rasch in Deckung gegangen.

Es sind zu viele, dachte Jules keuchend und sich nach einem neuen Standort umsehend. Ich kann nicht ewig so weiterhüpfen. Früher oder später wird mich einer erwischen. Gleichzeitig aber mußte er sich sagen, daß er keine andere Wahl hatte und es einfach versuchen mußte.

Eben, als er sich auf den nächsten Sprung konzentrierte, sprang die Tür nach innen auf – und Yvette raste mit schußbereitem Stunner in der Hand herein. Sie hielt kurz inne, um sich über die Lage einen Überblick zu verschaffen, während alle anderen wie erstarrt dastanden, erschrocken über diese unerwartete Entwicklung. Die Wachen, welche die Tür im Auge zu behalten hatten, waren unentschlossen, wie sie sich zu verhalten hätten. Ihre Unentschlossenheit würde jedoch nur eine Sekunde dauern – und Yvette stellte, wie sie jetzt dastand, eine ideale Zielscheibe für sie dar, wenn Jules sie nicht warnte.

Der uralte Zirkusruf ›Hela Hopp‹ hatte Jahrhunderte überdauert, und als Jules ihn erschallen ließ, bewirkte er eine sofortige Reaktion seiner Schwester. Sie ließ sich zu Boden fallen, und zwei Strahlenschüsse zischten an jener Stelle durch die Luft, wo noch eine Zehntelsekunde vorher ihr Kopf gewesen war. Mit einer schwungvollen Rolle kam sie wieder auf die Beine.

Durch Yvettes plötzliches Auftauchen fühlte sich Jules wie neugeboren. Das Verhältnis zwanzig zu eins war hoffnungslos gewesen, aber jetzt stand es immerhin zehn zu eins. Und das war ein Kinderspiel!

Mit neuerwachtem Kampfgeist vertauschte er die Rolle des Gejagten mit der des Jägers. Jeder ausgeschaltete Gegner vergrößerte die Chancen, und die Männer da unten wußten, daß sie es nun mit zweien zu tun hatten. Jetzt mußten sie doppelt auf der Hut sein, um nicht von Jules' neuem Bundesgenossen hinterrücks erwischt zu werden. Sie spürten sofort die Veränderung in der Atmosphäre und gingen in die Defensive.

Yvette, wieder auf den Beinen, durchraste in kalter Wut den Raum wie ein Wirbelwind. Sie schien keine Furcht zu kennen, flitzte mit Höchstgeschwindigkeit zwischen den Kesseln herum, hielt manchmal auch direkt auf eine Gruppe der Mörder zu. Einmal brachte sie vier Mann in zwei Sekunden zu Fall, als sie überraschend auftauchte, ehe die Kerle noch reagieren konnten. Sie trieb die Würgerbande mit ihren erbarmungslosen Attacken zum Wahnsinn – und falls es dem einen oder anderen gelang, vor ihr zu fliehen, so war noch Jules da, der ihn von oben unter Beschuß nahm. Die Anzahl der Gegner verminderte sich ständig, bis sie nach einigen Minuten vollkommen in die Defensive gedrängt waren und zwischen dieser Scylla und Charybdis DesPlainianischen Temperaments um ihr nacktes Leben kämpften. Noch nie hatte Jules seine Schwester derart in Aktion gesehen, noch nie so kaltblütig in Erfüllung eines Auftrages. Sie nahm lebensgefährliche Risiken auf sich – manche ganz unnötig. Es war, als kenne sie keine Todesangst. Heute ist sie ein wahrer Dämon, dachte er, als er sie wie einen schwarzen Schatten über den Boden flitzen sah. Möchte wissen, was in sie gefahren ist. Doch war er selbst viel zu beschäftigt, um darauf viel Gedanken verschwenden zu können.

Schließlich war nur Garst allein übriggeblieben. Er hatte sich im äußersten Winkel des Raumes versteckt, von mehreren Seiten durch Apparaturen geschützt. Aber er wußte, daß er keine Chance mehr hatte, da sich jetzt zwei DesPlainianer auf ihn konzentrierten. Verzweifelt lief er los und versuchte die Tür zu erreichen, bevor die zwei SOTE-Agenten noch an ihn herankommen konnten.

Jules mußte feststellen, daß er von seinem Standort aus Garst nicht fassen konnte, zudem war dieser außerhalb der Stunner-Reichweite. Daher sprang Jules von einem Kessel zum anderen, um die Tür noch vor Garst zu erreichen. Yvette hingegen konnte Garst direkt angreifen.

Garst war ihr ziemlich voraus, doch Yvette bewegte sich mit übermenschlicher Geschwindigkeit und holte ungeheuer auf. Vor einer großen, in eine Nebenräumlichkeit führenden offenen Tür mit der Aufschrift ›Chemische Wiederaufbereitung‹, blieb der Erste Rat stehen und zielte mit seiner Waffe direkt auf Yvette. Sie wich unmerklich aus, und der tödliche Strahl traf nur Zentimeter von ihren Füßen entfernt auf dem Boden auf und versengte den Beton. Yvette verlangsamte ihr Tempo keineswegs.

Der Mann, dessen Organisation Hunderttausende kaltblütig zum Tod verurteilt hatte, war nun selbst von Todesangst erfaßt. Was da auf ihn zukam, eher Maschine als Mensch, war ein schwarzer, blutrünstiger Todesengel, der nichts anderes als seine

Vernichtung im Sinne hatte. Er wollte wieder weglaufen, glitt aber auf dem Boden aus, da an dieser Stelle Flüssigkeit aus der lecken Röhre von oben auf den Boden getropft war. Er kämpfte mit ausgebreiteten Armen um sein Gleichgewicht, aber vergeblich. Mit einem Aufschrei der Todesangst fiel er im Ausrutschen durch die Tür in den dahinter befindlichen Raum und verschwand.

Jetzt verlangsamte Yvette ihr Tempo, um zu vermeiden, daß es ihr ebenso erging. Vorsichtig ging sie an die Tür und sah hinein. Unter ihr, eingerahmt von einem schmalen Sims, brodelten in einem Riesenbottich Chemikalien, welche organische Substanzen in ihre molekularen Grundstoffe ausfällten. Diese Grundstoffe wurden sodann in getrennten Behältern gefiltert und in eine für menschlichen Gebrauch geeignete Form wieder in Synthese gebracht. Wer hier hineinfiel, war sofort tot.

Sie starrte in die grünliche Flüssigkeit hinunter und verkrampfte enttäuscht die Hände. Sie war darauf aus gewesen, Garst ihre Wut spüren zu lassen. Doch tröstete sie der Gedanke, daß sein Tod kein besonders angenehmer war. Sie merkte, daß ihr Unterkiefer zitterte und kämpfte mit großer Willensanstrengung dagegen an. »Er ist dahin«, sagte sie schließlich.

Ihr Bruder kam auf sie zugelaufen und umarmte sie. Sämtliche Spannungen der letzten Tage überwältigten plötzlich Yvette wie eine Woge, und sie schmiegte sich zitternd an ihn. Jules hielt sie fest. Und schwieg. Gern hätte er sie gefragt, was es gegeben hatte, aber er kannte seine Schwester zu gut. Sie würde ihm selbst alles sagen, wenn ihr danach zumute war. In der Zwischenzeit tröstete er sie, so gut er konnte.

Yvette riß sich zusammen und lächelte ihm zu. »Das hat mich mehr mitgenommen, als ich dachte.«

Er nickte. »Und ich mußte entdecken, daß mir die Arbeit im Alleingang keinen Spaß macht. Manchmal ist man sehr einsam.«

»Ja.« Sie lächelte unsicher und sah zu Boden. »Ja, das stimmt.« Dann sah sie mit gefaßter Miene zu ihm auf. »Kantana und ihre Agenten müßten bald im Palast der Markgräfin eintreffen. Ich bestellte sie dorthin, weil ich glaubte, Garst würde dort sein. Gindri steckte mit Garst unter einer Decke, aber er war der Kopf. Als ich erfuhr, er wäre hier, hinterließ ich eine Nachricht, sie sollten nachkommen.« Sie sah sich um und begutachtete die Verwüstungen, die der Kampf mit sich gebracht hatte. »Eigentlich haben wir ihnen die Arbeit abgenommen. Warum gehst du nicht zum Palast, Jules, und hilfst ihnen dort weiter?«

»Und du?«

»Ich komme gleich nach. Ich muß hier noch ein kleines Adieu unter vier Augen hinter mich bringen. Mehr nicht. Keine Angst, ich fühle mich tadellos.«

Jules sah sie zweifelnd an, sagte aber nichts. An der Tür drehte er sich um. Yvette stand an der Tür zu dem großen Kessel und starrte hinein. Sie hatte Tränen in den Augen – ob von chemischen Dämpfen verursacht oder von einem geheimen Kummer, konnte er nicht beurteilen. Achselzuckend drehte Jules sich um und überließ es seiner Schwester, mit ihren Gefühlen ins reine zu kommen.

14. KAPITEL

Chandakhas Probleme werden gelöst

Am nächsten Tag sandten sie direkt an den obersten Chef der SOTE einen verschlüsselten Bericht ab und erhielten innerhalb von zwei Stunden Antwort. Sie sollten mit dem nächsten erreichbaren Schiff zurückkommen und die noch durchzuführende Kleinarbeit zur Liquidierung der Bande den bewährten Händen Kantanas überlassen. Es tat ihnen zwar ein wenig leid, die begonnene Arbeit nicht zu Ende führen zu können, sie beugten sich aber der weisen Entscheidung ihres obersten Vorgesetzten.

Schließlich waren sie seine Top-Agenten, und es sollten ihre Talente nicht an Banalitäten verschwendet werden. Für solche Routinearbeiten gab es genügend andere Leute.

Sie sollten sich in Geduld fassen, hatte der oberste Chef gemeint, und sich bei der Heimreise Zeit lassen. Das Schiff, auf dem sie also die Passage buchten, brauchte gemütliche zehn Tage für die Fahrt zur Erde, und sie nutzten die Zeit zu ihrer emotionalen und physischen Erholung. Yvette erzählte ihrem Bruder alles über Dak, ihre Gefühle für ihn, und er tröstete sie nach besten Kräften. Als sie schließlich die Erde erreichten, hatte sich Yvette mit Daks Tod abgefunden. Der Gedanke an ihn lauerte nur mehr als dumpfer Schmerz im Hintergrund ihres Bewußtseins – wenn schon nicht vergessen, so doch um anderer Dinge willen beiseite geschoben.

Sie landeten am Raumflughafen Canaveral in Florida und fuhren im eigenen Jet-Auto zur Staatshalle des Regierungsgebäudes in Miami, wo sich die mit ›Sektion vier‹ benannte Abteilung befand. Nach der Landung auf dem Dach benutzten sie den Privataufzug zum Chefbüro, wo sie von Herzogin Helena in aller Form empfangen wurden.

Großherzog von Wilmenhorst saß hinter seinem großen Schreibtisch, der wie gewöhnlich unter einem Berg von Akten begraben war. Hier, in dieser Umgebung, schien er sich viel wohler zu fühlen als an Bord seines Raumschiffes. Dieses Milieu entsprach seiner ganzen Persönlichkeit am besten. Er bedeutete ihnen mit einladender Handbewegung, sich zu setzen, und Helena begab sich an die Bar und mixte den beiden automatisch eisgekühlte Orangensäfte, da sie die Vorliebe der d'Alemberts für alkoholfreie Getränke kannte.

»Wieder muß ich euch beiden zu eurer hervorragenden Arbeit gratulieren«, sagte der Großherzog, nachdem alle gemütlich Platz genommen hatten. »Das Gratulieren wird ja nun allmählich zu einer Gewohnheit – natürlich eine höchst angenehme Gewohnheit, in Anbetracht von Alternativen.

Ihr wollt sicher wissen, wie die Liquidierungsarbeiten auf Vesa vonstatten gingen. Erst gestern traf ein Bericht von Kantana ein. Sie hat tadellose Arbeit geleistet. Die Aktenrolle, die Yvette gefunden hat, enthielt tatsächlich Aufzeichnungen über Garsts schmutzige Geschäfte und ergab Hinweise auf weitere derartige Unterlagen. An Hand deren konnte man die Tätigkeit der Organisation bis in ihre Anfänge zurückverfolgen, bis in die Zeit vor mehr als zwei Jahrzehnten. Das Geld, das durch die Hände dieser Bande floß, betrug mehr als das Gesamt-Währungspotential mancher kleiner Welten! Ein unglaubliches System! Garst war ein Organisationsgenie, ich bin froh, daß er tot ist. Der Gedanke, daß er immer noch irgendwo seine Ränke schmieden könnte, wäre mir unerträglich. Wir sind schließlich nur durch einen Zufall auf ihn gestoßen.

Die meisten Verbrecher begehen einen Fehler und werden zu habgierig – Garst hingegen hielt sich diesbezüglich im Zaum. Er war jeweils immer nur hinter einer kleineren Anzahl von Touristen her – ein weniger kluger Mann als er hätte nach mehr gegiert. Und indem er die verhältnismäßig geringe Anzahl ständig beibehielt, kam er längere Zeit ungeschoren davon.«

Geistesabwesend verschob der Chef Papiere von einem Stapel zum anderen. »Als wir die Unterlagen zur Hand hatten, war es für Kantana ein leichtes, alle Bandenmitglieder auf Vesa festzunehmen, dazu Korrupte bei der Polizei, im Hotel und bei der Recycling-Anlage. Und nach Ihren Angaben, lieber Jules, konnten sie auch das Mörder-Schulungslager ausheben. Viel war davon allerdings nicht mehr übrig – Jakherdi hatte es in Brand gesetzt und die Leute weggeschickt, als er von Garsts Tod erfuhr – aber an Hand von Garsts Unterlagen konnten viele von ihnen noch festgenommen werden. Einigen der untersten Funktionsränge glückte es, im Gewimmel von Chandakha unterzutauchen, aber die führenden Köpfe wurden verhaftet.«

Jules rutschte ungeduldig auf seinem Sessel hin und her, nahm einen Schluck aus seinem Glas und machte ein nachdenkliches Gesicht. Als er sicher sein konnte, daß sein Chef zu Ende gesprochen hatte, begann er: »Auf der Fahrt zur Erde hatte ich Zeit zum Nachdenken. Für den Augenblick haben wir die Verschwörung auf Vesa zwar ausgelöscht, doch glaube ich nicht, daß wir damit das Problem vollständig lösen konnten.«

Der Chef zog fragend die Brauen hoch. »So? Wie meinen Sie das?«

»Nun, die eigentliche Bedrohung ist Chandakha selbst. Garst hätte nie sein System aufbauen können, hätte er nicht von dort ständigen Nachschub an Mördern gehabt. Er brauchte Hunderte, die so geldgierig waren, daß sie automatisch töteten, den Wert menschlichen Lebens völlig mißachtend. Chandakha ist der ideale Nährboden für diesen Menschentyp. Leben ist das Billigste, was es dort gibt. Die Menschen vegetieren in aneinandergedrängten Massen, das Verbrechen ist so weit verbreitet, daß die Anwerbung einer Würgergilde ein einfaches Unternehmen darstellt. Man braucht nur einen Menschen aus den Slums von Bhangora in die luxuriösen Kasinos auf Vesa zu bringen – es werden sich in ihm Haßgefühle gegen die Reichen aufstauen.

Warum soll er sich nicht nehmen, was sie besitzen, wenn sich ihm dazu die Möglichkeit bietet? Die haben ja mehr als genug, und seine eigene Familie ist am Verhungern.«

Der Chef nickte bedächtig. »Was Sie sagen, stimmt natürlich. Und was schlagen Sie vor?«

»Man muß die Zusammenballungen der Menschen lockern, die Menschen mehr streuen«, sagte Jules mit Entschiedenheit. »Sie können nicht ewig so zusammengepfercht dahinvegetieren. Garst stellte für Chandakha so etwas wie ein Sicherheitsventil dar, obwohl ich bezweifle, daß ihm diese Zusammenhänge bewußt waren. Indem er jedoch den Abschaum der Gesellschaft von dort abzog, bewahrte er den Planeten davor, in unkontrollierbare Gewalttätigkeit zu verfallen. Jetzt fehlt ein solches Ventil. Wenn wir vermeiden wollen, daß Chandakha aus allen Nähten platzt, müssen wir die Bevölkerung verteilen, die Dichte vermindern.«

»Aber die anderen Kontinente des Planeten Chandakha sind unbewohnbar.«

Yvette fühlte, daß es nun an ihr lag, dazu etwas zu sagen. »Es gibt andere Planeten, viel dünner besiedelte, auf denen die landwirtschaftlichen Kenntnisse der Chandakhari von größtem Wert sein könnten. Ich würde Bargeldprämien vorschlagen, die es den Bürgern von Chandakha schmackhaft machen sollen, zu emigrieren. Viele sind in einer so verzweifelten Lage, daß sie auf das Angebot sicher eingehen würden.«

»Sehr schön«, sagte der Chef lächelnd. »Aber damit stehen wir vor einer reinen Geldfrage – Geld für die Beihilfen, Geld für den Transport, Geld für die Ansiedlung. Und woher sollen wir das viele Geld nehmen?«

»Ganz einfach«, erklärte Yvette. »Vesa verfügt über ausreichende Einnahmen. Man weiß dort nicht, wohin mit dem vielen Geld. Jetzt sind die Mörder ausgeschaltet, und es wird mehr Geld geben denn je. Der Kaiser könnte den Herzog von Chandakha veranlassen, eine Sondersteuer für diesen Zweck einzuführen, die von allen Gewerbetreibenden auf Vesa zu leisten wäre. Auf lange Sicht bezahlt Vesa damit einen vernünftigen Preis für seine Sicherheit.«

Das Lächeln des Chefs wurde breiter. »Mir gefallen eure Überlegungen – besonders, da eure Gedanken mit den meinen so schön konform gehen. Erst gestern sandte ich dem Kaiser eine Denkschrift, in der ich einen Plan entwickelte, der mit dem Ihren fast identisch ist.«

Jules staunte. »Wirklich?«

»Ja, gelegentlich hat der Alte selbst auch ein paar gute Ideen auf Lager«, lachte der Chef augenzwinkernd. »Schließlich ist es wirklich nicht nur damit getan, entstandene Schwierigkeiten aus dem Wege zu räumen. Der Service ist letztlich für die totale Sicherheit des Imperiums verantwortlich, und das beinhaltet auch das Aufspüren von Gefahrenzonen, bevor sie in Brand geraten. Auf diese Weise gestaltet sich das Lösen von Problemen viel einfacher. Ich muß allerdings zugeben, daß wir im Anfang auf Chandakha einige Fehler begangen haben – aber gerade deswegen liegt mir besonders viel daran, die Wiederholung von Fehlern zu vermeiden.«

»Glauben Sie, daß der Kaiser diesem Rat folgen wird?« fragte Yvette.

»Bill kennt mich inzwischen recht gut, und er weiß, daß ich

solche Vorschläge nicht leichtfertig unterbreite. Ich kann mit fast hundertprozentiger Sicherheit sagen, daß er auf den Vorschlag eingehen wird. Er stimmte schon zu, als ich ihm eine neue Herzogin für Vesa vorschlug.«

»Ja, diese Frage stellte ich mir bereits. Was passiert mit Gindri?« fragte Jules. Der Chef seufzte. »Gindri Lohlatt war eine schwache Person, die sich von diesem Garst beherrschen ließ. Sie wußte, was da vorging, hatte nicht die Absicht, etwas dagegen zu tun, solange sie bekam, was sie wollte. Sie wird vor dem Obersten Gerichtshof erscheinen müssen und wird mit Sicherheit verurteilt werden. Ich vermute, man wird sie nicht hinrichten, sondern auf Gastonia in die Verbannung schicken – ein Urteil, das einer Hinrichtung gleichkommt, da ihr Herz niemals der Beanspruchung einer erdähnlichen Schwerkraft standhalten kann. Auf jeden Fall ist das Amt unbesetzt, da sie keine Erben hat. Ich empfahl Seiner Majestät, er solle Marask Kantana zur neuen Markgräfin ernennen – und er war einverstanden.«

»Natürlich«, lächelte Yvette. »Sie ist die beste Wahl.«

»Ja«, sagte der Großherzog von Sektor vier, »das dachte ich auch. Aber sie lehnte ab.«

»Was?« riefen Jules und Yvette unisono.

»Sie war der Meinung, sie könne dem Imperium von größerem Nutzen sein, wenn sie mit der Arbeit im SOTE fortführe – und ich muß zugeben, daß mir der Gedanke, sie zu verlieren, gar nicht behagte. Da sie sich so sehr bemühte, im Service zu bleiben, gab der Kaiser schließlich ihrem Wunsch nach. Jetzt studiert er die anderen Politiker, die sich als Kandidaten gemeldet haben.«

»Diese Kantana ist hervorragend«, bemerkte Jules. »Es ist doch eigentlich eine Herabwürdigung für sie, auf einem Hinterwäldler-Planeten hängenzubleiben.«

»Das ist auch meine Meinung. Deswegen sah ich mich unlängst veranlaßt, ihre Unterlagen durchzusehen. Können Sie sich vorstellen, daß sie sich niemals dem Tausend-Punkte-Test stellte? Sie hat ihre Stellung als Chefin nur durch allmählichen Aufstieg erreicht – sie fing als gewöhnliche Agentin an – und da Chandakha relativ unbedeutend ist, fand sie zunächst keine große Beachtung. Ich ordnete die Nachholung des Testes an und entdeckte – ohne daß es mich sonderlich überrascht hätte –, daß sie 996 Punkte erreichte.«

Jules stieß einen leisen Pfiff aus. Der Tausend-Punkte-Test stellte eine Überprüfung der Gesamtperson dar, körperlich wie geistig. Jules war der einzige Tausend-Punkter, während seine Schwester um einen Punkt weniger hatte. Daß Kantana so knapp darunter rangierte, war für diese äußerst schmeichelhaft.

»Ja, wirklich.« Der Chef schien über Jules' Reaktion amüsiert »Sobald sie mit der Arbeit auf Vesa zu Ende ist, wird sie bei mir als Chefsekretärin arbeiten. Sie wird viel herumreisen und potentielle Gefahrenherde – wie etwa Chandakha – aufzuspüren haben, ehe sie zu einem Brandherd werden.«

»Sicher wird sie hervorragende Arbeit leisten«, sagte Yvette. »Vielleicht werden dann ich und Jules überflüssig.«

Der Chef schüttelte den Kopf. »Unser Imperium umfaßt derzeit 1343 Planeten. So gut Kantana auch sein mag – sie kann nicht überall sein. Nein, meine Freunde, solange es menschliche Gier und Korruption gibt, werden wir auf eure speziellen Dienste nicht verzichten können.«

Und wie gewöhnlich sollte er recht behalten.

ENDE DES ZWEITEN BUCHES

Die Robot-Bombe

Prolog

Mit Rawl Winsteds Kopf war etwas nicht in Ordnung. Es war kein physisches Gefühl, sondern ein psychisches, eine Benommenheit des Bewußtseins, als wäre sein Gehirn in Watte gepackt. Und dabei gab es einen bestimmten Teil seines Erinnerungsvermögens, an den er einfach nicht herankonnte. Ein forschender Gedanke, in diese Richtung ausgeschickt, zerfloß ins Nichts und ließ ihn mit einem Gefühl gelinder Verwirrung zurück.

Er wußte genau, wodurch dieses Gefühl hervorgerufen wurde – nämlich durch einen hypnotischen Block. Diesen Block hatte man ihm verpaßt, um zu verhindern, daß er sich an den genauen Grund für seine Anwesenheit auf dem Planeten Kolokov erinnerte, sich daran erinnerte, wer seine Auftraggeber waren und was er getan hatte. So ganz war er damit nicht einverstanden – wen läßt es völlig kalt, wenn man ihm einen Teil seines Lebens für immer raubt? Niemals erfahren zu können, was er während eines Zeitraumes von etwa einer Woche gesagt oder getan hatte, war eine furchteinflößende Vorstellung.

Doch seine Abneigung saß nicht tief. Er hatte die Notwendigkeit des Hypnoseblocks als eine der Arbeitsbedingungen akzeptiert, unter denen er den vorliegenden Job vor kurzem erst übernommen hatte. Und überdies ließ ihm sein Auftraggeber – wer immer das sein mochte – für seine Einwilligung einen fetten Bonus zukommen. Der Gedanke an diese zusätzlichen zehntausend Credits, die fein säuberlich versteckt auf einem Bankkonto seiner harrten, war überaus tröstlich.

Dennoch konnte er nicht verhindern, daß seine Gedanken immer wieder zu jenem leeren Bewußtseinsfleck zurückschweiften wie eine Zunge, die ständig eine neue Zahnlücke abtastet.

Er zwang seine Gedanken zu der vor ihm liegenden Aufgabe zurück. Seine Anwesenheit auf Kolokov hatte in ihm die Versuchung geweckt, hier noch einen zusätzlichen Gewinn einzustreichen. Das Schmuckstück auf dem Arbeitstisch vor ihm stellte eine beachtliche Investition dar, die sich hübsch bezahlt machen würde. Es war eine vor zwei Tagen gestohlene Brosche – Gold, mit mehreren kleinen Diamanten inmitten eines Dreiecks aus Riesensmaragden. Ein kostbares Stück, wenn auch in seiner gegenwärtigen Form völlig unbrauchbar, da es sich um ein leicht zu identifizierendes Einzelstück handelte. Aus diesem Grund hatte er dem Dieb nur zweitausend Credits dafür gegeben, weniger als die Hälfte des Wertes, den Steine und Gold darstellten.

Dank seiner Kunstfertigkeit würde das Stück jedoch bald mehr als das Fünffache des Kaufpreises wert sein. Mit Hilfe seines Ultraminiaturwerkzeuges konnte er die Kristallstrukturen der Steine derart verändern, daß man sie auch nicht unter radiometrischen Prüfgeräten als die gestohlenen Steine erkennen würde. Das Gold wollte er einschmelzen und total umformen, so kunstvoll, daß es ihm einen schönen Preis einbrächte, und so verändert, daß er das Stück sogar seiner früheren Besitzerin verkaufen konnte, ohne Gefahr zu laufen, daß sie es wiedererkannte.

Solche Arbeiten waren Winsteds Beruf. Er war ein wahrer Meister seines Faches.

Er hatte sich so eingehend in das Schmuckstück vertieft, daß er mehrere Sekunden brauchte, um zu bemerken, daß an die Tür seines gemieteten Arbeitsraumes geklopft wurde. Verstohlenheit war ihm längst zur zweiten Natur geworden. Also ließ er die Brosche in eine Geheimtasche seiner Weste gleiten und schlich behutsam an die Tür.

»Wer ist da?«

»Polizei, Gospodin Winsted. Öffnen Sie unverzüglich!«

Rawl Winsted durchlebte einen Augenblick blinder Panik. Allein in diesem einen Raum lagen genügend Beweise herum, um ihn für zwanzig Jahre hinter Gitter zu bringen. Er kämpfte verzweifelt gegen den Nebel an, der sich auf sein Bewußtsein zu senken drohte. Dabei fiel ihm noch rechtzeitig ein, daß er sich einen Hinterausgang als spezielle Fluchtmöglichkeit geschaffen hatte. Ohne ein weiteres Wort bewegte er sich auf die Geheimtür zu, die zu einer Leiter führte, die ihrerseits weiter hinauf aufs Dach führte. Dort stand sein Privatkopter bereit.

Heute kommt mein Gehirn aber langsam auf Touren, dachte er, während er durch die Dachbodenluke kroch und die Tür hinter sich zuzog. Sind wohl noch die Nachwirkungen des Hypnoseblocks. Hoffentlich geben sich diese Schwierigkeiten bald, sonst gerate ich noch ernsthaft in die Zwickmühle.

Er wußte, daß sich die Polizei allerhöchstens dreißig Sekunden

Zeit ließ, ehe sie die Tür aufbrach und seine Flucht entdeckte. Er hatte zwar nur die Stimme eines einzigen Mannes gehört, doch war es immerhin möglich, daß ein zweiter mit von der Partie war. Daß es mehr als zwei waren, bezweifelte Winsted – er war realistisch genug, um sich darüber im klaren zu sein, daß sein Rang innerhalb der Verbrecherhierarchie höchstens die Entsendung von zwei Beamten erforderlich machte. Die Chancen standen daher sehr gut, daß sein Helikopter noch unbewacht war und er flüchten konnte, ehe man ihn faßte. Trotzdem – höchste Eile tat not.

Das Dach schien leer, als er aus der Luke kroch und über die freie Fläche auf die Maschine zulief. Er schaffte es tatsächlich und klemmte sich eben auf den Pilotensitz, als zwei Männer aus dem Aufzugschacht stürzten. Beide hatten sie die Stunner gezückt. Als sie ihn entdeckten, ließ sich einer auf die Knie fallen und feuerte, während der andere zum Helikopter lief. Die Schüsse prallten wirkungslos von der Sichtscheibe des Helikopters ab, während die Maschine sich in die Luft erhob. Der zweite Beamte hatte seinen Stunner fallen gelassen und statt dessen nach dem Strahler gegriffen. Vermutlich eine Waffe mit nur geringer Reichweite, aber doch nicht gänzlich harmlos.

Winsted ging von vertikaler auf horizontale Beschleunigung über, fegte seitlich vom Dach und konnte so dem Feuer des Polizisten ausweichen, der erwartet hatte, er würde nach oben fliegen. Während dieses Manövers konnte Winsted nur knapp einem Zusammenstoß mit einem anderen Helikopter ausweichen, der auf dem benachbarten Dach aufsetzte. Indem er seine Maschine herumriß, versuchte er am Stadthimmel unterzutauchen in der Hoffnung, sich im dichten, stadteinwärts flutenden Luftverkehr zu verlieren.

Unterwegs hielt er wachsam nach allen Richtungen Ausschau. Zunächst sah es aus, als wäre seine Flucht geglückt. Auf dem Radarschirm waren keine anderen Fluggeräte in seiner Höhe auszumachen, die ihm folgten. Doch die Beamten hatten sicher seine Nummer über Funk weitergegeben, denn praktisch aus dem Nichts tauchten plötzlich fünf Helikopter auf und begannen ihn zu umkreisen – einer unter ihm, einer über ihm und drei in Dreiecksformation auf seiner Höhe.

Seine Funkanlage erwachte zum Leben. »Winsted, sofort landen, oder es wird für Sie böse Folgen haben! Wir nehmen Sie notfalls unter Beschuß.«

Menschenskind, rascher überlegen, mahnte Winsted sich. Er fühlte sich infolge des hypnotischen Blocks noch immer benommen, und seine Gedanken blockierten einander in einem hoffnungslosen Durcheinander. Aus dieser Verfolgerformation gab es keinen Ausweg – dazu kam, daß die Burschen Schießbefehl hatten. Und daß er den Absturz überlebte, nachdem ihre Strahlen seine Maschine zerfetzt hatten, war sehr unwahrscheinlich. Es blieb ihm also nichts übrig, als klein beizugeben und auf einen günstigen Ausgang vor Gericht zu hoffen.

»Verstanden«, antwortete er matt, während er sein Gefährt langsam abwärts zu einem nahe gelegenen Dach steuerte. Der unter ihm Fliegende wich respektvoll aus, und die anderen folgten ihm in vorsichtigem Abstand.

Na ja, es könnte schlechter aussehen, dachte Winsted. Ich habe schließlich einen Haufen Geld auf der Bank und kann mir einen scharfen Anwalt leisten. Vielleicht schaffe ich es irgendwie.

Winsteds Fall sollte niemals vor Gericht kommen ... und was als polizeiliche Routinefestnahme begann, sollte sehr bald dem Service of the Empire gemeldet werden. Die Erschütterungen sollten vom Planeten Kolokov bis hin zur Erde spürbar werden und die gesicherte Thronfolge des Imperiums bedrohen.

1. KAPITEL
Die Reise der Prinzessin

Kronprinzessin Edna Stanley, Thronerbin des Erdimperiums, hatte nur wenig Zeit für Langeweile. Ihr Terminkalender strotzte von offiziellen Verpflichtungen, und ihre persönlichen Gefühle mußten meist zurückstehen. Immer wieder gab es Brückeneinweihungen, Raumschifftaufen, endlose feierliche Banketts zu Ehren dieser oder jener hervorragenden Persönlichkeit, Schulabschlußfeiern, zu denen sie als Festrednerin geladen war, Wohltätigkeitsveranstaltungen, denen die Anwesenheit eines Mitglieds der kaiserlichen Familie mehr Spenden einbringen sollte. Es gab Ausstellungen, Theaterabende und Sportereignisse, deren Schirmherrin sie war und denen sie daher nicht ausweichen konnte. Überdies bestand ihr Vater immer häufiger darauf, daß sie an den Sitzungen des Kaiserlichen Rates teilnahm und sich zu Wort meldete. Zwei Jahre noch, und dann sollte sie nach seinem Rücktritt den Thron besteigen. Er wollte sichergehen, daß sie befähigt war, das Imperium klug und weise zu regieren. Immer häufiger bat er sie, an seiner Stelle Entscheidungen zu treffen. Sie sollte sich allmählich an die mit der Macht verknüpfte Verantwortung gewöhnen.

All das und vieles andere mehr beanspruchte die junge Frau so stark, daß ihr für ein Privatleben wenig Zeit blieb. Leider hatte sie keine Geschwister, mit denen sie die Bürde hätte teilen können. Ihre Eltern hatten sich in ziemlich vorgerückten Jahren zu einem Einzelkind entschlossen. In der Geschichte der Stanley-Dynastie wimmelte es nämlich von Revolten und Verschwörungen aufsässiger Familienmitglieder. Sechs Herrscher aus dieser Familie waren von Angehörigen ermordet worden. Der Kaiser und seine Gemahlin hatten es ihrem Kind ersparen wollen, sich mit ehrgeizigen, ränkeschmiedenden Geschwistern herumschlagen zu müssen.

Edna Stanley stieß einen Seufzer aus. Vielleicht war es wirklich ein Segen, daß sie als Einzelkind aufgewachsen war und sich die Krone nicht erkämpfen mußte. Aber dieser Segen hatte seine Schattenseiten und bewirkte, daß ihr für sich selbst kaum Zeit blieb.

Eine ganze Woche lang war sie schon gedrückter Stimmung, ehe ihre Mutter die Veränderung in ihrem Wesen bemerkte und sie zu einem vertraulichen Gespräch beiseite nahm.

»Was ist denn, mein Liebes?« fragte Kaiserin Irene.

»Ach nichts, wirklich.«

»Versuch bloß nicht, mich hinters Licht zu führen! Ich kenne dich zu gut. Und jetzt möchte ich endlich wissen, was dich bedrückt!«

Edna wich dem Blick ihrer Mutter aus und starrte beharrlich auf ihre Fußspitzen. »Alles kommt mir so sinnlos vor«, sagte sie schließlich.

»Was denn?«

»Ach, alles. Die vielen Reden, das ewige Händeschütteln, die schmerzenden Füße, die langweiligen Banketts, die ...« Sie hielt inne.

»Nur weiter. Ich dachte, jetzt käme das Wichtigste.«

»Die Vorstellungstour.« Ednas Ton wurde von leisem Sarkasmus gefärbt.

Endlich ging der Kaiserin ein Licht auf. »Jetzt verstehe ich. Und die Tatsache, daß du Ende der Woche wieder einmal eine Rundreise antrittst, trägt nicht wenig zu deiner Niedergeschlagenheit bei, habe ich recht?«

»Das alles wäre nicht mal so schlimm, wenn man dabei interessante Menschen träfe. Aber es werden einem immer die ärgsten Langweiler vorgestellt. Die Männer gehören jeweils zwei Kategorien an – Sportler mit blitzendem Lächeln oder schieläugige Bücherwürmer. Ich bin jetzt vierundzwanzig. Warum will niemand begreifen, daß ich endlich ganz normale Männer kennenlernen möchte?«

Irene nahm ihre Tochter beim Arm und führte sie zu einer Bank. Sie setzten sich, und es begann ein ernsthaftes Gespräch zwischen Mutter und Tochter. »Jeder einzelne Großherzog ist für die Männer verantwortlich, die du während deiner Rundreise durch seinen Sektor kennenlernst. Alle wissen, wie wichtig es ist, daß du den Richtigen findest. Deswegen gehen sie bei der Auswahl vielleicht nach zu konservativen Gesichtspunkten vor. Schließlich will man dir keinen völlig Unpassenden präsentieren.«

»Das wäre wenigstens eine willkommene Abwechslung«,

grollte Edna. »Ich wünschte, die Auswahl wäre nicht so sorgfältig. Ich bin schließlich alt genug, um mir eine eigene Meinung zu bilden.«

»So arg können diese Reisen nun wirklich nicht sein«, meinte die Kaiserin. »Schließlich habe ich deinen Vater auf diese Weise kennengelernt. Es war ein einmaliges Erlebnis.« Die Erinnerung zauberte ein Lächeln auf ihre Züge.

»Für dich sicherlich«, antwortete die Tochter. »Du warst eine Bürgerliche, auserwählt, dem Kronprinzen vorgestellt zu werden, auserwählt aus – ich weiß nicht wieviel – Tausenden. Für dich eine große Ehre. Ich bin heilfroh, daß du an der Konkurrenz teilnahmst.« Sie lächelte ihrer Mutter zu. »Ganz im Ernst. Ich könnte mir gar keine besseren Eltern wünschen. Aber du warst sicher auch in Vaters Augen etwas Besonderes, weil er ausgerechnet dich aus dieser Riesenschar erwählte. Aber ansonsten war es für ihn sicher keine Sensation, eine Schar bürgerlicher Mädchen kennenzulernen.«

»Diese Begegnungen sind unumgänglich. Dein Vater würde es sehr gern sehen, wenn du vor der Thronbesteigung heiratest.«

Edna nickte. Die von Kaiserin Stanley III. festgelegte Stanley-Doktrin schrieb vor, daß Mitglieder der kaiserlichen Familie bürgerlich heiraten mußten. Damit sollte die Zufuhr guten, frischen Blutes gesichert und Verwandtschaftsehen innerhalb des Adels vermieden werden. Und die einzige Gelegenheit, Bürgerliche näher kennenzulernen, bot sich bei diesen Vorstellungsreisen.

»Ich weiß«, sagte Edna nach einer Weile. »Das gehört zu meinen Pflichten als Herrscherin. Keine Angst, ich werde mich nicht davor drücken. Ich wünschte nur, diese Bewerber wären nicht so ausgesucht langweilig.«

»Ach, so schlimm wird es schon nicht. Wenn ich nicht irre, führt dich die nächste Reise auf Cambria. Auf diesem Planeten hat es dir doch immer gefallen, seitdem du als kleines Mädchen dort zum erstenmal Ferien machen durftest. Sektor 29 hat interessante Menschen und Planeten aufzuweisen. Sicher wird die Angelegenheit nicht annähernd so öde, wie du befürchtest.«

»Wahrscheinlich hast du recht«, entgegnete Edna und versuchte tapfer ein überzeugendes Lächeln. »Diese faden Zeremonien und öden Banketts sind für mich so sehr Gewohnheit, daß ich von vornherein annehme, es müßte langweilig werden. Dabei liebe ich die Zwanglosigkeit. Ich brauche Entspannung und möchte in erster Linie ich selbst sein dürfen.«

Ihre Worte sollten optimistisch klingen, doch insgeheim fragte sie sich, wie sie wohl dem Tod aus Langeweile entkommen konnte.

Fast fünfzig Parsecs entfernt war die Reise der Kronprinzessin ebenso Gegenstand des Interesses für einen jungen Mann, der mit mehr als einem Dutzend anderer junger Männer in einem feudal ausgestatteten Amtsraum im Verwaltungszentrum des Herzogs seines Planeten wartete. Überall lagen Zeitschriften verstreut, doch die meisten jungen Leute waren zu nervös zum Lesen. Der Tag der Entscheidung war gekommen, und nur ein Bewerber war ausersehen, den Planeten bei der Konkurrenz zu vertreten.

Die Tür zum eigentlichen Büro wurde geöffnet, und Gospodin Rhee steckte sein kahles Haupt heraus. Er rief einen Namen, und der junge Mann in der Ecke sah auf. Sein Name war gefallen. Er war der Auserwählte. Nur mühsam bewahrte er äußerlich Ruhe, während er aufstand und zur Tür ging. Er spürte, daß die Blicke der Mitbewerber kalt auf ihm ruhten. Alle hatten nur einen Gedanken: Der Auserwählte ist um kein Jota besser als die anderen. Warum also er und nicht ich?

Er betrat gemeinsam mit dem Kahlen das Büro und tauschte mit ihm einen Händedruck, ehe er sich setzte. »Meinen Glückwunsch«, sagte Rhee. »Sie wurden unter mehr als fünfzehnhundert Bewerbern ausersehen, unsere Welt bei der bevorstehenden Vorstellungsreise zu vertreten.«

»Es ist mir eine Ehre«, sagte der junge Mann. »Mir fehlen die Worte. Ich kann mir kaum denken, daß ich der Würdigste bin.«

»Unsere Computer wissen es besser. Sie haben entschieden, daß Sie der geeignetste Junggeselle sind, den unser Planet der Prinzessin zu bieten hat. Sie sind im Hinblick auf Persönlichkeit, Intellekt und körperliche Tüchtigkeit den anderen bei weitem überlegen. Eigentlich sind wir es, die uns bedanken müßten, daß Sie uns vertreten.«

»Wie dem auch sei, es gibt noch eine Unzahl wichtiger Einzelheiten, die zu beachten wären. Uns bleibt sehr wenig Zeit zur

Erledigung. Da liegen stapelweise Papiere, die Sie unterzeichnen müssen – eine reine Formalität natürlich. Dazu kommt, daß wir Sie mit einer kompletten neuen Garderobe ausstatten, samt Gepäck und Reiseaccessoires. Außerdem müssen wir den Flug nach Ansegria in die Wege leiten. Junger Mann, Sie sind ein richtiger Glückspilz. Die schwierigste Aufgabe, nämlich den Wettbewerb mit den vielen anderen, haben Sie hinter sich. Das Ausfüllen der vielen damit verbundenen Formulare fällt jetzt mir und nicht Ihnen zu.« Er stieß einen Seufzer aus. »Jetzt aber an die Arbeit. Sie müssen mit den Unterschriften beginnen.« Und er schob dem jungen Mann einen dicken Ordner hin.

Eine halbe Stunde später verließ der junge Mann das Gebäude. Seine Rechte schmerzte von den vielen Unterschriften. Während er hinaustrat in die Spätnachmittagssonne, machte er Lockerungsübungen mit den Fingern.

Den hinter ihm auftauchenden Mann spürte er mehr, als daß er ihn richtig sah. Eine in Braun gehüllte Gestalt glitt aus den Schatten und stieß ihm einen Gegenstand zwischen die Rippen. Das Ding war einem Pistolenlauf verdächtig ähnlich. »Tun Sie, was ich sage«, sagte eine harte Stimme, »und es wird Ihnen nichts geschehen.«

Der junge Mann war weit davon entfernt, ein Feigling zu sein, wollte aber auch nicht den Tod riskieren, ohne zu wissen, worum es eigentlich ging. »Wie Sie wollen.« Er streckte die Hände seitlich ein Stück weg, als Zeichen der Unterwerfung.

»Marsch, hinein in die Seitengasse.« Der Bewaffnete deutete nach rechts, wo ein schmaler Durchgang zwischen zwei Gebäuden verlief. Der junge Mann wandte sich in die angegebene Richtung, sein Entführer blieb dicht hinter ihm. Die ganze Zeit über spürte der junge Mann die Waffe an den Rippen.

Sie gingen in den schmalen Durchlaß hinein, bis die dunklen Hausschatten sie vollkommen umgaben und sie von der Straße aus nicht mehr zu sehen waren. »Was wollen Sie?« wagte der junge Mann schließlich eine Frage. Sein Entführer gab keine Antwort, und er fragte noch mal, diesmal lauter.

»Still!« kam von hinten eine gedämpfte Stimme. Und nach einer Pause: »Sie würden es ohnehin nicht verstehen!«

Der Entführer trat neben ihn, und der Revolverlauf verließ einen Moment dic Rippen. Jetzt war der Augenblick gekommen!

Es war vielleicht die einzige Chance. Der junge Mann zögerte nicht lange. Einer der Gründe, warum man ihn für die Konkurrenz auserwählt hatte, war die Tatsache, daß er sich in hervorragender körperlicher Verfassung befand, seine Reaktion kam blitzartig. Mit der Linken faßte er nach der Waffe, während er mit der anderen Hand dem Gegner die Kapuze vom Kopf zog.

Doch das Ergebnis war nicht wie beabsichtigt.

Er hatte die Waffenhand des anderen mit aller Kraft getroffen, glaubte er wenigstens. Damit hätte er ihn zumindest vom Ziel abbringen, wenn nicht die Waffe aus der Hand schlagen müssen. Statt dessen traf seine Hand auf die des anderen, und nichts geschah. Der Arm des Gegners veränderte seine Stellung nicht um ein Jota, seine Körperkraft schien ungebrochen. Das Fehlschlagen seines Angriffes war aber nur eine gelinde Überraschung verglichen mit dem Anblick, der sich dem jungen Mann bot, als er die Gesichtsbedeckung des anderen herunterriß.

Zu seinem Entsetzen blickte er in sein eigenes Gesicht. Seine eigenen Augen starrten ihn gleichmütig an, seine Lippen verzogen sich zu einem gleichgültigen Lächeln. Da war auch kein Versuch, die Klangfarbe zu verändern, als der andere mit der Stimme des jungen Mannes sagte: »Sind die Errungenschaften der Wissenschaft nicht ein wahres Wunder?«

Ehe der junge Mann auch nur einen Überraschungsschrei ausstoßen konnte, hatte sein Doppelgänger abgedrückt. Ein versengender Hitzepfeil schoß aus der Waffe und brannte ihm ein Loch durch den Unterleib. Ohne auf die unausgesprochene Frage ›Warum?‹ eine Antwort zu erhalten, sank er zusammen.

Der Doppelgänger beugte sich mit einem schwachen Grinsen über ihn und schüttelte den Kopf. Mit einer einzigen lässigen Gebärde schulterte er den Körper, als wäre es ein Sack Lumpen. Er ging die schmale Gasse entlang zu seinem geparkten Wagen. Damit war seine Aufgabe hier beendet.

In dem riesigen, als Burg Rimskor bekannten Metallmonolithen, waren zwei Männer ebenfalls in das Thema der bevorstehenden Reise der Kronprinzessin vertieft.

Herzog Fjodor Paskoi von Kolokov war ein menschliches Skelett, dem man normalerweise die Fähigkeit zu leben abgesprochen hätte. Er brachte kaum 35 Kilo auf die Waage, maß dabei jedoch fast zwei Meter. Seine Haut spannte sich so straff über das Knochengerüst, daß Sehnen und Bänder wie dicke Seile hervortraten. Nennenswerte Muskeln hatte er nicht. Die Venen verliefen wie übergroße blaue Striemen direkt unter der Haut. Er erinnerte aus der Entfernung an ein von einem Kind gekritzeltes Strichmännchen. Das schüttere Haar beschränkte sich auf ein paar weiße, seitlich an seinem Schädel sprießende Büschel. Die Augen waren riesige weiße Kugeln mit kleiner grüner Iris und schwarzen Nadelstichpupillen. In diesen Augen schimmerte ein unheimlicher Fanatismus.

Trotz seiner furchterregenden äußeren Erscheinung war Herzog Fjodor höchst lebendig. In seiner Kindheit hatte er an einer für gewöhnlich tödlich verlaufenden Krankheit gelitten und hatte überlebt. Sein Vater, der damalige Herzog, hatte mit Einsatz großer finanzieller Mittel sein Überleben erkämpft und damit vor allem das Überleben des Namens. Prothesenartige Bestandteile jeglicher Art, die der Medizin des fünfundzwanzigsten Jahrhunderts zur Verfügung standen, garantierten das Funktionieren des Körpers.

Weil sein Körper zu leicht war, um der normalen Schwerkraft seines Planeten Widerstand entgegenzusetzen, stützte ihn ein mechanisches Außenkorsett. Mini-Motoren steuerten jede Bewegung seiner Gliedmaßen. Ein Schrittmacher regulierte den Schlag seines geschwächten Herzens. Maschinen steuerten die Aktivitäten aller seiner inneren Organe. Sogar die Zähne waren künstlich, die echten waren längst ausgefallen.

Als Lebensform war er mitleiderregend, als Überlebensform ein Triumph.

Die schwachen weißen Augen – von winzigen, fast unsichtbaren Linsen verstärkt – überflogen die Nachricht, die man ihm eben überbracht hatte. Die Neuigkeit brachte ihn zum Lachen. Es war ein unheimliches Geräusch, einem Todesröcheln nicht unähnlich. »Geschafft!« stieß er hervor. »Der Austausch ist geglückt.« Seine Stimme klang flach und summend, da sie elektronisch moduliert wurde. Sie drang aus Zwillingslautsprechern zu beiden Seiten des Kopfes und verlieh sogar seinen banalsten Äußerungen noch einen Hauch von Autorität.

Dr. Immanuel Rustin, der Mann in seiner Gesellschaft,

lächelte. »Haben Euer Gnaden jemals an meinen Fähigkeiten gezweifelt?«

»Niemals. Ich wußte ja, daß ein Mann, der den mich am Leben erhaltenden Höllenkäfig erfand, alles erfinden kann. Aber bei unserem jetzigen Wagnis spielen andere Faktoren als Ihre Fähigkeiten mit. Es geht bei diesem Spiel um sehr hohe Einsätze, mein Freund. Wir müssen jede einzelne Phase äußerst kritisch betrachten. Ein Entdecktwerden in diesem Stadium wäre eine Katastrophe.«

»Wir bleiben unentdeckt.« Dr. Rustin, ein kleinwüchsiger Mann mit tiefliegenden, eindringlichen Augen und einer Geiernase, vollführte eine nachdrückliche Armbewegung. »Unsere kleine Schöpfung ist perfekt ausgefallen, Fingerabdrücke, Stimmprobe und Netzhautmuster inklusive. Nur eine Röntgenaufnahme könnte seine wahre Natur enthüllen. Seien Sie aber unbesorgt! Man wird den Burschen bis auf weiteres nicht mehr ärztlich untersuchen. Und wenn es jemals dazu kommen sollte, wird er bereits eine Position innehaben, in der er die Ergebnisse fälschen kann.«

»Ich weiß, ich weiß, das alles haben wir unzählige Male durchgesprochen. Aber meine ganze bisherige Existenz war ein einziger Überlebenskampf. Niemals konnte ich es mir leisten, etwas als gesichert anzusehen. Ich kann es auch jetzt nicht.«

Der Herzog blieb stehen und sah auf Rustin hinunter. Seine Augen schienen sich in den Geist des Wissenschaftlers brennen zu wollen. »Ein Gedanke, den ich nie auszusprechen wagte, läßt mir keine Ruhe: Was ist, wenn *Er* sich in der Programmierung irrte?«

Rustin wußte sofort, wer mit diesem ›*Er*‹ gemeint war. Nur von einer einzigen Person wurde in derart ehrfürchtigen Tönen gesprochen – von ihrem geheimnisumwitterten Auftraggeber, den sie nur als ›C‹ kannten. »Hat er sich denn schon jemals geirrt?«

Der Herzog hob eine Hand und befingerte den kleinen Anhänger mit dem integrierten Kreis, den er an einer Goldkette um den Hals trug.

»Nein«, sagte er. »Es ist ungeheuerlich, aber er irrte sich nie ... noch nie. Ich kenne den Ursprung seiner Informationen nicht, aber manchmal habe ich den Eindruck, er wüßte über sämtliche Vorgänge im Imperium Bescheid.«

»Deshalb könnt Ihr auf ihn vertrauen«, beruhigte Rustin den

Herzog. »Er sagt, daß physischer Leib plus Persönlichkeit, die wir diesem Androiden einprogrammiert haben, genau das sind, was die Liebe der Prinzessin Edna erweckt. Sie wird ihn heiraten und in zwei Jahren das Imperium regieren – und unser Roboter wird ihr Prinzgemahl sein.« Er lächelte. »Wie ich Euch schon oft sagte: Wir legen für die Prinzessin eine Zeitbombe aus – und damit natürlich für die ganze kaiserliche Familie.«

»Aber zu welchem Endzweck? Das macht mir nachts manchmal Kopfzerbrechen, ehe mich deine Beruhigungsmittel einschläfern. Wir waren jahrelang tätig, um alles so perfekt hinzukriegen, und das alles auf seine Anordnung hin. Und doch haben wir jetzt nicht mehr Ahnung von dem endgültigen Ziel, wie zu Beginn. Warum will er das Imperium regieren?«

»Warum will überhaupt jemand regieren?« antwortete Rustin mit einem Achselzucken. »Ich kann nur sagen, daß ich persönlich diese Verantwortung keinesfalls tragen möchte. Aber ehrlich gesagt, mir ist das gleichgültig. Wir wurden bis jetzt reichlich entlohnt. Man hat uns für die Zukunft noch reichere Belohnung versprochen, und ich zweifle nicht an diesen Versprechungen. Wenn Euch die Neugier so plagt, dann fragt *ihn* doch. Übrigens ist es schon Zeit.«

»Ja ja, deswegen meine Nervosität. Unsere Aufgabe wäre technisch erledigt. Möchte wissen, was als nächstes kommt.«

An der gegenüberliegenden Wand erwachte ein Ableseschirm zum Leben. Die Sprechanlage stand mit einem Computerterminal in Verbindung. Auf diese Weise erhielten sie ihre Anordnungen. Ihren rätselhaften Auftraggeber selbst hatten sie noch nie zu Gesicht bekommen oder mit ihm gesprochen. Sie hatten keine Ahnung, wer *er* oder *sie* sein mochte. Das mechanische Außenskelett, das Herzog Fjodors gebrechlichen Leib stützte, bewegte sich hastig vorwärts, um den auf dem Schirm aufscheinenden Text lesen zu können:

»Berichterstattung.«

Herzog Fjodor kam der Aufforderung knapp und präzise nach. Seine mechanisch gelenkten Finger bewegten sich beim Tippen langsam und ein wenig unsicher über die Tasten. Das Außenskelett war trotz aller Perfektion nicht so flexibel, wie er es sich gewünscht hätte. Nachdem er seinen Bericht beendet hatte, tippte er den Schlußcode und wartete auf die Antwort von ›C‹.

Sie kam innerhalb einer Minute. Fjodor beugte sich vor und verschlang jedes Wort, sobald es auf dem Schirm aufblitzte. Als die Übermittlung beendet war, blieb er schweigend stehen und starrte den Apparat an.

»Na«, sagte Rustin. »Spannt mich nicht so auf die Folter. Was sagt er?«

Herzog Fjodor lachte sein unangenehm klingendes Lachen. »Meine Sorgen waren unnötig«, sagte er. Er riß den Computerstreifen ab und reichte ihn dem Gelehrten. Dann verließ er den Raum.

Dr. Rustin nahm den Streifen und studierte den Text. Die Nachricht lautete schlicht und einfach:

»Meine Gratulation. Auftrag gut erledigt. Kein weiterer Kontakt bis zur erfolgreichen Ausführung des Planes. C.«

Wie gewohnt, verbrannte Rustin die Nachricht.

2. KAPITEL
Die Zeitbombe

Jeder der sechsunddreißig Sektoren, in die man den von Menschen bewohnten Raum teilte, wurde von der Erde aus verwaltet, vom Sitz der kaiserlichen Regierung aus. Da die meisten Sektoren mehrere Dutzend bewohnter Planeten enthielten, ergaben sich immense administrative Probleme. Eine ausgefeilte Bürokratie war erforderlich, um die unzähligen Probleme der Bevölkerung zu meistern. Jeder Sektor hatte auf der Erde eine eigene Staatshalle, die von vielen Tausenden Regierungsbeamten bevölkert wurde.

Die Staatshalle für Sektor Vier war größer als die meisten anderen. Augenscheinlicher Grund dafür war die Tatsache, daß Sektor Vier eine besonders große Anzahl an Planeten sein eigen nannte – über hundert. Das in Miami, Florida, Nordamerika gelegene Gebäude ragte dreiundneunzig Stock hoch auf und degradierte sämtliche Bauten in der Nähe zu Zwergen. Ein großer Prozentsatz der hier tätigen Menschen arbeitete tatsächlich in der Verwaltung, doch gab es noch einen zweiten, viel bedeutsameren Grund für die hohe Belegschaftszahl hier und in den kleineren, die Staatshalle umgebenden Gebäuden, die nach außen hin unauffällige Geschäftsstellen beherbergten. Das alles war eigentlich das höchster Geheimhaltung unterworfene Hauptquartier des Service of the Empire, kurz SOTE genannt.

Sogar während der Nacht war der Bau hell erleuchtet, denn das Service ruhte niemals. Da es in letzter Instanz für die innere Sicherheit des ganzen Reiches Verantwortung trug, konnte man sich hier Schlaf nicht leisten. Rund um die Uhr sah man beleuchtete Fenster – besonders in einem eleganten Büro des 31. Stockes.

Ein kleines Jet-Fahrzeug hielt auf das Dach besagten Gebäudes zu. Die Alarmeinrichtungen des Gebäudes sorgten dafür, daß jedes sich nähernde Flugzeug ins Visier genommen wurde, doch in diesem Fall wurden keine Abwehrmaßnahmen ergriffen. Dem Flugzeug wurde die Landung gestattet. Insassen waren zwei Personen, die aus Sicherheitsgründen das Gebäude niemals durch den Haupteingang betreten durften.

Der kleine Jet – eigentlich ein einundvierziger Spezialmodell des Service – war so umgebaut, daß er aussah wie ein Bodenauto Modell Frascati, Sportversion. Er landete gekonnt auf dem Flachdach. Zwei Personen, ein Mann und eine Frau, stiegen aus. Ohne sich weiter umzusehen – sie wußten, daß sie an einem der sichersten Orte des Reiches waren –, gingen sie direkt an die Tür eines Schachtes und traten ein. Unter ihren Füßen verfestigte sich die Luft und ließ sie sanft dreiundsechzig Stock tiefer gleiten, wo sich vor ihnen die Türen öffneten und sie hinaustraten.

Auf den ersten Blick sah man weder Jules noch Yvette d'Alembert an, daß sie die zwei Top-Agenten des gesamten SOTE-Netzes waren. Keiner der beiden paßte zu dem großen, schlanken Menschentyp, den sich die Öffentlichkeit bei dem Wort ›Geheimagent‹ vorstellte. Die Geschwister waren klein und eher untersetzt, sie waren Zugpferde und keine Vollblüter. Aber der erste Blick täuschte.

Gewiß, beide waren kleiner und massiver als normale Erdenmenschen. Das kam daher, daß sie ganz spezieller Herkunft waren. Die Familie d'Alembert stammte vom Planeten DesPlaines, auf dem die Schwerkraft etwa das Dreifache der Erdenschwerkraft betrug. Um unter so harten Bedingungen überleben zu können, mußte ein Mensch massiv und bodennah gebaut sein.

Schon ein leichtes Stolpern konnte in einem so starken Schwerefeld böse Folgen nachziehen. Große Menschen hätten auf DesPlaines ein kurzes Leben.

Stärke und Schnelligkeit der Reflexe teilten sie mit den meisten Bewohnern ihres Planeten. Doch Jules und Yvette verfügten darüber hinaus noch über ganz spezielle Fähigkeiten. Bis vor etwa einem Jahr waren sie die Stars unter den Luftakrobaten des Galaktischen Zirkus gewesen, geübte Athleten, mit einer körperlichen Beweglichkeit ausgestattet, die durch lebenslanges hartes Training zu absoluter Perfektion gebracht worden war.

Der Zirkus der Galaxis war praktisch gleichbedeutend mit der Familie d'Alembert. Diese Sippe hatte vor einigen Jahrhunderten das Unternehmen begründet und es seither als Familienunternehmen weitergeführt. An die tausend d'Alemberts bildeten die derzeitige Truppe. An der Spitze stand Etienne d'Alembert, zufällig auch Herzog des gesamten Planeten DesPlaines. Das Zirkusleben kam jedoch seinen Neigungen weit eher entgegen als die Regierungsgeschäfte, so daß er das Regieren lieber den kundigen Händen seines begabten ältesten Sohnes Robert überließ.

Die Leitung des Zirkusunternehmens war eine Aufgabe, die seine gesamte Zeit in Anspruch nahm, und das aus mehr als einem Grund: Der Zirkus war nicht nur die größte Attraktion des gesamten Imperiums, er war daneben die mächtigste und vielseitigste Waffe im ansehnlichen Arsenal der SOTE. Man bedenke: Das Unternehmen konnte sich in der gesamten Galaxis frei bewegen, ohne Verdacht zu erregen, und das tat es auch. Die meisten Planeten waren überglücklich, wenn der Zirkus auf ihnen Station machte. Die Zirkustruppe war in ihrer Gesamtheit beweglich und auf vielen Gebieten außergewöhnlich begabt – und überdies dem Imperium treu ergeben. Seit seinen Anfängen hatte der Zirkus als inoffizielle rechte Hand des Geheimdienstes der SOTE fungiert.

Und von den vielen hundert d'Alemberts, die im Zirkus arbeiteten, übertraf kein einziger die zwei, die eben dem Schacht entstiegen waren. Yvette und Jules d'Alembert, Zweit- und Drittgeborene des Herzogs Etienne, waren die perfekten Geheimagenten des Service.

»Hallo«, sagte Jules beim Betreten des eleganten Büros. »Wie schön, Sie wiederzusehen!«

»Und wie beruhigend, daß es für uns wieder Arbeit gibt«, fügte Yvette mit einem Lächeln hinzu. »Ich hasse dieses untätige Herumsitzen.«

Das Büro, das sie eben betreten hatten, war unübersehbar das einer höchst wichtigen Persönlichkeit. Ein weicher brauner Teppich bedeckte den Boden, die Wände waren mit schön gemasertem Solentaholz getäfelt, die Deckenbalken waren aus demselben Edelholz. Der große Schreibtisch war wie immer unter Bergen von Papierkram begraben. Dahinter prunkte, in die Wand eingelassen und den ganzen Raum beherrschend, das goldgekrönte Wappen des Imperiums. Der riesige doppelköpfige Adler warf seinen alles wahrnehmenden Blick auf alles und jeden im Raum. Das riesige Panoramafenster, das Miami und die Atlantikküste überblickte, war zugezogen. Das Risiko war zu groß, daß mit Hilfe von Supertele-Bildern, die man aus einem Kilometer Entfernung aufnehmen konnte, die Identität der d'Alemberts aufgedeckt wurde.

Der Mann hinter dem Schreibtisch erhob sich zur Begrüßung. Er war konservativ gekleidet – graue Übertunika und Hose. Die Tunika war mit einem altmodischen hohen Kragen versehen und am Hals mit einer Platinschmucknadel geschlossen. Der Kopf des Mannes war fast völlig kahl, das Gesicht von Falten durchzogen, die von viel Verantwortung und Mühsal kündeten und ihn älter erscheinen ließen, als es seinen siebenundvierzig Jahren entsprochen hätte. Die Augen jedoch strahlten vor Leben und zeugten von einer Verstandeskraft, die erkennen ließ, daß es sich um einen außergewöhnlichen Menschen handelte.

Und außergewöhnlich war er in der Tat. Es war Großherzog Zander von Wilmenhorst, Herrscher über den riesigen Sektor Vier, ein halber Stanley, fünfter in der Thronfolge, einer der mächtigsten Männer der Galaxis. Dazu kam, und das wußten nur die wenigsten, daß er das Haupt der SOTE war und somit der für den Frieden und die innere Sicherheit des Imperiums Verantwortliche. Als solcher war er vertrauter und vertrauenswürdiger Ratgeber Seiner Kaiserlichen Majestät Stanleys X.

Sein Benehmen verriet keine Spur von Arroganz und Förmlichkeit, als er sich erhob, um seine zwei Top-Agenten zu begrüßen. »Wie geht es euch?« fragte er mit Wärme und aufrichtigem Interesse. Er bediente sich dabei wie sie des Empirese, jenem russisch-englischen Gemisch, das die offizielle Sprache des Reiches darstellte.

»Wir halten uns in Form«, erwiderte Yvette. »Seit dem letzten Auftrag verbrachten wir einen schönen Urlaub auf dem guten alten DesPlaines, aber das Ausspannen dauert schon zu lange – wenn Sie uns keine Arbeit verschaffen, verfallen wir in Müßiggang.«

»Nicht mal im Zirkus hat man Platz für uns«, sagte Jules nachdenklich. Damals, als er und seine Schwester ihre nunmehrigen Rollen übernahmen, wurde ihre Funktion innerhalb des Zirkus von ihren jüngeren Cousins, die ebenso Jules und Yvette hießen, übernommen, damit die Außenwelt nicht merkte, daß sie dem Zirkus den Rücken gekehrt hatten.

Der Chef lächelte, als er hinter seinem Schreibtisch hervorkam und Yvette liebevoll auf die Wange küßte. Mit Jules wechselte er einen kräftigen Händedruck. »Ich bin immer wieder überrascht, wie eilig ihr beide es habt, euer Leben aufs Spiel zu setzen. Hätte ich fünfzig Agenten von eurem Format, könnte ich mich beruhigt zur Ruhe setzen. Kommt und setzt euch. Ich verschaffe euch etwas Trinkbares.«

Yvette sah sich daraufhin überrascht um. »Und wo steckt Helena? Diese Details sind ansonsten ihr Ressort.«

Die Person, von der jetzt die Rede war, war Helena von Wilmenhorst, die Tochter des Herzogs, die bei ihrem Vater Mädchen für alles spielte. Helena war es, die normalerweise die Routineangelegenheiten im Büro ihres Vaters erledigte.

»Sie war so überarbeitet, daß ich ihr einen Monat Urlaub geben mußte«, sagte der Chef. »Ein Luxus, den ich mir selbst nicht leisten könnte. Aber sie ist noch jung und soll mal was anderes als Arbeit sehen. Sie soll das Leben genießen.« Er ging an die Bar und füllte zwei Gläser mit Eis.

»Helenas Herzenswunsch wäre ein Auftrag im Außendienst«, meinte Yvette darauf. »Sie sehnt sich danach, hier rauszukommen und sich zu bewähren.« Yvette sah zu, wie der Chef für sie beide je ein hohes Glas Orangensaft einschenkte. Der Kreislauf von DesPlainianern vertrug Alkohol nicht gut, und als Gesundheitsfanatiker waren die zwei Agenten sehr darauf bedacht, ihren Körper nicht mit Aufputschmitteln vollzupumpen.

»Kommt gar nicht in Frage«, antwortete der Chef und reichte ihnen die Gläser. »Agenten habe ich genügend. Aber ich brauche dringend jemanden Verläßlichen im Büro. Ihr habt keine Ahnung, wieviel Arbeit es kostet, den Service so zu leiten, daß er bei seiner Größe effektiv arbeitet. Außerdem«, er schlug einen Verschwörerton an, »bilde ich Helena eigentlich zu meiner Nachfolgerin aus. Sie hat zwar noch viel Zeit, aber sie muß noch viel lernen.«

»Das hatten wir uns gedacht«, sagte Jules lächelnd. »Wenn es erst soweit ist, wird sie die Stelle gut ausfüllen.«

»Sagt ihr bloß kein Wort davon«, bat der Chef. »Wenn sie wüßte, was ich mit ihr vorhabe, verliert sie womöglich ihre Unbefangenheit.«

»Wir verstehen«, sagte Yvette mit einem Augenzwinkern. »Und wir halten dicht. Wozu sind Geheimagenten sonst gut?«

»Ach ja.« Der Chef ging an seinen Schreibtisch zurück und setzte sich. »Nun aber zur Sache. Ich habe einen neuen Auftrag für euch. Ansonsten hätte ich euch nicht hierhergebeten. Auch so ein Luxus, den ich mir nicht leisten kann. Ich nehme an, ihr wißt, daß die Prinzessin nächste Woche wieder auf ihre Vorstellungstour geht.«

»Ja, das ist kein Geheimnis. Man kann überall darüber lesen. Diesmal wird sie Sektor 29 besuchen, glaube ich.«

»Richtig. Ich bin froh, daß ihr auf dem laufenden seid. Diesmal habe ich einen vielleicht leichten und angenehmen Auftrag für euch. Ihr sollt die Prinzessin begleiten und für ihre Sicherheit sorgen.«

Jules kniff die Augen zusammen. »Trotzdem gehe ich von der Annahme aus, daß Sie mehr als nur einen harmlosen gesellschaftlichen Anlaß dahinter vermuten?«

»Leider stimmt diese Annahme. Wir haben einen vagen Hinweis, dem wir nachgehen müssen. Kann sein, daß weiter nichts dahintersteckt, aber da das Leben der Thronfolgerin auf dem Spiel stehen könnte, können wir uns ein Risiko nicht leisten.«

»Wie ich hörte«, sagte Yvette überlegend, »wird sie den Planeten Ansegria besuchen und sich bei Baron Piers und Baronin Ximena von Cambria aufhalten. Die beiden kenne ich, reizende Menschen, übrigens. Haben Sie am Ende die beiden als mögliche Verschwörer im Verdacht?«

»Beginnen wir von vorne«, seufzte der Chef. »Vor einer Woche nahm die Polizei auf dem Planeten Kolokov einen Mann namens Rawl Winsted fest – unter dem Verdacht der Hehlerei. Bei Durchsicht der Akten entdeckte man, daß Winsted interstellar gesucht wird. Der Fall wurde routinemäßig an die SOTE weitergeleitet. Es sieht aus, als hätte dieser Winsted allerhand auf dem Kerbholz. Er ist Juwelier von Beruf. Für gewöhnlich ging er bei der Arbeit folgendermaßen vor: Er verändert die Form von Wertsachen – Schmuck, Uhren, was immer –, so daß man sie nicht wiedererkennt. Kriminelle versorgen ihn mit Beute, die sie nicht loswerden, weil sie zu leicht zu identifizieren ist. Er verändert die Sachen – gegen Honorar, versteht sich. Man nimmt an, daß er ein hochqualifizierter Fachmann bei der Arbeit mit Miniaturkomponenten war.« Er seufzte wieder. »Wir leben im Zeitalter der Spezialisten, soviel steht fest. Da unsere Methoden des Wiederaufspürens von gestohlenem Gut sich verfeinert haben, mußten auch die Gangster ihre Methoden verfeinern.

Na, jedenfalls begann ihn das dortige Service tüchtig auszuquetschen. Man wollte seinen früheren Kontakten und Mittelsmännern auf die Spur kommen. Winsted war zunächst sehr zugeknüpft, aber schließlich konnte man ihn doch ein wenig zum Reden bringen und stieß auf ein Geheimnis, das wesentlich bedeutsamer war als das, was man eigentlich gesucht hatte. Winsted sagte aus, er hätte einen hypnotischen Block verpaßt bekommen, damit er den Grund seiner Anwesenheit auf Kolokov vergäße.«

Beide d'Alemberts waren hellhörig geworden. Der Hypnoseblock war eine Art geistiger Konditionierung, die einen Menschen daran hinderte, sich an etwas Bestimmtes zu erinnern – es sei denn, man wandte dagegen eine streng verbotene Droge an. Der hypnotische Block war eine kostspielige und schwierige Sache, und seine Anwendung lohnte sich nur, wenn das zu Verbergende sehr gefährlicher Natur war.

Der Chef bemerkte ihr Interesse. »Ich sehe, daß eure Neugier geweckt ist. Ja, die zuständige Sicherheitschefin fragte sich ebenfalls, warum sich jemand Mühe und Unkosten aufhalste, um diese Information zu blockieren. Sicher nicht nur, um die Einzelheiten eines Juwelendiebstahls zu vernebeln. Und außerdem gab es in diesem Gebiet in letzter Zeit keine nennenswerten Diebstähle dieser Art.

Die Sicherheitschefin intensivierte also die Befragung. Sie wandte beim Verhör alles ihr zur Verfügung Stehende an – nur kein Nitrobarb, und sie schaffte es, den Block einen Spaltbreit zu öffnen – einen sehr wichtigen Spalt jedoch. Ein Satz, den Winsted gehört hatte, war in seinem Gedächtnis haften geblieben: ›Eine Zeitbombe für die Prinzessin‹.«

Jules und Yvette wurde es eiskalt. Ihre Ergebenheit der Krone gegenüber war so tief verwurzelt, daß allein die Andeutung eines Verrates sie aufbrachte. Dazu kam, daß sie mit der Prinzessin persönlich befreundet waren.

»Natürlich bekam das Bild damit ganz andere Dimensionen«, fuhr der Chef fort. »Hochverrat ist für uns Serviceleute immer Alarmstufe eins. Doch die Chefin von Kolokov reagierte zu heftig, muß ich leider eingestehen. Zunächst gab sie die Meldung direkt an mich weiter – an sich das einzig Richtige –, doch dann wurde sie ungeduldig. Noch bevor ich ihr Direktiven geben konnte – seit Helena auf Urlaub ist, breche ich unter der Arbeit fast zusammen –, gab sie Winsted auf eigene Verantwortung einen Schuß Nitrobarb.«

Yvette nickte. Sie kannte den Gebrauch dieses wirksamsten aller Wahrheitsseren. Unter seinem Einfluß konnte niemand lügen oder Tatsachen verdrehen, auch nicht Menschen, die unter Hypnoseblock standen. Leider zeitigte diese Droge eine üble Nebenerscheinung – bei ihrer Anwendung gab es eine Sterblichkeitsrate von fünfzig Prozent. Aus diesem Grund stand die Droge auf der Verbotsliste. Allein der Besitz des Serums galt als Kapitalverbrechen, und doch ließen sich viele Menschen zu beiden Seiten des Gesetzes von der Anwendung nicht abhalten.

Der Chef führte weiter aus: »Ein Jammer, daß sie keine Expertin auf diesem Gebiet war und Winsteds Allergie dagegen nicht erkannte. Er starb nach dreißig Minuten, sich vor Schmerzen krümmend, und sie konnte nichts mehr von ihm erfahren.«

Wieder nickte Yvette. Sie hatte Nitrobarb selbst etliche Male verabreicht und wußte genau, wie heimtückisch sich die Droge auswirken konnte. Wer damit nicht umgehen konnte, glich einem Mörder, der die geladene Waffe an den Schädel des Opfers hält.

»Ich will die lauteren Motive der Sicherheitschefin nicht in Frage stellen«, sagte der Chef ruhig, »aber ich war gezwungen, gegen sie Disziplinarmaßnahmen zu ergreifen. Ihr überstürztes Vorgehen brachte auch das Leben der Prinzessin in Gefahr. Hätte sie etwas abgewartet, dann hätten wir einen Fachmann hinschicken können, der die Droge geschickter gehandhabt hätte. Wir hätten mehr, wenn nicht gar die ganze Geschichte erfahren. Wie die Dinge nun liegen, haben wir durch eigene Schuld die einzige Spur verwischt und tappen im dunkeln. Jetzt wißt ihr ebensoviel wie der Service.«

»Eine Zeitbombe, hm«, äußerte Jules in Gedanken. »Das ist eine sehr allgemein gehaltene Drohung. Woher wollen Sie wissen, daß das Ding während der Reise explodieren soll?«

»Ich weiß es nicht«, gestand der Chef. »Ich kann mich bloß auf meine gute Nase verlassen und Vermutungen anstellen. Vielleicht haben wir es hier nur mit einer leeren Drohung zu tun. Winsted hörte vielleicht nur, wie die Drohung als Möglichkeit aufs Tapet gebracht wurde. Wir müssen aber davon ausgehen, daß die Bedrohung ernst gemeint ist. Wenn ja, wo könnte eine solche Bombe versteckt sein? Der kaiserliche Palast und die anderen Residenzen scheiden aus. Die sind so scharf bewacht, daß es an Unmöglichkeit grenzt, dort eine Bombe einschmuggeln zu wollen. Außerdem hieß es ausdrücklich: ›...gegen die Prinzessin.‹ Die einzige Sicherheit, sie und niemanden anderen zu treffen, bestünde darin, die Bombe in ihren Gemächern zu plazieren. Aber auch dazu sind unsere Sicherheitsvorkehrungen zu umfassend.

Aber in sieben Tagen tritt sie ihre Reise an, an einen Ort, wo die Sicherheit nicht in diesem Umfang gewährleistet ist. Wenn jemand eine Bombe hochgehen lassen möchte, wäre dies die beste Gelegenheit.«

»Ich nehme an, daß das Schloß des Barons in Cambria gründlich durchsucht wurde?«

»Von oben bis unten. Natürlich höchst diskret – wir wollten die Gastgeber nicht beunruhigen. Gefunden wurde nichts, was nur bedeutet, daß die Bombe noch nicht gelegt wurde. Wir brauchen eine ständige Überwachung, die garantiert, daß es gar nicht dazu kommt. Aus diesem Grunde möchte ich, daß ihr beide mitfahrt – eure Augen sind schärfer und eure Reflexe rascher als die aller anderen.«

»Warum sagt man die Reise nicht einfach ab?« fragte Yvette.

»Ja, das wäre wohl das einfachste. Aber nicht unbedingt das klügste. Denkt daran, daß wir unser Wissen nur einem Glücksfall verdanken. Wir kennen auch nur ein winziges Bruchstück der Pläne des Gegners. Hoffentlich weiß er noch nicht, daß wir es wissen. Winsted war wahrscheinlich nur ein kleines Rädchen im Getriebe. Sein Verschwinden wird nicht viel Aufsehen machen. Wenn wir aber die Reise absagen, wird unserem Gegner klar, daß wir Verdacht schöpften. Er wird seine Pläne ändern. Von seinem nächsten Plan erfahren wir vielleicht erst, wenn es schon zu spät ist. Nein, wir müssen eben mit unserem jetzigen Wissen auszukommen trachten.«

»Wie wär's, wenn man auf Kolokov Ermittlungen anstellt?« schlug Jules vor. »Vielleicht sollten wir uns darum kümmern, was Winsted dort trieb.«

»Daran dachte ich bereits«, sagte der Meisterstratege des Imperiums. »Der Zirkus befindet sich schon auf dem Weg dorthin. Ich baue darauf, daß euer Vater und die übrige Familie alles Wissenswerte herausbekommt. Ihr beide sollt in der Nähe der Prinzessin bleiben. Ihr seid meine Besten, und sie wird euren Verstand und eure Schnelligkeit brauchen.«

»Zeitbomben gibt es in allen Größen, Formen und Farben«, meinte Yvette. »Und wir haben nicht die leiseste Ahnung, was wir eigentlich suchen.«

»Genau«, sagte der Boß und verzog das Gesicht. »Denkt daran, daß Winsted ein Meister bei der Arbeit mit Miniaturkomponenten war. Gut möglich, daß man ihn wegen seiner Fähigkeiten brauchte – in diesem Fall wäre mit einer Mikro-Bombe oder etwas Ähnlichem zu rechnen. Vielleicht ist sie selbst ein kleiner Bestandteil von etwas Größerem. Ihr müßt alles mit Mißtrauen ansehen, was mit der Prinzessin in Berührung kommt. Ihr werdet natürlich eine Sensorenausrüstung mitbekommen, aber die kann man unmöglich auf jeden Gegenstand anwenden. Ihr werdet euch also größtenteils auf euren Instinkt verlassen müssen.«

»Edna weiß, daß wir mitkommen?« fragte Yvette.

»Gewiß. Das konnte ich ihr nicht verheimlichen. Sie mußte unsere Pläne billigen, ihr Vater ebenso. Tatsächlich sagte sie, sie freue sich auf ein Wiedersehen mit euch, obwohl sie wünschte, die Umstände wären angenehmer.«

»Wir auch«, sagte Yvette.

»Und wie sehen unsere Tarn-Identitäten aus?« fragte Jules.

»Ihr seid Mitglieder der Leibwache. Nur die Prinzessin selbst weiß, wer ihr seid.«

Jules schüttelte mißbilligend den Kopf. »Das scheint mir nicht sehr günstig. Aber das heißt nicht, daß ich Ihre Strategie in Zweifel ziehe – beileibe nicht.«

»Zweifeln Sie frisch von der Leber weg. Ihr seid es, die die eigentliche Arbeit leisten. Ich vertraue auf eure Instinkte. Wenn ihr einen besseren Weg wißt, dann heraus damit.«

Jules sagte nach kurzem Zögern: »Wenn die Bombe jetzt noch nicht im Schloß ist, wird man sie hineinschaffen müssen.«

»Mein Bruder brilliert mit Schlußfolgerungen«, sagte Yvette lächelnd.

Jules beachtete ihren Einwurf nicht weiter. »Wer die Bombe hineinschafft, weiß auch, daß die Prinzessin von einer Leibwache umgeben ist. Der Täter wird dies bei seinen Plänen einkalkulieren und berücksichtigen. Vielleicht können wir besser beobachten, wenn wir in weniger offizieller Funktion auftreten.«

Der Chef überlegte. »Und was schlagen Sie vor?«

»Der eigentliche Zweck der Reise besteht darin, daß die Prinzessin mit Bürgerlichen zusammenkommt und so Gelegenheit hat, ihren zukünftigen Gemahl kennenzulernen. Sie wird also von einem Schwarm junger Männer umgeben sein, die wir kaum kennen.«

»Nun, eigentlich wissen wir von ihnen mehr als von den meisten übrigen Menschen. Die Kandidaten müssen nämlich eine gründliche Computer-Überprüfung über sich ergehen lassen, ehe man sie in die engere Wahl zieht. Theoretisch sind sie über jeden Verdacht erhaben.«

»Können wir uns dieses Risiko leisten? Mir scheint, daß eben diese Kandidaten das schwache Glied in der Kette bilden. Sie hätten die beste Möglichkeit, eine Bombe einzuschmuggeln und sie in der Nähe der Prinzessin zu plazieren.«

»Und da die Kandidaten einander noch nicht kennen«, spann Yvette den Gedanken ihres Bruders weiter, »könntest du, lieber Jules, so tun, als wärst du einer der ihren und sie dabei genau im Auge behalten.«

»Genau«, sagte Jules.

»Und ich könnte Hofdame spielen«, fuhr Yvette fort. »Das klingt doch viel netter als ›Leibwache‹, und ich könnte dabei der Prinzessin ebenso nahe sein, wenn nicht sogar näher. Kein Mensch würde Verdacht schöpfen.«

Der Chef lächelte. »Ich wußte ja, daß ich mit euch die richtige Wahl traf. In einer knappen halben Stunde werdet ihr mit der Arbeit beginnen. Ja, eure Vorschläge sind ausgezeichnet. Wir werden sie unverzüglich in die Tat umsetzen. Ihr müßt jetzt die Einzelheiten eurer falschen Identitäten ausarbeiten, und ich sorge dafür, daß sie mit dem nötigen Hintergrund versehen werden.« Er sah sie an und bemerkte, daß Jules noch zögerte. »Sonst noch etwas?«

»Ja – ich bin nicht sicher, ob wir diese Riesensache allein schaffen. Spricht etwas dagegen, daß wir Mitarbeiter mitnehmen?«

»An wen denken Sie dabei?«

Jules warf seiner Schwester einen Blick zu. »Glaubst du, daß Vonnie und Jacques Interesse hätten?«

»Mais oui! Begeistert werden sie sein.« Sie kniff die Augen zusammen. »Und du hast natürlich nichts gegen eine Mitarbeit von Vonnie einzuwenden.«

»Stimmt«, sagte Jules lächelnd und wandte sich sodann an den Chef. »Es handelt sich um Yvonne und Jacques Roumenier.«

»Eine gute Wahl«, nickte ihr Vorgesetzter. »Zwei hervorragende Agenten. Da Vonnie Ihre Verlobte ist, steckt natürlich ein wenig Schiebung dahinter ...«

»So wie bei Ihnen und Ihrer Tochter? Tut mir leid, Sir, aber ich halte Vonnie für diese Aufgabe als die Geeignetste.«

»Sie sollten einem alten Mann gestatten, seine Sätze zu beenden. Ich wollte sagen, ›aber wenn man Sie kennt, weiß man, daß es unmöglich ist‹. Außerdem hat die Familie Roumenier ebenso viele hervorragende Agenten hervorgebracht wie die d'Alemberts. Und wen kümmert ein wenig Schiebung, wenn die Familie so talentiert ist? Ganz klar, die beiden sollen mitkommen. Sie könnten die Leibwächterposten einnehmen, die für euch vorgesehen waren, und ihr beide habt eure eigenen Verkleidungen.«

Er langte in die Schreibtischlade und zog eine mittelgroße Kassette heraus. »Das hier ist die Sensorenausrüstung, die euch beim Aufspüren der Bombe helfen könnte. Dazu die Dossiers der Kandidaten, die der Prinzessin vorgestellt werden. Vielleicht entdeckt ihr etwas darin, das unseren Leuten entgangen ist.« Er reichte Jules die Kassette und ging an die Bar, um sich ein Glas Wasser einzugießen. Es war schon spät und er hatte noch zuviel Arbeit vor sich und wollte sich nicht mit Alkohol benebeln.

»Ich weiß, daß es ohnehin klar ist«, sagte er abschließend, »aber ich kann es nicht genug betonen: Die Sicherheit von Kronprinzessin Edna ist von allergrößter Bedeutung. In zwei Jahren, wenn ihr Vater abdankt, wird sie zu Edna Stanley X. gekrönt. Sie ist das einzige Kind ihrer Eltern. Sollte ihr etwas zustoßen, wird damit die Thronfolge in Frage gestellt. Theoretisch gäbe es in direkter Linie noch andere Prätendenten – beispielsweise mich selbst –, aber davon wollen wir absehen. Sollte es zu einer Krise kommen, wird womöglich die ganze Galaxis durch einen Bürgerkrieg gespalten. Das müßt ihr euch vor Augen halten – und vor allem die Tatsache, daß Ednas Sicherheit an erster Stelle zu stehen hat.«

Er hob sein Glas zu dem traditionellen Trinkspruch der SOTE: »Auf ein Morgen, Kameraden und Freunde. Auf daß wir alle es erleben!«

3. KAPITEL
Empfang auf Rockhold

»Wenn einer dieser Burschen ein Verräter ist, dann fresse ich diese gesamte Buchrolle«, erklärte Yvette entschieden.

Die zwei d'Alemberts hatten die ganze Nacht damit verbracht, die Unterlagen über die Bewerber um die Hand der Prinzessin durchzusehen. Die Zeit war knapp, und sie konnten sich Zeitvergeudung nicht leisten.

»Man wird kaum loyalere Untertanen finden«, mußte Jules gestehen, der an einem Apfel kaute. »Dreizehn bürgerliche junge Männer, ein jeder der Stolz seiner Welt, vom Computer nach den hervorragendsten Eigenschaften ausgesucht – was immer der Computer für hervorragende Eigenschaften hielt. Alle waren sie anständig, loyal, intelligent ...«

»... und alle hübsch«, warf Yvette ein.

»Ach? Ist mir gar nicht aufgefallen.«

»Irgend jemandem mußte es auffallen. Du erwartest doch nicht etwa, daß sich die Prinzessin mit einer Schar jämmerlicher Gestalten abgeben würde?«

»Eh bien, was beweist das?«

»Das beweist, daß es dir nicht wenig schwerfallen dürfte, dich unauffällig in diese gutaussehende Runde einzufügen.«

»Vonnie hat sich über mein Aussehen nie beklagt.«

»Vonnies Geschmacksverirrungen sind ihre ureigene Sache. Aber ganz im Ernst: Du wirst es nicht leicht haben. Dreizehn männliche Kandidaten, je ein Vertreter von jedem bewohnten Planeten des Sektors 29. Sie kennen einander zwar nicht, wissen aber, daß es dreizehn an der Zahl sein werden. Sie alle können bis vierzehn zählen. Wie willst du deine Anwesenheit erklären?«

»Ganz einfach. Ich stamme von Julea, einer Planetenkolonie, die erst in den Anfängen steckt. Wir zählen erst wenige tausend Menschen, meist recht ländliche Typen. Nichts Aufregendes also, und aus diesem Grund stand in den Zeitungen nichts über uns. Ich mime einen waschechten Einfaltspinsel vom Lande – nicht zu helle, sogar ein wenig begriffstutzig ...«

»Sehr zutreffend.«

Jules kannte die freundschaftlichen Sticheleien seiner Schwester und schenkte ihnen weiter keine Beachtung. »Falls einer der Kandidaten unser Bombenleger sein sollte, kann ich ihn vielleicht in eine falsche Sicherheit einlullen.«

Yvette nickte verständig. »Ja, gut möglich. Wenn aber der Bombenleger nicht unter den Jungmännern steckt, bekomme ich die Arbeit. Ich darf keine Sekunde von Ednas Seite weichen – was nicht einfach sein wird, wenn man bedenkt, daß diese Reise den Zweck hat, sie mit so vielen Männern als möglich allein zu lassen. Welche Möglichkeit hätte die Ärmste sonst, sie näher kennenzulernen?«

»Sie kann sich ihre Dossiers durchlesen wie wir. Die Unterlagen sind so vollständig, daß ich das Gefühl habe, ich würde jeden einzelnen schon ein Leben lang kennen.«

»Und da wir vom Kennenlernen sprechen, Bruderherz, wie wäre es, wenn du dabei ein wenig Tempo vorlegst? Die Kandidaten haben sich mittlerweile auf Ansegria versammelt, und du darfst nicht zu viel Verspätung haben, wenn du nicht Verdacht erregen willst.«

»Au juste. Ich nehme die ›Comète‹ und jage hin, während du in Gesellschaft der Prinzessin nachkommst. Alle weiteren Einzelheiten überlasse ich dir. Mit Jacques und Vonnie triffst du dich am besten erst in Ansegria. Es ist nicht nötig, daß sie vorher zur Erde kommen. Ach, und du tätest gut daran, Baron und Baronin zu verständigen, daß wir inkognito da sein werden – sag ihnen, es handle sich um eine routinemäßige Vorsichtsmaßnahme. Sie sollen sich nicht unnötig aufregen.«

»Mach ich. Und jetzt setz dich endlich in Bewegung – und viel Glück.«

Cambria lag als Küstenstadt am größten Ozean des Planeten Ansegria. In erster Linie als Ferienort bekannt, war die Stadt im gesamten Sektor 29 für die Schönheit und Großartigkeit ihrer Lage berühmt. Da gab es wellige Hügel und üppige Vegetation, gemäßigtes Klima und einen fast immer blauen Himmel. Es war eine große, sehr ausgedehnte Stadt mit bescheidenen Gebäuden und vielen ebenerdigen Häusern, die gehörig Abstand voneinander hielten. Die Strände waren sauber und unberührt. Aufragende weiße Klippen näherten sich an manchen Stellen bis auf fünfzig Meter dem Saum des Wassers. Seevögel kreisten ständig in der Luft; ihr wildes Gekrächze bildete einen Teil der zauberhaften Atmosphäre Cambrias.

Schloß Rockhold, die Residenz des Barons von Cambria, lag ein wenig außerhalb der eigentlichen Stadt am Rande einer hohen, den Strand überragenden Klippe. Es war ein imposanter Steinbau, dessen Haupttrakt ein dreigeschossiges Gebäude war, das auf drei Seiten von einem Hof und dahinter, um der Form Genüge zu tun, von der Andeutung einer Mauer umgeben wurde. Hinter dem Hauptgebäude lag ein riesiger Garten, mit einer zauberhaften Gartenarchitektur, der sich in zahlreiche Terrassen gliederte. Da der Baron und seine Gemahlin sehr gesellige Menschen waren, war das Schloß für die zahlreichen Gäste, welche die Reise der Prinzessin hier zusammenführen würde, sehr gut gerüstet. Für die Kosten der Reise kam Großherzog Manuel von Sektor 29 auf.

Jules hatte sein Privatschiff, La Comète Cuivré, am nächstgelegenen Raumflughafen in Canyonville zurückgelassen und war im gleichen Spezialwagen zum Schloß gefahren, den er für den Besuch beim Chef benutzt hatte. Das Fahrzeug war nicht nur als Bodenwagen und persönlicher Jet ausgerüstet, es paßte auch genau in das Zwei-Personen-Raumschiff der d'Alemberts und garantierte, daß sie immer ein geeignetes Transportmittel für kürzere Strecken zur Verfügung hatten.

Jules stand natürlich auf der Gästeliste und wurde nach einer raschen Überprüfung von Fingerabdrücken und Stimme sofort ins Innere der Schloßanlage eingelassen. Die im Hof bereits geparkten Fahrzeuge zeigten an, daß die anderen Kandidaten schon eingetroffen waren. Jules hielt an, nahm seinen Koffer und stieg aus. Die helle Sonne Cambrias schien ihm ins Gesicht.

Seine Kleidung deckte sich genau mit dem Typ, den er darstellen wollte. Die Sachen waren nicht kostspielig – sein armer Heimatplanet konnte ihn nicht so nobel ausstaffieren wie andere Planeten ihre Kandidaten – und seit zwei Jahren passé. Die weitgeschnittenen braunen Samthosen reichten nur bis zu den Knöcheln und ließen mehr von den Schuhen sichtbar werden, als die Mode vorschrieb. Das Goldbrokathemd war zu aufwendig für die Hose, die Rüschen der Hemdbrust zu üppig. Die Ärmel reichten nur knapp bis zu den Handgelenken und rutschten bei jeder Bewegung hoch. Die Lederweste war verschnitten und saß zu knapp. Jules trug sein kurzes Haar nach ländlicher Sitte gerade in die Stirn gekämmt und sah in seiner jetzigen Aufmachung tatsächlich aus wie ein für das Stelldichein mit seiner Liebsten feingemachter Junge vom Land. Auf einem Empfang der Kronprinzessin würde er völlig fehl am Platz wirken.

Jules schleppte sein Gepäck zum Haupteingang. Ein hagerer Bärtiger mit düsterer Miene öffnete die Tür. »Guten Tag zu wünschen, Euer Ehren«, grinste Jules ihn freundlich an. »Ich bin John Dallum, der Kandidat von Julea. Bin angemeldet.«

»Ich bin nicht Seine Gnaden, sondern nur der Butler«, erwiderte der Mann voll Würde. »Seine Lordschaft bedauert, daß er Sie nicht persönlich begrüßen kann. Ich soll Sie auf Ihr Zimmer führen und Sie sodann mit den Mitbewerbern bekanntmachen.«

Er machte keine Anstalten, Jules' einzigen prall gepackten Koffer zu nehmen und fuhr fort: »Wenn Sie mir folgen wollen.«

Jules wurde in den ersten Stock geführt. Es ging einen langen, teppichbelegten Gang entlang, an dessen Wänden Bilder mit Meeresmotiven hingen. Das ihm zugewiesene Zimmer war gemessen an den Maßstäben des Schlosses klein, für seine persönlichen Verhältnisse aber sehr groß. Die Einrichtung bestand aus einem großen Bett mit Nachttisch und Lampe zu beiden Seiten, einem Toilettetisch mit großem Spiegel, einem begehbaren Einbauschrank, der die ganze Wand einnahm, und einer Sensabel-Nische. Eine Tür führte ins anschließende, Bad.

Jules riß vor Staunen den Mund weit auf. »Wirklich nobel.«

»Danke, Sir. Die anderen Kandidaten halten sich im Tagesraum auf.« Der Butler beschrieb ihm den Weg dorthin und empfahl sich, wobei er Jules' linkischen Versuch, ihm ein Trinkgeld zuzustecken, vornehm übersah.

Im Vertrauen darauf, daß er mit seiner neuen Persönlichkeit gut angekommen war, packte Jules schnell aus und ging sodann hinunter in den Tagesraum, um sich mit den anderen bekanntzumachen, vielleicht sogar mit dem möglichen Bombenleger. Er ging mit raschen, weitausgreifenden Schritten, der Gangart eines Menschen, dem seine Ignoranz eine gewisse Kühnheit verleiht. Er durchschnitt forsch die Doppeltür des Tagesraumes, blieb stehen und sah sich die dreizehn Anwesenden an, seine ›Mitbewerber‹.

Alle waren größer und alle waren besser gekleidet als er. Die jungen Männer standen oder saßen in kleinen Gruppen da und schienen in belangloser Unterhaltung begriffen. Eine Ausnahme bildete ein junger Mann, der allein in einer Ecke saß. Bei Jules' Eintreten verstummten alle. Sie sahen auf und schätzten ihn ab, ob er eine eventuelle Beeinträchtigung ihrer Chancen, die Gunst der Prinzessin zu gewinnen, darstellte. Ein einziger Blick genügte, und es war klar, daß er keine Bedrohung war.

»Hallo allseits«, begrüßte Jules sie strahlend und übertrieben leutselig. »Ich bin John Dallum von Julea.«

Ein großer, hübscher Bursche kam auf ihn zu und streckte ihm die Hand entgegen. »Freut mich, Sie kennenzulernen. Ich bin Paul Symond von Lateesta.« Sein Händedruck war fest und verriet Entschlossenheit. Er lächelte freundlich und seine Worte klangen herzlich. Jules mochte den Mann auf den ersten Blick.

»Kommen Sie«, fuhr Symond fort. »Ich mache Sie mit den anderen bekannt.« Er führte Jules von einem zum anderen und nannte die Namen der Anwesenden. Jules kannte sie alle dem Namen nach und mußte jetzt so tun, als hätte er noch nie von ihnen gehört.

Vor einem großen Dunkelhaarigen sagte Symond: »Das ist Anton Iljitsch Borov vom Planeten Kolokov. Anton, das ist ...«

»Ja, ich weiß«, sagte der Mann von Kolokov mit unverhohlener Herablassung. »John Dallum von Julea – wo immer das liegen mag. Ja, Ihr Eintreffen war beim besten Willen nicht zu übersehen.«

Jules runzelte die Stirn. »Habe ich Sie beleidigt, Gospodin Borov?«

»Ach was, nichts haben Sie getan, aber Ihre ganze Art fällt mir auf die Nerven. Wir sind hier versammelt als Bewerber um die Hand der künftigen Herrscherin. Wir sollen gewandt, höflich, galant auftreten ... und dann platzen Sie hier herein und degradieren alles zu einem dummen Witz.«

»Tut mir leid, Kamerad, aber auf Julea haben wir für feine Manieren nicht viel Zeit – wir sind mit dem schlichten Überleben vollauf beschäftigt. Ein Planet in den Anfangsstadien der Besiedlung ist kein angenehmer Aufenthaltsort. Wir müssen hart arbeiten, um überhaupt satt zu werden.«

Borov machte ein Gesicht, als lägen ihm weitere spitze Bemerkungen auf der Zunge. Doch er rang sich diplomatisch eine versöhnlichere Haltung ab und streckte Jules mit einem Lächeln die Hand entgegen. »Dallum, Sie dürfen mich nicht mißverstehen. Ihre Art der Lebensführung ist gewiß höchst ehrbar, und Sie sind ein netter Kerl. Ich wollte Sie wirklich nicht persönlich treffen. Sollte ich Sie gekränkt haben, dann bitte ich um Entschuldigung. Aber es muß Ihnen doch klar sein, daß die Prinzessin gewisse Maßstäbe gewohnt ist – Maßstäbe, denen Sie, weil Sie von einer Kolonie kommen, kaum entsprechen können. Sie sind hier ausgesprochen fehl am Platze, und ich bezweifle, ob es sehr klug war, daß das Auswahlkomitee Sie eingeladen hat.«

Jules schüttelte ihm die Hand und besah sich den hochgewachsenen Mann kritisch. Da er von Kolokov kam, dem Planeten, auf dem die Bombenverschwörung vermutlich ausgeheckt worden war, stellte Borov den unmittelbar Verdächtigen dar.

Der SOTE-Agent kramte in seinem Gedächtnis nach den über diesen Menschen gelesenen Einzelheiten. Borov war ein Meister im Schach, er war Präsident eines Debattierklubs, Amateurboxer und Gewichtheber. Er kam aus einer reichen Familie. Seine Mutter besaß eines der namhaftesten Finanzberatungsunternehmen des Planeten. Borov hatte kaum jemals eine Niederlage einstecken müssen. Das Psychogramm des Computers ließ erkennen, daß er zu Überheblichkeit neigte. Das und sein Jähzorn waren die einzigen schwachen Punkte. Trotzdem war er geeigneter als alle anderen Mitbewerber seines Planeten und war für die Reise ausgewählt worden. Jules gelangte zu dem Schluß, daß er den Mann im Auge behalten mußte.

»Machen Sie sich nichts draus«, beruhigte Symond ihn. Er nahm Jules' Arm und machte mit ihm weiter die Runde. Leiser fügte er hinzu: »Ich glaube, Borov ist von sich selbst so eingenommen, daß es sich für ihn nachteilig auswirken wird. Außerdem bevorzugt die Prinzessin angeblich die kleinen dunklen Typen. Vielleicht haben Sie größere Chancen als ein großer blauäugiger Brocken wie ich. Kommen Sie, die anderen sind gar nicht so übel.«

Jules wurde nun der Reihe nach allen übrigen vorgestellt. Er mußte zugeben, daß es sehr angenehme junge Männer waren. Jeder einzelne hätte sich in einer Sportmannschaft hervorragend gemacht und einen guten Gesprächspartner in jeder Runde abgegeben, in der über Gott und die Welt debattiert wurde. Hier herrschte echte Planet-Club-Atmosphäre – nette Menschen in angenehmer Umgebung, die sich kennenlernen und amüsieren wollten.

Zuletzt wurde er mit Choyen Liu vom Planeten Anares bekanntgemacht. Liu war nur wenig größer als Jules, dafür aber viel schlanker und zierlicher. Seine orientalischen Züge bildeten einen hübschen Kontrast zu dem tiefblauen Brokatgewand, der Tracht seiner Heimatwelt. Anares war vor drei Jahrhunderten von einer Gruppe von Mystikern besiedelt worden, und diese Religionsphilosophie hatte sich mit einigen Veränderungen bis zum gegenwärtigen Tag erhalten. Anarianer gingen nur selten auf Reisen und blieben für das übrige Universum im großen und ganzen ein Rätsel.

»Freut mich«, sagte Jules und reichte dem sonderbaren jungen Mann die Hand. Liu erfaßte sie mit einem so kräftigen Griff , daß Jules ehrlich überrascht war. Der Mann zerbrach ihm beinahe die superstarken Knochen, doch konnte er in seinen Zügen weder Feindseligkeit noch besondere Anstrengung lesen. Jules war versucht, den Händedruck mit aller Kraft zu erwidern, was dem anderen mit Sicherheit die Hand zerquetscht hätte, besann sich dann aber anders. Das hätte nicht zu dem Typ gepaßt, den er darstellte. Er entzog ihm statt dessen die Hand und stieß einen leisen Pfiff aus. »Potztausend, diesen Händedruck hätte ich Ihnen nie zugetraut – so wie Sie aussehen.«

Liu sah ihm direkt ins Gesicht. »Das Universum steckt voller Geheimnisse, Gospodin Dallum. Wer von uns ist jemals wirklich die Person, die er zu sein scheint?«

Jules starrte Liu an. Dutzende verschiedener – und einander widersprechender – Geschichten über die geheimnisvollen Anarianer und ihre noch geheimnisvolleren Seelenkräfte schossen ihm durch den Kopf. Wollte Liu damit andeuten, daß er Jules' Verkleidung bereits durchschaut hatte? War am Ende Liu der Attentäter? Gefiel er sich in Wortspielen, um seine Umgebung zu narren? Traf sogar beides zu? Oder spielte Liu nur die Rolle des anarianischen Mystikers, der simple Feststellungen um des theatralischen Effektes willen wie Weisheiten von sich gab?

Das Antlitz des anderen verriet nichts. Zwei dunkle Augen starrten Jules gleichmütig an, ohne jede Spur einer Gemütsaufwallung. Welches Spiel Liu auch spielen mochte, er lieferte Jules keinen weiteren Hinweis.

Jules durfte sich ebenfalls keine Schwäche erlauben. Also ließ er John Dallum Liu sekundenlang erstaunt anstarren. »Das nenne ich einen tiefen Gedanken«, äußerte er schließlich ernsthaft.

Liu neigte den Kopf. »Leider stammt der Gedanke nicht von mir. Ich bin nur ein schlichter Jünger der Philosophie.«

»Meine Güte, das bewundere ich aufrichtig. Wollte selbst immer schon mit der Philosophie anfangen, hatte aber nie Zeit. Wir müssen uns mal näher darüber unterhalten.«

»Das werden wir gewiß, Gospodin Dallum.« Jules entfernte sich im Kielwasser Symonds. »Komisch ist der, finden Sie nicht auch?«

»Ja«, sagte Symond. »Mit dem konnte sich keiner von uns enger anfreunden. Aber eigentlich ist er ein umgänglicher Kerl, wenn auch ein wenig zugeknöpft.«

Jules versuchte sich ins Gedächtnis zu rufen, was er aus seinen Unterlagen von Liu wußte. Auf Anares hatte man über die Bewerber keine so ausführlichen Dossiers angelegt. Lius persönliche Unterlagen waren die am knappsten gehaltenen aller Bewerber. Doch wußte Jules, daß Lius Behauptung, er wäre nur ein einfacher Schüler der Philosophie, eine Unwahrheit war. Liu war im Alter von achtundzwanzig Jahren bereits geweihter Priester und als einer der führenden philosophischen Mystiker des Planeten bekannt.

»Na, sind wir nicht eine außergewöhnliche Typenkollektion?« sagte Jules zu seinem Führer. Er meinte das ehrlich. Ein jeder der jungen Leute repräsentierte das Beste, was sein Planet hervorzubringen vermochte … und doch mußte Jules die Möglichkeit ins Auge fassen, daß einer davon ein möglicher Attentäter war. »Ja, Sir, wirklich ein außergewöhnlicher Haufen.«

Die Prinzessin und ihr Gefolge samt Yvette trafen zwei Tage darauf ein. Die beiden Frauen hatten sich wie langverlorene Schwestern begrüßt, ungeachtet der Tatsache, daß sie einander erst einmal begegnet waren und diese Begegnung bereits ein Jahr zurücklag und nur einen einzigen Abend gedauert hatte. Doch seitdem waren sie durch tiefe Freundschaft verbunden und nahmen ihre Beziehung wieder auf, als hätte es nie eine Unterbrechung gegeben. Auf der langen Fahrt von der Erde zum Planeten Ansegria hatte es viel zu erzählen gegeben. Die beiden hatten fast die gesamte Flugzeit miteinander verbracht.

Yvonne und Jacques Roumenier, die vor einigen Stunden von DesPlaines kommend eingetroffen waren, trafen sich mit den Damen auf dem Raumflughafen. Yvette stellte dieses zweite Agenten-Geschwisterteam der Prinzessin vor. Die Roumeniers zeigten sich gebührend beeindruckt, doch Edna stellte sogleich ein ungezwungenes Verhältnis her. Vonnie und Jacques wurden mit Uniformen ausgestattet, die sie als Mitglieder der offiziellen Leibwache der Prinzessin auswiesen, und wurden den übrigen Mitgliedern des Gefolges Ihrer Hoheit vorgestellt. Danach begab sich die ganze Gesellschaft auf das Schloß Rockhold.

Diesmal waren Baren und Baronin persönlich zur Begrüßung angetreten. Die ganze Anlage war mit Flaggen und Wimpeln festlich geschmückt. Oberhalb des Banners von Cambria wehte die kaiserliche Fahne am Mast. Mit Trompetengeschmetter wurde die Prinzessin durch die Tore in den Hof geleitet, wo sie ihre alten Freunde, die Herrscher von Cambria, erwarteten.

Baron Piers Howell war ein hochgewachsener Fünfziger. Man konnte sich keinen aristokratischeren Menschen als diesen in Würde gealterten Edelmann vorstellen. Sein Haar war weiß, doch die Augen funkelten vor Lebendigkeit und straften sein Alter Lügen. Seine Gemahlin, Baronin Ximena, war eine zierliche Person mit olivgetönter Haut und dunklem Haar. Ihr ganzes Auftreten ließ auf Agilität und Temperament schließen. Die Baronin lachte gern und war im ganzen Sektor 29 als überaus charmante Frau bekannt.

Das hohe Paar begrüßte die Prinzessin mit herzlichen Wangenküssen. Wortreich erklärten beide, wie erfreut sie über diesen Besuch wären. Sie wollten alles tun, um ihr den Aufenthalt so angenehm wie möglich zu gestalten. Dann wurden die Prinzessin, eine Hofdame und zwei Leibwachen in den Bankettsaal geleitet, während das übrige Gefolge Ihrer Hoheit das zahlreiche Gepäck in die vorbereiteten Gemächer schleppte.

Die Kandidaten hatten sich bereits im Bankettsaal eingefunden und erhoben sich beim Eintreten der kaiserlichen Gesellschaft. Yvette erblickte ihren Bruder inmitten der anderen Kandidaten, ließ sich aber nichts anmerken. Außerdem hatte sie bemerkt, daß er seine Augen woanders hatte – Vonnie hatte ebenfalls den Saal betreten.

Daß sich die beiden Liebenden nichts anmerken ließen, war ein wahres Meisterstück an Überwindung. Sie hatten einander mehrere Wochen nicht gesehen, und ihr Verlangen, beisammenzusein, war übergroß. Doch sie wußten, daß sie damit ihre Mission verraten konnten. Mit bewundernswerter Willenskraft blickten sie geradeaus und gestatteten sich nur hin und wieder einen Blick in die Richtung zum anderen hin.

Kronprinzessin Edna nahm ihren Platz am Kopf der Tafel zwischen den Gastgebern ein. Sie blieb eine Weile schweigend stehen und sah die Versammelten an. Dann ergriff sie das Wort.

»Liebe Freunde, und ihr alle, die ich hoffentlich bald Freunde nennen darf. Ich weiß, daß dies ein neues und aufregendes Erlebnis für euch ist, und ich könnte mir denken, daß ihr nervös seid. Ich möchte betonen, daß während meiner Reise kein Platz für Förmlichkeiten ist – damit wäre ja der Zweck verfehlt. Ich werde euch daher nur zwei Befehle als Prinzessin geben: Erstens müßt ihr mich einfach als Edna Stanley behandeln, als eure Altersgenossin. Der erste, der mich ›Kaiserliche Hoheit‹ nennt, wird von mir eigenhändig in den Swimmingpool befördert.« Sie ließ diese Worte ihre Wirkung tun. »Mein zweiter Befehl lautet: Amüsiert euch. Und jetzt wollen wir essen. Ich sterbe vor Hunger.«

Jules und Yvette riskierten einen Blickwechsel, als sie sich zu Tisch setzten. Beide hatten denselben Gedanken. Die Vorstellungstour hatte begonnen. In den kommenden zwei Wochen waren sie, und nur sie allein für die Sicherheit der Erbin des Imperiums verantwortlich.

Und irgendwo tickte vielleicht bereits eine Zeitbombe.

4. KAPITEL

Evekian, der Vermittler

Immer, wenn der Zirkus der Galaxis auf einem Planeten eintraf, war dies ein großes Ereignis. Herzog Etienne schickte jeweils ein paar Leute voraus, die sich um die Werbung kümmerten. Es war üblich, daß Anzeigen in allen Zeitungsrollen erschienen und Werbespots über Fernsehen, Radio und Sensabel-Netze ausgestrahlt wurden, die von den Wundern und Attraktionen der Größten Schau der Galaxis berichteten.

Auf Kolokov blieb für diese Vorauswerbung natürlich wenig Zeit, weil sich der Herzog so plötzlich entschlossen hatte, diesen Planeten anzusteuern. Dieser spontane Entschluß war jedoch ganz unverdächtig, denn Herzog Etienne war für Überraschungen bekannt, für Überraschungen, meistens, aber nicht immer auf Wunsch des Service.

Wie gewöhnlich wurde der Raumflughafen von Menschen umlagert, die beim Ausladen zusehen wollten. Der Zirkus reiste mit zwölf riesigen Raumschiffen, in denen die gesamte Ausstattung befördert wurde. Diese Schiffe lagen an einem Ende des Flughafens, während die Ausrüstung auf Laster verladen und auf den Rummelplatz gebracht wurden, auf dem das Zelt seinen Platz fand. Die d'Alemberts überließen das Laden und Entladen ihrer Spezialeinrichtungen nicht den gewöhnlichen Dockarbeitern. Sie mußten alles selbst machen. Alle, angefangen von den Stars der Manege bis zu den hinter den Kulissen Agierenden, mußten zupacken und mithelfen. Doch es war eine Arbeit, die auch großen Spaß machte.

Das Entladen allein bildete schon eine Attraktion. Die starken Muskelmänner warfen mit Riesenkisten um sich, als wären sie aus Pappe, und die Zaungäste gafften mit offenen Mündern. Die Luftakrobaten tummelten sich überall gleichzeitig und flogen mit den kleineren Kisten durch die Luft. Sie rückten sie auf den Ladeflächen zurecht und kamen an Behälter heran, die so unzugänglich plaziert waren, daß ein normaler Mensch sie nicht erreicht hätte. Die Clowns liefen Amok durchs Gelände, schienen nicht enden wollendes Durcheinander zu stiften und koordinierten doch in Wirklichkeit den gesamten Ablauf. Die in Käfigen transportierten wilden Tiere waren gerade so wild, daß die meist gelangweilten Zuschauer ein erregendes Krabbeln im Rücken verspürten. Es gab Musik, Lärm, grelle Farben und überall scheinbares Chaos. Und trotz dieses sichtbaren Wirbels ging das Entladen mit unglaublicher Reibungslosigkeit und minimalem Zeitaufwand vor sich.

Diese Vorstellung wurde für die vielen tausend Neugierigen, die zum Raumflughafen geströmt waren, gratis gegeben. Denn es gab kaum einen Zaungast, der sich nicht auf der Stelle schwor, den Zirkus in voller Aktion anzusehen. Das Entladen war in Wahrheit ein wirksamer Reklamegag, den sich Herzog Etienne hatte einfallen lassen.

Der eigentliche Aufbau der Hauptzelte und der Budenstraße ging dann viel ruhiger und gemütlicher ohne Zuschauer vor sich. Diese waren erst wieder zur offiziellen Eröffnung zugelassen. Mit dem Aufbau waren Spezialtrupps beschäftigt, und die Artisten konnten sich inzwischen für ihre eigentliche Aufgabe erholen.

Die Vorbereitungen für die Eröffnung am nächsten Abend waren glatt gelaufen, doch Herzog Etienne kannte keine Ruhe. Auf seinen Schultern lastete nicht nur die massive Verantwortung, den Zirkus in jeder Hinsicht einwandfrei zu führen, auf ihm lastete zusätzlich die noch viel schwerere Bürde, die geheimen Aktivitäten für die SOTE zu koordinieren.

Der Herzog war klein von Gestalt wie die meisten DesPlainianer und erreichte nur 160 Zentimeter Körpergröße. Obwohl in seiner Jugend selbst ein berühmter Artist, neigte er mit zunehmendem Alter immer mehr zur Rundlichkeit. Das Haar lichtete sich über der Stirn und wurde an den Seiten grau, aber in seinen Augen schimmerte noch immer der alte Humor. Der Herzog war so unauffällig, daß man ihn glatt für einen netten älteren Herrn von nebenan hätte halten können. Doch diese Einschätzung war grundfalsch.

Sein Körper war rund, aber nicht verweichlicht – und hinter seiner freundlichen Fassade lag ein Verstand, der in Sachen Spionage und Information vielleicht nur von dem des Chefs der SOTE übertroffen wurde.

Im Augenblick konferierte der Herzog eben mit seinem Bruder Marcel, dem Zauberer, Etiennes Partner bei vielen wagemutigen Abenteuern der Jugendzeit. Marcel war groß und dünn für einen d'Alembert. Mit 180 Zentimetern und 80 Kilo war er eine DesPlainianische Bohnenstange. »Es gibt also keine speziellen Direktiven?« fragte Marcel in dem französisch-englischen Gemisch, der Sprache ihres Heimatplaneten.

»Der Chef überläßt alles Weitere uns«, erwiderte der Herzog. »Seine einzige Instruktion lautet dahingehend, daß wir uns über die Bombendrohung eingehend informieren und sie möglichst in diesem frühen Stadium abwehren sollen. Wenn nicht, dann sollen wir Jules und Yvette auf Ansegria verständigen, damit sie dort die nötigen Maßnahmen ergreifen können.«

»Und unser einziger Anhaltspunkt ist dieser Winsted. Wir müssen also tüchtig Wühlarbeit leisten, stimmt's?«

»Oui. Am besten, wir fangen damit an, Winsteds Wurzeln abzutasten. Sein Beruf brachte ihn mit Dieben und Kriminellen verschiedenster Art zusammen. Hier war nicht sein Heimatplanet. Er muß aus einem ganz bestimmten Grund hierhergekommen sein, höchstwahrscheinlich in Zusammenhang mit der Bombendrohung. Aber diese Sorte Mensch unternimmt eine so lange Reise selten aus nur einem Grund. Ich gehe jede Wette ein, daß er außerdem Kontakte mit Gangstern anknüpfte, nur damit die Reise sich bezahlt macht.

Die zuständige SOTE-Chefin verschaffte mir eine Liste der bekannten Kontaktpunkte für die oberen Ränge der Unterwelt. Das ist genau jene Sorte, mit der Winsted sich einlassen würde. Wenn wir an diesen Kontaktorten seinen Namen hörbar erwähnen, werden wir genügend Interesse erwecken und uns aus der Reaktion einen Reim machen können. Schließlich wissen die meisten Unterweltler gar nicht, daß Winsted geschnappt wurde. Sie wissen nur, daß er vermißt wird.«

»Wann fangen wir an?« fragte Marcel und rieb sich aus Vorfreude die Hände.

»Ach, immer noch der alte Marcel, der es nicht erwarten kann? Nun, wir müssen bei diesem Auftrag vielleicht noch viel Aktivität entfalten, im Augenblick ist es aber noch nicht nötig. Es gibt andere Familienmitglieder, die ebenso geeignet sind und die auch ihren Spaß haben wollen. Wir dürfen in diesen Dingen nicht selbstsüchtig sein.«

»Wer übernimmt also den Fall?«

»Ich habe Luise damit beauftragt. Sie kann etwas praktische Erfahrung brauchen und wird sich sicher tadellos halten.«

Luise deForrest war die Tochter von Emil deForrest und von Etiennes und Marcels Schwester Margaret. Die Herkunft vom Planeten DesPlaines war ihr nicht so stark anzusehen wie den anderen Familienmitgliedern, da sie relativ groß und schlank war. Das war einer der Gründe, weshalb der Herzog sie mit dieser Aufgabe betraute. In diesem frühen Stadium des Spieles hatte es keinen Sinn, öffentlich zu demonstrieren, daß DesPlainianer in die Ermittlungen eingeschaltet waren – es würde nur unwillkommenes Interesse auf den Zirkus lenken.

Luise war keine Schönheit im herkömmlichen Sinn, doch besaß sie so viel Persönlichkeit, daß sie jeder klassischen Schönheit den Rang ablief. Das schmale Gesicht wurde von klugen Augen beherrscht und erhielt seine besondere Charakteristik durch eine lange schmale Nase. Langes schwarzes Haar fiel ihr elegant über den Rücken. Obwohl erst Mitte Zwanzig, war Luise bereits einer der besten weiblichen Clowns des Zirkus, und sie hatte einen der klügsten Köpfe der ganzen Familie. Ein begabter Clown mußte blitzschnell überlegen können, und Luise gehörte zu den talentiertesten.

Sie war mit einer losen Bluse und einen langen Rock bekleidet. Das war im Augenblick Mode auf dem Planeten Belange, von dem Winsted stammte. Die Schultern bedeckte ein taillenkurzes braunes Cape. Ihr Gang war forsch und sachlich, ihr Blick zeigte an, daß es sich um eine Frau handelte, die sich nichts gefallen ließ. Luise betrat Brovniks Cocktail Lounge und ging schnurstracks an die Bar. »Ich möchte einen Raumschiff-Sling«, bestellte sie. Obwohl sie wie alle ihre Landsleute an einer Allergie gegen Alkohol litt, war sie imstande, das Zeug zu trinken. Die Wirkung war zwar höchst nachteilig für ihren Stoffwechsel, doch ein Mitglied des d'Alembert-Clans war aus Pflichtgefühl zu allem fähig. Während der Barmann den Drink mixte, drehte Luise sich um und hielt im Lokal Umschau.

Der Raum war verdunkelt, um die Wirkung der gezeigten Darbietung zu steigern. Es war die holographische Aufzeichnung zweier Tänzerinnen, die zur Musik von Rassauds Opus Nr.

4 eine impressionistische Probe ihrer Kunst lieferten. Halbleere Tische umgaben die Bühne – für einen Wochentag ganz normal. Ein paar Gäste lungerten an der Bar und weiter hinten im Raum herum. Man unterhielt sich, und die SOTE-Agentin bemerkte, daß an einer Stelle Geld den Besitzer wechselte. Sie konnte aber nicht sehen, wie viel und warum.

Ihr Drink wurde serviert, und sie trank davon in unauffällig winzigen Schlucken, während sie so tat, als genieße sie das Zeug. »Ich suche einen Bekannten«, sagte sie beiläufig zum Barmann. »Vielleicht kennen Sie ihn. Er wollte sich hier mit mir treffen. Ein gewisser Rawl Winsted.«

An der Art, wie die Brauen des Mannes in die Höhe fuhren, sah sie, daß er den Namen kannte. Er ließ sich nichts weiter anmerken und sagte: »Nein, nie gehört. Natürlich sehe ich hier täglich jede Menge Leute. Vielleicht erinnere ich mich eher, wenn Sie ihn beschreiben,«

Luise zog eine Banknote heraus, faltete sie zusammen und legte sie an den anderen Rand der Theke. Sie war überglücklich, daß sie endlich auf jemanden gestoßen war, der Winsted kannte.

Sie hatte bereits zehn Lokale abgeklappert, und das Schmiergeld wurde knapp. »Er ist groß, ziemlich mager, hat lange, feine Finger – meist trägt er Handschuhe. Kleidet sich konservativ. Dunkle, buschige Brauen ...«

»Ach ja, den Kerl kenne ich«, sagte der Mann, schnappte sich den Schein mit einer einzigen hastigen Bewegung und steckte ihn ein. »Er kam öfter mit Freunden her.«

»Wissen Sie, wo ich ihn oder diese Freunde finden könnte?«

Der Mann zögerte eine Sekunde und meinte dann: »Gewiß doch. Gospodin Cheevers da drüben gehört zur Clique.« Er winkte dem Betreffenden, und als dieser der Aufforderung nachkam, fuhr der Barkeeper fort. »Jos, die Dame hier sucht Rawl Winsted.«

Der Jos Cheevers Genannte war groß – fast zwei Meter – und brachte knappe hundert Kilo an Leibesfülle mit. Seine Haltung war mit Bedacht so gewählt, daß sich kleiner Gewachsene unterlegen fühlen sollten. »Ja?« sagte er kehlig. »Und was wollen Sie von Winsted?«

»Er ließ mich herkommen«, lautete Luises gelassene Antwort. Cheevers kniff die Augen zusammen. »Sind Sie sein Mädchen?«

Luises Blick war dazu angetan, einen Eisenblock zu durchbohren. »Ich bin seine Geschäftspartnerin. Wir arbeiteten bereits auf Belange zusammen. Vor vierzehn Tagen erfuhr ich, daß er sich hier mit mir treffen wolle – angeblich gibt es Arbeit.«

»Was arbeiten Sie?«

»Dasselbe wie Rawl.«

Der Große musterte sie neugierig. »Was erzählte Winsted Ihnen von seinem hiesigen Job?«

»Ich glaube«, setzte Luise schleppend an, »ich habe alles gesagt, was ich im Augenblick sagen möchte. Wenn Sie mir nun vielleicht sagen, wo ich Rawl finde, könnten wir uns näher unterhalten.«

Cheevers war es nicht gewohnt, daß ihm gegenüber eine Frau diesen Ton anschlug. In seinen Kreisen wurden Frauen in zwei Typen eingeteilt. Es gab die schüchternen, unselbständigen aus besserem Hause, die er tyrannisieren und herumkommandieren konnte, und außerdem die abgebrühten Straßenmädchen, die alles, was er zu sagen hatte, mit unverhüllter Gleichgültigkeit aufnahmen. Diese Frau hier paßte in keine der Kategorien, und das beunruhigte ihn. »Wie heißen Sie?«

Luise deForrest sah ihn wortlos an. Cheevers blieb einen Augenblick mit geballten Fäusten neben ihr stehen. Dann sagte er schließlich: »Warten Sie, ich muß erst anrufen.«

Luise sah geduldig zu, wie der Große zur Telefonzelle ging und jemanden anrief. Wen, das konnte Luise auf dem Tele-Sichtschirm nicht erkennen. Sie wagte nicht, den Hals auffällig zu recken oder sonst besondere Neugier zu bekunden. Ihr blieb nichts übrig, als zu warten, bis Cheevers seinen Anruf beendet hatte. Sie schlürfte in aller Gemütsruhe an ihrem Drink und versuchte, ihr Zusammenzucken zu verbergen, als der Alkohol ihr die Kehle verbrannte.

Der Große kam aus der Zelle und nahm neben ihr Aufstellung. »Kommen Sie mit«, forderte er sie auf.

»Bringen Sie mich zu Rawl?«

»Ja.«

Da Luise wußte, daß Winsted tot war, hatte sie triftigen Grund zu der Annahme, der Große lüge. »Ich habe noch nicht ausgetrunken«, sagte sie.

»Und ich dachte, Sie hätten es eilig, Ihren Partner zu treffen.«

»Wer garantiert mir, daß Sie mich tatsächlich zu ihm führen?«

Cheevers rückte überraschend ganz nahe an sie heran und versetzte ihr einen Stoß in die Seite. Luise spürte den Druck einer harten runden Waffe an den Rippen. Zwar konnte sie nicht unterscheiden, ob es sich um eine Energiewaffe oder nur einen Stunner handelte, doch wollte sie keinesfalls ein Risiko eingehen. »Das hier ist meine Garantie«, knurrte Cheevers.

»Ach, wenn Sie so argumentieren wollen – natürlich«, stieß Luise hervor. »Bei harten Tatsachen lasse ich mich nie auf Debatten ein.« Sie stellte ihr Glas hin, insgeheim froh, daß sie das Gemisch nicht bis zur Neige austrinken mußte, und ging, gefolgt von Cheevers, zur Tür.

Dort gesellte sich ein Dritter zu ihnen. Er war nur wenig kleiner als Cheevers, sah aber, wenn das möglich war, noch robuster aus. Zu zweit eskortierten die Männer Luise hinaus in die Dunkelheit. Wo immer die mich hinbringen, sie wollen sichergehen, daß ich auch wirklich hinkomme, dachte die Agentin bei sich.

»Warum kommt Rawl nicht selbst?« fragte sie laut.

»Klappe halten!« lautete Cheevers' lakonische Antwort.

»Ist er in Gefahr? Muß er sich verstecken? Mir könnt ihr alles sagen, ich bin seine Partnerin!«

»Ich sagte schon, Klappe halten!« Cheevers hob die Hand, als wolle er sie ins Gesicht schlagen, doch konnte er seine Absicht aus einem guten Grund nicht ausführen. Dieser Grund hieß Richard d'Alembert. Rick, wie er von Angehörigen und Freunden genannt wurde, war das Haupt der Ringertruppe. Als solches war er besser als der beste hundert Kilo schwere Kampfroboter, in Gestalt eines menschlichen Körpers. Seine Muskeln waren überentwickelt, dazu kam, daß er in sämtlichen Sparten der Kampfkunst geübt war und seine Reaktionen so blitzschnell kamen, daß ein gewöhnlicher Gegner keinen klaren Gedanken mehr fassen konnte.

Er hatte Luise begleitet und vor dem Lokal Posten bezogen für den Fall, daß es Ärger gäbe. Luises Lage war ihm sofort klar, als er sie mit den zwei schweren Typen herauskommen sah. Rick folgte ihnen im Dunkeln, bis sich ein geeigneter Moment für einen Angriff ergab.

Dieser Augenblick war jetzt gekommen, als Cheevers den Arm zum Angriff auf unzweideutige Weise erhoben hatte und der andere Halunke seine Aufmerksamkeit auf den Kollegen konzentrierte. Rick warf sich mit aller Kraft seines massiven Körpers auf Cheevers. Der überrumpelte Cheevers fiel vornüber, als Ricks Körper ihn von hinten traf. Der Zirkusringer landete eine Reihe von Hieben, die jeden anderen Widersacher außer Gefecht gesetzt hätten. Cheevers aber, Veteran vieler harter Kämpfe, war widerstandsfähiger als ein Durchschnittsmensch. Ihm glückte ein Gegenhieb, den Rick jedoch lässig mit dem Unterarm abwehrte und gleich darauf mit einem Schlag rächte. Seine Faust traf Cheevers genau am Kinn. Cheevers Kopf knallte gegen das Pflaster, und der große Mann rührte sich nicht mehr.

Inzwischen war Luise nicht untätig geblieben. Als Clown mußte sie sich für ihre Auftritte in hervorragender körperlicher Verfassung halten, und was das Training anlangte, so waren die d'Alemberts besonders streng zu sich selbst. Sie hatte gewußt, daß Rick nur auf eine günstige Gelegenheit für den Angriff lauerte und war daher von seiner plötzlichen Aktivität nicht überrascht. Als Rick auf Cheevers zusprang, trat Luise beiseite, so daß die zwei Körper an ihr vorbei zu Boden gingen. Gleichzeitig wandte sie sich gegen den zweiten Halunken und trat den Mann kräftig in den Unterleib. Er heulte auf, doch der Schmerzensschrei verstummte jäh, als Luise mit der Faust ausholte und ihn mit aller Kraft in die Magengrube traf.

Keuchend rang er nach Atem, als er zusammenklappte. Luise verschränkte die Finger und verband die Hände zu einer kraftvollen Schlagwaffe. Damit traf sie genau den ungeschützten Kopf des Gegners. Ein dumpfes Geräusch beim Aufprall, und der Mann fiel zu Boden und blieb reglos liegen.

Luise rieb die Hände aneinander, als wolle sie sie von Schmutz befreien. Sie sah zu Rick hinüber. Der Ringer kam eben wieder auf die Beine und grinste. »Für jemanden, der mit Humor sein Geld verdient, hast du dem Kerl eine ziemlich ernste Lektion verpaßt«, sagte er gutgelaunt.

»Danke, lieber Vetter«, antwortete Luise mit gespielter Förmlichkeit. »Dein Timing hätte gar nicht besser sein können. Jetzt aber Schluß mit den gegenseitigen Lobhudeleien. Wir müssen uns um die zwei Sportsfreunde hier kümmern. Cheevers, den du auf dem Gewissen hast, wird hoffentlich nicht zu lange unansprechbar bleiben.«

»Und dabei hat er nur einen kleinen Klaps abgekriegt«, versicherte Rick treuherzig.

»Das ist gut – wir müssen nämlich unbedingt herauskriegen, wohin er mich bringen wollte. Das muß schnell gehen. Wenn wir nicht in absehbarer Zeit hinkommen, könnte sein Boß mißtrauisch werden, und damit wird unsere Arbeit erschwert.«

Gemeinsam schleppten sie die zwei Männer zum wartenden Wagen. Der zweite Gauner wurde gefesselt und geknebelt hinten im Fond verstaut. Auch Cheevers wurde gefesselt, er durfte jedoch den Mund offen behalten; sie wollten, daß er redete. Dann begannen sie mit Wiederbelebungsversuchen und einem Verhör. Ihre Verhörmethoden waren alles andere als sanft, entsprachen aber bei weitem nicht den Methoden, die Cheevers bei vertauschten Rollen angewandt hätte. So erfuhren sie in erstaunlich kurzer Zeit, daß Cheevers von seinem Boß, einem Mann namens Evekian, den Auftrag erhalten hatte, die mysteriöse Frau sofort zu weiterer Befragung in dessen Büro zu schaffen. Die Anwendung von Gewalt war gestattet, falls das Opfer nicht freiwillig mitkommen wollte. Die d'Alemberts erfuhren außerdem den Standort von Evekians Hauptquartier und die Einzelheiten der dort vorhandenen Alarmanlagen und Schutzvorrichtungen. Nachdem er alles verraten hatte, war Cheevers kaum mehr bei Bewußtsein. Die zwei Agenten ließen ihn gefesselt auf dem Hintersitz liegen und gaben an den Zirkus eine verschlüsselte Meldung durch.

Ein Verwandtenteam wartete bereits aktionsbereit. Luise gab die Adresse des Hauptquartiers durch und übermittelte einen ungefähren Angriffsplan. Man teilte ihr mit, daß die Angriffstruppe sich in fünfzehn Minuten am Einsatzort treffen wolle.

Wie geplant trafen die d'Alemberts vor dem Hauptquartier in der Dunkelheit zusammen. Im Erdgeschoß des Blocks lagen Läden und Geschäftsniederlassungen, doch die oberen fünf Stockwerke des Hauses wurden von Evekian und seinen Handlangern bevölkert. Evekian selbst residierte im vierten Stock. Auf diese Weise hatte er etliche Etagen unter sich, für den Fall eines feindlichen Eindringens von unten, plus einer Etage über sich, falls Feinde oder die Polizei auf dem Dach landeten. Der einzige Weg auf die Straße hinunter führte über eine schmale Treppe, die vor einer ständig versperrten Tür endete. Cheevers hatte ausgesagt, am oberen Treppenabsatz stünden zwei mit Energiewaffen ausgerüstete Posten.

Diese Situation hätte manch anderen abgeschreckt, doch die Familie d'Alembert war imstande, das Unmögliche möglich zu machen. Frontale Angriffe von der Treppe oder vom Dach aus hätten bestenfalls zu Pyrrhussiegen geführt. Man entschloß sich also, die Schwierigkeiten zu umgehen und auf das Überraschungsmoment zu setzen.

Die Einsatztruppe wies einen hohen Prozentsatz an Akrobaten und Trapezkünstlern auf. Für sie bedeutete es eine Kleinigkeit, in der Finsternis die Wände von außen zu erklettern. Dabei benutzten sie Kletterhaken, Seile und Flaschenzüge, um sich auf die über der Straße gelegenen Fenstersimse zu hieven. Alle verfügten über Betäubungswaffen und – was noch wichtiger war – über ihre außerordentlichen, kämpferischen Fähigkeiten.

Auf ein Zeichen hin begann der Angriff gleichzeitig von mehreren Stellen aus. Die Angreifer traten Fensterglas ein, polterten hinein in die Räume, schlugen einen Salto und liefen sofort weiter. Diese erste Welle hatte die Stunner auf vier eingestellt, auf eine zweistündige Betäubung. Alles, was sich bewegte, bekam eine Dosis der betäubenden Strahlung ab.

Die erste Angriffswelle traf auf keinerlei Widerstand. Die Verteidiger wurden überrumpelt, da sie nur jene Frau erwarteten, die Cheevers in der Bar aufgegabelt hatte. Auf diese Armee ausgepickter Agenten war kein Mensch gefaßt. Nicht ein einziger Schuß der Verteidigung fiel, als die um diese Zeit noch im Gebäude Anwesenden vom Angriff der d'Alemberts außer Gefecht gesetzt wurden.

So schnell die d'Alemberts auch waren, sie waren doch nicht schnell genug, um zu verhindern, daß eine Alarmanlage ausgelöst wurde. Aber der Lärm der klirrenden Fensterscheiben allein hätte genügt, um jeden im Haus zu alarmieren. Das und die Tatsache, daß einige noch Zeit hatten, die Alarmknöpfe zu drücken, ehe sie zusammenbrachen, bedeutete, daß die d'Alemberts nur ein Vorgeplänkel gewonnen hatten. Die eigentliche Schlacht lag noch vor ihnen.

Immer zahlreicher drängten die Spezialagenten durch die Fenster herein, während die Vorhut weiterpreschte. Die Gänge vor den Büros wurden zum Schlachtfeld, das Summen der Stunner steigerte sich zu einem monotonen Stakkato. Viele der Verteidiger mußten unter dem erbarmungslosen Angriff zu Boden, doch gab es auch unter den d'Alemberts zahlreiche Opfer. Sie waren zwar stärker, schneller und auch besser ausgebildet als die anderen, aber unverwundbar waren sie nicht.

Innerhalb von zwei Minuten war jedoch das Ziel der ersten Attacke erreicht – die zwei Wachen an der Vordertreppe waren ausgeschaltet. Nun stand Ricks Ringerteam der Weg offen, das, im Erklettern von Fassaden mittels Haken und Seil nicht so perfekt, jetzt über die Treppe hereinstürmte. Das waren die eigentlichen Nahkampftruppen, jeder einzelne 110 Kilo Kampfkraft.

Was sie mit der Waffe nicht erledigen konnten, überwältigten sie wie eine Barbarenhorde im Handgemenge. Ihr heiserer Schlachtruf allein reichte aus, um den Verteidigern Todesangst einzujagen, und der Anblick der sich bewegenden Menschenberge raubte dem abgebrühtesten Schläger den Mut. Die meisten von Evekians Wachpersonal waren wie gelähmt von der Vorstellung, von Ricks Leuten einfach über den Haufen gerannt und niedergetrampelt zu werden. Sie vergaßen, ihre Waffen abzufeuern. Die d'Alemberts stürmten im Triumph durch dic Gänge bis in den dritten Stock.

Dort trafen sie auf Feuer aus tödlichen Energiewaffen und mußten nun ein wenig Vorsicht walten lassen. Wieder traten die Akrobaten in Aktion, weil ihre Reflexe um einiges schneller waren als die der Ringer. Sie sprangen und ließen sich mit so großer Geschwindigkeit in den Gängen abrollen, daß die Verteidiger nicht richtig zielen konnten. Die ersten Schüsse gingen meist daneben, gaben aber den Akrobaten die Möglichkeit, die Position der Schützen auszumachen. Dic Schüsse der d'Alemberts trafen dann viel genauer. Dabei rollten sich die Akrobaten in Deckung und warteten auf die Chance, den Trick zu wiederholen.

Langsam, aber sicher gewannen sie an Boden, bis schließlich der ganze dritte Stock in ihrer Hand war. Rasch bewegte sich das Ringerteam hinauf in den größtenteils ungeschützten vierten Stock, der eigentlichen Wohnung Evekians. Hier war alles leer.

Nachdem er eine Minute lang den Kampfverlauf beobachtet hatte, merkte der Verbrecherboß, daß seine Truppen unterlegen waren. Er gehörte nicht zu denen, die mit dem sinkenden Schiff untergehen, und suchte eine Fluchtmöglichkeit übers Dach, wo sein Privatkopter bereitstand.

Kaum hatte er den Helikopter erreicht und sich ans Steuer gesetzt, hörte er zu seinem Entsetzen hinter sich eine weibliche Stimme. »Immer mit der Ruhe. Ich habe einen Stunner in der Hand und keine Hemmungen, ihn anzuwenden.« Gleichzeitig spürte Evekian den Druck der kalten Mündung am Hinterkopf.

Er bewies ihm, daß die Drohung ernst gemeint war.

Luise deForrest wechselte nun aus dem Hintergrund auf den Sitz neben dem Piloten, wobei sie jedoch ihre Waffe unverwandt aufs Ziel gerichtet hielt. Evekian, realistisch und vorsichtig wie er war, unternahm keinen Fluchtversuch. »Ich weiß nicht, wer Sie sind und warum Ihre Leute meine Firma angreifen«, sagte er, »aber Sie befinden sich offensichtlich in einem Irrtum.«

»Der Irrtum, mon ami, liegt auf Ihrer Seite, weil Sie mir Cheevers auf den Hals hetzten. Aber ich gebe Ihnen die Chance, den Fehler zu korrigieren. Wir beide werden uns jetzt ausführlich über einen gewissen Rawl Winsted und seine Tätigkeit hier auf Kolokov unterhalten.«

»Evekian zeigte sich eigentlich recht mitteilsam, nachdem ich ihn zum Reden gebracht hatte«, berichtete Luise dem Herzog wenige Stunden später. »Zuerst wollte er nicht mit der Sprache heraus und behauptete, es handle sich um eine Verwechslung. Als ob jemand, der nichts zu verbergen hat, seine Firma mit einer ganzen Armee verteidigt. Schließlich brachten Rick und ich ihn dazu, uns alles Gewünschte zu sagen. Ich glaube, den endgültigen Ausschlag gab die Drohung, wir würden ihm zu einem Sopran im Chor verhelfen.«

Herzog Etienne lehnte sich zurück und unterdrückte ein Gähnen. Es war früh am Morgen, und er hatte die ganze Nacht auf Luises Bericht gewartet. Er wünschte, sie würde endlich zur Sache kommen. Doch wußte er aus langer Erfahrung, daß es keinen Sinn hatte, seine Nichte zu drängen, wenn sie ins ausführliche Erzählen kam.

»Es stellte sich heraus«, fuhr Luise fort, ohne auf das Schlafbedürfnis des Herzogs Rücksicht zu nehmen, »daß dieser Evekian auf Kolokov den großen Drahtzieher spielt. Selbst unternimmt er nicht viel, doch arrangiert er jeden Coup für andere auf Provisionsbasis. Hat man beispielsweise den Plan für einen Raub im Kopf, ist aber selbst für die Ausführung nicht geeignet, nimmt man mit Evekian Kontakt auf, und er treibt den Mann auf, der die Sache übernimmt. Will man einen Mord inszenieren, findet er den Killer und verschafft einem selbst ein bombensicheres Alibi. Er ist eine Art Vermittler und wird durch die Talente und Fähigkeiten anderer reich.

Im Falle Winsted trat man an ihn wegen eines Experten in der Behandlung von Miniaturmechanismen wie beispielsweise Uhren heran. Es standen zwar jede Menge Juweliere zur Verfügung, aber der Klient wollte unbedingt jemanden, der am Rande der Illegalität arbeitete und keine Skrupel kannte. Evekian ließ Winsted kommen. Zu den Bedingungen des Jobs gehörte, daß Winsted sich mit einem hypnotischen Block einverstanden erklärte. Doch wurde er dafür so gut bezahlt, daß der Verlust einer kurzen Gedächtnisspanne keinen allzu hohen Preis darstellte.«

»Wußte Evekian, um was es bei dem Auftrag ging?«

Luise schüttelte den Kopf. »Er behauptet nein, und ich neige dazu, ihm zu glauben. Evekian ist der Typ, der keine Fragen stellt, damit man ihn nicht als Komplizen festnageln kann. Winsted erfüllte seine Aufgabe, wurde bezahlt und verschwand sodann. Evekian war nun der Meinung, die Sache wäre abgeschlossen, bis ich aufkreuzte und mich als Winsteds Partnerin ausgab, nach der dieser angeblich geschickt hatte. Natürlich wollte Evekian nicht, daß jemand auf der Szene auftauchte, ehe er seine Provision bekommen hatte. Deswegen wollte er mich entführen lassen und mich aushorchen. Aber das klappte dann ja nicht.«

»Konntest du wenigstens den Namen des Klienten herausbekommen, der die Dienste Winsteds in Anspruch nahm?«

Luise holte erst tief Luft. »Ja, das konnte ich. Es war Fjodor Paskoi, Herzog von Kolokov.«

5. KAPITEL
Wettspiele

Die Tour der Prinzessin nahm mit einem Strandritt einen sehr zwanglosen Anfang. Alle Teilnehmer bekamen einen Dorvat als Reittier, einen Sechsfüßler von der Größe eines Esels. Diese Tiere waren auf Ansegria beheimatet und hatten sich als leicht zu zähmende Reittiere erwiesen. Fremde brauchten zwar meist eine Weile, um sich an den sonderbaren sechsfüßigen Gang dieser Geschöpfe zu gewöhnen, und es gab zunächst viel Gelächter auf Kosten derjenigen, die mit den braven, aber ein wenig eigenwilligen Tieren nicht zurechtkamen. Besonders Jules stellte sich unbeholfener an, als er war, und mußte allerhand Späße über sich ergehen lassen, die er aber gutmütig auffaßte, wie es dem Charakter seines John Dallum entsprach.

Das Gefolge der Prinzessin war so sorgfältig ausgewogen zusammengestellt, daß genügend Hofdamen als Partnerinnen für die Kandidaten vorhanden waren. So würde niemand während der nächsten vierzehn Tage allein sein und die Gesellschaft des anderen Geschlechtes entbehren müssen. Zu Ednas Pflichten gehörte es, sich ungezwungen unter die stattliche Männerschar zu mischen und mit jedem einzelnen so viel Zeit wie möglich zu verbringen. Auf diese Weise hoffte sie, ihren zukünftigen Gemahl und Vater des nächsten Stanley-Herrschers kennenzulernen.

Der Tag war sonnig und warm. In der Gegend um Cambria war das Wetter zu dieser Jahreszeit meist besonders verläßlich. Während die Gesellschaft auf den Dorvats den Strand entlang ritt, war die Prinzessin in ein Gespräch mit einem jungen Mann namens Hans Gudding vertieft. Er war ein Bankierssohn vom Planeten Vandergast und hatte sich in der interstellaren Finanzwelt bereits einen Namen gemacht. Sein spezielles Interessengebiet war die Landwirtschaft der Zukunft. Ausführlich erklärte er ihr die Probleme der interstellaren Nahrungsmittelwirtschaft.

Dieses Thema war längst nicht so trocken, wie es klingt, denn Hans Gudding war ein gewandter junger Mann, mit viel Enthusiasmus für seinen Beruf ausgestattet, und Begeisterung pflegt ansteckend zu wirken. Edna hörte ihm mit aufrichtigem Interesse zu. Ihre Ausbildung war so gründlich, daß sie auch über das Handelswesen auf interstellarer Ebene eingehend informiert war, doch wußte sie, daß diese komplizierte Materie noch mehr Wissen erfordern würde, sobald sie den Thron bestiegen hatte.

Als Herrscherin eines riesigen galaktischen Imperiums mußte sie über alle der Menschheit bekannten Fachgebiete Bescheid wissen, und Edna sah in ihren Besucherreisen eine wichtige Gelegenheit ihre Kenntnisse auf allen Gebieten zu vertiefen.

Sie hörte also aufmerksam zu, während der junge Mann auf sie einredete; und unterbrach ihn nur gelegentlich mit einer Frage. Seine nicht sehr feinfühligen Andeutungen, daß sie gut daran täte, einen bei der Bewältigung verschiedener Situationen und im Umgang mit Menschen versierten Gatten zu wählen, überging sie diskret. Sie hatte schon genügend Reisen dieser Art hinter sich, um zu wissen, daß sie für die meisten dieser Männer keine Frau aus Fleisch und Blut war, sondern nur ein Mittel, das ihnen Reichtum und Macht in ungeahntem Ausmaß verschaffen konnte. Dieses unpersönliche Interesse an ihrer Person gehörte zu jenen Facetten ihrer Reisen, die sie am meisten irritierten und die als zwanglose Erholung geplante Veranstaltungen letztlich zu tödlich langweiligen Pflichten ausarten ließen.

Schließlich erreichten sie die vorbestimmte Stelle am Strand. Die Dienerschaft des Barons war vorausgeeilt und hatte für die Gesellschaft ein üppiges Picknick vorbereitet. Während des Essens im Sand gab es viel Gelächter und Trubel. Edna nahm die Gelegenheit wahr, stahl sich von Guddings Seite und begann ein Gespräch mit einem der anderen zur Verfügung stehenden Männer.

Nach dem Essen schlug Anton Borov als Zeitvertreib ein paar Wettspiele vor. Jules hegte den Verdacht, daß er mit diesem Vorschlag nur herausrückte, weil er zu gewinnen hoffte und damit die Aufmerksamkeit der Prinzessin auf sich zu lenken. Die Idee fand allgemeine Zustimmung, nur mußte man sich nach einigem Hin und Her über die Form der Wettkämpfe erst einig werden. Als erstes sollte ein Ringen stattfinden, danach einige Wettläufe. Die meisten Männer waren erpicht, daran teilzunehmen. Eine der Ausnahmen bildete Liu, der sich still absonderte, während die anderen bereits eifrig Lockerungsübungen machten. Neugierig gesellte sich Edna zu ihm. »Und Sie nehmen nicht am Wettkampf teil?« fragte sie ihn.

»Nein. In Wettstreit treten, hieße die Illusion des Lebens anerkennen, nämlich, daß willkürliche Ziele wichtiger seien als innere Erkenntnis. Ich überlasse den anderen gern alle Wettkämpfe.«

»Also Sie glauben nicht an Wettstreit, nehmen aber trotzdem an dieser Reise teil und bewerben sich damit um meine Hand. Erscheint Ihnen das nicht als Widerspruch?«

»Gar nicht. Edna, Sie sind ein mit freiem Willen begabtes Wesen wie wir alle. Sie werden schließlich Ihre Wahl treffen. Ich wurde von meinem Planeten als eine der Alternativen ausgewählt, nicht mehr. Gegen die anderen Männer im Wettstreit zu siegen, wäre töricht, weil Sie ja auch bei den Besiegten ihre Tugenden und Fehler in Betracht ziehen müßten. Nur indem ich alle wirklich töte und Ihnen damit sämtliche Alternativen nehme, würde der Konkurrenzkampf mir etwas einbringen.«

Lius Ideen waren so bizarr, daß Edna ihn wie betäubt anstarrte. Was für ein seltsamer junger Mann, dachte sie. Nach den vielen krampfhaften Bemühungen, ihr Interesse zu wecken, wirkte seine Objektivität höchst erfrischend. Ich sollte mehr über ihn zu erfahren trachten, dachte sie weiter. Schließlich gehört der Planet Anares zu meinem Reich. Ich sollte erfahren, wie die Menschen dort denken und handeln, was sie anstreben und was sie brauchen. Trotz ihres Interesses und ungeachtet der Tatsache, daß sie sonst nicht auf den Mund gefallen war, fiel ihr keine passende Antwort ein. Liu schien alle normalen Gesprächsthemen zu Geschwätz zu degradieren. Sie blieb schweigend neben ihm sitzen und beobachtete, was sich am Strand vor ihr abspielte.

Die Ringkämpfe spitzten sich bald zu einem Finale zwischen zwei von drei Männern zu, nämlich zwischen Jules, Paul Symond und Anton Borov. Jules wußte, daß er dank seiner Kräfte und seines Trainings alle beide besiegen konnte, doch wußte er auch, daß er damit seine Tarnung preisgeben würde. Daher verlor er im Semifinale mit Anstand gegen Symond und setzte sich in den Sand, um den Verlauf des Endkampfes mit anzusehen.

Dieser Kampf gestaltete sich sehr schwierig. Für Jules war Symonds Überlegenheit bald klar, weil dieser kräftiger und beweglicher war. Aber Borov war zum Sieg entschlossen. Während er und Symond einander umkreisten, drückte die Miene des Mannes von Kolokov tierische Wildheit aus. Immer wieder ging er zum Angriff über und wandte dabei Griffe an, die über einen freundschaftlichen Wettkampf hinausgingen. Nur Symonds Wendigkeit war es zu verdanken, daß er ohne Verletzung davonkam. Schließlich konnte Borov den Gegner zu Boden bringen und stürzte sich mit aller Kraft auf ihn. Der Mann aus Lateesta drehte und wand sich wie ein Aal und konnte sich endlich befreien. Er drehte jetzt den Spieß um und nagelte Borov am Boden fest. Borov mußte den Kampf aufgeben.

Der nächste Wettbewerb sollte ein Wettlauf zu Fuß, den Strand entlang, sein, doch erwies sich diese Idee als undurchführbar. Der Sand war so locker, daß man außer direkt am Wasser keinen richtigen Halt hatte. Borov brachte nun eine andere Möglichkeit aufs Tapet: »Warum reiten wir nicht auf unseren Dorvats?«

»Können die denn richtig laufen?« fragte ein anderer zweifelnd. »Die Biester machen einen lahmen Eindruck.«

»Natürlich rennen sie«, sagte Borov. »Alles, was gehen kann, kann auch rennen. Wie sonst könnten sie vor Verfolgern oder vor Bränden flüchten? Es handelt sich nur darum, ihnen die richtige Motivation zu geben. Na, wer macht mit?«

Fünf Kandidaten, Symond eingeschlossen, nahmen Borovs Herausforderung an. Jules wollte nur als Zuschauer teilnehmen. Er war seiner Reitkunst auf einem unzuverlässigen Tier nicht besonders sicher, noch dazu auf einem ihm nahezu unbekannten Dorvat. Ein fremdes Tier zu einer ungewohnten Leistung zu zwingen, konnte unangenehme Folgen nach sich ziehen, für das Tier und für den Reiter.

Das halbe Dutzend Teilnehmer stellte die Reittiere in einer Linie entlang der Küste auf. Das Rennen sollte bis zu einem Felsen gehen, der einen Kilometer weiter landeinwärts aufragte. Dort sollten die Reiter wenden und an den Start zurückkommen.

Auf das Startsignal hin stießen alle sechs die Fersen in die Flanken ihrer Dorvats. Die Tiere, im äußersten Fall an ein gemächliches Dahintraben gewöhnt, reagierten nicht, und einige Reiter versuchten es daraufhin mit mehr Kraftaufwand. Die Dorvats gerieten in Panik und bäumten sich auf. Die auf dieses Manöver nicht gefaßten Reiter wurden abgeworfen. Die Panik griff um sich, und alle sechs Tiere trampelten nun los und drohten die Männer unter ihren Hufen zu zertreten.

Jules, Jacques und Yvonne reagierten blitzschnell und wollten sofort helfend eingreifen. Yvette wollte mithalten, entschied sich sodann jedoch dagegen. Jemand mußte an Ednas Seite bleiben, gleichgültig, was passierte, für den Fall, daß diese Miniatur-Stampede nur als Ablenkung dienen sollte, während das befürchtete Attentat vorbereitet wurde. Als die Blicke aller auf diese Szene gerichtet waren, sah sie sich gründlich um. Aber sie konnte keine verdächtigen Aktivitäten bemerken.

Nur Sekunden nachdem die Reiter abgeworfen worden waren, erreichte das Agententrio den Ort der Katastrophe. Sofort befanden sie sich inmitten eines Waldes wild ausschlagender Beine. Die Dorvats hatten je sechs Beine, und jedes Tier wog mehr als dreihundert Kilo – also beachtliche Hindernisse, denen sie sich gegenübersahen. Den fliegenden Hufen ausweichend, packte Jules einen der heruntergefallenen Körper. Der Mann, ein Nagalianer namens Itsu Yabashi, hatte bei dem Sturz das Bewußtsein verloren und war den Hufen hilflos ausgesetzt. Jules zerrte ihn aus der Gefahrenzone. Yvonne und Jacques hatten alle Hände voll mit der Rettung anderer Kandidaten zu tun. Jules bemerkte, daß Symond bei Bewußtsein geblieben war und sich kriechend aus der Gefahrenzone hatte retten können. Er stand da, unsicher, wie er sich verhalten sollte. Nein, von ihm war keine Hilfe zu erwarten, aber damit gab es wenigstens einen gefährdeten Körper weniger.

Jules erspähte Anton Borov, der im Mittelpunkt der Stampede auf dem Boden lag. Um ihn herum Hufe und sich aufbäumende Dorvat-Leiber. Sich zwischen den erschreckten Tieren hindurchschlängelnd, versuchte Jules Borov zu erreichen.

Da traf ihn der linke Mittelhuf eines Dorvats seitlich am Kopf. Obwohl der Tritt ihn kaum gestreift hatte, standen dreihundert Kilo Masse dahinter. Jules geriet ins Wanken und stieß mit dem Leib eines anderen Dorvats zusammen. Dieser zweite Anprall brachte ihn zu Boden, direkt vor die Hufe eines dritten durchgehenden Tieres. Vonnie, seine Braut, hatte alles mitangesehen und stieß unwillkürlich einen Schrei aus. Sie lief los, um Jules zu retten. Ihr Bruder Jacques sah auf ihren Schrei hin auf und hatte die Lage sofort erfaßt. Er ließ seine Bürde fallen und warf sich für seinen zukünftigen Schwager ins Getümmel. Beide wußten, daß sie zu spät kamen. Die Entfernung war zu groß, als daß sie Jules noch rechtzeitig hätten erreichen können.

Während Jules sich nach Möglichkeit aus dem Weg des angreifenden Tieres rollte, spürte er plötzlich die Gegenwart eines anderen menschlichen Wesens in seiner Nähe. Aus einem Augenwinkel sah er die zierliche Gestalt Choyen Lius, der sich in den Kampf gestürzt hatte. Mit einem Teil seines Bewußtseins hatte er einen Sekundenbruchteil Zeit, sich zu fragen, was dieser zerbrechliche Religionsstudent mit seiner Heldentat wohl erreichen wollte.

Doch da stand der Anarianer auch schon neben dem rasenden Tier, scheinbar ungerührt von den wirbelnden Hufen. Er streckte die Hand aus und streichelte den kurzen, gedrungenen Nacken des Tieres. Dabei produzierte er seltsame Trillergeräusche und versuchte damit das aufgebrachte Tiergemüt zu beruhigen. Der Dorvat wurde ruhiger, er ließ sich auf seine vier Hinterbeine sinken, und mehr brauchte Jules nicht. Er rollte sich endgültig aus dem Gefahrenbereich, und Vonnie half ihm auf die Beine. Jacques rettete an Jules' Statt den bewußtlosen Borov.

Kaum war die Gefahr gebannt, war es Yvonnes erster Impuls, Jules in die Arme zu schließen. Doch ihre ausgeprägten Agenteninstinkte gewannen die Oberhand und erinnerten sie daran, daß sie und Jules die Rollen von Fremden spielten. Mit bewundernswerter Zurückhaltung sah sie ihn förmlich an und sagte:

»Sind Sie verletzt?«

»Alles in Ordnung«, antwortete Jules augenzwinkernd. Dann wandte er sich nach den rasenden Dorvats um.

Choyen Liu hielt sich hervorragend. Unerschrocken schritt er durch die Schar aufgebrachter Tiere, redete ihnen beruhigend zu, trillerte ihnen etwas vor, berührte sie sachte und besänftigte die Verwirrung und Furcht in ihren Hirnen. Als er sich zwischen sie geworfen hatte, waren die Tiere noch unbezähmbar gewesen, und doch hatte er sich, ohne Schaden zu nehmen, in ihrer Mitte bewegt und sie innerhalb von dreißig Sekunden so beruhigt, daß man sich ihnen wieder nähern konnte. Trotz ihres erregten Schnaubens stellten sie keine Gefahr mehr dar.

Jules war wie vor den Kopf geschlagen. Er hatte bis jetzt nur einen Menschen getroffen, der mit Tieren so gut umgehen konnte, nämlich seine Cousine zweiten Grades, Jeanne, die, obwohl erst siebzehn Jahre alt, die erste Dompteuse des Zirkus war und als Beste ihres Faches galt. Sie konnte sich in jedes lebende Wesen so gut einfühlen, daß sie die wildesten Bestien der Galaxis nach ihrer Pfeife tanzen ließ. Es sah aus, als verfüge auch Choyen Liu über ähnliche Talente. Das mußte man sich gut merken. Jules verstaute diesen Punkt in einem Winkel seines Gedächtnisses.

Er stand auf und klopfte dem Anarianer anerkennend auf die Schulter. »Vielen Dank«, sagte er. »Hervorragend, wie Sie das machen. Sie haben mir das Leben gerettet.«

»Sie selbst haben mutig das Leben für andere aufs Spiel gesetzt«, entgegnete Liu. »Gestatten Sie mir die Bemerkung, daß Sie in meinen Augen wie der geborene Kämpfer aussehen.«

Wieder hatte Liu eine Andeutung fallenlassen, daß er Jules für mehr hielt, als dieser zu sein vorgab. Und wieder ignorierte Jules absichtlich den Köder. »Kommen Sie, sehen wir mal, ob unsere Kameraden noch Hilfe brauchen.«

Inzwischen hatten sich alle Ausflugsteilnehmer um die Szene der Dorvat-Tragödie geschart. Auch die Prinzessin hatte sofort hinlaufen wollen, als die Gefahr gebannt war, doch Yvette mahnte sie, daß sie ständig in Gefahr schwebe und sich aus Sicherheitsgründen Zeit lassen solle. Folglich blieben Edna, Yvette und die Leibwache ein wenig abseits auf einer kleinen Anhöhe stehen und beobachteten von dort aus die Vorgänge.

Die Verletzungen stellten sich als leicht heraus, was ein schieres Wunder war. Einer der jungen Männer blieb bewußtlos, obwohl die Atmung normal war und nirgends Anzeichen einer Verletzung zu sehen waren. Ein anderer Kandidat hatte sich den Knöchel verstaucht. Die Dorvats hatten ihm außerdem zwei Finger gequetscht. Ansonsten war er heil geblieben. Borov kam zu sich und beklagte sich über stechende Schmerzen in der rechten Brusthälfte. Jules und einige andere äußerten den Verdacht, daß er ein paar gebrochene Rippen abbekommen hätte. Einer der Leibwächter gab die Neuigkeiten zum Schloß durch, und kurz darauf traf ein Ambulanz-Kopter ein und holte die Verletzten ab.

Die übrigen Party-Teilnehmer ritten auf ihren nunmehr wieder ganz ruhigen Reittieren in düsterem Schweigen zurück nach Schloß Rockhold. Die Stimmung war merklich gedämpft. Diese

Vorstellungstour, die für alle Beteiligten als einmaliges Erlebnis geplant war, hatte sich bereits am ersten Tag problematischer erwiesen, als die meisten gedacht hatten.

Im Schloß gab es nun vor dem Dinner eine zweistündige Pause. In dieser Zeit erfuhren sie auch vom weiteren Schicksal der Verletzten. Der noch immer Bewußtlose hatte eine Gehirnerschütterung samt Schädelbruch davongetragen. Er würde an den weiteren Veranstaltungen nicht mehr teilnehmen können. Der Kandidat mit dem verstauchten Knöchel und den zerquetschten Fingern wollte sich der Gesellschaft wieder anschließen, obwohl er in seiner körperlichen Aktivität sehr behindert war. Bei Borov stellten die Ärzte drei gebrochene Rippen fest und wollten ihn im Krankenhaus behalten, doch er beharrte darauf, daß er sich tadellos fühle. Er wollte um jeden Preis wieder zurück zur übrigen Gesellschaft. Widerstrebend verpflasterte man ihm den Brustkorb, tankte ihn mit Regenerativa auf und teilte ihm mit, er könne am nächsten Morgen zurück nach Rockhold, müsse jedoch diese Nacht zur Beobachtung im Krankenhaus bleiben.

Als sie definitiv wußten, was aus ihren Kameraden geworden war, hob sich die Stimmung der Gesellschaft beträchtlich. In dem Bemühen, die peinlichen Ereignisse des Nachmittags endgültig abzuschütteln, kleideten sich alle zum Dinner besonders festlich. Man war fest entschlossen, sich trotz der Vorfälle sorglos zu unterhalten. Ednas Tischherr war Paul Symond, der sich als sehr angenehmer Gesprächspartner erwies. Er langweilte sie nicht zu Tode mit Gerede über seine Arbeit oder über seine Eignung als Prinzgemahl. Statt dessen unterhielten sie sich über Kindheitserlebnisse, erzählten einander heitere Abenteuer mit Hunden und besprachen aktuelle Zeitereignisse. Als sie sich nach dem Essen zurückzog, hatte die Prinzessin die Unannehmlichkeiten des Nachmittags beinahe vergessen.

Sie entließ ihre Zofe und bat Yvette zu sich. »Die Tour dauert jetzt genau einen Tag«, sagte sie. »Was hältst du davon?«

»Schwer zu sagen«, antwortete ihre Freundin und Beschützerin. »Ich nehme an, daß solche Aufregungen nicht alltäglich sind.«

»Stimmt. Es war das erste Mal, daß dergleichen passierte. Wären dabei nicht drei Menschen verletzt worden – ganz zu schweigen von den möglichen Opfern –, hätte ich die Episode als willkommene Auflockerung der Monotonie begrüßt. Aber eigentlich wollte ich deine berufliche Meinung hören. Wie sehen die Dinge im Hinblick auf den Auftrag aus?«

Yvette seufzte. »Nichts Neues. Ich habe den Raum hier mit den Spezialinstrumenten untersucht. Hier drinnen sind noch keine Bomben. Eigentlich wollte ich den ganzen Trakt des Schlosses nochmals gründlich durchsuchen, wenn alles schläft, aber das wird uns nicht viel helfen. Heutzutage stellt man Mikrobomben her, die man kaum aufspüren kann.«

»Und wie steht es mit den Verdächtigen?«

»Ich hatte noch nicht viel Zeit, mir die Leute anzusehen. Heute nachmittag konnte ich mit Jules unsere Beobachtungen vergleichen, aber auch er steht vor einem Rätsel. Theoretisch sind alle einwandfrei, und doch sind alle potentielle Attentäter. Jules hält Borov für den Hauptverdächtigen, da er von Kolokov kommt, dem Planeten, auf dem Winsted verhaftet und wo dieser Plan offensichtlich entwickelt wurde. Mir gefällt der Bursche auch nicht besonders.«

Edna nickte. »Mir auch nicht. Er ist zu aufdringlich und benimmt sich zu auffallend. Diese Typen kenne ich. Er glaubt, Dreistigkeit und Snobismus fänden meinen Beifall. Bei jeder nur möglichen Gelegenheit spielt er sich auf. Eine Ehe mit ihm wäre unerträglich. Er ist rechthaberisch und herrschsüchtig. Ich suche einen Partner, der mir beim Regieren zur Seite steht. Einen Tyrannen kann ich an meiner Seite nicht brauchen.«

»An Entschlossenheit mangelt es ihm nicht. Er wollte trotz seiner Rippenbrüche weiter an den Veranstaltungen teilnehmen«, meinte Yvette nachdenklich. »Ich frage mich, ob er etwa einen Auftrag hat, den er unbedingt ausführen muß.« Sie zuckte die Achseln. »Ach ja, Jules sagte, er wolle Borovs Zimmer durchsuchen, während er noch im Krankenhaus liegt. Falls er eine Bombe versteckt hat, wird Jules sie finden. Außerdem will er diesen Anarianer Choyen Liu im Auge behalten. Der Mann habe Bemerkungen fallenlassen, die Jules' Verdacht erregten.«

»Ja, ein seltsamer Mensch«, sagte Edna. »Ich konnte mich mit ihm ein wenig unterhalten. Ich werde aus ihm nicht klug, er ist so anders als alle, denen ich je begegnet bin. Man möchte ihn zunächst als Mystiker oder religiösen Sprücheklopfer abtun, aber dann vollbringt er Dinge, wie das Zähmen dieser Dorvats, und man beginnt sich zu wundern. Eigentlich sieht er auf exotische Weise sehr gut aus. Was hältst du von ihm?«

»Kann ich nicht sagen, ich kam mit ihm kaum in Berührung. Aber wenn Jules ihn als Verdächtigen ansieht, behalte ich ihn im Auge.«

»Und Paul Symond?« fragte Edna unvermittelt.

»Als möglichen Attentäter oder künftigen Prinzgemahl?«

»Beides.«

»Als Verdächtiger rangiert er gleichwertig mit den anderen. Als Mann« – sie lächelte –, »würde ich sagen: ganz große Klasse. Solange er den Ladykiller nur im übertragenen Sinne spielt, könnte er mir sehr gefährlich werden. Bekomme ich ihn, wenn er als Prinzgemahl nicht in Frage käme?«

»Das verspreche ich«, sagte Edna lachend. »Das Wort einer Prinzessin gilt. Ja, er hat mich beeindruckt. Ihm liegt nicht so sehr daran zu beweisen, daß er einen guten Prinzgemahl abgäbe als vielmehr einen guten Ehemann. Und den suche ich in erster Linie.« Ihr Lachen ging in ein warmes Lächeln über. Sie sah Yvette offen an. »Ich bin froh, daß du da bist, und nicht nur als Beschützerin. Du bist für mich eine Freundin, mit der ich mich aussprechen kann. Ich brauche eine gleichaltrige Vertraute.« Sie umarmte Yvette, und die SOTE-Agentin erwiderte die Geste herzlich.

Die beiden unterhielten sich noch eine Weile, dann ging Yvette, um sich für ihren mitternächtlichen Rundgang bereitzumachen. Edna sah ihr beruhigt nach. Sie wußte, daß sie unter dem Schutz von Menschen wie Jules und Yvette ruhig schlafen konnte – diese Nacht und alle künftigen Nächte.

6. KAPITEL

Eine Einladung auf Burg Rimskor

Auf jedem Planeten, auf dem der Zirkus der Galaxis ein Gastspiel absolvierte, war Herzog Etienne darauf bedacht, dem einheimischen Adel Einladungen, verbunden mit Freikarten, zu schicken, angefangen vom Baron, in dessen Stadt der Zirkus seine Zelte aufschlug, bis hinauf zum Herzog des gesamten Planeten. Kolokov bildete keine Ausnahme, nur widmete Etienne d'Alembert der Einladung, die er an Herzog Fjodor schickte, ganz besondere Aufmerksamkeit.

Die Einladung war handgeschrieben. Die kunstvoll verschnörkelten goldenen Lettern wurden von Etiennes Nichte Françoise entworfen, einer Expertin in der fast ausgestorbenen Kunst der Kalligraphie. Diesem eindrucksvollen Schreiben war eine persönliche, herzliche Einladung Etiennes an Herzog Fjodor beigegeben: Er möge in seiner Privatloge eine Vorstellung der besten Artisten der Galaxis genießen und sich an Herzog Etiennes berühmter Weinsammlung und an den Meisterwerken seiner in der ganzen Galaxis gerühmten Köche delektieren.

Der Herzog unterzog sich dieser Mühe aus einem ganz bestimmten Grund. Natürlich hätte er sofort ein Angriffsteam in Herzog Fjodors Festung schicken können. Doch wäre dies ein selbstmörderisches Unternehmen gewesen. Niemand kannte die Anlage der Burg, niemand kannte ihre Sicherheitseinrichtungen, und vor allem wußte niemand, was man eigentlich suchte. Drei Angehörige hatte er bei dem Angriff auf Evekians Haus verloren, weitere dreizehn waren im Krankenhaus gelandet. Aber dieser Angriff war noch eine harmlose Aktion, verglichen mit den Verlusten, die bei der Erstürmung der herzoglichen Festung zu erwarten gewesen wären. Er zweifelte nicht an einem möglichen Erfolg. Das Vertrauen in die Fähigkeiten seiner Familie, der besttrainierten Agentengruppe in der Geschichte des Imperiums, war unerschütterlich. Doch wollte er die Kosten der Operation, die Zahl der Todesopfer, so gering als möglich halten.

Er hoffte, das Vertrauen Herzog Fjodors zu gewinnen und vielleicht sogar als Revanche eine Gegeneinladung in die Burg zu erhalten. Kannte er das Innere einigermaßen, konnte er die Situation schon besser einschätzen und einen Angriff planen.

Natürlich hatte er auch die Möglichkeit in Betracht gezogen, mit Hilfe der hiesigen SOTE-Abteilung den Herzog aufgrund der von Evekian ausgeplauderten Tatsachen verhaften zu lassen. Doch waren die Beweise für ein offizielles Einschreiten nicht stichhaltig genug. Herzöge nahmen in der Adelshierarchie die zweithöchste Rangstufe ein, und man konnte einen so hohen Würdenträger nicht einfach einem Verhör unterziehen wie einen gewöhnlichen Verbrecher. Als rechte Hand des Kaisers verfügte das Service über große Machtbefugnis, doch damit verknüpft war die Verantwortung, diese Macht nicht zu mißbrauchen. Falls Herzog Fjodor sich nicht freiwillig zu einer Aussage bequemte, mußte sein Fall vor den Obersten Gerichtshof kommen, und bis dahin konnten Monate vergehen. In der Zwischenzeit blieb das Leben der Kronprinzessin noch immer ständig durch die Bombendrohung gefährdet. Man mußte also zu subtileren Methoden greifen.

Die Antwort des herzoglichen Sekretärs war eine Enttäuschung. Der Herzog verlasse wegen seiner körperlichen Gebrechen nur höchst selten die Burg. Überdies gestatte seine anfällige Gesundheit keinesfalls den Genuß von Wein und üppigen Speisen. Doch wäre der Herzog entzückt, sich eine Fernsehaufzeichnung der Vorstellung anzusehen – auch Sensabel-Übertragungen wären leider ungeeignet für ihn. Er lasse anfragen, ob es genehm wäre.

Der Senior der d'Alemberts antwortete umgehend, daß er Herzog Fjodors Gründe selbstverständlich respektiere, daß es jedoch gegen eine zweihundertjährige Tradition des Zirkus verstoße, eine Vorstellung übertragen oder aufzeichnen zu lassen.

Er äußerte sein Bedauern darüber, daß Herzog Fjodor bei Speisen und Getränken Vorsicht walten lassen müsse, wiederholte aber, daß der Zirkus auch darauf eingestellt sei, mit verschiedenen gesundheitlichen Problemen kämpfende Menschen zu bewirten. Man würde den speziellen Bedürfnissen Seiner Gnaden allergrößte Aufmerksamkeit widmen. Herzog Fjodor würde mit derselben Sorgfalt bedient werden wie in seiner Burg.

Diesmal war Herzog Etienne mehr Erfolg beschieden. Im Antwortbrief Herzog Fjodors stand, der Herzog fühle sich durch

Herzog Etiennes Fürsorge sehr geehrt und rechne es sich als besondere Ehre an, als sein Gast einer Zirkusvorstellung beizuwohnen. Er wollte bereits an diesem Abend kommen, und Etienne war außer sich vor Freude. Jetzt kam der Zirkusmanager in ihm zum Vorschein, der in aller Eile sämtliche Vorbereitungen treffen mußte.

Herzog Fjodor traf in seinem Privat-Kopter, begleitet von einem kleinen Mann, ein, den er als seinen Leibarzt Dr. Immanuel Rustin vorstellte. Zunächst war Etienne nicht wenig erschrocken beim Anblick von Herzog Fjodors Skelettgestalt, die in einem Labyrinth von Röhren und Apparaten verankert war. Zwar hatte er dank der SOTE-Unterlagen Bescheid gewußt, vermied es nun aber krampfhaft, sich sein Entsetzen über die straffgespannte Haut, die Käferaugen und die schimmernden Metallzähne anmerken zu lassen. Es glückte ihm nicht völlig. Herzog Fjodor lächelte ein Totenkopflächeln und sagte: »Ja, fast alle erschrecken, wenn sie mich sehen.« Seine Stimme, die aus den Doppellautsprechern zu beiden Seiten des Kopfes kam, klang völlig unmenschlich.

»Ich wollte Sie nicht beleidigen«, antwortete Etienne hastig. »Ja, ich gebe zu, daß ich verblüfft bin, mehr nicht. Schließlich benutze ich selbst eine Prothese, müssen Sie wissen.«

Zur Erläuterung hielt Etienne den rechten Arm hoch und schraubte die Hand am Gelenk ab. Ein Schuß hatte ihn vor vierzehn Jahren während einer Mission der Hand beraubt. Die künstliche Hand, die den Verlust seitdem ersetzte, war perfekt nachgebildet und von einem natürlichen Körperteil nicht zu unterscheiden. Sie war eigentlich noch hilfreicher, denn in jedem Finger waren Geräte ganz spezieller Art verborgen. Die Finger waren oberhalb der Knöchel abnehmbar, und Herzog Etienne besaß mehrere Garnituren für verschiedene Zwecke. Diese Tatsache war jedoch außerhalb der Familie nicht allgemein bekannt. Etienne tarnte die Verbindungsstellen an den Fingern mit auffälligen Ringen.

In Herzog Fjodors Augen leuchtete es auf, als er einen anderen Prothesenträger vor sich sah. »Wie ist das passiert?« wollte er wissen.

Etienne antwortete mit einem Achselzucken: »In einem Zirkus lassen sich Unfälle nicht immer verhindern.«

Als Herzog Fjodor sich vorbeugte und die Ersatzhand begutachtete, bemerkte Etienne das sonderbare Schmuckstück am Hals des anderen – so ein Anhänger mit einem integrierten Kreis an einer Goldkette. Das habe ich schon irgendwo gesehen, überlegte er, doch ein hastiges Durchstöbern seines Gedächtnisses förderte kein konkretes Bild zutage. Er gab es für den Moment auf und deponierte die Tatsache als interessantes Detail in seinem Bewußtsein. Im Augenblick mußte er sich um wichtigere Dinge kümmern.

Nachdem die anfängliche Befangenheit überwunden war, kamen die zwei Herzöge prächtig miteinander aus. Wie versprochen, hatten sie die besten Plätze, nämlich die Privatloge des Direktors. Die Artisten wußten, daß ein Ehrengast anwesend war, und lieferten eine besonders eindrucksvolle Vorstellung. Herzog Fjodor war hingerissen von ihren Darbietungen.

»Ich gestehe, daß ich körperliche Gewandtheit immer bewundert habe. Vielleicht deswegen, weil ich selbst in dieser Hinsicht immer behindert war, und wenn ich sehe, wie Menschen ihre Körper mit nicht zu überbietender Perfektion beherrschen, findet das meine uneingeschränkte Bewunderung.«

Nach der Vorstellung erklärte Herzog Fjodor Herzog Etienne, er freue sich sehr, daß er sich schließlich doch entschlossen hätte zu kommen. Er könne sich nicht erinnern, sich jemals so gut unterhalten zu haben. »Sie müssen mir während Ihres Aufenthaltes die Ehre Ihres Besuches zuteil werden lassen. Morgen abend gebe ich einen Empfang für den Botschafter von Horatia – zur Feier des 250. Jahrestages der Koloniegründung. Es handelt sich um eine Party im großen Stil. Ich bestehe darauf, daß Sie mein Gast sind. Ich möchte mich für die heutige Vorstellung revanchieren.«

»Ich werde sehr gerne kommen. Darf ich meinen Bruder Marcel mitbringen?«

»Natürlich. Seine Darbietung fand ich hinreißend. Glauben Sie, ich könnte ihn bitten, meinen Gästen morgen eine kleine Vorstellung zu geben?«

Etienne d'Alembert lächelte. Genau diese Gelegenheit hatte er herbeigesehnt. »Selbstverständlich, es wird ihm eine Ehre sein. Also dann bis morgen.« Und die zwei Herzöge – der eine ein Verräter, der andere ein getreuer Agent der Krone – schieden in aller Freundschaft voneinander.

Herzog Fjodor ließ seine zwei Ehrengäste am nächsten Abend mit einem seiner Privatgleiter vom Zirkus abholen. Herzog Etienne d'Alembert von DesPlaines und Lord Marcel d'Alembert, um sie mit ihren vollen Titeln zu nennen, waren so gekleidet, wie es ihrem Rang entsprach. Der Herzog trug eine graue Samttunika über grauen Hosen. Die Tunika-Ärmel waren geschlitzt und ließen die silbernen Unterärmel sehen. Ein schlichter Platinreif schmückte den Kopf und wurde von den silbergrauen Locken fast versteckt. In der Mitte der Brust prangte ein Saphir, der an einer Platinkette hing und genau zu den Saphiren an den Ringen der künstlichen Finger paßte. Darüber trug er ein halblanges graues Samtcape, mit grauer Seide abgesetzt. Die Füße steckten in Artistenschuhen aus besticktem grauen Samt.

Marcel betonte sein geheimnisvolles, dämonisches Aussehen durch einen hautengen schwarzen Anzug, dessen geschlitzte Ärmel ein leuchtendrotes Innenfutter sehen ließen. Die Mitte umschlang ein schwarzer Ledergürtel mit Rubinen, das jettschwarze Haar war von einem roten Samtkäppchen bedeckt. Die hohe schlanke Gestalt wurde durch ein bodenlanges schwarzes Cape mit rotem Futter noch betont. Diese zwei auffallenden, gutaussehenden Zirkusmänner waren dazu angetan, Aufmerksamkeit und Interesse aller in Frage kommenden Damen auf dem Empfang auf sich zu lenken.

Die Limousine fuhr etwa eine Stunde lang über Land, ohne daß die zwei Fahrgäste auf dem Hintersitz viel geredet hätten. Schließlich sahen sie vor sich eine dunkle Erhebung aufragen. »Liegt die Burg des Herzogs auf diesem Berg?« fragte Etienne den Fahrer.

»Die Burg ist der Berg«, lautete die knappe Antwort.

Burg Rimskor war in der Tat ein eindrucksvolles Bauwerk. Es erhob sich unglaubliche 275 Meter hoch aus der Ebene, der Durchmesser an der Basis betrug über hundert Meter. Das Ungetüm bestand aus einer mit Aluminium und Plastik abgedeckten Stahlstruktur. Sogar der Wald, der die Anlage umgab, war künstlich. Baum-Imitationen aus schimmerndem Metall wuchsen an den Hängen, Robotertiere bewegten sich mit mechanischer Anmut dazwischen. Alles in allem eine architektonische Errungenschaft, die im Sektor nicht ihresgleichen hatte.

Es gab nur einen Weg ins Berginnere, das sonst unzugänglich

schien. Die Privatstraße führte bis an ein riesiges Bogenportal. Ein Energiegitter verwehrte ihnen die Weiterfahrt. Sie hielten vor vertikalen, in 25 Zentimeter Abstand angebrachten Stangen an, während ihr Wagen in Scheinwerferlicht getaucht wurde. Zwei bewaffnete Posten standen hinter dem Tor und musterten die Gesellschaft teilnahmslos, bis der Fahrer eine kleine, mit einem elektronischen Code versehene Plastikmarke in einen Schlitz in der Wand steckte. Als die Tore langsam aufschwangen, zog der Fahrer die Marke heraus und steckte sie in seine Tasche. Er fuhr an den Posten vorbei in die große Garage, die auf der untersten Ebene des Burginneren lag.

Hier hatte bereits eine Vielzahl von Wagen geparkt. Daraus war zu ersehen, daß der Empfang in den oberen Etagen voll im Gange sein mußte. Der Fahrer hielt den zwei Fahrgästen die Tür auf, und Marcel d'Alembert streifte den Mann beim Aussteigen leicht. »Ich möchte Ihnen für Ihre hervorragenden Dienste Dank sagen, mein Guter«, sagte er voll Würde. »Gewiß werden Sie es sein, der uns wieder zum Zirkus zurückbringt.«

»Ich oder einer der anderen Fahrer aus der Dienerschaft Seiner Gnaden, mein Herr.«

»Nein, ich bestehe darauf, daß Sie uns fahren. Sie haben so hervorragende Arbeit geleistet, daß ich diese Aufgabe Ihnen übertragen wissen möchte.«

»Wie Sie wünschen, mein Herr.« Und er geleitete sie zum Aufzug.

»Hast du das Ding?« flüsterte Etienne, als sie allein waren.

Als Antwort steckte Marcel ihm die Eintrittsmarke aus Plastik zu, die er aus der Tasche des Fahrers beschafft hatte, als er ihn flüchtig streifte. Etienne nahm das Plastikstück und fuhr mit dem Ringfinger der rechten Hand leicht darüber. Das elektronische Fühlgerät im künstlichen Finger las den Code ab und speicherte ihn für eine künftige Verwendung. Hastig gab er seinem Bruder die Marke zurück. »Wenn wir aufbrechen, wird sie wieder in seiner Tasche sein«, sagte Marcel. »Man wird keinerlei Verdacht schöpfen und daher auch den Tür-Code nicht ändern.«

»Und wenn er das Ding in der Zwischenzeit sucht?«

»Er wird es später in derselben Tasche finden und meinen, er hätte es übersehen. Geht es einem nicht oft so, daß man etwas an einem Ort findet, an dem man gründlich gesucht zu haben glaubte? Das gehört zu den kleinen Überraschungen des Lebens. Wie steht es mit den Verteidigungsanlagen?«

Herzog Etienne strich leicht über seinen kleinen Finger. »Zu beiden Seiten der Straße ein dichtes Minenfeld. Auf der Straße selbst konnte ich Infrarotsperren und Kontaktplatten feststellen, die den Wachen ankündigen, daß jemand kommt. Auch die Straße ist vermint, so daß die Posten jeden unliebsamen Besucher in Stücke blasen können.«

In diesem Augenblick glitten die Aufzugtüren auf. Das Gespräch verstummte jäh, und die zwei Brüder traten hinaus auf den Hauptgang. Wie überall in der Burg, waren auch hier die Wände aus glänzend poliertem Metall. Große, in die Wand eingelassene Edelsteine reflektierten Regenbogentöne über den gesamten Raum. Die gewölbte Decke überspannte erst gut zwanzig Meter über ihren Häuptern den Raum. Sie setzte sich aus Tausenden von Spiegeln zusammen, so daß alle ihre Bewegungen über ihnen zu sehen waren. Mehrere Dutzend Menschen bevölkerten bereits den Saal, und beide Männer wußten, daß – wäre der Raum leer gewesen – ihre Schritte trotz der relativ weichen Schuhe wie Gewehrschüsse von dem schimmernden Metallboden widergehallt wären.

Ein in einer Phantasielivree steckender Roboter näherte sich ihnen. Es handelte sich um eine Standardtype, anderthalb Meter groß, zylindrisch, mit zahlreichen, vom Körper ausgehenden Tastarmen. Sie zeigten ihm die Einladung des Herzogs, und der Roboter meldete sie prompt per Lautsprecher an. Gleich darauf sahen sie den großen, dünnen Maschinen-Leib Herzog Fjodors auf sie zukommen. Er begrüßte sie herzlich. »Na, wie geht's? Ich bin froh, daß Sie kommen konnten. Lord Marcel, die Begegnung mit einem so hochtalentierten Mann ist mir ein Vergnügen. Ihre gestrige Darbietung war nichts weniger als superb.«

»Euer Gnaden sind selbst mit Talenten reich gesegnet. Diese Burg ist eines der raffiniertesten und kunstvollsten Beispiele der Architektur, das ich je zu sehen bekam. Daneben nehmen sich meine Zauberkünste jämmerlich aus.«

Das Kompliment traf ins Schwarze. Herzog Fjodor strahlte wie ein kleiner Junge, dessen Raumschiffmodell den ersten Preis in einem Bastelwettbewerb davongetragen hat. Seine Burg hatte ihn offenbar viel Liebe und Investitionen gekostet, und so enthusiastisch gespendetes Lob öffnete die Schleusen seiner Herzlichkeit. »Ich habe mein Bestes getan, um die Anlage so ungewöhnlich wie möglich zu gestalten«, sagte er. »Soll ich Sie ein wenig herumführen?«

»Nichts lieber als das«, sagte Marcel der Wahrheit entsprechend. »Im Moment stellt Ihre Burg für mich eines der interessantesten Objekte im ganzen Universum dar.« Er wandte sich an seinen Bruder. »Wie steht es mit dir?«

Etienne lächelte. »Ja, ich muß zugeben, daß mein eigenes Schloß auf DesPlaines sich damit nicht annähernd messen kann. Wir müssen dort sehr niedrig und solide bauen – der Schwerkraft wegen, müssen Sie wissen. Ja, es wäre mir eine große Ehre, wenn Sie uns Ihr Heim zeigen.«

»Dann also gleich hier entlang.« Herzog Fjodor hielt auf das Ende des riesigen Saales zu, und die zwei d'Alemberts hinter ihm konnten kaum Schritt halten. Elegant gekleidete Würdenträger bedachten sie mit neugierigen Blicken. Alle fragten sich, wer diese zwei, vom Herzog so bevorzugten Männer wären.

»Sie werden sehen«, fuhr der Herzog fort, als er ihnen aus dem allgemeinen Bereich des Saales in einen abgeschiedeneren Teil vorausging, »daß ich mich beim Bau fast gänzlich für Metall und Plastik entschied. Meine Dienerschaft besteht größtenteils aus Robotern, und die Erhaltung des Baues und seiner Anlagen geschieht automatisch. Meine schärfsten Kritiker haben mich aus diesem Grund tiefenpsychologisch analysiert, man stelle sich das vor! Es wurde allerlei Unsinn verzapft, so zum Beispiel, daß ich eine besondere Neigung zu Maschinen entwickelt hätte, weil ich durch Maschinen am Leben erhalten werde, daß ich die Natur verachte und aus meinem Leben ausschließe, weil mich die Natur im Stich ließ.« In einiger Entfernung sahen sie am Ende eines Ganges helles Licht. Als Herzog Fjodor die beiden Männer in den Raum führte, mußten sie die Augen zusammenkneifen, um von dem unglaublichen Anblick nicht geblendet zu werden.

»Seht diesen Raum«, sagte der Herzog von Kolokov. »Seht die Halle der Winkel, die Quintessenz meiner Schöpfungen!«

Es war ein Anblick, der ihnen die Sprache raubte. Der Raum selbst hatte gigantische Ausmaße. Es schien, daß er die Hälfte von Burg Rimskor mit Leichtigkeit ausfüllte. Die Decke war so hoch über ihnen, daß Etienne sie nur mit Mühe und Halsverrenkungen ausmachen konnte. Der Boden maß dreißig Meter in der Länge. Geneigte Rampen führten von den zahlreichen, in verschiedener Höhe angebrachten Eingängen hinauf und hinunter. Sie verliefen in scharfem Zickzack und zerrten an den optischen Nerven eines gesunden menschlichen Hirns. Die Rampen hingen an langen Verstrebungen von der Decke. Die gesamte Konstruktion wirkte von der Struktur her widernatürlich und so zerbrechlich, als könne sie einem kräftigeren Windstoß nicht standhalten.

Außerdem hingen von der Decke Tausende große metallene Mobiles. Sie bestanden einzig aus spitzwinkligen Gebilden, von denen jedes schimmerte und glänzte und sein gezucktes Bild im ganzen Raum reflektierte. Der ganze riesige Raum war voller pulsierender, rotierender weißer Funken, Reflexionen einer starken Lichtquelle, die vom Deckenmittelpunkt herunterstrahlte.

Der Raum übte eine geradezu hypnotische Wirkung aus, und Etienne mußte entdecken, daß er nach wenigen Sekunden den Blick wieder mit Gewalt auf den schimmernden Metallboden richten mußte. Marcel, dessen Illusionstricks ihn vielleicht immunisiert hatten, war imstande, den Raum näher zu begutachten, aber auch er mußte sich fest zusammennehmen, damit der Anblick ihm nicht den Verstand verwirrte.

»Bemerkenswert, nicht wahr?« fragte Herzog Fjodor stolz.

»Es ist ... überwältigend«, sagte Etienne, nachdem er krampfhaft nach einer diplomatischen Wendung gesucht hatte. »Sicher hat es dergleichen noch nie gegeben.«

Der Hausherr nahm es als Kompliment. »Ich verabscheue nicht die Natur, sondern die Unzulänglichkeit. Schönheit ist für mich gleichbedeutend mit Präzision. Die Präzision der Bewegungen eines Roboters – aber genauso im Falle Ihres Zirkus, die Präzision menschlicher Wesen, die ihre kunstvollen und gefährlichen Darbietungen mit unbeschreiblicher Glätte und Perfektion ausführen. Die Halle der Winkel ist dem Geist der Präzision gewidmet, der Mechanik ... kurz gesagt, der Perfektion.«

»An so viel Perfektion muß man sich erst gewöhnen«, sagte Etienne. »Darf ich Sie bitten, in der Besichtigung fortzufahren? Hier fühle ich mich so ... überwältigt.«

»Verstehe«, erwiderte der Herzog von Kolokov. »Der Anblick kann den Geist sehr beanspruchen. Jetzt werde ich Ihnen die prosaischeren Teile meiner Behausung zeigen.«

Diese ›prosaischeren‹ Teile der Burg waren, obwohl weniger umwerfend als die Halle des Irrsinns, nichtsdestoweniger wahre Meisterwerke angewandter Technik. Die riesige Küche, in der Mahlzeiten für zweihundert Gäste zubereitet werden konnten, war in Wirklichkeit eine Fließbandanlage zur Speisenzubereitung. Computer steuerten alles, von der Herstellung einer einzigen Rühreiportion bis zur Fertigung von sechs Dutzend Gala-Menüs. Dutzende Roboter hantierten da und dort herum, keiner größer als einen Meter und alle mit mindestens sechs ständig beschäftigten Händen ausgerüstet.

»Sehen Sie sich das Speiseaufzugsystem an«, sagte Herzog Fjodor stolz und deutete auf eine große Öffnung in der Wand.

»Speisen oder Speisenbehälter können von hier in jeden beliebigen Raum befördert werden. Das System ist unsichtbar im Inneren der Wände angelegt. Unsichtbar, praktisch und vollautomatisiert. Wie die Halle der Winkel mein eigener Entwurf und völlig narrensicher.« Die zwei Gäste begutachteten das System, bewunderten es gebührend und fuhren sodann in der Besichtigung fort.

Die Schlafräume waren nüchtern und zweckmäßig und unter reichlicher Verwendung von Spiegelwänden und gleißenden Lichtern ausgestattet. Diese ausgiebige Verwendung von Metallen ließ alles kalt und unpersönlich erscheinen. Es war kaum glaublich, daß ein normaler Mensch in einem solchen Raum einschlafen konnte – man mußte fürchten, daß man von Träumen überfallen wurde, in denen man sich in einen Roboter verwandelte und zu einem mechanischen Bestandteil dieses ungeheuren Bauwerks wurde.

Die Bibliothek war imponierend, aber auch hier herrschte Kälte. Vom Boden zur Decke lange Regale an allen Wänden, und das alles in kühler, fast übertriebener Eleganz. Der Herzog von DesPlaines dachte an seine eigene Bücherkollektion, die ihn überallhin begleitete. Er sammelte Bücher, und zwar die alten Exemplare der Buchdruckkunst, die in diesem fünfundzwanzigsten Jahrhundert fast ausgestorben war. Zugegeben, die Bücher waren schwerer und nahmen mehr Platz weg als eine gleiche Zahl von Rollen. Doch hatten sie etwas Solides und Greifbares an sich. Das in ihnen enthaltene Wissen schien viel realer.

Gleichgültig, wie viele Kehrtwendungen und Drehungen sie

machten oder wie viele Etagen hinauf oder hinunter sie wanderten, Marcel d'Alemberts scharfer Verstand erfaßte ihren jeweiligen Standort genau. Mit angeborenem Orientierungssinn legte er im Geiste einen Plan des gesamten Burginneren an. Später, nach ihrer Rückkehr in den Zirkus, wollte er das alles aufzeichnen, damit das Angriffsteam, das diese Festung bald überfallen würde, sich danach richten konnte.

»Jetzt haben wir alles gesehen«, sagte Herzog Fjodor, als er sie nach beendetem Rundgang in einen anderen Saal führte, in dem sich ebenfalls Gäste tummelten. »Lord Marcel, würden Sie nun die Güte haben und wenigstens einen Teil ihrer Darbietungen vor meinen Gästen wiederholen?«

»Mit Vergnügen«, antwortete der Zauberkünstler. »Ich brauche aber einige Minuten Vorbereitungszeit.« Herzog Fjodor nickte und entfernte sich, um einen Diener auszuschicken, der die bevorstehende Vorstellung allgemein ausrufen sollte.

Zu seinem Bruder gewandt, fügte Marcel hastig hinzu: »Einen Bereich hat er uns vorenthalten. Das ist ein großer weißer Fleck auf meinem Plan. Auf dieser Etage, auf der östlichen Seite dieses riesigen Wahnsinnsraumes. Der weiße Bereich ist nur ein oder zwei Raume tief, reicht aber mindestens acht Stock in die Höhe.«

»Und du meinst, da drinnen ist etwas, das wir nicht sehen sollten?«

»Es ist eine Untersuchung wert. Er war doch sonst übereifrig darauf bedacht, uns alles übrige hier zu zeigen. Warum also nicht das?« Er verstummte, als er seinen Namen hörte. »Hört sich an, als müßte ich anfangen. Drück mir die Daumen.«

»Drück du sie für mich. Ich brauche deine guten Wünsche viel dringender«, sagte Etienne lächelnd, als sein Bruder sich bereits durch die Menschenmenge zu der improvisierten Bühne drängte, die man für ihn aufgestellt hatte.

»Vielen Dank für Ihre Aufmerksamkeit, meine Damen und Herren«, begann der Zauberkünstler. »Man nennt mich manchmal den größten Zauberer der Galaxis. Ich weiß, daß ich es nicht bin, aber was richtet meine Meinung gegen so viele andere schon aus? Und wenn ich ein großer Zauberkünstler bin, dann verdanke ich es ganz und gar meinem Publikum – nämlich Ihnen. Sie müssen wissen, daß kein Zauberer ohne die unbewußte Hilfe seiner Zuschauer arbeiten kann. Zum Beispiel – Sie, mein Herr«, und er näherte sich einem Mann, der in der ersten Reihe stand. »Wir sind uns nie zuvor begegnet. Und Sie glauben jetzt, ich möchte Sie in mein Zauberkunststück einbeziehen, weil ich ausgerechnet Sie anspreche. Aber in Wirklichkeit –« und an dieser Stelle zog er der neben dem Mann stehenden Frau einen Blumenstrauß aus dem Ohr – »beziehe ich Sie, meine Dame, ein. Verzeihung, Gnädigste. Für Sie.« Er verbeugte sich tief und überreichte unter allgemeinem Gelächter und Beifall den Strauß der überraschten Matrone.

»Ablenkung ist alles«, fuhr er fort, als die Leute sich beruhigt hatten. »Ich kann machen, was ich will, und Sie bemerken es nicht, weil ich Ihre Aufmerksamkeit ablenke. Sie helfen mir also, indem Sie meinen Anregungen so genau folgen. Noch ein Beispiel: Sehen Sie auf meine rechte Hand.« Er hob die Hand in einer übertriebenen Gebärde, und alle Blicke folgten ihm. »Und dabei vollführe ich den Trick mit meiner Linken.« Als Beweis hielt er die Linke mit einer brennenden Kerze in die Höhe. Wieder dankte man ihm mit Gelächter und Beifall.

Das war das Stichwort für Etienne. Wie Marcel so treffsicher gesagt hatte, war Ablenkung die Hauptsache. Während die Gäste wie gebannt der Vorstellung folgten, konnte Herzog Etienne unauffällig verschwinden.

Er lief leise den Gang entlang und erreichte wieder die Halle der Winkel. Wie sein Bruder gesagt hatte, befand sich an der Ostseite eine Tür, vermutlich verschlossen. Etienne ging hin, berührte sie jedoch nicht und unternahm auch keinen Versuch sie zu öffnen. Statt dessen ließ er den kleinen Finger der künstlichen rechten Hand den Türrahmen entlangfahren, einen Zentimeter von der Oberfläche entfernt. Wie vermutet, zeigten die empfindlichen Instrumente im Inneren des künstlichen Fingers eine elektronische Sperre und ein sehr kompliziertes Alarmsystem an. Die für ein Aufbrechen der Tür nötigen Werkzeuge hatte er nicht bei sich, aber das war von untergeordneter Bedeutung – das Werkzeug war daheim im Zirkus vorhanden.

Marcel hatte behauptet, daß der abgetrennte Bereich sich mehrere Stockwerke in die Höhe erstreckte. Etienne renkte sich fast den Hals aus, als er hochsah, um festzustellen, ob aus diesem Raum eine Tür weiter oben herausführe. Ja, es sah aus, als gäbe es drei Etagen höher tatsächlich eine Tür, aber allein das Hinaufsehen verursachte in ihm wieder jenes panikartige Gefühl, das er bereits beim ersten Betreten des Raumes verspürt hatte. Er bekam Gänsehaut und mußte die Augen schließen, um dem Gleißen und den anderen betäubenden Wirkungen zu entgehen. Allein und mit geschlossenen Augen spürte er mehr, als daß er sie hörte gewisse Schwingungen in dem völlig stillen Raum. Wahrscheinlich Ultraschall, dachte er. Schwingungen in der Luft mit einer für das menschliche Ohr unhörbaren Frequenz, aber ausreichend, um auf das Nervensystem eines Menschen einzuwirken. Kein Wunder, daß dieser Raum unheimlich wirkte – das gehörte zu Herzog Fjodors System, Menschen zu beeindrucken. Wahrscheinlich genoß er es, wenn sich die Besucher unbehaglich fühlten.

Das Wissen um das Geheimnis des Raumes ließ ihn weniger furchterregend erscheinen, doch der Ultraschall machte Herzog Etienne dennoch nervös. Er ging an eine der Rampen, die zur Höhe der angestrebten Tür führten. Vor dem Aufstieg überprüfte er die Metallrampe mit seinem Finger. Sie war weder elektrisch geladen noch wies sie eine Alarmeinrichtung auf. Die Rampen waren genau das, was sie zu sein schienen – eine Möglichkeit, zu Fuß von einer Etage zur nächsten zu gelangen.

Die Rampe geriet leicht ins Schwingen, als er einen Schritt darauf tat, machte aber ansonsten einen stabilen Eindruck. Als er den Aufstieg begann, vermeinte er die Vibrationen an den Sohlen stärker zu spüren. Ehe er die gewünschte Höhe erreichte, mußte er mit der Rampe vier abrupte Richtungsänderungen mitmachen, vier scharfe Kehren mittels unmöglich spitzer Winkel. Und mit jedem Mehr an Höhe steigerten sich die Vibrationen merklich, so daß Etienne, als er endlich die gewünschte Höhe erreichte, am ganzen Körper zitterte. Herzog Fjodor hatte die Abwehreinrichtungen dieses Raumes subtil, aber gekonnt geplant.

Zu seiner Verwunderung war dieser Eingang weder versperrt noch an eine Alarmanlage angeschlossen. Herzog Fjodor schien sich blindlings auf die Wirkungen des Unterschalls zur Entmutigung von Besuchern der oberen Stockwerke zu verlassen – oder war er davon ausgegangen, daß die meisten Eindringlinge es in erster Linie an der unteren Tür versuchen würden? So oder so, Etienne wollte sich nicht die Gelegenheit entgehen lassen nachzusehen, was jener Bereich verbarg, den ihnen ihr Gastgeber vorenthalten hatte.

Er öffnete die Tür und sah zunächst nichts als Finsternis. Er wagte nicht, den neben der Tür angebrachten Lichtschalter zu betätigen, um nicht unnötig Aufmerksamkeit zu erregen. Das überließ er lieber denen, die nach ihm kommen würden. Die waren dafür besser ausgerüstet.

Er hatte eben die Tür geschlossen und wollte wieder über die Rampe hinunter, als eine laute Stimme ertönte: »He! Was machen Sie da?«

Das Oberhaupt des d'Alembert-Clans hob die Rechte und richtete den Zeigefinger in die Richtung der Stimme. Der Finger enthielt einen Mini-Strahler. Etienne war entschlossen, sich den Weg freizuschießen und den unangenehmen Zwischenfall später irgendwie zu erklären.

Der Sprecher war ein Roboter, eine der kleinen Maschinchen, die draußen im großen Ballsaal Erfrischungen anboten. Da seine Funktionen begrenzt waren, war vermutlich auch seine Intelligenz begrenzt. Der Roboter hatte sich aller Wahrscheinlichkeit nach auf dem Weg zur Küche befunden, als er ihn sichtete. Mit etwas Glück mußte es Etienne gelingen, sich herauszuschwindeln.

Er ließ die Hand sinken, tat so, als schwanke er und wäre einer Ohnmacht nahe. »Ich wollte ... frische Luft schnappen ... sah diese Tür hier oben, stieg hoch ... Jetzt fühle ich mich ganz benommen.« Während des Sprechens begann er taumelnd den Abstieg in der Hoffnung, die beschränkte Maschine so zu verwirren, daß sie inaktiv blieb. Jeder Schritt weg von der Tür war ein Schritt zu seinen Gunsten. Die Nähe zu dieser Tür war das Verdachterregende. Wenn er den Roboter davon überzeugen konnte, daß er keine dunklen Absichten hatte, würde die Maschine vielleicht keine Meldung machen.

»Sie haben kein Recht, hier zu sein«, sagte die Maschine.

»Es tut mir leid, mir war so ... übel, daß ich nicht wußte, was ich tat.« Etienne hatte jetzt die Hälfte der Rampe hinter sich und fühlte sich mit jedem Schritt sicherer.

»Unbefugten ist der Eintritt verboten«, wiederholte der Roboter. Es handelte sich um eine Maschine von beschränkter Kapazität, aber großer Beharrlichkeit.

»Sie haben natürlich völlig recht«, sagte Etienne, der jetzt das Ende der Rampe erreicht hatte. »Hier unten geht es mir gleich viel besser«, sagte er wahrheitsgemäß. »Ich schulde Ihrem Herrn, dem Herzog, eine Rechtfertigung, weil ich hier unbefugt hereinplatzte. Würden Sie die Güte haben, mir zu sagen, wo er sich befindet, damit ich meine Entschuldigung unverzüglich vorbringen kann?«

Dieser Schachzug stiftete totale Verwirrung in dem schlichten Apparat. Wenn dieser Unbekannte ein Einbrecher war – eine noch unbewiesene Hypothese –, dann benahm er sich anders als gewöhnliche Einbrecher ... Die Frage nach dem Hausherrn war für einen Verbrecher höchst ungewöhnlich. Nachdem er dreißig Sekunden lang die Daten von seinen Schaltkreisen analysieren ließ, kam der Roboter zu der Erkenntnis, daß es sich bei dem Eindringling um genau das handeln mußte, was er selbst behauptet hatte – um einen Gast, der sich erfrischen wollte. »Seine Gnaden, der Herzog befindet sich im Ballsaal bei der Darbietung eines Zauberkünstlers«, sagte er und setzte den Weg in die Küche fort. Der Eindringling war bereits aus seinem schwachentwickelten Bewußtsein gelöscht worden. Etienne stieß einen Seufzer der Erleichterung aus und machte sich auf den Weg zurück zum Hauptschauplatz. Seine wichtigste Aufgabe hatte er erfüllt. Burg Rimskor war ausgekundschaftet, der wahrscheinliche Ort möglicher weiterer Hinweise festgestellt. Das Auffinden der gesuchten Informationen mußte warten, bis die Sturmtruppe der d'Alemberts und nicht die zwei Patriarchen die Sache in die Hand nahmen.

Inzwischen durfte er sich mit Vergnügen das Ende der Vorstellung seines Bruders zu Gemüte führen.

7. KAPITEL

Eine Jagdgesellschaft

Der zweite Tag der Vorstellungstour ließ sich so schön an wie der erste, doch die zwei d'Alemberts waren nicht in geeigneter Stimmung. Beide hatten in der Nacht nicht geschlafen, sondern ihre Unterlagen miteinander verglichen und das Gebäude von oben bis unten durchsucht. Yvette hatte den Gang in jenem Schloßtrakt, in dem Edna wohnte, Zentimeter für Zentimeter mit ihrer elektronischen Ausrüstung abgesucht. Jede Ritze, jedes kleinste Loch im Verputz, jeder Bilderrahmen, jedes einzelne Möbelstück waren von ihr eingehend abgetastet worden. Das einzige Ergebnis waren rotgeränderte Augen und eingehende Kenntnis der Architektur von Schloß Rockhold.

Jules' Suche war ebenso ergebnislos. Während Borov seiner Rippen wegen noch im Krankenhaus lag, nahm sich Jules die Freiheit heraus, das Zimmer des Kandidaten mit seinen eigenen Detektoren abzusuchen. Er überprüfte die persönlichen Sachen, Kleider, Gepäck, Möbel, alles, was eventuell eine Bombe verbergen konnte. Nichts. Falls Borov der Attentäter war, hatte er die Bombe ins Krankenhaus mitgenommen. Ein gefährlicher Schachzug – aber schließlich spielte er ein gefährliches Spiel um hohe Einsätze. Natürlich war es ebensogut möglich, daß Borov nicht der Verräter war – in diesem Fall blieben Jules ein Dutzend Verdächtige, über die er sich den Kopf zerbrechen konnte.

Er diskutierte mit Yvette das Problem. »Ednas Trakt ist sauber«, sagte Yvette, »und die Sicherheitsvorkehrungen sind so umfassend, daß ich mir nicht vorstellen kann, wie jemand sich einschleichen und eine Bombe legen könnte – auch keine kleine.«

Sie stieß einen enttäuschten Seufzer aus. »Bis jetzt waren wir höchst mittelmäßig, mon cher frère. Wir müssen etwas übersehen haben, oder aber die Drohung kommt aus einer Richtung, von der wir nichts ahnen.«

Jules litt unter ähnlichen Gefühlen. Wütend hieb er mit der Faust auf die Handfläche. »Möglich. Möglich. Ich habe gelernt, auf deine Intuition zu vertrauen. Aber damit haben wir nicht den leisesten Hinweis darauf, was wir eigentlich suchen. Ehe wir nicht auf etwas Besseres kommen, müssen wir an unserer einzigen Spur weiterarbeiten.«

»Und in der Zwischenzeit hängen wir tagsüber wie die Kletten an der Prinzessin und geistern in der Nacht durchs Schloß. Wenn wir den Verräter nicht in den ersten drei Tagen finden, falle ich um vor Erschöpfung.«

Die Geschwister trennten sich. Jeder ging auf sein Zimmer und versuchte, wenigstens ein paar Stunden Schlaf zu finden, ehe wieder die Pflicht rief.

Beim Frühstück verehrte Choyen Liu Prinzessin Edna eine wunderschöne Papierblume. »Wie hübsch«, rief sie aus. »Woher haben Sie die Blume?«

»Ich habe sie gestern abend selbst gemacht«, erwiderte er. »Die Blütenblätter stellen die Entfaltung der Seele um den Mittelpunkt des essentiellen Seins dar.«

»Ach.« Mehr fiel der Prinzessin als Antwort zunächst nicht ein. »Ich danke Ihnen. Ich weiß das Geschenk zu würdigen. Es ist Ihnen so ähnlich.«

»Sie sind zu liebenswürdig. Es stellt nur ein nützliches Meditationsobjekt dar.«

Als sie sich mit Yvette an den Frühstückstisch setzte, arrangierte Edna die Blume so geschickt, daß die Agentin sie unauffällig untersuchen konnte. Mit scheinbar lässigen Bewegungen näherte Yvette ihre getarnten Sensoren bis auf wenige Zentimeter dem Objekt. Keine Gefahr. Yvette nickte unmerklich, und Edna befestigte die Papierblume an der Schulter ihrer Tunika.

Die Strandaktivitäten des Vortages forderten einen höheren Preis als erwartet. Niemand hatte sich gegen die Sonne geschützt, und als Folge davon litten alle, von der Prinzessin abwärts, an leichten Sonnenbränden. Die einzigen, die diesem Schicksal entgingen, waren Symond und Liu.

»Die Sonne von Anares ist grün und heißer als die hiesige«, erklärte Liu auf eine diesbezügliche Frage. »Ich bin an weit mehr Sonneinstrahlung gewöhnt, als ich hier mitbekomme.«

»Meine Haut ist merkwürdig«, erklärte der blonde, hellhäutige Symond hingegen. »Entweder es passiert überhaupt nichts, oder ich verbrenne total. Wahrscheinlich hatte ich gestern nur Glück.« Die anderen gaben sich mit dieser Erklärung zufrieden.

Auf dem Tagesprogramm stand diesmal eine Jagd in einem von Rockhold einen halben Kilometer entfernten kleinen Waldgebiet. Bei der Festsetzung des Planes hatten ursprünglich sowohl Jules als auch Yvette heftigen Protest eingelegt. »Uns reicht, daß wir jemanden suchen müssen, der dich in die Luft jagen will«, erklärte Yvette. »Ein Ausflug mit einer Gruppe bewaffneter Menschen ist lächerlich. Wir vom Service und die Leibwache können nicht alle Teilnehmer gleichzeitig im Auge behalten. Ein Schuß genügt – mehr braucht es nicht.«

»Zander sagte, wir sollten alles so normal als möglich abwickeln«, beharrte Edna auf dem Plan. »Man kann in allen Zeitungen lesen, daß ich die Jagd liebe. Unser Attentäter könnte mißtrauisch werden, wenn während der Vorstellungstour keine Jagd veranstaltet würde. Und außerdem werden tatsächlich alle bewaffnet sein. Das wird den Mörder eher abhalten, wenn er weiß, daß er von Bewaffneten umgeben ist. Wenn er mit dem ersten Schuß nicht träfe, bekäme er keine zweite Chance.«

Schließlich setzte natürlich die Prinzessin ihren Willen durch, wenn sie auch dem Vorschlag der d'Alemberts zustimmen mußte, die Jagd in den ersten Tagen der Tour anzusetzen. Ihre Überlegung lautete dahingehend, daß der Attentäter sich in diesem Fall zurückhalten würde. Er würde sich die Chance, sie zu erschießen, vielleicht entgehen lassen, weil er hoffte, später eine bessere Gelegenheit zu finden. Wenn aber die Jagd gegen Ende der Tour stattfand, würde er vielleicht zur Tat schreiten, weil er mit keiner besseren Chance mehr rechnete. Borov stieß kurz nach dem Frühstück wieder zu ihnen, knapp vor ihrem Aufbruch. Die Schmerzen und die Enttäuschung über die verlorene Zeit hatten dazu beigetragen, seine üble Laune noch zu verschlechtern. Er war düster gestimmt und beklagte sich lautstark über die schlechte Behandlung im Krankenhaus. Yvette und Edna tauschten Blicke des Widerwillens, sagten aber nichts dazu. Die Gesellschaft machte sich auf den Weg in den Wald. Wegen des vortägigen Ärgers mit den Dorvats hatte man sich heute für Wagen entschlossen. Man parkte am Waldrand und ging den Rest des Weges zu Fuß. Der Kandidat mit dem verstauchten Knöchel war damit von der weiteren Teilnahme ausgeschlossen.

Die Mannschaft, die für die Sicherheit der Prinzessin zu sorgen hatte, war erleichtert, weil der Kreis der Verdächtigen sich dadurch um einen verringerte.

Die Gesellschaft wanderte durch den kühlen Forst und genoß die frische Luft und gelegentlich eine angenehme Brise. Die natürliche Umgebung und die Erwartung der Jagd rief bei allen eine euphorische Fröhlichkeit hervor, an der es wegen des Mißgeschickes vom Vortag bis jetzt gemangelt hatte.

Im Wald lebte Wild aller Größen. Es gab hier sogar Panna-Katzen, die schnellsten und gefürchtetsten Raubtiere des Planeten. Um der Sache einen sportlicheren Anstrich zu geben, hatte man die Teilnehmer der Jagdgesellschaft trotz wiederholter Einwände der d'Alemberts mit alten Projektil-Schußwaffen ausgerüstet statt mit Stunnern, mit denen man das Ziel zu leicht treffen konnte. Projektil-Waffen erforderten bei der Handhabung mehr Geschick und Genauigkeit. »Ich kann nicht, ohne Verdacht zu erregen, plötzlich mit Stunnern jagen lassen, nachdem ich diese Waffe aus sportlichen Gründen seit Jahren für die Jagd öffentlich abgelehnt habe!« erklärte die Prinzessin ihren Beschützern dazu kategorisch.

Man hatte ein Punkte-System aufgestellt, das auf der Größe des Tieres basierte und der Anzahl der abgegebenen Schüsse. Aus Höflichkeit überließ man demjenigen, der ein Tier aufspürte, das Recht auf den ersten Schuß. Danach war das Tier für alle freigegeben.

Nach knappen zwei Stunden hatten sie ansehnliche Beute gemacht. Das erlegte Wild bestand zum Großteil aus kaninchenähnlichen Wesen, die man Hüpfer nannte. Was ihnen an Größe fehlte, machten sie mit ihrer Geschwindigkeit wieder wett und ließen sich nur sehr schwer von einer Kugel treffen. Edna selbst hatte drei erlegt, Jules, Borov und Symond je zwei, und fast jeder der anderen Kandidaten einen. Die Prinzessin hatte dazu noch einen Weißhals erlegt, einen kleinen Pflanzenfresser. Weißhalsfleisch galt unter den Feinschmeckern Ansegrias als besonderer Leckerbissen, und Edna wurde zu ihrem Jagdglück allgemein beglückwünscht.

Es wurde an diesem Vormittag wenig gesprochen – hauptsächlich, um das Wild nicht aufzuscheuchen. Die allgemeine Stille wurde nur von Gewehrschüssen unterbrochen – und bei jedem Schuß zuckten die zwei d'Alemberts und die zwei Roumeniers zusammen und warfen einen verstohlenen Blick zu der Prinzessin hin. Aber keiner der Schüsse galt ihr.

Edna hatte ihre Bewacher völlig vergessen und genoß das Jagdvergnügen in vollen Zügen. Ihr Antlitz glühte vor Energie, ihre Muskeln waren erwartungsvoll angespannt. Meist ging sie in Gesellschaft Paul Symonds. Sie sprachen nicht viel, und doch herrschte ein grundlegendes Einverständnis zwischen ihnen. Symond genoß die Jagd ebenso wie sie. Sie sah dasselbe Jagdfieber in seinen Augen schimmern, dieselbe Begeisterung beflügelte seine Schritte. Wenn er lächelte, so war sein Lächeln voller Wärme, und jeder Blick, den sie wechselten, stellte eine stumme Zwiesprache dar, bei der es keiner Worte bedurfte.

Als man sich auf einer kleinen Lichtung zu einem Imbiß niederließ, bemerkte Edna zu Choyen Liu, daß er als einziger der Kandidaten kein Jagdglück gehabt und nichts erlegt hätte. »Das kommt daher, daß ich vom Töten der Tiere als Sport nichts halte«, entgegnete er.

»Aber Sie sind kein Vegetarier. Ich sah, daß Sie Fleisch essen.«

»Es ist eine Frage der Bestimmung. Zum Verzehr bestimmte Tiere werden von den Menschen nur um ihres Fleisches willen gezüchtet. Wenn ich dies leugne, verschließe ich meine Augen vor ihrem Schicksal – und weigere mich im Grunde genommen, meine Stelle in der Kette des Lebens einzunehmen.

Aber diese Waldtiere haben eine eigene, von uns unabhängige Bestimmung. Wenn wir sie beliebig und zum Vergnügen jagen, stellen wir uns ihrer Bestimmung entgegen – und stören einen natürlichen Ablauf, der uns eigentlich nichts angeht.«

Langsam begann Edna an Lius kleinen philosophischen Gedankengpielereien Gefallen zu finden. Er trug Wortgefechte mit ihr aus, und sie genoß es. Ihr war, als fordere er mehr von ihr, als sie je zu geben bereit war. Sie stellte sich der Herausforderung und entgegnete: »Aber ist es nicht auch möglich, daß es die Bestimmung dieser Tiere ist, von unseren Gewehren getötet zu werden?«

Liu lächelte. Er freute sich, daß Edna auf seine Überlegungen einging. »Nicht, wenn ich nicht abdrücke«, sagte er und entfernte sich nach einer Verbeugung, um sein Essen abgesondert von den übrigen einzunehmen. Zurück blieb eine höchst erstaunte Kronprinzessin, die sich fragte, was in seinem Kopf wohl vor sich gehen mochte.

»Zerbrechen Sie sich seinetwegen nicht den Kopf«, sagte Borov. »Er wirft mit diesen mystischen Äußerungen um sich, seit er ankam. Kein Mensch hört ihm mehr zu.«

»Ich höre ihm zu«, lautete Ednas kühle Antwort. »Das Seufzen des Windes mag mehr Bedeutung haben als das Kreischen eines Pfaues.« Sie merkte gar nicht, wie sehr ihr Ausspruch dem anarianischen Sprichwortstil ähnelte. Ganz verwundert über ihren eigenen Tiefsinn, entfernte sich die Prinzessin und ließ den wütenden Borov allein mitten auf der Lichtung stehen.

»Ich glaube, ich werde langsam ebenso mystisch wie Liu«, sagte die Prinzessin zu Yvette, als sie sich neben ihr zum Lunch niederließ. »Ich fange schon an, solche Redensarten von mir zu geben … und ich habe das Gefühl, daß ich ihn schon besser verstehe.«

Nach dem Essen brach die Gesellschaft wieder auf, diesmal in der Hoffnung auf größeres Wild. Borov hielt sich im Hintergrund und bewahrte Abstand von Liu. Seine Rippenschmerzen und die eisige Bemerkung der Prinzessin hatten seine Laune noch mehr strapaziert, und er richtete seinen Mißmut mit aller Vehemenz gegen Liu. Dauernd ließ er spöttische Andeutungen über den Anarianer fallen, der seiner Meinung nach seine mangelnde Geschicklichkeit hinter ethischen Einwänden gegen die Jagd verberge. Seine Bemerkungen wurden immer lauter, bis der Anarianer sie schließlich nicht mehr überhören konnte. Aber noch immer schenkte Liu ihm keine Beachtung und ging, die Projektil-Waffe lässig über die Schulter gehängt, weiter.

Dieser Gleichmut brachte Borov noch mehr aus der Fassung, als wenn Liu es ihm mit gleicher Münze heimgezahlt hätte. Er spürte, daß er ignoriert wurde, das Schlimmste, was man einem Typen wie ihm antun konnte. Schließlich war es mit seiner Fassung zu Ende. »Liu!« rief er lauthals. »Dreh dich um und sieh mich an, du feiger Wurm. Kannst du einem Mann nicht mehr in die Augen sehen?«

Edna, die ebenfalls ihr Bestes getan hatte, Borovs Sticheleien von Anfang an zu überhören, fuhr wütend herum und wollte den Kerl ernsthaft rügen. Doch Liu kam ihr zuvor. Sein Gleichmut war tiefem Ernst gewichen. »Hast du Probleme?« fragte der Anarianer ruhig.

Borov wurde durch diese Ruhe ein wenig aus der Fassung gebracht, aber er war schon viel zu weit gegangen und konnte keinen Rückzieher mehr machen, ohne sein Gesicht zu verlieren.

Hartnäckig stichelte er weiter: »Du verdienst es nicht, bei dieser Tour dabeisein zu dürfen. Edna braucht einen Mann und keinen faselnden Anarianerwurm wie dich.«

Ohne Warnung legte Liu auf Borov an und feuerte. Das Geschoß pfiff an Borovs Kopf vorbei, erschreckte ihn zu Tode und entfachte ihn vollends zur Raserei. »Du Mörder, du Kretin!« schrie er. »Ich werde dich töten!«

Vor Wut ließ er seine Waffe fallen und stürzte sich auf den Anarianer wie ein gereizter Stier auf die Capa des Matadors. Doch er sollte sein Ziel nicht erreichen. Beide, Jules und Symond, standen zwischen den Kampfhähnen, wurden sofort aktiv und verhinderten eine Zuspitzung des Kampfes. Symond stand näher bei Borov als Jules und mußte daher die Hauptwucht des Angriffs tragen. Borovs Faust attackierte ihn blindwütig, und Symond konnte sich seiner kaum erwehren. Er vollzog einen strategisch klugen Rückzug, wich vor dem anderen immer mehr zurück und gab somit Jules Gelegenheit einzugreifen. Ein einziger harter Faustschlag von Jules, und Borov ging zu Boden, wo er zwar bei Bewußtsein, aber total benommen, liegenblieb.

Edna näherte sich und blieb neben dem ausgestreckten Körper stehen. »Ich muß sagen«, sagte sie eisig, »das ist die jämmerlichste Situation, die ich je mitansehen mußte. Ich weiß, ich sagte, ich wolle nicht als Prinzessin behandelt werden. Aber Ihr unbeherrschtes, ichsüchtiges und unmännliches Benehmen würde ich nicht einmal meinem geringsten Hausmädchen zumuten. Sie haben sich selbst entehrt und passen nicht in unsere Gesellschaft. Kehren Sie zurück nach Rockhold, packen Sie Ihre Sachen und verschwinden Sie. Ich möchte Sie niemals wiedersehen.«

»Und was ist mit ihm?« stieß Borov hervor und deutete auf Liu. »Er hat auf mich geschossen! Kommt er ohne Strafe davon?«

»Sehen Sie sich um, Borov«, sagte Jules leise.

Borov wandte verächtlich den Kopf und sah zu der Stelle hin, an der er vorhin gestanden hatte. Dort lag, die vollen zweieinhalb Meter ausgestreckt, eine tote Panna-Katze. Der Wind spielte im kurzhaarigen gelb-grünen Fellkleid, die mächtigen Pranken vollführten die letzten Todeszuckungen. Nur ein winziger Blutfleck verunstaltete das herrliche Tier – genau zwischen den Augen, wo Lius einziger Schuß getroffen und sich ins Gehirn des Tieres gebohrt hatte.

»Noch eine Sekunde«, sagte Jules, »und das Tier hätte Sie angesprungen. Ich bemerkte es fast gleichzeitig mit Liu, aber er war ihm bereits direkt zugewandt und konnte rechtzeitig schießen – es war ein perfekter Schuß. So viel zu Ihrer Vermutung, er könnte ein Schwächling oder Feigling sein.« Er faßte nach Borovs Hand und zerrte ihn unsanft auf die Beine. »Sie haben gehört, was Edna sagte – jetzt nichts wie weg.«

In Borovs Augen wetterleuchtete es immer noch. »Dallum, das werden Sie mir büßen«, zischte er, »Und Sie, Symond. Und ganz besonders Liu. Wir beide haben noch ein Hühnchen zu rupfen.«

»So wahr ich hier stehe«, sagte Edna mit kaum verhüllter Wut, »sollten ich oder ein anderer Sie beim Unruhestiften hier erwischen, dann werden Sie wegen Hochverrat und ohne Verfahren nach Gastonia geschickt. Wenn es nach mir ginge, sogar ohne die Vergünstigung eines Raumschiffes. Und jetzt gehen Sie mir endlich aus den Augen!«

Der Ton war nicht mißzuverstehen. Kein Zweifel, diese relativ unauffällige junge Dame war ein echter Sproß der Stanley-Dynastie. Tonfall und Gesten verlangten absoluten Gehorsam.

Borov verzog sich wie ein geprügelter Hund mit eingezogenem Schwanz. Aber Jules konnte nicht umhin, den rachsüchtigen Blick zu bemerken, der noch immer in seinen Augen glühte.

Ohne Borov verlief der Nachmittag zwanglos und ohne bemerkenswerte Vorfälle. Jules und Yvette, die zugeben mußten, daß Edna nichts übriggeblieben war, als Borov zu verbannen, waren dennoch nicht froh darüber. Er war immerhin ein Verdächtiger, und sie konnten seine Aktivitäten jetzt nicht mehr im Auge behalten. Und falls er ursprünglich nicht geplant hatte, Edna zu töten, so hatten ihn die veränderten Umstände vielleicht auf die Idee gebracht, so daß sie jetzt eventuell mit zwei Attentätern zu rechnen hatten. Als Jules einen Augenblick mit der Prinzessin unter vier Augen war, formulierte er es so: »Wenn man bereits in

Lebensgefahr schwebt, ist es nicht sehr sinnvoll, die Menschen gegen sich aufzubringen oder sich noch zusätzlich Feinde zu machen.«

»Ich weiß Ihre Besorgnis zu schätzen«, antwortete Edna, »aber was hätte ich sonst tun sollen? Die Ordnung mußte aufrechterhalten werden, andernfalls wäre die gesamte Veranstaltung gefährdet. Und ein Mensch in führender Position wird sich immer Feinde machen – diese Lektion habe ich bei Hofe rasch gelernt. Für mich stellt Borov keine Bedrohung dar, ich mache mir eher Sorgen, daß er es auf Sie, Symond oder Liu abgesehen hat.«

»Keine Angst«, sagte Jacques Roumenier und fügte hinzu: »Ich werde die Wache alarmieren und dafür sorgen, daß er uns nicht mehr belästigt.«

Am Ende wurde Symond als erfolgreichster Jäger mit den meisten Abschüssen gefeiert. Edna war die zweite und lag nur zwei Punkte hinter ihm, Jules war der fünfte – aber schließlich hatte er sich nicht allzusehr angestrengt.

Auf Rockhold wurde den Gästen das Dinner auf ihren Zimmern serviert. Man wollte ihnen Zeit lassen, sich für den Abend zurechtzumachen. Heute stand ein Ball auf dem Programm, doch keiner der Teilnehmer an der Tour war in richtiger Feststimmung. Die Ereignisse der letzten zwei Tage bedrückten alle.

Dennoch waren alle dem Anlaß entsprechend in großer Garderobe, als sie sich zur vorbestimmten Zeit im Ballsaal einfanden. Prinzessin Edna überstrahlte natürlich alle anderen. Das Mieder ihres Ballkleides war aus prächtigem austernfarbigem Brokat, besetzt mit Gold und Smaragden. Der weite Rock bestand aus in der Taille zusammengehaltenen Brokatbändern, die großzügig zu Boden fluteten. Bei jeder Bewegung raschelten die Bänder und gaben den Blick auf einen grünen Satinunterrock frei. Die ausladenden Ballonärmel waren geschlitzt und ließen grüne Satin-Unterärmel sehen. Edna trug das Haar zu Zöpfen geflochten und auf dem Hinterkopf aufgetürmt. Statt eines Diadems hatte sie eine Goldhalskette, ein altes Erbstück, mit Smaragdanhänger angelegt und trug den Anhänger mitten auf der Stirn. Daneben waren winzige Perlohrringe die einzigen Schmuckstücke – aber schließlich war sie die Kronprinzessin und zog auch ohne Schmuck alle Blicke auf sich.

Aber Edna war nicht die einzige prächtig gekleidete Dame im Saal. Ihre Hofdamen hatten ihre Hofroben angelegt, und sogar die Leibwächter prangten in ihren schwarz-roten Uniformen. Und die Kostüme der verschiedenen Kandidaten hatten die Herzöge der jeweiligen Heimatplaneten beigesteuert. Man hatte keine Unkosten gescheut, um sie so strahlend und elegant als möglich zu präsentieren. Die Kandidaten trugen die neueste Mode ihrer Heimatwelt zur Schau und stellten auf diese Weise eine atemberaubende Auswahl an Schnitten und Material dar. Samtroben, Brokatwesten, Satintuniken mit engen Hosen, pelzverbrämte Capes, glitzernder Schmuck – das alles wetteiferte in dem großen Ballsaal um die Gunst der Prinzessin. Wenn die Ballbesucher sich anmutig im Kreise drehten, hatte man den Eindruck, daß das gesamte Farbenspektrum kaleidoskopartig an einem vorüberglitt.

Sogar Choyen Liu, ansonsten der Konservativste, sah höchst eindrucksvoll aus. Die engen Hosen aus Goldlamee wurden von einem dunkelbraunen handgestickten Hemd ergänzt, dessen Goldmuster in komplizierten, fast hypnotisch wirkenden Mustern und Spiralen verlief.

Als Gastgeber eröffneten Baron Piers und Baronin Ximena den Ball mit dem ersten Tanz und entledigten sich dieser Aufgabe mit einer Eleganz, die ihr Alter Lügen strafte. Sie ernteten begeisterten Beifall, und dann begann der allgemeine Tanz. Edna forderte Paul Symond als ersten Partner auf. Diese Wahl war theoretisch bedeutungslos, da sie im Verlauf des Abends mit allen Kandidaten mindestens einmal tanzen mußte. Doch die Tatsache, daß sie diesen Mann als ersten aufgefordert hatte, blieb nicht unbemerkt. Es war daraus bereits der Trend abzulesen, daß sie Symonds liebenswürdig unkomplizierte Art allen anderen vorzog, und darüber war niemand sonderlich froh.

Von einer Bank im Park aus beobachtete ein finsteres Augenpaar durch die riesigen Plastikfenster die Vorgänge im Ballsaal. Anton Borov wollte sich für die Demütigung rächen. Sein Leben lang war er verwöhnt worden und hatte alles erreicht, was er sich vornahm. Das klägliche Versagen bei diesem Wettbewerb war für seinen Stolz ein arger Schlag, den er nicht einfach so hinnehmen wollte.

Die über die Schloßanlagen verstreut postierten Wachen

waren wegen seiner am Nachmittag ausgestoßenen Drohungen besonders auf der Hut, aber da Borov nicht unter Arrest stand, konnte man ihm den Zugang zum Park schlecht verwehren. Es wirkte auch ganz natürlich, daß er sich nach seiner Blamage auf der Jagd bis zur Abreise hier in einen stillen Winkel zurückzog. Durch die Kontrollen der d'Alemberts war sichergestellt, daß er keine Waffe besaß. Doch Borov war fest entschlossen, sich eine zu verschaffen.

Die Sicherheitsanlagen von Rockhold bestanden in erster Linie aus elektronischen Abwehreinrichtungen gegen unbefugtes Eindringen. Wer sich bereits im Schloß aufhielt, konnte sich relativ frei bewegen. Auch die Wachmannschaft bestand eher aus Sicherheitstechnikern als aus im Nahkampf erfahrenen Leibwächtern. Seit über fünfzig Jahren war es auf Rockhold zu keinem ernsthaften Zwischenfall gekommen, und die Posten im Park empfanden die schweren Stunner in ihren Händen als denkbar ungewohnt. Um alle auffälligen Aktionen zu vermeiden, hatte der Service auch darauf verzichtet, das Wachpersonal auszuwechseln. Zumal man ja mit einer Bombe rechnete und nicht mit einem bewaffneten Angriff auf das Schloß.

Sein Haß und das mangelnde Training seines Opfers erleichterten es Borov, eine der Wachen hinterrücks niederzuschlagen. Der Mann hatte offenbar den Auftrag gehabt, ihn im Auge zu behalten; in seiner Aufmerksamkeit aber nachgelassen, als er sah, wie Borov nur stundenlang durch die Fenster in den Ballsaal starrte. Als die Wache ihm für Sekunden den Rücken zuwandte, schlug Borov zu. Anschließend schleifte er den Mann in ein Gebüsch und bewaffnete sich mit dessen Stunner, aus dem er dem Niedergeschlagenen noch eine Ladung verpaßte. Dann nahm er seinen Platz im Park wieder ein und verhielt sich, als ob nichts geschehen sei.

Er beobachtete, wie im Ballsaal ein Tanz den anderen ablöste, und er wünschte sich sehnlich, mittanzen zu können. Er war ein hervorragender Tänzer. Hätte die Prinzessin nur ein einziges Mal mit ihm getanzt, wäre sie von seinem Charme und seinem Geschick hingerissen gewesen. Endlich gab es eine Pause, und die Menschen kamen in den Garten, um Luft zu schöpfen, einzeln oder in Paaren. Borov sah eines seiner Opfer an sich vorbei in einen abgeschiedenen Teil des Gartens gehen. Er lächelte. Das stille Plätzchen war durch eine kleine Baum- und Strauchgruppe vom Hauptgebäude her nicht einzusehen. Kein Mensch würde ihn sehen.

Er ließ sich verstohlen vom Baum gleiten und heftete sich seinem Opfer als nächtlicher Schatten an die Fersen. Er faßte in die Tasche und genoß das Gefühl der glatten harten Waffe in der Hand. Es belebte ihn. Die Waffe ermöglichte ihm die Rache an den Männern, die ihn und seinen Planeten so schrecklich gedemütigt hatten.

Jetzt waren er und sein Opfer außer Sicht der anderen. Ideale Ortsverhältnisse für einen Überfall. Der Abstand zu seinem Opfer betrug weniger als fünf Meter. Er legte an und feuerte direkt auf den Rücken des Mannes.

Der andere blieb stehen, und Borov fiel vor Überraschung fast die Waffe aus der Hand. Er hatte seinen Stunner auf acht eingestellt. Sein Opfer hätte sofort umfallen müssen und wäre tagelang gelähmt geblieben – vielleicht sogar ständig behindert. Doch der Stunner hatte auf den Mann nicht die geringste Wirkung ausgeübt und ihm mit seinem Summton nur zu erkennen gegeben, daß jemand ihn angeschossen hatte.

Borov erstarrte vor Entsetzen. Er drückte sinnlos immer wieder ab, während der andere sich umdrehte und mit einem tödlichen Lächeln auf seinen früheren Verfolger zuging.

Im Ballsaal nahm das Fest seinen Fortgang. Jetzt war Jules an der Reihe, mit Edna zu tanzen. Beide genossen das Beisammensein. Sie lächelten wie zwei Menschen, die ein Geheimnis teilten, von dem alle anderen nichts wissen. Für Edna bedeutete dieser Tanz eine Entspannung, da Jules kein echter Kandidat war und sie weder Prinzessin spielen noch ihn dauernd als möglichen Ehekandidaten abschätzen mußte. Sie konnte sich in seiner Gesellschaft ganz ungezwungen geben, und dieses Gefühl war unendlich befriedigend.

Plötzlich hörte man von draußen einen lauten Schrei. »Rasch, jemand soll kommen!« rief eine Stimme, die die Agenten sofort als Jacques' Stimme erkannten.

Der Saal leerte sich, als alle hinausliefen, um zu sehen, was los war. Ednas erster Impuls war es, ebenfalls hinauszustürzen, aber

Jules drückte sanft ihre Hand. »Es könnte ein Ablenkungsmanöver sein«, mahnte er sie.

Yvette und Yvonne kamen auf sie zugelaufen. Ihre erste Pflicht war die Sicherheit der Prinzessin. »Vonnie, du bleibst bei Edna. Laß keinesfalls zu, daß sie unüberlegt hinausläuft und sich den Kopf wegschießen läßt. Komm, Evie, wir wollen nachsehen.«

Am Füße einer Anhöhe im Garten scharten sich die Neugierigen. Sie drängten sich durch die Menge nach vorne, wo Yvonnes Bruder Jacques sie erwartete. Er sagte kein Wort, es war auch nicht nötig. Der Anblick zu seinen Füßen war auch ohne Worte schrecklich.

Auf dem Boden lag ausgestreckt Anton Borov. Er war tot. Sein Mund stand offen, seine Miene bot ein Bild starren Schreckens. Quer über seinem Körper, aus dem Blut sickerte, lag der Stamm eines großen Banabol-Baumes.

8. KAPITEL
Invasion

Herzog Etienne d'Alembert und sein Bruder Marcel verbrachten nach ihrer Rückkehr von Burg Rimskor den größten Teil des Tages damit, alles durchzusprechen. Schließlich hatten sie jede Menge Gesprächsstoff. Beide waren sich einig, daß der äußerlich höfliche und vernünftige Herzog Fjodor an der Schwelle des Wahnsinns stand. Seine Besessenheit von der Mechanik, seine Vorliebe für das Genaue, das Gerade, aber in seiner bizarresten Form, waren ein Hinweis auf seinen beginnenden psychischen Verfall. Außerdem waren sie sich einig, daß er eine potentielle Gefahr darstellte und sehr wohl imstande war, einen Plan zur Gefährdung der Kronprinzessin zu entwickeln, obwohl sie, was sein Motiv anlangte, nach wie vor im dunkeln tappten.

Sie besprachen Burg Rimskor und die Verteidigungsanlagen. Keiner der beiden hatte je eine so demonstrativ vor Eindringlingen geschützte Festung gesehen – ein Bauwerk, dessen Konstruktion allein schon ein gewaltsames Eindringen unmöglich machte. Nicht nur daß es nur einen einzigen Eingang gab, sogar die zu diesem Eingang führende Straße war mit Fallen gespickt und stand unter ständiger Beobachtung. Im Inneren gab es so viele Alarmanlagen, daß jeder Sicherheitsbeauftragte einer Bank vor Neid erblaßt wäre. Nur ein den eigenen Tod einkalkulierender Kommandotrupp hätte den Angriff auf eine solche Festung überhaupt ernsthaft in Erwägung gezogen.

Etienne und Marcel waren nicht tollkühn und in diesem Stadium der Entwicklung noch nicht verzweifelt. Doch sie waren zwei der fähigsten Taktiker, über die das Service je verfügt hatte. Und sie wußten, daß jeder entwickelte Plan von den Mitgliedern der Familie d'Alembert in die Tat umgesetzt würde, der fähigsten, talentiertesten Menschengruppe, die für den Service arbeitete.

Sich selbst schlossen sie aus mehreren Gründen von der Teilnahme am Überfall aus. Erstens waren sie beide schon aus dem Alter für derartige Abenteuer heraus und klug genug, sich diese Tatsache einzugestehen. Sie zählten sich zwar noch nicht ganz zum alten Eisen und waren einem Gegner ihrer Alters- und

Gewichtsklasse noch jederzeit gewachsen, aber dieser spezielle Angriff erforderte die Schnelligkeit und Treffsicherheit der besten Jahre. Ihr eigener Beitrag, nämlich Erfahrung, konnte im vorhinein und bei einer Nebenaktion geleistet werden.

Dazu kam, daß man sie in Burg Rimskor bereits kannte. Falls man sie schnappte, würde die getarnte Tätigkeit des Zirkus für die SOTE auffliegen. Niemals in der langen Geschichte des Service war die wahre Rolle des Zirkus aufgedeckt worden. Es existierten keine schriftlichen Unterlagen darüber, und die Zirkusleute waren auch in den SOTE-Computern nicht gespeichert, damit kein gerissener Gegner eines Tages das Computer-Gedächtnis anzapfen konnte. Daher wußten nur die kaiserliche Familie, das Haupt der SOTE und seine Tochter, respektive Vertraute, Einzelheiten über die Rolle des Zirkus im Hinblick auf die galaktische Sicherheit. Wollte man diese Rolle nicht gefährden, dann mußte man den Kreis der Eingeweihten klein halten. Der Überfall auf Burg Rimskor mußte daher von Leuten durchgeführt werden, die dort unbekannt waren.

Nachdem die zwei Brüder ihre Pläne umrissen hatten, mußten sie entscheiden, wer den Überfall ausführen sollte. Da die Familie an die tausend Mitglieder zählte, hätte die Auswahl des Überfallteams Stunden dauern können. Ein Glück, daß der Einsatz spezielle Talente verlangte. Auf diese Weise hatten sie die geeigneten Leute bald ausgewählt. Nach der letzten Abendvorstellung versammelten Etienne und Marcel die vier Auserwählten im Direktionsbüro und erläuterten ihren Auftrag. Die vier waren: Rick d'Alembert, das Haupt des Ringerteams, der bereits während zahlreicher Einsätze in der Vergangenheit Proben seiner Ausdauer und Wendigkeit abgelegt hatte. Er war der Champion des Teams und würde seine Superkräfte zum Einsatz bringen.

Claude d'Alembert, Neffe dritten Grades des Herzogs und eines der wichtigsten Mitglieder der Luftakrobatentruppe, deren Nummer eine der Attraktionen des Zirkus war. Wie die meisten DesPlainianer war er klein und untersetzt, machte aber einen drahtigen Eindruck. Mit Claudes schnellen Reflexen konnte es keiner aufnehmen. Er vollbrachte Dinge, die gewöhnlichen Sterblichen unmöglich erschienen.

Jeanne d'Alembert, Nichte zweiten Grades von Etienne und Marcel. Sie war erst siebzehn und galt bereits als fähigste Dompteuse des Zirkus. Sie war blaß und für eine DesPlainianerin eigentlich sehr zart, nur eineinhalb Meter groß und 55 Kilo schwer. Ungeachtet der Tatsache, daß sie die Leichteste war, glichen ihre Fähigkeiten im Umgang mit Tieren ihre Schwäche bei weitem aus.

Und schließlich Luise de Forrest, die bei dem zur Entdeckung von Herzog Fjodors Komplott führenden Unternehmen den Hauptteil getragen hatte. Herzog Etienne baute auf ihre Führungsqualitäten und ihren raschen, scharfen Verstand. Sie sollte die Mission leiten und koordinieren und würde hoffentlich die Beweise finden, die Herzog Fjodors Pläne unbarmherzig aufdeckten.

Die vier Mitglieder des Angriffsteams hatten im Direktionsbüro Aufstellung genommen. Der Herzog hatte angeordnet, daß alle Teilnehmer Hosenanzüge aus Silberlamé anlegten. Farbe und Material waren für eine Umgebung wie Burg Rimskor bestens geeignet. An den Füßen trugen sie silberne Akrobatenschuhe mit besonders trittsicherer Sohle, in denen man sehr leise auftrat. Alle hatten Gürtel, an denen Werkzeugbeutel hingen, sowie Stunner und Strahler. Jeanne hatte zusätzlich dazu einen ihrer Lieblinge vorne in den Ausschnitt gesteckt. Das Tierchen sollte, wenn der geeignete Moment gekommen war, als fünftes Mitglied des Teams in Erscheinung treten.

Etienne versorgte sie mit letzten Ratschlägen. »Unser Problem liegt teilweise darin, daß wir nicht genau wissen, was wir eigentlich suchen. Wir benötigen einen Beweis, der den Hochverrat offenkundig macht. Falls ihr eine Beschreibung einer Zeitbombe finden könnt – oder den Zeitpunkt ihres Einsatzes oder den Täter –, das wäre natürlich ideal, aber haltet nicht allein danach Ausschau. Sogar das Wort ›Bombe‹ auf ein Stück Papier gekritzelt würde ausreichen, um unser Einschreiten zu rechtfertigen. Sobald ihr etwas findet, müßt ihr uns über Funk verständigen. Wir kommen dann sofort mit Waffengewalt. Verschafft uns den Beweis, und wir erledigen alles übrige.«

Dann erläuterten er und Marcel den Plan, den sie für das Eindringen auf Burg Rimskor ausgearbeitet hatten. Sie erklärten, welche Fallen die Eindringlinge zu erwarten hatten und wie diese am besten zu umgehen waren. Marcel zeichnete ihnen einen Grundriß der Burg auf, den sie alle in wenigen Minuten auswendig lernten. »Eh bien«, bemerkte Luise, als es nichts mehr zu sagen gab, »setzen wir uns in Bewegung. Mit bloßem Herumhocken werden wir keinen Verräter ausheben.«

Sie nahmen einen Wagen des Zirkus und fuhren durch die Nacht zu dem künstlichen Berg, den die Burg darstellte. Sie fuhren daran vorbei, fuhren einen halben Kilometer weiter und parkten. Den kurzen Weg zurück legten sie zu Fuß zurück. Mit dem Wagen hätten sie nur durch das Hauptportal hineingelangen können – aber sie waren ja nicht auf einem offiziellen Besuch.

Die einzige Möglichkeit, ungesehen zur Burg zu kommen, bestand darin, die zum Eingang führende Straße zu meiden. Zum Glück hatte Herzog Fjodor ihnen ungewollt eine andere Möglichkeit geschaffen. Das Äußere des ›Berges‹ war als künstliches Modell eines echten Berges in Metall und Plastik nachempfunden. Felsen, Vorsprünge, Metallbäume, alles war reichlich vorhanden und ermöglichte den d'Alemberts, eine Bergpartie zu organisieren.

Nachdem sie mit ihren elektronischen Abtastgeräten die Minenfelder umgangen hatten, machte Claude den Anfang. Als Akrobat war er der Beweglichste des Quartetts. Indem er Kletterhaken, Seile und Flaschenzüge aus seinem Beutel einsetzte, wie es nur ein Profi konnte, erkletterte er die Flanke des Berges, leicht wie eine Fliege eine Glasscheibe. Da es die dem Eingang abgewandte Hinterseite des Berges war, gab es hier keine Alarmanlagen. Warum auch, da der einzige Weg ins Innere durch ein mit Energiegittern versehenes und von zwei Posten bewachtes Tor führte?

Kaum hatte Claude sicher Fuß gefaßt, half er den anderen und zog sie am Seil hoch. Rick kam als nächster und dann Jeanne. Luise, die Anführerin, bildete, für den Fall, daß es Schwierigkeiten geben sollte, das Schlußlicht. Als nächstes arbeiteten sie sich in gleicher Höhe zur Vorderseite durch. Inzwischen wußten sie auch, daß sie den Metallbäumen mit ihren scharfen, schmerzhaft stechenden Blättern ausweichen mußten. Auf dem Weg mußten sie Geröllblöcke überklettern oder umgehen und gelegentlich wieder Haken und Seile anwenden, um höher zu kommen, weil sie unpassierbares Gelände zu umgehen hatten.

Bei einer dieser Gelegenheiten zog Claude sich eben am Seil entlang weiter, als er auf eine der mechanischen ›Schneeziegen‹

stieß, die das Gelände bevölkerten. Das Tier, das angriffslustig wie sein natürliches Gegenstück programmiert war, nahm das Eindringen auf das ihm zustehende Territorium sehr übel und ging daran, diesen Mißstand zu beheben. Seine Angriffsmethode bestand darin, den frei am Seil hängenden Akrobaten mit den Hörnern zu stoßen. Claude blieb nichts übrig, als weiter hängen zu bleiben, hinaus in die leere Luft zu schwingen und einen Absturz in dreißig Meter Tiefe zu riskieren, während das Robotertier von seinen Angriffen nicht abließ.

Rick, der den Vorfall bemerkte, zog seine Waffe und wollte das Tier zerstrahlen, da es ihr Weiterkommen behinderte.

»Nein«, flüsterte Luise und hielt seine Hand fest. »Mit dem Schuß wird vielleicht gleichzeitig eine Alarmvorrichtung ausgelöst – oder aber es könnte zumindest jemand neugierig werden und nachsehen. Nein, da müssen wir uns etwas anderes einfallen lassen. Schleudere einen Stein gegen das Tier.«

Rick hielt dies erst für einen Scherz, doch dann merkte er, daß es ihr Ernst war. Er sah sich suchend um und entdeckte schließlich eine lose Gesteinsattrappe, die geeignet schien. Er war leichter, als es zunächst aussah, da es sich um eine Aluminium-Legierung handelte. Rick hob den Stein mühelos und schleuderte ihn gegen die Ziege. Das Geschoß traf das mechanische Tier mitten in den Leib. Die Ziege zuckte zusammen, stieß ein blechernes Geräusch aus und torkelte mit asynchronen Bewegungen längs des Hanges weiter. Steinewerfende Gegner waren in seiner Programmierung offensichtlich nicht vorgesehen. Claude konnte endlich weiterklettern.

»Alles in Ordnung?« flüsterte Luise zu ihm hinauf.

»Bestens. Die Rippen schmerzen ein wenig, aber das macht nichts. Nächstes Mal haltet mir diese mechanischen Biester vom Leibe, ja?«

Es ging ohne Unterbrechung weiter, bis sie ein vorragendes Felsband genau über dem Eingang erreicht hatten. Unter sich sahen sie die Scheinwerfer, welche die schmale, zum Burgeingang fahrende Straße erhellten. Direkt unter dem Überhang mußte sich das Energiegitter befinden, das sie hinter sich bringen mußten, wenn sie ins Burginnere wollten – eine Einrichtung, gespickt mit Alarmanlagen, deren Gitterstäbe in Abständen von fünfundzwanzig Zentimetern angebracht waren.

An diesem Punkt kam Jeannes Dompteurgeschick ins Spiel. Aus dem Ausschnitt ihres silbernen Anzuges zog sie Bur-Bur, ein kleines braunes Mäuschen vom Planeten Corian. Bur-Bur war ein kleiner Flauschball von fünfzehn Zentimeter Länge. An Jeannes Brust gedrückt, hatte es weich, warm und kuschelig gelegen, eine reglose Pelzkugel. Zur Aktivität erwacht, sauste es auf seinen sechs winzigen Beinchen durch die Gegend und sah die Menschen aus überdimensionalen schwarzen Augen an, die für diesen schmächtigen Körper dreimal zu groß schienen. Auf ihrem Heimatplaneten galten diese Mäuse als lästige Plage, doch hatte man eine Lösung für das Problem gefunden, indem man die intelligenten Tierchen als Haustiere auf andere Planeten exportierte.

Nicht Bur-Burs Kuschelqualitäten waren es, die Jeanne veranlaßt hatten, das Tier mitzunehmen, sondern vielmehr die Tatsache, daß das Mäuschen ungeachtet seiner geringen Körpergröße ein sehr intelligentes Tier war – ebenso klug, wenn nicht gar klüger als eine irdische Hauskatze und dazu viel leichter dressierbar.

Die anderen drei Mitglieder des Angriffsteams warteten geduldig, während Jeanne auf Bur-Bur einredete. Die Unterhaltung verlief leise. Jeanne gurrte mit dem Tierchen, starrte intensiv in seine großen Augen und festigte das psychische Band, das nötig war, damit ihre speziellen Zauberkünste wirksam werden konnten. Niemand – Jeanne am allerwenigsten – konnte sich erklären, wie sie diese phantastische Verständigungsbasis mit allen möglichen Tieren herstellte. Ihre Familie wußte nur, daß es fast immer klappte.

Als sie spürte, daß Bur-Bur bereit war, entnahm sie ihrem Beutel eine kleine mechanische Vorrichtung und befestigte sie wie einen Sattel auf dem Tierrücken. Dann setzte sie das Tier auf den Boden und ließ es loslaufen, seinem Auftrag entgegen.

Das intelligente Tierchen lief vorsichtig und rasch den Hang neben dem Tor hinunter. Inzwischen legten die vier d'Alemberts ihre Gasmasken an und warteten die weitere Entwicklung ab.

Bur-Bur hatte den Fuß des Berges erreicht und lief, nachdem er sich auf die Hinterfüße gestellt und schnüffelnd Witterung genommen hatte, eilig unter dem Gitter durch. Luise wartete ab, bis er drinnen war, und drückte den Knopf einer Fernsteuerung an ihrem Gürtel. Der Behälter aus Bur-Burs Rücken ging auf und ließ den charakteristischen süßlichen Geruch von Tirascaline ausströmen, einem der wirksamsten, dem Menschen bekannten Betäubungsgase. Das Nervensystem der Maus wurde davon nicht betroffen, wohl aber würden in Sekundenschnelle alle in der Nähe befindlichen menschlichen Wesen für Stunden bewußtlos werden.

Die Invasoren warteten die Wirkung erst gar nicht ab und begannen sofort den Abstieg von ihrem Hochsitz. Dazu brauchten sie wenige Sekunden, und diese Zeitspanne genügte, um die zwei Posten bewußtlos umsinken zu lassen. Luise spähte hinein, um sich zu vergewissern, daß keine weiteren Personen oder Roboter da waren. Dann begann die nächste Phase der Invasion.

Sie holte aus ihrem Werkzeugbeutel die mit einem elektronischen Code versehene Plastikmarke, die Marcel hatte nachbilden lassen, und führte sie in einen Schlitz neben der Tür ein. Tatsächlich, das Tor glitt auf und die vier liefen weiter. Jeanne hob rasch Bur-Bur vom Boden auf, der nach erfolgreich ausgeführtem Auftrag ratlos herumstand und sich fragte, was wohl als nächstes auf ihn zukäme. Sie steckte ihn wieder in den Ausschnitt und zog den Reißverschluß bis oben zu. Zufrieden mit sich und der Welt rollte sich das Mäuschen zusammen.

Die erste Stufe des Planes hatte geklappt. Sie befanden sich im Inneren von Burg Rimskor.

Stufe zwei aber würde sich schwieriger gestalten. Jetzt stellte die Zeit den allerwichtigsten Faktor dar. Sie wußten ja nicht, ob die Sicherheitszentrale nicht die Torposten nach einem gewissen System kontrollierte. Wenn ja, dann würde man sie bewußtlos vorfinden – und im ganzen Berg würde Alarmstufe eins eintreten. Daher kam jetzt alles auf die Schnelligkeit der d'Alemberts an.

Die auf fünf eingestellten Stunner im Anschlag, stürmten die Eindringlinge über den unterirdischen Parkplatz zum Aufzug. Statt in den ersten Stock zu fahren, der Ballsaal und Empfangshalle enthielt, fuhren sie in den vierten. Marcels Plan hatte auf dieser Etage Schlafräume und Gästezimmer verzeichnet. Es stand zu erwarten, daß diese Räumlichkeiten praktisch leer sein würden, da zur Zeit in der Burg keine offiziellen Veranstaltungen anstanden. Die Gefahr, jemandem zu begegnen, der Alarm geben würde, war sehr gering. Außerdem glaubte Marcel sich zu erinnern, auf dieser Etage einen Eingang in den verbotenen Bereich gesehen zu haben.

Der Gang war dunkel, doch das war ein geringfügiges Hindernis. Das Team nahm die Gasmasken ab, setzte statt dessen Infrarot-Brillen mit winzigen Infrarot-Scheinwerfern auf, und fand so den Weg in der Finsternis. Ihre Spezialscheinwerfer tauchten den Gang in einen unheimlichen Schimmer, den das höchst spartanische Innere noch betonte. Jetzt sah alles noch bizarrer aus als bei normaler Beleuchtung.

Der Boden bestand aus hochpoliertem Metall, doch das Quartett bewegte sich lautlos und schnell, weil die trittfesten, weichen Spezialschuhe die Schritte dämpften. Ihre knapp sitzenden Anzüge verursachten nicht das leiseste Rascheln. Sie vermieden auch das kleinste Geräusch, das die Sicherheitspatrouille der Festung alarmieren konnte.

Sie stießen auf den ersehnten Eingang am Ende des dritten Ganges, genau an der von Marcel angegebenen Stelle. Hier war es so dunkel wie überall. Luise wußte aber, daß sie an der Alarmanlage nicht so rasch und präzise wie möglich arbeiten konnte, wenn sie nur das Infrarot-Licht benutzte. Daher schaltete sie eine kleine, normale Mattlichtbirne ein und nahm die Schutzbrille ab. Ihre Kameraden schwärmten aus, behielten die Brillen auf und hielten Ausschau, ob ein Wachtposten sich näherte.

Luise studierte mit einer Handvoll elektronischer Sensoren das in diese Tür eingebaute Alarmsystem. Wie Etienne bereits ausgeführt hatte, handelte es sich um ein Standardsystem. Offenbar hielt Herzog Fjodor es für so gut wie unmöglich, daß jemand überhaupt so weit gelangte. Die Fähigkeiten von d'Alemberts hatte er allerdings nicht ins Kalkül gezogen.

Luise hatte sich eingehend mit dem Studium elektronischer Sicherheitsschaltungen befaßt. Das Knacken dieses Alarmkreises war fast zu einfach. Als alles erledigt war, öffnete sie das Schloß und schaltete die Mattlichtlampe aus. Jetzt kam wieder Infrarot dran. Langsam öffnete sie die Tür und ging voraus in die dahinterliegende Dunkelheit. Die anderen drei folgten ihr.

Sie befand sich nun auf einer schmalen, nach unten führenden Treppe. Ihre tragbaren Sensoren tasteten die Stufen sorgfältig ab und konnten keine Anzeichen von Alarmanlagen oder druckempfindlichen Platten entdecken, die den Verteidigern der Burg die Anwesenheit von Eindringlingen hätten verraten können. So rasch wie unter diesen Umständen möglich, bewegte sie sich die Treppe hinunter und achtete dabei genau auf den vor ihr liegenden Weg. Sie schätzte, daß sie zwei Etagen hinter sich gebracht hatte, ehe sie das Ende der Treppe erreichte und zu ihrer Linken eine Tür entdeckte, die in den geheimen Teil des Schlosses führen mußte.

Eine hastige Überprüfung ergab, daß die Tür keine Schutzvorrichtungen enthielt; der Herzog hielt offenbar Sicherheitsmaßnahmen im Inneren seines Heiligtums für unnötig. Luises Anspannung ließ nach. Bis auf einen oder zwei besonders überwachte Bereiche gab es hier wahrscheinlich keine Alarmeinrichtungen mehr.

Natürlich waren es eben diese besonders überwachten Bereiche, die sie aufspüren sollten. In einem Bereich, der nicht unter Geheimhaltung stand, konnte man nicht viele verborgene Informationen erwarten.

Das Angriffsteam passierte die Tür und befand sich sodann in einer Art Labor. Nachdem sie sich vergewissert hatten, daß außer ihnen niemand da war, suchten sie den Lichtschalter und machten Licht. Die plötzliche Helligkeit nach so langem Dunkel und nach dem schwachen Schimmer der Infrarotlampe blendete sie so stark, daß eine ganze Minute vergehen mußte, ehe sie wieder klar sehen konnten.

Der Arbeitsraum war nur klein. Es sah aus, als würden hier mikroelektronische Elemente zusammengebaut. Die Geräte auf dem Arbeitstisch – Mikroskope, Juwelierwerkzeug, eine Schaltanlage für Mikrokreise – bildeten die Beweise dafür. Der Raum wurde durch eine Glaswand vom nächsten getrennt. Von einem Schaltbrett aus wurden verschiedene komplizierte Einrichtungen auf der anderen Seite gesteuert. Eine Metallplatte war da, die Luise stark an einen Operationstisch erinnerte. Sie war leer, und es war nicht zu erkennen, was darauf konstruiert worden war.

Luise und ihre Begleiter durchsuchten den Raum rasch und gründlich. Auf dem Schreibtisch lagen ein paar Zettel mit langen Formeln und geheimnisvollen Notizen. Das Geschreibsel ergab für Luise keinen Sinn, doch sie steckte die Papiere trotzdem zu sich. Vielleicht konnte jemand anderer ihnen eine Bedeutung entnehmen.

Nach ihrer gründlichen Suche, die nichts Bedeutsames erbracht hatte, löschten sie das Licht und gingen durch eine Tür in den dahinterliegenden Raum. Auch dieser Raum war klein, leer und dunkel – und stellte eine noch größere Enttäuschung dar. Sie machten Licht und sahen vor sich ein paar weich gepolsterte Sessel und eine Telecom-Apparatur, auf deren Bildschirm im Augenblick keine Nachrichten durchgegeben wurden. Dieser Raum war noch nichtssagender als der erste, und das Team drang weiter ins Unbekannte vor.

Die nächste Kammer jedoch hielt für sie eine Überraschung bereit. Auf dem Boden verstreut lagen Hautfetzen inmitten von geöffneten Verpackungskartons und kleinen Metallstücken. Bei näherer Untersuchung stellte sich heraus, daß die ›Haut‹ ein Plastiderm genanntes Material war, ein Material, das bei der Herstellung von Prothesen viel verwendet wurde. Die d'Alemberts wußten Bescheid, da die rechte Hand des Herzogs aus diesem Stoff verfertigt worden war. Er sah genauso aus wie Haut und fühlte sich auch so an, wenn man ihn auf die richtige Temperatur brachte. Bei Zimmertemperatur wurde er steifer und etwas brüchiger.

»Nach dem, was ich hörte«, flüsterte Luise, »ist Herzog Fjodor ein wandelnder Altmetallhaufen. Der braucht jede Menge Prothesen, damit er überhaupt existieren kann. Diese Räume hier sind vielleicht der Bereich, in dem sein Arzt für ihn die lebenswichtigen Apparate herstellt.« Da sie sonst keine Anhaltspunkte vorfanden, schlichen sie weiter.

Der nächste Raum schien Luises Vermutung zu bestätigen. Es war ein komfortables Arbeitszimmer mit Schreibtisch und mehreren Polstersesseln. An drei Wänden standen Regale mit Buchrollen. Luise, die wahllos Titel las, stellte fest, daß es sich um Literatur über Biomechanik, Prothesen, Organtransplantationen, künstlich erzeugte Intelligenz und Computer-Programmierung handelte. Die letzten zwei Themenkreise setzten sie nicht wenig in Erstaunen. Ja, sie konnte verstehen, daß die ersten Gebiete wichtig waren, um Herzog Fjodors Körper am Leben zu erhalten. Aber warum brauchte ein Arzt Bücher über künstliche Intelligenz und Computer-Programmierung? Gewiß besaß der Herzog ein eigenes Gehirn. Oder litt er etwa an einer Krankheit, die seine Gehirnsubstanz ebenso angriff wie den Körper? Müßte sein Arzt seinen Verstand mit elektronischen Hilfsmitteln stützen? Die Situation ergab in ihren Augen momentan keinen Sinn, und sie legte diese Information in ihrem Hirn für späteren Gebrauch ab.

Aus dem Arbeitsraum gab es keinen anderen Ausgang, und die anderen Räume, die sie durchlaufen hatten, wiesen auch keine anderen Ausgänge auf. Also waren sie am Ende der Reihe angelangt. Gut möglich, daß es in diesem Geheimtrakt von Burg Rimskor noch weitere Räume gab, aber sie mußten versuchen, von außen einen anderen Weg hinein zu finden. Entmutigt darüber, daß sie keine Beweise gegen Herzog Fjodor hatten finden können, begann Luise mit ihrem Trupp den Rückweg.

Plötzlich schien die Welt nur noch aus Alarmsirenen zu bestehen. Die d'Alemberts waren sofort aktionsbereit. Soweit Luise wußte, hatten sie selbst keinen Alarm ausgelöst. Die Sicherheitstruppen würden also nicht genau wissen, wo in der Burg sich die Eindringlinge befanden. Vielleicht hatte man die bewußtlosen Wachen am Eingang gefunden oder irgendein anderes Anzeichen entdeckt, daß Fremde eingedrungen waren.

Eines jedenfalls war klar: Sie würden kämpfen müssen, um hier herauszukommen – und dabei hatten sie nicht eine einzige wichtige Tatsache in Erfahrung gebracht.

9. KAPITEL

Begegnung im Dunkel

Borovs unerwarteter Tod ließ die Mitglieder der Tour schaudern. Der Ball wurde auf der Stelle beendet, und wie es um das Programm des kommenden Tages bestellt sein würde, war sehr zweifelhaft. Niemand wußte, was von der Sache zu halten war.

Zahlreiche unbeantwortete Fragen gingen den Teilnehmern im Kopf herum, und eine Lösung war nicht abzusehen. Jules und Jacques stemmten den Baum hoch, so daß der Tote entfernt und ins Krankenhaus geschafft werden konnte, wo man eine Autopsie vornahm. Yvette brachte geraume Zeit damit zu, den Baum genau anzusehen, danach wanderte sie ein wenig im Garten umher. Als sie den bewußtlosen Wächter entdeckte, war wenigstens geklärt, wie Borov unbeaufsichtigt durch den Park schleichen konnte. Aber sein Ende war weiterhin ein Rätsel.

Yvette ging zu Edna und berichtete, was sich ereignet hatte. Zusammen mit Yvonne führte sie die Prinzessin hinauf in deren Räume; sie durchsuchten die Räume nach eventuellen, in ihrer Abwesenheit angebrachten Bomben und brachten die Thronerbin sodann zu Bett, nicht ohne ihr zu versichern, daß hier alles in Ordnung wäre. Edna glaubte den Versicherungen ebensowenig wie die beiden selbst, aber sie tat, als glaube sie jedes Wort, nur damit die zwei Frauen sich ihrer wirklichen Aufgabe zuwenden konnten – dem Aufspüren des Attentäters.

Die vier DesPlainianer trafen sich heimlich in Jules' Zimmer. Das war die erste Gelegenheit zu einem gemeinsamen Gespräch seit ihrer Ankunft in Cambria. Alle waren sie von den Ereignissen des Abends geradezu überrumpelt worden, und die Stimmung war entsprechend, so daß anfangs kaum ein Gespräch in Gang kommen wollte. Sogar der erste Kuß zwischen Jules und Yvonne, die in den vergangenen Tagen so krampfhaft fremd getan hatten, war weniger leidenschaftlich, als es normalerweise der Fall gewesen wäre. Der mysteriöse Vorfall bedrückte sie.

Jacques und Yvette sahen verlegen zu, als die zwei Liebenden sich küßten. Yvette wußte, daß Jacques für sie eine Schwäche hatte, doch sie konnte seine Zuneigung nicht erwidern. Sie waren seit früher Kindheit befreundet, aber das war auch alles, was sie für ihn aufbringen konnte. Sie spürte seinen Schmerz, als er zusehen mußte, wie seine Schwester Jules liebkoste, und Jacques sie selbst dann mit einem tiefen Blick bedachte. Sie hatte Mitleid mit ihm – aber Mitleid war keine Liebe.

Nach der liebevollen Begrüßung setzte Yvonne sich auf die Bettkante, Yvette neben sie, und Jacques fand Platz in einem Sessel in der Ecke. Jules lief nach alter Gewohnheit im Raum auf und ab. Er hatte immer behauptet, er könne besser nachdenken, wenn er in Bewegung wäre.

Stillschweigend kamen sie überein, daß Jules den Vorsitz in der Runde übernahm. »Die Ereignisse nehmen eine unerwartete Wendung«, sagte er. Das war eine leichte Untertreibung. »Es geschieht etwas, das sich unseren Berechnungen entzieht, und wir müssen herausbekommen was das ist – und zwar schnell. Will jemand eine spontane Meinung äußern?«

»Meine ist leider nicht sehr schön«, sagte Yvette, »aber wenn jemand Borov umgebracht hat, kann ich ihn gut verstehen.«

»Borov war ein großmäuliger Bastard«, gestand Jacques ein.

»Aber er war gleichzeitig unser Hauptverdächtiger«, sagte Jules. »Er stammte von Kolokov, wo wir die erste Spur des Attentats entdeckten. Er war derjenige, der allen anderen Ärger machen wollte. Jetzt ist er vom Schauplatz abgetreten, und die restlichen Bewerber sind in gleichem Maße verdächtig. Wir stehen wieder am Beginn.«

»Vielleicht war er der Verräter.« Dieser Einwand kam von Vonnie. »Vielleicht wollte er ins Schloß zurück und die Bombe legen, als der Baum auf ihn stürzte.«

Yvette schüttelte den Kopf. »In einem so sorgfältig gepflegten Garten fallen die Bäume nicht so einfach um. Borov wurde ermordet.«

»Bist du sicher?« fragte Jules.

»Ganz sicher. Ich sah mir den Baum ganz genau an. Nirgends eine morsche Stelle, nichts, das ihn von selbst zum Umstürzen bringen konnte. Das Wurzelsystem war stark und gesund. Ich untersuchte auch das Loch, das der Baum hinterließ. Es sah aus, als wäre der Baum mit einem einzigen starken Ruck entwurzelt worden, denn man konnte noch in ziemlicher Entfernung vom Loch Spuren des Erdreichs finden.«

»Entwurzelt?« Jules zog erstaunt die Brauen hoch.

»Ja, du hast richtig gehört. Mein erster Gedanke war es, daß jemand den Baum umgehauen oder mit einem Strahl gefällt haben mußte – aber auf dem Stamm sind keine Axt- oder Brandspuren zu entdecken. Der ganze Stamm ist von der Wurzel bis zur Krone völlig intakt. Er wurde aus seinem Wurzelbett gerissen.«

»Aber …« Jacques' Stimme verlor sich, während er diese Möglichkeit gründlich durchdachte. »Aber so stark ist kein Mensch. Jules und ich, wir beide mußten alle Kräfte zusammennehmen, um den Baum vom Körper herunterzuheben. Zwei von unserer Körperkraft, und dabei verschoben wir den Baum nur ein wenig! Um den Baum zu entwurzeln und Borov damit zu erschlagen hätte es eines Gravohebers bedurft.«

»Vielleicht wurde ein Gravoheber verwendet«, meinte Yvonne.

»Oder es waren mehrere Mann am Werk«, meldete sich Yvette.

»Absolut unmöglich. Bedenkt doch, daß überall im Park Wachen postiert waren. Und die Abwehreinrichtungen machen ein unbefugtes Eindringen von außen nahezu unmöglich. Die Wachen haben zwar bei Borov versagt, das stimmt, aber sie hätten niemals das Geräusch eines Gravohebers überhört, von der anzumessenden Energiequelle ganz zu schweigen, oder gar drei, vier Mann, die gemeinsam durchs Unterholz brechen, übersehen.«

»Wir schweifen vom eigentlichen Thema ab«, sagte Jules und versuchte Jacques' angeschlagenes Ansehen wiederherzustellen. »Ich muß Jacques recht geben: Man kann keinen Gravoheber hereinschaffen, ohne jeden einzelnen Posten auf dem gesamten Besitz zu alarmieren. Und was die Mannschaftshypothese anlangt – ich kann mir nicht vorstellen, warum eine Gruppe von Tätern, die ihrem Opfer ohnehin zahlenmäßig überlegen ist, einen Baum entwurzelt und ihn auf den Gegner stürzen läßt. Es gibt jede Menge einfacherer, schnellerer und wirksamerer Tötungsarten.«

»Wir entfernen uns von unserer vorrangigen Frage«, meinte Yvette. »Wir wissen, daß ein Mord verübt wurde. Und jetzt hängen wir an der Frage, wie es der Mörder getan hat. Befassen wir uns lieber mit dem wichtigeren Problem: Wer war es?«

Jules sah die Gefährten an, als völlige Stille eintrat. »Nun, es sieht aus, als fiele niemandem spontan ein Verdächtiger ein. Borov war bei niemandem beliebt, also hätte jeder ein Motiv. Aber da gab es drei Menschen, die Borov bedrohte – mich, Symond und Liu.«

»Ich glaube, dich können wir für den Moment ausschließen«, sagte Yvette lächelnd.

»Merci! Bleiben zwei Personen, die etwas stärkere Motive haben als die anderen.«

»Nun war es aber so, daß Borov sie bedrohte und nicht umgekehrt«, protestierte Jacques. »Das ergibt keinen Sinn.«

»Angenommen«, sagte Vonnie, »Borov schlich, nachdem er den Posten ausgeschaltet hatte, durch den Park und wollte jemanden töten. Statt dessen hat ihn sein beabsichtigtes Opfer zuerst erwischt.«

»Und warum die Mühe mit dem Baum?« fragte Jacques.

»Falls Borov wirklich einen Mordversuch unternahm, war es ein klarer Fall von Notwehr. Für Borovs Drohung haben wir jede Menge Zeugen. Unter diesen Umständen findet sich in der gesamten Galaxis kein Ankläger, der ein Verfahren eröffnet.«

»Aber Borov war unbewaffnet – zumindest als wir ihn fanden«, beharrte Yvonne. »Falls er eine Waffe bei sich hatte, nahm sein Mörder sie ihm weg. Warum nur? Notwehr wird fadenscheinig, wenn die Person, gegen die man sich zur Wehr setzt, unbewaffnet ist.«

Jetzt war Yvette mit ihrer Meinung an der Reihe. »Borov muß den Stunner des Postens an sich genommen haben. Vielleicht ist der Mörder gleichzeitig unser gesuchter Verräter. Wenn ja, dann möchte er sicher nicht, daß die Sache aufkommt, auch wenn es sich um einen Fall von echter Notwehr gehandelt hat. Er würde in den Mittelpunkt des Interesses rücken und müßte mancherlei Fragen beantworten. Diesen Grad an Interesse kann er sich nicht leisten. Den Stunner nahm er mit, weil er nicht wußte, daß die Waffe einem Posten fehlte. Seiner Meinung nach weiß hier niemand von seinen hochverräterischen Plänen. Er weiß nicht, daß seine Mission bereits verraten wurde. Und er wird alles daransetzen, damit niemand auch nur den leisesten Verdacht schöpft.«

Daraufhin trat längeres Schweigen ein. Dann sagte Jules langsam: »Tu as raison, wie immer, Schwesterherz.« Aus langer

Erfahrung wußte er, daß Yvettes Einfälle meist ergiebiger waren, als die sorgfältig ausgearbeiteten Theorien der meisten anderen, und er hatte es sich angewöhnt, auf sie zu hören. »Eines wenigstens hat uns der Vorfall gezeigt: Vorher waren wir nicht mal sicher, ob es hier einen Verräter gäbe. Jetzt wissen wir es. Jemand in diesem Schloß ist ein Mörder und beging diesen Mord, um ein noch viel dunkleres Geheimnis zu tarnen.«

Er lief ein paar Schritte auf und ab, ehe er fortfuhr. »Wir brauchen weitere Einzelheiten. Um welche Zeit geschah der Mord – präzise?« Er sah in Jacques' Richtung.

»Nicht vor Beginn des Balles«, sagte der männliche Teil des Roumenier-Teams. »Meine Leibwächter haben das Gelände gründlich durchsucht. Keine Spur von entwurzelten Bäumen oder Leichen.«

Seine Schwester nickte zur Bekräftigung. »Das stimmt, das wäre uns aufgefallen.«

»Bien«, meinte Jules mit nachdenklichem Nicken. »Wir haben also eine Zeitspanne von zwei Stunden zwischen dem Ballbeginn und der Entdeckung des Toten. Wir müssen das Alibi aller Anwesenden überprüfen und werden sehen, wer über diese Spanne keine Auskunft geben kann.«

»Und in der Zwischenzeit«, sagte Yvette, »müssen wir unsere Tarnung aufrechterhalten, auch wenn das bedeutet, daß wir selbst zu Verdächtigen werden.«

»Ganz klar«, gab ihr Bruder ihr recht. »Im Augenblick glaubt der Verräter, daß er nicht verfolgt wird. Wir dürfen ihm keinen Hinweis liefern, daß wir etwas wissen, sonst dreht er durch und unternimmt etwas Überstürztes. Einen Menschen, der eine Bombe in der Hand hält, darf man nicht in Panik versetzen.«

Am nächsten Tag kam die Polizei, um alle über die Ereignisse des Vorabends zu verhören. Weil die Kronprinzessin und ein Baron samt Baronin in den Fall verwickelt waren, nahmen einige Vertreter des örtlichen Service an dem Verhör teil.

Der Bericht des Polizeiarztes hatte zumindest eine erstaunliche Tatsache ans Licht gebracht. Obwohl der Baum dem Körper erhebliche Verletzungen beigebracht hatte – was dem Obduktionsteam die Arbeit sehr erschwerte –, konnte der Arzt feststellen, daß die eigentliche Todesursache ein starker Hieb in den Nacken gewesen war, der die Wirbelsäule und die untere Schädelhälfte zerschmettert hatte. Erst nach dem Eintritt des Todes war der Baum auf den Körper gefallen.

Das war für alle mit Ausnahme der d'Alemberts und Roumeniers ein beträchtlicher Schock – und sogar die vier Agenten taten so erschrocken wie die anderen. Jetzt konnte niemand mehr an einen ungewöhnlichen und unglücklichen Unfall glauben. Es handelte sich um einen klaren Fall von Mord.

Die Polizei hielt sich mit den absonderlichen Aspekten des Falles nicht lange auf – mit der übermenschlichen Körperkraft des Mörders, der den Baum gegen Borov gehoben und geworfen hatte – und ging bald dazu über, die Mitglieder der Vorstellungstour zu verhören, im besonderen über ihren Verbleib während des Abends. Man hatte den Zeitpunkt des Todeseintrittes bis auf eine halbe Stunde eingrenzen können – und zufällig war es genau die halbe Stunde der Ballpause. Plötzlich versuchte sich jeder daran zu erinnern, was er während dieser Pause getrieben hatte, und nicht allen war dabei Erfolg beschieden.

Yvette hatte den Großteil der Pause mit Edna verplaudert, und Jules hatte sich diskret auf eine freundschaftliche Unterhaltung mit Yvonne eingelassen. Die meisten Kandidaten waren mit den Hofdamen hinaus in den Garten gegangen und hatten daher sichere Alibis für den fraglichen Zeitraum. Nur drei Herren konnten kein solches vorweisen – Paul Symond, Choyen Liu und ein Bursche namens Sean Mulvaney vom Planeten Arcta. Mulvaney behauptete, er hätte den Waschraum aufgesucht. Dafür konnte er keine Zeugen nennen. Symond behauptete, er wäre hinauf auf sein Zimmer, um Schmuckstücke zu holen, die er anzulegen vergessen hatte. Liu gab zu, er wäre hinaus in den Garten gegangen, allein, um dort zu meditieren.

Die Polizei konzentrierte sich sofort auf ihn. Die Tatsache, daß er für die fragliche Zeit kein Alibi aufzuweisen hatte, daß er zugab, sich im Garten aufgehalten zu haben und daß Borov ihn am gleichen Tag bedroht hatte, machte ihn zum Hauptverdächtigen. Liu nahm diesen Verdacht hin, sagte sehr wenig und beschränkte sich darauf, die ihm von der Polizei gestellten Fragen zu beantworten. Er stellte höflich, aber mit Bestimmtheit fest, daß er Borov nicht ermordet hätte und auch nicht wüßte, wer es getan hätte. Weder die SOTE-Beauftragten noch die Polizeidetektive konnten an seiner Geschichte den kleinsten Makel entdecken.

Schließlich mußten sie es aufgeben. Für eine Festnahme reichten die Beweise nicht aus, nicht einmal für ein intensiveres Verhör auf der Polizeistation. Da alle Verdächtigen Teilnehmer der Tour waren und die Veranstaltung noch eineinhalb Wochen dauern sollte, ließ es die Polizei dabei bewenden und ging statt dessen hinaus in die Gartenanlagen auf Spurensuche. Nach einer Weile war auch das erledigt, und sie zogen ab, nicht ohne die Mahnung zu hinterlassen, daß keiner der Tour-Teilnehmer den Planeten verlassen durfte, ohne sich zuerst bei der Polizei zu melden.

Für den Rest des Tages bildete der Mord das Hauptgesprächsthema. Symond, Mulvaney und Liu wurden inoffiziell zu Ausgestoßenen, mit denen nur mehr wenige ein Gespräch anfingen. Liu nahm dies so ruhig auf, wie alles andere. Die anderen zwei ertrugen es nicht so gelassen, daß ihre Integrität in Zweifel gezogen wurde, versuchten aber trotz ihrer mißlichen Lage, gute Stimmung zur Schau zu tragen.

Im Laufe des Tages fand Jules Gelegenheit, seine Schwester beiseite zu nehmen und mit ihr unter vier Augen zu sprechen.

»Mir ist da eine Idee gekommen«, sagte er. »Vielleicht haben wir uns in der Anzahl der Gegner getäuscht. Was ist, wenn wir es mit zwei Verrätern zu tun haben – einer, der die Bombe legt, und der andere, der als seine Rückendeckung fungiert? Falls es mehrere sind, dann sind die drei Verdächtigen aus dem Schneider. Der Mörder würde sagen, er wäre anderswo gewesen, und sein Helfer würde seine Geschichte bestätigen.«

Yvette überlegte eine Weile. »Vielleicht hast du recht«, sagte sie schließlich. »Wir haben aber einfach zu wenig Daten. Es ist um vieles einfacher, nur einen in diese Gruppe einzuschleusen. Denk daran, wie schwer es ist, sich zu qualifizieren. Und doch könnte ich mir vorstellen, daß wir es mit mehr als nur einem zu tun haben.«

»Dann müssen wir eben mehr Tatsachen schaffen«, meinte Jules resolut. »Und ich glaube, ich weiß auch schon wie. Ich werde meine eigene kleine Bombe explodieren lassen.«

Doch damit wartete er bis zum Dinner. Als alle um die große

Tafel saßen – und sich natürlich über den Mord unterhielten –, ließ Jules plötzlich die Bemerkung in die Unterhaltung einfließen, daß er eine Theorie habe, wer der Mörder sei. Edna bedachte ihn mit einem merkwürdigen Blick, weil sie nicht wußte, welches Spiel er spielte, sagte aber, geschickt wie sie war, kein Wort. Statt dessen überließ sie es den anderen, Fragen zu stellen, die sie selbst gern gestellt hätte.

An Fragen mangelte es wahrlich nicht. »Wer ist es?« fragte Hans Gudding.

Jules schüttelte den Kopf. »Das möchte ich noch nicht sagen – ich sage nur, daß ich es nicht bin. Es handelt sich hier um eine ernste Sache, und ich möchte niemandem mit meinen Beweisen zu Unrecht belasten. Falls es sich als Irrtum herausstellt, könnte ich es mir nie verzeihen, daß ich einen Unschuldigen zum Mörder gestempelt habe.«

»Sollten Sie mit Ihren Verdachtsmomenten nicht zur Polizei gehen?« fragte Paul Symond.

»Ja, das sollte ich wohl – aber erst, wenn ich meiner Sache sicherer bin. Morgen früh werde ich gleich als erstes anrufen und meine Theorie erläutern.«

»Was haben Sie eigentlich im Köcher?« fragte Mulvaney.

»Während der hier gemeinsam verbrachten Tage passierte so allerhand. Die Person, die ich verdächtige, hat etliche Dinge getan, die mir sofort als höchst merkwürdig erschienen. Es gibt da eine oder zwei Tatsachen, die ich draußen im Garten noch überprüfen möchte.« Er war mit dem Essen fertig und schob den Stuhl zurück. »Bitte entschuldigt mich, aber es könnte von Bedeutung sein.«

Zur Verwunderung aller ging er hinaus. Er durchstreifte zwei Stunden lang allein den Garten, wanderte die Wege entlang und bückte sich hin und wieder, um im schwachen Licht von Ansegrias einzigem Mond etwas näher zu untersuchen. Längere Zeit verbrachte er am Fundort der Leiche. Er drehte jeden Stein um und bewegte sich dauernd im Kreise. Die Leute starrten ihn durch die Fenster an und fragten sich, was er wohl finden wolle, aber Genaueres wollte lieber keiner wissen. Sie ließen ihn allein draußen umherwandern.

Das paßte Jules genau in den Kram, denn was er eigentlich zu finden hoffte, befand sich gar nicht im Garten.

Als es spät wurde, entschloß sich Jules schließlich zur Rückkehr ins Schloß. Die meisten waren inzwischen zu Bett gegangen, wie er feststellte. Obgleich man heute weniger unternommen hatte als an den Vortagen, so war doch der psychologische Zoll, den der Mord gefordert hatte, enorm. Da es ihm an Gesprächspartnern mangelte, entschloß sich Jules, sich ebenfalls auf sein Zimmer zurückzuziehen.

Als Jules in den zu seinem Zimmer führenden Gang einbog, sah er, daß hier kein Licht brannte. Es war stockfinster. Diese Tatsache registrieren und handeln war eines. Er stieß sich mit seinen mächtigen Beinmuskeln ab, hechtete vorwärts, gleichzeitig leicht nach rechts, rollte sich zu einer Kugel zusammen und ließ sich rollen, bis er gegen die Wand prallte.

Sein Verhalten war goldrichtig. Noch im Springen hörte er das Summen eines Stunners. Der Strahl verfehlte ihn nur um wenige Zentimeter, obwohl er das gar nicht bemerkte. Er wußte nur, daß er im Licht vor einem dunklen Bereich stehend ein perfektes Ziel abgab für jeden, der auf ihn schießen wollte. Und er hatte gehandelt, um diesen Fehler zu beheben.

Und jetzt, in Bewegung begriffen, bot sich ihm die bessere Überlebenschance. Gegen ihn standen die Geschicklichkeit und die Reflexe seines Angreifers – unbekannte Faktoren, derentwegen sich Jules aber keine großen Sorgen machte. Seine eigenen Reflexe waren mit Sicherheit denen jedes anderen Menschen überlegen.

Der Anprall an der Wand bewirkte, daß er in hockender Stellung zum Stillstand kam. Ohne auch nur den Bruchteil einer Sekunde innezuhalten, sprang er wieder los – vorwärts und nur ganz leicht mit Linksdrall. Er glaubte ziemlich sicher zu wissen, wo sein Angreifer stand – ganz hinten im dunklen Korridor, wo er Jules' Silhouette die ganze Zeit über ausnehmen konnte ... und wo Jules ihn nicht sehen konnte. Indem er sich in mehreren Sprüngen auf ihn zu bewegte, verringerte Jules die Entfernung und verkürzte die Reaktionszeit des Mannes. Wenn er vermied, seine Sprünge gleichförmig zu vollführen, mußte eigentlich alles glattgehen.

Wieder wurde das Surren des Stunners hörbar, diesmal in immer kürzeren Abständen. Ein Stunner konnte nicht so ununterbrochen feuern wie eine Strahlwaffe und brauchte zwischen den einzelnen Schüssen einen Sekundenbruchteil zum Wiederaufladen. Darauf setzte Jules am meisten. Hätte sein Gegner einen Strahler gehabt, so hätte Jules den Rückzug antreten müssen, da er sein Ziel nicht ohne ein Loch durch den Körper gebrannt zu bekommen erreicht hätte.

Mit einer Reihe von Sprung-Rolle-Sprung-Kombinationen brachte Jules den dunklen Gang hinter sich. Das Summen des Stunners steigerte sich zu einem fast unerträglichen Heulen, weil der Gegner sein unerwartet schnelles Opfer unbedingt erledigen wollte. Die knappe Aufeinanderfolge der Schüsse wunderte Jules; sein Gegner mußte über blitzartige Reflexe verfügen, und dieser Gedanke wirkte ernüchternd. Er hätte nie vermutet, daß unter den anderen Teilnehmern an der Tour jemand so durchtrainiert war.

Doch für dergleichen Überlegungen war jetzt keine Zeit. Ihm blieb nichts übrig, als diese Beobachtung zunächst einfach festzustellen. Im Moment war er mit dem Problem des Überlebens vollauf beschäftigt.

Er kannte die Länge des Ganges und konnte seine Sprünge gut abschätzen. Mit drei weiteren Sprüngen hatte er beinahe das Ende erreicht und befand sich mithin in Reichweite des Gegners. Jetzt hatten beide theoretisch die gleichen Nachteile, da beide sich gleichermaßen im Dunkel befanden und keiner den anderen sehen konnte. Jules schlug in die wahrscheinlichste Richtung und erwartete, daß die Hiebe seines Gegners ebenso unsicher ausfallen würden.

Statt dessen sauste eine kräftige Faust durch die Luft und erwischte ihn direkt am Kinn. Hätte er tatsächlich, wie er behauptet hatte, vom Planeten Julea gestammt, auf dem die Schwerkraft von nur einem Gravo herrschte, hätte der Hieb ihn zweifellos bewußtlos schlagen und ihm den Kiefer brechen müssen. Aber Jules stammte von DesPlaines, dessen Schwerkraft das Dreifache der Erde betrug. Seine Familie lebte seit über vier Jahrhunderten in dieser rauhen, bodennahen Umwelt. Sie hatten sich dem Leben unter diesen schweren Bedingungen angepaßt. Ihre Knochen waren schwerer, die Muskeln fester, die Reflexe schneller als die der Menschen von gemäßigteren Planeten. Zu diesem Erbe gesellte sich das Zirkustraining und eine hervorragende körperliche Kondition. Er und seine Schwester waren, um das Haupt des Service zu zitieren, »die zwei besttrainierten gegenwärtig lebenden Agenten«.

Folglich wirkte der Hieb nicht so verheerend wie beabsichtigt. Jules wurde zwar von seiner Präzision überrumpelt und ging zu Boden, doch besaß er genügend geistige und körperliche Reaktionsfähigkeit, sich abrollen zu lassen. Im Rückwärtsfallen brachte er ein Bein hoch und trat dorthin, wo er den Brustkasten des Gegners vermutete.

Er spürte, wie der Tritt auf etwas traf, und fühlte, wie sein Fuß sich in den Leib des anderen bohrte. Es war ein Tritt, der die Rippen des Gegners hätte brechen, möglicherweise sogar einen Herz- oder Lungenriß hätte herbeiführen müssen. Zumindest aber hätte der andere, sich vor Schmerzen krümmend, nach Luft ringen müssen und wäre im Normalfall Jules' weiteren Aktionen hilflos preisgegeben.

Nichts dergleichen geschah. Die einzige Wirkung bestand darin, daß der Gegner zurückwich und leicht aus dem Gleichgewicht geriet.

Das waren schicksalhafte Sekunden, denn Jules kämpfte um sein eigenes Gleichgewicht. Doch ohne diesen Hieb wäre der SOTE-Agent für die Betäubungswaffe des anderen ein klares Ziel gewesen. Jules' Kopf dröhnte vom Hieb des Fremden. Er fiel, rollte ab und kam langsamer auf die Beine, als er es gewohnt war. Die Wucht des gegnerischen Schlages und die Wirkungslosigkeit seines eigenen betäubte ihn.

Seine einzige Hoffnung lag darin, daß er ständig in Bewegung blieb und einen erneuten Angriff wagte. Er darf keinen Augenblick Zeit zum Feuern haben, lautete seine Losung. Die Distanz war so knapp, daß er sein Ziel kaum verfehlt hätte.

Ein wahres Glück, daß der Korridor nicht sehr breit war. Jules wußte, daß der Mann seine Position leicht verändert haben würde, aber weit hatte er sich sicher nicht entfernt, wenn er Jules zwischen sich und dem Licht am anderen Ende des Ganges haben wollte. Jules machte einen Satz auf die Stelle zu, wo er den Kerl vermutete, und spürte, wie seine Hand auf Fleisch auftraf. Gleichzeitig aber bekam er selbst einen Hieb in die Seite. Der Verräter schien sein Ziel genau zu kennen, während Jules buchstäblich ins Dunkle zielte.

Plötzlich ertönte eine vertraute Stimme. »Allez hopp!« Dieser uralte, vom Zirkusvolk gebrauchte Ausruf konnte nur von einer einzigen Person auf diesem Planeten stammen – von seiner Schwester Yvette. Obwohl er vor Schmerzen in der Seite vornüberklappte, hätte Jules am liebsten aufgejubelt. Gemeinsam bildeten die Geschwister ein Team, das niemand so leicht aufzuhalten imstande war.

Yvette, die sich an die Dunkelheit erst gewöhnen mußte, konnte aber nach den Geräuschen den ungefähren Ort der Handlung erahnen. Sie konnte sich gleich in den Kampf stürzen, ohne erst Betäubungsstrahlen ausweichen zu müssen, und ging daher sofort zum Frontalangriff über. Aber so schnell sie auch war, der Verräter schien trotz der Finsternis zu wissen, in welche Richtung sie ausholen würde, und konnte daher die geeignete Gegenmaßnahme ergreifen.

Yvette konnte zwar keine wirksamen Hiebe landen, aber ihre Aktivität reichte aus, um den Gegner mit Abwehrmaßnahmen zu beschäftigen. Mittlerweile hatte Jules sich von dem Rippenstoß erholt und konnte sich wieder selbst am Kampf beteiligen. Dabei mußte er in der Dunkelheit achtgeben, nicht irrtümlich seine Schwester statt des gemeinsamen Gegners zu treffen. Aber nicht umsonst hatten sie so lange als Team gearbeitet. Reaktionen und Zeitgefühl waren genau aufeinander abgestimmt und kamen ganz instinktiv. Wenn Yvette die Hand zurückzog und zu einem neuen Schlag ausholte, schlug Jules gleichzeitig zu, und umgekehrt. Die beiden d'Alemberts hatten jahrelang in einer Zirkusnummer zusammengearbeitet, bei der ihr Leben vom exakten Zusammenspiel der Kräfte abhing, und ein solches Training trägt Früchte.

Kein gewöhnlicher Sterblicher hätte einen derartigen Ausbruch an Kraft und Wildheit überlebt – aber der Unbekannte war immerhin imstande, sich in diesem Kampf zu behaupten. Wenn er auch nicht mehr in der Offensive war, so konnte er doch jeden ihrer Schläge mit einer Schnelligkeit parieren, die sich mit ihrem eigenen Reaktionsvermögen messen konnte, wenn er sie nicht sogar übertraf.

Schließlich aber hatte der Widersacher gemerkt, daß sein Kampf vergeblich war. Seine ganze Strategie hatte darauf beruht, daß er seine Tat in aller Eile hinter sich bringen und sich davonmachen konnte, ehe ihn jemand entdeckte. Dem Kampfverlauf nach hätte das Trio weitere fünf Minuten unentschieden weitermachen können – aber inzwischen wären Leute gekommen und hätten ihn entdeckt. Er wagte es nicht, seine Anonymität preiszugeben, auch wenn er dafür einen hohen Preis zahlen mußte, nämlich daß die beiden am Leben blieben.

Mit Aufbietung aller Kräfte schaffte er es, die Verteidigung der zwei d'Alemberts zu durchbrechen und jeden einzeln vorne an der Hemdbrust zu packen. Noch ehe sie ihr Reaktionsvermögen anwenden konnten, hatte er sie beide hochgehoben und gegen die linke Korridorwand geschleudert. Beiden Agenten blieb die Luft weg, als sie gegen die Wand und gegeneinander schlugen und auf dem Boden landeten. Bis sie sich erholt und um sich geblickt hatten, war es zu spät. Sie hörten die Schritte des Verräters vom anderen Ende des Ganges her. Er entfernte sich mit einer Geschwindigkeit, die es mit jedem Spitzenathleten aufnehmen konnte. Ein rascher Blick auf eine männliche Gestalt, die am beleuchteten Ende des Korridors silhouettenhaft sichtbar wurde, das war alles. Dann war der Feind um die Ecke gebogen und floh in einen anderen Trakt des Schlosses. Bis sie wieder auf den Beinen waren, hatten sie keine Chance mehr, den Flüchtenden einzuholen.

Yvette stützte ihren Bruder, der noch benommener war als sie. »Alles in Ordnung?« fragte sie.

»Ich glaube schon. Bin ich froh, daß du zur Stelle warst.«

»Du hast den Köder so hübsch ausgelegt, daß ich mir dachte, ich müßte mal nachsehen, was du an Land gezogen hast. Du hattest mit deiner Vermutung recht: Wer immer der Täter war, er wollte dich zum Schweigen bringen, bevor du zur Polizei gehen konntest.«

Jules schüttelte bedauernd den Kopf. »Ja. Fast hätte es zu gut geklappt.«

Er machte sich ziemliche Sorgen. Der Kampf auf dem Korridor hatte ihnen eine Anzahl von beunruhigenden Tatsachen über ihren Gegner verraten. Er verfügte über erstaunlich schnelle Reflexe. Er bewegte sich mit einer Geschwindigkeit, die sie beide zu lahmen Dorvats degradierte. Er konnte im Dunkeln sehen. Er konnte Schläge ohne Wirkung hinnehmen, die jedes andere menschliche Wesen getötet oder fürs Leben gezeichnet hätten. Und wie er bereits bewiesen hatte, konnte er einen Baum samt

Wurzeln ausreißen und ihn auf jemanden fallen lassen – einen Baum, den zwei Mann mit größter Kraftanstrengung nur schwer anheben konnten.

Mit was für einem Menschen hatten sie es zu tun?

10. KAPITEL

Das Verhör von Rimskor

Als in ganz Rimskor die Alarmanlagen losschrillten, steigerten sich die vier d'Alemberts, die sich ohnehin in schneller Bewegung befunden hatten, zu wahren Wirbelstürmen. Das leiseste Zögern hätte sichere Festnahme und möglichen Tod bedeutet.

Luise hatte die Leitung der Mission, und sie überlegte blitzschnell. Sie befanden sich im geheimen Bereich, der sich als Sackgasse erwiesen hatte. Hier durfte man sie keinesfalls entdecken, weil sie hier wie in einer Falle saßen. Sie lief voraus, durch das Arztzimmer, durch den Vorratsraum, den Kommunikationsraum und das Labor. Die drei anderen blieben ihr dicht auf den Fersen. Sechs Stufen auf einmal nehmend, so raste sie die Treppe hinauf, bis sie am Ende angelangt war. Auch dann blieb sie nur so lange stehen, bis sie den Stunner gezogen hatte. Gleich darauf stürmte sie hinaus auf den Gang.

Sie hatten Glück – es war niemand zu sehen. Wie lange dieses Glück anhalten würde, war eine andere Sache, denn sie mußten damit rechnen, daß Dienerschaft, Sicherheitspersonal oder Roboter auch diese Etage bald kontrollieren würden. Außerdem waren mittlerweile sämtliche Aufzugschächte bewacht und daher für sie unpassierbar.

Sie konnten nicht hinaus, das wußte Luise. Der Eingang – der einzige Weg ins Freie – würde so schwer bewacht sein, daß auch vier Spitzenagenten wie die d'Alemberts sich den Weg nicht freikämpfen konnten. Und ein Fluchtversuch, ohne vorher etwas in Erfahrung gebracht zu haben, wäre ein Eingeständnis des Versagens – ein ärgeres Schicksal als der Tod für diese vier Abkömmlinge der begabtesten Agentenfamilie der Galaxis.

Luise lief den dunklen Gang entlang zu einer Stelle, die Marcel auf seinem Lageplan als Treppe mit Fragezeichen eingezeichnet hatte. Natürlich würde auch sie bewacht sein – aber sicher nicht so stark, und ihr Team hatte auf einer Treppe mehr Gelegenheit für Ausweichmanöver als in einem Aufzugschacht.

Kaum war sie vor der Treppe angekommen, ging die zu ihr führende Tür auf und ein Roboter-Wächter erschien darin. Beide reagierten sofort, doch Luise war etwas schneller. Sie feuerte den

Stunner direkt auf das Geschöpf ab, obwohl der Verstand ihr zu diesem Reflex sagte, daß ein Stunner auf einen Roboter wahrscheinlich keine Wirkung ausübte.

Die Maschine war ein eineinhalb Meter großer aufrechter Zylinder, an dessen Leib ein Dutzend Metallfühler angebracht waren, die als Glieder fungierten. Einer dieser Fühler hielt einen Stunner und brachte ihn in Anschlag. Während Luises Stunner gegenüber dem Roboter wirkungslos blieb, würde umgekehrt seine Waffe sie sehr wohl treffen – falls sie nicht unverzüglich Gegenmaßnahmen unternahm. Luise faßte mit der rechten Hand den Roboter an dem Fühler, der die Waffe hielt, und zerrte ihn zu sich. Die Maschine wog knapp hundert Kilo, wurde aber durch den kräftigen Zug aus dem Gleichgewicht gebracht. Mit der Körperkraft einer auf einer Drei-Gravo-Welt geborenen Person und der nur von einer d'Alembert erreichten Geschicklichkeit riß sie die Maschine zu sich, schleuderte sie im Kreis um sich und ließ sie in den Gang rutschen.

Rick setzte die Arbeit dort fort, wo Luise aufhörte. Als der Roboter an ihm vorüberschlitterte, packte er ihn und hob ihn hoch. Der Ringer hob den Roboter, als wäre er ein Federkissen, hielt ihn sekundenlang hoch über den Kopf und schleuderte ihn gegen die nächste Wand. Der Krach betäubte sie beinahe. Der Roboter fiel als nutzloser Metallhaufen zu Boden. Ein paar Funken zischten und glühten im Innern des zylindrischen Körpers auf, doch zu weiterer Aktivität war er nicht mehr in der Lage.

Luise stand jetzt vor einem Problem. Sie wußte nicht, ob der Roboter autonom programmiert war oder ob er über einen Schaltkreis mit einer Zentraleinheit in Verbindung stand. Wenn letzteres zutraf, dann hatten sie eben ihre Position verraten. In diesem Fall bewegte sich eine Armee ähnlicher Roboter aus allen anderen Ebenen des Schlosses auf sie zu.

Sie ging an die Treppe, die der Roboter eben heraufgekommen war, und sah hinauf und hinunter. Die unteren Etagen würden schwerer bewacht sein, weil das die Richtung war, die jeder vernunftbegabte Mensch bei einer Flucht eingeschlagen hätte. Luises erster Gedanke war, hinaufzulaufen, Zeit zu gewinnen, die Entscheidung hinauszuzögern und zu hoffen, daß sie sich eine glückliche Wendung der Situation zunutze machen konnte. Sie stürmte mit ihrem Team hinauf, kam aber nur einen Absatz weit, als sie auch schon das Stampfen einer ganzen Legion von Metallfüßen über sich hörten. Wenn es sich irgendwie vermeiden ließ, hatten sie nicht die Absicht, es mit einer ganzen Abteilung von Kampfrobotern aufzunehmen.

Widerstrebend machten sie kehrt und liefen hinunter. Sie liefen mit Höchstgeschwindigkeit, und der Abstand zu den Kampfmaschinen vergrößerte sich. Bei diesem Abstieg trafen sie auf keinen Gegner, bis sie schließlich im Erdgeschoß vor einer Tür landeten. Von einer Roboter-Armee verfolgt, blieb ihnen keine andere Wahl, als hinauszugehen und sich jeglichem Schicksal zu stellen. Doch zuvor steckten sie die Stunner weg und nahmen statt dessen die Strahler zur Hand. Nach dem, was Etienne ihnen berichtet hatte, zu schließen, entwickelte Herzog Fjodor eine größere Vorliebe für Maschinen als für Menschen, und sie mußten damit rechnen, daß die Mehrzahl seiner Sicherheitstruppe aus Robotern bestand. Stunner waren gegen solche Gegner völlig nutzlos.

Die Treppe mündete in einen langen Gang, noch bizarrer, als der Schlafzimmerkorridor oben es war. Dieser Gang hier war mit realistischen und surrealistischen Metallskulpturen geschmückt. Fratzenhafte Gebilde aus Platin waren in den Deckenecken angebracht und grinsten höhnisch auf sie herunter. Unter dem glatten Boden konnten sich Fallen aller Art verbergen.

Die Szene, die sich ihnen hier bot, glich einem Tollhaus. Menschen wie Roboter liefen – alarmiert von einem noch nie dagewesenen Eindringen in diese Festung – hektisch hin und her. Das plötzliche Auftauchen von vier in Silber gekleideten Furien vermehrte ihre Verwirrung – und Luise konnte sich diese Verwirrung zunutze machen.

Als sie das Feuer aus ihren Strahlern eröffneten, stürzte alles in Deckung. Der Schock des Angriffs verhinderte für einige Sekunden eine Gegenaktion. Luise sah sich im Gang nach beiden Richtungen um und konnte momentan niemanden entdecken. Schlimm war nur, daß sie sich von hier aus nicht mehr orientieren konnte. Der Verlauf der zuletzt passierten Treppe war in Marcels Plan nicht eingezeichnet gewesen, so daß ihr scharfer Verstand die Orientierung verloren hatte. Sie hatte keine Ahnung, wo sich dieser Gang, entsprechend der von Marcel gezeichneten

Skizze, befand. Bis sie wieder auf vertrauten Boden geriet, mußten sie aufs Geratewohl umherirren.

Das bedeutete jedoch nicht, daß sie ihr Tempo verlangsamt hätte. Obwohl sie keine Ahnung hatte, wohin es ging, zögerte sie nicht und wandte sich nach rechts. Die anderen folgten ihr eilig. Sie kamen in einen Raum, der die Küche sein mußte, und nun wußte Luise wieder Bescheid – und verwünschte ihr Pech.

Sie hatte die falsche Richtung eingeschlagen und befand sich jetzt im rückwärtigen Teil des Hauses. Wenn sie entkommen wollten, mußten sie sich den ganzen Weg bis zum Eingang durchkämpfen. Und ein solches Durchkämpfen durch die gesamte Verteidigungslinie kam einem Selbstmord gleich.

Luise sah sich hastig nach einer anderen Möglichkeit um. Ihr Blick fiel auf das Speiseaufzugsystem. Etienne hatte gesagt, das Schachtsystem verliefe durch die gesamte Burg und hätte Öffnungen in sämtliche Räume. Die Schächte waren zwar schmal und nicht glatt, doch mit Ausnahme von Rick waren alle d'Alemberts relativ klein. Falls es ihnen glückte, sich in das System hineinzupferchen, dann waren sie wie Mäuse in der Mauer und konnten überallhin.

Das einzige Problem dabei war, daß die Verteidiger des Herzogs ihre Spur bis in die Küche verfolgen konnten, und von da an war die Schlußfolgerung, wohin sie sich gewandt hatten, ein Kinderspiel. Luise stand vor einer schweren Entscheidung als Missionsleiterin – doch sie drückte sich nicht lange davor.

»Rick«, sagte sie, »wir müssen durch den Speiseaufzug. Es ist der einzige Ausweg. Damit sie nicht merken, wohin wir uns verkriechen und uns dort herauspusten, muß wenigstens einer hier draußen bleiben und für Verwirrung sorgen.«

»Keine Bange«, sagte Rick mit einem Blick auf die Öffnung des Schachtsystems. »Sieht für mich ohnehin zu klein aus. Ich werde denen so tüchtig einheizen, daß sie glauben, wir wären noch zu viert am Werk.«

Luise bedachte ihn mit einem hastigen Lächeln. Der Zusammenhalt innerhalb der Familie war so fest, daß jeder für die anderen dasselbe tun würde, wenn die Lage es erfordert hätte. Und Rick war in diesem Fall die logische Lösung.

Ohne Zeit zu verlieren, lief Luise an die Öffnung und legte sich auf das Förderband, das in das Loch in der Wand führte. Das

Band stand im Moment still, und sie mußte sich kriechend fortbewegen – aber sie war für den Augenblick vor Entdeckung sicher. Hinter ihr krochen Jeanne und Claude ebenso mühsam in das Schachtsystem.

So begann ein mehr als einstündiger Alptraum. Sie durchkrochen die Grundmauern von Burg Rimskor. Luise versuchte ungefähr die Richtung zum Eingang beizubehalten, obwohl der Schacht sehr oft im rechten Winkel abbog und man sich nur schwer orientieren konnte. Zweimal mußten sie die Etage wechseln und über eine Reihe von Haltegriffen in der Mauer klettern. Sie kamen immer wieder an Öffnungen vorbei, doch ein kurzer Blick nach außen zeigte Luise, daß diese Räume gut bewacht waren und daß ein Verlassen des Aufzugsystems den sicheren Tod bedeutet hätte. Gelegentlich drang Kampfgeräusch durch die Wände. Wie versprochen, lieferte Rick d'Alembert den Verteidigern ein hartnäckiges Gefecht. Gegen eine überwältigende Streitmacht ankämpfend, brachte er es fertig, daß seine Anwesenheit in der ganzen Festung Unruhe stiftete und die Aufmerksamkeit sich nicht auf seine Gefährten in den Schächten konzentrieren konnte. Wie er es schaffte, am Leben zu bleiben, das konnte keiner der drei auch nur ahnen. Aber sie alle beteten darum, daß sein Glück ihn nicht verlasse, und vertrauten seinen besonderen Fähigkeiten als ein d'Alembert.

Schließlich gelangte das Trio wieder an eine Art Tür, die in einen Raum führte. Luise schob die Tür einen Spaltbreit auf und spähte hinaus. In dem Raum befanden sich nur zwei Roboterwachen – die geringste Zahl, die sie bis jetzt in einem Raum gesehen hatte. Außerdem ein Mensch, unbewaffnet, und dazu ein Ding, das sie zunächst für eine große Maschine hielt, bis es sich umdrehte und sie sehen konnte, daß es sich in Wirklichkeit um Herzog Fjodor handelte, verdrahtet in seinem mechanischen Käfig, der ihn am Leben erhielt. Ein aufblitzendes Schaltbrett zeigte an, daß sich hier das zentrale Nervenzentrum für sämtliche Sicherheitsvorkehrungen der Burg befand – in diesem Fall hatten sie unbeabsichtigt ein sehr willkommenes Ziel erreicht.

Sie teilte diese Neuigkeit ihren zwei Gefährten im Flüsterton mit und erklärten ihre weiteren Pläne. Dann bereitete sie sich, so gut es in dem schmalen Kanal ging, auf weitere Aktionen vor.

Endlich schob sie die Tür ganz beiseite, stieß sich von der Hinterwand des Schachtes ab und ließ sich hinausschnellen in die Sicherheitszentrale, deren vier Insassen sie völlig überrumpelte. Noch ehe jemand reagieren konnte, war Luise auf dem Boden aufgetroffen, hatte sich abgerollt und stand mit schußbereiter Waffe da. Die zwei Roboter waren um Sekundenbruchteile zu langsam und wurden von dem Strahl der SOTE-Agentin zerfetzt. Während die anderen zwei d'Alemberts aus dem Aufzugschacht kletterten, legte Luise auf die zwei Menschen an. »Keine Dummheiten«, warnte sie höchst überflüssig, denn der Herzog und sein Gefährte waren nicht die Typen, die falsche Bewegungen machten, während sie in die Mündung einer Waffe starrten.

Sobald Jeanne und Claude sich im Raum befanden, konnte Luise an Rick denken, der noch um sein Leben kämpfte. »Rufen Sie Ihre Wachen und sagen Sie ihnen, daß sie den Kampf sofort einstellen sollen. Da draußen ist noch einer meiner Freunde.«

»Den haben wir bereits betäubt«, sagte der Herzog düster. »Wir wollten eben mit dem Verhör beginnen, als Sie kamen.« Er ließ eine Pause eintreten, um Kräfte zu sammeln und sich in eine Pose entrüsteter Würde zu werfen. »Hoffentlich ist Ihnen klar, daß – wer immer Sie sind und was immer Sie mit diesem Überfall erreichen wollen – Sie zum Scheitern verurteilt sind. Ich bin Herzog über den gesamten Planeten und werde nicht ruhen, ehe man Sie festgenommen und unschädlich gemacht hat.«

Luise schenkte seinem Gehabe keine Beachtung. Sie wartete, bis Claude und Jeanne ihre Stunner gezogen hatten, und steckte dann ihre eigene Waffe weg. Aus ihrem Ausrüstungsbeutel holte sie eine mit einer farblosen Flüssigkeit gefüllte Spraydose. Gleichmütig erklärte sie: »Das ist Nitrobarb. Sie kennen das Zeug natürlich und wissen, was es bewirkt. Sie kennen einige Antworten, die ich brauche, und ich gedenke, sie mir zu verschaffen.«

Der Herzog kannte Nitrobarb sehr gut. Er wußte, daß bei Anwendung bei Gesunden die Sterblichkeitsrate fünfzig Prozent betrug, und wußte auch, daß – falls er die Droge selbst überlebte – er nie die Auswirkungen der Antworten überleben würde, die er unter ihrem Einfluß von sich gab. »Das ist ungesetzlich«, protestierte er.

Luise starrte ihn unbewegt an. »Hochverrat auch, Euer Gnaden, und genau davon ist die Rede, oder nicht?«

Als sich Luise dem Herrscher von Kolokov um einen Schritt

näherte, meldete sich der andere Gefangene. »Bitte, verabreichen Sie ihm diese Injektion nicht. Der Herzog ist kränklich, sein Kreislauf würde die Droge nicht vertragen. Als sein Arzt sage ich Ihnen, daß er innerhalb von Minuten tot wäre und Sie von ihm nichts erfahren würden.«

Luise drehte sich zu ihm um. »Sie müssen Dr. Rustin sein.« Sie überlegte. Es war bekannt, daß Herzog Fjodor seit seiner Kindheit praktisch am Rande des Grabes lebte. Allein die Tatsache, daß sein Körper all die Stützmechanismen brauchte, war ein Beweis seiner schwachen Konstitution. Nitrobarb war tatsächlich sehr stark, und der Doktor hatte nicht unrecht. Sie hätte einen Herzog ins Jenseits befördert und nichts damit gewonnen.

Aber was blieb ihr schon übrig? Ihre Mission würde ein Fehlschlag bleiben, wenn sie nicht mehr über die Zeitbombe, die gegen die Prinzessin eingesetzt werden sollte, in Erfahrung brachte. Eine andere Verhörmethode wäre nicht so wirkungsvoll, weil der Herzog unter weniger eindringlicher Befragung vielleicht zu Lügen Zuflucht nehmen würde.

Sic mußte also weiterbluffen, in der Hoffnung, auf etwas Wichtiges zu stoßen. »Aber Doktor«, fuhr sie fort, »auf Hochverrat steht ohnehin Todesstrafe. Ist doch egal, ob er jetzt stirbt oder später!« Sie ging einen weiteren Schritt auf den Herzog zu.

Der Herzog war immer blaß, und sein Kreislauf war so beschaffen, daß er nie in Schweiß ausbrach. Wäre dies nicht der Fall gewesen, so wäre er jetzt aschfahl und schweißnaß geworden. Solange seine Erinnerung zurückreichte, hatte er mit dem Tod auf du und du gelebt. Seine ersten Erinnerungen galten Krankenhäusern, Krankenbetten und Ärzten mit Begräbnismienen. Der Gedanke an den Übergang ins Unbekannte hatte ihm immer Angst eingejagt, und er hatte gegen den Tod mit allen ihm zur Verfügung stehenden Mitteln angekämpft. Und er hatte gewonnen. Er hatte den Kampf gegen den Tod aufgenommen und hatte gesiegt. Auch wenn er aussah wie ein Monstrum, auch wenn er verachtet und verhöhnt wurde, er hatte gewonnen und überlebt. Und er würde nicht zulassen, daß ihn jemand tötete, auch wenn das bedeutete, daß er seinen besten Freund verraten mußte.

»Er!« rief er und deutete auf Dr. Rustin. »Verhören Sie ihn. Er weiß so viel wie ich, er war bei allem dabei. Er hat es zum Funktionieren gebracht.«

Luise war nicht wenig erstaunt, daß ihr Bluff sich so bezahlt gemacht hatte. Dr. Rustin war als des Herzogs ständiger Begleiter allgemein bekannt. Es war nicht unwahrscheinlich, daß er auch bei dem Verrat mitgemacht hatte. »Einen Versuch ist es vermutlich wert«, sagte sie laut. »Wenn ich von ihm keine Antworten bekomme, kommen Sie als nächster dran.«

Dr. Rustin kroch aus Angst in sich zusammen, als sie näher kam. Schließlich war er nicht mehr der jüngste, und Nitrobarb konnte ihn ebensogut töten, wenn er auch für sein Alter noch in guter Verfassung war. Aber Luise wußte, daß das Schicksal des Imperiums von diesem Verhör abhing.

Aber es gab keinen Ausweg, und nach wenigen Minuten befand sich Dr. Rustin in einer Benommenheit, die zwanzig Minuten andauern würde – das war das erste Stadium der Drogenwirkung. Während dieser Zeitspanne wurde es im Raum so still wie auf einem mitternächtlichen Friedhof. Herzog Fjodor, der noch immer um sein künstlich verlängertes Leben bangte, hockte schlapp in einer Ecke und fragte sich, wo er einen Fehler gemacht hatte. Die drei d'Alemberts sprachen kein Wort miteinander. Die Lage war zu kritisch, und sie wollten jeden Fehler vermeiden, der eventuell ihre Identität hätte preisgeben können.

Schließlich kam Dr. Rustin langsam zu sich. Er öffnete die glasigen Augen, denen man ansah, daß er sich unter Drogeneinfluß befand. Luise setzte sich ihm gegenüber und begann das Verhör mit aller Bestimmtheit.

»Sie und Herzog Fjodor entwickelten hochverräterische Pläne gegen das Imperium?« fragte sie streng.

»Ja«, lautete die langsame, benommene Antwort.

Luise stieß unwillkürlich einen Seufzer der Erleichterung aus. Die ganze Zeit über hatte in ihr die Furcht genagt, daß sie und ihre Familie sich geirrt hätten und daß sie die ganze feindselige Aktion gegen einen Unschuldigen gestartet hätten. Jetzt war diese Furcht für immer gebannt, und sie fuhr mit dem Verhör fort. »Sie haben Rawl Winsted angeheuert?«

»Ja.«

»Wozu brauchten Sie seine Hilfe?«

»Er war ein hervorragender Fachmann für die feinmechanische Ausstattung des Roboters.«

»Roboter?« Luise runzelte verwundert die Brauen. »Ich dachte, Sie konstruierten eine Zeitbombe.«

Ein leiser Summton kam aus Rustins Mund. Luise hatte eine Feststellung getroffen und keine direkte Frage gestellt, und sein benebelter Verstand wurde damit nicht fertig. Sie verwünschte insgeheim ihre ungeschickte Fragetechnik und formulierte die letzte Äußerung von neuem.

»Welche Art Roboter konstruierten Sie?«

»Es ist eigentlich kein Roboter, sondern ein Androide, der menschlich aussieht und sich so verhält.«

Wohin führt das alles? fragte sie sich. Wo war die Verbindung zwischen einer Zeitbombe und einem Roboter? »Benutzten Sie jemals den Ausdruck ›Zeitbombe‹ in Winsteds Gegenwart?«

»Ja.«

»In welchem Zusammenhang?« Die kurzen gezielten Antworten Rustins versetzten Luise in beträchtliche Ungeduld. Das war ja das Hauptproblem bei der Anwendung von Nitrobarb – die Befragten waren willenlos und konnten nicht mitdenken.

»Ich sagte, der Roboter würde als Zeitbombe gegen die Prinzessin und die kaiserliche Familie wirken.«

»Wie konnten Sie zu dieser Ansicht kommen?«

»Weil er Prinzessin Edna heiraten würde und nach ihrer Thronbesteigung als Prinzgemahl fungieren würde.«

Plötzlich fiel es ihr wie Schuppen von den Augen. Ein Roboter, der wie ein Mensch aussah und handelte! Er würde an der Vorstellungstour teilnehmen, und die Prinzessin würde ihn kennenlernen. »Aber wie konnten Sie so sicher sein, daß die Prinzessin ausgerechnet ihn heiraten würde?«

»Er war so programmiert, daß er dieselben Vorlieben wie sie hatte und ihrer Vorstellung von einem idealen Gatten entsprach.«

Luise überlief ein Frösteln. Das war der niederträchtigste Plan, von dem sie je gehört hatte. Das alles klang total verrückt. Kein Mensch konnte die Prinzessin so gut kennen, daß er imstande war, für sie einen perfekten Mann zu erfinden. Und doch – es gab Computerheiratsinstitute, die erstaunliche Erfolge zu verzeichnen hatten. Und falls das alles stimmte, dann war das Imperium mehr gefährdet als durch eine schlichte Bombe.

Schließlich waren andere legitime, wenn auch nicht direkte Thronerben vorhanden, falls Edna etwas zustieß. Aber ein Prinzgemahl, der Zugang zu allen Geheimnissen des Imperiums hatte und die Herrscherin womöglich so schlecht beriet, daß dies zu ihrem Untergang führte, hatte weiterreichendere und schicksalhaftere Folgen für den Bestand des Thrones.

»Wie konnten Sie sicher sein, daß der Roboter nicht sofort als solcher entlarvt wurde?«

»Die anderen wurden auch nicht entdeckt.«

Hatte die frühere Antwort Luise einen Schauer über den Rücken gejagt, so ließ diese sie vollends erstarren. »Soll das heißen, daß Sie andere Roboter geschaffen haben, die als menschliche Wesen angesehen werden?«

»Ja.«

»Sollten die alle etwa die Prinzessin heiraten?«

»Nein, sie hatten eine Vielzahl von Aufgaben.«

»Wie viele existieren, wie heißen sie, welchem Zweck dienen sie, wie lange gibt es sie bereits, hatten sie bereits Erfolge zu verzeichnen?«

Luise war von dieser Enthüllung so überwältigt, daß die Fragen aus ihr nur so hervorsprudelten. Vielleicht gelang ihr einer der bedeutungsvollsten – und unerwartetsten Erfolge, die die SOTE jemals erzielt hatte. Diese Fragen mußten beantwortet werden, das erforderte die Sicherheit der Galaxis.

Dr. Rustins Kiefer bewegten sich, doch er brachte kein verständliches Wort mehr hervor. Sein betäubtes Bewußtsein konnte nur einen Punkt auf einmal beantworten und Luise hatte ihn mit Fragen bombardiert, so daß er nicht wußte, wo er anfangen sollte. Er saß da und starrte vor sich hin. Sein armer verwirrter Verstand bewegte sich im Kreise.

Während die Blicke aller auf dem Doktor ruhten, sah Herzog Fjodor endlich eine Chance für sich. Er hatte sich unauffällig zur Schaltanlage hin bewegt, wo er unter der Konsole einen Stunner versteckt hielt.

Und während alle Anwesenden an Rustins Lippen hingen, handelte er.

Er faßte blitzschnell unter den Tisch, zog die Waffe hervor und feuerte. Sie war auf zehn eingestellt – mit sofortiger tödlicher Wirkung. Sein Opfer fiel zu Boden – tot. Dr. Rustin würde keines der Geheimnisse mehr verraten, an dem er und der Herzog seit so vielen Jahren gearbeitet hatten. Claude hatte die Bewegung des Herzogs mitgekriegt und gab selbst einen Schuß aus seinem Stunner ab, doch geschah es einen Augenblick zu spät, um Rustins Tod zu verhindern. Als der Strahl Herzog Fjodor traf, verfiel sein ganzer Körper in konvulsivische Zuckungen, wie bei einem schweren epileptischen Anfall. Er schlug wild um sich und fiel laut krachend gegen die Steuerkonsole. Funken sprühten, der Herzog stieß einen Schrei aus und blieb reglos liegen.

Luise lief an seine Seite, zu spät. Der Herrscher von Kolokov war tot. »Auf welche Stufe war dein Betäuber eingestellt?« fragte sie Claude. Sie hatte den Herzog, wenn möglich, am Leben erhalten wollen.

»Ich hatte ihn auf drei gestellt«, sagte Claude erschrocken. »Das bedeutet eine halbstündige Betäubung.«

»Er war die Unnatur in Person«, sagte Jeanne, die seit Beginn der Mission ihre Meinung nicht geäußert hatte. »Sein künstlicher Organismus hat auf den Strahl übel reagiert, glaube ich.«

Luise sah, daß Jeanne zitterte. Das alles war für sie ein schreckliches Erlebnis, obwohl sie ohne zu klagen alles mitgemacht hatte. Die Dompteuse war überaus sensibel und lebte im Einklang mit allen Lebewesen. Die Umgebung von so viel bedrohlicher Technik zerrte an ihren Nerven.

»Nun – wie immer es sich verhalten mag, wir verfügen über ausreichend Informationen für ein sofortiges Einschreiten der SOTE.«

»Falls wir diese Informationen hier hinausschaffen können«, sagte Claude.

Luise entnahm ihrem Werkzeugbeutel eine kleine Metallbox. Es war ein Funkgerät, dessen Signal Herzog Etienne davon informieren würde, daß sie das Gewünschte erfahren hatten. Der Zirkusdirektor hatte inzwischen mit einer ganzen Armee von SOTE-Agenten in der Nähe von Burg Rimskor Stellung bezogen und erwartete das Signal zum Sturm auf die Burg. Luise drückte den Knopf, ein rotes Licht leuchtete auf und zeigte an, daß das Gerät sein Signal aussandte.

Sie wartete ab, bis das grüne Licht neben dem roten bestätigte, daß der Herzog ihr Signal empfangen hatte. Das grüne Licht ließ sich Zeit.

»Was ist los?« fragte Claude, der ihre erstaunte Miene sah.

»Unser Signal kommt nicht durch. Wir können sie nicht erreichen.« Luise sah zu dem Schaltbrett hin. »Vielleicht kann es die Metallflanken des Berges nicht durchdringen. Oder vielleicht unterbindet jemand die Verbindung mit der Außenwelt.«

»Und was machen wir in diesem Fall?«

Ja, was tun? Sie waren vom Eingang weit entfernt, und die Burg wimmelte noch immer von Wachen und Fallen. Sie selbst hatten bereits ein Teammitglied eingebüßt, da Rick irgendwo betäubt oder gefangen lag – oder sogar tot. Die einzigen zwei Menschen, welche die Verteidigungsanlagen hätten neutralisieren können, waren tot. Jetzt waren Luise, Claude und Jeanne die einzigen drei Lebenden, die die richtige Information kannten.

Noch vor kurzem hätten sie für diese Mission ihr Leben gegeben. Jetzt aber mußten sie leben, um die Information an die SOTE weiterzugeben.

Aber wie?

11. KAPITEL
Die Maus als Retter

»Ihr glaubt auch nicht«, sagte Luise langsam zu ihren Gefährten, »daß Herzog Fjodor seine Nachrichtenverbindungen offenließ?«

»Nein. Denn er hat wegen des Alarms den Funkverkehr nach außen blockiert«, sagte Claude. »Ich zumindest würde auch so handeln. Ich würde sichergehen wollen, daß niemand hinauskann, falls es jemandem glückte, hereinzukommen – und daß auch keine Information hinausgelangen kann.«

Luise verzog ihr Gesicht. »Das hatte ich befürchtet.« Sie trat vor das Schaltbrett der Sicherheitsanlage und studierte es. Da keiner der Schalter und Knöpfe eine Bezeichnung trug, konnte sie damit nichts anfangen. »Keine Ahnung, wie das funktioniert«, seufzte sie. »Womöglich drücke ich das falsche Knöpfchen und jage uns allesamt in die Luft. Wir müssen uns den Weg nach außen erkämpfen.«

Nun standen ihnen zwei Alternativen offen. Sie konnten sich trennen und versuchen, einzeln hinauszugelangen. Damit hätten sie die Chance, daß wenigstens einer mit der lebenswichtigen Information hinausgelangte, verdreifacht. Oder aber sie blieben zusammen und bildeten eine geschlossene Kampfeinheit. Ein einziger Schlag konnte sie dann zwar gleichzeitig vernichten. Doch drei d'Alemberts bildeten gemeinsam eine schwer zu überwindende Kraft. Und seit der letzten Begegnung mit dem Gegner hatte sich dessen Zahl vermindert – dafür hatte gewiß Rick gesorgt, der jetzt selbst außer Gefecht gesetzt war. Luise entschied sich also für die zweite Möglichkeit. Sie wollten sich gemeinsam durchschlagen. Wieder einmal zog sie ihren Strahler und sagte: »Eh bien, nichts wie los!«

Das Trio stürmte aus dem Sicherheitsraum hinaus in den Gang. Draußen standen nur zwei Roboter, die von einem Angriff aus dieser Richtung überrascht wurden. Beide gingen unter den Strahlenwaffen der d'Alemberts zu Boden, ohne die leiseste Chance, zuvor noch ihre Alarmeinrichtungen zu betätigen.

In diesem Gang standen ihnen nur zwei Ausgänge zur Wahl. Luise hielt auf den näher gelegenen zu und lief hindurch ... nur um entdecken zu müssen, daß sie auf einer der Rampen in der

›Halle der Winkel‹ stand, die Etienne beschrieben hatte. Hoch über ihr wölbte sich die Decke, die wahnwitzigen Mobiles blitzten auf und reflektierten das helle Licht, der Ultra-Schall wühlte sich in Knochen und Nervengewebe, und das mit einer Intensität, die den ruhigsten und beherrschtesten Menschen außer Fassung gebracht hätte. Und in dieser Situation zählte Luise nicht zu den ruhigsten.

Doch befanden sich im Augenblick keine Verteidiger im Raum, und die Rampe stellte für sie eine Möglichkeit dar, ins Erdgeschoß zu gelangen. Luise begann den Abstieg. Ihre Akrobatenschuhe bewegten sich lautlos über das schimmernde Metall. Sie wußte, daß Jeanne hinter ihr unter dem Aberwitz des Raumes noch mehr litt als sie, schließlich war das junge Mädchen das empfindlichste Mitglied der Gruppe. Die Kleine zitterte wie ein Blatt im Wind, als sie sich gezwungen sah, diese kalte mechanische Schreckenskammer zu durchqueren – aber sie tat es ohne Widerspruch, denn sie war eine d'Alembert.

Sie hatten die Hälfte der Rampe hinter sich, als eine Robotergruppe durch den Raum marschierte und sie entdeckte. Die d'Alemberts feuerten, ohne zu zögern, aber einem der Roboter gelang es noch, ein hohes durchdringendes Alarmsignal auszustoßen, das sofort eine ganze Armee von Wachen herholen würde.

Das Trio ging hinter dem soliden Metallgeländer der Rampe in Deckung und wartete den Angriff ab. Es dauerte nicht lange. Dutzende von Robotern stürmten durch die verschiedenen Eingänge in den Raum und feuerten auf die Eindringlinge. Luise ermahnte ihre Begleiter, mit der eigenen Munition sparsam umzugehen. Ihre Energievorräte schrumpften empfindlich zusammen. Ein Schuß war nur mehr gerechtfertigt, wenn sich das Ziel sicher darbot.

Aus dem Augenwinkel bemerkte Luise, daß Jeanne immer schlechter zielte. Die unheimliche Atmosphäre dieses Raumes forderte ihren Zoll. Schließlich warf die junge Dompteuse ihre Waffe weg und kauerte sich wimmernd zusammen. Luise bedauerte schon, eine so sensible Person auf eine so gefährliche Mission mitgenommen zu haben, doch hatte man ihre besonderen Talente gebraucht, um den Vordereingang passieren zu können.

Luise sah auch, daß sich in Jeannes Anzug etwas bewegte. Bur-

Bur, das Mäuschen war wach und ruhelos. Die Unterschallwellen machten dem Tierchen wahrscheinlich ebenso zu schaffen wie seiner Herrin. Luise spürte einen Anflug von Mitleid mit der hilflosen Kreatur – und verbannte diese Gefühle abrupt, als sie eine Idee hatte. Sie bat Claude, ihnen allen Feuerschutz zu geben. Sie selbst kniete neben Jeanne nieder und redete hastig auf das Mädchen ein.

»Hast du Bur-Bur noch in der Gewalt?«

Eine Sekunde verging, ehe die Frage in Jeannes Bewußtsein gelangte. Das Mädchen sah auf und sagte: »Ich … ich weiß nicht. Ich glaube ja, wenn es sich um nichts Kompliziertes handelt. Warum?«

Luise holte aus ihrer Tasche die kleine Funkanlage. »Das Tier hat größere Chancen, an den Posten vorbeizukommen, als wir. Wir können ihm das Ding um den Leib binden. Sobald die Maus das Tor passiert, kommen die Signale der Anlage durch. Könntest du Bur-Bur dazu bringen?«

Jeanne nickte. »Oui. Seine natürlichen Instinkte drängen ihn dazu, davonzulaufen. Ich müßte bloß veranlassen, daß Bur-Bur in die richtige Richtung läuft.«

Damit langte die Dompteuse in den Ausschnitt ihres Anzuges und holte ihren kleinen Schatz hervor. Das Tierchen war sichtlich hypernervös. Jeanne mußte es beruhigen und ihm auf ihre Weise gut zureden – während um sie herum die Schüsse blitzten. Luise sah erleichtert, daß diese Beschäftigungstherapie Jeanne guttat. Mit einem bestimmten Ziel vor Augen war sie imstande, sich aus der Panik zu lösen, die sie vorhin überwältigt hatte.

Jeanne nahm das Funkgerät und brachte es an dem kleinen Sattel an, der um Bur-Burs Mitte geschnallt war. Dabei redete sie ununterbrochen leise in einer Phantasiesprache auf das Tier ein. Luise war fasziniert, trotz der Gefahr, in der sich alle befanden. Jeanne war imstande, die Wirklichkeit beiseite zu schieben und sich auf die Ebene des Tieres zu begeben. Sie schien selbst zur Maus zu werden, während sie ihre Wünsche an Bur-Bur vermittelte.

Schließlich richtete sie sich auf. »Bur-Bur ist bereit«, sagte sie. »Aber ich weiß nicht, ob er es überhaupt schafft, aus diesem Raum hinauszukommen. Die Schießerei macht ihn ganz fertig.«

Vom Rand der Rampe her sagte Claude: »Gib mir das Tier. Ich schaffe es hinaus.« Gehorsam reichte Jeanne das noch immer nervöse Mäuschen ihrem Gefährten. Claude steckte es vorsichtig vorne in seinen Anzug. Mit einem schlichten »Gebt mir Deckung« warf er sich – im wahrsten Sinne des Wortes – mitten in die Schlacht.

Aus geduckter Haltung hochschnellend benutzte er seine kraftvollen Beine – die eine dreifache Erd-Schwerkraft gewohnt waren –, um sich übers Geländer in die Luft zu schwingen. Er streckte die Hand aus und faßte nach der Aufhängevorrichtung eines der zahlreichen Mobiles, die hier im Raum hingen. Er stieß sich ab und sprang in einer Abwärtskurve auf die zur Vorderseite der Burg führende Tür zu. Im Flug drehte und wand sein Körper sich so schnell, daß er für die Verteidiger kein Ziel bot.

Während er sich in der Luft befand, kam Luise seiner letzten Aufforderung nach. Die Roboter erwarteten aus dieser Richtung nichts dergleichen und wußten im Moment nicht, auf welches Ziel sie sich zu konzentrieren hatten. Als sie schließlich anlegten, konzentrierten sie sich allein auf Claude und vergaßen die beiden anderen. Sie kamen teilweise aus ihrer Deckung, um besser zielen zu können, und die Schüsse von Luise und Jeanne brachten sie zu Boden und verringerten ihre Anzahl beträchtlich ... die meisten Roboter traten verwirrt den Rückzug an.

Claude kam mit angezogenen Knien auf dem Boden auf. Wie zwei enorme Sprungfedern dämpften sie den Aufprall. Er ließ sich in einem Purzelbaum abrollen und fing damit den Rest des Anpralls auf. Er lief auf die Tür zu und feuerte im Laufen auf die Roboter, die ihm im Weg waren. Für einen Augenblick sah es aus, als würde er es schaffen, aber dann traf ihn ein Strahl aus der anderen Richtung mitten in den Rücken. Mit einem Aufschrei fiel er auf den schimmernden Metallboden.

Mit Entsetzen mußten Luise und Jeanne den Tod ihres Angehörigen miterleben. Sie alle hatten gewußt, daß es eine lebensgefährliche Mission war, doch erst jetzt wurde aus einer bloßen Möglichkeit die grausame Wirklichkeit. Zuerst fürchteten sie, der Strahl wäre direkt durch den Körper gedrungen und hätte Bur-Bur ebenfalls getötet. Doch dann sahen sie, daß das kleine braune Pelztierchen vorne aus Claudes Anzug kroch. Offenbar hatte es nichts abgekriegt. Sekundenlang richtete es sich auf die Hinterbeine auf, peilte mit einigen Schwierigkeiten die Richtung an und sauste sodann mit Höchstgeschwindigkeit durch die richtige Tür in den dahinterhegenden Gang. »Hoffen wir, daß Bur-Bur rechtzeitig hinauskommt«, sagte Luise mit Ingrimm.

»Wenn hier jemand hinausfindet, ist es ein Mäuschen«, meinte Jeanne. »Die Roboter werden das kleine Ding nicht weiter beachten. Die sind jetzt vollauf mit uns beschäftigt.«

Die Roboter schienen sich rapid zu vermehren. Als in der ganzen Burg bekannt wurde, daß die letzten zwei Eindringlinge in der ›Halle der Winkel‹ in der Falle saßen, trafen immer neue Verstärkungen ein. Für jeden Roboter, den die zwei Frauen außer Gefecht setzten, tauchten zwei neue auf der Szene auf.

Die zwei SOTE-Agentinnen, die jetzt nur mehr Zeit gewinnen wollten, wichen langsam die Rampe hinauf zurück. Jetzt dachten sie an kein Entkommen mehr. All ihre Hoffnungen in dieser Richtung waren auf dem Rücken einer verängstigten Maus unterwegs. Sie mußten unter allen Umständen versuchen, am Leben zu bleiben, bis Herzog Etienne und die Streitkräfte der SOTE ihnen zu Hilfe kamen.

Die Tür, durch die sie hereingekommen waren, ging auf, und wieder tauchte ein Roboter auf. Jeanne spürte ihn hinter sich und stieß einen Warnruf aus. Luise drehte sich um und feuerte. Ihr Strahl traf sein Ziel und brannte ein Loch in die Maschine – doch zuvor hatte ein Schuß aus der Roboterwaffe ihre rechte Wade gestreift. Das Bein gab unter ihr nach. Hätte Jeanne nicht zugegriffen, wäre sie unter Schmerzen zu Boden gegangen. Doch die Dompteuse hielt ihr als Stütze die Schulter hin, und Luise lehnte sich dankbar an sie.

»Ich glaube, wir gehen hier hinaus«, sagte Jeanne und führte Luise zu der offenen Tür am oberen Ende der Rampe. »Hier oben war nur dieser eine Roboter – aber es werden bald mehr sein.«

Ihre Hoffnungen erfüllten sich, der obere Korridor war leer. Die Roboter rasten hinter ihnen die Rampe hoch, während Luise und Jeanne sich den Gang zurück bis zum Sicherheitsraum schleppten. Die Leichen von Herzog Fjodor und Dr. Rustin lagen unverändert da. Niemand hatte sie berührt. Jeanne schloß hinter sich die Tür und schob den Riegel vor.

»Das wird nicht viel nützen«, stieß die schmerzgeplagte Luise hervor. »Die werden das Schloß aufsprengen und uns hier stellen. Am besten, wir versuchen es noch einmal mit dem Aufzugsystem – da drinnen haben wir vielleicht eine Chance.«

Doch noch ehe sie ihre Absicht durchführen konnten, verspürten sie eine Explosion, die die Burg in ihren Grundfesten erschütterte.

Draußen auf dem Gang herrschte Lärm und Verwirrung, und plötzlich waren keine Roboter mehr da, die sie verfolgten. Alle waren unterwegs, offenbar um es mit einer anderen Bedrohung aufzunehmen.

»Ich glaube«, äußerte Luise ermattet, »unsere Truppen sind endlich gelandet.«

Das war tatsächlich der Fall. Sofort nachdem er das Signal aus Luises Funkgerät gehört hatte – das sich auf Bur-Burs Rücken außerhalb der Burgmauern befand –, mobilisierte Herzog Etienne seine Truppen. Die Wartezeit war ungewöhnlich lang gewesen, und er hatte schon das Schlimmste befürchtet. Jetzt aber war endlich die Zeit zum Handeln gekommen, und ein d'Alembert ließ eine solche Gelegenheit nicht ungenützt verstreichen. Der Herzog hatte seine ganze Autorität eingesetzt und erreicht, daß ihm die zuständige SOTE-Abteilung Leute und Ausrüstung zur Verfügung stellte. Und jetzt wurden sie unter seinem Kommando aktiv. Als erstes kamen die Kopter, fünf an der Zahl, jeder mit Laserwaffen und einer kleinen Bombe bestückt. In synchronisiertem Anflug gingen sie vor dem Portal zu Burg Rimskor nieder und beseitigten das Tor mit einem gemeinsam abgegebenen Feuerstoß.

Noch ehe die belagerten Verteidiger eine Kehrtwendung machen und sich der Bedrohung aus der anderen Richtung stellen konnten, war eine SOTE-Gruppe im Angriff von der Straße durch das nunmehr offene Tor eingedrungen. Die schweren, über dem Portal angebrachten Geschütze waren rasch ausgeschaltet und die Posten dahinter entweder tot oder zu überrascht, um das Minenfeld entlang der Straße zu aktivieren. Die Abteilungen des Herzogs überwanden die Reihen der Verteidiger beinahe so, als wären diese gar nicht vorhanden. In der unvorhergesehenen

Situation nahmen die Roboter per Funk Verbindung mit der Verteidigungszentrale auf und warteten auf einen Befehl, der ihre Bemühungen koordinieren würde. Sie bekamen keine Antwort. Die einzigen zwei Menschen innerhalb der Befehlszentrale konnten die Schaltanlage nicht betätigen und hätten, auch wenn sie gekonnt hätten, den Verteidigern nicht geholfen.

Ohne Strategie und ohne koordinierten Einsatz aller Kräfte führte die stark verminderte Robotertruppe des verblichenen Herzogs Fjodor einen Kampf, der diesen Namen kaum verdiente. Fünfzehn Minuten, nachdem Herzog Etienne seinen Truppen den Befehl zum Vorrücken gegeben hatte, ergaben sich die überlebenden Wachen den überlegenen Streitkräften. Nur vereinzelt mußten noch stur ihrer Programmierung folgende Roboter ausgeschaltet werden.

Der Zirkusdirektor schritt die Gänge der Burg ab und stieß zu seinem Entsetzen auf den Leichnam seines Neffen Claude. Der Verlust eines so hervorragenden Mannes war kaum zu verschmerzen, und Etienne schämte sich seiner Tränen nicht.

Über ihm auf der Rampe erschienen Luise und Jeanne. Auch sie waren zutiefst bekümmert, als sie auf Claudes versengten Leichnam hinuntersahen. »Er starb einen würdigen Tod«, sagte Luise heiser. »Wenn man überhaupt einen Tod als würdig bezeichnen kann. Wäre er nicht gewesen – keiner von uns wäre noch am Leben und die gewonnene Information für immer verloren.«

Sie kamen die Rampe herunter, wobei Luise sich auf Jeanne stützen mußte. Unten angekommen, umarmten sie den Herzog erleichtert und machten nun der angestauten Spannung Luft. Etienne beruhigte die beiden so gut er konnte, und dann machten sie sich gemeinsam auf die Suche nach Rick.

Sie fanden den Ringer, noch immer bewußtlos, auf einem Tisch in einem der Nebenspeiseräume liegend. Vermutlich würde er wieder auf den Beinen sein, sobald die Wirkung des Stunners nachließ.

Jetzt teilte Luise dem Herzog mit, was sie von Herzog Fjodor und seinem Arzt erfahren hatte. Das Haupt des d'Alembert-Clans fluchte fürchterlich, als er erfahren mußte, daß sie alle die ganze Zeit über nach einem falschen Ziel Ausschau gehalten hatten. Er war ebenso enttäuscht wie Luise, daß sie nicht weitere

Einzelheiten über die offenbar in der gesamten Galaxis frei umherlaufenden androiden Roboter in Erfahrung gebracht hatten. Von dieser Bedrohung hatte kein Mensch etwas geahnt, und die Zentrale der SOTE mußte schleunigst davon in Kenntnis gesetzt werden.

Der Herzog verließ Rimskor, um zurück zum Zirkus zu fahren, aber Jeanne und Luise blieben noch eine Weile. Zu Luises Verwunderung ging Jeanne vor das Haus und stellte sich mitten auf die nun dunkle Zufahrtsstraße. Die junge Dompteuse stand minutenlang in der kühlen Nachtluft da, dann fing sie leise wie ein Vogel zu trillern an. Das machte sie zehn Minuten lang, kniete dann plötzlich nieder und hob etwas hoch. Sie ging zu Luise zurück, und diese konnte nun sehen, daß Jeanne Bur-Bur sicher in beiden Händen hielt. Das Näschen der Maus schnupperte eifrig. Das Tier hatte den Kampf heil überstanden.

In sein Zirkusbüro zurückgekehrt, setzte Herzog Etienne sofort zwei verschlüsselte Nachrichten auf. Eine davon war ausführlich und erklärte in allen Einzelheiten die Vorgänge und Operationen auf Kolokov. Anschließend warnte er darin vor anderen humanoiden Robotern irgendwo im Imperium. Diese Nachricht würde unverzüglich an das Haupt der SOTE als Dringlichkeitsstufe Neun weitergeleitet werden – als eine für die Sicherheit des Imperiums lebenswichtige Information.

Die zweite Nachricht war kürzer. Sie läutete: »Stellt Suche nach Zeitbomben ein und sucht statt dessen humanoiden Roboter.« Auch diese Nachricht wurde mit Dringlichkeitsvermerk Neun versehen und wurde unverzüglich zum Planeten Ansegria weitergegeben.

Als die Nachricht dort anlangte, bewirkte die hohe Dringlichkeitsstufe – die höchste, die jemals auf diesem Planeten empfangen wurde –, daß sie sofort an den dortigen Chef der SOTE gelangte. Doch dieser las die Nachricht nicht. Der Kode sagte ihm, daß der Inhalt nicht für ihn bestimmt war und daß er das Schreiben statt dessen an Kronprinzessin Edna selbst weiterleiten müsse, die bei Baron und Baronin von Cambria weilte.

Der Chef überbrachte die Nachricht persönlich auf Schloß Rockhold. Die Prinzessin begrüßte ihn ein wenig zerstreut. Ihre

Nerven waren durch die Ereignisse mehr als angespannt. Sie nahm, die Nachricht entgegen und entließ ihn mit herzlichen Dankesworten. Als sie wieder allein war, rief sie Jules und Yvette zu sich. Sie wollte diese wichtige Nachricht in ihrer Gegenwart lesen – eine Nachricht, die vielleicht das Geheimnis um diese Vorstellungstour erklären würde.

12. KAPITEL
Entlarvung

»Ein Roboter!« rief Yvette aus. – »Kein Wunder, daß unsere Nachforschungen ergebnislos blieben – wir suchten das Falsche. Wir hätten eine ganze Ewigkeit lang Zeitbomben suchen können, während sich inzwischen eine Maschine mit Edna im Walzertakt auf und davon machte.«

Die Kronprinzessin fröstelte. »Wer immer es ist, er muß überaus lebensecht wirken«, sagte sie. »Für mich sehen alle wie richtige Menschen aus.«

»Borov zumindest war ein Mensch«, sagte Yvette grimmig. »Das hat er auf grausame Weise bewiesen.«

»Damit wären eine Menge geheimnisvoller Dinge geklärt«, warf der auf und ab laufende Jules ein. »Damit ist der Kampf auf dem Gang erklärt – der Tritt, den ich ihm versetzte, hätte einen gewöhnlichen Sterblichen ins Jenseits befördert. Seine Reflexe waren rasch wie die unseren, weil sie mechanisch und computergesteuert waren. Er benahm sich, als könne er in der Dunkelheit sehen. Vielleicht war er dazu wirklich imstande. Wenn ich einen zum Hochverräter programmierten Roboter schaffen müßte, würde ich ihm ebenfalls ein paar Extratricks einbauen.«

»Zum Beispiel übermenschliche Kräfte?« sagte Yvette mit mattem Lächeln.

»Genau. Diese Maschine muß über unglaubliche Kräfte verfügen. Nur so konnte sie den Baum ausreißen und den armen Borov damit niederknüppeln. Borov muß ihn überrascht und sein Geheimnis entdeckt haben. Um seine Identität zu wahren, mußte er ihn töten.«

»Aber wer von unseren lieben Freunden ist es?« überlegte Yvette. »Leider konnte auch Luise das nicht herausbekommen.«

»Wir müssen also Köpfchen beweisen«, sagte ihr unermüdlich ausschreitender Bruder. »Choyen Liu erscheint mir als die logischste Wahl. Er hat immer etwas Kaltes und Gefühlloses an sich wie eine Maschine. Er bekam nach dem ersten Tag am Strand keinen Sonnenbrand wie die anderen. Außerdem – wißt ihr noch, wie gut er auf der Jagd mit dem Gewehr umgehen konnte? Eine

Panna-Katze mit einem Schuß zu erledigen, ist eine unglaubliche Leistung.«

»Und wie er die aufgeregten Dorvats wieder beruhigte?« setzte Yvette hinzu. »Ich kann mir nicht vorstellen, daß ein Roboter sich auf Tiere so einstimmen kann. Liu war überdies nicht der einzige, der keinen Sonnenbrand bekam – Paul Symond machte die Sonne auch nichts aus.«

Die Kronprinzessin Edna fühlte sich von diesem Ballspiel mit Ideen ziemlich ausgeschlossen. Sie räusperte sich schüchtern und wagte eine eigene Idee ins Spiel zu bringen. »Warum laßt ihr nicht alle durchleuchten, statt Detektiv zu spielen?«

Die zwei d'Alemberts starrten sie an. Jules blieb stehen und schlug sich gegen die Stirn. »Mon Dieu! Ich muß mein Gehirn auf meinem Heimatplaneten vergessen haben. Edna, du bist ein Genie und wirst die beste Kaiserin abgeben, die wir je hatten.« Er packte sie an den Schultern und drückte einen leidenschaftlichen Kuß auf ihre kaiserlichen Lippen.

Edna war einigermaßen überrascht, ließ aber keine Klage laut werden. Sie zwinkerte ein wenig und sagte: »Vielen Dank, aber zur Kaiserin werde ich wohl etwas mehr brauchen. Die Idee lag doch klar auf der Hand.«

»Manchmal sieht nur ein Genie das klar auf der Hand Liegende«, sagte Yvette ernst. »Wir beide hätten den ganzen Tag Sherlock Holmes spielen können, ohne zu einem Ergebnis zu kommen. Hm ja, durchleuchten, so ganz kommt das nicht hin. Der dazu benötigte Apparat ist zu umfangreich, und unser Roboter könnte mißtrauisch werden und sich fragen, wozu wir das Ding brauchen. Er weiß, daß er bei einer Durchleuchtung sofort entdeckt würde. Er hat bereits Verdacht geschöpft, weil nicht alles nach Plan verläuft. Wenn er noch weiter in die Enge getrieben wird, kann er sich zu einer Kamikazeaktion entscheiden. Das müssen wir vermeiden.«

»Da wäre noch unsere Bombendetektoren-Ausrüstung«, meinte Jules. »Die Instrumente sind so klein, daß noch niemand sie bemerkte. Damit müßte man eigentlich feststellen können, ob eine Person aus Fleisch und Blut ist oder aus Draht und Schrauben. Wir dachten nur noch nie daran, diese Detektoren auf Menschen anzuwenden.«

»Ja«, nickte Yvette. »Das könnten wir heute nachmittag versuchen. Aber wir müssen darüber hinaus planen. Was machen wir, wenn wir herausfinden, wer es ist?«

Diese Frage war schwerer zu beantworten, als es zunächst den Anschein hatte. Der Roboter hatte seine Fähigkeiten und Tricks bereits hinreichend unter Beweis gestellt. Er war auch für Mord programmiert und steckte mittendrin in einem Fall von Hochverrat. War seine Identität erst entdeckt, würde er versuchen, so viel Schaden wie möglich anzurichten. Den Kampf im dunklen Korridor hatte er nur abgebrochen, weil er noch die Entdeckung fürchtete. Wenn darin keine Gefahr mehr bestand, würde es schwer sein, ihm beizukommen, das wußten die zwei Agenten.

»Eines steht fest«, sagte Jules. »Edna sollte möglichst weit vom Schuß sein, wenn es passiert.«

»Richtig«, stimmte ihm seine Schwester bei. »Sie mußte bis jetzt in der Nähe bleiben, damit er keinen Verdacht schöpft. Edna, sprechen Sie mit dem Baron. Es muß eine Möglichkeit geben, Sie hier hinauszuschaffen, ohne daß es jemand merkt. Falls es doch bekannt wird, sind Sie einfach offiziell krank und haben sich in Ihre Gemächer zurückgezogen.«

Edna lächelte. »Normalerweise bin ich es, die die Anweisungen gibt«, sagte sie. »Aber ich kenne euch beide zu gut. Was ihr sagt, ist in Ordnung.«

»Gut«, meinte Jules. »Und jetzt zur Planung der eigentlichen Falle!«

Die meisten Kandidaten hielten sich, wie am Tage von Jules' Ankunft, im Aufenthaltsraum von Schloß Rockhold auf. Jules gesellte sich unauffällig zu ihnen, während Jacques Roumenier neben der nach außen führenden Tür Posten bezog. Dabei hielt er unauffällig die Hand so, daß er im Bruchteil einer Sekunde seine Waffe ziehen konnte. Jules und Yvette hatten sich für die Benutzung von Strahlern entschieden, da die Stunner gegen einen Roboter nutzlos waren.

Yvette und Yvonne warteten im Nebenzimmer. Die beiden hatten die Waffen schußbereit und waren darauf eingestellt, wenn nötig, sofort loszuschlagen. Die Roumeniers waren eingeweiht und gewillt, dem Treiben des Roboters mit allen Mitteln ein Ende zu bereiten.

Symond und Liu waren noch nicht da, deshalb nutzte Jules die Gelegenheit und setzte seinen Scanner auf die anderen an. Wie er und Yvette vermutet hatten, waren alle unverdächtig und nachweisbar menschlicher Natur – blieben also nur die zwei Hauptverdächtigen.

Liu trat durch die eine Tür beinahe im gleichen Augenblick ein, wie Symond durch die entgegengesetzte. Sie begaben sich in entgegengesetzte Ecken des Raumes. Liu, um wie immer zu meditieren, und Symond, um mit Sean Mulvaney zu plaudern.

Jules entschied sich zunächst für Liu. Er näherte sich dem Mann und sagte so leise, daß nur sie beide es hören konnten: »Eines ist mir bei Ihnen unerklärlich.«

»Ach?« Der Anarianer sah ihn gleichmütig an.

»Bei unserer ersten Begegnung sagte ich, Ihr Händedruck sei viel zu kräftig für einen so zierlich gebauten Menschen, wie Sie es sind, und Sie erklärten damals, das Universum wäre voller Illusionen und niemand wäre ganz das, was er zu sein scheint. Was meinten Sie damit?«

Während des Sprechens stellte Jules seine Sensoren auf den Körper des Anarianers ein. Einer der Sensoren war in seinem Ring versteckt, der andere in der Gürtelschnalle. Beide zeigten nichts Auffälliges an. Liu war kein Roboter.

»Die Wirklichkeit hat ebenso zahlreiche Stufen wie die Illusion«, antwortete der Anarianer. »Ich verfüge über die bescheidene Gabe, gewisse Illusionen zu durchschauen, wenn ich auch manchmal die ganze Wirklichkeit nicht erfassen kann. So weiß ich beispielsweise, daß Sie nicht das sind, was Sie zu sein vorgeben.«

Jules war einigermaßen erschüttert. »Woher wissen Sie das?«

»Ihr Körperbau, die Knochenstruktur, als ich Ihre Hand schüttelte – diese zwei Merkmale sind nicht charakteristisch für einen, der von einer Welt mit normaler Schwerkraft kommt, wie Sie es von sich behaupten. Außerdem befasse ich mich mit Galaktographie und mit Tagespolitik und weiß, daß es keinen Planeten Julea gibt.«

»Warum haben Sie mich nicht als Betrüger entlarvt, wenn Sie es wußten?«

»Die Illusion spielt in der Wirklichkeit eine gewisse Rolle. Eine

Illusion zerstören, ohne den Grund für ihr Vorhandensein begriffen zu haben, ist ein unkluges Vorgehen.«

»Gibt es hier noch jemanden, der eine Täuschung ist?« fragte Jules. Er wollte Lius Beobachtungsgabe auf die Probe stellen und in Erfahrung bringen, ob der Anarianer zu demselben Schluß gekommen war wie er selbst.

»Ja«, entgegnete Liu ruhig. »Wir alle, sogar ich. In einer gespannten Situation wie dieser projizieren wir alle eine ideale Version unserer selbst, eine Mischung aus unseren Träumen und Idealen, unseren Hoffnungen und Befürchtungen.« Er hielt inne. »Dennoch gibt es einen, der eine größere Täuschung darstellt als wir alle.«

»Wer ist das und auf welche Weise täuscht er?« drang Jules in ihn.

Choyen Liu sah ihn mit Augen an, deren Tiefen Jules nicht annähernd ausloten konnte. »Warum fragen Sie mich, wenn Sie es ohnehin schon wissen? Man soll einen Lehrer nicht zu einem Papagei entwürdigen.«

Jules neigte den Kopf. Er hatte begriffen. Liu gefiel ihm trotz seiner Absonderlichkeit immer besser. Irgendwie wußte der Anarianer mehr, als er sehen konnte, und redete weniger, als er sah. »Sie haben recht«, sagte er. »Verzeihen Sie.«

Wenn aber Choyen Liu nicht der Roboter war, dann mußte es Paul Symond sein. Symond, der hübsche, freundliche, zugängliche junge Mann, der allen gut gefiel. Symond, der so angenehm zu plaudern verstand und so verläßlich wirkte. Symond, der Roboter.

Wer wäre besser geeignet, eine Prinzessin zu bezaubern? dachte Jules erbittert.

Doch mußte er sich mit absoluter Sicherheit vergewissern, ob seine Hypothese stimmte, ehe er Symond zum Tod verurteilte – oder wie immer man das bei einer Maschine nennen mochte. Er ging mit erzwungenem Gleichmut hinüber zu Symond, der sich noch immer mit Mulvaney unterhielt. Die Sensoren beseitigten jeden Zweifel – Symond war tatsächlich eine Maschine in Menschengestalt. Jules zeigte Jacques mit einem unmerklichen Kopfnicken an, daß Symond der Gesuchte war.

Nun galt es, Symond unauffällig aus dem Kreis der anderen Kandidaten wegzulotsen. Jules wollte, wenn irgend möglich,

Verletzungen vermeiden. »Paul«, sagte er leise. »Dürfte ich Sie einen Augenblick allein sprechen?«

Vielleicht waren es Jules' Tonfall oder seine Haltung. Vielleicht griff Jacques ein wenig zu hastig nach seiner Waffe oder er sah Symond eine Spur zu forschend an. Vielleicht waren es alle diese Faktoren zusammen. Was immer es war, irgend etwas meldete dem Roboter die Tatsache, daß seine Identität gelüftet worden war. Sein Gehirn nahm diese Information blitzartig auf und erkannte sofort, daß er keine Möglichkeit mehr hatte, seine Mission zu beenden. Und mit dieser Erkenntnis gewann die zweite alles beherrschende Triebkraft seiner Programmierung die Oberhand: Überleben! Überleben um jeden Preis.

Ohne die leiseste Warnung ließ er beide Hände gegen Jules und Mulvaney vorschnellen. Letzterer wurde durch den halben Raum geschleudert und verlor das Bewußtsein, als er mit dem Kopf kräftig gegen eine Wand stieß. Doch mit Jules wurde er nicht so leicht fertig.

Der unerwartete Stoß lähmte ihn momentan und ließ ihn rücklings taumeln. Doch verlor er nicht das Gleichgewicht und prallte nirgends auf. Symond hatte mit seinem Zustoßen nur ein paar lebenswichtige Sekunden gewonnen.

Gleichzeitig mit dem Stoß begann der Roboter zu laufen. Bis Jacques die Waffe in Anschlag brachte und feuern konnte, hatte der Roboter die Hälfte des Raumes durchquert und steckte mitten in einem Rudel anderer Kandidaten. Diese von der plötzlich erwachten Aktivität total überraschten Männer blieben verblüfft mitten im Raum stehen und verhinderten, daß Jacques auf den Roboter richtig anlegen konnte. Die Gefährdung von menschlichem Leben ließ ihn zögern – und dieser Augenblick genügte Symond, der sofort im Nebenraum verschwand. Yvette und Yvonne hatten in diesem Raum mit schußbereiten Waffen gesessen und gewartet. Doch Symond kam so plötzlich hereingeplatzt, daß sie nicht reagierten. Wer von dieser Gegenüberstellung mehr überrascht war, blieb fraglich – Symond, der von zwei weiteren Bewaffneten erwartet wurde, oder die zwei SOTE-Agentinnen, weil er so unerwartet aufkreuzte. Symond aber hatte sich dank seiner computergesteuerten Reflexe rascher gefaßt.

Er wußte jetzt, daß dies der folgenschwerste Kampf in seiner kurzen Existenz war und daß er sich keine Tricks wie in dem

Kampf auf dem Korridor erlauben konnte. Yvette stand links, ihm am nächsten. Er holte mit der flachen Hand aus und zielte direkt auf ihre Kehle. Es war ein tödlicher Hieb, der so schnell kam, daß Yvette nicht ausweichen konnte. Ihre Reflexe waren jedoch noch schnell genug, daß sie, während sie den Schlag empfing, sich rücklings fallen ließ. Symonds Hand traf sie daher mit geringerer Wucht als beabsichtigt. Er brach ihr nicht das Genick, und die starken Halsmuskeln verhinderten, daß ihre Luftröhre beschädigt wurde. Sie wurde zu Boden geschleudert, verlor das Bewußtsein und blieb minutenlang so liegen.

Blieb also nur noch Vonnie. Der Angriff auf Yvette hatte ihr kostbare Sekunden Zeit gelassen, ihre Schußwaffe ins Spiel zu bringen. Jules hatte sie nicht allein wegen der Tatsache, daß sie seine Verlobte war, für die Mission ausgesucht. Beim 1000-Punkte-Test, dem alle SOTE-Agenten unterworfen wurden – war sie auf beachtliche 989 gekommen. Es gab unter allen Agenten höchstens zwei Dutzend, die eine höhere Punktezahl erreicht hatten.

Aber niemand hatte voraussehen können, wie rasch Symond reagierte. Kein lebendiges Wesen konnte sich so rasch und so wirkungsvoll bewegen, nicht einmal ein DesPlainianer – aber Symond war eben kein Lebewesen. Sein Computer-Gehirn konnte eine Situation besser erfassen und darauf schneller reagieren als ein menschliches Hirn. Seine Körperteile waren mechanisch und keinen zufälligen Impulsen unterworfen wie menschliches Gewebe. Wenn er sich bewegte, tat er es ohne Zögern. Es gab keine winzige Verzögerung zwischen Gedanken und Handlung. Auch für Yvonnes geübte Augen war Symond, der sich auf sie stürzte, nur ein Aktionsblitz.

Ihr blieb gerade Zeit, einen Schuß abzugeben, der rechts hinter dem rasenden Roboter einschlug. Dann hatte Symond sie erreicht. Mit einer Faust hieb er ihr brutal in den Leib. Als sie vornüber zusammenklappte, ließ er die zweite Faust auf ihren Nacken niedersausen. Yvonne sank bewußtlos zu Boden.

Und die ganze Zeit über schätzte Symonds Computergehirn – unbehelligt von Gefühlen, Adrenalin oder anderen Ablenkungen, mit denen ein Lebewesen in ähnlicher Situation zu kämpfen gehabt hätte – seine Überlebenschancen ab. Der Erfolg lag in der Flucht, aber die war nicht ungefährlich. Auf dem Gelände standen keine Kopter, und ein Fluchtversuch mit Hilfe eines Dorvats war lächerlich. Blieb als einzige logische Alternative ein Auto.

In einem Wagen aber wäre er allein und unfähig zurückzuschlagen. Man konnte ihn per Luft verfolgen und eine Bombe abwerfen. Das hätte das Ende bedeutet. Das konnte er nicht zulassen.

Es gab aber noch eine andere Möglichkeit. Wenn er eine Geisel bei sich hatte, konnte man ihn nicht mit Bomben bewerfen. Das würden die sich zweimal überlegen. Eine Geisel stellte eine gewisse Sicherheit dar. Er konnte leider nur eine nehmen, weil zwei schwierig zu handhaben waren, falls er kämpfen mußte. Außerdem mußte er sich mit dem begnügen, was bei der Hand war – aber Frauen gaben immer hervorragende Geiseln ab. Die Menschen schienen unter einem inneren Zwang zu stehen, sie um jeden Preis zu schützen.

Alle diese Gedanken liefen durch sein Gehirn, während er sich Yvonne genähert hatte. Dadurch fiel sein Hieb schwächer aus als gewöhnlich und betäubte sie bloß, statt sie zu töten. Noch ehe sie ganz zu Boden gesunken war, hatte er sie mit einem Arm hochgehoben und sie über seine Schulter gelegt. Ohne Verminderung seiner Geschwindigkeit sauste er hinaus auf den Gang und weiter durch den Haupteingang von Schloß Rockhold ins Freie.

Etwa eine Sekunde darauf kam Jules in den Raum gelaufen, in dem die zwei Frauen gewartet hatten. Er erfaßte die Szene sofort und kniete neben seiner bewußtlosen Schwester nieder. Erleichtert stellte er fest, daß ihr Herz noch schlug. Seine ärgsten Befürchtungen hatten sich nicht bewahrheitet. Er suchte den Raum nach Spuren seiner Verlobten ab, als Jacques hereinstürzte.

»Kümmer dich um Evie«, rief Jules ihm zu. Er konnte hier keine Spur von Vonnie entdecken, was nur eines bedeuten konnte – Symond hatte sie mitgenommen. Und das bedeutete wiederum, daß Jules' Verlobte bewußtlos oder tot war. Jules wußte nämlich, daß sie, wäre sie bei Bewußtsein gewesen, sich viel zu heftig gewehrt hätte.

Jules überließ seine Schwester den kundigen Händen von Jacques und lief hinaus auf den Hof. Dort sah er eben noch, wie Symond in einem Wagen durch das vordere Parktor raste. Neben ihm auf dem Sitz ein zusammengesunkener Körper, der nur Yvonne Roumenier sein konnte.

13. KAPITEL

Jagd ins All

Obwohl in höchster Sorge um Vonnies Befinden, hielt Jules keinen Moment inne. Er war ein Mensch des Handelns. Jede einzelne Zelle seines Körpers fieberte nach geeigneten Schritten, um die Situation zu bewältigen. Ohne sich von seinen Befürchtungen aufhalten zu lassen, lief er die Eingangsstufen zu seinem Wagen hinunter. Eine Sekunde, und er saß hinter dem Steuer, startete und brauste davon, die Auffahrt entlang und durchs Tor. Er hatte die Verfolgung des Verräters aufgenommen.

Jules' Wagen war die bereits erwähnte Spezialanfertigung. Für den oberflächlichen Beobachter sah er aus wie das neueste Sportmodell von Frascati. In Wahrheit handelte es sich um einen 41er Spezial des Service. Er war um eine Spur länger, breiter und runder, als es ein Wagen seiner Klasse hätte sein sollen – und beträchtlich schwerer. In seiner Größe war er das schnellste und tödlichste Fahrzeug, das bisher konstruiert worden war. Auf einen Knopfdruck hin öffneten sich die gerundeten Seitenteile, und Elemente einer durchsichtigen, luftdichten, strahlensicheren Schutzkuppel glitten hervor, die den Wagen von allen Seiten umgaben. Das Vehikel konnte durch die Luft, kurze Strecken auch in den Weltraum fliegen und nach oben, vorn, rückwärts oder seitlich mit mehr als vier Gravos beschleunigt werden. Die Funkanlage war mehr als vollständig und die Bestückung mit Waffen ebenfalls – schwere Strahler und eine Reihe von Raketenbomben. Die kostspielige und komplette Ausrüstung nutzte Jules unter den gegenwärtigen Umständen nicht viel, da er sie gegen den Wagen vor sich nicht anzuwenden wagte. Jedenfalls nicht, solange Vonnie sich darin befand.

Symond fuhr mit Höchstgeschwindigkeit und verließ sich offenbar auf seine Super-Reflexe, was die Sicherheit auf der Straße betraf. Jules' Reaktionsvermögen war gewiß nicht schlechter, und er konnte die Verfolgungsjagd unfallfrei fortsetzen. Außerdem hätte er abheben und über das Fluchtauto hinwegfliegen können, doch fürchtete er, dann eine bewaffnete Auseinandersetzung nicht mehr vermeiden zu können. Zudem hätte es Komplikationen bei der Landung gegeben, wenn erst andere Fahrzeuge anhielten. Im Augenblick blieb Jules lieber auf der Straße und nahm den Verkehr in Kauf.

Das heißt aber nicht, daß er während der Fahrt nichts unternahm. Bei der Verfolgungsjagd über die Autobahn war er per Funk mit dem Hauptquartier des Service auf Ansegria verbunden. Unter Anwendung eines Kodes der höchsten Stufe gab er sich als Agent Wombat zu erkennen – und dieser Name wirkte wahre Wunder! Die Agenten Wombat und Periwinkle (Yvette) waren beinahe legendäre Gestalten in den Annalen des Service. Ein Ersuchen eines dieser Agenten kam einem direkten Befehl des obersten Chefs gleich. Als daher Jules Verstärkung zur Verfolgung von Symonds Wagen anforderte, plus einer Eskorte von Koptern, damit der Verräter keinesfalls entkommen konnte, bekam er das Gewünschte – und so schnell wie möglich.

Man versuchte erst gar nicht, die Verfolgung des Roboters zu tarnen. Falls Symond die Kopter bemerkte, so beachtete er sie nicht weiter. Er war sicher, daß man gegen ihn nicht direkt einschreiten würde, solange er die Geisel bei sich hatte. Sein Problem blieb dasselbe wie von Anbeginn der Flucht an – das Entkommen vom Planeten. Sobald er sich draußen im Weltraum befand, stiegen seine Chancen, zu entkommen und einen sicheren Hafen zu finden. Seine Verfolger merkten bald, daß Symond über Landstraßen den Ort Canyonville ansteuerte, in dem der Raumflughafen lag. Die Anwendung von Straßensperren wurde erwogen, aber Jules winkte sogleich ab. Solange Symond für die Prinzessin keine direkte Bedrohung darstellte, war es klüger, dem Verräter ein wenig Spielraum zu lassen in der Hoffnung, er würde sich einen Schnitzer leisten und ihnen eine Chance geben, Yvonne unversehrt zu retten. Wenn erst seine Verlobte in Sicherheit war, kümmerte es Jules nicht mehr so, was mit dem Verräter geschah.

Wie vorauszusehen, fuhr Symonds Wagen auf dem Raumhafen vor und drehte eine rasche Runde, während welcher der Roboter die Fluchtmöglichkeiten auslotete. Als er schließlich ein kleines Postschiff ausmachte, das seinen Standplatz in einer Ecke des Feldes hatte, steuerte er geradewegs darauf zu. Er blieb neben dem unbemannten Schiff stehen und stieg aus. Die noch immer bewußtlose Yvonne über der Schulter, begann er über die Leiter den Aufstieg ins Besatzungsabteil des Schiffes.

Jules' Wagen raste zum Postschiff, und einen Augenblick lang schäumte er vor Wut und Enttäuschung. Symond wurde nämlich kurz sichtbar und bot ein gutes Ziel. Doch die Waffen in Jules' Wagen waren von schwerem Kaliber und hätten im Zielbereich zu große Verheerungen angerichtet. Er hätte den Roboter nicht erledigen können, ohne auch Vonnie zu treffen. Jules befahl auch den Kopter-Piloten, sich nicht als Meisterschützen zu beweisen. Die Kopter waren für einen Schützen eine unsichere Basis und die Gefahr war groß, daß das falsche Ziel getroffen wurde. Hätte man Symond auf der Leiter erwischt, hätte dieser Vonnie in seinem Fall mitgerissen und sie wäre höchst unsanft auf dem Boden gelandet – mit wahrscheinlich tödlichen Folgen.

Den SOTE-Leuten blieb daher nichts übrig, als hilflos zuzusehen, wie Symond mit seiner Gefangenen das obere Ende der Leiter erreichte und in der Luftschleuse verschwand, die er hinter sich schloß. Jules war nicht sicher, ob sich an Bord des Schiffes noch Besatzungsmitglieder befanden, aber darauf war Symond nicht angewiesen. Ein kleines Schiff konnte sehr gut von einer einzigen Person gesteuert werden, wenn diese sich auskannte, was bei Symond zweifellos der Fall war.

Jules setzte sich mit den Service-Leuten wegen der Möglichkeit in Verbindung, Marine- oder Polizeischiffe zur Verfolgung Symonds abzustellen. Aber Ansegria war ein kleiner und ruhiger Planet, der mit seinen Schwierigkeiten bis jetzt immer selbst fertig geworden war. Die Polizei verfügte nur über atmosphärische Jets und hatte nichts Fortschrittlicheres zur Hand. Gelegentlich, an Feiertagen oder bei besonderen Anlässen, schickte die Marine ein Schiff her, doch im allgemeinen befand sich die nächste Flottenbasis mehr als ein Parsec weit entfernt. Wenn Symond erst einmal abhob, hatten das Service und die Polizei das Nachsehen, weil sie ihn unmöglich einholen konnten.

Das bedeutete, daß jetzt alles auf Jules' Schultern lastete. Er beschleunigte seinen Wagen bis zum äußersten und raste über das Raumflughafengelände zu dem Schiff, das ihm und seiner Schwester gehörte, nämlich der ›Comète Cuivré‹. Das Metall des schnittigen Zwei-Personen-Schiffes schimmerte rot in der Spätnachmittagssonne. Bei Berührung eines Knopfes auf dem Armaturenbrett seines Wagen glitt ein Teil der Rumpfwand der Comète nach unten und bildete eine Zufahrtsrampe für den

Wagen. Das speziell für das Service gefertigte Auto paßte genau ins Heck des Schiffes, und die Rampe schloß sich luftdicht hinter ihm.

Noch bevor sich der Rumpf gänzlich geschlossen hatte, war Jules aufgesprungen und kletterte die Sprossen zum Vorderteil des Schiffes hoch. In Sekundenschnelle befand er sich in der ihm vertrauten Steuerkabine seines eigenen Schiffes und saß vor der Konsole. Der Antrieb des Schiffes war völlig desaktiviert, da er nicht damit gerechnet hatte, daß er es im Verlauf seiner Mission einsetzen würde. Er drehte Schalter und Skalen, um das Schiff für einen Sprung ins All startbereit zu machen.

Langsam aktivierten sich die Atomreaktoren, die das Schiff antrieben, und es erwachte zum Leben. Die Antriebskreise wurden bis zur einsatzbereiten Stufe aufgeheizt. Mit geübtem Auge kontrollierte Jules die Werte. Alles lief tadellos. Die Comète war startklar und wartete nur auf seinen Befehl.

Jules funkte an die SOTE, man möge den Tower davon in Kenntnis setzen, daß seine Wünsche unbedingt Vorrang hätten. Sodann gab er die Anordnung, sämtliche fahrplanmäßigen Starts und Landungen zu verschieben, bis die Angelegenheit – betreffend das entführte Postschiff – geklärt war. Wenn Symond und er plötzlich abhoben, wollte er Zusammenstöße mit anderen Schiffen in der Luft vermeiden.

Offenbar war der Roboter an Bord des Postschiffes auf keinen oder nur geringen Widerstand gestoßen, denn plötzlich hob es von der Startrampe ab und beschleunigte mit Feuerstößen, die die meisten Zuschauer nach Luft schnappen ließen. Kein normaler Mensch hätte so brutal durchgestartet. Bei dieser Beschleunigung bestand die Gefahr, daß ein Pilot die feinabgestimmte Steuerung nicht mehr korrekt bedienen konnte oder sogar das Bewußtsein verlor, was unter Umständen lebensgefährlich werden konnte. Jules verfolgte mit verkniffener Miene das entführte Schiff auf dem Radarschirm. Er ließ die Oberfläche von Ansegria mit einer Beschleunigung von sechs Gravos hinter sich. Das würde Jules auch ertragen. Für einen Menschen aus einer Welt mit dreifacher Schwerkraft war das nicht mehr als eine kleine Unbequemlichkeit.

Das Postschiff durchschnitt den Himmel über Ansegria, und Jules folgte ihm im knappen Abstand und mußte die Geschwindigkeit immer wieder angleichen. Jules fragte sich, ob Symond mit der Möglichkeit rechnete, daß ein normaler Pilot dieses Tempo nicht lange aushalten würde, doch dann sagte er sich, daß der Roboter seit dem Kampf im dunklen Korridor über seine, Jules', Fähigkeiten im klaren war, genau wie umgekehrt. Die Gegner wußten also, was sie voneinander zu halten hatten.

Die Geschwindigkeit wurde nicht geringer, als die zwei Schiffe die Atmosphäre von Ansegria hinter sich ließen. Symond legte es offenbar darauf an, zwischen sich und das Schwerefeld von Ansegria einen möglichst großen Abstand zu legen, damit er seinen Hyperraum-Antrieb endlich aktivieren und in ein anderes System fliehen konnte. Jules aber war fest entschlossen, ihm diese Möglichkeit zu nehmen.

Als er sein Schiff auf acht Schwerkrafteinheiten beschleunigte, verringerte Jules den Abstand zwischen den beiden Schiffen beträchtlich. Da sie nur mehr einen halben Kilometer voneinander entfernt waren, stellte der SOTE-Agent seine Geschütze auf das andere Schiff ein. Jules hatte darauf gewartet, daß Symond endlich einen Fehler machte, und nun hatte der Roboter gleich zwei begangen – er saß in einem Fahrzeug, das man höchst wirksam bewegungsuntüchtig machen konnte, ohne es zu zerstören, und er hatte eins entführt, das unbewaffnet war.

Jules zielte genau und feuerte mit voller Kraft auf das rückwärtige Ende des flüchtigen Schiffes. Es waren keine zivilen Laserwaffen, deren Strahlen von einer starken Metallegierung aufgehalten werden konnten. Seine Geschütze waren von schwerstem Kaliber und zerstörten praktisch alles. Das Heck von Symonds Schiff erhitzte sich. Es glühte kirschrot, wechselte sodann zur Weißglut über. Mit einer Plötzlichkeit, wie sie nur im Weltraum möglich war, barst der hintere Teil in einer lautlosen Explosion auseinander und verstreute die Trümmer in eine Umlaufbahn um Ansegria. Gleichzeitig hörte die Beschleunigung abrupt auf, und die Rakete schwebte mit der Geschwindigkeit weiter, die sie im Augenblick der Vernichtung ihres Antriebes gehabt hatte. Jules bemerkte rasch, daß er noch rechtzeitig gehandelt hatte. Das Schiff würde die Hyperdrive-Entfernung von Ansegria erst in zwei Stunden erreichen. Er hatte also ausreichend Zeit. Es würde zwischen ihm und Symond erledigt sein, so oder so, lange ehe dieser Punkt erreicht wurde.

In den nächsten Minuten war er emsig damit beschäftigt, seine eigene Geschwindigkeit herabzusetzen, damit sein Schiff die Beute nicht überholte. Das Angleichen von Geschwindigkeiten war ein Routine-Vorgang, etwas, das jeder Pilot während seiner Ausbildung lernte und beherrschen mußte, wenn er seine Lizenz bekommen wollte. Trotzdem war es ein minutiöses Verfahren. Jules brauchte eine Weile, ehe er Geschwindigkeit und Richtung genau parallel an das nun schwer havarierte Schiff angepaßt hatte. Danach machte er sich erbittert an die Aufgabe, einen Raumanzug mit entsprechender Bewaffnung anzulegen. Das Angleichen der Geschwindigkeit an das Postschiff mochte eine komplizierte und lästige Sache sein, war jedoch der reinste Zeitvertreib im Vergleich zu dem, was ihm bevorstand. Er mußte an Bord eines teilbeschädigten Schiffes gehen, auf dem ihn ein mörderischer Roboter erwartete.

Jules stieß sich von der Luftschleuse der Comète ab und schwebte durch das Nichts zu dem beschädigten Schiff hinüber. Die Luftschleuse ließ sich auf sein Bemühen hin nicht öffnen, doch das hatte er erwartet. Symond würde ihn in dieser Situation gewiß nicht mit offenen Armen empfangen. Aber es gab einen Weg, diese Schwierigkeit zu umgehen.

Jules sah sich eine Weile um, ehe er die von Hand zu bedienende Notsteuerung entdeckte, die unabhängig von den von der Kommandobrücke kommenden Anordnungen funktionierte.

Symond hatte absichtlich die innere Schleusentür offengelassen, daher war es Jules' erster Schritt, sie zu schließen, ehe er darangehen konnte, die Außentür zu öffnen. Die Handkurbel dazu wollte zunächst nicht funktionieren – Jules nahm an, daß der Roboter die Innentür mit einem Gegenstand blockiert hatte –, aber unter Aufbietung aller Kräfte setzte Jules das Rad in Bewegung. In wenigen Sekunden hatte er sie geschlossen und pumpte dann die Luft aus der Kammer. Das Sicherheitssystem des Postschiffes würde nicht zulassen, daß die innere Tür aufging, ehe Jules es zuließ.

Als die gesamte Luft aus der Schleuse geströmt war, öffnete Jules die Außentür und betrat das Schiff. Er schloß die Tür hinter sich und begann mit der nervenraubend langsamen Prozedur, die Luft wieder in die Schleuse einzulassen. Doch auch als er wieder von einer Atmosphäre umgeben war, legte er seinen Raumanzug nicht ab. Symonds Brust senkte und hob sich zwar, aber Jules hatte berechtigte Zweifel, ob der Roboter wirklich Atem holen mußte. Als letzten Ausweg konnte dieses Geschöpf immer noch ein Loch in die Schleusentür schießen, damit die Luft entwich. In diesem Fall war Jules auf seinen Raumanzug angewiesen, andernfalls hätte der Kampf ein schnelles Ende gefunden, und so leicht wollte Jules es Symond nicht machen.

Die innere Tür ging auf, und Jules mußte feststellen, daß im Schiffsinneren kein Licht brannte. Auch das kam nicht unerwartet. Der Roboter hatte seine Fähigkeit, im Dunkeln sehen zu können, bereits unter Beweis gestellt. Es war sein Vorteil, wenn er Jules irgendwie behindern konnte. Der SOTE-Agent ließ sich jedoch nicht aus der Ruhe bringen und knipste das mit hoher Intensität leuchtende Scheinwerferlicht an seinem Helm an. Solange Symond mit solchen Tricks arbeitete, war Jules ihm in jedem Fall gewachsen. Wer immer ihm nun gegenübertrat, würde direkt in das blendende Licht starren. Jules bezweifelte, ob der Roboter bei so viel Helligkeit etwas sehen konnte.

Jules befand sich in einem Gang, der das Schiff von einem Ende zum anderen durchlief. Am wahrscheinlichsten war es, daß sich der Roboter im Vorderteil des Schiffes aufhielt, im Kontrollraum, wo er über den Monitor beobachten konnte, was sich in der gekidnappten Rakete tat. Mit grimmiger Entschlossenheit stieß sich Jules ab und schwebte durch den Gang auf die Kommandobrücke zu.

Der Strahl seines Scheinwerfers ließ das Innere des Schiffes in harten Konturen hervortreten. Direkt vor ihm befindliche Gegenstände wurden in helles Licht getaucht, während tiefe Schatten und schwarze Flächen den Rand seines Gesichtsfeldes säumten. Jules wußte, daß er ein deutliches Ziel abgab, solange er sich in der Mitte des Korridors frei schwebend weiterarbeitete, doch das machte ihm kein Kopfzerbrechen. Symond hatte im nächtlichen Kampf auf Schloß Rockhold einen Stunner benutzt, doch diese Waffe war wirkungslos, solange er in seinem Raumanzug steckte. Es gab keinerlei Anzeichen dafür, daß der Roboter sich stärkere Waffen irgendwelcher Art beschafft hatte. Und auch wenn dies der Fall gewesen wäre, so konnte Jules' Schutzanzug der Energie der meisten Handfeuerwaffen für kurze Zeit standhalten – mit Ausnahme der schwersten Blaster. Jules selbst hielt seinen Strahler in der Hand und war schußbereit.

Die zum Vorderabteil führende Tür war geschlossen und deutete damit an, daß ihn dahinter eine Überraschung erwartete.

Die Tür ließ sich öffnen, indem man sie nach oben in den Türrahmen hineinschob. Jules ruderte hinauf und drückte den Öffnungsknopf. Zu seiner Verwunderung glitt die Tür ganz einfach hoch, und er konnte ins Abteil hineinspähen.

Ein kurzer Blick genügte. Vonnie trieb zur Vorderseite der Kabine hin. Sie war noch immer bewußtlos. Ein paar Lämpchen auf dem Armaturenbrett leuchteten ruhig vor sich hin, und nur ein rotes Lichtchen flackerte mit höchster Dringlichkeit – offenbar der automatische Monitor des Heckteils, der dem Kapitän anzeigte, daß die Antriebe ausgefallen waren und die Antriebskammer schutzlos dem Vakuum des Weltraumes offenstand.

Symond befand sich nicht im Raum.

Doch noch ehe Jules den sich ihm bietenden Anblick voll erfassen konnte, traf ihn seitlich am Helm ein harter Gegenstand.

Das widerstandsfähige Material bekam nur eine kleine Delle ab, doch die Wucht war so gewaltig, daß er nach vorne gegen das Schott geschleudert wurde. Sein Helm knallte hart gegen die Metallwand. Er bekam Ohrensausen. Obwohl halb benommen, konnte sich Jules dank seines Reaktionsvermögens umdrehen, um zu sehen, woher der Angriff kam.

Symond hatte die ganze Zeit über im Korridor gelauert, wohl in der sicheren Erwartung, Jules werde ohne zu zögern den Steuerraum betreten. Er hatte sich geräuschlos an den SOTE-Agenten herangeschlichen und den geeignetsten Zeitpunkt für einen Angriff abgewartet. Als dann Jules' Aufmerksamkeit auf das Innere des Kommandoraumes gerichtet war, hatte Symond einen Metallgegenstand gepackt und ihn mit seiner übermenschlichen Kraft dem Gegner an den Kopf geworfen. Ohne abzuwarten, welche Wirkung er damit erzielt hatte, sprang er Jules direkt an. Jules kämpfte noch gegen die betäubenden Nachwirkungen des Anpralls, als Symonds Körper auf ihn zugesegelt kam. Er hob den rechten Arm, wollte schießen und kam damit einen Sekundenbruchteil zu spät. Der Roboter stieß gegen ihn und schleuderte ihn erneut gegen das Schott. Symonds Hand umklammerte Jules' Hand mit unglaublicher Kraft. Der Strahler, ein handfestes

Exemplar aus Plastik und Stahl, verbog sich, als wäre er aus Pappe. Danach löste sich die Situation in ihre grundlegenden Faktoren auf – ein DesPlainianischer Körper mit übermenschlichen Fähigkeiten und ein humanoider Roboter von mechanischer Perfektion standen sich gegenüber.

Symond war von Anfang an im Vorteil und wollte diese Position unter allen Umständen beibehalten. Mit der Rechten hieb er Jules immer wieder in den Leib. Jules' Körperschutz war zwar so konstruiert, daß er allerhand Mißhelligkeiten abzuhalten imstande war, doch gegen diese Behandlung konnte er sich nicht lange schützen, ohne in Stücke zu gehen. Jules mußte also etwas unternehmen, was Symonds Hände abhielt.

Kämpfen im freien Fall war eine Sache des Gleichgewichts. Reine Körperkraft spielte eine untergeordnete Rolle, da jede mechanisch angesetzte Kraft eine gleichartige und entgegengesetzte Wirkung auf den Ausübenden selbst verursachte und man keine Standfestigkeit hatte. Solange Jules gegen das Schott gepreßt blieb, hatten Symonds Hiebe eine verheerende Wirkung. Schwebte er hingegen frei in der Luft, würden die Schläge nicht annähernd so wirkungsvoll ausfallen.

Mit dem rechten Bein stieß er gegen die Wand. Das reichte, um ihn aus dem Haltegriff des Roboters zu befreien und ihn den Gang entlangzutreiben. Vermutlich wäre er bis nach hinten ans Heck geschwebt, wenn er nichts unternommen hätte. Im Vorbeischweben faßte er nach einem Türrahmen und stoppte seine Bewegung. Sein Kopf hatte sich geklärt, und er spürte neue Energien. Er drückte sich von dieser Tür wieder ab und hielt auf seinen Gegner zu. Symond sah, was auf ihn zukam, und stützte sich am Kabineneingang ab, doch der Wucht von Jules' hundert Kilo, die ihn voll trafen, war auch ein Roboter nicht gewachsen. Die zwei Gegner überschlugen sich und wirbelten umeinander in die Steuerkabine.

Jules konnte einen Blick hinter seinen Gegner werfen. Yvonne schien langsam zu sich zu kommen. Der Gedanke daran, sie als Verbündete im Kampf gegen die heimtückische Menschenmaschine zu gewinnen, jagte einen Hoffnungsfunken durch Jules' Körper.

Aber Yvonne war noch nicht ganz bei Bewußtsein, und Jules mußte unbedingt dafür sorgen, daß Symond nicht merkte, wie sie erwachte. Der Roboter hatte bereits den Beweis erbracht, daß er es mit zwei Gegnern gleichzeitig aufnehmen konnte. Nur wenn er sich Yvonnes Anwesenheit nicht bewußt war, konnte sie wirksame Hilfe leisten.

Jules ließ die Schläge wahllos auf den Roboterkopf niederhageln, zwang ihn so in die Defensive und sorgte dafür, daß sein Blick auf Jules konzentriert blieb. Dabei bemühte sich der SOTE-Agent, nicht zu häufig zu seiner Verlobten hinüberzuschielen, denn seine Blicke hätten ihn verraten. Statt dessen konzentrierte er sich darauf, Symond das Roboterleben so schwer wie möglich zu machen.

Inzwischen besserte sich Yvonnes Zustand. Das freie Schweben erschwerte ihr zunächst noch die Orientierung. Dazu kamen die Nachwirkungen eines Schlages auf den Kopf. Um sie herum war alles dunkel bis auf ein vor ihr auf und ab tanzendes Licht.

Um einen klareren Kopf zu bekommen, versuchte sie, mit ihrem Blick das Licht zu fixieren. Nach einer kleinen Weile glückte es ihr.

Das Licht war die Lampe am Helm eines Raumanzuges, in dem sie sofort Jules erkannte. Körperbau und Bewegungen waren unverkennbar. In Sachen Jules d'Alembert war Yvonne Expertin und erkannte ihn immer, egal in welcher Verkleidung er stecken mochte.

Er kämpfte – jämmerlich für seine Verhältnisse – mit einer dunklen, schattenhaften Gestalt, die sie nur von hinten sehen konnte. Sie brauchte nur einen Augenblick, dann begriff sie, daß es Symond war. Aber wo befanden sie sich? Warum waren sie in der Steuerkabine eines Raumschiffes? Wie waren sie überhaupt in den Weltraum gelangt? Wo waren Yvette und Jacques?

Diese und eine Fülle anderer Fragen verdrängte sie in die hintersten Bewußtseinswinkel. Jetzt mußte sie handeln. Jules kämpfte mit einem sehr gefährlichen Verräter und brauchte ihre Hilfe.

Sie bemerkte, daß Jules im Angriff sehr schwach war. Seine zahlreichen, mit größter Wildheit ausgeführten Bewegungen waren eine unglaubliche Kraftverschwendung. Dann erst wurde ihr klar, welche Absicht dahintersteckte – er richtete es so ein, daß Symond ihr den Rücken kehrte, damit er ihre wiedererwachte Aktivität nicht wahrnahm. Sie hatte nun den Überraschungseffekt für sich – aber wie nutzte sie ihn am besten?

Symond mit Hieben zu traktieren würde nicht viel nützen. Dieses Machwerk war fast unzerstörbar. Wie konnte sie ihn unschädlich machen? Ihr Gehirn arbeitete fieberhaft, ehe ihr die auf der Hand liegende Lösung einfiel. Und schon wurde sie aktiv. Sie hatte eine ungefähre Ahnung von der Konstruktion der Pilotenarmaturen in der Zentrale. Die meisten elektronischen Schaltsysteme standen direkt mit dem Schaltbrett in Verbindung, die Hilfssysteme jedoch waren mit speziellen Kabeln angeschlossen. Langsam dahintreibend, so daß Symond sie auch nicht aus den Augenwinkeln wahrnehmen konnte, arbeitete sie sich zu den Armaturen vor. Zwei Kabel befanden sich wie erwartet fest angelötet an Ort und Stelle. Mit brutaler, desplainianischer Kraft riß sie die Kabel aus ihren Verankerungen und hielt sie an der Isolierung fest. Dann nahm sie sorgfältig Maß und sprang Symond an.

Aus dem Augenwinkel sah der Roboter sie kommen, doch er konnte sie nicht abwehren – Jules hatte seine Angriffe Yvonnes Aktion angeglichen, und Symond war in einer Abblockbewegung gegen einen von Jules' Hieben. Als er ausweichen wollte, rannte er genau in die zwei ihm entgegengestreckten Spitzen der Kabel.

Es knisterte, und Funken sprühten. Yvonne hatte ganz richtig erfaßt, daß ein Angriff mit elektrischer Energie in dieser Situation das einzige Mittel war, mit dem man dem Roboter beikommen konnte. Die durch die Kabel des Schiffes flutende Energie hatte die Schaltkreise des Roboters überlastet und zusammenbrechen lassen. Der Robotkörper verfiel in krampfhafte Zuckungen, bis Yvonne die Kabel entfernte und sie fallen ließ. Dann verharrte der Roboter still und leblos, mitten im Raum schwebend.

Sie konnte Jules' erleichtertes Lächeln durch den Helm sehen. Er ruderte zu ihr hinüber, legte die Arme um ihren gar nicht so zierlichen Körper und drückte sie liebevoll an sich.

»Liebling«, rief sie, »du weißt, wie ich deine Umarmungen genieße – aber leg zuerst die Rüstung ab! So macht's doch keinen Spaß!«

14. KAPITEL

An der Spitze des Eisberges

Als Idealfall hätten sich alle d'Alemberts ein Leichenbegängnis auf ihrem Heimatplaneten gewünscht. Doch dies war ganz unmöglich. Der Zirkus der Galaxis war viel zu groß, um jedesmal seine Zelte abbrechen zu können, wenn eines seiner Mitglieder in Erfüllung seiner Pflicht sein Leben lassen mußte. Außerdem mußte er seine Tarnungs-Identität bewahren. Der Zirkus durfte offiziell nicht einmal zugeben, daß überhaupt jemand gestorben war, damit nicht zu viele Fragen über das Wie und Warum des Todes gestellt wurden.

Folglich wurden die Beerdigungen für die auf Kolokov gefallenen vier Familienmitglieder – drei bei dem Überfall auf Evekian und Claude d'Alembert auf Burg Rimskor – zu verstohlenen Aktionen. Die Leichen wurden verbrannt, die Asche zum Heimatplaneten gesandt. Die Trauerfeierlichkeiten wurden im großen Zelt abgehalten, nachdem nach der letzten Abendvorstellung das Publikum gegangen war.

Jules und Yvette, Jacques und Yvonne – deren Mission auf Ansegria beendet war – waren auf Kolokov wieder zum Zirkus gestoßen und konnten an der Trauerfeier teilnehmen. Sie wußten genau, daß – wären die Umstände ein wenig anders gewesen – sie selbst den Tod hätten finden können. Der Verlust ihrer Angehörigen traf sie zutiefst. Sie empfanden aber auch, daß es besonders Gelegenheiten wie diese waren, welche die Familie stärker und enger miteinander verknüpften. Die d'Alemberts würde es geben, solange es das Imperium gab, und diese erneuerte Zuversicht half ihnen, zukünftigen Missionen entschlossen ins Auge zu sehen.

Etienne kam seiner Pflicht als Familienoberhaupt nach und sprach die Gebete. Sooft er dieser traurigen Pflicht schon nachgekommen war, jedes einzelne Mal hatte es die Bürde auf seinen Schultern vermehrt. Er sprach leise und mit Würde und sah dabei die Geschwister der vier Verblichenen vor Augen. Als er geendet hatte, war jedes weitere Wort überflüssig.

Er sprach übrigens nicht nur zu den anwesenden Angehörigen, sondern auch zum Chef selbst – denn Großherzog Zander von Wilmenhorst verfolgte die Zeremonie mittels dreidimensionaler Übertragung. Dabei wurde sein Bild unter großem Energieaufwand über die Riesenstrecke von der Erde zum Planeten Kolokov in eine Zelle übertragen, die so angelegt war, daß die meisten Familienangehörigen ihn nicht erkennen konnten. Er lauschte aufmerksam und andächtig den Worten, die der Herzog für seine verblichenen Angehörigen fand.

Danach wurde die sogenannte Trivid-Zelle ins Büro des Herzogs geschafft, wo Etienne, Jules, Yvette und der Chef den Fall im engen Kreis besprechen konnten. Als erstes beglückwünschte der Chef die drei d'Alemberts zum erfolgreichen Abschluß ihrer Mission, doch Jules und Yvette winkten ab. Sie betonten, daß es ihre Verwandten waren, die das hinter der Verschwörung stehende Geheimnis aufgedeckt hatten. Yvonne wäre es gewesen, die eigentlich den Roboter endgültig zerstörte.

Der Chef nickte bedächtig. »Ich möchte Ihren Anteil keineswegs herunterspielen und erteile Ihnen allen ein verbales Schulterklopfen. Mehr ist leider nicht möglich. Ich darf die Belobigungen nicht schriftlich niederlegen, weil die geheime Natur des Zirkus Akten über euch nicht zuläßt. Aber ihr drei hattet die Einsatzleitung – und eine erfolgreich abgeschlossene Mission ist immer Spiegelbild ihrer Planer. Das Imperium wurde bedroht. Ich betraute euch mit der Aufgabe, und die Bedrohung existiert nicht mehr. Ergo habt ihr eure Sache gut gemacht und verdient meinen Dank ... und den der Prinzessin.«

»Die Logik scheint mir doch ein wenig weit hergeholt«, sagte Jules, »doch im Namen aller, die mit dabei waren, danke ich für das freundliche Lob.«

»Leider«, setzte Yvette an, »ist die Bedrohung noch nicht gebannt. Wenn das stimmt, was Luise in Erfahrung brachte – und Dr. Rustin stand unter der Einwirkung von Nitrobarb, also muß es wohl stimmen –, dann gibt es mehrere Roboter wie Symond, die das Imperium unsicher machen. Ich tippe auf mindestens drei, denn Rustin sagte keiner der *anderen* und nicht: der *andere*. Natürlich *können* es auch viel mehr sein. Symond war nur der neueste – und da man bis jetzt keine Anzeichen der anderen entdeckte, müssen sie so gut sein, daß sie jeder Inspektion standhalten. Wer weiß, wo sie sich jetzt wohl herumtreiben!«

Die Miene des Chefs verfinsterte sich. Diesem Problem hatte er in den letzten Tagen sehr viel Aufmerksamkeit gewidmet.

»Ja«, sagte er seufzend. »Wir wissen jetzt immerhin, daß diese Roboter nicht unzerstörbar sind – oder gar unentdeckbar. Natürlich gilt unsere erste Sorge der Tatsache, daß es einem geglückt sein könnte, sich in eine Vertrauensstellung in unmittelbarer Nähe der kaiserlichen Familie einzuschleichen. Ebenso gefährlich wäre es, wenn ein Roboter sich im Militärdienst oder im Service eine Stellung verschafft hätte.

Es gibt zwar eine einfache Kontrolle. Auf meine Bitte hin wird der Kaiser alle am Hofe Beschäftigten sowie alle Leute vom Service und die höheren Militärs veranlassen, sich laufend untersuchen zu lassen ... was zunächst Durchleuchtungskontrollen bedeutet. Eine derartige Anordnung ist leicht zu begründen und würde das Mißtrauen der eventuell in diesen Bereichen beschäftigten Roboter nicht erwecken. Aber sie wären zum Handeln gezwungen, da sie ja wissen, daß sie sich bei einer Untersuchung verraten. Sie werden also fliehen, oder sie werden versuchen, ihre Missionen vorzeitig auszuführen. In jedem Fall stehen unsere Chancen sehr gut, ihre Pläne zu durchkreuzen.«

»Und wenn keiner dieser Roboter in einer Position ist, in der wir ihn unauffällig überprüfen können?« sagte Herzog Etienne grimmig. »Statistisch gesehen wäre diese Möglichkeit nämlich viel wahrscheinlicher.«

Der Chef seufzte abermals. »Ja, alter Freund, das weiß ich nur zu gut. Die Gesamtbevölkerung des Imperiums geht in die Trillionen, aus denen wir vielleicht eine Handvoll ausgewählter Verräter herausfinden müssen. Die Chancen stehen da für uns unwahrscheinlich schlecht. Was ist, wenn einer der Roboter irgendwo einen schlichten Hauswart mimt und nur auf die Stunde des Handelns wartet? Wie könnten wir dieser Situation begegnen?«

»So wie wir Symond entdeckten«, meinte Yvette mit gespieltem Optimismus. »Wenn die Roboter etwas durchführen wollen, müssen sie gewisse Schritte unternehmen. Wir müssen eben unsere Augen noch aufmerksamer offenhalten, da wir jetzt von der Existenz der Bedrohung wissen. Das Service of the Empire ist die beste Organisation dieser Art, die existiert. Unsere Leute sind die klügsten und loyalsten Untertanen, die der Kaiser hat.

Ich vertraue fest darauf, daß wir uns rechtzeitig einschalten können.«

»Komisch – Bill sagte dasselbe mit annähernd denselben Worten«, meinte der Chef, auf den Kaiser anspielend. »Ich respektiere sein Urteilsvermögen und hoffe, daß er recht behält. Wie ihr wißt, muß man noch einen Faktor berücksichtigen. Herzog Fjodor und Dr. Rustin waren ja nur Handlanger in einer umfassenden Verschwörung.«

Jules runzelte die Stirn. »Und wie gelangen Sie zu dieser Ansicht, Sir?«

Der Chef sah seinen Freund Etienne an, der die breiten Schultern hochzog und zu seinem Sohn sagte: »Fjodor Paskoi war Herzog von Kolokov. Als solcher hatte er auf diesem Planeten große Macht – aber theoretisch anderswo nicht mehr. Paul Symond – ich meine jetzt den echten – kam von Lateesta, einem ganz anderen Planeten. Auf Lateesta muß jemand im voraus gewußt haben, daß man Symond zum Vertreter seiner Welt bei der Vorstellungstour machen würde. Jemand mußte die Möglichkeit gehabt haben, sämtliche Daten über ihn zu sammeln, damit man einen Roboter als Symonds Zweitausgabe herstellen konnte.«

»Das ist aber noch nicht alles«, fügte Zander von Wilmenhorst hinzu. »Es muß jemanden der kaiserlichen Familie relativ Nahestehenden geben, der vorhersagen konnte, wie sich Ednas Geschmack entwickeln würde, damit man den Roboter dementsprechend anlegte. Was diesen Fall betrifft, so fürchte ich, daß wir bis jetzt nur die Spitze des Eisberges zu sehen bekommen haben. Wir müssen noch fleißig unter die Oberfläche tauchen, ehe wir den Gesamtaufbau der Bedrohung ausmachen können. Hoffentlich scheut ihr beiden vor reichlicher Arbeit in der Zukunft nicht zurück!«

»Wir werden richtig aufleben!« versprach Jules.

»Und was Ednas Geschmack betrifft«, sagte Yvette nachdenklich, »so glaube ich, daß der Konstrukteur des Symond-Roboters von Frauen nicht viel versteht. Symond verfügte über alle ins Auge fallenden Eigenschaften – gutes Aussehen, Charme, Persönlichkeit, geistreicher Witz – die Verpackung war geradezu ideal. Edna gestand mir gegenüber sogar ein, daß er sie interessiere. Er ist der Typ Mann, mit dem die meisten Mädchen – und ich nehme mich selbst nicht aus – liebend gern ausgehen würden.

Aber Edna war viel zu klug, ihn sich als Gatten zu wünschen. Eine Ehe mit der personifizierten Vollkommenheit wäre bald unerträglich. Wenn ihr mich fragt, glaube ich, daß Ednas Blicke in eine ganz andere Richtung zielen.«

»Wohin denn?« fragte Jules.

»Choyen Liu«, sagte seine Schwester ohne zu zögern. Als Jules erstaunt die Brauen hochzog, fuhr sie fort: »Ja, ich weiß, er entspricht nicht dem romantischen Standardtyp, aber der löst sich in der Ehe ohnehin bald auf. Symond war ganz Oberfläche. Choyen Liu hat kein nennenswertes Äußeres aufzuweisen, doch verfügt er über Tiefen, die auszuloten ein Menschenleben kaum hinreicht. Edna sucht jemanden, mit dem sie ihr Leben verbringen kann, und eines kann ich in diesem Fall garantieren – mit Choyen Liu wird es ihr niemals langweilig werden. Ich glaube wirklich, sie könnte sich zu einer Ehe mit ihm entschließen.«

Der Chef hörte sich Yvettes Meinung an und dachte dabei an die Nachricht, die Edna an diesem Tag ihren Eltern geschickt hatte. Sie habe auf der Tour jemanden kennengelernt, den sie ernsthaft in Betracht zöge. Sie wolle die Sache sofort nach ihrer Rückkehr mit den Eltern besprechen. Er selbst hätte nie gedacht, daß dieser Choyen Liu – den er nur aus seinen Unterlagen kannte – für die Prinzessin in Frage käme. Aber schließlich hatte er sich noch nie als Heiratsvermittler versucht.

Lächelnd hörte er zu, wie das Gespräch sich in weiterer Folge um die Prinzessin und ihren möglichen Gemahl drehte. Das Thema war zwar nicht von wirklichem Interesse für ihn – Lius Unterlagen wiesen ihn als guten und treuen Diener der Krone aus, und das allein zählte in den Augen des Service. Aber seine Top-Agenten mußten sich geistig entspannen, ehe sie in den Endkampf gegen die drohende Störung der Ordnung gingen. Er zweifelte nicht daran, daß sie bald wieder ihr Leben für die Ideale des Imperiums aufs Spiel setzen würden.

Ende des dritten Buches

Der Asyl-Planet

1. KAPITEL

Plauderei mit Lady A

Die junge Frau wirkte völlig fehl am Platze. Hochgewachsen und schlank, schön und voll natürlicher Würde, so stand sie nach der Landung in der Wartereihe vor dem Quartieramt und sah hier aus wie eine edle Tulpe in einem Kaktusbeet. Die hier gemeinsam mit ihr warteten, bildeten den Abschaum Dutzender von Welten. Praktisch alle, männlich wie weiblich, hatten die härteste Schulung hinter sich, welche die Galaxis zu bieten hatte – nämlich das kaiserliche Gefängnissystem. Sie waren grobschlächtig, größtenteils ungebildet und verkommen. Ihre Herkunft war an der Slangfärbung ihres jeweiligen Heimatplaneten und an den Kraftausdrücken, mit denen sie ihre Gespräche würzten, zu erkennen.

Die gepflegte junge Dame bildete zu all dem einen scharfen Kontrast. Das von einem führenden Modeschöpfer der Erde stammende Kleid saß wie angegossen. Ihr Blick verriet Intelligenz, das lange schwarze Haar war tadellos frisiert. Benehmen, Kopfhaltung, Selbstsicherheit – das alles deutete darauf hin, daß diese Frau etwas Besonderes war und daß sie aus reichem, wenn nicht gar adeligem Hause stammte.

Geduldig harrte sie in dem Korridor aus, dessen einstmals weißer Anstrich einer trüben Grauschattierung gewichen war und unzählige Kritzeleien aufwies. Sie starrte geradeaus zu den Tischen, an denen die Computer-Programmierer die auf den Karten der Wartenden verzeichneten Informationen den leise summenden Maschinen eingaben. Die lüsternen Blicke der Männer und neidischen Gesichter der Frauen schien sie nicht wahrzunehmen. Sie bewegte sich im Rhythmus der Warteschlange weiter, reagierte jedoch auf ihre Schicksalsgenossen ansonsten so wenig wie eine Statue.

Endlich war sie an der Reihe. Sie übergab ihre Unterlagen der Frau am ersten Tisch, die sie routinemäßig ohne aufzusehen in Empfang nahm und sie in den Computer eintippte. »Name?« fragte die Beamtin angeödet.

»Hazel Whiting«, antwortete die junge Dame. »Es steht ohnehin auf der Karte, falls Sie einen Blick riskieren könnten.«

Der kultivierte Ton bewirkte, daß die Beamtin aufblickte. Verblüffung war ihre erste Reaktion. Menschen dieser Kategorie hatte sie hier noch nie gesehen. »Was wollen Sie denn hier?« entfuhr es ihr unwillkürlich.

»Dasselbe wie alle – ich suche ein Asyl.«

Die Beamtin hatte ihre Zweifel. Diese junge Dame sah zu sauber und unschuldig und auch zu intelligent aus. Die speziellen Dienstleistungen dieses Planeten waren auf Menschen anderen Typs zugeschnitten. Sie tastete vorsichtig mit dem linken Fuß nach dem unsichtbar angebrachten Knopf, mit dem sie dem Chef einen ungewöhnlichen Vorfall meldete. Die Drei-Vid-Kameras in den Ecken würden die Szene sofort in sein Büro überspielen, und er konnte unbeobachtet von dem Bewerber eine Entscheidung treffen. Inzwischen fuhr die Beamtin in ihrer Arbeit unbefangen fort. »Aus welchem Grund suchen Sie hier Zuflucht?«

»Auch das ist auf der Karte verzeichnet«, sagte die Frau, die sich Hazel Whiting nannte. »Juwelenraub, dazu ein paar Betrügereien.« Nach einer kleinen Denkpause ergänzte sie sarkastisch: »Damenhaftes Auftreten ist in dieser Branche von größtem Nutzen. Man verschafft sich Zutritt in gutbetuchte Kreise und damit zu lohnender Beute.«

Die Beamtin tippte nach einem Achselzucken weiter. Dann nahm sie ein Retinaskop zur Hand, und Hazel Whiting beugte sich vor und ließ ihre Identität überprüfen. Sodann bekam sie eine Plastik-Kennkarte, ein Prospekt und eine Buchrolle ausgehändigt.

»Während Ihres Aufenthaltes auf dem Asylplaneten müssen Sie von Ihren Ersparnissen leben«, sagte die Beamtin routinemäßig. Es war ein Satz, den sie schon unzählige Male geäußert hatte. »Hier bestiehlt man sich nicht gegenseitig. Melden Sie sich auf Zimmer J-5. Dort wird man Ihnen eine vorläufige Unterkunft zuweisen, bis Sie sich endgültig für einen Stadtteil entschieden haben.«

Hazel Whiting nahm die Sachen in Empfang und wandte sich zum Gehen. Als sie durch die Reihe der Wartenden hindurch wollte, wurde sie von einem Mann am Arm gepackt. »Hoppla, Hazel Whiting«, schnarrte er – »Wie wär's, wenn wir beide uns zusammentun?«

Das Mädchen musterte ihn skeptisch. Der Kerl gehört zum untersetzten Typ mit mehr Muskeln als Hirn. Seine Ausdünstung ließ darauf schließen, daß er seit einem Vierteljahr nicht mehr gebadet hatte, der struppige Bart war offenbar mit einer schartigen Schere gestutzt worden. »Da trinke ich lieber Vakuum durch einen Strohhalm«, lautete ihre kühle Antwort.

Der Mann ließ ein heiseres Lachen hören und zog sie an sich. »Na, dir werde ich die schnippische Art bald abgewöhnen!«

Hazel Whiting wurde erst aktiv, als sie mit dem Mann auf Tuchfühlung war. Dann aber kamen ihre Bewegungen blitzartig. Sie trat ihn mit aller Kraft gegen den Rist. Er jaulte auf vor Schmerz und ließ ihren rechten Arm los. Mit gespreizten, steifen Fingern versetzte sie ihm einen Stoß knapp unter die Rippen. Der Mann klappte zusammen.

Unter dem Gepfeife und Gejohle der anderen Männer ging Hazel Whiting weiter, um in Zimmer J-5 ihre Quartierzuweisung abzuholen.

Garst war aus verständlichen Gründen nervös. Ihm gegenüber saß die Frau, die er nur als Lady A kannte. Dazu kam, daß sie die weitaus schönste Frau war, die ihm jemals begegnet war. Das klassische Antlitz war von geradezu zeitloser Schönheit. Der helle Teint strahlte in seiner Makellosigkeit, die unbewegten grünen Augen nahmen alles Sehenswerte mit ruhiger Gelassenheit auf. Dieser Körper war die leibhaftige Sinnlichkeit. Sogar ihr Parfum strahlte Weiblichkeit aus. Diese Frau hatte etwas Überzeitliches an sich. Ihr Alter war unbestimmbar. Es mußte irgendwo zwischen dreißig und sechzig liegen. Natürlich hätte Garst nie gewagt, eine diesbezügliche Frage zu stellen.

Ihr Hosenanzug aus Samt hatte weitgeschnittene Ärmel und Beine. Das grüne Material war mit schwarzem Stoff kombiniert und an den Kanten mit Smaragden abgesetzt. Die enganliegende grüne Kappe – durch einen Kragen aus Goldmetall mit dem Anzug verbunden – bedeckte ihr pechschwarzes Haar fast vollständig. Vom vorderen Rand der Kappe hing ihr eine Perle in die Stirn, um den Hals trug sie an einer Goldkette einen Anhänger, der ein integrierter Kreis-Abschnitt war.

Trotz ihrer körperlichen Vollkommenheit strömte sie eine Kälte aus, die sie erschreckend unmenschlich erscheinen ließ. Ihre Wesensart war von Energie geprägt, ihre Redeweise deutete auf Sarkasmus und Härte hin. Garst konnte sich nicht erinnern, daß sie jemals gelacht hatte. Insgesamt wirkte sie, als hätte sie, die einen vollkommenen Körper besaß, die Herrschaft über ihre Seele verloren.

Lady A saß ihm mit gekreuzten Beinen gegenüber, die Hände im Schoß gefaltet. Sie starrte Garst mit bohrender Eindringlichkeit an, während sie sprach.

»Mit ihrer bisherigen Tätigkeit bin ich sehr zufrieden«, erklärte sie. »In knapp drei Monaten haben Sie aus dem nahe an der unteren Grenze der Rentabilität arbeitenden System eine höchst wirkungsvolle Organisation gemacht. Unsere ›Kolonie‹ wächst sprunghaft an. Bald werden wir hier genügend Talente beisammen haben, um unseren Werbefeldzug wirksam durchführen zu können.«

Garst nahm ihr Lob mit einem Kopfnicken entgegen. Lady A hatte dabei ihren Tonfall kaum verändert. Sie war noch immer so leidenschaftslos wie ein Asteroid. »Danke«, erwiderte Garst. »Wie ich schon bei unserer ersten Begegnung betonte, ist Organisieren meine Stärke. Das von mir auf Vesa aufgebaute System funktionierte klaglos zwanzig Jahre lang, ehe es im Vorjahr durch einen unglücklichen Zufall zerstört wurde. Und ich stand ganz allein hinter der Organisation. Sie, mit Ihren Beziehungen, und dazu ich – uns beiden sind keine Grenzen gesetzt.«

Er erlaubte sich eine entspanntere Haltung und lehnte sich zurück. Halb scherzend fuhr er fort: »Mich würde nicht wundern, wenn wir dank meiner Fähigkeiten und Ihrer Verbindungen innerhalb weniger Jahre das Imperium beherrschten.«

Verächtlich äußerte die Frau: »Das möchte ich sehr bezweifeln. Schon einmal war dieser Leckerbissen in meiner unmittelbaren Reichweite. Er läßt sich jedoch nicht so einfach pflücken, wie es zunächst scheint. Um dieses Ziel zu erreichen, brauchen wir viel mehr Zeit und vor allem viel umfassendere Vorbereitungsarbeiten im Hintergrund.«

Nur mit Mühe verbarg Garst seine Überraschung. Ihre Antwort auf seine scherzhaft gemeinte Frage war todernst ausgefallen. Sie hatte ihre Augen tatsächlich begehrlich auf den Thron geworfen! Aber was hatte sie gemeint, als sie sagte, dieser wäre bereits in ihrer unmittelbaren Reichweite gewesen?

Ein auf dem Schreibtisch aufflackerndes Licht riß ihn aus seinen Gedanken. Auch Lady A bemerkte das Flackern. »Was bedeutet das?« wollte sie wissen.

Garst streckte die Hand aus und drückte eine Computertaste. »Ein Signal von der Zulassungsstelle«, antwortete er.

»Gibt es Ärger?«

»Ach, wahrscheinlich nichts von Bedeutung. Heute kommt eine neue Ladung herein, und für gewöhnlich mache ich pro Schiff eine genauere Stichprobe. Ich gab Anweisung, man möge mich verständigen, wenn sich etwas annähernd Verdächtiges ereignet, damit ich persönlich eine Entscheidung treffen kann. Ich behalte mir innerhalb meiner Organisation das letzte Wort vor – und das macht meinen großen Erfolg aus.« Er verschwieg ihr, daß er seit dem Auffliegen seines Raub- und Mord-Ringes auf Vesa geradezu an Verfolgungswahn litt. Er wollte die Probleme in den Griff bekommen, noch ehe sie sich zu echten Problemen auswuchsen.

Er betätigte etliche weitere Schalter und Tasten und schaltete damit die Monitoren ein, um die Szene bei der Zulassungsstelle mitzubekommen. Aus Höflichkeit seiner Besucherin gegenüber drehte er den Monitor so, daß sie ebenfalls sehen konnte.

Beide beobachteten schweigend die Szene zwischen Hazel Whiting und der Beamtin. Sie wurden auch Zeuge des kurzen, aber harten Kampfes mit dem lüsternen Mann. Garst stieß einen anerkennenden Pfiff aus, als er sah, wie geschickt sich die Frau verteidigte. »Diese Hazel Whiting versteht sich zu wehren«, sagte er, während diese den Korridor entlangging.

»Das kann sie«, mußte Lady A eisig zugeben. »Nur heißt sie nicht Hazel Whiting – es handelt sich vielmehr um Helena Wilmenhorst.«

Nun trat eine Pause ein, denn Garst mußte diesen Brocken erst mal verdauen. »Mit dem Großherzog irgendwie verwandt?« fragte er schließlich.

»Nur seine Tochter«, erwiderte Lady A sarkastisch. »Und seine Erbin.«

Garst war nicht wenig beeindruckt und erstaunt. Die Familie von Wilmenhorst beherrschte Sektor Vier, eines der reichsten Gebiete des vom Menschen bewohnten Raumes. Eines Tages würde Helena von Wilmenhorst über mehr als hundert Planeten gebieten und nur von der Krone allein Befehle entgegennehmen.

»Wie ist sie hierhergekommen, und was bezweckt sie damit?« überlegte er laut.

»Was ersteres betrifft«, äußerte Lady A gedehnt, »so muß es sich um eine Lücke in dieser großartigen Organisation handeln. Helena gehört nicht zu den Typen, auf die unsere Dienstleistungen im allgemeinen abzielen. Ich vermute, daß sie sich mittels Bestechung hier Zugang verschafft hat. Was das Zweite betrifft – ...« Sie machte eine Pause und überlegte. Schließlich entschied sie sich dafür, Garst ins Vertrauen zu ziehen.

»Ich will Ihnen reinen Wein einschenken. Helenas Vater ist der oberste Chef des Service of the Empire.«

Garst starrte sie ungläubig an. Das Service of the Empire oder SOTE war praktisch der verlängerte rechte Arm des Kaisers. Diese Organisation war der hervorragendste Geheimdienst, über den die Menschheit je verfügt hatte. In erster Linie diente er dazu, der Politik der Regierung Geltung zu verschaffen. Nur die loyalsten und fähigsten Agenten der Galaxis durften für den Service tätig sein.

Lady A entging seine Verwirrung nicht. Zum ersten Male im Verlauf ihrer Zusammenarbeit lächelte sie. Es war ein Lächeln bar jeglicher Wärme und Anteilnahme. »Diese Tatsache ist nicht allgemein bekannt«, fuhr sie fort. »Es wäre sehr unklug, die Kenntnis davon über diese vier Wände hinausgelangen zu lassen.«

»SOTE!« Garsts Verstand zog in rasender Eile sämtliche Folgen in Betracht. »Das heißt also, daß sie gekommen ist, um über uns Nachforschungen anzustellen.«

»Ihr blitzschnell arbeitender Verstand setzt mich immer wieder in Erstaunen.«

Er überhörte die Ironie ihrer Worte und gab seinem Schreibtischcomputer hastig einen Auftrag ein. In Sekundenschnelle glitt eine Fotokopie der Akte Hazel Whiting aus einem schmalen Schlitz seitlich am Tisch. Er las die Unterlagen sorgfältig durch, während sein Gegenüber ihn mit geduldiger Neugier beäugte.

»Unsere Unterlagen besagen, daß diese ›Hazel Whiting‹ erstmals auf dem Planeten Kiesel in Sektor Fünf mit uns Kontakt aufnahm. Sie machte sich an einen unserer Agenten heran und behauptete, sie wäre eine Juwelendiebin und Betrügerin. Sie müsse auf dem Asylplaneten Zuflucht suchen, weil ihr Partner im Verlauf des letzten Fischzuges getötet worden wäre und die Spuren in etwa siebzig Fällen auf sie hindeuteten. SOTE und reguläre Polizei wären ihr dicht auf den Fersen. Sie hätte höhere Schulbildung genossen und wäre den üblicherweise hier vertretenen Typen haushoch überlegen.« Garst vertiefte sich weiter in den Bericht. »Ich kann den Unterlagen keinerlei Beweise für ihre Behauptungen entnehmen – unser Mann hat ihr das wohl alles auf Treu und Glauben abgenommen. Oder er hat ihr eben einen gewissen Kredit eingeräumt. Na, jedenfalls werde ich ihn sofort ersetzen lassen.«

Garst stand auf und fing an, langsam hinter seinem Schreibtisch auf und ab zu wundern. Er war sich der Blicke seiner Besucherin völlig bewußt. Sie beobachtete ihn wie eine Probe unterm Mikroskop, und er wurde das Gefühl nicht los, daß seine weitere Tätigkeit stark davon abhängig sein würde, wie er mit dieser neuesten Entwicklung zu Rande käme.

»Schieben wir mal die Frage beiseite, wie sie hierherkommen konnte«, setzte er behutsam an. »Dann sehen wir uns noch immer dem Problem gegenüber, was wir mit ihr jetzt machen sollen.«

»In der Tat.« Lady A's knappe Bemerkung deutete an, daß sie sehen wollte, wie er auf diese Bedrohung reagierte. Garst mußte entdecken, daß er trotz der angenehmen Kühle seines Büros in Schweiß gebadet war.

Er entschloß sich zu einer Aufzählung der Möglichkeiten. »Wir könnten sie töten, wir könnten sie festnehmen und mit Nitrobarb behandeln, um herauszubekommen, was sie weiß, oder aber, wir könnten sie umherlaufen lassen und sie beschatten, um zu sehen, was sie unternimmt und mit wem sie Kontakte aufnimmt.

Die erste Möglichkeit ist mir aus ästhetischen Gründen zuwider. Außerdem würden uns alle Informationen, über die sie verfügt, verlorengehen. Nein, es wäre ein aus Panik und Verzweiflung geborener Schritt. Und bis jetzt ist die durch sie entstandene Bedrohung nicht so ernst. Sie zu töten, wäre zwar der sicherste, aber nicht unbedingt der klügste Weg.

Die zweite Alternative ist bestechend. Unter dem Einfluß von Nitrobarb kann niemand lügen. Sie würde alles ausplaudern: Wie sie uns auf die Spur kam, wie sie hierher gelangte, welche

Pläne sie hat und wie die SOTE gegen uns vorgehen will. Selbst wenn sie bei dem Verhör stürbe, hätten wir uns zuvor einen Vorteil verschafft.«

»Und doch scheint mir, als hörte ich ein leises Zögern aus Ihren Worten heraus«, bemerkte Lady A. »Wenn die Verabreichung von Nitrobarb all diese Vorteile hat, warum dann nicht sofort, damit wir es hinter uns bringen?«

»Es sprechen einige Gründe dagegen. Angenommen, sie möchte hier mit jemandem Kontakt aufnehmen, mit jemandem, den sie nicht kennt und der sich ihr mittels eines Kode-Satzes nähert. In diesem Fall haben wir nichts davon, wenn wir sie festnehmen, da wir damit ihren Kontaktmann verscheuchen. Wenn wir sie aber an der langen Leine arbeiten lassen, machen wir vielleicht einen größeren Fang. Wenn wir sie am Leben lassen, könnten wir sie später als Tauschobjekt benutzen, falls es Schwierigkeiten gibt. Je länger wir sie frei umherlaufen lassen, desto mehr erfahren wir.«

»Diese Methode ist die unsicherste unter Ihren drei Alternativen«, bemerkte Lady A spitz. »Aber möglicherweise die lohnendste. Und die Bedrohung, die dieses Mädchen eventuell darstellt, ist noch immer minimal. Von diesem Planeten aus kann sie ohne unser Wissen keine Nachricht weitergeben. Ich werde ihre Sachen durchsuchen lassen, gründlich und diskret, versteht sich, damit wir sicher sein können, daß sie keine Funkanlage bei sich hat. Sie kann nur an Bord eines unserer Schiffe von hier weg, und aus diesem Grund werde ich die Wachen auf dem Raumhafen vervierfachen, damit sie uns nicht entwischt.«

»Und wie wollen Sie verhindern, daß Freunde von anderen Planeten hier mit eigenen Schiffen heimlich landen und sich mit ihr treffen?«

Garst lächelte. »Unser Planet liegt abseits der Haupthandelswege und wurde, wie Sie wissen, vom Imperium als zwar entdeckt, aber unbesiedelt zu den Akten gelegt. Die einzigen Schiffe, die näher an uns herankommen, sind unsere eigenen, und deren Fahrplan kennen wir. Sollte sich etwas anderes den Grenzen dieses Sonnensystems auch nur nähern, wird es sofort vom Himmel gepustet. Wir kontrollieren alles Kommen und Gehen – dessen bin ich sicher.«

Lady A sagte zunächst nichts darauf. Garst sah ihr regloses

Gesicht und versuchte aus ihren Blicken Zustimmung oder Ablehnung zu lesen. Hatte er die Prüfung bestanden und ihr Vertrauen wiedergewonnen, oder hatte er bei seinen Überlegungen einen Fehler gemacht, der ihn als unfähig brandmarkte?

Schließlich setzte die Frau zum Sprechen an. »Gut, Garst, ich stimme mit Ihren Überlegungen überein. Wenn wir Helena von Wilmenhorst mit Nitrobarb behandeln, haben wir auf lange Sicht nicht viel Nutzen davon. Wir haben nämlich bereits Zugang zu sämtlichen Informationen, welche die allgemeinen Operationen der SOTE betreffen. Im Hinblick auf ihre jetzige Sondermission sind wir besser dran, wenn wir sie dicht beschatten lassen. Und Sie sorgen dafür, daß die Überwachung wirklich lückenlos erfolgt – ohne Löcher, ohne Lecks, ohne eine Möglichkeit des Entkommens.« Ihr Ton deutete unmißverständlich an, wie sich andernfalls sein weiteres Schicksal gestalten würde.

»Keine Angst, das machen wir schon. Ich sorge dafür, daß meine besten Leute sämtliche Räume ihres Appartements durchsuchen und rund um die Uhr überwachen. Wir werden in ihren Kleidungsstücken Abhörwanzen verstecken. Sie wird auf allen Wegen ständig Beschatter haben. Wir werden alle unter die Lupe nehmen, mit denen sie Kontakt hat, und jede kleinste verdächtige Spur weiterverfolgen. Ich werde mich persönlich mindestens einmal täglich um den Stand der Überwachung kümmern, um sicherzugehen, daß uns keine Fehler unterlaufen, Helena von Wilmenhorst wird besser bewacht werden als die gesamte kaiserliche Familie. Uns wird nichts entgehen, dafür hafte ich mit meinem Leben.«

»Ja«, sagte Lady A. »Sie tun gut daran.« Nachdem seine Besucherin sich empfohlen hatte und er seine Überwachungstaktik durch Befehle in die Tat umgesetzt hatte, blieb Garst allein und in Gedanken versunken in seinem Büro sitzen. Worauf habe ich mich da eingelassen? fragte er sich. Und mit wem mache ich da gemeinsame Sache?

Er griff nach der Schalteinrichtung seines Recorders. Rein routinemäßig nahm er jede in diesem Raum stattfindende Besprechung auf, so daß er sie zur Auffrischung der Erinnerung jederzeit abspielen konnte. Und nun saß er bei gedämpfter Beleuchtung hinter seinem Schreibtisch und ließ die Szene von vorhin vor sich ablaufen.

Bestimmte Sätze ließen ihn nicht los. »Dieser Leckerbissen war schon einmal in meiner Reichweite«, hatte sie in bezug auf die Krone gesagt. Und dann »wir haben selbst Zugang zu allen Informationen, die die allgemeinen Operationen der SOTE betreffen«.

Nach seinem angeblichen Tod und der überstürzten Flucht vom Spielerplaneten Vesa hatte Garst verzweifelt sämtliche Kontakte zur galaktischen Unterwelt mobilisiert, bis er endlich durch den Freund eines Freundes mit Lady A zusammengetroffen war und sie um einen Auftrag gebeten hatte. Er hatte erwartet, in eine Verbrecherorganisation eingeschleust zu werden, in der er seine Talente wieder spielen lassen konnte. Doch die Unterredung mit Lady A ließ ihn nicht im Zweifel darüber, daß er es in Wahrheit mit einer das ganze Imperium umfassenden Verschwörung von weitaus größerem Maßstab zu tun hatte. Der Gedanke an die Bedeutung all dessen erfüllte ihn mit Furcht und begieriger Vorfreude gleichermaßen.

Garst war ein besonders ehrgeiziger Mensch. Bis vor kurzem war sein Ehrgeiz durch die Tatsache gebremst worden, daß er sich auf einen einzigen kleinen Satelliten beschränken mußte. Jetzt aber ging die Blüte der echten Macht direkt vor ihm auf. Er fand ihren Duft berauschend.

Er stand auf und kam hinter seinem Schreibtisch hervor. Dabei befingerte er vorsichtig das kleine Medaillon, das man ihm zu seinem Einstand in der Organisation gegeben hatte. Es sei ein Mitgliedsabzeichen, hatte man ihm damals gesagt, ein Mittel der Identifizierung. Von der Form her war es ganz schlicht: ein winziger integrierter Kreisabschnitt an einer dünnen Goldkette, beinahe unsichtbar, wenn man nicht genau hinsah. Und doch machte es ihn zum Teil eines Ganzes, das offenbar die gesamte Galaxis umspannte und als sein Ziel die Beherrschung des Menschengeschlechtes ansah.

Garst wußte genau, daß er sich nie damit zufriedengeben würde, das Rädchen in der Maschinerie eines anderen zu spielen. Er wollte vielmehr selbst die zur Spitze dieser Machtstruktur führende Leiter finden und sie schleunigst erreichen.

Er würde vielleicht nicht zum Big Boß der gesamten Maschinerie aufsteigen, doch daß er zu Höherem befähigt war, wußte er.

Natürlich würde es Hindernisse geben, die es zu überwinden galt. So übte er zwar die Gewalt über diesen ganzen Planeten aus, doch war ihm nicht ein einziger seiner Mitarbeiter wirklich treu ergeben. Alle waren sie von Lady A ausgewählt worden. Sogar Jinda Rawling, seine Sicherheitschefin und rechte Hand, würde ihr Heil wahrscheinlich bei Lady A suchen, falls man ihre Ergebenheit jemals ernsthaft auf die Probe stellte. Das bedeutete, daß Garst im Alleingang arbeiten mußte. Er durfte niemandem trauen, wenn er sein Ziel erreichen wollte. Und er wußte, daß er es schaffen konnte.

Helena von Wilmenhorst konnte sich als der Schlüssel zu seinem Aufstieg erweisen. Obgleich er vor Lady A sorgfältig vermieden hatte, es zu erwähnen, war dies einer der Gründe, warum er die junge Dame am Leben lassen und genau überwachen lassen wollte. Noch wußte er nicht wie, aber die junge Herzogin konnte ihm vielleicht von Nutzen sein, wenn es galt, an die Spitze zu kommen.

Der Gedanke war wahrhaft erheiternd.

2. KAPITEL

Mission auf Mellisande

Der Planet Mellisande besaß fünf Monde, die einen wahren Tanz auf seinem Nachthimmel vollführten. Der größte war mehr als halb so groß wie der Erdenmond, zwei waren fast ebenso groß, und das bedeutete, daß die Nächte auf Mellisande selten ganz finster waren. Ein Silberglanz durchdrang die Atmosphäre und verlieh auch noch der banalsten Umgebung eine märchenhafte Aura. Und wenn alle Monde gleichzeitig aufgegangen waren, konnte die Nacht etwa halb so hell werden wie der Tag.

Im Moment aber standen nur ein großer und ein kleiner Mond über dem Horizont, wofür die zwei durchs Gebüsch kriechenden Schattenformen überaus dankbar waren. Ihre Aufgabe war auch ohne das Risiko, in einer besonders hellen Mondnacht entdeckt zu werden, schwierig genug.

Die Szenerie unter ihnen war völlig ruhig: Ein weitläufiges Herrenhaus mit mehr als zwei Kilometer Abstand zum nächsten Nachbarn, auf drei Seiten von freiem Land umgeben.

Die Hinterseite des Hauses war einer Klippe zugewandt, die fünfzig Meter hoch aufragte. Der Steilabfall war so glatt, daß er für unbezwingbar galt und die Hausbewohner in der Sicherheit wiegte, sie könnten aus dieser Richtung nicht angegriffen werden.

Die zwei Schatten hofften, daß die Bewohner sich sehr sicher fühlten. Das würde ihnen bei ihrer Arbeit sehr weiterhelfen.

Sie lagen minutenlang Seite an Seite ausgestreckt am oberen Klippenabschluß und studierten die Lage eingehend. Vor dem Landhaus parkten zehn Autos. Eben tauchte ein elftes auf, das den schmalen, von der Hauptstraße abzweigenden Weg entlang fuhr und sodann neben den anderen Wagen anhielt. Zwei Personen stiegen aus und gingen zum Haupteingang des Hauses. Nach kurzem Warten wurden sie eingelassen.

»Das müßten eigentlich alle sein«, sagte der eine Schatten mit männlich-tiefer Stimme.

Der zweite Schatten, er war weiblich, nickte dazu. »Alors, Schluß jetzt mit dem Herumlungern, an die Arbeit!«

Der Mann stand auf und hob einen Gegenstand hoch, der

einem Harpunengewehr sehr ähnlich war. Während er damit anlegte und das Visier einstellte, entnahm seine Begleiterin ihrem Werkzeuggürtel ein Seil und befestigte es an einem Pflock, der nahe dem Klippenrand fest in den Boden gerammt worden war. »Fertig«, sagte sie.

Der Mann zielte und feuerte. Die Harpune schnellte aus der Mündung und sauste hinunter auf das Dach des Hauses zu. Die mit einem Plastikgehäuse umgebene Spitze zerbrach in einer Ritze zwischen Kamin und Schrägdach und setzte dabei eine gummiweiße Flüssigkeit frei, die sich unter Lufteinwirkung sofort verfestigte. Dieses Sofort-Schweißverfahren schuf eine feste Verbindung zwischen Dach und Geschoß. Nur mit Hilfe eines speziellen Lösungsmittels würde sich die Harpune von ihrem Ankerplatz lösen lassen.

Bislang war als einziges Geräusch das leise, aber unvermeidliche Aufprallgeräusch der Harpunenspitze auf dem Dach zu hören gewesen. Die zwei Menschen am Klippenrand warteten atemlos auf Reaktionen aus dem Hausinneren. Als sich nach drei Minuten noch immer nichts rührte, stießen sie unhörbare Seufzer der Erleichterung aus. Von nun an ließ sich ihr Auftrag um vieles leiser abwickeln.

Mit flinken und fachmännischen Bewegungen straffte der Mann das an der Harpune befestigte Seil. Mit einem kaum merklichen Nicken, das seiner Begleiterin galt, faßte er sodann nach dem Seil und begann sich rasch, Hand über Hand, zu dem weit unter ihm liegenden Hausdach abzuseilen.

Die Frau blieb ruhig oben am Klippenrand stehen und beobachtete den Abstieg ihres Begleiters, wobei sie jedoch in ihrer Wachsamkeit nicht nachließ. Während der Mann sich das Seil entlangarbeitete, stellte er nämlich ein sehr deutliches Ziel dar. Sie mußte also seinetwegen auf der Hut sein. Sobald er sein Ziel erreicht hatte, gab er ihr ein Zeichen, und sie begann den Abstieg, während er sich revanchierte und nun seinerseits ihren Abstieg überwachte.

Die Gesamtzeit ihres Überwechselns auf das Dach lag unter fünf Minuten. Sie waren nun wieder beisammen und verloren keine Zeit, ihren Angriffsplan in die Tat umzusetzen. Schon zuvor hatten sie sich eines der Fenster als Einstieg auserkoren. Behutsam und eilig bewegten sie sich auf die Ostseite des steil abfallenden Daches zu. Der Mann legte sich ausgestreckt hin und hielt nun wieder ein Seilstück, diesmal ein kürzeres, in der Hand. Die Frau erfaßte das lose Ende und ließ sich vom Dachrand herunter, um festzustellen, ob das betreffende Fenster ungesichert oder mit Alarmeinrichtung geschützt war.

Die Arbeit mit dem Seil und die damit verbundene Kletterei war den beiden nicht neu. Ganz im Gegenteil, ihre Vertrautheit mit dem Kletterseil war beinahe angeboren. Die Frau war nämlich Yvette d'Alembert und der Mann ihr Bruder Jules. Bis vor knapp einem Jahr waren sie die berühmtesten Luftakrobaten des gesamten Imperiums gewesen. Als Stars des Zirkus der Galaxis hatten sie seit dem frühesten Kindesalter an Seilen gehangen und mit Trapezen geschwungen.

Doch die Aufgabe, die sie nun vor sich hatten, hatte mit banaler Unterhaltung nichts zu tun. In Wahrheit arbeiteten sie als Geheimagenten des Service of the Empire. Sie und die gesamte Zirkusfamilie stellten die fähigsten und treuesten Diener der Krone dar. Sie hatten ihre Fähigkeiten schon wiederholt unter Beweis gestellt und sich dafür nur die Ehre ausbedungen, auch in Zukunft der Krone dienen zu dürfen.

Die vor dem betreffenden Fenster baumelnde Yvette untersuchte es eingehend. Es war mit einem Drehriegel verschlossen. Ihre hochempfindlichen Taschensensoren konnten keine Alarmeinrichtung feststellen. Sie drückte sich eng an die Mauer, drehte den Riegel und stieß das Fenster auf. Nun bedeutete es keine Schwierigkeit mehr, sich am Fensterbrett festzuhalten und sich in den Raum hineinzuziehen. Im Inneren war es dunkel und völlig still. Allem Anschein nach ein Gästezimmer, das momentan unbenutzt war. Sobald sie sich vergewissert hatte, daß reine Luft herrschte, zerrte sie einmal kräftig am Seil und gab damit ihrem Bruder zu verstehen, er könne nachkommen.

Oben auf dem Dach sicherte Jules das Seil, indem er eine kleine Phiole des Sofort-Schweiß-Mittels aufbrach und das Seil über der Dachrinne befestigte. Zuvor vergewisserte er sich, ob das Material der Beanspruchung standhielt. Dann ließ er sich hinunter und stand noch vor Ablauf einer Minute neben seiner Schwester. Die beiden Agenten zogen die Stunner und waren nun aktionsbereit.

Mit allergrößter Vorsicht schlichen sie an die Tür, öffneten sie einen Spalt breit und spähten hinaus in den Korridor. Leider war der Gang hell erleuchtet, dafür aber verlassen. Am Ende des Ganges sahen sie die Treppe, über die sie hinuntergelangen würden, dorthin wo ihre Beute wartete. Zwischen ihrem gegenwärtigen Standort und der Treppe lagen drei geschlossene und zwei offene Türen.

Die ersten zwei Räume waren leer. Im dritten stießen sie auf zwei turtelnde Dienstboten. Yvette fühlte sich als prüde Spaßverderberin, als sie ihnen eine Betäubung vierten Grades verpaßte, die sie für zwei volle Stunden außer Gefecht setzen würde, aber das war eben unumgänglich notwendig.

Sie konnten es sich nicht leisten, daß hinter ihnen jemand Alarm schlug. Wirklich wirksam konnten sie nur einen Ein-Frontenkrieg führen. Mit einer geflüsterten Entschuldigung, die das bewußtlose Paar nie hören würde, schloß sie die Tür und überließ die beiden wieder ihrer Zweisamkeit.

Im vierten Zimmer saß ein Mann mit dem Rücken zur Tür an einem Schreibtisch und schrieb. Die zwei Schattengestalten, die den Eingang querten, erschreckten ihn, und er drehte sich mit einem Ruck um – seine letzte Bewegung für mehrere Stunden. Jules rasches Reaktionsvermögen betäubte den Mann, noch während er saß. Er hatte keine Chance, die anderen Hausbewohner auch nur mit einem Aufschrei zu alarmieren.

Der fünfte Raum wiederum war leer, und schließlich hatten sie die Treppe erreicht. Die zwei d'Alemberts wechselten kurze, aufmunternde Blicke. Bis jetzt war soweit alles glattgegangen. Von nun an aber mußten sie jede Sekunde mit Schwierigkeiten rechnen. Wenn ihre Berechnungen stimmten, befanden sich mindestens ein Dutzend Menschen in den unteren Etagen des Hauses. Es sprach alles dagegen, daß die Agenten sie alle überrumpeln konnten. Daher würde ihnen an diesem Abend wohl oder übel ein Kampf bevorstehen – aber sie hatten nichts anderes erwartet und waren darauf vorbereitet. Ihre Gegner waren es nicht.

Jetzt war es vorbei mit dem Versteckenspielen. Von nun an war Geschwindigkeit ihre wirksamste Waffe. Auf ein winziges Kopfnicken von Jules hin rasten beide Seite an Seite die Treppe hinunter. Kaum glaublich, daß menschliche Wesen eine derartige Geschwindigkeit erreichen konnten.

Die d'Alemberts waren keine normalen menschlichen Wesen.

Ihre Familie lebte seit über zehn Generationen auf dem Planeten DesPlaines, einer Welt der schweren Metalle und abweisenden Berge, auf der die Oberflächenschwerkraft das Dreifache der irdischen betrug. Schwächlinge waren in den ersten beiden Generationen den harten Umweltbedingungen des Planeten zum Opfer gefallen. Als Folge davon waren die gegenwärtigen Bewohner von DesPlaines superstark und superschnell. Sie mußte es sein – denn allein das Aufstehen und Umhergehen in einem solchen Schwerefeld war ein Prüfstein für die Energien normaler Menschen, ganz zu schweigen von der Tatsache, daß auf einer Welt, auf der Gegenstände im Fallen die dreifache irdische Geschwindigkeit erreichten, einer, der überleben wollte, über blitzartige Reflexe verfügen mußte. Auf DesPlaines gab es keine sogenannten ›kleinen‹ Unfälle. Wer dort überlebte, gehörte zu den Besten.

Doch diesen genetischen Hintergrund teilten sie mit mehr als sieben Millionen Bewohnern ihrer Heimatwelt. Was Jules und Yvette ihnen voraushatten, war das Familienerbe der d'Alemberts, jene lange Reihe von Zirkuskünstlern, die bis in die Anfänge des Zirkus der Galaxis zurückreichten. Von Geburt an hatte der Schwerpunkt ihrer Erziehung auf körperlichem Training und der Förderung der Beweglichkeit gelegen. Und jetzt, auf dem absoluten Höhepunkt ihrer Laufbahn, waren Jules und Yvette die körperlich vollkommensten Exemplare, die die Menschheit je hervorgebracht hatte.

Kein Wunder also, daß die zwei SOTE-Agenten die Treppen geradezu herunterflogen und ihr Tempo so kalkulierten, daß die Ahnungslosen, auf die sie es abgesehen hatten, überrumpelt wurden. Das mittlere Stockwerk des Hauses war das Reich der Dienstboten, die hier herauf verbannt waren, um die Wichtigtuer im Erdgeschoß bei ihren geheimen Besprechungen nicht zu stören. Sie bildeten den minderen Teil der Beute im Netz der d'Alemberts und hatten keinerlei strategischen Wert, und doch mußte man sie auschalten. Andernfalls hätten sie sich zur Wehr gesetzt, und ein Kampf war das allerletzte, das die Kinder des Planeten DesPlaines wollten.

Als Jules in den letzten Raum dieses Stockwerkes stürmte, überraschte er ein Hausmädchen vor einem Waschbecken stehend. Er schoß reflexartig den Betäuber ab und merkte erst im Augenblick des Abdrückens, daß die Frau Wasser aus einem Glas trank. Das Glas entfiel ihrer Hand, und Jules konnte es trotz seiner schnellen Reflexe nicht rechtzeitig auffangen. Es zersprang auf dem Boden und verursachte dabei ein Klirren, welches das gesamte Universum auszufüllen schien. Nichts zu machen – die Katze war aus dem Sack. Die Leute unten hatten das Geräusch sicher gehört und würden nun auf der Hut sein, solange sich keine natürliche Erklärung bot. Auch wenn sie keinen Angriff fürchteten, würden sie verteidigungsbereit sein und nicht so leicht zu überwältigende Opfer abgeben wie das Hauspersonal.

Während Yvette und Jules zurück zur Treppe liefen, um ins Erdgeschoß vorzudringen, sprach keiner der beiden ein Wort. Das war auch nicht nötig. Sie hatten so viele Jahre lang als Team gearbeitet – und dabei hatte das Leben im wahrsten Sinne des Wortes von ihrer nach Sekundenbruchteilen zu berechnenden Präzision abgehangen –, daß ihre Köpfe als Einheit funktionierten. Beide wußten, was nun zu tun war, und jeder wußte auch, wie der andere in jeder nur vorstellbaren Situation reagieren würde.

Während ihres Tandem-Rennens treppab spähte ein Kopf aus einer Tür, der augenscheinlich Genaueres über den Krach im Obergeschoß wissen wollte. Beim Anblick der zwei die Treppe herabfegenden Gestalten riß er die Augen auf und stieß einen erstaunten Schrei aus. Yvette feuerte ihren Stunner ab, doch der Kerl konnte sich rasch hinter der Tür ducken und schlug nun ernsthaft Alarm. Jetzt war der Feldzug ins entscheidende Stadium getreten.

Die Treppe endete in einer Diele mit einem großen Wohnraum zur Linken und einem um weniges kleineren Salon zur Rechten. Ohne zu zögern wandte sich Jules zum Wohnraum und überließ die andere Seite des Hauses den geschickten Händen seiner Schwester.

Bei seinem unerwarteten Eindringen wirkte Jules in der Tat als höchst eindrucksvoller Gegner. Von mittelgroßem Wuchs wie fast alle DesPlainianer – er maß ganze 173 Zentimeter – war er mit soliden Muskeln bepackt. Man sah ihm an, daß er als Gegner ernst zu nehmen war. Bekleidet war er mit einem grauen Hosenanzug (er war mit Yvette übereingekommen, daß Grau unter den Monden von Mellisande die bessere Tarnfarbe darstellte als Tiefschwarz), dessen schmiegsames Material und knapper Schnitt sämtliche hervortretenden Muskeln seines hundert Kilo schweren Körpers hervortreten ließ. Hastig sah er sich im Raum um und erfaßte die Situation mit einem Blick.

Sieben Personen waren anwesend, fünf Männer und zwei Frauen. Sie alle kannte er von Bildern, die er eingehend studiert hatte. Es waren die Haupträdelsführer der Unterwelt dieses Planeten. Eine Liste der von diesen sieben begangenen Verbrechen wäre länger gewesen, als Jules groß war, und jeder einzelne verkörperte eine Organisation, die seine Kräfte vervielfachte.

Der Tür am nächsten war ein Mann in einem großen Sessel. Bei Jules' überraschendem Auftauchen hatte er aufspringen und in seine Tasche nach einer Waffe fassen wollen. Es war eine Bewegung, die er nie voll ausführen sollte. Jules packte seine Hand, riß den fassungslosen Gauner unter Ausnutzung seines eigenen Vorwärtsschwunges und der Aufstehbewegung des Mannes auf die Beine. Damit wurde Jules etwas gestoppt, und er machte sich auch das als hervorragender Athlet zunutze. Seinen unfreiwilligen Partner als Achse benutzend, wirbelte Jules einmal herum, faßte dann festen Fuß und ließ statt dessen den Mann eine Runde drehen. Dieser verlor den Boden unter den Füßen, flog durch die Luft, stieß dabei mit zwei anderen, einem Mann und einer Frau, zusammen und warf sie alle bewußtlos zu Boden. Jules war eigentlich kein Gewichtheber – sein Vetter Rick hätte dieselbe Nummer weitaus müheloser abgezogen –, doch die hinter seinen Bewegungen stehende Kraft reichte aus, um das Resultat höchst zufriedenstellend zu gestalten.

Inzwischen aber hatten die anderen vier ihre Waffen gezogen – Strahlwaffen, wie Jules sofort bemerkte. Diese Typen waren nicht für halbe Sachen. Sie würden eher die Tapete versengen, als ihm sein ungefragtes Eindringen durchgehen zu lassen.

Aber seine Reflexe waren noch schneller. Mit dem Stunner hatte er zwei der Männer zu Boden gestreckt, ehe er sich vor dem Strahl ducken mußte, der über seinem Kopf die Luft zum Sieden brachte. Er ließ das Ducken in ein langes flaches Wegtauchen auslaufen und dann in eine Rolle, die ihn auf Kollisionskurs mit den Knien des letzten männlichen Gegners brachte. Der Kerl verlor das Gleichgewicht, stolperte über Jules und nahm dabei einen Strahlschuß in Empfang, der eigentlich Jules gegolten hatte. Jetzt war nur mehr ein Gegner übrig, eine Frau in mittleren Jahren mit Stahlblick. Sie hielt eine rauchende Strahlwaffe in der Hand.

Waren die Umstände danach, dann konnte Jules galant sein wie der galanteste Höfling. Aber ritterliche Gesten, wie zum Beispiel, auf eine Frau nicht zu schießen, waren nicht am Platze, wenn diese Frau ihn töten wollte. Wieder hob er den Stunner, und gab einen Schuß ab, der die Frau zu Boden sinken ließ, ehe sie die Möglichkeit hatte, ihr Ziel zu korrigieren. Er sah sich hastig um, und vergewisserte sich, daß alle Gegner ausgeschaltet waren. Dann stand er auf und raste hinaus. Seine Schwester hatte vielleicht Beistand nötig.

Bei ihrem Eindringen in den Salon sah Yvette d'Alembert um nichts weniger eindrucksvoll aus als ihr Bruder. Obgleich zehn Zentimeter kleiner und dreißig Kilos leichter, war sie von ähnlich kraftvollem Körperbau. Der graue Hosenanzug betonte hautnah die schönsten Aspekte ihrer sehr weiblichen Gestalt.

Sie bot einen Anblick, der das Auge eines jeden Mannes erfreute – ausgenommen jenes, der ihr im Kampf gegenüberstand.

Sie fand sich fünf Widersachern gegenüber, ausnahmslos männlichen Geschlechtes. Zwei davon setzte sie mit ihrem Stunner sofort außer Gefecht, ehe sie den Strahlschüssen ausweichen mußte, mit denen die anderen sie eindeckten.

Sie fand Deckung hinter einem großen, üppig gepolsterten Sessel und konnte so einem Strahl ausweichen, der sie andernfalls in Brusthöhe getroffen hätte. Den Vorteil der Deckung voll nutzend, erledigte sie den dritten Gegner, und die übrigen zwei wollten Reißaus nehmen. Der eine wollte durch die Tür hinaus, aber Yvette dachte nicht daran, das zuzulassen. Sie hob den massiven Sessel hoch und schleuderte ihn mit aller Kraft dem flüchtenden Gegner nach. Die Waffe des Mannes brannte ein Loch durch die Polsterung, konnte aber den Gegenstand von der Flugbahn nicht abbringen. Das Gewicht des Sessels drückte den Mann gegen die Wand. Er sank bewußtlos zu Boden.

Yvette hatte sich mit dem Sessel jeglicher Deckung vor den Schüssen des letzten Halunken entledigt. Sie machte eine wilde Drehung, als ein Schuß an ihr vorüberpfiff. Er streifte ihre Waffe und erhitzte den Betäuber so stark, daß Yvette ihn fallenließ. Sie selbst duckte sich hinter ein Kaffeetischchen auf dem verstreut Ziergegenstände standen.

Der letzte Gauner, der seine Gegnerin für unbewaffnet und hilflos hielt, stand nun auf und zielte sorgsam. Diesmal wollte er nicht danebenschießen. Doch er hatte dabei nicht Yvettes Einfallsreichtum und Geschicklichkeit ins Kalkül gezogen. Sie bekam eine kleine Smaragdstatuette auf dem Tisch zu fassen und schleuderte sie kraftvoll und gezielt gegen das Gesicht des Gegners. Das Ding traf ihn in die Kiefergegend. Der Mann fiel rücklings zu Boden und war endgültig ausgeschaltet.

Yvette rappelte sich eben auf, als ihr Bruder hereinstürzte. Er sah sich um und fragte: »Brauchst du Hilfe?«

Yvette schüttelte den Kopf. »Alles in bester Ordnung. Eine reine Routinesache. Aber wir vergewissern uns jetzt wohl besser, ob dies der gesamte Fang ist.«

Sie machten sich daran, das Haus gründlich zu durchsuchen, stießen jedoch auf keine weiteren Widersacher. Sie gingen wieder hinaus und brachten die nächste halbe Stunde damit zu, die Dienstboten zu fesseln. Sie mußten sich absichern für den Fall, daß diese aus ihrer Bewußtlosigkeit erwachten, während das Verhör einen Stock tiefer noch im Gange war. Dann liefen sie zurück und fesselten die im Wohnzimmer und Salon Liegenden. Nun trat eine Wartezeit von beinahe einer Stunde ein, bis die Wirkung der Stunner sich verflüchtigt hatte und sie mit dem Verhör beginnen konnten.

Im Verlauf ihrer letzten Mission waren sie auf Spuren einer ausgedehnten Verschwörung gegen den Thron gestoßen, deren mögliche Folgen nicht abzusehen waren. Herzog Fjodor Paskoi, Beherrscher des Planeten Kolokov, und sein Assistent, Dr. Immanuel Rustin, hatten Roboter geschaffen, die aussahen und sich benahmen wie richtige Menschen. Einen dieser Roboter hatte man als Werkzeug in einer gegen Kronprinzessin Edna gerichteten Verschwörung verwendet, die dank des raschen Eingreifens der d'Alemberts und ihrer Freunde vereitelt wurde.

Jetzt sah sich der Service dem Problem gegenüber, die anderen Roboter aufzuspüren und sie unschädlich zu machen. Leider tappte man bezüglich ihrer Zahl im Dunkeln. Der Herzog samt dem Doktor weilten nicht mehr unter den Lebenden und konnten dem Geheimdienst diesbezüglich keine Informationen mehr liefern. Man fand auch keine Unterlagen darüber, wie diese Roboter aussahen oder wohin man sie geschickt hatte – oder überhaupt darüber, wie ihre Mission lautete. Als einziges stand mit Sicherheit fest, daß es sich um Hochverrat handelte.

Diesen gefährlichen Robotern auf die Spur zu kommen, stellte wahrlich keine beneidenswerte Aufgabe dar, und aus diesem Grund hatte der Chef Jules und Yvette, seine besten Agenten, mit der Untersuchung betraut: Ihr Appetit auf Arbeit war praktisch unstillbar – je schwieriger der Auftrag, desto lieber übernahmen sie ihn.

Da Dr. Rustins Genie hinter der Konstruktion der Roboter stand, hatten die d'Alemberts sich vor allem seinen Aktivitäten in den letzten Jahren gewidmet. Sie stießen auf den Umstand, daß er aus keinem besonderen Grund mehrere Reisen zum Planeten Mellisande unternommen hatte. Nach weiteren Nachforschungen entdeckten sie, daß man ihn in Gesellschaft der führenden Köpfe der Verbrecherwelt dieses Planeten gesehen hatte und daß ein Treffen dieser Typen bevorstünde – die beste Gelegenheit, alle Verdächtigen gleichzeitig ins Netz laufen zu lassen. Diese Spur war es, welche die zwei Superagenten in dieser Nacht zu diesem bestimmten Haus geführt hatte.

Nachdem sie ihre Opfer gefesselt hatten, untersuchten die zwei Agenten sie sorgfältig. Yvette bemerkte als erste die Halsketten, die zwei der Gefangenen trugen – kleine integrierte Kreisabschnitte an goldenen Kettchen. »Sieh dir das an«, rief sie ihrem Bruder zu. »Mir kommt es so vor, Herzog Fjodor und Dr. Rustin trugen ähnliche Halsketten – die Beschreibung stimmt jedenfalls überein.«

Jules kam näher und begutachtete die Anhänger kritisch. »Absolutement«, sagte er. »Sieht so aus, als hätten wir einen Zusammenhang entdeckt. Wahrscheinlich ist es irgendein zur Identifizierung nötiger Kode oder ein Bruderschaftsabzeichen. Wir werden uns jedenfalls auf die beiden Träger der Ketten konzentrieren. Für sie schlage ich Nitrobarb vor, für die anderen Detracin.«

Yvette nickte zustimmend. In ihrem Gürtel trug sie die für Injektionen nötigen Drogen. Beide Mittel waren Varianten eines Wahrheitsserums. Detrazin war das verbreitetere, obgleich ein Mensch, der unter dem Einfluß eines Hypnoseblocks stand oder über besonders ausgeprägte Willenskraft verfügte, diesem Mittel Widerstand leisten konnte. Das war bei Nitrobarb nicht der Fall, es war das die stärkste dem Menschen bekannte Wahrheitsdroge. Unter ihrem Einfluß konnte niemand mit der Wahrheit zurückhalten.

Es dauerte zwanzig Minuten, bis das Nitrobarb seine Wirkung voll entfaltete. Während dieser Wartezeit verhörten Jules und Yvette die Gauner, denen man das rascher wirkende Detrazin verpaßt hatte. Sämtliche Aussagen wurden sofort von den Miniaturrecordern der d'Alemberts aufgezeichnet, damit sich die SOTE oder andere Gesetzesorgane dieser Unterlagen künftig bedienen konnten. Dabei wurden mancherlei Themen berührt, und die Agenten förderten genügend Material gegen diese Handlanger zutage, um sie für längere Zeit dingfest zu machen – leider aber bekamen sie nur geringe Informationen über jenen Bereich, der sie speziell interessierte. Einige dieser Typen waren Dr. Rustin vorgestellt worden und hatten mit ihm gelegentlich in Gesellschaft auch gesprochen, doch wußten sie entweder wirklich nichts von der Verschwörung, der er angehörte, oder ihr Verstand war durch Blocks gehemmt, die das Detrazin nicht zu durchdringen vermochte.

Mittlerweile aber waren die Hauptopfer der Agenten richtig aufgeheizt und bereit fürs Verhör. Langsam und geduldig holte Yvette, die von den beiden bei Verhören die Erfahrenere war, die Geschichte der Verschwörung aus ihnen heraus – oder zumindest so viel, wie diese Gauner wußten. Es war enttäuschend und quälend gleichzeitig.

Die beiden Männer wußten von dem Roboter-Programm. Sie wußten allerdings nur von vier Robotern, von denen einer von den d'Alemberts bereits unschädlich gemacht worden war. Von den anderen drei Robotern waren zwei weiblich und einer männlich. Der männliche und einer der weiblichen Roboter waren so gebaut, daß sie wie Bewohner eines Planeten mit hoher Schwerkraft, wie DesPlaines, aussahen, doch – als Antwort auf eine scharfe Frage Yvettes – sie waren nicht als Duplikat eines der d'Alemberts gedacht. Jules und seine Schwester stießen einen geheimen Seufzer der Erleichterung aus. Beiden war nämlich der Gedanke gekommen, man hätte ihre Identität entdeckt und geplant, sie durch eine Fälschung zu ersetzen. Sie waren sehr erleichtert, als sie erfuhren, daß ihre Deckidentitäten noch nicht gelüftet waren.

Keiner der unter Nitrobarb stehenden Männer wußte, was aus den Robotern geworden war, und die Agenten tappten im dunkeln wie zuvor.

Was die Verschwörung im allgemeinen anlangte, so äußerten sich die Männer ebenso unklar. Sie hatten ihre Anweisungen nicht von Rustin empfangen, der in der Organisation dieselbe Stufe inne hatte wie sie selbst, sondern von einer Frau, die sie nur als ›Lady A‹ kannten. Sie waren ihr nur einmal begegnet. Ihrer Beschreibung nach war sie eine exquisite Schönheit, aber so kalt wie die Kehrseite eines Asteroiden. Gelegentlich liefen Anweisungen von ihr ein. Sie sollten gewisse Dinge tun, die ihnen reichlich sinnlos erschienen. Doch sie wußten, daß sie den Befehlen bis aufs I-Tüpfelchen nachzukommen hatten, nicht mehr und nicht weniger. Dafür wurden sie bezahlt, und zwar nicht schlecht.

Ja, sagten sie, die Halsketten mit dem Anhänger wären Identifikationszeichen der Verschwörer. Nein, sie wüßten nicht, ob Lady A die gesamte Verschwörung leite oder nicht. Sie konnten sich erinnern, daß Dr. Rustin jemand anderen erwähnte, von dem er Befehle entgegennahm und von dem er als ›er‹ sprach. In diesem Punkt gelangten die d'Alemberts nicht weiter. Sie kamen nicht dahinter, ob der Doktor damit seinen Herrn – Herzog Fjodor – oder jemanden anderen in der Verschwörerhierarchie meinte.

Die gewonnenen Informationen waren eigentlich erbärmlich mager. Aber es war immerhin mehr, als sie bei ihrer Ankunft wußten, und so konnten sie diesen Überfall als Erfolg verbuchen. »Wir brauchen aber noch viel mehr solcher Erfolge, ehe sich halbwegs ein Ergebnis abzeichnet«, bemerkte Yvette sarkastisch.

Sie verließen das Haus auf demselben Weg, auf dem sie hereingekommen waren und kletterten am Seil zum Klippenrand hoch, wo ihr Wagen geparkt stand. Dieses Fahrzeug sah annähernd so aus wie ein schicker Frascati-Sportwagen, war aber in Wirklichkeit ein 41er-Spezial Service-Wagen, der sich in ein Flugzeug verwandeln ließ. Die d'Alemberts hatten ihn benutzt, um an diesen abgelegenen Ort zu kommen und traten damit nun auch den Rückflug an. Während des Fluges nahm Jules mit dem lokalen SOTE-Büro Kontakt auf. Er meldete sich mit seinem Decknamen Wombat und schilderte die Situation in dem Haus das sie eben verlassen hatten. Der Hinweis auf die Verhör bänder versetzte die Belegschaft dieser Außenstelle in freudige Erregung, denn man hatte hier schon seit geraumer Zeit versucht, ein handfestes Material gegen jene Leute zusammenzubekommen. Jetzt konnte man an Hand der Bänder die Herrschaften endlich festnageln – und die Luft auf dem Planeten Mellisande würde für eine ganze Weile reiner sein.

Die d'Alemberts hinterlegten die Tonbänder an einem sicheren Ort und jagten nun zum Raumflughafen, wo ihr eigenes Zwei-Personenschiff, *La Comète Cuivré*, sie erwartete. Der glänzende Schiffsrumpf war für die erschöpften Agenten ein tröstlicher Anblick. Jules fuhr den Wagen die Rampe hoch und parkte ihn in seiner Spezialkoje im unteren Teil des Schiffes. Die beiden stiegen aus. Sie lechzten nach einer Dusche und nach Schlaf. Ihr Nachholbedarf war gewaltig.

Doch sie mußten entdecken, daß Ausschlafen für sie im Moment nicht vorgesehen war. Auf ihrem Nachrichten-Recorder flackerte wütend ein rotes Licht. Yvette, die den Knopf drückte, mußte feststellen, daß die Botschaft vom Chef persönlich stammte und mit der Dringlichkeitsstufe Fünf versehen war. Die Geschwister wechselten beunruhigte Blicke. Stufe Fünf war sehr dringend. Die Nachricht lautete dahingehend, daß sie sich unverzüglich nach ihrer Rückkehr melden und die Privatnummer des Chefs anrufen sollten.

3. KAPITEL

Das Mädchen für alles wird vermißt

Sie verdrängten die Müdigkeit in die hintersten Bewußtseinswinkel. Die Anforderungen des Chefs rangierten vor ihren persönlichen Bedürfnissen. Die zwei Agenten machten sich nun an die knifflige Arbeit, einen verschlüsselten Anruf an den auf der Erde residierenden Chef durchzugeben, volle hundertzehn Parsecs weit entfernt.

Der Hyper-Antrieb, von Oliver Fenton Arnold im Jahre 2011 erfunden, hatte die große Auswanderung der Menschheit ins All ermöglicht, die im 21. Jahrhundert stattfand. In den der Erfindung Arnolds folgenden fünfzig Jahren hatten schätzungsweise mehr als eine Milliarde Menschen den Heimatplaneten verlassen und sich auf mehr als fünfhundert verschiedenen Welten angesiedelt, wo es ihnen freistand, ihren verschiedenen Weltanschauungen zu folgen und ihr persönliches Leben nach Belieben zu gestalten.

Hatte Arnolds glänzende Erfindung ihm den Titel ›Türöffner der Galaxis‹ eingetragen, so hatte sich Anna Sieppi durch ihre Entdeckung der subätherischen Kommunikation, kurz Subcom, im Jahre 2027 wahrhaft den Titel ›Stimme des Imperiums‹ verdient. Es war eine schlichte Tatsache, daß keine über den Großteil der Galaxis verstreute politische Gruppierung ohne direkte Kommunikationsmöglichkeit zusammengehalten werden konnte. Und dafür sorgte das Subcom. Obwohl man auch jetzt noch, vierhundert Jahre nach der Erfindung, noch keine Möglichkeit gefunden hatte, diese Errungenschaft billig allen Menschen zugänglich zu machen, war diese Art der Verständigung ein wahres Gottesgeschenk für Regierung, Industrie und Nachrichtenagenturen. Erst die subätherische Kommunikation schweißte die vom Menschen bewohnte Galaxis zu einer zusammenhängenden Einheit zusammen. Das Schiff der d'Alemberts verfügte trotz seiner geringen Größe über eine komplette Subcom-Einheit. Ein Zusatzgerät sorgte dafür, daß die Nachrichten gemäß dem Geheim-Kode des Service ver- und entschlüsselt wurden. Dieser Kode wurde durchschnittlich jeden zweiten Monat gewechselt. Der Verschlüssler war Garant für höchste Geheimhaltung bei der Nachrichtenübermittlung zwischen den im Außendienst tätigen Agenten und ihrer Heimatbasis.

Nach zehnminütigem kompliziertem Wählvorgang erhellte sich der Tri-Bildschirm, und das dreidimensionale Bild von Kopf und Schultern ihres Chefs wurde im Inneren der kleinen Box sichtbar. Zander von Wilmenhorst war fast völlig kahl, und die vielen Runzeln ließen ihn älter erscheinen, als es ihm mit seinen achtundvierzig Jahren zukam. Doch ein Blick seiner Augen machte jedem Betrachter schlagartig klar, daß er es mit einem Menschen von scharfer Intelligenz und großer Einsicht zu tun hatte. Als Haupt des Service of the Empire war er der Erste Sicherheitsberater des Kaisers, ein Meistertaktiker, der den Frieden zwischen den Sternen erhielt.

Er lächelte, als er die Bilder von Jules und Yvette auf seiner eigenen Bildfläche sah. Seine Miene drückte Herzlichkeit, aber auch Ermüdung aus. »Ich danke euch, daß ihr so prompt reagiert«, sagte er.

»Dringlichkeitsstufe Fünf spricht für sich«, erwiderte Jules.

»Das schon, aber ich dachte, ihr steckt knietief in eurem Fall drin, so daß es mit der Antwort ziemlich dauern würde.«

»Eigentlich hatten wir das erste Stadium unserer Ermittlungen hinter uns gebracht«, antwortete Yvette. »Wir brauchen nun eine Weile zur Auswertung und um unsere nächsten Schritte auszuarbeiten. Wir wollten Ihnen ohnehin Meldung erstatten.«

»Dann tut es, bitte. Meine Angelegenheit kann warten, bis ich erfahren habe, was ihr erreichen konntet.«

Mit größter Genauigkeit, sorgsam darauf bedacht, auch nicht die geringfügigste Tatsache auszulassen, informierten Jules und Yvette ihren Chef über die Ergebnisse ihres Überfalls. Der Chef hörte ihnen schweigend zu, doch konnten sie ihm vom Gesicht ablesen, daß er von der Bedeutung des Gehörten keineswegs erbaut war.

»Diese Verschwörung scheint mir jedem neuen Bericht weiter um sich zu greifen«, sagte er, als seine Top-Agenten fertig waren. »Die Antworten, die ihr bekommen habt, weisen auf völlig neue Dimensionen hin. Und die Tatsache, daß diese Männer nur von vier Robotern wußten, bedeutet noch lange nicht, daß es nicht mehr als vier gibt. Wir haben nun einen Ansatzpunkt, mehr aber nicht. Ein gewisser Verfolgungswahn gehört zu meinem Beruf.

Ich muß einfach davon ausgehen, daß die wirkliche Zahl viel höher liegt – bis man mir den gegenteiligen Beweis erbringt.

Macht einen schriftlichen Bericht, und gebt ihn sobald als möglich an mein Büro durch. Ich werde dafür sorgen, daß die Computer die Berichte vergleichen. Vielleicht ergeben sich dadurch neue Hinweise für euch. Aber jetzt habe ich etwas anderes für euch – einen ganz persönlichen Auftrag.«

Er machte eine Pause und sah sie eindringlich an. Diesen Blick hatten sie an ihm noch nicht kennengelernt. Langsam sagte er: »Helena ist verschwunden.«

Diese Neuigkeit traf sie wie ein Schock. Die Tochter ihres Chefs stand ihnen beiden sehr nahe. »Was? Wie ...?«

»Sicher wißt ihr noch, daß ich euch bei eurem letzten Besuch hier sagte, ich hätte sie in Urlaub geschickt. Sie hatte sich zu tief in ihre Arbeit gekniet und dabei total übernommen. Ich redete ihr zu, sie solle sich ein paar Wochen entspannen. Zunächst hörte ich fast täglich von ihr. Sie rief mich an und sagte mir, daß sie unter Schuldgefühlen litte, weil sie mich hier im Büro allein hatte sitzenlassen – und um der Wahrheit die Ehre zu geben, sie hatte das Büro besser in Schwung, als ich es je haben könnte. Aber nach zwei Wochen war es Schluß mit den Anrufen. Ich war der Meinung, sie genösse endlich uneingeschränkt ihre Ferien, und machte mir weiter keine Sorgen. Doch nach zwei Monaten ohne ein Wort von ihr gewann die väterliche Sorge die Oberhand.

Ich stellte zunächst auf eigene Faust Nachforschungen an. Ihre letzte Kontaktnahme war vom Planeten Evanoe aus erfolgt. Zufällig hatte sich gleichzeitig Marask Kantana auf diesem Planeten aufgehalten. Ich rief sie daher an und fragte, ob sie etwas wüßte. Ihr erinnert euch sicher an sie?«

Ja, sie konnten sich gut erinnern. Bei ihrer ersten Begegnung war Marask Kantana die Chefin des Service auf dem Planeten Chadakha gewesen. In dieser Position hatte sie sich so bewährt, daß sie zur persönlichen Beauftragten des Chefs in Krisenfragen aufrückte. Ihre Aufgabe war es, Kontrollfahrten zu unternehmen und womöglich auftauchende Probleme zu erkennen, ehe sie sich zu Krisen auswuchsen.

»Aber sicher«, antwortete Jules auf die Frage des Chefs. »Wie geht es ihr?«

»Gut. Sie macht sich tadellos auf ihrem neuen Posten und hat bereits mehrere kleine Probleme aufgedeckt, die wir im Keime ersticken konnten, bevor sie zu Krebsgeschwüren ausuferten. Bei Helenas Eintreffen auf Evanoe verfaßte sie eben einen Bericht über diesen Planeten. Die beiden gingen am Tag von Helenas letztem Anruf zusammen essen, und Kantana besprach das vorliegende Problem mit ihr. Sie berichtete mir, Helena wäre überaus interessiert gewesen und hätte sie um weitere Einzelheiten bedrängt – und da Helena zu meinen engsten Mitarbeitern gehört, erzählte sie ihr alles.

Und an diesem Punkt fiel mir ein, was ihr mir bei eurem letzten Besuch verraten habt – daß Helena sich im Außendienst bewähren wolle und nach dem sogenannten Glanz des Spionage-Glücksspiels strebe, weil sie die simple Büroarbeit satt hätte.«

»Und Sie glauben nun, sie hätte es sich in den Kopf gesetzt, den Fall selbst zu bearbeiten.« Yvettes Ton machte aus dieser Frage eher eine Feststellung.

»Genau. Ich glaube, sie wollte ihrem armen alten Vater beweisen, daß sie zu mehr imstande wäre, als nur die supertüchtige Sekretärin zu mimen«. Er seufzte. »Manche Menschen wollen einfach nicht bei ihrem Leisten bleiben – auch wenn sie dabei auf die Nase fallen.«

»Wie steht es mit ihrer Ausbildung?« fragte Jules.

»Sie hat die Akademie mit guten Noten durchlaufen, ist also in der Theorie ziemlich sattelfest. Sie hat auch viel Übung im Umgang mit Waffen, so daß sie den meisten Situationen gewachsen ist. Im Rahmen des 1000-Punkte-Tests erreichte sie 948 Punkte, verfügt also über die nötige Intelligenz. Dafür mangelt es ihr völlig an praktischer Erfahrung. Sogar ihr hattet bei eurem ersten Auftrag – damals gegen Banion – mehr Ahnung, weil ihr durch das Zusammenleben mit eurer Familie allein vom Zuhören her schon viel mehr mitbekommen habt. Außerdem ist euer Vater ein ausgezeichneter Lehrer. Wäre er mir in seiner jetzigen Position nicht so teuer, würde ich ihn mit der Leitung der Akademie betrauen, damit unsere Agenten die bestmögliche Ausbildung bekommen.

Helena jedenfalls hat nicht die nötige Erfahrung, um mit einem Fall dieser Größenordnung fertig zu werden. Sie hat natürlich jede Menge Berichte über das Verhalten von Agenten in Krisensituationen gelesen – aber über jemanden anderen zu lesen, ist die eine Sache, und selbst richtig zu reagieren, eine ganz andere. Das ist es ja, was mir Sorge macht – Helena ist für diesen Job noch zu unerfahren.« Er schüttelte bekümmert den Kopf. »Das und die Tatsache, daß ich sie hier brauche. Mir entgleitet die Detailarbeit, ich mußte drei Mitarbeiter für ihren Job einsetzen. Für den Außendienst habe ich ausreichend Agenten. Ich brauche jedoch jemanden, der das Büro in Schuß hält.«

»Wenn ich Sie recht verstehe«, sagte Yvette, »wollen Sie, daß wir sie ausfindig machen, ihr die Leviten lesen und sie nach Hause schaffen.«

»Sie ausfindig machen, ja – einige meiner zweitrangigen Agenten haben es versucht und sind gescheitert. Deswegen behellige ich euch mit meinen Problemen. Doch das übrige – nun ja, praktische Fronterfahrung kann ihr nicht schaden, da ich sie als meine Nachfolgerin ausbilde. Sie soll ruhig wissen, wie es draußen im Universum zugeht. Sie wird dann die Probleme ihrer Agenten viel besser verstehen können. Aber ich muß sichergehen, daß sie nicht bis über den Kopf in Schwierigkeiten steckt, schließlich ist sie in 99 Prozent aller Vorgänge innerhalb unserer Organisation eingeweiht. Gerät ihr Wissen in falsche Hände, könnte es unseren Ruin bedeuten – wenn wir über ihren Aufenthalt im unklaren sind, bedeutet das einen ernsten Verstoß gegen die Sicherheitsbestimmungen. Besonders deswegen, da sie eure wahre Identität und die Rolle des Zirkus als unser Werkzeug kennt.«

Die zwei Agenten nickten. Nur eine Handvoll Menschen außerhalb des Zirkus wußte über die Beziehung des Zirkus zur SOTE Bescheid. Die Geheimhaltung ging hier so weit, daß die Verbindung von Zirkus und SOTE in keiner der riesigen Datenbänke des Imperiums gespeichert war. Der Zirkus war die allerletzte Waffe der SOTE im Kampf gegen Verschwörung und Verrat – und Helena war eine der wenigen, die davon wußten. Fiel diese Information in falsche Hände, dann wurde eine Jahrhunderte dauernde Zusammenarbeit zunichte.

»Ich möchte«, fuhr der Chef fort, »daß ihr euch, nachdem ihr sie gefunden habt, davon überzeugt, ob sie fähig ist, mit der Situation fertig zu werden. Wenn alles glatt läuft, laßt sie in Ruhe. Es kann ihr nicht schaden. Sollte sie Hilfe brauchen, dann versagt sie ihr nicht – ihr seid meine besten Agenten. Und sollte ihr die Sache über den Kopf wachsen, dann schafft sie schleunigst hierher. Damit wäre das Wichtigste gesagt.«

Doch die Agenten lasen in seiner Miene mehr. Seine Worte waren die eines um seine Mitarbeiterin besorgten Chefs. Doch in seinen Augen stand deutlich die verzweifelte Besorgnis eines Vaters um seine Tochter. Vergewissert euch, daß sie in Sicherheit ist, daß sie lebt, flehte sein Blick. Sorgt, daß es so bleibt!

»Marask wird euch das vorliegende Problem erläutern«, sagte er. »Sie kann euch in alle Einzelheiten einweihen, viel besser, als ich es könnte, weil sie näher dran ist und den Fall schon länger bearbeitet. Ihr erreicht sie im SOTE-Hauptquartier auf Evanoe. Sie erwartet euren Besuch und hat den Bericht fertig ausgearbeitet.«

Yvette hätte ihrem Chef am liebsten beruhigend die Hand gedrückt und ihm gesagt, daß sich alles zum Besten wenden würde. Das war leider über eine Entfernung von über hundertzehn Parsecs nicht möglich, deswegen begnügte sie sich mit den Worten: »Wir werden unser Bestes tun, Sir.«

»Ich weiß«, erwiderte er mit einem Lächeln. »Ich danke euch.« Er unterbrach die Verbindung, und die Bildfläche verblaßte allmählich und zeigte schließlich blankes Schwarz.

Yvette bereitete in der kleinen, aber praktisch eingerichteten Schiffskombüse einen Imbiß, während Jules sich an den Schaltungen des Subcom abmühte und versuchte, eine Verbindung mit Marask Kantana auf Evanoe herzustellen. Das war nicht einfach, weil die persönliche Beauftragte des Chefs unter keiner ständigen Nummer zu erreichen war. Dazu kam, daß es auf Evanoe noch Nacht war und das diensthabende Personal sich reichlich Zeit ließ.

Den Ausschlag bei der Überwindung von schläfriger Büroroutine gab schließlich die Nennung seines und des Kode-Namens seiner Schwester: Wombat und Periwinkle. Diese Namen besaßen innerhalb des Service legendären Ruf. Es gab keinen SOTE-Mitarbeiter, der nicht bei Eintreffen einer Anweisung eines der beiden Agenten sofort alles andere liegen und stehen ließ. Seine Worte erzielten daher sofortige Wirkung, obwohl er den Sicht-Transmitter nicht einschaltete. Alles in allem dauerte es zwanzig Minuten, bis die Verbindung mit der schlaftrunkenen Kantana hergestellt war.

Yvette servierte eben das Essen im Kontrollraum, als Marask Kantanas Gesicht auf der Bildfläche erschien. Sie war offensichtlich aus dem schönsten Schlaf gerissen worden. Das dunkelhäutige Gesicht war ungeschminkt und ließ sie älter erscheinen, als es ihr als Mittvierzigerin zustand. Das schwarze, grau durchsetzte Haar hing wirr herunter, die teilnahmsvollen braunen Augen waren getrübt vom Schlaf. Aber sogar unter diesen Umständen wurde die Schönheit ihrer Seele sichtbar. »Seid gegrüßt«, sagte sie gemessen. »Der Chef sagte mir, ich solle euren Anruf erwarten, aber ich hatte ja keine Ahnung, daß es so rasch sein würde.«

»Wir glauben an schnelle Reaktion«, meinte Yvette. »Schön, Sie wiederzusehen.«

»Ich wünschte, ich könnte dasselbe sagen – aber mir ist klar, warum es unmöglich ist.« Im Moment konnte sie die beiden Agenten nämlich nicht sehen. Die d'Alemberts wollten auf einem möglicherweise unsicheren Kanal die Sichtübermittlung nicht einschalten und waren somit nur hörbar. Der Anruf war selbstverständlich verschlüsselt.

»Man hat uns davon verständigt, daß das Mädchen für Alles als vermißt gemeldet ist«, sagte Jules und schnitt damit den Austausch weiterer Floskeln ab. »Wir müssen nun Ihre Version kennenlernen – der Chef meinte, Sie könnten uns Hinweise geben.«

Marask nickte. »Als ich mit ihr vor zwei Monaten essen ging, berichtete ich ihr von dem ungewöhnlichen Fall, den ich eben überprüfte, und sie löcherte mich daraufhin mit allen möglichen Fragen. Ihr beide werdet den Fall vielleicht faszinierend finden, weil es sich um das Verschwinden vieler Menschen handelt.«

Yvette und Jules sahen einander erschrocken an. Bei dem Fall, den sie auf Vesa aufgeklärt hatten und in dessen Verlauf sie Marask kennenlernten, hatte es sich um einen Mord- und Raubring gehandelt, der für das Verschwinden von Hunderttausenden von Menschen während zweier Jahrzehnte verantwortlich war. »Hat sich am Ende jemand Garsts alte Masche zu eigen gemacht, und alles fängt von neuem an?« fragte Jules.

Marask schüttelte den Kopf. »Nein, hier wird nach völlig anderen Spielregeln vorgegangen. Damals auf Vesa verschwanden die relativ anonymen Opfer nach keinem bestimmten Schema. Außerdem beschränkten sich die Verbrechen auf einen einzigen Satelliten. Bei diesem neuen Fall aber liegen mir Beweise vor, daß es um mindestens zwei Dutzend Welten geht. Das Schema ist festgelegt, und die Menschen, die hier verschwinden, sind ziemlich berüchtigt und werden dringend gesucht.

Kurz gesagt, die führenden Verbrecher in diesem Bereich des Weltraumes verschwinden plötzlich nacheinander. Ich spreche jetzt nicht von kleinen Dieben und Gaunern, sondern von den führenden Köpfen – Bandenchefs, Bankräubern, die wirklich große Dinge gedreht haben, korrupte Politiker, denen die Untersuchungsausschüsse zu nahe auf den Pelz gerückt waren – diese Sorte, und dazu noch ein paar unbedeutendere Gefolgsleute. Jedesmal, wenn die Polizei die Falle zuschnappen lassen will, verschwinden sie spurlos. Geschähe dies auf nur wenigen Welten, wäre es zwar seltsam, aber kaum weiter bemerkenswert. Doch ich mußte wie gesagt, diese Entdeckung auf siebenundzwanzig verschiedenen Planeten unter ähnlichen Umständen machen. Es gehört zu meinem Beruf, einzelne Punkte miteinander in Beziehung zu setzen und das ihnen zugrundeliegende Schema aufzudecken. In diesem Fall stinkt es mir wie fauler Abfall.«

»Und Ihre Schlußfolgerungen?« fragte Jules.

»Ganz einfach – eine Person oder Organisation macht ein Geschäft daraus, Flüchtlinge im interstellaren Rahmen zu verstecken. Dabei werden die Flüchtlinge nicht einfach von einem Planeten zum anderen bugsiert. Das wäre der Polizei nicht entgangen. Nein, die ›Verschwundenen‹ werden irgendwohin geschafft und unserem Zugriff entzogen.«

»Das bedeutet also«, sagte die zwischen den Zeilen des Berichtes lesende Yvette, »daß sich irgendwo eine ganze Kolonie von Dieben, Mördern, Betrügern und allgemeinen Tunichtguten etabliert hat. Sicher macht es sich gut bezahlt, wenn man diesen Typen eine Zuflucht bietet, aber trotzdem frage ich mich, ob dabei nicht auch ein übergeordnetes Motiv mitspielt.«

»Genau das dachte ich mir auch«, bemerkte Marask.

»Man stelle sich vor«, sagte Yvette nachdenklich. »Eine Kolonie der erfolgreichsten Verbrecher dieses Teils der Galaxis. Das ideale Rohmaterial für eine Verschwörung, die mehr will, als mit Gesetzesübertretungen ein wenig Profit zu machen.«

»Ein idealer Nährboden für Hochverrat«, gab Jules ihr recht.

»Eine Möglichkeit, die wir nicht übersehen dürfen. Wie unser Chef ganz richtig bemerkte, werden wir dafür bezahlt, daß wir uns einem gewissen Verfolgungswahn hingeben.«

»Und ich kann mir gut vorstellen, wie gelegen dies dem Mädchen für Alles war«, fuhr Yvette fort. Sie achtete darauf, Helenas Identität nicht durch Nennung ihres Namens über Subcom zu lüften. »Indem sie sich als flüchtige Verbrecherin ausgab, wurde ihr Asyl gewährt, wo immer dieses Asyl liegen mag. Dort angekommen, wird sie versuchen, soviel als nur möglich in Erfahrung zu bringen. Sodann wird sie sich aus dem Staube machen und die neuen Erkenntnisse im Hauptquartier melden.«

»Falls ihr ein Entkommen glückt«, sagte Jules. »Gewiß ist Sicherheit der wichtigste Belang innerhalb dieser Organisation. Mit den richtigen Verbindungen ist es ihr vielleicht geglückt hineinzukommen, aber wieder herauszukommen, ist etwas ganz anderes. Sie sitzt vielleicht in einer Falle und kann sich nicht rühren.«

Kantana nickte. »Ja, so ungefähr könnte ich mir ihre Lage vorstellen. Ich wußte ja nichts von ihrem Verschwinden, bis der Chef mich vor einigen Tagen anrief. In Anbetracht der Hartnäckigkeit, mit der sie mich ausfragte, kann ich mir gut vorstellen, was da passierte.«

Das Gespräch dauerte eine ganze Stunde. Die d'Alemberts quetschten die Sicherheitsbeauftragte nach allen Einzelheiten über die Vermißten aus. Als sie sich schließlich damit zufriedengaben, alles erfahren zu haben, was amtlicherseits bekannt war, bedankten sie sich bei Marask und gaben ihr den Rat, sich weiter keine Sorgen zu machen – von nun an hätten sie die Angelegenheit in der Hand.

»Unser Rat ist wahrscheinlich in den Wind gesprochen«, sagte Yvette, als die Züge der Frau allmählich auf dem Bildschirm verblaßten. »Ein guter Agent sorgt sich, bis der Fall erledigt ist – und Marask ist eine hervorragende Agentin.«

»Ich weiß«, meinte Jules. »Und Gründe für Besorgnis liegen haufenweise vor. So wie sie uns den Fall beschrieb, muß eine Gruppe ausgekochter Professionals dahinterstecken. Die haben sicher jedes Risiko ausgeschaltet. Sollte Helena ihnen auch nur den leisesten Verdachtsgrund liefern, töten sie sie auf der Stelle. Sie haben sich einige der talentiertesten Verbrecher der Galaxis als Mitarbeiter geangelt, die nicht zögern werden, ihre Interessen zu schützen. Besonders dann, wenn sie für die Zukunft noch größere Pläne auf Lager haben, wie wir vermuten.«

»Wir müssen daher einen Weg finden, in diese Organisation einzudringen, um Helena zu finden. Es liegt auf der Hand, daß wir uns als Gesetzesbrecher ausgeben müssen, damit das Interesse der maßgeblichen Leute erregt wird.«

»Wir müssen nicht nur so tun, als ob«, berichtigte Jules sie. »Wir müssen tatsächlich zu Verbrechern werden und uns ein ansehnliches Sündenregister zulegen. Wenn wir uns bei hellichtem Tag in die Höhle dieses speziellen Löwen wagen, darf unsere Geschichte keine verräterischen Lücken aufweisen.«

»Das klingt zwar reichlich unklar, aber ich kann mir schon denken, worauf du hinauswillst. Man wird uns eingehend unter die Lupe nehmen. Wenn wir eine Flucht inszenieren, muß unser Sündenregister hieb- und stichfest sein.«

Beide waren von dem an jenem Abend durchgeführten Überfall reichlich erschöpft, und wußten doch, daß sie keine Ruhe finden würden, bevor sie nicht wenigstens in großen Zügen die Rettungsaktion geplant hatten. Die folgenden drei Stunden verbrachten sie mit dem Wälzen von Plänen, verwarfen unbrauchbare Ideen und feilten die guten aus, bis endlich ein Angriffsplan im Geiste Gestalt annahm.

Erst dann gönnten sie sich ein paar Stunden tiefen Schlafes, ehe sie zu ihrem neuen Bestimmungsort aufbrachen, der mehr als zweihundert Parsecs weit weg in einem ganz anderen Teil der Galaxis lag.

4. KAPITEL

Die Fassadenkletterer von Cordoba

Der Planet Cordoba galt als relativ wohlhabend. Die Bevölkerung von mehr als neunhundert Millionen lebte über drei große Kontinente verteilt. Von Überbevölkerung und ihren üblen Folgen konnte also keine Rede sein. Große Flächen fruchtbaren Landes wurden landwirtschaftlich genutzt, daneben blieb aber noch viel Raum für unberührte Wildnis. Die Industrie war hochentwickelt und machte den Planeten unabhängig, hatte sich jedoch noch nicht zu einer Belastung für die Umwelt entwickelt. Es gab keine Städte mit mehr als zwei Millionen Einwohnern, und nur vierunddreißig Städte auf dem ganzen Planeten wiesen mehr als eine Million auf.

Natürlich hatten auch die Menschen auf Cordoba mit Problemen zu kämpfen, sie waren jedoch im großen und ganzen mit ihrem Los zufrieden. In den Unterlagen des Service wurde Cordoba als stabiler Planet geführt, der keine bedrohliche Gefahrenherde aufwies.

Avila, die Hauptstadt, wurde von einer Baronin regiert. Obgleich ihr Rang in der Adelshierarchie eigentlich der niederste war, übte sie als Herrscherin einer Hauptstadt einen Einfluß aus, der über ihren Titel weit hinausging. Dazu kamen Steuereinnahmen, um die sie viele Earls, die größere Gebiete unter sich hatten, beneideten. Die Baronin von Avila gehörte zu den Reichsten auf ganz Cordoba.

Als Frau von Geschmack und Kultur legte sie ihr Geld mit Vorliebe in Kunstwerken und Schmuck statt in Unternehmungen geschäftlicher Art an. Sie besaß eine einzigartige Kollektion erlesene Smaragd- und Goldgeschmeide, einschließlich einer zehnteiligen Garnitur, nach ihren Wünschen gefertigt, mehr als dreitausend Karat schwer. Dazu kam eine eigene Galerie, mit einer kompletten Sammlung von Miniaturen des berühmten Künstlers Mastrovnaya – insgesamt siebzehn Exponate, die einen gewaltigen Versicherungswert darstellte. Ihr Landsitz, Casa Avila, gehörte zu den Sehenswürdigkeiten des Planeten.

An jenem besonderen Abend, acht Tage nach dem Gespräch des Chefs mit den d'Alemberts, weilte die Baronin außer Haus und nahm an einer Wohltätigkeitsveranstaltung teil. Um die Sicherheit ihres Besitzes brauchte sie sich keine Sorgen zu machen, denn Casa Avila wurde mittels einer vielfachen elektronischen Sicherung und einer Armee von Wachen geschützt. Juwelen und Kunstgegenstände waren gegen Diebe gut gesichert – doch ein gewisses Agentenpaar hätte sich nicht einmal von einer mit Waffen bestückten Festung abhalten lassen.

Die glatte Metallwand, die den Besitz umgab, war vier Meter hoch und mit Elektrizität von so hoher Spannung geladen, daß es selbst die stärkste Konstitution diesen Stößen nicht gewachsen war. Die zwei SOTE-Agenten in schwarzen Lederanzügen, auf dem Kopf schwarze Satinkappen, kamen aus dem kleinen, dem Besitz der Baronin benachbarten Wäldchen auf die Mauer zugerast. Knapp davor beugten sie die Knie und sprangen gleichzeitig los. Beide Körper flogen in hohem Bogen über die Mauer und landeten, trainierte Akrobaten, die sie waren, weich auf der anderen Seite, indem sie den Sprung abfederten und den Restschwung zu einer Rolle nach vorne ausnutzten, sodann in einer einzigen fließenden Bewegung wieder auf die Beine kamen und weiterliefen. Das alles wirkte ganz lässig, und doch brachten sie pro Sekunde etwa fünfzehn Meter hinter sich.

Sie hatten für das Überspringen der Mauer eine vom Haus möglichst weit entfernte Stelle ausgewählt, weil zu erwarten stand, daß die Posten dort nicht so dicht gesät waren. Leise und blitzschnell bewegten sie sich durch die Finsternis und hatten in weniger als einer Minute eine Seite des Hauptgebäudes erreicht. Bislang waren sie wie Schemen durch die Nacht gehuscht und unentdeckt geblieben.

Vorsichtig suchten sie die Hauswand ab und hielten Ausschau nach einer geeigneten Einstiegsmöglichkeit, immer auf der Hut vor eventuell auftauchenden Wachen. Im ersten Stock konnten sie ein Fenster mit vorragendem Fensterbrett ausmachen, für ihre Zwecke wie geschaffen. Während Jules unter dem Fenster breitbeinig Aufstellung nahm, ging Yvette etwa zehn Meter zurück und kam sodann mit Höchstgeschwindigkeit auf ihn zu. Sie sprang los, und er ging in die Hocke. Yvette in den gewölbten Händen auffangend, richtete er sich auf und stieß sie mit aller Kraft nach oben. Seine gestählten und an die dreifache Erdschwerkraft angepaßten Muskeln schleuderten sie mit Leichtigkeit hoch, so daß sie mit einem einzigen festen Griff am Fensterbrett Halt fand. Nachdem sie sich vorsichtig vergewissert hatte, daß der Raum dahinter leer war, entnahm sie ihrem Gürtel einen Haltegriff und brachte ihn mit einer Hand seitlich am Fenster an, während sie sich mit der anderen am Fensterbrett festhielt. Der Haltegriff war eine einfache, mit zwei Saugnäpfen an der Wand haftende Metallstange. Sodann brachte sie den zweiten Haltegriff auf der anderen Fensterseite an und befestigte nun zwischen diesen Vorrichtungen einen starken Gurt. Sie zog sich hoch und hatte nun eine Rückenstütze, gegen die sie sich wie ein Fensterputzer lehnte, während sie sich der heiklen Aufgabe widmete, die elektrische Alarmanlage außer Funktion zu setzen und das Fenster zu öffnen.

Jules harrte unterdessen im Hausschatten an der Grundmauer aus. Seine scharfen Augen überflogen ununterbrochen die Szenerie nach Anzeichen dafür, daß man ihre Anwesenheit entdeckt hatte. Die mondlosen Nächte auf Cordoba waren fast undurchdringlich finster. Plötzlich hörte er ein rasch von links sich näherndes Zischen und feuerte rein instinktiv seinen Stunner gegen den mutmaßlichen Angreifer. Ein leiser Schnapplaut ertönte, und das Wesen brach zusammen. Jules wagte es und entfernte sich eine Sekunde lang von der Hauswand, um nachzusehen, was es war.

Er betastete das dunkle Häufchen vor sich mit den Händen und merkte, daß er es mit einem Wesen von der Größe eines großen Hundes zu tun hatte. Das Fell jedoch fühlte sich so gar nicht hundeartig an. Im Tiermaul starrte eine Doppelreihe scharfer Zähne. Jules überlief ein Schaudern bei dem Gedanken, was ein solches Tier einem ahnungslosen Opfer antun konnte. Er zweifelte nicht daran, daß es sich um eine Art wachehaltendes Tier handelte. Ein Glück, daß es stumm zu sein schien. Seine Aufgabe war offenbar weniger das Krachschlagen. Vielmehr sollte es den Eindringling angreifen und ihn unschädlich machen oder töten, noch ehe er wußte, wie ihm geschah. Jules' Stunner stand auf Stufe drei, einer zwanzig Minuten dauernden Betäubung für ein menschliches Wesen.

Weil dieses Tier hier jedoch kleiner war als ein Mensch, würde es wahrscheinlich länger bewußtlos bleiben. Jules wollte sich vor weiteren Exemplaren dieser Gattung in acht nehmen. Die Vorstellung, wie diese Zähne sich in seine Waden verbissen, war keine angenehme.

»Bei dir alles in Ordnung?« Yvettes Stimme hallte in seinen Ohren. Beide waren mit Mini-Empfängern und empfindlichen Kehlimikrophonen ausgerüstet, die ihre leisesten Äußerungen an den anderen übertrugen. »Ich hörte ein Stunner-Surren.«

»Ich traf damit das hiesige Gegenstück eines Wachhundes. Die Biester sind zwar nicht laut, aber bissig, sei also vorsichtig.«

»Das Fenster ist erledigt«, meldete Yvette Sekunden später. Sie drückte es auf, kletterte ins Haus und ließ dann für ihren Bruder ein Seil hinunter. Eine halbe Minute, und er stand neben ihr im Hausinneren.

Jules und Yvette besaßen gegenüber normalen Fassadenkletterern den Vorteil, daß sie das Haus von einem früheren Besuch her bereits kannten. Vor sechs Jahren hatte der Zirkus auf Cordoba gastiert, und man hatte sie als zwei der Spitzenstars eingeladen, die Sammlung der Baronin zu besichtigen. Damals hätten sie es sich nicht träumen lassen, daß dieses Erlebnis einst für sie von praktischem Nutzen sein würde.

Sie gingen an die Zimmertür und öffneten sie einen winzigen Spalt breit. Der Gang war hellerleuchtet und wurde vermutlich im Abstand von wenigen Minuten von Wachen patrouilliert. Beide Agenten hatten ihre Stunner auf drei, nämlich auf eine zwanzigminütige Betäubung, eingestellt. Das war die humanste Art mit dem Gegner fertig zu werden. Sie wollten niemanden verletzen, wenn es sich vermeiden ließ. Ein Posten, der sich ihnen in den Weg stellte, würde ein kleines Nickerchen machen und sich danach ein wenig benommen fühlen, andere Nebenwirkungen waren nicht zu erwarten. Zwanzig Minuten, mehr brauchten sie nicht zur Erfüllung ihrer Aufgabe.

Auf ein Signal von Jules hin stieß Yvette die Tür weit auf, und die zwei d'Alemberts stürzten hinaus in den Korridor. Ihrer Abmachung gemäß hielt Yvette direkt auf die Juwelen zu, während ihr Bruder den Weg zur Miniaturensammlung einschlug.

Als Yvette um eine Ecke bog, und die Treppe hinunterlaufen wollte, traf sie mit einem Wächter zusammen. Der Erschrockene hätte gar keine Zeit für irgendeine Reaktion, denn Yvettes Superreflexe hatten bewirkt, daß sie blitzschnell den Stunner abfeuerte.

Der Mann sank lautlos zusammen, und Yvette lief weiter, ohne ihr Tempo herabzusetzen.

Die Tür zum Juwelenzimmer wurde von einem Doppelposten bewacht, doch keiner dieser Recken kam dazu mehr als bloßes Erstaunen zu verspüren, als Yvette blitzartig in Sicht kam und ihr Stunner wieder zweimal surrte. Im Rauminneren wurden zwei weitere Wächter ebenso zwanglos und rasch überwältigt. Diese Männer waren sicher sehr tüchtig in ihrem Beruf, doch wurden sie von jemandem überrumpelt, mit dessen Reaktionsvermögen sie es nicht aufnehmen konnten.

Die Smaragdsammlung war in drei getrennten Schaukästen aus ›Diamant‹-Kristall ausgestellt, und jeder dieser Kästen war durch ein eigenes Alarmsystem gesichert. Yvette benötigte volle zehn Minuten, alle diese Anlagen außer Funktion zu setzen, doch sie schaffte es schließlich, und die Juwelen warteten nur darauf, von ihr eingesammelt zu werden. Nachdem sie den superharten Kristall mit ihrer speziell behandschuhten Faust eingeschlagen hatten, raffte sie die kostbaren Steine in einen Samtbeutel zusammen. Sodann lief sie den Weg, den sie gekommen, wieder hinaus. Auf ihrem Rückweg traf sie auf keinerlei Widerstand.

Von ihrem Bruder keine Spur, doch waren sie übereingekommen, nicht aufeinander zu warten. Mit drei weitausholenden Sätzen hatte sie den Raum, durch den sie eingedrungen war, durchquert, und nahm am Fenster Aufstellung. Sie spähte vorsichtig hinaus und glaubte unten an der Hauswand etwas zu sehen. Eingedenk der Warnung Jules', sie solle sich vor den Wachhunden hüten, gab sie einige Schüsse in die Dunkelheit ab. Ein leises Aufseufzen, als Zeichen, daß sie getroffen hatte. Yvette band sich den Beutel mit dem Diebesgut fest um die Taille und ließ sich am Seil hinunter zur Erde. Kaum spürte sie festen Boden unter den Füßen, lief sie auch schon los, auf den nächstgelegenen Teil der Mauer zu. Jetzt hatte das Entdecktwerden nur mehr untergeordnete Bedeutung, Schnelligkeit war wichtiger. Sie traf auf keinen Widerstand und schaffte den Sprung über die Mauer mit gleicher Leichtigkeit wie vorhin. Dann lief sie auf die Stelle zu, wo der Wagen der d'Alemberts stand – in einer schmalen Seitenstraße, bereits mehr als einen Kilometer vom Besitz der Baronin entfernt.

Jules war noch nicht zur Stelle, doch das hatte sie erwartet. Die Bilder, die er mitgehen lassen wollte, waren nicht so einfach zu transportieren wie ihre Juwelen, außerdem hatte er sicher zu Neutralisierung der Alarmeinrichtungen länger gebraucht. Yvette wartete geduldig, bis endlich nach sieben Minuten Jules gelaufen kam. Yvette startete den Motor, als ihr Bruder mit einem Satz in den Wagen sprang, und innerhalb weniger Sekunden hatte ihr ›Wagen‹ abgehoben und flog mit Höchstgeschwindigkeit zurück zum Raumflughafen.

Jules bedachte seine Schwester mit einem flüchtigen Lächeln. »Wir könnten einander ruhig zu unserem Erfolg beglückwünschen«, sagte er.

»Wenn wir es nicht tun, wer dann?« Yvettes Ton ließ Schlüsse auf ihre heitere Stimmung zu. Der Gedanke an einen erfolgreich erledigten Fall gab ihnen beiden Auftrieb.

Jules lehnte sich im Sitz zurück und verschränkte die Finger hinter dem Kopf. »Teure Schwester, ich glaube, wir werden es in dieser Gegend noch zu Berühmtheit bringen.«

Jules Voraussage erwies sich als gewaltige Untertreibung. Die Story von den tollkühnen Einbrechern, welche die Baronin um ein Vermögen an Schmuck und Kunstgegenständen erleichtert hatten, verbreitete sich wie ein Lauffeuer bei der Boulevard-Presse. Überall konnte man die Einzelheiten des Verbrechens nachlesen, die Nachrichtenagenturen griffen die Neuigkeit begierig auf und verbreiteten sie in einigen der benachbarten Sternensysteme. Innerhalb von vierundzwanzig Stunden waren die Fassadenkletterer von Cordoba ein Begriff für alle, die auf den nächsten fünf Planeten lesen oder Nachrichten hören konnten.

Aber Jules und Yvette ruhten sich keineswegs auf ihren Lorbeeren aus. Nachdem sie ihren Ruf derart gefestigt hatten, begingen sie eine Reihe von Einbrüchen, die ebenso erregend verliefen wie der erste. Sie ließen dabei die Finger von der Aristokratie und beschränkten ihre Fischzüge auf reiche bürgerlicher Herkunft. Die Ausbeute war geringer, aber das spielte für sie keine Rolle. Wichtig war, daß der Risikofaktor bedeutend verringert wurde. Darum sollten sie sich schließlich der Gefahr aussetzen, zufällig gefangen zu werden, noch ehe sie mit der richtigen Arbeit begonnen hatten?

Es schwirrte nur so von Spekulationen über diese trickreichen Verbrecher. Wiederholt wurde darauf hingewiesen, daß die

Diebe auf ihrer Beute sitzenbleiben würden, da die Stücke leicht zu identifizieren waren und die Polizei sorgfältig alle bekannten Fluchtmöglichkeiten überwachte. Diese Einzelheit war den zwei SOTE-Agenten völlig gleichgültig. Sobald sie ihre Absicht erreicht hatten, wollten sie es so arrangieren, daß die Beute unversehrt wieder gefunden wurde. Nur die Identität der Diebe würde nie entdeckt werden.

Die Nachtstunden verbrachten sie mit der Ausführung ihrer Verbrechen, Nachmittage und frühe Abendstunden wurden jedoch dazu verwendet, eine andere Phase ihres Planes auszuführen. Sie mußten mit der örtlichen Unterwelt in näheren Kontakt kommen und mußten insbesondere herausfinden, wo und wie sie an einen ›Fluchthelfer‹ herankommen konnten, wenn erst die Zeit reif war.

Um die Wirkung zu verdoppeln, trennten sie sich und besuchten die verschiedenen Lokalitäten allein. Jules hielt sich an die Bars, die ihm persönlich ein Greuel waren, denn wie alle Bewohner seines Heimatplaneten war er gegen Alkohol allergisch und hielt sich lieber an andere Getränke. Doch versuchte er seiner Pflicht klaglos nachzukommen.

Nach Ablauf einer Woche gehörte er bereits dazu. In diesen Lokalen sah man immer wieder dieselben Gesichter. Aus belauschten Gesprächsfetzen konnte er sich zusammenreimen, wer in welche ungesetzlichen Aktivitäten verwickelt war. Mit einigen der vielversprechendsten Kandidaten knüpfte er eine persönliche Bekanntschaft an. Zunächst waren alle mißtrauisch. Bei Neuankömmlingen mußte man damit rechnen, daß es sich um Spitzel oder Informanten handelte. Doch Jules setzte alles daran, ihre Befürchtungen zu zerstreuen. Vor allem zeigte er sich völlig desinteressiert an den Einzelheiten ihrer verbrecherischen Machenschaften – die SOTE war schließlich keine Unterabteilung der Polizei. Ein Verbrecher fiel erst dann in Jules' Sparte, wenn seine Aktivität den Grenzbereich des Hochverrats berührte.

Mit der Zeit nahmen die Unterweltler zur Kenntnis, daß der nette Neuling keine Bedrohung für sie darstellte, ja daß er einen dankbaren Zuhörer für ihre alten, mit Aufschneidereien angereicherten Geschichten abgab. Jules ließ auch durchblicken, daß er ebenfalls in der Branche tätig sei, wenn er auch nicht behauptete, einer der momentan so prominenten Fassadenkletterer zu sein. Langsam entwickelte sich eine Art Kameraderie, und Jules bekam das Gefühl, daß er Zugang zu den richtigen Kontakten finden könnte, wenn er sie brauchte.

Inzwischen bahnte Yvette anderweitig eigene Kontakte an. Während Jules sich in Bars und Kneipen herumtrieb, machte Yvette die Runde durch sämtliche Spielkasinos. Auf Cordoba war Glücksspiel eigentlich illegal, doch war es als Unterhaltungszweig so beliebt, daß das Auge des Gesetzes meist wegguckte. Kasinos, die ihr Gewerbe mit Anstand zu betreiben verstanden, machten hervorragende Geschäfte.

Diese Etablissements gab es in allen Varianten: Kasinos für die Oberschicht in vornehmen Herrenhäusern. Dort durften die Reichen von Cordoba stil- und würdevoll in gediegener Umgebung ihr Glück versuchen. Für die Mittelklasse tarnten sich die Kasinos meist als Privatklubs oder Vereine mit Mitgliedsbeiträgen und Vereinsstatuten. Hier ging es lässiger zu, und am Ende kam es aufs gleiche heraus.

Aber das waren nicht die Kasinos, die Yvette besuchte. Ihr Revier waren die Spelunken, die schmutzigen Hinterzimmer, die überfüllten schmuddeligen Keller, in denen es nach Schweiß und abgestandenen Drogenstiften statt nach Parfum und Räucherkerzen roch. Hier ging es turbulenter zu, das Spiel schien eher ein Trieb, denn ein Mittel zur Entspannung. Yvette konnte nicht umhin, die hier herrschende verzweifelte Stimmung mit der luxuriösen Atmosphäre der Nobelkasinos auf Vesa zu vergleichen. Hier drängten sich die Menschen nicht so dicht wie auf Vesa, doch die Spannung war greifbarer.

Frauen waren in diesen Etablissements nichts Außergewöhnliches, obwohl sie hier gewöhnlich eigenen Geschäften nachgingen. Yvette war eine gute Spielerin mit einigem Erfolg, der es gelang, das Vertrauen vieler regelmäßiger Gäste zu erwerben. Nach vier Tagen ständiger Anwesenheit erwies man ihr die große Ehre, sie zu einer Privatrunde in einem der Hinterzimmer einzuladen. Die Unterhaltung war gepfeffert, und Yvette konnte hier aus zufälligen Bemerkungen mehr entnehmen, als die Sprecher ahnten. Auch sie stellte bereits eine Liste von Kontaktleuten für die Zeit des Verschwindens zusammen.

Als sie eines Tages nach einer privaten Pokerparty in den

Hauptraum zurückkam, sah sie ihren Bruder inmitten einer größeren Menschenansammlung. Er kehrte ihr den Rücken zu. Sie war ein wenig erschrocken, denn das hier war ihr Jagdrevier, und Jules wäre sicher nicht gekommen, wenn nicht etwas Besonderes passiert war. Sie näherte sich ihm hastig und sagte: »Dich hätte ich hier eigentlich nicht erwartet.«

Da drehte sich der Mann um, und sie erkannte ihren Irrtum. Es war gar nicht ihr Bruder, sondern ein anderer, der den unverwechselbaren Körperbau des Bewohners einer Welt mit hoher Schwerkraft besaß. Mit liebenswürdigem Lächeln musterte er sie von Kopf bis Fuß. »Ich treffe Sie hier auch völlig überraschend«, erklärte er. »Aber es handelt sich um eine höchst angenehme Überraschung.«

Yvette unterzog ihn einer gründlichen Musterung. Vor ihr stand ein außergewöhnlich hübscher junger Mann, etwa Mitte Dreißig, mit hellen blauen Augen und mittelbraunem Haar, das ihm in Locken in die Stirn fiel. Gekleidet war er wie ein richtiger Dandy: ärmelloser Hosenanzug aus schwarzem Glitzergewebe mit rundem Ausschnitt und mit Hosenbeinen, die sich nach unten zu erweiterten.

»Entschuldigen Sie«, stammelte Yvette verlegen. »Von hinten sehen Sie meinem Bruder Jaro ungemein ähnlich.«

Der Mann nahm den Hut ab und vollführte eine formvollendete höfische Verbeugung. »Gnädigste, Sie schmeicheln mir. Ihr Bruder sieht gewiß viel besser aus als ich. Wenn ich Ihnen aber an seiner Stelle dienlich sein kann – mein Name ist Pias Nav, zu Ihren Diensten.«

Diese übertriebene Galanterie hätte bei jedem anderen lächerlich gewirkt, bei diesem jungen Mann aber schien sie einfach Teil der Persönlichkeit zu sein. Sein elegantes Gehabe in derart schäbiger Umgebung löste allgemeines Gekicher aus.

»Danke für Ihr Angebot, das ich gottlob nicht anzunehmen brauche«, gab Yvette zurück. »Ich heiße übrigens Yarmilla – Yarmilla Dubcek.«

»Es ist mir eine Ehre.« Er ergriff ihre Hand und führte sie an seine Lippen, als wäre sie eine Großherzogin und keine vorgebliche – gewöhnliche Spielerin.

Yvette wußte nicht recht, was sie von diesem ernsten jungen Menschen zu halten hatte. Sie wußte nur, daß sie eine Verabredung mit ihrem Bruder in dessen Hotelzimmer hatte. Sie konnte es sich einfach nicht leisten, hier stehenzubleiben und sich von diesem hübschen Unbekannten den Hof machen zu lassen. Zögernd setzte sie sich in Bewegung und sagte: »Die Begegnung mit Ihnen war mir ein Vergnügen – auch unter diesen seltsamen Umständen. Aber jetzt muß ich wirklich gehen. Ich bin mit meinem Bruder verabredet. Er wird ungeduldig, wenn ich ihn warten lasse.«

»Das kann ich nur zu gut verstehen. Welcher Mann könnte den Gedanken ertragen, daß Sie nicht bei ihm weilen? Ich lasse Sie nur mit allergrößtem Bedauern gehen und wünsche Ihnen viel Glück. Bis auf ein Wiedersehen – falls es sich je ergeben sollte.« Und wieder setzte er mit weitausholender Armbewegung zur großen Geste an.

Yvette verließ das Kasino als überaus nachdenkliche Frau.

5. KAPITEL

Jaroslav und Yarmilla verschwinden

»Wie gut, daß wir von Natur aus nicht geldgierig sind«, meinte Yvette. »Mit unserem Talent hätte aus uns das erfolgreichste Gaunerpaar des Universums werden können.«

Sie stand, die Hände in die Hüften gestützt, vor der angehäuften Beute der vergangenen zehn Tage. Fein säuberlich in zwei Häufchen geteilt, so lag das Zeug in einem Vorschrank einer aufgelassenen Fleischwarenfabrik: Juwelen links, Kunstgegenstände rechts. Sie hatten keinen Versuch gemacht, die Beute loszuschlagen. War ihre Mission erledigt, würde man die Polizei über den Aufbewahrungsort informieren, und die Sachen konnten den Eigentümern zurückgegeben werden.

»Ja, aber nichts ist von Dauer, um ein altes Sprichwort zu zitieren«, sagte ihr Bruder. »Unsere Verbrecherlaufbahn nähert sich dem Ende. Höchste Zeit, daß wir uns unserer eigentlichen Aufgabe zuwenden.«

»*C'est vrai.* Eigentlich freue ich mich, daß ich mein Spiegelbild wieder ohne schlechtes Gewissen ansehen kann.«

Jules ging hinaus zu einer öffentlichen Vidicom-Zelle und wählte die Nummer der Polizeizentrale von Avila. »Hallo«, grollte er mit Polterstimme, »ich weiß etwas über die Einsteigdiebe.«

»Bleiben Sie einen Augenblick dran«, sagte eine weibliche Stimme. »Ich verbinde Sie mit den damit betrauten Detektiven.«

»Nein!« widersetzte Jules sich krächzend. »Ich sage es jetzt gleich oder gar nicht.« Das Mädchen am anderen Ende war sicher auf Draht. Wenn sie ihn überredete, dranzubleiben, konnte man feststellen, von wo aus der Anruf getätigt wurde. Jules aber wollte ganz anonym bleiben.

»Gut, dann übernehme ich die Mitteilung.« Gewiß gab sie in ihrer Abteilung jemandem ein Zeichen, und man würde den Anruf ohnehin orten, aber das war Jules jetzt einerlei. Bevor die überhaupt anfangen konnten, war er schon fertig.

»Fahnden Sie nach einem Mann und einer Frau, Jaroslav und Yarmilla Dubcek. Geschwister, glaube ich. Sie wohnen in Androvoy-Hotel.« Damit hängte er auf. Jetzt sollen die sich ordentlich ranhalten, dachte er selbstzufrieden.

Die d'Alemberts konnten sich vorstellen, was sich nun abspielen würde. Innerhalb kürzester Zeit würden einige Polizeieinheiten das Hotel geradezu überfluten. Man würde herausfinden, daß Jaroslav und Yarmilla tatsächlich zwei nebeneinanderliegende Zimmer im ersten Stock bewohnten, und daß sie die Nachtstunden häufig auswärts verbrachten. Sodann würde man entdecken, daß sich die Verdächtigen nicht im Hotel aufhielten, dafür aber würde man auf überreichliche Beweise stoßen: Seile, Kletterhaken, Drahtscheren, elektrische Apparate, lauter Hinweise auf die Täterschaft der Dubceks. Aber keine Spur von der Beute und keine Fingerabdrücke, die man zur Identifizierung verwenden konnte. In diesem Punkt hatte die zwei Agenten größte Sorgfalt walten lassen, weil sie darauf bedacht waren, keine bleibenden Spuren zu hinterlassen.

Mit diesen Spuren konnte man die polizeiliche Fahndung allen Ernstes beginnen. Hotelpersonal und Gäste würden verhört und nach Informationen über die zwei angeblichen Diebe ausgepreßt werden. In relativ kurzer Zeit würde eine Beschreibung der zwei Verschwundenen an alle Polizeistationen des Planeten weitergegeben werden, und von da an wußte jeder Polizeibeamte, wie die beiden aussahen. Nach zwei bis drei Stunden würde die Jagd nach den d'Alemberts alias Dubceks auf dem ganzen Planeten auf vollen Touren laufen.

Sie wußten, daß dies der gewagteste Teil des gesamten Planes, war. Sie mußten sich nun an die Kontakte halten, die sie bis jetzt gemacht hatten, und hoffen, daß man ihnen Zugang zu den Verbindungsleuten der Verschwörung verschaffte. Cordoba hatten sie sich ausgesucht, weil von hier mehr Verbrecher verschwunden waren als von einem anderen Planeten – aber das hieß noch lange nicht, daß sie sofort Erfolg haben würden. Die Verschwörung hatte eigentlich immer auf ortsansässige Gauner mit langem Strafregister zurückgegriffen. Die d'Alemberts hofften, daß ihre jüngst begangenen Taten aufsehenerregend genug waren, um sie zu würdigen Kandidaten zu stempeln.

Gelang es ihnen nicht, an die Verschwörung heranzukommen, dann steckten sie jetzt bis zum Hals in Schwierigkeiten. Sie waren Gegenstand einer massiven Menschenjagd, wie sie dieser Planet noch nie gesehen hatte. Alle abfliegenden Schiffe, ihr eigenes miteingeschlossen, würden gründlich durchsucht werden. Die

Rückgabe des Diebesgutes würde ihnen nun nichts mehr nützen, die Jagd würde fortgesetzt. Für den Fall, daß man sie fing, durften sie ihre Deck-Identitäten nicht preisgeben und ihre wirklichen Namen angeben – ihr künftiger Nutzen für den Service wäre auf Null abgesunken. Wie alle anderen Verbrecher mußten sie in diesem Fall ihre Zeit absitzen.

Ihr Plan mußte ein Erfolg werden.

Drei Stunden warteten sie ab, damit die Neuigkeit von den Dubceks in alle Ränge der Unterwelt eindringen konnten. Als sie sicher waren, daß gewisse Leute wußten, in welcher Klemme sie steckten, riefen sie bei ihren Kontaktleuten an und baten unverblümt um Hilfe.

»Ich sitze fest«, pflegten sie sich zu melden, wenn sie einen ihrer neuen Freunde erreichten. »Ich brauche dringend ein Versteck. Wie steht es, kannst du mir weiterhelfen?«

Falls es darauf überhaupt eine Antwort gab, war es ein hastiges Nein. Meist aber wurde einfach ohne Antwort aufgelegt. Die wahren Freunde erkennt man sehr rasch, das steht fest, dachte sich Yvette, als der sechste Versuch abermals mit einer entmutigenden negativen Antwort geendet hatte.

Schließlich wurde Jules fündig. Sein Gesprächspartner ließ sich zunächst Zeit mit der Antwort und äußerte dann gedehnt und vorsichtig: »Ja, es gibt vielleicht einen Weg. Wie ich hörte, haben sich gewisse Typen darauf spezialisiert. Was sind dir nähere Einzelheiten wert?«

»Fünftausend Rubel.«

»Sagen wir lieber zehn.« Der Kerl wußte, daß er am längeren Hebel saß und wollte möglichst viel herausholen.

Jules markierte ein Zögern und Überlegen. »Na gut, abgemacht. Wie lange wird es dauern?«

»Etwa ein oder zwei Stunden. Unter welcher Nummer kann ich dich erreichen?«

Jules stieß ein verbittertes Lachen aus. »Die Umstände verurteilen mich leider zur Beweglichkeit. Aber ich kann dich in zirka drei Stunden zurückrufen. Reicht das?«

»Und wie.« Der Mann legte auf, und Jules konnte seiner Schwester mitteilen, daß die für sie so wichtige Verbindung bald zustande kommen würde.

Blieb nur noch das Problem, die Zwischenzeit zu überbrücken, ohne gefaßt zu werden. Nach dem Besuch eines öffentlichen Waschraumes hatte jeder eine Perücke auf dem Kopf und so viel Schminke im Gesicht, daß sie einer flüchtigen Begutachtung standhalten konnten. Dann lenkten sie ihre Schritte zu einem öffentlichen Vergnügungspark und nutzten das Menschengewimmel zur Entspannung, ehe sie wieder an die Arbeit mußten. Die verschiedenen Attraktionen, das Geschrei der Ausrufer und der Duft der Imbißstände erinnerten sie stark an den Rummelplatz ihres eigenen geliebten Zirkus.

Immer wieder blieb einer der beiden stehen und ließ sich von dieser Atmosphäre überfluten. In diesem Falle wartete der andere geduldig daneben, bis die Verzückung verflogen war. Dann gingen sie wortlos weiter. Jeder wußte, was der andere fühlte. Mehr als fünfundzwanzig Jahre war Zirkus ihr Lebensinhalt gewesen. Auch Loyalität und Pflichtbewußtsein dem Service gegenüber konnte die emotionelle Leere nicht wettmachen, die seit dem Verlassen des Zirkus in ihnen spürbar geworden war.

Schließlich aber neigte sich ihre Zeit auf dem Rummelplatz einem Ende zu. Es war eine kurze Atempause, ehe sie wieder in die Gefahren ihres Berufes eintauchten. Schon als sie zum Haupteingang gingen, drückte Yvette plötzlich Jules' Arm und flüsterte nur: »Hopp!«

Die Abkürzung des alten Artistenrufes ›*Allez-hopp*‹ genügte. Jules war sofort einsatzbereit, obwohl man ihm äußerlich nichts anmerken konnte. Mit einem gleichgültigen Blick in die Richtung, welche die Augen seiner Schwester nahmen, erspähte er einen uniformierten Polizisten, der gemächlich auf sie zuhielt.

Der Mann hatte die Waffe nicht schußbereit und schien überhaupt zu zögern, was ein gutes Zeichen war. Wahrscheinlich hatte er Anweisung, ganz allgemein nach Menschen Ausschau zu halten, deren Körperbau auf Herkunft von einem Planeten mit hoher Schwerkraft hindeutete. Die d'Alemberts hatten sich absichtlich in lose Gewänder gehüllt und sich geschminkt, doch die Beschreibung der gesuchten Einbrecher paßte noch immer halbwegs, und hatte den Verdacht des Beamten erregt. Und nun kam er, um sich die beiden näher anzusehen – etwas was sie sich in diesem Stadium der Partie nicht leisten konnten.

»Verstanden«, flüsterte Jules zurück. »Wir trennen uns, keine unnötige Aufregung. Treffpunkt Standort B.«

»Alles klar.«

Ganz unauffällig teilten sich ihre Wege, jeder entfernte sich Schritt um Schritt von der Richtung des anderen, bis sie mehr als dreißig Meter Abstand zwischen sich gelegt hatten. An diesem Punkt aber wurde dem Polizisten klar, was sie da anstellten, und sein Mißtrauen verdoppelte sich mit einem Schlag. Da er keinen Kollegen mit hatte, mit dem er sich die Verfolgung hätte teilen können, entschloß er sich, Jules' Verfolgung aufzunehmen und Yvette aufzugeben. Er schlug ein rascheres Tempo ein. Jules bemerkte es und wurde ebenfalls schneller, so daß der Abstand zwischen ihm und dem Beamten konstant blieb.

Schließlich hatte es der Polizist satt. »Sie da, warten!« rief er Jules nach. »Ich habe ein Wörtchen mit Ihnen zu reden.«

Gehorsam blieb Jules stehen. Er drehte sich mit der Miene reinster Unschuld zu dem Mann um. Nachdem er so den Polizisten momentan in Sicherheit wiegte, wurde er aktiv. Aus dem Stand, raste er auf eine Gruppe von Buden zu, und das mit einer Geschwindigkeit, daß dem Polizisten die Augen übergingen. Der Gute brauchte volle zwei Sekunden, ehe ihm sein Stunner überhaupt einfiel, aber da war Jules bereits außer Reichweite. Die harmlosen Zuschauer machten ein wildes Herumschießen ohnehin zu einem gefährlichen Risiko. Dem Polizisten blieb also nichts übrig, als den Verdächtigen einzuholen zu versuchen.

Jules fiel es nicht schwer, zwischen sich und den Verfolger einen gehörigen Abstand zu legen. Mit seiner Spezialausbildung als Akrobat und der angeborenen Leichtfüßigkeit eines Sohnes von DesPlaines steigerte er seinen Vorsprung stetig und manövrierte sich dabei an Gruppen erschrockener Zaungäste vorbei oder durch sie hindurch. Der Polizist konnte ihm im Auge behalten, mehr aber nicht.

Schließlich hatte Jules es bis zu den Buden geschafft und nahm dahinter Deckung. Einen kurzen Augenblick lang war er dem Gesichtskreis des Gesetzeshüters entzogen. Nur zwei Meter weiter war bereits die Umfassungsmauer des Vergnügungsparks, keine drei Meter hoch – eine Kleinigkeit für einen Menschen von Jules' Fähigkeiten. Doch Jules entschied sich nicht für diesen Fluchtweg. Sobald der Polizist merkte, daß Jules entkommen war, würde er umgehend die Zentrale verständigen. Man würde die Umgebung des Parks absperren, und ein weiteres Entkommen konnte sich als riskant oder zeitraubend entpuppen.

Statt dessen entschied er sich für einen Sprung auf das Budendach. Das schaffte er in einem einzigen zwanglosen Satz. Dann wartete er zusammengekauert auf das Auftauchen des Verfolgers.

Der Mann kam mit Höchstgeschwindigkeit um die Ecke gerast und hielt die Waffe im Anschlag. Die Mauer vor Augen, zögerte er. Natürlich glaubte er, sein Verdächtiger hätte sie längst überklettert und sich aus dem Staub gemacht. Während er so dastand und zauderte, ließ sich Jules vom Dach auf ihn fallen. Unter dem Aufprall von Jules' hundert Kilo ließ der Polizist die Waffe fallen. Jules machte sich nun den Vorwärtsschwung zunutze und rollte in die richtige Richtung. Schwungvoll hob er den Stunner auf, kam auf die Beine, kontrollierte die Einstellung der Waffe – sie stand auf drei – und feuerte, und das alles in einer einzigen kontinuierlichen Bewegung.

Jetzt war der Beamte für zwanzig Minuten bewußtlos und zusätzlich zehn zu benommen, um Meldung machen zu können. Jules nahm also Anlauf und übersprang die Mauer. In einer halben Stunde konnte er bereits so weit weg sein, daß keine Polizeisperre ihm etwas anhaben würde. Das wußte auch die Polizei. Die würde ihre Maßnahmen vor allem auf die Stadt konzentrieren – was Jules sehr recht war. Inzwischen mußte er einen Anruf tätigen, der bereits zehn Minuten überfällig war.

»Was hat dich aufgehalten?« sagte der Kontaktmann, als Jules endlich eine Vidicom-Zelle erreicht und die Nummer gewählt hatte. »Ich mag es gar nicht, wenn man mich warten läßt.«

»Und ich nicht, wenn man mich erwischt«, erwiderte Jules aufgebracht. »Falls du es noch nicht wissen solltest: jeder einzelne Bulle in der Stadt hält ausgerechnet nach mir Ausschau. Hast du für mich alles erledigt?«

»Alles geregelt. Für dich und deine Schwester, ja?«

»Richtig.«

»Wird dich nicht wenig kosten.«

»Wie viel?«

»Fünfzigtausend.«

»Gar nicht mal so schlimm, wenn die Ware pünktlich geliefert wird.«

»Pro Stück, mein Lieber.«

Jules heuchelte Entsetzen. »Das ist Halsabschneiderei! Ich zahle höchstens je vierzig.«

Der andere lächelte schmierig. »Feilschen kannst du dir nicht erlauben. Mein Kontaktmann sagte, entweder hundert für beide oder gar nicht. Wie du willst.«

»Richtig, mir bleibt keine andere Wahl. Also, wie sehen die weiteren Einzelheiten aus?«

»Pack deine irdischen Güter in ein kleines Bündel zusammen. Von jetzt an heißt es Barzahlung, sieh zu, daß du reichlich Bargeld hast. Zusätzlich zu den hunderttausend für ihn und die zehn für mich, solltest du mit Unterhaltskosten für mehrere Jahre rechnen. Du wirst eine ganze Weile verschwunden bleiben, das ist aber unbedingt nötig, damit jede Spur verwischt wird.«

»Verstanden.«

Der Mann gab Jules die Adresse eines Lagerhauses am südlichen Stadtrand. »In neunzig Minuten bist du mit deiner Schwester dort, keine Minute später. Wenn ihr nicht da seid, versäumt ihr das Schiff, und kein Mensch wird sich eure Jammergeschichte jemals wieder anhören. Kapiert?«

»Kapiert«, sagte Jules. Der andere nickte, und das Gespräch war beendet. Jules war bester Laune – der Plan hatte geklappt. Sie befanden sich auf dem Pfad, den Helena wahrscheinlich eingeschlagen hatte.

Treffpunkt Standort B war eine spezielle Strauchgruppe auf dem Platz vor einem der Nobelhotels von Avila. Yvette erwartete ihn bereits, als er gemächlich daherkam. Sie hakte sich bei ihm unter wie die Liebste beim Stelldichein. »Du hast aber lange gebraucht«, sagte sie. »Ich mußte hier mit ein paar eichhörnchenähnlichen Biestern um den Platz kämpfen.«

»Ich mag zwar langsam sein, aber ich bringe auch Resultate.« Jules gab das Telefongespräch wieder und berichtete, was sie nun zu tun hatten.

Yvette stieß einen leisen Pfiff aus. »Habgieriges Pack, allesamt. Die wollen alles, was wir haben, und zwar sofort. Und wenn alles nur eine Falle ist? Wenn sie Flüchtlinge mit dem Versprechen eines Asyls in der Hinterhand anlocken, sie töten, ihnen alles abnehmen – was in Anbetracht der Klienten gar nicht wenig sein dürfte – und dann die Leichen verschwinden lassen? Eine schöne Geschichte – und kein Mensch, der ihnen das Handwerk legt.«

»Nun, wir werden bald selbst dahinterkommen, was gespielt wird. Helena ist sicher denselben Weg gegangen. Wenn Mord mit im Spiel ist, ist es am besten, wir erfahren es jetzt. Ich möchte nicht wie ein Lamm zur Schlachtbank geführt werden.« Mit einem Blick auf die Uhr fuhr er fort: »Wenn wir uns nicht beeilen, brauchen wir gar nicht erst an den verabredeten Treffpunkt zu kommen.« Rasch gingen sie zur Garage, in der sie ihren Mietwagen untergebracht hatten. Der Koffer im Kofferraum enthielt Garderobe zum Wechseln für beide und dazu fünfhunderttausend Rubel in bar. Der Zirkus hatte auf sämtlichen Planeten, die er auf seiner Tournee berührte, Konten, und diese Gelder waren ihnen für ›anfallende‹ Unkosten zugänglich. Ihre Arbeit war so geheim, daß die beiden nicht einmal in den Gehaltslisten der SOTE auftauchten. Der Kaiser sorgte dafür, daß die Steuern des Zirkus stillschweigend refundiert wurden – und diese Summe war so gewaltig, daß sie ausreichte, um sämtliche Kosten der Aufträge der d'Alemberts aufzufangen.

Die Agenten nahmen hundertzehntausend Rubel und stopften sie in Yvettes Tasche. Der Rest landete für künftige Verwendung wieder im Koffer. Hastig, denn die verabredete Zeit war gekommen, fuhren sie an eine drei Blocks vom bezeichneten Lagerhaus entfernte Stelle und legten den Rest des Weges zu Fuß zurück, wobei Jules den Koffer lässig in der Linken trug. Die Rechte blieb dabei in der Nähe der Tasche, in der er einen Mini-Stunner versteckt hatte. Yvettes Mini-Waffe lag schußbereit in ihrer Hand. Beide waren auf alles gefaßt.

Vorsichtig näherten sie sich dem Lagerhaus. Sie konnten nur eine Tür entdecken und hatten auch keine Zeit, nach anderen Zugängen Ausschau zu halten. Die Tür stand ein wenig offen. Sie mußten sich nacheinander hineinzwängen, und das im vollen Bewußtsein, daß wahrscheinlich von nun an jeder ihrer Schritte beobachtet wurde – mit der Waffe im Anschlag.

Das Dach des Lagerhauses dräute fünfzehn Meter über ihnen, der Raum erstreckte sich in etwa zweihundert Meter Länge vor ihnen. Große Kisten und schwere Behälter waren in Reihen gestapelt, dazwischen Durchgänge, die einen Gabelstapler durchließen. Der Geruch von Sägemehl lag in der Luft, ein sauberer Geruch nach Wald.

Jules und Yvette gingen langsam den Hauptgang entlang, ständig eines Hinterhalts gewärtig. An einer Kreuzung endlich trat ihr Kontaktmann hinter einem Kistenstapler hervor und vor sie hin.

Er schien unbewaffnet.

»Schön, daß ihr es geschafft habt«, sagte er. »Sicher habt ihr meine Zehntausend nicht vergessen.«

Yvette griff in ihre Tasche und angelte das passende Banknotenbündel heraus. »Für Sie.«

Der Mann nahm das Geldbündel und zählte die Scheine mit professioneller Fingerfertigkeit durch. »Bestens« verkündete er sodann. »Ein schieres Vergnügen, mit euch Geschäfte zu machen. Jetzt reiche ich euch an Kollegen Kharmahn weiter, der von nun an euer Geschick in die Hand nimmt.«

Die letzten Worte waren noch nicht ausgesprochen, als ein zweiter aus einem Seitengang eine Kreuzung weiter auftauchte. Kharmahn war Durchschnitt, was Größe und Gewicht anlangte, Bart und Haupthaar waren rot. Die linke Gesichtshälfte wurde von einer gezackten weißen Narbe von der Schläfe bis zu den Lippen entstellt, das linke Auge schien größer und roter als das rechte. Beim Gehen bemerkte man die Andeutung eines Hinkens am linken Bein. Auch er schien unbewaffnet, doch die d'Alemberts vermuteten etliche Verbündete im Hintergrund.

»Schönen guten Tag, Freunde. Ich nehme an, unser gemeinsamer Freund hat bereits die Einzelheiten der Transaktion erklärt.« Er wies mit einem Kopfnicken auf Jules' Kontaktmann, der sich eben durch die Tür samt seinem Geld davonmachte.

Die zwei Agenten hielten langsam auf Kharmahn zu. »Ein wenig«, antwortete Jules. »Er war beinhart, als es um den Preis ging.«

»Das ist unser Standard«, sagte Kharmahn achselzuckend. »Ihnen wird nicht mehr abverlangt als allen anderen, die unsere Dienste in Anspruch nehmen. Ich nehme an, dieser Koffer enthält ausreichend Geld für eine längere Zeitspanne. Sie werden an einen Ort gebracht, an dem sie vorübergehend als Pensionär leben werden und zu diesem Zweck Ihre Ersparnisse verwenden müssen.«

»Das schaffen wir schon«, äußerte Jules vorsichtig.

»Na gut. Wenn ich jetzt das Geld kriege, können wir weitermachen.«

Wie vorhin langte Yvette in die Tasche und zog den geforderten Betrag heraus. Kharmahn nahm gleichmütig das Bündel entgegen und unterzog sich nicht der Mühe des Nachzählens. »Ich weiß, daß Sie uns nicht reinlegen. Ihr Leben liegt jetzt eine ganze Weile in unserer Hand. Sie tun gut daran, sich mit uns gutzustellen. Bitte, hier entlang.«

Kharmahn führte sie eine Kistenreihe entlang und hielt vor einem großen schweren Behälter an, auf dem in großen roten Lettern stand: ›Gefahr! Spaltbares Material, radioaktiv!‹

Kharmahn drückte an dem Behälter einen kaum sichtbaren Zapfen an einer Seite. Eine Metallseite schwang auf. Sie standen vor einer kleinen Bleikammer, die für zwei Personen knapp Platz bot.

»Es tut mir leid, mehr können wir als Mitfahrgelegenheit nicht bieten. Sicher, sehr luxuriös ist es nicht, aber Sie werden höchstens drei Stunden darin verbringen müssen. Selbstverständlich stehen Ihnen Sauerstoffmasken zur Verfügung. Sobald Sie hier drinnen eingeschlossen sind, füllen wir den übrigen Behälter tatsächlich mit radioaktivem Material, um die Kontrolle am Raumflughafen zu nasführen. Keine Angst, Ihr kleiner Privatcontainer ist gegen ein eventuelles Risiko gut abgeschirmt. Es ist eben eine Tatsache, daß die Behörden bei spaltbarem Material eher ein Auge zudrücken – außerdem können sie den Inhalt nicht mit Röntgenstrahlen durchleuchten, dazu ist die Radioaktivität zu hoch und die Abschirmung zu stark. Sobald das Schiff sicher abgehoben hat, werden wir Sie sozusagen umfüllen. Sie bekommen dann eine komfortable Unterkunft, bis Sie Ihren Bestimmungsort erreichen. Jetzt aber hinein, bitte.«

Die d'Alemberts kletterten mit ihrem Koffer in die kleine Zelle und setzten die Sauerstoffmasken auf. Der Raum war äußerst knapp bemessen, und die beiden ertappten sind bei dem Wunsch, sie wären biegsame Schlangenmenschen wie manche ihrer Angehörigen beim Zirkus.

Sobald der Behälter verschlossen war, spürten sie, daß man sie transportierte – wahrscheinlich um das Spaltmaterial um sie herum auszufüllen. Ihr kleines Abteil war ziemlich schalldicht, so daß sie die Schwingungen beim Beladen mehr spürten als hörten. Dann wurden sie wieder bewegt, vermutlich auf die Ladefläche eines Lasters. Nachdem sie dort eine halbe Stunde ungestört blieben, setzte ein stetiges Rütteln ein, das anzeigte, daß die Fahrt begonnen hatte. Hoffentlich war ihr Ziel der Raumflughafen.

Noch immer lauerte in ihren Köpfen der Verdacht, daß es sich hier um eine raffiniert gebaute Falle handelte. Zwar befürchteten sie nicht mehr, daß man ihre Kiste einfach ins Meer werfen würde – Kharmahn hätte in diesem Fall nicht zugelassen, daß sie den Koffer zu sich ins Abteil nahmen –, doch waren sie sich ihrer Abhängigkeit von den Sauerstoffmasken schmerzlich bewußt. Kharmahn hätte nur Giftgas in den Behälter pumpen brauchen, um sie zu töten. Danach wäre es ihm ein leichtes, den Behälter zu öffnen und das Geld an sich zu bringen.

Sie mußten sich eben auf den Glauben an ihre Hypothese verlassen, daß nämlich die Drahtzieher hinter diesen Fällen des Verschwindens weitere Pläne mit den kriminellen Talenten hatten, die sie um sich versammelten, und daß ihre Klienten ihnen lebendig mehr wert waren als tot. Als die Zeit verging und die holprige Fahrt kein Ende nehmen wollte, erschien ihnen diese Annahme immer wahrscheinlicher. Falls Kharmahn beabsichtigt hatte, sie zu töten, hätte er dies rasch erledigt und sich der Leichen entledigt. Die Tatsache, daß man sie weiterbeförderte, war ein Zeichen dafür, daß er es ehrlich mit ihnen meinte.

Nach einer Stunde hatten sie das Gerüttel überstanden. Ganz plötzlich wurde ihr Behälter rüde in die Luft geworfen, so daß sie in ihrem kleinen Abteil hin und her geschleudert wurden. Die Abschürfungen, die sie jetzt abkriegten, ergänzten den Schmerz der verkrampften Muskeln vortrefflich. Der Behälter wurde unsanft abgestellt, und so beließ man ihn eine halbe Stunde. Dann wiederholte sich das Heben und Hinstellen. Die Agenten hatten sich eben zu der Ansicht durchgerungen, daß es sich hier nicht um eine Flucht als vielmehr eine Reihe sorgfältig ausgeklügelter Foltern handelte, als sie spürten, wie sie von einer neuen Kraft plötzlich mit aller Gewalt gegen den Boden ihrer Kammer gedrückt wurden. Ein sehr vertrautes Gefühl – die Beschleunigung eines Raumschiffes beim Abheben. Unter normalen Umständen hatten sie sich bei dreifacher Schwerkraft sehr wohl gefühlt, doch bei der momentanen Verkrampfung erhöhte die Beschleunigung nur ihr Unbehagen.

Als die Beschleunigung aufhörte, erlebten sie das gegenteilige Gefühl – Null-Schwerkraft. Das Gefühl des Schwebens lockerte den Schmerz in ihren Gliedern ein wenig.

Nach einer Ewigkeit spürten sie endlich, daß das sie umgebende Material ausgeladen wurde. Dann wurde ihr Abteil geöffnet, Licht drang herein und blendete sie. Sie zwinkerten und brauchten einige Zeit, bis sie die Umrisse dreier Männer erkannten, die sich vor ihnen aufbauten. Schmierige Hände langten herein, umfaßten ihre Arme und zerrten sie unsanft heraus.

»Willkommen an Bord der Linnea Rose«, sagte eine rauhe Stimme. »Ihr seid auf dem Weg zum Asylplaneten.«

6. KAPITEL

Die Fahrt zum Asylplaneten

Mit schmerzenden Gliedern kletterten die d'Alemberts aus dem Versteck. Sie befanden sich im Laderaum eines Schiffes, umgeben von unzähligen Behältern und Kisten.

»Stecken in all den Kisten Menschen?« fragte Jules, während er ein paar Übungen zur Lockerung der Muskeln vollführte. Auch Yvette verrenkte sich merkwürdig, um sich wieder fit zu machen.

»Ach wo, wir haben immer nur ein paar pro Fahrt dabei«, gab einer der Männer Auskunft. »Mehr Platz haben wir nicht. Ich zeige euch die Unterkunft.«

Er schwamm hinauf an die ›Decke‹ des Raumes, nämlich an die Vorwand, während das Schiff in Bewegung war. Jules und Yvette schwammen ihm mit noch immer schmerzenden, aber wenigstens funktionstüchtigen Gliedern nach. Ein Passagierschiff hätte natürlich unter Ultra-Gravität gestanden, um der Bequemlichkeit der Fahrgäste entgegenzukommen, aber ein Frachtschiff konnte sich diesen Luxus nicht leisten. Die Besatzungsmitglieder mußten entweder das Arbeiten unter diesen Bedingungen lernen oder suchten sich eine andere Beschäftigung.

Der Mann führte sie einen Gang entlang zu zwei Metalltüren. Die zwei nebeneinanderliegenden Räume glichen einander in ihrer Kargheit: eine Null-Schwerkraft-Pritsche entlang einer Wand, mehrere in die Wand eingebaute Schubladen für persönliche Dinge und in einer Ecke eine Waschgelegenheit. Die Metallwände waren grau und kalt.

»Ein Fortschritt im Vergleich zum Container«, bemerkte Yvette. »Aber kein großer.«

»Man möchte meinen, bei fünfzigtausend pro Nase dürfte man mehr erwarten«, meuterte Jules.

»Nur nicht meckern! Sie zahlen für unsere Dienste und nicht für die Unterbringung«, sagte der Mann. »Mit einem Passagierschiff hätte man euch nicht so leicht fortschaffen können. Auf dem Asylplaneten sieht es dann viel besser aus. In der Zwischenzeit müssen Sie sich damit begnügen. Seien Sie froh, daß Sie überhaupt da sind. Das Essen wird in zwei Stunden serviert. Die Messe ist weiter vorne.« Nach Erfüllung seiner Bewillkommungspflichten ging er.

»Immer noch besser als eine Gefängniszelle«, sagte Yvette, Dabei berührte sie ihren Bruder sachte an der Schulter. Ihre Finger tippten eine kurze verschlüsselte Botschaft: Der Raum wird wahrscheinlich abgehört.

Jules antwortete mit einem unmerklichen Nicken. An Bord des Schiffes konnten sie vermutlich nicht offen sprechen, und sie durften auf feindlichem Territorium nicht erkennen lassen, daß sie eigentlich zu Unrecht hier waren.

»Du hast recht«, sagte er laut. »Und ich strecke mich jetzt aus und mache ein Nickerchen. Das habe ich nach dem Aufenthalt in der Box dringend nötig.«

Das war sein Ernst. Die Aktivitäten des Tages forderten ihren Tribut. Auch die abnorm große Vitalität der d'Alemberts konnte sich erschöpfen, das war nach diesem ereignisreichen Tag kein Wunder. Die Geschwister trennten sich, um sich vor dem Dinner noch ein wenig zu entspannen.

Ausgeruht trafen sie sich zwei Stunden später und schwammen auf die Vorderseite des Schiffes zu. Nach einigem Suchen fanden sie ein Besatzungsmitglied, das ihnen den Weg zur Messe zeigte. Als sie endlich eintrafen, hatten sich dort bereits fast alle an Bord des Schiffes Befindlichen versammelt.

Die *Linnea Rose* führte einundzwanzig Mann Besatzung, und hatte außer den d'Alemberts noch drei weitere Passagiere an Bord. Diese waren ohne Zweifel aus denselben Gründen unterwegs – sie hatten die Fahrt zum Asylplaneten gebucht, um dem Arm des Gesetzes zu entkommen.

Yvette überflog die Gesichterreihen und erschrak, als sie ein Gesicht erkannte. Es war der Spieler, dem sie auf Cordoba begegnet war, der Geck von dem Hochschwerkraft-Planeten, den sie mit Jules verwechselt hatte. Sie kramte verzweifelt in ihrem Gedächtnis und hatte dann endlichen den Namen, der zu dem Gesicht gehörte: Pias Nav.

Der Spieler war ebenso großartig gekleidet wie beim ersten Mal, wenn auch ein wenig praktischer im Hinblick auf eine Null-

Schwerkraft-Umgebung. Diesmal war er ohne Hut und trug einen schwarzen Anzug ohne Cape. An der linken Schulter prangte eine rote Stoffrose. Bei jeder Bewegung fächelten die Blütenblätter aus zartem Stoff. Er erblickte Yvette fast gleichzeitig wie sie ihn. Seine Miene erhellte sich freudig.

»Yarmilla Dubcek!« rief er laut aus. Alle Köpfe wandten sich, entweder ihm oder dem Gegenstand seiner Aufmerksamkeit zu. Pias Nav fuhr, die Blicke nicht beachtend, fort: »Welch unerwartetes Vergnügen, Ihnen wieder zu begegnen! Ich hörte, an Bord sei auch eine Dame, aber ich hatte keine Ahnung, daß Sie das sind! Und das muß Ihr Bruder sein! Bitte, Sie müssen hier neben mir Platz nehmen, ich bestehe darauf!«

Yvette bewegte sich lächelnd in seine Richtung. Jules folgte ihr einigermaßen verblüfft. »Wer ist das?« flüsterte er, während er durch die Messe schwamm.

»Der Kerl, den ich im Kasino mit dir verwechselte. Ich habe dir davon erzählt.«

Jules musterte Pias Nav mißbilligend von Kopf bis Fuß. »Ich begreife gar nicht, wie du dich so irren konntest. Ich sehe doch viel besser aus als der da.«

Yvette lachte kurz auch. »Und bist viel eingebildeter. Ich finde ihn charmant.«

»Außerdem ist er ein Gauner großen Stils, sonst wäre er nicht da«, mahnte Jules. »Vergiß das nicht.«

Sie schwammen weiter und machten erst neben dem Spieler halt. »Für gewöhnlich pflege ich mich zu verbeugen, meine Gnädigste, aber das läßt sich im schwerelosen Raum nicht machen«, entschuldigte Nav sich. »Darf ich Ihnen als Zeichen meiner Verehrung die Hand küssen –«

»Natürlich«, Yvette streckte die Hand aus und Nav führte sie mit einer Eleganz an die Lippen, die auf einem Hofball hätte bestehen können.

Jules ließ sich ein Stück weitertreiben und murmelte leise etwas von verdammt affigem Angeber. Um ein gewisses Gefühl der Nutzlosigkeit zu überbrücken, schwamm er an den Speiseautomaten, holte Teller für sich und Yvette und brachte sie ihr, die noch immer von Nav gefesselt war.

Das Essen war typisch für die Weltraumfahrt und nicht weiter aufregend. Klare Brühe in der Druckflasche als Suppe; eine

Kugel, in der bissengroße, vorgeschnittene Teile einer Eiweißpaste enthalten waren, die optisch und geschmacklich gekochtem Fleisch nachempfunden war. Drei weitere Tuben enthielten Gemüse in Creme-Form, heißen Kaffee und Pudding.

»Na, verwöhnt werden wir hier nicht gerade«, bemerkte Jules, als er seiner Schwester die Speisenfolge servierte.

»Macht nichts, Gnädigste«, sagte Nav. »Neben Ihnen wird auch das Einfachste zu einem unvergleichlichen Festschmaus.«

Ich glaube, ich höre nicht richtig, dachte Jules, behielt aber seine Meinung über den Redeschwall des Spielers für sich. Er nuckelte an seiner Suppe und den Gemüsen und kaute wortkarg an den Eiweiß-Brocken.

In gewisser Weise erwies sich Navs Geplauder jedoch als sehr nützlich. Als geborener Wichtigtuer hatte er bereits allerhand über die Mitpassagiere in Erfahrung gebracht.

»Der Kerl dort drüben«, sagte er und deutete auf einen mageren Mann in mittleren Jahren mit stark gelichtetem Haar und Schielaugen, »ist der frühere Buchhalter des Earls von Arabolia. Man nimmt an, daß er zwei Millionen auf die Seite brachte, ehe er seinen Posten in aller Eile aufgab. Genaue Zahlen nennt er nicht. Unser zweiter Reisegefährte ist Rowe Carnery, der von unzähligen Planeten höchst erfolgreich Schiffe entführte.«

Yvette glaubte eine leichte Veränderung in Navs Stimme festzustellen, als er von Carnery sprach – weniger leicht und mit dunklem Unterton gefärbt. Zwischen Nav und Camery stimmt etwas nicht, signalisierten ihre Instinkte, obwohl es ihr an Beweisen für ihre Vermutung fehlte.

Sie unterzog Carnery einer eingehenden Musterung. Der Mann war sehr groß, knapp zwei Meter, und brachte mit Leichtigkeit hundertzehn Kilo auf die Waage. Das schwarze Haar war ganz kurz geschoren, die buschigen Brauen wuchsen zusammen und bildeten unter der Stirn eine einzige dunkle Linie. Sein Gesicht zierte ein zwei Tage alter Stoppelbart, die Nase war ihm in der Vergangenheit mehrere Male gebrochen worden. Die tiefliegenden dunklen Augen brüteten über geheimen Schrecknissen, die nur er allein sehen konnte. Ganz sicher kein Typ, den ich zu einem Picknick einlade, entschied Yvette. Möchte wissen, welche Verbindung zwischen ihm und Nav besteht.

Sie erzählte Nav ihre und ihres Bruders Geschichte. Sie seien die berühmten Einsteigdiebe, behauptete sie, und er war gebührend beeindruckt. »Und was ist mit Ihnen?« fragte sie schließlich. »Womit haben Sie sich die Fahrt zum Asylplaneten verdient?«

»Verglichen mit Ihren Taten, sind meine Sünden Bagatellen«, erklärte Nav geziert. »Ich bin Spieler von Beruf und spiele besser, als es gewissen Kasinobesitzern auf Cordoba in den Kram paßte. Nachdem ich einigen ein kleines Vermögen abgeknöpft hatte, dachten sie sich mit vereinten Kräften Methoden aus, die mich entmutigen sollten. Die letzte dieser Methode sah so aus, daß sie mir zwei Schläger auf den Hals hetzten, die mir eine Abreibung verpassen sollten. Ich setzte mich zur Wehr, und einer der Knaben mußte ins Gras beißen. Diese Gelegenheit nützten sie und hängten mir einen Mord an. Diese Reise erschien mir die verlockendere Alternative, als der Polizei die Geschichte zu explizieren.«

»Sie sehen aber gar nicht wie eine richtige Kampfnatur aus«, bemerkte Jules eisig.

»Bin ich auch nicht«, gab ihm Nav mit freundlichem Lächeln recht. »Es gibt Zeiten, da sind meine sämtlichen Energien darauf gerichtet, Gewalt zu verhindern. Aber wie Sie wissen, bewegen sich diese Menschen von den Planeten mit geringer Schwerkraft langsamer, als ihnen guttut.«

Diese Wendung des Gespräches gab Yvette Gelegenheit zu der Frage: »Woher stammen Sie übrigens? Ihr Akzent verrät, daß Sie nicht von DesPlaines kommen, und von Purity sind Sie auch nicht. Es gibt nicht viele Hochschwerkraft-Welten.«

»Nein«, sagte Nav lächelnd. »Ich stamme von Newforest.«

Yvettes Augen weiteten sich unmerklich. Newforest war die sogenannte Verlorene Kolonie, jahrhundertelang ein Mythos, bis sie schließlich vor erst fünfzig Jahren entdeckt wurde. Im frühen einundzwanzigsten Jahrhundert hoben etwa zwei Dutzend Schiffe voller Zigeuner und ›Kesselflicker‹ von England aus ab. Sie flohen vor den Säuberungswellen, die über die Erde hinwegrollten. Der Kontakt brach ab, und bei der offiziellen Gründung des Erdimperiums im Jahre 2225 nahm man allgemein an, daß die Schiffe entweder im noch nicht vermessenen Bereich des Alls oder auf einer unbewohnbaren Welt gelandet waren, auf der kein Überleben möglich war.

Doch es gab merkwürdige Vorkommnisse. Immer wieder landeten Raumschiffe auf erschlossenen Planeten. Kapitän und Besatzung behaupteten, Bewohner einer Newforest genannten Welt zu sein, Nachkommen der Menschen dieser verlorenen Schiffe. Diese Menschen von Newforest nahmen mit der Zeit mythische Dimensionen an. Man wußte von ihnen nur, daß sie von einem Hochschwerkraft-Planeten kamen, dessen genaue Lage sie geheimhielten.

Nach ausgeklügelter Detektivarbeit von seiten des Service war man in der Lage, auf die Position von Newforest zu schließen. Der Planet befand sich in naher Umlaufbahn zu einem roten Stern, der so klein und schwach war, daß er in den galaktischen Karten meist gar nicht auftauchte. Die Bevölkerung von Newforest wußte nicht recht, was sie von der Erde halten sollte, da sie in erster Linie die Verfolgungen in Erinnerung hatte, die sie von dort vertrieben hatten. Doch als eine Flotte von fünfundzwanzig kaiserlichen Schlachtkreuzern an ihrem Himmel auftauchte und verlangte, daß sie entweder dem Imperium Treue gelobten oder ausgelöscht würden, blieb ihnen nichts übrig, als sich dem Regierungssystem der Erde zu fügen.

Diese Affäre hatte vor fünf Jahrzehnten eine Sensation dargestellt, doch seither hatte sich alles beruhigt. Newforest, eine Welt mit der zweieinhalbfachen Oberflächenschwerkraft der Erde, entpuppte sich als überaus stiller, bukolischer Ort. Die Bewohner steckten ihre Nasen nicht in fremde Angelegenheiten und machten keinen Ärger. Die Bürger von Newforest – wie alle Hochschwerkraftmenschen – reisten nicht viel, weil die Anpassung an schwächere Schwerkraftsysteme nicht ganz einfach war. Als Folge davon war Newforest eher wegen seiner exotischen Vergangenheit als der banalen Gegenwart bekannt.

»Sie sind der erste Newforester, den ich kennenlerne«, sagte Yvette ganz ehrlich. »Wie sieht es bei euch aus?«

Dies war das geeignete Stichwort, um dem wortgewaltigen Spieler stundenlangen Gesprächsstoff zu liefern. Mit seinen üblichen eleganten Wendungen berichtete er von den Lebensbedingungen unter einer schwachen roten Sonne. Er beschrieb das leuchtend rote Laub und die merkwürdigen einheimischen Tiere. Er gab ihr einen Begriff von den Gebräuchen, die sich auf dem Planeten während der jahrhundertelangen Isolation von der übrigen Menschheit entwickelt hatten, und wie das Leben eines typischen Newforesters verlief. Er war so beredt, daß Yvette neben ihm schwebend wie in Trance zuhörte.

Mittlerweile hatte Jules sein Dinner beendet und langweilte sich tödlich. Seine Schwester widmete ihre Aufmerksamkeit voll und ganz diesem eitlen Schwätzer, und Nav spielte seinem Publikum wie ein Virtuose auf. Die wenigen Bemerkungen, die Jules einwerfen konnte, wurden als unwichtig übergangen, und bald fühlte er sich so nutzlos wie ein Räderpaar an einem Schiff. Schließlich hatte er es satt, müßig in der Schwebe zu verharren, während die anderen zwei plauderten. Er entschuldigte sich und verließ die Messe. Sein Verschwinden wurde kaum bemerkt.

Da er sich nicht damit zufriedengeben wollte, sich in seiner Koje auszustrecken und über Yvettes Begeisterung für den redseligen Gecken nachzugrübeln, entschloß sich Jules, an Bord des Schiffes auf Erkundung zu gehen. Indem er die Gänge entlangruderte, entdeckte er bald, wo die Mannschaftsquartiere lagen, die Kombüse, die Wiederaufbereitungsanlagen, die Frachträume und die Unterkünfte der Offiziere. Letztere waren, wie er von dem eben anwesenden Offizier in rüdem Ton belehrt wurde, für ihn tabu. Als Passagier sollte er offenbar die meiste Zeit in seiner Kabine verbringen – bis auf die Mahlzeiten. Ein Tagesablauf, der sich als sehr öde erweisen konnte.

Auf seinem Streifzug stieß er jedoch auf etwas sehr Nützliches. Eine Tür, die er auf den ersten Blick kaum bemerkt hatte. Er öffnete sie und entdeckte einen kleinen Vorratsraum mit Sauerstoffbehältern und Sicherheitsausrüstungen. Es roch hier wie in einem selten benutzten Raum – sicher gab es hier keine elektronischen Abhöreinrichtungen. Hier konnte er sich mit Yvette ungestört treffen und Gedanken austauschen – genau das, was sie brauchten. Aufgeregt schwamm er zu ihrer Unterkunft, um ihr von seiner Entdeckung zu berichten. Sie war vom Essen noch nicht zurück. Er ging also in seine Kabine, um bis zu ihrer Rückkehr vor sich hinzuschmollen.

Eine Stunde und zweiundvierzig Minuten später – er hatte die Zeit genau im Auge behalten – hörte er draußen auf dem Gang Stimmen. Er öffnete die Tür nur spaltbreit und spähte hinaus. Da stand Yvette eng umschlungen mit ihrer neuen Bekanntschaft. Peinlich berührt wandte Jules den Blick ab. Der Kuß schien ewig zu dauern. Unter anderen Umständen hätte Jules ungeduldig mit dem Fuß aufgestampft, doch das war im Zustand der Schwerelosigkeit nicht möglich. Schließlich ging Nav, und Yvette huschte allein in ihr Zimmer.

Jules schwamm leise hinüber und klopfte an. Sie öffnete und wollte ihn begrüßen, doch er legte den Finger an die Lippen und gebot ihr Schweigen. Dann bedeutete er ihr, sie möge ihm folgen, und sie kam willig seiner Aufforderung nach.

Er führte sie zu dem Vorratsraum, den er entdeckt hatte. »Hier können wir unbelauscht reden«, sagte er. »Ich kann mir nicht denken, daß ein halbwegs vernünftiger Mensch hier drinnen Abhörwanzen anbringt.«

»Ideal«, meinte Yvette.

Ohne weitere Einleitung sagte Jules: »Du solltest dich mit diesem glattzüngigen Newforester vorsehen. Mir gefällt das alles nicht.«

»Warum nicht? Nur weil er charmant und amüsant ist und weiß, wie man sich einer Dame gegenüber benimmt?«

»Er ist ein Gauner, und wir können uns Romanzen mit einem dieser Typen nicht erlauben. Nicht bei unserer Arbeit.«

Yvette sah ihn aus schmalen Augen an. »*Mon Dieu*, mein Bruder ist aber ein Tugendbold! Hätte ich nie gedacht!« Sie wollte die Situation scherzhaft überspielen, hörte aber sofort damit auf, als sie merkte, wie ernst es ihm war. »Hör mal, er ist kein richtiger Gauner. Er ist Berufsspieler, was auf vielen Planeten erlaubt ist. Er ist nur hier, weil er in eine Situation hineingeriet, aus der er sich aus eigener Kraft nicht mehr befreien konnte. Dadurch wird er aber kaum Feind Nummer eins der Galaxis.«

»Dann nimmst du ihm seine Geschichte also ab?«

»Im Moment ja. Er lieferte mir keinen Grund, ihm nicht zu glauben.«

»Er hat einen Mord gestanden.«

»*Mon cher frère*, wir haben Ähnliches auf dem Kerbholz. Wir mußten manchmal töten, in Notwehr oder zum Wohle des Imperiums. Aus diesen Gründen allein würde ich ihn nicht in Grund und Boden verdammen.«

Jules schlug mit der rechten Faust auf die linke Handfläche. »Irgendwas an ihm stimmt nicht, Evie. Mehr kann ich im Moment nicht sagen. Irgendwas an seiner Geschichte stört mich. Er ist uns gegenüber nicht ganz aufrichtig.«

»Jetzt sage ich dir eines«, meinte Yvette in einem letzten Versuch, die aufgebrachten Gefühle ihres Bruders zu beruhigen. »Verschaffe mir Beweise, und ich glaube dir. Ich verlasse mich auf deine Gefühle, wenn du sagst, er wäre nicht aufrichtig – aber ich bitte dich, meinem Gefühl zu trauen, daß er ein guter Mensch ist.«

Jules schnitt eine Grimasse. »Also gut, abgemacht. Aber ich warne dich. Ich werde ihn mir genauer ansehen.«

»Ich kenne dich«, sagte Yvette lächelnd, »und ich habe nichts anderes erwartet.«

Beim Frühstück am nächsten Morgen war Pias Nav ganz wie immer. Er bezauberte Yvette und war mit seiner übertriebenen Galanterie ein rotes Tuch für Jules. Doch zu Mittag zeigte sich der Spieler nicht in der Messe beim gemeinsamen Essen. Jules wurde mißtrauisch. An Bord eines Schiffes, auf dem die Mahlzeiten der einzige erlaubte gesellige Anlaß waren, würde niemand so leicht ein Essen ausfallen lassen. Jules würgte seine Portionen hastig hinunter und entschuldigte sich, weil er vorzeitig die Tafel verließ. Die Sache verdiente, näher untersucht zu werden.

Er schwamm zu der Kabine, die, wie er wußte, Nav gehörte. Auf sein Klopfen bekam er keine Antwort. Sein Gespür sagte ihm nun, er solle zurück zu seiner und Yvettes Unterkunft, halb in der Erwartung, er würde den Newforester beim Durchstöbern der Kabinen ertappen. Aber beide Räume waren unberührt. Verblüfft schwamm er weiter. Wo konnte der Mann nur sein, und was hatte er vor?

Schließlich vernahm er ein leises Geräusch. Eine Tür zur Linken stand ein wenig offen – es war die Tür von Rowe Carnerys Kabine, wie er am Vortag erfahren hatte. Er näherte sich langsam, legte das Auge an den Spalt und sah hinein. Ja, da war Nav. Er war im Begriff, die Schubfächer des Einbauschrankes zu durchstöbern. Er nahm nacheinander Kleidungsstücke heraus, durchsuchte sie, und legte sie, da er das Gesuchte nicht entdeckt hatte, wieder zurück. Dieser Vorgang wiederholte sich. Schließlich stieß er auf etwas, das ihn interessierte – ein großes rundes Medaillon an einer Silberkette. Nav hielt es gegen das Licht und untersuchte es eingehend, dann umschloß er es mit seiner Faust.

Seine Miene drückte schieren Haß aus, in seinen Augen blitzte Mordlust, so daß es Jules kalt überlief. Mir gleich, was Yvette glaubt, dachte Jules. Der Kerl ist kein Unschuldslamm. Mit einem, der so aussehen kann, möchte ich nicht aneinandergeraten.

Es dauerte eine Weile, bis Nav wieder normal aussah. Sorgfältig legte er das Medaillon zurück, und ordnete die Sachen in den Fächern säuberlich. Carney würde nie merken, daß seine Kabine durchsucht worden war.

Jetzt aber rasch weg, entschied Jules. Er darf nicht merken, daß ich ihm nachspioniere. Er schwamm rasch weg und war bereits außer Sicht, als Nav aus der Kabine kam und in die entgegengesetzte Richtung, nämlich zum Speisesaal hin schwamm.

Später am Abend, als Jules und Yvette gemeinsam auf dem Weg zum Dinner waren, nahm er seine Schwester beiseite in ihren Vorratsraum. »Könntest du deinen Freund ein oder zwei Stunden nach dem Essen irgendwie beschäftigen? Ich möchte seine Kabine durchsuchen.«

»Nur eine oder zwei Stunden?« Er glaubte eine Andeutung von Blinzeln in ihren Augen zu entdecken. »Klar, gar kein Problem. Jede Wette, daß du nichts findest.«

»Ich muß mich vergewissern.« Jules wollte ihr noch nichts von seiner eben gemachten Entdeckung sagen. Er wollte ihr vielmehr ein ganzes Paket an Beweisen auf einmal präsentieren.

Wieder aß Jules sehr hastig und stahl sich unbemerkt fort. Pias Nav war mit Yvette so beschäftigt, daß er ihrem Bruder keine Beachtung schenkte. Entschlossen durchschwamm Jules die Gänge, bis er endlich die Kabine des Spielers erreicht hatte.

Die Tür war versperrt, der Sperrmechanismus jedoch ganz einfach. Jules mit seiner gründlichen Ausbildung und großen Erfahrung auf diesem Gebiet brauchte sich nicht lange abzumühen. Das Innere der Kabine glich der seinen, und das bedeutete, daß es nur wenige Stellen gab, an denen man suchen mußte. Falls Navs Aufbruch ebenso hastig erfolgt war wie sein eigener, dann hatte er auch nicht viel Zeit zum Packen gehabt, also gab es auch wenig Gepäck. Dennoch hoffte Jules einen Hinweis zu finden, der ihm etwas über diesen geheimnisvollen Newforester verriet.

Trotz seiner Eile hatte Nav eine ganze Menge Juwelen mitgenommen – meist Ringe und Broschen, dazu ein paar prächtige

Anhänger. Garderobe zum Wechseln und reichlich Bargeld. Interessant, daß nirgends Würfel, Karten oder anderes Zubehör der Spielerzunft zu finden war. Das war wirklich sonderbar, wenn auch nicht unbedingt negativ.

Jules wollte eben enttäuscht ein Schubfach zuschieben und seine Suchaktion als Fehlschlag abschreiben, als sein Blick auf eine Einzelheit fiel. Aus einem Wäschestapel zog er ein säuberlich gefaltetes Taschentuch mit den Initialen PB in zarter Stickerei.

Entweder klaut er die Taschentücher oder Pias Nav ist nicht der Name, den er immer benützt, überlegte Jules. Ich bin gespannt, was Evie dazu sagen wird.

Er ordnete das Taschentuch wieder in den Stapel ein, vergewisserte sich mit einem raschen Blick, daß er nichts übersehen hatte, und schlich dann so verstohlen hinaus, wie er gekommen war – und achtete darauf, daß er die Tür hinter sich wieder versperrte.

Noch hatte er nichts Definitives, das er Yvette als Beweis gegen den Newforester präsentieren konnte. Die Durchsuchung von Carnerys Kabine und das Taschentuch mit den anderen Initialen waren zwar Verdachtsmomente, aber kein Beweis, der etwas Negatives ans Tageslicht brachte. Pias Nav war nicht der einfache Glücksspieler, als der er sich ausgab, davon war Jules jetzt überzeugt. Doch die vollständige Geschichte hinter diesem Geheimnis bedurfte noch der Erhellung.

Bei Pias Nav, entschied Jules, bedurfte es noch einer verteufelten Menge genauerer Nachforschungen.

7. KAPITEL
Ankunft

Der Flug von Cordoba zum Asylplaneten dauerte vier weitere Tage. Während dieser Zeit ließ sich der Newforester nichts zuschulden kommen, was auch nur den leisesten Verdacht hätte erwecken können, und Jules beobachtete ihn genau. Nav verbrachte immer mehr Zeit mit Yvette, und Yvette ließ sich das nur zu gern gefallen. Sie genoß die galanten Aufmerksamkeiten, die Jules so widerlich waren; er ertappte sie mehrere Male dabei, wie sie Nav mit einer gewissen Nachdenklichkeit ansah. Er konnte sich keinen Reim darauf machen.

Hätte er aus seiner Haut fahren und sein eigenes Verhalten unvoreingenommen studieren können, so hätte er genau gemerkt, was ihr Benehmen bedeutete. Derselbe entzückte Blick lag in seinen Augen, wenn er mit seiner Verlobten Yvonne Roumenier zusammen war. Yvettes Blicke zeigten an, daß sie im Begriff stand, sich in diesen redegewandten Unbekannten vom Zigeunerplaneten zu verlieben.

Da er momentan aus der Welt seiner Schwester ausgeschlossen war, versuchte Jules sich auf seinen Auftrag zu konzentrieren. Er schloß zwanglose Bekanntschaft mit den anderen zwei Passagieren. Doch aus denen war nicht viel herauszuholen. Pasqual Ortiz, der die Veruntreuung begangen hatte, war eine Null, ein Typ, den man vergessen hatte, kaum daß man ihm den Rücken kehrte. Von seinem Geschick, sich anderer Leute Gelder anzueignen, abgesehen, hatte er nur wenige Talente aufzuweisen. Rowe Carnery andererseits hatte ein zu aufregendes Leben geführt und hielt jetzt lieber den Mund darüber. Er mochte es nicht, wenn er in ein Gespräch gezogen wurde, und antwortete nur mit Gebrumm oder bestenfalls mit Kurzsätzen. Jules spürte, daß bei diesem Mann knapp unter der Oberfläche Grausamkeit lauerte, und er war strikt darauf bedacht, sie nicht zum Vorschein zu bringen – es hatte keinen Sinn, sich in diesem Stadium die Fluchtgefährten zu Feinden zu machen.

Jules unternahm den Versuch, sich mit der Besatzung der *Linnea Rose* anzufreunden, mußten aber entdecken, daß die Männer es an Wortkargheit mit Carnery aufnehmen konnten. Bei ihnen kam als erstes ihre Arbeit. Auch als Jules ihnen an die Hand ging – mehr aus Langeweile als aus anderen Gründen –, beschränkten sich die Gespräche auf höchst belanglose Themen. Vor allem konnte er nichts über ihren Bestimmungsort in Erfahrung bringen. Entweder wußten sie nichts über den Asylplaneten, oder aber sie hatten strikten Befehl, sich darüber nicht zu äußern.

Folglich verbrachte Jules die meiste Zeit allein in seiner Kabine und ärgerte sich über Yvettes wachsende Neigung für Nav. Er braute sich komplizierte und teuflische Erklärungen für das rätselhafte Benehmen des Newforesters zusammen.

Als das Schiff aus der Sub-Sphäre in den Raum um den Asylplaneten eintauchte, teilte man ihnen dies knappe zehn Minuten vorher mit. Sie schnallten sich fest und erlebten das vertraute Zerfließen der Wirklichkeit, das den Übergang zwischen dem normalen und dem Sub-Äther-Raum kennzeichnet. Zwei weitere Stunden vergingen. Dann kam das Bremsmanöver. Die *Linnea Rose* durcheilte die Planetenatmosphäre und setzte weich auf dem Raumflughafen auf.

Die Passagiere wurden aus dem Schiff bugsiert und in ein langgestrecktes, niederes weißes Gebäude dirigiert. Dort wurde unter einem großen Schild mit der Aufschrift ›Willkommen auf dem Asylplaneten‹ ihr Gepäck geöffnet und vor ihren Augen gründlich durchsucht. Auf diese Weise hoffte man spätere Diebstahlsverdächtigungen zu vermeiden. Auch eine Leibesvisitation wurde vorgenommen, bei der in erster Linie nach eventuell vorhandenen Waffen gesucht wurde. »Wir mögen es gar nicht, wenn die Leute hier bewaffnet rumlaufen«, erklärte einer der Beamten. »Wir sind sehr friedliebend. Außerdem braucht hier kein Mensch Waffen. Man ist hier ohnehin unter sich.«

Die d'Alemberts gestatteten, daß man bei ihnen zwei Ministunner entdeckte, obwohl die Durchsuchung glimpflicher ausfiel, als sie fürchteten. Jules dachte an die elektronische Mini-Ausrüstung, die er hier mit Leichtigkeit hätte einschmuggeln können, quasi an den Nasen der Sicherheitsbeamten vorbei, aber dann machte er sich klar, daß dies keinen Sinn gehabt hätte. Diese Mini-Ausrüstung würde ihnen nicht helfen, von dem Planeten wieder wegzukommen. Dazu brauchten sie ein Raumschiff – und der Zugang zum Raumflughafen war schwer bewacht.

Die SOTE-Agenten ließen sich unbesorgt entwaffnen. Die Wachposten, von denen es hier jede Menge gab, waren sowohl mit Stunnern als mit Strahlern schwer bewaffnet. Die zwei Agenten fühlten sich durchaus befähigt, diese Quelle anzuzapfen, wenn die Zeit gekommen war. »Der beste Agent«, hatte ihr Vater ihnen wiederholte Male gesagt, »ist derjenige, der improvisieren kann. Wenn man die Aktionen zu gründlich vorausplant, geht meistens etwas schief, und man sitzt fest.«

Nach der Kontrolle warteten sie in einer Reihe, um vorläufige Quartiere zugewiesen zu bekommen, ähnlich wie Helena bei ihrer Ankunft. Das diesbezügliche Gespräch verlief klaglos, sie taten auch nichts; was den Verdacht der Beamtin erregt hätte, daher wurden ihre Bilder auch nicht an Garst überspielt – und das war ein wahres Glück. Hätte er sie nämlich gesehen, so hätte er auf der Stelle den Befehl erteilt, sie zu töten. Er hatte nicht vergessen, daß dieses Agentenpaar seine Organisation auf Vesa zerschlagen hatte.

Aber Jules und Yvette entsprachen ihrem Aussehen nach genau den Typen, für die sie sich ausgaben. Man fügte ihre Fotos den Akten bei und legte sie routinemäßig ab. Das war eben der Vorteil einer grundsoliden Tarn-Identität.

Wie alle Neuankömmlinge bekamen auch die d'Alemberts eine vorläufige Unterkunft zugewiesen, die sie bewohnen sollten, bis sie sich für einen endgültigen Ort entschieden hatten. Ihre Zimmer lagen in einer Holzbaracke, und waren, obwohl weit geräumiger als die Kabinen des Raumschiffes, himmelweit von dem Luxus entfernt, den sie eigentlich erwartet hatten. Den Prospekten, die man ihnen aushändigte, entnahmen sie, daß sie sich ihre ständige Wohnung nach Belieben aussuchen konnten, ganz nach Lage der Finanzen.

»Sieh dir mal das an«, rief Yvette aus. Die zwei Agenten waren überzeugt, daß auch diese Räume abgehört wurden. Sie mußten also jedes Wort abwägen, solange sie sich hier aufhielten. »Ich möchte diese Wohnung«, und sie deutete auf eine Bilderfolge, die wie der Katalog eines Immobilienmaklers zu schön war, um wahr zu sein.

Jules begutachtete das Bild, das sie ihm unter die Nase hielt, und heuchelte finanzielle Bedenken. »Das können wir uns nicht leisten«, sagte er matt. »Wir nehmen diese Wohnung, mit den zwei Schlafräumen.« Er deutete auf ein anderes Bild. »Die Miete ist niedriger und läßt uns Spielraum für andere Dinge.«

Sie ließen es zu einem gespielten Streit über dieses Thema kommen, schließlich aber gab Yvette nach. »Du bist immer viel zu praktisch veranlagt«, erklärte sie.

Am nächsten Tag bezogen sie tatsächlich eine Wohnung, die jener mit den zwei Schlafräumen im Prospekt ähnelte, aber doch gewisse Unterschied aufwies. Yvette gab grollend zu, daß sie annehmbar wäre, und der Zwist war beendet.

In der Zwischenzeit hatten sie außerdem die Broschüre ›Wissenswertes über den Asylplaneten‹ gelesen. Gegenwärtig gab es auf dem Planeten nur diese eine Stadt, die eine Einwohnerzahl von 27 000 aufwies. Zwei Drittel davon waren ›Flüchtlinge‹ wie die d'Alemberts, alle übrigen in der Verwaltung tätig. Die Klienten konnten es sich in dieser Pensionisten-Niederlassung gutgehen lassen.

Man hatte keine Mühe gescheut, den Einwanderern ihr neues Leben so angenehm wie möglich zu gestalten. Die Stadt war geradezu ideal angelegt, sämtliche Bauten fügten sich harmonisch in die Landschaft ein.

Nirgends Enge und Gedrängtheit. Parkanlagen und Grünflächen, wohin man auch sah, was sich auf die Augen sehr angenehm auswirkte. Es gab Bäder und Turnhallen, Sportplätze, Läden, Theater, Restaurants, Bars, Kasinos und andere Einrichtungen, in denen die neuen Bürger sich amüsieren konnten, ohne an die Polizei denken zu müssen.

Ein kritischer Beobachter allerdings hätte in dem Prospekt einiges vermißt. Nirgends ein Wort über die Regierung oder darüber, ob die Menschen ihr Leben hier nach eigenem Gutdünken gestalten durften. Keine Rede von Verbindungen zu anderen Welten. Und nirgends ein Wort davon, daß man den Planeten auch jemals wieder verlassen könne.

Dieser Asylplanet war in Wahrheit ein Zuchthaus ohne Gitter. Zugegeben, ein Gefängnis der Luxusklasse, aber nichtsdestoweniger ein Gefängnis. Den Insassen mußte dies zumindest im Unterbewußtsein spürbar geworden sein. Diese Menschen hatten als Verbrecher eine knallharte Vergangenheit hinter sich und konnten sich an unbegrenzten Müßiggang nicht ohne weiteres gewöhnen. Alkohol und Drogen wurden reichlich konsumiert, und es verging kaum ein Tag ohne ein paar handfeste Prügeleien in den Bars.

Der Asylplanet war demnach ein höchst unvollkommenes Paradies.

Nun aber konnten die d'Alemberts endlich ihren eigentlichen Auftrag in Angriff nehmen, nämlich Helena ausfindig zu machen und ihr eine Fluchtmöglichkeit zu verschaffen. Jules hatte gemeint, dies bedeute, daß seine Schwester endlich ihre Verabredung mit Nav aufgeben und wieder mit ihm zusammenarbeiten würde. Zu seiner Erbitterung mußte er entdecken, daß dem nicht so war.

»Du mußt es so sehen«, sagte Yvette während eines kleinen Spazierganges auf einem einsamen Weg. Seit ihrer Ankunft hatten sie fleißig Spaziergänge machen müssen, weil sie sicher sein wollten, daß man ihre Gespräche nicht abhörte. »Hier gibt es über 27 000 Menschen, und wir suchen einen einzigen. Wir verdoppeln unsere Chancen, wenn wir uns trennen und einzeln auf die Suche gehen. Wenn Pias mich ausführen will – ich könnte mir keine bessere Ausrede vorstellen, in der ganzen Stadt herumzukommen. Und du bist frei und kannst dich dort umsehen, wo ich nicht hinkomme.«

Die Tatsache, daß ihr Plan seinen Wünschen nicht entgegenkam und dennoch so sinnvoll war, regte ihn nur noch mehr auf. »Er ist dir gegenüber nicht aufrichtig«, beharrte er. »Er hat etwas zu verbergen.«

»Dauernd erhebst du diese vagen Vorwürfe. Jetzt beobachtest du ihn schon eine Woche. Konntest du nichts Handfesteres herausbekommen?«

Da erzählte Jules ihr widerstrebend von Navs sonderbarem Verhalten in Carnerys Kabine. Yvette hörte aufmerksam zu und sagte länger Zeit gar nichts, nachdem ihr Bruder alles berichtet hatte. »Ich weiß, daß es zwischen Pias und Carnery etwas gibt. Das wußte ich gleich von Anfang an, als Pias zum ersten Mal den Mann erwähnte. Vielleicht hat er aus irgendeinem Grund etwas gegen ihn. Soll ich ihn deshalb meiden?«

»Du hast seinen Gesichtsausdruck nicht gesehen. Ich sage dir, dieser Mann ist gefährlich.«

»Alle Männer sind gefährlich«, sagte Yvette lächelnd. »Das gehört zu den ersten Lektionen, die ein Mädchen lernt, wenn es erwachsen wird. Wenn wir uns davon abhalten ließen, wäre die menschliche Rasse schon vor Jahrtausenden ausgestorben. Mehr hast du gegen ihn also nicht vorzubringen?«

»Doch. Er belügt uns außerdem hinsichtlich seiner Identität. Ich entdeckte in seiner Kabine ein Taschentuch mit dem Monogramm ›PB‹«.

»Wir belügen ihn in diesem Punkt ebenfalls. Ich bin nicht Yarmilla Dubcek. Ich könnte mir viele Situationen vorstellen, in denen ein Berufsspieler zu einem anderen Namen greifen muß. Das bereitet mir keine Kopfzerbrechen, ich lege vielmehr auf die Persönlichkeit dahinter Wert. Er ist ein guter Mensch, Jules. Das weiß ich so sicher, daß mich nichts in meiner Meinung erschüttern kann.«

Sie gab ihrem Bruder einen Kuß auf die Stirn. »Lieb von dir, daß du dir meinetwegen Sorgen machst, wirklich. Ich weiß ja, du tust es nur, weil du mich liebhast. Jules, ich habe dich auch lieb. Aber denk daran, daß ich um ein Jahr älter bin. Ich kann auf mich selbst aufpassen, ehrlich. Wir sind keine Siamesischen Zwillinge, ich habe Anspruch auf ein Eigenleben. Schließlich bin ich dir auch nicht böse, wenn du mit Vonnie zusammen bist, also kannst du mir ruhig dasselbe gönnen.«

Sie sah auf die Uhr. »Leider drängt die Zeit – ich bin in zehn Minuten mit Pias verabredet und schaffe es gerade noch. Ich werde daran denken, was du mir über ihn gesagt hast, gleichzeitig werde ich nach Helena Ausschau halten. Aus diesem Grund bin ich schließlich da, ich weiß das so gut wie du.

Aber ich mache das auf meine Art. *A bientôt.*« Und sie lief eilig davon und ließ Jules stehen, der sich sehr frustriert fühlte, weil er sie von Navs Gefährlichkeit nicht überzeugen konnte.

Sie läßt sich zum Narren halten, dachte er wütend. Gleichzeitig aber wußte er, daß seine Schwester eine willensstarke Frau war und er ihre Meinung nicht mit ein paar Worten ändern konnte. Er verdrängte dieses Problem für den Augenblick aus dem Bewußtsein und konzentrierte sich statt dessen auf die Suche nach Helena.

Yvette traf sich mit Pias Nav in einem Restaurant, dessen Spezialität nagalesische Speisen waren. Er hatte sich bereits an einen Tisch vorne rechts gesetzt, doch sie tat so, als hätte sie ihn nicht sofort erspäht, was ihr Gelegenheit gab, den Raum einer unauffälligen allgemeinen Musterung zu unterziehen. Keine Spur von Helena, also nahm sie Navs Winken zur Kenntnis.

Er erhob sich, noch während sie auf ihn zukam, und beugte sich über ihre Hand. Sie bestellte die Spezialität des Hauses, eine Platte mit rohem Fisch, als Beilage Gemüse in Eierteig herausgebacken. Dazu gab es eine große Auswahl an Saucen, in die man die einzelnen Bissen eintunkte. Dadurch wurde die Mahlzeit zu einer Entdeckungsreise in die verschiedensten Geschmacksrichtungen.

Während des Essens sah der Newforester plötzlich auf und wechselte das Thema ihrer bislang nichtssagenden Unterhaltung. »Dein Bruder mag mich nicht, habe ich recht?«

»Was meinst du damit?«

»Ich bin doch nicht blind, Yarmina. Wenn wir uns im gleichen Raum aufhalten, spüre ich seine eisigen Blicke auf mir. Und seine kurzangebundene Art, mit mir zu reden, sagt alles. Macht er dir das Leben meinetwegen sehr schwer?«

»Er ist außer sich«, sagte Yvette gedehnt. Dabei fragte sie sich, wie sie ihre Worte diplomatisch formulieren sollte. »Er spielt gern den Beschützer, obwohl ich älter bin. Unser Familienstolz ist sehr ausgeprägt, daher fürchtet er, ich würde mich nicht standesgemäß verheiraten.«

Pias Nav stieß ein kurzes Lachen aus.

»Was ist da so komisch?« fragte Yvette ihn. Nur mit Mühe fand der Newforester zu seinem früheren Ernst zurück. »Ach, nichts. Ich frage mich nur, wie tief ich unter dir stehe. Ich bin ein Spieler und du eine Diebin. Wir beide stehen auf der gesellschaftlichen Leiter ziemlich tief unten.«

Yvette verwünschte sich, weil sie diesen schweren Fehler begangen hatte. Ihr Vater war Herzog des Planeten DesPlaines, ungeachtet der Tatsache, daß er es vorzog, als Zirkusdirektor auf Tournee zu gehen. Ehen zwischen Adeligen und Bürgerlichen waren sehr häufig und wurden in gewissen Kreisen sogar begünstigt, also gab es kein rechtliches Hindernis, falls Yvette eine Ehe mit Nav in Erwägung zog. Trotzdem war sie sicher, daß ihr hoher

Rang ein Faktor war, der in Jules' Überlegungen eine Rolle spielte. Doch wie sie das gesagt hatte, mußte es den Eindruck erwecken, ihre Herkunft wäre wohlgeborener, als sie eingestand.

Ein Glück, daß der Newforester ihre Bemerkung als Scherz auffaßte. In diesem Zusammenhang war es lächerlich, sich über ihren ›Rang‹ aufzuhalten.

»Ich glaube, Jaro wird keinen Mann für mich als gut genug befinden«, erklärte sie. »Brüderliche Eifersucht kann sich zu einem starken Motiv auswachsen. Aber das verstehst du vielleicht nicht.«

»Und ob«, erwiderte Nav. »Ich habe selbst drei Schwestern. Zwei sind mit Männern verheiratet, die ich als Versager ansehe. Die dritte ist erst sechzehn und macht mir noch keine Sorgen. Aber ich weiß, was ein Bruder durchmacht. Besonders auf Newforest – dort sind die Frauen heilig. Alte Sitten sind sehr zählebig.«

Er sah Yvette lange an und wiederholte: »Heilig.«

Yvette spürte plötzlich Trockenheit im Mund. Sie zwang sich zu einem leichten Ton, als sie die nächste wichtige Frage stellte: »Bedeutet dir denn die Meinung meines Bruders etwas?«

»Ja.« Nav hatte dieses Wort im Flüsterton ausgesprochen, doch es blieb zwischen ihnen in der Luft hängen, als hätte er es hinausgeschrien. »Das heißt, außer … ich weiß nicht weiter, wirklich. Ich dürfte nicht zulassen, daß es mich so berührt. Wir sind doch nur zwei Wanderer, die zufällig dasselbe Ziel hatten. Wir sollten uns amüsieren und nicht zu viel an die Zukunft denken, stimmt's?«

Yvette hatte ihren Freund noch nie so ernst erlebt. Die Verwirrung in seinen Gedanken schien ein Spiegelbild ihrer eigenen. »Ja, genau so empfinde ich es auch. Manchmal entwickeln sich die Dinge so merkwürdig. Vielleicht müssen wir uns trennen und werden uns nie wieder sehen. Warum sollen wir die Sache ernster nehmen als nötig?«

»Genau.« Er nickte. »Ehe und dergleichen kommt nicht in Frage.«

»Ich brachte das Thema niemals aufs Tapet.«

»Und ich hatte nicht die Absicht«, sagte er langsam. »Vergessen wir, daß ich es doch getan habe.« Er starrte auf seinen fast leergegessenen Teller. »Ich glaube, im Moment kann ich nicht mehr essen. Gehen wir spazieren?«

Draußen an der Luft hob sich seine Stimmung beträchtlich. Die Lage der Stadt war im Hinblick auf das milde Klima gewählt worden, und heute war das Wetter noch schöner als sonst. Die Sonne lockte rasch wieder die Fröhlichkeit in seiner Stimme hervor. Hand in Hand wanderten sie über den kühlen Rasen eines nahe gelegenen Parks und sprachen nur wenig, bis er sich, einem plötzlichen Impuls folgend, ihr zuwandte und sagte: »Ich weiß, was wir jetzt unternehmen. Wir sehen uns eine Sensabel-Show an.«

»Großartige Idee«, erwiderte sie lächelnd.

Er hielt den Hut mit der unvermeidlichen frischen roten Rose in der Hand und schwenkte ihn aufgeregt. »Eine ganz romantische, ein Melodram mit Happy-End. Held und Heldin trotz aller Hindernisse in Liebe vereint, küssen einander am Schluß.«

Yvette mußte lachen, als Pias einen Schwertkampf pantomimisch zum Besten gab und schließlich auf den eingebildeten Gegner mit komischen Überschwang einstach. »Ja, touché« sagte sie. »Genau das brauchen wir jetzt. Voran, Mylord, voran!«

Die zwei jungen Leute gingen an eine Straßenecke und drückten den Knopf an einer Rufsäule. Innerhalb von zwei Minuten kam ein automatischer Zweisitzer angebrummt, blieb vor ihnen stehen, und sie konnten einsteigen. Nav drückte den Kode für das öffentliche Sensabel-Theater ein. Vor ihnen leuchtete die Bildfläche auf und gab den Fahrpreis an. Nav steckte gehorsam die geforderte Münzenzahl in den Schlitz, und die gemächliche Fahrt begann.

Das Gefährt bewegte sich mit seiner Standardgeschwindigkeit von 15 Stundenkilometern vorwärts. Sie begegneten auf der Straße mehreren anderen ähnlichen Wagen, die sich mit gleicher Geschwindigkeit weiterbewegten. Diese Wägelchen waren das einzige öffentliche Transportmittel auf dem Planeten, doch vermuteten die d'Alemberts, daß die Wachorgane über Fahrzeuge verfügten, die viel schneller fahren konnten.

Das Fehlen eines schnellen Verkehrsmittels trug zu der beschaulichen Atmosphäre auf dem Asylplaneten nicht wenig bei – und diente ganz zufällig auch dazu, einen eventuellen Aufruhr von seiten der Bewohner gar nicht erst richtig aufkommen zu lassen. Jules und Yvette hatte die Genialität des Systems gebührend beeindruckt.

Nav und Yvette bekamen im Theater eine Loge für sich allein. Sie gingen das Verzeichnis der zur Verfügung stehenden Vorstellungen durch und berieten lange, was sie sich ansehen sollten. Schließlich entschieden sie sich für ein Kostümepos, das im Frankreich der Renaissance-Zeit spielte. Dann lehnten sie sich in ihren Spezial-Sitzen zurück und harrten des Genusses.

Im Prinzip funktionierte der Sensabel-Projektor so ähnlich wie ein Stunner. Beides waren Geräte, die einen bestimmten Strahl auf ihr Ziel abschossen und das Nervensystem des Opfers beeinflußten. Im Falle des Stunners traten als Folge Lähmung, Bewußtlosigkeit oder gar der Tod ein, das hing von der eingestellten Stufe ab. Der Projektor jedoch zeitigte Wirkungen, die viel komplizierter waren.

Kurz gesagt, ein Sensabel-Strahl wirkte auf alle Körpersinne ein und spielte ihnen etwas vor. Er beschränkte sich nicht nur auf Gesichts- und Gehörsinn wie frühere Unterhaltungsmedien. Der Mensch, der sich diesem Erlebnis aussetzte, war nicht nur Zuschauer, sondern nahm aktiv an der Handlung teil. Obwohl sein Bewußtsein ihm sagte, daß er physisch in einer Sensabel-Zelle saß, meldeten ihm seine Sinne, daß er die um ihn in Szene gehende Geschichte tatsächlich miterlebte. Er konnte die Ereignisse sehen und hören, wie die ›Hauptperson‹, und wurde von den Düften der Szene umweht. Wenn die ›handelnde Person‹ speiste, konnte der Zuschauer die Speisen schmecken. Alles was die ›handelnde Person‹ erlebte – Schmerz, Freude, Laufen, Stehen – erlebten auch die Teilnehmer. Eigentlich war der Zuschauer eine Marionette, welche die Story des Autors in die Tat umsetzte und dabei doch gemütlich in ihrem Sessel in der Sensabel-Zelle saß. Die Sensabel-Show stellte vielleicht die höchste Stufe nachempfindenden Vergnügens dar.

Die Vorstellung, die Nav und Yvette jetzt erlebten, war genau das Richtige für ein romantisches Pärchen. Es gab zwei Hauptrollen, Held und Heldin, und die zwei Teilnehmer spielten ihre Rollen mit großem Vergnügen. Besonders Yvette fand ihre Rolle sehr unterhaltsam. Die Heroine war eine passive Frau, ganz und gar vom Helden abhängig, der sie aus allen möglichen gefährlichen Situationen erretten mußte. Im wirklichen Leben hätte Yvette sich mit dieser Sachlage niemals abgefunden, doch in diesem Zusammenhang fand sie es sehr amüsant.

Gutgelaunt verließen sie das Theater und hatten den ernsten Ton ihres Tischgespräches überwunden. »Immer schon hatte ich das Gefühl, ich gehörte in jenes Zeitalter«, bemerkte Nav, während er den Knopf einer Ruf-Säule drückte. »Sieh dir die heutige Lage des Universums an. Wo gibt es die großen Romantiker, die nach einer Rose schmachten? Wer erklettert den Balkon der Dame und schwingt sich an ihrem Vorhang hinein? Zu Asche zerfallen sind sie, und haben die Welt den Krämern und Rechnern überlassen.«

»Es gibt schließlich dich«, sagte Yvette bewundernd.

»Ja, unseresgleichen taucht hin und wieder auf, Relikte eines längst entschwundenen Zeitalters – doch müssen wir leider feststellen, daß wir nicht in Mode sind«, seufzte er. »Ich habe ständig das Gefühl, ich sollte mit Schwert, Rose und Cape herumlaufen.«

»Rose und Cape hast du bereits. Ein Schwert wäre mancherorts nicht erlaubt und würde gar nicht zu deiner Garderobe passen.«

»Und würde indigniert hochgezogene Brauen hervorrufen«, ergänzte Nav. Ihr Gefährt traf ein, und der Newforester half Yvette beim Einsteigen, bevor er selbst einstieg. »Wohin?« fragte er.

»Zu mir«, erwiderte Yvette. »Leider bin ich sehr müde. Ich habe zu lange auf Welten mit geringerer Schwerkraft gelebt. Ich ermüde rascher, als ich eigentlich sollte.«

»Bei mir ist es dasselbe. Was gäbe ich darum, eben jetzt auf Newforest zu sein, auf einer Waldlichtung zu sitzen und, eine Zigeunerweise pfeifend, wieder mal richtige Schwerkraft zu spüren.«

Nav warf den angezeigten Fahrpreis ein und lenkte den Wagen zu Yvettes Wohnung. Während der Fahrt wurde nicht viel gesprochen. Yvette kuschelte sich an den starken, maskulinen Newforester und aalte sich in der Wärme ihrer Beziehung. Sie hatte das Gefühl, er sei genau das Richtige für sie. Ihr Wesen, ihre Wünsche, ihre Gedanken paßten so gut zueinander. Und doch wußte sie tief im Inneren, daß es stimmte, was ihr Bruder ihr klarzumachen versuchte. Sie würde hier ihren Auftrag abschließen, hoffentlich in nächster Zukunft, und dann einen anderen gefährlichen Auftrag übernehmen. Pias – der würde wahrscheinlich auch weiterziehen und seinem ureigenen Schicksal folgen.

Yvette stieß einen kleinen Seufzer aus. Die vielen ›Wenn‹ waren so wunderbar, daß es eine wahre Schande war, sie mit Realität zu verschandeln.

Sie erreichten die Ecke, an der Yvettes Wohnung lag. Das Wägelchen hielt an. Beide stiegen aus und gingen engumschlungen den schmalen Weg zu Yvettes Tür entlang. Ihr Abschiedskuß dauerte fünf Minuten, und auch dann ließen sie nur widerstrebend voneinander. Yvette war ernstlich versucht, ihn nach drinnen einzuladen, egal was Jules darüber denken mochte. Doch dann fiel ihr das bedeutungsvolle Gespräch bei Tisch ein, und sie entschied, daß sie die Affäre auf der unverfänglichsten Ebene erhalten mußte, um die Sache überhaupt unbeschadet zu überstehen. »Ich muß jetzt hinein.«

Ihr Begleiter nickte. »Ich melde mich in den nächsten Tagen. Schließlich werden wir ziemlich lange hier bleiben müssen. Wahrscheinlich werden wir uns bald miteinander langweilen.«

Yvette nickte und küßte ihn auf die Nasenspitze, bevor er sich umdrehte und ging. Sie stand in der offenen Tür, bis er um die Ecke gebogen war. Dann hörte sie, wie er, eine Zigeunerweise pfeifend, gemächlich den Weg zur Straße zurücklegte.

Am nächsten Morgen fragte Jules sie während eines Spazierganges, wo sie den vorhergehenden Abend verbracht hätte.

»Keine Spur von Helena«, antwortete sie und wich der wahren Bedeutung seiner Frage aus.

»Ich konnte auch nichts entdecken. Langsam wird die Sache frustrierend. Was ist, wenn man sie schon entdeckte und tötete? Da können wir jahrelang suchen und werden nichts finden.«

»Nur nicht die Hoffnung aufgeben, dazu ist es zu früh. Hier leben 27000 Menschen. Wir können nicht erwarten, daß wir in den ersten Tagen gleich alle zu sehen bekommen.«

»Uns wäre schon viel geholfen, wenn du dich nicht dauernd mit einer besagten Person treffen würdest.«

Da explodierte Yvette. »Hör gut zu! Bruder oder nicht, du hast kein Recht, dich so in meine Angelegenheiten einzumischen. Langsam habe ich die ständige Stichelei satt. Pias war seit unserer ersten Begegnung unverändert charmant und höflich zu mir. Und auch wenn er sich plötzlich in das Ungeheuer der Oberen

Galaxis verwandeln sollte, bin ich sehr gut imstande, mich zu wehren, vielen Dank.«

Jules bewahrte mit Mühe seine Fassung. »Ich kann nicht umhin, mich zu erinnern«, sagte er langsam, »daß Paul Symond unglaublich hübsch und charmant war. Zudem wissen wir, daß einer von Rustins Robotern in der Gestalt eines Mannes von einem Hochschwerkraft-Planeten arbeitet.«

Dieses Argument traf Yvette unvorbereitet. Sie blieb stehen und schnappte nach Luft. Paul Syrnond war der erste von ihnen entdeckte Roboter. Er war speziell geschaffen worden, Frauen zu gefallen – und einer Frau im besonderen, nämlich Kronprinzessin Edna. Dr. Rustin und sein Vorgesetzter, Herzog Fjodor vom Kolokov, hatten geplant daß ihr Geschöpf die Prinzessin heiraten solle. Damit erhofften sie sich schließlich die Herrschaft über das Imperium. Das Eingreifen der Familie d'Alembert hatte diesen Plan zunichte gemacht. Doch sie wußten, daß es noch weitere Roboter gab. Und Yvette war selbst dabei, als sie die Tatsache entdeckten, daß darunter ein männliches Wesen von einem Hochschwerkraft-Planeten war.

Als sie ihre Sprache wiedergefunden hatte, stieß sie hervor: »Unmöglich, er kann kein ...«

»Wieso bist du so sicher? Symond machte seine Sache wundervoll. Nur mit Hilfe einer besonderen elektronischen Ausrüstung konnten wir ihn mit Sicherheit enttarnen, und wir haben diesmal keine Spezialdetektoren mit.«

Yvette setzte sich auf einen Felsblock und starrte ins Nichts. »Er ist echt. Ich weiß, daß er es ist.«

»Du könntest ihn ja mit einer Nadel pieksen und sehen, ob er blutet.«

»Grausamer Mensch!« Sie schien ihre frühere gute Laune wiedergefunden zu haben, doch Jules spürte den Aufruhr und das Unbehagen, die unter der Oberfläche brodelten.

Und plötzlich war sein Zorn verraucht. Schließlich war sie seine Schwester, und er wollte sie nicht kränken. »Ich behaupte ja nicht, daß er ein Roboter ist«, beruhigte Jules sie. »Ich sage nur, daß Menschen in unserer Lage gar nicht vorsichtig genug sein können. Wahrscheinlich ist er es nicht. Aber es wäre schon ein verdammter Zufall, wenn ja. Wir befinden uns jetzt mitten im feindlichen Gebiet, allein, und werden vielleicht jeden Augenblick ums Leben kämpfen müssen. Wir müssen uns also über jeden Schritt klar sein, ist es nicht so?«

»Oui.« Sie sah ihn direkt an. Bildete er es sich nur ein, oder sah er wirklich eine Träne in ihrem Auge schimmern? Was immer er gesehen haben mochte, es war in Sekundenschnelle verschwunden. »Ich weiß nur«, sagte sie ruhig, »daß ich meiner Gefühle ihm gegenüber nicht mehr Herr werde, so wie es dir bei Vonnie geht. Ich verspreche aber, daß ich eine brave kleine Agentin sein und nicht zulassen werde, daß meine Gefühle der Pflichterfüllung im Wege stehen.«

»Das habe ich keine Sekunde lang bezweifelt.« Jules schenkte ihr ein ermutigendes Lächeln, das erste seit fast einer Woche. »Ich glaube, wir sollten uns für den heutigen Tag trennen. Du könntest diesen Teil hier übernehmen, während ich mich im Westen umsehe. Wir werden sehen, was uns eventuell ins Netz geht.«

»Geht in Ordnung«, sagte sie, wieder ganz beruhigt. Jules ließ sie stehen und nahm einen Wagen, der ihn zu einem Einkaufszentrum im Westen der Stadt brachte, wo er umherstreifte und mehr Augen für die Menschen als für die ausgestellten Waren hatte.

Nach zwei erfolglosen Stunden wollte er aufgeben und sein Wirkungsfeld verlagern, als er sie sah. Helena kam mit einem Päckchen unterm Ann aus einem Laden und schlug die ihm entgegengesetzte Richtung ein.

Jules' Herz machte einen Luftsprung. Helena war noch am Leben! Somit waren ihre ärgsten Befürchtungen unbegründet. Blieben nur zwei wichtige Fragen. Erstens, wie viel hatte sie von der hiesigen Organisation erfahren und zweitens, viel wichtiger, wie sollten sie alle drei jemals wieder diesen Planeten lebend verlassen?

8. KAPITEL

Turbulentes Durcheinander

Jules wollte sich eben Helena an die Fersen heften, als seine scharfen Augen eine weitere Einzelheit wahrnahmen: Helena wurde beschattet. Ein Mann, der bis jetzt an einer Mauer auf der gegenüberliegenden Straßenseite herumgelungert hatte, richtete sich plötzlich auf und setzte sich parallel zu ihr in Bewegung. Sein Verhalten war unauffällig, auch bekundete er kein besonderes Interesse für Helenas Ziel, aber Jules ließ sich nicht hinters Licht führen.

Jules' Herz sank klaftertief. Wenn die hinter dieser Verschwörung steckenden Köpfe Helena so viel Bedeutung beimaßen, daß man ihr sogar zwei Beschatter hinterherschickte, dann bedeutete dies, daß man sie erkannt hatte. Und doch ließ man sie noch frei herumlaufen! Nach Jules' Ansicht konnte dies nur eines bedeuten – die Organisatoren mußten sich ungeheuer sicher fühlen. Sie wußten wohl, daß sie Helena jederzeit festnehmen konnten. Man benutzte das Mädchen also als Köder für andere SOTE-Agenten, zum Beispiel für ihn und Yvette. Daraus folgte, daß die d'Alemberts sich ihr nicht nähern durften, ehe sie nicht ausreichende Vorkehrungen zum Schutze der eigenen Tarnung getroffen hatten.

Gleichzeitig aber durfte er Helena jetzt, da er sie endlich gefunden hatte, nicht einfach davonlaufen lassen. Er mußte zumindest in Erfahrung bringen, wo sie zu erreichen war. Auf eine weitere Zufallsbegegnung durfte er nicht hoffen. Nachdem er sich vergewissert hatte, daß ihm niemand folgte, nahm er in betont unauffälliger Haltung die Verfolgung Helenas und ihrer beiden Beschatter – der zweite war eine Frau – wieder auf.

Diese heimliche Prozession schlängelte sich nun durch das Ladenviertel. Helena betrat zwei Läden und erstand einige Kleinigkeiten. Danach drückte sie an der Ecke den Knopf einer Ruf-Säule und wartete auf ein Wägelchen. Jules ging an eine andere Ecke und rief für sich ein Gefährt. Die zwei Schatten ebenfalls, wie er bemerkte. Solange er Münzen einwarf, konnte er unbegrenzt weit fahren, folglich hatte er keine Bedenken, daß sein edles Wild ihm entkommen könne. Mit fünfzehn Stundenkilometern konnte sie weder zu schnell werden noch zu weit kommen.

Er folgte ihr bis zu ihrer Wohnung, wo sie ausstieg und ins Haus ging. Ihre zwei anderen Verfolger nahmen Standorte ein, die ihnen, wie es schien vertraut waren, und von denen aus sie den Eingang beobachten konnten. Es handelte sich also tatsächlich um Helenas eigene Wohnung, und wie Jules' Wohnung, hatte auch diese hier zweifellos nur eine Tür. Jules merkte sich die Adresse und fuhr weiter, nachdem er sich vergewissert hatte, daß die zwei Beschatter ihn nicht bemerkten.

Eine Hürde war überwunden: Er wußte nun, daß Helena am Leben war und wo sie wohnte. Das nächste Problem war eine verzwickte logistische Sache – wie konnte er sich mit ihr in Verbindung setzen, ohne den zwei Typen, die sie beobachteten, seine Identität zu verraten? Fest stand, daß er nicht einfach bei ihr anklopfen konnte. Sicher wurden sofort alle Besucher notiert. Helenas Com-Leitung wurde sicher abgehört. Auch wenn er sie von einer öffentlichen Zelle anrief und nur den Code benutzte, würden ihre Beobachter merken, daß sie fremde Kontakte hatte, und würden auf der Hut sein. Er konnte warten, bis sie wieder herauskam und wegging, konnte sodann in ihre Wohnung eindringen und eine Nachricht hinterlassen – nur war zu erwarten, daß ihre Wohnung mit Mikros und Kameras gespickt war und man ihn ablichten und identifizieren würde.

Jules stellte seinen Wagen ab und wanderte die Straße entlang weiter, wobei er dieses Problem wälzte. Schließlich hatte er eine Lösung gefunden. Er betrat einen Schreibwarenladen und kaufte Schreibpapier, einen Schreiber und eine Schachtel mit Kreiden. Dann ging er zu einer Parkbank und stellte sorgfältig eine Nachricht im höchsten Geheimcode der SOTE zusammen. Dechiffriert lautete die Nachricht: ›Um Punkt sieben Uhr die folgende Nummer anrufen: 84-76-873. Das ist eine öffentliche Zelle im Beechwood Café. Einer von uns wird sich melden. Sagen Sie, Sie hätten sich in der Nummer geirrt und legen Sie sofort auf.‹ Dann gab er weitere Instruktionen für ein Treffen.

Kaum hatte er fertig geschrieben, sah er sich nach einem Stein passender Größe um und nahm ihn mit zu Helenas Wohnung. Er legte den Stein neben die Ruf-Säule, versteckte darunter das Blatt Papier, so daß eine Ecke kaum sichtbar hervorlugte. Hier war er außer Sichtweite von Helenas Beschattern, und als er sicher sein konnte, daß es auch niemand anderer sah, nahm er ein Stück Kreide und kritzelte damit etwas auf die Ruf-Säule. Es war ein Herz. In die obere Ecke schrieb er den Namen ›Wombat‹ (seinen eigenen Kode-Namen) und schräg darunter ›Periwinkle‹ Yvettes Decknamen. Dann kam ein Pfeil mitten durchs Herz.

Für den flüchtigen Betrachter war das Gekritzel das Werk eines kindlichen Gemütes, etwas was in der gesamten Galaxis zu finden war. Niemandem würde dabei einfallen, daß es auf dem Asylplaneten ja keine Kinder gab. Alle würden die Zeichnung glatt übersehen. Sie gehörte zu den Dingen, die zivilisierte Menschen nicht mehr bewußt aufnahmen.

Aber Helena war keine flüchtige Betrachterin. Jules wußte aus Erfahrung, wie rasch sie scheinbar harmlose Signale erfaßte und sie sofort aufschlüsselte. Diese Ruf-Säule war die ihrer Wohnung am nächsten gelegene und war mit Sicherheit diejenige, die sie benutzte. Die beiden Deck-Namen würden ihrem Aktenordner ähnlichen Gehirn sofort auffallen. Ihr Auge würde der Richtung des Pfeiles folgen, der direkt auf den Stein wies. Sie würde sich unter einem Vorwand bücken und den Stein begutachten und schließlich das Papier entdecken, das sie unauffällig an sich nehmen und lesen konnte, sobald sie ungestört war.

Jules betrachtete sein Werk prüfend. Ja, tadellos. Dann entfernte er sich rasch. Je länger er hier herumlungerte, desto größer die Möglichkeit, Verdacht zu erregen. Der Plan mußte nun in die Tat umgesetzt werden. Der nächste Schritt mußte von Helena ausgehen.

Er ging zwei Häuser weiter zur nächsten Ruf-Säule und wollte eben einen Wagen kommen lassen, als er Pias Nav auf der anderen Straßenseite erblickte. Der Spieler war aus einer Seitenstraße gekommen und sah sich nach allen Seiten um, als hätte er Angst, gesehen zu werden. Den mehr als sechzig Meter weit entfernten Jules konnte er nicht sehen. Er wischte sich nervös die Hände am Anzug ab und schlug hastig die andere Richtung ein.

Jules blieb stehen. Warum dieses seltsame Verhalten? In dieser Seitengasse ist etwas passiert, womit er nicht in Verbindung gebracht werden möchte, dachte er. Möchte doch wissen, was – Yvettes wegen.

Er überquerte die Straße und bog mit gespielter Gleichgültigkeit in die Seitengasse ein. Der Abstand zwischen den Hausmauern war hier gering, und die Häuser waren so hoch, daß kaum Tageslicht hereindrang und man nur schwer etwas ausmachen konnte. Vorsichtig überkletterte er auf dem Boden verstreute Kartons und Abfälle, bis er sah, daß er in eine Sackgasse geraten war. Jules sah sich um, konnte aber auf den ersten Blick nichts Ungewöhnliches entdecken. Schon wollte er zurück zur Hauptstraße, als er auf einer feuchten Stelle beinahe ausrutschte. Er bückte sich und sah nun, daß es eine frische Blutlache war.

Die Lache wurde von einem kleinen Rinnsal gespeist, das unter einer großen umgedrehten Schachtel seinen Ursprung hatte. Jules ging näher und hob den Karton an.

Vor ihm lag Rowe Carnery. Der Pirat war geknebelt und gefesselt. Handgelenke und Kehle waren durchschnitten. Seine Kleider waren blutgetränkt, die Augen starrten in glasigem Entsetzen. Er mußte schon eine ganze Weile dagelegen haben.

Dieser Anblick erschütterte sogar Jules' eiserne Nerven. Er rückte den großen Karton wieder zurecht und trat einen Schritt zurück. Jules mußte sich an die Mauer lehnen, um einen klaren Gedanken fassen zu können.

Im Kampf gegen Pias Nav war die Endrunde erreicht. Yvette würde für einen so barbarischen, kaltblütig begangenen Mord keine Entschuldigung finden können. Dieser Mann war ein erbarmungsloser Mörder, dem Vertrauen zu schenken purer Leichtsinn war.

Rowe Carnery war ihm gleichgültig. Auf diesem Planeten hatte praktisch jedermann ein seitenlanges Sündenregister vorzuweisen. Jules ließ es fast kalt, wenn die Halunken sich gegenseitig aus dem Weg räumten. Aber seine Schwester war ihm nicht gleichgültig. Sie mußte alle Tatsachen erfahren, ehe sie sich mit dem Spieler von Newforest näher einließ.

Er sah dieser Aufgabe mit größtem Unbehagen entgegen.

Wie er befürchtet hatte, nahm Yvette sich die Sache sehr zu Herzen. Er war in ihre Wohnung zurückgekehrt und hatte auf ihre Rückkehr gewartet. Ein kurzes Handzeichen gab ihr zu verstehen, daß er mit ihr etwas unter vier Augen zu besprechen habe. Sie unternahmen daher einen ihrer gewohnten Spaziergänge. Er berichtete ihr, daß er Helena gefunden und ihr eine Nachricht hinterlassen hätte, was Yvette in große Erregung versetzte. Und während sie sich noch in Hochspannung befand und sich bereits den Kopf zerbrach, wie es nun weitergehen sollte, sagte er ihr, was er entdeckte, nachdem er Helena die Nachricht hinterlassen hatte.

Yvette war wie erstarrt. Sie setzte sich auf einen großen Stein und starrte vor sich hin. »Ich kann es nicht glauben«, murmelte sie halblaut.

»Ich werde dich doch nicht anlügen!«

Sie schüttelte den Kopf. »Das weiß ich. Nur ... ich kenne doch Pias. Oder wenigstens glaubte ich ihn zu kennen. Nie hätte ich ihm das zugetraut. Sicher, er hatte seine Fehler, aber im großen und ganzen schien er Schwierigkeiten aus dem Weg zu gehen. Bestünde nicht die Möglichkeit, daß jemand anderer den Mord beging und er nur zufällig über Carnerys Leiche stolperte?«

Jules räusperte sich. »Nun ja, möglich wäre es immerhin. Aber am Ende einer dunklen, schmalen Gasse, wo er eigentlich gar nichts zu suchen hatte? Und nachdem ich seine Miene in Carnerys Kabine an Bord des Schiffes sah? Vielleicht eins zu einer Milliarde, daß er nichts damit zu tun hat.«

Yvette schloß die Augen und senkte den Kopf. Jules wußte, daß sie gegen einen Tränenschwall ankämpfte. »*Tu as raison*, wie immer. Ich wußte es ja, aber ich mußte diese Frage stellen.«

Langsam schüttelte sie den Kopf. »Von Anfang an wußte ich, daß zwischen Pias und Carnery etwas nicht stimmte, Pias' Ton veränderte sich, wenn er von Carnery sprach. Doch schien die Sache einseitig. Carnery nahm keine Notiz von ihm.«

Sie schlug mit der Faust auf den Stein, auf dem sie saß. »Ach Pias, warum nur, warum? Warum mußtest du das tun? Warum mußte es hier und ausgerechnet jetzt sein? Warum mußte alles so kommen?«

Jules legte ihr eine Hand auf die Schulter. »Leider habe ich keine Erklärung zur Hand.«

»Letzten Monat wurde ich dreißig, und bin noch immer ›zu haben‹, wie es so schön heißt. Du mußt zugeben, daß dies in unserer Familie sehr unüblich ist. In diesem Alter sind die Frauen meist verheiratet und versorgen bereits große Familien.«

»Nun ja, du stellst selbst in unserer Familie eine Besonderheit dar. Mann und Kinder kann schließlich jede Frau haben. Aber wie viele haben das Imperium so oft gerettet wie du?«

Yvette sah auf. Sie lächelte unter Tränen und drückte ihrem Bruder die Hand. »*Mon frere*, du hast die Gewohnheit, berufliche Belange in den vertraulichsten Gesprächen mit aufs Tapet zu bringen. Ja, natürlich hast du recht, ich habe höhere Verpflichtungen. Wir haben außerdem genügend Angehörige, die sich eifrig bemühen, die Familie nicht aussterben zu lassen. Wir aber müssen an die Arbeit.«

Ihre Augen waren trocken, die Stimme ruhig. Sie zitterte noch ein wenig, beruhigte sich aber immer mehr. Bald würde sie wieder ganz Yvette d'Alembert, Geheimagentin des Service of the Empire, sein – eine Spitzenkraft, die ihr Bestes gab. Pias Nav, wurde, wenn auch nicht ganz vergessen, so doch in einen abgelegeneren Winkel des Bewußtseins verbannt, wo sie ihn unter Verschluß hielt, bis sie Zeit und Muße für dieses Problem hatte.

»Wie ich die Sache sehe«, fuhr sie fort, »werden wir uns heute um sieben Uhr abends im Umkreis des Beechwood Cafés herumtreiben müssen. Wenn Helena nicht anruft, müssen wir annehmen, daß sie die Nachricht noch nicht entdeckt hat. In diesem Fall müssen wir morgen wieder dort sein.«

»*Au juste*. Wenn sie sich drei Abende hintereinander nicht meldet, sehen wir nach und versuchen etwas anderes. Aber ich glaube, sie meldet sich – sie ist ein kluges Kind!«

»So klug auch wieder nicht. Sie wird immerhin von zwei Verfolgern beschattet, und in ihrer Wohnung findet man vermutlich mehr elektronische Überwachungsgeräte als bei einem irren Erfinder.«

»Könnte ja sein, daß sie die Beschatter bemerkt hat.«

Yvette schüttelte den Kopf. »Mein Gefühl sagt mir, daß die Situation ganz anders ist. Denk daran, Helena verfügt zwar über eine erstklassige Ausbildung, hat aber keine wie immer geartete Praxis. Sie hat sich in die ganze Sache nur eingelassen, weil sie uns beweisen wollte, daß sie es schafft. Jede Wette, sie ist von ihrer Unfehlbarkeit so überzeugt, daß ihr gar nicht in den Sinn kommt, sie könnte entdeckt worden sein. Du sagtest, die Beschatter wären sehr geschickt. Helena wehrt sich vermutlich bewußt dagegen, sie zu bemerken.«

»Sie wird aber sofort Bescheid wissen, wenn sie meine Nachricht findet. Ich habe ihr alles genau erklärt.«

»Armes Mädchen, das wird ein arger Schlag für ihr Selbstbewußtsein sein. Aber sie wird es überleben. Ich wünschte nur, wir wüßten, wie wir von diesem Planeten wieder wegkommen. Die Suche nach Helena hat uns bis jetzt so in Atem gehalten, daß wir diese Sachlage nicht näher untersuchen konnten.«

»Sie kann uns in diesem Punkt vielleicht weiterhelfen. Schließlich ist sie schon wochenlang da und kennt die Verhältnisse. Sie muß wissen, in welchen Abständen die Schiffe ein- und auslaufen, wie das alles organisiert und abgeschirmt wird, und so fort.«

»Übertriebene Bescheidenheit gehört wohl nicht zu deinen Schwächen, wie? *Alors*, wir speisen heute abends im Beechwood Café und werden hoffentlich um sieben einen Anruf entgegennehmen, der ›falsch verbunden‹ war.«

Um halb sieben waren sie da und bestellten rasch ihr Essen. Sie hatten um eine Nische im rückwärtigen Teil nahe der öffentlichen Com-Zelle gebeten. Fünf vor sieben stand Yvette auf und bezog neben dem Apparat Stellung. Sie zwang sich zur Ruhe und bemühte sich, nicht zu oft auf die Uhr zu schauen, während die Minuten auf die verabredete Stunde hin verrannen.

Um Punkt sieben surrte der Apparat. Yvette hörte sich das Geräusch einige Sekunden lang an, und dann, als sie die Spannung nicht mehr aushalten konnte, nahm sie den Hörer, vergewisserte sich, daß die visuelle Übertragung abgeschaltet blieb und meldete sich mit »Hallo«.

»Ach, tut mir leid«, ertönte Helenas Stimme. »Ich muß die falsche Nummer gewählt haben.« Wie verabredet legte sie sofort auf.

Yvette ging zurück an den Tisch und erstattete Bericht. »Kontakt hergestellt.«

Jules reagierte mit einem kleinen Nicken. »Wir müssen uns mit dem Essen beeilen. Und nachher nichts wie nach Hause und ausschlafen. Morgen steht uns ein wichtiges Treffen bevor.«

Die zur Abschüttelung von Helenas Beschattern geplante Operation sollte anderntags um die Mittagszeit im gleichen Einkaufszentrum stattfinden, wo Jules Helena gesichtet hatte. Die Tochter des Chefs erschien pünktlich und betrat ein bestimmtes Restaurant. Es sah aus, als wolle sie vor ihrem Einkaufsbummel rasch etwas zu sich nehmen. Die zwei Beschatter wollten ihr folgen, doch wurden ihre Absichten von zwei rechtzeitig eintretenden ›Unfällen‹ vereitelt.

Yvette d'Alembert, beladen mit einer Unzahl von Päckchen, kollidierte mit der weiblichen Beschatterin und verstreute Schachteln in alle Richtungen. »Sehen Sie sich das an, Sie blindes Huhn!« kreischte Yvette. »Wenn da drinnen was zerbrochen ist … Haben Sie was klirren gehört?«

»Nein«, sagte die andere, die schleunigst von der Szene abtreten wollte, um die Verfolgung wieder aufzunehmen. »Nein, ich glaube nicht. Ich bin in Eile …«

»Kann ich mir denken«, äußerte Yvette schrill. Sie packte die Frau am Arm, als die andere einfach davon wollte. »Und deswegen glauben Sie, ist es Ihr gutes Recht, die Leute über den Haufen zu rennen, und die Päckchen in alle Windrichtungen zu zerstreuen. Wenn Sie es nicht so eilig hätten, könnten Sie die Augen besser aufsperren und würden nicht wildfremde Menschen belästigen.«

Yvette Gejammer bewirkte, daß ein kleiner Menschenauflauf entstand, das allerletzte, was die andere wünschte. Aufmerksamkeit auf sich zu lenken gehört zu den Todsünden eines Beschatters. Die ganze Sache wurde mehr als peinlich. »Hören Sie, es tut mir wirklich sehr leid, aber …«

»Was nützt mir das? Bekomme ich mit Ihrem Mitleid meine Päckchen wieder zusammen, die hier überall rumliegen?«

Yvette setzte sich übertrieben hinkend in Bewegung, ohne den Arm der anderen loszulassen. »Zu allem Überfluß habe ich mir auch noch den Knöchel verstaucht, als Sie mich umrannten.«

»Ich habe Sie nicht umgerannt!«

»Ach – und warum liegen meine Pakete auf der Straße? Meinen Sie etwa, ich hätte sie zum Vergnügen hingeworfen? Warum hämmert es in meinem Knöchel vor Schmerz? Ich habe ein Gefühl, als würde mir jeden Moment der Fuß abfallen. Alles Ihre Schuld!«

»Ich sagte schon, es täte mir leid. Also lassen Sie mich endlich los!« Die Frau stieß Yvette beiseite und wollte in die Richtung, die Helena eingeschlagen hatte. Yvette hätte sie noch weiter aufhalten können, doch das wäre zuviel gewesen. Sie wollte nicht mehr Verdacht auf sich lenken als nötig. Sie hatte das Frauenzimmer genügend lange aufgehalten, so daß Helena das Verlangte tun konnte. Jetzt war es an dem Mädchen zu zeigen, ob sie das Zeug zu einer richtigen Geheimagentin hatte.

Der männliche Verfolger war inzwischen, ohne eine Ahnung vom Schicksal seiner Kollegin zu haben, hinter Helena ins Restaurant gelangt. Hier aber stand Jules mit einem ähnlichen Plan bereit. Der Mann ging sehr eilig, um mit Helena Schritt zu halten. Da trat ihm Jules mit einem mit Speisen und Getränken voll beladenen Tablett in den Weg. Als Ergebnis landete der Inhalt auf der Vorderfront des Anzuges des Verfolgers.

»Ach, tut mir ja so leid, daß ich Sie nicht bemerkte«, sagte Jules mit einem entschuldigenden Getue, das ihm einen Preis für Schauspielkunst eingetragen hätte. »Hier, ich helfe Ihnen beim Saubermachen.«

»Ach, ist doch nicht nötig«, sagte der andere hastig. Sein einziger Gedanke galt Helena. Er durfte sie nicht aus den Augen verlieren.

»Nein, wirklich, ich bestehe darauf.« Jules umfaßte das Handgelenk des anderen mit eisernem Griff und führte ihn an einen Tisch, auf dem ein Serviettenstapel lag. Sein Gehabe war so unterwürfig, daß der andere gar nicht merkte, wie ihm geschah. Jules' Kräfte hätten ausgereicht, um ein Pferd hinter sich herzuziehen, wenn er gewollt hätte.

»Bitte, ich habe eine Verabredung«, protestierte der Mann.

»Es dauerte nur eine Sekunde, beruhigen Sie sich«, versicherte Jules dem Kerl begütigend. »Außerdem wollen wir doch nicht, daß etwa Flecken bleiben.« Mit übertriebener Genauigkeit wischte und tupfte er mit der Rechten an dem Anzug des Mannes, während er ihm mit der Linken fest im Griff hatte. Er tauchte den Serviettenzipfel in ein Glas Wasser. »Auf diese Weise verhindern wir, daß die Flecken nicht mehr rausgehen«, quasselte er weiter. »Den Trick habe ich von meiner Mutter.«

»Ihre Mutter kümmert mich keinen Deut«, sagte der Verfolger wütend. Er wollte sich sachte aus Jules' Griff losreißen und mußte entdecken, daß es unmöglich war. Nun versuchte er es mit einem mächtigen Ruck. Genau in diesem Augenblick ließ Jules los, und als Folge davon fiel der Mann kopfüber rücklings über den Tisch, krachte gegen zwei andere Gäste und verschüttete deren Essen auf den Boden.

Benommen raffte sich der Mann auf, und Jules wollte ihm wieder hilfreich beistehen. Der Mann hatte sich beinahe wieder in stehende Position gebracht, als Jules' Fuß ›ausrutschte‹. Tatsächlich hatte Jules etwas Judo angewandt, um den Kerl wieder umzulegen, aber die Folgen waren dieselben: der unselige Verfolger landete erneut höchst unsanft auf dem Boden. Diesmal war er noch verdatterter.

»Auf Ihre Hilfe pfeife ich!« knurrte er, als Jules sich ihm wieder näherte. »Ich schaffe das allein, vielen Dank.«

»Na, bis jetzt sah es nicht so aus«, bemerkte Jules ruhig.

Der Mann kam langsam auf die Beine, wobei er wenig schmeichelhafte Dinge über Jules in den Bart brummte. In diesem Augenblick stürzte seine Partnerin zur Tür herein. Sie sah sich um, erkannte, daß sich ihr Kollege in einer mißlichen Lage befand und daß Helena nicht zu sehen war. Das Mädchen war durch den Vordereingang nicht wieder herausgekommen. Also lief die Beschatterin zur Hintertür, der Mitarbeiter dicht hinter ihr.

Das Restaurant hatte eine Hintertür, die auf eine Seitengasse führte. Die Hintertüren mehrerer Geschäfte mündeten in eben dieselbe Gasse, aber es war niemand zu sehen. Die Frau bedeutete ihrem Kollegen, er möge sich links umsehen, während sie nach rechts lief. Beide erreichten auf ihrer Seite das Ende der Gasse, konnten aber keine Spur von Helena entdecken. Sie rüttelten an allen Türen und entdeckten, daß alle von innen versperrt waren.

Als sie wieder im Restaurant anlangten, waren auch die zwei Personen verschwunden, deren ›Ungeschicklichkeit‹ sie so aufgehalten hatte. Sie waren ebenso gekonnt verschwunden wie Helena.

Voll banger Ahnungen gingen die zwei zur nächsten Vidicom-Zelle. Sie mußten ihren Boß davon in Kenntnis setzen, daß sie ihr Zielobjekt verloren hatten. Garst würde nicht erfreut sein.

Sobald sie sah, daß Jules seine Schau abzuziehen begann, wurde auch Helena aktiv. Jules hatte ihr in seiner Nachricht mitgeteilt, daß er in der Gasse hinter dem Restaurant einen Wagen auf sie warten lassen würde, und tatsächlich, da stand einer. Er hatte ihn mit reichlich Münzen gefüttert und den Motor laufen lassen, so daß man ihn nicht zum örtlichen Generalverteiler abberufen konnte. Helena sprang rasch hinein und fuhr die Gasse entlang hinaus zur Straße. In dieser Situation war natürlich die Geschwindigkeit von fünfzehn Stundenkilometern unerträglich langsam. Helena wurde das Gefühl nicht los, daß sie zu Fuß schneller weitergekommen wäre. Bis zum Ende der Gasse wäre das auch richtig gewesen, aber Jules hatte an eine größere Entfernung gedacht. Laufen war schneller, aber es hätte sie erschöpft, und die Verfolger hätten sie einholen können. Die Karren waren langsamer, aber stetiger und konnten unendlich weit fahren.

Helena bog um die Ecke und reihte sich in den allgemeinen Verkehr ein. Es war die Zeit der Mittagspause, und es fiel ihr nicht schwer, sich zwischen den vielen anderen Wägelchen unauffällig durchzuschlängeln. Nach zwanzigminütiger Fahrt mit vielen Umwegen erreichte sie den ihr von Jules als Treffpunkt angegebenen Park. Sie stieg aus und ging zu der Baumgruppe, die Jules ihr beschrieben hatte.

Die d'Alemberts stießen nach drei Minuten zu ihr. Ihre Personenbeschreibung war nicht so bekannt – die Verfolger hatten sie nur kurz angesehen, und das unter eiligen Umständen – daher hatten sie auf ihrem Weg nicht so viel Vorsicht walten lassen müssen.

»Ach, wie schön, euch wiederzusehen«, rief Helena und gab ihnen nacheinander einen Kuß. »Aber was treibt ihr hier?«

»Wir wollten nach Ihnen sehen«, sagte Jules ernst. »Eine Person mit Ihrer Verantwortung hat nicht das Recht, sich in Gefahr zu begeben, wenn ihr danach zumute ist. Wenn das in Ihrem Kopf gespeicherte Wissen an die Falschen gerät, wird die gesamte SOTE in große Schwierigkeiten geraten.«

»Aber ...« Helena wollte protestieren.

»Außerdem«, unterbrach Yvette sie, »steht Ihr Vater Ihretwegen Todesängste aus. Wenn man Ihnen schon nicht mit beruflichen Argumenten kommen kann, dann wenigstens mit persönlichen. Halten Sie es für richtig, ihn so zu behandeln?«

»Man hätte Sie jederzeit töten können«, fuhr Jules mit der Gardinenpredigt fort. »Das ist auch jetzt noch möglich, ja sogar noch wahrscheinlicher, weil Sie die Verfolger abgeschüttelt haben. Ist das die Sache wert?«

Helena ließ den Kopf hängen. »Es tut mir leid.«

»Ja, und es wird Ihnen noch mehr leid tun, wenn wir Sie nach Hause schaffen. Wenn überhaupt«, fügte Yvette als düstere Warnung hinzu. »Im Moment ist die Frage des Entkommens unsere größte Sorge. Die Strafe hat Zeit. Sie haben sich nun mehrere Wochen hier aufgehalten. Haben Sie etwas für uns Nützliches in Erfahrung bringen können?«

»Nicht annähernd soviel, wie ich wollte«, gestand Helena. »Ich habe praktisch nichts darüber erfahren, wer die Drahtzieher sind. Die Verwaltung wird hier sehr diskret und fast unmerklich ausgeübt. Man will keine Publicity. Erfahren habe ich nur, daß alles von einen Gebäudekomplex am Nordrand der Stadt aus geleitet wird, einen knappen Kilometer vom Raumflughafen entfernt. Dort steht eine Reihe von niedrigen weißen Gebäuden ohne besondere Verteidigungseinrichtungen. Doch die Sicherheitsorgane scheinen in einem Bereich viel Zeit zu verbringen. Die genaue Adresse lautet 666 Crowley Drive. Sicher geht da draußen etwas vor, doch konnte ich noch nicht hinein, um Genaueres zu erfahren.«

»Das Fehlen sichtbarer Verteidigungsanlagen könnte bedeuten, daß man statt dessen hochentwickelte geheime Systeme verwendet«, überlegte Jules laut. »Oder aber, es gibt nichts Bewachenswertes da draußen. Das läßt sich schwer beurteilen. Und wie steht es mit den Schiffen? Wenn wir fortwollen, brauchen wir ein Transportmittel.«

»Auf dem Gelände des Raumflughafens gibt es jede Menge Schiffe. Der Planet hat weder Landwirtschaft noch Industrie und muß alles importieren. Deswegen sind die Preise einfach skandalös.«

Yvette stieß einen leisen Pfiff aus. »Und man füttert hier Tag für Tag 27 000 Menschen durch. Dazu ist eine enorme Organisation nötig.«

»Um die Lebensmittel heranzuschaffen, wären hundert Schiffe pro Tag notwendig«, meinte Jules.

»Ja, und damit kratzen wir nur die Oberfläche an. Auch die Luxuswaren müssen von irgendwoher kommen«, sagte Helena.

»Ich habe selbst Berechnungen darüber angestellt – gelegentlich kann ich ja richtig denken. Diese vielen Ladungen müssen koordiniert werden. Sie müssen anderswo abgezogen werden, da dieser Planet offiziell kartographisch nicht verzeichnet ist. Allein der Papierkrieg muß enorm sein. Dazu das Jonglieren mit all den Ladungen, ohne daß jemand Verdacht schöpft.«

»Wir sprechen von einer das Imperium umfassenden Verschwörung«, sagte Jules. »Vielleicht hängt sie sogar mit der Roboterverschwörung zusammen.«

»Wenn ich nicht mit eigenen Augen gesehen hätte, wie Garst in die Aufbereitungsanlage fiel«, sagte Yvette, »könnte ich schwören, das alles hier trägt seine Handschrift. Erstens, das spurlose Verschwinden von Menschen. Zweitens, die großartige Organisation. Drittens – nun, er war Erster Ratgeber der Markgräfin Gindir auf Vesa, einem luftlosen Mond, der alles importieren mußte, um eine viel größere Bevölkerung als die hiesige ernähren zu können. Wenn jemand weiß, wie man das aufzieht, dann ist er es.«

»Sicher hat er kein Monopol auf diese Talente«, sagte Jules. »Aber es ist trotzdem ein seltsamer Zufall. Vielleicht ist der hiesige Boß einer seiner Mitarbeiter, oder er hat von Garsts Methoden gehört.«

Jules merkte, daß die Erwähnung Garsts seine Schwester aufregte. Während ihrer Ermittlungen auf Vesa hatte Yvette eine Romanze mit einem gewissen Dak Lehman, der schließlich wie viele andere als Opfer von Garsts Mord- und Rauborganisation sein Leben lassen mußte. Yvette hegte noch immer bittere Gefühle gegen den dafür verantwortlichen Garst. Dieser war in einen Behälter mit Chemikalien gefallen, als Yvette ihn durch die Aufbereitungsanlage von Vesa hetzte. Trotz seines sicher nicht angenehmen Todes fühlte sich Yvette um ihre Rache geprellt.

Nach den schrecklichen Neuigkeiten über Pias Nav zerrte die Erwähnung Garsts zusätzlich an Yvettes Nerven. Jules wechselte daher das Thema, bevor das Gespräch noch beklemmender wurde. »Eigentlich spielte es keine Rolle, wer im Moment hinter der Operation steht. Wir müssen unbedingt von hier fort, damit wir dem Hauptquartier Bericht erstatten können. Um die Detailarbeit kümmert sich dann der Service.«

Yvette nickte zustimmend. »Wir dürfen jetzt nicht mehr in unsere Wohnungen zurück. Helena, der Boß weiß inzwischen sicher, daß Sie seine Leute abgehängt haben, was bedeutet, daß Sie dazu einen triftigen Grund hatten. Er ließ Sie nur deswegen frei herumlaufen, weil er glaubte, er könne Sie gründlich beobachten lassen. Und jetzt haben Sie ihm einen Strich durch die Rechnung gemacht. Sobald er Sie wieder zu fassen kriegt, wird er Sie töten oder verhören lassen.«

»Und unsere Steckbriefe werden überdies die Runde machen«, ergänzte Jules. »Zwar konnten uns die zwei Beschatter nicht genauer unter die Lupe nehmen, aber man wird sich jeden schnappen, der uns nur entfernt ähnlich sieht.«

Helena zuckte die Achseln. »Aus meiner Wohnung brauche ich nichts, bis auf ein paar Notizen vielleicht. Aber ich habe zum Glück alles auswendig gelernt. Ich glaube, uns bleibt nichts übrig, als zum Raumflughafen zu laufen und uns an Bord eines startklaren Schiffes zu schleichen, ehe man uns ein Entkommen unmöglich macht.«

»Genau.« Jules wußte, daß alles Vorangegangene – die Einbrüche, das Gejagtwerden durch die Polizei, die Ankunft auf dem Asylplaneten unter falschem Namen – so hart es gewesen sein mochte, doch nur ein Kinderspiel war im Vergleich mit dem bevorstehenden letzten Stadium ihres Auftrages. Sicher würde man die gesamten Sicherheitsorgane dieser Verbrecherzuflucht aufbieten, um zu verhindern, daß sie mit den gewonnenen Informationen entkamen. Diese Informationen bedeuteten nämlich den sicheren Untergang für die Organisatoren des Asylplaneten.

Das SOTE-Trio mußte von nun an jeden Schritt sorgfältig abwägen – denn jeder Schritt konnte zugleich der letzte sein.

9. KAPITEL

Ein Hinterhalt und ein Verbündeter

Garst ließ mit unverhüllter Wut seine Faust auf die Schreibtischplatte niedersausen. »Was heißt das, Sie haben sie verloren?« klaffte er.

Die Frau, die Helena beschattet hatte, schrumpfte sichtlich zusammen. Obwohl sie über das Vidicom vom Restaurant aus Bericht erstattete, war die Wut des Chefs so gewaltig, daß sie diese über den Bildschirm voll mitbekam. »Sie hatte Komplizen«, erklärte sie matt. »Damit hatten wir nicht gerechnet.«

»Das stimmt«, ergänzte ihr Begleiter. »Bis zu diesem Augenblick gab es auch keine Anzeichen dafür, daß sie von unserem Vorhandensein wußte.«

»Und deswegen seid ihr auf das dümmste Ablenkungsmanöver reingefallen, wie?« Garsts Stimme troff vor Zynismus. »Hat man euch nicht gesagt, sie wäre eine hohe SOTE-Charge? War euch nicht klar, daß sie ungewöhnlich versiert sein mußte? Habt ihr euch nicht denken können, daß wir mit unserer Beschattung unter anderem feststellen wollten, ob sie Verbündete hatte?« Angewidert unterbrach er die Verbindung. Er stand auf und umwanderte seinen Schreibtisch.

Als sich seine Wut nach diesem Rundgang – wenn auch nur um ein Geringes – abgekühlt hatte, setzte er sich wieder und drückte eine Taste seiner Sprechanlage. In Sekundenschnelle erhellte sich der Bildschirm und zeigte das Gesicht von Jinda Rawling, seiner Sicherheitschefin. »Ich nehme an, Sie haben den letzten Bericht auf Monitor aufgenommen«, sagte Garst.

»Jawohl«, antwortete die Frau. »Ich muß mich für die Unfähigkeit meiner Leute entschuldigen. Ich hätte gedacht, ihre Ausbildung ließe solche Pannen nicht zu.«

»Sparen Sie sich die Entschuldigungen, dafür ist es zu spät. Wie wollen Sie die Frau wieder aufspüren?«

»Auf Ihre Anordnung hin brachten wir Richtungswanzen in allen ihren Kleider an, während sie außer Haus war. Diese Wanzen mußten sehr klein sein, damit sie unbemerkt bleiben, daher ist auch ihre Reichweite auch auf nur einen Kilometer beschränkt. Ich habe Suchmannschaften losgeschickt, welche die

Stadt nach einem bestimmten Schema durchkämmen. Wir können das gesamte Stadtgebiet in einer Stunde durchmachen. Mit etwas Glück können wir sie sogar schon früher fassen.«

»Gut. Halten Sie mich auf dem laufenden.«

»Jawohl. Und was sollen wir mit ihr machen, wenn wir sie finden?«

Garst wog die verschiedenen Möglichkeiten gegeneinander ab. »Überwachen Sie sie mittels Fern-Trivisor«, sagte er sodann. »Jetzt glaubt sie, sie wäre uns entwischt und macht vielleicht einen Fehler. Eine Stunde ist verdammt lang. In dieser Zeit kann man eine ganze Welt verlieren. Rawling, sehen Sie zu, daß Sie die Zeit einhalten. Eine Minute länger, und Sie sind Ihren Job los.«

»Etwas anderes habe ich nicht erwartet, Sir.« Rawling war stolz auf ihre Arbeit und sogar etwas empfindlich, was dieses Thema betraf. Sie hatte ihre Leute erbarmungslos gedrillt, und sogar Garst mußte zugeben, daß sie zu den am besten ausgebildeten Privatarmeen gehörten, die er je gesehen hatte.

Garst bedachte sie mit einem knappen Nicken und schaltete ab. Er vertraute auf Rawlings Fähigkeiten, obwohl zwei ihrer Leute eine Schlappe erlitten hatten. Ja, vielleicht konnte er diese Schlappe sogar in einen Vorteil für sich ummünzen. Die SOTE-Leute, die hier ihr Ziel so mühelos erreicht hatten, unterschätzten vielleicht seine Abwehrmöglichkeit – was sich als tödlicher Irrtum ihrerseits erweisen würde.

Er drehte sich zum Computer um, drückte einige Tasten und ließ ihn eine Kopie der bis jetzt über Helena von Wilmenhorst vorliegenden Unterlagen ausspucken. Er überflog hastig die Zeilen und nahm das Wichtigste mit einem Blick in sich auf. Die junge Dame war während ihres verhältnismäßig kurzen Aufenthaltes hier sehr aktiv gewesen, hatte aber wenig Bedeutsames in Erfahrung gebracht. Einige Male hatte sie im Bereich des Hauptquartieres herumgeschnüffelt, ein Eindringen war ihr jedoch nicht geglückt. Sie hatte deshalb auch keinen wirklichen Schaden anrichten können. Sie hatte die ganze Stadt gründlich erkundet und kannte sich wahrscheinlich sehr gut aus, aber das taten auch Rawlings Leute. Somit war auch dieser Vorteil wettgemacht. Sie hatte viel Zeit auf dem Raumflughafen verbracht und erkundet, nach welchem System die Schiffe landeten und starteten. Nun, er würde dafür sorgen, daß ihre Kenntnisse in dieser Hinsicht ausgelöscht wurden.

Im großen und ganzen hatte er das Gefühl, daß er immer noch im Vorteil war. Herzogin Helena wußte zwar genau, wie es in der Stadt, nämlich an der Oberfläche, zuging, aber das war auch alles. Nach den Berichten zu schließen, hatte sie keine Ahnung von dem unterirdischen gemauerten Gangsystem, durch das seine Truppen jeden Punkt der Stadt in Minutenschnelle erreichen konnten. Alles deutet darauf hin, das Helena nicht bewaffnet war. Ihre Fluchthelfer stellten zwar noch immer ein Rätsel dar, aber es sah ganz so aus, als könnten sie gegen seine Leute nicht viel ausrichten.

Die SOTE hatte also den ersten Schritt getan. Garst befeuchtete die Lippen vor Erregung über die bevorstehende Konfrontation. Das Abwartespiel hatte sich zwar interessant gestaltet, doch in letzter Zeit hatte seine Aufmerksamkeit nachgelassen. Die heutige Aktion ließ den Kampf wieder aufleben. Jetzt würde sicher alles rasch zu einem Ende kommen.

Seiner Ansicht nach gab es für die drei Infiltratoren nur drei Möglichkeiten. Ersten, sie konnten aus der Stadt fliehen, hinaus in das noch nicht erschlossene Land jenseits der Grenzen der Zufluchtsstadt. Doch da draußen waren sie zu Fuß, ohne Vorräte für einen längeren Aufenthalt. Seine Truppen waren gut bewaffnet, bekamen Nachschub und konnten das Gelände mit Koptern und Panzerwagen absuchen. Die Fluchtchancen waren also sehr gering.

Zweitens konnten sie einen Frontalangriff auf das Hauptquartier unternehmen. Damit wäre wenig erreicht. Sie mußten schließlich wissen, daß er auch gegen so kleine Invasionen wie die ihre seine starken Verteidigungseinrichtungen anwenden würde. Auch wenn es ihnen gelang einzudringen und im Inneren irgend etwas anzurichten, mußten sie erst wieder heraus und vom Planeten wegkommen, damit sich das Erreichte bezahlt machte – und dafür gab es nur eine verschwindend kleine Chance.

Drittens konnten sie einen Fluchtversuch auf dem Flughafen inszenieren. Das erschien Garst als die wahrscheinlichste Möglichkeit. Ein flüchtiger Beobachter mochte zu der Ansicht gelangen, bei dem starken Verkehrsaufkommen und dem dauernden

Wirrwarr, die Verteidigungseinrichtungen verhältnismäßig einfach umgehen zu können. Doch seit Helenas Ankunft hatte Garst die Überwachung des Raumflughafens vervierfacht. Er konnte innerhalb von fünf Minuten weitere Verstärkung schicken. Nein, der Raumflughafen war ebenso abgesichert wie jeder andere Punkt auf diesem Planeten.

Theoretisch brauchte er sich über den Ausgang der Operation keine Sorgen zu machen. Dennoch ertappte er sich dabei, wie er das Zifferblatt der Uhr auf seinem Schreibtisch anstarrte und sich ungeduldig fragte, warum Rawlings Ergebnisse so lange auf sich warten liegen.

Die Minuten schleppten sich dahin. Garst war nicht imstande, sich auf eine andere Arbeit zu konzentrieren. Er lief in seinem Büro auf und ab und las den Bericht über Helena zwei weitere Male durch. Schließlich erschien fünfundvierzig Minuten nach Helenas Verschwinden Rawlings Gesicht auf dem Bildschirm der Sprechanlage.

»Wir konnten ihre Position trigonometrisch ausmachen«, meldete die Sicherheitschefin.

»Wo ist sie?«

»Draußen im Park. Wir schaffen sofort ein Team mit Spezialkameras im Kopter hin, so daß Sie den Schauplatz selbst in Augenschein nehmen können.«

Garst wartete mit verzweifelter Ungeduld, bis endlich das Gesicht der Rawling von einem verschwommenen, wackligen Bild dreier Gestalten in einem Park abgelöst wurde, die friedlich inmitten von Gebüsch saßen. In der Mitte Helena von Wilmenhorst, die sich offenbar mit zwei alten Freunden unterhielt.

Doch war es nicht Helena, an der Garsts Blick hängenblieb. Die beiden Gestalten an ihrer Seite, ein Mann und eine Frau, waren ihm erschreckend vertraut. Er war der Frau einmal begegnet, damals, als sie sich Carmen Velasquez nannte, der Mann war damals unter dem Namen Georges duChamps aufgetreten. Doch hatte er zu seinem großen Kummer erleben müssen, daß es sich um zwei unglaublich begabte Menschen handelte, die ein Team bildeten. Er wußte, daß sie für irgendeine Abteilung der Polizei arbeiteten – da sie Freunde der von Wilmenhorst waren, mußten sie Agenten der SOTE sein.

Die beiden hatten seine Organisation auf Vesa total ausgelöscht – eine Organisation, die er zwanzig Jahre lang gehegt und gepflegt hatte. Nur einem Trick hatte er es zu verdanken, daß er mit dem Leben davongekommen und der rasenden Wut dieses Weibes entkommen war.

In seinen Alpträumen mußte er immer wieder erleben, wie ihre Gesichter aus großer Ferne ganz nahe auf ihn zu kamen. Dann streckten sie ihre starken Arme aus, packten ihn, hoben ihn, in die Luft und schüttelten ihn wie eine Stoffpuppe, bis deren Füllsel ausgeronnen war. Aus diesen gräßlichen Träumen erwachte er zitternd und schweißgebadet. Und das letzte Traumbild, das Gesicht dieser Frau von DesPlaines, das ihn mit unerbittlichem Haß anstarrte, verfolgte ihn bis in den Wachzustand.

Garst geriet auch jetzt, beim Betrachten der unscharfen Figuren auf dem Bildschirm, ins Schwitzen, ja, sogar ins Zittern. Er wußte nicht, wie lange er so dasaß und hinsah, doch plötzlich riß ihn eine Stimme aus seinem Tag-Alptraum. Rawling meldete sich, während das Bild noch zu sehen war. »Wir haben an Hand unserer Unterlagen ihre Identität festgestellt. Es sind Jaroslav und Yarmilla Dubcek, Geschwister. Sie sind vor wenigen Tagen aus Cordoba eingetroffen.«

»Mir egal, wie sie sich nennen, sie sind das reinste Gift!« Das schrie Garst geradezu heraus. »Ich hatte mit ihnen schon zu tun. Sie verfügen über übermenschliche Talente. Wir müssen sie auf der Stelle töten.«

»Ist das ein Befehl?«

»Ja. Bei der ersten Gelegenheit – mit Strahlern, nicht mit Stunner. Sie dürfen keine Gelegenheit zur Gegenwehr bekommen. Sie sind nämlich menschgewordene Blitze.«

»Der Kopter ist augenblicklich zu weit weg. Wenn er näher herangeht, können sie aufmerksam werden. Wenn Sie wollen, schicke ich sofort einen ganzen Trupp in zwei Minuten hin …«

»Ja … nein! Sie werden bald von sich aus etwas unternehmen.« Garst schüttelte den Kopf, um klarer denken zu können. »Sie sind aus einem einzigen Grund hierhergekommen – sie wollen mich schnappen. Sie entdeckten, daß ich am Leben bin und wollen jetzt zu Ende führen, was sie damals begannen. Sie werden sich also bald auf den Weg zum Hauptquartier machen, um mich dort auszuräuchern. Aber sie werden mich nicht kriegen.

Rawling, ich möchte, daß Sie alle Ihre Leute um dieses Gebäude hier zusammenziehen. Diese drei dürfen keinesfalls herein.«

»Alle meine Leute? Auch die vom Raumflughafen?«

»Sie haben mich richtig verstanden.« Garst verfiel in eine völlig unvernünftige Angstpsychose.

»Und alle drei sollen erschossen werden?«

»Ja. Wenn ihr aber die von Wilmenhorst lebend fangt, um so besser. Aber das ist zweitrangig. Tötet die anderen zwei auf alle Fälle und mit allen Mitteln.«

Jinda Rawlings, die in ihrem Privatbüro allein war, schnalzte leise mit der Zunge. So hatte sie ihren Chef noch nie erlebt, und das machte ihr Sorgen. Wenn den nicht zu beirrenden Garst etwas so erschreckte, mußte es von Wichtigkeit sein. Sie würde also dafür sorgen, daß alle ihre Leute Anweisung bekamen, die zwei DesPlainianer sofort und ohne zu Zögern zu töten.

Wie alle guten Taktiker hatte sie jedoch ihre Zweifel, ob es klug wäre, sämtliche Truppen von einem strategisch so wichtigen Punkt wie dem Raumflughafen abzuziehen. Wenn Garst recht behalten sollte und das SOTE-Trio das Hauptquartier angriff, würden die Wachen sie abwehren, wenn nicht gar töten. Die flüchtenden Agenten würden sich mit an Sicherheit grenzender Wahrscheinlichkeit zum Raumflughafen wenden. Indem sie wenigstens ein Ersatzkontingent draußen beließ, konnte sie die drei in einer Zangenbewegung festnehmen.

Ich werde die zusätzlichen Truppen abziehen und die normale Mannschaftsstärke draußen belassen, dachte sie im Widerspruch zum Befehl des Chefs. Wenn er mich dann in die Zwickmühle nimmt, kann ich immer noch sagen, ich hätte ihn mißverstanden.

Das SOTE-Trio bewegte sich verstohlen zu Fuß durch die Straßen der Asylstadt. An die langsamen Vehikel getrauten sie sich nicht mehr heran. Wenn man sie in einem dieser Karren sah, wäre das gleichbedeutend mit Selbstmord gewesen. Sie verdrückten sich daher in Seitenstraßen oder ließen sich von Passantenscharen weiterschieben.

Am Spätnachmittag hatten sie die Einfahrt des Raumflughafens erreicht und versteckten sich bis zum Sonnenuntergang hinter einem der Gebäude. Sie mußten sich die Nacht zum Verbündeten machen, obwohl es auf dem Flugfeld nie völlig dunkel wurde. Die riesigen Flächen wurden von Flutlichtern taghell erleuchtet, da der Strom landender Raumschiffe nicht einen vollen halben Tag versiegen durfte, so stark war der Planet von Importen abhängig.

Während der Wartezeit konnten Jules und Yvette das Feld ausgiebig beobachten, die Standorte der Wachen und ihren Kontrollgangrhythmus feststellen.

»Mich macht das nervös«, sagte Jules. »Ich sehe hier viel zu wenig Posten. Die müßten doch wissen, daß wir diese Richtung genommen haben.«

»Und ich dachte mir, es vereinfacht die Sache«, meinte Helena.

Yvette schüttelte den Kopf. »Die Posten, die man nicht sieht, sind weitaus gefährlicher als die sichtbaren.«

»Ach so.«

Die Dunkelheit kam, und die Anzahl der Posten wurde nicht erhöht. Mit jeder Sekunde des Zögerns wuchs die Gefahr des Entdecktwerdens. Jules und Yvette waren sich einig, daß sie jetzt handeln mußten, ob sie nun die Anlage genau kannten oder nicht. Jules gab das Zeichen, und die zwei Frauen folgten ihm.

Als erstes mußten sie sich Waffen verschaffen. Sie standen im Kampf gegen eine ganze Armee, den sie unbewaffnet unmöglich bestehen konnten. Zu diesem Zweck erkletterten sie einen nahe gelegenen Turm, auf dem ein paar Wachen postiert waren, abgesondert vom Hauptkontingent der Bewacher. Man würde diese Männer eine ganze Weile nicht vermissen, und überdies stellten sie in ihrer Isolation eine leichte Beute dar.

Helena wurde als Aufpasserin unten zurückgelassen. Sie lechzte zwar nach Aktivität, ließ sich aber überzeugen, daß hier besondere Umstände vorlagen. Sie mußten an der Außenwand des Wachturmes hinaufklettern und dann sofort kampfbereit sein. Der Raum auf der Plattform war begrenzt. Jules und Yvette konnten zwar als Kampfeinheit eng beisammen bleiben, aber ein Dritter konnte unter so bedrängten Umständen zur Gefahr werden. Widerstrebend willigte Helena ein, unten zu bleiben und zur Warnung einen Pfiff auszustoßen, sollte Gefahr im Verzug sein.

Die zwei Agenten erklommen entgegengesetzte Seiten der Metallkonstruktion und benutzten Drähte und Verankerungen als Halt. Ihr Aufstieg erfolgte völlig lautlos. Helena warf gelegentlich einen Blick nach oben, und konnte die beiden nicht entdecken, obgleich sie wußte, daß sie oben waren. Sie gestand es sich nur ungern ein, aber sie hätte unter diesen Umständen wirklich einen Hemmschuh dargestellt.

Jules und Yvette kamen gleichzeitig oben an und sahen jetzt, was da oben auf der rundum offenen Plattform los war. Drei Mann in der Mitte, völlig unbekümmert und ahnungslos. Jules war zutiefst beunruhigt. Den Drahtziehern des Asylplaneten mußte doch inzwischen klar sein, daß das SOTE-Trio vom Raumflughafen aus den Fluchtversuch starten würde. Warum wurden die Sicherheitsbestimmungen so lax gehandhabt?

Nun, es war jedenfalls das beste, sich die Situation zunutze zu machen, solange sie existierte. Jules sah seine Schwester auf der anderen Seite drüben und versuchte ihre Aufmerksamkeit auf sich zu lenken. Auf ein Kopfnicken hin wurden die zwei Rasenden von DesPlainers aktiv.

Mit einem Satz über die Brüstung landeten sie inmitten der Dreiergruppe. Jules versorgte den einen sofort mit einem grundsoliden Kinnhaken. Yvette versetzte ihrem ersten Opfer einen gezielten Schlag. Der Unglückliche klappte zusammen. Sie drehte sich um und sah gerade noch, wie Jules den Dritten mit einem Tritt außer Gefecht setzte. Der Mann stieß pfeifend die Luft aus und taumelte rücklings gegen Yvette. In weniger als fünf Sekunden hatten die d'Alemberts den Wachturm erobert.

Als sie sich über die am Boden Liegenden beugten und sie entwaffnen wollten, stellten sie zu ihrer Verwunderung fest, daß die Männer durchwegs Strahler trugen. »Bei denen gibt es nichts Halbes«, stellte Yvette fest, und Jules nickte betroffen. Falls die übrigen Posten ebenso bewaffnet waren, würde sich ihr Fluchtversuch in ein höchst gefährliches Spiel verwandeln. Leider war es die einzige Möglichkeit. Sie kletterten die Leiter hinunter, und Jules stattete Helena mit dem dritten erbeuteten Strahler aus. Sie nahm die Waffe kommentarlos entgegen, obwohl ihr die daraus resultierenden Folgen klar sein mußten. Dann setzte sich das Trio querfeldein in Bewegung. Es hielt auf ein Schiff zu, das eben entladen worden war und bald wieder starten würde.

Wegen des milden Klimas ließ man die ausgeräumten Schiffsladungen einfach am Rande des Feldes stehen, bis sie weiter befördert wurden, und stapelte sie nicht erst in einem Lagerhaus. Die Folge davon war, daß die leere, ebene Fläche zwischen Einfahrtstor und Schiffen sich statt dessen als Durcheinander von Kisten, Steigen, Büchsen und anderen Behältern darbot. Alle diese Dinge boten den drei Agenten Deckung während ihrer Annäherung an das Schiff, so daß sie trotz der hellen Flutlichter, die über das Gelände in gewissen Abständen hinwegstrichen, ungesehen weiterkamen.

Sie hatten die Scheinwerfer ursprünglich als besondere Gefahr angesehen, mußten aber die Erfahrung machen, daß sie ihnen eigentlich das Leben retteten. Wäre es nicht so hell gewesen, hätte Yvette vielleicht nicht die Patrouille bemerkt, die sie fast das Leben gekostet hätte.

Bis zur ersten Kistenreihe hatten sie es geschafft. Vor ihnen lag nun das freie Feld. In einer Lagebesprechung faßten sie den Entschluß, die Strecke in einem einzigen schnellen Lauf zwischen den Lichteinfällen zu wagen. Sie warteten, bis der nächste Lichtschwall vorüber war, als Yvette links ein helles Blinken bemerkte. Das Flutlicht wurde von der Gürtelschnalle eines Postens reflektiert, der etwa zwanzig Meter von ihnen entfernt in ihre Reihe geschlichen kam. Die Wachen kamen mit schußbereiter Waffe und entdeckten die Eindringlinge fast gleichzeitig.

Jetzt war Deckung nicht mehr nötig. Ihre Anwesenheit war entdeckt. »*Allez hopp!*« rief Yvette warnend und setzte sich auch schon in Bewegung. Von Helena waren Blitzreaktionen nicht zu erwarten, außerdem war sie der eigentliche Grund ihrer Mission. Sie war es, die es zu beschützen und unversehrt zur Erde zu bringen galt. Daher zielte Yvettes Reaktion in Helenas Richtung. Sie sprang auf das Mädchen zu, stieß sie rüde beiseite in einen Kistenstapel, der lautstark umfiel.

Der Ausruf seiner Schwester bewirkte blitzschnelles Reagieren bei Jules. Er tauchte links weg – auf die Angreifer zu – und versetzte gleichzeitig seinen Körper in eine Drehbewegung, so daß er ein schwer zu treffendes Ziel darstellte. Jules krachte in einen Kistenstapel, der kaskadenartig über ihm zusammenbrach. Der Anprall machte ihn leicht benommen, doch die Kisten waren es, die nun an seiner Stelle Ziel des Strahlenfeuers waren. Einige waren aus Holz und fingen lichterloh zu brennen an. Jules spürte die Hitze an seinem Gesicht, seine Augenbrauen wurden versengt, als er sich unter dem Stapel hervorkämpfte, um das Feuer der Wachtposten zu erwidern.

Er stand drei Männern und einer Frau gegenüber, die ihn gnadenlos unter Beschuß nahmen. Mit einer Geschwindigkeit, die er nur seiner Herkunft zu verdanken hatte, wich er den sich überschneidenden Strahlen aus, und kam mit leichten Verbrennungen davon, bis er ein paar Metallbehälter gefunden hatte, die ihm bessere Deckung boten. Jetzt endlich konnte er zurückfeuern, und einer der Gegner ging sofort zu Boden. Die anderen nahmen dies zum Anlaß, sich ihrerseits nach Deckung umzusehen.

Jules machte sich diese kleine Pause – insgesamt vier ganze Sekunden – zunutze, verließ sein Versteck und sauste den Kistengang entlang … mit atemberaubender Geschwindigkeit. Seine Gegner jedoch hatten keine Zeit, sich beeindrucken zu lassen. Sie merkten nur, daß er der Reichweite ihrer Waffen fast entkommen war und ein sich schnell bewegendes Ziel abgab. Unter diesen Umständen mußten sie ihn verfehlen. Es blieb ihnen nichts übrig, als die Verfolgung aufzunehmen. Sie ließen die Deckung fahren und liefen los.

Während des Laufens sah Jules sich nach seiner Schwester und Helena um. Nirgendwo eine Spur von den beiden. Gut. Innerhalb weniger Minuten würde man in der ganzen Stadt von ihrer Anwesenheit auf dem Flughafen wissen und die Streitkräfte hier in diesem Bereich konzentrieren. Vielleicht vergrößerte er die Fluchtchancen Yvettes und Helenas, wenn er als Köder die Verfolger ablenkte. An die Folgen dachte er nicht. Sein Sinnen und Trachten galt dem Erfolg der Mission. In der alten Tradition der d'Alemberts stehend, bedeutete ihm sein Tod wenig, wenn er damit der Sache des Imperiums einen Dienst erwies.

Inzwischen hatten Yvette und Helena mit eigenen Problemen zu kämpfen. Beide waren nach Yvetts einleitendem Sprung ebenfalls in einem Kistenstapel gelandet. Helena, für die diese plötzliche Aktion ganz unerwartet kam, schnappte nach Luft, doch Yvette ließ ihr keine Verschnaufpause. Jetzt zählte jede Millisekunde. Sie zog Helena hinter sich her über den Boden, bis sie wieder hinter einem Kistenstapel Deckung fanden.

Der Suchscheinwerfer war über sie hinweggeglitten, und sie befanden sich in völliger Dunkelheit, doch dieser Zustand würde nicht lang dauern. Der Lärm, den die Bewegung in diesem

Bereich hier verursachte, würde sehr bald die Flutlichter auf sich lenken, die sich dann sicher auf dieser Stelle konzentrierten. Yvette hörte, wie Strahler abgeschossen wurden. Sie nahm an, daß ihr Bruder wenigstens einige der Wachtposten in Schach hielt, doch mochte es weitere geben, die in der Finsternis nach den zwei Frauen suchten. Ihre einzige Überlebenschance lag in ihrer großen Beweglichkeit. Nicht ein einziges Mal wagten sie stehenzubleiben.

Helena hustete und schüttelte benommen den Kopf. Yvette zog sie unsanft hoch. »Kommen Sie«, flüsterte sie, »wir dürfen nicht stehenbleiben.« Und insgeheim fügte sie hinzu: Du wolltest Außendienstluft schnuppern. Jetzt hast du sicher die Nase voll für dein ganzes Leben. Leider wird dieses Leben vielleicht nicht mehr allzulange dauern. Helena unternahm einen heldenhaften Versuch, auf die Beine zu kommen und schaffte es. Das lange schwarze Haar hing ihr in wirren Strähnen ins Gesicht, so daß sie kaum sehen konnte, wohin sie trat. Yvette führte sie an der Hand und verlangsamte ihren Schritt beträchtlich. Nichts zu machen. Helena mußte hier heil weggeschafft werden.

Wieder streiften sie die Flutlichter, Sirenen heulten durch die Nacht. Das Geräusch bohrte sich den Frauen in den Kopf und brachte die bedanken durcheinander. Yvette ging jetzt nicht mehr verstandesmäßig vor und verließ sich nur noch auf ihre geübten Instinkte. Wenn die ihr nicht mehr weiterhelfen konnten, war es ohnehin aus.

Vor ihnen hob sich im Lichtschein eine Silhouette ab. Yvette gab reflexartig einen Schuß ab, und die Figur verschwand. Weitere Gestalten tauchten auf. Sie stieß Helena aus der Schußlinie und begann selbst einen nervösen Tanz, um den tödlichen Strahlen auszuweichen.

Ohne Vorwarnung loderte plötzlich neben ihre eine Flammenwand auf. Offenbar enthielten die Behälter in diesem Bereich brennbares Material, und ein Strahlenschuß hatte sie in Brand gesetzt. Innerhalb weniger Sekunden stieg die Hitze unerträglich, und schwarzer, dicker Rauch legte sich über das Gelände.

Yvette war nicht die einzige, die an dem Rauch halb erstickte – auch ihre Verfolger waren Gefangene des Infernos. Das Husten verräucherter Kehlen drang an ihre Ohren und vermischte sich mit dem hysterischen Sirenengeheul. Instinktiv lief sie fort von den Hustengeräuschen, und merkte dann erst, daß Helena nicht mehr da war.

Sie sah sich verzweifelt um. Die Augen brannten. Durch einen Tränenschleier hindurch glaubte sie zu sehen, wie Helena von einem der Wachtposten gepackt wurde. Er zog die wild um sich Tretende und Beißende mit sich fort. Dann tauchten weitere Wachen auf, umstellten die Szene und entzogen Helena ihrer Sicht.

Sie mußten Helena retten! Dieser eine Gedanke dröhnte in ihrem Bewußtsein. Doch als sie ihr nachlaufen wollte, fiel ein Stapel brennender Kisten um und versperrte ihr den Weg. Funken sprühten nach allen Richtungen. Die Hitze zwang sie zum Rückzug, und als sie endlich wieder hinsehen konnte, war Helena endgültig verschwunden.

Ihre Überlebensinstinkte gewannen die Oberhand. Wenn es im Moment unmöglich war, die Mission zu erfüllen, dann mußte sie sich retten, damit sie diese später zu einem guten Ende bringen konnte. Sie flüchtete vor dem Feuer und schoß sich den Weg frei, indem sie alle ihr zufällig über den Weg laufenden Posten umlegte. Mit jeder Sekunde schienen mehr aufzutauchen, und mit der Munition wurde es langsam knapp. Sie blieb neben dem verkohlten Leichnam eines ihrer Beinahe-Mörder stehen und tauschte mit ihm die Waffen. Er würde die seine nie wieder brauchen.

Jetzt war das ganze Flugfeld in Licht getaucht und von Truppen umstellt. Aus allen Richtungen hörte sie ihre Zurufe. Sie waren bemüht, koordiniert vorzugehen, um Yvette leichter fangen zu können. Nach den Stimmen zu schließen, mußten es mindestens fünfzig sein.

Es war einer der seltenen Augenblicke in Yvettes Leben, da sie ihr Mut verließ. Gegen fünfzig Mann konnte sie allein nicht aufkommen. Auch wenn sie mit ihrem Bruder Rücken an Rücken kämpfte, war das Verhältnis von fünfundzwanzig zu eins ein sehr ungünstiges – und der Gegner bekam laufend Verstärkung.

Furcht war es nicht, was Yvette jetzt spürte. Sie hatte sich schon längst damit abgefunden, daß sie einst im Dienst für das Empire sterben würde. Was ihr zu schaffen machte, war der Gedanke, daß sie bei ihrer jetzigen Mission versagt hatte. Der Tod nach einem Erfolg war etwas Glorreiches; nach einem Mißerfolg war er etwas Schändliches.

Plötzlich hörte sie ein donnerndes Geräusch, Reifenquietschen, Krachen. Aus dem Nichts tauchte eine langgestreckte niedrige Limousine auf, schwarz, fünf Meter lang und fast drei Meter breit. Der Wagen kam mit halsbrecherischer Geschwindigkeit dahergerast und brachte im Wege stehende Kistenstapel zum Einsturz.

Vor Yvette blieb der Wagen knirschend stehen, eine Seitentür wurde aufgestoßen. Sie wollte automatisch losfeuern, doch ihr Instinkt hielt sie zurück. Sie glaubte über dem allgemeinen Getöse eine Stimme zu vernehmen: »Rasch, steig ein!«

Sie hatte nichts mehr zu verlieren und stieg ein. Sobald sie sich gesetzt und noch ehe sie die Tür schließen konnte, schoß der Wagen bereits vorwärts, brachte weitere Kartonstapel zum Einsturz und vermehrte die allgemeine Verwirrung.

Der Fahrer fuhr so wagemutig und reaktionsschnell, daß sie überzeugt war, es müsse sich um ihren Bruder handeln. Ihr erster Blick im Halbdunkel des Wageninneren verstärkte ihren ersten Eindruck. Dann aber merkte Yvette, daß sie wieder den Fehler beging, den sie schon einmal begangen hatte.

Der Mann am Steuer war niemand anderer als Pias Nav.

10. KAPITEL
Verhöre

Tausend Gedanken überstürzten sich in Yvettes Kopf, zahllose Fragen bedrängten sie. Das alles aber schob sie als momentan unwichtig beiseite. Im Augenblick spielte es keine Rolle, welche ruchlose Verbrechen Nav begangen hatte. Er hatte sie gerettet, das allein zählte. Später, bei einer passenden Gelegenheit konnte man die Schuldfrage erörtern.

Statt ihm zu danken oder ihn zu fragen, was er hier trieb, waren ihre ersten Worte: »Mein Bruder.«

Nav verstand sofort, was sie meinte, und nickte dazu. Er drückte den Beschleuniger, und der Wagen schien einen Satz vorwärts zu machen, als es nun auf die Suche nach Jules ging. Das plötzliche Auftauchen des Wagens verwirrte die Gegner vollends. Es war zwar einer ihrer Wagen, doch er benahm sich völlig unerklärlich. Einige ahnten die Wahrheit und feuerten dem Wagen Schüsse nach. Die wenigen, die trafen, prallten wirkungslos von den Metallwänden ab. Yvette vermutete, daß der Wagen so dick gepanzert war, daß er Handfeuerwaffen widerstehen konnte. Doch nur wenige Schüsse trafen auch nur annähernd. Nav fuhr wie ein berechnender Irrer, schleuderte von einer Seite zur anderen, und das so rasch, daß niemand so schnell reagieren und richtig zielen konnte.

Nach einer wilden Fahrt, die eine halbe Minute dauerte, erreichten sie eine Gruppe von Bewaffneten, die sich an einer bestimmten Stelle zusammengerottet hatten. Sie waren erregt wie eine Hundemeute, die ein Wild gestellt hatte. Jules hatte einen Lasten-Traktor entdeckt und ihn vor eine Gebäudemauer geschoben. Der Traktor gab ihm Deckung, hinter der er hervorfeuerte, ohne daß die anderen genau zielen konnten. Im Augenblick hielt er sie noch in Schach, doch wenn erst seine Munition verbraucht war, würde er den Gegner hilflos ausgeliefert sein.

Nav fuhr die Meute von hinten an, von wo sie keinen Angriff erwarteten. Um nicht überfahren zu werden, zerstreuten sie sich, Nav sauste durch die Menge hindurch ins Niemandsland und kam schleudernd vor Jules zum Stehen. Yvette riß die Tür auf und rief »*Ici!*«

Eine zweite Aufforderung war nicht nötig. Mit einem hastigen Blick vergewisserte er sich, daß in diesem Augenblick niemand in Schußposition war. Dann setzte er über den Traktor hinweg und legte die Entfernung zum Wagen so blitzschnell zurück, daß alle bloß erstaunt zwinkerten. Yvette rückte näher an Nav heran und machte ihrem Bruder Platz. Wie vorhin, so wartete Nav auch jetzt kaum ab, bis Jules drinnen saß und beschleunigte auch schon bis zum Äußersten. Er riß den Wagen herum und hielt nun auf eine kleine Rotte von Wachen zu, die sich nach seinem letzten Manöver wieder formierten. Die Männer stoben abermals auseinander, als Nav hindurchraste und in seinem Kielwasser Verwüstung hinterließ.

Nav, der keinen Grund sah, langsamer zu werden, ließ sich nun von keinem Hindernis mehr aufhalten. Er beschleunigte sein Fahrzeug bis zu der Höchstgeschwindigkeit und hatte die Haupteinfahrt hinter sich, ehe die anderen einen Wagen erreicht hatte und die Jagd aufnehmen konnten.

Garst war wütend auf sich selbst. Diesmal habe ich sie überschätzt, dachte er. Ich dachte schon, ihre Anwesenheit wäre ein Beweis dafür, daß sie die Wahrheit über mich erfahren hätten. Das stimmt gar nicht. Die wollten nur Nachforschungen über den Asylplaneten anstellen.

Er war froh, daß er eine Sicherheitschefin wie Rawling hatte. Hätte sie sich allein nach seinen Anweisungen gerichtet, wäre das Trio entkommen, und er hätte Lady A sein Mißgeschick mit einem Idiotengesicht beichten müssen. Diese Rawling hatte bemerkenswert rasch reagiert. Auf das erste Alarmsignal vom Raumflughafen her, konnte sie ihre gesamte Mannschaft auf die Beine bringen und schleunigst hinschaffen. Nur ihren Bemühungen war es zu verdanken, daß man Helena von Wilmenhorst unversehrt geschnappt hatte. Die zwei anderen waren entkommen, aber das war nicht Rawlings Fehler. Kein Mensch hatte mit dem an ein Wunder grenzenden Eingreifen eines Mannes gerechnet, bei dem es sich wohl um einen vierten SOTE-Agenten handeln mußte.

Rawling hatte sich natürlich entschuldigt und ihm versichert, ihre Leute durchkämmten bereits die ganze Stadt. Auf Dauer könne ihnen niemand entwischen. Garst nickte. Er wußte, wie recht sie hatte.

»Jetzt sehe ich mir mal meine Beute an. Schicken Sie diese von Wilmenhorst herein«, sagte er laut.

Helena wurde hereingerollt. Man hatte sie an einen Stuhl gefesselt und ihr als weitere Vorsichtsmaßnahme ein leichtes Beruhigungsmittel gegeben, um sie von weiteren Fluchtversuchen abzuhalten. Aber nicht einmal die Droge konnte verhindern, daß ihr Gesichtsausdruck bei seinem Anblick von Schock und Entsetzen kündete. Sie zog die Brauen hoch und stieß leise »grundgütiger Gott« hervor.

»Sie erkennen mich also, Euer Gnaden?« redete Garst sie mit ihrem formellen Titel an. Sie sollte wissen, daß er sie erkannt hatte.

»Ich … ich kenne Sie von Bildern her. Sie sind Garst. Aber … Sie sind doch tot.«

»Ein übertriebenes, aber mir sehr gelegenes Gerücht. Zweifellos beschrieben Ihre Freunde meinen Untergang in allen Einzelheiten.«

Helena reagierte auf diese Bemerkung nicht, und Garst fuhr in seiner Rede fort: »Ja, wahr ist, daß ich zu laufen anfing, als ich sah, wie dieses Weib sich auf mich stürzte. Ich rutschte aus und sauste durch die Tür auf den großen Bottich mit Wiederaufbereitungschemikalien zu. Ein wahres Glück, daß am Rande des großen Tanks ein schmaler Steg für die Arbeiter verläuft. Auf diesem Steg landete ich und lief zum Hinterausgang, bevor jemand an der Tür erschien und mir nachsah. Da man mich nicht sehen konnte, nahm man an, ich wäre in die chemische Lösung gefallen und zersetzt worden. Ich wollte ihnen die Illusion nicht rauben. Statt dessen kehrte ich Vesa so rasch als möglich den Rücken und knüpfte sodann Kontakte an, die schließlich dazu führten, daß ich die Leitung der hiesigen Operation übernahm.«

Er setzte sich in einen Stuhl neben die Hilflose. »Ich war so entgegenkommend und habe Ihnen über mich allerlei erzählt. Möchten Sie sich nicht revanchieren. Was treiben Sie hier?«

Helena sah ihn wortlos an.

»Ich weiß, daß Sie Herzogin Helena von Wilmenhorst sind. Erste Assistentin Ihres Vaters, des Chefs der SOTE.«

Helena machte große Augen, sagte aber noch immer nichts.

»Aber es gibt so vieles, was ich nicht weiß und wissen müßte. Wer Ihre Freunde sind, beispielsweise, und was ich von ihnen zu erwarten habe. Aber das werden Sie mir nicht verraten, stimmt's?«

Das Schweigen des gefesselten Mädchens dauerte an.

Garst stieß einen Seufzer aus und stand auf. »Ich habe nichts anderes angenommen. SOTE-Mitarbeiter sind dafür bekannt, daß sie mit Informationen zurückhalten, selbst unter Folter. Man sagt auch, daß man sie gegen die meisten Wahrheitsdrogen konditioniert. Bleibt also nur eine Möglichkeit.«

Er ging an den Schreibtisch und zog aus dem obersten Schubfach eine mit einer farblosen Flüssigkeit gefüllte Spray-Dose. Helena bezweifelte keinen Augenblick, daß es sich bei dieser Flüssigkeit um Nitrobarb handelte. Unter dem Einfluß dieses Wahrheitsserums würde sie Garst alles sagen, was er wissen wollte – und ihre Chancen, diesen Eingriff zu überstehen, lagen bloß bei fünfzig Prozent, selbst wenn Garst sich entschloß, sie nicht zu töten.

»Nein, nicht«, sagte sie. »Ich will reden.«

»Ein liebenswürdiges Angebot, Euer Gnaden – Aber in diesem Stadium unserer Beziehung nicht sehr vertrauenswürdig. Sie würden mich fließend und nach besten Kräften belügen und mir Lügen auftischen, die gerade soviel Wahrheit enthalten, daß sie glaubwürdig klingen. Ich glaube, da halte ich mich lieber an bewährte Methoden.«

Er kam näher, und sie zerrte verzweifelt an den Fesseln – vergeblich. Garst injizierte ihr die Droge in den Arm, und in Sekundenschnelle verfiel sie in ein tiefes Koma, das den ersten Schritt der Wirkungsfolge darstellte. In weiteren zwanzig Minuten würde sie sich in einem Zustand halben Wachseins befinden und ihm alles sagen, was sie wußte.

Garst lehnte sich behaglich zurück und wartete ab. Er fühlte sich plötzlich sehr zuversichtlich. Er hatte so viel Zeit.

Die drei Flüchtlinge ließen den gestohlenen Wagen stehen, als sie den Flughafen hinter sich hatten und ihren Verfolgern zunächst entkommen waren. Da alle drei von Welten mit hoher Schwerkraft stammten, konnten sie miteinander Schritt halten und sich rasch vom Wagen entfernen. Damit waren sie in Sicherheit – für eine kurze Weile zumindest.

In einer Gasse zwischen einer Reihe von in der Nacht geschlossenen Läden suchten sie Zuflucht. Dort blieben sie stehen, warteten, bis sie wieder zu Atem gekommen waren und berieten sodann ihre nächsten Schritte. Jules zeigte sich besonders bestürzt über das Geschehene und die daraus resultierenden Folgen. Er hatte Nav bis jetzt keine Fragen gestellt, weil er ebenso wie Yvette wußte, daß ihre einzige Hoffnung darin lag, möglichst rasch davonzulaufen. Nun aber, da sie momentan außer Gefahr waren, da hatte er doch ein paar Fragen auf dem Herzen.

»Natürlich möchte ich mich bedanken, daß Sie uns das Leben retteten«, begann er, »aber ich möchte wissen, was Sie denn da draußen getrieben haben.«

»Wahrscheinlich würden Sie mir nicht glauben, wenn ich sage, ich war in der Nähe und habe Ihr Licht gesehen«, sagte Nav mit gewinnendem Lächeln. Jules reagierte nicht darauf, und Navs Lächeln erlosch. »Na gut, ich werde die Wahrheit sagen. Ich habe die Nase voll von diesem Planeten und wollte nichts wie fort. Mein Zigeunerblut, nehme ich an. Ich stand also draußen vor dem Raumflughafengelände und überlegte, wie man da am besten hineinkommt, als drinnen urplötzlich alles explodierte. Ich sah, daß ihr beide zu kämpfen hattet und wollte helfen.«

»Weil Sie ein so gutes Herz haben, wie?« höhnte Jules.

»Größtenteils Ihrer Schwester wegen«, schoß der Spieler zurück. »Ich bin … nun ja, an ihrem Wohlergehen sehr interessiert.«

Jules schnaubte vor Wut, und Yvette schaute weg. Nav sollte ihren Blick nicht sehen können.

»Also was ist mit euch beiden los? Eben habe ich euch das Leben gerettet und ernte nichts als Kritik. Könnt ihr euch nicht denken, daß ich deswegen jetzt tief in der Klemme sitze? Was erwartet ihr eigentlich von mir?«

Jules sah ihn offen an. »Wie wär's zur Abwechslung mal mit der Wahrheit?«

Jetzt war die Reihe an dem Newforester, den Blick abzuwenden. »Was soll das heißen?«

»Das soll heißen, daß Sie in Wirklichkeit nicht Pias Nav heißen«, eröffnete ihm Jules. »Das Monogramm in Ihrem Taschentuch lautet PB.«

»Ich habe viele Feinde. Die Erfordernisse machen es notwendig ...«

»Und ich habe gesehen, was Sie Rowe Carnery angetan haben.« Eiskalt stieß Jules diese Worte hervor.

Zehn Sekunden lang hing Schweigen in der Luft. Man sah Navs angespannte Halsmuskeln. Er ballte und öffnete nervös die Faust. Schließlich wandte er ihnen den Rücken zu. »Einem Gespann von Dieben schulde ich keine Erklärungen«, sagt er brüsk.

Yvette packte seinen Arm und drehte ihn zu sich. »Und was ist mit mir? Schuldest du mir eine Erklärung?«

So standen sie einander gegenüber, erstarrt für Ewigkeiten wie es schien. Ihre Blicke waren ineinander fixiert, ihre Mienen undurchdringlich. Nav gab als erster nach. Er ließ die Schultern hängen und starrte auf seine Füße hinunter. »Also, gut, Yarmilla.« Seine Stimme war kaum mehr als ein Flüstern. »Deinetwegen.«

Er setzte sich auf den Rand einer Mülltonne. »Was meinen Namen anlangt, so stimmt es – zur Hälfte wenigstens. Mein Vorname ist Pias, aber mein Familienname lautet Bavol. Ich stamme wirklich von Newforest, aber bis vor wenigen Jahren war ich eigentlich kein Spieler. Vielleicht wäre ich niemals fort von Newforest, hätte es Rowe Carnery nicht gegeben.

Damals war ich mit Miri verlobt, einem wunderschönen Mädchen. Ich möchte euch nicht langweilen, indem ich euch von meiner Liebe vorschwärme. Ich habe sie sehr geliebt. Miri fuhr nach einem Besuch auf Appeny nach Newforest zurück. Sie hatte ein Vermögen in Juwelen bei sich, die sie in einem eigens für sie in der Kabine installierten Safe unterbrachte. Sie war die einzige Person an Bord, die wußte, wie sich der Safe öffnen ließ.

Kurz vor der Ankunft auf Newforest wurde das Schiff von Piraten geentert. Sie wußten, daß ihnen bloß eine knappe Stunde Zeit blieb, ehe das Schiff in die Atmosphäre um Newforest eintrat und sie eine Begegnung mit der Kaiserlichen Marine riskierten. Den Kapitän töteten sie auf der Stelle, als er schwor, er wüßte nicht, wie das Safe zu öffnen sei. Miri war nicht so gut dran.

Man … verhörte sie, das ist die mildeste Umschreibung. Miri war immer eine halsstarrige Person. Sie wollte nicht reden. Die Piraten hatten es eilig und wandten primitive, aber schmerzhafte Foltern an. Schließlich mußten sie aufgeben und sich aus dem Staub machen, als die Marine an Bord kam. Miri hatte ihren Schmuck noch – doch die Juwelen nutzten ihr nicht mehr viel.«

Der Newforester ballte die Fäuste und schloß die Augen. Sein Atem ging stoßweise, das Sprechen machte ihm Mühe. Auf der Stirn glänzten Schweißtropfen.

»Mir fehlen die Worte, um zu beschreiben, was man ihr angetan hatte. Es war grauenhaft. Man schaffte sie auf Newforest in ein Krankenhaus. Ich durfte sie gar nicht besuchen, ehe man ihr das Blut abgewaschen hatte, trotzdem … trotzdem …« Er würgte an den Worten und kämpfte, um seine Fassung wiederzuerlangen.

»Drei Tage lang dauerte ihr Sterben. Ich verbrachte die ganze Zeit über an ihrer Seite. Gegessen habe ich keinen Bissen. Hin und wieder schüttete ich eine Flüssigkeit in mich hinein, wenn man mir ein Glas in die Hand drückte. Was ich da zu mir nahm, weiß ich nicht. Man hatte die Ärmste bis oben mit schmerzstillenden Mitteln vollgepumpt, und hatte doch das Entsetzen aus ihrem Bewußtsein nicht verdrängen können. Jedesmal wenn ich ihr in die Augen sah, blickte mir daraus Schrecken, Schmerz …«

An dieser Stelle konnte er nicht mehr weiter und fing zu schluchzen an. Instinktiv rückte Yvette näher. Sie umschlang ihn mit ihren Armen und hielt ihn ganz fest. Pias Bavol drückte sein Gesicht an ihre Schulter und weinte sich minutenlang aus, während Yvette ihm zärtlich übers Haar strich und leise und beruhigend auf ihn einredete. Jules stand abseits und kam sich höchst überflüssig vor.

Schließlich sah Bavol auf. »Ich muß mich entschuldigen«, sagte er heiser. »So lange mußte ich mich zurückhalten und nun …«

»Ist schon gut, das kann ich ja verstehen«, besänftigte Yvette ihn. »Erzähl weiter.«

Bavol fuhr sich mit dem Ärmel über die Augen und hatte sich soweit beruhigt, daß er fortfahren konnte. »Ein paar helle Momente hatte sie noch und konnte mir den Anführer der Piraten einigermaßen genau beschreiben. Sie erwähnte einen Anhänger, den er an einer silbernen Kette um den Hals trug. Diesen Anhänger konnte sie ganz genau beschreiben. Nach ... nach ihrem Tod schwor ich mir, sie zu rächen. Du weißt, ich sagte einmal, unsere Frauen auf Newforest wären sehr behütet. Dieser Pirat hatte eine unverzeihliche Sünde begangen und jemandem, den ich liebte, grausame Schmerzen zugefügt und ihn getötet. Von da an weihte ich mein Leben der Rache.

Ich verließ die Heimat und machte mich auf die Suche nach diesem Ungeheuer. Seinen Namen erfuhr ich sehr bald – Rowe Carnery hieß er –, aber ihm auf den Pelz zu rücken, war eine andere Sache. Ich nahm den Namen Pias Nav an, mimte den herumziehenden Glücksspieler und Tagedieb. Das kam meiner eigenen Persönlichkeit entgegen und ich entdeckte, daß die Menschen viel offener mit einem sprachen, wenn man vorgab, aus ihrem Milieu zu stammen.

Carnery bewies große Beweglichkeit und reiste von einem Planeten zum anderen. Das war einer der Gründe, warum ich seiner so schwer habhaft werden konnte. Ich war ihm schon lange auf der Spur, ohne daß er es ahnte. Schließlich landeten wir auf Cordoba. Kurz bevor ich ihn schnappen wollte, bemühte er sich um eine Fahrt zum Asylplaneten. Mir blieb nichts übrig, als auch hinzufahren. An Bord des Schiffes wagte ich es nicht, ihn zu töten. Es hätte zu wenig Verdächtige gegeben, und man hätte mich wahrscheinlich entdeckt. Hier aber war die Lage anders und meine Chancen, unentdeckt zu entkommen viel größer.« Er machte eine Pause und sah Jules offen an. »Ich schwöre, daß Carnery der einzige war, den ich tötete – in meinem ganzen Leben. Und ich bereue es nicht. Ich kann mit diesem Ausbund an Grausamkeit kein Mitleid haben – nicht nach dem, was er Miri antat.«

»Einen Augenblick«, sagte Jules. »An Bord des Schiffes behaupteten Sie, Sie hätten auf Cordoba jemanden getötet und hätten den Planeten Hals über Kopf verlassen müssen. Das wäre der Grund für Ihre Fahrt zum Asylplaneten.«

Bavol lächelte verlegen. »Da habe ich gelogen. Als ich entdeckte, daß Carnery zum Asylplaneten wollte, mußte ich ein paar Dinge drehen, damit ich selbst mit gutem Grund um Asyl ansuchen konnte. Ich verfolgte zwei Schläger, die für einen Kasinobesitzer arbeiteten, und beobachtete, wie sie jemanden töteten, der verloren hatte und nicht zahlen wollte. Ich arrangierte alles so, daß die Beweise auf mich deuteten, hinterließ meine Fingerabdrücke und verließ mich auf die Polizei. Jetzt hatte ich eine Empfehlung, um ebenfalls an Bord gehen zu können. Ich habe Ihnen insgesamt so viele Lügen aufgetischt, daß Sie mir jetzt vielleicht nicht glauben, aber es ist die Wahrheit, das schwöre ich.«

Yvette sah ihn ernst an. »Ich glaube es.« Dann wandte sie sich ihrem Bruder zu. Ihre Miene gab ihm zu verstehen, daß sie keinen Widerspruch duldete.

Diesmal ließ sich Jules Zeit mit einer Entscheidung. Bavols Erklärung klang logisch. Sie erklärte den Mord, den haßerfüllten Gesichtsausdruck des Newforesters in Carnerys Kabine und alle anderen Ungereimtheiten in seinem Verhalten. Bavols Gefühlsausbruch war echt, davon war Jules überzeugt. Wenn er diesen außergewöhnlich blutigen Mord auch nicht billigte, so mußte er in Anbetracht der besonderen Gründe Bavols zugeben, daß er vielleicht ähnlich gehandelt hätte. Wenn er sich vorstellte, man hätte seiner Verlobten, Yvonne Roumenier, ähnliche Grausamkeiten zugefügt, überlief es ihn kalt.

Außerdem hatte Bavol sein Leben aufs Spiel gesetzt, um sie zu retten. Das mußte man ihm hoch anrechnen. »Na gut«, sagte Jules mit einem Kopfnicken. »Ich glaube Ihnen.«

»Da wäre etwas, daß ich jetzt abklären möchte«, sagte Bavol. »Jetzt haben wir meine Identität aufgeklärt. Wie steht es mit euch beiden? Nach alldem zu schließen, das ich mit euch bis jetzt erlebte, werde ich das Gefühl nicht los, daß ihr keine gewöhnlichen Diebe seid.«

»Wir sind die Diebe, nach denen die Polizei auf Cordoba fahndet«, sagte Yvette und umschrieb damit die wahre Sachlage.

»Aber das ist doch nicht euer Hauptberuf, oder?«

Eines mußte man dem Mann lassen, dachte Jules. Er war nicht dumm. »Leider können wir im Moment darüber nichts Näheres sagen.«

Bavol sah Yvette an, die nur den Kopf schüttelte. »Bitte, frage nicht weiter«, sagte sie.

Der Newforester zog die Schultern hoch. »Dann bleibe ich für den Moment ein Glücksspieler und ihr zwei Einbrecher – und wir alle rennen um unser Leben. Wir dürfen hier nicht mehr lange herumsitzen, sonst wird man uns entdecken. Wir müssen uns entweder verstecken oder so rasch als möglich von diesem Planeten verschwinden.«

Yvette schüttelte den Kopf. »Bevor wir hier abhauen, müssen wir noch etwas erledigen. Eine Freundin sitzt hier in der Klemme.«

»Ja, die habe ich kurz während des Getümmels sehen können.«

»Wir müssen sie entweder mitnehmen oder mit Sicherheit feststellen, daß sie tot ist.«

Bavol stieß einen leisen Pfiff aus. »Na, das wird uns ein gutes Stück Arbeit kosten. Ihr habt nicht zufällig eine kleine Armee in den Taschen versteckt?«

Jules legte dem anderen die Hand auf die Schulter. »Sie geht das eigentlich nichts mehr an. Sie haben für uns mehr getan, als wir erwarten durften. Es steht Ihnen frei, zu gehen und auf eigene Faust eventuelle Chancen wahrzunehmen.«

Bavol schüttelte den Kopf. »Dafür ist es jetzt zu spät. Ich werde jetzt ebenso gejagt, weil man glaubt, daß ich zu euch gehöre. Unser Schicksal ist nun auf Gedeih und Verderb verknüpft«, sagte er mit einem besonderen Blick auf Yvette. Mit gequältem Lächeln fügte er hinzu: »Bis der Tod uns scheidet, wie es jetzt aussieht.«

»Also dann – herzlich willkommen in unserem Team«, sagte Jules und kam gleich zur Sache. »Wahrscheinlich hält man Hel… unsere Freundin am sichersten Ort fest, also vermutlich in der Zentrale. Man weiß, daß wir sie suchen und wird daher die Verteidigungseinrichtungen nach allen Regeln der Kunst spielen lassen.«

»Und ihr wißt, wo diese Zentrale liegt?« fragte Bavol. »Wir glauben zumindest es zu wissen«, sagte Yvette. »Man gab uns als Adresse 666 Crowley Drive an. Dort sollten wir zuerst nachsehen.«

»Ich bin einverstanden«, sagt Jules. »Und zwar bald. Wenn wir uns hier fangen lassen, sinken unsere Chancen auf Null. Unsere einzige Hoffnung ist unsere Beweglichkeit, also bewegen wir uns.«

11. KAPITEL
Spiel mit dem Feuer

Garst war buchstäblich wie gebannt von der Goldmine an Informationen, die er der unglücklichen Helena entreißen konnte. Je tiefer er bohrte, desto mehr erfuhr er von den innersten Geheimnissen des Service of the Empire. Und sein Respekt vor der SOTE wuchs ins Unermeßliche – und stachelte seine Begierde an, endlich mit eigenen Plänen anzufangen.

Man stelle sich bloß vor – den Zirkus der Galaxis zu benutzen, um die besten Agenten auf jeden gewünschten Planeten zu schaffen, dachte er. Die Familie d'Alembert muß unglaublich begabt sein, besonders diese beiden, Jules und Yvette. Kein Wunder, daß sie sich so fabelhaft durchschlagen konnten. Aber unbesiegbar sind sie auch nicht. Hätte ich nicht so dämlich reagiert, so hätte ich sie heute abend erledigen können.

Doch das spielte keine Rolle mehr. Solange er diese von Wilmenhorst in seiner Gewalt hatte, würden sie den Weg zu ihm finden. Den Zeitpunkt würden sie wählen, aber er hatte den Vorteil der Platzwahl für diesen speziellen Kampf – und der würde hier stattfinden, im Nervenzentrum, in dem er von Posten und narrensicheren Verteidigungsanlagen umgeben war. Mochten sie ruhig kommen, er war darauf vorbereitet.

Nach zwei Stunden sehr ergiebiger Befragung hing Helena nur mehr schlaff im Stuhl. Sie befand sich in einem Koma, das mindestens zwanzig Stunden dauern würde. Es war das letzte Stadium der Wirkungsfolge von Nitrobarb. Nach Ablauf dieser Zeitspanne würde sie entweder aus ihrem Koma erwachen oder in einen sanften Tod hinübergleiten. Garst hoffte, sie würde es überleben – sie konnte ihm vielleicht noch von Nutzen sein. Falls sie aber stürbe, würde er keine Träne vergießen.

Er stand auf und streckte die Beine, die vom langen Sitzen steif geworden waren. Es gab ein paar wichtige Punkte, die er genau überdenken mußte. Lady A hatte zwar behauptet, ihre Organisation wußte praktisch über alle Schritte der SOTE Bescheid, doch bezweifelte er sehr, ob sie über die Rolle der d'Alemberts und des Zirkus informiert war. Helena hatte ausgesagt, diese Information wäre so geheim, daß man sie nie schriftlich niedergelegt oder einem Computer eingegeben hätte.

Alles wurde mündlich erledigt, und nur einige Spitzenleute der SOTE – plus der kaiserlichen Familie – waren eingeweiht.

Dies bedeutete, daß er einen wichtigen Schlüssel in der Hand hatte, von dessen Existenz die anderen nichts ahnten. Wissen ist Macht, das wußte er. Von Rechts wegen hätte er unverzüglich einen Anruf zur Erde tätigen und Lady A von seinen neuen Erkenntnissen berichten müssen. Ihre eigentliche Com-Nummer hatte er nicht. Wie immer würde er die Nachricht einer unpersönlichen Maschine übergeben müssen, und Lady A würde ihn zurückrufen, wann es ihr paßte. Falls man ihn faßte, konnte er sie nicht verraten, hatte sie gesagt. Aber er hegte den Verdacht, daß sie den sozialen Abstand unbedingt gewahrt wissen wollte. Die Theorie besagte, daß Vertrautheit Verachtung in sich berge.

Doch während der Gedanke an Lady A durch sein Bewußtsein zuckte, wußte er bereits, daß er ihr von seiner Entdeckung nicht Mitteilung machen würde. Wenn sie ihm Geheimnisse vorenthielt, war es sein gutes Recht, ihr auch nicht alles zu berichten. Sicher gab es einen Weg, aus seinem neuen Wissen Kapital zu schlagen. Er brauchte nur ein wenig Zeit, um sich etwas Geeignetes einfallen zu lassen.

Doch das waren Gedanken, die in die Zukunft gehörten. Er mußte seine Überlegungen nun mit aller Kraft dem Hier und Jetzt widmen. Jules und Yvette d'Alembert liefen irgendwo auf dem Asylplaneten frei herum, und das in Gesellschaft eines geheimnisvollen Komplizen, den nicht einmal Helena kannte. Drei Menschen, von denen zwei Spitzenagenten der SOTE waren und einer ein völlig Unbekannter. Auch wenn dessen Fähigkeiten an die der d'Alemberts irgendwie heranreichten – besser konnte er nicht sein, soviel stand fest – blieben die drei hoffnungslos in der Minderheit. Auch nach dem Debakel am Raumflughafen war die Sicherheitstruppe Garsts noch immer über hundert Mann stark. Mehr als ausreichend also, um mit kümmerlichen drei Gegnern fertig zu werden.

Er ließ die Sprechanlage summen und sich mit Rawling verbinden. Als ihr Gesicht auf der Bildfläche erschien, fragte er: »Wie steht es mit der Verteilung der Streitkräfte?«

»Auf dem Raumflughafen wechseln sie sich in zwei Schichten

ab, ebenso hier in der Zentrale. Alle übrigen machen draußen bei der Fahndung mit.«

»Pfeifen Sie die Fahndungskommandos zurück. Unsere Freunde werden sich zu uns bemühen müssen, wenn sie das Mädchen haben wollen. Wir sollten unsere Kräfte eher konzentrieren als zerstreuen.«

»Sehr gut.« Rawling kritzelte den Befehl auf ein Blatt Papier. »Sonst noch etwas?«

»Ja, ziehen Sie alle Außenwachen von diesem Gebäude ab.«

»Wie bitte?« Der Tonfall der Sicherheitschefin gab Aufschluß über ihre Verwunderung.

»Wir möchten sie ja nicht entmutigen. Wir möchten, daß sie hereinkommen. Eine gute Falle muß einer Spinnwebe gleichen – man muß leicht hineinkönnen, aber sehr, sehr schwer wieder heraus.«

»Geht in Ordnung. Ich werde unverzüglich dafür sorgen.«

Die d'Alemberts und ihr neuer Verbündeter schlichen sich vorsichtig durch Seitenstraßen zu der Adresse, die Helena ihnen angegeben hatte. Sie lag in der Nähe des Flughafens, in der Richtung, aus der sie eben gekommen waren. Auf ihrem Weg trafen sie auf keinerlei Widerstand, eine Tatsache, die Jules nervös machte.

Das angegebene Gebäude war ein niedriger, flacher Bau, von mehreren anderen gleicher Bauart flankiert. Seine Vorderfront war fast vierzig Meter lang, nach hinten schien es Hunderte von Metern von der Straße weg zu reichen. Umgeben wurde der Komplex von einem Drahtzaun, der nur anderthalb Meter hoch war und im Abstand von knapp sechs Metern von der Gebäudemauer angebracht war. Die Fassade war völlig kahl bis auf die Nummer 666, die sich gleich neben einer Tür befand. Es gab nur diesen einen Eingang, der überdies so schmal war, daß man nur einzeln das Haus betreten konnte. Und nirgendwo ein Fenster.

»Das Eindringen könnte zu einem kleinen Problem ausarten«, sagte Jules. »Wir können doch nicht einfach im Gänsemarsch hinein. Man würde uns umpusten.«

»Vielleicht gibt es auf dem Dach einen Hubschrauberlandeplatz und einen Eingang«, meinte Bavol.

»Das mag ja sein, aber das Gelände ist so gut beleuchtet, daß man uns dort oben sichten würde«, sagte Jules.

»Es muß noch etwas geben«, meldete sich Yvette. »Vielleicht einen Notausgang? Man muß doch irgendwie eine größere Anzahl von Menschen hinein- und herausschaffen, ansonsten wäre die gesamte Anlage eine Fehlplanung.«

»Nun, ich sehe aber nichts, was auch nur entfernt so aussieht«, klagte Bavol.

Schweigend tasteten sie das Gebäude mit den Augen ab und bemühten sich in der Dunkelheit Einzelheiten auszumachen. Schließlich war es wieder Yvette, die sich mit einer Bemerkung meldete. »Wenn wir schon vom Sehen reden – wir sind jetzt mehrere Tage hier, aber ich kann mich nicht erinnern, in dieser Zeit einen Wagen gesehen zu haben, wie den, in dem du uns zu Hilfe kamst. Man sieht überall bloß diese verdammten Karren, die nur im Schneckentempo dahinkriechen. Wo hast du den Wagen entdeckt?«

»Eine Gruppe Bewaffneter kam. Sie stiegen aus und ließen den Wagen stehen – eine klare Aufforderung zum Türmen«, erklärte Bavol. »Woher sie kamen, weiß ich nicht. Außerdem wollte ich einem geschenkten Gaul nicht ins Maul schauen – einem Gaul, den ich so dringend brauchte.«

»Die Straßen sind für diese Wagentypen gar nicht geeignet«, sagte Jules. »Völlig zwecklos, schnelle Autos auf denselben Straßen wie die Karren zu fahren. Die Wägelchen geben das Tempo an und beschränken es auf ein bloßes Kriechen. Wieder so eine Fehlplanung.«

»Also«, fuhr Yvette in der Schlußfolgerung fort, »muß es besondere Verkehrswege geben, auf denen sich die schwarzen Wagen ungehindert schnell fortbewegen können.«

»Von diesen Fahrbahnen habe ich nirgend eine Spur entdecken können«, meinte der Newforester.

»Genau«, rief Yvette begeistert aus. »Das bedeutet, daß diese Straßen unsichtbar angelegt wurden.«

»Unterirdisch?« fragte Jules.

Yvette nickte. »Ja, das wäre immerhin möglich.«

»Kann ich mir gut vorstellen – eine Vielzahl untereinander verbundener Straßen unter der Stadt, ähnlich Radspeichen, mit der Zentrale als Mittelpunkt.«

»Mit Querstraßen, die diese Radien in gewissen Abständen kreuzen. Sodann muß es Knotenpunkte oder spezielle Ausgänge an die Oberfläche geben, die versteckt angebracht sind. Mit diesem System kann man ganze Abteilungen von der Zentrale an jeden beliebigen Punkt der Stadt in Minutenschnelle kommandieren. Die Truppen tauchen sozusagen aus dem Nichts auf.«

»Ja, kann man denn das alles unterirdisch anlegen?« fragte Bavol.

»Sie waren wohl noch nie auf Vesa, sonst würden Sie diese Frage nicht steilen. Der gesamte Mond ist unterirdisch mit Tunnels und Kavernen unterminiert. Diese Technik wird seit Jahrhunderten angewandt. Wo haben Sie denn inzwischen gesteckt?«

»Auf Newforest«, sagte Bavol verlegen. »Wir sind angeblich richtige Hinterwäldler.«

Jules wurde ungeduldig. »Der beste Angriffsplan bestünde darin, diese Tür zu ignorieren. An dieser Stelle einzutreten wäre der Tod. Wenn es aber tatsächlich ein unterirdisches Wegesystem gibt, können sie unmöglich sämtliche Routen scharf bewachen. Wir werden uns unterirdisch einschleichen.«

»Sobald wir einen Eingang zu diesem System gefunden haben«, hielt Yvette dagegen.

»Aber auch, wenn wir hineinkommen, bleibt immer noch die dichte Postenkette um Ihre Freundin«, sagte Bavol. »Dieses Hindernis werden wir nicht durchdringen können.«

»Beide Probleme können wir gleichzeitig lösen«, sagte Jules zuversichtlich. »Ich habe da einen Plan.«

Eine halbe Stunde verging. Plötzlich schrillten die Alarmklingeln im Sicherheitsbüro und in der gesamten Zentrale. Jinda Rawlings tippte auf verschiedene Knöpfe an ihrer Schreibtischkonsole, um die Ursache zu erkunden. Fast gleichzeitig verlangte Garst sie über die Sprechanlage. Sie war diesen zwei Anforderungen durchaus gewachsen; noch während sie fortfuhr, nach der Information zu suchen, antwortete sie ihrem Chef: »Ja, was gibt es?«

»Was zum Henker geht da vor?«

»Eine Sekunde, bitte.« Die Information kam durch, noch während sie redete. »Hm, was ist da los – Brände in drei Wohnhäusern, jedes in eincm anderen Stadtteil gelegen.«

»Ach, drei? Paßt wunderbar. Sieht aus, als versuchten sich unsere Freunde nicht nur als Unruhe-, sondern auch als Brandstifter.«

»Ja. Ich schicke sofort drei Feuerwehreinheiten raus.«

»Nein.«

»Aber ...«

»Wir können jetzt niemanden rausschicken. Genau das bezwecken die ja. Sie wollen unsere Kräfte hier schwächen, damit sie angreifen können. Wir müssen stark bleiben, wenn wir siegen wollen.«

»Aber die Mieter ...«

»... müssen jetzt eben sehen wie sie allein zurechtkommen. Das hier ist wichtiger.«

Rawling schaltete sich nach einem verbitterten »Jawohl« aus. Sie wußte nicht, was sie davon halten sollte. Ihr war nur eines klar, nämlich, daß ihr Chef im Hinblick auf die drei Agenten an Wahnvorstellungen litt.

Nach weiteren fünfzehn Minuten wurden drei weitere Brände gemeldet. Dann wieder drei Brände. Rawling ließ sich mit Garst verbinden. »Wir müssen dringend etwas unternehmen.«

»Nein. Wir können die Zentrale nicht schwächen.«

Jetzt war sie mit ihrer Geduld am Ende. »Entschuldigen Sie«, äußerte sie in eiskalter Wut. »Aber was nützt es uns, wenn wir die Zentrale verteidigen, während die ganze Stadt in Schutt und Asche sinkt?«

»Wir müssen diese Agenten an uns herankommen lassen und sie total unschädlich machen. Das ist lebenswichtig.«

»Bitte, sagen Sie mir doch, was daran so wichtig ist. Ich möchte es unbedingt wissen.«

Garst wagte es nicht, der Frau anzuvertrauen, daß es sich bei den beiden um Spitzenleute der SOTE handelte. Sie würde es bei der ersten sich bietenden Gelegenheit Lady A berichten, und sein Monopol an diesem Wissen wäre dann dahin. »Der Tod dieser drei ist auf lange Sicht wichtiger als ein Dutzend Städte.«

»Aber warum nur?«

Jetzt war die Reihe an Garst, die Geduld zu verlieren. »Weil ich Ihnen den Befehl gab. Und wenn Sie nicht gehorchen, finde ich jemanden anderen, der den Befehl ausführt.« Und damit unterbrach er die Verbindung.

Die Sicherheitschefin saß da und starrte die Bildfläche eine ganze Weile lang an. Sie versuchte, aus den Befehlen des Chefs einen Sinn herauszufiltern. Schließlich kam sie zu dem Schluß, daß sie sinnlos wären. Der Chef spielte verrückt, wenn die Rede auf diese SOTE-Agenten kam. Er war dann nicht mehr fähig, einen objektiven Entschluß zu fassen. Drei Menschen konnten nicht so wichtig sein, daß die Vernichtung einer ganzen Stadt riskiert wurde, nur um den Tod dieser drei Personen sicherzustellen.

Ich bin Sicherheitschefin des gesamten Planeten, dachte sie. Es wäre eine grobe Pflichtverletzung, wenn ich die Stadt bis auf die Grundmauern abbrennen ließe, nur weil ein Irrer es verlangt. Sie hatte heute schon einmal einen direkten Befehl nicht ausgeführt und den Tag damit gerettet. Es sah aus, als ob sie abermals so handeln müßte.

Sie langte nach dem Mikrophon und gab Befehle an ihre Truppen aus. Zwei Abteilungen sollten weiter Dienst in der Zentrale machen und die Eindringlinge töten, sobald sie diese erspähten. Eine Abteilung sollte weiterhin Dienst auf dem Flughafen tun. Alle anderes sollten als Feuerwehr ausgerüstet den Kampf mit den Flammen aufnehmen, die nun über die ganze Stadt verteilt loderten.

Dann hatte sie eine Idee. Sie wollte selbst hinaus zu den kämpfenden Truppen, damit Garst sie nicht mehr hier, hinter ihrem Schreibtisch, erreichen konnte. Ihrer Ansicht nach hatte sich der Mann – bis zum gegenwärtigen Zeitpunkt durchaus tüchtig – unvermutet in einen Rasenden verwandelt, der Vernunftsgründen nicht mehr zugänglich war. Sie nahm sich vor, Lady A bei der ersten sich bietenden Gelegenheit Bericht zu erstatten.

Zwei Abteilungen reichen zur Verteidigung dieses Komplexes gegen drei Personen völlig aus, dachte sie, während sie den Strahler umschnallte und hastig aus dem Büro lief.

Tollhaus war eine milde Umschreibung dessen, was sich jetzt draußen abspielte.

Die von den d'Alemberts und Pias Bavol gelegten Brände loderten in Wohnvierteln. Dazu kam als erschwerender Umstand, daß sich die Mehrheit der Bewohner um diese Zeit zu Hause aufhielt. Die Häuser waren zwar mit automatischen Löscheinrichtungen ausgestattet, die es mit kleineren Bränden aufnehmen konnten, gegen den Feuerzauber der d'Alemberts aber nichts ausrichteten. Sie waren versierte Brandstifter und hatten ihre Tricks ihrem Mitstreiter in aller Eile beibringen können. Bald standen ganze Häuserkomplexe in Flammen, und die Bewohner mußten um ihr Leben laufen.

Die Feuerwehr ließ sich nicht blicken, obwohl immer weitere Brandherde entdeckt wurden. »Wenn die nicht bald aufkreuzen«, erklärte Jules, »bleibt ihnen zum Löschen nichts mehr übrig.«

Benachbarte Häuser fingen Feuer, die Brände griffen immer mehr um sich, und nach einer Stunde sah es aus, als stünde die ganze Stadt in Flammen. Die ›Bürger‹ der Asylstadt standen ratlos auf der Straße. Dieser Situation waren sie nicht gewachsen, und die Hilfe von seiten der für das allgemeine Wohl Verantwortlichen ließ auf sich warten.

Verwirrung steigerte sich rasch zu Wut und Ablehnung. Sie hatten enorme Summen zahlen müssen, um hierher zu gelangen, und jetzt setzte man sie ohne erkennbaren Grund großer Gefahr aus. Die unterschwellige Spannung, die auf dem Planeten ständig herrschte, brach sich sehr rasch Bahn.

Jules und Yvette halfen mit, die Verwirrung zu steigern, indem sie sich durch den Mob drängelten und riefen: »Warum steht uns niemand bei? Wir mußten gutes Geld herausrücken und jetzt sind wir den Flammen ungeschützt ausgesetzt.«

Die Taktik wirkte besser, als sie zunächst angenommen hatten. Die Geschwister berieten sich und gelangten zu der Ansicht, daß sie sich diese Stimmung als Ablenkungsmanöver voll zunutze machen sollte. Sie suchten Pias Bavol und entdeckten ihn schließlich. Eilig erläuterten sie ihren Plan.

»Die Truppen sollen etwas bekommen, woran sie sich die Zähne ausbeißen sollen«, sagte Yvette, die sich nur schreiend verständlich machen konnte, so laut ging es auf den Straßen zu.

»Du bist ein guter Redner, und die Gegner konnten dich als unseren Mitstreiter nicht so richtig unter die Lupe nehmen. Du stiftest nun Aufruhr unter den Leuten und führst sie in einem Angriff gegen die Zentrale. Dich wird man nicht sofort erschießen, wie uns. Während wir auf unterirdischer Ebene arbeiten, sorgst du oben für Ablenkung.«

»Verwirrung schafft Ablenkung«, sagte Pias lächelnd.

Yvette faßte nach seinem Arm. »Sieh zu, daß du nicht ausgerechnet selbst in die Frontlinie gerätst«, riet sie ihm. »Es sieht so aus, als hätten wir jetzt einige Überlebenschancen. Da möchte ich wirklich nicht, daß dir etwas passiert.«

»Keine Angst, Unkraut verdirbt nicht«, sagte er. Er küßte sie auf die Stirn und rannte auch schon los, der neuen Aufgabe entgegen.

Jules sah ihm nach. »Von der Sorte brauchen wir mehr«, sagte er nur für sich. Aber Yvette hatte es gehört und mußte innerlich lächeln.

Wenige Minuten später trafen die Truppen ein. Sie waren nicht wenig erstaunt, daß sie nicht nur Brände bekämpfen mußten, sondern es außerdem mit aufgebrachten Bürgern zu tun hatten. Während sie ihre Geräte zur Brandbekämpfung in Stellung brachten, wurden sie mit Steinen, Mauerbrocken und anderen losen Gegenstandes, welche die Empörten sich aneignen konnten, attackiert. Pias machte seine Sache sehr gut, schürte das Feuer der Erbitterung und stachelte die Menge bis zum Siedepunkt auf. Als er schließlich einen Angriff auf die Zentrale aufs Tapet brachte, wurde diese Forderung zu einem Schlachtruf gesteigert, der durch die Straßen hallte.

Mittlerweile widmeten Yvette und Jules ihre gespannteste Aufmerksamkeit den Truppen. Die Brandbekämpfungsgeräte waren groß und unhandlich und, mußten umständlich in Stellung gebracht werden. Die d'Alemberts konnten unschwer feststellen, woher die Geräte kamen. Sie wurden aus großen Gebäuden herausgefahren, die von vorne wie Verwaltungsbauten aussahen, in Wirklichkeit aber irreführende Fassaden waren. Die ganze Rückseite konnte geöffnet werden, so daß Fahrzeuge, Menschen oder Löschwagen passieren konnten.

Die zwei Superagenten warteten in der Nähe eine dieser Eingänge ab, bis Mannschaften und Geräte zur Brandstelle gebracht worden waren. Bevor das große Tor automatisch zuglitt, huschten sie ungesehen hinein und befanden sich plötzlich am oberen Ende einer breiten Rampe. Diese führte fünfzehn Meter leicht geneigt hinunter und lief unten in einem breiten hellerleuchteten Korridor aus.

Am Fuße dieser Rampe parkten drei lange schwarze Wagen, von zwei Posten bewacht. Sonnenklar, daß die beiden nichts

Böses ahnten – sie plauderten unbefangen und sahen nicht ein einziges Mal zur Rampe hin. Die Strahler steckten lässig in den Halftern.

Jules und Yvette schlichen leise die Rampe hinunter. Dabei drückten sie sich eng an die Wand, um möglichst wenig aufzufallen. Als einer der Posten zufällig aufsah und eine Bewegung bemerkte, war es für ihn und auch für seinen Partner zu spät.

Zwei durch die Luft schnellende Gestalten waren über ihnen, noch ehe sie nach der Waffe greifen konnten. Yvettes Opfer bekam einen gewaltigen Kinnhaken, der ihm das Bewußtsein raubte. Bei Jules bedurfte es größerer Überredungskünste. Ein Knie in den Wanst und ein Handkantenschlag gegen die Kehle machten den Mann kampfuntauglich.

Die Agenten kletterten in den nächststehenden Wagen, Jules auf den Fahrersitz. Der Wagen raste den hochgewölbten Gang entlang zur Zentrale – und der letzten Chance zur Rettung Helenas entgegen.

12. KAPITEL

Endrunde auf dem Asylplaneten

Während der Fahrt stießen sie auf keinen Widerstand, aber damit hatten sie gerechnet. Im Augenblick wurden alle freien Hände zur Brandbekämpfung und Niederschlagung des Aufruhrs gebraucht. Die Kerntruppe würde sich gewiß dicht um die Zentrale scharen.

Jules fuhr dahin, bis er etwa hundert Meter vor sich eine größere Kopfstation auftauchen sah. Er hielt an. »Von hier aus gehen wir zu Fuß. Wir sind zwar weniger geschützt, gewinnen aber an Mobilität.«

Yvette gehorchte und stieg aus. Gemeinsam liefen sie den Gang entlang, bis sie an eine Kreuzung gelangten. Hier sahen sie unter einer hohen Wölbung ein breites Holztor mit drei Posten davor, dazu kamen seitlich davon je ein Posten in einer kugelsicheren Zelle. Die Zellen waren mit Außenwaffen bestückt, so daß die Posten von innen feuern konnten, ohne selbst gefährdet zu sein.

»Von hier aus könnten wir die drei vor dem Tor unschädlich machen«, flüsterte Yvette, »aber die zwei in den Zellen stellen ein Problem dar. An die können wir nicht heran.«

»Müssen wir auch nicht«, erwiderte Jules. »Wir müssen bloß an ihnen vorbei. Rasch, zurück zum Wagen. Ich habe eine Idee.«

Sie liefen zurück zu ihrem Fahrzeug. Noch während des Einsteigens sagte Jules: »Du übernimmst die drei Torpfosten. Nachher anhalten!«

Er legte zunächst im Rückwärtsgang einen halben Kilometer zurück, um eine gewisse Anlaufstrecke zu gewinnen. Dann ließ er den Wagen mit Höchstgeschwindigkeit losschießen, auf den Eingang der Zentrale zu.

Sie brausten mit über hundertfünfzig Stundenkilometern in die Gewölbe und hatten die Posten erledigt, noch ehe diese wußten, wie ihnen geschah. Yvette mußte ihre ganze Geschicklichkeit und Wendigkeit aufbieten, um in so kurzer Zeit auf ihre Ziele anlegen zu können – doch sie feuerte und traf. Alle drei Außenwachen fielen um, Opfer von Yvettes lähmendem Strahler.

Jules machte keinen Versuch, vom Gas herunterzugehen.

Noch immer mit Höchstgeschwindigkeit rammte er die Torflügel des Eingangs. Der Aufprall erschütterte die Wageninsassen bis ins Mark, doch waren sie darauf gefaßt gewesen und hatten sich festgehalten. Die schwere Maschine traf auf die massiven Tore auf und durchstieß sie, als wären sie aus dünnem Sperrholz. Der Wagen kam zum Stehen, und der Motor starb ab, doch er hatte seinen Zweck erfüllt.

Eilig stiegen die zwei Agenten aus und krochen über die eingedrückte Motorhaube nach vorne. Die strahlensicheren Zellen, in denen die zwei Posten standen, waren für einen Angriff von der Rückseite nicht geschaffen. Das wußten die zwei Posten. Sie waren mit Strahlern bewaffnet, bekamen aber keine Gelegenheit, sie anzuwenden, als die zwei d'Alemberts sich trennten und mit unvorstellbarer Geschwindigkeit auf sie losgingen. Anstatt die Posten mit den Strahlern zu töten, entschlossen sich Jules und Yvette, unabhängig voneinander die beiden nur kampfunfähig zu machen. Mit je einem einzigen mächtigen Hieb schlugen sie die Posten bewußtlos.

Das Durchbrechen der Tore hatte Alarmgeschrill im gesamten unterirdischen Komplex ausgelöst. Die Sicherheitstruppen brauchten aber sicher mehrere Sekunden, um festzustellen, aus welchem Sektor Gefahr drohte und um die Verteidigungsanlagen zu mobilisieren. Es waren Sekunden, welche die d'Alemberts zu ihrem Vorteil nützen konnten und es auch taten. Der sich vor ihnen erstreckende Gang war siebzig Meter lang. Diese Entfernung legten sie in fünf Sekunden zurück und trafen in dieser Zeitspanne auf keinerlei Hindernisse. Am Ende des Ganges warteten weitere geschlossene Türen, aber ohne Bewachung davor. Für Jules und Yvette war es klar, daß die Posten sie auf der anderen Seite erwarteten.

Die Türen waren nach außen, also in ihre Richtung hin zu öffnen. Im Vertrauen auf die Schnelligkeit ihres Reaktionsvermögens rissen die zwei Agenten die Türen auf und stürmten weiter. Sie wurden von fünf Posten erwartet. Die Verteidiger standen in schußbereiter Position, doch die zwei Wirbelstürme boten kein einfaches Ziel.

Yvette setzte einen der Posten, eine Frau, mit einem soliden Kinnhaken außer Gefecht. Inzwischen hatte Jules einen Mann gepackt und ihn einem dritten Gegner entgegengeschleudert.

Der Zusammenprall bewirkte, daß die beiden keuchend auf dem Boden landeten und für einige Zeit nicht ins Kampfgeschehen eingreifen konnten. Hätte Jules statt eines Strahlers einen Betäuber bei sich gehabt, so hätte er die beiden angeschossen, um sie länger kampfunfähig zu machen. Doch die zwei hilflosen Wachen zu töten – obgleich er wußte, daß sie sich nicht gescheut hätten, ihn ins Jenseits zu befördern – war ihm zuwider. Bis die beiden sich so weit erholt hatten, daß sie ihn wieder bedrohen konnten, war der Kampf sicher schon entschieden. Er ließ sie also so liegen und konzentrierte sich auf den Rest der Gegenseite.

Yvette hatte ihre Faust mit aller Kraft in den Magen eines vierten versenkt und benutzte ihre zweite Faust, um ihn dem Kampfgeschehen endgültig zu entziehen. Sie drehte sich um und wollte eben die fünfte Person anvisieren, da mußte sie entdecken, daß ihr der Lauf eines Strahlers vor die Nase gehalten wurde.

Doch noch ehe die Waffe losging, trat Jules in Aktion. Sein rechter Fuß schnellte blitzschnell vor und trat die Waffe der auf seine Schwester zielenden Frau aus der Hand. Der Schwung bewirkte, daß er vor der Frau auf seinem linken Bein landete. Er machte eine volle Drehung um die eigene Achse und wollte sie eben zu Boden schlagen, als ihm ihr Abzeichen auffiel, das sie als Sicherheitschefin auswies. Im wachen Zustand war sie ihm nützlicher als im bewußtlosen. Er modifizierte seine Bewegung und nahm sie statt dessen mit der rechten Ellenbogenbeuge in den Würgegriff.

Die Frau – der Name Rawling stand vorne auf der Uniform – wußte sich zu verteidigen. Instinktiv wehrte sie Jules mit einem Judoschwung ab, der ihn durch den Raum segeln ließ. Damit hatte sie sich aber jeder Deckung entblößt, und Yvette erledigte sie mit einem dosierten Schlag. Keuchend und würgend landete die Sicherheitschefin auf dem Boden.

Jules meisterte den Sturz perfekt und kam in einer Rolle wieder auf die Beine. Er sah, daß seine Schwester der Bedrohung Herr geworden war. Ihr anzügliches Lächeln gab ihm zu verstehen, daß er geraume Zeit brauchen würde, diese Scharte auszuwetzen. Er hatte sich wie ein Anfänger aufs Kreuz legen lassen, statt die Bewegung wie ein erfahrener Kämpfer gleich zu Beginn abzublocken. Im Moment wurde kein Wort darüber verloren. Die Gefahr war noch nicht gebannt, und es blieb noch viel zu tun.

Er lief zu der Keuchenden, packte sie, riß sie brutal hoch. »Ihr haltet eine Freundin von uns fest. Wir möchten sie befreien.«

»Ich ... ich weiß nicht, wovon die Rede ist«, stöhnte Rawling.

Yvette packte den Arm der Frau und verdrehte ihn hinter deren Rücken. »Mir ist aufgefallen, daß die Wiederherstellung der Erinnerung direkt proportional zum zugefügten Schmerz ist. Ich kann weitermachen, wenn Sie nicht reden wollen.«

»Sie ist ... im Hauptbüro.«

»Schon besser. Und jetzt werden Sie so gut sein, und uns hinführen – und uns natürlich auf alle unterwegs angebrachten Fallen aufmerksam machen.« Yvette nickte ihrem Bruder zu, und dieser ließ den Kopf der Frau los.

Rawling fiel fast hin. Sie faßte sich jedoch und konnte einen kläglichen Rest Würde retten. Ihre Kehle schmerzte noch, sie spürte ein dauerndes Würgen, doch sie warf ihren zwei Widersachern, die sie mit zwei Strahlern in Schach hielten, trotzige Blicke zu. »Sie haben nicht die leiseste Chance«, sagte sie.

»Dann befinden wir uns in bester Gesellschaft. Wenn Sie Ihren Arm weiterbenutzen wollen, setzen Sie sich in Bewegung. Los!« Yvettes Ton ließ keinen Gedanken an Widerrede aufkommen.

Rawling mußte gehorchen, ihr blieb nichts übrig. Sie war klug genug, um sich klarzumachen, daß alles dem sicheren Tod aus den Händen dieser beiden vorzuziehen war. Auch wenn die gesamte Organisation aufflog und sie vor dem Richter landete, waren ihre eigenen Verbrechen nicht so schwerwiegend, daß die Strafe allzu schwer ausfallen würde. Es war also besser, die kleinste Chance wahrzunehmen und auf ein späteres Entkommen zu hoffen. »Na gut«, äußerte sie. »Hier entlang.«

Aus einem anderen Eingang stürzten drei Posten mit schußbereiten Waffen. Beim Anblick der d'Alemberts, die sie befehlsgemäß zu töten hatten, wollten sie feuern. Doch dann sahen sie die Sicherheitschefin vor den Opfern stehen und waren ihrer Sache nicht mehr so sicher. Jules nützte ihr Zögern aus und sagte ganz leise zu Rawling: »Uns liegt das Töten nicht. Es braucht kein Blutbad zu geben. Sie haben die Wahl.«

Da hörten sie lauten Lärm von oben, intensives Dröhnen und Füßescharren. »Klingt wie Verstärkung«, bemerkte Yvette und fügte zu Rawling gewandt hinzu. »Wir haben ein Paar Leute herbeordert. Ihre Posten sollten lieber dafür sorgen, daß die Aufrührer nicht über die Stränge schlagen.«

Die Sicherheitschefin verspürte kein Verlangen, in einem Kreuzfeuer ihr Leben zu lassen. »Sorgt oben für Ruhe«, fuhr sie ihre Leute an. »Das ist ein Befehl.« Die Bewaffneten zögerten sichtlich und wollten ihre Befehlshaberin in dieser mißlichen Lage nicht im Stich lassen, aber andererseits konnten sie ihr auch nicht helfen. Außerdem wurde ihre Hilfe oben gebraucht, um die Horden von Aufrührern niederzuhalten, die durch die Gänge ausschwärmten. Schweigend machten sie kehrt und trollten sich. Die d'Alemberts stießen Seufzer der Erleichterung aus, weil sich ihre Gefangene wie eine sehr vernünftige Frau verhalten hatte.

»Ich glaube, Sie wollten uns irgendwohin führen«, sagte Yvette. Die Uniformierte führte sie ein Stück weiter bis vor eine bestimmte Tür. Sie öffnete und ging durch. Die anderen ihr nach. Rawling nützte diese Gelegenheit zu einem Fluchtversuch, doch ein Strahl aus Yvettes Waffe, der knappe Zentimeter vor ihren Füßen einschlug, brachte sie unvermittelt zum Stillstehen. »Nicht so hastig«, sagte Yvette. »Wir möchten mithalten können.« Rawling wartete, bis die beiden sie eingeholt hatten, und ging dann weiter.

Sie führte sie durch einen wahren Irrgarten von Gängen. Den d'Alemberts wurde langsam klar, was für ein Glücksfall es war, daß sie diese Gefangene gemacht hatten. Ohne Hilfe hätten sie vielleicht ewig in diesem Labyrinth umherirren müssen.

Mehrere Male trafen sie auf Postenabteilungen, aber jedes Mal konnte die Sicherheitschefin die Leute nach oben dirigieren mit dem Befehl, den Aufruhr niederzuschlagen. Den Geräuschen nach zu schließen, die man von oben hörte, gingen die Verteidiger mit geringem Erfolg vor. Pias Bavol machte seine Sache bewundernswert gut.

Vor einer bestimmten Tür zögerte Rawling: »Los«, forderte Jules sie auf. »Sie gehen als erste.«

»Kann ich nicht«, erwiderte die Frau. »Das ist eine Falle.«

»Welcher Art?«

»Die Klingel ist elektrisch geladen – und selbst wenn es einem gelänge, die Tür zu öffnen, so zielt ein Strahler direkt auf die Tür und tötet jeden Eindringling.«

»Kann man den Strom nicht abschalten?« fragte Yvette.

»Man kann, aber nicht ich habe den Schlüssel, sondern Garst.«

Garst? Es war das erste Mal, daß die SOTE-Leute den Namen im Zusammenhang mit diesem Fall hörten. Jules sah seine Schwester an. Ihre Erschütterung entging ihm nicht. Gleichzeitig schien sie aufs höchste überrascht, doch ihre Miene nahm immer mehr jenen Ausdruck an, den er nur, einmal an ihr gesehen hatte – damals, als sie vor der Tür zur Aufbereitungsanlage stand und auf die brodelnden Chemikalien hinunterstarrte. Es war eine Mischung aus Entsetzen, Haß, Wut und ... Ja was? Jules hatte so seine Zweifel, ob Yvette selbst mit Sicherheit wußte, was sie fühlte.

Dieser Garst hatte das Debakel irgendwie überlebt und war heimlich hierhergelangt, nur um hier dieses neue verbrecherische Großunternehmen auf die Beine zu stellen. Jules mußte diese Spekulationen jetzt als sinnlos beiseite schieben. Jetzt war nur Zeit zum Handeln. Insbesondere mußte er seine Schwester schleunigst aus dem Sumpf der Empfindungen herausziehen. Später, wenn diese ganze Affäre vorüber war, konnten sie der Frage nachgehen, wie Garst entkommen und hierhergekommen war. Im Moment zählte als einziges die Tatsache, daß er existierte und hier war.

»Gibt es keinen anderen Weg als durch diese Tür?« fragte Jules.

Rawling schüttelte den Kopf. »Nicht auf dieser Ebene. Man müßte hinauf an die Oberfläche und von der anderen Seite wieder hereinkommen.«

»Und inzwischen«, überlegte Jules, »kann alles mögliche passieren. Gut, alles zurücktreten – wollen mal sehen, wie wirksam diese Falle ist.«

Alle drei traten zurück. Die beiden Agenten richteten ihre Strahler auf die Scharniere der Holztür. Die Metallstücke schmolzen unter der sengenden Hitze, und nach einer Minute fiel die Tür durch ihr Eigengewicht zu Boden. Dadurch wurde der elektrische Kontakt unterbrochen, aber plötzlich flammte in Hüfthöhe ein anhaltender Strahl durch die Öffnung. Ein im Eingang Stehender wäre glatt in zwei Hälften geteilt worden.

»Sieht jetzt passierbar aus«, bemerkte Jules nach kurzer Untersuchung der Anlage. »Rawling, nach Ihnen.«

»Aber, ich kann hier nicht durch. Ich werde getötet.«

»Von Gehen kann nicht die Rede sein«, meinte Yvette. »Sie müßten eigentlich imstande sein, auf dem Bauch unter dem Strahl durchzukriechen. Falls der Boden nicht auch elektrisch geladen ist ...«

»Nein ... nicht daß ich wüßte.«

»Mm, es wird sich herausstellen. Los jetzt!«

Von den Waffen der d'Alemberts bedroht, legte Rawling sich auf den Bauch und kroch hinein. Sie kroch über die umgefallene Tür und legte dann sehr zögernd die Hand auf den Boden. Nichts geschah, deshalb kroch sie mit viel mehr Selbstvertrauen auf die Tür auf der gegenüberliegenden Seite zu. Jules und Yvette folgten ihr.

Rawling stieß die Tür auf. Hier war die Klinke offenbar nicht geladen. Im offenen Gang angelangt richtete sie sich auf und sah sich um. Jules und Yvette lagen noch auf dem Bauch, und das bot ihr eine ideale Fluchtchance. Ohne das leiseste Zögern wandte sie sich nach rechts und rannte los. Jules feuerte ihr nach, doch sie war längst davon.

»Verdammt.« Das Frauenzimmer war zu weit entfernt. »Da läuft nun unsere Führerin und unser Passierschein.«

»Lauf ihr nach«, sagte Yvette und richtete sich auf. »Sie könnte ihre Leute zusammentrommeln und sie uns alle auf den Hals hetzen.«

»Und was ist mit dir?«

Sie machte ein entschlossenes Gesicht »Ich bin hinter Garst her. Es geht um die Begleichung einer alten Schuld.«

Jules nickte. Er wußte, daß keine Macht der Welt sie davon abhalten würde, die Verfolgung wieder aufzunehmen jetzt da sie die Fährte erneut aufgenommen hatte. »Ist gut – aber gib acht vor verschlossenen Türen.« Dann wandte er sich nach rechts und jagte der Sicherheitschefin nach.

Yvette blieb einen Augenblick stehen. Ihr Verstand raste in kalt berechnenden Bahnen dahin. Diese Rawling hat sicher die von Garsts Büro wegführende Richtung eingeschlagen, weil sie uns ablenken möchte. Seine Räume müssen links sein. Und sie schlug die entgegengesetzte Richtung ein.

Der Gang bog rechts ab, und Yvette stand nun in einem Korridor, der zehn Meter weiter in einer Sackgasse endete. Zur Rechten waren fünf Türen. Eine davon mußte die richtige sein, doch hatte sie keine Ahnung welche. Sie mußte es bei allen versuchen.

Die erste stellte keine Falle dar. Ein kurzer Blick hinein zeigte eine Befehlszentrale. Der Raum war leer. Rawling hatte ihren Posten also verlassen, um aus irgendeinem Grund in der Frontlinie mitzumachen. Vielleicht fehlte es an Leuten. Eine flüchtige Musterung zeigte, daß der Raum nichts Interessantes enthielt. Sie lief weiter.

Die zweite Tür erwies sich als Falle desselben Typs wie vorhin. Als Yvette die Tür aus den Angeln pustete, schoß ein Strahl hervor, der jeden vor der Tür Stehenden glatt zerschnitten hätte. Sie kroch unter dem Strahl hindurch und sah sich in dem Raum um. Leer.

Die dritte Tür erwies keine Hindernisse auf und führte in eine behaglich ausgestattete Privatwohnung. Gewiß ist es Garsts Wohnung, dachte die Agentin, während sie leise durch die Räume schlich. Nirgends eine Spur von Garst. Sie lief hinaus, um es weiter zu versuchen.

Als die nächste Tür unter ihrem Strahler zusammenkrachte, sah sie am anderen Ende des Raumes die in einem Stuhl zusammengesunkene Helena. Sie lief mit gezogener Waffe hinein, bereit, jeden umzulegen, der sich auch nur rührte.

Das Überschreiten der Schwelle setzte ein elektronisches Auge in Funktion, wodurch sich ein schwerer Metallblock über ihr löste. Jeder normale Mensch wäre von dem Gewicht erdrückt worden – doch Yvette d'Alembert gehörte nicht zu den normalen Menschen. Die Schwerkraft war hier annähernd wie auf der Erde. Das bedeutete, daß das Ding mit der Beschleunigung von einem g herunterfiel. Yvette kam von einer Welt, auf der Gegenstände dreimal so schnell fielen, und konnte entsprechend reagieren. Sie merkte, daß das Ding sich löste und sprang beiseite. Das massive Gewicht streifte ihre Schulter, renkte sie aus und jagte rasenden Schmerz durch ihre linke Seite – doch Yvette war weit davon entfernt, tot zu sein.

Sie fiel um, rollte sich ab, kam auf die Knie und sah sich um. In einer Ecke kauerte Garst, den Strahler in der Hand. Er zielte auf die Stelle, wo sie hingefallen war, aber da war sie längst nicht mehr.

Hastig versuchte er sich auf sie einzustellen, doch seine Reflexe ließen zu wünschen übrig. Yvettes Strahler blitzte auf und fand sein beabsichtigtes Ziel – Garsts Gesicht. Der Erzverbrecher stieß einen gräßlichen Todesschrei aus, als ihn der Strahl traf.

Garst war sofort tot. »Für Dak«, murmelte Yvette leise. »Und für eine Viertelmillion anderer, aber hauptsächlich für Dak! Du elender Verbrecher. Wie ich dich hasse!«

Schließlich hatte sich ihre Wut verbraucht. Yvette nahm den Finger vom Abzug und senkte die Waffe. Sie zitterte am ganzen Leibe und brauchte einige Sekunden, bis sie wieder klar sehen konnte. Erst dann fiel ihr der eigentliche Zweck ihres Hierseins wieder ein, und sie drehte sich nach Helena um.

Die Tochter des Chefs war bewußtlos. Ihre Augen waren blutunterlaufen, der Puls kam unregelmäßig. Yvette streifte Helenas Ärmel hoch und sah, daß die Venen an der Innenseite des Armes grotesk hervorquollen. Dank ihrer Spezialausbildung erkannte sie diese Symptome auf den ersten Blick – es waren die Nachwirkungen von Nitrobarb.

Während sie sich in diesem Zustand befand, war es gefährlich, Helena überhaupt zu transportieren. Voll Ingrimm zog Yvette einen Stuhl heran. Sie setzte sich neben Helena und wartete auf Jules' Ankunft.

13. KAPITEL
Explosive Folgen

Als Jinda Rawling zum Lauf durch den Korridor startete, wußte sie, daß sie um ihr Leben rannte. Die DesPlainianer waren für ihre Schnelligkeit berühmt. Ihr größter Vorteil lag darin, daß sie die Anlage des Komplexes kannte und die anderen nicht. Im Moment war sie unbewaffnet, auch lagen in dieser Richtung keine mit Abwehrfallen ausgestatteten Räume, aber vielleicht gelang es ihr, jemanden von ihren Leuten aufzutreiben, der nicht oben mit dem aufgebrachten Mob kämpfte. Wenn nicht, dann mußte sie ins Waffendepot und sich dort eine Waffe holen. Sie wußte, daß ihr Judo-Schwung, mit dem sie den einen Agenten abgewehrt hatte, ein Glücksfall gewesen war. Sie verspürte kein Verlangen, ihre Fähigkeiten im Handgemenge mit einem geübten Professional noch einmal zu erproben.

Vor der Tür zum Waffendepot angelangt, mußte sie feststellen, daß diese versperrt war. Sie hatte zwar einen Schlüssel, doch lag dieser tief vergraben irgendwo in einer ihrer Taschen. Wenn sie jetzt danach kramte, vergingen kostbare Sekunden, und das konnte sie sich nicht leisten. Schon glaubte sie Schritte zu vernehmen, die sie verfolgten. Nach einer Pause, die kaum zum Atemschöpfen reichte, lief sie weiter.

Als sie um die Ecke bog, stieß sie unvermutet mit einem Menschen des Hochschwerkrafttyps zusammen, der wie ein Dandy gekleidet war, inklusive Cape, Hut und Rose. Der überraschenden Zusammenstoß warf beide zu Boden, doch Rawling, deren Reflexe durch zusätzliche Adrenalinstöße beschleunigt wurden, hatte ihre Fassung Sekundenbruchteile vor dem Mann wiedererlangt.

Sie ließ den Fuß vorschnellen. Der Tritt traf Pias Bavol genau unter dem Kinn. Sein Kopf schlug hart gegen den Boden, sein Körper wurde schlaff. Die Sicherheitschefin rappelte sich auf und nahm die Waffe des anderen an sich. Jetzt war sie auch bewaffnet – eine ihrem Verfolger unbekannte Tatsache. Diese konnte sie zu ihrem Vorteil ausnützen. In wenigen Sekunden würde er um die Ecke biegen.

Sie stellte den Strahler auf die größtmögliche Breite ein, damit sie ihr Ziel auf keinen Fall verfehlte. Dabei würde der erste Schuß etwas geringer als die tödliche Dosis ausfallen, ihren Verfolger aber so schwer verletzen, daß sie ihn nachher mit Leichtigkeit endgültig erledigen konnte. Sich in einen Eingang drückend, konzentrierte sie sich mit allen Fasern auf die Korridorbiegung und wartete.

Jules lief so leise wie möglich, trotzdem hallten seine Schritte hohl in dem leeren Gang wider. Rawling konnte sich sein Annäherungsgeschwindigkeit beiläufig ausrechnen, während er keine Ahnung hatte, daß sie ihm auflauerte. Er bog um die Ecke und sah sie sofort, wie sie mit der Waffe im Anschlag auf ihn wartete. Er zielte, wußte aber, daß es zu spät war. Diesmal hatte sie ihm eins ausgewischt.

Aber noch ehe einer der beiden schießen konnte, kam vom Boden her ein Summton. Die Rawling hatte sich so stark auf Jules' Auftauchen konzentriert, daß sie die langsamen, vorsichtigen Bewegungen ihres, wie sie glaubte, unbewaffneten und bewußtlosen Opfers von vorhin gar nicht wahrgenommen hatte. Die Sicherheitschefin fiel hilflos um.

Während Jules sich gegen eine Wand prallen ließ, um seinen Schwung zu bremsen, stand Pias Bavol langsam auf. In der Rechten hielt er einen Mini-Stunner, mit der Linken strich er sachte über sein lädiertes Kinn. »Diese Dame kann aber Tritte austeilen! Vermutlich war sie Ihnen nicht freundlich gesinnt.«

Jules senkte den Kopf und holte mehrere Male tief Luft. »Nein. Und Sie haben mir heute zum zweiten Mal das Leben gerettet.«

Pias tat dies mit einer großartigen Geste ab. »Es war mir ein Vergnügen. Bin nur froh, daß mein Hund mir beibrachte, wie man sich tot stellt – gelegentlich ein überaus nützlicher Trick.«

»Und wo haben Sie das Ding gefunden?« fragte Jules und deutete auf den Mini-Stunner. Er wußte, daß diese Type hier auf dem Asylplaneten nicht allgemein erhältlich war.

»Hier drinnen.« Der Newforester hob seinen Hut vom Boden auf, und Jules konnte bei näherem Hinsehen entdecken, daß hinter den Blütenblättern der Blume ein kleines Halfter versteckt war. Das Ganze war unsichtbar, wenn man davon nichts wußte. »Jede Rose hat einen Stachel«, fuhr Pias aufgeräumt fort und steckte die Waffe dorthin, wo sie hingehörte.

»Sie sind bei weitem nicht so hilflos, wie man Sie auf den ersten Blick einschätzt«, bemerkte Jules.

»Danke. Wenn ich die Wahl hätte, wäre mir lieber, meine Gegner unterschätzten mich. Das ist für mich viel sicherer. Wo ist Ihre Schwester?«

»Sie lief in die andere Richtung und sucht unsere Bekannte.«

Er sah nieder auf die bewußtlose Rawling. »Wie lange wird sie geistig weggetreten sein?«

»Bei diesen Minis ist die Höchsteinstellung fünf, und das habe ich ihr verpaßt. Sie müßte eigentlich sechs Stunden bewußtlos bleiben.«

»Das reicht«, nickte Jules. »Wir können sie für's erste hier lassen. Laufen wir lieber zurück und sehen nach, ob Yv ... Yarmilla Hilfe braucht.«

Im Laufschritt ging es zurück in die Richtung, aus der Jules eben gekommen war. Jetzt aber ließen sie sich Zeit, sich ihre Umgebung genauer anzusehen. Jules blieb plötzlich vor einer Tür mit der Aufschrift ›Arsenal‹ stehen. »Sieht interessant aus«, meinte er. »Sehen wir kurz nach.«

Die Tür war versperrt, was für die beiden kein Hindernis darstellte. Sie richteten gemeinsam ihre Strahler auf die Tür, brannten das Schloß heraus und drückten die massive Tür ein.

Drinnen fanden sie Waffen in solchen Mengen, daß man eine kleine Armee hätte ausrüsten können. Strahler verschiedener Stärke, von den kleinen Handmodellen angefangen bis zu schweren, auf Dreifüßen montierten Geschützen. Auf Dutzenden von Kisten stand »Sprengstoff«, dazu gab es sämtliche Zusatzgeräte. Außerdem mehrere hundert Kampfanzüge, sowohl für Boden- als auch für den Weltraumkampf. Pias stieß nach einer Begutachtung dieser Sammlung von Zerstörungsmaterial einen leisen Pfiff aus. »Die waren wohl auf alles vorbereitet?«

»Das reicht jedenfalls, um jeden Angriff abzuwehren«, bestätigte Jules. »Oder um einen Angriff selbst zu beginnen. Mit dieser Ausrüstung und ein paar gutausgebildeten Leuten hätten sie wahrscheinlich einen kleinen landwirtschaftlich strukturierten Planeten glatt überrumpelt, wenn sie den Angriff gut vorplanten.«

Er bugsierte Pias hinaus. »Jetzt rasch zu meiner Schwester.

Später können wir entscheiden, was mit dem Zeug geschehen son. Ich habe das Gefühl, es wird uns sehr zustatten kommen.«

Sie erreichten die Stelle, an der Jules und Yvette sich getrennt hatten und liefen weiter, Yvettes Spuren folgend. Sie krochen unter dem Strahl hindurch, der noch immer aus der Tür blitzte und erreichten die Tür, die Yvette absichtlich offen gelassen hatte. Jules spähte vorsichtig hinein. Seine Schwester behielt mit schußbereiter Waffe die Tür im Auge und war sehr erleichtert, daß er es war, der jetzt hereinkam. Neben Yvette hing blaß und reglos Helenas schlaffer Körper in einem Stuhl.

»Wie geht es ihr?« fragte Jules hastig.

»Nitrobarb.« Dieses eine Wort sagt alles. Gleich darauf ergänzte sie: »Ich habe Garst umgelegt. Diesmal bestehen nicht die leisesten Zweifel.« Ihre Stimme klang matt und weit entrückt.

»Gut.« Jules fiel keine bessere Entgegnung ein. Hinter ihm kam Pias herein, und Yvette erholte sich sichtlich bei seinem Anblick. Jules, dem diese Veränderung Mut machte, sagte: »Und was jetzt? Ist sie transportfähig?«

»Noch nicht«, entgegnete Yvette. Sie hatte auf diesem Gebiet mehr Erfahrung als ihr Bruder. »Ihr Stoffwechsel kämpft momentan noch ums Gleichgewicht. Jede Veränderung ihrer Lage könnte dieses Gleichgewicht ungünstig beeinflussen.«

»Wie lange müssen wir zuwarten?«

»Zehn, zwanzig Stunden. Hängt davon ab, wie lange sie sich bereits im Koma befindet. Das kann man nicht genau sagen.«

»Ich bin auf diesem Gebiet Neuling, muß ich gestehen«, sagte Pias Bavol, »aber ich glaube nicht, daß wir uns eine so ausgiebige Wartezeit leisten können. Im Moment bekämpfen einander Truppen und Aufständische, was sehr vorteilhaft für uns ist – aber das wird nicht mehr lange dauern. Die eine Seite wird gewinnen, und der Sieger wird auch hierherkommen. Egal, wer gewinnt, ich möchte jedenfalls nicht mehr zur Stelle sein.«

»Recht hat er«, seufzte Jules. »Sicherheit oder nicht, wir müssen sie von hier wegschaffen.«

»Aber wohin denn?« fragte Yvette. »Wir können sie nicht auf denselben Weg hinausschaffen, den wir hereinkamen – zu viele Bewaffnete und zu viele Hindernisse. Wir haben es selbst kaum geschafft. Wenn wir diese Last mitschleppen, kommen wir hier nicht mehr lebend heraus.«

»Vielleicht gibt es einen einfacheren Weg, einen Geheimweg nach draußen«, wandte Pias ein.

Jules klatschte bei dieser Eröffnung in die Hände. »Natürlich! Garst kam von Vesa, einer Welt unterirdischer Gänge. Er hatte die Mentalität eines listenreichen Wühltieres. Und die meisten Wühltiere lassen sich für den Fall eines Angriffs eine Hintertür offen.«

Pias nickte. »Meine Zigeunervorfahren auf der Erde wußten, wie nützlich ein Fluchtweg sein kann. Man weiß nie, wann man ihn brauchen wird.« Er strich sich nachdenklich übers Kinn. »Aber wohin soll man auf diesem Planeten flüchten? Nicht zurück in die Stadt, dort ist die Gefahr des Entdecktwerdens zu groß. Vielleicht in einen unterirdischen Schlupfwinkel außerhalb der Stadt, wo er genügend Vorräte unterbringen konnte, um eine längere Verfolgung zu überstehen.« Yvette schüttelte den Kopf. »Glaube ich nicht«, sagte sie und beteiligte sich an dem Ratespiel. »Garst war nicht der Typ, der abwartet, bis die Gefahr vorüber ist. Wir erlebten schon einmal, daß er sich vom Ort der Handlung möglichst weit entfernt, wenn etwas schiefgeht – und er läuft und läuft, bis er die halbe Galaxis hinter sich gebracht hat.«

»Ein Schiff«, sagte Jules. »Er muß ein eigenes Schiff haben, das startklar auf ihn wartet – für alle Fälle. Und zu diesem Schiff muß er einen eigenen Tunnel haben, weil er im Notfall nicht auf normalem Weg zum Raumflughafen kommt. Wir müssen diesen Raum hier gründlich durchsuchen. Jede Wette, daß wir einen Geheimgang finden.«

Zu dritt durchsuchten sie den Raum sehr gründlich. Beim ersten Mal fanden sie nichts, doch bei der zweiten, noch genaueren Suche, entdeckte Jules ein verstecktes Schubfach. Er zog es auf und fand darin mehrere Dutzend Videobänder, Buchrollen und andere Aufzeichnungen.

»Garst hat seine Bücher immer penibel geführt«, bemerkte Yvette. »Seine Unterlagen auf Vesa waren sehr nützlich. Ich schlage vor, wir lassen diese Dinge da mitgehen. Ich kenne jemanden, der sich für diese Aufzeichnungen sehr interessiert.«

Bei der dritten Runde durch den Raum entdeckte Yvette das Gesuchte. Sie fuhr mit der Hand kräftig über eine Reihe scheinbar nutzloser, rein dekorativer Zapfen, und plötzlich glitt ein Teil der Wand beiseite und gab den Blick auf einen schmalen Gang frei, der tatsächlich in die Richtung zum Flughafen führte. »Los, gehen wir«, sagte Pias.

»So einfach geht das nicht«, hielt Jules ihn zurück. »Wir müssen uns vorher einige Punkte überlegen.«

»Und das wäre beispielsweise?«

»Beispielsweise«, antwortete Yvette auf seine Frage, »brauchen wir draußen im All astronautische Meßgeräte, um festzustellen, wo dieser Planet eigentlich liegt. Sodann möchten wir einen Freund anrufen und Verstärkung anfordern, damit dieses Verbrecherasyl aufgelöst wird.«

»Gute Idee«, nickte Pias. Doch Yvette war noch nicht fertig. »Sobald der Aufruhr draußen verebbt, wird manchem klar werden, was nun passieren wird. Man wird versuchen, mit den Schiffen da draußen auf dem Raumflughafen zu entkommen. Wir müßten uns eine Möglichkeit ausdenken, wie wir die Schiffe zerstören können. Dann kann die Polizei landen und ein großes Saubermachen veranstalten.«

»Und ich weiß, wie wir das anfangen«, meinte Jules. »Am Arsenal sind Sprengstoffe und Waffen gestapelt – mehr als wir benötigen.«

»Gut«, sagte Yvette. »Ich trage unser schlafendes Dornröschen hinaus zum Schiff, während du Sprengstoff heranschaffst. Beeil dich – es wird bald hell, und damit wird die Arbeit erschwert.«

Die zwei Männer liefen sofort zurück ins Arsenal. Pias mußte eingestehen, daß er mit den hier vorhandenen exotischen Waffen wenig anzufangen wußte. Also blieb es Jules überlassen, ihre Einkaufsliste zusammenzustellen. Er nahm Strahler für alle drei und dazu zwei Armvoll Sprengstoff mit. Dann bastelte er Sprengstoff mit einem Zünder innerhalb des Arsenals selbst zusammen. »Damit jagen wir diesen Schlupfwinkel in die Luft, so daß sie kaum Widerstand leisten werden, wenn die regulären Truppen hier endlich aufkreuzen«, erklärte er dem erstaunten Newforester.

Pias nickte.

Mit ihrer Sprengstofflast liefen die zwei zurück in Garsts Raum und den Geheimgang entlang zum Schiff, wo sie Yvette und die bewußtlose Helena vorfanden. »Ein ganz einfaches Flugschiff«, berichtete Yvette, »und wir werden uns zusammendrängen müssen – es ist ein Zweisitzer. Garst hatte offenbar nicht die Absicht, außer sich selbst noch andere zu retten.«

Sie teilten den Sprengstoff auf und erteilten ihrem Verbündeten eine kurze, aber gründliche Lektion in der Kunst des Sprengens. Dann ließen sie ihn die Instruktionen zweimal wiederholen, bis sie sicher sein konnten, daß er wußte, was er tat.

Das Trio ließ nun Helena allein in Garsts Fluchtschiff zurück und machte sich ans Werk der Zerstörung.

Auf dem Feld standen sechsundneunzig Schiffe, die nur von einer Abteilung von zehn Posten bewacht wurden. Folglich konnten sich die drei dunklen Gestalten nach Belieben durch die morgendliche Dunkelheit schleichen und ihre Sprengkörper unsichtbar an der Unterseite des Schiffskörpers anbringen. Sie würden sicher mehr als zwei Stunden brauchen. Danach sollten sie sich wieder bei Garsts Schiff treffen.

Jules und Yvette waren noch vor Pias da. Sie waren mit der Arbeit schneller vorangekommen, weil sie mit diesen Dingen geübter umgingen. Jules setzte sich in den Pilotensitz und nahm eine Überprüfung der Instrumente vor, während Yvette im Eingang stand und nach dem Newforester Ausschau hielt.

Von der Befehlszentrale her hörte man Dröhnen, ein Blitz flammte auf. »Das schöne Arsenal ist dahin«, sagte Jules, ohne von seinen Instrumenten aufzusehen. »Jetzt müßte eigentlich das ganze Feuerwerk losgehen.«

»Ich wünschte, Pias wäre schon zurück«, murmelte Yvette.

Die auf dem Flughafen stationierten Posten waren total konfus, als die Zentrale in die Luft flog, und wußten nicht, wie sie reagieren sollten. Wenige Minuten darauf flog ein Frachter an einem Ende des Feldes, von Garsts Schiff weit entfernt, ebenfalls in die Luft. Bruchstücke wurden im Umkreis von hundert Metern verstreut. Diese Situation aber war in ihren Instruktionen vorgesehen – ein klarer Fall von Sabotage.

Da, auf einer freien Fläche stand Pias Bavol! Er hatte das letzte Schiff erledigt und befand sich auf dem Rückweg, als die Lichter ihn in ungeschützter Lage erfaßten. Er war fast dreihundert Meter weit weg, die einzige Gestalt auf dem Feld. Unmöglich, daß die Posten ihn übersahen.

»Pias!« rief Yvette unwillkürlich aus.

Jules war sofort an ihrer Seite und überblickte die Situation.

Ihm war klar, was geschehen mußte. »Du bleibst hier bei Helena«, sagte er. »Du wirst besser mit ihr fertig. Und unterdessen hole ich ihn.« Und noch ehe sie widersprechen konnte, war er draußen und kletterte in Windeseile die Leiter hinunter.

Zwei weitere Explosionen ließen den Boden erbeben, als zwei Schiffe fast gleichzeitig gesprengt wurden. Yvette stand hilflos im Einstieg und mußte mitansehen, wie die zwei Menschen, die ihr die liebsten waren, aufeinander zuliefen. Weitere Explosionen folgten; sie schienen kein Ende zu nehmen und in Serien wie Knallkörper loszugehen.

Durch dieses Chaos gerieten die Posten in totale Verwirrung, doch sie wußten, daß sie wenigstens die Saboteure schnappen konnten, wenn sie schon gegen die angerichtete Sabotage nichts tun konnten. Die Gestalten von Jules und Pias waren auf dem ansonsten leeren Feld zu verdächtig und boten den Posten eine ausgezeichnete Gelegenheit für Zielübungen.

Jules war von Pias nur mehr fünfzehn Meter entfernt, als letzterer vorüberfiel, nachdem ein Strahl ihm in den Unterschenkel gefahren war. Yvette hielt den Atem an. Ihr Bruder verdoppelte seine Anstrengungen. Er mußte den Newforester erreichen, ehe der Posten von neuem anlegen konnte. Pias lag reglos auf dem Boden. Yvette hatte das Gefühl, ihr Herz hätte aufgehört zu schlagen. »Muß jeder Mann, den ich liebe, infolge von Garsts dunklen Machenschaften sterben?«, dachte sie verzweifelt. »Das ist nicht fair … es ist einfach nicht fair!«

Und dann stand Jules neben Pias und zerrte den anderen hinter ein Schiff, das erst in einigen Minuten explodieren sollte. Pias schien bei Bewußtsein, und Jules konnte sich mit ihm über den Zustand des Beines beraten. Er half ihm auf, und sie probierten aus, ob Pias gehen konnte. Pias nickte.

Jules ließ ihn vor sich gehen. Pias bemühte sich, heldenhaft zu laufen, doch die Wunde ließ seinen Gang zu einem unsicheren Taumeln werden. Jules folgte ihm mit der Waffe im Anschlag, bereit, jeden umzulegen, der auf den Mann anlegen wollte, der ihm kurz nacheinander zweimal das Leben gerettet hatte.

Es schien, als würde der Boden in Abständen von wenigen Sekunden von einer neuen Explosion erschüttert. Auf dem Gelände waren weitere Brände ausgebrochen. Da sämtliche Feuerlöschgeräte in der Stadt eingesetzt waren, konnten die Posten nicht einschreiten. Der dicke schwarze Rauch gab Jules und Pias Deckung auf ihrem qualvollen Weg zurück zum Schiff.

Endlich hatten sie den Fuß der Leiter erreicht und begannen den Aufstieg. Jetzt riß Yvette ihren Blick von den beiden los und beobachtete lieber das Feld. Denn jetzt kam der gefährlichste Augenblick, wenn sich nämlich die Männer hilflos als deutliche Ziele von dem Metallrumpf des Schiffes abhoben. Yvette tastete das Feld wie ein menschlicher Radarstrahl mit den Augen ab. Solange sie etwas zu sagen hatte, würde niemand ihren Männern ein Haar krümmen.

Links regte sich etwas, und Yvette feuerte los. Der Posten, der eben auf die Kletternden schießen wollte, stand an der Grenze von Yvettes Reichweite und wurde nicht getötet. Doch bekam er genügend Hitze ab, daß er rücklings umfiel. Von diesem Strahlenschuß würde er sich erst in einigen Minuten erholen – und bis dahin waren Jules und Pias schon in Sicherheit. Yvette faßte nach dem Arm des Newforesters und führte ihn behutsam in die Steuerkabine, während Jules die Luke luftdicht schloß.

»Ich werde die Beschleunigungsliege brauchen, wenn ich dieses Schiff steuern soll«, sagte er, als er an seinen zwei nicht bewußtlosen Mitpassagieren vorbei ans Steuer ging. »Die andere Liege wird das Mädchen brauchen, damit sie die Beschleunigung nicht so spürt. Bleibt für euch wenig Raum.«

»Wie schnell wirst du starten?« fragte Pias. Yvette hatte bereits die Erste-Hilfe-Ausrüstung des Schiffes bei der Hand und verband sein Bein. Der Strahl hatte ihm ein kleines Hautstückchen am linken Unterschenkel weggebrannt, doch war die Wunde mehr schmerzhaft als gefährlich.

»Gib acht, daß du drei g nicht überschreitest«, riet Yvette ihrem Bruder. »Unsere Patientin hält nicht mehr aus. Wir müssen überhaupt hoffen, daß Jugend und Gesundheit ihr über den Berg hilft. Jedesmal, wenn sie eine Veränderung durchmacht, verringern sich ihre Überlebenschancen.«

»Na gut«, sagte Jules. »Hübsch langsam also.«

»In diesem Fall«, äußerte Pias, »können Yarmilla und ich uns nebeneinander vor die Rückwand legen. Bei drei g wird es so sein, als lägen wir daheim auf dem Boden.«

Jules nickte und machte sich weiter an den Instrumenten zu schaffen, während draußen auf dem Feld die Schiffe eines nach dem anderen explodierten. Nach fünf Minuten erklärte er, startbereit zu sein, und Yvette und Pias machten sich auf allerhand gefaßt.

Ein dumpfes Heulen, als die Schiffsantriebe zum Leben erwachten. Das Heulen steigerte sich zu einem Dröhnen, und plötzlich wurden sie durch die Aufwärtsbewegung des rasch beschleunigenden Schiffes nach unten gedrückt. Die Zugkraft von drei g war nicht weiter schmerzhaft.

Langsam hob sich das kleine Schiff in den Himmel. Die drei Abenteurer hatten das scheinbar Unmögliche geschafft: Sie waren auf dem Asylplaneten gelandet, hatten ihre verschiedenen Aufgaben erfüllt, waren mit dem Leben davongekommen und konnten von ihren Taten berichten.

14. KAPITEL

Der Markgraf von Newforest

Die Beschleunigung schien nicht enden zu wollen. Weil sie mit verhältnismäßig geringer Geschwindigkeit abhoben, brauchten sie länger, um in ihren vorläufigen Orbit zu gelangen. Aber schließlich war es geschafft, und Jules schaltete den Antrieb ab. Sofort wurde der Übergang von drei auf null g fühlbar, und wirkte auf sie trotz Jules' Warnung wie ein Schock.

Yvettes erste Sorge galt Helena. Das Mädchen war totenblaß. Yvette ruderte zu ihr hinüber und faßte nach ihrer Kehle, um den Puls zu fühlen. »Unregelmäßig, aber noch vorhanden«, sagte sie seufzend. »Vielleicht schafft sie es noch.«

Jules' Arbeit war mit dem Erreichen des freien Weltraumes nicht getan. Er visierte verschiedene Sterne an, um festzustellen, in welchem Oktanten der Galaxis sie sich befanden und welches die Koordinaten dieses Sternensystems waren. Für die grundlegenden Messungen brauchte er eine gute halbe Stunde, dann eine weitere Stunde, um seine Berechnungen durch den Bordcomputer laufen zu lassen. Aber schließlich hatte er den genauen Standort und konnte einen Subcom-Anruf an den Chef auf der Erde durchgeben.

Zuvor aber gab er seiner Schwester mit einem Kopfnicken zu verstehen, sie möge Pias ablenken. Unter einem Vorwand bat sie Pias, er möge mit ihr hinunter in die kleine Kombüse gehen. Sie konnte nicht riskieren, daß er die Identität des Chefs entdeckte, obgleich sich Pias als guter Mitstreiter bewährt hatte.

Garsts Subcom-Apparat hatte keine Chiffrier-Anlage wie die Schiffe des Service, deshalb schaltete Jules die Sichtübertragung gar nicht ein, weder auf Sendung noch auf Empfang. Als die Stimme des Chefs aus dem Apparat drang, meldete sich Jules und gab seine Durchsage in einem SOTE-Kode der höchsten Geheimhaltungsstufe durch. Als erstes erwähnte er, daß sie Helena herausgeschafft hätten, daß diese mit Nitrobarb behandelt worden sei und den kritischen Punkt noch nicht überwunden hätte. Er meldete, daß Garst die Organisation des Asylplaneten aufgebaut hätte und auch derjenige wäre, der Helena mit Nitrobarb behandelt und alle Geheimnisse erfahren habe. Garst aber war jetzt mit Sicherheit tot, und was er erfahren hatte, war mit ihm im Jenseits – es sei denn, wie Jules hinzufügte, er hatte die Informationen noch vor dem Auftauchen der d'Alemberts weitergegeben. Der Chef hörte sich diese Vermutung an, unterbrach Jules' Bericht jedoch nicht.

Jules gab die Koordinaten des Sternensystems durch, dem der Asylplanet angehörte und ersuchte um die Entsendung mehrerer Schiffe, welche die Verbrecher vom Planeten abholen sollten. Die meisten Schiffe hätte er zwar zerstört, doch träfen täglich neue Einheiten ein, die zumindest einen Teil der ›Klienten‹ vor der Ankunft der kaiserlichen Marine wegschaffen könnten.

Der Chef brauchte eine Weile, um die Position der Flotte in jenem Sektor festzustellen. Sodann versicherte er seinem Agenten, daß ein Schiff in höchstens zweieinhalb Tagen da sein könnte. Unterdessen wollte er veranlassen, daß das gesamte Gebiet um den Asylplaneten abgesperrt würde, so daß alle aus diesem speziellen Allbereich kommenden Schiffe gründlich untersucht würden. Vielleicht gelang es einer Handvoll vom Glück begünstigter Gauner, die Blockade zu durchbrechen, doch die Mehrzahl würde man fassen und den zuständigen Behörden übergeben.

Jules sprach auch von ihrem neuen Freund Pias Bavol und erbat einen Sicherheitsbericht über ihn. Schweigen am anderen Ende der Leitung, dann kam die Antwort des Chefs: »Ich glaube nicht, daß das nötig ist.«

»Und warum nicht?«

»Die Bavols wurden bereits routinemäßig auf ihre Vertrauenswürdigkeit überprüft. Pias ist der Erstgeborene des Herzogs von Newforest und damit Herzog und Erbe des Planeten. Die Newforester wurden vor fünfzig Jahren, als man wieder Kontakte mit ihnen anknüpfte, mit Mißtrauen angesehen, doch sie haben ihre Loyalität hinlänglich unter Beweis gestellt. Wenn keine besonderen Gründe vorliegen, würde ich ihn vorläufig als unverdächtig einstufen.«

Jules war platt. Pias hatte nie eine Andeutung über seine adelige Herkunft fallenlassen. Aber schließlich hatten sie ja dieselbe Tatsache vor ihm geheimgehalten. Ihr Vater war Herzog von DesPlaines und ihr älterer Bruder Robert würde den Titel erben. Jules und Yvette hatten nur Anspruch auf den Titel Lord und Lady – einen Rang, auf den zu pochen sie nur selten Gelegenheit hatten.

Jules versicherte seinem Chef, daß sie mit Höchstgeschwindigkeit auf Erdkurs gehen würden. Er wußte nicht genau, wie schnell Garsts Schiff war, doch schätzte er die Flugzeit auf sieben bis zehn Tage. Selbstverständlich würde er Nachricht geben, sobald man wußte, ob Helena die Nitrobarb-Behandlung überleben würde. Der Chef dankte ihm für sein Entgegenkommen und seine Fürsorge, und das Gespräch war beendet. Jules ging gleich daran, die nötigen Vorbereitungen für den Übergang des Schiffes in den Sub-Raum zu treffen.

Yvette war gleichermaßen erstaunt, als sie von Pias' hohem Rang erfuhr. Die beiden gaben Pias zu verstehen, daß sie Bescheid wußten, und er gestand mit verlegenem Gesicht, daß er tatsächlich Markgraf von Newforest sei.

»Und warum durften wir das nicht erfahren?« fragte Yvette.

»Ich hielt es in Anbetracht der Situation für unpassend«, gab Pias mit einem Achselzucken zurück.

Helena schwebte noch stundenlang in Todesgefahr. Kurz nach dem Eintritt in den Sub-Raum erlitt das Mädchen einen starken Schweißausbruch. Die Kleider klebten an ihr wie eine zweite Haut. Die drei wechselten einander im Abfrottieren ab. Zeitweise stieg die Temperatur bis auf vierzig Grad, und ihre Freunde befürchteten das Ärgste.

Wenige Stunden später verfiel sie in einen Zustand der Halluzinationen. Sie schrie und kreischte ununterbrochen, meist in einem unverständlichen Kauderwelsch. Dabei schlug sie so heftig um sich, daß Jules sie nur unter Aufbietung aller Kräfte festhalten und sie daran hindern konnte, sich selbst zu verletzen. Im schwerelosen Raum wirkte sich das alles noch ärger aus als unter Schwerkraftbedingungen.

Die Anfälle gingen vorbei, und Helena bekam Schüttelfrost. Sie wickelten die Ärmste in die einzigen zwei Decken, die sie an Bord auftreiben konnten. Wieder war es Jules, der sie fest hielt und sie dabei wärmte. Schließlich ging auch das vorbei, und Helena schwebte frei in der Pilotenkanzel, bleich und nur schwach atmend. »Bald werden wir es wissen«, sagte Yvette – und es war ihr anzumerken, wie gering ihre Zuversicht war.

Jules hielt eben Wache neben der Patientin, als deren Lider

matt zu flattern begannen. Er beugte sich besorgt über sie, als sie sekundenlang ein Auge öffnete. Sofort rief er seine Schwester herbei, und Yvette war sogleich zur Stelle.

Helenas Lidflattern dauerte an, bis sie schließlich beide Augen öffnete und zunächst verständnislos in die Gesichter ihrer Freunde starrte. Yvette hatte die Beleuchtung gedämpft, damit die plötzliche Helligkeit die Kranke nicht blendete.

»Na, wie fühlen Sie sich?« fragte Jules mitleidig.

Helenas Verstand war noch verwirrt, und ihre Gedanken verliefen auf Irrwegen.

Doch dann wurde sie von einem Schwall Erinnerungen überfallen – der Fluchtversuch, der Kampf auf dem Raumflughafen, die Gefangennahme, das Verhör durch Garst bis zu dem Punkt, als er ihr Nitrobarb injizierte. Offenbar hatte sie es überstanden, und war nun wieder mit ihren Freunden zusammen – und befand sich im schwerelosen Zustand. Aber darüber hinaus hatte sie keine Ahnung.

»Ich fühle mich sehr benommen, sehr matt und sehr verwirrt«, antwortete sie wahrheitsgemäß. »Schön, euch wiederzusehen. Ich hätte nie gedacht, jemals etwas wiederzusehen.«

Doch als Pias in ihren Gesichtskreis trat, wurde sie plötzlich sehr mißtrauisch. »Wer ist das?« fragte sie.

Behutsam berichteten Jules und Yvette Schritt für Schritt die der Gefangennahme Helenas folgenden Ereignisse. Diese Vorsichtsmaßnahme wurde nicht um Helenas willen getroffen, sondern wegen Pias. Er mochte dem Kaiser treu ergeben sein, trotzdem aber wollten sie besondere Information nicht jedem Bürger zugänglich machen, wenn es nicht unbedingt erforderlich war. Helena war sich dieser grundlegenden Regeln wieder sofort bewußt und bemühte sich, die ganze Wahrheit zwischen den Zeilen zu lesen.

Während Jules sich per Subcom mit dem Chef verbinden ließ, um ihm zu melden, daß Helena außer Gefahr sei, scheuchte Yvette Pias hinaus und fragte Helena: »Na, was halten Sie jetzt vom Fronteinsatz?«

Helena lächelte reumütig, »Sie hatten recht. Mir reicht es für den Rest meines Lebens. Hinter dem Schreibtisch zu sitzen und die Risiken euch zu überlassen bietet viele Vorteile.«

»Jeder soll das tun, was ihm am meisten liegt«, tröstete sie

Yvette. »Verwaltungsarbeit ist ebenso lebenswichtig wie unsere Einsätze. Unsere Arbeit sieht bloß großartiger aus.«

Die Rückkehr zur Erde dauerte volle acht Tage, und das in der Enge von Garsts Schiff. Während dieser Zeitspanne gab es nicht viel zu tun, und sie konnten darangehen, sich miteinander näher anzufreunden. Helena wurde mit dem Markgraf Pias bekanntgemacht, obgleich Jules und Yvette davon Abstand nahmen, Helenas Namen zu nennen. Leider konnte keiner der drei SOTE-Angehörigen viel über sich selbst zum Besten geben, und so lastete das Hauptgewicht der Unterhaltung auf Pias' Schultern. Er erwies sich erneut als gewandter Plauderer, und falls ihm ihre Zurückhaltung etwas ausmachte, gab er es nicht zu erkennen. Und bei ihrer Ankunft auf der Erde mußte sogar Jules zugeben, daß sein anfänglicher Eindruck vom Newforester falsch war. Er fand ihn sogar riesig nett. Yvette schenkte ihm ein selbstzufriedenes Lächeln und sagte nichts. Es war klar, daß ihre eigenen Gefühle für diesen Mann sich immer mehr vertieften.

Als sie auf dem Raumflughafen von Canaveral niedergingen, wurden sie von einem Ambulanzfahrzeug willkommen geheißen, welches Helena trotz ihrer Versicherungen, sie wäre schon seit einer Woche aus dem Koma und fühle sich fast normal, mit ihr in ein Krankenhaus brauste. Jules, Yvette und Pias gingen anonym von Bord und mieteten sich in einem der schicken Hotels in der Nähe ein. Sobald der Chef hörte, daß sie von Bord gegangen wären, ließ er das Schiff beschlagnahmen und Garsts Unterlagen auswerten.

Für Jules und Yvette kamen nun zwei ereignislose Tage. Sie glaubten sich bereits vergessen, als sie Anweisung erhielten, noch am Abend in der Ambassador-Suite des Hotels zu einer privaten Zusammenkunft zu erscheinen. Über den Charakter dieser Zusammenkunft bestanden bei ihnen keine Zweifel.

Großherzog Zander von Wilmenhorst höchstpersönlich öffnete ihnen und bat sie herein. Herzogin Helena lag ausgestreckt auf einem Sofa. Sie wollte bei ihrem Eintreten aufstehen, ließ sich aber überreden liegenzubleiben. Sie war noch immer blaß, obwohl ihre Wangen bereits langsam Farbe bekamen.

Nach der allgemeinen Begrüßung sagte der Chef: »Zunächst meinen persönlichen Dank für alles, was ihr bei dieser Mission geleistet habt. Ihr habt mir meine Tochter wiedergebracht. Ich wüßte nicht, wer unter diesen Umständen eine annähernd so gute Leistung hätte erbringen können.«

»Ach, wir waren nicht allein«, hob Yvette hervor.

»Ja, über euren Freund, den Markgrafen, sprechen wir später. Jetzt aber nehmt bitte den Dank eines liebenden Vaters für die sichere Heimkehr seiner Tochter entgegen.«

»Wir sind selbst glücklich, daß wir es geschafft haben«, erwiderte Jules. »Helena ist unsere Freundin.«

»Und jetzt spreche ich als euer Chef«, fuhr er fort und gab seiner Stimme einen sachlichen Klang. »Ich möchte sagen, daß ich mit der geleisteten Arbeit sehr zufrieden bin – auch wenn damit klar wird, daß noch viel mehr Arbeit vor uns liegt. Die Verschwörung, mit der wir es zu tun haben, ist unglaublich weitverzweigt. Sie ist vielleicht sogar größer als Banions Organisation.«

Die d'Alemberts wechselten erschrockene Blicke. Die von Banion dem Bastard meisterhaft ausgeklügelte Verschwörung hatte über drei Viertel des Imperiums umfaßt, hatte die obersten Ränge des Service selbst ergriffen und war an die fünfzig Jahre lang geplant worden. Gab es denn etwas noch Größeres?

»Wie viel von Garsts Unterlagen habt ihr gelesen?« fuhr er fort.

»Nicht viel«, gestand Yvette. »Das meiste lag in Form von Bändern vor, und wir hatten an Bord nicht die Einrichtungen zum Abspielen. Außerdem wollten wir in Gegenwart von Pias nicht zu viel durchsickern lassen.«

»Sehr vernünftig«, nickte der Chef. »Ich aber konnte mir die Bänder ansehen und muß sagen, daß ich zu Tode erschrocken bin. Besonders ein Band macht mir angst. Wie ihr wißt, erfuhren wir von einer weit um sich greifenden Verschwörung, als eure Cousine Luise vom verstorbenen Dr. Rustin erfuhr, er hätte noch weitere Roboter geschaffen. Die auf Mellisande gewonnene Information bestätigt dies und ergänzt das Bild um eine weitere Einzelheit – nämlich um Lady A. Sie scheint mir der Brennpunkt aller Aktivitäten zu sein und nimmt innerhalb der Verschwörung sicher einen der höchsten Ränge ein. Siehe da, in Garsts Büro taucht sie erneut auf – leider kam an diesem Tag Helena an. Garst nahm das damalige Gespräch gottlob auf Band auf. Ich möchte euch das Band vorspielen.«

Der Chef trat an den Videorecorder, den er in einer Ecke aufgebaut hatte und drückte einen Knopf. Die d'Alemberts saßen still und immer schockierter da, während sie das Gespräch mitanhörten. Sie bekamen Lady A zum ersten Mal zu sehen und hörten ihre Stimme, als sie Zander von Wilmenhorst als Chef des Service bezeichnete und Helena als seine Erste Assistentin. Sie hörten ihre Behauptung, sie und ihre Organisation wüßten über die meisten Vorgänge innerhalb der SOTE Bescheid, und die daraus erwachsende Bemerkung, sie arbeite auf den Sturz des Imperiums hin. Als das Band abgespielt war, saßen sie sekundenlang wie betäubt da.

»Ich zeigte Bill dieses Band«, sagte der Chef leise, »und er reagierte ähnlich wie ihr.« Damit konnte er nur eine Person meinen – nämlich Seine Kaiserliche Majestät William Stanley, den Zehnten in der Linie der Monarchen, obersten Herrscher des Erdimperiums. »Ich bot ihm meinen Rücktritt mit der Begründung an, daß das Bekanntwerden meiner Identität die Wirksamkeit meiner Arbeit einschränken würde. Das lehnte er rundweg ab. Er hielte mich noch immer für den Besten, er sei sicher, ich könnte jede auftretende Schwierigkeit meistern.«

»Da gebe ich ihm recht«, sagte Jules. »Ich habe volles Vertrauen zu Ihnen. Aber dieses Video-Band ist in der Tat schrecklich.«

»Danke. Ihr habt ein Talent für Untertreibung. Das Band ist verheerend. Wir dachten schon, wir hätten nach der Affäre Banion alle Lecks in unserer Organisation gestopft, und doch scheinen wir löchriger zu sein als je zuvor. Ich würde meinen Kopf für unsere Mitarbeiter verwetten, und doch ist irgendwo ein dauerndes Leck.«

»Wurde einer Ihrer vertrauenswürdigen Mitarbeiter vielleicht durch einen von Dr. Rustins Robotern ersetzt?« fragte Yvette.

Der Chef schüttelte den Kopf. »Nein, das war auch eine meiner ersten Überlegungen. Doch damals, als wir vom Vorhandensein dieser Roboter erfuhren, ließen wir unsere gesamte Belegschaft röntgenisieren, und alle waren sie menschlicher Natur. Gestern machten wir dasselbe, nachdem ich mir das Band angesehen hatte – Ergebnis negativ. In den oberen Rängen haben wir keine Roboter. Nein, die Antwort darauf ist viel komplexer. Hat einer von euch diese Frau erkannt?«

Jules und Yvette mußten eingestehen, daß sie die Dame noch nie gesehen hatten.

»Ich auch nicht«, sagte der Chef seufzend. »Und doch muß sie größtenteils hier auf der Erde operieren, da hier der Sitz der Regierung ist. Sie muß sich in der Nähe aufhalten, wenn sie die Finger am Puls der SOTE haben will. Sie war nach der neuesten Hofmode gekleidet, ein Hinweis darauf, daß sie eine Person von hohem Rang ist. Das ist aber auch der einzige Hinweis, den wir haben.«

»Und was haben Sie als nächstes vor?« fragte Jules.

»Spionage ist ein Geheimspiel innerhalb von Geheimnissen. Es handelt sich nicht allein darum herauszufinden, was die andere Seite weiß. Die anderen müssen im ungewissen darüber bleiben, was man selbst weiß. Im Augenblick gibt es nur fünf Menschen, die wissen, daß wir das Band gesehen haben – wir vier und Bill. Nicht einmal Irene und Edna sind informiert, und werden auch in Zukunft nichts erfahren. Ihr beide behaltet es für euch und sagt es nicht einmal euren Angehörigen. Die Existenz des Bandes wird nirgends niedergelegt. Was das Service offiziell betrifft, so sind die in Garsts Büro gefundenen Bänder bedeutungslos. Wenn der Gegner überhaupt weiß, daß das Band existiert, so hat er doch kein Ahnung, daß wir es gesehen haben. Das verschafft uns einen winzigen Vorteil. Gott weiß, daß wir ihn nötig haben.«

»Und wie steht es mit unseren Identitäten,« fragte Jules. »Unser Haupttrumpf bestand bis jetzt darin, daß niemand die wahre Rolle des Zirkus kennt. Nur wenige in der SOTE – wie Marask Kantana beispielsweise – kennen unsere Gesichter und kennen die ganze Wahrheit. Weiß jetzt der Gegner in dieser Hinsicht auch alles?«

An dieser Stelle errötete Helena zutiefst. »Es ist mir ja so peinlich. Es existiert ein Band von meinem Verhör. Ich sagte Garst alles über euch und den Zirkus.«

»Das geschah nicht absichtlich«, beruhigte Yvette sie. »Sie standen unter dem Einfluß von Nitrobarb. Wir können froh sein, daß Sie überlebt haben.«

»Die Art, wie Garst sie verhörte«, fuhr Helenas Vater fort, »ließ erkennen, daß die Information für ihn neu und bestürzend war. Falls Lady A und ihre Freunde Bescheid wußten, so hatten sie ihn nicht eingeweiht. Und er sie aus bestimmten Gründen auch nicht. Die Marinebesatzer, die den Asylplaneten übernahmen, berichten, daß die Sub-Com-Leitung im Zeitraum zwischen Helenas Verhör und Garsts Tod nicht benutzt wurde. Er hat sein Wissen ins Grab genommen.

Natürlich haben wir keine Ahnung, ob sie von euch aus anderen Quellen erfahren hat – aber rein intuitiv möchte ich es sehr bezweifeln. Wenn sie mehr wüßte, wäre sie nicht so zuversichtlich und hätte Garst befohlen, Helena ohne Federlesens zu töten, weil sie ja gewußt hätte, daß ich euch zwei auf die Suche nach Helena schicken würde. Vielleicht kennt sie euren Kode-Namen – die Namen kennen im Service alle –, aber sie weiß nichts von euren Fähigkeiten. Und ich möchte es dabei belassen. Das Geheimnis eurer Identität soll noch besser gewahrt werden.

Und damit kommen wir zum Thema Pias Bavol. Yvette, meine Liebe, ich kann gut verstehen, daß Ihnen der Mann gefällt.«

»Er bat mich gestern um meine Hand«, sagte Yvette leise. »Und ich bat ihn um Bedenkzeit.«

»Sie wollten die Sache mit mir besprechen«, meinte der Chef lächelnd. »Sehr klug. Sagen Sie, wie steht es mit Ihren Gefühlen?«

»Ich liebe ihn sehr«, antwortete Yvette d'Alembert ohne zu zögern. »Ich möchte ihn gern heiraten, aber ich habe Pflichten gegenüber dem Service und kann mir keinen Gefühlskonflikt leisten. Wenn Sie das Gefühl haben, er stelle ein Sicherheitsrisiko dar, dann weise ich ihn ab.«

»Jules, was halten Sie von ihm?«

»Zunächst mochte ich ihn nicht«, mußte der Agent eingestehen. »Er war zu auffallend, zu redselig und benahm sich zu verdächtig. Doch als es hart auf hart ging, machte er sich tadellos. Was er Carnery antat, kann ich nicht billigen – aber ich kann auch nicht behaupten, daß ich dazu nicht imstande wäre, wenn jemand Vonnie grausam tötet.«

»Wenn er Yvette heiratet, müssen wir ihn in den Service aufnehmen und als Agenten ausbilden. Was meinen Sie dazu? Wird er es schaffen?«

»Anfangs hätte ich ihm nicht viel Chancen gegeben. Doch er hat Carnery zwei Jahre lang ohne besondere Ausbildung hartnäckig verfolgt. Und dann hat er ohne fremde Hilfe seine Mission erledigt. Vielleicht wäre er sogar ohne fremde Hilfe vom Asylplaneten wieder entkommen, wenn sich unsere Wege nicht so gewaltsam gekreuzt hätten. Sollte seine Loyalität, wie Sie sagen, über jeden Zweifel erhaben sein, ja, dann würde ich ihn der Akademie sehr empfehlen.«

Yvette hätte ihrem Bruder am liebsten einen Kuß gegeben, hielt jedoch mit ihrer Begeisterung zurück.

Der Chef sah Yvette an. »Es ist Ihnen doch klar, daß er praktisch alles erfahren müßte. Eure Identität, eure Herkunft, alles über den Zirkus – einfach alles. Eure Familie wird ihn kennenlernen wollen, ehe sie ihre Einwilligung gibt, obgleich ich mir nicht vorstellen kann, daß Etienne diese Heirat nicht billigt. Bavol wird alles erfahren, bis auf die Sache mit dem Band Garsts. Das möchte ich als Geheimnis behalten. Ich verlasse mich auf Ihr Urteil – vertrauen Sie dem Mann voll und ganz? Von Ihrer Antwort kann einst euer beider Leben abhängen.«

»Er rettete mir einmal das Leben und Jules sogar zweimal«, erwiderte Yvette. »Und beide Male hätte er es nicht tun müssen. Er hätte uns dem Tod überlassen können und tat es nicht. Ja. Ich vertraue ihm.« Und Jules nickte beistimmend. »Also gut«, sagte der Chef mit einem Lächeln. »Wenn meine zwei besten Agenten ihr Leben in die Hände dieses Mannes legen, kann ich nicht zurückstehen. Er soll von meiner Stellung natürlich nichts erfahren – wenn er jemals Helena in öffentlicher Funktion sieht, wird ihm vielleicht ohnehin ein Licht aufgehen. Ich überlasse es euch, ihm die Neuigkeit zu überbringen, und ich sorge dafür, daß er in die Akademie des Service aufgenommen wird.«

Tränen des Glücks schimmerten in Yvettes Augen. Helena stand auf und gab Yvette einen Kuß auf die Wange. Die zwei Frauen vertieften sich ohne Umschweife in ein Gespräch über die Einzelheiten der Hochzeit – ob vor oder nach Pias' Ausbildung, ob schlichte oder aufwendige Zeremonie und dergleichen mehr.

Zander von Wilmenhorst sah es mit gemischten Gefühlen. Auch er hatte an eine Hochzeit zu denken, an eine, von der bislang nur wenige Menschen wußten. In Bälde sollte die Ankündigung erfolgen, daß Kronprinzessin Edna den Mann ihrer Wahl ehelichen würde, einen Mann namens Choyen Liu. Edna war die einzige Nachkomme des Kaisers. Ihre Hochzeit würde in der gesamten Galaxis Aufsehen erregen – und die Aufmerksamkeit von Lady A und ihrer Meute auf sich lenken. Er war sicher, daß ihm Aufregungen ins Haus standen, wenn er auch nicht die leiseste Ahnung hatte, wie diese beschaffen sein würden. Er war jedenfalls für die Sicherheit verantwortlich und durfte nicht zulassen, daß Prinzessin und Thronfolge gefährdet wurden.

Diese Gedanken verdrängte er rasch, als er sich wieder seinen zwei Top-Agenten zuwandte. Jules und Yvette d'Alembert haben sich einen Kurzurlaub redlich verdient, sagte er sich. Und ich kann es mir leisten, ihnen diese kleine Verschnaufpause zu gönnen, ehe sie wieder einmal die Galaxis vor drohendem Unheil retten müssen.

Ende des vierten Buches

Treffpunkt: Todesstern

1. KAPITEL

Der Tausend-Punkte-Test

Der Mann stand im verdunkelten Raum und wartete nervös. Sein kompakter Körper, das Produkt einer Welt mit hoher Schwerkraft, steckte in einem hautengen Anzug, der höchste Bewegungsfreiheit gestattete. Er hatte sich in den vergangenen vier Monaten auf diesen Augenblick gut vorbereitet und wußte, daß nun seine erworbenen Kenntnisse einer letzten Prüfung unterworfen wurden. So oder so, das Ergebnis dieses Tests würde seine Karriere für sein ganzes künftiges Leben bestimmen. Er befeuchtete die pergamenttrockenen Lippen mit der Zunge.

Ganz plötzlich wurden seine Augen von einem hellen Lichtstrahl geblendet. Und noch während des ersten überraschten Blinzelns gab ihm sein Instinkt ein, daß er, so im Licht stehend, ein ideales Ziel abgäbe ... Ohne richtig weiter zu überlegen, ging er in die Knie und hechtete auf das Licht zu. Noch im Springen hörte er das Summen eines Stunners, spürte jedoch nichts. Wäre er an seinem vorigen Standort stehengeblieben, so hätte der Test, kaum daß er begonnen hatte, ein unvermitteltes Ende gefunden.

Dem Mann war nun klar, daß ständige Bewegung seine einzige Chance darstellte. Vor ihm lagen noch jede Menge Fallen und Hindernisse, die es zu überwinden galt. Er durfte jetzt nicht langsamer werden. Sicherheit war gleichbedeutend mit Schnelligkeit, hatte man ihn gelehrt. Seine Reflexe mußten mit seinem Denken eins sein, damit in heiklen Situationen keine Verzögerung auftreten konnte. Gedanke und Bewegung mußten praktisch eine Einheit bilden und ineinander übergehen.

Neben ihm existierte in dieser Finsternis nur noch eines – nämlich das Licht, das ihm noch immer direkt in die Augen schien. Und solange ihn dieses Licht beschien, befand er sich in ständiger Gefahr! Daher war es sinnvoll, sich auf das Licht zuzubewegen und es außer Funktion zu setzen, ehe es ihn außer Funktion setzte.

Sein Vorwärtssprung ließ ihn auf der rechten Schulter landen. Er ließ sich abrollen und behielt die geduckte Stellung bei, weil er in Bewegung bleiben wollte. Es folgten ein paar Schritte nach rechts, dann ging es im Zickzack nach links. Die abgehackten

Summtöne des Stunners zeigten ihm an, daß von Sicherheit nicht die Rede sein konnte. Doch indem er ständig und unvorhersehbar in Bewegung blieb, gab er seinem Möchtegern-Mörder keine Gelegenheit, ihn zu treffen.

Jetzt war das Licht schon viel näher. Und mit einem einzigen kurzen Sprung erreichte er einen Punkt, der genau danebenlag. Die Lichtquelle war ein kleiner Scheinwerfer, etwa dreißig Zentimeter im Durchmesser. Entschlossen trat er gegen die Birne. Die Plastikverkleidung zersprang, und das Licht verlosch. Und wieder stand er im Dunkeln und sah als optische Nachwirkung des hellen Lichtes ein blaues Pünktchen vor sich.

Mit dem Verlöschen des Lichtes verstummte auch das Stunnergeräusch. Der Prüfling entfernte sich vom Scheinwerfer und gönnte sich ein paar tiefe Atemzüge. Was würde nun als nächstes auf ihn zukommen? Lange brauchte er nicht zu warten.

Nun wurde es hell um ihn herum – es war kein blendender Schein eines Scheinwerfers, sondern ein diffuser Schimmer, der seine Umgebung trübe erhellte. Der Mann blinzelte und sah sich argwöhnisch um.

Zu seiner Linken war der Raum, den er eben durchquert hatte, um den Scheinwerfer zu erreichen, noch immer dunkel. Vor ihm aber lag nun ein Korridor von schätzungsweise drei Metern Breite und etwa vierzig Metern Länge. Am anderen Ende war eine Tür zu sehen. Die Wände zu beiden Seiten des Korridors waren sechs Meter hoch – zu hoch, als daß er sie hätte überspringen können, auch wenn die Schwerkraft nur vierzig Prozent dessen betrug, was er als normal erachtete. Blieben also nur zwei Richtungen: der Weg zurück, den er gekommen war, oder aber der neue Gang vor ihm.

Die Entscheidung wurde ihn von einem Strahler-Schuß abgenommen, der durch die Luft zischte und zu seinen Füßen in den Boden schlug. Der Schuß kam aus der Dunkelheit, die er eben hinter sich gelassen hatte. Schlug er diese Richtung ein, so kam es einem Selbstmord gleich. Ohne zu zögern entschied er sich also für den vor ihm liegenden Korridor.

Doch dieser Weg sollte sich als keineswegs sicherer erweisen. Kaum hatte er sich in Bewegung gesetzt, mußte er feststellen, daß sich ihm völlig überraschend Gegenstände in den Weg stellten. Als erstes wuchs vor ihm ein Kistenstapel in die Höhe, der den Weg blockierte. Umgehen konnte er den Stapel nicht, also hieß es klettern. Um die Sache noch komplizierter zu gestalten, begannen ihn nun Lichtstrahlen zu umspielen. Sie sollten Strahler-Schüsse simulieren, und der Mann kapierte sofort. Ein längeres Verweilen in diesem Korridor war tunlichst zu vermeiden.

Seine Kletterpartie geriet immer mehr zu einem Krabbeln, je näher er dem Gipfel des Kistenstapels kam. Ohne viel Federlesens sprang er auf der anderen Seite hinunter und konnte dabei nur knapp einer Reihe scharfer Klingen ausweichen, die vor ihm aus dem Boden schnellten. Wieder wurde er mit Lichtstrahlen beschossen, die ganz realistisch knisterten und zischten.

Er lief nun mit Höchstgeschwindigkeit los, während er die vor ihm liegende Strecke auf ihre Sicherheit hin abzuschätzen versuchte. Zehn Meter hatte er ohne Zwischenfall zurückgelegt, als er bemerkte, daß eine Bodenplatte sich in der Färbung von den anderen geringfügig unterschied. Mitten im Laufschritt schlug er mit dem nach hinten gerichteten Bein aus und konnte so, ein wenig aus dem Gleichgewicht gebracht, die Platte überspringen. Die Landung war nicht die eleganteste, doch er raffte sich rasch auf und lief weiter, ehe die Lichtstrahlen ihn wieder einfangen konnten. In einem einzigen verzweifelten Gewaltlauf schaffte er den Rest der Strecke und stürzte durch die rechts vor ihm liegende Tür in den nächsten Raum.

Ohne Vorwarnung sackte der Boden unter ihm ab, und er traf mit voller Wucht auf einer Wasserfläche auf. Einen Augenblick lang versank er und war gleich darauf wieder, nach Luft schnappend, oben. Das Wasser war eiskalt und versetzte seinem ohnehin angespannten Nervensystem einen gewaltigen Schock. Er spürte einen sonderbaren Geschmack im Mund und versuchte, sich mit brennenden Augen in dieser neuen Umgebung zurechtzufinden.

Der Raum war noch schlechter erleuchtet als der Korridor, doch man konnte immerhin noch etwas sehen. Die Tür, durch die er hereingekommen war, war automatisch zugeglitten, und die Raumdecke hatte sich so weit herabgesenkt, daß zur Wasseroberfläche nur mehr ein Abstand von einem halben Meter blieb und ihm kaum Raum zum Atemholen und Kopfheben ließ. Die Wände waren spiegelglatt und boten keinen Punkte, an dem er sich hätte festhalten oder gar hochziehen können. Nirgends war ein Ausgang zu sehen.

Der Mann überlegte, während er sich mit Wassertreten über Wasser hielt. Irgendeinen Ausgang mußte es geben. Wenn schon nicht über, dann unter Wasser. Er pumpte seine Lungen voll Luft und machte sich unter Wasser auf die Suche nach dem Ausgang.

Das Salzwasser brannte in den Augen, er mußte sich daher auf sein Tastgefühl beschränken. Der Raum war klein, ein Würfel von etwa drei Meter Seitenlänge, total mit Wasser gefüllt. Doch das Wasser mußte schließlich von irgendwoher zugeflossen sein. Der Mann tastete die Wände nach einer Öffnung ab.

Tatsächlich! Seine Hände waren über die glatte Wandfläche geglitten und plötzlich auf leeren Raum gestoßen. Er ließ sich Zeit und tastete die Umrisse gründlich ab. Die Öffnung war keinen ganzen Meter breit und nicht mal halb so hoch, aber es war zu schaffen. Es würde zwar sehr knapp werden. Er tauchte zum Atemholen auf, tauchte wieder unter und zwängte sich in die Öffnung hinein.

Anfangs verlief der enge Durchgang eben, und der Mann verzweifelte schon, weil er glaubte, er käme nie mehr hinaus, doch nach ein paar Metern ging es plötzlich nach oben. Schließlich durchstieß der Mann die Wasserfläche und konnte frische, würzige Luft atmen. Geistig und körperlich der Erschöpfung nahe, so zog er sich auf trockenen Boden und fragte sich insgeheim, welche neue Tortur auf ihn wartete.

Der Raum hatte nur eine Tür, und die war zwanzig Meter entfernt. Wenn er nicht wieder ins Wasser zurück wollte, mußte er durch diese Tür. Mit einem tiefen Aufseufzer machte er sich auf den Weg, doch sollte es sich bald erweisen, daß der Raum, obwohl bar aller Einrichtungsgegenstände, bei weitem nicht so leicht zu durchqueren war, wie es zunächst ausgesehen hatte.

Unter dem Boden war eine Ultragrav-Anlage installiert, die bei seiner Annäherung ein stufenweises Ansteigen der Schwerkraft bewirkte! Dort wo er aus dem Wasser gestiegen war, hatte Erdschwerkraft geherrscht, doch nun stieg die Schwerkraft rapid an. Nach wenigen Metern war sie bereits auf das Zweieinhalbfache geschnellt. Das wäre an sich nicht so schlimm gewesen, weil dies der Schwerkraft seiner Heimatwelt entsprach. Doch je näher er herankam, desto stärker stieg sie an. Noch ein paar Meter, und sie betrug das Fünffache, und die Tür schien noch immer so weit entfernt wie zuvor.

Er bekam das Gefühl, als schleppe er einen Zwillingsbruder mit sich herum. Da er schon einiges ausgestanden hatte, erschien ihm diese Prüfung besonders schwer. Allein das Aufrechthalten des Kopfes bedeutete eine riesige Kraftanstrengung. Das Bewegen der Gliedmaßen grenzte an ein schieres Wunder. Und doch bewegte er sich weiter, fest entschlossen, die Tür zu erreichen. Vor der Tür würde sich die Ultragrav-Anlage gewiß ausschalten, und es würde wieder Standard-Erdschwerkraft herrschen. Was ihn als nächstes erwartete, kümmerte ihn momentan nicht. Viel schlimmer konnte es ohnehin nicht werden.

Doch die Schwerkraft wuchs, und der Mann mußte in die Knie gehen und sich kriechend fortbewegen. Der Boden war völlig eben, und doch hatte er das Gefühl, als bewege er sich bergauf.

Bei sieben Schwerkrafteinheiten konnte er nicht mehr klar sehen. Er bewegte sich nur mehr gewohnheitsmäßig und durch seinen festen Willen angetrieben vorwärts und verfolgte dabei keinen bewußten Plan mehr. Selbst das Kriechen auf Händen und Knien erforderte mehr Kraft, als er aufbringen konnte. Er ließ sich auf den Bauch gleiten und zog sich so weiter. Manchmal hatte er dabei das Gefühl, als käme er überhaupt nicht vorwärts, und doch bewegte er sich, wenn auch ganz langsam, weiter.

Ganze Ewigkeiten schienen vergangen zu sein, bis er spürte, daß die auf seinem Körper lastende Kraft endlich gemildert wurde. Erstaunt sah er sich um und stellte fest, daß er durch die Tür in einen hell erleuchteten Raum gekrochen war. Zwei Stühle und ein Schreibtisch standen da. Der Schreibtisch war übersät mit Papieren. Vor ihm stand sein Lehrer George Wilson in adretter Uniform und sah lächelnd auf ihn nieder.

»Gratuliere«, sagte Wilson. »Sieht aus, als hätten Sie es geschafft.« Er streckte dem Liegenden die Hand entgegen. »Darf ich Ihnen aufhelfen?«

»Nein danke. Ich schaffe das schon.« Der Prüfling kämpfte sich wackelig auf die Beine hoch und setzte sich auf die Aufforderung seines Lehrers hin.

Wilson zog den anderen Stuhl für sich heran und begann die Papiere durchzusehen. »Und jetzt zur Bewertung«, meinte er. »Nun, Sie haben sich wacker gehalten. Bei der Scheinwerferprüfung waren Sie sehr geschickt. Beim Überspringen der elektrisch geladenen Platte ließen Sie zwar jegliche Eleganz vermissen, aber es zählt schließlich das Ergebnis und nicht die äußere Form. Den Ausweg aus der Wasserkammer hatten Sie im Nu gefunden, und Sie hatten genügend Mumm, sich durch den Schwerkraftraum zu schleppen. Bleibt nur …«

Und ohne ein weiteres Wort zog er seinen Strahler aus dem versteckten Holster. Er lächelte noch immer, doch sein Lächeln schien nun kalt und herzlos. Es sah aus, als hätte Wilson nichts lieber getan, als seinem Schüler einen Strahl direkt durchs Herz zu jagen.

Ungeachtet seiner Mattigkeit reagierte der Prüfling auf diese neue und völlig unerwartete Bedrohung. Während seiner gesamten Ausbildungszeit hatten ihn seine Lehrer vor Selbstzufriedenheit gewarnt. »Man muß jederzeit auf alles gefaßt sein«, hatten sie ihm eingeschärft. »Andernfalls werden Sie in unserer Branche nicht weit kommen.«

Aus seiner völlig entspannten Haltung stieß der Prüfling den Stuhl nach hinten und ließ sich unter den Schreibtisch gleiten. Er machte einen Katzenbuckel, hob so den ganzen Schreibtisch an und ließ ihn gegen seinen Lehrer krachen. Wilson war darauf gefaßt und wußte, wie man sich geschickt fallen ließ. Der Strahler entglitt seiner Hand und wurde weit weggeschleudert. Beide Männer krochen nun darauf zu, doch der Schüler war flinker. Er faßte nach der Waffe und hielt sie unmißverständlich auf seinen Lehrer gerichtet. »So weit, so gut«, stieß er keuchend hervor. »Vielleicht sagen Sie mir jetzt, was los ist.«

Im Kontrollzentrum überwachte ein ganzer Schwarm von Technikern den Ablauf des Tests und sorgte dafür, daß alles planmäßig ablief und daß vor allem der Prüfling keinen Schaden davontrug, wie gefährlich die Situation auch aussehen mochte. Zweck der Übung war es, seine Tauglichkeit für den Einsatz im Außendienst festzustellen. Der Service of the Empire mußte sich Gewißheit über die Fähigkeit seiner Agenten verschaffen, ehe er sie aktiv einsetzte. Wenn Sicherheit und Funktionsfähigkeit des gesamten Imperiums auf dem Spiel standen, konnte man sich keine Mißgriffe leisten.

Oberhalb der Techniker und ihrer Instrumente befand sich eine Kabine für wichtige Persönlichkeiten. Von dort aus konnten Gäste von Rang und Bedeutung die Vorgänge verfolgen. Im Moment gab es drei überaus interessierte Zuschauer: zwei Frauen und einen Mann.

Eine der Frauen war eine hochgewachsene, schlanke Aristokratin, hübsch und schwarzhaarig. Helena von Wilmenhorst war die Tochter und zugleich wichtigste Mitarbeiterin des Chefs des Service of the Empire. Trotz ihrer Jugend – sie zählte erst einundzwanzig Jahre – war sie unter der klugen Anleitung ihres Vaters zu einem der fähigsten Köpfe des Service in Planung und Verwaltung herangereift. Helena verdankte dem Mann, der eben dieser Prüfung unterzogen wurde, ihr Leben, und keine Macht der Welt hätte sie abhalten können, diese letzten Tests zu beobachten.

Die anderen beiden Zuschauer standen ebenfalls in der Schuld des jungen Mannes und hatten ein ebenso großes Interesse am Ergebnis der Prüfung. Jules und Yvette d'Alembert, das Geschwister-Team vom Hochschwerkraft-Planeten DesPlaines, stellte das Top-Agentengespann im gewaltigen Arsenal des SOTE dar. Dazu verhalf ihnen nicht nur ihre angeborene Kraft und Schnelligkeit, die ja bei Menschen von Hochschwerkraft-Planeten eigentlich selbstverständlich war, sondern ihr hartes Training, das sie praktisch von Geburt an mitmachen mußten, ein Training, wie es nur wenigen Menschen in der gesamten Galaxis vergönnt war. Der Familie d'Alembert gehörte der Zirkus der Galaxis, und sämtliche Familienmitglieder waren Spitzenartisten des Zirkusunternehmens.

Neben seiner Funktion als Publikumsattraktion hatte der Zirkus aber noch eine zweite zu erfüllen: Seit seiner Gründung vor vielen Jahrhunderten hatte er als supergeheimer rechter Arm des SOTE gedient. Jules und Yvette waren jahrelang als Luftakrobaten im Zirkus aufgetreten, ehe sie in ihre eigentliche Bestimmung als Agenten des Kaisers aufrückten.

Vom Körperbau her waren die beiden allerdings nicht allzu eindrucksvoll. Jules maß nur 173 Zentimeter, brachte aber stattliche hundert Kilo mit auf die Waage. Seine Schwester Yvette war zehn Zentimeter kleiner und dreißig Kilo leichter. Doch die beiden waren in so hervorragender körperlicher und geistiger Verfassung, daß sich kein Mensch mit ihnen messen konnte. Jules hatte als einziger Bewerber den Tausend-Punkte-Test mit der Höchstzahl an Punkten geschafft. Und Yvette blieb mit 999 Punkten nur um Haaresbreite hinter ihm.

Und jetzt sahen sie gespannt zu, wie ihr Freund Pias Bavol die letzten Stufen dieses Tests durchlief. Sie hatten ihn erst vor fünf Monaten kennengelernt, und doch hatte er in dieser kurzen Zeit ihre Freundschaft gewonnen und ihnen bei ihrem letzten Auftrag etliche Male das Leben gerettet. Eine Einführung in den Dienst des Service schien ganz natürlich, wenn es ihm auch an ihrer lebenslangen Praxis mangelte. Und die Tatsache, daß Yvette sich in ihn verliebt hatte und die beiden heiraten wollten, machte seinen Eintritt zur Notwendigkeit.

Die drei Zuschauer beobachteten auf ihren Monitoren, wie Pias Bavol zur Prüfung antrat. Alle drei hatten den Test selbst hinter sich und wußten, wie schwierig er war. Im letzten Teil durfte einem kein einziger Fehler unterlaufen. Pias Bavol hatte bereits schriftliche Prüfungen und Geschicklichkeitstests hinter sich, die ihn für einen guten Posten innerhalb des Service auswiesen. Aber dieser letzte Test entschied letztlich über seine Placierung. Mangelte es ihm an dem im Außendienst erforderlichen Geschick, dann würde man ihm einen weniger anspruchsvollen Job in der Verwaltung zuweisen. Nur die wenigen Auserwählten, die sich unter diesen überaus harten Bedingungen bewährten, durften in den Außendienst. Ihnen waren Missionen zuzumuten, bei denen sie häufig in Lebensgefahr gerieten.

Helena legte Yvette eine Hand auf die Schulter. »Na, hoffentlich schafft er es. Ich weiß ja, daß du ihn lieber draußen bei der Arbeit an deiner Seite hättest, statt ihn hinter irgendeinem Schreibtisch sitzen zu lassen.«

Yvette nickte. »Er kommt glatt durch. Jemand, der es schaffte, auf den Asylplaneten zu kommen und sich dort zu behaupten – ohne besonderes Training –, muß ein geborener Außendienst-Agent sein.« Doch ihre Worte strahlten mehr Zuversicht aus, als sie eigentlich fühlte.

»Hm, eigentlich hoffe ich, daß er es nicht schafft«, sagte Jules ganz leise.

Seine Schwester sah ihn entgeistert an. »Aber Jules, wie häßlich von dir! Bist du eifersüchtig?«

Jules lächelte. »Und wie. Wir beide sind das derzeit beste Team, und der Gedanke an eine Auflösung behagt mir gar nicht.«

»Soll das etwa heißen, daß du nicht mit Vonnie zusammenarbeiten willst?« gab Yvette zurück.

Allein die Erwähnung seiner Verlobten zauberte ein verträumtes Lächeln auf Jules' Züge. »Ich gebe ja zu, daß es dabei gewisse Vorteile und Annehmlichkeiten geben wird ...«

Yvette konnte sich ein triumphierendes Lächeln nicht verkneifen. »Das dachte ich mir. Aber sieh dich lieber vor. Wenn du mit ihr zusammen bist, stolperst du über die eigenen Füße, weil du nur für Vonnie Augen hast. Na, ihr werdet ein feines Team abgeben!«

Helena mischte sich ein und machte diesem gutmütigen Geschwistergeplänkel ein Ende. »Es fängt an«, sagte sie.

Jules und Yvette sahen nun wieder zum Bildschirm. Sie sahen mit an, wie Pias Bavol seine erste Begegnung mit dem Scheinwerfer überstand und dann den langen, heimtückischen Korridor hinter sich brachte. »Gut!« rief Yvette aus. »Ich wußte ja, daß er die elektrisch geladene Platte bemerken würde. Jules, er schafft es, er schafft es!«

Jules nickte bedächtig. Er hatte an Pias' Fähigkeiten nicht gezweifelt.

»Wenn er es mit einer hohen Punktezahl schafft«, warf Helena ein, »dann hat mein Vater für euch ein persönliches Geschenk – zwei Rundreise-Tickets nach Newforest.«

Yvette starrte die Freundin sprachlos an. Newforest war Pias' Heimatplanet. Er war der älteste Sohn des Herzogs dieses Planeten. Pias war fast drei Jahre lang nicht daheim gewesen, seitdem er seiner Heimat den Rücken gekehrt hatte, um den Tod seiner früheren Verlobten zu rächen. Und jetzt würde Yvette mit ihm im Triumph heimkehren und seine Familie kennenlernen. »Ach Helena, ich weiß gar nicht, was ich sagen soll!«

»Dann sag gar nichts und schau auf den Monitor. Vater wußte, daß du dich freuen würdest. Damit will er seinen Dank dafür abstatten, daß du und Pias mir auf dem Asylplaneten das Leben gerettet habt. Und mein Dank ist darin natürlich mit enthalten.«

Yvette sah wieder zum Bildschirm. Pias war nun unter Wasser und suchte einen Ausweg. Jetzt wandte sich Jules an Helena.

»Ich habe dir ebenfalls das Leben gerettet«, sagte er mit gespielter Eifersucht. »Bekomme ich keine bezahlten Ferien?«

»Ich glaube, Vater hat auch für dich etwas – vielleicht – nichts so Amüsantes, aber gewiß etwas ebenso Originelles. Er wird dich morgen besuchen und es dir sagen. Und jetzt sei still, ich möchte zusehen, wie Pias sich macht.«

Die drei jungen Leute waren begeistert, als der Prüfling durch die Röhre in die Schwerkraft-Kammer kroch. Und seinen mühseligen Weg zum Ausgang begleiteten sie mit mitfühlenden Seufzern und machten ihm mit lauten Zurufen Mut, obwohl er sie nicht hören konnte.

Atemlos beobachteten sie die letzte Szene zwischen Pias und seinem Lehrer. Als Pias sich schließlich die Waffe schnappte und gegen Wilson richtete, sank Yvette mit sichtlicher Erleichterung in ihrem Sitz zusammen. Helena drückte eine Reihe von Knöpfen. Der Bildschirm erlosch, und gleich darauf erschien darauf eine Reihe von Zahlen. »Möchtet ihr wissen, wieviel er schaffte?« fragte sie ihre Freunde.

»Fast fürchte ich mich vor dem Ergebnis«, sagte Yvette, konnte sich aber einen Blick nicht verkneifen. Die Einzelbewertungen interessierten sie nicht. Sie las nur die unterste Zeile: »Mittlerer Wert 994«.

Mit einem Freudenschrei sprang Yvette auf und lief aus der Zelle. »Wir müssen ihr nach«, sagte Jules voll verhaltener Freude, »ehe sie vor Begeisterung über die eigenen Füße stolpert.« Er und Helena folgten gemessenereren Schrittes. Dabei klangen ihnen Yvettes Schritte laut im Ohr.

Unten im Test-Raum hielt Pias noch immer die Waffe drohend auf Wilson gerichtet. Ein Lautsprecher dröhnte mechanisch und laut: »Dieser Teil der Prüfung ist vorüber. Der Bewerber wird nun der endgültigen Bewertung unterzogen.«

Wilson sah seinen Schüler lächelnd an. »Alles vorüber. Tut mir leid, daß ich so gegen Sie vorgehen mußte, aber das gehört nun mal zum Test. In unserer Branche darf man buchstäblich niemandem trauen.«

»Und woher wollen Sie wissen, daß ich Ihnen jetzt traue?«

Pias wollte die Waffe nicht aus der Hand geben.

»Wenn Sie wollen, dürfen Sie auf mich schießen. Die Waffe funktioniert nicht. Ich bleibe hier, und Sie gehen jetzt durch diese

Tür. Man sagte mir, dort warte jemand, der Sie überzeugen würde. Leider durfte ich nicht sehen, wer es ist.«

Pias ging vorsichtig mit dem Rücken zur Tür und ließ den anderen nicht aus den Augen. Schließlich richtete er den Strahler gegen den Boden und feuerte. Nichts geschah. Lächelnd warf er die Waffe seinem Lehrer zu. »Ich danke Ihnen für alles, was Sie mir beibrachten«, sagte er.

Als Erwiderung hob Wilson die Hand zum Gruß. »Auf ein Morgen, Kamerad und Freund«, sagte er.

»Mögen wir beide das Morgen erleben«, beendete Pias den Sinnspruch des Service. Gleich darauf drehte er sich um und durchschritt die Tür.

Im gleichen Augenblick wurde er von einer Frau leidenschaftlich umarmt. »Herrje, und ich dachte, der Test wäre vorbei!« rief er aus. »Ich wußte ja nicht, daß ich mich auch der Gefahr aussetzen müßte, zu Tode geküßt zu werden.«

»Du bist ja ganz naß«, sagte Yvette lachend. »Wie gut, daß ich dich so liebe, du triefendes Stück Mensch.« Und sie küßte ihn von neuem, und Pias ergab sich trotz seiner Erschöpfung in sein Schicksal. Wenn er sich schon küssen lassen mußte, dann wollte er es auch voll und ganz genießen.

2. KAPITEL
Abelard, der Bibliothekar

Fünfzehntausend Kilometer weit entfernt, auf einem anderen Kontinent der Erde fand in einer geschmackvoll eingerichteten Büro-Suite eine weniger bewegte Begegnung statt. Die Frau, die den meisten nur als Lady A bekannt war, saß hinter einem großen, geradezu abnorm ordentlichen Schreibtisch. Diesen Schreibtisch benutzte sie hauptsächlich als Requisit, das mehr Distanz zwischen sie und einen eventuellen anderen Anwesenden legen sollte. Er verlieh ihr den Eindruck, als wäre sie unnahbar – was ohnehin zutraf.

Abel Howard, der Mann, den sie zu sich gebeten hatte, zeigte sich von der Szenerie ihres Büros unberührt. Er war groß und breitschultrig und verfügte über einen begrenzten Intellekt. Frauen waren für ihn im allgemeinen Wesen, die in die Küche oder ins Bett gehörten. Die Tatsache, daß eine Frau ihn in ihre Dienste nehmen wollte, war für ihn geradezu pervers, doch stand zu erwarten, daß die Situation sich in Kürze einrenken würde.

Lady A schätzte Howard ab. Sie hatte mit seinesgleichen zu oft zu tun gehabt. Leider mußte sie sich bei Verfolgung ihrer Ziele meist mit dem Abschaum der Gesellschaft abgeben. Aber sie verfügte über viel Geduld. Im richtigen Moment würde sie ihre Autorität voll und ganz zur Geltung bringen.

»Sie behaupten, Sie hätten zehn Mann zur Verfügung?« fragte sie.

»Richtig«. Howard stützte die Hände auf die Schreibtischkante wie ein Gorilla, dem er in mancher Hinsicht ohnehin sehr stark ähnelte. »Bessere können Sie nirgends kriegen.«

»Ich brauche eine Gruppe mit außerordentlicher Befähigung«, sagte sie mit honigsüßem Lächeln. Und wer sie kannte, der fürchtete dieses Lächeln. »Einige der vorgesehenen Zielobjekte werden streng bewacht sein. Ich würde an Ihrer Stelle mit der doppelten Belegschaft arbeiten.«

»Hm, das werde ich mir durch den Kopf gehen lassen, aber was meine Leute betrifft, so treffe immer noch ich die Entscheidungen.«

Lady A entschied, daß er in seiner Unverschämtheit eine Spur zu weit gegangen war. Sie schob ihren Stuhl zurück, stand auf und kam hinter dem Schreibtisch hervor. Sie reichte dem Riesenkerl kaum bis zu den Schultern. »Sicher wissen Sie, daß man Sie mir wärmstens empfohlen hat.«

Howard grinste. »Für Geld tue ich alles – Sie dürften auf der ganzen Welt keinen Besseren finden.«

»Ja, das hörte ich, und deswegen habe ich Ihr Benehmen bislang durchgehen lassen. Gleichwohl gibt es eine gewisse natürliche Ordnung, die wir nicht außer acht lassen wollen.« Sinnlich glitt ihre Hand über Howards Hemdbrust. Sein Grinsen gewann an Breite. »Und in dieser Ordnung heißt es: Wer bezahlt, der trifft die Entscheidungen.«

Noch während des Sprechens packte sie plötzlich fester zu und zerrte Howard zu sich. Mit der anderen Hand packte sie seinen Haarschopf und riß seinen Kopf nach hinten, so daß seine Kehle völlig ungeschützt vor ihr lag. Diese unerwartete Attacke brachte bei ihm einen gedämpften gurgelnden Laut hervor. Er versuchte sich loszumachen, mußte aber entdecken, daß diese scheinbar so zarte Frau ihn mit stählernem Griff festhielt.

»Und jetzt hör gut zu, du Quasselaffe«, sagte Lady A eiskalt und überlegt. »Ich könnte dir den Hals brechen – so leicht, wie man einen Zweig knickt – und glaub' ja nicht, daß ich es nicht täte. Ich bezahle dir gutes Geld und erwarte dafür eine ordentliche Gegenleistung und keine Frechheiten. Ich erwarte bedingungslosen Gehorsam. Habe ich mich verständlich ausgedrückt?«

Howard war kaum fähig, eine Antwort herauszuwürgen.

»Ja.«

»Noch etwas. Von nun an wirst du mich mit Euer Gnaden ansprechen. Ist das klar?«

»Jawohl, Euer Gnaden.«

»Gut.« Sie ließ ihn so plötzlich los, daß Howard in die Knie ging und nach Luft schnappte. Lady A aber schritt gemessen zu ihrem Sitz und setzte sich. Sie wartete ab, bis sein Würgereiz nachgelassen hatte, ehe sie fortfuhr.

»Also wie schon gesagt, wirst du zwanzig Mann zur Verfügung haben, obwohl du vielleicht nicht alle bei jedem Auftrag einsetzen wirst. Und wenn du noch mehr anheuern mußt, dann ist das deine Sache.« Sie zog einen Briefumschlag aus einer Lade. »Hier sind die Instruktionen für den ersten Auftrag. Verbrenne sie unverzüglich, nachdem du sie dir eingeprägt hast. Es darf nicht der geringste Hinweis auf eine Verbindung zwischen uns existieren. Das ist alles. Du kannst gehen.«

»Jawohl, Euer Gnaden.« Und ein völlig veränderter Howard dienerte rücklings unter Verbeugungen aus der Tür.

Lady A lächelte. Diese Gelegenheit, ein wenig Dampf abzulassen, war ihr sehr gelegen gekommen. Und überdies erwies es sich hin und wieder als notwendig, den Mitarbeitern zu zeigen, wer hier das Sagen hatte.

Der Hauptcomputerkomplex des Imperiums war eine der unglaublichsten technischen Leistungen des Menschengeschlechtes und stellte den besten Beweis für den Grundsatz dar, daß enorme Probleme nach enormen Lösungen verlangten. Um ein Reich zu regieren, das über dreizehnhundert Welten umfaßte, bedurfte es eines gewaltigen Aufwands an Informationen. Diese Informationen mußten stets zur Verfügung sein, leicht zugänglich und in brauchbarem Zusammenhang stehend. Und dazu mußte dieses Informationsmaterial hundertprozentig vor feindlichem Zugriff abgesichert sein, damit das Imperium nicht einer seiner wichtigsten Stützen beraubt und quasi unregierbar wurde. Und vor allem mußten diese Informationen überaus präzise sein.

Der Komplex wurde wenige Jahre vor dem Tod Kaiser Stanleys IX. erbaut und in Betrieb genommen. Ein fünfundzwanzig Kilometer im Durchmesser messender Asteroid wurde aus seiner Umlaufbahn zwischen Mars und Jupiter gebracht und in eine Bahn um die Erde umgesteuert. Dank sorgfältig geplanter und berechneter Kernexplosionen hatte man das Innere ausgehöhlt und sodann mit Blei ausgekleidet, um spätere radioaktive Verseuchung auszuschließen. Im Inneren dieses gewaltigen hohlen Planetoiden wurde sodann der größte und umfassendste je von Menschen geschaffene Computer installiert. Mehrere Expertenteams hatten den letzten technologischen Wissensstand dabei zur Anwendung gebracht. Auch jetzt noch, rund fünfzig Jahre nach seiner Fertigstellung, hieß es allgemein, es gäbe niemanden, der das Funktionieren des Riesencomputers voll und ganz begreife.

Die Außenhülle des Asteroiden strotzte vor Waffen, die sämtlich vom Computer aus gesteuert wurden. Im Falle eines feindlichen Angriffs würde der Computer mit den wirkungsvollsten Waffensystemen zurückschlagen, die der Mensch je geschaffen hatte. Und für den Fall, daß sich ein Kampf als unmöglich erweisen sollte, war vorgesehen, daß der Computer-Asteroid die Flucht ergriff. Die nuklear angetriebenen Motoren und der Sub-Raum-Antrieb verliehen ihm hervorragende Flugeigenschaften. Der Zugang zu den Computer-Anlagen unterlag strikten Kontrollen, um eine Sabotage von innen her zu verhindern.

Es hieß allgemein, der Hauptcomputerkomplex sei der sicherste Ort des ganzen Imperiums, den kaiserlichen Palast miteingeschlossen.

Eine Woche war vergangen, seitdem Pias Bavol den letzten Teil des Tausend-Punkte-Tests bestanden hatte. Gleich darauf hatten er und Yvette ihre wohlverdienten Ferien auf Newforest angetreten. Jules d'Alembert hatte inzwischen einen anderen Auftrag bearbeitet.

Nicht einmal ein guter Freund hätte den Agenten vom Planeten DesPlaines erkannt. Seine zerknitterten und schlechtsitzenden Kleider waren wattiert, um ihn um zwanzig Kilo gewichtiger aussehen zu lassen. Geschicktes Make-up machte ihn um fünfzehn Jahre älter. Unter den Augen lagen Tränensäcke und Ringe, die hohe Stirn – in Wirklichkeit eine raffinierte Perücke – zierten Sorgenfalten. Die vorderen Schneidezähne standen leicht vor, und als Tupfen auf dem I trug er starke goldgeränderte Brillen. Sein Gang war nicht der eines jungen Mannes in hervorragender körperlicher Verfassung, sondern das Dahinschlurfen eines Greises, der sich über Ziel und Absichten nicht im klaren ist.

Er stieg aus dem Transportfahrzeug aus, das ihn und ein Dutzend andere von der Erde zum Computer-Komplex gebracht hatte und wartete geduldig in der Schlange, bis er an die Reihe kam und kontrolliert wurde. Schließlich war es soweit. Er trat vor den Schalter und reichte dem Beamten seinen Identitätsausweis. Der nahm das Dokument, steckte es in das Kontrollgerät und stellte dieselben Routinefragen, die er Jules seit einer Woche täglich stellte. »Name?«

»Pierre Abelard.«

»Beruf?«

»Bibliothekar.«

»Aus welchem Grund benutzen Sie die Computer-Einrichtung?«

»Forschungsprojekt 1557-FA-724G.«

Jules' Stimme wurde von einem Mikrofon aufgenommen und die Stimmaufzeichnung mit der ›vorliegenden‹ Stimmaufzeichnung des fiktiven Pierre Abelard verglichen. Beim Aufleuchten des grünen Lichtes, das die Übereinstimmung anzeigte, führte der Beamte Jules' Identitätskarte in ein Retinaskop, ein Gerät zum Vergleichen der Netzhaut, ein. »Bitte, sehen Sie hier durch.«

Jules befolgte die Anweisung, und der Beamte verglich sein Netzhautmuster mit dem auf der Karte abgebildeten. Abermals Übereinstimmung. »Geht in Ordnung, melden Sie sich bei Checkpoint B-16. Hier, nehmen Sie Ihre Karte. Da drüben steht ein Wagen.«

Jules nahm sein Kärtchen in Empfang, durchschritt das Tor und ging zu dem kleinen automatischen Gefährt, das ihm der Beamte gezeigt hatte. Er drückte die Zielbestimmung in die Steuerbox ein und lehnte sich zurück, als der Karren losrollte und ihn zu dem bestimmten Bereich beförderte. Beim Durchfahren der endlosen Korridore spürte er fast körperlich die fieberhafte Aktivität, die in dem gesamten Komplex herrschte. Ein stetiger Datenfluß ergoß sich mit Hilfe einer Armee von Operatoren in die Gedächtnisbanken – Informationen, die jedes nur denkbare Gebiet umfaßten: Niederschlagswerte des Planeten Belange, die Geburtenzahl des vergangenen Monats für Sektor Zwölf, Finanzberichte für die Großindustrie an der Kaiserlichen Börse, Netzhautmuster der letzten nach Gastonie verbannten Gruppe von Gaunern – hier wurde buchstäblich alles, was für das Imperium von Bedeutung und Interesse war, für die Nachwelt gespeichert. Anfängliche Kritik an der Einrichtung und vor allem an der mit der Datenspeicherung eventuell verbundenen totalen Erfassung der Privatsphäre verstummte schließlich angesichts der ungeheuren Datenfülle. Die hundertprozentige datenmäßige Erfassung eines Individuums war zu kompliziert, als daß man Schindluder damit getrieben hätte. Das komplexe und ausgeklügelte System war an sich schon der beste Garant dafür, daß die Anonymität des Durchschnittsbürgers gewahrt blieb.

Jules' Vehikel hielt vor Checkpoint B-16 an, und Jules mußte sich einer neuerlichen Identitätskontrolle unterziehen, die der ersten glich. Nachdem er die Überprüfer davon überzeugt hatte, daß er derjenige war, für den er sich ausgab, wurde er von einem Sicherheitsposten in seine Studienzelle geführt und dort eingeschlossen. Von nun an blieb Jules allein, bis er ein Zeichen gab, das anzeigte, daß er hinauswollte.

Die Zelle war so ausgestattet, daß die grundlegenden menschlichen Bedürfnisse befriedigt werden konnten. In einer Ecke war eine Sanitäreinheit installiert, und an einer Wand war ein Automat für die Speisen-Ausgabe. Sollte ihn Müdigkeit übermannen, stand ein Liegesessel bereit. An einer Wand hing ein Buchrollen-Betrachter. Ein kleiner Schreibtisch bildete den Arbeitsbereich. Von dieser Stelle aus konnte er sich an den Computer anschließen und Informationen erhalten, die entweder auf einem kleinen Bildschirm erschienen oder auf einem Buchrollen-Band ausgedruckt wurden. Vor diesem Schreibtisch stand ein überaus unbequemer Stuhl. Jules schoß die Frage durchs Bewußtsein, warum Möbel in Ämtern und Behörden niemals körpergerecht konstruiert waren.

Er setzte sich an den Schreibtisch und vertiefte sich in seine Arbeit. Seitdem er und Yvette nur knapp das gefährliche Abenteuer auf dem Asylplaneten überlebt hatten, war dem obersten SOTE-Kommando klar, daß innerhalb des Imperiums eine Verschwörergruppe auf breiter Basis aktiv geworden war, eine Gruppierung, die bislang völlig im dunkeln gearbeitet hatte. Ihre Ziele waren nicht bekannt, daß sie aber dem gegenwärtigen Regime nicht freundlich gesinnt waren, lag auf der Hand. Eine der Führungsspitzen, wenn nicht gar der oberste Chef selbst, war die geheimnisvolle Lady A. Diese skrupellose Verräterin kannte sogar die Identität des Chefs des SOTE und schien überhaupt großen Einblick in die Arbeitsweise des SOTE gewonnen zu haben. Der Service wiederum wußte über diese Lady A praktisch gar nichts. Und diese Situation mußte sich schleunigst ändern.

Um äußerste Geheimhaltung zu gewährleisten, durften nur fünf Personen im Imperium von der Existenz der Lady A wissen: der Kaiser, der Chef des SOTE, Helena, Jules und Yvette. Diese Information war sogar dem Computer, den Jules eben benutzte, vorenthalten worden, für den Fall, daß es der Verschwörergruppe irgendwie geglückt wäre, die Gedächtnisspeicher anzuzapfen. Nur so lange, wie Lady A sich für unentdeckt hielt, hatte der SOTE ihr gegenüber einen winzigen Vorteil.

Der Service mußte sich an jeden Strohhalm klammern, wie der Chef eingestehen mußte. Solange Lady A informiert war, was der SOTE unternahm, konnte sie relativ ungehindert vorgehen. Dieses Leck mußte abgedichtet werden, und zwar rasch, und um das zu schaffen, mußten sie mehr über Lady A in Erfahrung bringen.

Zu diesem Zweck war Jules in seine raffinierte Verkleidung geschlüpft und verschaffte sich Informationen, die ihm eigentlich auch ohne diesen Mummenschanz zugänglich gewesen wären. Aber der Service wollte sich diese Informationen unbemerkt verschaffen. Wenn man nämlich alle Personen, die Lady A ähnelten, einer Identitätskontrolle unterzog, wurde das edle Wild womöglich scheu und brachte sich in Sicherheit. So mußte Jules sich statt dessen mit vorsichtigen Seitenblicken zufriedengeben in der Hoffnung, mit Hilfe zahlloser kleiner Hinweise das große Rätsel zu lösen.

Die Grundlage war winzig klein. Man wußte, wie Lady A aussah und wie ihre Stimme klang. Dies hatte man einer erbeuteten Aufnahme zu verdanken. Es handelte sich bei ihr um eine hinreißend schöne Frau unbestimmten Alters mit kalter Stimme und befehlsgewohntem Gehaben. Ferner war bekannt, daß sie innerhalb der Untergrundorganisation einen hohen Rang innehatte und daß sie um die Identität des Chefs des SOTE, seiner rechten Hand und über einige der Vorgänge innerhalb der Organisation Bescheid wußte. Weiter wußte man, daß sie stets so gekleidet war, wie es der letzte Schrei am Kaiserlichen Hof verlangte, was darauf schließen ließ, daß sie häufig an feierlichen Anlässen teilnahm, denn die Mode änderte sich rasend schnell. Und das war auch schon alles.

Unter seiner Deckidentität als Pierre Abelard war Jules nach außen hin mit der Erfassung der bei Hof Erscheinenden, geordnet nach Anlässen und anderen sozialen Faktoren, befaßt. In Wirklichkeit ackerte er sämtliche bei diesen Gelegenheiten aufgenommenen Bilder durch und hoffte, die undurchsichtige Lady A irgendwo zu erspähen und sie anhand der Gästeliste gar zu identifizieren.

Diese Sucharbeit erwies sich als höchst undankbar. Nach einer

Woche hatte er nicht mehr vorzuweisen als hin und wieder ein Gesicht am Rande oder in der Ecke eines Bildes, das sein edles Wild hätte sein können. Und die Gästelisten waren keinen Pfifferling wert, weil sie immer unvollständig waren. Immer gab es Zudringliche, die sich Einlaß verschafften, oder in letzter Minute Eingeladene, die man nicht in die Listen eintrug, oder aber eingeladene Gäste gaben ihre Einladungen an andere weiter, ohne die Gastgeber zu verständigen, versteht sich, so daß Namen und Gesichter in keinerlei Zusammenhang zueinander standen.

Jules bekam es mit der Zeit herzlich satt, ständig Bilder anzustarren, die keine positiven Ergebnisse lieferten. Lieber hätte er einer ganzen schwerbewaffneten Schurken-Armee gegenübergestanden, als sich weiterhin Schnappschüsse von langweiligen Menschenansammlungen auf sinnlosen Parties anzusehen.

Doch er wußte, daß mit jeder neuen Aufgabe streckenweise Langeweile verbunden war und daß für jede aufregende Sekunde im Außendienst stundenlange Vorbereitungsarbeiten am Schreibtisch notwendig waren. Mit einem matten Aufseufzen knipste er das vorliegende Bild aus und forderte aus der Gedächtnisbank des Computers das nächste an.

Und plötzlich fuhr er kerzengerade auf. Da war sie, voll getroffen. Zwar stand sie ganz im Hintergrund, doch die kalte Schönheit, der Ausdruck von Überlegenheit und Selbstsicherheit war nicht zu verkennen.

Er verschaffte sich Gewißheit über das Datum und stöhnte enttäuscht auf. Zum Verzweifeln war das! Die Aufnahme war vor vier Monaten in der Bloodstar Hall anläßlich der offiziellen Ankündigung der Verlobung der Kronprinzessin mit Choyen Liu, einem mystisch angehauchten jungen Mann vom Planeten Anares, geschossen worden. Und es war völlig ausgeschlossen, daß er sich über die Gästeliste für diesen Anlaß Gewißheit verschaffte, denn es hatte sich, einer Tradition folgend, um eine öffentliche Veranstaltung gehandelt, an der jeder teilnehmen konnte, dem es beliebte. Die meisten der Anwesenden waren zwar Adelige, die sich dort leicht Eintritt verschafften, aber das schloß nicht aus, daß es sich bei Lady A nicht um jemand Beliebigen von diesem Planeten handelte.

Jules wurde von einem Gefühl der Frustration übermannt, weil er endlich auf eine echte Spur gestoßen war und diese ihm dann praktisch wieder vor der Nase weggeschnappt wurde, ehe er sie auswerten konnte. Er vermerkte die Nummer des Bildes für den Fall, daß er später darauf Bezug nehmen mußte, und machte sich gelangweilt über das nächste Foto her.

Bis Ende dieses Arbeitstages war er auf keine neuen Hinweise gestoßen, dafür war er total erschöpft. Jules konnte sich nicht genug darüber wundern, daß pingelige Ermittlungsarbeit ermüdender sein konnte als jede Menge Kampf und Gerangel. Er raffte seine Aufzeichnungen zusammen und gab das Signal, man möge ihn hinauslassen. Wenig später kam ein Sicherheitsbeamter und schloß die Tür auf. Jules mußte die Strecke zum Nahverkehrsmittel zurücklegen und dann eine Stunde lang auf das nächste Raumschiff nach Cape Canaveral warten. Von dort nahm er ein Taxi, das ihn zu der ärmlichen Wohnung brachte, die ›Pierre Abelard‹ als Unterkunft diente.

In seinem Briefkasten wartete eine verschlüsselte Nachricht auf ihn. Er entschlüsselte sie in rasender Eile und erfuhr, daß der Chef ihn in einer Sache von höchster Dringlichkeit sofort zu sehen wünschte. Jules entledigte sich seines Make-up – ein schieres Vergnügen, da es ihn fürchterlich juckte, und verließ die Wohnung, in die allesverhüllende Robe eines Delfianers gehüllt. So stürzte er hinunter zu seinem Wagen – sofern man bei einem Delfianer von Stürzen reden kann – und schoß davon in die würzige Nacht Floridas.

Jules' Wagen sah aus wie das allerneueste Frascati-Sportmodell, und doch bestand ein grundlegender Unterschied. Kaum war er nämlich draußen auf der Autobahn, betätigte er eine Reihe von Schaltern, und sein Wagen verwandelte sich in einen kleinen Jet, der sich blitzschnell in Richtung Miami zum geheimen Hauptquartier des SOTE bewegte.

Das Hauptquartier war in einem Wolkenkratzer untergebracht, der auch noch die Staatshalle für Sektor Vier beherbergte – und das mit gutem Grund. Der Chef des Service of the Empire, Zander von Wilmenhorst, war zugleich Großherzog von Sektor Vier. Von diesem imposanten Gebäude aus konnte er alle Maßnahmen innerhalb seiner eigenen Einflußsphäre und auch die vielschichtigen Operationen des SOTE entscheiden und überwachen.

Jules hatte seine Ankunft per Funk angekündigt, so daß sein

kleines Flugzeug ungehindert an das hohe Gebäude herankam und auf dem Dach landen konnte. Von hier aus nahm er den Privatlift des Chefs und fuhr damit hinunter in dessen Büro.

Zander von Wilmenhorst ließ beim Ausgestalten seiner Räumlichkeiten seinen ganz bestimmten, eleganten Stil zur Geltung kommen. Wände und Decken waren mit sattbraunem Solentaholz getäfelt. Die hervorragendsten zeitgenössischen Maler waren hier mit echten Ölgemälden vertreten – an zwei Wänden. Die Ostwand nämlich war ein riesiges Panoramafenster, von dem aus man auf den Atlantik hinuntersah. Nun aber waren dichte Gardinen vorgezogen. Der Chef wollte jede, auch nur die geringste, Möglichkeit ausschließen, daß man einen seiner Top-Agenten per Telefoto ablichtete. Der große Schreibtisch war wie gewöhnlich mit Berichten und Dokumenten übersät, alle mit Stempeln versehen, welche die Dringlichkeitsstufe anzeigten.

Hinter dem Schreibtisch war das Wappen des Imperiums in die Wand eingelassen. Und neben dem Schreibtisch stand der Chef des SOTE, Zander von Wilmenhorst.

Der Großherzog von Sektor Vier war ein unauffälliger Mann, der große Mühe darauf verwandte, unauffällig zu bleiben: völlig kahl, konservativ gekleidet, mittelgroß, Ende Vierzig. Der einzige Hinweis darauf, daß sich in seinem Kopf ein überdurchschnittliches Gehirn befand, waren seine Augen, die sein Gegenüber scharf und klug ansahen. Tatsächlich war Zander von Wilmenhorst einer der wichtigsten politischen Ratgeber des Kaisers und an der Gestaltung interstellarer Vorgänge ebenso beteiligt wie der Kaiser selbst.

Der Chef begrüßte Jules herzlich und bot ihm Platz an. »Leider kann ich mich heute nicht von meiner geselligen Seite zeigen«, sagte er. »Mit der bevorstehenden Hochzeit kommen auf mich tausenderlei Sicherheitsdetails zu, die eigentlich schon vorvorgestern hätten erledigt sein müssen. Die meisten reine Routine, doch immerhin zeitraubend. Nun, wir sind ja schon mit Ärgerem fertig geworden. Aber ganz plötzlich – vor etwa fünf Tagen – wurde uns ein unerwartetes Problem beschert, das mir gar nicht gefällt.«

Er lehnte sich in seinem Sessel zurück und verschränkte die Hände im Nacken. »Da Prinzessin Edna die einzige Nachkomme des Kaisers und damit Thronerbin ist, wird ihre Hochzeit das bedeutendste gesellschaftliche Ereignis des Jahrzehnts. Und wie nicht anders zu erwarten, wird sich der Adel in Rekordmengen auf die Erde drängen. Selbst die unbedeutendsten Barone werden in Scharen kommen, wenn sie nur genügend Bargeld zusammenkratzen können. In unseren Hotels werden mehr Titel zu finden sein als in unseren Bibliotheken.

Das war zu erwarten, und unsere Sicherheitsvorkehrungen laufen schon monatelang auf vollen Touren. Was uns aber völlig unerwartet trifft, ist die Tatsache, daß jemand den entschlossenen Versuch wagen wird, gewisse ausgewählte Mitglieder der Aristokratie zu töten.«

Jules legte sein Gesicht in die passenden besorgten Falten, und der Chef konnte fortfahren. »Ein Marquis betritt eine Aufzugröhre, an der herummanipuliert wurde, und plumpst achtundzwanzig Stock in die Tiefe – tot. Eine Gräfin kommt bei einem Feuer ums Leben, das auf Brandstiftung zurückzuführen ist. Diese zwei Todesfälle hätte man noch als Zufälle zu den Akten legen können, hätte es nicht drei andere Fälle gegeben, bei denen nicht so viel Tarnung benutzt wurde. Eine Gräfin und zwei Herzöge wurden Opfer von Bandenüberfällen, bei denen die Halunken zuschlugen, töteten und sich aus dem Staub gemacht hatten, ehe wir unsere Kräfte einsetzen konnten.

Eine Spur, die wir dabei verfolgen, sind die nationalistischen Terrororganisationen, deren Ziel die Loslösung ihrer Welten aus dem Imperium ist. Die jeweiligen örtlichen Behörden untersuchen die Fälle nach diesen Gesichtspunkten, aber offen gesagt verspreche ich mir nicht viel davon. Die Koordination, die hinter allem steht, ist mir verdächtig. Und dazu kommt die Tatsache, daß die Opfer sorgfältig ausgewählt waren.«

»Nach welchen Gesichtspunkten?«

»Jedes der Opfer befand sich bereits in vorgerücktem Alter. Jedes war ein unerschütterlicher Gefolgsmann des Kaisers und war aus dem Banion-Skandal über jeden Verdacht erhaben hervorgegangen. Und ein jedes hat einen gesetzlichen Erben, der nach unseren Gesichtspunkten alles andere als zufriedenstellend ist. Einer dieser Erben bewegt sich knapp am Rande der geistigen Unzurechnungsfähigkeit. Die beiden anderen sind Feiglinge ohne Rückgrat. Bei den letzten beiden handelt es sich um einen Drogensüchtigen und einen Trinker. Und mit Ausnahme des

Drogensüchtigen haben wir gegen keinen der anderen eine gesetzliche Handhabe, sie am Antreten ihres Erbes zu hindern. Natürlich könnte der Kaiser sie ihrer Titel verlustig erklären, aber das Umstoßen der Stanley-Doktrin ohne handfeste Beweise könnte böse Erschütterungen nach sich ziehen. Ein kleiner Aufruhr unter jenen Herren, die in dieser Doktrin einen Schutz gegen kaiserliche Willkür sehen, wäre das allermindeste. Und wenn die glauben, sie müßten um ihre Sicherheit bangen, dann ist es bis zum offenen Krieg nicht mehr weit.«

Jules nickte. Die vor zwei Jahrhunderten von Kaiserin Stanley III. festgelegte Doktrin regelte den Fortbestand der Adelstitel und die Erbteilung. Durch diese Doktrin waren alle bestehenden Titel legitimiert. Setzte sich der Kaiser ohne triftigen Grund über diese Doktrin hinweg, dann wurde die gesamte Adelshierarchie verunsichert. Und es hatte schon geringfügigerer Ursachen bedurft, eine Revolte zu beginnen. »Also haben wir diese neu aufgetauchten Halunken auf dem Hals. Liegen Beweise für Hochverrat vor?«

»Im Moment nicht. Doch handelt es sich um Typen, die sehr leicht in schlechte Gesellschaft geraten und abrutschen könnten.«

»Sie vermuten also, daß eine Verschwörergruppe nicht mehr die Geduld aufbringen will, auf den Tod der alten Edelleute zu warten, und sich die Hochzeit der Prinzessin zunutze macht und dem natürlichen Lauf der Dinge ein wenig nachhilft?«

»Genau. Meiner Ansicht nach könnte Lady A selbst in die Sache verwickelt sein.«

»Übrigens – bei meinen Ermittlungen habe ich nichts Dramatisches finden können, aber ich habe immerhin einen Punkt entdeckt, der von Interesse sein könnte.« Er berichtete dem Chef von dem bei der offiziellen Ankündigung der Verlobung gemachten Foto.

Zander von Wilmenhorst hörte höchst aufmerksam zu. Als Jules geendet hatte, nickte er. »Ja, das scheint zu passen. Jetzt neige ich noch stärker zu der Annahme, daß sie in die Sache verwickelt ist. Sie zeigte ein nicht zu übersehendes Interesse an der Hochzeit der Prinzessin – das mag uns als Anhaltspunkt dienen. Und auch die Morde sehen mir ganz danach aus, als wären sie von langer Hand geplant – genauso, wie ihre Organisation es zu machen pflegt. Wäre ich ein Glücksspieler, würde ich eine hübsche Summe darauf verwetten, daß sie hinter allem steckt.«

Jules lächelte unmerklich. Waren in dieser Organisation nicht alle Spieler? Jeder einzelne Agent oder Offizier innerhalb des SOTE mußte manchmal Leben und Ruf aufs Spiel setzen – und das auf eine bloße Ahnung hin. Wenn das nicht Glücksspiel war ...

Der Chef stand auf und nahm nun vor Jules Aufstellung. An die Schreibtischplatte gelehnt sagte er: »Wir haben mittels gründlicher Analysen mögliche Opfer herausgefiltert und möchten jene Namen, die am gefährdetsten scheinen, unter unseren speziellen Schutz nehmen. Und ein Mann im besonderen ist es, den ich als nächstes Opfer ansehe – nämlich Herzog Hanforth von Melenaria. Er ist alt, ein wenig exzentrisch, doch dem Imperium mit Leib und Seele ergeben. Sein Sohn bringt mit Frauen und sonstiger flotter Lebensweise so viel Geld durch, als wüßte er, daß eine Geldabwertung schon morgen bevorsteht.

Wir haben keine Anzeichen dafür, daß er unehrenhaft oder unloyal wäre, aber wenn seine Schulden zu sehr anwachsen, könnte er eine leichte Beute für Erpresser werden. Außerdem wünsche ich Hanforth aus persönlichen Gründen ein langes Leben – er ist nämlich ein alter Freund von mir.

Ich möchte Sie nun mit der Bewachung des Herzogs betrauen – als zusätzliche Schutzmaßnahme sozusagen. Sie sollen das bereits abkommandierte Sicherheitsteam ergänzen. Am besten, Sie geben sich als Kammerdiener oder ähnliches aus. Weiß Gott, der alte Herzog kann gut jemanden gebrauchen, der hinter ihm für Ordnung sorgt. Meinen Sie, daß Sie es schaffen werden?«

»Nun, das alles hört sich nicht schwierig an. Ist denn der alte Knabe so problematisch?«

Der Chef lachte. »Du liebe Zeit, wenn das Imperium sich ausschließlich mit Problemen seines Kalibers herumschlagen müßte ... Nein, nein, er wird Ihnen gefallen. Ach, ich habe mir übrigens erlaubt, Ihnen eine neue Partnerin zuzuteilen, solange Yvette auf Newforest ist. Sie haben doch nichts gegen die Zusammenarbeit mit Yvonne Roumenier einzuwenden?«

In Jules' Augen leuchtete es auf. »Nein, keineswegs!«

»Um so besser. Ich habe bereits vor Anlaufen dieses Falles ein

Raumschiff nach ihr ausgeschickt. Ich wollte sie für alle Fälle in Reichweite haben. Yvonne wird in einer Stunde in Canaveral eintreffen. Wenn Sie sofort losfahren, kommen Sie zur Ankunft noch zurecht.«

Am liebsten wäre Jules aufgesprungen und losgerast, doch seine gute Erziehung hinderte ihn daran. »Wenn das alles ist ...«

»Ich möchte Ihnen meine besten Wünsche und einen guten Rat mitgeben, lieber Jules«, erklärte der Chef ganz ernst. »Dieser kommende Auftrag nimmt sich im Vergleich mit den erledigten Missionen wie ein harmloser Spaziergang aus. Hoffen wir, daß es dabei bleibt. Aber nicht umsonst betraue ich einen Agenten Ihres Formats mit diesem Fall – die Sache könnte uns nämlich überraschend entgleiten und sich explosionsartig ausbreiten. Jules, Sie müssen zusehen, daß es gar nicht soweit kommt.« Nun lächelte er wieder. »Unternehmen Sie jetzt gleich einen Abstecher in unseren hauseigenen Kostümfundus in der einundsechzigsten Etage, und suchen Sie sich das passende Zeug für eine Verkleidung als Kammerdiener und Sekretärin aus. Und dann müssen Sie sich beeilen. Vonnie wird es übelnehmen, wenn Sie nicht zur Stelle sind.«

3. KAPITEL
Heimkehr

Das Raumschiff brauchte für die Strecke Erde – Newforest acht Tage. Nach dreijähriger Abwesenheit sah Pias Bavol seiner Heimkehr mit sehr gemischten Gefühlen entgegen. Einerseits freute er sich auf die Rückkehr in die vertraute Umgebung und in den Schoß der Familie. Andererseits aber war ihm sehr wohl bewußt, daß sich in der Zwischenzeit Menschen und menschliche Beziehungen drastisch geändert haben konnten, und er sah diesen möglichen Veränderungen mit Bangen entgegen.

Yvette versuchte ihm über diese Stimmungen hinwegzuhelfen, indem sie sein Interesse auf anderes lenkte – hauptsächlich auf sich. Die zwei Verliebten waren während der Fahrt fast ständig beisammen. Sie kannten einander erst seit verhältnismäßig kurzer Zeit und waren nun sehr bemüht, diesen Mangel wettzumachen. Yvette weihte Pias in alle Geheimnisse des Zirkus ein. Er gehörte ja praktisch schon zur Familie, und war vom Chef als vertrauenswürdig eingestuft worden, deshalb brauchte Yvette sich keine Zurückhaltung aufzuerlegen. Er erfuhr von den Tourneen in die gesamte Galaxis, von den glanzvollen Vorstellungen und den vielen exotischen Welten, die Yvette kennengelernt hatte, noch ehe sie zehn Jahre alt war. Sie berichtete ihm von ihrem Vater, von ihrer Ausbildung und den aufregenden Abenteuern, die sie im Dienste des SOTE erlebt hatte.

Pias revanchierte sich mit Erzählungen über seine Jugend auf Newforest. Diese seine Welt war ruhig, ja in mancher Hinsicht sogar etwas hinter der Zeit zurückgeblieben. Newforest war von einer Gruppe von Abweichlern, meist Kesselflicker und Zigeuner, in den Anfängen der interstellaren Raumfahrt gegründet und bis vor fünfzig Jahren vor dem Imperium versteckt gehalten worden. Viele der alten Sitten und Gebräuche wurden auf Newforest noch streng eingehalten.

Als Erstgeborener des Herzogs wurde Pias zum künftigen Herrscher des Planeten erzogen. Doch sein Zigeunerblut ließ ihm keine Ruhe. Er hatte den Planeten zwar nie verlassen können, hatte aber jedes erreichbare Buch über das Leben in anderen Welten verschlungen. Pias hatte sich ganze Romane mit sich selbst als Helden zusammenphantasiert. Doch war es dann zu einer Tragödie gekommen, die so schrecklich war, daß er auch jetzt noch, Jahre später, kaum darüber sprechen konnte. Seine Verlobte Miri war von einem Raumpiraten auf so grauenvolle Art getötet worden, daß Pias nach Rache gelechzt hatte. Mit Einverständnis seines Vaters war er aufgebrochen und hatte die Spur des Mörders durch die ganze Galaxis verfolgt. Seine Jagd war schließlich von Erfolg gekrönt, und als Folge davon waren sein und Yvettes Schicksal miteinander untrennbar verwoben worden. Sein Rachedurst war befriedigt, und er hatte eine neue Liebe und eine neue Aufgabe gefunden – die Sicherheit des Imperiums. Nach einem Flug ohne Zwischenfälle landete das Schiff auf dem Raumflughafen Garridan. Yvette und Pias waren am Ziel. Für beide stellte nun die höhere Schwerkraft auf Newforest – die das Zweieinhalbfache der Erdschwerkraft betrug – ein sehr willkommenes und angenehmes Gefühl dar. Beide hatten schon zu lange auf Planeten mit geringerer Schwerkraft gelebt.

Das neue Schwerkraftgefühl wirkte nun ausgleichend und beruhigend auf sie. Mit schweren Schritten gingen sie die Ausstiegsrampe hinunter und gelangten zur Zollkontrolle.

Yvette, die ihrer ersten Begegnung mit der Familie ihres Zukünftigen mit einigem Bangen entgegensah, hatte sich sehr sorgfältig zurechtgemacht. Sie trug eine festliche türkisfarbene Jacke im Tunika-Schnitt zu gleichfarbigen Hosen und Stiefeln.

Mit Bedacht hatte sie auf Kopfbedeckung und Schmuck verzichtet, weil sie den Eindruck von Gesetztheit und Vernunft erwecken wollte. Pias hingegen trug seine übliche Reisekleidung: einen ärmellosen braunen Sportanzug mit tiefem U-Ausschnitt, dazu ein orangefarbenes Rüschenhemd. Um den Hals hatte er ein gelbes Tuch geknotet. Ein taillenkurzes braun-goldenes Brokatcape rundete den Eindruck ab. Nicht zu vergessen den breitkrempigen Hut mit der Rose im Band.

Pias hatte sich bei seiner Familie nicht angemeldet. Doch ein eifriger Zollbeamter hatte seinen Namen auf der Passagierliste erspäht und sowohl Familie als auch Massenmedien verständigt. So kam es, daß Pias und Yvette durch die Tür ins Freie traten und von Jubelrufen empfangen wurden. Ganz plötzlich waren sie von Menschen umgeben, die praktisch aus dem Nichts aufgetaucht waren. Frauen von zehn bis dreißig stürzten sich auf Pias, umarmten und küßten ihn und redeten in einer Sprache auf ihn ein, die Yvette nicht verstand. Und Pias schien sich das alles recht gern gefallen zu lassen.

»Ich wußte gar nicht, daß du bei Frauen so großen Erfolg hast«, erklärte Yvette mit einem Anflug von Eifersucht.

Endlich unternahm Pias den halbherzigen Versuch, sich von diesem Ansturm an Weiblichkeit zu befreien. »Ach, das sind doch bloß Schwestern und Cousinen.«

»Aber gewiß doch.«

»Nun ja, vielleicht sind ein paar alte Freundinnen darunter«, sagte er mit spitzbübischem Lächeln, und Yvette mußte nun auch lachen, weil sie seine Verlegenheit sah.

Aber noch ehe alle weiblichen Anverwandten und Bekannten ihn abküssen konnten, wurden sie von einer gleichermaßen kuß- und umarmungsfreudigen Gruppe von Männern unsanft beiseite gedrängt, die nun ihrerseits Pias so herzlich umfing, daß Yvette schon fürchtete, ihr Verlobter würde tagelang unter Rippenschmerzen leiden. Es gab gutmütige Schläge auf den Rücken, Wangenküsse, Gelächter und zweideutige Bemerkungen über die Abenteuer, die Pias während seiner Abwesenheit erlebt haben mußte. Yvette wurde dabei immer mehr in den Hintergrund gedrängt, doch sie ließ es sich gern gefallen. Diese Show gehörte ganz und gar Pias, und er sollte sie richtig genießen.

Doch da war ein junger Mann, der sich merklich zurückhielt und dadurch auffiel. Yvette sah ihn sich näher an. Er war etwa gleichgroß wie Pias, jedoch viel dunkler und melancholischer als der meist unbeschwerte Pias. Dies und ein sorgfältig gestutzter Schnurrbart waren die auffallendsten Unterschiede zwischen den beiden, die ansonsten verblüffende Ähnlichkeit aufwiesen.

Yvette nahm an, daß es sich bei dem jungen Mann um Pias' jüngeren Bruder Tas handeln müßte, den sie nur aus Erzählungen kannte. Tas war im Gegensatz zu den anderen in schlichtes Schwarz gekleidet.

Es dauerte eine Weile, bis Pias sich aus der Schar der ihn Umdrängenden losmachen konnte. Er nahm Yvette bei der Hand und führte sie zu dem anderen jungen Mann hin. Pias umarmte den jüngeren Bruder, der diese herzliche Begrüßung nur sehr kühl erwiderte. »Das ist mein Bruder Tas«, sagte Pias in der allgemeinen Verkehrssprache der Galaxis, so daß ihn Yvette verstehen konnte. »Tas, darf ich dir Yvette Dupres vom Planeten Des-Plaines vorstellen?«

Yvette hatte sich ausbedungen, daß Pias auch gegenüber seiner Familie mit ihrem wirklichen Namen hinterm Berg hielt. Offiziell trat ›Yvette d'Alembert‹ noch immer mit Bruder Jules im Zirkus der Galaxis auf. Seit Bestehen des Zirkus hatte es immer das Paar Jules und Yvette gegeben, wobei die Darsteller etwa mit jedem Jahrzehnt wechselten. Das gegenwärtige Paar wurde von Yvettes jungen Verwandten dargestellt, während Jules und Yvette als Spitzenagenten des SOTE tätig waren. Yvette besaß nun nicht einmal mehr einen eigenen Namen, doch daran verschwendete sie kaum einen Gedanken. Schließlich war sie mehr als ein bloßer Name.

Tas Bavol bedachte sie mit einem Blick, der einen Eisblock das Frösteln gelehrt hätte. »Sehr erfreut«, erwiderte er mit kühler Förmlichkeit und deutlichem Akzent. Offensichtlich war ihm der Gebrauch der Fremdsprache nicht allzu geläufig, wenn er auch wie alle Gebildeten die Sprache erlernt hatte.

Pias hörte den feindseligen Unterton heraus, schenkte ihm jedoch weiter keine Beachtung. »Wo steckt Papa?«

»Papa ist schwer krank«, berichtete Tas. »Das ist er schon seit einem ganzen Jahr. Und sein einziges Thema ist das Wiedersehen mit seinem lieben Pias.«

Pias erschrak. Er erschrak so sehr, daß ihm die Eifersucht des Jüngeren gar nicht auffiel. Aber Yvette entging sie nicht. Und sie war gewillt, sich diesem Umstand für eventuellen späteren Gebrauch zu merken. Pias hatte ihr von keinerlei Nachfolgestreitigkeiten erzählt. Eine sonderbare Familie, in die sie da hineingeraten war.

»Ich muß sofort zu ihm«, sagte Pias. »Steht ein Kopter bereit?«

»Ja, dort drüben.«

Tas durchschritt ein Tor, und Pias folgte ihm. Yvette, die den beiden folgen wollte, wurde von einem Zollbeamten aufgehalten. Sie war nicht wenig erschrocken, und Pias mußte glatt kehrtmachen und sie loseisen. Erst dann durfte Yvette den zwei Brüdern zum wartenden Kopter folgen.

»Keine Angst, mein Schatz«, beruhigte Pias sie. »Ich werde nicht zulassen, daß man uns trennt.« Als Tas ihre Vertrautheit bemerkte, wurde er noch kühler und abweisender.

Draußen im Freien wurde Yvette fast erschlagen von dem Eindruck, der sie erwartete. Obwohl es erst Mittag war, herrschte Spätnachmittagsstimmung. Die Sonne von Newforest war ein matter roter Stern, und das Licht, das von ihr ausging, bestenfalls schwach zu nennen. Die Luft war kühl und ließ einen an Herbst denken, obwohl Yvette gar nicht sicher wußte, welche Jahreszeit herrschte. Die rote Sonne tauchte alles in ein rotes Abendglühen.

Als der Kopter sich in die Luft erhob, konnte sie einen ersten Blick auf Garridan werfen und staunte nicht wenig. Die Stadt Garridan war höchstens dem Namen nach Stadt – willkürlich verstreute Häuser über eine Fläche von etwas mehr als zwei Dutzend Quadratkilometern. Keines der Häuser schien über drei Geschosse hinauszugehen, die meisten waren gar nur ebenerdig. Bemerkenswert primitiv für die Hauptstadt eines ganzen Planeten. Yvette mußte sich ins Gedächtnis rufen, daß Pias Newforest als Planeten beschrieben hatte, auf dem die Menschen noch einem einfachen Lebensstil huldigten. Jahrhundertelang waren sie vom Hauptstrom zivilisierten Lebens abgeschnitten gewesen, und erst in der letzten Generation war der Anschluß ans Imperium zustande gekommen. Der gesamte Planet hatte das beschauliche, hinterwäldlerische Flair einer abgelegenen Provinz beibehalten.

Der nächste starke Eindruck waren die Farben. Das Braun der Erde vermengte sich mit dem leuchtenden Rot der Vegetation. Grün- und Blautöne gab es kaum, und selbst wenn sie an Bauten aufschienen, verwandelte das rote Sonnenlicht den Farbton auf sonderbare Weise. Newforest, an und für sich ein friedlicher Ort, sah aus wie ein ständig in Blut badender Planet.

Ein Blick überzeugte Yvette davon, daß ihre eigene türkisfarbene Kleidung bei dieser Beleuchtung wie ein verwaschenes Violett wirkte und sie im Vergleich mit den anderen Frauen ziemlich farblos aussehen ließ. Dazu kam, daß der Ortsbrauch für Damen eher Röcke als Hosen vorschrieb und Yvette sich in ihren so sorgsam ausgewählten Sachen sehr altmodisch vorkam.

Im Gegensatz dazu wirkte Pias in dieser Beleuchtung noch strahlender. Das Braun seines Anzugs wirkte schwarz, das Orange von Hemd und Cape war rot. Er hatte schließlich den Großteil seines Lebens hier verbracht und wußte, wie man aus der Beleuchtung Nutzen zog. Yvette ertappte sich bei dem

Wunsch, sie hätte zumindest einen leuchtendbunten Schal oder irgendein auffallendes Schmuckstück angelegt.

Während des Fluges wurde kaum ein Wort gewechselt. Der heimkehrende Markgraf machte sich große Sorgen um seinen Vater, dies sah man seiner ansonsten so fröhlichen und unbeschwerten Miene deutlich an. Yvette drückte ihm aufmunternd die Hand, und Pias lächelte ihr zu und hatte sekundenlang seinen Kummer vergessen. Tas, sein jüngerer Bruder, sog jede Einzelheit mit seinen tiefliegenden funkelnden Augen gierig auf. Er sagte kein Wort, aber die unter der Oberfläche schwelenden Gefühle waren nicht zu übersehen und bereiteten Yvette Sorgen.

Nach zehn Minuten Flugzeit ging der Kopter über einem ausgedehnten, baumbestandenen Landsitz nieder. Das Haus, obwohl nur einstöckig, war das größte Einzelgebäude, das Yvette seit ihrer Ankunft gesehen hatte. Auf jeder anderen Welt hätte sie es als Herrenhaus eines wohlhabenden Barons oder Grafen angesehen. Hier aber vermutete sie zu Recht, daß es sich um die Residenz der herrschenden großherzoglichen Familie handelte. Sogar das Schloß der d'Alemberts auf DesPlaines, ein verhältnismäßig schlichter Bau, sah im Vergleich dazu geradezu königlich aus.

Nachdem der Kopter auf einem großen Rasen vor dem Haus gelandet war, kam eine Handvoll ganz uneinheitlich gekleideter Bedienter zur Begrüßung herausgelaufen. Nur an ihren auffallenden Ohrringen war zu erkennen, daß sie zu diesem speziellen Haushalt gehörten. Pias nahm Yvette bei der Hand und führte sie zu einem der Bediensteten, einem älteren grauhaarigen Mann mit Lachfältchen um die Augen. »Yuri, das ist Yvette«, sagte er. »Führe sie in unser bestes Gästezimmer, und sieh zu, daß sie sich wohl fühlt. Ist mein Vater in seinem Schlafzimmer?«

Der Diener nickte, und nun wandte Pias sich an Yvette. »Ich muß ihn sofort besuchen. Das verstehst du gewiß. Laß dich inzwischen von Yuri verwöhnen, ich komme so rasch als nur möglich zu dir. Übrigens – du kannst Yuri vertrauen. Er kennt mich seit meiner Geburt und ist der beste Freund, den ich im ganzen Universum besitze.« Damit gab er ihr einen flüchtigen Kuß und lief ins Haus.

Yuri sah Yvette lächelnd an. Der Mann war uralt – mindestens achtzig – und sah einem großgeratenen Kobold sehr ähnlich. Sein

Lächeln und das jugendliche Blitzen in den Augen straften sein Alter Lügen. Yvette faßte spontan eine Zuneigung zu dem Mann und entschied, daß Pias' Vertrauen in ihn gerechtfertigt war. Sie erwiderte das Lächeln des Alten und gestattete ihm, daß er ihren leichteren Koffer trug. Den schwereren schleppte sie selbst. Als sie ins Haus ging, spürte sie Tas' Blicke in ihrem Rücken.

Was sie nun vom Hausinneren zu sehen bekam, war ebenso unauffällig wie das Äußere. Keiner der offiziellen Räume hätte mehr als vierzig bis fünfzig Personen Platz geboten. Die Einrichtung war so beschaffen, daß sie mehr Behaglichkeit als herzogliche Würde verbreitete. Nirgendwo sah man eine Zurschaustellung von Kunst oder Reichtum. Handgewebte Decken und eine Sammlung von Körben stellten den einzigen Wandschmuck dar, während Räucherwürste und zu Zöpfen geflochtener Knoblauch und Zwiebeln anachronistisch von der Decke hingen. Die offenen Kamine in den größeren Räumen dienten keinesfalls nur der Repräsentation, sondern wurden tatsächlich benutzt. Das merkte Yvette an dem angenehmen Holzrauchgeruch, der zwischen den gemauerten Wänden hing. Die Böden waren mit nicht ganz gleichmäßigen Steinplatten belegt, und Yvette mußte ständig auf der Hut sein, um nicht zu stolpern. Regale und kleine Nischen quollen über von seltsamen Krimskrams, Holzschnitzereien von Tieren und Spielzeug.

Na, da kenne ich großartigere Schlösser, urteilte Yvette, aber ganz gewiß keines, in dem ich mich rascher heimisch fühlte.

»Sie kennen Pias schon lange?« fragte Yuri.

»Erst seit einigen Monaten – viel zu kurz also. Ich hoffe, ich werde ihn in Zukunft besser kennenlernen.« Näher wollte sie sich über ihre Beziehung nicht auslassen. Pias wollte ihre Verlobung geheimhalten, bis er seinen Vater eingeweiht und dessen Erlaubnis eingeholt hatte.

Yuri aber schien nicht neugierig. »Er sieht gut aus, obwohl er lange weg war. Ich hoffe nur, daß die hiesige Situation sich nicht auf seine Gesundheit schlägt.«

»Nun ja, die Krankheit seines Vaters war ein arger Schlag für ihn …«

»Nicht das meinte ich. Da gibt es noch anderes.«

Yuri stieß eine Tür auf und ließ Yvette in ein bezauberndes Schlafzimmer eintreten, von dessen Fenstern aus man in ein kleines Gärtchen sah. An einer Wand war ein Kamin eingelassen. »Das sei Euer Zimmer. Solltet Ihr etwas brauchen, dann hier läuten.«

Als der Alte sich zum Gehen wandte, faßte sie nach seinem Ärmel. »Sie sprachen vorhin von Problemen hier zu Hause. Gibt es etwas, das Pias wissen müßte?«

Yuri blieb stehen und maß sie von oben bis unten. Er nahm ihre Vertrauenswürdigkeit ebenso unter die Lupe, wie sie es eben getan hatte. Und Yvette wußte, daß nun entschieden wurde, ob sie seines Herren würdig war oder nicht. Der alte Diener würde wohl auch den Kuß in Betracht ziehen, den Pias ihr gegeben hatte, ehe er zu seinem Vater lief. Schließlich entschloß Yuri sich, ein wenig aus sich herauszugehen und ihr zu vertrauen.

»Sein Bruder ist es. Tas hat sich sehr verändert, seitdem Pias fortging. Die beiden kamen niemals gut aus miteinander. Tas war immer sehr wild. Pias aber konnte ihn immer noch bändigen, so gab es keine Probleme. Aber seitdem Pias weg war, ist Tas ärger geworden.«

Der Alte schüttelte den Kopf. »Mochte Tas nie. Hätte noch in der Wiege erwürgt werden sollen wie ein Wechselbalg.« Er sah Yvette offen an. »Sagt Pias, er solle sich vor Tas hüten. Er hat nichts Gutes im Sinn.« Und damit ging er hinaus. Yvette setzte sich aufs Bett und wußte nicht, was sie von der Familie ihres Zukünftigen nun halten sollte.

Pias eilte die vertrauten Gänge entlang und nahm zwei Stufen auf einmal, als er hinauf zum Zimmer seines Vaters lief. Die Tür war geschlossen, davor saß eine lesende Pflegerin. Sie sah auf, als Pias näher kam, und erkannte den jungen Markgrafen auf der Stelle.

»Ist er wach? Kann ich zu ihm?« fragte Pias.

»Ja, Euer Exzellenz«

»Was … was hat er eigentlich?«

»Fleckfieber … es tut mir leid.«

Pias stöhnte auf. Fleckfieber war eine für Newforest typische Seuche. Soweit bekannt, war sie nicht ansteckend. Sie trat auch nur selten auf, war aber unbedingt tödlich. Der Verlauf der Krankheit ließ sich nicht voraussagen. Das Opfer konnte innerhalb weniger Monate sterben oder aber ein Jahrzehnt oder länger weiterleben, während die Seuche seinen Körper verwüstete. Aber am Ende besiegte sie ihr Opfer.

Pias bedankte sich bei der Pflegerin und trat ein. Drinnen herrschte Dunkelheit, weil Fleckfieber die Augen sehr lichtempfindlich machte. Pias wartete im Eingang, bis seine Augen sich an das Dunkel gewöhnt hatten. Dann erst sah er sich um.

Der Raum war so, wie er ihn in Erinnerung hatte. Handgewebte Teppiche auf dem Steinboden. Der große Schrank an der Nordwand mit dem Spiegel im geschnitzten Rahmen. Das Porträt seiner verstorbenen Mutter an der Südwand, umgeben von Porträts sämtlicher Kinder. Und genau vor ihm das schwere Bett mit dem bestickten Betthimmel und den Vorhängen, die auf ihn immer gewaltigen Eindruck gemacht hatten, als er noch klein war.

Sein Vater lag im Bett, reglos. Herzog Kistur Bavol war Mitte Sechzig. Damals als Pias vor vier Jahren fortging, hätte man den Herzog noch für einen Vierziger halten können. Jetzt aber sah man ihm sein wahres Alter deutlich an. Sein braunes Haar hatte sich in eine weiße Mähne verwandelt, die ledrige Haut war mit den dunklen Flecken gesprenkelt, die der Krankheit den Namen gaben. Seine Augen, denen kaum jemals etwas entgangen war, wirkten nun wäßrig und glanzlos ...

Und während Pias so dastand und nicht wußte, was er sagen sollte, setzte sich der alte Herr langsam auf und sah ihn an. »Wer ist da?« fragte er matt.

»Ich bin's, Papa.«

Der Herzog sah ihn aus trüben Augen an. Er bewegte den Mund, doch kein Laut war zu hören. Pias, der tief erschüttert war, flog praktisch auf ihn zu und legte die Arme um seinen Vater. Die beiden Männer ließen ihren Tränen freien Lauf, ehe sie ein einziges Wort sprechen konnten. Schließlich rückte der Alte ein Stück ab und sah Pias in die Augen. »Hast du ihn gefunden?« fragte er.

Pias nickte. »Ja. Miri ist gerächt.«

Mehr wollte der Herzog nicht wissen. »Gut. Du hast alles Nötige erledigt und bist nun wieder da, wo du hingehörst. Pias, ich brauche dich hier bei mir.«

Pias spürte ein Frösteln, als er in einen Kampf widerstreitender Gefühle geriet. Um sich mit Yvette verloben zu können, hatte er das Training des SOTE mitmachen und den Treueeid dem Service gegenüber schwören müssen. Nun hatte er also gelobt, der

Sache des Imperiums zu dienen, und er konnte über sein Leben nicht mehr frei verfügen. »Ich … ich kann nicht hierbleiben, Papa.«

Der alte Herr verstand ihn nicht. »Was soll das heißen? Du hast den Schurken gestellt und unsere Ehre wiederhergestellt. Nun bist du wieder zu Hause.«

»Aber ich kann nicht bleiben, Papa. Ich muß sehr bald wieder weg.«

»Warum? Warum mußt du dein Zuhause und deine Familie verlassen? Was treibt dich fort?«

»Ich habe mein Versprechen gegeben.«

»Wem denn?« Jetzt hatte sich der Alte aufgesetzt. Er sprühte vor Zorn. Etwas von dem alten Feuer war zurückgekehrt, aber Pias war nicht beglückt, daß es sich ausgerechnet gegen ihn wandte. »Wer ist dir wichtiger als dein Vater?«

Pias war nahe daran, ihm die ganze Wahrheit zu erzählen, als er die Anwesenheit eines Dritten im Raum spürte. Tas war ganz leise eingetreten, während Pias und sein Vater miteinander gesprochen hatten, und stand nun lauschend im Schatten. Der Herzog hatte sich immer durch unbedingte Loyalität ausgezeichnet, und Pias hätte ihm ohne weiteres anvertrauen können, daß er in den Diensten des SOTE stand, doch hegte er ein instinktives Mißtrauen gegen seinen Bruder. Etwas lahm fügte er daher hinzu: »Ich kann es dir jetzt nicht sagen.«

»Vielleicht ist es diese gadji, dieses Außenseiter-Weibsstück, das du mitgebracht hast«, mischte Tas sich ein. Sein Ton war ätzend wie Säure.

Pias wäre ihm am liebsten an die Kehle gesprungen. Er hatte die Sache mit Yvette seinem Vater schonend beibringen und ihn von der Richtigkeit seines Handelns überzeugen wollen. Jetzt hatte er die Fluten noch mehr aufgewirbelt – mit voller Absicht.

»Eine gadji? Und du hast sie mitgebracht?« Der Herzog war nun außer sich. »Ja, bist du denn vollends ein Abtrünniger geworden?«

»Papa, dir verdanke ich alles, was ich über Menschenliebe und Gastfreundschaft Fremden gegenüber weiß«, protestierte Pias. »Und Yvette ist …«

Doch er konnte in seiner Erklärung nicht fortfahren. Der alte Mann in seiner Wut rang nun mit einem Hustenanfall. Die Pflegerin kam hereingelaufen und mußte dem Kranken helfen. »Sie hätten ihn nicht aufregen dürfen!« schalt sie die beiden. »Am besten, Sie gehen jetzt.«

Nur widerstrebend ließ Pias sich mit Tas hinausscheuchen.

Die zwei Brüder blieben draußen auf dem Gang stehen und musterten einander abschätzend wie zwei Ringer. Pias fiel ein Dutzend verschiedener Fragen ein, die er alle beiseite schob, und schließlich sagte er: »Warum hast du ihm so weh getan?«

»Ich?« sagte Tas mit einem Auflachen. »Hüte deine Zunge! Merke dir eines: mein einziges Angriffsziel bist du. Willkommen daheim, Bruder Pias.« Er drehte sich rasch um und ging. Pias war damit der Chance einer Erwiderung beraubt.

Pias schüttelte den Kopf. Gewiß, der Zorn seines Vaters hatte ihn hart getroffen, doch tief im Inneren spürte er, daß es den alten Herzog noch viel tiefer getroffen hatte, als er sich von seinem Ältesten hintergangen fühlte. Pias erkannte plötzlich, wie tief sein Bruder ihn hassen mußte, da er den Vater gequält hatte, nur um damit indirekt den Bruder zu treffen. Bevor er Newforest verlassen hatte, war ihm zwar klar gewesen, daß Tas ein übler Bursche war, doch inzwischen war es mit ihm rapid bergab gegangen.

Bedrückt machte Pias sich auf den Weg zu seinem Zimmer. Er ging eben an einer offenen Tür vorbei, als er plötzlich eine dunkle Frauenstimme hörte: »Pias, möchtest du mich nicht wenigstens begrüßen?«

Er drehte sich um und erkannte die Sprecherin, eine schöne, dunkelhäutige Frau Anfang Dreißig, der das pechschwarze Haar lose bis zur Taille fiel. Ihre Augen blickten wissend in die Welt, und ihre bunte Bluse stand vorne so weit offen, daß es sogar gegen die äußerst liberalen Sitten und Gebräuche auf Newforest verstieß.

Trotz seiner familiären Sorgen zwang Pias sich zur Munterkeit. »Ach, Gitana, schön dich zu sehen. Ich wußte nicht, was ich davon halten sollte, als ich dich auf dem Flughafen nicht entdecken konnte.«

Gitana ging nun auf ihn zu und blieb so knapp vor Pias stehen, daß sie einander fast berührten. Sie legte die Arme um ihn und sagte: »Ich hoffte, dich unter vier Augen begrüßen zu können.« Ihr kehliges Lachen ließ keinen Zweifel über die Bedeutung ihrer Worte aufkommen.

Nach der schmerzlichen Begegnung mit seinem Vater verwirrte dieser neue Umstand Pias nicht wenig. Vor Jahren waren er und Gitana einmal sehr verliebt gewesen – doch das war, bevor er sich in ihre Schwester Miri verliebt und sich mit ihr verlobt hatte. Damals hatte Gitana sehr gelitten. Es sah nun aus, als wolle sie wieder dort anknüpfen, wo sie ihre Beziehung abgebrochen hatten, jetzt da sie wußte, daß ihre Schwester tot war.

Doch Pias' Liebe zu Yvette machte dies unmöglich. Verlegen äußerte er: »Möchtest du mich denn nicht fragen, ob ich Miris Mörder gefunden habe?«

»Ich nehme an, daß deine Jagd von Erfolg gekrönt war. Du sagtest damals, du würdest nicht eher heimkehren, bevor du ihn erledigt hättest.« Sie gab ihm einen Kuß auf den Nacken. »Und bei dir heißt es ja immer, ein Mann, ein Wort. Meistens jedenfalls.«

»Meistens?« Pias versuchte sich sachte freizumachen, doch Gitana, seine verflossene Liebe, verstand den Wink mit dem Zaunpfahl nicht.

»Einmal hast du gesagt, du würdest mich bis ans Ende aller Tage lieben.«

»Das ist schon sehr lange her. Ein Mensch verändert sich im Laufe der Zeit.«

»Ich nicht.« Gitana zog ihn näher an sich und machte Anstalten, Pias in ihr Zimmer zu drängen. »Ich liebe dich noch immer.«

Er spürte, wie sie sich an ihn schmiegte. Ihre scharfen Nägel gruben sich schmerzhaft in seinen Nacken. »Wer ist es? Diese kleine unscheinbare gadji, mit der du aus dem Kopter gestiegen bist? Warum gibst du dich mit einem dünnblütigen kleinen Ding zufrieden, wenn du eine richtige Frau haben könntest?« Yvette kann es mit dir noch lange aufnehmen, dachte Pias bei sich, behielt aber seine Meinung klugerweise für sich. Er hatte ihr schon genug Schmerz zugefügt.

Statt dessen machte er sich entschlossen aus ihrer Umarmung frei. »Bitte, Gitana. Wir fügen uns nur noch mehr Schmerz zu, indem wir alte Gespenster und alte Kümmernisse beschwören. Du bist eine bildschöne Frau mit Dutzenden von Verehrern zu deinen Füßen. Was ist denn an mir schon dran? Wahrscheinlich gibt es viele, die weitaus passender für dich sind.«

Gitana trat einen Schritt zurück. In ihrem Blick wurde deutlich der in ihr schwelende Vulkan sichtbar. »Dann gibst du mir wieder einen Korb?«

»Ach was, Korb ...«

Aber Gitana war fort, verschwunden in dem Zimmer, aus dem sie aufgetaucht war. Und hinter ihr schlug die Tür ins Schloß. Pias ging nun in sein früheres Zimmer und fand alles vor, wie er es verlassen hatte. Er legte sich aufs Bett und versuchte nach den betrüblichen Ereignissen des Nachmittags Ordnung in seine Gedanken zu bringen. Dann machte er sich auf die Suche nach Yvette.

Er traf sie beim Auspacken an. Sie sah sofort, daß er nicht so glücklich war, wie man es bei einer Heimkehr nach so langer Abwesenheit hätte erwarten können, doch ließ sie kein Wort darüber laut werden. Statt dessen berichtete sie, wie nett sie Yuri fände und wie wohl sie sich in diesem Haus fühlte. Sie wollte ihm Gelegenheit geben, selbst von seinen Sorgen anzufangen.

Schließlich hielt er es nicht mehr aus und berichtete ihr, wie die Wiederbegegnung mit seinem Vater verlaufen war. Er berichtete auch, daß der Haß seines Bruders sich gesteigert hätte und daß Tas entschlossen schien, den Vater gegen ihn einzunehmen. Von der ebenso unangenehmen Begegnung mit Gitana aber sagte er kein Wort.

Yvette ihrerseits wiederholte, was Yuri ihr über Tas gesagt hatte. Pias' Niedergeschlagenheit wurde noch schlimmer. »Ich hatte keine Gelegenheit, von dir zu sprechen«, klagte er. »Mein Vater weiß bloß, daß du eine gadji bist – das ist eine herabsetzende Bezeichnung für Frauen, die nicht unserem Volk angehören. Die Krankheit muß wohl weiter fortgeschritten sein, als ich dachte. Mein Vater war ja immer schon sehr traditionsverbunden, doch hatte er einen weiten Horizont, was Menschen betraf. Ich erwähnte dir gegenüber nichts davon, weil ich dir nicht Kummer machen wollte, doch ich wußte, daß ihm unsere Verlobung zumindest anfangs keine reine Freude bereiten würde. Aber ich glaubte, ich könnte mit sanfter Überredungskunst seine Ansichten ändern. Deswegen wollte ich, daß du mitkämest. Ich dachte, er würde auf den ersten Blick sehen, was für ein prächtiger Mensch du bist. Jetzt aber ...«

Er stieß einen Seufzer aus. »Ich weiß nicht. Ich weiß gar nichts.

Ich habe das Gefühl, als trübe ein schleichendes Gift sein Bewußtsein, und ich vermute, dieses Gift heißt Tas.«

Yvette hielt ihn liebevoll umfangen und tat alles in ihren Kräften Stehende, um ihn zu beruhigen. Schließlich wurde es Zeit, daß sie sich fürs Dinner umzogen. Es sollte sich erweisen, daß ihre gesamte Garderobe für Newforest ungeeignet war. Schließlich entschloß sie sich zu einem gelben Tunika-Ensemble. Pias sah wie immer umwerfend aus. Er trug braune Hosen und dazu ein loses Hemd, das seine verstorbene Mutter für ihn bestickt hatte.

Yvette hatte sich vorgestellt, sie würden Arm in Arm den Speisesaal betreten, doch Pias hielt es für diplomatischer, in Anbetracht der Gefühle seines Vaters mehr Zurückhaltung hinsichtlich ihrer Gefühle walten zu lassen. So traten sie Seite an Seite ein und setzten sich nebeneinander an die lange und dicht besetzte Tafel.

Einige der Anwesenden waren recht liebenswürdig. Pias stellte Yvette seinen Geschwistern als Freundin vor. Die jüngste Schwester, ein Teenager namens Beti, war freundlich und lieb, aber die beiden älteren Schwestern, die mit Männern verheiratet waren, die Pias ihr als Taugenichtse geschildert hatte, waren steif und förmlich. Die anderen Anwesenden gehörten meist zur Familie, Tanten und Onkel, die auch als Ratgeber des Herzogs fungierten. Auf Newforest waren die Familienbande noch sehr stark, hatte Pias ihr erklärt, und Vetternwirtschaft galt nicht nur als selbstverständlich, nein, man setzte sie geradezu voraus.

Die anderen Familienangehörigen bezeigten Yvette meist nur oberflächliche Höflichkeit. Sie hatte so eine Ahnung, daß Bruder Tas bereits eifrig am Werk gewesen war und die Stimmung gegen sie vergiftet hatte, noch ehe sie die Gelegenheit bekommen hatte, sich zu verteidigen. Pias' Heimkehr, die eigentlich ein freudiges Ereignis hätte sein sollen, verwandelte sich immer mehr zu einem Alptraum. Der Stuhl am Kopf der Tafel, den für gewöhnlich der Herzog eingenommen hatte, stand leer, seitdem der alte Herr krank war. Das hatte Beti ihnen gesagt. Dem leeren Stuhl wurde angemessene Ehrerbietung zuteil, indem hin und wieder ein Mitglied der Tischrunde höflich dem Platz des Herzogs zunickte.

Yvette hatte sich noch niemals und nirgends so fehl am Platze gefühlt, doch sie war fest entschlossen, sich nichts anmerken zu lassen. Erziehung und Herkunft hatten ihr so viel Rückgrat verliehen, daß sie alles Kränkende ignorieren konnte. Und doch schmerzte sie das Wissen, daß Pias' Familie sie ablehnte. Und Pias' Gefühle konnte sie nur ahnen.

Gegen Ende des Dinners stand eine schöne dunkle Frau am unteren Ende der Tafel auf und starrte Yvette an. »Die Anwesenheit dieser gadji in unserer Mitte stellt eine Herausforderung dar«, erklärte sie.

Unterdrücktes Gemurmel und großes Staunen – das war die Reaktion der Tafelrunde. Yvette merkte, daß Pias nur mühsam die Fassung behielt. »Gitana, mach dich nicht lächerlich«, sagte er. Nun war Gitanas Blick auf ihn gerichtet. »Pias, ich fordere mein Recht auf dich. Ich fordere es kraft der Schwüre, die du vor Jahren abgelegt und kraft der Tatsache, daß du mit meiner Schwester verlobt warst.«

Dann sah sie wieder Yvette an. »Gibt es eine Frau, eine echte Frau, die meine Forderung in Zweifel ziehen könnte?«

Yvette ließ sich nicht herausfordern. Mit eiskalter Gelassenheit erklärte sie: »Pias ist ein freier Mensch. Er kann sich seine Freunde selbst aussuchen. Kein Mensch hat das Recht, ihn für sich zu fordern.«

»Halt dich da heraus«, flüsterte Pias. »Die Tradition ist hier nun mal so. Du machst alles nur noch ärger.«

Aber Yvettes Worte hatten Gitanas Zorn erweckt und den letzten Rest Verstand über den Haufen geworfen. »Wer ist diese gadji, die mich belehren will? Bin ich nicht die Tochter von Stiggur, bin ich nicht edelsten Geblütes? Entstamme ich etwa nicht der Familie, aus der die Gefährtin für Pias Bavol erwählt wird?

Will sie mir denn alle Rechte streitig machen, die mir gemäß unserer alten Sitten zustehen?«

Mit einer leichten Drehung der Hand schleuderte Gitana einen Dolch nach Yvette. Die SOTE-Agenten schätzte den Bogen mit dem geübten Auge des Akrobaten ab und bewegte keinen Muskel, als die Klinge sich knapp neben ihrer Hand in die Tischplatte bohrte.

»Sie soll ihren beleidigenden Worten Taten folgen lassen«, tobte Gitana. Sie hielt nun eine zweite Klinge in der Hand und hatte Kampfhaltung angenommen.

Yvette war fassungslos. Diese Wendung der Ereignisse traf sie völlig überraschend. Sie wußte nicht mal richtig, wer diese Gitana war und mußte nun für den Mann kämpfen, den sie liebte.

Gitanas Haltung ließ erkennen, daß ihr der Messerkampf nicht ungewohnt war – und daß dieser Zweikampf für sie tödlicher Ernst war.

4. KAPITEL

Der Herzog von Melenaria

Nach dem Verlassen des Hauptquartiers raste Jules mit seinem Wagen zum Raumflughafen Canaveral, seiner Verlobten Vonnie entgegen. Obwohl er beinahe polizeiwidrig schnell fuhr, schaffte er es doch nicht ganz und kam zehn Minuten zu spät. Zum Glück hatte auch das Raumschiff Verspätung, und Vonnie brauchte nicht herumzustehen und auf ihn zu warten.

Als sie schließlich die Zollkontrolle hinter sich hatte, lief er ihr entgegen, und sie umarmten sich wie jedes andere Liebespaar, das lange getrennt war. Sie hatten sich seit acht Monaten nicht mehr gesehen, seitdem sie als Leibwächter Prinzessin Ednas auf Ansegria fungiert hatten. In der Zwischenzeit hatte sich in beiden ein so großer Gefühlsüberschuß gestaut, daß sie in den ersten Minuten des Wiedersehens ihre Umgebung vergaßen.

Nach einer Weile aber meldete sich wieder die Vernunft. Jules trat einen Schritt zurück und sah sie an. Yvonne Roumenier war gleichgroß wie er. Sie hatte brünettes Haar, mandelförmige Augen und ein hübsches Gesicht, das zu ihrer vollendeten Figur paßte. Wie Jules stammte sie auch vom Planeten DesPlaines und war Sproß einer Adelsfamilie. Ihr Vater, Ebert Roumenier, war Baron von Nouveau Calais, einer der bedeutendsten Städte auf DesPlaines. Als Erstgeborene würde sie dereinst den Titel erben.

Doch war es weder ihre edle Herkunft noch ihre Schönheit, noch die Tatsache, daß sie mit Jules d'Alembert verlobt war, daß der Chef des SOTE sie für diese Mission ausgewählt hatte. Yvonne Roumenier hatte beim Tausend-Punkte-Test 989 Punkte erreicht und sich damit als eine der fähigsten Agentinnen klassifiziert. Die Tatsache, daß sie mit Jules zusammen ein praktisch unbezwingbares Team darstellte, war eine zweitrangige Überlegung.

»Ich könnte dich den ganzen Tag bloß ansehen«, stellte Jules schließlich fest, »aber wir haben einen Auftrag bekommen, den wir schleunigst in Angriff nehmen sollten – das heißt, schon vor zehn Minuten.«

»Nicht mal auspacken darf ich?« fragte Vonnie. Jules' Küsse

hatten ihr den Atem geraubt, und sie war momentan auf Eile nicht eingestellt.

»Immer mit der Ruhe, das gehört zu unserem Auftrag. Wir sollen für Herzog Hanforth von Melenaria Leibwächter spielen und uns sofort bei ihm melden. Ich habe bereits eine Uniform für dich. Du kannst dich während der Fahrt im Wagen umziehen.«

Jules schleppte ihre Koffer zum Wagen und brachte sie im Fond unter. Während sie durch die Außenbezirke fuhren, weihte Jules sie in die Theorien des Chefs so weit ein, als es nötig war – nämlich, daß jemand eine Mordserie plane und daß Herzog Hanforth als nächstes Opfer ausersehen sei. Sie beide wären nun als Ergänzung eines regulären SOTE-Teams zur Bewachung des Herzogs abgestellt, und zwar sollten sie als zur Dienerschaft gehörig agieren, ohne daß die regulären SOTE-Leute wußten, daß Jules und Vonnie auf ihrer Seite standen. Das war für die Sicherheit aller Beteiligten am besten.

Kaum hatten sie das verbaute Gebiet hinter sich, verwandelte Jules seinen Wagen mittels Knopfdruck wieder in ein Flugzeug, und gleich darauf sausten die beiden durch die obersten Schichten der Atmosphäre in Richtung Angeles-Diego, wo Herzog Hanforth sich aufhielt. Der Flug nahm die ganze Nacht in Anspruch, doch das kümmerte die beiden nicht. Sie hatten einander viel zu erzählen und mußten ihre angestauten Gefühle loswerden. In den spärlichen Augenblicken zwischen den Küssen berichtete Jules seiner Vonnie von Yvettes Verlobten, und Vonnie war entzückt, als sie diese Neuigkeit hörte. »Da könnten wir ja eine Doppelhochzeit veranstalten«, rief sie aus.

Sie erreichten knapp nach Sonnenaufgang am nächsten Tag ihr Ziel. Jules fuhr vor dem Luxoria-Hotel vor, in dem der Herzog abgestiegen sein sollte. Doch stand ihm gleich zu Beginn eine kleine Überraschung bevor.

»Nein, der alte Knacker ist nicht mehr bei uns«, schnaubte der Empfangschef verächtlich, »und ich bin heilfroh darüber, glauben Sie mir. Er nannte unser Hotel einen chromverzierten Dreckhaufen.«

»Und warum?« fragte Vonnie.

»Weil wir ihm im Erdgeschoß keine Räumlichkeiten anbieten konnten und weil er Aufzugröhren haßt, deswegen. Er sagte, es wäre schon schlimm genug gewesen, in einer metallenen Kiste die ganze Strecke von Melenaria hierher zurückzulegen und den Weg vom Raumflughafen hierher in einem fliegenden Rasenmäher. Und er wolle nicht mittels fliegender Zauberteppiche in sein Zimmer gelangen.« Der Mann tat so, als fühle er sich in seiner persönlichen Ehre getroffen.

»Wissen Sie wenigstens, wo er jetzt ist?« fragte Jules, in dem die Besorgnis wuchs, er würde womöglich den Mann, den er bewachen sollte, nicht auftreiben können.

»Ach, irgendwo, wo es keine Aufzugröhren gibt. Und vermutlich auch kein fließendes Wasser, wie ich ihn kenne. Diese schrulligen alten Käuze lassen einen an der Berechtigung des erblichen Adels zweifeln.« Damit drehte sich der Empfangschef um und ließ die beiden stehen.

Die folgenden zweieinhalb Stunden verbrachten Jules und Vonnie mit der Suche nach ihrem verschwundenen Herzog. Schließlich stieß Vonnie auf einen Wohnungsmakler, der dem Herzog eine Villa am Strand bei Malibu vermietet hatte – ein weitläufiges ebenerdiges Haus, umgeben von üppig bewachsenen Gärten. Der Preis betrug vermutlich das Fünffache dessen, was die eleganteste Suite im Luxoria gekostet hätte.

»Was soll's«, meinte Jules achselzuckend. »Der Chef sagte mir schon vorweg, daß wir es mit einem Exzentriker zu tun hätten. Machen wir uns daran herauszufinden, wie exzentrisch er tatsächlich ist.«

Sie fuhren nun zu der Adresse, die der Makler ihnen gegeben hatte, und wurden am Tor von den SOTE-Agenten aufgehalten, denen es bereits geglückt war, ihren Schützling ausfindig zu machen. Jules zeigte die gefälschten Identitätsausweise, mit denen man sie ausgestattet hatte und die ihn und Vonnie als Fedor und Karoline Khermikow von der Star-Lane-Agentur für Teilzeitarbeit auswiesen. Fedor sollte während des gesamten Erdenaufenthaltes des Herzogs als dessen Kammerdiener fungieren und Karolina als dessen Privatsekretärin. Beide wurden gründlich überprüft, ehe man ihnen den Zutritt gestattete.

Die schöne Gartenanlage und Außenfassade des Hauses – die den Mietpreis voll und ganz rechtfertigten – ließen keinerlei Schluß auf das Durcheinander zu, das die zwei Agenten im Hausinneren vorfanden. Koffer und Reisetaschen lagen verstreut auf dem Boden und machten das Gehen zu einem Hindernisrennen. Etliche Koffer waren offen, und ihr Inhalt lag wie von einem hastig agierenden Einbrecher verstreut wahllos umher. Kleidungstücke lagen entweder auf dem Boden oder waren auf kurioseste Art um die kostbaren Möbelstücke drapiert. Jules und Vonnie wechselten einen neugierigen Blick. War hier etwa unter den Augen des SOTE-Sicherheitsteams ein Einbruch verübt worden?

Just in diesem Augenblick stürzte eine Gestalt energiegeladen aus einem der Räume. Die vogelscheuchenartige Parodie einer Menschengestalt war es, groß und knochig und wie aus verschiedenen, nicht zusammenpassenden Teilen zusammengesetzt. Das Silberhaar bedeckte in wirren Strähnen den teilweise kahlen Kopf. Die Kleidung sah aus, als wäre sie in einem Ausverkauf hastig zusammengesucht worden – die knallengen Hosen hätten einem Teenager eher angestanden. Die Jacke war seit dreißig Jahren aus der Mode, die Ballettschuhe zwei Nummern zu groß. Der Mann bewegte sich mit einer Behendigkeit, die sein Alter Lügen strafte.

»Piraten und Diebe«, tobte er. »Ich bin von Piraten und Dieben umgeben!« Und als er Jules und Vonnie bemerkte, nahm er vor ihnen Aufstellung. »Seid ihr auch gekommen, um mich auszuplündern?«

»Nein«, antwortete Jules mit einem hörbaren Anflug von Besorgnis. »Man hat Sie beraubt?«

»Alle haben mich beraubt! Hotelangestellte, Restaurantbesitzer, Autoverleiher, Taxifahrer, Träger, Liftboys. Die gesamte Erdbevölkerung läßt sich in zwei Gruppen einteilen: einerseits Diebe und Piraten, Trottel und Unfähige andererseits. Wenn ihr beide nicht Diebe und Piraten seid, dann seid ihr eben Trottel und Unfähige.« Es folgte ein knappes Kopfnicken, als hätte er eben vor einem Gericht einen abstrusen Standpunkt vertreten.

»Das wollen wir nicht hoffen!« rief Vonnie aus, und Jules setzte hinzu: »Ich nehme an, daß Sie Herzog Hanforth sind?«

»Wenn Sie immer nur annehmen und nichts sicher wissen, junger Mann, dann werden Sie auf diesem jämmerlichen Planeten bald in die Irre gehen.« Er ging so eilig in ein anderes Zimmer, daß Vonnie und Jules mit ihm kaum Schritt halten konnten.

»Ja, ich bin Herzog Hanforth, was immer das wert sein mag,

und mir scheint es mit jeder Stunde meines Lebens weniger wert. Wer seid ihr und wieviel von meinem Geld fordert ihr für euch?«

Die zwei Agenten waren reichlich verdutzt über die unverblümte Art des Herzogs, doch sie waren entschlossen, sich nicht ins Bockshorn jagen zu lassen. »Ich bin Fedor Khermikow«, erklärte Jules ebenso rüde, »und das ist meine Frau Karolina. Wir sind als ...«

»Ich weiß, ich weiß. Kammerdiener und Sekretärin. Als ob ich damit was anfangen könnte.«

Jules räusperte sich. »Darf ich offen sprechen, Euer Gnaden?«

»Und wieviel wird es mich kosten?« polterte der Herzog. »Immer wenn jemand einen offen oder im Vertrauen ansprechen möchte, dann will er einen hereinlegen.«

»Nein, mit Geld hat es nichts zu tun, Euer Gnaden«, sagte Vonnie, die angesichts der ständigen Anschuldigungen des Mannes nur mit Mühe Ruhe bewahrte. »Es handelt sich um den wirklichen Zweck unseres Hierseins. Wir sind ...«

»Ihr seid Spezialleibwachen des SOTE«, sagte der Herzog verächtlich. »Junge Frau, tun Sie mir den Gefallen und klären Sie mich nicht über Offensichtliches auf. Ich war bereits erfahren in politischen Intrigen, als eure Großeltern noch nicht mal miteinander Händchen hielten – falls sie es je taten. Ich war fünf Jahre lang Erster Ratgeber Stanleys IX. und war einer der vier, die seinen sogenannten Unfall überlebten.«

Jules war von dieser Aufzählung nicht wenig beeindruckt. Der erwähnte Unfall war jener berühmte Zwischenfall, bei dem der letzte Kaiser sein Leben hatte lassen müssen. Er hatte sich nach einer Flottenübungsinspektion auf dem Rückflug zur Erde befunden, und sein Privatraumschiff war beim Austritt aus dem Sub-Raum genau in die Flugbahn eines umherirrenden Raumschiffwracks geraten. Und noch ehe die Detektoren aktiviert werden konnten, wurde das Schiff zerstört. Es gab nur vier Überlebende – darunter Herzog Hanforth, wie es sich jetzt herausstellte. Es hatte sich um den Zusammenstoß zweier Schiffe mit der Wahrscheinlichkeit von eins zu einer Milliarde gehandelt und die intensiv betriebenen Nachforschungen des SOTE hatten festgestellt, daß es ein Unfall und keineswegs ein Anschlag gewesen war. Ganz ausgeschlossen, daß man alle möglichen Faktoren hätte vorausberechnen können, um diesen Unfall absichtlich zu arrangieren.

»Sogenannter Unfall?« fragte Vonnie. »Sie glauben also nicht an die Unfalltheorie?«

Wieder ließ der Herzog ein verächtliches Schnauben hören. »Nichts ist ein Unfall – und ganz besonders wenn es die Familie Stanley betrifft. Ich habe drei Kaiser erlebt, und mit Ausnahme unseres jetzigen Herrschers handelt es sich um die schlitzohrigste Bande, die ich kenne.«

»Und doch waren Sie fünf Jahre lang Erster Ratgeber?« fragte Vonnie fassungslos. »Warum das, wenn der Kaiser Ihnen so mißfiel?«

»Weil es mein Kaiser war.« Der Herzog nahm Haltung an wie ein alter Haudegen. »Ich würde sogar einem Mistkäfer dienen, wenn es mein rechtmäßiger Kaiser wäre, und glauben Sie mir, Stanley IX. kam einem Mistkäfer verdammt nahe. Kaum ein Jahr verging ohne mindestens sechs Anschläge, und manchem Attentat entging er nur um Haaresbreite. Ich weiß nicht, wer es schließlich doch noch schaffte, ihn aus dem Weg zu räumen, und wie das alles bewerkstelligt wurde, aber Unfälle gibt es nicht in der Familie Stanley – merken Sie sich das gefälligst.«

Wieder ertönte sein Schnauben, und er sah die beiden an, als wären sie Mikroben unterm Mikroskop. »Und ihr beiden DesPlainianer wollt mich vor der Mordbande, die es auf Adelige abgesehen hat, beschützen?«

»Dann wissen Sie also Bescheid?« fragte Jules. So wütend ihn der kauzige Alte gemacht hatte, so konnte er doch nicht umhin, seine Intelligenz zu bewundern.

»Natürlich weiß ich Bescheid. Ich kann schließlich die Zeitungsrollen lesen. Meine Augen haben mich bis jetzt noch nicht im Stich gelassen. Ich kann mir Tatsachen zusammenreimen. Ich bin zwar alt, junger Mann, aber deswegen nicht dumm. Die Dummheit ist Sache der Jugend, obgleich ich zugeben muß, daß sie nicht mehr das Monopol darauf innehat. Sie bemühen sich zwar redlich darum …«

Seine letzten Worte sprach er ins Leere und starrte dabei einen Punkt irgendwo zwischen Jules und Vonnie an. Dann aber klickte sein Verstand wieder abrupt in die Wirklichkeit ein. »Gut also, Sie sollen als mein angeblicher Kammerdiener arbeiten. Tun Sie etwas, um Ihre Tätigkeit zu rechtfertigen. Machen Sie aus mir einen Mann von Welt – oder lernt ihr auf eurer Akademie nur Muskelkram und dergleichen?«

Jules nahm die Herausforderung an. »Dann müssen wir uns als erstes Ihr Haar vornehmen«, sagte er ganz sachlich und ignorierte den Fehdehandschuh, den der Alte ihm hingeworfen hatte. »Wenn man es ordentlich zurechtfrisiert, wird es nicht übel aussehen. Ihre Kleidung steht auf einem anderen Blatt. Sie mögen zwar kaiserlicher Ratgeber gewesen sein, aber Ihnen geht jeglicher Geschmack in Garderobefragen ab. Ich fürchte, wir müssen Ihre gesamte Garderobe unter die Lupe nehmen.«

»Und so sprechen Sie mit einem Herzog – ohne eine Spur von Respekt?«

»Nein, zu einem Herzog nicht, aber zu einem bärbeißigen alten Griesgram, weil ich das Gefühl habe, daß dies der einzige Ton ist, auf den er hört. Und was Respekt und Höflichkeit anlangt, so gilt immer noch der Grundsatz der Gegenseitigkeit.«

»Und Sie da!« Der Herzog wandte sich nun an Vonnie und bohrte ihr einen langen knochigen Finger zwischen die Rippen. »Sind Sie bloß eine hübsche Ansammlung von Rundungen oder verfügen Sie tatsächlich über Sekretärinnentugenden?«

»Lassen Sie es auf einen Versuch ankommen, Euer Gnaden.«

»Gut, das werde ich. Notieren Sie, daß ich meinen Kammerdiener entlasse – nachdem er mir das Leben gerettet hat und nicht einen Augenblick eher. Noch etwas: Sind Sie mit ihm verheiratet oder sind Sie noch frei?«

»Im Augenblick keines von beiden, Euer Gnaden«, sagte Vonnie eiskalt.

»Gut. Sie sind wenigstens aufrichtig. Gehen wir.« Der Herzog wollte an die Tür.

»Wohin?« fragte Jules.

»Sie sagten doch, ich würd' neue Sachen brauchen. Wir gehen jetzt und kaufen ein. Wir werden ja sehen, ob Ihr Geschmack besser ist als meiner.« Er führte sie forschen Schrittes durch die Haustür hinaus zu der großen grauen Limousine, die ihm vom SOTE zur Verfügung gestellt worden war. Fahrerin und Leibwächter – beides ausgebildete SOTE-Agenten – lungerten in der Nähe herum, nahmen aber sofort Haltung an, als der Herzog erschien. »Kennen Sie einen guten Kleiderladen hier in der Nähe?« fragte er die Fahrerin.

»Der beste ist Haversham«, erwiderte sie. »Eine Stunde Fahrt.«

»Das alles ist eine einzige große Verschwörung«, grollte der Alte. »Die ganze Erde wird von der Transportmittelindustrie beherrscht. Zu Fuß laufen – ausgeschlossen. Und nirgends ein Pferdewagen, falls man einen möchte. Nichts – nur diese verdammten Maschinen. Die gewinnen allmählich die Oberhand über alles. Und ich sage euch, es kann nichts Gutes dabei herauskommen, wenn man den Maschinen die Macht überläßt.« Trotz seiner Abneigung kletterte er auf den Rücksitz. Jules und Vonnie setzten sich beidseits neben ihn.

Während der Fahrt ließ Herzog Hanforth seine Tirade keinen Augenblick abreißen und wetterte und klagte und zählte sämtliche Verschwörungen auf, wirkliche oder eingebildete, die angeblich die Erde beherrschten. Im Laden angekommen, fand der Herzog an allem und jedem etwas auszusetzen, obwohl Jules sich redlich bemühte, die geeigneten Sachen für einen Mann seiner Stellung und seines Alters auszuwählen. Entweder gefiel ihm die Farbe nicht oder der Schnitt stand ihm nicht, oder er fühlte sich in den Sachen nicht wohl – oder der Preis war übertrieben. Letztere Klage äußerte er am häufigsten, und Jules war mehrmals versucht vorzuschlagen, er wolle die Differenz aus eigener Tasche zahlen, nur damit der Herzog endlich etwas Ordentliches zum Anziehen bekäme. Nun war ihm klar, warum der Alte so unmöglich angezogen war. Sicher hatte er alle Schneider und Ausstatter mit seinen unmöglichen Forderungen in den Wahnsinn getrieben. Schließlich einigte man sich auf einen Kompromiß, der für den Herzog annehmbar war und Jules' Geschmacksforderungen entsprach: eine Reihe modischer Kaftans mit Phantasiestickerei an den Ärmeln und an der Vorderfront. Der Geschäftsführer war sehr erleichtert und versicherte, er würde die Sachen nach den herzoglichen Maßen anfertigen lassen und in zwei Tagen an die angegebene Adresse liefern. Nach glücklicher Erledigung traten sie die Heimfahrt an.

Unterwegs mußten sie einen Umweg in Kauf nehmen, da mehrere Straßen gesperrt waren – eine Wasserleitung war defekt.

Jules und Vonnie wurden sofort mißtrauisch und erhöhten ihre Aufmerksamkeit.

Auf diesem Umweg mußte der Wagen Stadtteile durchfahren, in denen die Armut hauste. Die Häuser waren heruntergekommen, die Menschen in Lumpen gekleidet. Betrunkene und Drogensüchtige schliefen im Rinnstein. Kein schöner Anblick.

Herzog Hanforth verfiel in Schweigen, gab jedoch acht, daß ihm keine einzige Einzelheit entging. Als sie endlich das Slum-Gebiet hinter sich ließen und wieder in ansehnlichere Gefilde gelangten, atmeten Jules und Vonnie erleichtert auf. Doch jetzt meldete sich wieder Herzog Hanforth zu Wort. »Wie kann man solche Verhältnisse bloß zulassen?«

»Die meisten Bewohner leben seit ihrer Geburt in diesen Slums«, setzte Vonnie an.

»Die meine ich nicht. Ein Mensch kann nahezu überall existieren – wenn er dazu gezwungen ist. Ich meine vielmehr die maßgeblichen Ämter und Behörden – und die Regierenden. Die Barone, Grafen, Earls und so fort, bis hinauf zum Kaiser. Wie können sie es zulassen, daß Menschen, die ihrer Obhut anvertraut sind, so leben?«

»Die Erdbevölkerung zählt mittlerweile neun Milliarden Menschen«, entgegnete Jules leise. »Wir leiden an chronischer Arbeitslosigkeit, an Unterernährung, an Verbrechen. Es gibt zwar Hilfsorganisationen verschiedenster Art, aber ihr Aufgabengebiet ist so gewaltig und ihre Mittel sind so begrenzt ...« Ein Schaudern überlief ihn »Ich habe schon Ärgeres gesehen. Im Vergleich mit dem Planeten Chandakha sind die Slums hier ein Paradies.«

Der Alte geriet außer sich vor Wut. »Sekretärin, nehmen Sie folgendes auf: Vergessen Sie nicht, mich daran zu erinnern, daß ich den Hilfsorganisationen eine halbe Million stifte.«

»Eine halbe Milhon?« Vonnie konnte es kaum fassen. War dies derselbe Mann, der bei seinem Einkauf um Bagatellbeträge gefeilscht hatte?

»Na gut, sagen wir eine Million. Und doppelt soviel an eine Hilfsorganisation, die auf Chandakha aktiv ist.« Der Alte schloß die Augen und lehnte sich zurück. So verharrte er während der ganzen Fahrt und äußerte kein einziges Wort mehr.

Während der nächsten zwei Tage kamen Jules und Vonnie aus

dem Staunen nicht heraus. Der Herzog von Melenaria war ein wahres Sammelsurium paradoxer Eigenschaften. Den Jahren nach war er alt, doch wenn man seine Begeisterungsfähigkeit in Rechnung stellte, dann besaß er den Geist und die Energie eines Kindes. Wenn es sich um den täglichen Kleinkram handelte, konnte er knickerig sein bis zur Absurdität, und dann machte er plötzlich eine Kehrtwendung und war die Großzügigkeit in Person. Hinter jedem Busch argwöhnte er eine Verschwörung und verfügte doch über Einsichten, um die Jules ihn schlicht beneidete. Alle diese Widersprüche und noch viele mehr machten in ihrer Gesamtheit den Mann aus, der den Planeten Melenaria beherrschte.

»Ich muß sagen, er gefällt mir«, sagte Jules zu Vonnie nach ihrem zweiten Tag in dieser Anstellung. »Das heißt – meistens.«

Der erwartete Angriff kam ganz plötzlich mitten in der Nacht, als im Haus alles schlief – mit Ausnahme der Wachen am Tor. Wären es gewöhnliche Posten ohne die Spezialausbildung des SOTE gewesen, so wären sie auf der Stelle unterlegen. Doch dank der Spezialausrüstung des SOTE hatten sie die Situation fast von Anbeginn an in der Hand.

Der süßliche Geruch von Tirascaline, einem starken Betäubungsgas, aktivierte die Alarmkreise im Wächterhaus, noch ehe die Konzentration des Gases so stark wurde, daß es auf Menschen gewirkt hätte. Die SOTE-Leute wurden jäh aus ihrer Beschaulichkeit aufgescheucht, als auf dem ganzen Gelände die Alarmeinrichtungen schrillten. Und sie hatten ihre Gasmasken so schnell übergestülpt, daß nur ein Wachtposten vom Gas betäubt wurde und stundenlang bewußtlos blieb.

Auf der freien Fläche vor dem Haus landete nun ein großer Kopter und spuckte ein Dutzend der schwerstbewaffneten Killer aus, die Abel Howard hatte auftreiben können. Zwar hatten die Schurken gehofft, ihr Tirascaline-Angriff würde den Gegner schwächen und ihre Aufgabe vereinfachen, doch sie waren auf alle Eventualitäten gefaßt. Die in gepanzerten Kampfanzügen steckenden Gauner zogen ihre Strahler und schossen nun wie wild auf alles, was sich bewegte.

Die Wachen erwiderten das Feuer mit ihren Strahlern. Strahlenwaffen normaler Stärke wären an den Anzügen der Angreifer wirkungslos abgeprallt, doch die SOTE-Mannschaft war mit schwerkalibrigen Spezial-Strahlern ausgerüstet. Ein Schuß aus einer dieser Schußwaffen durchdrang den dicksten Panzer – und die Schützen hatten die Akademie des Service absolviert und im Zielschießen Traumnoten erreicht. Obwohl sie zahlenmäßig etwas unterlegen waren, kam ihre Kampfkraft der des Gegners gleich.

Die Luft vor dem Haus geriet beinahe ins Kochen, als die Strahlen unberechenbarer Energie hin und her schossen. Wo Strahlenschüsse danebengingen und Vegetation trafen, flammten kleine Brände auf, und bald brannte es an Dutzenden Stellen. Die Kämpfenden ignorierten diese Feuer, denn sie wußten, die eigentliche Gefahr drohte ihnen von den gegnerischen Waffen.

Nach zehn Minuten, in denen praktisch keine der Parteien einen Vorteil erzielt hatte, entschloß sich die ›Fahrerin‹ des Herzogs zu einem tollkühnen Schachzug. Sie lud ihre strahlensichere Limousine mit Kampfgefährten voll und brauste damit direkt auf die Stelle zu, wo die Angreifer am dichtesten standen.

Die Feinde stoben auseinander, die Türen des Wagens flogen auf, SOTE-Agenten stürzten heraus und feuerten wild um sich. Was als Kampf mit einigermaßen gerecht verteilten Chancen begonnen hatte, entwickelte sich nun rasch zu einer verheerenden Niederlage der Angreifer. Die Eindringlinge, die nun merkten, daß ihre vereinten Kräfte praktisch gesprengt worden waren, liefen zum Kopter. Flucht war nun ihre einzige Überlegung.

Drei ihrer Kameraden lagen tot auf dem Boden, ehe es die übrigen zum Kopter geschafft hatten und sich in die Luft erhoben. Doch damit war es um ihre Sicherheit geschehen. Ein tödlicher Strahl aus der Waffe eines SOTE-Agenten traf ein Rotorblatt und trennte es feinsäuberlich ab. Der nunmehr fluguntüchtige Kopter stürzte ab und eruptierte zu einem riesigen Feuerball, aus dem keiner lebend entkommen konnte.

Kaum hatten die Alarmanlagen zu schrillen begonnen, waren auch Jules und Vonnie einsatzbereit. Ihr einziger Gedanke galt dem Schutz des Herzogs. Gemeinsam mit ihm beobachteten sie das erregende Geschehen draußen auf dem Hof, ohne daran teilzunehmen – obwohl es Jules in den Fingern juckte, mußte er als letzte Verteidigungslinie an der Seite des Herzogs bleiben.

Und es sollte sich als gut erweisen, daß sie auf ihrem Posten blieben, denn der ganze Kampf vor dem Haus sollte nur zur

Ablenkung dienen. Während die Aufmerksamkeit aller sich auf den Platz vor dem Haus konzentrierte, schlichen drei weitere gedungene Mörder durch den Hintereingang herein. Es herrschte so viel Trubel und Lärm, daß kein Mensch sie bemerkte. Diese drei Attentäter stammten sämtlich von DesPlaines. So wie Menschen aus der Heimat der d'Alemberts sehr gesucht als Leibwächter und Geheimagenten waren, so war die Unterwelt auch ständig auf der Suche nach DesPlainianern, die befähigt waren, alle möglichen Untaten zu begehen. Die Gauner vom Planeten DesPlaines besaßen als Bewohner einer Welt mit hoher Schwerkraft dieselbe Schnelligkeit und Kraft wie ihre ehrenhaften Landsleute, und sie verlangten für ihre Dienste einen hohen Preis.

Das Mörder-Trio kam nun hereingestürzt, doch Jules und Vonnie wirbelten blitzschnell herum. Jules machte einen Seitwärtssprung und riß Herzog Hanforth mit sich, als auch schon ein Strahlenschuß durch die Luft zischte. Vonnie hatte sich ebenfalls mit einem Sprung gerettet und dabei nach dem Vorhang gefaßt, an dem sie blitzschnell hochkletterte und nun von ihrer Position aus ihren Strahler zum Einsatz brachte.

Die Mörder hatten wohl gehofft, ihre Geschwindigkeit allein würde sie schon zum Ziel führen. Als nun ihr Überraschungscoup praktisch danebenging, suchten sie hastig Deckung vor Vonnies Gegenangriff und richteten sich auf ein längeres Gefecht ein.

Vonnie wußte, daß sie da oben nicht bleiben konnte. Sie war zu stark exponiert. Mit einem Ruck riß sie den Vorhang aus seiner Schiene und fiel nun samt der Stoffbahn zu Boden. Sie landete geduckt, die Waffe in der einen Hand, während sie mit der anderen noch den Gardinenstoff festhielt.

Während dieses kurzen Zwischenspiels war es Jules geglückt, mit dem Herzog hinter einem soliden Schreibtisch in Deckung zu gehen. Das Holz würde einem konzentrierten Strahlenschuß zwar nicht standhalten, doch Jules wollte den drei Schurken gar nicht erst Gelegenheit zu einem vereinten Angriff geben. Er zielte seitwärts an der Schreibtischkante vorbei und feuerte auf ihre Deckung.

Die Explosion des Kopters vor dein Haus jagte nun allen einen heillosen Schrecken ein. Die Mörder wußten nicht, was sie davon halten sollten, sie waren jedoch wie die meisten Verbrecher von Grund auf schlecht und dazu feige. Eine solche Explosion kam in den ausgearbeiteten Plänen nicht vor. Eine der beiden Seiten mußte ein entscheidendes Manöver eingeleitet haben.

Waren es die eigenen Leute, dann würde bald Verstärkung da sein. Waren es aber die Verteidiger, dann würden die Eindringlinge bald überwältigt werden. So oder so, es erschien ihnen nun wenig gewinnbringend, hier hängenzubleiben und den Kampf gegen andere DesPlainianer aufzunehmen, die ihnen mehr als gewachsen waren.

Aber noch ehe sie ihrem Impuls nachgeben konnten, griff Vonnie zu einem phantasievollen Trick. Indem sie das Vorhangmaterial wie ein antiker Gladiator durch die Luft kreisen ließ, schleuderte sie es in die Richtung der drei Angreifer. Das schwere Material verhielt sich zwar nicht ganz so, wie sie erhofft hatte, doch die Wirkung war dennoch zufriedenstellend. Die Stoffülle traf die drei mit solcher Heftigkeit, daß sie ihr Gleichgewicht verloren und ihnen die Waffen aus den Händen fielen.

Jules und Vonnie waren sofort an ihrer Seite. Ihre eigenen Waffen einzusetzen, scheuten sie sich – nicht aus Mitleid, sondern weil sie mindestens einen der drei Angreifer lebend brauchten, wenn sie von ihm Hinweise auf das hinter diesem Anschlag stehende planende Gehirn haben wollten.

Sie verzichteten also auf eine Schießerei und starteten statt dessen einen ganz persönlichen Angriff. Vonnie sprang den einen an und ließ eine Serie von Hieben auf ihn niederprasseln, so daß er fast augenblicklich bewußtlos wurde. Jules sprang mit der Exaktheit eines geübten Luftakrobaten den zweiten an, wobei sein Kopf in dessen Solarplexus landete. Der Unglückliche war schon außer Gefecht, noch ehe die Luft zischend aus seinen Lungen entwichen war.

Der dritte hingegen machte sich seine desplainianischen Reflexe und den kleinen Zeitgewinn zunutze. Als Jules und Vonnie sich ihm widmen wollten, hatte er bereits seinen Strahler wieder in der Hand. Sein erstes Ziel stellte Vonnie dar, die mit dem Kerl, den sie eben niedergeschlagen hatte, auf dem Boden lag. Ohne zu zögern gab der Gauner einen Schuß auf sie ab.

Wieder waren es ihre ebenso schnellen Reflexe, die sie retteten. Aus dem Augenwinkel heraus hatte sie seine Bewegung wahrgenommen und hatte instinktiv gehandelt. Sie ließ sich auf den Rücken rollen und hielt ihren bewußtlosen Gegner als Schild über sich. Der Strahlenschuß traf ihn direkt in den Rücken.

Diese kleinwinzige Verzögerung gab Jules genügend Zeit zum Handeln. Zwar hatte er seine Waffe fallengelassen, als er dem Mann seinen Kopf in den Leib rammte, doch er besaß immer noch seinen Körper, der eine beachtliche Waffe darstellte. Mit einem Satz sprang er auf den Killer zu, als dieser auf Vonnie schoß. Der Mann versuchte, mit einer Wendung Jules in den Schuß einzubeziehen – einen Sekundenbruchteil zu spät. Jules' hundert Kilo rammten sich in ihn, und die zwei Männer gingen zu Boden.

Hätte der Kampf auf einer größeren freien Fläche stattgefunden, so hätte über den Ausgang kein Zweifel bestanden. Doch in diesem mit wertvollen Möbelstücken vollgestellten Raum konnte es geschehen, daß Jules mit seinem Kopf hart gegen ein Stuhlbein schlug. Dieser Aufprall raubte ihm nur momentan die Besinnung, und dies hätte gegenüber einem Gegner von einer Welt mit geringer Schwerkraft auch keine Rolle gespielt. Doch im Kampf mit einem DesPlainianer sollte es sich als folgenschweres Mißgeschick erweisen. Sein Gegner nützte die Zeit und erhob sich auf die Knie. Er hob den Strahler und wollte feuern, doch noch ehe er dazu kam, wurde er selbst von einem Strahl niedergemäht. Vonnie hatte ihre eigene Waffe wieder in der Hand. Sie hatte gefeuert, ehe der andere abdrücken konnte. Dann lief sie zu Jules und kniete neben ihm nieder. »Alles in Ordnung?« fragte sie.

Er nickte und rappelte sich langsam auf. Dann warf er einen Blick auf den Bewußtlosen, den er mit seinem Kopf gerammt hatte. »Sieht aus, als hätten wir wenigstens einen geschnappt.« Dann erst sahen die beiden zu dem Herzog hinüber, der hinter dem umgestürzten Tisch stand, wo Jules ihn in Deckung gebracht hatte. Der Alte stand mit schußbereitem Strahler in der Hand da. Er hatte die Kampfszene völlig in der Hand. Von Anfang an hatte er sichergehen wollen, daß ihm die Situation nicht über den Kopf wuchs. Jetzt war der Kampf vorüber, und er konnte seine Waffe wegstecken.

»Sie hatten das Ding die ganze Zeit über in der Hand?« rief Jules wütend. »Sie hätten uns gegen diese Gauner helfen sollen.«

»Unsinn«, sagte der Herzog von Melenaria. »Sie werden schließlich bezahlt, damit Sie mich beschützen … Ich wollte sichergehen, ob ich den Gegenwert für mein Geld kriege.«

5. KAPITEL
Der Kriss

Die Klinge des Wurfmessers bohrte sich in die Tischplatte, knapp neben Yvettes Hand, und blieb zitternd stecken. Gitana starrte sie mit einem Blick an, der Blei zum Schmelzen gebracht hätte. Da riskierte Yvette einen hastigen Blick zu Pias hin. »Was geht hier vor?« flüsterte sie. »Darf sie das ungestraft tun?«

Pias nickte. »Ja, leider hat sie aufgrund einer uralten Tradition das Recht, sich mit jedem zu duellieren, der ihre Ehre besudelt oder ihr die Liebe des Mannes geraubt hat, auf den sie ein Recht zu haben glaubt. Meines Wissens ruht diese Tradition seit über einem Jahrhundert – aber sie existiert immer noch.«

Gitana kam zornfunkelnd näher. »Wenn die gadji meinen Mann möchte, dann nur über meinen Leichnam. Oder aber ich bekomme ihn über den ihren.«

Yvette musterte hastig die Tischrunde. Überall steinerne Gleichgültigkeit. Sie war hier unbeliebt, niemand würde für sie einen Finger rühren. Gleichgültig, ob diese Tradition völlig veraltet war oder nicht, alle spürten, daß Yvette eine Bedrohung für ihre althergebrachte Lebensweise darstellte, und ihr Tod war ihnen gewiß nicht unwillkommen.

Sie selbst wäre dem Kampf lieber ausgewichen. Sie hatte nichts gegen diese Gitana, wer immer sie sein mochte. Sie hatte ihr Leben so oft im Dienste des Imperiums aufs Spiel gesetzt, daß sie keinerlei Verlangen spürte, sich darüber hinaus in Privatfehden zu bestätigen. Doch hier spielten nun auch andere Faktoren eine Rolle – und ihr geliebter Pias war der wichtigste davon. Sie war sich über die gesellschaftlichen Hintergründe nicht im klaren, wußte aber, daß ein Kleinbeigeben nicht nur sie selbst, sondern auch Pias in den Augen der Angehörigen und Freunde herabsetzen würde.

Seine Heimkehr hatte sich ohnehin katastrophal gestaltet. Sie wollte ihm nicht noch zusätzlich Kummer zufügen.

Yvette packte den Griff der Klinge und zog das Messer aus der Tischplatte. »Ich liebe den Kampf nicht«, sagte sie seelenruhig, »aber kämpfen werde ich, um mich und das Meine zu verteidigen.«

Gitana lächelte selbstzufrieden. Yvette spürte hinter sich Pias' ohnmächtige Wut. Er wollte offenbar einen Kampf vermeiden, mußte aber wie sie selbst die Notwendigkeit eines solchen zur Kenntnis nehmen. »Vorsicht«, flüsterte er. »Sie ist gerissen.«

Yvette hatte sich etwas Ähnliches schon gedacht. Allein die Art, wie Gitana sich auf sie zubewegte, hatte ihr alles gesagt. Sie hielt die Klinge nach oben gerichtet, um rasch zustechen oder schneiden zu können, und hielt sich leicht gebückt, um rasch seitlich oder vorwärts losspringen zu kenne, wie die Situation es erfordern würde. Ihr Blick war auf Yvette geheftet.

Durch nichts ließ sie sich ablenken, ebenfalls ein Anzeichen, das für ihre Kampferfahrung sprach. Yvette war es klar, daß ihre Gegnerin eine Form des Zweikampfes gewählt hatte, in der sie selbst hervorragend geübt war. Du rechnest dir gute Chancen aus, dachte sie zynisch.

Yvette bewegte sich nun von der Tafel weg. Sie suchte eine freie Stelle, wo sie mehr Bewegungsfreiheit hatte. Gitana vollführte eine leichte Wendung und folgte ihr. Um sie herum war der Raum in tödliches Schweigen versunken, in Erwartung des blutigen Zweikampfes, der nun folgen würde.

Die zwei Frauen umkreisten einander lauernd. Immer enger wurden die Spiralen, die zum Mittelpunkt eines kleinen gedachten Kreises hinzielten. Eine jede war auf der Suche nach einer Schwachstelle in der Verteidigung der anderen, und konnte keine entdecken. Yvette brachte mehr Geduld auf. Sie hatte den Kampf nicht gewollt. Sie konnte es sich leisten zu warten, den ganzen Abend, wenn es nach ihr ging, um den richtigen Augenblick abzuwarten. Sie wollte nicht den ersten Streich führen.

Gitana verfügte nicht über die Geduld der Gegnerin. Nachdem das gegenseitige Umkreisen zwei lange Minuten gedauert hatte, wurde sie des Wartens überdrüssig und wollte Yvette zum Losschlagen reizen. Mit einem plötzlichen Ausholen führte sie das Messer gegen Yvettes Augen.

Yvette war darauf gefaßt. Ihr war die kleine Muskelanspannung, die dem Streich voranging, nicht entgangen. Als Gitanas Klinge nun auf ihr Gesicht zuschnellte, tat sie mit dem rechten Fuß einen kleinen Rückwärtsschritt und hob dabei den Arm, um die Bewegung der Gegnerin abzufangen.

Aber Gitanas erster Hieb war ein Täuschungsmanöver. Während Yvette auf die Bedrohung der Augen reagierte, zog Gitana die Hand zurück und trat statt dessen die Gegnerin mitten in den Leib. Nun reichten nicht einmal Yvettes Reflexe völlig aus, um die Wirkung des Trittes ganz abzublocken. Sie ließ sich aber nach hinten fallen, als sie den Fuß auf sich zustoßen sah. Der Tritt fiel nicht so heftig aus wie geplant, brachte Yvette jedoch zu Boden.

Auf einer Hochschwerkraft-Welt wie Newforest, auf der die Schwerkraft das Zweieinhalbfache der Erde betrug, war jeder Fall oder Sturz ein ernster Unfall. Auch nach zehn oder zwanzig Generationen hatten sich die Bewohner an diese rauhen Gegebenheiten noch nicht ganz anpassen können. Zwar waren ihre Knochen massiver und bis zu einem gewissen Grad auch widerstandsfähiger, doch waren sie im Grunde noch immer dieselbe Substanz geblieben, die sich über Jahrmillionen auf der Erde entwickelt hatte. Knochen konnten noch immer brechen – und taten es auch, wenn sie durch einen Sturz der hohen Schwerkraft zum Opfer fielen. Yvettes Zirkustraining war der einzige Grund, warum der Kampf nicht auf der Stelle beendet war. Gitanas Fußtritt hatte sie aus dem Gleichgewicht gebracht. Der Fall war nicht mehr zu verhindern, doch sie kannte immerhin Mittel und Wege, diesen Fall nicht zur Katastrophe ausarten zu lassen. Mit akrobatischer Geschicklichkeit krümmte sie sich so zusammen, daß sie auf den gepolsterten Stellen ihrer Anatomie landete und die empfindlicheren Knochen abfederte. Gleichzeitig benutzte sie die Wucht von Gitanas Tritt, sich rückwärts abrollen zu lassen. In einer einzigen fließenden Bewegung war sie zu Fall gekommen, hatte sich abgerollt und war gleich darauf erneut auf den Beinen, bereit, sich der Gegnerin zu stellen.

Ich habe sie unterschätzt und mich selbst überschätzt, übte Yvette herbe Selbstkritik. Ich habe mich in den letzten Jahren so sehr an Welten mit geringer Schwerkraft gewöhnt und immer mit Gegnern gekämpft, deren Reflexe langsamer waren als meine, daß die Rückkehr auf einen Hochschwerkraftplaneten eine erneute Anpassung erfordert. Gitana aber hat hier ihr ganzes Leben verbracht und ist diese Umgebung gewöhnt. Ihre Reflexe sind den meinen ebenbürtig. Ich muß jetzt auf der Hut sein.

Ihr einziger Vorteil bestand nun, wie sie genau wußte, darin, daß sie eine Ausbildung als Artistin hinter sich hatte und größere Erfahrung in lebensgefährlichen Situationen besaß. Diese Erfahrung war zwar ungemein wertvoll, konnte aber ein zu großes Selbstvertrauen nicht wettmachen.

Gitana war außer sich, daß ihr Trick nicht die erwünschte Wirkung gezeitigt hatte. Das Täuschungsmanöver in Verbindung mit dem überraschenden Tritt war die Haupttaktik ihres Repertoires, und sie hatte gehofft, den Kampf damit rasch zu beenden.

Nun aber stand ihnen ein in die Länge gezogener Zweikampf bevor. Gitana war zwar noch immer siegessicher, ihre Achtung vor den Fähigkeiten der Gegnerin war jedoch gestiegen.

Wieder versuchte sie ein Täuschungsmanöver, aber diesmal fiel Yvette nicht darauf herein. Gitana wich zurück, und nun begann wieder ein längeres Umkreisen. Yvette hatte an Sicherheit gewonnen. Sie hatte ihre Gegnerin nun analysiert und herausgefunden, daß deren größte Schwäche in ihrer Ungeduld bestand. Sie wollte, daß alles rasch ging, und das konnte ihr zum Verhängnis werden, wie Yvette sehr wohl wußte. Es würde ohnehin sehr rasch gehen. Doch es würde sich um berechnete Schnelligkeit von Yvettes Seite handeln, nicht um ein hastiges Überstürzen.

Gitana vollführte nun eine leichte Körperdrehung und sprang sodann zu einer heftigen Attacke vor. Diesmal war es keine Täuschung. Ihr Messer war bereit, zuzustechen. Aber Yvette hatte nicht gewartet. Sie hatte sich auf die gegnerische Bewegung zubewegt und nicht weg von ihr, so daß sie nun näher war, als Gitana vorausberechnet hatte. Yvette konnte unter dem erhobenen Arm durchschlüpfen. Gitana wich blitzschnell zurück – aber nicht schnell genug. Yvettes Klinge riß ihr den Arm an der Seite auf und hinterließ eine fünfzehn Zentimeter lange blutende Wunde.

Gitana stieß einen Schmerzensschrei aus und zog sich ein Stück zurück. Die Wunde schien aber ihre Mordlust noch gesteigert zu haben. Sie starrte die Gegnerin wild an. Soll sie nur tüchtig in Rage geraten, dachte Yvette eiskalt. Je hitziger sie ist, desto ungeduldiger und hektischer wird sie. Um so besser.

Gitana ging erneut zu einem Angriff über, dem Yvette seitlich auswich. Als nun Gitana auf sie zustürzte, versetzte Yvette ihr einen Fausthieb auf den Hinterkopf, der sie gegen eine mehrere Meter entfernte Wand prallen ließ. Gitanas Ungeschick entlockte den Zuschauern unterdrücktes Gelächter, das rasch wieder verstummte. Doch Gitana hatte es gehört und ließ sich dadurch zu größerer Wut anstacheln. Sie wollte sich auf diese Weise keinesfalls demütigen lassen.

Sie faßte sich und ging wieder gegen Yvette vor, und diese war bereit, mit einem Seitwärtsschritt auszuweichen, bemerkte jedoch im allerletzten Moment, daß Gitana das Messer gekonnt von der rechten in die linke Hand gleiten ließ. Sie ist beidhändig geübt! schoß es Yvette durch den Kopf – und dieser Gedanke kam schon zu spät.

Sie hatte dem Messer nach der einen Richtung ausweichen wollen, und plötzlich kam es von der anderen, in einem völlig anderen Winkel. Sie hatte kaum Zeit genug, den Kopf wegzuziehen, als Gitanas Klinge schon nach ihrer Kehle zielte. Die Spitze streifte leicht die Haut, und es zeigte sich ein roter Tropfen.

Die erneut aus dem Gleichgewicht geratene Yvette faßte nach dem Arm der Gegnerin, während dieser an ihr vorüberglitt.

Damit war zweierlei erreicht: Yvette verhinderte damit, daß sie zu Boden ging, und gleichzeitig wurde Gitana aus dem Gleichgewicht gebracht. Yvette hielt Gitana mit dem eisernen Griff der Luftakrobaten fest, gewann selbst an Standfestigkeit und begann die Gegnerin in einem Kreis um sich zu schwingen. Nach wenigen Sekunden bekam sie auch die andere Hand Gitanas zu fassen und hielt diese ebenso eisern fest. Gitana wurde nun zwischen zwei Notwendigkeiten hin und her gerissen: Sie mußte ihr Gleichgewicht wiederfinden und gegen das Herumgewirbeltwerden ankämpfen, gleichzeitig aber mußte sie das Messer trotz Yvettes unerträglich festem Griff festhalten. Ihr Bemühen, beides gleichzeitig zu erreichen, brachte ihren Untergang. Indem sie die Arme an sich zog, versuchte sie sich freizumachen. Yvette aber ließ nicht los. Als Folge davon entglitt Gitana das Messer.

Sie stöhnte auf und wollte es fassen, doch wieder einmal war Yvette die Schnellere.

Kaum sah sie nämlich das Messer fallen, ließ sie Gitanas rechte Hand los und faßte statt dessen nach deren Kehle. Während sie den Arm um den Hals der Gegnerin schlang und sie wie mit einer eisernen Schlinge in der Armbeuge hielt, trat sie einen Schritt zurück und hob damit die andere vom Boden und raubte ihr damit den letzten Rest Gleichgewicht. Gitana würgte und rang nach Atem, doch als Yvette ihr das Messer an die Kehle setzte, verstummte auch dieses Geräusch. Im Raum trat nach diesem unerwarteten Sieg Totenstille ein.

»Ich nehme an, daß ich nun das Recht hätte, dich zu töten« sagte Yvette so laut, daß alle es hören konnten. »Und ich habe eigentlich keine Ursache, dir das Leben zu schenken. Du hast mich grundlos angegriffen, und ich hatte allen Grund, mich zu verteidigen.« Nach einer kleinen Pause fuhr sie fort: »Soweit ich die Sache überblicke, war der Hauptgrund für diesen Angriff deine Liebe zu Pias. Und ich muß zugeben, daß ich Liebe für kein Kapitalverbrechen halte. Schließlich habe ich mich desselben Vergehens schuldig gemacht. Du machst nur viel mehr Aufhebens von deinen Gefühlen. Ich schlage dir nun folgendes vor: Ich schenke dir das Leben, und du versprichst mir als Gegenleistung, mir jegliche angebliche Forderung an Pias abzutreten. Gibst du mir dein Wort?« Und um ihrem Standpunkt Nachdruck zu verleihen, nahm sie Gitanas linken Arm und verdrehte ihn hinter deren Rücken. Als Gitana vor Schmerzen das Gesicht verzerrte, flüsterte ihr Yvette heimlich ins Ohr: »Wenn du nicht einwilligst, breche ich dir hier auf der Stelle den Arm.«

»Ja«, knirschte Gitana. »Mein Wort darauf.« Yvette lockerte ihren Griff und stieß die andere von sich. »Danke, Gitana. Das weiß ich zu schätzen.«

Dann musterte sie die übrigen Anwesenden – ein Meer undeutbarer Gesichter. »Ich glaube, ich habe jetzt endgültig genug von diesem festlichen Mahl«, sagte sie ruhig. »Diese Freiübungen haben mich leider sehr ermüdet. Ich möchte mich entschuldigen und zurückziehen.«

»Ich gehe mit und zeige dir den Weg, für den Fall, daß du dich nicht mehr zurechtfindest«, fügte Pias hastig hinzu. Er nahm ihren Arm und geleitete sie hinaus und drehte damit der Wut und Feindseligkeit, die in seiner Familie wüteten, den Rücken.

Es war später an diesem Abend, als Tas Bavol an Gitanas Tür klopfte und eintrat, ohne eine Antwort abzuwarten. Gitana lag mit dem Gesicht nach unten auf ihrem Bett und weinte. Um die Schnittwunde, die Yvette ihr zugefügt hatte, war ein Verband gewickelt. Als Tas eintrat, sah sie auf und wischte sich über die Augen, in dem vergeblichen Bemühen, ihr Elend zu verbergen.

»Was willst du denn hier?« lautete ihre verbitterte Frage.

»Ich möchte mit dir unser gemeinsames Problem besprechen.«

»Die gadji?« Gitana stütze sich auf den Ellbogen ihres gesunden Armes.

»Teilweise«, gestand Tas. »Aber sie ist ja bloß Teil eines größeren Problems – nämlich Teil der Frage, was wir wegen Pias unternehmen sollen.«

»Das geht mich nichts mehr an«, sagte Gitana schmollend. Sie legte sich zurück und starrte zur Decke empor. »Du hast doch gehört, wie ich heute sämtliche Ansprüche auf ihn aufgab.«

»Aber du bist und bleibst Bürgerin von Newforest.«

»Ich frage mich schon, ob ich überhaupt noch etwas bin.«

Tas setzte sich auf den Bettrand. Er packte sie an den Schultern und schüttelte sie. »Mein Vater hat Fleckfieber. Er kann jeden Augenblick sterben. Dem Gesetz nach würde Pias nach ihm Herzog. Er hat meinem Vater bereits gesagt, er wolle nicht hierbleiben. Er ist gewillt, unsere Welt und unser Volk für etwas aufzugeben, das er nicht erklären will. Möchtest du einen wie ihn als unseren Herrscher sehen?«

Gitana unterdrückte die letzten Reste ihrer Tränen und überlegte, was Tas da gesagt hatte. Pias hatte sie zweimal betrogen.

Einmal, indem er sie wegen ihrer jüngeren Schwester hatte sitzenlassen und jetzt mit dieser nichtswürdigen gadji. Nein, sie wollte Pias nicht als künftigen Herzog von Newforest sehen, das war ihr nun klar.

»Was hast du vor?« fragte sie Tas.

»Wir werden ein Kriss einberufen. Es liegen ausreichend Gründe dafür vor.« Gitana schien nicht ganz überzeugt, deswegen fuhr Tas hastig fort: »Wenn ich eines einberufe, würde niemand darauf hören. Meine Gefühle für Pias sind bekannt, und außerdem bin ich der nächste in der Thronfolge. Ich wäre der Erbe, falls die Entscheidung gegen ihn ausfällt. Ein eindeutiger Fall von Voreingenommenheit meinerseits also. Aber dein Vater ist der einflußreichste Markgraf des Planeten. Wenn du ihn überreden könntest, ein Kriss einzuberufen, dann würden alle auf ihn hören. Alle würden kommen. Und wenn sie erst hören, was Pias auf dem Gewissen hat, werden sie sicher gegen ihn stimmen.«

»Ja«, flüsterte Gitana mit emporgewandtem Blick. »Ja, das würde ihm recht geschehen, diesem Schurken! Gleich morgen werde ich meinen Vater verständigen. Sicher wird er entsetzt sein, wenn er das alles erfährt.«

Tas strich ihr sachte mit zwei Fingern über die Wange. »Und wenn ich erst als neuer Markgraf und künftiger Herzog bestätigt bin«, sagte er und sah ihr in die Augen, »dann könnte ich dich zur künftigen Herzogin machen.«

Es dauerte einen Augenblick, bis die volle Bedeutung seiner Worte in ihr kummerbeladenes Bewußtsein eindrang. Sie sah ihn näher an. Er war nicht Pias, aber die Familienähnlichkeit war sehr stark. Er war durchaus ansehnlich, und wenn sie die Augen stark genug zusammenkniff, konnte sie gar die kleinen Unterschiede vergessen.

Tas beugte sich über sie und wollte sie küssen. Nach einem Augenblick der Ungewißheit ergab sie sich in die Situation. Sie faßte nach seinen Schultern und zog ihn zu sich und erwiderte den Kuß mit aller enttäuschten Leidenschaft, die sie für seinen Bruder aufgebracht hatte.

Am nächsten Tag mußten Pias und Yvette sich schon sehr anstrengen, um die unangenehmsten der letzten vierundzwanzig Stunden aus dem Bewußtsein zu verbannen. Sie hielten sich von der Familie Bavol fern und hofften, man würde mit der Zeit die Vorfälle vergessen und Haß und Ablehnung würden sich in ihrer Abwesenheit abkühlen. Es war zwar eine vergebliche Hoffnung, das wußten sie, aber keiner sprach es aus.

Am Vormittag führte Pias Yvette auf dem Besitz umher und zeigte ihr die kunstvoll angelegten Gärten, Yvette war fasziniert von dem roten Farbton der Vegetation. Weil die Strahlungskrümmung der Sonne von Newforest in den Infrarotbereich des Spektrums hineinreichte, reflektierte die hier vorkommende Variante des Chlorophylls – das den einheimischen Pflanzen gestattete, dieses Licht als Nahrung und Energiequelle zu verwenden – das Licht bei geringerer Frequenz. Zunächst war es seltsam, die zahlreichen vielfarbigen Blumen auf roten Stengeln und mit roten Blättern versehen zu sehen, doch Yvette hatte auf ihren Reisen durch die Galaxis so viel Merkwürdiges gesehen, daß sie sich rasch an alles gewöhnte. Pias erklärte ihr mit Begeisterung sämtliche Pflanzennamen samt deren Charakteristika.

»Das Rot ist einer der Hauptgründe, warum ich die irdischen Rosen so sehr liebe«, erklärte er. Auf seinen Reisen durch das Imperium hatte er entweder auf dem Hut oder am Ärmel täglich eine frische Rose getragen. »Die Rose ist etwas so typisch Irdisches, und doch fängt ihre Farbe die Quintessenz meines Heimatplaneten ein. Einmal versuchte ich sogar hier in den Gärten Rosen anpflanzen zu lassen, aber die Schwerkraft und das merkwürdige Licht waren zuviel – sie wuchsen nicht richtig.« Er seufzte sehnsüchtig. »Alles, was ich liebe, scheint sich nicht nach Newforest verpflanzen zu lassen.« Und er wechselte unvermittelt das Thema.

Nachdem sie den köstlichen Picknick-Proviant verzehrt hatten, den Yuri für sie eingepackt hatte, führte Pias Yvette in die Hauptstadt Garridan zu einer Besichtigungs- und Einkaufstour. Es gab hier zwar weder Museen noch architektonische Sehenswürdigkeiten, doch Yvette interessierte sich sehr für die Läden der einheimischen Handwerker. Newforest hatte es noch zu keiner Schwerindustrie gebracht. Es wurde tatsächlich alles von Hand gefertigt. Yvette beobachtete eine geschlagene Stunde lang einen Glasbläser bei seiner Tätigkeit. Sie stattete den Webern einen Besuch ab und bewunderte deren Produkte gebührend. Ein Töpfer wollte ihr gar eine Gratisstunde in der Töpferkunst erteilen, und Yvette brachte tatsächlich einen etwas schief geratenen Topf zustande. Der Mann bedachte sie mit einem höflichen Nicken, doch Yvette war überzeugt, daß er das Ding neu formen würde, sobald sie ihm den Rücken kehrte. Sie hatte so viel Zeit auf den volkreicheren und fortschrittlicheren Planeten verbracht, daß sie ganz vergessen hatte, wie ruhig es in den einfacheren Welten zuging.

Pias wurde, wo er auch ging, erkannt. Die Nachricht von seiner Heimkehr hatte sich in der ganzen Stadt verbreitet. Er wurde allgemein wie ein lange vermißtes Familienmitglied begrüßt. Daß es Schwierigkeiten innerhalb der herzoglichen Familie gab, war noch nicht bis in die Bevölkerung gedrungen. Die gewöhnlichen Menschen auf Newforest liebten Pias, ungeachtet der Tatsache, daß seine Verwandten ihn nicht ausstehen konnten.

Das Paar kehrte zur Residenz der Bavol zurück und sah, daß vor dem Haus eine größere Anzahl von Privat-Koptern stand. Pias erkannte die meisten aufgemalten Wappen, welche die Kopter als Eigentum der mächtigsten Adeligen bezeichneten. Vielleicht ahnte er schon in diesem Augenblick, was später passieren würde. Wenn ja, dann behielt er den Gedanken jedenfalls für sich. Auch Yvette fiel natürlich die massierte Anwesenheit von Adeligen auf, doch sie entschied sich, nichts zu sagen, ehe nicht Pias das Thema anschnitt.

Das Abendessen nahmen sie allein in Pias' Zimmer ein. Während des Essens hörten sie, daß weitere Kopter landeten. Pias bekam ein sonderbares Gefühl in der Magengrube. Nach dem Essen, als er ihr seine Sammlung von Buchrollen zeigte, schweifte sein Blick aber immer wieder zur Tür, als erwarte er jeden Augenblick einen Besucher.

Schließlich sollten sich seine Befürchtungen bestätigen. Zwei seiner Onkel traten ein, ohne anzuklopfen und blieben beidseits der Tür stehen. »Pias Bavol«, sagte der eine, »du wirst vor den Kriss gerufen.«

Pias überlief ein Frösteln. Er schloß die Augen und nickte. »Gut. Ich komme in wenigen Minuten hinunter.«

»Du wirst auf der Stelle mit uns gehen.«

Pias machte ein Gesicht, als wolle er vor Wut explodieren, doch dann verschwand dieser Ausdruck und machte einer resignierten Miene Platz. Yvette packte ihn am Arm.

»Was ist das – Kriss?« fragte sie.

»Das heißt ›das Gesetz‹. Ein Rückfall in die alten Zeiten der Stammesfehden, als die Ältesten – oder im gegenwärtigen Fall, die Edlen – über einen Übeltäter zu Gericht saßen. Es ist eine Gerichtsverhandlung, bei der es um die Verletzung der alten Stammestradition geht.«

»Was hast du denn verbrochen?« drang Yvette in ihn. Dann sah sie die beiden Männer an der Tür an, doch diese verzogen keine Miene.

»So ganz sicher bin ich nicht, aber ich könnte es mir denken. Tas wird sicher ein paar interessante Anklagen auf Lager haben. Hinter all dem spüre ich seine nicht allzu geschickte Hand.«

»Dann will ich mit dir kommen«, sagte Yvette. »Es geht sicher auch um mich, ich weiß es …«

Pias schüttelte den Kopf. »Der Kriss ist eine Sache der Männer, auch so ein Rückgriff auf alte Stammessitten. Und selbst wenn Frauen zugelassen wären, so würde man dich nicht zulassen. Du bist eine Fremde, eine Außenseiterin, und daher unwillkommen. Diesem Problem stehe ich selbst auch gegenüber. Warte hier auf mich.«

Yvette wollte ihn noch fragen, was dieses Gericht ihm antun könne, falls es gegen ihn entschied, doch er war mit seinen zwei Onkeln so rasch draußen, daß ihr die Frage auf den Lippen erstarb. So arg konnte es nicht werden, oder er hätte sich zur Wehr gesetzt, dessen war sie sicher. Ihr blieb also nicht anderes übrig, als seinem Rat zu folgen und zu warten.

Die Minuten dehnten sich ihrem Gefühl nach zu Jahren aus. Sie versuchte sich in eine der Buchrollen zu vertiefen, doch im Moment erschien ihr keine interessant genug. Sie lief im Zimmer auf und ab, starrte aus dem Fenster in die Dunkelheit und versuchte sich einen Reim aus all dem zu machen, was sich seit ihrer Ankunft auf Newforest ereignet hatte. Sie wünschte sich sehnlichst einen Kampf gegen zehn von Lady-A-Kreaturen – alles war besser als die Qual des Wartens.

Das Obergeschoß schien verlassen. Jedesmal wenn ein Dielenbrett ächzte oder sonst irgendein Geräusch im Haus hörbar wurde, sprang sie auf und lief an die Tür, in der Hoffnung, ihr Liebster würde kommen. Alle ihre Sinne waren aufs höchste gespannt und warteten auf ein Zeichen, daß er endlich unversehrt zurückkäme.

Eine Stunde verstrich, dann eine zweite. Hörte sie von unten nicht Lärm, die Geräusche eines Streites? Yvette konnte es nicht unterscheiden. Ihre Phantasie war entfesselt, und das leiseste Anzeichen genügte, um die Flammen zu nähren. Sie versuchte sich Pias vor dem Kriss stehend vorzustellen und sich gegen die Beschuldigungen seines Bruders zur Wehr zu setzen. Wie würde er sich halten? Würde er ihnen hocherhobenen Hauptes oder zerknirscht gegenübertreten? Aufrichtig oder ausweichend? Würde die Gegenüberstellung zu einem Messerkampf ausarten wie ihr Duell mit Gitana? Oder würde sich die Konfrontation auf ein verbales Duell beschränken? Immer wieder drängte sich ihr diese Frage auf: Was würde man ihm antun, falls man ihn eines Vergehens für schuldig befand? Konnte man ihn gar töten? Und wie viele würden daraufhin sie töten, wenn es dazu kommen sollte?

Endlich hörte sie rasche Schritte näher kommen, Schritte, die auf große innere Bewegung schließen ließen. Sie erstarrte und machte sich auf Aktivität gefaßt, falls nun ein Feind eindringen sollte. Sie gehörte nicht in dieses barbarische System und wollte sich nicht kampflos ergeben.

Die Tür wurde aufgestoßen, und Pias kam hereingestürmt ... Seine Miene drückte Wut und Haß aus, die seiner sonst sonnigen Natur fremd waren. »Dieser Schweinehund«, knirschte er. »Dieser elende kleine ...«

»Was ist denn?« fragte Yvette.

Pias hieb mit der Faust in die andere Handfläche. Es sah aus, als hätte er sie nicht gehört. »Nie hätte ich gedacht, daß sich an einem Ort so viel Grausamkeit ansammeln könnte!« Nun sah er Yvette an, als sähe er sie zum erstenmal. »Weißt du, was mein lieber kleiner Bruder getan hat?«

»Nein. Das fragte ich dich, eben.«

Ihr ruhiger Ton minderte seine Wut ein wenig. Er legte ihr die Hände auf die Schultern, und sie spürte, daß er vor Zorn bebte.

»Mein Vater muß als Herzog dem Kriss vorsitzen. Eigens zu diesem Zweck hat man ihn aus seinem Krankenbett heruntergeschafft. Was Tas mir antut, das ist mir gleichgültig. Er war immer schon ein Nichtsnutz. Aber meinen Vater vor den Augen der Öffentlichkeit so bloßzustellen ... unseren Vater ...«

Er holte tief Luft und kämpfte um Ruhe. »Man beschuldigte mich, ich hätte mein Volk hintergangen«, sagte er etwas ruhiger. »Tas behauptete, während meiner Jagd auf Rowe Carnery hätte ich mein Volk hassen gelernt und blickte nun auf unsere Welt als provinziell und zurückgeblieben herab. Er sagte, ich wäre nur zurückgekehrt, weil ich gehört hätte, unser Vater wäre tot, und weil ich mein Erbe antreten wolle. Als ich sah, daß Vater noch lebt, hätte ich sofort wieder fortgewollt. Er sagte auch, daß ich meine ... daß ich dich ... die Tatsache, daß ich dich mitgebracht hätte, sei ein Schlag ins Gesicht aller einheimischen Frauen.

Ich versuchte, alle seine Vorwürfe zu entkräften, aber da war nichts mehr zu machen. Ich sagte, daß ich Newforest und meinen Vater liebe, doch daß ich bald wieder fort müßte und ihnen den Grund dafür nicht sagen dürfe. Ich mußte eingestehen, daß ich dich liebte und dich heiraten wollte, und doch konnte ich ihnen nicht alles über dich sagen.« Er lachte kurz auf. »Das alles hörte sich sogar für meine Ohren recht lahm an. Und da saßen sie, fast zwei Dutzend Männer, die ich mein Leben lang gekannt und geachtet habe. Viele waren darunter, die mir helfen wollten, doch wegen der Geheimhaltungspflicht dem Service gegenüber konnte ich ihnen nicht die nötigen Informationen geben, die mir vielleicht geholfen hätten. Sie wollten mich nicht verurteilen, doch ich konnte ihnen keine schlagkräftige Alternative bieten. Der Spruch fiel schließlich einstimmig aus.«

Seine Erregung steigert sich, als er fortfuhr: »Das genügte meinem verdammten, selbstsüchtigen Bruder noch immer nicht. Es hätten sich viele Möglichkeiten ergeben, die Entscheidung anzufechten, doch er bestand darauf, daß mein Vater das endgültige Urteil verkünde. Mein Vater, der im Sterben liegt und der immer so stolz auf mich und meine Fähigkeiten war, der nun ständig Schmerzen leidet ... alle anderen wollten es ihm ausreden, aber Tas ließ nicht locker. Mein Vater sollte das Urteil verkünden, egal ob er Schmerzen litt, egal welchen Kummer es ihm bereitete. Nie hätte ich mir träumen lassen, daß Tas so grausam sein kann und ihn dazu zwingen würde.«

»Und wie ... wie lautet das Urteil?« fragte Yvette. »Man wird dich doch nicht etwa töten?«

Pias' Zorn schien verraucht. Er setzte sich aufs Bett und stützte den Kopf in die Hände. »Nein, aber sie hätten ebensogut ein Todesurteil fällen können. Ich wurde von meinem Vater und meiner Familie enteignet. Man hat meine Babywäsche und mein Hochzeitshemd verbrannt und sämtliche Bilder von mir zerstört. Ich wurde vom Planeten verbannt und alle Erinnerungen an mich sollen ausgelöscht werden. Kein Mensch wird in Zukunft mehr mit mir reden oder auch nur meine Gegenwart zur Kenntnis nehmen –«

Er sah auf. Seine Augen lagen tief in den Höhlen. »Yvette, es ist, als hörte ich auf zu existieren.«

6. KAPITEL

Die ›Chanteuse‹ des Eisernen Engels

Jules überließ Vonnie die Bewachung des Herzogs Hanforth und ihres einzigen überlebenden Gefangenen. Er ging hinaus zum Wagen und gab einen Anruf an den Chef durch. Es dauerte mehrere Minuten, bis Großherzog Zander von Wilmenhorst endlich ans Vidicom kommen konnte – es war schon spät, und er hatte das Quentchen Schlaf genossen, das ihm seine Doppelrolle als Großherzog und Chef des SOTE gestattete. Kaum aber war er am Gerät, war er auch schon hellwach und hörte interessiert Jules' Beschreibung der Ereignisse.

»Schaffen Sie den Gefangenen in unsere Nebenstelle, aber sofort«, sagte der Chef, als Jules seinen Lagebericht beendet hatte.

»Ich schicke jemanden hin, der ihn verhören wird. Ich weiß, daß dies gewöhnlich Yvette übernimmt, und möchte, daß es so sachgemäß wie möglich durchgeführt wird. In der Zwischenzeit müssen wir uns eine Geschichte zur Tarnung ausdenken, damit die Gegner im dunkeln tappen. Inzwischen werden sie ja wissen, daß ihr Team in Schwierigkeiten geraten ist. Wir müssen sie von einem erneuten Versuch abhalten.«

Nach einer kurzen Diskussion mit Jules faßten sie den Entschluß, an die Presse durchsickern zu lassen, daß Herzog Hanforth von Melenaria während eines Überfalls auf seine Villa ermordet worden wäre. Die Eindringlinge wären überwältigt und getötet worden, doch leider hätte auch der Herzog sein Leben lassen müssen. Der höchst lebendige Herzog mußte in der Zwischenzeit versteckt und festgehalten werden – so gut es eben ging. Und zwar bis zum Tag der Vermählung der Prinzessin. Jules und Vonnie sollten sich von diesem Fall zurückziehen und statt dessen weiter die Kommandokette innerhalb der Mordverschwörung verfolgen.

Seinen Instruktionen gemäß schaffte Jules den Gefangenen zur Nebenstelle des SOTE und hörte zu, als ein Verhörexperte den Killer ins Gebet nahm. Es wurde außer Nitrobarb praktisch jede Befragungstechnik angewandt – der Verhörleiter versicherte Jules, daß dieser Mann in der Verschwörerhierarchie zu weit unten stünde, als daß die Anwendung von Nitrobarb gerechtfertigt gewesen wäre. Aber auch so preßte man ihm alle Informationen ab.

Leider war das nicht viel. Dieser Mann hatte innerhalb der Organisation nur eine Funktion ausgeübt – nämlich seine ihm vorgegebenen Opfer zu töten. Er hatte keine politischen Ansichten, keine persönliche Philosophie, keinen Groll gegen Herzog Hanforth. Er war ein Söldner, wie er im Buche steht. Den einzigen Kontakt zur Organisation stellte einer der Männer dar, die bei dem Kopter-Absturz ums Leben gekommen waren, ein Mann namens Kojomé. Eine intensiver gestaltete Befragung rief ihm den Namen eines Lokals ins Gedächtnis, das dieser Kojomé erwähnt hatte, ein Lokal mit Namen ›Eiserner Engel‹ und dazu der Name Howard, ob dies aber ein Vor- oder Familienname war, das wußte er nicht. Und damit versiegte diese Informationsquelle, denn der Kerl wußte nichts mehr, gleichgültig womit man ihm drohte.

Das örtliche SOTE-Büro hatte auf seiner Liste tatsächlich einen Nachtklub, der ›Eiserner Engel‹ hieß, ein anständiges Lokal, das von der Mittelklasse frequentiert wurde. Verdachtsmomente, daß das Lokal Verbindungen zur Unterwelt unterhielt, waren bislang nicht aufgetaucht, obgleich die höheren Ränge der Unterwelt sich dort des öfteren blicken ließen. Aber dies war nun ihre einzige Spur, und Jules und Yvonne waren entschlossen, sie zu verfolgen.

Es wurde Vormittag, bis das Verhör beendet war, und Jules meldete ein zweites Gespräch mit dem Chef an, weil er die weitere Strategie und die Aussichten besprechen wollte. Innerhalb einer Stunde war der Plan ausgearbeitet, und die Verbindung wurde abgebrochen. Der Chef begann mit der Hintergrundarbeit, während Jules sich mit Vonnie traf und ihr berichtete, was er in Erfahrung gebracht hatte.

»Wir werden diesen Nachtklub genauer unter die Lupe nehmen«, sagte Jules. »Ich habe gemeinsam mit dem Chef für uns Deckidentitäten ausgearbeitet – als Sängerin und Manager.«

»Wer von uns was darstellen wird, ist nicht schwer zu erraten«, sagte Vonnie lachend. »Du könntest keinen Ton halten, wenn der keine chromverzierten Henkel hat.«

»Na, und wie steht es in letzter Zeit mit deiner werten Stimmlage?«

»Seit meinem Austritt aus dem Schulchor liegt mein Talent brach. Wie hört sich das an?« Sie stimmte spontan die Imperiums-Hymne an.

Jules hörte sich das mit verträumter Miene an. »Klingt so reizvoll, daß ich am liebsten stramme Haltung annehmen möchte. Du bist zwar als Schlageridol für Milliarden nicht geeignet, aber für ein Lokal wie den ›Eisernen Engel‹ wird es reichen.«

»Aber ich werde doch einen Auftritt vorbereiten müssen, mir künstlerische Routine zulegen ...«

»Alles schon vorausgeplant. Der Chef hat es eingerichtet, daß Honey Slocum für dich etwas ausarbeitet. Wie ich hörte, gehört sie zu den gefragtesten Arrangeuren im irdischen Show-Geschäft. Glaub mir, du wirst phantastisch sein.«

»Aber wie können wir so sicher sein, daß ich im ›Eisernen Engel‹ engagiert werde?«

»Wer könnte wohl widerstehen, wenn ich dir als Manager zur Seite stehe?« sagte Jules lächelnd.

Zwei Tage darauf erhielt die Sängerin, die ständig im ›Eisernen Engel‹ auftrat, ein unerwartetes Angebot von einem Talent-Syndikat auf dem Planeten Rumfelt. Einer der Talentsucher hatte sie während eines Erdurlaubs gehört, hieß es in dem Angebot, und wäre von ihrem Auftritt ungemein beeindruckt gewesen. Man wolle mit ihr nun einen exklusiven Mehrjahresvertrag über Film-, Trivisions-Auftritte, Plattenaufnahmen und Live-Auftritte machen. Die in Aussicht stehende Summe war so groß, daß sie nie gewagt hätte, davon zu träumen – allerdings hieß das, daß sie sofort abreisen mußte, weil man ihr das Angebot nicht länger offenhalten konnte. Was sie nicht wußte, war die Tatsache, daß der Planet Rumfelt im Sektor vier lag – der dem Großherzog Zander von Wilmenhorst gehörte.

Ihre plötzliche Abreise traf den Geschäftsführer des Lokals, einen gewissen Shorken, völlig unerwartet. Er war wütend, daß sie ihm ganz einfach davonlief, und er fürchtete bereits die Scharen von Agenten, die ihn bald mit möglichen Ersatzsängerinnen belagern würden. Doch da tauchte praktisch aus dem Nichts ein kleiner untersetzter Mann namens Willy Bledsoe auf und behauptete, er hätte eine Künstlerin an der Hand, welche die Lücke füllen könne. Bledsoe sagte, er hätte von einem Freund auf Rumfelt gehört, die Stelle wäre frei, und er hätte schon genau auf eine derartige Möglichkeit gewartet. Verzweifelt stimmte Shorken einem Vorsingen zu.

Vonnie, die von nun an unter dem Namen Lyla Beaumonde als Chanteuse auftreten würde, hatte zwei Tage lang ununterbrochen unter Honey Slocums kundiger Anleitung geübt. Ihre hübsche Stimme wurde nun durch einen sinnlich aufreizenden Stil präsentiert, der unter Sängerinnen momentan Mode war. Dazu kamen noch ein paar einfache Tanzschritte, die den Gesang untermalen sollten. Vonnie lernte zum Glück sehr leicht. Die Slocum mußte sogar eingestehen, daß sie noch nie eine begabtere Schülerin gehabt hatte. So kam es, daß Vonnie für ihren Auftritt gewappnet war, als Lyla Beaumondes Vorsing-Termin näherrückte.

»So nervös war ich nicht mehr seit meiner letzten Schüleraufführung«, gestand sie Jules, bevor es losging.

»Ruhig Blut, und denk daran, du bist nicht bloß eine Sängerin, sondern eine Chanteuse – du hast also einen gewissen Stil. Geh also raus und lege eine Nummer hin, daß ihnen die Spucke wegbleibt.«

Der Probeauftritt war zwar nicht absolute Spitze, doch der Geschäftsführer des Nachtklubs war nicht in der Lage, Perfektion zu fordern. Während ihres Auftritts überflog er die gefälschten Zeitungsausschnitte, die über ihre Karriere auf dem Planeten Largo berichteten. Alles war soweit in Ordnung, und Lyla Beaumondes Ruf als Künstlerin schien genügend gefestigt. Sie würde zumindest seinen momentanen dringenden Bedürfnissen genügen. Und wenn sie sich im Klub gut machte, dann konnte sie für immer bleiben. Wenn nicht, nun dann füllte sie wenigstens die Lücke aus, bis er etwas Besseres gefunden hatte.

Noch ehe Vonnie ihren Auftritt beendet hatte, rief Shorken Jules zu sich und unterschrieb einen Vertrag über zehn Tage.

War Vonnie schon bei ihrem Probesingen aufgeregt gewesen, so steigerte sich dieses Gefühl mindestens auf das Dreifache, als ihr erstes abendliches Auftreten nahte. Zum Glück war es ein

Dienstag, und das Lokal war nur zu zwei Dritteln voll. Dennoch gab es ein paar zaghafte Momente, ehe sie Lampenfieber und Premierenängste überwunden hatte und ihren Auftritt routiniert absolvierte. Ihre Befürchtungen erwiesen sich übrigens als unbegründet. Das Publikum fand sie gut, und sie wurde sogar zweimal vor den Vorhang gerufen. Nun fiel jegliche Spannung von Vonnie ab, und sie war imstande, ihre neue Karriere unter professionellen Gesichtspunkten zu sehen.

Neun Tage vergingen, und Lyla Beaumonde hatte sich einen guten Ruf ersungen – aber das war es ja nicht, was Jules und Vonnie anstrebten. Bis zur Vermählung der Prinzessin waren es nur mehr zwei Tage. Seit dem Attentatsversuch auf Herzog Hanforth hatte es keine weiteren Anschläge gegen Adelige gegeben. Es bestand immerhin die Möglichkeit, daß die feindlichen Streitkräfte durch den letzten Anschlag stark geschwächt worden waren und sich nicht rasch genug erholen konnten. Oder aber, sie hatten ihr Ziel erreicht und warteten nun die Hochzeitszeremonie ab. Jules war mit dem Chef einer Meinung, daß für dieses Ereignis etwas zu erwarten war, obgleich keiner der beiden sich vorstellen konnte, was das wohl sein würde.

Und ihre einzige Spur – nämlich dieser Nachtklub – erwies sich als eiskalt. Bislang hatte es keine Aktivitäten gegeben, die auf Hochverrat hindeuteten – das Verwässern der Getränke für die Gäste war das Allerhöchste, was man dem Lokal vorwerfen konnte, dachte Jules ergrimmt. Keine Spur von einem Howard, keine Spur von Lady A – kein Anzeichen irgendwelcher Ungesetzlichkeiten. Wenn ich jemals einen bombensicher langweiligen Abend verbringen möchte, dann weiß ich jetzt, wo ich hingehe, sagte er sich.

Schließlich erschien Shorken vor Vonnies letztem Auftritt in ihrer Garderobe. »Lyla, mach's gut heute abend«, sagte er. »Abel Howard sitzt draußen im Publikum.«

Obwohl ihr Herz einen Luftsprung machte, ließ Vonnie sich äußerlich nichts anmerken und schminkte sich fertig. »Wer ist das?« fragte sie gleichmütig.

»Howard gehört zu unseren besten Kunden und ist ein bedeutender Mann. Wenn du ihm gefällst, dann stehen dir viele gute Möglichkeiten offen – vorausgesetzt, du akzeptierst ihn als Spielgefährten, wenn du weißt, was ich meine.«

Vonnie wußte genau, was er meinte, doch sie wußte, daß es sich nicht auszahlte, wenn sie sich zu erfahren gab. »Was muß ich also tun?« fragte sie.

»Im Moment noch gar nichts. Geh einfach raus und liefere deine Nummer. Wenn du Howard gefällst, kommt er nach der Show her, und du kannst von hier aus deine Reize spielen lassen.«

Kaum war Shorken draußen, machte Vonnie sich auf die Suche nach Jules, der sich eifrig mit einem Musiker unterhielt und diesen unauffällig nach eventuellen lichtscheuen Machenschaften im Zusammenhang mit dem Nachtklub aushorchte. Aber vom Drogenhandel und einem kleinen Callgirl-Ring abgesehen, wußte der Mann nichts Wichtiges. Jules gab sich mit diesen Hinweisen nicht weiter ab. Er machte Jagd auf weit größere Beute.

Vonnie nahm ihren Verlobten beiseite und berichtete ihm von Shorkens Besuch. »Ich fragte mich schon, ob dieser Howard nicht ein Hirngespinst ist«, sagte er. »Nun hängt alles davon ab, ob wir ihn ködern können oder nicht.«

»Wann hatte ich je Schwierigkeiten, das Interesse eines Mannes zu erregen?« fragte Vonnie mit wiegenden Hüften.

»Nur nicht zu dick auftragen, wenn ich bitten darf«, mahnte Jules und tat so, als müßte er seine Augen beschatten. »Wir wollen nur einen Mann und nicht die ganze Zuschauerschar. Das fehlte noch, daß alle vor Begeisterung die Bühne stürmen.« Er überlegte, wie man die Sache am besten einfädelte, »Könntest du ihn dazu bringen, daß er dich in deinem Hotelzimmer besucht?« fragte er nach einer Weile.

»Was meinst du – bringe ich die Häschen zum Hüpfen oder nicht? Das wäre mein geringstes Problem. Wichtiger scheint mir die Frage, was wir mit ihm anfangen, wenn ich ihn dorthin bekommen habe.«

»Das überlaß getrost mir. Du mimst von Anfang bis zum Ende das hilflose Dummchen. Und ich sorge dafür, daß wir die Situation in der Hand behalten.«

»Das möchte ich mir ausbitten«, sagte Vonnie ernsthaft. »Wenn ich dir schon untreu werden muß, dann möchte ich mir einen Besseren aussuchen als diesen zwielichtigen Howard.«

An jenem Abend lieferte Vonnie den besten Auftritt ihrer kurzen Karriere. Sie wurde sechsmal vor den Vorhang gerufen und hatte so viel Sex-Appeal verströmt, daß die Männer pfeifend in den Gängen standen und zur Bühne drängten. Wenn Howard sich davon nicht ködern läßt, dann lasse ich mir einen Bart wachsen und rauche Zigarren, dachte sie.

Wie erhofft kam Howard in ihre Garderobe, kaum daß sie sich umgezogen hatte. Sie faßte sofort eine herzliche Abneigung zu dem großen Kerl.

In der Vergangenheit hatte sie mit diesem Typ schon zu oft zu tun gehabt, und sie fand die beschämenden Ansichten dieser Kerle über den Umgang mit Frauen einfach widerlich. Aber heute abend hatte sie eine Rolle zu spielen, und sie wollte sie ausfüllen bis in die letzte Pore.

Nach einem bemerkenswert kurzen Versuch, sich mit allgemeinem Geplauder einzuführen, kam er stracks zur Sache. »Du gefällst mir, Täubchen«, sagte er in einem Ton, als stünde er im Begriff, ihr die Kaiserliche Ehrenmedaille zu verleihen. »Wie wär's, wenn wir zusammen essen?«

»Ach, ich habe schon gegessen, und mein Manager sagt, ich müßte auf mein Gewicht achten, wenn ich in Form bleiben will«, sagte sie ganz Unschuld und Mädchenhaftigkeit. »Außerdem hat er sehr strenge Regeln für mich aufgestellt. Er sagt, ich müßte nach dem Auftritt sofort nach Hause und ins Bett gehen. Damit ich nicht alt und runzlig werde.«

»Sehr vernünftig«, krächzte Howard. »Hör mal, hat er auch etwas vom Alleinsein gesagt?«

Vonnie ließ ein kokettes Gekicher ertönen und schenkte ihm ein unschuldiges und zugleich wissendes Lächeln. »Hm, wenn ich es recht überlege, so hat er nichts dergleichen gesagt. Was haben Sie denn im Sinn, Sie Schlimmer?«

Howard sagte es ihr – so unverblümt wie nur möglich. Vonnie brauchte nicht zu schauspielern, als ihr die Röte in die Wangen kroch, doch wurde ihr Talent auf die Probe gestellt, als sie sich zu einer höflichen und zustimmenden Antwort zwingen mußte. Howard lächelte und hakte im Geiste eine weitere Eroberung ab.

Gemeinsam verließen sie den Nachtklub und fuhren in seinem von einem Fahrer gesteuerten Wagen direkt in ihr Hotel. Sie saß an ihn geschmiegt auf dem Hintersitz und rang sich ein Lächeln ab, als seine derben Pfoten auf ihrem Körper auf Entdeckungsreise gingen.

Was man nicht alles aus Loyalität zum Imperium tun muß, dachte sie.

Ich hoffe nur, daß Jules rasch zur Tat schreitet. Wenn dieser Dreckskerl mich noch länger mit seiner Zudringlichkeit belästigt, wird mir speiübel.

Im Hotel angekommen, fuhren sie hinauf in den elften Stock, auf ihr Zimmer. Gemeinsam gingen sie den Gang entlang und blieben eine Weile vor ihrer Tür stehen, während sie nach dem Schlüssel kramte. Endlich hatte sie aufgesperrt. Sie traten ein, und sie wollte, das Licht anknipsen, doch er hinderte sie daran. »Das brauchen wir doch nicht, oder?« Damit schloß er die Tür hinter sich. Er zog Vonnie an sich und begann sie gierig abzuküssen. Gleichzeitig versuchte er ihr Kleid im Rücken aufzuknöpfen.

Wenn Jules nicht bald aufkreuzt, dachte Vonnie angewidert, dann werde ich diesen Gorilla selbst außer Gefecht setzen müssen.

Und wenn ich ihn in die Mangel nehme, dann wird Howard eine Woche lang keinen geraden Schritt tun können.

Doch in diesem Augenblick flammte die Beleuchtung auf, und sie hörte Jules sagen: »Ach, sieh mal einer an! Das treibst du also, kaum daß ich dir den Rücken kehre!«

Vonnie rückte deutlich von Howard ab und machte ein erschrockenes Gesicht. »Willy, bitte! Versteh doch ...«

»Was ist hier mißzuverstehen? Ich habe euch abgelichtet.« Er hielt eine Minikamera in die Höhe. »Du in seinen Armen, halb bekleidet. Du glaubtest wohl, du könntest mich hintergehen? Na, dir werde ich es zeigen. Wenn die Presse das Bild in die Finger kriegt, ist es aus mit deiner Karriere.«

Howard hatte sich während des Wortwechsels abseits gehalten und die Szene mißtrauisch beäugt. Jetzt entschloß er sich zum Reden. »Ich glaube nicht, daß Sie das Bild jemandem zeigen werden«, äußerte er ruhig.

»Ich werde nicht dulden, daß eine Frau mich betrügt und ungeschoren davonkommt!«

»Wirf das Bild zum Fenster raus«, sagte Howard mit hartem

Auflachen. »Ich weiß genau, wie das alles jetzt ablaufen sollte, und ich lasse mich nicht reinlegen.«

»Reinlegen?« fragte Vonnie.

»Aber klar doch, ich kenne die Masche auswendig. Wollt ihr wissen, wie die Szene sich entwickelt hätte? Lyla hätte Sie angefleht, Sie sollten ihre Karriere nicht ruinieren, und Sie hätten sie bloß ausgelacht. Sodann hätte sie sich an mich um Hilfe gewandt. Von mir hätte man nun erwartet, daß ich Ihnen das Bild abkaufe, und wenn Ihnen schließlich der Preis zugesagt hätte, dann hätten Sie eingewilligt. Dieser Trick ist uralt – nur falle ich darauf nicht herein. Ihr habt euch den Falschen ausgesucht, Freunde. Ich mache bei diesem Spiel nicht mit.«

Jules, der nun wirklich in Zorn geriet – oder nur so tat –, stürzte mit mordlustigem Blick auf den Großen zu, jedoch nicht mit jener Geschwindigkeit, zu der er ansonsten fähig war. Für Vonnies kundigen Blick wirkte es wie eine Zeitlupenparodie seiner selbst. Howard konnte ihm mit Leichtigkeit seitlich ausweichen und versetzte ihm einen Boxhieb in die rechte Seite. Jules fiel unbeholfen hin, raffte sich wieder auf und ging erneut gegen den anderen vor. Diesmal konnte er einen Hieb auf Howards Kinn landen, aber wiederum merkte Vonnie, daß er langsamer war als sonst. Jules hätte Howard damit bewußtlos schlagen können, statt dessen schüttelte der Große den Kopf, um wieder klar überlegen zu können, und ging erneut in Kampfstellung.

Mitten im Raum gingen die beiden Männer zum Nahkampf über und teilten harte Schläge in rascher Folge aus. Vonnie war versucht, ihrem Liebsten zu Hilfe zu kommen, hielt sich aber seine Anweisung vor Augen, daß sie die Rolle des dummen Weibchens spielen sollte. Sie konnte sich ungefähr vorstellen, wie Jules' Plan eigentlich aussah, und zog sich verängstigt in eine Ecke zurück und sah von dort aus zu und gab acht, daß Jules die Situation nicht entglitt.

Beide Männer hatten bereits aufgeplatzte und blutige Lippen, und Jules blutete noch zusätzlich aus einer Platzwunde am Auge. Beide wurden langsam müde. Die Schläge kamen nicht mehr so häufig, und die Kämpfenden atmeten schwer. Schließlich ließ Jules' Wachsamkeit einen Sekundenbruchteil lang nach, und Howard nützte diese Öffnung in der Deckung. Er versetzte Jules einen heftigen Hieb in den Leib, so daß dieser zusammenklappte. Nun gab ihm Howard den Rest, indem er ihn mit einem Schlag durch den halben Raum schleuderte. Jules wollte wieder auf die Beine, fiel aber hilflos zu Boden. So blieb er liegen, reglos, aber noch bei Bewußtsein.

Howard wollte hin zu ihm, um ihn endgültig zu erledigen, und Vonnie hielt dies für den geeigneten Zeitpunkt, um sich einzumischen. »Bitte, töte ihn nicht!« rief sie aus.

Howard hielt inne. Er sah erst sie an, dann den ausgestreckt daliegenden Jules. Der Kampf war erledigt, das merkte er nun. »Ihr beide habt euch den Falschen ausgesucht«, wiederholte er.

Da kam ihm eine Idee. Er bückte sich, hob Jules auf und warf ihn wie einen Mehlsack aufs Bett. »Der hat sich nicht übel gewehrt«, fuhr er fort.

»Aber nicht gut genug«, ächzte Jules und verzog die anschwellenden Lippen. »Ich habe verloren.«

»Nur nicht persönlich nehmen. Es gibt nicht viele, die mich besiegen könnten«, brüstete sich Howard. Er sah Jules kritisch von oben bis unten an. »DesPlainianer?«

»Ja. War seit zehn Jahren nicht mehr in der Heimat. Mußte dort weg – gewisse Schwierigkeiten.«

Howard nickte. »Ja, das kenne ich. Hör zu, ich habe im Augenblick einen kleinen Engpaß und brauche jemanden, der mit seinen Fäusten umgehen kann. Was du da mit mir vorhattest, gefällt mir zwar nicht, aber ich habe es dir immerhin heimgezahlt. Möchtest du für mich arbeiten?«

»Was hätte ich zu tun?«

»Nichts, weswegen du dir den Kopf zerbrechen müßtest, das kannst du mir glauben. Du brauchst nur gewisse Befehle auszuführen und wirst dafür bezahlt, recht gut bezahlt.«

»Was ist recht gut?«

»Dreihundert pro Woche.«

Jules schloß die Augen und überlegte. Schließlich sah er Howard an. »Abgemacht.«

Howard nahm Karte und Griffel aus der Tasche und kritzelte eine Adresse. Er ließ die Karte neben Jules fallen. »Um genau 9 Uhr morgens bist du zur Stelle, verstanden?« Er schleppte sich zur Tür. Dann drehte er sich um und sah noch mal Vonnie an.

»Wir sehen uns später mal, Schätzchen, wenn wir vor Unterbrechungen sicher sind.« Damit ging er hinaus. Kaum hatte sich hinter ihm die Tür geschlossen, holte Vonnie auch schon einen feuchten Waschlappen, mit dem sie Jules' Gesicht reinigte. Sie tupfte die Wunden so behutsam ab wie nur möglich, trotzdem zuckte Jules vor Schmerzen zusammen.

»Was ist denn los mit dir, Jules?« fragte sie mitleidig. »Wirst du auf deine alten Tage langsam?«

»Dies ist nicht die Zeit und der Ort für Unverschämtheiten, Weib«, äußerte Jules matt. »Ich – au, das brennt –, du weißt ja gar nicht, wieviel Mühe es mich kostete, diesen als Halbaffen verkleideten Trottel gewinnen zu lassen. Er war so langsam und ließ mir so viele Chancen offen, daß ich schon dachte, er wolle *mich* gewinnen lassen. Ich glaube, der gewinnt seine Kämpfe, indem er seine Gegner mit Heißluft verbrennt.«

Er stützte sich auf die Ellbogen und lächelte. »Aber ich habe erreicht, was ich wollte. Ich konnte mir ausrechnen, daß er nach der Katastrophe in Herzog Hanforths Villa Bedarf für neue Männer haben würde. Ich mußte nur unter Beweis stellen, daß ich ein kleiner Ganove und passabler Kämpfer bin – aber beileibe nicht zu gut. In diesem Fall hätte ich eine Bedrohung für ihn dargestellt, jetzt gehöre ich zu seinen Leuten, und wir bekommen Einblick in die Insider-Planung.«

»Ich hätte ihn am liebsten einem Verhör unterzogen«, gestand Vonnie. »Es gibt da gewisse interessante Verfahren, die ich liebend gern bei ihm versucht hätte.«

Jules schüttelte den Kopf. »Noch nicht. Wenn wir ihn zwei Tage vor der Vermählung schnappen, wird seine Gruppe womöglich von Panik erfaßt und zerstreut sich in alle Winde. Wir müssen sie alle fassen – intakt, die ganze verdammte Organisation. Und der beste Weg dazu ist es, wenn wir sie in der Meinung belassen, alles wäre tadellos – bis wir dann bereit zum Zuschlagen sind. Dieser Weg mag zwar langsamer sein, ist dafür aber auch sicherer.

Bevor ich morgen zu dem vereinbarten Treffpunkt gehe, möchte ich den Chef in dieser Sache noch anrufen. Aber jetzt muß ich mich ausruhen. Einen Kampf zu verlieren, kann sehr anstrengend sein. Ich darf es mir nicht zur Gewohnheit machen. Wohin willst du?«

»Ich möchte unter die Dusche«, entgegnete Vonnie. »Howard hat seine dreckigen Pfoten auf mir wandern lassen, und ich muß mir mindestens zwei Hautschichten abschrubben, bevor ich mich wieder ganz sauber fühle.«

7. KAPITEL
Piratenüberfall

Yvette drückte Pias' Kopf an ihre Brust, als er ihr von dem Urteil berichtete, das der Kriss über ihn gefällt hatte. Sie versuchte sich vorzustellen, wie es wohl wäre, wenn ihre eigene Familie sich gegen sie wandte und sich weigerte, ihre Existenz überhaupt zur Kenntnis zu nehmen. Sie schauderte. Es gab Dinge, die waren so schrecklich, daß man sie sich lieber gar nicht vorstellte.

»Ja, können die denn das wirklich tun?«

»Wenn sie mich ignorieren wollen – wie könnte man sie davon abhalten?«

»Wenn du erst Herzog bist, werden sie dich schwerlich ignorieren können. Du wirst Truppen unter dir haben, und der Kaiser wird dich unterstützen, falls ...«

Aber Pias schüttelte den Kopf. »Du verstehst nicht. Ich wurde völlig enteignet – mit allen Folgen. Man erkennt mich nicht mehr als Sohn meines Vaters an. Nun wird Tas den Titel erben und nicht ich!«

»Aber das verstößt gegen die Gesetze!« rief Yvette aus. »Die Stanley-Doktrin garantiert die Erbfolge des Erstgeborenen, ob er nun beliebt ist beim heimischen Adel oder nicht.«

»Die Stanley-Doktrin mag theoretisch perfekt sein, aber in der Praxis weist sie zahlreiche Lücken auf. Angenommen, man hätte mich wegen eines Mordes verurteilt. Es gibt genügend Präzedenzfälle, auf Grund derer man mir meine Forderung auf den Titel streitig machen kann. Der Kriss ist die hiesige Entsprechung eines Gerichtes, und man hat mich eben wegen eines nach hiesigen Begriffen schändlichen Verbrechens verurteilt. Das Urteil könnte bestenfalls jahrelang auf Bestätigung durch einen Unparteiischen warten – aber was hätte ich davon?«

»Der Kaiser könnte intervenieren. Ich kenne ihn persönlich. Er ist ein guter Mensch und würde die Ungerechtigkeit des Urteils einsehen. Sicher würde er dich als rechtmäßigen Herzog bestätigen.«

Pias stand auf und begann auf und ab zu gehen. So erinnerte er Yvette stark an ihren Bruder Jules, der im Gehen besser nachdenken konnte. »Na schön. Nehmen wir mal an, der Kaiser legt mir den Arm um die Schultern und sagt: ›Pias soll auf Newforest herrschen ...‹ Nehmen wir weiter an, daß es mir glückt, sämtlichen Meuchelmördern zu entgehen, die Tas gegen mich ausschicken wird – das wäre nämlich sein nächster Schritt. Vielleicht könnte ich ihn gar festnehmen und töten lassen, damit ich diese Bedrohung aus der Welt schaffe.

Aber was für eine Regierung wäre das? Solange der Kaiser mir Truppen zur Durchsetzung meiner Entschlüsse schickt, könnte ich für Ordnung sorgen. Kaum zieht er aber die Truppen ab, müßte ich mir aus allen möglichen Welten eine Privatarmee anheuern, weil kein Newforester mir folgen würde, auch dann nicht, wenn er mit mir einverstanden wäre. Wir sind ein halsstarriges Volk und waren immer schon so. Ich würde also bis zu meinem Tod mit Waffengewalt regieren. Die Menschen würden meine Erlasse nur so weit befolgen, daß man ihnen nichts anlasten kann, und um kein Jota mehr. Wenn ich überhaupt etwas erreichen wollte, müßte ich eine Tyrannenherrschaft errichten.«

Er drehte sich zu ihr um und sah sie an. »Yvette, ich hatte immer das Empfinden, ein Herrscher braucht die Anerkennung und Mitarbeit seines Volkes. Wenn er die nicht besitzt, sollte er einem anderen Platz machen. Ich bin mit dieser Ansicht wohl zu einem Erzkonservativen aus den alten Tagen der Demokratie auf Erden gestempelt. Gott weiß, daß diese Systeme nicht funktionierten. Ich habe mich bemüht, Anerkennung und Zuneigung meiner Untertanen zu gewinnen ...«

»Und du hast sie gewonnen«, unterbrach Yvette ihn. »Ich konnte sehen, wie diese Leute auf deine Heimkehr reagierten. Du bist der beliebteste Mann auf dem Planeten.«

»Bis heute – vielleicht. Aber ich kenne diese Leute. Sobald die Neuigkeit vom Kriss bis zu ihnen durchsickert, wird es über mich nur mehr eine einzige Meinung geben. So war es immer schon, und nur eine Supernova könnte sie von ihren althergebrachten Meinungen abbringen. Ich möchte sie nicht als Sklaven unter meine Herrschaft zwingen. Machthungrig war ich eigentlich nie. Soll mein Bruder die Macht übernehmen, wenn es ihn glücklich macht. Ich habe mir für mein Leben etwas Besseres ausgesucht – dich nämlich.«

Yvette sah errötend zu Boden. »Wenn es dir ein Trost ist,« sagte sie, »ich bin die zweite in der Thronfolge als Herzogin von Des-Plaines – hinter meinem Bruder Robert.«

»Yvette, mir wäre es gleichgültig, wenn du eine halbverhungerte Leibeigene in einer Hütte wärest. Du wirst immer die Königin meines Herzens sein.«

Er setzte sich neben sie und nahm ihre Hand. Sie umarmten und küßten sich, und Yvette spürte, wie ihre Liebe zu diesem tapferen und wahrhaft vornehmen Mann ins Unermeßliche stieg. Doch als sie voneinander ließen, da brach sich wiederum die praktische Seite ihrer Natur Bahn.

»Was wirst du jetzt tun?« fragte sie.

Pias stand auf und trat ans Fenster. »Nun, mein Leben ist schließlich damit nicht vorbei. Bald werde ich ein neues Leben mit meiner Frau beginnen. Das ist schließlich auch der Grund für mein Exil. Du und der Service – das wird von nun an mein Lebensinhalt sein. Wahrscheinlich werde ich so viel Arbeit haben, daß ich kaum an etwas anderes denken werde. Nach wenigen Jahren werde ich das ganze Newforest aus meinem Gedächtnis gestrichen haben.«

Doch während er aus dem Fenster in die Dunkelheit starrte, die diese Hälfte des Planeten überdeckte, dessen Herrscher er hätte werden sollen, da spürte sie, wie tief das Gefühl des Verlustes war, das ihn zu überwältigen drohte. Sie trat hinter ihn und legte ihm die Arme um die Taille.

Ich werde mein Leben lang den Verlust wettmachen müssen, den ich verschuldet habe, dachte sie. Hoffentlich gelingt es mir.

Pias und Yvette hatten ursprünglich eigentlich einen Aufenthalt von sechs Tagen auf Newforest geplant gehabt. Sie hatten deswegen Plätze auf einem Schiff gebucht, das sie gerade noch rechtzeitig zur Vermählung der Prinzessin zur Erde bringen würde. Doch der Gang der Ereignisse ließ es geraten erscheinen, den Aufenthalt abzukürzen. Ja, das Gefühl der Bedrückung wuchs in ihnen immer mehr, und sie wollten schleunigst weg.

Newforest lag abseits der Hauptverkehrslinien und wurde nicht so regelmäßig angeflogen wie andere Planeten. So war es ein glücklicher Zufall, daß ein Charterschiff, das eine Gruppe von

Adeligen zu den Hochzeitsfeierlichkeiten zur Erde bringen sollte, wegen eines kleinen Defektes auf Newforest landen und die Reparatur hier vornehmen lassen mußte. Ein Anruf auf dem Raumflughafen bestätigte Yvette, daß sie ihre Tickets zurückgeben und dafür Plätze auf diesem Schiff buchen konnten.

Bei ihrem Abschied war das Haus der Bavol wie ausgestorben. Sie mußten ihr Gepäck selbst durch die Korridore schleppen und begegneten dabei keiner Menschenseele. Die Hausbewohner gingen ihnen in großem Bogen aus dem Weg und vermieden jeglichen Kontakt. Nur zu gern hätte Pias das Zimmer seines Vaters betreten und ihm Lebewohl gesagt, obwohl er wußte, daß der alte Mann es nicht zur Kenntnis nehmen würde. Weil er jedoch wußte, daß dies den Schmerz für beide nur vertiefen würde, ließ er es bleiben.

Draußen wartete ein Kopter auf sie, an dessen Steuer Yuri saß. Der alte Diener sprach kein Wort während des Fluges zum Raumflughafen, doch als das junge Paar ausstieg, sagte er »Lebwohl, Pias«. Die zwei Männer umarmten einander unter Tränen und tauschten Küsse. Dann stieg Yuri wieder in den Kopter und flog davon.

Die Nachricht vom Kriss hatte sich rasch verbreitet. Auf dem Raumflughafen schienen alle Bescheid zu wissen. Yvette merkte jetzt, daß Pias recht behalten hatte. Wo er tags zuvor mit Lächeln und Begeisterung begrüßt worden war, wandten die Menschen nun die Köpfe ab. Yvette war es, die mit dem Mann am Flugkartenschalter sprechen mußte. Niemand wollte Pias' Anwesenheit auch nur zur Kenntnis nehmen. Pias ließ das alles mit stoischer Gelassenheit über sich ergehen, aber Yvette spürte, wie tief er verletzt war.

Pias blieb in seiner Kabine, bis das Schiff, die ›Querida‹, von Newforest abhob. Mit dem Nachlassen der gesteigerten Schwerkraft schienen dann auch seine eigenen Kümmernisse nachzulassen. Als er schließlich aus seiner Kabine kam, hatte er seine alte Fröhlichkeit und seinen Charme wiedergefunden.

»Die Last der Verantwortung als Markgraf von Newforest bedrückt mich nicht mehr«, erklärte er der erstaunten und entzückten Yvette. »Von nun an bin ich wieder der sorglose und tollkühne Spieler, als den du mich kennengelernt hast, mit einer Rose am Hut und einem flotten Schultercape. Den Namen Pias

Bavol werde ich beibehalten – den lasse ich mir nicht auch noch wegnehmen.«

Sie machten sich rasch mit den übrigen Passagieren bekannt. Es handelte sich praktisch durchweg um Adelige aus den entferntesten Winkeln von Sektor 22, die allein zu dem Zweck zur Erde reisten, um den Vermählungsfeierlichkeiten der Prinzessin beizuwohnen. Keiner der Passagiere war zuvor auf der Erde gewesen, und die Aussicht dieser Reise versetzte sie in so erwartungsvolle Erregung, daß sie der gesellschaftlichen Kluft, die im Normalfall zwischen ihnen und diesen zwei Bürgerlichen, für die sie Pias und Yvette hielten, keine Beachtung schenkten. Ihre Gedanken kreisten einzig und allein um den bevorstehenden Besuch auf der Erde und die kaiserliche Hochzeit in der Bloodstar Hall.

Pias hatte sehr bald alle mit seiner Galanterie und seiner charmanten Erzählkunst bezaubert – vor allem natürlich die Damen. Seiner Rolle entsprechend, die er nun darstellte, hatte er im Handumdrehen ein Spielkasino improvisiert, in dem man sich während der langen Fahrt zur Erde die Zeit amüsant vertreiben konnte. Er war in jeder Hinsicht der ideale Gefährte für eine lange Raumfahrt.

Die Querida unternahm drei weitere fahrplanmäßige Landungen, um weitere Passagiere aufzunehmen, was die Fahrtzeit natürlich erheblich verlängerte. Es war am neunten Tag nach dem Start von Newforest, als im ganzen Schiff die Alarmanlagen zu schrillen begannen. Pias hielt sich eben in dem großen Aufenthaltsraum mit gesteuerter Schwerkraft auf und steckte mitten in einer Kartenpartie, als das Durcheinander begann. Die anderen sprangen mit Schreckensmienen auf. »Was ist denn?« kreischte eine Gräfin. »Sind wir gegen ein Hindernis gestoßen?«

»Ruhig Blut, Freunde«, sagte Pias und schob den Hut aus der Stirn. »Wir befinden uns im Sub-Raum, und der ist leer wie die Flasche eines Säufers. Wir können gegen nichts stoßen, mit Ausnahme eines Schiffes, und für diesen Fall bewegen sich die Chancen in astronomischen Dimensionen. Vielleicht will der Kapitän bloß eine Übung veranstalten. Auf Newforest gibt es das Sprichwort: ›Der Kluge fürchtet sich nicht vor dem Schatten des Teufels.‹ Wartet wenigstens, bis wir wissen, was eigentlich los ist und ob wirklich Grund zur Panik besteht.«

Aber es dauerte nur wenige Augenblicke, bis alle wußten, daß tatsächlich Grund zur Aufregung bestand. Kapitän Bacardis Stimme dröhnte aus allen Lautsprechern. »Alle Passagiere sollen sich in ihre Kabinen begeben und sich dort bis auf weiteres einschließen. Ein Schiff nähert sich uns, das sich nicht zu erkennen geben will. Wir müssen davon ausgehen, daß es sich um ein Piratenschiff handelt, und entsprechende Vorkehrungen treffen. In fünf Minuten verlassen wir den Sub-Raum. Ich wiederhole, alle Passagiere sollen sich in ihre Kabinen einschließen. Ende.«

Nun konnte auch Pias' gletscherkalte Ruhe nicht mehr verhindern, daß sich unter den Passagieren Angst und Schrecken verbreiteten. Mit wachsender Hysterie drängten sich die Leute durch die Gänge, um nur ja schnell in ihre Unterkünfte zu kommen. Edelleute, denen höfische Sitten anerzogen worden waren, drängelten und schoben einander aus dem Weg, nur um rasch in Sicherheit zu sein.

Pias konnte Yvette in der drängelnden Schar ausfindig machen und zog sie aus dem allgemeinen Geschiebe. »Was sollten wir deiner Meinung nach unternehmen?« fragte er.

»Verdammt will ich sein, wenn ich während eines Piratenüberfalls in meiner Kabine hocke und Däumchen drehe«, sagte sie entschlossen. »Wir befinden uns auf einem kleinen Passagierschiff mit wenig Besatzung. Der Kapitän wird jeden brauchen, der kämpfen kann.«

»Er hat alle in die Kabine geschickt. Er wird annehmen, daß wir seinen Anordnungen nicht nachkommen, wenn wir nicht wie die anderen in den Kabinen verschwinden, und wir können schließlich nicht zu ihm gehen Und sagen: ›Wir sind SOTE-Agenten, dürfen wir Ihnen helfen?‹«

»Wir verstecken uns, bis es zum Kampf kommt«, sagte Yvette. »Wenn er mitten im Gefecht steckt, wird er uns nicht ermahnen und fortschicken.«

Die beiden Agenten machten sich die allgemeine Verwirrung zunutze und suchten sich ein Versteck. Schließlich entschieden sie sich für einen Vorratsraum, der fast leer war, weil die Nahrungsmittel größtenteils schon verbraucht waren. Die Besatzung war damit beschäftigt, das Schiff gegen einen Angriff von außen abzusichern und sich auf ihre Gefechtsstationen zu verteilen, so daß kein Mensch bemerkte, wie das Paar sich versteckte. Pias und Yvette wollten abwarten, bis das Schiff aus dem Sub-Raum austrat, weil sie wußten, daß sich vorher nichts tun würde.

»Warum haben sich die Piraten ausgerechnet dieses Schiff ausgesucht?« fragte Pias.

»Weiß ich nicht. Es ist mir ein Rätsel«, erwiderte Yvette. Für gewöhnlich begnügten sich die Piraten mit Überfällen auf Frachtschiffe. War die Fracht wertvoll, konnte man sie mit ansehnlichem Gewinn auf dem Schwarzen Markt losschlagen. Das Risiko war minimal, da Frachter zahlenmäßig kleine Besatzungen an Bord hatten, weil es während des Fluges durch den Sub-Raum nur wenig zu tun gab. Nur wenige der tollkühneren Piraten waren auf größere Beute aus und stellten den großen Luxus-Passagierschiffen nach. Sie gingen davon aus, daß alle, die sich eine Fahrt an Bord dieser Schiffe leisten konnten, auch reich waren. Entweder erbeutete man Schmuck oder andere Wertgegenstände, oder aber man konnte ein Lösegeld erpressen. Aus diesem Grund waren die Passagierschiffe meist mit Waffen bestückt und mit Truppen besetzt, die einen Angriff auf ein solches Schiff zu gefährlichen Unternehmen machten.

Die Querida aber paßte in keine dieser Kategorien. Sie war ein verhältnismäßig kleines Charterschiff ohne Ladung und mit nur zweiunddreißig Passagieren an Bord. Es handelte sich zwar durchwegs um Adelige, doch vom wirtschaftlichen Standpunkt wäre die Ausbeute eher mager ausgefallen. Außerdem verkehrte die Querida nicht nach Fahrplan und war für die Piraten daher um so schwerer ausfindig zu machen.

Yvette verdrängte diese Fragen zunächst. Erst mußten sie mit den Piraten fertig werden, ehe sie sich über deren Beweggründe den Kopf zerbrechen konnten.

Der Standardschachzug eines von Piraten aufgebrachten Raumschiffes bestand darin, sofort aus dem Sub-Raum auszutreten und einen Hilferuf auszusenden. Das subetherische Nachrichtensystem, genannt Subcom, funktionierte nicht, solange sich das Schiff im Subraum befand. Das Schiff mußte erst ins reguläre Universum eintreten, seinen Notruf senden und hoffen, daß die Kaiserliche Marine ihn auffangen und rechtzeitig reagieren würde. Es bestand auch noch die Möglichkeit, daß das Piratenschiff, das sich im Sub-Raum mit einer die Lichtgeschwindigkeit überschreitenden Geschwindigkeit fortbewegte, nun über sein sich langsamer fortbewegendes Zielobjekt hinausschoß und dessen Spur verlor, ehe es sich wieder auf dessen Kurs einpendeln konnte. Das Auffinden eines Raumschiffes, und sei es eines großen Linienschiffes, im totalen Nichts des interstellaren Raumes ließ das alte Problem der Nadeln im Heuschober vergleichsweise lächerlich erscheinen.

Natürlich wußten die Piraten ebensogut, daß das Austreten aus dem Sub-Raum zum Routine-Vorgehen gehörte. Als nun die Querida im Begriff war, mit einem magenerschütternden Beben und Zittern in den normalen Raum zurückzukehren, war das andere Schiff bereits längsseits, bereit, anzudocken.

Von nun an rollte alles ganz schnell ab. Kaum waren sie aus dem Sub-Raum, versuchte der Funker der Querida über Sub-Com die nächste Marine-Basis zu erreichen. Sein Gegenspieler auf dem Piratenschiff betätigte inzwischen einen speziellen Sub-Raum-Störsender, der die Abstimmung in diesem Bereich des Sub-Raumes empfindlich störte und verhinderte, daß der Notruf durchkam. Gleichzeitig feuerten die Piraten gegen das Heck ihres Zieles schwerkalibrige Strahlenschüsse ab. Die Männer an den Geschützen waren geübt und zielsicher. Mit einem einzigen Schuß setzten sie die Antriebe der Querida außer Aktion, und das kleine Charterschiff trieb hilflos im Raum.

Nun kam das Piratenschiff näher, bereit zum letzten Schlag. Kurze Stöße aus den Stabilisierdüsen ließen es erbarmungslos auf die Querida zutreiben, und als es nahe genug herangekommen war, öffnete sich die Luke, und eine kleine Armee in Kampfanzügen ließ sich zum Rumpf des gekaperten Schiffes gleiten.

Diese Gestalten führten eine große kistenähnliche Vorrichtung mit sich, die man Einstiegluke nannte.

Mit dem Geschick erfahrener Fachleute stülpten sie diese Einstiegvorrichtung über die normale Luftschleuse der Querida und schlossen sie luftdicht an. Dann kletterten sie alle hinein und schlossen die rückwärtige Tür hinter sich. Nun konnten sie die Luftschleuse des Passagierschiffes aufsprengen, ohne daß im Schiffsinneren Schäden auftraten. Die Luft würde nicht in einem einzigen tornadoähnlichen Strahl herausschießen, Menschen töten und Einrichtung vernichten.

Der Anführer der Angriffstruppe setzte geübt seinen Schneidbrenner ein. In knappen fünf Minuten hatte er durch die dicken

Außenplatten der Querida eine Öffnung getrieben und kroch, knapp gefolgt von seinen Leuten, durch. Die Besatzung des gekaperten Schiffes hatte um die Luftschleuse herum Stellung bezogen und war bereit, die Eindringlinge nach Gebühr zu empfangen, doch ihre leichteren Strahler waren gänzlich ungeeignet, die dicken Kampfpanzer der Piraten zu durchdringen.

Die Piraten begnügten sich damit, ihre Stunner anzuwenden und machten die Besatzung der Querida für so lange bewußtlos, bis sie das Schiff völlig in ihre Gewalt gebracht hatten. Nachdem sie den Eindruck gewonnen hatten, sie hätten den organisierten Widerstand lahmgelegt, wagten sie sich tiefer in das Schiff vor.

Mit der Zerstörung der Triebwerke war auch der Ultragrav außer Tätigkeit gesetzt worden, der die Schwerkraft regelte. Pias und Yvette und alle anderen an Bord der Querida hatten plötzlich das Gefühl, als würde ihnen der Boden unter den Füßen weggerissen. Sie befanden sich nun im schwerelosen Zustand, doch Yvette und Pias kannten diesen Zustand sehr gut und blieben durchaus funktionstüchtig.

Sie krochen aus ihrem Versteck hervor und bewegten sich auf die Luftschleuse zu, weil sie genau wußten, daß dies nun das Zentrum der Aktivitäten sein würde.

Schon während sie schwimmend darauf zuhielten, hörten sie Kampfgeräusche und wußten, daß die Besatzung erledigt war. Die Verteidigung der Querida lag nun allein in ihren Händen.

Als erstes mußten sie sich wirksame Waffen verschaffen. Beide hatten Mini-Stunner bei sich, die jedoch gegen die Panzer der Piraten wirkungslos waren. Sie brauchten schwere Strahler – und der einzige Weg, sich diese zu verschaffen, war, sie den Piraten selbst abzunehmen.

Wieder mußten sie sich verstecken – diesmal in der Kombüse – und abwarten, bis die Prozession der Piraten an ihnen vorüber in den Steuerraum des Schiffes gezogen war. Dann wagten sich die zwei SOTE-Agenten wieder hervor und schwammen den Piraten nach. Der letzte in der Reihe war gottlob etwas langsam und blieb ein wenig zurück. Yvette nahm ihn sich als Ziel aufs Korn, und Pias nickte beifällig. Und als die Piraten um eine Ecke bogen, gab Yvette das Zeichen zum Angriff.

Die zwei Agenten stürzten sich gleichzeitig auf ihr Opfer. Pias packte den Mann bei den Schultern und brachte ihn unerwartet aus dem Gleichgewicht. Mittlerweile faßte Yvette nach seinem Gürtel. Sie zog den Strahler aus dem Holster und ließ den Griff gegen die schwächste Stelle in der Rüstung des Mannes krachen – gegen die Gesichtsplatte. Das sichtklare Material zerbrach, zersplitterte aber nicht in viele kleine Stücke. Der Mann hob die Arme, um die Augen zu schützen, doch Pias hatte sie fest im Griff und ließ nicht los. Yvette vollführte einen zweiten Schlag mit ihrem improvisierten Hammer und diesmal zerbrach das glasartige Material. Yvette ließ nun ihre Faust durch die Öffnung im Anzug sausen. Sie traf die Nase des Piraten und stieß seinen Kopf gegen die harte Innenfläche des Helms. Schlaff und bewußtlos hing er nun in Pias' Armen.

Leider waren alle Panzeranzüge per Funk miteinander verbunden. Als Pias ihn berührte, hatte der Pirat einen Schreckensschrei ausgestoßen. Keinen zusammenhängenden Satz, aber es genügte, um seinen Kameraden anzuzeigen, daß hinter ihnen nicht alles nach Plan abrollte. Neugierig drehten sie sich um.

Inzwischen aber hatte Yvette den Strahler bereits in Händen und feuerte los. Ein tödlicher Energiestrahl schoß auf die gepanzerten Gestalten am Ende des Ganges zu. Sie hatte eine sichere Hand, wie sich rasch zeigte. Der Strahl traf einen direkt in die Brust, brannte sich durch das Material des Anzuges und durchsengte die Haut. Durch das Loch in seinem Anzug konnte sie seinen Schmerzensschrei hören.

Pias war noch unbewaffnet, aber keineswegs hilflos. Er benutzte den schlaffen Körper des Piraten, den sie eben angegriffen hatten, als Geschoß und schleuderte ihn in Richtung der Piraten am Ende des Ganges. Furchtlos stürzten er und Yvette auf die Eindringlinge zu, um den Angriff weiterzutreiben.

Hätten sie unter geringer Schwerkraft agiert, so hätten ihre Chancen besser ausgesehen. Die Kampfpanzer waren schwer und verlangsamten die Bewegungen der Piraten beträchtlich. Im Vergleich zu ihnen bewegten sich die zwei Agenten blitzschnell.

Um aber ihre Schnelligkeit nutzbringend anwenden zu können, brauchten sie eine feste Oberfläche unter sich und eine beständige Richtung, in die sie sich bewegten. Im schwerelosen Zustand gab es beides nicht, und die Agenten mußten sich mit einer Waffe begnügen, während die Gegner alle bewaffnet und gepanzert waren.

Das Zischen der Stunner brachte die Luft zum Sieden, als die Piraten dem unerwarteten Angriff entgegentraten. Trotz ihrer Behendigkeit konnten Pias und Yvette nicht allen Strahlen ausweichen. Nach wenigen Sekunden trieben sie bewußtlos mitten im Korridor.

Erst Stunden später kamen sie wieder zu sich. Und es dauerte weitere zehn Minuten, bis sie wieder klare Köpfe hatten. Die Geräusche um sie herum schienen sirenengleich an- und abzuschwellen, während die Gegenstände ruckartig ins Gesichtsfeld rückten und gleich wieder enttäuschend dem Gedächtnis entzogen wurden.

Sie befanden sich noch immer im All. Das erkannten sie sofort am Fehlen der Schwerkraft. Ihre Körper trieben in einem offenen, beleuchteten Raum. Und als sie sich genauer umsahen, entdeckten sie, daß andere Körper um sie herumtrieben. Ihr Sichtvermögen besserte sich zusehends, und sie erkannten nun, daß sie sich im Aufenthaltsraum der Querida befanden, und daß die anderen treibenden Körper die Mitpassagiere und die Besatzung darstellten. An der Tür standen mit schußbereiten Stunnern zwei Piraten. Ihre Blicke verrieten, daß sie äußerst wachsam waren. Sie würden mit einem Überraschungsangriff also nicht zu überwältigen sein.

Pias hatte Kopfschmerzen. Er war noch nie zuvor betäubt worden. Obgleich es besser war, als von einem Strahler getroffen zu werden, so konnte er diese Erfahrung doch nicht weiterempfehlen. Auf diese Weise macht man zwar Leute unschädlich, ohne sie zu töten, dachte er bei sich, aber sehr menschenfreundlich ist es trotzdem nicht.

Als die anderen bemerkten, daß die zwei zu sich gekommen waren, kamen sie und erkundigten sich mitfühlend, wie es denn ginge. Yvette versicherte, daß sie sich, von den Nachwirkungen des Betäubungsschusses abgesehen, in guter Verfassung wären, aber im Hinblick auf das, was sich inzwischen zugetragen hatte, im dunkeln tappten. Ein Earl erstattete ihnen Bericht.

Nach dem ersten Gefecht hatten die Piraten sämtliche Passagiere hier in der Halle zusammengepfercht, um sie besser bewachen zu können. Dann hatte das Piratenschiff die Querida ins Schlepptau genommen, um diese zu ihrer Basis abzuschleppen. Bislang hatten die Piraten niemandem etwas getan, wofür die Passagiere ungemein dankbar waren. Doch wußten sie, daß es nicht immer bei diesem Stand der Dinge bleiben würde.

Dann also geht es ihnen um Lösegeld, dachte Yvette – und doch gab ihr ein Teil ihres Bewußtseins ein, daß dies nicht der Fall wäre. Aber eine andere Erklärung hatte sie im Moment nicht zur Hand, deswegen strich sie jegliche Spekulationen und tat ihr Bestes, Ruhe und Ordnung unter den Gefangenen aufrechtzuerhalten.

Pias entdeckte seinen Hut in einiger Entfernung in der Luft schwebend. Die Piraten waren so zuvorkommend gewesen, ihn Pias hinterherzuwerfen. Er holte ihn sich und sah diskret nach, ob der Mini-Stunner, den er für alle Notfälle hinter der Rose versteckt hielt, noch vorhanden war. Tatsächlich, das Ding war noch an seiner Stelle. Erleichtert setzte er den Hut auf und ergab sich wie Yvette ins Abwarten, bis sich eine Änderung der Lage abzeichnen würde.

Vier Stunden später war die Reise zu Ende. Die Gefangenen wurden die Gänge entlanggetrieben und durch die Luftschleuse in eine unter Druck stehende Röhre gedrängt. Nun hatten sie wieder ein schwaches Gefühl der Schwerkraft, ganz wenig nur, aber besser als gar nichts. Yvette vermutete, daß das Hauptquartier der Piraten auf einem Asteroiden eingerichtet war, einem Stück Abfall, das in den leeren Zwischenräumen zwischen den Sternen dahintrieb. Interstellarer Müll war geradezu ideal zum Errichten geheimer Basen, denn diese Abfallstücke waren kaum aufzuspüren, wenn man ihre Koordinaten nicht kannte.

Die Gefangenen marschierten nun über eine Rampe in einen kleinen Raum, wo sie wieder zusammengedrängt wurden. Ein Mann orientalischer Herkunft in einer gutgeschnittenen, reichdekorierten Uniform saß vor ihnen an einem Tisch, drei Mann in Habt-acht-Haltung hinter ihm. Jeder Gefangene wurde nun nach seinem Namen gefragt, und jede Aussage wurde mit einer gedruckten Liste verglichen. Sodann wurden die Passagiere einzeln durch eine Seitentür hinausgeführt.

Das alles ging flott voran, und nach knappen drei Minuten waren die beiden SOTE-Agenten an der Reihe. Sie traten gemeinsam vor, als der Piratenchef auf sie deutete. »Namen?« fragte er barsch.

»Pias Bavol, und dies ist meine Verlobte Yvette Dupres.«

Der Mann ging die Liste zweimal durch, und konnte die Namen nicht finden. »Sie lügen«, sagte er schließlich. »Leute dieses Namens sind nicht auf der Passagierliste verzeichnet.«

»Wir sind erst später zugestiegen«, sagte Yvette. »Auf Newforest sind wir an Bord gegangen, als das Schiff dort wegen eines Defektes landen mußte.«

Der Mann starrte sie sekundenlang an und kaute an seinem Schreibgriffel. »Hm, das klingt glaubhaft«, sagte er sinnend. »Damit wäre auch die Verspätung des Schiffes erklärt.«

Yvettes Verstand arbeitete fieberhaft schnell, während sie sämtliche nun auf sie einströmenden Daten verarbeitete. Diese Piraten wußten also im voraus, wer an Bord des Schiffes war, und sie kannten auch den genauen Flugplan. Diese Kenntnisse ließen auf Vorbereitungsarbeiten schließen, wie sie für gewöhnliche Weltraumfreibeuter ungewöhnlich waren.

Während sie den Mann anstarrte, entdeckten ihre Augen eine Einzelheit, die sie beim ersten flüchtigen Blick übersehen hatte – ein fast unsichtbar kleines Detail. Der Mann trug eine silberne Halskette, an der ein integrierter Kreisabschnitt hing. Yvette hatte Halsketten dieser Art schon gesehen. Sie wurden von den obersten Rängen in Lady A's Verschwörerorganisation als Erkennungszeichen getragen. Falls dieser Pirat zur Organisation gehörte, war geklärt, wieso er so gründliche Informationen über das Schiff besessen hatte. Es hieß aber auch, daß dieser Überfall von größerer Bedeutung für das Imperium war, als es die Geiselnahme einiger Adeliger an sich gewesen wäre.

Der Piratenchef sah Pias ungläubig an. »Bavol von Newforest?« fragte er. »Sind Sie zufällig verwandt mit …«

»Nein«, entgegnete Pias. »Keine Spur von Verwandtschaft.« Der Mann schob die Schultern hoch und machte sich eine Notiz auf seiner Liste. Dann wandte er sich an einen seiner Untergebenen und sagte: »Diese beiden sind völlig unwichtig. Führ sie ab und sieh zu, daß du sie sofort loswirst.«

8. KAPITEL
In der Falle

Am Morgen nach der Schlägerei im Hotelzimmer meldete sich Jules bei der Adresse, die Howard ihm gegeben hatte. Das Gebäude war eine Turnhalle in einem heruntergekommenen Stadtteil. Die unechten Ziegel waren ausgebleicht, die Fassade verdreckt, die Lettern auf der Tafel kaum leserlich. Es war ein Treffpunkt für kleine Gauner, die Karriere machen wollten, für Sportler, mit denen es bergab ging, und für viele Tagediebe, die einem Nichts zustrebten und sich beim Erreichen dieses Zieles auch noch Zeit ließen.

Jules betrat das Haus und hatte sofort abgestandenen Schweißgeruch in der Nase. Man hörte den dumpfen Aufprall von Fäusten auf den Punching-Säcken und das Ächzen von Männern, deren Kondition zu wünschen übrigließ und die ihren Muskeln zuviel zumuteten in dem Bemühen, in Form zu bleiben. Wie wenig sich eigentlich seit den Tagen der alten Griechen an diesen Sportstätten gewandelt hatte, dachte Jules flüchtig.

Die Ausrüstung und die Trimm-Geräte wurden zwar immer raffinierter im Laufe der Jahre, doch die Grundübungen blieben die gleichen, weil auch der menschliche Körper gleich blieb.

Jules sah sich rasch um und ging sodann zu dem Mann, der die Sportgeräte verlieh. »Ein gewisser Howard sagte mir, ich solle mich heute hier melden.« Er zeigte dazu die Karte, die Howard ihm gegeben hatte.

Der Sportgeräteverleiher nahm die Karte und starrte sie an, als hätte er etwas Ähnliches noch nie im Leben gesehen. Jules sah, daß er beim Lesen die Lippen bewegte, ja er konnte beinahe sehen, wie die Gedanken sich in dem trüben Gehirn des Mannes knarrend in Bewegung setzen. »Jawohl«, äußerte er schließlich, »die treffen sich oben, Raum D-5.« Er gab die Karte zurück.

Jules ging die Treppe hoch und fand auch rasch den angegebenen Raum. Drinnen saß ein Dutzend Männer feinsäuberlich aufgereiht wie in einem Klassenzimmer. Von Howard nirgends eine Spur. Jules nahm sich einfach einen Stuhl und setzte sich. Nach dem ersten abschätzenden Blick schenkte ihm keiner der anderen Anwesenden mehr Beachtung. Immer mehr Männer kamen und setzten sich, bis endlich der Raum voll war. Fünf Minuten später kam Abel Howard. Gekleidet war er sehr lässig, doch seine Miene ließ jede Lässigkeit vermissen und deutete eher auf Brutalität hin.

»Eines möchte ich ein für allemal klären«, fing er an. »Falls einer von euch meint, die Arbeit für mich wäre eine Art Freizeitgestaltung, der kann sofort wieder gehen. Ihr alle seid hier, weil die Typen, die ich bis jetzt hatte, tot sind. Und es besteht immerhin die Möglichkeit, daß ihr auch bald die Schuhe aufstellt. Wenn euch das abschreckt, gehört ihr nicht hierher.«

Keiner der Anwesenden ging zur Tür, doch einige rückten nervös ihren Stuhl zurecht. »Was soll's«, bemerkte einer aus dem Hintergrund. »Jeder muß mal sterben. Warum dabei nicht gutes Geld machen?«

Dieser Scherz entlockte den anderen ein nervöses Lachen.

Howard wartete ab, bis sich das Gelächter gelegt hatte. »Als zweiten Punkt möchte ich klarstellen, daß ich der Boß bin. Ihr werdet bezahlt, damit ihr tut, was ich euch sage – nicht damit ihr euch Gedanken macht oder euren Nachbarn fragt, was er davon hält –, nein, sondern damit ihr tut, was ich sage. Wer mit mir Diskussionen anfängt oder meine Entscheidungen anzweifelt, den brauche ich nicht zu bezahlen. Wenn jemand meint, das hielte er nicht aus, soll er gehen.«

Wieder rührte sich kein einziger.

»Schön, ich sehe, daß wir einander verstanden haben. Morgen nachmittag erwartet uns unsere erste Aufgabe. Es dürfte ziemlich ruppig werden. Ihr meldet euch um 10 Uhr morgens hier, und ihr bekommt alles Nötige.«

»Und was sollen wir tun?« fragte einer, weil Howard sich nicht näher über ihre Aufgabe ausgelassen hatte.

»Was habe ich eben über das Fragenstellen gesagt?« schnarrte Howard. »Ist es nicht gleichgültig, was ihr zu tun habt? Ihr werdet tun, was ich sage, das genügt wohl.«

Nun aber meldete sich Jules zu Wort. »Der Kamerad meinte sicher, wir könnten uns besser auf die Aufgabe vorbereiten, wenn wir wenigstens den Schimmer einer Ahnung haben, um was es dabei geht. Immerhin besteht ein gewisser Unterschied in der Vorbereitung fürs Babysitting oder für einen Banküberfall.«

Howard warf ihm einen finsteren Blick zu. »Ihr werdet es

erfahren, sobald ich etwas erfahre«, brummte er. »Keine Bange, ihr werdet euch vorbereiten können.«

Howards Reaktion verriet Jules eine ganze Menge. Es war klar, daß der Boß selbst nicht wußte, was da lief, und seine Empfindlichkeit war ein Anzeichen dafür, daß ihm dieser Zustand keineswegs behagte. Abel Howard war ein Mann, der gern die Oberhand hatte. Daß er sich jemandem unterordnen mußte, war für ihn eine höchst ärgerliche Sache. Es bedurfte einer sehr einflußreichen Person, um ihn in dieser untergeördneten Stellung zu halten – und Jules konnte sich schon denken, wer diese Person war.

Die Tatsache, daß die Operation tags darauf am Nachmittag stattfinden sollte, war sehr kritisch. Es war der Zeitpunkt der Vermählung Kronprinzessin Ednas, die in einer Zeremonie von gewaltigen Ausmaßen vonstatten gehen sollte. Das zeitliche Zusammentreffen war so, daß man sich kaum vorstellen konnte, Howard hätte ein anderes Ziel im Sinn. Dazu kam noch die Tatsache, daß er an Attentatsversuchen gegen Adelige bereits beteiligt gewesen war. Jules hegte nicht die geringsten Zweifel, daß Howard ein wichtiges Element innerhalb eines hochverräterischen Komplotts darstellte. Und dabei drängte ihm sich natürlich der Gedanke an Lady A auf.

Er hatte Lady A nur ein einziges Mal in Aktion gesehen, und zwar auf einem Band, das er und Yvette im Verlauf ihres Abenteuers auf dem Asylplaneten erbeutet hatten. So wenig er von ihr wußte, so war er doch überzeugt, daß man sie nicht einfach auf die leichte Schulter nehmen konnte. Sie war genau der Typ, der Howard im Zaum halten konnte, und Howard wiederum würde sich als Befehlsempfänger einer Frau besonders erbärmlich fühlen.

Nach ein paar allgemeinen Bemerkungen ließ sich Howard von jedem die Nummer geben, unter der er bei Bedarf zu erreichen war. Dann entließ er sie alle und ermahnte sie noch, sie sollten um 10 Uhr morgens zur Stelle sein.

Jules zog sich in sein Hotelzimmer zurück und verbrachte eine halbe Stunde damit, seine Vidicom-Anlage zu zerlegen. Während die Innereien der Anlage über das Bett verstreut dalagen, zog er eine kleine Vorrichtung aus einer Lade und verband sie mit zwei Leitungen. Dann setzte er die Anlage wieder zusammen. Die Veränderung war winzig, aber sehr bedeutsam. Diese Vidicom-Anlage besaß nun einen SOTE-Verzerrer und war für wichtige Anrufe abgesichert.

Nun konnte er ein Gespräch mit dem Chef in Florida führen. Er erklärte in allen Einzelheiten, was er und Vonnie bislang erfahren hatten und erläuterte seine persönlichen Verdachtsmomente gegen Lady A. Wie immer hörte der Chef interessiert zu. Und wie immer war sein reger Verstand damit beschäftigt, das Gehörte einzuordnen, abzuschätzen und auszuwerten.

Als Jules geendet hatte, lehnte der Chef sich zurück. »Die Alternativen, wie ich sie sehe, sind folgende«, sagt er. »Erstens, wir könnten uns diesen Howard auf der Stelle schnappen. Das wäre sehr kurzsichtig gehandelt, weil man damit die oberen Ränge alarmiert und ihnen die Gelegenheit zur Flucht verschafft. Dieser Plan kommt daher nicht in Frage. Zweitens könnte ich ihn gründlich überwachen lassen, ihm so viele Agenten und Wanzen anhängen, daß er nicht mal ungestört aufs Örtchen gehen kann. Wir könnten jeden einzelnen, mit dem er sich von nun an bis zur Hochzeit trifft, unter die Lupe nehmen, alle seine Anrufe abhören – wenn er nicht ohnehin schon seine Befehle bekommen hat, so muß er sie irgendwann in den nächsten vierundzwanzig Stunden bekommen. Und ich möchte wissen, um was es geht, sobald er es weiß. Wenn aber Lady A mit in die Sache verstrickt ist – und meine Nase sagt mir, daß die Wahrscheinlichkeit sehr groß ist –, dann muß ich mir vor Augen halten, was sie auf jenem Band sagte, daß nämlich ihre Organisation über alle Vorgänge im SOTE Bescheid weiß. Bis jetzt konnte ich das Leck nicht entdecken und stopfen.

Jeder meiner Mitarbeiter erweist sich bis auf zwölf Dezimalstellen als loyal, und jeder einzelne Quadratzentimeter eines jeden Büroraumes wurde gründlichst nach Wanzen abgesucht. Es gibt für sie keine Möglichkeit, wie sie erfahren kann, was sie offenbar weiß, und das treibt mich zum Wahnsinn.

Wenn es stimmt, was sie so großsprecherisch behauptet, dann dürfen wir Howard weder beschatten noch ihn festnehmen. Damit würden wir zu erkennen geben, daß wir etwas wissen. Lady A würde ihn einfach fallenlassen und zu einer anderen Taktik Zuflucht nehmen, die wir vielleicht nicht rechtzeitig aufdecken könnten. Aus verständlichen Gründen ziehen wir den uns bekannten Teufel einem uns unbekannten vor.«

Der oberste Chef des SOTE legte den Kopf schräg und sah Jules an. »Bleibt also bloß Möglichkeit Nummer drei. Sie und Vonnie bleiben auf Ihrem Posten und setzen die Überwachung bis zum letzten möglichen Augenblick fort. Hoffentlich wird die Verschwörung bald aktiv und wagt sich so weit vor, daß sie sich nicht mehr zurückziehen kann, sobald wir unser Netz auswerfen. Wir – und ihr beide – befinden uns mitten in einer Seiltanznummer, und ein einziger Ausrutscher kann katastrophale Folgen haben.«

»Ich habe in meinem Leben schon so viele Nummern auf dem Hochseil vorgeführt und bis jetzt alle überlebt«, sagte Jules lächelnd.

Sein Chef erwiderte das Lächeln. »Hm, Sie müßten mich daran erinnern, daß ich mir diese Zirkusvergleiche abgewöhne. Man könnte sie zu wörtlich nehmen. Na, hoffentlich habe ich mich deutlich ausgedrückt. Wir müssen so lange warten, bis Lady A und ihre Gruppe sich so weit vorwagen, daß sie nicht mehr zurückkönnen, wenn wir aber zu lange warten, werden wir vielleicht nicht mehr imstande sein, wirksam dagegen einzuschreiten. Wenn das Wohl und Wehe des Imperiums auf dem Spiel steht, ist Abwarten ein gefährliches Spiel.«

Jules' Lächeln war wie weggewischt. »Ja, ich habe verstanden. Aber sehen wir doch den Tatsachen ins Auge – solange wir das Leck nicht stopfen können, ist es das einzige Spiel, das wir spielen können.«

Der Chef nickte. »Ich wollte nur sichergehen, daß Sie die Situation voll erfassen, ehe Sie sich mit unserem Vorgehen einverstanden zeigen.«

»Mir ist alles klar. Überdies bin ich selbst zu demselben Schluß gekommen. Aus diesem Grund ist Vonnie jetzt auf dem Posten und behält Howard im Auge. Sollte sich etwas tun, meldet sie sich sofort.«

Der Chef seufzte. »Na, Sie verstehen es, einem alten Mann das Gefühl zu vermitteln, er wäre überflüssig. Was soll's, schließlich sind Sie mein bester Agent. Halten Sie mich weiter auf dem laufenden – und viel Glück, Jules.«

»Danke, Sir.« Jules hatte diese Worte kaum ausgesprochen, als das Bild seines Chefs auf dem Schirm verblaßte.

In der hohen Kunst der Beschattung eines Verdächtigen war Yvonne Roumenier eine Meisterin. Sie hatte Jules zu dem Treff in der Turnhalle begleitet und hatte draußen in seinem Wagen gewartet. Jules aber nahm auf dem Rückweg ins Hotel ein Taxi und überließ ihr den Wagen zur freien Verfügung.

Die Agentin wartete nun zwei Stunden lang vor der Turnhalle, bis Howard herauskam, in seinen Wagen stieg und losbrauste. Vonnie hatte unter der Karosserie seines Vehikels unauffällig ein kleines Funkgerät angebracht, so daß sie ihm durch die ganze Stadt folgen und so große Distanz halten konnte, daß es nicht weiter auffiel. Howard tat nichts dergleichen, und sie konnte daraus schließen, daß er sich unbeobachtet glaubte. Er fuhr direkt zu einem Restaurant, dem ›Chez Gaston‹, und ging hinein. Vonnie folgte ihm.

Ihre Augen mußten sich an das Halbdunkel im Inneren erst gewöhnen. Als sie sich endlich genauer umsehen konnte, sah sie das Wild, das sie jagte, an einem Tisch sitzen – in Gesellschaft einer bildschönen Frau. Die beiden sprachen eine halbe Stunde miteinander – die Frau ruhig und gelassen, der Mann gestikulierend und eindringlich. Nach dem Essen übergab die Frau Howard einen dicken braunen Umschlag, stand auf und verließ das Lokal. Vonnie zögerte. Sollte sie nun dieser Kontaktperson folgen, herauszufinden versuchen, wer sie war und was sie machte, oder sollte sie Howard auf den Fersen bleiben und ihn weiter beobachten? Sie entschied sich für die zweite Möglichkeit. Schließlich hatte man sie auf Howard angesetzt. Und sie war neugierig, was in diesem Umschlag steckte. Dazu kam, daß sie mit ihrer Mini-Kamera genügend Aufnahmen von der Frau geschossen hatte. An Hand dieser Bilder würde der SOTE wohl hoffentlich imstande sein, die Identität der Frau zu klären.

Hätte Vonnie geahnt, wen sie da beobachtet hatte, sie hätte sich vielleicht anders entschieden. Doch sie hatte ja keine Ahnung von der Existenz der Lady A, weil dieses Wissen sich auf fünf Personen innerhalb des Service beschränkte, und auch keine Ahnung von der Wichtigkeit dieser einen Person innerhalb der Verschwörung gegen das Imperium. Und sie konnte auch nicht wissen, daß, egal wie viele Bilder sie geschossen hatte, das Service nicht imstande sein würde, den Zusammenhang mit Lady A zu sehen, da diese in den Unterlagen des SOTE gar nicht existierte. Die Geschichte der Galaxis hätte vielleicht einen völlig anderen Verlauf genommen, wäre Vonnies Entschluß anders ausgefallen. Daß sie der Frau nicht folgte, war allerdings nicht ihr Fehler. Von ihrem Wissensstand aus gesehen war es völlig korrekt.

Howard beendete seine Mahlzeit alleine, er zahlte und ging. Vonnie blieb ihm dicht auf den Fersen, achtete aber peinlich darauf, daß er nichts bemerkte. Howard fuhr nun aus der eigentlichen Stadt hinaus in die hügeligen Vororte, und Vonnie mußte nun besonders vorsichtig sein. Es war eine teure Wohngegend, in die sie schließlich gelangten, aber Vonnie zweifelte nicht daran, daß Howard sorgenfrei leben konnte. Er blieb in der Einfahrt eines großen Hauses stehen, stieg aus und verschwand im Haus, nachdem er die Tür aufgeschlossen hatte.

Vonnie parkte ein Stückchen weiter bergauf und wartete ab. Howard war hier möglicherweise zu Hause, und es ließ sich nicht voraussagen, wie lange er drinnen blieb. Vonnie saß wie auf Kohlen. Am liebsten wäre sie in das Haus eingedrungen, weil sie sehen wollte, was sich in dem braunen Umschlag befand, den er von der Frau bekommen hatte, und weil sie seinen Vidicom-Anschluß anzapfen wollte. Aber während er selbst im Haus war, konnte sie weder das eine noch das andere. Ihr blieb nichts übrig, als abzuwarten, bis er endlich das Haus verließ. Dann erst konnte sie ans Werk gehen.

In der Zwischenzeit rief sie Jules im Hotel an. Dieser hatte eben sein Gespräch mit dem Chef beendet und erwartete sehnsüchtig ihren Bericht. Sie gab ihm Howards Wohnadresse durch und lieferte einen kurzen Überblick über seine bisherigen Aktivitäten.

Jules' Interesse wuchs sprunghaft an, als Vonnie die Frau erwähnte, mit der Howard zum Essen verabredet war. »Wie sah sie aus?« fragte er mit gespielter Gleichgültigkeit.

»Dunkles Haar, heller Teint, mittelgroß, hinreißend schön, aber kalt. Ich glaube, bei der würde selbst ein Eisberg noch Gänsehaut kriegen. Das Alter ist schwer zu schätzen. Ich würde sagen etwa vierzig, aber sehr sehr gut erhalten. Modisch gekleidet. Kennst du jemanden, auf den diese Beschreibung zutrifft?«

Jules verwünschte das Schicksal, das Lady A Vonnie und nicht ihm über den Weg geschickt hatte. »Hm, ich bin nicht ganz sicher«, log er. »Aber es wäre vielleicht ganz gut, sie ein bißchen näher anzusehen, falls du ihr wieder begegnest. Wir dürfen keine Spur außer acht lassen.«

»Gut, mache ich. In der Zwischenzeit muß ich hier warten, bis Howard aus dem Haus geht, damit ich mich drinnen umsehen kann. A bientôt.«

Es sollte über eine Stunde dauern, bis Howard auftauchte und davonfuhr. Vonnie wartete weitere fünf Minuten, für den Fall, daß er etwas vergessen hatte und es abholen wollte. Dann stieg sie aus und ging unauffällig an die Hinterseite des Hauses.

Die Fenster waren zu. Vonnie konnte mit den Spezialsensoren, welche sie an ihrem Werkzeuggürtel trug, feststellen, daß ein einbruchsicheres Alarmsystem eingebaut war. War dieses System eingeschaltet und ein Unbefugter berührte das Fenster, so schrillte die Alarmklingel, und der Eindringling erhielt einen starken elektrischen Schlag – nicht stark genug, um ihn zu töten, aber immerhin ausreichend, um einen Erwachsenen bewußtlos zu machen. Es handelte sich hier um ein sehr kompliziertes System, und Vonnie brauchte volle zehn Minuten, bis sie es mit Hilfe ihrer mitgebrachten Ausrüstung geknackt hatte. Dann konnte sie das Fenster aufbrechen und eindringen.

Sie befand sich in einem kleinen Anrichteraum neben der Küche. Leise schlich sie weiter ins Wohnzimmer, wo sie mit einem raschen Blick feststellte, daß es hier nichts Interessantes gab. Weiter ging es – ins Arbeitszimmer. Auf dem Schreibtisch lag doch tatsächlich der Umschlag, den Howard im Restaurant bekommen hatte, und in dem Aschenbecher daneben lagen die verbrannten Reste der darin enthaltenen Nachricht. Vonnie stieß einen leisen Seufzer aus. Sie wünschte, sie hätte die Papiere in die Hand bekommen, ehe Howard sie verbrannte, aber sie war nicht der Mensch, der sich mit solchen Hypothesen länger abgab. Sie holte vielmehr einen kleinen leeren Zylinder aus ihrem Gürtel und stopfte die Aschenreste hinein. Die Labortechniker im SOTE-Hauptquartier waren wahre Meister in der Beweisrekonstruktion aus den unscheinbarsten Resten. Vielleicht konnten sie aus diesen Aschenhäufchen etwas machen. Es war in jedem Fall den Versuch wert.

Howards Vidicom-Anlage war ein Wandapparat, eines jener großen und auffallenden Modelle, das mit seinem Bildschirm eine ganze Wand des Arbeitszimmers einnahm. Wieder verzog sie das Gesicht. Das Auseinandernehmen dieser Anlage samt Einfügen einer Abhöreinrichtung war nicht einfach. Sie hoffte, Howard würde so lange wegbleiben, daß sie in Ruhe daran basteln konnte.

Mit grimmiger Entschlossenheit machte sie sich an die Arbeit und hatte bald die entsprechenden Teile des Vidicom-Gerätes freigelegt. Sie holte eine Handvoll elektronischer Komponenten aus dem Beutel an ihrem Gürtel und begann, diese Teilchen in die Leitungen einzubauen. Dabei hatte sie größere Schwierigkeiten zu bewältigen, als Jules mit dem Einfügen der Verzerrungsanlage in seinem Hotel-Vidicom gehabt hatte, weil diese Abhörvorrichtung hier viel komplizierter war. Sie war jetzt nicht nur imstande, die über diese Linie geführten Gespräche abzuhören und sie an einen besonderen Empfänger, den Vonnie in ihrem Wagen hatte, weiterzugeben, sondern sie konnte alle von außen kommenden Anrufe zurückverfolgen, so daß Jules und Vonnie wissen würden, woher jede Nachricht stammte.

So vertieft war Vonnie in ihre Tätigkeit, daß sie das Geräusch erst hörte, als es zu spät war. Ein leises Rascheln loser Stoffülle, das weiche Tappen bloßer Füße auf dem Teppichboden. Erschrocken sah Vonnie auf und blickte direkt in die Mündung eines Stunners. Es war die Waffe in der Hand einer jungen Frau. Vonnie schätzte sie auf höchstens zwanzig. Eine hinreißende Schönheit, die bis auf einen superkurzen seidenen Bademantel nichts anhatte. Hat er also eine Freundin bei sich wohnen, dachte Vonnie.

Verdammt! Ich hätte mir denken können, daß noch jemand im Haus ist. Aber alles war so ruhig!

Das Mädchen mußte geschlafen haben und war durch irgendein kleines Geräusch, das Vonnie bei ihrer Arbeit gemacht hatte, geweckt worden. In der Meinung, ein Einbrecher sei am Werke, hatte sie den Bademantel angezogen und Howards Waffe in die Hand genommen. So war sie barfüßig ins Arbeitszimmer geschlichen, um den vermeintlichen Einbrecher zu überraschen. Die Ärmste war sehr tapfer und sehr ängstlich zugleich. Sie hielt den Stunner mit beiden Händen umklammert und richtete die zitternde Mündung auf Vonnie.

Wäre die SOTE-Agentin ein gewöhnlicher Einbrecher gewesen, so hätte sich der Stunner als wirksames Abwehrmittel erwiesen. Aber Vonnie, die DesPlainianerin und hochtrainierte Spionageagentin zugleich war, ließ sich von einer so simplen Abwehrmaßnahme nicht stören, noch dazu, wenn diese sich in den Händen einer offensichtlich unerfahrenen Frau befand.

Schon als das Summen ertönte, war Vonnie in Bewegung. Ihre Bewegungen waren so rasch, daß sie in den Augen der erschrockenen Erdbewohnerin praktisch verschwammen. Eben noch hatte ihr Zielobjekt auf dem Boden gekniet, und im nächsten Moment bewegte sich der Eindringling schon auf sie zu. Ihr erster Schuß traf den Teppich, an jener Stelle, wo die Frau gekniet hatte. Für einen zweiten Schuß blieb ihr keine Zeit. Vonnie versetzte ihr einen leichten Schlag seitwärts an den Hals, und Howards Freundin sank bewußtlos zu Boden.

Jetzt überlegte Vonnie, wie sie sich am vernünftigsten verhalten sollte. Ließ sie das Mädchen hier liegen, würde diese sofort die Polizei benachrichtigen, sobald sie zu sich kam. Man würde die Abhörvorrichtung entdecken, und Howard würde merken, daß man ihm auf der Spur war. Nein, das durfte nicht geschehen.

Andererseits hatte Vonnie zuviel Achtung vor dem menschlichen Leben und wollte das Mädchen nicht töten, nur weil es sich zum falschen Zeitpunkt an den falschen Ort begeben hatte. In Vonnies Augen bestand die einzige Schuld des Mädchens darin, daß es im Hinblick auf Männer einen miserablen Geschmack hatte, aber sie verdiente nicht den Tod dafür, daß sie sich im Haus ihres Freundes einem Einbrecher in den Weg gestellt hatte.

Schließlich entschloß Vonnie sich, das Mädchen mitzunehmen. Sie wollte sie in der hiesigen SOTE-Zweigstelle abliefern. Dort würde man sie zwei Tage lang unter Verschluß halten, bis die ganze Affäre erledigt war. Howard würde sich zwar fragen, wohin sie wohl verschwunden sein mochte. Vielleicht machte er sich gar so große Sorgen, daß er die Polizei einschaltete, obgleich Vonnie da große Zweifel hegte. Aber keinesfalls würde er eine Verbindung zwischen dem Verschwinden seiner Freundin und der gegen ihn gerichteten Überwachung sehen.

Diese unerwartete Unterbrechung hatte Vonnie jedoch viel Nerven gekostet. Sie beendete ihr Werk in Windeseile, weil sie weiteren Überraschungen entgehen wollte. Dann sah sie sich nach dem Fenster des Arbeitszimmers um. Sie hatte nämlich keine Lust, das bewußtlose Mädchen zurück zu dem bereits geöffneten Fenster in dem Anrichteraum zu schleppen und übersah in ihrer Nervosität die einfachste Lösung, nämlich, die Haustür zu benutzen.

Kaum hatte sie das Fenster berührt, merkte sie auch schon ihren folgenschweren Fehler. Die Fenster des Hauses waren unabhängig voneinander mit dem Alarmsystem ausgerüstet. Davon, daß sie eines geknackt hatte, waren die anderen unbeeinflußt geblieben. Das war eine ziemlich ungewöhnliche Anordnung, die sie aber nichtsdestoweniger hätte überprüfen und entdecken müssen. Vonnie verwünschte ihre Nachlässigkeit.

Doch diese Überlegungen kamen zu spät. Noch während sich diese Gedanken in ihrem Bewußtsein ausformten, durchzuckte ein elektrischer Schock ihren Körper. Mit einem lauten Ächzen fuhr sie zurück und fiel bewußtlos zu Boden.

Howard brauchte naturgemäß nicht lange, um hinter die Wahrheit zu kommen. Als er nach Hause kam, kam seine Freundin Charla eben zu sich, während Vonnie noch bewußtlos dalag. Als Charla ihm berichtet hatte, was ›Lyla Beaumonde‹ getan hatte, kam Howards Verstand zur unausweichlichen Folgerung: Sie und dieser Bledsoe müssen gemeinsame Sache machen. Ich muß jetzt langsam etwas unternehmen, damit ihnen das Handwerk gelegt wird.

Er überlegte, ob er Lady A davon verständigen und sie um ihre Ansicht befragen sollte, ließ es dann aber sein. Sie würde ihn für den morgigen Job sehr gut bezahlen, und wenn sie erfuhr, daß er beschattet worden war, änderte sie womöglich ihre Pläne, und er wärt in eine finanzielle Sackgasse geraten. Er hatte Leute angeheuert und mußte sie auszahlen, wenn er nicht ihren Zorn auf sich lenken wollte. Außerdem hatte diese Lady A keine sehr schmeichelhafte Meinung von ihm, und er wollte diese Meinung nicht noch festigen, indem er zugab, wie dumm er sich in diesem Netz gefangen hatte. Wenn er diese zwei Schnüffler nun auf die eigene Kappe nahm, würde alles klaglos laufen.

Er erledigte zwei Anrufe. Zunächst rief er einen seiner Vertrauensmänner an und sodann Jules. »Bledsoe, ich hätte da noch so eine kleine, rasche Sache für Sie.«

»Ach? Was denn?«

»Das geht Sie nichts an. Kommen Sie sofort zu meinem Haus.« Er gab ihm die Adresse an und setzte hinzu: »Wenn Sie nicht binnen einer Stunde zur Stelle sind, können Sie den morgigen Auftrag glatt vergessen.«

Jules' Argwohn regte sich sofort. Diese neue Wendung schien nicht in den Gesamtplan zu passen. Dazu kam, daß er seit mehreren Stunden nichts von Vonnie gehört hatte und sich schon Sorgen machte. Doch ihm waren die Hände gebunden. Er mußte sich mit Howard gutstellen, bis er mehr über die Pläne des nächsten Tages erfuhr. Jules fuhr nun mit dem Taxi zur angegebenen Adresse und klopfte an der Haustür.

»Herein!« rief Howard. Kaum aber war Jules der Aufforderung nachgekommen, als er auch schon mit einem Stunnerstrahl Einstellung vier – zweistündige Betäubung – niedergemäht wurde. Er fiel um und hatte nicht mal Zeit, sich darüber zu wundern, wie man seine wahre Identität entdeckt hatte.

»Schaff ihn und das Mädchen hinaus in den Wagen«, wies Howard seinen Helfer an. »Sieh zu, daß die beiden einen schweren Unfall bauen – aber möglichst weit weg von hier, verstanden?«

Der andere nickte. Im Arrangieren von Unfällen war er unübertroffen.

9. KAPITEL

Ein knappes Entkommen

Yvette und Pias waren entsetzt über die Kaltblütigkeit, mit der sie vom Piratenanführer zum Tode verurteilt wurden. Wie immer der Plan beschaffen war, dem er folgte, es handelte sich offenbar darum, nur die Passagiere festzuhalten, die edler Abkunft waren. Und die zwei SOTE-Agenten hatten ihre Herkunft aus Tarnungsgründen geheimgehalten. Deswegen sollten sie nun sterben.

Einer der Posten trat vor. »Die übliche Methode?«

Der Boß nickte. »Jawohl. Stoßt sie in den Raum.«

Beide Agenten überlief ein Schaudern bei dem Gedanken. Ohne Raumanzug aus einer Luftschleuse gestoßen zu werden und dem tödlichen Vakuum ausgesetzt zu werden, war kein angenehmer Tod. Obwohl sie noch nie Augenzeugen eines solchen Sterbens geworden waren, wußten sie wohl um die Konsequenzen eines Ausgesetztwerdens in dieser Umgebung. Auch wenn das Opfer versuchte, den Atem eine Weile anzuhalten, so machten sich andere Wirkungen bemerkbar. Ohne äußeren Luftdruck blähte sich der Körper auf wie ein Ballon. Das Blut begann in den Adern buchstäblich zu sieden, zerriß feine Kapillaren. Die dünne Schicht der Schutzflüssigkeit auf den Augen verdampfte und ließ das Auge ungeschützt und trocken. Hielt man die Augen nicht fest geschlossen, so quollen sie heraus wie zwei weiche Früchte. Das Trommelfell platzte. Und an diesem Punkt würde auch der standhafteste einen Schmerzensschrei ausstoßen, somit das letzte bißchen Luft aus den Lungen ausdringen lassen und endgültig zusammenbrechen.

Kein Wunder, daß das Hinausstoßen in den Raum zu den gefürchtetsten Strafen der Menschheit gehöre. Ein hübscher, sauberer Schuß mit dem Strahler wäre mir lieber, dachte Yvette.

Der Posten trat nun hinter die beiden und schob sie vor sich her. Bei dieser geringen Schwerkraft flogen sie praktisch durch den Raum. »Bewegt euch!« befahl der Pirat. »Ihr habt gehört, was Ling sagte – wir wollen nicht viel Zeit verplempern.«

Yvette und Pias ließen sich in einen schmalen, halbdunklen Gang hinausbugsieren. »Geradeaus«, wies ihr Bewacher sie an und zeigte ihnen mit dem Stunner die Richtung. »Am Ende dann rechts durch die Tür in die Luftaufbereitungsanlage.«

Die Agenten kamen der Aufforderung nach, achteten aber darauf, daß sie die Strecke so langsam wie möglich zurücklegten. In diesen wenigen Sekunden schossen ihnen Dutzende von Plänen durch den Kopf und wurden sofort als unausführbar wieder verworfen. Beide wußten, daß Pias noch immer seinen Mini-Stunner hinter der Rose an seinem Hut versteckt hatte. Sie mußten nun sichergehen, daß er ihn erfolgreich anwenden konnte – und daß sie anschließend eine reelle Fluchtchance hatten. Dieser Gang war nicht günstig, weil das Risiko bestand, daß ihre Flucht sofort entdeckt wurde. So warteten sie ab, in der Hoffnung die nächsten Augenblicke würden ihnen eine bessere Chance bringen.

Am Ende des Ganges angekommen, schlugen sie die angegebene Richtung ein und gingen durch die Tür. Die Luftaufbereitungsanlage der Piratenbasis war gewaltig. Über ihren Köpfen wölbte sich eine riesige Plastikkuppel. Hätte der Asteroid, auf dem sich die Basis befand, einen Stern umkreist, dann wäre die Kuppel licht- und wärmedurchlässig gewesen. Da aber dieser Asteroid mindestens ein Lichtjahr vom nächsten Stern entfernt war, hatte man die Kuppel undurchsichtig gemacht und mit vielen Reihen heller Scheinwerfer ausgestattet, die grüne Pflanzen beschienen, Pflanzenreihen, die sich Hunderte Meter weit in der Ferne verloren. Die Photosynthese dieser Pflanzen reichte jedoch nicht aus, um den für eine Basis dieser Größenordnung benötigten Sauerstoff zu erzeugen. In weiterer Entfernung sahen Pias und Yvette einen großen Gesteins-Zertrümmerer. Roboter wurden ausgeschickt, die auf dem Asteroiden nach sauerstoffhaltigen Mineralien schürften, die sodann auf die Basis geschafft und hier in ihre Komponenten zerlegt wurden. Ein derartiges Vorgehen war auf jeder Basis einer luftleeren Welt notwendig, ob sie nun legal war oder nicht. Man hatte schon vor geraumer Zeit entdeckt, daß Planetoide jeglicher Größenordnung über genügend gebundenen Sauerstoff verfügten, um eine Basis auf unendliche Zeit hin mit dem Nötigen zu versorgen.

Es sah aus, als wären sie und ihr Bewacher hier die einzigen. Und genau das hatten sie gehofft. Die Wartung einer solchen Anlage brachte schmutzige Arbeit mit sich, welche die Piraten durch Automaten abwickelten. Schließlich waren sie Piraten geworden, weil sie, wenn irgend möglich, rechtschaffener Arbeit aus dem Wege gehen wollten.

Pias nahm den Hut ab und fuhr sich mit dem Ärmel über die Stirn. »Heiß hier drinnen, nicht?« sagte er. »Die vielen starken Lichter erzeugen hier so etwas wie einen Glashauseffekt.« Er setzte den Hut wieder auf, konnte vorher jedoch den Mini-Stunner in der hohlen Hand verstecken.

»Ja, so ähnlich wird es sein«, sagte der Pirat. Er war weder seiner wissenschaftlichen Befähigung wegen noch wegen seiner Redseligkeit angeheuert worden. »Aber ihr werdet euch darüber nicht mehr lange Gedanken machen.«

»Ach ja, genau das Thema, das ich eben anschneiden wollte. Yvette und ich – wir sind zwar keine Adeligen und für deinen Boß daher ohne Interesse, aber wir sind reich – und das könnte für dich nützlich sein. Wenn du uns hier heraushilfst, wird es sich für dich lohnen.«

»Ja, ich helfe euch hier aus«, sagte der Pirat mit sadistischem Grinsen. »Da drüben – durch die Luftschleuse.«

»Nein, du hast mich nicht verstanden«, sagte Pias mit gebührender Verzweiflung. »Wenn du ein Schiff stehlen und uns zum nächsten Planeten bringen könntest, auf dem sich eine Bank befindet, dann könnten wir dich reich belohnen. Na, wie wär's mit fünfzigtausend? Klingt gut, nicht?«

»Klingt total verrückt. Wenn ich mit euch zusammen den Fuß auf einen Planeten setze, werde ich sofort verhaftet. Warum sollte ich meine Kameraden hintergehen, nur um eure jämmerlichen Hälse zu retten?«

Sie hatten nun die Seitenwand der Kuppel erreicht und standen neben einer kleineren Schleuse. Der Pirat grinste dreckig.

»Raus mit euch.«

Jetzt war die Zeit um. Sie mußten unverzüglich handeln. Doch der andere hatte den Strahler gezogen und hielt ihn auf die beiden gerichtet. Nun hieß es, seine Aufmerksamkeit für einen Sekundenbruchteil abzulenken, bis Pias gezielt und abgedrückt hatte, oder ihre einzige Chance war vertan. Yvette trat nun einen Schritt weg von Pias.

»Vielleicht könnte ich dir einiges bieten, das deine Kameraden dir nicht bieten können«, sagte sie mit sinnlichem Vibrieren in der Stimme. Sie knüpfte ihre Bluse auf. »Hier muß es schrecklich einsam und langweilig sein. Möchtest du denn niemanden haben, der dich in den langen kalten Nächten wärmt?«

Aus ihrer Stimme klangen tausend Versprechungen, und der Anblick, der sich ihm bot, war das Paradies selbst. Kein gesundes heterosexuelles männliches Wesen hätte einem überlangen Blick in Yvettes Richtung widerstanden. Der Pirat ging prompt in die Falle, und das war sein Verderben.

Pias ergriff die Chance ohne Zögern. Kaum hatte der Pirat den Blick abgewandt, hob Jules die Waffe und feuerte. Der andere fiel zu Boden, sein letzter Gedanke galt dem Anblick von Yvettes prallem Dekolleté. »Warum hast du so lange gebraucht?« fragte Yvette, die sich wieder zuknöpfte. »Ich wußte nicht mehr aus noch ein, ehe du dich zu einem Schuß durchringen konntest.«

»Ich bin schließlich auch ein Mann«, erwiderte Pias. »Darf ich keinen Blick riskieren? Wenn ich dich heiraten soll, dann darf ich mir doch mal ansehen, was du zu bieten hast.« Er berührte den reglos auf dem Boden Liegenden mit der Fußspitze. »Was machen wir mit ihm? Der bleibt nur zwei Stunden bewußtlos.«

»Wir brauchen aber viel mehr Zeit. Wenn er sich jetzt nicht zurückmeldet, bleibt sein Fehlen vielleicht unentdeckt. Wir verpassen ihm noch eine Ladung und verstecken ihn.« Sie machte eine Pause. »Hm, gern tue ich es nicht, aber das könnte unser einziger Ausweg sein.«

Pias bückte sich und schleppte gemeinsam mit Yvette den Bewußtlosen über den Boden zu der Schleuse. Dort packte er ihn in den Schrank mit den Notanzügen.

Sie schlossen und versperrten die innere Tür, dann sicherte Pias den Verschluß und sorgte dafür, daß er auf normalem Weg nicht mehr zu öffnen war. Als Pias nun zum Sprechen ansetzte, war es kaum mehr als ein Flüstern. »Unser nächster Schritt wird sein, uns ein Schiff anzueignen und hier wegzukommen. Sobald wir auf einem bewohnten Planeten sind, können wir berichten, was hier geschehen ist.«

»Kannst du denn ein Schiff steuern?« fragte Yvette.

»Hatte niemals die Zeit, es zu lernen.«

»Bei mir sieht es ähnlich aus. Das erledigte immer Jules. Ich habe mich auf andere Dinge spezialisiert.«

»Wir können ja Ling und seine Mannen ersuchen, sie sollten bitte so freundlich sein und uns nach Hause fliegen.«

»Zynismus steht dir schlecht an, mon cher. Aber unsere Lage ist noch nicht hoffnungslos. Mit etwas Glück wird man unsere Flucht erst in zwei bis sechs Stunden entdecken. In dieser Zeit läßt sich viel machen. Wir sollten uns das Gelände näher ansehen, ehe wir überstürzte Pläne ins Auge fassen.«

Nun unterzogen sie die Luftwiederaufbereitungsanlage einer näheren Untersuchung und achteten mehr auf die Einzelheiten. Die Kuppelhalle war riesig und leer bis auf das Grünzeug und die Schürf- und Sauerstoffgewinnungsmaschinen. »Hierher scheint sich nur selten jemand zu verirren«, bemerkte Jules. »Könnte ein gutes Versteck abgeben.«

»Ach was, wenn man sich systematisch auf die Suche macht, dann wird man hier zuallererst nachsehen«, meinte Yvette. »Wenn man einen ganzen Suchtrupp ausschickt, können wir uns ohnehin nirgends verbergen, und hier schon gar nicht.«

Pias schüttelte den Kopf und sah auf seine Füße hinunter. »Liebling, manchmal kannst du einem wirklich das Gefühl vermitteln, man wäre dumm und unfähig.«

Sie strich ihm über sein Lockenhaar. »Kopf hoch. Du bist ja erst seit kurzem dabei. Und ich bin in dieser Branche praktisch aufgewachsen. Keine Angst, du wirst es lernen.«

An einer Wand entdeckten sie nun die Pumpvorrichtung, mittels derer die aufbereitete Luft in die unterirdischen Tunnels gepumpt wurde, aus denen diese Basis bestand. »Was würde ich für ein paar Liter Tirascaline geben«, sagte Yvette. »Wenn wir das Zeug in das Pumpensystem einfließen lassen, würden alle in wenigen Minuten fest schlafen, und wir könnten sie nach Belieben unschädlich machen.«

Pias sah sich das ganze Röhrensystem näher an. »Gewaltige Rohre sind das«, bemerkte er. »So groß müssen sie wohl sein, damit die Wartungsmannschaften hineinkönnen und eventuelle Defekte reparieren können.«

Die beiden wechselten einen Blick. Ein Lächeln erhellte ihre Mienen. »Und diese Rohre schlängeln sich durch die gesamte Basis«, setzte Yvette seine Überlegung fort. »In den Röhren könnten wir uns nach Belieben frei bewegen. Wie du siehst, habe ich die guten Ideen nicht gepachtet.«

Pias verzog das Gesicht. »Nun stehen wir aber vor demselben Problem. Sobald die merken, daß wir entwischt sind, werden sie eine Suche starten und ebenfalls auf diese gute Idee kommen. Und dann dürfte es nicht schwer sein, uns aus dem Ventilationssystem hinauszupusten.«

Yvette überlegte lange und gründlich. Sie frage sich, wie ihr Bruder sich unter diesen Umständen wohl verhalten würde. Sie wußte wohl, daß sie über den größeren Weitblick innerhalb des Geschwisterteams verfügte, doch Jules hatte meist die besseren Ideen. Ich habe mich zu sehr daran gewöhnt, ihn gewisse Dinge tun zu lassen, dachte sie. Ich muß jetzt meine eigenen Fähigkeiten mobilisieren.

»Es muß einen Ausweg geben«, sagte sie schließlich. »Wir müssen uns ein wenig Zeit lassen und die Dinge gut überlegen. Und inzwischen sitzen wir hier auf dem Präsentierteller, falls jemand vorbeischaut. Ich schlage vor, wir verkriechen uns fürs erste in die Röhren und zerbrechen uns den Kopf über die Flucht, wenn wir unsichtbar sind. Wie kriegen wir nur dieses Gitter los?«

Pias sah sich die Haltevorrichtung des Gitterrostes an. »Da müssen von innen Haken dran sein.« Er steckte die Hand durch eine Öffnung und tastete so tief hinein, wie nur möglich. Nach mehreren Versuchen hatte er den Verschluß aufgehakt und konnte das Gitter auf einer Seite wegziehen. Nachdem er die Verschlußvorrichtung auf der anderen Seite gelöst hatte, ließ sich das Gitter ganz herausnehmen, und sie konnten in die Röhre hineinkriechen.

Als Bewohner von Hochschwerkraftplaneten waren sie von verhältnismäßig kleinem Körperwuchs und konnten innerhalb der Leitungsröhre aufrecht stehen. Im Inneren war es dunkel, und der Boden war spiegelglatt, was die Fortbewegung nicht ungefährlich machte, doch entdeckten sie bald an der Wand Haltegriffe, an denen sich die Techniker festhalten konnten, falls Reparaturen im Inneren des Systems notwendig waren.

»Ein großartiges System«, meinte Pias, als er das Gitter wieder anbrachte. »Wir können uns nun innerhalb der Basis frei bewegen, das Gitter von innen losmachen, rauskriechen und dann wieder hinein, ohne daß es jemand merkt – wenn wir vorsichtig sind. Also, gehen wir auf Erkundung?«

Langsam und behutsam begannen sie den Marsch durch den großen Metalltunnel. Der Boden senkte sich leicht gegen das Innere des Asteroiden hin, ein Hinweis darauf, daß die Basis zum

Großteil unter dem Oberflächenniveau lag. Yvette hatte es nicht anders erwartet. Es war ja viel einfacher, Tunnels in den Fels zu sprengen und eine unterirdische Siedlung zu schaffen, als eine Kuppel über der Oberfläche zu errichten. Der Fels bildete eine gute Isolation gegen große Temperaturunterschiede, und mittels einer Luft-Austauschanlage konnte man verhindern, daß die Atmosphäre entwich.

»Hoffentlich stoßen wir bald auf die Küchenregionen«, flüsterte Pias.

Yvettes Magen rief ihr sofort in Erinnerung, daß die letzte Mahlzeit schon sehr lange zurücklag. Doch im Moment gab es Dringenderes. »Eins nach dem anderen. Wir müssen Pläne für eine eventuelle Flucht schmieden. Da wir diesen Asteroiden nicht verlassen können, um Hilfe zu holen, müssen wir dafür sorgen, daß man uns von hier weghilft. Zu diesem Zweck muß ich das Computer- und Nachrichtenzentrum finden.«

Pias nickte, obwohl er wußte, daß Yvette dies im Dunkeln nicht sehen konnte. Sie hatte recht – sie mußten einen Hilferuf ausschicken, ehe sie sich körperlichen Bedürfnissen widmen konnten. Aber hungrig war er trotzdem.

Aus verschiedenen vor ihnen liegenden Gitteröffnungen drang Licht in die Röhre. Pias und Yvette spähten hinaus und sahen Aufenthaltsräume der Piraten. Kleinere Röhren zweigten nun von der großen Hauptröhre ab, vermutlich zu den einzelnen Schlafunterkünften. Die beiden Agenten setzten ihren Weg fort.

Sie erreichten nun den großen Raum, in dem Besatzung und Passagiere der Querida festgehalten wurden. Zur Bewachung der über vierzig Personen waren nur zwei Posten abkommandiert, die an der Tür Stellung bezogen hatten. Yvette hätte nun mit dem Strahler, den sie dem Piraten abgenommen hatten, diese zwei Posten ausschalten können, ohne auch nur die Röhre zu verlassen. Damit hätte sie auch ihre Mitgefangenen befreit. Doch im Moment wäre das sehr unbedacht gewesen. Sie mußte einen endgültigen Plan parat haben, ehe sie einen so folgenschweren Schritt tat – andernfalls mußte sie mit vierzig Personen auf feindlichem Gebiet umherirren, ohne zu wissen, wohin mit ihnen. Nein, sie wollten sich die Stelle für später merken und vorerst weiter auf Erkundung gehen.

Endlich erreichten sie ein Ende der Röhre. Der Tunnel

zweigte im rechten Winkel nach beiden Seiten ab, und sie mußten sich nun für einen entscheiden. Sie wählten den Tunnel zur Rechten.

Hier war es dunkler, als im Haupttunnel, weil keine Gitter vorhanden waren, durch die Licht hätte eindringen können. Sie gingen ein Stück weiter, ehe sie am entfernten Ende ein Licht sahen, das immer größer wurde. Und als sie hinkamen und hinaussahen, da waren sie nicht wenig erstaunt.

Vor dem Gitter lag ein Kuppelraum ähnlich der Luftaufbereitungsanlage, nur kleiner. Werkzeug, Baumaschinen und riesige Ständer voller Raumanzüge waren zu sehen und am anderen Ende eine Luftschleuse. Und außerhalb der durchsichtigen Kuppel lag eine Flotte von mehr als fünfzig Schiffen. Die Unterschiede in der Größe und Bauart waren groß – kleine Luxusjachten, Trägerschiffe, große Frachter – aber alle startklar, falls die Order gegeben werden sollte.

Die zwei Agenten zogen sich ein Stück in die Röhre zurück, um diese neue Entwicklung gründlich zu überdenken. Sie beide wußten, daß gewöhnliche Piraten keine so große Flotte brauchten. Bei Piratenschiffen handelte es sich zum Großteil um unabhängig operierende Einheiten, die nicht im Flottenverband vorgingen. Eines oder höchstens zwei Schiffe waren da völlig ausreichend. Und wenn Piraten ein Schiff kaperten, dann ließen sie es meist draußen im Raum treiben. Doch diese Piraten hier nahmen die Schiffe mit in ihre Basis und bauten sie um. Zu welchem Zweck?

»Die müssen hier eine Armee aufbauen«, schloß Yvette. Sie erklärte Pias die Sache mit dem Medaillon, das sie bei Ling, dem Anführer der Piraten, gesehen hatte, und weihte ihn dahingehend ein, daß es sich dabei um ein Erkennungszeichen höherer Ränge innerhalb eines Verschwörerringes handelte, der sich über das gesamte Imperium erstreckte. Lady A ließ sie unerwähnt und ließ nur verlauten, daß die Verschwörung von hochintelligenten und raffinierten Leuten gelenkt wurde.

Pias nickte bedächtig. »Rauben ist die beste Methode, sich Schiffe zu verschaffen. Aber wo und wann wollen sie denn angreifen?«

»Ich weiß es nicht, aber es ist in jedem Fall unsere Aufgabe, es zu verhindern – wenn irgend möglich. Das ist ein zusätzlicher

Grund, warum wir hier rausmüssen – und zwar schnell. Sehen wir mal, was es am Ende des anderen Ganges gibt.«

Während sie in die andere Richtung gingen, begann sich in Yvettes Bewußtsein ein undeutlicher Plan auszuformen. Darin wurde alles verwertet, was sie bis jetzt hier herausgefunden hatten – diese Luftleitungen, die anderen Gefangenen, die umgebauten Schiffe. Doch alles hing nun davon ab, ob es ihr gelingen würde, einen Hilferuf durchzugeben. Sie mußten unbedingt die Funkzentrale finden!

Nun gelangten sie wieder an die Stelle, wo die Hauptleitung in zwei Richtungen abzweigte. Diesmal machten sie sich an die Erkundung des linken Tunnels. Dieser führte sie in eine bevölkerte Abteilung der Piratenbasis. Zudem konnten sie feststellen, wo die Küche und die Speiseräume lagen. Weiter entdeckten sie, was sie eigentlich gesucht hatten: einen Raum voller elektronischer Einrichtungen und ganzer Reihen blitzender Lämpchen im Verein mit einer starken Subcom-Empfangs- und Sendeanlage.

Leider waren da zwei Piraten, die Wache schoben – und das Gitter, das Pias und Yvette von dem Raum trennte, war nur so groß, daß einer hindurchkriechen konnte.

Sie berieten eine Weile und entschlossen sich für einen Plan. Pias wollte mit gezücktem Mini-Stunner am Gitter warten und feuern, sobald einer der beiden Bewacher in Reichweite käme.

So war es denn auch. Das Dröhnen und Summen der Maschinen in diesem Raum erstickte das leise Surren des Stunners. Für den zweiten sah es nun aus, als wäre sein Kamerad in Ohnmacht gefallen. Als er nun herbeieilte und dem anderen auf die Beine helfen wollte, fiel auch er der kleinen, aber sehr wirksamen Waffe von Pias zum Opfer. Pias hakte nun rasch das Gitter auf und kroch gefolgt von Yvette in die Funkzentrale.

»Du mußt Wache halten«, sagte Yvette. »Ich habe etwa eine halbe Stunde hier drinnen zu tun. Als erstes muß ich astrographische Berechnungen vornehmen und herauskriegen, wo wir eigentlich sind. Dann erst kann ich an den Zirkus einen Hilferuf durchgeben.«

»Warum nicht an den SOTE oder die Marine? Die sind vielleicht näher dran als deine Familie.«

»Nein. Die Marine ist großartig, wenn es auf nackte Gewalt ankommt, aber wir stecken in einer Situation, die ein wenig Fingerspitzengefühl erfordert. Halte dir vor Augen, daß wir über vierzig Menschen hier wieder heil herausbringen wollen – nicht zu vergessen uns selbst. Die Marine würde wie folgt vorgehen: sie würde diese Basis bis zur Unkenntlichkeit mit Bomben belegen. Es würde klappen, das schon, aber der Preis wäre zu hoch. Meine Familie ist da einfallsreicher und wendiger.«

Nachdem er die zwei bewußtlosen Piraten in einer Ecke untergebracht und ihnen ihre Waffen abgenommen hatte, blieb Pias nichts übrig, als Yvette bei ihren komplizierten Computer-Berechnungen zuzusehen. Was sie dabei eigentlich machte, war ihm schleierhaft. In den vier Monaten, die er an der Akademie des Service zugebracht hatte, waren ihm nur die grundlegenden Kenntnisse beigebracht worden. Die komplizierten Bereiche, wie zum Beispiele astronomische Berechnungen und Raumschiff-Navigation waren ihm fremd. Insgeheim gelobte er sich jetzt, er wolle alles lernen, um seiner Aufgabe besser gerecht werden zu können. Das Gefühl völliger Hilflosigkeit in einer verzweifelten Lage war kein Genuß für ihn.

Schließlich hatte Yvette die gewünschten Ergebnisse und ging an das Subcom-Aggregat. »Hm, laß mich mal nachdenken«, sagte sie leise. »So wie ich den Tournee-Plan in Erinnerung habe, müßte der Zirkus momentan auf Carafia sein. Das ist gar nicht weit weg.« Und sie begann das komplizierte Wählverfahren, mit dessen Hilfe sie der privaten Subcom-Anlage ihres Vaters sofort eine Botschaft zukommen lassen konnte.

Es dauerte fünf Minuten, bis sich der Bildschirm erhellte und ein dreidimensionales Bild ihres Vaters darauf erschien. Er sah müde und abgespannt aus, so als hätte er die ganze Nacht durchgewacht – was sehr wahrscheinlich der Fall war. »Wer … Yvette!« Seine Miene erhellte sich. »Wie geht es dir?«

Yvette mußte nun ihre Worte sehr sorgsam wählen. In der Subcom-Einheit, die sie benutzte, war keine Verzerrungseinrichtung eingebaut, und das hieß, daß dieses Gespräch abgehört werden konnte. Sie durfte demnach nur ganz unverdächtige Sätze äußern. »Prima, lieber Papa. Einfach prima.«

Etienne d'Alembert kniff die Augen zusammen – fast unmerklich. Für den Fall des Abgehörtwerdens hatte die Familie d'Alembert einen Nachrichtencode ausgearbeitet, und das Wort ›prima‹ bedeutete eigentlich das genaue Gegenteil. Seine Tochter steckte also bis zum Hals in Schwierigkeiten und bat ihn um Hilfe. Sein Müdigkeit war wie weggeblasen.

Sie sprachen noch fünf Minuten miteinander. Obgleich ihre Unterhaltung für Pias weitschweifig und manchmal albern war – es war beabsichtigt, daß sie für alle Außenstehenden so klang –, wurde dabei eine ganze Menge Informationen ausgetauscht.

Yvette konnte ihrem Vater mitteilen, daß sie auf einem Piratenasteroiden gestrandet war, daß sie sich frei bewegen, den Asteroiden aber nicht verlassen konnte. Sie konnte ihm die genaue Position durchgeben und informierte ihn auch, daß eine ganze Flotte bereitstünde, die man ihm womöglich entgegenwerfen würde. Außerdem teilte sie mit, daß außer ihr noch etwa vierzig Personen auf Rettung warteten.

Etienne seinerseits nahm diese Mitteilungen zur Kenntnis und antwortete, er könne innerhalb von vier Tagen eine ganze d'Alembertsche Kampfeinheit zum Asteroiden schicken. Er wolle dafür sorgen, daß die Marine ihm Rückendeckung gab, wenn sie auch an dem Angriff selbst nicht teilnehmen sollte. Yvette versicherte ihm, sie könne so lange aushalten und versicherte ihn überdies ihrer töchterlichen Liebe. Ihr Vater erwiderte diese Liebeserklärung, und das Gespräch war beendet.

Yvette hatte zwar behauptet, sie könne gut so lange aushalten, doch dies war keineswegs so einfach. Sie und Pias und die anderen Gefangenen mußten auf dem ureigenen Gelände der Piraten gegen diese vier Tage lang Widerstand leisten. Sie hoffte, daß sich dies irgendwie bewerkstelligen ließ.

10. Kapitel
Der Unfall

Der Mann, den Howard damit betraut hatte, für Jules und Vonnie einen Unfall zu arrangieren, war ein Profi, den er bei ähnlichen Gelegenheiten schon des öfteren eingesetzt hatte. Der Mann wußte, daß der Unfall sich in sicherer Entfernung von Howards Haus ereignen mußte, damit auch nicht der Schatten eines Verdachtes auf den Gauner fiel. Er wußte ebenso, daß Howard ein hieb- und stichfestes Alibi haben mußte. Der Unfallwagen war gestohlen, so daß man Howards Bande nicht damit in Verbindung bringen konnte, wenn der Wagen zerschmettert in einem Abgrund aufgefunden wurde. Sämtliche Einzelheiten waren feinsäuberlich ausgearbeitet.

Dieser Killer hatte nun eine bevorzugte Gegend für seine Inszenierungen – eine einsame Bergstraße etwa zwanzig Kilometer von Howards Haus entfernt. Wie so viele Bergstraßen im südlichen Kalifornien, so hatte auch diese ihren gebührenden Anteil an Haarnadelkurven mit entsprechender Unfallrate. Die Bergflanke, an der sich die Straße emporwand, war mit dichtem Gestrüpp bewachsen, so daß man, wenn alles gutging, den Wagen stunden-, ja tagelang nicht entdecken würde. Und in unmittelbarer Nähe verlief ein Wanderweg, den er für den Rückweg benutzten konnte. Nach eineinhalb Stunden hätte er wieder die Grenzen der Zivilisation erreicht und konnte ein Taxi herbeirufen, das ihn nach Hause brachte.

Der Mann war so vertieft in die Einzelheiten der Unfallgestaltung, daß ihm entging, wie Vonnie sich auf dem Hintersitz rührte. Der elektrische Schock war zwar sehr stark gewesen, doch sie war jung und gesund, und ihre desplainianische Natur bewirkte, daß sie sich rascher erholte als jeder andere. Und sie erlangte eben das Bewußtsein wieder, als Howards Henker sich jener Stelle näherte, die er für den Doppelmord ausgesucht hatte.

Zunächst war ihr Bewußtsein noch umnebelt und mußte sich mühsam in die Realität zurückkämpfen. Ihr fiel der Elektroschock am Fensterbrett ein, und der Schrecken, den sie gespürt hatte. Als ihr der amateurhafte Fehler klarwurde. Und jetzt merkte sie, daß sie in einem fahrenden Fahrzeug lag. Ein anderer lag bewußtlos neben ihr, doch zunächst hatte sie große Schwierigkeiten, ihn zu erkennen. Und sie durfte sich nicht auffällig bewegen. Wenn man sie noch länger für bewußtlos hielt, konnte sie unauffällig mehr in Erfahrung bringen.

Als ihre Augen wieder klar sehen konnten, erkannte sie Jules, einen Jules, der entweder wirklich bewußtlos war oder sich so stellte. Das beunruhigte sie nicht wenig. Sie und Jules waren allein auf diesen Fall angesetzt. Waren sie beide in Gefangenschaft geraten, so hieß das, daß niemand ihnen aus der Klemme helfen konnte. Und die Tatsache, daß sie gefesselt auf dem Rücksitz eines Wagens lagen, der mit unbekanntem Ziel dahinfuhr, war ein unheilbringendes Zeichen.

Kaum war sie zu diesem Schluß gelangt, da hielt der Wagen an. Vonnie schloß die Augen und stellte sich bewußtlos. Sie hörte, wie der Fahrer ausstieg und die hintere Tür aufmachte. Der Mann faßte unter ihre Arme und zog sie heraus. Dann setzte er sie vorn auf den Beifahrersitz. Vonnie leistete insofern Schützenhilfe, indem sie sich schlaff machte und brav nach vorne sackte, als er sie plötzlich losließ.

Als der Mann nun wieder nach hinten ging, um Jules zu holen, rechnete sich Vonnie die Chancen für und wider verschiedene Pläne aus. Was der Fahrer vorhatte, das war ihr mittlerweile klar – er wollte einen Unfall inszenieren, mit dem man Howard nicht in Verbindung bringen konnte. Und sie wollte es natürlich nicht so weit kommen lassen, doch wie sie es verhindern sollte, war ihr noch nicht klar.

Sie hatte es nur mit dem einen Mann aufzunehmen, und der hielt sie noch immer für bewußtlos. Sie war mühelos imstande, ihn zu überwältigen und damit sich und Jules zu befreien. Doch der Mann hatte gewiß Befehl, sich bei Howard zurückzumelden. Und wenn er nicht käme und seine Erfolgsmeldung lieferte, würde der Verbrecherboß wittern, daß etwas schiefgegangen war. Er würde womöglich panikartig irgend etwas Überstürztes unternehmen.

Also war es vernünftiger, man ließ ihn in dem Glauben, sie und Jules seien tot. Er würde sich in Sicherheit wiegen und vielleicht jegliche Vorsicht außer acht lassen. Zu diesem Zweck mußten sie den Killer weitermachen lassen, ja ihn in dem Glauben lassen, er hätte sein Ziel erreicht. Diese Variante war natürlich viel schwieriger auszuführen. Es bedurfte einer Reaktionsschnelligkeit, bei der es um Sekundenbruchteile ging – und einer Portion Glück dazu. Doch das Ergebnis rechtfertigte den Einsatz.

Vonnie stellte sich daher weiterhin bewußtlos, als der gedungene Mörder Jules neben sie in den Fahrersitz setzte. Mit einem hastigen Blick vergewisserte sich der Mann, daß beide bewußtlos waren, und ging hinter den Wagen. Er versetzte ihm einen heftigen Stoß, und Vonnie spürte, wie der Wagen sich in Bewegung setzte. Mit der rechten Hand faßte sie nach dem Türgriff, während sie mit der linken Jules an seinen Kleidern packte.

Falls er wirklich noch bewußtlos war, mußte sie ihn mit hinauszerren.

Sie spürte, daß der Wagen über eine Böschung schnellte, und plötzlich plumpste er mitten in dichtes Gebüsch. Für einen Erdenbürger wäre es ein Fall mit atemberaubender Geschwindigkeit gewesen, doch für einen Menschen mit desplainianischen Reflexen war es lediglich Zeitlupentempo. Vonnie wartete zwei Sekunden ab. Es war zu hoffen, daß sie jetzt außer Sichtweite des Killers war. Und nun wurde sie aktiv.

Ihr rechter Arm stieß gegen die Wagentür. Einen Augenblick lang sah es so aus, als wäre das Gestrüpp zu dicht und drücke so stark gegen die Wagentür, daß Vonnie sie nicht aufbrachte, doch sie stemmte sich mit der Kraft des DesPlainianers dagegen – noch dazu eines verzweifelten DesPlainianers, und die Tür sprang auf. Mit der linken Hand hielt sie den Jackenkragen ihres Verlobten fest und zog ihn zu sich herüber. Und bevor die Tür durch den Druck des Strauchwerkes wieder zuknallen konnte, sprang sie aus dem bergab rollenden Wagen und zog Jules mit sich.

Die zwei Körper rollten nun ebenfalls bergab. Vonnie spürte, wie sie gegen Felsblöcke stieß und an Ästen und Zweigen hängenblieb und sich dabei etliche Abschürfungen und Kratzer holte. Jules' Körper kullerte neben ihr her, bis endlich das dichte Gestrüpp ihren Sturz abfing. Vonnie blieb liegen und rang nach Atem.

Unter ihnen holperte der Wagen wie ein wildgewordener Elefantenbulle immer ungehemmter und schneller bergab. Hundert Meter unterhalb jener Stelle, wo Vonnie und Jules abgesprungen waren, prallte der Wagen gegen einen Baumstamm, überschlug sich und holperte weiter und vollführte dabei irre Luftsprünge.

Er landete schließlich mit dem Dach nach unten auf einer großen vorragenden Felsplatte. Das Dach wurde eingedrückt. Jeder im Wagen befindliche Körper wäre nun zerquetscht worden. Der Wagen überschlug sich noch dreimal, ehe er als hoffnungslos verbeultes Wrack nahe dem Boden des Abgrundes liegenblieb.

Vonnie stieß einen erleichterten Seufzer aus. Gottlob hatte sie sich und Jules rechtzeitig in Sicherheit bringen können! Ihren Atem hatte sie inzwischen wiedergewonnen, doch nun hieß es mit besonderer Vorsicht vorgehen. Sie schaute bergauf, in der Hoffnung, den Mann zu sehen, der den Unfall inszeniert hatte. Es war nicht ganz einfach, etwas zu erkennen und gleichzeitig nicht gesehen zu werden, und ihr Sehwinkel gereichte ihr nicht eben zum Vorteil. Sekundenlang glaubte sie ein von der Straße herunterspähendes Gesicht auszumachen, das sofort wieder verschwand. Als das Echo des Aufpralls verklungen war, senkte sich wieder bukolische Stille über das Hügelland.

Vonnie kroch mühsam durch das Gestrüpp zu jener Stelle hin, wo Jules liegengeblieben war. »Jules?« flüsterte sie und bekam keine Antwort. Sie beugte sich über ihn und spürte, daß sein Atem unregelmäßig kam. Sie tastete nach seinem Puls. Beruhigend kräftig und regelmäßig. Als sie seine Lider anhob, sah sie, daß die Pupillen nur stecknadelkopfgroß waren. Das Weiße war blutunterlaufen. Die Nachwirkungen eines Stunner-Schusses. Aber mit welcher Stärke man ihn angeschossen hatte, konnte sie nicht beurteilen.

Sie überlegte nun hin und her, was sie tun sollte. Die Tatsache, daß der Killer nicht heruntergekommen war, bewies, daß er seiner Sache sehr sicher sein mußte. Und er würde sich gewiß am Tatort nicht lange aufhalten wollen, damit er nicht zufällig hier gesehen wurde. Die unmittelbare Bedrohung durch ihn war also vorbei. Doch Jules' Zustand bereitete ihr Sorgen. Vonnie vermutete, daß er einen Schuß der Stärke vier abbekommen hatte und damit war er noch zwei Stunden bewußtlos. War die Einstellung jedoch stärker gewesen, dann konnte er noch tagelang bewußtlos sein oder gar für immer gelähmt bleiben – und in diesem Fall konnte sie ihn nicht einfach hier so liegenlassen. Sie mußte Hilfe holen. Aber allein lassen wollte sie ihn hier auch wieder nicht, wenn es sich vermeiden ließ.

Sie entschloß sich, eine Stunde abzuwarten. War es eine Betäubung Stärke vier, dann würde er nach dieser Zeit zu sich kommen. War es intensiver, dann würde er mindestens noch weitere vier Stunden außer Gefecht sein, und in dieser Zeit konnte sie Hilfe herbeiholen und wieder zur Stelle sein, ehe er erwachte und sie brauchte.

Sie stand auf und reckte und streckte ihre steifen Gliedmaßen. Dabei sah sie sich nach einer Möglichkeit um, wieder in die Stadt zurückzukommen. In einiger Entfernung gewahrte sie einen schmalen Fußpfad, doch am Sonnenstand merkte sie, daß der Nachmittag bereits sehr weit fortgeschritten war. Es blieb ihr vielleicht nicht genügend Zeit, Hilfe zu holen und wieder zur Stelle zu sein, ehe die Sonne unterging – und sie wollte lieber nicht daran denken, daß er allein hier in der Dunkelheit lag. Sie ging wieder zu Jules und setzte sich neben ihn. Liebevoll bettete sie seinen Kopf in ihren Schoß und sah lächelnd nieder auf sein hübsches Gesicht. Sie wartete nun, daß sich etwas tat.

Nach etwa drei Viertelstunden bewegte Jules den Kopf, hustete und versuchte die Augen zu öffnen. »Ganz ruhig«, sagte Vonnie und strich ihm mit den Fingerspitzen über die Stirn. »Du erwachst eben aus einer Betäubung. Es besteht keine unmittelbare Gefahr, du kannst dir also Zeit lassen.«

»Howard ... lockte mich in einen Hinterhalt«, erklärte Jules später, als er wieder Herr über seine Zunge war. »Er ist hinter uns her.«

»Jetzt nicht mehr. Er glaubt, daß wir tot sind.« Sie erklärte ihm, was sich ereignet hatte, seitdem sie selbst wieder ihr Bewußtsein erlangt hatte.

Bald darauf konnte Jules sich in eine sitzende Position hochziehen. Er bedachte Vonnie mit einem matten Lächeln. »Ich danke dir, daß du mir das Leben gerettet hast.«

Sie fuhr ihm mit der Hand durch das ohnehin schon wirre Haar. »Keine Angst. Ich habe noch einiges mit dir vor und kann nicht zulassen, daß Howard dich tötet.«

Als Jules sich soweit erholt hatte, daß er stehen konnte, erklommen die zwei den Abhang hinauf zur Straße. Vonnie hatte entschieden, es wäre günstiger, es per Anhalter zu versuchen, als zu Fuß den schmalen Weg entlangzulaufen. Und während des Aufstieges waren sie in Gedanken schon längst wieder bei dem Fall, auf den sie angesetzt waten.

»Die Vermählung ist für morgen nachmittag geplant«, sagte Jules, »und Howard scharte schon morgens seine Mannen um sich. Nun bedarf es nicht der Klugheit unseres Chefs, um sich auszurechnen, daß diese zwei Ereignisse miteinander in Verbindung stehen. Der uns verbleibende Zeitraum schrumpft jetzt immer mehr zusammen. Wenn das Leben der kaiserlichen Familie auf dem Spiel steht, gehe ich nur ungern ein Risiko ein. Fast wäre ich versucht, Howard festzunehmen ohne Rücksicht auf die daraus erwachsenden Konsequenzen. Es könnte gut sein, daß seine Abwesenheit hinreicht, die Pläne der Verschwörung zu sabotieren.«

»Die Sache hat nur einen Fehler: Du glaubst selbst nicht recht daran, stimmt's?« Vonnies Augen schimmerten im Licht der Nachmittagssonne.

»Nein, ich glaube es nicht. Bislang haben sich die Gegner als beweglich und listenreich erwiesen. Entweder haben sie bereits einen Plan für den Notfall, oder aber sie wissen, daß wir hinter ihnen her sind und haben sich aus diesem Grund ein wenig unsichtbar gemacht – und Gott weiß was für bösartige kleine Überraschungen sie nächstes Mal für uns auf Lager haben. Wir müssen sie an diesem Punkt und zu dieser Zeit stoppen.«

Sie schafften es hinauf bis zur Straße und konnten nach einer Viertelstunde den Wagen eines jungen Mannes aufhalten, der sie in die Stadt mitnahm. Ihr Wohltäter brachte sie zu einer Vidicomzelle, von wo aus sie ein Taxi herbeirufen konnten. Das Taxi wiederum brachte sie in die Nähe von Howards Haus, wo Vonnie ihren Wagen abgestellt hatte. Er stand noch immer an derselben Stelle, von Howard unentdeckt. Während Vonnie dablieb, um Howards Haus weiter zu überwachen, fuhr Jules mit dem Taxi weiter ins Hotel, wo er sich für seine eigenen abendlichen Aktivitäten zurechtmachte.

Howards Bande wollte sich frühmorgens versammeln und seine Instruktionen entgegennehmen. Howard war nun der Meinung, seine zwei Gegner wären ausgeschaltet. Er würde seine sonstigen Pläne wohl kaum ändern. Und da Jules nicht mehr als geladener Gast bei der Zusammenkunft erscheinen konnte, hatte er die Absicht, uneingeladen aufzukreuzen.

Er suchte sich seine Ausrüstung zusammen – darunter eine kleine persönliche Com-Einheit, die mit jener im Wagen abgestimmt war, so daß er mit Vonnie ständig in Verbindung blieb, und entnahm den Nahrungsautomaten in der Hotelhalle rasch einen Imbiß. Dann fuhr er mit einem Taxi in die Umgebung von Howards Turnhalle. Als er hinkam, war es tiefe Nacht, doch das Gebäude war noch immer hell erleuchtet. Die Öffnungszeiten waren so, daß die Kunden bis Mitternacht bleiben konnten. Jules durchstreifte nun die Straßen der Umgebung, bis die Turnhalle dichtmachte. Dann ging er an die Arbeit.

Das an die Turnhalle angrenzende Gebäude war ein Wohnhaus. Jules ging hinein und fuhr mit der Aufzugsröhre bis in die oberste Etage. Hier suchte er nach der Feuerleiter, die aufs Dach führte. Von dort kostete es ihn bloß einen Sprung über den zwei Meter breiten Zwischenraum, der Turnhalle und Wohnhaus trennte. Auf dem Dach seines Zielobjektes angekommen, machte Jules ein dickes Seil fest und ließ sich über den Rand des Daches so weit hinab, bis er auf dem Sims neben der obersten Fensterreihe stand. Eine kurze Untersuchung mit seinen hochempfindlichen Sensoren zeigte ihm, daß die hier eingebaute Alarmanlage zur einfachsten Type gehörte. In einer knappen Minute hatte er sie außer Betrieb gesetzt. Eines der Fenster war nicht mal verriegelt. Jules stieß es auf und stieg in das dunkle Haus ein.

Der Raum, in dem er sich nun befand, war ein Büroraum, selten benutzt, nach dem dick auf den Möbeln liegenden Staub zu schließen. Vorsichtig schlüpfte Jules durch die Tür hinaus auf den dunklen Gang. Er gelangte ungehindert in den Raum, der als Howards Privatbüro gekennzeichnet war.

Dort ging er sofort an die Vidicom-Anlage und brachte dieselbe Abhörvorrichtung an, die Vonnie in Howards Haus hatte installieren wollen. Außerdem befestigte er ein kleines Abhörgerät an der Unterseite des Schreibtisches, so daß sämtliche in diesem Raum geführten Gespräche abgehört werden konnten.

Alsdann klapperte er sämtliche Versammlungsräume ab, auch den, wo er seine Instruktionen bekommen hatte, und sorgte dafür, daß auch hier alle Gespräche abgehört werden konnten. Er wollte unbedingt den Plan mitbekommen, den Howard seinen Leuten erklärte. Über seine eigene Com-Einheit rief er Vonnie an und erfuhr von ihr, daß in Howards Haus alles ruhig wäre. Sie wollte ihn anrufen, sobald sich etwas rührte.

Beruhigt konnte Jules sich nun zur Ruhe vor dem großen

Sturm begeben. Sein Schlaf war allerdings nicht der friedlichste, da er genau wußte, wie schmal der Spielraum war, in dem er und Vonnie agierten.

Vonnie weckte ihn sehr zeitig und meldete, daß Howard das Haus verlassen hätte und sich auf dem Weg in die Stadt befände, vermutlich zur Turnhalle. Sie wollte ihm unauffällig folgen, vor der Turnhalle warten und Jules, wenn nötig, zu Hilfe kommen.

Jules unterzog sämtliche Mikros noch einer letzten Kontrolle und machte sich für die große Prüfung bereit, die, wie er wußte, heute auf ihn zukommen würde.

Schließlich meldete Vonnie ihm, daß Howard eben das Turnhallengebäude betreten hätte, und daß sie selbst auf der anderen Straßenseite parkte. Wenig später hörte Jules bereits Howard sein Büro betreten und sich an den Schreibtisch setzen. Der Kerl sah nun einige Papiere durch. Um Punkt 9 Uhr 30 summte das Vidicom, und Howard hob hastig ab. Jules knipste sein Aufnahmegerät an und spitzte die Ohren.

»Phase eins ist erreicht«, sagte die Frauenstimme am anderen Ende ohne weitere Einleitung. Jules überlief ein Frösteln, als er die Stimme von Lady A erkannte. »Die Bloodstar Hall ist in unserer Hand. Wir kontrollieren sämtliche Eingänge, und unser Stör-System fängt jede durchgegebene Nachricht auf, auch die des SOTE. Wenn es losgeht, können wir die ganze Halle abriegeln, bis wir dann selbst den Ausgang der Ereignisse öffentlich bekanntgeben.«

Howard stieß einen leisen anerkennenden Pfiff aus. »Wie haben Sie das geschafft?«

Jules konnte die Video-Übertragung zwar nicht mitbekommen, er konnte sich aber das kalte überlegene Lächeln der Dame gut vorstellen. »Wir besitzen ein … nun sagen wir Double von Lady Bloodstar, ein Double, das auf unserer Seite steht und die Rolle übernommen hat … auf Kosten der echten, versteht sich. Haben Sie die Positionen der Posten und der verschiedenen Angriffspunkte im Gedächtnis behalten?«

»Ja, Euer Gnaden.«

»Gut. Eine Minute nach zwölf wird unser Double zur Tat schreiten. Das wird innerhalb der Halle genügend Verwirrung stiften. Gleichzeitig werden vor der Halle zehn kleine Kanister TCN-14 explodieren und die dort postierten Wachmannschaften ausschalten. Nun können Ihre Leute mit Gasmasken mühelos einspringen und die Positionen der gefallenen SOTE-Posten übernehmen. Sie werden die unmittelbare Umgebung sofort in der Hand haben. Die SOTE hat sich die Punkte sorgfältig ausgesucht, und das machen nun wir uns zum Vorteil. Wenn alles gutgeht, werden wir in weniger als zehn Minuten einen kompletten Coup gelandet haben. Und ich versichere Ihnen, daß Ihre Rolle dabei nicht unbelohnt bleibt.« Und ohne eine weitere Bemerkung abzuwarten, beendete Lady A den Anruf.

Jules war starr vor Entsetzen, als er von diesen Plänen hörte.

Obgleich Lady A sich Howard gegenüber nicht näher über das Double der Lady Bloodstar ausgelassen hatte, wußte Jules sofort, daß es sich um einen Roboter handeln mußte. Er und Vonnie hatten bereits ein Muster dieser besonderen Spezies auf dem Planeten Ansegria kennengelernt. Dort hatte man Prinzessin Edna mittels eines Roboters, der genauso aussah und sich so benahm wie eine bestimmte Person, in eine Falle locken wollen.

Der SOTE hatte in Erfahrung gebracht, daß mindestens drei solcher Roboter noch irgendwo im Imperium frei herumliefen. Über das Aussehen und die Mission der Roboter wußte man nicht näher Bescheid. Nun war wenigstens in einem der Fälle das Geheimnis gelüftet. Einer der Roboter war ein Doppelgänger von Lady Bloodstar.

Auch die Tatsache, daß die Organisation der Lady A TCN-14 verwendete, war ein böses Zeichen. Es handelte sich dabei um ein tödliches Nervengas, das vor der Gründung des Imperiums entwickelt worden war, als einzelne Planeten sich mit erstaunlicher Häufigkeit den Krieg erklärten. Das TCN breitete sich von seiner Quelle in einer unheilbringenden grünen Wolke aus und war schon in kleinsten Dosierungen tödlich. Ganze Städte waren ausgelöscht worden, nachdem es von Raumschiffen einer feindlichen Welt in explodierenden Kanistern abgeworfen worden war. Ein Historiker war gar so weit gegangen zu behaupten, daß es dieses TCN-14 und nicht wirtschaftliche oder politische Gründe waren, die das Imperium notwendig gemacht hatten. Der Friede zwischen den Planeten mußte gesichert werden, denn die Alternative war nicht auszudenken.

Wenn nun Lady A TCN-14 schon zur Beseitigung von ein paar Wachen einsetzte und um die Leute während ihres Putsches in der Hand zu behalten, dann würde ihr Regime sicher nicht davor zurückschrecken, sich auf kaltblütigste und grausamste Weise an der Macht zu halten.

Nun meldete sich Vonnie und riß ihn aus seinen Überlegungen. »Wir bekommen Gesellschaft. Sieht aus, als käme nun die Schützengilde.«

»Wir warten ab, bis alle drin sind, dann schlagen wir los«, preßte Jules zwischen den Lippen hervor. Dann enthüllte er ihr knapp den Umsturzplan der Gegner.

Vonnie sagte kein Wort, und Jules kannte diese Stimmungen nur zu gut – es war stummer Zorn, der sich gegen Lady A und deren Söldner richtete, und diese fingen an, ihm leid zu tun. Ihm jedenfalls war ein gutes Dutzend Angreifer lieber als Vonnies stille Wut.

»Wir werden sie fassen!« mehr äußerte sie nicht – doch ihr Ton sprach Bände.

Es wurde zehn, und die Männer versammelten sich in dem vorgesehenen Raum. In seinem Mikro bekam Jules mit, wie ihr unruhiges Scharren schlagartig verstummte, als Howard eintrat. »Nun sind alle da. Wir können also anfangen«, sagte der Verbrecherboß.

Das war das Stichwort für Jules. »Wir schlagen zu«, sagte er angespannt zu Vonnie. »Laß mir zwei Minuten Zeit, um eine Verwirrung zu stiften. Dann komm und hilf mir beim Saubermachen.«

Er verließ sein Versteck und lief zu einem Feuerdetektor. Er richtete seinen Strahler auf die Wand unter dem Thermo-Element und gab einen Schuß von hoher Intensität ab. Der Sensor in der Wand registrierte den plötzlichen Temperaturanstieg in der Nähe und gab sofort Feueralarm an die örtliche Feuerwehr durch. Gleichzeitig setzte eine Serie hoher Heultöne in den Gängen der alten Turnhalle ein.

Dieser Feueralarm stiftete allerdings beträchtliche Verwirrung unter den Männern, die eben Howards Anweisungen entgegennahmen. Einige saßen offenen Mundes da und wußten nicht aus noch ein. Andere warteten auf Howards Reaktion. Andere wiederum bekamen es mit der Angst zu tun, sprangen auf und liefen hinaus.

Dabei gerieten sie vom Regen in die Traufe – nämlich mitten

in Jules' Feuer. Der SOTE-Agent mähte sie nieder wie Zielobjekte in einem Schießstand. Nach zehn Sekunden lagen sechs Mann auf dem Boden, und dabei hatte der Kampf noch nicht mal begonnen. Inzwischen hatte sich die automatische Löschanlage eingeschaltet, und aus allen Decken des Hauses sprühte mit Wasser gemischter Lösch-Schaum. Alle – Jules bildete keine Ausnahme – wurden triefend naß. Jeder Schritt erwies sich als gewagt, weil die Böden glitschig waren, doch Jules störte das nicht – er hatte die Absicht, den Kampf mühelos zu gewinnen.

Er glitt in den Raum, wo das Treffen stattfand, und richtete den ersten Schuß auf Howard. Dann vollführte er wie ein Balletttänzer kräftig und anmutig auf einem Bein eine Drehung und gab laufend Schüsse ab. Die Anwesenden waren in der Mehrzahl viel zu verdutzt, um auch nur nach ihren eigenen Waffen zu greifen. Und diejenigen, die es versuchten, waren Jules' Reflexen nicht gewachsen.

Als nun Vonnie das Haus mit schußbereiter Waffe stürmte, war für sie nichts mehr übriggeblieben. Sie watete knöcheltief durch Wasser und Schaum, bis sie schließlich Jules erreicht hatte. »Du hast es wörtlich gemeint, als du sagtest, du würdest mich zum Saubermachen brauchen.«

Doch Jules hatte im Moment keinen Sinn für Humor. »Diese Gauner werden sich eine ganze Weile nicht rühren können«, sagte er. Er nahm Vonnies Arm und führte sie zum Haupteingang. »Die Feuerwehr soll sich jetzt um die Typen kümmern. Wir haben Wichtigeres vor.«

Nur noch knappe zwei Stunden, bis die Pläne von Lady A in die Tat umgesetzt werden sollten. Jules hoffte, daß die Zeit reichen würde.

11. KAPITEL

Der Kampf um den Piratenasteroiden

Während Yvette Pias ihren Plan darlegte, wies sie wiederholt auf die Bedeutung des richtigen Timing hin. »Alles muß koordiniert ablaufen. Wir müssen Schritt für Schritt vorgehen und dafür sorgen, daß die anderen genau wissen, was sie zu tun haben, sonst bricht der ganze Plan zusammen.«

Pias nickte. Die Verantwortung für die Sicherheit von vierzig Personen unter diesen Umständen zu tragen, war keine Kleinigkeit. Yvettes Plan war verblüffend einfach – und in seiner Einfachheit lag die Hoffnung, daß es klappen würde. »Ich bin bereit«, sagte Pias.

Yvette drehte sich um, zog ihren Strahler und ließ das Feuer über die Apparaturen hinweg durch das Computerzentrum tanzen. Die Piraten würden zwar sehr bald merken, daß sie hiergewesen waren, wenn aber die Einrichtungen unversehrt blieben, würden die Piraten möglicherweise dahinterkommen, was da wirklich vor sich gegangen war. Da war es besser, den Eindruck zu hinterlassen, die Flüchtlinge hätten rein zufällig die Zerstörungen in einer der lebenswichtigen Einrichtungen vorgenommen. Und außerdem würde es sicher zur Verwirrung der Piraten beitragen und ihre Handlungsfreiheit stark beeinträchtigen.

Wie vorauszusehen, setzte der Einsatz der Strahler in diesem Nervenzentrum der Basis eine ganze Reihe von Alarmklingeln in Gang, die man nun aus allen Richtungen und von sehr weit weg hören konnte. »Jetzt müssen wir hier schleunigst weg«, mahnte Pias.

»Du weißt, wohin«, gab seine Verlobte zurück.

Sie krochen wieder in die Ventilationsröhre und hängten das Gitter hinter sich ein. Es ging wieder den dunklen Tunnel zurück bis zu der Lüftungsöffnung, die in den Raum führte, wo ihre Mitpassagiere von der Querida gefangengehalten wurden. Auch hier schrillten die Alarmklingeln und alle, Gefangene und Piraten gleichermaßen, waren nun im Zweifel, was passieren würde. Die zwei Posten standen mit schußbereiten Strahlern da, bereit, bei der geringsten verdächtigen Bewegung loszuschießen.

Von ihrer Aussichtswarte hinter dem Gitter eröffnete Yvette

das Feuer auf die Posten. Beide fielen augenblicklich um, als der sengende Strahl sie durchschnitt. Passagiere schrien bei dieser neuen und unerwarteten Wendung auf. Sie waren nun sicher, daß sie als nächste an die Reihe kämen und sahen sich erschrocken um, aus welcher Richtung die Schüsse kämen und überlegten fieberhaft, wie sie sich am besten verteidigen könnten.

Pias lockerte das Gitter und schlüpfte gefolgt von Yvette in den Raum. Ihre Bekannten brauchten eine Schrecksekunde, ehe sie ihre Retter erkannten. Dann erklang ein Jubelruf aus über vierzig Kehlen.

Pias gebot mit einer Handbewegung Ruhe. »Still! Wir sind noch nicht in Sicherheit – und wenn euch euer Leben lieb ist, müßt ihr genau meine Anweisungen befolgen. Für Fragen ist jetzt nicht die Zeit.« Obgleich es sich um einen Plan Yvettes handelte, waren sie beide übereingekommen, daß er als Führer auftreten sollte. Vielleicht würde er den weniger Fortschrittlichen eine Spur mehr Sicherheit einflößen.

»Jemand soll den beiden Wachen die Strahler abnehmen«, sagte Pias. »Sie brauchen die Dinger nicht mehr, und wir werden sie sogar sicher brauchen. Wer kann damit umgehen?«

Einige Hände schnellten in die Höhe, und die Waffen wurden rasch ausgeteilt. Sie verfügten nun über fünf erbeutete Strahler zusätzlich zu Pias' Mini-Stunner. Yvette behielt den Strahler, den sie benutzt hatte, und gab einen anderen an Kapitän Bacardi aus, den sie beiseite nahm und ein paar Worte unter vier Augen mit ihm wechselte. Während Pias zwei weitere Strahler an die Schiffsbesatzung verteilte und den letzten für sich behielt, sah er, daß der Kapitän Yvette im Einverständnis zunickte und mit ihr im Ventilationsrohr verschwand.

Pias holte tief Luft. Für die nächste halbe Stunde war er auf sich allein gestellt. Nun würden seine Führungsqualitäten einer harten Probe unterzogen.

»Als nächstes«, brüllte er so laut, daß jeder ihn hören konnte, »gehen wir in die Küche.«

»Warum in die Küche?« fragte einer.

»Wir brauchen Proviant, wenn wir die nächsten vier Tage überstehen wollen«, erklärte Pias ungeduldig. »Und je länger ich hier herumstehen und Erklärungen abgeben muß, desto weniger

Zeit bleibt uns zum Handeln. Die Piraten rechnen nicht damit, daß wir uns ausgerechnet auf ihre Vorräte stürzen. Die glauben sicher, wir hätten so große Angst, daß wir uns flugs ein Raumschiff schnappen. Und jetzt los. Wenn ihr jemanden seht, der nicht zu uns gehört – erst feuern, dann fragen.«

Sie stürmten hinaus in den Gang, wo die Alarmklingeln womöglich noch lauter schrillten. Im Moment ließ sich niemand blicken, und Pias führte seinen Truppe die schmalen Gänge entlang in die Vorratskammer. Er wußte zwar nicht genau, wo diese lag, doch seine Kenntnis des Röhrenverlaufs half ihm bei der Orientierung.

An einer Kreuzung trafen sie auf ein Piratentrio. Die drei waren nicht wenig erstaunt, die Gefangenen in Freiheit zu sehen, doch war ihr Erstaunen nur von kurzer Dauer. Pias schaltete sie aus, und seine Gruppe konnte weitergehen.

Die Vorratskammer war als strategisch unbedeutender Punkt unbewacht. Pias ließ zwei Mann an der Tür Posten beziehen und machte sich mit den übrigen ans Werk. In den nächsten fünfzehn Minuten war er emsig damit beschäftigt, Anweisungen zu geben, was man mitnehmen und was man lieber lassen sollte.

»Wir brauchen Vorräte für vier Tage«, wiederholte er immer wieder. »Leert diese Behälter und füllt sie mit Wasser. In erster Linie werden wir viel Flüssigkeit brauchen. Und Flüssigkeit nimmt viel Raum weg und läßt sich schlecht transportieren, deswegen müssen wir den Großteil unserer Energien darauf verwenden. Nehmt handlichere, kompaktere Lebensmittel mit – nein, nicht diese Dosen, die werden wir nicht öffnen können. Beeilt euch, jede Sekunde ist kostbar.«

Sie blieben trotzdem ein wenig hinter der Zeit zurück, und Pias wußte, daß Yvette schon verzweifelt warten würde. Er mußte seine Gruppe nun zu dem Raum bugsieren, der zu den Raumschiff-Docks führte, und hoffte inständig, daß Yvette den ihr zufallenden Teil des Planes erledigt hatte.

Während Pias seine Leute in die Vorratskammer führte, hatte Yvette mit Kapitän Bacardi gesprochen. »Die anderen holen nun Vorräte, und wir beide schnappen uns ein Schiff, das groß genug ist für alle. Ich weiß, wo die Docks sind. Kommen Sie mit!«

Der Kapitän nickte und folgte Yvette in den Luftschacht. Sie führte ihn rasch zu dem Ausstieg, der in den Schiffs-Raum führte.

Dort schoben einige Piraten Wache. »Die müssen wir ausschalten, ehe wir weitermachen«, sagte sie. Sie faßte nach ihrem Strahler und setzte hinzu: »Hoffentlich sind Sie bei der Anwendung nicht zimperlich.«

Kapitän Bacardi war es nicht. »Wenn es gegen dieses Ungeziefer geht, kenne ich kein Pardon«, sagte er. »Einmal mußte ich zusehen, wie meine halbe Besatzung von Piraten in den Raum hinausbefördert wurde. Von mir haben die kein Erbarmen zu erwarten.«

»Hier geht es nicht um private Rache«, warnte Yvette ihn. »Wir wollen sie nur möglichst glatt aus dem Weg räumen. Sobald wir sie erledigt haben, ziehen wir Raumanzüge von da drüben an und schnappen uns ein Schiff. Verstanden?«

»Jawohl«, sagte der Kapitän mit einem Nicken.

Yvette hakte das Gitter auf und stieß es mit einem plötzlichen und heftigen Tritt mitten in den Raum. Die Piraten im Kuppelraum sahen erschrocken auf und richteten ihre Aufmerksamkeit sekundenlang auf das über ihre Köpfe segelnde Ventilatorgitter. Und bis sie wieder an etwas anderes denken konnten, war es zu spät.

Yvette und der Kapitän kamen nun aus dem Tunnel heraus, auf einen Kampf gefaßt. Sie befanden sich in einem lichtdurchlässigen Kuppelraum, über dessen Außenseite das tödliche Vakuum des Weltraums lauerte. Das Material der Kuppel war zwar so widerstandsfähig, daß es sogar den Aufschlag von Mikrometeoroiden aushielt, doch ein Strahlenschuß hätte hier katastrophale Folgen gezeitigt. Und es hätte schon gar nicht in Yvettes Pläne gepaßt, die Kuppel zu punktieren und die gesamte Piratenbasis durch explosive Dekompression zu vernichten.

Daher schossen die zwei Eindringlinge nicht ziellos um sich, wie sie es in anderer Umgebung vielleicht getan hätten. Sie nahmen sich Zeit und zielten genau auf die überraschten Piraten, und jeder Schuß traf. Bis die anderen ihrerseits die Waffen ziehen konnten, war der Kampf praktisch schon erledigt. Die Piraten selbst zögerten nämlich und wollten die Kuppel nicht durchlöchern, und dieser Sekundenbruchteil an Unentschlossenheit reichte aus. Yvette war nun mit dem Kapitän allein im Kuppelraum.

»Mein Gott!« rief dieser nun aus, als er draußen den Raumflughafen sah. »Die haben ja eine ganze Flotte vor Anker!«

Yvette stand bereits vor einem der Anzugständer und hatte sich einen Raumanzug geschnappt, der annähernd paßte. Während sie hastig in den Anzug stieg, sagte sie: »Ja. Suchen Sie eines aus, in dem wir alle Platz haben. Das Schiff muß in einer halben Stunde abheben.«

Der lange, aber sehr notwendige Aufenthalt in der Vorratskammer gab den Piraten Zeit, den Standort der Flüchtigen festzustellen. Während Yvette und der Kapitän sich draußen auf dem Dock betätigten, trafen Pias und die Passagiere der Querida auf größeren Widerstand. Zweimal gerieten sie in Gefechte und mußten etliche Gegner erledigen, ehe sie weiterkonnten. Drei der Passagiere wurden vom Strahlenfeuer in den schmalen und vollgepferchten Gängen niedergemäht. Doch Pias konnte den Großteil sicher in den Kuppelraum schaffen und die Tür hinter ihnen verbarrikadieren, indem er ein paar schwere Ausrüstungsgegenstände dagegenstellte. Um da durchzukommen, würden die Piraten mindestens zwanzig Minuten brauchen.

Von Yvette und dem Kapitän war keine Spur zu sehen, doch Pias wollte nicht warten. »Jeder nimmt sich einen Raumanzug«, rief er und deutete auf die Ständer. »Egal ob die Anzüge passen oder nicht, anzuziehen braucht sie ohnehin keiner.«

Die Frau neben ihm machte ein erschrockenes Gesicht. »Ja, wie sollen wir denn hinaus zu den Schiffen?«

Pias folgte mit seinem Blick ihrer Geste und sah nun zwei in Raumanzügen steckende Figuren von draußen auf die Kuppel zulaufen. Das mußten Yvette und der Kapitän sein – er hoffte es zumindest.

»Wir gehen nicht hinaus zu den Schiffen«, lautete nun seine leise Antwort. »Wir bleiben hübsch gemütlich hier drinnen« – er deutete auf das Loch in der Wand, das zum Ventilatorensystem führte – »und warten hier vier Tage lang auf unsere Retter.«

Nun erhob sich aufbegehrendes Gemurmel unter den Leuten, da manche die Klugheit des Planes anzweifelten. Aber die Ankunft der zwei in Raumanzügen steckenden Personen an der Luftschleuse erstickte alle weiteren Fragen im Keim. Es waren tatsächlich Yvette und der Kapitän, die nun ihren Einfluß geltend machten und Pias unterstützten. Langsam und ohne zu murren befolgten die Passagiere der Querida alle Anordnungen. Ein jeder nahm einen Raumanzug mit sich in die Röhre.

»Ich sehe noch immer nicht ein, warum wir uns nicht einfach ein Schiff nehmen und fliehen«, murmelte einer.

Yvette hörte diesen Einwand und lächelte bloß. »Wir werden fliehen«, sagte sie. Kaum waren alle in der Röhre verschwunden, machten Yvette und Pias das Gitter fest. Man entschloß sich, zunächst nicht weiter ins Röhrensystem vorzudringen, sondern an Ort und Stelle zu bleiben und abzuwarten, was sich nun als nächstes tun würde. Pias suchte drei der Aufmüpfigsten aus und sorgte dafür, daß sie einen guten Ausguckposten am Gitter hatten, damit sie aus erster Hand die Ereignisse der nächsten Minute mitbekämen.

Mit einem Gedonner, das die Wände erschütterte, hob nun das von Kapitän Bacardi ausgesuchte Schiff ab und flog in den Himmel. Langsam zunächst und mit zunehmender Entfernung vom Planeten immer schneller. Die automatische Steuerung war eingestellt, und zwar so, daß das Schiff so weit und so schnell als möglich explodierte, und das Schiff tat sein Bestes, den Instruktionen zu folgen.

Kaum einen Kilometer von der Startrampe entfernt, explodierte es plötzlich in einem blendenden Blitz. Ein Geräusch war freilich in der Leere des Raumes nicht zu hören. In der einen Sekunde war das Schiff eine undeutlich im Himmel verschwindende Form, und in der nächsten ein heller Stern, der die Zuschauer mit seiner Helligkeit blendete. Die am Gitter Stehenden traten zurück und rieben sich die Augen. »Was ist denn das?« fragte einer.

»Die Piraten haben nicht einfach zugesehen, wie wir fliehen«, sagte Yvette leise. »Die sehen uns lieber tot, als daß sie uns zurück in die Zivilisation ließen, wo wir dann die genaue Position der Basis melden können. Der Verteidigungsring um diesen Asteroiden wird mit jedem Schiff fertig – und genau das war nun der Fall. Wir hätten keine Chance gehabt. Unsere einzige Hoffnung besteht darin, hier vier Tage lang zu warten. Hilfe ist bereits unterwegs.«

»Aber man wird uns finden und töten!« rief eine Frau.

Pias bedachte sie mit einem tröstenden Lächeln, doch war dies in der Finsternis des Tunnels vergebliche Liebesmüh. Statt dessen mußte er ihr gut zureden. »Nein, das ist ja das Schöne an diesem Plan. Wir müssen die Sache mal vom Standpunkt der Piraten aus betrachten. Die wissen, daß Yvette und ich den Posten, der uns in den Tod führen sollte, überwältigt haben. Dann holten wir die anderen Passagiere und plünderten die Speisekammer. Als nächstes machten wir uns auf den Weg zum Raumflughafen, nahmen Raumanzüge an uns und gingen anscheinend an Bord eines Schiffes. Das Schiff hob ab und wurde abgeschossen. Für die sind wir nun tot, und damit ist der Fall erledigt. Wenn wir uns ruhig verhalten, werden die niemals auf die Idee kommen, uns hier drinnen zu suchen. Wir müssen nur darauf achten, daß wir nicht unabsichtlich ihre Aufmerksamkeit erregen.«

Und sie fügten sich in eine öde, leise Routine. An Luft, Nahrung und Wasser mangelte es nicht, und es war auch genügend Platz vorhanden, um nicht das Gefühl der Klaustrophobie aufkommen zu lassen. Das größte Problem waren die fehlenden Toilettenanlagen, und sogar dies konnte man zufriedenstellend lösen. Yvette hatte geplant, das eine Ende des Schachtes, wo sich nahe der Wiederaufbereitungsanlage eine kleine Vertiefung befand, als Toilette zu verwenden – unbequem zwar, aber jedenfalls einer Entdeckung vorzuziehen. Doch als Pias an einer der Einzelunterkünfte vorüberging, belauschte er zwei Piraten, die sich auf der anderen Seite des Belüftungsgitters unterhielten.

Dieser Raum hatte einem Piraten gehört, der bei dem Gefecht mit den Passagieren erschossen worden war. Nun entfernte man seine persönlichen Habseligkeiten und verteilte sie unter seine Kameraden. In der nächsten Zeit würde sein Zimmer leer bleiben, bis man einen neuen Piraten rekrutiert hätte. Kaum waren sie draußen, entfernte Pias das Gitter und schlüpfte in den Raum. Er versiegelte die Tür von innen und sicherte den Raum auf diese Weise für ihre ganz bestimmten Zwecke ab. Eine einzige Toilette für vierzig Menschen war zwar nicht ideal, aber immerhin besser als gar nichts.

Die Zeit schleppte sich mit unmeßbarer Trägheit dahin, man wagte nicht, sich länger zu unterhalten, um der Langeweile Einhalt zu gebieten. Meist hockten die Leute nur auf dem glatten Röhrenboden, standen wieder auf und gingen umher, damit die Muskeln nicht steif würden. Die meisten hatten sich mit ihrem Schicksal abgefunden und verschliefen die Zeit.

Pias und Yvette machte die ungewohnte Inaktivität nervös. Wie Tiger im Käfig, so liefen sie ruhelos hin und her und bespitzelten die täglichen Aktivitäten der Piraten. Besondere Aufmerksamkeit schenkten sie dem Anführer Ling. Er schien ebenso nervös wie sie selbst, fuhr seine Leute an, kam seinen verwaltungstechnischen Pflichten übellaunig nach und lief in dem teilweise zerstörten Nachrichtenzentrum umher wie ein Mensch, der jede Minute eine wichtige Nachricht erwartet. Die zwei SOTE-Agenten vermuteten, daß er Befehle von seinen Vorgesetzten innerhalb der Verschwörerbande erwartete.

Am Morgen des dritten Tages nach ihrer Flucht belauschten Yvette und Pias einen der Funkoffiziere, wie er seinem Kommandanten mündlich eine Nachricht übermittelte. »Nachricht von C, Sir«, sagte der Mann. »Die Ersatzleute sind nach Plan eingetroffen und werden zur richtigen Zeit in der Halle ihre Plätze einnehmen. Wenn der Coup klappt, bekommen Sie den Befehl zum Eingreifen in etwa vierundzwanzig Stunden. Sie sollen sich ruhig verhalten, bis der Befehl kommt.«

»Verdammt, also weiter herumstehen und warten!« stieß Ling wütend hervor. »Das macht mich wahnsinnig! Smooth, melde C, daß ich die Anweisungen zur Kenntnis nehme ... daß ich aber nicht entzückt darüber bin – nein, das laß lieber weg.«

Die zwei SOTE-Agenten hatten genug mitbekommen. Das Wort Coup hatte im besonderen ihre Aufmerksamkeit geweckt, doch sie waren im Augenblick machtlos. Der Hinweis auf die ›Ersatzleute‹ hatte ihre Neugier geweckt und ließ ihnen keine Ruhe, bis sie dann nach leise geführten Gesprächen mit den Passagieren erfuhren, daß man allen ihre Identitätsnachweise abgenommen hatte – Ringe, ID-Karten und dergleichen.

»Deswegen hatten sie eine Abschrift der Passagierliste«, sagte Pias. »Man will also alle Adeligen, die an Bord der Querida waren, mit Hilfe von Ersatzleuten darstellen. Aber wie stellen die sich das vor? Die Computer können die Betrüger in Sekundenschnelle entlarven.«

»Man kann Roboter-Doppelgänger von Menschen herstellen«, sagte Yvette. »Jules und ich sind einem begegnet, der beängstigend perfekt war.«

»Auf der Passagierliste standen dreißig Adelige. Kann man denn so viele Roboter herstellen?«

»Ich weiß nicht. Jules und ich wissen bloß von dreien, die noch frei umherlaufen – und zwei davon sehen aus wie Menschen von einer Welt mit hoher Schwerkraft, was zu keinem der Passagiere paßt. Diese Roboter lassen sich nur sehr schwer herstellen, aber die Verschwörung verfügt über unbegrenzte Mittel. Ich werde mir darüber noch mehr den Kopf zerbrechen müssen.«

»Und was die vierundzwanzig Stunden betrifft – damit muß die Vermählung der Prinzessin gemeint sein. Die ist für morgen angesetzt.«

»Ich weiß.« Yvette ließ sich in Sitzposition gleiten und lehnte sich an die Wand. »Dieses Gefühl der Ohnmacht ist schrecklich. Zu wissen, daß etwas passieren wird und nicht eingreifen zu können ...«

Pias lächelte. »Auf Newforest gibt es ein altes Sprichwort: ›Mit Boxhandschuhen kann man kein Küken stehlen.‹«

»Und was soll das heißen?«

»Das heißt, daß man als erstes die Handschuhe ablegen muß. Wir aber tragen momentan sozusagen Handschuhe, und wir können nichts unternehmen, ehe wir sie nicht abgestreift haben – was erst morgen der Fall sein wird, wenn deine Familie uns zu Hilfe kommt. Außerdem ist ja dein Bruder auf der Erde. Wahrscheinlich hat er die Situation in der Hand.«

Yvette verschwieg Pias, was ihr zusätzlich noch Kummer bereitete – dieser neue Faktor, der ›C‹ genannt wurde, und offenbar zu den obersten Rängen der Verschwörung gehörte. Wie verhielt sich seine Position zu der von Lady A? War er ihr Vorgesetzter, war er ihr ebenbürtig oder untergeordnet? Und wer die Existenz eines A und eines C ein Hinweis darauf, daß es auch einen B gab? Auf diese Fragen gab es im Moment keine Antwort.

Sie konnte nur hoffen, daß ihr Vater bald zur Stelle sein würde und daß sie die Nachricht vom bevorstehenden Staatsstreich so bald als möglich zur Erde durchgeben konnte.

Als der Angriff endlich kam, wurde er so geschickt durchgeführt, daß er bereits fast vorbei war, als die Piraten merkten, was da vor sich ging. Das große Zirkus-Raumschiff tauchte weiter als eine ganze Lichtsekunde vom Piratenasteroiden entfernt aus dem Sub-Raum auf – zu weit, um von den Piraten aufgespürt zu werden. Es schoß ein Projektil auf sein Ziel ab, das genauso aussah wie ein ganz gewöhnlicher Felsbrocken, ein Stück Raum-Müll, das höchstens ein Dutzend Meter im Durchmesser maß.

Weil nun der Brocken so klein war und über keine eigene Antriebsanlage verfügte, welche von den Sensoren der Piraten hätte geortet werden können, aktivierte er auch nicht das automatische Alarmsystem der Piraten. Sein Kurs brachte ihn höchstens auf hundert Meter an die Basis heran, es bestand also kein Grund zur Beunruhigung.

Aber kurz bevor der Brocken den dem Asteroiden nächsten Punkt erreichte, explodierte er und spuckte etwa zwanzig in Kampfanzüge gehüllte Gestalten aus. Wie jener winzige Karren, der in die Manege einfährt und dann unzählige Clowns ausspuckt, so hatte man das Felsstück mit d'Alemberts vollgepackt, die bloß auf den richtigen Augenblick ihres Eingreifens warteten. Sie aktivierten nun kleine Luftdüsen an ihren Anzügen und schossen klammheimlich auf die Asteroidenoberfläche zu, ohne daß die Piraten etwas bemerkt hätten.

Hinter dem ersten kam ein zweiter Felsbrocken geflogen.

Auch dieser zersprang und gab seinen Inhalt frei – weitere Angehörige des Clans und dazu die für die Invasionstruppe nötige Ausrüstung. Auch sie gelangten unentdeckt zur Oberfläche.

Nun waren die Invasoren bereit. Drei Mann sonderten sich von der Gruppe ab und machten sich an die äußeren Abwehranlagen heran. Sobald der Kampf an anderen Fronten begann, würden die Piraten nicht auf das Alarmschrillen achten. Dann würden diese drei die automatischen Strahler zerlegen, die den Asteroiden schützen sollten. Nun würde das Zirkusschiff und sein Begleitschiff von der Marine näher herankommen und seine Waffen im Kampf einsetzen können.

Die übrigen d'Alemberts drängelten sich jetzt um die vier größten Luftschleusen der Piratenbasis. Sie hatten kleine Einstiegsvorrichtungen bei sich, die auf demselben Prinzip beruhten wie jene, welche die Piraten beim Entern der Querida benutzt hatten. Diese Gruppe war die Teamarbeit gewöhnt, da sie am jeweiligen Spielort des Zirkus immer das Zelt aufbaute. Innerhalb weniger Sekunden konnte der Angriff nun beginnen.

Als die d'Alemberts nun mit Schneidbrennern gegen die

Außenhülle der Luftschleusen vorgingen, legten die Alarmklingeln los. Mit Formalitäten wurde keine Zeit vertan. Sie waren im Inneren, ehe die Piraten merkten, was eigentlich los war. Den Verteidigern blieb nun kaum Zeit, um in die Kampfanzüge zu schlüpfen, so schnell ging alles.

Bald darauf zischten in den Hauptkorridoren die Strahler. Da die d'Alemberts von vier Seiten gleichzeitig eingedrungen waren, mußten manche Verteidigergruppen entdecken, daß sie von ihren Kameraden abgeschnitten worden waren. Und die d'Alemberts löschten unbarmherzig jeden aus, der ihnen Widerstand entgegensetzte. Auch im zentralen Kontrollraum schrillte die Alarmanlage und zeigte an, daß an den großen Außen-Strahlern etwas manipuliert worden war. Doch in der allgemeinen Verwirrung fiel dies keinem der Piraten auf, bis es viel zu spät für eventuelle Gegenmaßnahmen war.

Es gab Piraten, die ihren Bereich abriegelten in der Hoffnung, Zeit zu gewinnen, um endlich ihre gepanzerten Anzüge anziehen und den Kampf gegen diese unbekannten Invasoren aufnehmen zu können, doch dann mußten sie entdecken, daß sie ganz unerwartet aus einer anderen Richtung angegriffen wurden. Strahlenschüsse, die aus den Luftschächten drangen, trafen sie in den Rücken, da die Streitkräfte von Pias und Yvette sich die Verwirrung zunutze machten und bei der eigenen Rettung mithalfen. Nun wußten die Piraten nicht mehr aus noch ein. Sogar die sicherste Richtung barg jetzt unbekannte Gefahren.

Einige Piraten suchten nun in der Flucht ihr Heil – aber sogar dieser Ausweg war blockiert. Während sie nämlich in ihren Raumanzügen über das Landungsfeld liefen, wo ihre Schiffe angedockt lagen, erstarrten sie vor Entsetzen, denn über ihnen dräute ein Schlachtkreuzer der Kaiserlichen Marine – eine kleine Unterstützung, um die Herzog Etienne in letzter Minute gebeten hatte. Die Marineschützen konnten sich nun prächtig im Zielschießen üben und vernichteten sämtliche Piratenschiffe auf dem Boden, noch ehe ein einziges im subetherischen Raum verschwinden konnte. Eine Stunde nach Gefechtsbeginn strahlten die Piraten die Nachricht von ihrer Niederlage aus.

Kaum waren die Feindseligkeiten eingestellt, ließ Yvette die Passagiere der Querida hinaus ins Freie und überließ sie der Obhut der Marineoffiziere, die nun den Asteroiden unter Kriegsrecht stellten. Sie selbst nahm Pias an der Hand und ging mit allen ihren Angehörigen zurück zum Zirkusschiff, das neben dem Schlachtkreuzer niedergegangen war.

Kaum hatten sie sich ihrer Raumanzüge entledigt, wurden Pias und Yvette zu Herzog Etienne gerufen. Der Zirkusdirektor umarmte seine Tochter liebevoll und besah sich dann den Mann an ihrer Seite genauer. Pias, der darauf geachtet hatte, seinen Hut mitzubringen, nahm diesen ab und vollführte eine tiefe Verbeugung vor seinem zukünftigen Schwiegervater. »Es ist mir eine Ehre, Euer Gnaden, die Bekanntschaft einer so hervorragenden Persönlichkeit zu machen. Als Vater einer so bezaubernden Tochter seid Ihr wahrhaft zu beneiden.«

Der Herzog wandte sich lächelnd an Yvette. »Er gefällt mir jetzt schon – seine hohe Meinung von mir kommt meiner eigenen über mich gleich.«

Auch Yvette lächelte, doch vergaß sie keineswegs ihre Pflicht. »Da bin ich aber froh, Papa, doch wir haben leider noch etwas zu erledigen. Wir müssen sofort einen Subcom-Anruf an den Chef durchgeben. Pias und ich haben von Lings Plänen etwas mitbekommen – während der Vermählungszeremonie der Prinzessin ist ein Staatsstreich geplant.«

Der Herzog warf einen finsteren Blick auf seine Uhr und rechnete hastig nach. »Es könnte schon zu spät sein. Soviel ich weiß, hätte die Feierlichkeit vor einer halben Stunde beginnen sollen.«

12. KAPITEL

Die Affäre in der Bloodstar Hall

Die Bloodstar Hall war buchstäblich beladen mit jahrhundertealter geschichtlicher Tradition. Der Bau dieser Mammutkonstruktion im Gebiet Angeles-Diego hatte im Jahr 2004 begonnen. Damals nannte man den Bau Engelspalast und plante ihn als Gegenstück zum Astrodom von Houston, dem Superdome von New Orleans und anderen Sportpalästen des damaligen Steinzeitalters. Die politischen Unruhen der Periode zögerten die Vollendung jahrelang hinaus, und so kam es, daß erst 2028 während der Regierung von König Boris I. der Erde der Engelspalast der Öffentlichkeit zugänglich gemacht wurde.

Obgleich der Bau viele der damals üblichen architektonischen Eigenheiten aufwies, wurde er in der Folge zu den hervorragendsten von Menschenhand auf Planeten errichteten Bauwerken gezählt. Die Außenfassade war eine beabsichtigte Rückkehr zur massiven Steinmetzarbeit der mittelalterlichen Zünfte, wenn auch in einer Größenordnung, welche die Altvorderen wohl nie in Betracht gezogen hätten. Kannelierte Säulen bewachten riesige bronzene Eingangstore. Massive Bas-Reliefs, Schlüsselszenen der Geschichte der westlichen Zivilisation darstellend, umrundeten die oberen Etagen. Wohin der Blick auch fiel, überall standen Figuren, kunstvoll in den blanken Stein gehauen.

Im Inneren war der Engelspalast nicht weniger eindrucksvoll. Über dem Innenraum wölbte sich eine Kuppel in beruhigendem Blau, auf der goldene ›Wolken‹ trieben. Waren alle Sitze drinnen aufgereiht, dann boten sie für zweihunderttausend Menschen Platz. Ohne Sitze hatten noch einmal halb soviel bequem drinnen Platz. Es war der größte Bau dieser Art und zählte zu den Wundern der modernen Welt.

Kein Wunder, daß König Stanley VI. der Erde am 28. Februar 2225 diesen Ort wählte, um sich selbst zum Kaiser Stanley I. des Erdimperiums zu proklamieren. Und als diese Nachricht an alle Planeten ausgestrahlt wurde, verlieh diese großartige Umgebung diesem unerhörten Griff nach der Macht noch mehr Ansehen und Autorität.

Fünf Jahre sollten vergehen, und der Engelspalast wurde einem gänzlich anderen Zweck zugeführt. Gegen den Kaiser tobte die sogenannte Revolte der Herzöge, und Admiral Kiril Bloodstar machte in einem letzten verzweifelten Versuch, die kaiserliche Streitmacht zu konsolidieren, den Engelspalast zu seiner Befehlszentrale. Dank der glänzenden Strategie der Admirals wurden der Kaiser und seine Familie – und das ganze Imperium – gerettet. Als Dank benannte Stanley den Engelspalast um und übergab den Bau auf ewige Zeiten der Familie des Admirals zusätzlich zu dem erblichen Titel Lord oder Lady Bloodstar of Bloodstar Hall.

Seitdem hatte sich die Familie Bloodstar um das Imperium hervorragende Dienste erworben. Sie hatte zahllose Staatsmänner und Militärs hervorgebracht, und es kam nur selten vor, daß kein Bloodstar unter Räten des Kaisers zu finden war. Es hatte sogar Eheschließungen zwischen Bloodstars und der Stanley-Linie gegeben, und so kam es, daß die gegenwärtige Lady Bloodstar die zehnte in der Reihe der Thronfolger war.

Bloodstar Hall war in der Zwischenzeit Schauplatz aller feierlichen Staatszeremonien geworden. Hier wurden alle Kaiser und Kaiserinnen gekrönt. Hier fanden Hochzeitsfeierlichkeiten und Gedächtnisgottesdienste statt. Die Bloodstar Hall stand ganz oben auf der Liste der Sehenswürdigkeiten, als Pflichtübung für jeden Touristen, der die Erde besuchte.

Der Nordflügel der Halle war vor Jahrhunderten renoviert worden und diente nun als offizielle Residenz der Familie Bloodstar. Dieser Nordflügel war daher am Tage von Prinzessin Ednas Vermählung von Menschenmassen freigehalten worden. Seit dem Vortag drängten sich nämlich die Menschen zu Tausenden um die Bloodstar Hall. Das Roboter-Duplikat der gegenwärtigen Lady Bloodstar passierte am Vorabend der Hochzeit ungehindert die Postenreihe. Hätte jemand sich wegen dieses Ausgangs zu später Stunde gewundert und sie angesprochen, so hätte sie gesagt, sie wolle einen kurzen Spaziergang machen, weil sie wegen des morgigen Tages sehr nervös wäre.

Im Inneren des Gebäudes angekommen, ging sie schnurstracks in ›ihr‹ Gemach, wo sie sich nun der echten Lady Bloodstar gegenübersah – und diese hatte nicht die geringste Chance gegen ein Roboter-Double, das um ein Vielfaches schneller denken und handeln konnte und überdies über unglaubliche mechanische Kräfte verfügte.

Nun war niemand mehr da, der ihre Identität anzweifeln konnte, und der Roboter konnte sich in der ganzen Halle die Sicherheitseinrichtungen ansehen. Kein Mensch würde einer so bedeutenden Persönlichkeit Fragen stellen. Schließlich durfte sie mit Fug und Recht Nachschau halten, ob die Prinzessin morgen sicher sein würde. Und überall, wo sie vor die Halle trat, hinterließ sie einen kleinen, mit einem Zeitzünder versehenen Kanister mit TCN-14. Im Inneren der Halle versteckte sie Handfeuerwaffen an vorher bestimmten Plätzen. Danach ging sie in die Nachrichtenzentrale und zerstörte die Leitungen für ankommende Nachrichten. Egal wie dringend jemand morgen von draußen die Verbindung mit dem Inneren herstellen wollte, diese Leitungen würden keine Meldung durchlassen. Die Verschwörung wollte sichergehen, daß niemand, der zufällig auf ihre Pläne stieß, eine Warnung weitergeben konnte.

Als nächstes stellte die Roboter-Dame die Verbindung mit einer bestimmten Vidicom-Nummer her. Sie ließ es am anderen Ende zweimal summen, dann legte sie auf und wählte noch einmal. Diesmal ließ sie es nur einmal summen. Dies war das Code-Signal, das Lady A mitteilte, daß die Halle abgesichert und für die morgige Operation bereit war.

Daraufhin ging die falsche Aristokratin wieder auf ihr Zimmer. Als Roboter hatte sie kein Schlafbedürfnis. Trotzdem legte sie sich mit geschlossenen Augen aufs Bett, für den Fall, daß jemand vom Personal zufällig hereinkäme. Und während sie so dalag, überdachte sie die Anweisungen für den morgigen Staatsstreich.

Jules schäumte innerlich, während er auf den überfüllten Straßen dahinraste und verzweifelt versuchte, Bloodstar Hall vor der angegebenen Zeit zu erreichen. Liebend gerne hätte er mit einem Knopfdruck seinen Wagen als Flugzeug in die Luft gehen lassen und fliegend die Strecke zur Halle zurückgelegt, doch konnte er hier keinen Kontakt mit dem dortigen SOTE-Kontingent herstellen. Wie Lady A angekündigt hatte, war es den Verschwörern gelungen, die in die Halle führenden Nachrichtenverbindungen auszuschalten. Jules wußte, daß am heutigen Tag jedes Flugzeug, das sich der Halle ohne Vorwarnung näherte, von den SOTE-Leuten abgeschossen würde – und er hatte keine Lust, in diesem Stadium von den eigenen Leuten abgeknallt zu werden.

So fuhr er nun durch Straßen, in denen sich die Menschen drängten und auf denen die Banner zu Ehren der Prinzessin flatterten.

Und dabei hoffte er inständig, er würde verhindern können, daß ihr Hochzeitstag gleichzeitig ihr Todestag würde.

In der Nähe der Bloodstar Hall wurde das Gedränge immer ärger, bis es schließlich so schlimm wurde, daß Jules angewidert den Motor abstellte und ausstieg. »Komm«, sagte er zu Vonnie, »von hier aus sind wir schneller, wenn wir laufen.«

Sie bahnten sich eilig ihren Weg durch das Gewühl und zögerten nicht einen Augenblick, ihre Körperkraft einzusetzen, wenn es galt, Menschen beiseite zu schieben. Wenn das Leben der kaiserlichen Familie auf dem Spiel stand, dann mußte man Grobheit in Kauf nehmen.

Doch als sie die Außentore der Halle erreicht hatten, mußten sie feststellen, daß ihr Vorgehen nicht unbemerkt geblieben war. Die um die gesamte Halle postierten Wachen hielten im besonderen nach allem Außergewöhnlichen Ausschau, und man hatte diese Wachen richtig ausgewählt. Plötzlich waren Schußwaffen auf die beiden Agenten gerichtet, und Jules wußte sehr gut, daß man sie einsetzen würde, wenn er und Vonnie keine zufriedenstellende Erklärung abgeben konnten.

»He, zügelt eure Begeisterung, ihr da unten«, wies ihn ein Posten brüsk an.

Jules war total außer Atem und konnte nur mit Mühe rufen: »Wombat, Situation 39!«

Sekundenlang erstarrten alle Posten. Der Code-Name Wombat (Jules) – im Verein mit Periwinkle (Yvette) – besaß innerhalb des Service legendären Ruf. Obgleich die Identität der beiden Superagenten geheimgehalten wurde, wußte jeder im Service, daß es ihn seine Stellung kosten würde, falls er einem Befehl der beiden nicht nachkäme. Und der zusätzliche Code-Satz »Situation 39« zeigte eine Krise an, welche die kaiserliche Familie betraf. Eine dieser Code-Bezeichnungen allein hätte genügt, den Leiter des Sicherheitsteams Haltung annehmen zu lassen. Beide gleichzeitig aber bedeuteten, daß er seine Mithilfe unverzüglich zur Verfügung stellen mußte.

Er bat Vonnie und Jules zu sich herauf auf einen exponierten Beobachtungsposten. »Major Mbente zu Diensten! Was ist schiefgegangen?«

»Alles. Gibt es eine Möglichkeit, mit dem Halleninneren in Verbindung zu treten?«

Major Mbente drückte einen Knopf auf der Konsole vor ihm und wartete ab. Nach einer Weile versuchte er es noch einmal. Keine Reaktion. »Da scheint etwas ausgefallen zu sein«, meldete er.

Jules schnitt ein Gesicht. »Gut, dann müssen wir uns etwas anderes einfallen lassen. Alle Ihre Leute sollten sofort Gasmasken aufsetzen. Dann werden die Straßen geräumt – im Bereich der Halle sind zehn Kanister TCN-14 verteilt, die explodieren sollen«, er sah auf die Uhr, »und zwar in zwanzig Minuten, eine Minute nach zwölf. Eine Panik muß verhindert werden. Im Inneren der Halle befindet sich eine Attentäterin, die wir nicht zu voreiligem Handeln drängen wollen. Wie könnte ich in die Halle kommen?«

»Sie könnten es da drüben an der Tür versuchen.«

»Merci. Und schaffen Sie die Menschen von hier fort!«

»Jawohl.« Major Mbente schluckte schwer. Im Bereich der Bloodstar Hall drängten sich über eine Million Menschen, die von hundert SOTE-Leuten und schäbigen dreitausend Polizisten im Zaum gehalten wurden. All diese Menschenmassen zurückzudrängen, ohne ihnen den Grund anzugeben – was zu einer Panik geführt hätte – war ein schier unmögliches Unterfangen. Doch SOTE-Mitarbeiter waren stolz darauf, auch das Unmögliche vollbringen zu können. Statt sich über die Schwierigkeiten der Aufgabe den Kopf zu zerbrechen, gab der Major Instruktionen an die anderen Posten weiter.

Mittlerweile waren Jules und Vonnie durch die angegebene Tür in die Halle geschlüpft. Die Verhältnisse, die dort drinnen herrschten, hätten jedes Tollhaus vergleichsweise als Ort des Friedens und der Behaglichkeit erscheinen lassen. Die allgemeine Verwirrung steuerte einem absoluten Höhepunkt zu. Zunächst fürchtete Jules schon, sie wären zu spät gekommen und das Attentat hätte bereits stattgefunden. Dann aber merkte er, daß dieses chaotische Durcheinander zu einem Staatsakt dieser Größenordnung einfach dazugehörte. Er sah sich angestrengt nach einer Vertretung des SOTE um, konnte aber keine entdecken.

Vor ihm drängelte Vonnie sich durch die Menge und stieß mit den Ellbogen wild um sich. Die Fläche der Bloodstar Hall, die das Ausmaß mehrerer Wohnblocks einnahm, war nun gesteckt voll mit Adeligen. Es war fast unmöglich, sich während dieser kurzen Zeitspanne bis zur Prinzessin durchzudrängen.

Doch wenn ein d'Alembert keinen Ausweg aus einem Problem sieht, dann wählt er einen Umweg. Jules, der sich nun in der Riesenhalle prüfend umsah, wurde dabei an ein Zirkuszelt erinnert, und in einem solchen Zelt hatte er jahrelang gearbeitet.

Eine vage Idee nahm langsam Form an. »Du versuchst es auf dem Boden«, sagte er zu Vonnie – er mußte schreien, um sich verständlich zu machen. »Und ich versuche es inzwischen auf anderem Wege.«

Und schon drängte er sich zu einer Tür durch, auf der die Aufschrift ›Personal‹ stand und stellte erleichtert fest, daß sie nicht verschlossen war. Dahinter befand sich ein schmaler Gang, der unter anderem zu einer Aufzugröhre führte, die zum Transport von Arbeitsmannschaften in die oberen Bereiche der Halle diente. Er drückte den Knopf für die oberste Stufe und trat ein. Unter seinen Füßen verfestigte sich ein Luftkissen und beförderte ihn mit einer Geschwindigkeit nach oben, die im allgemeinen als schnell gegolten hätte. An diesem Tag aber ging ihm nichts schnell genug.

Er trat aus der Röhre hinaus und fand sich plötzlich in einem Gewirr von Trägern, Kabeln, Seilen und Flaschenzügen wieder – nämlich innerhalb der Dachkonstruktion der Bloodstar Hall. Um den gesamten Hallenumfang verliefen Leitern, die der Sicherheit der Arbeiter dienen sollten, doch Jules verschmähte sie – er konnte sie nicht benutzen. Er war nicht hier heraufgekommen, um sicher zu sein, er war gekommen, weil hier oben keine Menschen waren und ihn nichts davon abhalten konnte, den Mittelpunkt der Halle in kürzestmöglicher Zeit zu erreichen.

Er sprang über das Führungsgeländer und lief die nackten

Träger entlang, wobei er auf seinen Akrobaten-Gleichgewichtssinn vertraute. An den Sturz, der ihm im Falle eines Ausrutschens bevorstand, versuchte er nicht zu denken. Wie alle Bewohner von Hochschwerkraftplaneten litten die DesPlainianer an einer angeborenen Angst vor dem Fallen. Den Artisten des Zirkus der Galaxis wurde diese Angst von Kindesbeinen an systematisch ausgetrieben, und dies bis zu einem Punkt, der es möglich machte, daß Jules mühelos vierzig Meter über der Manege arbeiten konnte. Aber die Bloodstar Hall war noch höher. Der Boden lag ganze hundert Meter unter ihm, es war eine Höhe von schätzungsweise dreißig Etagen.

Unten war die Feier bislang ohne Zwischenfall verlaufen. Den ganzen Morgen schon waren endlose Prozessionen von Adeligen in Hofroben einmarschiert, mit Bannern, Fanfaren und dem ganzen Klimbim, der ihnen zustand. Der Kaiserliche Chor hatte die Anwesenden mit Gesängen ergötzt. Die Garde hatte eine Vorstellung geliefert, die von höchster Präzision und scharfem Drill zeugte. Und die Orchester vieler Sektoren und Planeten waren um das Rund marschiert und hatten die Anwesenden unterhalten. Schließlich waren Kaiser und Kaiserin in ihrer Loge samt Gefolge eingetroffen. Beide trugen die Staatsrobe, sie in Pfauenblau, er in Rot. Kaiser und Kaiserin stellten die schweren Platinkronen mit Würde und Anmut zur Schau. Sämtliche Veranstaltungen wurden abgebrochen und dem kaiserlichen Paar stehend eine siebenminütige Ovation dargebracht.

Jules hatte nun den Mittelpunkt der Dachkonstruktion erreicht und sah hinunter. Choyen Liu, der Bräutigam aus Anares, war eben mit seinem Ehrengefolge aus einem Seitengang eingetreten. Liu war in Grün, Pfauenblau und Silber gekleidet. Seine in chinesischem Stil geschnittene Kleidung war mit Zobel besetzt und mit Smaragden bestickt. Sein Kopfschmuck war eine pfauenblaue tibetanische Krone. Vorne wurde seine Tunika von einer Agraffe – zwei Smaragdfröschen – zusammengehalten. Die blauen Handschuhe waren juwelenbesetzt, und ein Paar Stiefel aus Silberleder vervollständigten den prächtigen Staat – jeder Zoll der ideale Prinzgemahl der künftigen Herrscherin der Galaxis.

Jules warf einen Blick auf die Uhr. Noch acht Minuten. Bald würde Prinzessin Edna mit der falschen Lady Bloodstar als

Ehrendame eintreten. Er mußte sich nun etwas einfallen lassen, um wirkungsvoll in Aktion treten zu können – und zwar rasch.

Bloodstar Hall war schon seit langem nicht mehr Schauplatz sportlicher Ereignisse, doch die große Anzeigentafel, die von der Mitte der Decke hing, war noch immer vorhanden. Sie war nun hochgezogen und pendelte rund fünfzehn Meter unter Jules.

Gelegentlich gab es hier Theater- und Opernabende, und weiter unten konnte er Seile sehen, an denen Kulissen hochgezogen und gesenkt werden konnten. Es mußte doch eine Möglichkeit geben, überlegte er, wie ein findiger junger Mann sich das alles zunutze machen könnte. Man müßte sich ein richtiges System zurechtlegen, um von hier nach dort und dann weiterzukommen.

Die Stange, welche die Anzeigentafel hielt, war massiv, wenn auch im Verhältnis zur Tafel selbst dünn. Jules schlang die Arme um diese Stütze und ließ sich abwärts gleiten, bis er auf der riesigen Anzeigetafel stand. Sie hielt sein Gewicht mit Leichtigkeit aus – schließlich war sie so ausgelegt worden, daß sie gleichzeitig, wenn nötig, mehrere Arbeiter tragen konnte.

Während Jules sich seinen nächsten Schritt überlegte, erklangen unter ihm Fanfarenstöße, und die Orgelklänge schwollen an. Alle Köpfe, auch der Jules', wandten sich nun dem entfernten Ende der Halle zu, wo Prinzessin Edna eben eintrat.

Edna Stanley war keine betörend schöne Frau, doch hatte sie etwas an sich, das sie über die allgemeine Bedeutung des Wortes Schönheit weit hinaushob. Praktisch von Geburt an war sie auf ihre Rolle als nächste Herrscherin des Imperiums vorbereitet worden. Die ganze Majestät und all die Macht, die mit ihrer künftigen Stellung einhergingen, strahlten wellenförmig von ihr aus, wie sie nun im Eingang stehenblieb und die Hochrufe der riesigen Menschenmenge entgegennahm.

Die Kronprinzessin trug ein enganliegendes, schulterfreies weißes Satinkleid, reich mit Perlen und Diamanten bestickt. Auch das Übergewand aus zarter Spitze war an Saum und Ärmeln mit smaragd- und saphirgeschmückten Borten besetzt. Um den Hals hing ein Smaragdkollier, mit einem großen quadratisch geschliffenen Smaragden als Anhänger. Ihr Kopfputz war eine pagodenförmige Krone aus Platin und Diamanten, von der glöckchenförmig geschliffene Smaragde hingen. Der Brautschleier aus Silbertüll hing ihr über den halben Rücken.

Sie betrat nun mit ihrem Gefolge die Halle. Alle diese Edelfrauen trugen schwer bestickte Hofroben aus pastellfarbener Seide im Mandarin-Stil. Unter ihnen Lady Bloodstar, die wie das reinste Unschuldslamm dreinsah.

Nun war der Zeitpunkt des Handelns gekommen. Jules durfte keine einzige Sekunde mehr mit dem Ausfindigmachen des sichersten oder besten Weges verlieren. Es ließ sich nun nicht vermeiden, daß er praktisch mitten in die Zeremonie platzte und den feierlichen Anlaß in ein Spektakel verwandelte. Er tröstete sich mit der Überlegung, daß die Alternative weit schlimmer ausfallen würde.

Die Prinzessin blieb vor der kaiserlichen Loge stehen. Nun trat ihr Vater – ein hochgewachsener würdiger Mann mit grauem Haar und königlicher Haltung – vor und geleitete sie den Rest des Weges.

Gleichzeitig sprang Jules von seiner sicheren Plattform hinunter auf die Seile zu, die man seitlich weggezogen und festgemacht hatte. Es handelte sich dabei um den wahrscheinlich weitesten Sprung seines Lebens, geboren aus schierer Verzweiflung. Kein Erdenbürger hätte dies für möglich gehalten. Sogar Jules selbst hätte in einem vernünftigeren Moment den Versuch nicht gewagt, denn wenn der Sprung mißlang, war die Alternative ein Sturz in die Tiefe und ein entsetzlicher Aufprall auf dem Boden.

Jules wandte nun als hervorragendster Luftakrobat der Galaxis jeden ihm bekannten Trick an, um die nötigen paar Zentimeter zu gewinnen. Er flachte seinen Körper gegen die fast unmerklichen Luftströme in den oberen Regionen der Halle ab und dehnte seine Muskeln bis aufs äußerste, um nur ja an die Seile heranzukommen. Es war die geglückteste Einzelvorstellung seines ganzen Lebens – und sie ging völlig unbeobachtet über die Bühne, da die Blicke aller in der Halle noch immer auf der Prinzessin und dem Kaiser ruhten, die würdig zu der Empore schritten.

Jules' Finger umklammerten das Seil, und er zog sich daran hoch. Eine Woge der Erleichterung durchströmte ihn. Er hatte das Unmögliche erreicht. Alles andere war im Vergleich dazu fast ein Kinderspiel. Fast …

Man hatte das Seil so hochgebunden, daß es nicht störte, doch war es keinesfalls geeignet, dem Gewicht von hundert Kilo standzuhalten. Es glitt aus seinen Halterungen und fing nun an wie ein Pendel über dem Publikum zu schwingen ... Genau das hatte Jules erhofft. Als die Pendelbewegung einsetzte, ließ sich Jules so schnell als möglich am Seil hinuntergleiten. Dabei trachtete er es so einzurichten, daß er so tief unten als möglich anlangte, sobald das Seil den Nadir seines Bogens erreicht hatte.

Aus Erfahrung wußte Jules, daß ein Schuß aus einem Stunner auf den als Lady Bloodstar agierenden Roboter keine Wirkung ausüben würde. Dazu bedurfte es schon eines Strahlers, und es mußte ein einziger, treffsicherer Schuß sein. Er wußte, daß die Roboter über Reflexe verfügten, welche jene eines DesPlainianers weit in den Schatten stellten. Schoß er beim ersten Versuch daneben, so würde es keinen zweiten geben. Dem Roboter würde genügend Zeit bleiben, Kaiser und Prinzessin zu töten. Außerdem durfte man in Anwesenheit eines so illustren Publikums nicht ziellos herumballern – wie leicht konnte ein Schuß eine Persönlichkeit größter Bedeutung töten oder verletzen.

Nun erst bemerkte das Publikum, was sich da oben abspielte. Köpfe wandten sich in seine Richtung, er wurde angestarrt, und es erhob sich unterdrücktes Raunen, weil sich alle fragten, welches aufsehenerregende und unerwartete Ereignis nun wohl stattfinden würde. Handelte es sich um einen Attentatsversuch? Wo waren die Sicherheitsposten? Woher war dieser Eindringling gekommen, und wie hatte er es geschafft, dort hinauf zu gelangen? Diese und Dutzende anderer Fragen gingen den Menschen durch den Sinn – viel zu spät natürlich. Denn noch ehe jemand reagieren konnte, würde alles vorbei sein.

Unter den zu ihm emporgewandten Gesichtern bemerkte Jules plötzlich eines, das ihn völlig aus der Fassung brachte – das Gesicht von Lady A! Sie hatte also die Stirn gehabt, praktisch vor der Nase des SOTE zu der Zeremonie zu kommen! Aber schließlich hatten nur fünf Menschen in der Regierung Kenntnis von ihrer Existenz, und diese fünf hatten sich große Mühe gegeben, daß Lady A davon nichts merkte. Es war daher nur natürlich, daß sie sich hier völlig sicher wähnte.

Hätte Jules geahnt, wieviel Kümmernis diese Person noch verursachen sollte, so hätte er seinen Strahler auf sie gerichtet und damit zahllose Menschenleben gerettet. Doch im Moment dachte er nur an zwei Menschenleben – an das Leben des Kaisers und der Prinzessin. Beiden drohte Gefahr vom Roboter, und es war seine beschworene Pflicht, sie zu retten. Jules richtete seine Aufmerksamkeit mit angespannter Konzentration auf Lady Bloodstar, die rechts hinter Kaiser und Prinzessin stand. Der Roboter hatte Jules' Annäherung gesehen, sein computerschnelles Gehirn hatte die Situation analysiert, er hob die rechte Hand …

Jules durfte nicht länger warten. Obwohl er noch nicht den Tiefpunkt des Pendelschwunges erreicht hatte, legte er an und feuerte. Sengend schoß der Strahl aus der Mündung und bohrte sich durch den Leib des mechanischen Attentäters. Funken sprühten, geschmolzenes Metall und Plastik zischten.

Nun überstürzten sich die Ereignisse. Der Kaiser, der Jules zu spät erkannte, wich seitwärts aus, um aus der Schußlinie zu geraten und stieß seine geliebte Tochter zu Boden. Er deckte sie mit seinem Leib, damit die Nachfolge für alle Fälle gesichert blieb. Nun gab es am Roboter eine kleine Explosion, die ein paar geringfügige Verletzungen bei den Umstehenden bewirkte, eine große Katastrophe aber blieb aus. Jetzt geriet die Menge in Aufruhr. Die Menschen schrien und tobten in der Meinung, ein Krieg wäre ausgebrochen.

Als Jules' Seil den Tiefpunkt erreicht hatte und wieder nach oben ausschwingen wollte, ließ er es los und ließ sich durch den Schwung über die Menschenmassen hinwegtragen. Er vollführte mitten in der Luft eine Drehung und sah sich nach Lady A um. Ja, er konnte sie flüchtig sehen, doch die schöne Verschwörerin hatte sich geduckt und wurde nun von anderen verdeckt, die in Panik aufgesprungen waren. Jules konnte nicht auf sie anlegen und einfach wild in die Menge schießen.

Jules hatte seinen Sprung so angelegt, daß er auf einer verhältnismäßig leeren Stelle landete. Er riß zwar ein paar Leute bei der Landung um und rollte ziemlich unbeholfen ab. Wenn er Lady A nicht von oben abschießen konnte, wollte er zu Fuß ihre Verfolgung aufnehmen. Er war fest entschlossen, sie diesmal zu fassen. Doch das Schicksal verschwor sich gegen ihn.

Ganz plötzlich hörte man Schüsse aus verschiedenen Richtungen, und Jules sah sich erschrocken um. Er hatte nicht gewußt, daß noch weitere Komplizen in der Halle verteilt waren. Also eine weitere Bedrohung, der er sich stellen mußte. Und als er auf die Beine kam, starrte er direkt in die Mündung eines Stunners. Noch ehe er seine eigene Waffe in Anschlag bringen konnte, sank der ihn Bedrohende bewußtlos zu Boden. Als Jules den Blick hob, sah er Herzogin Helena von Wilmenhorst in ihrem schönsten Gewand, einen Mini-Stunner in der Hand. Sie lächelte Jules zu und sah sich dann nach anderen Zielen in der Halle um.

Auch Vonnie machte sich bemerkbar. Sie hatte befriedigt mitangesehen, wie Jules die Bedrohung durch den Roboter ausschaltete, doch als es erneut zur Schießerei kam, wurde auch sie aktiv. Zwei Möchtegern-Terroristen gingen unter ihren Schüssen zu Boden, noch ehe sie selbst ziehen konnten. Und drei weitere konnten nur minimalen Schaden anrichten, ehe sie Vonnies Angriff zum Opfer fielen.

Die Panik griff nun unter den Menschenmassen um sich. Die Menschen stürzten an die Ausgänge. Jules und Vonnie sahen es mit Entsetzen. Denn draußen lauerte die Gefahr durch das tödliche TCN-14!

Nun hatten sie aber nicht mit der Findigkeit des Majors Mbente gerechnet. Ihm war klargeworden, daß es unmöglich war, die Umgebung der Halle zu evakuieren. Daher hatte er sich für die andere Alternative entschieden, nämlich für die Suche nach den Kanistern mit TCN-14. Es war ein Wettlauf mit der Zeit und noch dazu mit mangelhafter Ausrüstung, doch dem Major und seinen Leuten glückte eine so gründliche Durchsuchung des Gebietes, daß alle zehn Kanister entdeckt und an einen sicheren Ort gebracht werden konnten, ehe sie explodieren und mit ihrem todbringenden Inhalt Unheil anrichten konnten. Als nun Minuten später in der Halle eine Panik entstand, stellte dies für den Major eine ernste Komplikation, aber keine Katastrophe dar.

Im Inneren der Halle stellten die Organe des SOTE wieder einmal mehr ihre Überlegenheit unter Beweis. Der Chef hatte die Leute für den Dienst in der Halle praktisch persönlich ausgesucht, und seine hohe Meinung von diesen Mitarbeitern erwies sich nun als gerechtfertigt. Die Bedrohung durch die Terroristen war trotz des Chaos in der Halle nach fünf Minuten aus der Welt geschafft.

Als nun der Chef auf Jules zuging, um ihm zu gratulieren und ihn in einer stillen Ecke näher auszufragen, sah dieser sich enttäuscht in der Halle um. Die Bedrohung durch den Roboter existierte nicht mehr, und auch der unerwartet durch die Terroristen angezettelte Aufruhr war unterdrückt worden. Doch Lady A, die zu fassen er gehofft hatte, war spurlos in der drängelnden Menschenmenge verschwunden.

13. KAPITEL

Die Hochzeit der Galaxien

Als der Sub-com-Anruf Yvettes von der Piratenbasis mit dem Chef zustande kam, war der versuchte Staatsstreich bis auf die letzte Schießerei schon vorüber. Ihr Bericht von den Ersatz-Adeligen, die jene an Bord der Querida Befindlichen darstellen sollten, kam nun zu spät, um noch als Warnung dienen zu können, doch diente er als Erklärung für das plötzliche Einsetzen terroristischer Aktivitäten von seiten eines angeblich ruhigen und festlich gestimmten Publikums. Yvette schloß das Gespräch mit der Ankündigung, sie, Pias und Herzog Etienne würden sofort zur Erde zurückkehren und persönlich Bericht erstatten. Sie wollten sich sehr beeilen und in zwei Tagen ankommen.

Nun entschloß man sich, die Vermählungsfeierlichkeit für ein paar Tage zu verschieben. Prinzessin Edna, die nach außen hin Ruhe bewahrte, war innerlich erschüttert von den Ereignissen eines Tages, welcher der glücklichste ihres Lebens hätte werden sollen. Choyen tröstete sie, indem er sie an sich drückte und ihr beruhigende Sinnsprüche aus den mystischen Büchern von Anares vorsagte. Er schien sich durch nichts aus der Ruhe bringen zu lassen, und diese seine innere Ruhe war ein wahrer Segen. Es war gut zu wissen, daß der Mann, der der künftigen Beherrscherin der Galaxis zur Seite stehen würde, auch unter so schrecklichen Umständen ruhig Blut bewahren konnte.

Die den Vorfällen in der Bloodstar Hall folgenden Tage waren für Jules und Vonnie fast ebenso bewegt wie die vorangehenden. Die Piraten-Doppelgänger wußten über die Einzelheiten der Organisation, für die sie arbeiteten, nicht Bescheid. Auf Jules' Anordnung holte der SOTE jene Gangster aus dem Krankenhaus, in das man sie geschafft hatte, nachdem man sie bewußtlos in Howards Turnhalle fand. Bei den meisten handelte es sich um gedungene Gauner, die keine Ahnung von den eigentlichen Vorgängen innerhalb der Verschwörergruppe hatten. Mit Howard aber hatte man einen wahren Born des Wissens entdeckt, aus dem genaue Kenntnis des Verbrecherwesens der Erde sprudelte, und es bedurfte nur eines erstaunlich geringen Zwanges, damit er sich über verschiedene Themen äußerst freimütig äußerte.

Die Vidicom-Nummer und Adresse, die er von Lady A besaß, entpuppte sich als eine ganze Suite von Büroräumen in einem vornehmen Bürohaus im Gebiet Angeles-Diego. Die Räumlichkeiten waren von einer Frau angemietet worden, auf die die Personenbeschreibung der Lady A zutraf. Sie war unter dem Namen Sara Schmidt aufgetreten und hatte alles im voraus bar bezahlt. Die Räume waren nur bis zum Tag der kaiserlichen Hochzeit gemietet worden. »Offenbar rechnete sie damit, daß sie die Büros nachher nicht mehr brauchen würde«, mutmaßte Jules. »Schlug ihr Plan fehl, so hätte sie sich eiligst abgesetzt – und hätte sie Erfolg gehabt, so hätte sie fortan im kaiserlichen Palast residiert.«

Sara Schmidt war natürlich spurlos verschwunden, und Jules und der Chef konnten praktisch von neuem beginnen.

Als Yvette mit ihrer Begleitung eintraf, berief der Chef einen Kriegsrat ein. Daran nahm er selbst mit seiner Tochter Helena teil, sodann Jules, Yvette und Herzog Etienne. Der ältere d'Alembert hatte den Großherzog seit fünf Jahren nicht mehr gesehen, und so fiel ihre Wiederbegegnung entsprechend herzlich aus mit Umarmungen und freundschaftlichem Rückenklopfen.

Nachdem alle Platz genommen hatten, brauchte der Chef einige Zeit, um Herzog Etienne in all das einzuweihen, was Lady A und ihre Verschwörung betraf. »Die Bürde der Geheimhaltung ist nun von unsren Schultern genommen«, sagte er.

»Nach dem versuchten Staatsstreich und nachdem wir Howard gefaßt und verhört haben, weiß der Gegner, daß wir über ihn informiert sind. Wenn wir nun so täten, als ob nichts wäre, würden wir uns bloß verdächtig machen. Der SOTE hat nun von der Existenz der Lady A offiziell Kenntnis und ebenso davon, daß sie eine mächtige und hohe Position in einer Organisation innehat, deren Ziel es ist, die Dynastie der Stanleys zu stürzen. Punktum. Der Gegner weiß jedoch nicht, daß wir von seinem Zutritt zum SOTE wissen – und wenn es uns gelingt, dieses unser Wissen vor ihm geheimzuhalten, könnte es ihn in falscher Sicherheit wiegen und schließlich zu einem Fehler verleiten. Ich bin noch immer davon überzeugt, daß die Gegenseite nichts von der Rolle des Zirkus weiß und auch nicht, wer hinter den Decknamen Wombat und Periwinkle steckt. Wenn sie es nämlich wüßte, hätte sie ihr Vorgehen völlig anders angelegt.«

Der Chef stieß einen Seufzer aus. »Geheimnisse der Geheimnisse innerhalb von Geheimnissen. Damit wird unsere Arbeit ungemein erschwert, aber wir müssen uns an die Spielregeln halten, wenn die Sicherheit des Imperiums auf dem Spiel steht. Hin und wieder gibt es Tage, da möchte ich alles hinwerfen und mich in Ruhe meinem Garten widmen …«

Er verfolgte diesen Gedankengang nicht weiter. Alle im Raum Anwesenden wußten, wie drückend die Pflicht werden konnte, und jeder gab sich gelegentlich Freiheitsträumen hin. Und doch wußten alle, daß diese Träume unerfüllt bleiben mußten. Ihr eigenes Pflichtgefühl verdammte sie zu dem Leben, das sie führten.

Der Chef riß sie schleunigst aus ihren Überlegungen. »Wie dem auch sei«, fuhr er fort, »ich glaube, Yvette hat für uns ein neues Teil im Puzzle-Spiel entdeckt.«

Yvette erstattete nun Bericht über das Gespräch, das sie gemeinsam mit Pias auf der Piratenbasis belauscht hatte, und von der neuen Gestalt innerhalb des Gesamtbildes, einem gewissen C. »Diese Vorliebe für Buchstaben ist auffallend«, schloß sie zynisch.

»Ein Unsinn ist so gut wie der andere, wenn es darum geht, die wahre Identität zu verstecken«, bemerkte der Chef. »Einzelne Buchstaben sind ebenso sinnvoll oder nicht wie eure eigenen etwas esoterischen Decknamen. Die Frage lautet nun: Wieviel wissen wir ›offiziell‹ von C?«

»Nichts«, sagte Yvette. »Ling und der Mann, der ihm die Nachricht überbrachte, starben im Verlauf des Kampfes. Und von den Piraten scheint keiner etwas zu wissen.«

»Damit haben wir ein weiteres Geheimnis, mit dem wir uns herumschlagen müssen«, sagte der Chef. »Ich darf Ihnen allen in Erinnerung rufen: Wir wissen offiziell, daß Lady A existiert, und wir besitzen von ihr Bilder, die Vonnie aufnehmen konnte, während sie Howard beschattete. Glauben Sie mir, wir werden die Suche nach ihr sehr aktivieren.«

»Was ich nicht verstehe«, warf nun Herzog Etienne ein, »ist die Tatsache, daß die Verschwörer Waffen in die Halle schmuggeln konnten. War da eine Lücke, in den Sicherheitsmaßnahmen?«

»Unsere Maßnahmen entsprachen der Bedeutung der Situation«, äußerte Helene ein wenig eingeschnappt, weil ihrem Vater eine Nachlässigkeit unterstellt wurde. »Jeder einzelne Gast wurde beim Eintreten diskret durchleuchtet. Außer unseren eigenen Leuten hat niemand eine Waffe ins Innere geschafft.«

»Nun, ein Hauch beschämten Errötens würde uns ganz gut stehen«, mahnte der Chef seine Tochter. »Wir hätten noch umsichtiger sein sollen. Aus dem Verhör eines Terroristen geht hervor, daß ein Verbündeter – wahrscheinlich der Roboter, der Lady Bloodstar darstellte – Waffen an bestimmten Stellen versteckte, so daß sich alle im Inneren der Halle bewaffnen konnten, nachdem sie unbewaffnet und unverdächtig hereingekommen waren. Trotzdem bin ich sehr stolz, wie unsere Leute das Problem meisterten, als es soweit war. Wir haben in Anbetracht der Umstände hervorragende Arbeit geleistet, und alle Mitglieder des Sicherheitsteams, drinnen wie draußen, sind besonders belobigt worden.

Was mir aber weit mehr Sorgen macht als die Waffen, ist die Frage der Identitäten. Auch wenn man davon ausgeht, daß die ID-Ausweise ausgezeichnet gefälscht waren, so ist es doch höchst besorgniserregend, daß die Typen zwei Tage lang ungehindert auf der Erde rumlaufen konnten, ohne daß in unseren Unterlagen auch nur die leiseste Ungereimtheit auftauchte. Darüber komme ich einfach nicht hinweg, und ich werde dafür sorgen, daß in der Computer-Vergleichs-Zentrale ein eiserner Besen durchfegt.«

In der Folge wurden allgemeinere Themen behandelt – Hochzeiten mit eingeschlossen. Man einigte sich darauf, daß keine Notwendigkeit bestünde, für Prinzessin Edna eine neue aufwendige Zeremonie zu veranstalten. Die Vermählung war auf den Nachmittag des nächsten Tages verschoben worden und würde relativ schlicht und einfach über die Bühne gehen, obgleich das Ereignis per Vidi-Übertragung ins ganze Imperium ausgestrahlt wurde. Edna war vorher sehr enttäuscht gewesen, daß ihre Freunde Jules und Yvette dienstlich verhindert waren und an der Feier nicht teilnehmen konnten. Nun aber waren beide da, und sie bestand auf ihrer Anwesenheit. Beide nahmen die Einladung sehr gerne an.

Und da das Thema Hochzeit in der Luft lag, faßte man den Entschluß zu zwei weiteren Vermählungen – der Heirat von Jules und Vonnie und jener von Pias und Yvette. Der Kaiser selbst wollte unbedingt daran teilnehmen, was bei den jungen Leuten heftiges Erröten hervorrief. An diesem Punkt entschuldigten sich Yvette und Helena. Sie mußten Vonnie innerhalb eines Tages für die Hochzeit ausstatten und hatten einiges an Einkäufen zu erledigen.

Alle waren sehr nervös, als man sich am darauffolgenden Tag im großen Ballsaal des kaiserlichen Palastes versammelte. Prinzessin Edna und Choyen Liu trugen die Gewänder, die sie auch bei der offiziellen Zeremonie getragen hatten.

Yvette und Pias waren in Rot und Gold gekleidet. Der Tradition entsprechend hätte Pias ein von seiner Mutter besticktes Hochzeitshemd tragen müssen, doch dieses Hemd war verbrannt worden, als er von seiner Familie enteignet wurde. Statt dessen trug er ein rot besticktes Hemd aus Goldstoff zu roten Samthosen und einer offenen roten Samtjacke. An einer goldenen Halskette hing ein großer Rubin. Rote Stiefel und ein bodenlanger roter Samtumhang mit hohem Kragen bildeten die Ergänzung dazu. In der Rechten hielt er eine rote Rose.

Yvette hatte zu einer Bluse aus goldenem Schleierstoff eine rote spitzenbesetzte Samtjacke und einen rot-goldenen Rock aus Brokat gewählt. Um den Kopf hatte sie einen roten Seidenschal geschlungen, in der linken Armbeuge hielt sie ein Riesenbukett roter Rosen.

Bruder Jules steckte in einem mit Edelsteinen bestickten knappsitzenden Akrobatenanzug. Der goldene Gürtel war mit Rubinen besetzt. Dazu hatte er ein weißes Cape ausgesucht, weiße bestickte Handschuhe und ebensolche Stiefel.

Vonnie trug ein elfenbeinfarbenes Gewand, das wie der Anzug einer Akrobatin geschnitten war. Sie sah hinreißend darin aus. Schalkragen, Saum und Ärmelrand waren dicht mit Perlen bestickt, und um den Hals hing eine kostbare Perlenkette. Den Kopf schmückte ein Perlendiadem, dessen einzelne Perlen an kleinen Drahtfedern befestigt waren und sich bei jeder Kopfbewegung mitbewegten. Wie Yvette trug auch sie einen Rosenstrauß, ihre Rosen aber waren gelb.

Jules sah Edna nun zum erstenmal seit dem samstäglichen Fiasko, und er näherte sich ihr mit ziemlicher Verlegenheit. »Ich muß mich entschuldigen, weil die Sache nicht glattlief«, sagte er. »Wäre ich näher am Ball geblieben, hätte ich Ihnen viel Ärger erspart.«

Edna gab ihm einen Kuß auf die Wange. »Lieber Ärger als der Tod. So wie ich es sehe, haben Sie mich nicht bloß vor einem Attentäter bewahrt – Sie haben mich auch davor bewahrt, sechs fade Stunden lang Hände schütteln zu müssen. Dafür allein gebührt Ihnen schon ein Orden.«

Die kaiserliche Hochzeit gestaltete sich wunderschön und feierlich, wenn sie auch nicht so großartig inszeniert war wie beim ersten Versuch. Barr, der Hofsänger, trug einen Hochzeitsmarsch vor, den er selbst komponiert hatte. Und diesmal verlief die Zeremonie ohne Zwischenfälle und strahlte via Vidi-Übertragung Glück in alle Häuser des Imperiums. Die SOTE-Agenten mieden selbstverständlich das Auge der Kamera. Das fehlte noch, daß man ihre Gesichter in der gesamten Galaxis in Großaufnahme zu sehen bekam.

Nach der großen Zeremonie zog man sich zurück und feierte in intimerem Rahmen die zwei Vermählungen, die von geringerem öffentlichen Interesse waren. Die Gästeliste war klein, aber überaus eindrucksvoll. Herzog Etienne in prächtiger Festkleidung führte beide Bräute zum Altar: seine Tochter Yvette und daneben Vonnie in seiner Funktion als enger Freund ihres Vaters Baron Ebert Roumenier; Kronprinzessin Edna war Yvettes Ehrendame, während Kaiserin Irene Vonnie in dieser Eigenschaft folgte. Und seinem Versprechen gemäß sprach Seine Kaiserliche Majestät William Stanley, die gegenwärtig höchste Autorität in der Galaxis, die Formel, welche die zwei Paare im heiligen Stand der Ehe vereinigte.

Im allgemeinen Feiern, das den Zeremonien folgte, bemerkte Vonnie eine gewisse Zerstreutheit bei ihrem Mann. Auf ihre Frage gab er zurück: »Ich kann mir nicht helfen, aber ich fühle mich ein wenig schuldig, weil ich Lady A entkommen ließ, obwohl ich die Chance hatte, sie zu fassen.«

Der Kaiser, der diese Bemerkung mit angehört hatte, erlaubte sich einen Rat: »Junger Mann, Lady A und ihre ruchlosen Absichten können nun eine Weile warten. Ich gebe Ihnen den Befehl, sie zu vergessen und sich zu amüsieren.«

»Und außerdem«, meldete sich Vonnie zu Wort, »wirst du die Flitterwochen nicht überleben, falls ich dich dabei erwische, daß du in unserer Hochzeitsnacht an eine andere denkst! Worauf du dich verlassen kannst!«

Da es eine überlieferte Tatsache ist, daß Jules d'Alembert seine Flitterwochen überlebte, dürfen wir annehmen, daß Vonnie bei ihm keine Gedanken an Lady A aufkommen ließ – für eine Weile wenigstens.

ENDE DES BANDES

BAND 2 der Abenteuer um die Agenten des Imperiums erscheint im November 1996 unter dem Titel *Der letzte Einsatz.*

Band 23 178

David Feintuch

Commander Nick Seaford

Deutsche Erstveröffentlichung

Kaum hat Nick Seafort sein erstes Abenteuer bestanden und ist zum Commander befördert worden, erwarten ihn neue, scheinbar unlösbare Aufgaben. Ein Angriff von Außerirdischen und der Verrat eines Admirals lassen Nick allein mit aufsässigen Kolonisten an Bord eines Schiffes zurück, das dem Untergang geweiht ist. Die Mannschaft meutert, die Waffen versagen, Nahrung und Treibstoff gehen aus: alles in allem ist das Schiff eine leichte Beute für den Feind. Doch dieser hat nicht mit Nick Seaforts Erfindungsgabe gerechnet…

BASTEI LÜBBE

Sie erhalten diesen Band im Buchhandel, bei Ihrem Zeitschriftenhändler sowie im Bahnhofsbuchhandel.

Band 23 180

David Gerrold

Inmitten der Unendlichkeit

Sie hätten als Helden von ihrer Reise zurückkommen müssen, doch der hart errungene Sieg wird ihnen aberkannt: Die Mannschaft muß ihr Schiff, die JONA, aufgeben, selbst der Name wird aus den Akten gestrichen – aus politischen Gründen. Doch Captain Jon Korie gibt nicht auf.
Zusammen mit seiner Mannschaft kapert er die JONA und bricht zu einer letzten Reise auf, die endgültig beweisen soll, daß seine Vorgesetzten im Unrecht sind – oder die ihnen allen den Tod bringt. Korie weiß, daß das Schiff von einem Morthan sabotiert wurde. Auf einem Kurs, der ihn direkt in feindliches Gebiet führt, gilt es, den Wettlauf mit der Zeit zu gewinnen und eine Bombe zu entschärfen, die das Schiff zu zerstören droht . . .

BASTEI LÜBBE

Sie erhalten diesen Band im Buchhandel, bei Ihrem Zeitschriftenhändler sowie im Bahnhofsbuchhandel.

Band 23 166

Simon Hawke

Das Ivanhoe-Gambit

Deutsche Erstveröffentlichung

Manchmal wünscht sich Sergeant Major Lucas Priest, er hätte sich nicht freiwillig zum Zeit-Corps gemeldet. Nur mit knapper Not entkommt er in längst vergangenen Kriegen dem Tod. Doch dann reist ein Deserteur des Zeit-Corps ins Mittelalter und gibt sich als König Richard Löwenherz aus. Die gesamte menschliche Geschichte könnte verändert werden. Zusammen mit einem dreiköpfigen Team muß Priest den Verräter aufhalten – in der Maske von Ivanhoe, dem tapferen Ritter. Seine einzige Hilfe: ein Robin Hood, der vom Bogenschießen keine Ahnung hat, und seine recht unwilligen Gesellen.

Dies ist das erste Abenteuer einer der spannendsten und vielseitigsten Zeitreise-Serien, die je geschrieben wurden.

BASTEI LÜBBE

Sie erhalten diesen Band im Buchhandel, bei Ihrem Zeitschriftenhändler sowie im Bahnhofsbuchhandel.

Band 24 197

Kathleen M. O'Neal

Das Licht von Kayan

Deutsche Erstveröffentlichung

Erbarmungslos werden die besiedelten Welten der Menschen in den Galaktischen Magistrat einverleibt, einen nur scheinbar friedfertigen Sternenbund unter der Herrschaft einer skrupellosen Rasse, die jede Individualität der Völker unterdrückt. Nur die Gamanten leisten den Tyrannen Widerstand. Denn sie sind die ›Erwählten‹. Auf Kayan hüten sie das *Mea Shearim* – ein Dimensionstor, über das sie mit Gott und seinen Gesandten in Verbindung stehen.
Doch sind diese Wesen aus Licht tatsächlich Engel? Oder sind es die letzten Überlebenden einer uralten Rasse, die einst die Galaxie bevölkerten und für die die Gamanten nicht mehr als Schachfiguren in einem kosmischen Krieg sind, der vor langer Zeit begonnen hat und sich jetzt seiner letzten Entscheidung nähert . . .

KATHLEEN M. O'NEAL ist mit ihrem ersten Science-Fiction-Epos ein großer Wurf gelungen, eine actionreiche Space-Opera mit einem faszinierenden mythologischen Hintergrund, die jetzt schon mit Frank Herberts *Wüstenplanet* verglichen wird.

BASTEI LÜBBE

Sie erhalten diesen Band im Buchhandel, bei Ihrem Zeitschriftenhändler sowie im Bahnhofsbuchhandel.

Band 24 214

Robert A. Heinlein

Fremder in einem fremden Land

Deutsche Erstveröffentlichung

Sein Name: Valentine Michael Smith. Seine Vorfahren: Menschen. Seine Heimat: Der Mars. Er ist der einzige Überlebende einer gescheiterten Mars-Expedition. Nach irdischem Recht ist er Besitzer des roten Planeten und verfügt über das Know-how einer uralten Rasse. Er wird umworben und umschwärmt, Politiker versuchen ihn ebenso für ihre Zwecke einzuspannen wie geschäftstüchtige Sektenführer. Für Valentine ist die Erde eine völlig fremde und unerklärliche Welt – aber als er sie zu begreifen beginnt, beschließt er, sie nach seinen Vorstellungen zu verändern. Und damit beginnt sein Opfergang.

BASTEI LÜBBE

Sie erhalten diesen Band im Buchhandel, bei Ihrem Zeitschriftenhändler sowie im Bahnhofsbuchhandel.

Band 24 208

Jack McDevitt

Gottes Maschinen

Deutsche Erstveröffentlichung

Einsam steht sie auf Iapetus, einem Mond des Saturn: die riesige Statue eines außerirdischen Wesens, mit einer Inschrift, die allen Entschlüsselungsversuchen trotzt. Sie ist nicht das einzige Relikt. Nach Entwicklung des überlichtschnellen Antriebs entdecken Forscher weitere geheimnisvolle Bauwerke – und alle auf Welten, die von kosmischen Katastrophen heimgesucht wurden. Die Archäologen von der Erde stehen vor einem Rätsel. Gibt es einen Zusammenhang zwischen den fremden Wesen und dem Untergang so vieler Zivilisationen? Und wohin sind die Monument-Erbauer verschwunden?
Doch es bleibt nicht mehr viel Zeit, Antworten zu finden, denn die Erde, die sich am Rande einer ökologischen Katastrophe befindt, kann keine weiteren Gelder für Forschungen bereitstellen – selbst wenn in ihnen der Schlüssel für das Überleben der ganzen menschlichen Rasse liegen könnte ...

Ein neuer, ungewöhnlicher SF-Roman aus der Feder des Philip-K.-Dick-Anward-Preisträgers JACK McDEVITT.

›Interstellare Archäologie mit erstaunlichen Ideen, einer beeindruckenden Atmosphäre und der Spannung eines ausgeklügelten Krimis. Unwiderstehlich!«
Gregory Benford

BASTEI LÜBBE

Sie erhalten diesen Band im Buchhandel, bei Ihrem Zeitschriftenhändler sowie im Bahnhofsbuchhandel.

Band 23 172

Dave Wolverton

Die goldene Königin

Deutsche Erstveröffentlichung

Insektoide Dronen haben Königin Semarritte getötet und die Macht im Sternenreich übernommen. In dem verzweifelten Bestreben, die Menschheit und Tausende von Welten zu retten, hat Lord Veriasse eine neue Königin geschaffen: Everynne, geklont aus dem Genmaterial ihrer toten Mutter. Zusammen fliehen sie vor den Invasoren durch die Sternentore, die die Welten miteinander verbinden, auf der Suche nach Verbündeten und dem Weg zur Goldenen Königin, Herrscherin der Dronen-Welten, um sie zum letzten Kampf herauszufordern.

›Eine regenbogen-bunte Mischung aus Technologie und Mythologie voller Helden und Abenteuer in einem schillernden Kaleidoskop von Paralellwelten.‹ *Kevin J. Anderon*

BASTEI LÜBBE

Sie erhalten diesen Band im Buchhandel, bei Ihrem Zeitschriftenhändler sowie Im Bahnhofsbuchhandel.

Band 24 210

Robert Rankin

Die größte Show jenseits der Welt

Deutsche Erstveröffentlichung

Raymond hat Pech gehabt. Zuerst wurde er von einem fliegenden Sternenfisch vom Uranus gekidnappt und dann auch noch als Delikatesse auf dem Venusianischen Exoten-Markt verkauft. Doch nun scheint sein Glück sich zu wenden: Er wird von einem Weltraumzirkus gerettet. Allerdings ist es kein normaler Zirkus, den Professor Merlin da führt und der auf einem viktorianischen Dampfschiff zwischen den Sternen laviert. Seine Artisten vollbringen Kunststücke, die eigentlich nicht vollbracht werden können. Und auch für Raymond hat der Professor einen Job: Er soll die Erde retten (was auch sonst), der man die Luft abzudrehen droht, um sie in ihrem eigenen Müll ersticken zu lassen ...

›Robert Rankin sollte unter den Bestseller-Autoren der humorvollen Phantastik zwischen Douglas Adams und Terry Pratchett eingereiht werden!‹ THE TIMES

BASTEI LÜBBE

Sie erhalten diesen Band im Buchhandel, bei Ihrem Zeitschriftenhändler sowie im Bahnhofsbuchhandel.